編年体 大正文学全集

taisyô bungaku zensyû 第十五巻 大正十五年

1926

【責任編集】
中島国彦
竹盛天雄
池内輝雄
十川信介
海老井英次
藤井淑禎
紅野敏郎
紅野謙介
松村友視
東郷克美
保昌正夫
日高昭二
曾根博義
亀井秀雄
安藤　宏
鈴木貞美
宗像和重
山本芳明
［通巻担当・詩］
阿毛久芳
［通巻担当・短歌］
来嶋靖生
［通巻担当・俳句］
平井照敏
［通巻担当・児童文学］
砂田　弘

【本巻担当】
鈴木貞美
【装丁】
寺山祐策

編年体　大正文学全集　第十五巻　大正十五年　1926

目次

創作

小説・戯曲・児童文学

評論

評論・随筆・座談会・日記

詩歌

詩・短歌・俳句

［詩］

編年体　大正文学全集　第十五巻　大正十五年　1926

ゆまに書房

創作

小説
戯曲
児童文学

ナポレオンと田虫

横光利一

一

ナポレオン・ボナパルトの腹は、チユイレリーの観台の上で、折からの虹と対戦するかのやうに張り合つてゐた。その剛壮な腹の頂点では、コルシカ産の瑪瑙の釦が巴里の半景を歪ませながら、幽かに妃の指紋のために曇つてゐた。

　ネー将軍はナポレオンの背後から、ルクサンブールの空にその先端を消してゐる虹の足を眺めてゐた。すると、ナポレオンは不意にネーの肩に手をかけた。

「お前はヨーロツパを征服する奴は何者だと思ふ。」

「それは陛下が一番よく御存知でございませう。」

「いや、余よりもよく知つてゐる奴がゐさうに思ふ。」

「何者でございます。」

　ナポレオンは答への代りに、いきなりネーのバンドの留金がチヨツキの下から、きらきらと夕栄に輝く程強く彼の肩を揺すつて笑ひ出した。

　ネーにはナポレオンの此の奇怪な哄笑の心理が分らなかつた。ただ彼は揺すられながら、恐るべき易《うらな》ひから逃がれた蛮人のやうな大きな哄笑を身近に感じただけである。

「陛下、いかがなさいました。」

　彼は語尾の言葉のままに口を開けて、暫くナポレオンの顔を眺めてゐた。ナポレオンの唇は、間もなくサン・クルウの白い街道の遠景の上で、皮肉な線を描き出した。ネーには、此のグロテスクな中に弱味を示したナポレオンの風貌は初めてであつた。

「陛下、そのヨーロツパを征服する奴は何者でございます？」

「余だ、余だ。」とナポレオンは片手を上げて冗談を示すと、階段の方へ歩き出した。

　ネーは彼の後から、いつもと違つたナポレオンの狂つた青い肩の均衡を見詰めてゐた。

「ネー、今夜はモロツコの燕の巣をお前にやらう。ダントンがそれを食ひたさに、椅子から転がり落ちたと言ふ代物だ。」

二

　その日のナポレオンの奇怪な哄笑に驚いたネー将軍の感覚は正当であつた。ナポレオンの腹の上では、径五寸の田虫が地図のやうに猖獗を極めてゐた。此の事実を知つてゐたものは、貞淑無二な彼の前皇后ジヨセフイヌただ一人であつた。

彼の肉体に此の植物の繁茂し始めた歴史の最初は、彼の雄図を確証した伊太利征伐のロヂの戦の時である。彼の眼前で彼の率いた一兵卒が、弾丸に撃ち抜かれて転倒した。彼はその銃を拾ひ上げると、先途を切つて敵陣の中へ突入した。彼に続いて一隊の兵卒は動き出した。それに続いて一大隊が、一聯隊が。さうして敵軍は崩れ出した。ナポレオンの燦然たる栄光はその時から初まつた。だが、彼の生涯を通じて、アングロサクソンのやうに彼を苦しめた田虫もまた、同時にそのときの一兵卒の銃から肉体へ移つて来た。

ナポレオンの田虫は頑癬の一種であつた。それは総ゆる皮膚病の中で、最も頑強な痒さを与へて輪廓的に拡がる性質をもつてゐた。痒けば花弁を踏みにぢつたやうな汁が出た。乾けば素焼のやうに素朴な白色を現した。だが、その表面に一度爪が当つたときは、此の湿疹性の白癬は全図を擡げて猛然と活動を開始した。

或る日、ナポレオンは侍医を密かに呼ぶと、古い太鼓の皮のやうに光沢の消えた腹を出した。侍医は彼の傍へ恭倹な禿頭を近寄せて呟いた。

「Trichophycia, Eczema, Marginatum.」

彼は頭を傾け変へるとボナパルトに言つた。

「閣下、これは東洋の墨をお用ひにならなければなりません。」

此の時から、ナポレオンの腹の上には、東洋の墨が田虫の輪廓に従つて黒々と大きな地図を描き出した。しかし、ナポレオンの田虫は西班牙とはちがつてゐた。彼の爪が勃々たる確図をもつて、彼の腹を引つ痒き廻せば廻すほど、田虫はますます横に分裂した。ナポレオンの腹の上で、東洋の墨はますますその版図を拡張した。恰もそれは、ナポレオンの軍馬が、破竹のごとくオーストリヤの領土を侵蝕して行く地図の姿に相似してゐた。——此の時から、ナポレオンの奇怪な哄笑は深夜の部屋の中で人知れず始められた。

彼の田虫の活動はナポレオンの全身を戦慄させた。その活動の最高頂は常に深夜に定つてゐた。彼の肉体が毛布の中で自身の温度のために膨脹する。彼の田虫は分裂する。彼の爪は痒さに従つて活動する。すると、ますます活動するのは田虫であつた。ナポレオンの爪は、彼の強烈な意志のままに暴力を振つて対抗した。しかし、田虫には意志がなかつた。ナポレオンの爪に猛烈な征服慾があればあるほど、田虫の戦闘力は紫色を呈して強まつた。全世界を震撼させたナポレオンの一個の意志は、全力を上げて、一枚の紙のごとき田虫と共に格闘した。しかし、最後にのた打ちながら屈服しなければならなかつたものは、ナポレオン・ボナパルトであつた。彼は高価な寝台の彫刻に腹を当てて、打ちひしがれた獅子のやうに腹這ひながら奇怪な哄笑を洩すのだ。

「余はナポレオン・ボナパルトだ。余は何者をも恐れぬぞ。余はナポレオン・ボナパルトだ。」

かうしてボナパルトの知られざる夜はいつも長く明けていつ

た。その翌日になると、彼の政務の執行力は、論理のままに異常な果断を猛々しく現すのが常であつた。それは丁度、彼の猛烈な活力が昨夜の頑癬に復讐してゐるかのやうであつた。

さうして、彼は伊太利を征服し、西班牙を牽制し、エヂプトへ突入し、オーストリアとプロシヤとデンマルクとスエーデンとを侵略してフランス皇帝の位についた。

此の間、彼の此の異常な果断のために戦死したフランスの壮丁は、百七十万人を数へられた。国内には廃兵が充満した。禱りの声が各戸の入口から聞えて来た。行人の喪章は到る所に見受けられた。しかし、ナポレオンは、まだ密かにロシアを遠征する機会を狙つてやめなかつた。此の蓋世不抜の一代の英気は、またナポレオンをして腹の田虫をいつまでも癒す暇を与へなかつた。さうして、彼の田虫は彼の腹へ癌のやうにますます深刻に根を張つていつた。此の腹に田虫を繁茂させながら、なほ且つヨーロツパの天地を攪乱させてゐるナポレオンの姿を見てゐると、それは丁度、彼の腹の上の奇怪な田虫が、黙々としてヨーロツパの天地を攪乱してゐるかのやうであつた。

三

ナポレオンはジエーエーブローの条約を締結してオーストリアから凱旋すると、彼の糟糠の妻ジヨセフイヌを離婚した。さうして、彼はフランス皇帝の権威を完全に確立せんがため、新らしき皇妃、十八歳のマリア・ルイザを彼の敵国オーストリアから迎へた。彼女はハプスブルグ家、オーストリア神聖羅馬皇帝の娘である。彼女の部屋はチユイレリーの宮殿の中で、ナポレオンの寝室の隣りに設けられた。しかし、新らしきナポレオン・ボナパルトは、また此の古い宮殿の寝室の中で、彼の尨大な田虫の輪廓と格闘を続けなければならなかつた。

ナポレオンは若くして麗しいルイザを愛した。彼の前皇后ジヨセフイヌはロベスピエールに殺されたボルネー伯の妻であつた。彼女はナポレオンより六歳の年上で先夫の子を二人までも持つてゐた。今、彼はルイザを見ると、その若々しい肉体はジヨセフイヌに比べて、割られた果実のやうに新鮮に感じられた。だが、そのとき彼自身の年齢は最早や四十一歳の坂にゐた。彼は自身の頑癬を持つた古々しい平民の肉体と、ルイザの若々しい十八の高貴なハプスブルグの肉体とを比べることは淋しかつた。彼は絶えず、前皇后ジヨセフイヌが彼から圧迫を感じたと同様に、今彼はハプスブルグの娘、ルイザから圧迫されねばならなかつた。此のため、彼は彼女の肉体からの圧迫を押しつけ返すためだけにさへも、なほ自身の版図をますますヨーロツパに拡げねばをけなかつた。何ぜなら、コルシカの平民ナポレオンが、オーストリアの皇女ハプスブルグのかくも若く美しき娘を持ち得たことは、彼がヨーロツパ三百万の兵士を殺して勝ち得た彼の版図の強大な力であつたから。彼はルイザを見たと同時に、油を注がれた火のやうにいよいよロシア侵略の壮図を胸に描いた。殊に彼はルイザを皇后に決定する以前、彼の撰定した女はロシア皇帝の妹アンナであつた。しかし、ロシアは彼の懇望を拒絶した。さうして、第二に撰ばれたものは此のハプスブルグの娘ルイザである。ルイザにとつて、ロシアは良人の心を牽きつけた美しきアンナの住ふ国であつた。だが、ナポレオンにとつては、ロシアは彼の愛するルイザの微笑を見んがためばかりにさへも、征服せらるべき国であつた。左様に彼はルイザを愛し出した。彼が彼女を愛すれば愛するほど、彼の何よりも恐れ始めたことは、此の新らしい崇高優美なハプスブルグの娘に、彼の醜い腹の頑癬を見られることとなつて来た。もし出来得ることであるならば、彼は此のとき、フランス皇帝ナポレオン・ボナパルトの荘厳な肉体の価値のために、彼の伊太利と腹の田虫とを交換したかも知れなかつた。かうして森厳な伝統の娘、ハプスブルグのルイザを妻としたコルシカ島の平民ナポレオンは、一度ヨーロツパ最高の君主となつて納まると、今迄彼の幸福を支へて来た彼自身の恵まれた英気は、俄然として虚栄心に変つて来た。此のときから、彼のさしもの天賦の幸運は揺れ始めた。それは丁度、彼の田虫が彼を幸福の絶頂から引き摺り落すべき醜悪な平民の体臭を、彼の腹から嗅ぎつけたかのやうであつた。

四

千八百四年、パリーの春は深まつていつた。さうして、ロシアの大平原からは氷が溶けた。

或る日、ナポレオンはその勃々たる傲慢な虚栄のままに、いよいよ国民にとつて最も苦痛なロシア遠征を決議せんとして諸将を宮殿に集合した。その夜、議事の進行するに連れて、思はずもナポレオンの無謀な意志に反対する諸将が続々と現れ出した。此のためナポレオンは、終に遠征の反対者将軍デクレスと数時間に渡つて激論を戦はさなければならなかつた。デクレスはナポレオンの征戦に次ぐ征戦のため、フランス国の財政の欠亡と人口の減少と、人民の怨嗟と戦ひに対する国民の飽満とを指摘してナポレオンに詰め寄つた。だが、ナポレオンはヨーロツパの平和克復の使命を楯にとつて応じなかつた。デクレスは最後に席を蹴つて立ち上ると、慰撫する傍のネー将軍に向つて云つた。

「陛下は気が狂つた。陛下は全フランスを殺すであらう。万事終つた。ネー将軍よ、さらばである。」

ナポレオンはデクレスが帰ると、憤懣の色を表してひとり自分の寝室へ戻つて来た。だが、彼は此の大遠征の計画の裏に、絶えず自分のルイザに対する弱い歓心が潜んでゐたのを考へた。殊にそのため部下の諸将と争はなければならなかつた此の夜の会議の終局を思ふと、彼は腹立たしい淋しさの中で次第にルイザが不快に重苦しくなつて来た。さうして、彼の胸底からは古いジヨセフイヌの愛がちらちらと光りを上げた。彼は此の夜、そのまま皇后ルイザにも逢はずひとり怒りながら眠りについた。

ナポレオンの寝室では、寒水石の寝台が、ペルシヤの鹿を浮べた緋の緞帳に囲まれて彼の寝顔を捧げてゐた。夜は更けていつた。広い宮殿の廻廊からは人影が消えてただ裸像の彫刻だけが黙然と立つてゐた。すると、突然、ナポレオンの腹の上で、彼の太い十本の指が固まつた鍵のやうに働き出した。指は彼の寝巻を掻きむしつた。彼の腹は白痴のやうな田虫を浮べて寝衣の襟の中から現れた。彼の爪は再び迅速な速さで腹の頑癬を痒き始めた。頑癬からは白い脱皮がめくれて来た。さうして、暫くは森閑とした宮殿の中で、脱皮を痒きむしるナポレオンの爪音だけが呟くやうにぼりぼりと聞えてゐた。と、俄に彼の太い眉毛は全身の苦痛を受け留めて慄へて来た。

「余はナポレオン・ボナパルトだ。余はナポレオン・ボナパルトだ。」

彼は足に纏はる絹の夜具を蹴りつけた。

「余は、余は。」

彼は張り切つた綱が切れたやうに、突如として笑ひ出した。だが、忽ち彼の笑声が鎮まると、彼の腹は、獣を入れた袋のやうに波打ち出した。彼はがばと跳ね返つた。彼の片手は緞帳の襞をひつ攫んだ。紅の襞は鋭い線を一摑の拳の中に集めながら、一揺れ毎に環を鳴らして辷り出した。彼は枕を攫んで投げつけた。彼はピラミツドを浮べた寝台の彫刻へ広い額を擦りつけた。ナポレオンの汗はピラミツドの斜線の中へにぢみ込んだ。緞帳は揺れ続けた。と、彼は寝台の上へ跳ね起きた。すると、再び彼は笑ひ出した。

「余は、余は、何物をも恐れはせぬぞ。余はアルプスを征服した。余はプロシヤを撃ち破つた。余はオーストリアを蹂躙した。」だが、云ひも終らぬ中に、忽ちナポレオンの爪はまた練磨された機械のやうに腹の頑癬を痒き始めた。彼は寝台から飛び降りると、大理石の床《ゆか》の上へべたりと腹を押しつけた。彼の寝衣の背中に刺繍されたアフガニスタンの金の猛鳥は彼を鋭い爪で押しつけてゐた。と、見る間に、ナポレオンの口の下で、大理石の輝きは彼の苦悶の息のために曇つて来た。彼は腹の下の床石が温まり始めると、新鮮な水を追ふ魚のやうに、また大理石の新らしい冷たさの上を這ひ廻つた。

丁度その時、鏡のやうな廻廊から立像を映して近寄つて来るルイザの桃色の寝衣姿を彼は見た。

彼は起き上ることが出来なかつた。何ぜなら、彼はまだ、ハプスブルグの娘、ルイザに腹の田虫を見せたことがなかつたから。ルイザは呆然として、皇帝ナポレオン・ボナパルトが射られた獣のやうに床の上に倒れてゐる姿を眺めてゐた。

「陛下、いかがなさいました。」

ボナパルトは自分の傍に蹲み込む妃の体温を身に感じた。

「ルイザ、お前は何にしに来た？」

「陛下のお部屋から、激しい呻きが聞えました。」

ルイザはナポレオンの両脇に手をかけて起さうとした。ナポレオンは周章てて拡つた寝衣の襟をかき合せると起き上つた。

「陛下、いかがなされたのでございます？」

「余は恐ろしい夢を見た。」

「マルメーゾンのジヨセフイヌさまのお夢でございませう。」

「いや、余はモローの奴が生き返つた夢を見た。」

と、ナポレオンは云ひながら、執拗な痒さのためにまた全身を慄はせた。

「陛下、お寒いのでございますか。」

「余は胸が痛むのだ。」

「侍医をお呼びいたしませうか。」

「いや、余は暫くお前と一緒に眠れば良い。」

ナポレオンはルイザの肩に手をかけた。ルイザはナポレオンの腕から戦慄を噛み殺した力強い痙攣を感じながら、二つの鐶のひきち切れた緞帳の方へ近寄つた。そこには常に良人の脱さなかつた胴巻が蹴られたやうに垂れ落ちて縮んでゐた。絹の敷布は寝台の上から掻き落されて、開いた緞帳の口から湿つた枕と一緒にはみ出てゐた。

ナポレオンは寝台に腰を降ろすとルイザの福やかな腰に片手をかけた。だが、彼は、今はハプスブルグの娘に自分の腹を隠し通した苦痛な時間が腹立たしくなつて来た。彼は腹部の醜い病態をルイザの眼前に晒したかつた。その高貴をもつて全ヨーロツパに鳴り響いたハプスブルグの女の頭上へ、彼は平民の病ひを堂々と押しつけてやりたい衝動を感じ出した。――余は一平民の息子である。余はフランスを征服した。余は伊太利を征服した。余は西班牙とプロシヤとオーストリアを征服した。余はロシヤを蹂躙するであらう。余はイギリスと東洋を蹂躙する。見よ、ハプスブルグの娘――

ナポレオンはひき剥ぐやうに。寝衣の両襟をかき拡げた。

ルイザの視線はナポレオンの腹部に落ちた。ナポレオンの腹は、猛鳥の爪の刺繍の中で、毛を落した犬のやうに汁を浮べて爛れてゐた。

「ルイザ、余と眠れ。」

だが、ルイザはナポレオンの権威に圧迫されてゐたと同様に、彼の腹の、その刺繍のやうな毒々しい頑癬からも圧迫された。オーストリアの皇女、ハプスブルグの娘は、今初めて平民の醜さを眼前に見たのである。

ナポレオンは彼女の傍へ身を近づけた。ルイザは緞帳の裾を踏みながら、恐怖の眉を顰めて反り返つた。今はナポレオンは妻の表情から敵を感じた。彼は彼女の手首をとつて引き寄せた。

「寄れ、ルイザ。」

「陛下、侍医をお呼びいたしませう。暫くお待ちなされませ。」

「寄れ。」

彼女は緞帳の襞に顔を突き当て、翻るやうに身を躍らせて、広間の方へ馳け出した。ナポレオンは明らかに貴族の娘の侮蔑を見た。彼は彼の何者よりも高き自尊心を打ち砕かれた。彼は突つ立ち上ると、大理石の鏡面を片影のやうに辷つて行くハプスブルグの娘の後姿を睨んでゐた。

「ルイザ。」と彼は叫んだ。

彼女の青ざめ顔が裸像の彫刻の間から振り返つた。ナポレオンの炯々とした眼は緞帳の奥から輝いてゐた。すると、最早や彼女の足は慄へたまま動けなかつた。ナポレオンは寝衣の襟を拡げたままルイザの方へ進んでいつた。彼女はまたナポレオンの腹を見た。静まり返つた夜の宮殿の一隅から、薄紅《うすくれなゐ》の地図のやうな怪物が口を開けて黙々と進んで来た。

「陛下、お待ちなされませ、陛下。」

彼女は空虚《から》の空間を押しつけるやうに両手を上げた。

「陛下、暫くでございます。侍医をお呼びいたします。」

ナポレオンは妃の腕を攫んだ。彼は黙つて寝台の方へ引き返さうとした。

「陛下、お赦しなされませ。御無理をなされますと、私はウイーンへ帰ります。」

磨かれた大理石の三面鏡に包まれた光の中で、ナポレオンとルイザとは、明暗を閃めかせつつ分裂し粘着した。争ふ色彩の尖影が、屈折しながら鏡面で衝激した。

「陛下、お気が狂はせられたのでございます。陛下、お放しなされませ。」

しかし、ナポレオンの腕は彼女の首に絡まりついた。彼女の髪は金色の渦を巻いてきらきらと慄へてゐた。ナポレオンの惨忍性は、ルイザが藻痒けば藻痒くほど怒りと共に昂進した。彼は片手に彼女の頭髪を縄のやうに巻きつけた。——逃げよ。余はコルシカの平民の息子である。余はフランスの貴族を滅ぼした。余は全世界の貴族を滅ぼすであらう。逃げよ。ハプスブルグの女。余は高貴と若さを誇る汝の肉体に、平民の病ひを植えつけてやるであらう。——

ルイザはナポレオンに引き摺られてよろめいた。二人の争ひは、トルコの香料の匂ひを馥郁と撒き散らしながら、寝台の方へ近かづいて行つた。緞帳が閉められた。ペルシヤの鹿の模様は暫く緞帳の襞《ひだ》の上で、中から突き上げられる度毎に脹れ上つて揺れてゐた。

「陛下、お気をお沈めなさりませ。私はジヨセフイヌさまへお告げ申すでございませう。」

緞帳の間から逞しい一本の手が延びると、床の上にはみ出てゐた枕を中へ引き摺り込んだ。

「陛下、今宵は静にお休みなされませ。陛下はお狂ひなされたのでございます。」

ペルシヤの鹿の模様は静まつた。彫刻の裸像はひとり円柱の傍で光つた床の上の自身の姿を見詰めてゐた。すると、突然、緋の緞帳の裾から、桃色のルイザが、吹きつけられた花のやうに転がり出た。裳裾が空宙で花開いた。緞帳は静まつた。ルイザは引き裂かれた寝衣の切れ口から露はな肩を出して倒れてゐた。彼女は暫く床の上から起き上らうとしなかつた。掻き乱された彼女の金髪は、波打つたまま大理石の床の上へ投げ出されてゐた。

彼女は漸く起き上ると、青ざめた頬を涙で濡らしながら歩き出した。彼女の長い裳裾は、彼女の苦痛な足跡を示しつつ緞帳の下から憂鬱に繰り出されて曳かれていつた。

ナポレオンの部屋の重々しい緞帳は、そのまま湿つた旗のやうに明方まで動かなかつた。

五

その翌日、ナポレオンは何者の反対をも切り抜けて露西亜遠征の決行を発表した。此の現象は、丁度彼がその前夜、彼自身の平民の腹の田虫をハプスブルグの娘に見せた失敗を、再び一時も早く取り返さうとしてゐるかのやうに敏活であつた。殊に彼はルイザを嫁つてから、彼に皇帝の重きを与へた彼の最も得意とする外征の手腕を、まだ一度も彼女に見せたことがなかつた。

ナポレオン・ボナパルトの此の大遠征の規模策戦の雄大さは、彼の全生涯を通じて最も荘厳華麗を極めてゐた。彼は国内の三十万の青年に動員令に対する準備を命じた。更に健全な国内の壮丁九十万人を国境と沿海戦の守備に充てた。なほその上に、彼はフランス本国から二十万人を、ライン同盟国から十四万七千人を、伊太利からは八万人を、波蘭とプロシヤとオーストリアから十一万人、これに仏領各地から出さしめた軍隊を合せて七十万人に、加ふるに予備隊を合して総数百十万余人の軍勢をドレスデンへ集中させた。さうして、ナポレオンは、彼の娘のごとき皇后ルイザを連れてパリーからドレスデンまで出て行つた。ドレスデンでは、ルイザの父オーストリア皇帝、プロシヤ皇帝、同盟各国の最高君主が一団となつて、百十万余人の軍隊と共に彼ら二人の到着を出迎へた。

此の古今未曽有の荘厳な大歓迎は、それは丁度、コルシカの平民ナポレオン・ボナパルトの腹の田虫を見た一少女、ハプスブルグの娘ルイザのその両眼を眩惑せしめんとしてゐる、必死の戯れのやうであつた。

かうして、ナポレオンは彼の大軍をいよいよフリードランドの大原野の中へ進軍させた。

六

ナポレオンの腹の上では、今や田虫の版図は経六寸を越して拡つてゐた。その圭角をなくした円やかな地図の輪廓は、長閑な雲のやうに美妙な線を張つて歪んでゐた。侵略された内部の皮膚は乾燥した白い細粉を全面に漲らせ、荒された茫々たる砂漠のやうな色の中で、僅かに貧しい細毛が所どころ昔の激烈な争ひを物語りながら枯れかかつて生えてゐた。だが、その版図の前線一円に渡つては数千万の田虫の列が紫色の塹壕を築いてゐた。塹壕の中には膿を浮べた分泌物が溜つてゐた。そこで田虫の群団は、鞭毛を振りながら、雑然と縦横に重なり合ひ、各々横に分裂しつつ二倍の群団となつて、脂の漲つた細毛の森林の中を食ひ破つていつた。

フリードランドの平原では、朝日が昇ると、ナポレオンの主力の大軍がニヱメン河を横断してロシアの陣営へ向つていつた。しかし、今や彼らは連戦連勝の栄光の頂点で、尽く彼らの過去に殺戮した血色のために気が狂つてゐた。

ナポレオンは河岸の丘の上からそれらの軍兵を眺めてゐた。騎兵と歩兵と砲兵と、服色燦爛たる数十万の狂人の大軍が林の中から、三色の雲となつて層々と進軍した。砲車の轍の連続は響を立てた河原のやうであつた。朝日に輝いた剣銃の波頭は空中に虹を撒いた。栗毛の馬の平原は狂人を載せてうねりながら、黒い地平線を造つて潮のやうに没落へと溢れていつた。

(「文藝時代」大正15年1月号)

FOU

一名「おれもさう思ふ」

佐藤春夫

彼は立ちあがり際に、もう一度、マドレエヌ寺院の大円柱の列と大階段と、またその側の花市場とに、影と日向とが美しく排列してゐるのを一目に見渡してから、旗亭ラリュウから出た。すると、表口に、素晴らしい総ニツケルの自動車が、彼の哀れなシトレインのそばに乗り捨ててあるのを見出した。

さつきまでは無かつた車だ。

目のさめるやうなロオルス・ロイス号であつた。

形は何といふか未だ一度も見たこともない。

どこもかしこもキラ〳〵と耀いてゐる。

彼はそれへ乗つて見たいと思つた。そこで彼は乗つた。それから把手をとつて、車の向いてゐる方向へ進めた。

車は自づとリユウ・ロワイヤアルの人ごみへ出た。コンコルド広場の方尖塔《オベリスク》を右へまはるともうシヤンゼリゼだつた。ロオルス・ロイスは少しも動揺しなかつた。そればかりかちつとも音がしなかつた。彼はもつと音のたつほど勢よくやつた。しかし、車は更に音を発しなかつた。気がついて見るとタコメータアは百二十キロメートルを示してゐたので、彼は驚いて速力をゆるめた。そんなことをしてゐるうちに凱旋門《エトワアル》はもう通り過ぎて、ボア・ド・ブウロオニユへ来てゐた。しかし、この公園へ来てからロオルス・ロイスはどこか機嫌が悪いやうに思へた。そこで彼は車をとめて下りてみた。

機械をあけて彼が見てゐると、そばに一人のニツカボツカをはいた十二ぐらゐの少年が見物してゐた。腹を突き出して、両方の腰骨のところへ両手の甲をくつつけて腕を花瓶の把手のやうな恰形に曲げ、実に仔細けな様子で立つてゐるところは、見るからガマン・ド・パリの見本だつた。

＊　＊　＊　＊

ガマン・ド・パリ (Gamin de Paris) といふのは、全く一種の人種なのだ。ガマンといふのは「往来を己の家として遊ぶ悪童」などといふ説明は全く当らない。言はゞ彼等は近代のエルフなのだ。子供でありながら全く大人と同じような智恵を持つてゐる。言葉を持つてゐる。さうして大人と全く同じような行為をする。重に悪い方の事ばかりである。彼等はたとへば、見すぼらしい散歩者を見つける。ぢつとその行く手へ立ちふさがる。さうして相手の服装を見上げ見下す。もう一ぺん下から見上げて行つて、相手の顔のところへはたと彼の瞳をとめると思ふと、「ねえ、君。春だよ、日曜日だよ。君は若いんだね。散歩だね」

さう言つて再び相手の泥靴と古帽子とに一瞥をくれると、ゆつくり立去るのだ。そんなことばかりしてゐればそれもよいが、時々には大それた事を仕出かす。現にごく近ごろなども十三になる子供が二人の手下と、もうひとり彼の情婦（十三で情婦を持つてゐるのだ）とを手伝はせて、金持ちの婆さんを殺した。下手人が彼等だとわかつてゐても、どうしても捉まらない。非常なサンサシヨンを起して、それでもよほど日がたつてマルセイユで捕縛された。怖ろしい早熟な精神的畸形児なので、彼等が大人の悪党と違つてゐるところは、もつと生々とした機智を持つてゐて、もつと魅力的な点だけなのだ。かういふ人種はパリのやうな不思議な都市でなければ生れないし、さういふものが生れるに就ては決して無視出来ない社会学上の題目として、ガマン・ド・パリといふ名称があり、それを研究した大冊子さへある程なのである。

ロオルス・ロイスの機械を直してゐる彼を見物してゐた子供もさういふ連中のひとりであつたらしい。

突然言つたのだ――

「君、その車は君のかね」

彼は驚いて子供を見上げた。それから彼の独特の笑顔を見せながら答へた――

「なあに、おれのではないよ。ラリユウの前におれの車の横にあつたから、おれは乗りたくなつて乗つて来たのだ」

「なるほどな」とガマンが言つた「だが、それはどうも、もとの持主に返した方がよささうだねえ」

「あ！　おれもさう思ふ」

彼はさう答へてから、急に気がついて、ともかくも動くロオルス・ロイスに乗るといそいでラリユウへ引かへした。

そこの表口にはひとりの紳士がきよろ〳〵してゐた。さうして光りながら飛んで来るロオルス・ロイスを見ると、うれしさで思はず手を上げて叫んだ――

「来た！　来た！　帰つて来た！」

停つた車のなかゝらは、彼が、

「え、行つて来ましたよ」

と言ひながら、例の彼特有の笑顔をして車を出て来た。

「君は一たいどこまで行つたのです」

「公園まで。ボア・ド・ブウロオニユまで」

「僕は心配してゐた」と持主は言つた。しかし相手の美しい笑顔を見ると慍る気持などは消えた。さうして言ひ直した。

「それはよかつた」

「が、困つた事にはどこかにちよつとした故障が出来たのです」

「どれ〳〵」と言つて彼等はしやがんで見た。

「なあに。仕方がない。何でもない事だ」

持主は却つて彼を慰めるやうな口調で言ひながら、車に乗つた。

辷つて行くロオルス・ロイスを見送りながら彼は「何といふい、車だらう」とさも感に堪えたやうにひとり言を云つた。それから自分の車に乗らうとすると、旗亭の支配人が出て来て彼に話しかけた。その時つか〳〵と来て、彼の腕をとつた人があると思つたら、それは警官だつた――

「ちよつと、お話をいたしませう」

警察署へ行つてからも彼はいつもにこ〳〵してゐた。それから表には
M. Marqi Içino
とあり、裏がへせば
石野牧雄
といふ形の字のある名刺を渡した。彼は彼等の前で、その日の昼飯後に起つた心持と事実とをすつかり話した。

署長は暫くして
「あなたは誰か知り人がありますか」

と尋ねた。

「日本人なら誰でも」

と彼は答へた。

「では、仏蘭西人では？　ありませんか」

と署長が重ねて尋ねた。

「あります」と彼は答へた「フロオランス・ド・タルマです」

「その貴婦人は何処にゐますか」

「モンパルナスのリユウ・ダレジアの……」

彼は答へかけて胴忘れをしてゐたので、手帳を出して、それを控へてあるところを出してみせた。

フロオランス・ド・タルマは呼ばれたと見える。彼女はほどなくそれへ来た。さうして来るなり、彼を見て、

「お丶！　マキ！」

と呼んだ。

「あなたは、」と署長はフロオランス・ド・タルマと呼ばれた女をよく見ながら言つた「この若い東洋の紳士を知つてゐるのですね」

「え！　知つてゐますとも。どうしてです」

「あなたはどうして知つてゐるの」

「それは」とフロオランスは美しい流眄を先づ署長に見せそれから、マキの方へ同じ瞳を向けて、ぢつとマキを見ながら「だつて、わたしの可愛いいマキですもの」

彼女は言つてしまつてから、目を落して彼女の手をついてゐた卓子を見ながら、その塵まみれの卓へ大きく
Ｆ　Ｏ　Ｕ
と、三字書いた。それから手巾を出して細い指さきをふきながら言つた――

「音なしいマキが一たいどうしたといふのです」

彼女は片目を細くして片えくぼで笑つた。この小意気な女の様子を見た署長は、彼女が自分の体でかくしてこつそり塵の上へ書いた文字を、頷きながら読んだ――fou《フウ》（狂人）

＊　＊　＊　＊　＊　＊

「あなたはいつこの国へ御出でになつたのです」

「ほんの未だ一年ばかりにしかなりません」

「ほう、それにしては何と流暢にお話なさることでせう。……時に、失礼なことを伺ひますが、あなたは、以前、どこかで、御国でもこちらででも、誰かから、ええ、精神的に人と違つた、つまり異常ですな、そんなことがあるやうに言はれたことでもありましたか」

フロオランス・ド・タルマといふ女を帰してしまつてから後、イシノの日本人の友達センキチ・イナガキを呼ぶ間に、署長と彼とはかういふ風に問答を始めた。イシノは例によつていつも柔和に笑つてゐた。彼は答へた――

「人々は私のことを時々さう言ひます。一たい私は日本人だかどうだか自分で疑はしいのです。私は考へるのに私たち――私の一家族はきつと、日本へお客に来てゐるのです。さうしてあまり永居をして嫌はれてゐるのです。また私たちも習慣の違つたところで迷惑をしてゐるのです。私たちは多分、支那人――そこが盛んであつた唐の時分か何かの支那人なのでせう。そのしるしには、私はかうやつて（と言ひながら彼は、自分の一枚の掌を鼻の前へ、恰も顔を竪に二等分するやうに立てた）星を見る。片方の目では星が犬に見え、別の片方では同じその星が狩夫《かりうど》に見えるのです――これはたしかに、私が支那人である証

拠だと言つたのです。すると、私たちの家族は私を発狂したと言つたのです。日本の政府では私が日本国民であることを嫌つてゐるやうに誤解したと見えるのです。一隊の軍人を差向けて私を捕縛しに来たものです。私はそれですつかり頭の毛を剃つてしまつて、その上にも変装して逃げまはつたのです。私は特殊部落の家の壁と壁との間で二日匿れてゐました。私は人に賤しめられ軽んぜられてゐる人々は、かへつて親切なものだといふことを知つてゐたからです。それでも私はたうとう、つかまへられたのです。尤も、それは軍隊にではない。私の兄にですが。兄は私にしばらく病院へ行くやうに勧めたのです。その病院は治外法権だといふことを兄は説明してくれました。しかし私は間もなく病院がいやになつたのです。病院でも私に居る必要がないと言つたのです。病院から出た私は、しかし、いつでも不安でした、私は多分殺されるだらうと思つたのです。私の伯父も殺されたのです——非戦論を説いてゐる時に、石礫が額へ飛んで来たからです。私は兄に説いて、我々はもう日本の土地に客になつてゐることはやめて、フランスへ行かうと勧めてみたのです。兄は同意しませんでしたが、私にだけここへ来ることを賛成しました。私は兄を愛してゐるのです。それにフランスならもつと愛してゐます。そこにはフロオランスがゐるし、また今日は私に好いロオルス・ロイスを黙って乗ることを宥してくれた好い紳士があるし、子供は私に最もいい忠言をしてくれたのです——それはどうも、もとの持主に返した方がよささうだねえと賢い事を教へてくれたものです……」

イナガキが来た時、署長はイシノを顧みながらイナガキに言つた。

「あなたの友人は、しばらくの間、我々が指定する病院へ入れて置いて下さい」

署長はイナガキに書いた紙をくれた。それは或る顛狂院へ宛たものであつた。

＊　＊　＊　＊　＊　＊

フロオランスが顛狂院へ彼を訪ねた時には、彼は紙ぎれへぺンで絵を書いてゐた。大きな高い建物の窓には、その一つ一つに人がのぞいてゐた。その人々の窓の方へ鳥に似た魚が列をして流れ泳いでゐるデザインだつた。彼はそれを手をのばして目から遠ざけて持つた。さうしてそれを彼自身でも見、フロオランスにも見せながら言つた——

「どうだ、フロオランス。面白いではないか」

「ほんとうに面白いのねえ」

しかし、彼は直ぐにその上へめちやくちやの線を引いてしまつた。

「あら、どうしてそんなことをなさるの」

「何、この絵は少しどうも思ひつきすぎる。——それだけだからね」

「マキ」とフロオランスは言つた「あなた、こんなところへ来て可愛さうに。でも、牢屋よりはよかつたでせう。でも、わたしはあなたを毎日見ないではゐられないのだもの。ここならば見舞ひに来られるでせう。だから、わたし、あなたをここへ来させるやうにしたのだわ。怒らないでね、そのうちに、もう直ぐまたここから出られるのだからね。――それにしてもあなた、どんなことをなすつたの、警察などへ呼ばれて」

「美しい自動車へ、人のだつたのを忘れて三十分ほど乗つたんだよ」

「まあ！　そんな事。ほんとうに可愛さうにねえ。でも、ここはそんなに不自由ではないでせう」

「不自由なものか」とマキは答へてゐた「住みごこちのいいところだ。お前は見舞ひには来てくれるし。………ただ少しいけないのは、お前の臥床がここに用意してないことだ」

「もう、ほんの十日ほど。さうしてあなたがここを出たら、わたし今度はあなたと同棲しますわ。その方が今までよりももつと楽しいでせう、きつと」

「さうだ。おれもさう思ふ」

と、マキが答へた。

彼等は柔かく抱擁して、フロオランスは部屋を出やうとした。マキは彼女を呼びとめて、金をやつた。フロオランスは拒んだけれども結局は受取つた。といふよりは一緒に世帯を持つ時の用意にしまつて置いたのだ。為替相場が日本の金に有利で、マキはその時いつもよりももつと澤山に金を持つてゐた。きのふラリユウへ行く前に為替を銀行から取つたばかりであつた。

フロオランスが帰つてしまふと、彼はここを出てからフロオランスと同棲することの楽しみを思ひつづけた。それからきのふ公園で逢つたあの子供と、その忠言とがまた思ひ出された。

「それはどうも、もとの持主へかへした方がよささうだねえ」

「おれもさう思ふ」

さう答へた彼自身も好かつたと思つた。

「……わたし今度はあなたと同棲しますわ。その方が今までよりももつと楽しいでせう、きつと」

「さうだ、おれもさう思ふ」

彼はこの二つの会話を思ひ起すのがひどく楽しかつた。彼の口もとには微笑が日にかがやいてゐる出水のやうに湧き上つた。さうして彼はいつまでも、唇を動かして呟いてみてゐた――

「おれもさう思ふ」「おれもさう思ふ」「おれもさう思ふ」

…………

その次の日にもフロオランスは、水絵具と早咲きのヒヤシンスとを持つて、また見舞ひに来た。

「ヒヤシンスなんて、そんな馬鹿なものをあなたお描きなされやしませんわね。これはただ持つて来たのよ。こんなものは女学生が描くんだわ」

「おれもさう思ふ。――美しい花だ」

イシノはにつこりと笑つた。誠にこの上もなく邪気のない笑顔であつた。――この笑を見るだけの事にでもフロオランスは、彼と同棲する値があると信じたのかも知れないのだ。

＊　＊　＊　＊　＊　＊

イシノがいつも食事をしてゐたのは、モンパルナスのオオ・ボン・コアンといふ家であつた。

或る晩、彼はそこで、自分のうしろに女の口小言が洩れてゐるのを聞いた――

「まあ、何といふ穢らはしい無作法なことだらう………」

イシノはふりかへつた、自分の事が言はれてゐるやうに思つたので。

そこには、後の卓に、若い女がスウプの匙を持ち上げたまま、眉をひそめてゐた。目ざとくかの女は、ふりかへつたイシノを見た。

「ね、ほんとうにいやなうちではありませんか。スウプのなかに髪の毛があるなんて」

かの女は半は訴へ半は申訳らしく、イシノにさう言つた。

「さうですか。それは怪しからん。不都合だ」

と、イシノが答へた。彼は女を美しいと思つた。しきりに目ばたきをした。女に同意するのが愉快でもあつた。

彼はその女とは、以前にも二三度この家で逢つたことがあるやうに思つた。さうしてスウプのなかの髪の毛以来、彼等は口を利き合つた。時々、見かけるうちにだん〲親しくなつた。

或る晩、かの女は彼にむかつて、自分の家へ遊びに来るやうに誘うた。女のあとについて行くと、それはユウ・ダレジアの坂道を上つた高みにある家の一室であつた。

フロオランスは扉の鍵をあけると、かの女に従うて部屋に這入つて来た彼に、

「まあ、お掛けなさい」

と、一つの椅子を示して置いたまま、フロオランスはすぐに次の部屋へ這入つて行つた。次の間との扉は半ば開かれたままであつた。さうしてそれが彼の示された椅子と相対してゐた。

彼は部屋のなかを見まはした。フロオランスのこの客間は深紅なカアテンが天井から四方にさげられて、この部屋を天幕のなかのやうに見せかける趣向にしてあるやうに思へた。土耳古洞房《ハレム》の釣ランプを形どつたやうな燈火があつた。

彼をそこに残したまま、女は次の間から出て来なかつた。と、絹ずれの音がして、フロオランスは次の間で着物を着かへてゐるらしかつた。彼が正面の半開きの扉を自づと見ると、かの女のシミユズだけになつた姿が、一瞬間見えてゐた。それがかくれたけれども足だけまだ見えてゐた。それが紫色の覆紗《かさ》のある光のなかで浮き出して見えた。そこには臥台もあつた。

イシノはステツキの握りに彼の顎をのつけたまま、ノオトルダムのガイゴオルのやうにぢつと次の間を見てゐた。フロオランスは、しかし、いくら待つても次の間からは現はれさうになかつた。彼は待ちくたびれて椅子から立ち上り、一たん外してあつた新《さら》の襟巻を（寒くなりかかつた頃であつたので）頸に巻

きつけると、帽子を冠りなほして、

「さよなら」

と叫んだまま、部屋から出て来てしまつた。

女には男の様子が解せなかつたし、男にはまた女の様子が解せなかつた。

イシノは帰りながら、彼があの次の間まで進んで行つても差支へなかつたのではないかと考へた。さうしなかつたのが心残りでもあつた。さうして、もし今度あのやうなことがあつたならば、と空想したが、それにしてもかの女は少し犯し難いところがあるやうに感じた。

ラスパエ広道の二〇九番にある彼の画室は、フロオランスの家から遠くない。

その次の機会に、彼がオオ・ボン・コアンでかの女に逅つた時に、女は大へん笑つた。それから今まで見たこともないやうな美しい流し目で、ぢつと彼を見た。

彼が、こんどまたもう一度、かの女の家へ行つてもいいかと尋ねると、女は、

「え、え。いつでも!」

さう言つて、果物のなかにある白い種のやうな歯を見せて、その笑顔で、ぢつとイシノを見入つた。

マキ・イシノは全く伊太利人のやうに美しい。可愛いい小柄だ。

三度目に、彼がかの女を訪ねた時から、マキ・イシノとフロオランス・ド・タルマとのほんとうの奇妙な情史が始まつた。

「何といふ内気な、おぼつこい坊ちやんだらう!マキ。私のマキ。マキてあなたMarquisぢやないの。若い侯爵ぢやないの?」

「いいや、どうして? 僕はただの市民なのだよ」

「それにしては、わたし、あなたのやうな上品な方をまだ一ぺんも見たことはない」

偽りもなく、それは今までにフロオランスを彼ほど上品に取扱つた男は、決してひとりだつてなかつたらう。

「私はお前を愛してゐる」

と、イシノが言つた。

フロオランスは接吻で彼に答へた。

かの女が尋ねるがままに、彼はさまざまなことを話した。一つ一つの目に同じ一つの星が犬と狩夫とに見えたことも、彼の伯父が何故死んだかといふことも、女は黙つて驚いて聞いてゐた。女は彼の年を自分と同じ年だらうと言つた。さうしてかの女自身の年を、人には二十三と言つてゐるがほんとうは二十五だと言つた。

「二十五。私も二十五だつて?私は三十六だよ」

女はマキの言葉を容易には信じなかつた。やつと信じた時に言つた、

「何と、あなたはほんとうに英国の貴族のドリアン・グレイのやうな方だ」

女はドリアン・グレイを実在のロオドぐらゐに思つてゐるらしかつた。

「それでは、あなたお国には奥さんがおありなの」

「ある。――多分もう国の港へ着いただらう。あれは僕と一緒にこの国へ来たのだが、懐妊したから国へかへつた。多分来年の二月には私の子供が生れるだらう」

「まあ！――あなたの奥さんになつた仕合せな人の名前は何といふの」

「春江」

「ハルエ？」

「さうだ」

「……あ、仕方がないわ」

今度は女が身の上を話す番になつた。

かの女は今までに、さういふことは誰にも打明けたことはないのだと前置きした。

ド・タルマと由緒ありさうな名のりをしてゐるこの女の素性が、イシノには、だんだんはつきりして来た――ツウレイヌのロアアルの水を見渡す地方の山腹に、シヤトウ・ド・タルマといふ城がある。それがフロオランスの揺籃のある家だ。フロオランスは自由な生活がしたくつて、二十一の年にそこから遁れ出して来たのだ。（世界中にモンパルナスよりいいところはない）生れた城には大きな紫丁香花とすつかり白髪になつた父とがある。父はしかし衰へずに封建時代そのままの精神でまだ生きてゐる。フロオランスにはそれが幽霊にしか思へない……………

＊　＊　＊　＊　＊　＊

イナガキは癲狂院へイシノを見舞ひに来て、主治医に面会した。どれぐらゐ永いこと入院する必要があるかを日本へ通告しなければならないと思つたのだ。

主治医は言つた「私には全く見当もつかないのだ。いや、入院期間の予想だけではない。患者の状態もです。私はあれほど優雅で柔和な紳士は恐らく癲狂院の外では発見出来まいと思つてゐるくらゐです。（笑）現に看護人もさう言つてゐますがね。しかしあまり平和すぎるところが病的でないことはない。しかし社会へ出しても、多少の常軌を逸するやうな事があつたとしても、決して他人に傷害を与へるやうな惧れは殆んど絶対的にないやうに思ふのです。今のままならばですね――しかし御承知のとほり、精神病患者といふものは、快活で温和なあとの週期には反動的に憂鬱や兇暴などの現象を呈する不安があるのです――今まで、ムツシウ・イシノはそんな状態を見せたことはありませんか」

「いいえ決して」とイナガキは答へた「以前、彼は多少意地悪るなところがないではなかつたですが、もう半年以上も経つ間、今頃と同じやうにいつも愉快げに親切げに感謝して生きてゐるのです。また意地悪るなどと言つても、それが却つて常人に近くなるぐらゐなもので、さういふ時にはきつと彼の狂気が治つてゐるのだらうかと思ひます。さういふ意味では、彼の狂気はまあ治さずに置きたいぐらゐなものですよ。（話す者も聞く者も笑つた）それに常軌を少し逸してゐるのは性来のやうです。――イシノの情人にフロオランスといふ女がゐるのです。それが警察署へイシノが呼ばれてゐるのをみて、狂人だと言つた方が簡短に片づくと思つたので、さう言つたのださうです。われ〳〵の目から見ると、今日このごろ彼が特に狂気のやうには思へないのです」

「なるほど。さういふ事情があるんですか。それでは大丈夫でせう。もう一週間もここにゐて貰つて、よく注意してみた上で退院を認める診断書を警察署まで出しませう」

――イシノは十三日、瘋狂院にゐた。

＊　＊　＊　＊　＊

土耳古風の――しかし土耳古製ではないかも知れない絨氈。何処かで拾ひ上げて来た桝の衣装棚。それから部屋の天幕になる深紅の大きなカアテン。黄銅製のハレムランプ。ロココ風の椽のある隋円形の鏡。それから流行小説の本を十五六冊。テラコツタの牧羊神。ナゴヤ製の七宝の花瓶――それには揚羽の蝶が三十羽以上あつた。もとは螺線の柱がついてゐたらうと思はれる寝床。

以上はフロオランスがイシノの画室へ新らしく運び込んだ品々であつた。イシノが瘋狂院を出ると直ぐかうして、フロオランスとの同棲が始まつた。

フロオランスは朝の九時から五時まではここにはゐなかつた。かの女は毎日オフイスへつとめなければいけなかつたのだ。かの女のオフイスは誰にも秘密だつた。イシノにさへもなるべくならば明したくないと言つた。女がさういつた時、イシノはそれ以上聞かうとしなかつた。しかし女は、それはロシヤ人などの多く集る或る秘密結社のオフイスで、それを知ることはやがて、その結社の同人である嫌疑を持たれるから、イシノにもこれ以上はつきり告げたくないと説明した。

ひとりで退屈することはあつても、彼にはその退屈でさへ幸福なものであつた。さうして五時半になると女はきちんと帰つて来たのである。

或る日、稲垣が訪れて来た。病気の見舞ひを言ひ、様子の変つた部屋を見まはし、フロオランスが不在だといふことを確めてから稲垣は言つた。

「君はフロオランスを愛してゐるんだね」

「さうだ。どうして？」

「フロオランスは君を愛してゐるかい」

「さうだ。どうして？」

「でも――まあ、聞きたまへ、これは君たちを知らない人が言ふんだから。みんなはフロオランスが君を愛してはゐまいといふのだ。いや愛してゐるには違ひないが、君があの女と同棲することには、みんなあまり賛成してゐないのだ。みんなはあの女には秘密な生活があるやうに言つてゐるんだ」

「それは本当だよ。――だから、今でも留守なのだ。昼間は日曜の外にはいつも留守だ。君たちはあの女をよく知らないのだ。あの女のことは僕だけしか知らない。あの女を僕ほど知つたら、誰だつてあの女を愛せずにゐられまい」石野は言ひつづけた
「みんな何故、賛成しないのだらう。君たちは、僕がどうしてこんなにたのしいか、いつも笑つてゐられるか、その理由に気がつかないのだね。考へてみたまへ、僕の性格が一変したのはフロオランスに出逢つて以来だ。僕にはひがみがなくなつた。僕は人を疑ふことをしなくなつた。僕は意固地なこころから解放された。僕は人を毛嫌ひしなくなつた。ね、このとほり。一口にいふと僕は母のそばにゐて満足した子供みたやうに世の中をながめられる。たのしいではないか。それではさういふ調和を誰がくれたと思ふ。別に神さまがくれたのぢやない。たつたひとりの女だ。フロオランスだ。――それだのに君たちはどうして賛成しないのだらう。調和のある心を与へられてたのしいといふことは、君、悪いことではないだらう」

　稲垣は黙つてしまつた。石野の言葉は、彼がそのやうに温和に心から楽しんでさういふ以上、真実であり反対すべきものではなかつた。――さういふよりは、石野の無邪気で信実な笑顔は、人々に絶えて反対の言葉を言はせなかつたのだ。

「画は描けるかい」

と稲垣が尋ねると、石野は
「いいや、描かうと思はない。あまり生活がたのしいので」

と答へた。それから彼はつけ足して言つた、

「何しろ、僕の画はあまりまづいのでつく〴〵いやになる」

「画など、たとへまづくたつて、幸福ならばそれに越すことはない」

「おれもさう思ふ」

とイシノがにこ〴〵しながら言つた。

　七月の末にはフロオランスの発議で、彼等はスイスの湖水めぐりに出かけた。

＊　＊　＊　＊　＊　＊

　九月になつて旅から帰つて来てみると、春江の手紙が二通来てゐた。別に写真があつた。それは生れた子供を抱いてゐる若い母だつた。手紙には、産れたのは女の児で名はお兄さまが、遠くで出来た子供だといふので萬里子とつけてくだすつたとか、産後からだが思はしくないがぼつ〴〵と直るだらうからいづれその時に写真をおくる。といふやうなことが書いてあつた。もう一つの手紙には、このごろたよりが少いので心細いとか、写真がをかしくうつつたとか、いろ〴〵とあつたが彼はあまり熱心に読まなかつた。

　写真をフロオランスが見たいといふので彼は拒まなかつた。

　しばらく見てゐてからフロオランスは言つた――

「何といふ愛らしい子供だらう。あなたにそつくりだ――にくらしい程。でも、わたしこの子は可愛いい。この子ならば、マキ。わたしの子供にしてもいい。何といふ名なの」

「萬里《まり》」

「マリ。可愛いいマリ」

　フロオランスは写真に頬ずりをした。フロオランスはマリのことを沢山言つた。しかしハルエのことは何も言はなかつた。

　彼はそこで、春江の顔を指でふれながら、フロオランスに尋ねた。

「これはどうだ？」

　フロオランスは首をかしげた。それから何も言はなかつた。

「どう思ふ」

「よその国の人間はよその国の美人を見るのは下手だ」フロオランスはさう言つた。それから首をふりながらつけ加へた。

「わたしの目には美しくない」

「さうか。おれもさう思ふ」

　とマキは答へた。

「マリ、可愛いい子。マキ、この子ならほんとうにわたしの子にしてもいい。わたしとあなたとの」

「おれもさう思ふ」

　とマキは答へた。

＊　＊　＊　＊　＊　＊

牧雄から春江に与へた手紙

　写真は見た。子供は可愛いい。いい子供だ。おれによく似てゐる。萬里といふ名も大へんいい。おれは一度その地へ帰つてその子をつれに行く。兄貴にその話をして金を送つてもらつてくれないか。

春江からの返事

　……久しぶりのおたよりだからうれしくうれしく、幾度も拝見いたしました。萬里ちやんはその後も日ましにかはゆくなり増さり、誰が見てもあなたにそつくりで、わたしに似たところは少しもないと申します。（中略）あなたが一度こちらへお帰りなさりたいのならばともかくも、それでなければ、わたしの為に何もわざ〳〵迎へにおいで下さらないでも、わたしがひとりで萬里ちやんをつれて参ります。お兄さまもその方が無駄でなくつていいと仰言つてゐられますわ。わたしひとりで参れますとも。あなたから離れて巴里をひとりで出て帰ることさへ出来たのですもの。まして今度は、あなたのゐらつしやるところ、萬里ちやんとふたりづれです。それに船ではみなさんきつと大切にしてくださいますことよ。前の経験があるので心細いなんてことは少しもありませんわ。――

牧雄から彼の兄への電報

（春江来るには及ばぬ委細ふみ。金を欲しい）

同上の手紙

（前略）春江が自分で来るやうに言つて来ましたが、あれは来るには及ばないのです。来てくれても仕方がないのです。僕は萬里だけをつれて来たいのです。それで金さへあれば僕は直ぐにでも出かけて行くのですが、少し足りないので御願ひするのです。御預けしてある分から少し余分にお送り下さい。こちらからもうひとり別に、つれて行きたい者があるのです。これらの事に就てお目にかかつた上で何もかもわかるやうにお話しします。

兄から牧雄への返事

（前略）いつもながら御許の手紙は簡略にてひとり合点。当方にては判断に困り申し候。このまま日本へ帰朝するならばよろしく候へども、再度その地へ渡航する考あるならば初めより、春江が萬里をつれて参り候方、何かと好都合なるべく、然らざればもし御許ひとり帰国いたし候とも、母もなく萬里をつれてその地へ再び参り候やうの事、到底不可能の事にはあらずや、如何。金子も毎度、度々要求のこととて預り候分も残り少くなりをり候段承知なさるべく候。されば金子も御申越の如く余分に送ることは致さず候へども、旅寓にての不自由を察し同封為替だけ御送り申し候。何しろ、よく御熟考の上、一度もつと具体的に詳細なる手紙を欲しく候。それまでは春江も参るまじく候。されば都合にて、今度の送金を以て一先づ帰国いたすのも良策と存じ候（後略）

牧雄より春江への手紙

兄貴からの手紙を見ました。兄貴は、お前との結婚の時にお前も知つてゐるとほり、どうも少しわからないところのある人だから、この手紙はお前に書くことにするが、僕は、今、フロオランス・ド・タルマといふ女と同棲してゐるのです。ツウレイネといふ地方に城を持つてゐる人の娘です。僕が信じてゐる女だから、きつとお前も信ずるだらうと思ふのです。そのフロオランスが写真を見て萬里を欲しいといふのです。さうして萬里をフロオランスと僕との子供にしようといふのです。さうすると、つまり、お前といふものは、たとへここに来ても、この場合一人だけ余分になるわけなのです。それでお前は来るに及ばないと思つたのですが、お前も来たいやうならば来てもよいことがわかりました。ただ萬里の母はフロオランスだから、お前は萬里の乳母になり、さうして僕とフロオランスとの召使を兼ねることになつたのです。兄貴にそういつて金を貰ひ、直ぐにこちらへ来てもよろしい。

楽しいクリスマスと新年とをそこで迎へるために、フロオランスはマキに向つて伊太利への旅をすすめた。

＊　＊　＊　＊　＊　＊

羅馬に向ふ急行列車のなかでイシノは恐怖の表情で、フロオランスに囁いた。

「お前はどうやら探偵につけられてゐるよ。ごらん、（彼はこつそり指ざして）あの男を。お前は気がつかなかつたかは知らないが、もしあれが探偵だとすると私たちは、この夏のスヰスの旅の時からつけられてゐるのだ。あの男さ、立派な装《なり》をした太つたアメリカ人のやうに扮装してゐる男だよ」

フロオランスは驚いて、彼の顔を見つめた、

「わたしが、どうして探偵につけられるの？」

「でも、お前たちの秘密結社が」

「あゝさうねえ。しかしあの人は何でもないでせう。あなた何か思ひちがひをしてゐらつしやるのではない？」

「いいや。きつと。あれはスヰスの到る処のホテルで見かけた。それから巴里に帰へる時には、やつぱり列車のなかで僕は見かけた——あの男に相違ない。僕の見覚えはたしかなものだ」

「さう。用心をしなければ」さう言つて女は、その太つた立派な紳士の方を凝乎と見てゐたが、しばらくしてかの女はイシノに言つた「さう云はれてみると、わたしも何だか見覚えがあるわ。でもあれは探偵ではないでせう。——さうだ。わかつた。あれはね、私の父の城にゐた用人ですわ。思ひ出しました。さうに違ひない。わたしはちよつと行つて聞いてみなきやならない」

フロオランスはいきなり立つて、づか〳〵とその太つたアメリカ風をした紳士の前へ行つて立つた。かの女が何か言つたかと思ふと、その紳士は座から立ち上つて、実に慇懃を極めた動作で幾度も詫びるやうに礼をしながら、フロオランスにものを言つてゐた。

かへつて来て、につこり笑ひつつ、イシノのわきにすり寄つて座りながらフロオランスは言つた、

「やつぱり、わたしの目は確でした。あれは以前からゐた父の用人です。——お父さんは、ほんとうにいやなことをなさるんだわ。わたしが自由な生活をしてゐるのを心配してこつそりあんな者をつけて置くのよ。——以前にもそんなことがあつたのです。わたしの身に難儀でもふりかかりはしないかと思ふのでせうね。ばか〳〵しい。私をいつまで子供だと思ふのだらう。それとも時代をいつまで昔だと思ふのだらう。わたし、あの男に次の駅で下りて帰つてくれと言つてやつたのです。でも、この旅行中だけはどうか役目を果させてくれ、——いつも見えがくれに保護せよと言はれながら、見現はされたとあつては殿様に申訳ないからなどと言つて歎願するのよ。仕方がないわ。勝手にさせてやりませうねえ。それに伊太利はもと〳〵用心のいいところではないのです。あの家来は、わたしの考へ違ひでな

けや、何でも強い拳闘家よ。それに万々一行つたさきで旅費でも困つたら、あれを見つけて支払はせてやりませうよ」

フロオランスは朗らかに笑つた。その用人を見てから生れた城のことを思ひ出したものと見える。いろいろと子供のころの話を聞かせるのであつた。かの女の上手な話は、窓の外に現はれて消えるここらあたりの田舎の景色と一緒に、彼にはまるでメルヘンのやうに美しい。かの女の表情は話につれて、窓外の景色よりもつと見事に変化するのを、彼は見恍れた。

「お前との旅に飽きることはない！」

と、彼は言つた。

「え、わたしもさう思ふの」

——男の口癖が女にもうつつてゐる。

この旅の間に、例の用人が偶然にもイシノの目につくやうな事があると、あの太つた男はイシノに対して、さながら王に対するやうな慇懃を払つた。それを傍人は、イシノの品位に対して誰も疑まなかつた。

イシノの伊太利紀行は、あらゆる伊太利紀行のうちで最も単純で、最も幸福であつた。新らしいベツドでは接吻の味は新らしい。伊太利のどこの街区の行きずりにも、フロオランスより美しい女は彼には無かつた。どこの画廊にも描かれてさへゐなかつた。気の毒な古来の藝術家たちは誰もイシノ程の美を見なかつたらしい。——といふだけで尽きる。強いてもう一つのエピソードを言へば、ナポリからコルシカへ渡る船中で、イギリスの商人らしい旅人が、イシノに対してコルシカの詳しい地理を尋ねたことだ。その旅人は、イシノをコルシカ人と思つたのかも知れない。

行くさきざきのホテルでは、皆、イシノのことを「若い閣下」と呼んだ。

＊　＊　＊　＊　＊

春江は牧雄からの手紙を読んでただぼんやりしてゐた。一時間ほどしたらやつと泣けるやうになつた。慰めるために牧雄の兄が来たのでかの女は黙つて読んだきり畳むのもわすれてゐた手紙を見せた。

兄は読み出した——

「兄貴からの手紙を見ました。兄貴は、お前との結婚の時にお前も知つてゐるとほり、どうも少しわからないところのある人だから、この手紙はお前に書くことにするが、僕は今、フロオランス・ド・タルマといふ女と同棲してゐるのです。ツウレイネといふ地方に城をもつてゐる人の娘です。僕が信じてゐる女だから、きつと、お前も、信ずるだらうと思ふのです、そのフロオランス……」

音読してゐたのがだん〳〵小声になつて、口のなかで読み出した。

「…………………」

牧雄の兄はもう一度改めて読み直した。

それから黙つてゐた。最後に深い歎息をした。やつとしてから言つた。

「ね、春江。――この間、お前の話のあつた稲垣といふ人へ問ひ合せた返事では、もう直つてゐると書いてあつたが、牧雄はやつぱり気がちがつてゐるのだよ。――尤も、お前には言はなかつたが、フロオランスとかいふ女と同棲してゐるといふことは、稲垣氏からの手紙にもあつた。それにしても、牧雄は病院にこそゐないがやつぱり気が狂つてゐるんだよ――さうでなければ、いくらあれでもこんなことが言へるものか」

兄はまだ手に持つてゐた弟からの手紙をまた読みかへした
「………萬里をフロオランスと僕との子供にしようといふのです。さうすると、つまり、お前といふものは、たとへ、こゝへ…………。…………来たいならば来てもよい事がわかりました。――だつて。…………僕とフロオランスとの召使を兼ねることになつたのです。………フ、フ、フ、うまい事を考へてゐら。まるで超人だね」

牧雄の兄は、笑つたがその拍子に眼から水が流れ出した。

「さうと気がついたら、最初、萬里をむかへに来ると言つて来た時に、帰らせて置けばよかつたのだつた」

兄はひとりごとを言つた。春江が答へないので彼はひとりで言ひつづけた。

「春江、気に留めないがいいよ。――気違ひのいふことだからな。――宥してやつてくれ。困つたものだ。――それにしても萬里はかわいいと見えるのだな。――お前の事だつても考へ方によつちや、やつぱりさうだ。愛を持つてゐて、それに甘えてゐるんだよ。気がへんになつてね――まるで子供がお母さんにめちやな難題をいふやうな心持なのだ。――さう言へば、あれは子供の時から、よくめちやくちやな我儘を言ひ出しては母を困らしてゐたつけが、どうかすると、その頃からへんになる素質があつたのかな……」

呟くやうに義兄がいふのを、春江は聞いてゐるのだかどうだか、ただ時々黙つてうなづいては、そばに眠つてゐる萬里子のくるまつてゐる布団の赤い友禅模様を、うるんでぼやけた視覚をとほしてみつめてゐた。

寒い日で、雪がふり出したのを兄は廊下のガラス越しに見てゐた。

「でも、大丈夫でせうか」

唐突に、春江が言つた。

「え、何が、どうしたつて」

兄はふりかへつて問ひかへした。

「病気がです。――今度のはひどいのではないでせうか」

「さ、それはわからない。度々で気の毒だが稲垣君にでも電報で聞き合さう」

兄は、もう一度手紙をとり上げて読み出した。それのなかに病気の程度でも表はれてゐないかと思つたのであらう。

＊　＊　＊

稲垣より春江への返電

（伊太利旅行中、確に無事。安心あれ）

＊　＊　＊

フロオランスとマキとが伊太利から、住みなれたラスパエ通の二〇九番地へ帰つたのは、三月に入つてからであつた。フロオランスはマキから預かつた金はみな支払つてしまつてゐた。

牧雄は兄からの手紙が来てゐるのを見て、直ぐに封を切つた——いつ、春江が萬里子をつれて出発したかが早く知りたかつたからだ。

しかし手紙にはそんな事は一言もなかつた。わからずやの兄貴は、フロオランスのことを素性もわからない女だと言つてゐる。（兄貴は春江にやつた手紙にフロオランスのことを書いたのを読まないらしい。）さうしてなすこともなくパリにゐるよりも一刻も早く帰朝せよ、ともある。春江がどんなに待ち焦れてゐるかを考へてみたことがあるか、とも書いてある。金はもう一切送ることは出来ないが帰朝の旅費だけは大使館に委托してあるから、この金は旅費としてでなければ使ふことは一切無用だともあつた。

兄の手紙に春江が来ることは書いてなくつて、反つて待ち焦れてゐるとあるのが彼には不思議だつた。春江が彼の言ひつけに従つて、喜んですぐにもパリへ来ないのも不思議だつた。春江はそんな不柔順な女ではない筈なのである。腑に落ちないやうな顔をしてゐるマキのそばへ、フロオランスがより添つて言つた。

「お国からどんなおたよりがありまして」

「兄貴は、例によつてわからない事を言つて来てゐるよ」マキは笑ひながら、手紙の内容をみんな聞かした。

「あなた、お金のことを心配してゐらつしやるの。そんな事はどうにもでもなりますよ。わたしが勤め先から受取る給料でだつて暮しは立つのです。あなたそんな事を考へてゐらつしやるのぢやないでせう？　わたし、決してあなたとは別れたくはないのですよ」

「さうだとも。おれもさう思ふ。」

と、マキは言つた。

彼等が伊太利から帰つたことを知ると直ぐに、稲垣は特にフロオランスのゐない時刻に石野を訪うた。さうして彼の留守中に春江から電報のあつたことや、それの返事や、兄から彼の健康に就てきき合せて来たことなどを、稲垣は石野に告げるのであつた——

「僕はね、兄さんへ君はちつとも病気ではないから安心するやうにと返事を書いた。全くそのとほりだからね。但」と言つて稲垣は笑顔をして「どうも困つたことにと書いてマドモアゼル——いやマダム・フロオランスのことを打ち開けてしまつたよ」

「それはいいのだよ、本当のことだもの。それに僕は何もかも春江にさう言つてやつてあるのだし」

「さうか。……兄さんのところから君へも手紙が来た事とは思ふが、僕にも君にかへることを勧めてくれと言つて来てあるのだが。帰つて来なけや金も送らないなどとも書いてあつたつけ」

「ところで僕は帰らない」と石野は柔和に快活に言つた「僕はどうしてもやはりここにゐて絵を描かなければならない。伊太利で古い大作を見て来たおかげで、僕はどうしても描きたくなつた。フロオランスも僕とは別れないといふ。金を送つてもらへなければ、僕等は自活するまでの事だね。今までの生活は贅沢すぎたかも知れない。僕は無用な品物を売るつもりだ。フロオランスは勤め先から給料を貰ふし、僕は考へてみたが、自動車の運転手になることが出来る。閑を儲け出しては描かう。さういふ生活の様式を考へ出してみたら、僕は前よりも一さう愉快になつてねえ」

彼はさも楽しいやうに朗らかに笑つた。彼は伊太利の話に熱中しだした。

＊　＊　＊　＊　＊　＊　＊

運転手をしようといふ彼を、フロオランスは拒んだ。ものを売らうといふのを拒んだ。さうして絵を描くことだけを賛成した。

或る日、彼はなくなつてゐる絵の具を買ふために出た。さうして部屋へ帰つて来てみると人の這入つたけはひがあつて、テラコツタの牧羊神の足もとに一つの手紙があつた。フロオランスの走り書きである。彼は怪しみながら展いた——

愛するわたしのマキ。

例の用人がわたしを捜し出して、ツウレイヌの城の年取つた父の瀕死を告げた。彼の臨終に是非ともわたしがゐなければならないと、気の毒な父が言ふ。しばらくの別れをあなたに告げるために来たのに、あなたはゐない。汽車に遅れるのを案じてこのまゝ立去る。わたしは再び城に帰る。おそらく最も近い将来にわたしはあなたをわたしの城に迎へるだらう。きつと迎へに来る。忍んで下さい、それまでのしばらくの別れです。短い間のわかれのしるしにわたしの千の接吻と同封の品とを残す。

永久にあなたの
フロオランス

封筒のなかからは一つの小さなロツケツトが出た。フロオランスの写真と一把の金髪とがなかにあつた。

「永久にあなたのフロオランス」

「永久にあなたのフロオランス」

「永久にあなたのフロオランス」

彼は悲しさうな、しかし世にも上品な笑顔をした。

「永久にあなたのフロオランス」

「永久にあなたのフロオランス」

「さうだよ。おれもさう思ふ」

＊　＊　＊　＊　＊　＊

かつてそこで「永久のフロオランス」を見つけ出したその居酒屋のオオ・ボン・コアンへ現れたマキ・イシノは、亭主のフエリツクスをつかまへて言つた――

「主人。僕に食事をさしてくれまいか。それからいつもの通りに酒の用意をしてもらひたい。しかし、気の毒なことだが僕は今一文もないのだ。僕はもう売るべきものはみな売つてしまつた。残つてゐるのはフロオランスのものばかりだ。あれは今にタルマの城から僕を迎へに来るだらうが、それまであれの品物は大切に保存してやらなければいけない。僕は辻自動車の運転手をしてゐる。けれども不思議と僕の車へは乗る人がない。――車が汚いからだらうか知ら?」

(いいや、決して誰も安心して王様を馬丁には使はない――ペルシヤでは近頃馬丁を王様にしたといふが)と、フエリツクスは思つた。フエリツクスは喜んで彼の頼みを聞くつもりになつた。ただ日ごろの馴染だからといふのとは違ふ。王の言葉は歎願でも臣下には命令に聞える。さうしてそれに服従するのが楽しい義務と思へるやうに、イシノの笑顔と話ぶりとを聞いてゐると、或る種の人ならば誰でもイシノの言葉に従ひたくなるのであつた。さうしてこの人がどうしてこのやうな品位を持つてゐるかを、イシノの面前では怪しむ暇さへも持てなかつた。それは今や、単純に彼の風采から来たのでは決してなかつた。何故といふのにイシノの身装は、枯れても散らずに萎びて行く花のやうに、どうも日増しに新鮮でなくなつて来てゐたのだ。さうしてイシノからの如き品位を感受するためには、それは決して普通の人ではいけなかつた。それは最も当然のことである。発信器に対してはいつもそれに適当な受信器を要する。イシノは常に一つの雰囲気を電波のやうに発散してゐた。匂をかぐためには病気でない鼻がいる。イシノの発散する床しさの芳香の電波を聴くためには、物質の悪臭のために鼻が犯されてゐてはならない。高貴な藝術作品からその高貴の感じを受取るためには、鑑賞して服することの出来るセンスを必要とするのである。さうして、オオ・ボン・コアンの亭主フエリツクスには特に、イシノの魅力と品格とに感ずるだけの力があつた。一口に言つてしまふと、この詩人や美術家やさては私窩児などの集つてくる旗亭の主人フエリツクスも要するに変り者であつたとだけ知つてもいい。フエリツクスはいつも客をつかまへては次のやうなことを言つて吹聴してゐた――

「私は酒の目利きにかけてはとても伊太利人にはかなはない。が、美術の目利きに伊太利人が何だ。こんな事があるんです、名前を言つては気の毒だし、市の町を言つただけでもすぐわかるほど有名な或る画廊に、尤も個人ものですがね、そこにチントレットの真赤なにせものが一つまぎれ込んでゐたのです。私は疑はしいと思つて、幾度目かにたうとうそれを口に出してしまつたのです。え、その画廊の主人にです。五人もの学者が三年もかかつてそれがにせものだといふ事が、どうやらわかつたと見えていつの頃からか、そこにはそのチントレットはもう無いさうです」

この言葉はどこまで本当だか保証の限りではない。けれども、嘘や出鱈目や法螺などのなかにだつて、それをいふ人間の人柄があるものだ。ともかくも、フエリツクスはさういふことを言ふ男だつた。さうしてイシノを好いたのだ。オオ・ボン・コアンの常連たちも彼をそこで見かけることを好んでゐたらしい。人々は昔話を見ることを好む。さうして彼の風貌のなかから、気高い流謫の王子をまのあたりに見るの感を、得られることを喜んだ。

「一文無しだ」

と彼がいふ時に、不思議と最も高貴の感が強かつた。

「貧乏といふものは苦しいものだ」

といふ時、不思議と最もロオマンスの感が深かつた。

さうして彼といふ実在は表象的なものになり、同時に社会に対するアイロニイのやうにも見えた。

イシノが画を描くといふことをフエリツクスが知つた。そこで彼に一度その作品を見せてもらひ度いと懇願した。物好きである——この奇異なばかり高雅な人物がどんな藝術を持つてゐるかが知りたかつたのだ。或る予想を持つことが出来たのだ。

「………」

懇願に対してイシノは無言で、たゞものを羞ぢた子供のやうに笑つた。

* * * * * *

フエリツクスはイシノの腕を捉へた。叫んだ——

「おいでなさい。行かう。私があなたの部屋を献上する。酒を献上する。絵具を貢物にする。——描くのです」

フエリツクスは四階にあつた一つの部屋へイシノを案内しながら言ひつづけた。

「貧乏のために押殺されてなるものか。だが天才を殺すものは貧乏だ。フエリツクスの部屋裏は王宮ではないが、饑と寒さとだけは来ない。フエリツクスは客に出さないが一五七五年の酒を貯へてゐますよ。どうです、ここです、」

フエリツクスは扉を開けて内に這入りながら、呆然とうしろに従つてゐるイシノをふりかへつて、

「我慢をしてください。窓の下だけは光に不足しないでせう。それにあなたは、闇をモデルにしてゞも描ける方だ。遠慮なく

ここに居て下さい。唯、描くのです。――一五七五年の酒は御命令どほりに持つて来ます」

フエリツクスは昂奮してゐた。

イシノは何の注意もなく、その部屋をみまはしながら言つた。

「居よう――タルマの城からフロオランスが僕を迎へに来るまでは」

「さうです。それまで――ほんの暫くの間。それにあなたはひどく健康を害してゐるやうに見える」

「貧乏だからだ」

事実彼の気品を傷けることの出来なかつた貧乏は、それを忌々しがるかのやうに彼の健康を傷けつつあつた。

「ラスパエ通二〇九番地の画室には」とイシノがそこの椅子の一つに腰かけながら言つた「もう四月も家賃を払はない」

「そんな事はどうでもいい。私が知つてゐる」とフエリツクスが答へた「それからあの部屋にあるものは私が……」

「君がよく保存して置いてくれるでせうね。フロオランスのものだから」

「ええ、わかつてゐますとも」

「タルマの城からフロオランスが僕を迎へに来るまでね」

「………」フエリツクスは黙つて合点々々をした。

絵の道具を一切用意して来ると言つてフエリツクスは部屋を出た。出る時に扉の外から彼は言つた――

「ここはしつかり閉めて置かうぢやありませんか。邪魔にならないやうに」

「さうだ。俺もさう思ふ」

フエリツクスは部屋の外から錠を下してしまつた。

かうしてマキ・イシノはオオ・ボン・コアンの三階に二月ほどゐた。一五七五年の酒を飲むことと絵筆をとることとより外には何にもしなかつた。彼は即興的に描いた。彼のモデルはフエリツクスが看破したとほり空間にあつた。

店の常連たちは、「一文無しの王子」の行方を聞くと、フエリツクスは答へた。

「気の毒に、すつかり発狂してしまつて私がうちの三階へつれて来てゐますよ。タルマの城から迎へのあるまでは、私の三階でも満足するさうです」

「え。タルマの城?」

客がさう聞くと、フエリツクスは苦々しい顔をして、簡単に答へた、

「近ごろのお伽噺にあつた城なのだ。馬鹿々々しい。本当に気違ひなら世話がないのだが、三分の一だけしか違つてはゐないのですよ。あの人物の気品の深さの源がやつと私にもこのごろわかりましたよ。あれは幸福から来てゐるんですね、幸福から!」

「幸福から?」

「さうですよ」

フエリツクスは大ていそれぐらゐしか話さなかつた。

或る朝。

フエリツクスが三階の彼の部屋を開けてみると、いつもの時刻だのに彼はまだ睡つてゐた。再び開けた時にもまだ睡つてゐた。フエリツクスはそばに行つて彼を揺ぶつた。彼はどうしても最後まで目を開かなかつた。普通の言葉でいふと彼は死んでゐたのだ。彼の死顔には開きかかつた薔薇のやうな笑が、その脣の上に開きかかつてゐた。

彼の死因は全くわからない。医者が来て言ふのには、兼ねて与へてあつた催眠剤を、彼が幾日分か蓄へて置いてそれを一度に服用したらしいといふのである。

「仕方がない」とフエリツクスは言つた「あのやうな気品を持つていつまでも下界にゐられるものではない。タルマの城からの迎へを待ち兼ねたのだ。それに彼は自分の画才に失望してもゐた。吁、彼が自分の画才に失望するなんて！　藝術家といふものは本当の奴ほど慾張りだなあ。満足することを知らぬ」

呟きつゞけながら立ち上つたフエリツクスは、急に両手を翼のやうにひろげたと思ふと、片脚で立つて靴の踵《かかと》を中心に、クル〳〵と独楽のやうに体をまはした。

「君、どうしたといふのです」

医者は驚いてたづねた。

急激な運動で顔の赤くなつたフエリツクスは慍つたやうに言つた。――

「ドクトル・クレスペルはむかしかうして悲しみを追ひ出したんです」

「ドクトル・クレスペル？」

「さうですよ。あなたの知つた人ぢやない」

フエリツクスは部屋を歩きまはつて、イシノの書き遺した絵を数へ出した。

「君は」と医者は渋面をして言つた「まだ監禁すべきではない精神病者を監禁したやうに見える。その不自由が病勢を募らせたかも知れない……」

「何を言ふのだ。」フエリツクスは彼の遺作の上に注いでゐた目を、医者の方にむけた「もし、彼をこの部屋から出したならば、マキはタルマの城のフロオランス姫をおそらく、どこかの町角でいつかは発見せずには措くまい。――妖術と愛情とを半分々々に持つた魔女が、どこかのサバトから帰るところをね。君にはわかるまい。始めつからの話を知らないのだから。畜生、おれが、いつあの女に髪の毛のスープを食はした事があるか！お医者の先生。帰つて下さい。御苦労さまでした」

――稲垣は当時、四ケ月程、ロンドンに滞在中であつた。

＊　＊　＊　＊　＊　＊　＊

マキ・イシノの遺作展覧会はフエリツクスによつて企てられた。新藝術を解する人々はみな賛成した。展覧会の目録の序文はアンドレ・サルモンが書いた。批評家を兼ねたこの詩人のことを、或る者はイカモノ食ひだと言つてゐる。或る者は新らしい美に対する発見に異常な熱情と先見とを持つてゐると言つてゐる。そのサルモンの文章が、パリ・ジュルナル新聞にも出てゐる。パリに一つのサンサシヨンを起したその文章の大意は、凡そ次のやうだ――

「現代に伝奇はない、奇蹟はない、とよく俗論が言ふ。個性がある限り、伝奇と奇蹟とは時と所とを択ばずに在ることを知らないのだ。こんなことを言ふのなら誰にでも出来るが、さてそれを実例として見せるのは、さう誰にでもは出来ない。さうではないか、ねえ、藝術家だけ行く特別の天国にゐるアポリネエル君。ところで、近ごろ君の方へ移住したわがマキ・イシノはそれをしでかしてみせたのだ。土塊から人間を創り出した者があつたという説をそつくり、彼はありふれたひとりの娼婦をひとりの仙女にしてみせた。さうしてその仙女の像を三十一も描いた。

「仙女はシロンに似た古城の塔の前に立つてゐる。仙女は馬に乗つてゐる。仙女は梟を飼つてゐる。仙女は裸で紫丁香花の下にうつぶせに臥してゐる。仙女は子供を抱いてゐる。子供の持つてゐるのは東洋の風車だといふ。いかにもそれは美事に転廻してゐる。仙女の宮殿の外には虹色の噴泉がある。窓には金魚がある――これには珍らしくも仙女そのものはないが、仙女の部屋に相違ない。仙女は鋏でその金髪をきつてゐる――何のためだかわからない。だが何といふ美しい手であらう。仙女は皿のなかから髪の毛をとり出してゐる。不思議な幻想的な料理だが、何といふ美しい手だらう。仙女はその皿に最も美しい手で扇を持つてゐる――最も美しい手、それは曾てはエル・グレコが描いたが、マキのつくつた手はそれにも劣らない。かの女の手にとるに足るものは、地上には萎んだ花と熟した実とより外にはあり得ないかとさへ感じられる。仙女はゴンドラめいた船のなかにさへゐる。汽車のなかにさへゐる。仙女のぐるりにはまた一ぱいに鳩がゐる。アポリネエル君、君がよく歌つたあの同じ鳩だがね。仙女は裸で真赤な部屋の真中にぬつくりとゐる。

「仙女たちのあらゆる世界を彼は我々の現前につきつけた。我々と言つたところで、気の毒なアポリネエル君、君はそれを地上ではまだ決して現前に見たことはあり得まい。何となれば、マキによつて我々の地上はやつと始めて、その真の消息を知り得たからだ。さうして予は知つた、驚くべき事には、仙界には別に仙界の現実があるのだね。童話のなかに童話の真実があるやうにさ。マキは一たい、アポリネエル君、君の持つてゐたあの不可解な飛躍的手法によつて、その他界の現実をとらへた。全く近代的にだ。君がゐたらばさぞ喜ぶだらうと思へるので、予は今、君に宛てものを言ふのだが。

「たつた一つこの藝術家はバイブル的画題を描いてゐるが、それは「葦の方船によつて流れてゐる幼きモオゼ」だ。どんな興味でそれを描いたかは別として、漂々として波に乗つてゐる幼児の何と愛らしい事か。すべての男はそれを見て父の感じを呼び起し、すべての女はそれを見て母の感じを持たざるを得ないだらう。彼の画題のうちで一個別なものでありしかも甚だ美しいものである。
「彼はアンリイ、ルツソオのやうに朴訥だ。マリイ、ロオランサンのやうに肫美だ。あらゆる新藝術の徒のやうに、彼は所謂構図なきところに構図を得た。しかも現代に於て最も典雅なもの、一つである。さうしてマヂリアニのもの、やうに、しかし全く別個の事実を人の霊に訴へる。さうしてそれは何か。マキ・イシノの創造したものだ。実に彼はレオナルド・ダ・ビンチ以後の女の微笑を創造した。その微笑は人をおびき寄せる妖精のものだ。しかも最も霊的で同時に肉的だ。異教的で東方的だ。予が仙女の微笑と呼ばざるを得ないのはそれのためだ。まどはされて甲斐のあるこの微笑こそ彼の比ひのない創造だ。人々は地上に於て屢それを見てゐる癖に、かつて未だ一度もそれを永久のものになし得なかつたのは不思議なほどだ。それほどその微笑は現実的だと言ひたい。それにしても、かくまで人を純一無二なものに仕上げ、さうしてその胸のなかに住ませた娼婦はマノンのやうに好き女であるだらうか。それとも藝術家はふとした光線の加減で、何でもないガラスをよき鏡にして彼自身を映し出したのであつたらうか。そんなことはどちらでもいい――たゞ、マキ・イシノの藝術はその事の如何にかゝはらず厳として在る」云々

＊　＊　＊　＊　＊　＊

僕はまだマキ・イシノの藝術を見てはゐない。そのひまがないのだ。明日は会場に行つてみるつもりだ。その上で僕の感想はこのあとへ書きつゞけるつもりでゐる……

(「中央公論」大正15年1月号)

広告人形

横溝正史

一

広告人形――といつても、呉服店などのショーウインドウの中《なか》によく見る、あの美しいかざり人形のことぢやないんだ。ほら、よく繁華な街通り、例《たと》へて言つて見れば、東京なら銀座だとか浅草、大阪なら道頓堀だとか心斎橋筋、京都ならまあ四条だとか、さう云ふ風な賑かなところを、よくのこ〳〵と歩いてゐる張子の人形があるだらう。なるべく人眼を惹くやうに変てこな恰好に拵へてあつて、その中へ人がはいつて歩くんだ。そして擦違ふ人毎《ひとごと》に広告のちらしを配つてゐる――あれなんだ。あの広告人形なんだ。その中へはいつた男の話なんだよ。今私がお話しようと思つてゐるのは――

その男、大海《おほみ》源《げん》六といふへつぽこ画工《ゑかき》なんだがね、その大海源六がなぜその広告人形の中へはいつたか、と云ふのは、かう云ふ理由からなんだ。君はマルセル・シュオブの「黄金の仮面をかぶつた王様」といふ話を読んだことがあるかね。悪病のもちぬしであるところの王様が、やみくづれた自分の顔をひとに見られたくない為に、黄金の仮面をかぶつて暮してゐるといふ話なんだ。その男、大海源六といふへつぽこ画工《ゑかき》が、広告人形の中へはいつたと云ふ理由も、一寸それに似かよつてゐるんだよ。といつて、先生何も天刑病者《てんけいびやうしや》ではないがね、実は、非常に醜怪な容貌のもちぬしなんだ。私もこれまでに長い間、ずゐぶんいろんな人間とも交際して来たが、実際あれくらゐご念のいつたご面相をした男を見たことがないね。これを昔流に言ふと、「色は炭団《たどん》のくろ〳〵と、かなつぼ眼その下に、居ずまゐくづす団子鼻、綿どつさりの厚蒲団二枚かさねし唇の、間を洩るゝ乱杭歯《らんぐひば》」――といふんだが、中々《なか〳〵》それどころぢやない。ほら、少し前にノートルダムの駝背男《せむしをとこ》といふ写真が来たらう。その駝背男のカシモドに、亜米利加《アメリカ》のロン・チェーニーといふ男が扮してゐて、その凄い扮装振りが本国の亜米利加では勿論、日本でも大分評判に上つたやうだが、へつぽこ画工《ゑかき》の大海源六といふ男は、そのロン・チェーニーの扮したカシモドの顔にそつくりそのままなのだ。いや、それ以上であらうとも、決してそれ以下といふことはないのだ。とまあ、さう言つた風なご面相なんだから、先生、何よりも人に顔を見られることが嫌ひなんだ。ことに妙齢の美人連のなかへでも出ようものなら、それこそ宇野浩二先生の小説ぢやないが、先生忽《たちま》ちぶる〳〵と泡を吹いて、人癲癇《ひとてんかん》を起すといふ始末なんだ。嘘ぢやない、本統の話なんだよ。それなら先生、人に顔を見られるやうな場所へ出なければ好いんだが、職業柄《しやうばいがら》、また人ごみの中へ出る必要は少しもないんだが、そこがまた何たる因果だらう、先生わけもなく、しよつちゆう、人波の中にもまれてゐたい、と云ふ性分なんだ。難儀だね、難儀だよ。ほら、ポーの The Man of the Crowd の冒頭に、「独りなるを能《あた》はぬ大いなる悲劇」とあるが、実際悲劇だよ。表を歩くと人毎に顔を見られる、そして死ぬやうな辛い目をする、癲癇の発作を起すことがあるくらゐだから、死ぬやうな思ひに違ひないやね、その癖しよつちゆう表へ出てゐたい、出来るだけ人の雑踏する賑かなところを、ぶら〳〵と歩いてゐたい、と云ふのだから実際難儀だよ。「河豚《ふぐ》は食ひたし命は惜し」といふが、その通りだね。いや、先生にして見れば冗談どころぢやない。何でも彼は孤児《みなしご》でね、少年時代をちんぴらの仲間で送つたもんださうだ。ちんぴらつて知つてゐるかい。新聞などでよく悪童と書いてチンピラとルビを振つてあるがあれだ。どこの盛場へ行つてもきつとゐる。何をして活《い》きてゐるのか、何処で夜露をしのいでゐるのか、多分掏摸《すり》だの万引だの窃盗《せつたう》だのを常習としてゐるのだらうが、警察でも仕様がないので大ていは放つてある。さう言ふちんぴらの仲間から兎に角、曲りなりにも画工《ゑかき》といふ名の付くものになつたのだから、言はゞ彼も一種の成功者に違ひないが、その少年時代の生活が根強く残つてゐると見えて、先生一日に一度は盛場の空気を吸つて来ないと、よく眠られないといふのだ。

尤《もつと》も彼とて貧乏画工《ゑかき》のことだから、いかにさう人ごみの中にもまれてゐたいと思つても、おてんとう様のある間は、さう無闇に外出するわけには行かない。それ相当の仕事があるんだからね。でまあ、昼の間はどうにか、かうにか、仕事に追はれてまぎれてゐるわけだが、夜になるとさあもうたまらない。仕事はないし、宅《うち》（といつても汚い下宿の一室なんだが）にゐても、さう云ふ風の男だから、誰一人話相手はゐない、となると、もう一時もぢつとしてゐることが出来なくなるんだ。しばらくの間は、それでも立つたり坐つたり、帯を結んだり解いたり、なんかとやつてゐるんだが、時計の針がいよ〳〵七時近くに進んで来ると、遂にたまらなくなつて、もうそれこそ無我夢中といつたありさまで、飛出して了ふといふ段取になるんだ。ところでその結果はといふと、それ前にも言つた通りで、癲癇を起すとか、まあそんなことは稀れだが、大ていの場合、少からず気分を悪くして帰つて来るんだ。

　そこで先生つく〴〵と考へたね。なんとか是《こ》れには方法はないものかつて。方法といつて外出しなければ、それが一等好《よ》いのだが、そこが先生かりにも藝術家のはしくれなんだ、慾望を抑制するなんて事の出来ない性分なんでね。で、今迄通り人ごみの中へ出るには出るが、ひとからじろ〳〵と顔を見られない法——無理だね、それこそ首のすげかへでもしなけりや駄目な話だ。だが先生考へたね。もし仮面をかぶつて歩くことが許るされるなら、一番にそれをやるんだが、残念ながらさう云ふわけにはゆかない、そこで仮面に代はるものをといろ〳〵と考へてゐた時、ふと思ひ附いたのが、ほら、その広告人形なんだ。どうだ。実際いゝ考へぢやないか。広告人形といふ奴は、人の少いところは歩かないものだ。出来るだけ、人の雑踏してゐるやうな場所を選《よ》つて歩くのが職業《しやうばい》だ。しかも誰に顔を見られるといふ心配はなし、第一、あの人形の中にどんな男がはいつてゐるんだらう、などと、そんな馬鹿々々しいことを考へるやうな人間は一人もゐないからね。それに又、些少ながらも金《かね》贏《まうけ》になるといふんだから素敵ぢやないか。窮すれば通ずといふが本当だね。

二

で、大海源六先生、さつそくその職業をやり始めたね。時候が丁度夏だつたので、ある呉服屋の夏物大売出しの広告だ。人形はお定まりの張子製で、浦島太郎の恰好にしてあるんだ。浦島太郎が呉服屋の広告をするのは少しをかしいが、そんなことはどうでも宜《よ》いんだらう、人目に附きさへすれば宜《い》いんだからね。

やり始めてみると、ところが、それが又中々面白いんだ。つまり期待しなかつた面白さがそこにあるんだね。何しろ自分の方の姿は相手に見られないで、しかも自分の方からは幾らでも相手を見ることが出来るんだ。つまりその浦島太郎の腹のところに開いてゐる穴が、浮世の窓みたいなものだ。そして大海源六自身はその浮生の外側にゐて、その窓を通して思ふ存分に自分とは全く無関係な浮世の内側の、さま〴〵な悲喜劇を観察することが出来るんだ。それにさう云ふ格好をしてゐると、頭の悪い人間は、ついうつかりとその中にゐる人間の存在を忘れて了ふと見えて、彼が横町の暗いところで一息入れてゐたりすると、時々飛んでもない珍劇が身の廻りで演じられることがあるのだ。

へつぽこ画工《ゑかき》の大海源六先生、すつかり有頂天になつて了つたね。人生にこれ程愉快な遊戯はないとさへ思はれた。そしてこんな愉快な遊戯に導いてくれたのだから、自分の醜悪な容貌もまんざらではないとさへ思はれるんだ。で彼はもう夜の来るのを待ちこがれるやうにして、そのあまり軽くない、被《かぶ》ればむつと息詰りさうな浦島太郎を、すつぽりと頭から被つてのこ〳〵とその町の盛場S――へ、向つて出かけて行くんだ。暑さなんか、その楽しみに比較すると問題ぢやない。

だが、さう云ふ楽しみもあまり長くは続かなかつた。先づ彼のうんざりとしたのは、やつぱりその暑さだな。その楽しみの刺戟が、まだ新しくてぴり〳〵と体にこたへてゐた時分には、その暑さもあまり気にならなかつたが、少しばかりその刺戟にもなれて、楽しみが薄れて来るとなると、もうたまらない。何しろ八月といふ盛夏のことだから、それでうんざりしなければしない方が嘘だ。汗と埃《ほこり》とでもそれはもうたまらないんだからね。

それにはさすがの大海源六先生も少々閉口垂《へこた》れたね。そこでもう一度彼は考へた。それを止すとなると、好きな、といふよりも彼の生活にとつて是非必要な、夜の散歩が出来なくなる。いや出来るには出来るが、そこには前に言つたやうに、大へん大きな精神的な苦痛を伴つて来る。一体、素面《すめん》の散歩の時に受ける精神的苦痛と、浦島太郎を被つての散歩の時の肉体的苦痛と、どちらがより大きいだらう。あれも辛いが、さうかと言つてこれも楽ではない。然《しか》し、どちらかと言ふとやつぱり後の方が楽のやうでもある。第一、時々思ひもうけぬ収穫に遇ふことがあるし――。

で、そこで彼が考へたのは、いや〱やつぱり浦島太郎とは別れないことにしよう、それにしても今のまゝではあまりに辛いから、少しその辛さをまぎらせるために、何か一つ好いことを発明しよう――と、そこで大海源六先生、罪のないある悪戯を思ひついたのだ。

今迄言はなかつたけれど、へつぽこ画工《ゑかき》の大海源六先生、その当時ある内職をやつてゐたんだ。それはどんなことかと言ふと、画工《ゑかき》がよくやる、図案文案引受けます、といふやつだ。つまりウインドウ・バックを書いたり、ちらしの文句を考へてやつたり、まあさう云つた風なものだね。で、その職業柄《しやうばいがら》、今迄手にはいつたちらしだの新聞広告の切抜だの、といふやうな、彼の職業《しやうばい》の参考や研究資料になるものは、かなり丁寧に蔵《しま》つて持つてゐるんだ。ことに活動写真館が撒《ま》きちらす広告のちらしは、彼が度々その方へ散歩するもんだから、大ていの物はかなり沢山持つてゐるんだ。さうした古いちらしを一つ面白く利用して見ようと、大海源六先生考へ附いたのだね。

一体どう云ふ風にやるのかと言へばね、かうなんだ、聞き給へ。

その古いちらしを種々《いろ〱》と用意しておいて、それを彼が配るべき呉服屋のちらしの中に挟んで置く。そして呉服屋のちらしを配りながら、時々その古いちらしの方を、何気なく人に渡すんだ。それも漫然とやるんぢや面白味がないからある見当をつけるんだね。それが為に彼は、予《あらかじ》めちらしをその文句によつて撰抜いて置くんだ。だから彼が多く用ひたのは大てい活動写真のちらしだつたよ。それをどう云ふ風に見当をつけるかといふと、かうなんだ。

例《たと》へば向ふの方から藝者を連れた男がやつて来るとするだらう、その男にはきつと女房があるんだ。その女房は今頃家で冷い飯を淋しく食つてゐるだらう。そしてその男が家へ帰つた時には、「少し会社の方が急がしくてね」とかなんとか、そんな風にうまく誤魔化すことだらう――と、まあ大海源六先生大いに空想を逞しくするわけだが、そんな時彼は持つてゐる古ちらしの中から、ルイズ・ストーン氏ニタ・ナルディー嬢リアトリス・ジョイ嬢共演、「妻を欺く勿れ」全七巻○○館を選《え》つて渡すんだ。

それから又、男の方が至つてお目出度い夫婦連れが来るだらう、背広の立派な紳士が子供を負つてさ、フラウの方は耳隠しかなにかで端然と澄してゐるんだ。よく絵葉書なんかにある図だね。そんな時に渡すちらしは日活会社特作映画。名優、山本嘉一氏。艶麗、高島愛子嬢共演喜劇「弱き者よ男」全六巻○座と云つたものだ。

とまあかう言つた工合だね。素敵な美人に出会つたりすると、チャールス・レイの「吾が恋せし乙女」が早速役に立つてそのほか彼がさかんに用ひたものに、「良人を変へる勿れ」だの、「何故妻を変へるか」だの、「吾が妻を見よ」だの、「罪はわれに」だの、随分いろんなのがあるが、一々言つてゐてはきりがないからそれは略すとして、たゞ、今お話しようと思つてゐる此の事件を、直接惹起す動機となつた、そのちらしの文句だけは、必要だから、といつて大して必要でもないが、兎に角お話ししておかうか。

ユニヴァーサル社提供
チャヂウィック映画
リオネルバリムアー主演
俺が犯人だ　全八巻
○○○倶楽部

これなんだ。こいつを大海源六先生さかんに用ひたものだ。これをどんな場合に使用するかと言へばだね、その町になにか大事件が起るだらう、例へば人殺しだとか大盗賊《おほどろぼう》だとか、そんな風な事件が起つて、まだ犯人がつかまつてゐない、いや犯人の目星もついてゐない、さう言つた場合にさかんにこれを配るんだ。或ひはそれ等の犯人が、その盛場へ入込んでゐるかもしれない。そして多分びく／＼ものでゐるであらうところへ、さうした、「俺が犯人だ」といふやうなちらしを渡されれば、必ずやぎつくりと胸をさゝれる思ひがするに違ひない。そして狼狽のあまり、よく観察してゐれば何か自分にとつて不利な態度を示すかも知れない、殊にそのちらしが、現在配られるべきものでない事に気が附けば、さうした古ちらしの混つてゐたといふ事が偶然か、或ひは故意になされたものか、身に覚えのある者なら必ず平気でゐられる筈がない——といふのが空想家の大海源六先生の考へ方なんだ。

ところが世の中といふものは、さううまくへつぽこ画工《ゑかき》の空想に対して、おあつらへ向きに出来てはゐないと見えて、一向にそれ等のちらしに対して、反響がないんだ。第一それ等の古いちらしを渡された、そのことだけでも疑問を起しさうなものだが、彼等は一向に平気なものだ。中には渡された○○館のちらしと、その○○館の看板とが違つてゐるのでちよつと首をかしげる位の者はゐるが、その次の瞬間には大てい無雑作にそれを投棄てゝ了ふのだ。それが自分に当てこすつて渡されたものだなんて気の附く者は、兎に角一人もゐないのだよ。これには大海源六先生少々失望したが、と言つて相手に文句の言へることぢやなし、それに先生根が空想家のことだから、反響があつてもなくても、それはそれで宜《よ》いのだ。唯そんなことをやつてゐるといふそのことだけで、彼の心をロマンチックにして呉れるので、ある程度までの満足はそれだけで味ふことが出来たんだね。

　ところが、犬も歩けば棒に当る——といふのか、到頭こいつに反響があつたんだよ。しかもそれが、「俺が犯人だ」のちらしに対してなんだから大へんなんだ。

三

　其の晩、相変らず先生さかんにその罪のない悪戯《いたづら》をやつてゐたが、反響のないことはまたいつもの通りなんだ。で、少々もう馬鹿々々しくなりながら、S——館の側を通つてゐると、ふとうしろから呼びかけるものがあるんだ。

『おい〳〵、浦島の大将、ちよつと待ちなよ。おい、浦島の大将つたら。』

　大海源六先生はじめはそれが自分のことだとは気が附かなかつたんだが、うしろから紙礫《かみつぶて》みたいなものを投げられて、ふと振返つて見たんだ。するとそれは、彼と同じやうな広告人形の一人なんだが、むろん彼のやうに浦島太郎ではなくて、福助の恰好になつてゐるんだ。

『君かい、今呼びかけたのは。』

へつぽこ画工《ゑかき》の大海源六先生、常から俺はお前達の仲間ぢやないぞ、といふ気持ちがあつたものだから、さうなれなれしく呼びかけられたことが少からず不平なんだ。

『さうだよ。まあさうつんけん言はずにこゝへ掛けろよ。』

　さう言つて彼が指すのは、S——館の横の出口のところの石段なんだ。

『さうはしてゐられない、然し何か用事かい。ふいに呼掛けたりしてさ。』

『さうだよ。お前、なか〳〵味をやりよるな。』

　さう言つて、むろん相手も同じやうに人形の中へ隠れてゐることだから、顔も形もさつぱり分らないが、なんだかにやにやと笑つてゐるらしいのだ。

『味をやるつて、何だい。』

『なあに、ほら、あの古ちらしのことさね。』

　と言つて、もう一度その不恰好な福助人形は、不恰好な大《おほ》頭《あたま》をゆら〳〵と動かすんだ。これにはさすがの大海源六先生もぎつくりとしたね。こんな方面に反響があらうとは思はなかつたんだからね。で、幾分狼狽《うろたへ》ぎみで問返したものだ。

『なんだい、その古ちらしてえのは。』

『白を切りなさんな、「俺が犯人だ」——か、面白いな。』

　そしてまたその福助人形はゆら〳〵と笑ふのだ。大海源六先生はさう云ふ相手の態度が癪にさはつたし、それに幾分気味悪くもあつたのでしばらく黙つてゐた。するとその福助人形は偉大な頭を摺寄せるやうにして、低い声で彼に囁いたものだ。

『で、どうだつた、結果は。犯人の目星はついたかい。』

『犯人つて何さ。』

『さう一々こだはりなさんなよ。分つてるぢやないか、ほらA――町の砂糖屋殺しさな。』

そこでへつぽこ画工《ゑかき》の大海源六先生、思はず浦島太郎の腹の中で、はたと胸をつかれる思ひがしたね。といふのは、その晩、先生がさかんにその、「俺が犯人だ」のちらしを配つてゐたといふのは、実はその事件のためなんだ。A町といへばその盛場のS――と眼と鼻のところにあるんだから、その町で昨夜《ゆうべ》起つた恐ろしい殺人事件の犯人が、ひよつとするとこの歓楽境へ出没してゐるかも知れない、と、かう考へたんだね。

『どうして君は、そんな事を知つてゐるんだ。』

するとまたその福助人形はゆら〳〵と笑ひながら、

『到頭兜を脱いだね、そりやあもう――』と一寸大頭《おほあたま》をしやくつて見せながら、

『然《しか》し、お前まだあたりが附いてゐないやうだな。』

『うむ、からつきし駄目なんだ。』

『なんだい、手前職業《しやうばい》のくせに眼がきかねえな。少し八ツ目鰻でも喰うたらどうだい。』

といふその口ぶりから察すると、その男はへつぽこ画工《ゑかき》の大海源六を、刑事か何かと間違へてゐるらしいんだ。

『と、さう言はれると、なんだか君の方にあたりがありさうに見えるね。』

『あるとも、大ありだよ。』と、そこでもう一度、その福助人形は、大きな不恰好な頭をしやくつて見せながら、

『実はね――』

と、いやにひそ〳〵と話し出したことがかうなんだ。

若い、美しい女がふいに低い叫びをあげた。めまひがしたやうにふら〳〵と二三歩体をうしろへのめらせた。そしてなんとなく不安を感じたやうに、そわ〳〵とあたりを見廻してゐたが、落附かない態度で、いざりあしで向ふへ行つて了つた。その時、福助人形の中へ這入つてゐるその男は、彼女のすぐ側にゐたので、彼女の顔が蠟燭のやうに真蒼になつた事から、彼女の顔の筋肉が死人のやうに固くなつた事、彼女の五体が小鳥のやうにわなゝいてゐた事まで、手に取るやうに見る事が出来た。何がそんなに彼女を驚かせたのか。その時彼の面前へ、皺くちやになつた紙屑が彼女の手によつて投棄てられた。拾つて見ると、それが今言ふそのちらしだつた。「俺が犯人だ」のそのちらしだつた。

『あの驚きはとても普通の驚きぢやないよ。何かあるんだ、きつと何かあるんだ。尤《もつと》も、A――町のあの事件に関係があるかどうかは分らないがな。』

と、その福助人形の男の話なんだ。

『で、その女はどうしたい、見失つて了つたのかい。』

『なか〳〵。お前ぢやあるまいし、その女といふのは、ほら、そこにゐるんだ。』

と、その男の指さしたのは、S——館の隣りにある、あやめバーといふ西洋料理店の二階だつた。大海源六先生、思はず浦島太郎の腹の中で、ぎつくりと唾を嚥込《のみこ》んだね。こりや非常に面白いことになつたといふ気持ちと、こりや非常に困つたといふ気持ちと、ちやんぽんになつた感じだな。で彼は、そわ〳〵と、まるで自分が悪いことをしたやうに、皺《しや》がれ声で訊ねたものだ。

『で、その女は美人かい。』

『うむ。なか〳〵の美人だよ。二十五六のな。』

『然《しか》し君のいま言つたゞけでは、その女がたしかにA——町の事件に関係があるとは言へないな。」

『そりやさうだ。然《しか》し、「俺が犯人だ」といふ文句を見て驚いたんだから、その事件に関係のあるなしは別としても、充分お前が調べておく必要はあるな。』

　そりやさうだ。大海源六先生なにも刑事ぢやなし、また、A——町の殺人事件だけに興味を持つてゐるわけぢやないんだから、何か面白さうでさへあればなんでもいゝ訳なんだ。

『その女はどうやら此の二階で男と会合してゐるらしいんだ。お前一つ上つて行つて様子を探つて来たらどうだい。』

　そしてさかんに、その男は大海源六を煽動して、その二階の様子を探つて来ることをすゝめるんだ。若し大海源六が人並の容貌のもちぬしだつたら、きつとその男の煽動に乗つたことだらうが、何しろ前に言つた通りだから、おいそれとさう云ふわけにはゆかないんだ。で彼は言つた。

『そりや駄目だよ。若《も》しその女が俺の顔を知つてゐて見ろ、いやその女は知らない迄も、あのバーの給仕たちは皆知つてゐるからな。さうすりやぶつこはしぢやないか。何のために此の暑いのに、俺がこんなものを被《かぶ》つてゐると思ふんだ。』

　と、さう云つてから、大海源六、われながらうまい事を言つたものだと感心したね。尤《もつと》もそのバーの給仕たちが彼の顔を知つてゐるのは事実なんだ。と言ふのは、そこのビラだの装飾絵だのを、始終彼は書かして貰つてゐたんだからね。さうすると、成程と、その福助人形の男は感心したやうに首を振つたが、しきりにそれを残念がるんだね。なんだかその男の言ふところによると、その相手の男さへ見て来れば、何《なに》も彼《か》もが分つてしまふと云ふやうな口振りなんだ。大海源六先生だんだんをかしく思ふやうになつて来たね。いかに彼が迂潤にしろ、考へて見ればそれはをかしいぢやないか。第一その男の話全体が、とつて附きはいかにも彼の空想にこびてゐるので、まあはじめは相当尤《もつと》もらしく聞えるんだが、しかしよく〳〵考へて見ると、どうもそれはぴつたりと実感に添つて来ないんだ。大海源六といふ男は、彼自身かなり突飛な空想家で、変へこな自分の空想をひとりで喜んでゐるといふ男なんだが、いざ、実際問題にぶつかるとなると、人一倍理性の発達した常識家なんだ、だからその場合でも、その男の話を信用して、彼が言ふところのその女なる者を疑ふよりも、寧《むし》ろその男自身の方へ疑ひを向けた方が、より実際的ぢやないか、と、そろ〱そんな風に考へ出したんだね。さう疑ふと、なる程そこには怪しいところがあるんだ。それと言ふのはその男の話し工合だ。さつきからそれは気が附いてゐたんだが、その男の話し工合といふのは、いやにぞんざいなんだが、それがどうも真底からぞんざいなんぢやなくて、わざとさう努力してゐるらしく思はれることなんだ。何しろその男も人形の中にかくれてゐるので、姿かたちはよく分らないが、どうも相当教養のある男のやうに思へる。さうだとすると、それは随分変てこだ。いや、考へて見ると別に変てこでないかも知れない。第一、そこに彼自身といふ好い例があるんだからね。そこで大海源六考へた。その男も、ひよつとすると彼と同じやうな醜貌のもちぬしかも知れないぞ。そして彼と同じやうな「雑踏の子」であるかも知れないぞ——などと、大海源六さう云ふ風にしばらくとつおいつ考へたね。考へたとて、それは結局分ることぢやないのだが。

　すると、さう云ふ彼の気持ちを、どうやらその男は気が附いたかして、言ひわけをするやうに言ふんだ。

『お前さんの疑うのは尤もだがね。しかし、今に分ることだよ。もう直ぐその女は出て来るだらう、なあに、はいつたものが出て来ないといふ法はないさ。それにしても、あの女が一体どんな男と会合するのか、それをよく見て置きや好《よ》いんだがな。出て来るときには多分別々になるだらうからな。』

　さうだ。この男はさつきからしきりにその男といふのを気にかけてゐる。一体、それは何のためだらう。彼が口に出して言つてゐる、それだけの理由からだらうか。それにしてもをかしいぢやないか。ちらしを見て驚いた女が、此のバーへはいつたことは尾行をして分つたんだらうが、彼女がそこで男と会合するといふのは、どうして知れるんだらう。さうだ、さうだ、この男はやつぱりたゞ者ぢやないぞ。さう気が附くと、大海源六先生、ぴり〱と全身の筋肉が慄《ふる》へたね。曲者は、バーの中にゐる人達より、寧《むし》ろこの男の方なんだ。さう思つて彼は福助人形の腹のところにある、薄絹を張つた穴の中をのぞいて見たが、むろん中の男の顔の見えることぢやない。

　とに角、そんなことで彼等はそこで一時間あまりも立話をしてゐたゞらうか。むろん有難いことには、そんな姿なのが却《かへ》つて人目を惹かないんだ。広告屋が二人、あまり暑いので油を売つてゐるな。見る人が見たとて、さうとより以上には思へないんだ。その人形たちの腹の中で、そんな葛藤が起つてゐるとは誰の眼にだつて分らないからな。

　すると、ふいに福助人形の方がぎつくりと体をうしろへ引いたんだ。で、大海源六はいち早くあやめバーの方を見ると、丁度その時、階段を降りて来る女の、はでな姿の裾の方からちら〱と見えて来た。そこの二階は、よくバーやカフエーにあるやうに、往来から直ぐ上れるやうになつてゐるんだ。で、見てゐると、間もなく二十五六の、素敵に美人でハイカラな女が、その階段を下りて来た。それが待ちうけてゐた女であることは、福助人形の腹の中にゐる男の息使ひで直ちに察しられるんだ。だが、その女の顔を一目見たせつな、大海源六は思はず、浦島太郎の腹の中で「うむ」と唸つたね。と言ふのは――いやまあ、それは未だ言はないことにしようや。

　さて、女は往来へ出ると、きよろ〳〵といかにも不安さうな態度であたりを見廻してゐたが、やがてうしろへ振向くと、手をあげてなんだか合図らしいことをするんだ。さうして置いて、彼女はもううしろも見ずにとつととそのバーの入口を離れると、S――館の角を西へ向つて曲つて行くんだ。その彼女の直ぐ後から、今度は二十歳前後の色の白い、セルロイド縁の眼鏡をかけた青年が、臆病らしくおど〳〵とした態度で出て来たが、それがまたS――館の角を西の方へ曲つてゆくんだ。ちよつとよく見てをれば、さうして別々に出て来た彼らが、連れであることは直ぐに分るんだ。あまり人目にたゝないところまで行けば、きつと彼らは又一緒に、肩を並べて歩くことだらう。

　彼らがS――館の角を西へ曲つて了ふと、福助人形は例の不恰好な大頭を振りたてゝ、腹の中で何だかぶつ〳〵と呟いてゐたが、ふと思ひついたやうに、側に立つてゐた浦島太郎に言葉をかけた。

『あれだ、あれなんだ。あの女が、「俺が犯人だ」のちらしを見て色を失つたんだ。ぐづ〳〵してゐては可《い》けない、直ぐに後《あと》を尾けて行かなくちや――』

　そこで大海源六先生、ちよつと首をかしげて考へて見たんだが、結局その男の言葉に従ふよりほかはないやうに思はれたので、まあ一緒に行くことにしたんだ。でそこに奇妙な、思ひ出しても吹き出しさうな追跡が開始されたわけだね。その追跡が、浦島太郎の大海源六にとつても、またもう一人の福助人形の中の男にとつても、どんなにスリリングな思ひであつたか、さう云ふ事はこの際余談だから一切省略するとして、さてその女とその青年だ。彼らはやつぱり疑ふべくもなく連れであつたと見えて、人通りのまばらな裏通りへ来ると、いかにも親しげに、所謂《いはゆる》喃々喋々《なん〳〵てふ〳〵》といつた形で、肩もすれ〳〵に並んで行くんだ。さう云う後から、二人の男が汗と埃《ほこり》と、それから疲労のためにぐた〳〵になりながら尾《つ》けて行くんだが、さう云ふ光景を想像すると、たしかに滑稽を通り越して一種の悲惨だね。さう云ふ尾行がものゝ二十分も続いたことだらうか。到頭、今は疑ふべくもない彼ら恋人同志も、さすがに疲れて来たと見えて、ある暗い、人目のない裏通りで立止まつた。そしてそこでしばらくひそ〳〵と立話をしてゐたんだが、やがて驚いたことには、彼らはそこで接吻をしたんだ。大海源六思はずうむと唸つたね。嫉妬とも羨望ともつかぬ。ある曖昧な感情で、彼はもう眼がくらみさうなのだ。すると、不思議のことには、彼のそばに立つてゐた福助人形の中の男も、同じやうな思ひなのか、ふいにがた〳〵と慄へ出し、どうして宜《よ》いのか分らないやうに、そこらあたりをうろ〳〵と歩き廻るんだ。そしておろ〳〵と何やら低い声で訳の分らぬことを喋り散らしてゐるんだ。それはもう、まぎれもない相当教育のある紳士の言葉使ひだ。大海源六はもうたまらなくなつた。で、つかつかと恋人同志の方へ向つて進み出たんだ。

『水谷さん、水谷さん』

むろんさう呼びかける彼の声は慄へてゐたね、いや、慄へてゐるのは声ばかりか、彼の全身なんだ。魂の底まで慄へてゐるんだ。

女は、いや恋人同志は、エクスタシイのさなかに、ふいとそんな化物のやうな姿をした者に声をかけられたので、冷水を浴びせられたやうにぎつくりとしたに違ひない。わけても男の方の狼狽のしようつたら、まるで地蔵仏の裾にかくれる幼児のやうに、女のうしろへ身をすくめて了つた。むろん女の方だつて平静でゐられる筈はない。真蒼な顔に歯を喰ひしばつて無礼者、寄らば斬らんといふ身構へなんだ。大海源六、つく〴〵と情なくなつて、半分泣き出しさうな声で言つたものだ。

『私ですよ、水谷さん、私ですよ。』

さう言つて彼は浦島太郎の腹のところにある穴から、例のまづい面を突出したものだ。女はとう見、かう見してゐたが、

『あら、桑渓《さうけい》さんぢやないの、どうしたのよ。その姿は。』とさも〳〵呆れたといふ声で叫んだ。

言ひ忘れたが大海源六は、桑渓といふ雅号を持つてゐたんだ。

『さうです、私です、大海桑渓です。』

彼は眩しさうに彼らの視線を避けてゐたが、やがて彼らの無言の詰問に答へるべく、まるで堰を切つて落したやうな勢で喋《しやべ》り初めたんだ。彼がいかにしてそこに立つてゐる福助人形と心易くなつたかといふことから、福助人形の男の話、それに続いてA——町の砂糖屋殺しの事件まで、それこそ落ちもなく能弁に喋り立てたんだ。

『しかし私は知つてゐます。貴女のやうな有名な歌劇女優、水谷らん子ともあらうものが、人殺しなどする筈は毛頭ないし第一、此の男、誰だか分らないが、福助人形の中に隠れてゐる此の男の話がみんな嘘だといふことは、今夜私が貴女にちらしを差上げた覚えの少しもないことからしても分るんです。此の男はきつと、うまく私を操つて貴女たちの様子を探らせようと思つてゐたに違ひないのです。幸ひ私が貴女をよく知つてゐたからよかつたやうなもの丶、ほかの者ならどんなに飛んだ間違ひが出来たかも知れません。ひどい奴です、ほんたうにひどい奴です。』

と云ふやうなことを、くど〳〵と、羞恥と慚愧と、そして不思議なことにはある一種の快感との、ごつちやになつた複雑な心持ちの中で喋り立てたものだ。

有名な歌劇女優の水谷らん子は、その能弁に気圧《けお》されたやうに、しばらくはぽかんと立つてゐたんだが、やがてやつと彼の言ふところの意味が嚥込《のみこ》めると、ふいに憤然としてそこに立つてゐた福助人形の方へ向つた。彼も多分、大海源六の多弁に足がすくんで逃遅れてゐたんだらうが、女のその態度に初めて我

に還つて、おくればせながら足を浮かせた。しかし、何しろそんな物を身に附けてゐるものだから、逃げるにも逃げられず、忽ち女の手に捕へられて、猫のやうに哀れな悲鳴を挙げたんだ。

『まあ！　あなた！　あなた！　やつぱりあなたね！』

女のその金切声に振返ると、福助人形は無残に腹のところを打破られて、そこから五十近い、頭の禿げた、しよぼしよぼ髭の顔が、情ないといつた様子で首をすくめて覗いてゐるんだ。

『あ！　磯部律次郎氏！』

磯部律次郎といふのは、水谷らん子の有力なパトロンで、言はゞ彼女の旦那なんだ。職業は弁護士で、その方では随分敏腕家だといふ評判だが、そんなところを見ると、からつきし意気地なしだね。らん子はふいに、わつと大声で泣きだしたかと思ふと、それこそ荒れ狂ふ夜叉のやうに、しよげ切つてゐる男の胸に縋りついて行つたものだ。

『畜生！　畜生！　やきもち焼きめ！　いつぞやはあたしに秘密探偵をつけて、散々あたしを困らせたのに、それだけでは慊《あきた》らないで、今度は自分から探偵の真似をしてゐるんだな。さうだ、あたしが良つちやんと始終、あのあやめバーで出合つてゐるといふことを何処からか聞いてきて、それでそんな風にしてあたしを監視してゐたんだらう、馬鹿！　馬鹿！　やきもち焼き！　しかも桑渓のやうな化物とぐるになりやがつて、あゝ、くやしい、くやしい。』

そして、ヒステリー女の力といふものは恐ろしいものだね。路傍《みちばた》に落ちてゐた手ごろな棒切れを拾ひあげたかと思ふと、当の本人磯部律次郎は云ふに及ばず、へつぽこ画工《ゑかき》の大海源六までを、それがために三週間病院で呻吟しなければならなかつたほど打つて、打つて、打ちすゑたものだ。

四

むろんそれがために、へつぽこ画工《ゑかき》の大海源六先生、もうそんな馬鹿々々しい真似はしなくなつたよ。

（「新青年」大正15年1月号）

主権妻権（抄）

佐々木　邦

見合

原君には宴会の気分をそのまゝ翌日まで持ち続ける特殊の才能がある。よく飲む人で、ひどく酔ふと寝てしまふから酒癖としては悪い方でないと言つてゐるが、寝るまでには随分管《くだ》を巻くから決して好い方でもない。酒そのものよりは飲む気分を味ふのだとあつて、飲んだ回想を細々《こまぐ》と語るのが常である。それで園遊会の翌朝、

『昨日は有志奉仕デーをやつて社長も見えたんだつてね。酔つ払つてゐて自業自得とはいひながら、大《おほい》に失敬しちやつた。』

と例によつて管《くだ》の続きを巻き始めた。

『僕が迎ひに行つたのに、こんなところへ来て女房の顔を見たがる奴があるかつて、大変な権幕だつたぢやないか？』

と私は念の為めと思つて忙しいところを一言に及んだ。

『あれは藝者連中への手前があつたから、つい啖呵《たんか》を切つたのさ、失敬したよ。』

『妙に虚勢を張るんだね？』

『そこは正直の話持てたい一心だからね。罪はないよ。』

『大《おほい》にあるさ。』

『ハツハ、、、。ところで奉仕会は大《おほい》にはずんだつてね？　社長夫妻が斡旋してくれたと言つて嚊大明神《かゝあだいみやうじん》大喜びだつたよ。』

『社長は如才ない人ですな。』

と新井君が珍らしく口を出した。

『如才ないですとも。腕一本脛《すね》一本であれ丈《だ》けの地位まで叩き上げた苦労人ですからな。酸いも甘いも心得てゐるまさあ。』

と原君は会の翌日は仕事をしないことに定《き》めてゐるから相手欲しやだ。

『婦人に鄭重なところは彼方《あつち》の紳士のやうですね。』

と新井君は千鶴子夫人が特に優待されたので光栄に感じてゐる。

『その点は殊に念が入つてゐます。何分英雄ですからな。』

『ナポレオンですか？　彼方《あつち》の実業界には小ナポレオンが多いですよ。』

『いや、のろいんですよ、女に。』

『それは多少は仕方ないでせう。』

『いや、細君にぢやないんですよ。有《あ》らゆる女にですよ。兎に角精力家ですからな。もう六十を越してゐますが、元気なものです。昨日なんかもあの通り半日飲み続けて、晩には又別の会

へ出るんだから感心します。会社の内を万事家族的にやつて行かうといふので、あゝいふ折には特別努めるのでせうが、実際精力絶倫ですよ。』

『好《い》い恰幅《かつぷく》をしてゐますからね。何処となく豪《えら》さうなところがあります。矢つ張り大将ですな。』

『それに捌《さば》けたものですよ。あれでは否応なしに部下が心服します。昨日も僕が酔ひ潰《つぶ》れて芝生の上に寝そべつてゐると、大将、「やあ、原だな。おい〳〵、負傷兵だぞ」と言つて、早速藝者連中に介抱させてくれたぢやありませんか？　お声がかりだから威張つたものです。綺麗なのが水を飲ませてくれる。僕は慌てゝコツプへ手を突つ込みましたよ。いや、何《ど》うも光栄身に余りましたな。』

『何方《どつち》が余つたんですか？　社長の厚意ですか？　藝者の介抱ですか？』

『ハツハ、、、。新井君も服部君に仕込まれてナカ〳〵人が悪くなりましたね。』

『そんなこともないですが、つい疑問が起つたんです。』

『無論藝者の方です。』

『ハツハ、、、大勢来てゐましたね。社長を取り巻いてゐたのは皆然《みんなさ》うでせう？』

『然《さ》うですとも。皆新橋の一流どころです。綺麗なのがゐたでせう？』

『さあ。』

『しかしあゝいふ時には社長や重役が独占してしまふから、一向感服しませんな。』

『あゝいふ時でなければ顔も拝《をが》めない。』

と私は交《ま》ぜつ返してやつた。

『さもしいことを言ふなよ。しかし実際の話、下積みで孜々《しゝ》営《えい》営《えい》としてゐたんぢや何処へ行つても持てませんな。重役に生れ更《かは》つて来なくちや駄目です。』

と原君は自分こそさもしいことを言ふ。

『重役は関係するんですか、あゝいふ醜業婦に？』

と新井君は又疑問を起した。

『醜業婦は厳しいですね。可哀さうに。あの中には社長のレコもゐたんですよ。』

『レコつて何ですか？』

『レコですか。さあ、レコと……これは翻訳係、一寸窮しますな。斯《か》ういふよろしくないことは服部君に訊くに限ります。』

と原君は意趣返しをした。

『これさ。』

と私は小指を立てゝ見せた。

『成程、妾だね。』

と新井君は早合点をした。アメリカ仕込みには時折通じの悪い日本語がある。

『いや、妾は別にありますよ。』

『驚きましたな。』

『それだから英雄だと言ふんです。今の奥さんだつて、公然の秘密ですが、それしやの果ですぜ。』

『それしやは藝者でせう？』

『然《さ》うです。今度は正鵠《せいこう》を得ましたな。一寸意気でしたらう。その辺の細君連中には迚《とて》もあんな垢ぬけたのはない。長いこと第二夫人でしたが、病身の第一夫人が亡くなると直ぐに後釜に坐つたんです。』

と原君はそれからそれへと話題を拵へて行く。

園遊会は新井君の為めには確かに社長日頃の主張に副《そ》つた。新井君は兎角人見知りをして遠慮勝ちだつたが、例の有志奉仕デーで寛いだのである。原君との無駄話を手初めに、他の同僚とも冗談を言ひ合ふやうになつて、急に打ち解けて来た。

『服部君、僕は勤まりさうだよ。』

と元気づいて、ソロ〳〵新参といふ意識を失ひ始めた。

『勤まる勤まらないなんてことは最初から問題ぢやないよ。腰を落ちつけて大《おほい》にやるさ。』

と私は無論新井君の為めに喜んだ。

ところで、私が岸本さんの令嬢と正式の見合をした翌日、新井君は会社で顔を合せるが早く、

『君、何《ど》うだつたね？』

と詰め寄せた。夫婦して私の縁談に深甚の興味を持つてゐてくれるから、私も自然その進行を打ち明けてゐるのだつだ。

『イヨ〳〵定《きま》つたよ。』

『それは宜《よ》かつた。』

『後からゆつくり話す。』

と私は例によつて昼食の時間に報告する積りだつた。

『こゝぢや落ちつかないから、久しぶりで何《ど》うだね？』

『さあ、今日は一寸予定がある。明日は何《ど》うだい、君の都合は？』

『宜《い》いとも、妻にも然《さ》う言つて置く。』

と新井君は何彼《なにか》といつて引つ張る。

例の芝居見物から一月余りたつてゐる。見合と知らずに見合をして後から驚いたが、叔母がこれならばと目星をつけて持ち出した丈《だ》けに、私もあれならばと思ひ込み、先方も万更でなかつたと見えて、その後縁談が進んだのである。しかし橋渡しの叔父は元来斯《か》ういふことには最も不適任な哲学者だ。それから先方の父が又同専門の同僚で、要領を得ないことにかけては確かに先輩の名を辱めない。哲学者と哲学者の交渉だから、世の常の縁談とは違ふ。事すべて意表に出る。叔母はナカ〳〵骨が折れた。先方の母も竟《つひ》には、

『男同志の話つてものは当てになりませんから。』

と言つて、もう良人は勘定に入れず、直接叔母と打ち合せるやうになつた。

僕は不用意の見合に面白からぬ第一印象を残したと信じてゐたから、その翌日は一日気がかりだつた。昼食の時新井君に打ち明けたら、

『それは宜《よ》かつた。然《さ》ういふ関係なら君の意思次第で纏るよ。』

と喜んでくれたが、

『しかしそれが何《ど》うだか覚束《おぼつか》ないんだよ。』

と私は芝居の筋書を説明して、

『君、僕は僕が半七だつたら三勝《かつ》とお園《その》を両方うまく綾《あや》なすと言つたんだよ。君、一つ考へて見てくれ給へ。先方の令嬢にどんな印象を与へたらう？』

と第三者としての冷静な判断を求めた。

『それは君、冗談と思つてくれるよ。僕だつてそれぐらゐのことは言ふけれど、妻は怒らない。』

と新井君はもう細君へ持つて行つてしまつた。

『しかし細君ぢやないんだからね。初対面の令嬢だぜ。見合の席だぜ。』

と私は声を潜めた。

『然《さ》うだね。見合には随分不穏当な言葉だつたね。彼方《あつち》だと婦人の前でそんなことを言へば絶交されるよ。しかし君は大丈夫だ。性格が分つてゐる。』

と新井君は極端から極端だ。此方《こつち》を信じ切つてゐるから、第三者になれない。

『何あに、厭やならよすさ。』

と私は自分の机に戻つてから度胸を据ゑたが、直ぐに又、

『左の頬に笑窪《ゑくぼ》の寄るのは何とも言へず可愛らしい。千鶴子夫人は両頬に寄る。然《さ》ういへば何処か似てゐる。』

と思つた。

『何《な》あに、世間は広い。見合は初めてだ。いの一番に飛びつかいて、待つてゐましたとばかり、直ぐにそれに定《き》めてしまふなぞは却つて不見識を証拠立てるやうなものだ。』

と考へ直した。

その日私は夕飯に間に合ふやうに帰宅した。叔母は当然のことゝして、

『あなた、岸本さんは何とか仰有《おつしや》いませんでしたか？』

と叔父に尋ねた。私はこれを待つてゐたのだつた。

『今日は岸本君には会はなかつたよ。学校へ来ない日だらう。多分。』

と叔父が答へた。

その翌晩叔母が催促した時は、

『然《さ》う〳〵。お前に宜《よろ》しくと言つたよ。』

とあつた。

『それ丈《だ》けでございますの？』

『それ丈《だ》けだ。芝居の話をしたよ。皆面白かつたと言つて大喜びだつたさうだ。』

『変ですわね。お芝居のことなら今日絵ハガキでお礼が参りましたわ。』

と叔母は物足らないやうだつた。

その次の日も岸本さんが学校へ来ない日だつたさうだ。私は見合の結果不合格になつたものと解釈する外なく、

『何《な》あに、一生の配偶を定めるのだ。もつと広く当つて見る方が宜《い》い。何《ど》うも俺は気が弱くていけない。買物に行つても出された品に直ぐ惚れる癖がある。断り切れないものだから、無理に長所を探してそれに定《き》めてしまふ。あれくらゐの令嬢ならザラにある。世間は広い。』

と虚勢を張つて自ら慰めたが、

『此方《こつち》で断るなら兎に角、先方から断られるのは不見識だ。こんなこと、知れてゐたら、新井君に話さないで置くと宜かつた。』

とも思つて、憤慨に堪へなかつた。

『こんな筈ぢやなかつたんですがね。何《いつ》れ主人から御主人さまへ詳しく申上げますからとあんなに仰有つたのに、真正《ほんたう》に変ね。私、何なら直接上つて伺つても宜《い》いんですが……』

と叔母もヤキモキしたけれど、阿佐ケ谷まで推参の勇気は出なかつた。矢張り、ひよつとしてといふ疑惧があつたのである。

『久男さん、斯《か》う毎日音沙汰のないところを見ますと、矢つ張り半七が祟つてゐるんですよ。あなたは何だつてあんな肚にもないことをベラ〳〵仰有《おつしや》つたの？』

と私を恨むこともあつた。

それで或晩叔父が、

『岸本君が厄介なことを言ひ出したよ。』

と叔母に相談をかけた時には、私はもう悉皆《すつかり》諦めをつけてゐた。

『何《なん》でございますの。』

と叔母はお給仕をしながら覚えず膝を進めた。あの奥さんもあの奥さんだと言つて、その日は殊に焦れてゐたのだつた。

『もう一遍見合をしたいと言ふのだ。念の入つた話さ。』

『あらまあ、あなた、それは最初からのお約束ぢやございませんか？』

『それは然《さ》うだつたが、双方申分がないんぢやないか？』

『でもこの間のは正式の見合ぢやございませんもの。お話を進めるには何《ど》うしてももう一遍必要がありますわ。』

『久男さんももう一遍見たいかい？』

と叔父は突然私に訊した。

『さあ、然《さ》ういふ次第でもないですが……』

と私は冗談か真面目か解し兼ねた。

『いゝえ、久男さんは毎日のやうに私に催促なさいますのよ。』

と叔母は素つぱぬいて、

『その見合のことを岸本さんはいつ仰有《おつしや》いましたの？』

『この間から言つてゐる。仕方がないから承知して来た。』

と叔父の暢気《のんき》には驚く。

『ホヽヽ、それは未だしも大出来でございましたわね。けれども、もつと早く仰有《おつしや》つて下されば宜《よろ》しかつたのに。』

『いゝや、俺は気に入らないのならもう一遍念の為めといふこともあるが、何方《どつち》も悪くないやうだから、それにも及ぶまいと言つたんだよ。岸本君はその時は成程々々と合点して置きながら、毎日細君に入れ智恵をされて来る。少しも定説がないから厄介さ。』

『道理で変だ〳〵と思つてゐましたわ。けれども然《さ》うお話が分れば結構です。さうして見合の日取と場所も定めて下すつて。』

『場所は動物園と定めた。』

『動物園？』

『岸本君は変人だからね。芝居は嫌ひだ。何処へも行つたことがないらしい。動物園丈《だ》けは知つてゐると見えて、「何《ど》うだらう動物園は？」と言ふんだよ。』

『動物園で見合をする人はありませんわ。』

『然うだらう？ 俺も直《す》ぐ然《さ》う思つた。しかし確信がなかつたから黙つてゐたんだ。それで結局時間を定めて象の前で落ち合ふことにして来たが、何《な》あに、岸本君だつて家へ帰れば屹度《きつと》又細君に遣り込められて訂正を申出るよ。』

『奥さんも動物園には驚きなさいませうよ。猿の前でなくて大仕合せでしたわ。斯《か》ういふことは殿方では駄目でございますから、私が上つて直接奥さんに御相談申上げませう。』

『それも宜《よ》からう。しかし今度は岸本君が連れて来ると言つてゐたよ。岸本君が久男さんに会ひたいのらしい。』

『何《ど》うなりと私達で計らひますわ。』

と叔母は先方の意向が分つたので悉皆《すつかり》御機嫌が直つた。

翌日叔母が岸本家へ伺ふ積りで長時間の支度を終つたところへ、同じ思ひの岸本夫人があたふたとやつて来た。動物園と聞いて最早辛抱出来なかつたのである。二人がどんな表情をして話し合つたかは容易に想像がつく。両側の伝言は大部分主人達の一存中に停滞してゐた。双方で業を煮やすも道理、

『まあ〳〵。然《さ》うとも知らずにお互に恨み合つて居りましたのね。』

と笑つた。

『男つて真正《ほんたう》に融通の利かないものでございますわね。』

と言つたさうである。しかし男必ずしも哲学者でない。皆岸本さんや叔父のやうだつたら、世界の運転が止まつてしまふ。

それは然《さ》うと私は次の日曜に叔父と連れ立つて、郊外散歩ながら岸本さんの家を訪れることになつた。もう見合なぞと四角張らずに融通の利く二人の女性が然《さ》う取極《とりき》めてくれたのである。私は無論異存なかつた。斯《か》う事が捗ると、突きつけられた品物の長所を探すのはお手のものだ。片笑窪《かたゑくぼ》が又々貴《たつと》くなつて来た。

『久男さん、心持は矢張り正式の見合のお積りに願ひますよ。』

と叔母が註文をつけた。

『今度は大丈夫です。』

と私は言行を慎むことは勿論、着て行く洋服の好みまで考へてゐたが、日曜は生憎郊外散歩をするに不見識なほど雨が降つたので、つひにお流れになつてしまつた。

次の日曜が近づいた頃は天気続きだつたけれど、今度は肝心の令嬢順子さんが風邪を引いた。妙に当てが外れる。さうして少し念入りだつたので、恢復が手間取つたのか、窶《やつ》れた姿を見

せたくなかつたのか、その次の日曜も控へてくれるやうにと奥さんから叔母のところへ申込んで来た。尤もその日は会社の園遊会だつたから、此方も差支へたのである。

それから二週間して漸く自然と人間と両拍子揃つた日曜が来た時、私は叔父と二人で郊外散歩に出掛けた。市電から省電へ乗り換へて、阿佐ケ谷で下りるともうそれだ。岸本さんの文化住宅は駅へ正味五分といふのが御自慢である。郊外には相違ないが、些《ち》つとも歩かない散歩だと思つた。それでも叔父は玄関に迎へた岸本夫人に向つて、

『奥さん、お天気が好いので郊外散歩に参りました。』

と言つた。客間へ通ると、主人公はそこに待つてゐたらしく、

『やあ、お揃ひで。天気が好いから郊外散歩には持つて来いですな。』

と椅子を薦《すゝ》めた。何処までも郊外散歩だ。

『甥です。』

と叔父は簡単この上なく紹介した。叔母が教へたことは一切省略してしまつた。

『先日は家内と娘がお世話になりました。』

と岸本さんも余計なことは言はない。

『ようこそお越し下さいました。』

と奥さんが改めて挨拶に取りかゝり、御良人の届かないところを補つた。私は叔母から種々《いろ〳〵》と心得を聴かされてゐたが、相手が雄弁だつたのでそれを応用する切つかけが摑めなかつたから、単に、

『叔母から呉れ〴〵も宜しくといふことでございました。』

と伝言《ことづけ》丈けを果した。

そこへ珈琲道具をカチン〳〵いはせて現れたものがあつた。見に来たとなると却つて見にくいもので、私はテーブル掛けの模様を余念なく眺めてゐた。するとお辞儀をしたやうだつたから、無論それとなく答礼した。今度は慎み深いところを御覧に入れたいと思つてゐるので自然大切《だいじ》を取る。しかし珈琲茶碗が鼻先へ置かれた時、失望したやうな安心したやうな気持で頭を擡げると、それは女中だつた。失望したやうな安心したやうな気持で頭を擡げると、折からお菓子を捧げて入つて来た令嬢の視線に行き当つた。見合と定まれば女の方がいけ図々しいものらしい。此方よりも先に見てゐたのである。令嬢は先づ叔父に挨拶した。

『郊外散歩ながら一寸伺ひました。』

と叔父は又断つた。私は立つて待つてゐる間に能《よ》く見てやつた。さうして一礼の後、

『先日は失礼申上げました。』

とこの間のお詫を言つた。順子さんは真赤になつて唯頭を下げるばかりだつた。

さて、それから先の成行をゆつくり報告する為めに、私は今日会社の帰りを新井君の家へお供したのである。前日からの約束だつたから、例によつて晩餐に招かれたやうな形になつた。毎度恐縮だとも思ひ、これもこゝ少時《しばらく》で対等のお附き合ひが出

来るとも思つた時、順子さんのことを考へた。

『お芽出たい御用でお忙しかつたさうで、真正《ほんたう》にお久しぶりでございましたわね。』

と美しい千鶴子夫人は先づ久濶を叙した。私を新井君のお守役と心得てゐる。唯二週間余り来なかつたのを斯《か》う大袈裟に言ふ。

『御無沙汰致しました。でもこの間園遊会でお目にかゝりましたよ。』

と私は弁解した。

『まあ、然《さ》うでございましたわね。その折は皆さまに御紹介して戴きまして、種々《いろ〳〵》と難有《ありがた》うございました。』

『千鶴子さんはあれから奥さん方が悉皆《すつかり》好きになつてしまつた。今度の婦人会を待つてゐるんだ。』

と新井君は然《さ》も満足さうに笑つた。

『吉弥《きちや》さんもあれ以来会社が好きになつて、何《ど》うやら腰が落ちつきましたのよ。真正《ほんたう》にお蔭さまでございます。』

と夫人も喜んでゐる。こゝの夫婦はこの通り千鶴子さん吉弥さんとお互に名前を呼び合ふ。代名詞も両方あなたで、全く平等だ。最初は雌雄の区別のないやうで変だつたが、慣れつこになると上下のある名称よりは遥かに開明的に聞える。夫婦関係は何《なに》も良人《りやうじん》が主君で妻女が家来といふ次第でない。それに別段金のかゝることでもないから、これで細君の機嫌が取り結べるものならお安い御用だ。私も順子さんを貰つたら、矢張り順子さんと呼ばうか？　此方《こつち》は久男さんか？　へゝ、くすぐつたい。

『服部君はニコ〳〵してゐる。いつもとは違ふでせう、千鶴子さん？』

『何《な》あに、そんなこともないさ。』

『いや、然《さ》う言ひながら、そら〳〵、笑つてゐる。ねえ、千鶴子さん？』

と新井君は千鶴子さんを連発する。

『申し後《おく》れましたが、この度はお芽出たうございました。』

と千鶴子夫人は真面目になつて祝意を述べた。

『難有《ありがた》うございます。』

と私は甘受した。

『お式はいつでございますの？』

『未だそこまでは参りません。此方《こつち》も貰ふ気、先方も呉れる気になつた丈けのところです。』

『つまり定《きま》つたのさ。まあ〳〵、喰べながら話さうぢやないか、千鶴子さん、何うぞ。』

と新井君は夫人を促がした。

新井君も私も酒は殆んどいけないのだが、縁談が纏まつたお祝ひとあつて、千鶴子夫人は葡萄酒を抜いた。

『真正《ほんたう》にお世話になり続けますな。しかしその中に御恩返しを致しますよ。』

と私は実際この夫婦の親切が難有《ありがた》かつた。

『いゝえ、私達こそ御無理ばかり申上げて居りますが、奥さまをお貰ひになるとそれがもう通りませんのね？』

『そんなことはないですよ。』

『それよりは見合の話だよ。何《ど》うだつたね、感想は？』

と新井君は一杯でもう赤くなつてゐた。

『工合の悪いものさ。然《さ》うジロ〳〵見る次第《わけ》にも行かなくてね』

『何《なん》とか仰有《おつしや》つて、二度もなさるぢやございませんの？』

と千鶴子夫人が笑つた。

『念入りでせう？ けれども先方の親爺といふのが又念入りですよ。最初は郊外散歩に行つて一寸寄つたことになつてゐましたが、話してゐる中に、一つあなたの頭の寸法を計らして貰ひたいと言ひ出したんです。』

『頭の寸法を？』

『然《さ》うです。最初は帽子でも結納に寄越す料簡だらうと思ひましたが、大将、骨相学《フレノロジイ》に凝つてゐるんです。三十分ばかり私の頭をおもちやにしましたよ。』

『まあ〳〵、大変な見合でございますのね。』

『娘さんも見てゐるのかね？』

と夫婦は驚いた。

『いや、令嬢が引つ込んでからさ。彼方此方《あつちこつち》と巻尺で寸法を計つてから、斯《か》う散髪屋で揉むやうにして凸凹《でこぼこ》を吟味するんだ。頭蓋骨の凹凸《あふとつ》は夫《そ》れ〴〵何かの可能性を表してゐるんだつてね。「可なり円満な発達を遂げてゐますよ」と言つて褒めてくれた。これがその調査表さ。可能性が一々点数で表してある。』

と私は紙入から書式を取り出して渡した。

『成程、綿密なものだね。百点が満点かい？』

と新井君は次の通り読んで行つた。

『服部久男君心性調査。理性六五。愛情九二・五。模倣性八〇。良心九〇。調和妥協性九八。諧謔性九五。ナカ〳〵成績が好いんだね。』

『私にも拝見させて下さいませ。』

と夫人が寄り添つた。

『……意志四五。決断二五。自尊心〇。零点はひどいね。用心一二。勤勉三五。色情八九。これは大に発達してゐる。破壊性二六。建設性三五。成程、君はこの通りかも知れないよ。』

『僕も大に参考になつた。』

『つまり令嬢の配偶としての適不適を考査したんだね。』

『然《さ》うさ。順子さんの調査表も見せて貰つたが、或点は僕よりも発達してゐる。理性が九十で自尊心が百だつた。顔丈けの見合ぢや不充分だと思つてこんなことをやつたんだらう。試験をして婿を極めるところは矢つ張り学校の先生だね。』

と私は尚ほその折聞いて来た骨相学《フレノロジイ》の受売をして、

『果してあの哲学者の吹聴する通り的確なものなら、此奴《こいつ》を広く見合に適用すると宜いんだね。』

と科学的見合を主張した。

『一つ僕達の調査表を拵へて見るか？』

と新井君が言ひ出した。それから千鶴子さんの愛情が百だの自分の理性が零に近いのと少時《しばらく》の間打ち興じた。何処までのろいのか方途《はうづ》の知れない男である。

『冗談は兎に角、そんなに理性と自尊心の発達した奥さんでは、私、御交際が出来ないと困りますわね。』

と夫人は又順子さんへ問題を持つて行つた。

『然《さ》うだよ。彼方《あつち》には女房《ワイフ》を貰ふと御奉仕専門になつて、以前の友人とは悉皆《すつかり》絶交してしまふ奴があるから僕も少し心配だ。』

と新井君も共鳴した。

『それは無論然うさ。僕はこれでナカ〳〵現金だからね。家を持てば斯《か》う度々はお邪魔しないよ。』

と私は冗談を言つた。

『それは困る。それぢや君の結婚が何も僕達の役に立たなくなる。喜び損だ。ねえ、千鶴子さん？』

『でも初めから御註文が無理なんですもの。お家をお持ちになつてからこんなにしつこくなされば奥さんに嫌はれますよ。』

『構ふもんか。来なけりや来ないで法がある。』

と新井君は高を括つた。

『何《ど》うなさいますの？』

『否応なしさ。隣りへ越して行く。』

『ところが僕の家の隣りは大抵田圃でせうよ。』

と私は郊外へ新築を目論んでゐるので、ついそれが口に出たのである。

『それならその田圃へ家を建てる。しかし、君、真正《ほんたう》に建てる気でもう地面でも定《きま》つてゐるのかい？』

『いや、未だ然《さ》うまで手が廻らない。貰ふのが漸く一昨日《をとゝひ》定《きま》つたばかりだもの。それから苦心惨憺さ。』

『占めたぞ、僕もイヨ〳〵勤まる確信がついたから、昨今千鶴子さんと相談してゐるんだ。同じ地面へ二軒建てれば越して行く必要も何もない、何《ど》うだらう？』

と新井君は私と違つて、建てようと思へば右から左へ事の運ぶ人だ。

『さあ、僕一人では御返事がし兼ねる。』

『何を言つてゐるんだい。千鶴子さん。服部君は貰はない中からこの通りだよ。』

『あなたより余つ程忠実ですわ。』

と美人は飽くことを知らない。

『服部君、真正《ほんたう》に一緒に建てようよ。異存はあるまいね？』

『あるんだよ、少し。』

『異存がかい？』

『然うさ。奥さん、奥さんと御一緒ぢや妻が可哀さうですからね。』

と私は千鶴子夫人に話しかけた。

『まあ！　何故でございますの？』

『妻は始終お引き立て役ばかり勤めることになりませうからね。』

『あらまあ！　私……』

『それからもう一つ新井君と一緒ぢや僕が困る。妻の苦情が絶えまいと思つてね。』

『困ることは些《ち》つともないよ。隣り同志になればもう無理に引つ張らない。』

『いや、僕は迚《とて》も君ほどに行くまいからね。何《ど》うも確信がない。』

『何がさ？』

『何がつて、奥さんの前では一寸言へない。』

『のろいことかい？』

と新井君がノメ〳〵と言ひ退けてくれた。

『無論その辺さ。』

『私、服部さんを抓つて上げるから宜《い》いわ。真正《ほんたう》にお口のお悪い人！』

『冗談ですよ、奥さん。』

と千鶴子夫人は憤慨して益々美しくなつた。

と私はあやまつた。

『冗談は兎に角、服部君、一つ相談に乗つてくれ給へ。未だ定《き》めてないのなら、態々別のところへ持つて行くにも及ぶまい。』

『真正《ほんたう》に如何でございますの？　お蔭で漸く腰が落ちついたんですから、この上とも力になつてやつて下さいませ。』

と夫婦は真面目になつて口を揃へた。

『それは無論異存なんかないんですよ、直ぐ承知しちや勿体がつかないので。ハツハヽヽ。』

操縦被操縦

『神鞭《かうむち》さん、明日は御在宅でせうか？』

と私は念の為め都合を訊いた。

『ゐる。』

と神鞭さんは例によつて簡単に応じた。

『久しく御無沙汰致しましたから、一寸お邪魔に上りたいんですが……』

『来給へ。』

『それぢや朝の中《うち》に伺ひます。』

『用件を当てヽ見ようか？　定つたんだらう、もう？』

『えヽ。』

と私は覚えず頬の筋肉を弛めた。

『何うもこの間から様子が違つてゐると思つたよ。』

『そんなこともないでせう。』

『いや、顔に書いてある。』

『天眼通ですな。』

『ハツハヽヽ。待つてゐるよ。』

と神鞭さんは真に気持の好い人だ。

例の郊外散歩以来叔母と先方の母親との間に往復があつて、私と岸本家の令嬢順子さんとの縁談は完全に纏まつた。元来は秋頃まで交際して婚約を取結ぶ筈だつたのが、私に於ても順子さんに申分ないし、岸本さんに於ても私の骨相がお気に召したから、直ぐに婚約を取結んで置いて秋まで交際することになつたのである。話が始まつてから何等の紆余曲折もなく万事スラスラと運んだ。尤《もつと》もその間に、大学教授の娘さんを貰ふのは入学試験を受けるやうなものだと考へさせられる事件がもう一つあつた。

　私が新井君のところへ報告に行つた翌日、叔父は又々岸本さんから註文を引受けて来た。昼頃帰つてゐながら常例《いつも》の通り書斎に引つ込むでゐたらしく、夕食の膳について私の顔を見た時、

『然《さ》う〳〵。歌子や、岸本君から又伝言があつたよ。』

と初めて思ひ出したのである。当事者に面と向ふまでは悉皆《すつかり》忘れてゐる仲人だから心細い。

『まあ、然《さ》うでございましたか。何と仰有《おつしや》いましたの？』

と叔母は早速促した。訊きたくても相手が切り出すまでは訊けないのだから厄介だ。

『久男さんの血が欲しいと言ふんだよ。』

『血でございますつて？』

『血さ。血液さ。少しあれば宜いんだ。』

と叔父は極く普通の品物を無心するやうに言つた。

『まあ、何になさるんでございませう？』

と叔母は今更驚いた。私はこの間頭を弄り廻されてゐるから、矢張り何か実験の材料にするのだらうと思つた。

『つまり黴毒《ばいどく》があるか何《ど》うか確めるのさ。久男さんは会社員だからね』

と叔父は私を見返つた。会社員なら当然と言はないばかりの口吻だつた。

『御念の入つた話ですな。』

と私は少々迷惑を感じた。

『そんなら私が保証致しますわ。ねえ、久男さん、あなたに限つてそんなことはございませんね。』

と叔母は私を見返つた。

『いや、岸本君はお前の保証を求めてゐるんぢやないよ然るべき病院の証明を希望してゐるんだ。』

『それは然《さ》うでございませうが、あなたはそんなことを引き受けてお出になつたんですか？　あなたが大丈夫だと仰有《おつしや》れば宜《よろ》しいぢやございませんの？』

『俺も無論大丈夫とは思つてゐるけれど、久男さんは教育家でも学者でもない。会社員だからね。カツフエなぞへも頻繁に出入するやうだからね。』

と叔父は益々変なことを言ふ。会社員こそ好《い》い面《つら》の皮だ。学校の教師以外に正業はないと思つてゐる。カツフエを魔窟と心得てゐるのも度し難い。

『オホヽヽ、カツフエぐらゐへは何人《だれ》だつて参りますわ、この節の若い方は。種々《いろ〳〵》と交際がございますからね。あなたや岸本さんのやうに年中書斎へばかり入つてゐる人とは一緒になりませんよ。』

と叔母は叔父の蒙を啓《ひら》くに努めたのは宜《よ》かつたが、もう一方私に、

『ねえ、久男さん、大丈夫ですわね？』

と念を押したところを見ると、矢張り何とか思つてゐる。

『会社員は信用がないんですな？』

と私は答弁の限りでない。

『まあその辺に帰着するね。』

と叔父は有りのまゝを言ふ。

『余りですから、私、奥さんに申上げますわ。けれども久男さん、あなた真正《ほんたう》に大丈夫でございませうね？』

と叔母は再び念を押した。

『宜《い》いです。それほど皆から嫌疑がかゝつてゐるのなら、私、明日にも病院へ行つて参りませう。』

と私も身の明《あか》りを立てる必要を認めた。

『久男さん、嫌疑ぢやないんだよ。その点は岸本君から呉れ呉れも言つて寄越した。何誰《だれ》にしてもこれ丈けの手続きは履《ふ》むで貰ふ積りだつたから、決して悪く思はないやうにつてね。』

と叔父は弁解した。

『分りました。大切の娘さんを下さるんですから、親心として極《ご》く正当な要求です。』

と私も先方の心持を諒とした。

『まあ然う理解してやるんだね。何《ど》うもあの男の実験主義は周囲の迷惑を顧みないから困る。』

『安心致しましたわ。私、事によると久男さんは試験を受ける確信がないのか知らと存じましたのよ。オホ、、、。』

と叔母はナカ〳〵意地が悪い。しかし食後叔父が二階へ上つた後で、

『あんなことを引き受けて来る叔父さんも叔父さんね。頭の寸を取つた丈けでも可なり人を馬鹿にしてゐますわ。そんなにお疑ひがございますなら引き退りませうつて、突つぱねてやれば宜《よ》かつたのにね。』

と少々先方の横暴を憤慨した。

『それぢや引き退りなさいと言はれゝば玉なしぢやありませんか？』

と私は弱味がある。

『でも余り無遠慮ですわ。』

『しかし先方としては慎重な調査をする必要がありますよ。年来交際があるなら安心ですけれど、此方の人格が分つてゐないんですからね。念晴《ねんぱ》らしです。応じたつて決して不見識ぢやありません。』

『何とか仰有《おつしや》つて、貰ひたい一心ね。見識なんかあるもんですか。』

と叔母は好い気になつて尚ほ少時《しばらく》私を苛《いぢ》めた。

素より品行方正の私にそんな懸念のあらう筈はなく、血液検査の結果は無論満足だつた。しかし叔母が病院の証明書を携へて訪れた時、先方の母親は初めてそれと承知して、

『主人があの通りでございますから、ハラハラするやうなことばかりで何ともお詫の申上げやうがございません。』

　と大層恐縮したさうである。

『宅もあの通りでございますから、何が何だかさつぱり分りませんのよ。』

　と叔母も当然共鳴したに相違ない。

　後から聞けば、岸本さんが双方の血液検査を理想として話したのを、叔父は当方への要求として伝へたのだつた。

　学者も自分の責任にならない限りは理論と実際の間に差別を設けない。逸《はや》まつたのは私で、見識零点とある骨相調査表の書き込みを早速実証してしまつた。赤十字社病院の証明書まで添て懇願したと言はれても否定出来ない。

『主人として一番始末の悪いのは相撲取りと哲学者だらうと存じますわ。』

　と叔母が日頃の主張を発表したら、

『真正《ほんとう》でございますねえ。』

　と奥さんも徹頭徹尾同感だつたさうだ。兎に角相撲取りが打ち壊さない中にと、二人は頻りに往復を始めた。

『男の申すことでは当てになりませんから。』

　と言つて、世間とは反対だけれど、力士の入つてゐない方がやり好いから、実際話の進みが早かつた。竟《つひ》に秋に式を挙げるといふところまで漕ぎつけた時、叔母は、

『久男さん、これから先は私達の手ぢや駄目よ。身内が仲人をする法はありませんから、何方《どなた》かお心当りはありませんの？』

　と言ひ出した。

『然うですね。叔父さんや岸本さんのお友達にはございますまいか？』

　と私はこの上ともお委せしたかつた。

『真平《まつぴら》ですよ。』

　と叔母は声を潜めた。叔父が新聞を読むでゐたのである。

『何故ですか？』

『奥さんとも御相談したんですが、矢つ張り会社の方《かた》が宜《い》いでせうつて仰有《おつしや》いますの。』

『大丈夫だよ。俺は何誰《だれ》も持ち出しはしない。』

　と言つて叔父は立つて行つた。

『学校の方は皆似たり寄つたりで迚《とて》もお話になりませんのよ。奥さんも心配なすつて、これも早く定《き》めて置く方が宜《い》いと仰有《おつしや》いますの。』

　と叔母はもつと世間並みの仲人が欲しいのだつた。

『それなら神鞭さんに頼みませうか？』

　と私は直ぐに思ひついた。余り会社員らしい方《ほう》でもないが、哲学者よりは間に合ふ。

『然《さ》うね、神鞭さんも宜《い》いでせうが、課長さんは如何？』

　と叔母は頼み序にもつと箔をつけたがつた。

『課長は一寸工合が悪いです。』

　と私は同僚間の思惑を考へた。

『何故?』

『課長に頼むと如何にも子分になりたがるやうに取られます。会社の連中はナカ〱口うるさいですからな。』

『それも然うね。誤解されちや詰まりませんわ。順子さんの方へはもう何と仰有《おつしや》つても仕方ありませんから、せめて同僚の方丈けにでも見識を立てますか。』

と叔母は例によつて譁《からか》つたもの丶、能《よ》く私の心持を汲むでくれた。

そこで私は前の日に打ち合せて置いて神鞭さんを調布に訪れることになつた。一番余計お世話になるこの先輩には確定次第報告する積りだつたが、日頃の御贔負《ごひいき》に甘へて依頼の筋も入つて来たのである。同課のものが一番多く群生してゐるのは調布の田園都市だから、こ丶へは度々足が向く。神鞭さんを初め原君と浅倉君が居を構へてゐる上に、吉田君が目下新築中である。他の課の連中の顔も時折この方面に認める。建築費の三分の二までは会社の金を低利で借りられるから、同僚は独身ものでない限り、大抵自分の住宅を持つてゐる。これも社長の家族的方針の一発露で、我が社の特に誇りとするところである。その代り皆三千四千といふ纏まつた借金を背負つてウン〱唸つてゐる。余所の会社に好い口があつても、おいそれと転任は出来ない。

目黒から調布までの間、私は電車の中で住宅のことを考へた。去年あたりまでは来る度毎《たびごと》にこの沿道の発達が目についても一向驚かなかつた。何の酔狂で皆は畑の中へ家を建てるのだらうかと怪むでゐたが、今はそれが自分の身の上になりかけてゐる。一緒に建てようと既に新井君とも約束してある。地面を探すとなれば、もう市内では手に入らない。尤も新井君は裕福だから何《ど》う都合をつけるかも知れないが、私は犠牲をしてまでも共通の行動は取れない。地価が恰好で成るべく東京へ近いところとなると、結論は矢張りこの辺へ辿りつく。私は平常無関心で見て通る住宅地に特別の興味を催しながら、三四千円の借金を背負ふ決心の臍《ほぞ》を固めて下車した。

『沢山家が出来ましたね。』

と私は間もなく神鞭さんの書斎へ通つて、窓から見晴らしながら言つた。停車場からの途すがらも家と地面のことに屈託してゐたのである。

『出来たらう。しかし悉皆《すつかり》建ち並ぶまでには未だ間があるよ。さあ、坐り給へ。』

と神鞭さんは自ら椅子の上に胡座《あぐら》をかいて模範を示した。

『今度は悉皆《すつかり》御無沙汰してしまひました。』

『久しぶりだね。ゆつくり話して行き給へ。』

『今日は御報告かた〲心得を伺ひに上つたんです。』

と私も椅子に寛いだ。

『覚えてゐたね。心得は兎に角、お芽出度う。』

『難有《ありがた》うございます。』

『新井君の奥さんの親類だつてね?』

『い丶え、違ひます。』

『然うかね。専《もつぱ》らそんな評判だつたが。』

と神鞭さんは何誰しも見当をつけさうなところを伝へた。

『叔父の同僚の娘です。』

と私は無意識的の見合から成立までの出来事を先方が頻りに呉れたがつたり来たがつたりするやうに潤色して物語つた。仲人役を頼むには予備知識を注入する必要がある。尤《もつと》も骨相調査と血液検査の件は此方《こつち》の沽券《こけん》を落すから、一切省略した。

『真正《ほんたう》にお芽出度うございましたね。余り御ゆつくりでいらつしやるから、実は主人とも始終お噂申上げて居りました。』

と話の途中から顔を出した奥さんも喜んでくれた。

『それでお二方に折り入つてお願ひがございますが、叶へて戴けませんでせうか？　こんな工合に叔父叔母の手で悉皆《すつかり》極めてくれましたもの丶、仲人は身内のものぢや困るんです。真《ほん》の形式丈《だ》けで宜《い》いんですから……』

と私は夫婦揃つたのを幸ひに用件を持ち出した。

『仲人かね？　さあ、柄にないな。良人《りやうじん》としての心得ならいくらでも話す約束だつたけれども。』

と神鞭さんは年来会社で縁の下の力持ちを勤めてゐる丈けに、表出つたこと丶なると兎角尻込みをする。

『良人《りやうじん》の心得こそ柄にありませんわ、あなたみたいな無理解な人が。』

と奥さんが笑ひ出した。

『先方の父親も此方《こつち》の叔父も今申上げたやうな学究ですから、友達も似たり寄つたりで然るべき人がありません。それで相談の結果私の方の先輩にといふことに定《きま》つたんです。』

『さあ。君のことだから厭《い》やぢやないが、柄にないと言ふのさ。何《ど》うだらうね、お繁、お前が引き廻してくれ丶ば俺も勤まるが……』

と神鞭さんは奥さんを顧みた。

『引き廻しなんか出来ませんが、折角ですからお引き受け申上げたら如何《いかゞ》？』

と奥さんが言葉を添へた。

『それぢや二人でお役に立たう。』

と神鞭さんは初めて確答した。

『難有うございます。それではその中に叔母が上つて奥さんに御相談申上げますから、宜《よろ》しくお願ひ致します。』

と私は教へられて来た通りに行動した。

『然《さ》うしてくれ給へ。斯《か》ういふことは女同志に限る。』

『何《ど》うせ行き届きますまいが、家にも女の子が大勢ございますからね。今仲人役を勤めさせて戴いて後から二人も三人もお世話を願ひますわ。』

と夫婦は快諾してくれた。

『お蔭で悉皆《すつかり》段取りが出来ました。』

と私は安心した。

『秋まで待ち遠いだらうね。若いものは羨ましい。』

と神鞭さんは感慨を洩らした。

『子供の嫁入りを考へるやうになつちやもう駄目ね。』

と奥さんも口先丈け年の寄つたやうなことを言つた。未だ三十五六だから決してお婆さんをもつて任じてゐるのではない。うつかり共鳴しようものなら後から恨まれると思つて、

『でも一番大きいお嬢さんは未だ小学校でございませう？』

と私は社交的に出た。

『この春から女学校へ入りましたのよ。』

『然《さ》うでしたか。早いものですな。それにしても前途遼遠ぢやありませんか。』

『未だ十年はございますね。』

と奥さんは至極御機嫌だつた。

『四人女の子があるんだからね。』

と神鞭さんが訴へた。

『少し片寄り過ぎましたな。しかし一番上が坊ちやんですから心丈夫ですよ。』

と私はナカ〳〵忙しい。

胸中に満足があると他を慰める余裕も出る。

『男二人女一人ぐらゐが丁度好いところだね。最初男の子が出来たものだから、もう一人もう一人と思つて資本を下して、つい〳〵四人まで女の子を生むでしまつた。もう懲りたよ。』

『馬鹿なことを仰有るものぢやございませんよ。』

と奥さんは受け答へに困つた。

『女がのさばると何《ど》うしても女の子が生れる。これは何処の家《うち》を見ても事実が証明してゐる。』

『何《ど》うですか知ら？　相変らず独断説を主張なさいますな。』

と私は奥さんの様子を覗つた。

『我輩のところは最初の中《うち》我輩が主権を握つてゐた頃には男の子が生れたが、二度目からは女の子ばかりさ。嫁に来た当座は遠慮があつたけれど、一二年たつ間に増長し始めたんだね。この辺は大《おほい》に参考になるぜ。主権を取り戻したくても斯《か》う子供が殖えると乱国《らんごく》さ。強いものが大名になる。今更何とも仕方がない。君も細君に天下を取られないやうに気をつけ給へよ。』

『大分風向きが悪くなつて参りましたから、私はこれで御免蒙りますわ。何《ど》うぞ御ゆつくりお話し下さいませ。』

と奥さんは出て行つた。

『何《ど》うだね？』

と神鞭さんは後見送つて為《し》たり顔をした。

『何ですか？』

『今のが心得の一端さ。』

『何の心得ですか？』

『牝鶏《めんどり》操縦法の心得さ。』

『は、あ。奥さんに一目置いてゐるやうに吹聴なさるのが操縦法ですか？』

と私は合点が行かなかつた。

『然《さ》うさ。人前ではあの通り花を持たせるが、蔭では悉皆《すつかりと》取つ

占《ち》めてゐる。』

『何《ど》うですか。人前でのあの通りなら蔭では尚ほ散々ぢやないんですか？』

『そこさ。然ういふ印象を与へるところに秘訣がある。これは十数年の経験が裏書をしてゐるから、安心して君に伝授出来る。始終自分の意思を通して而《しか》も牝鶏《めんどり》に心服されてゐるのも偏《ひと》へにこの操縦法の賜物さ。これを実行しないと夫婦の間に自由競争が始まる。適者生存となつたらもう失敗だね。啀《いが》み合つて勝つたところで居心《ゐごころ》の好《い》い筈はない。然《さ》うかといつて負けた日には悲惨なものだ。これは三賢夫人の家庭を見ても分るだらう？悉皆《すつかり》下敷になつてしまふ。』

と神鞭さんは長々しい能書を述べ立てた。追々《おひおひ》紹介するが、同僚には女房に全く頭の上らないのが三人までゐる。三賢夫人といふのはその奥さん方のことだ。

『賢夫人になられちや溜りませんから、是非秘訣を伺はせて戴きませう。』

と私は促した。

『つまり立憲君主の心持で行くんだね。何方《どつち》に転んでも大差ない時には臣民の存在を充分に認めてやるんだね、権利を持たせて置けば反乱は起さない。例《たと》へば君の仲人役を引き受けるにしても一応相談をかける。妻は好《い》いのがあつたら君にお世話をしたいとさへ云つてゐたんだから、無論異存はないいんだ。それが分つてゐたから、『お前が引き廻してくれゝば勤まる』と御機嫌を伺つたので、もし反対すると知れてゐたら我輩は独断で承知してしまふ。賛成しさうもないことは此方《こつち》で極めて黙つてゐる。賛成するに定つたこと丈け恐る〳〵相談をかける。』

『ナカ〳〵狡いんですな。』

『それは多少駈引がある。牝鶏《めんどり》の賛成しないやうなことは大抵よろしくないことだからね。我輩はこれから酒を飲みに行くといふやうなことは相談しても駄目だ。』

『しかし長の年月には気取られませうね？』

『それは手加減次第さ。酒なら飲むでしまつてから、原君に引つ張られてひどい目に会つたと言へば原君の所為《せゐ》になる。しかし素より聖人君子ぢやないんだから、時に自分の責任にするのも自然らしくて宜い。滅多に尻尾は出さないよ。』

と神鞭さんは得意だつた。

『都合の悪いことは皆事後承諾ですか。巧く考へましたな。』

『それから妻が何から何まで切り廻してゐるやうに吹聴したらう？　あれも手だよ。客の前では及ぶ限り花を持たせる。我輩は此奴《こいつ》を圧迫してゐるといふ風を見せたところで手柄にはならない。後から恨まれるばかりだ。殊に始終あゝ言つて聞かせれば、女の子を生むのを自分の落度のやうに考へるから威張らない。又今度も女かと思つてこの頃は殊に慎むでゐる。』

『何ですか？　又お出来になるんですか？』

と私は疑問を起した。

『夏一杯に生れる。君の式には差支へないから案心し給へ。』

『諦めたと仰有《おつしや》つたのは嘘ですか？』

『男が生れないとも限らないからね。ハツハ、、、。』

と神鞭さんは快く笑つて、

『あゝいふ薄のろいやうな述懐をするのも一秘訣さ。さうしてこれがナカ〳〵利く。』

と附け加へた。

『何故ですか？』

『人前だと殊に好い懐柔策になる。油断をするからね。』

『真に迫つてゐて策とは見えませんな。』

と私は冷かしてやつた。のろいことが策なら、この人も多くの同僚諸共《もろとも》生れながらにして策士の資格を備へてゐる。

『第三者にも然《さ》う見えるところが巧いのさ。要するに牝鶏《めんどり》を煽て、その地位に満足させるのが秘訣だね。我輩は一見操縦されてゐるやうだが、実は悉皆《すつかり》操縦して而《しか》も感謝されてゐる。』

『細工は流々《りう〳〵》ですか？』

『仕上げを御覧じろと言ひたくなるね。この辺の手加減をもう少し見て行き給へ。』

と神鞭さんは尚ほ実地について例証する積りらしかつた。

少時談話《しばらくはなし》が途絶えた時、

『この辺の地面は未だ大分明いてゐますな？』

と私は住宅の問題を思ひ出して窓の外を見渡した。操縦法も然《さ》ることながら、その操縦すべき代物《しろもの》を入れるところが差当りの工面を要する。

『明いてゐる。何《ど》うだね？ 此方《こつち》へ越して来る気はないかね？』

と神鞭さんが訊いた。

『先刻《さつき》もそれを考へ〳〵来たんです。好いところですな。』

『建てるならこの辺だよ。近頃開けた郊外ではこゝが一番東京に近い。それに水道もあるし。下水や道路の設備は日本一だからね。』

『しかし地面を買つてかゝるんぢや考へものです。』

『地面も月賦さ。建築費も低利資金を引き出して月賦で返す。何でも月賦償却が利《き》くから調法だよ。この間子供に蓄音機を買つてやつたら、長男の奴め、廻しながら、『これも何だかゲツプゲツプ〳〵〳〵と言ひますね』つて笑やがつた。斯うなると教育上面白くないが、今更仕方がない。』

『月賦でもレコードをかければ当り前の音がしませう？』

と私は譁《からか》つてやつた。

『馬鹿を言つてゐる。蓄音機は月賦ぢやないんだよ。』

『ハツハ、、、。しかし地所家屋の月賦は随分高くつくでせう？』

『金利丈《だ》け持ち出しさ。大したことはない。少し高い家賃を十年払へば家も地面も自分のものになる。我輩ももつと早く牝鶏《めんどり》の言ふことを聞いたら今頃はもう楽になつてゐるのよ。惜しいことをしたよ。原君にしても浅倉君にしても然《さ》う言つてゐる。目下は月賦責めでお互に火の車だ。』

『吉田君も始めたやうですな？』

『もう大分出来てゐるよ。彼処《あすこ》は和洋折衷だから羨ましい。今日あたりは現場監督に来てゐるだらうから、後で行つて見ようか？』

『地所検分ながらお供致しませう。』

『君は真正《ほんたう》に気があるのかい？　あるなら我輩は是非断行を勧める。家賃を五割余計出すと思へば間違ない。これから世帯を持つものは最初からやるに限る。我輩のやうに斯う子供が殖えてからだと苦しいが、夫婦二人きりの間は楽だからね。』

と神鞭さんは地図を出して来て、

『この赤く塗つてあるところは契約済だが、残余は皆明いてゐる。こゝがあの松林さ。この明いてゐるところが向ふの高台になる。彼処《あすこ》は見晴しが好いぜ。』

と地勢を説明してくれた。

『成程、原君のところは此方側《こつちがは》ですな。』

『然《さ》うさ。其方《そつち》も未だそんなに明いてゐる。昼から行つて見よう。』

『吉田君のところは何処です？』

『原君のところの直ぐ近くだ。その二百三十六号だか七号だつた。矢つ張り周囲が悉皆明いてゐる。』

『目黒まで何分かゝりますか？』

『十四分といふが、実際は十五六分だらうね』

『すると会社までは一時間でせうね？』

『然《さ》うはかゝらない。四十五分ださうだが、今更試めしても始まらない。五十分から五十五分と見て置けば間違あるまい。斯《か》ういふ新開地へ来ると多少の懸値は免れない。』

『不便はありませんか？』

『これつて感じないね。しかしこんな西洋の牢屋みたいなものを建てると窮屈だよ。』

『それを先刻《さつき》から疑問にしてゐるんですが、絶対に主権を握つてゐるあなたがお嫌ひな西洋建築に納まつてゐられるのは少し矛盾ですな。』

と私は腑に落ちなかつた。

『これは君、我輩が悉皆牝鶏《すつかりめんどり》に出し抜かれたのさ。家の牝鶏《めんどり》は……』

と神鞭さんが言ひ半《さ》した時、奥さんが姿を現して。

『何もございませんが、下でお昼を上つて戴きます。』

と手をつかへた。

『直ぐかい？』

『はあ、直ぐ。』

『それぢや服部君、何《ど》うぞ。』

と神鞭さんは私を誘つた。

食堂も西洋間である。台所との聯絡について奥さんが設計に苦心したことはこの前承《うけたま》はつた。

『広いですな。』

と私は周囲を見廻した。

『公設食堂のやうだらう?』

と神鞭さんは早速喰べ始めた。

『服部さん、奥さんをお貰ひになつたら理解のある良人《りやうじん》になつて上げて下さいませな。』

と奥さんはお給仕をしながら話しかけた。

『精々努めます。御主人から種々《いろ〳〵》と心得を伺ひましたよ。』

『オホヽヽ、奥さんにペテンをかけることをお習ひでしたの?』

『然《さ》うでもないですけれど、多少駈引を伺ひました。』

と私は有態に答へた。

『大変静かぢやないか? 子供達は何処へ行つたね?』

と神鞭さんが訊いた。

『庭で遊んでゐますわ。』

『お子さんが大勢でいらつしやるから、実際奥さんも御大抵ぢやございますまいな。』

と私はこの上又生れるのかと思つて同情した。然《さ》うと承知して見れば、成程、お腹が大きい。

『まあ、早速応用なさいますのね。』

と奥さんは駈引と解した。

『主婦は柄杓《ひしやく》の柄《え》だと我輩も常に言つてゐる。柄杓に認められても柄の功績は決して認められないからね。全く割に合はない立場さ。』

と神鞭さんも努めた。

『恐れ入りますわね。お客さまがお見えになると何と評判の好いことでせう?』

と奥さんは又外らした。

『お前は聞いてゐたね?』

『煽てヽ働かせることでございますの?』

『始末にいけない。』

と神鞭さんは藪蛇になるばかりだつた。

『駈引と申せばあなたのはそれくらゐのものぢやありませんか? 何か未だ他にあつて?』

と奥さんは主人公を呑むでゐる。

『いゝえ、奥さん、誠意をもつて妻女の労を犒《ねぎら》ふやうにといふ真面目な御教訓でしたよ。何しろ仲人ですからな。』

と私は弁解してやらなければならなかつた。

『宅の主人の駈引では迚《とて》も御参考になりませんわ。私も仲人として、申上げますが、女は案外目はしの利くものでございますよ。お互に瞞し合ひを始めた日には男に負けません。嘘をつくことならエバの時代からお師匠さんですもの。原さんのやうな才走つた方でも奥さんを操縦なすつた積りで、その実悉皆《すつかり》奥さんに操縦されてゐるのでございますからね。』

と奥さんは見せしめの為めに原君を槍玉に上げた。況《いは》んや宅の神鞭如き無器用ものはと言はないばかりだつた。

『操縦も被操縦もないよ。夫婦はお互に誠意で持つて行くのさ』

と神鞭さんは誤魔化した。細工は流々仕上げをもう少し見て行き給へと薦めた人の態度とも思へなかつた。

『あなたは誠意がございますからね。オホ、、、、。』

と奥さんは痛快に笑つた。

食後地所の検分に向ふ途中。

『何《ど》うだね、服部君、家の牝鶏《めんどり》はナカ〳〵手強いだらう？ あれだから操縦術も自然巧者になるのさ。』

と神鞭さんは空とぼけた。

『あれでなければ操縦の必要はありませんよ。』

と私は調子を合せた。しかし一見操縦されてゐるやうだが実は悉皆《すつかり》操縦してゐるといふ言葉はもう信じなかつた。同時に嫌ひな西洋建築に住むでゐる理由も合点が行つた。


（「婦人倶楽部」大正15年1、2月号）

綱の上の少女

片岡鉄兵

上

街の夏祭りを当て込んで、この頃来てゐる軽業師の中に、私の妹が居るといふ事実は、私をひどい憂鬱に陥し入れてしまつた。

生れつき空想家の私は、これまでの二三年間、幾度び、妹をさうした境遇から救ひ出さうと考へたゞらう……けれども、私はどうする事も出来なかつた。私は貧しい少年職工にすぎなかつたし、彼女はいつも旅から旅を放浪して歩く巡業団の中のひとりだつたのだから——私は、どれだけ彼女に逢ひたくても、いつ何所で彼女たちが興行して居るのかも知らなかつたし、又、この三年足らずの間には、たまには彼女が属する『山谷興行部』の巡業先を知る機会があつたとは言ふけれども、私には其の土地まで行く旅費のあらう道理がなかつたのだ。

彼女はそんな身の上にならなければならなかつた——これは、

彼女が誘拐されたと云ふやうな事があつた訳ではない。私の父が、さうした興行師に、彼女を売つたのである。私の父は、どういふ性格の持主であつて、又、どういふ生活や職業を渡つて来たものであるか、それは確かに不潔で、惨めであつたらう、そして、それは父の罪ではなくて、この世の中の出来上《からく》りのさせた罪であつたかも知れない、それゆゑ、私は父がどんな事をした男であつたらうとも、父を責める気持ちにはなれない。然し、父が、私の妹を軽業師の手に渡したといふ一事だけは、許す事が出来ない。私はそれを想ふ度びに、父を呪ひ、父を憎まずには居られないのだ。これは私の不当に科せられた刑罰である、不幸である、父を憎まずには居られないと云ふ事は……だが、その父はもう此世には居ない。十年前に、死んでしまつた人である！

　もう十一二年も前の事である。その頃、私の一家は神戸に居た。私にはひとりの妹があつた。私たちの住んで居たところは、兵庫の貧しい裏通りであつた。だが、もう、遠い、遠い、昔のことのやうな気がする。私は、その裏通りに就て、詳しい記憶を持たない。母が生きて居る頃、時々『兵庫に居た時……』と何か下らぬ思ひ出話をしたその度びに、私は、漠然と、じめ〴〵した小路の水たまりや、剝げた赤い布片れや、小児の喚き声や、何か怒鳴る筒袖の女たちを眼に泛べるだけであつた。不思議な事に、さうして思ひ泛べる街の光景は、一度も明るい日光に照らされて居る姿では脳裡に出て来なかつた。私の記憶にある兵庫の裏長屋の通りは、いつも、いつも、くろずんだ薄明りのうちに、煤煙にまみれながら横はつて居る……

　私が九つだつたから、妹は四つか五つであつたらう。或る日、私は玩具のポンプを弄んで居た。そのポンプは父が買つて呉れたのか、それとも、近所かどこかの子供を苛めて奪ひ取つたのか、私はおぼえて居ない。兎に角、黒い土の、僅かな空地に、盥を置いて、私は黒い煤煙の流れる空を睨みながら、光る一条の水を玩具のポンプから飛ばして居た。そこへ、小さな妹がチヨコ〳〵と走つて来て、盥を距てた私の真向ひにしやがんだ。私は、不思議に、しやがんだ妹の無格好な物に反感を持つた。そこで、いきなり、それを目掛けて、ポンプの水をシユウと射込んだ。妹がワツと泣き声をあげたので、母が表口に飛んで出た。

『まア、繁は又ふみを虐めよつたな！』

　母がそんな言葉で私を罵りながら、濡れてしづくの垂れる妹の胯を前掛で拭いて居るのを見ると、私は急に取返しの付かぬ罪を犯したやうに考へ、言ひやうのない恥を感じた。私は、何とか云ひ抜けなければ、この事で一生自分が汚辱にまみれるだらうといふ意味の、漠然とした感じから、真赧になつて、

『嘘や、嘘や、そら、ふみの小便やがな！』

『小便の臭ひかい、これが！』

　妹に就ては、さういふ記憶がある。そして多分、そんな事があつて間もない頃だつたらう——或る日、いつも親子四人が寝

る二枚の薄い蒲団の上に、私は小さい妹の姿を見失つたのである。

『ふみ、居らんがな。』

と私は、背ろむきになつて寝て居る母の脊中に向つて云つた。

母は黙つて居た。母は泣いて居た……

と母の肩の上から、父の顔がつと現れ、私を見て云つた。

『ふみは、もう戻つて来ぬ。あれは、他所の子になつたんのやから、もう戻つては来まいがな。』

『他所の子に――』

その朝、どこからか、詰襟の服を着て、節くれだつた丸い指に、幾つとなく大きな部厚な金指輪を嵌めた男が来て、ふみを連れて行つたのは、私も知つて居た。私はおぼえて居る、さうだ、この事は不思議に、ハツキリとおぼえて居る、その男は、紅い、大きなゴム風船を持つて来て、ふみにやつた。それから、露路を去つてゆくその男の肩ごしに、ふみの小さな顔が、ニコ〳〵と笑つて居たのであつたが、私はふみの顔よりも、ふみの顔の一尺ばかり上を、ゆら〳〵としながら遠ざかつて行く紅い風船を、ぼんやり見送つたのを今でもハツキリおぼえて居る……

私の両親は、ふみは他所の子になつたのだが、貰はれて行つたその家は、金持ちだから、安心したら好い、と私に云つた。私はひどく悲しくなつて泣いた。声をあげて泣くと、母も一緒に声をあげて泣いた。すると、父がひどく怒つた。……それから二三日は、私はじつに淋しかつた。九つの子供は、然し、まだ父を憎みはしなかつた。その後、時々、妹に会ひたくて、彼女が貰はれて行つた他所の家に行つてみたいと云ひ出して、父母を困らせたものだ。すると、父母は、そんな時、きまつたやうに、相手の家が金持ちだから、行つたつて決してふみに会はせては呉れないと云ひきかすのであつた。

『金持ちだから、あんな大きなゴム風船も持つて来たのぢやないか。』

さう云はれれば、成程、と私は思つた。

『金持ちだから、貧乏人を家に上げては呉れないぢやないか。』

さう云はれても、成程と思つた。同時に、私は金持ちと云ふものは、何といふわけの分らぬ、鬼のやうな人間だらうと思つた。私は金持が羨しく、そして憤ほろしかつた。私の知らぬ世界にあるところの金持ちを激しく敬ひ、激しく呪つた……

その翌年、父は死んだ。神戸から、母の故郷の中国地方の或る街に、私と母とが移つて来たのは、私が十二の時だつた。その間の私たち一家の暮しかたに就ては、想ひ出すのも身ぶるひがする……それは然し、こゝでお話をする必要はあるまい。そして、私は今から七年前に、小学をやめ、今の工場に職工見習ひとして入つたのであつた。十四の時である。

その間に、私は妹の事などスツカリ忘れて居たと云つても好い。貧乏や、そのほか色々の、その日その日の生活――それは、生活であつて生活でない、一種の無限の苛責であつたやうな月日は、私たちに、可哀想な妹のことを想ひ出す余裕すら与へなかつたのであらう。生きることが、その日その日の苦患であつて見れば、苦患にこたへて、身悶えするほかに生きる道はなかつたのだから。ところが、五年前の或る日、私は突然意外なことを母から聞かされた。

『お前にや隠して居つたがな、ふみが此間まで此街に来とつたんだよ。』

『ふみが？』

私は驚いて訊いた。すると、母もハツとしたやうに、口を噤んでしまつた。

その時は今から考へると、母に死が迫つて居るのが、彼女自身の疲れた心には予知されて居たのに違ひない。彼女はその二三日前から病床に居た。妹に就て、私に真実を語る事を母に決心させたのは、そのおぼろな死の予感ではなかつたかとも考へられる。久しく考へてから、母は漸く口を開いた。

『先月、あの夏祭に、軽業が小屋掛けしとつたやらう。あれや。ふみは、あそこで綱渡りしとつた……わしは逢うて来たぞな。』

『どうして？　あれは金持ちの家にやつたんぢやないか。』

私は激しく昂奮して、詰るやうに云つた。そこで、母は急に眼から涙をぽろ〳〵こぼし始め、それから金持ちにやつたのではない、父が軽業の興行師に売つたのであることを告白した。

ふみを売つたのは、『山谷興行部』といふ軽業師の一行の親分にであつた。その親分は、どういふ関係からか、母の昔の知合ひだつた。（これらの話は、母も話すのが不愉快さうだつたし、私も厭だつたので、余り深く立入つては聞かなかつた。）

それで、父が娘をその男に売つてしまつたのである。

『親父に、なんでそんな事をさせたんや。阿母んも、阿母んやないか。軽業師に売るのは、女郎に売るのも同じ事ぢや。売らなけれア、食へなんだんなら、家内一同首をくゝつたら好えのぢや。どのいしてゞも生きて行かんならんいふ法はない。わがの娘を女郎や綱渡りに売るなんちう考へを――どだいそんな考へが起るものぢやないんだ。この世の中にア、そんな考へが起るもんぢやないとせんならんのや。そんなら、阿母ア、どんなに暮しに困つたつて、そんな考へを退けてから方法を考へんならんのやろが……』

その頃の私は、まだ中学講義録もとつて居なかつたし、雑誌や小説を読んだり、それから何よりも第一に、大崎さんのやうな先輩も持つて居なかつたので、自分の思想を十分に母親に伝へる言葉を知らなかつた。私はひどく母を咎め立てゝ昂奮した。始終、あの、十一二年前の、黒ずんだ朝の露路を、ゆたゆたと遠ざかつて行つた紅いゴム風船の記憶を眼に浮べながら……

然し、私はその上母を非難しようとは思はなかつた。父が売ると云つた時、母はあらゆる方法をつくして反抗したのだつたと云ふ。母は泣いたり、罵つたり、死ぬると云つて脅したりした。でも、父はたうとう売つてしまつた、小さいふみを、私の妹を！

先月、その山谷興行団が来た。その時軽業の赤い大きなビラが、銭湯に掛つて居たのを母が見たのであつた。母は無智で、文字は読めなかつたのだが、山谷興行団のビラが、十年前のと同じ刷りであつたのが、母の記憶を刺激したのである。母は、私に内密で、軽業の天幕に行つた。そして、昔なじみの親方に逢つた。無理にたのんで、娘に逢つた……。

『逢つた?』と私は訊いた。

『他所《よそ》ながらに、なア。』と母は泣きつゞけるのであつた。

他所ながらにでなければ、親方は逢はせて呉れなかつたのである。

『あれが、お前さんの娘さ。』

場内一杯の人ごみの中に、親方は母を引張つて行つた。そして、高いところを指さした。高い所の綱の上である。十二三の小娘が、ビロオドの肉襦袢をきて、いま綱の上に右の脚をピンと伸して上げた瞬間だつた……。

『あれが……おゝ。』

母は袂で眼をおほうた。

『好い、きれうだらう。喜ぶが好い。人気者でね、あれ、あんな花環や、ほら、あんな幟やら……な、敷島はつせ嬢へと書いてあるだらう——字が読めんかね、お前さんは。ハハ、、、』

そんなことを親方が説明して呉れたのである。母は、親方が指さすまゝに、そつと顔を持ち上げて『そら、あんな花環を』と云はれゝば花環を、『ほら、あんな幟を』と云へば幟を、ふるへる空気の底に、順々に眺め渡した。上を見る気にはなれなかつた。敷島はつせ、敷島はつせ、と、心の中に飲み込むやうに繰返し呟きながら、母は、花環を、幟を、順々に、そつと眺めたのであつた。花環を、幟を、そして幟を、花環を、眺めて居る間に、あゝ、幟から花環に眼を移すその間に、自分の娘は高い綱の上から落つこちるかも知れない……もう娘は持ち上げた脚を綱に戻したのかしら? 今、落つこちて来はしないか知ら? あの、チラと見た顔の、細い眉、張り切つて凝る眼、固くむすんだ眼、花環、幟、敷島はつせ……

私はその時の母の気持ちが、そのまゝ自分の胸にこたへて来るのを感じた。そして、私自身が、敷島はつせ、敷島はつせと心で繰返しながら叫んだ。私自身が、高い綱の上で、ピンと持上げた脚を見た。細い眉を見た、一ところに凝つた眼を見た、花環を見た、幟を見た……幻でなく、さながらに母の話の中にそれらの物を見たやうな気がした。母は云つた。

『なあ、繁や。どうぞして、ふみをあそこから連れ戻る工夫はないだらうか。』

『そんなこと——それよりか、こつちの身の上のことの方が忙しいがな。』

さういつた私の心は、嘘ではなかつた。私はほんとの心持を、苦り切つて云ひ放つほかはなかつた。自分自身らが生きるために忙しいのに、どうして今は他人同様にかけ離れて月日のたつ妹のことなど構つて居られよう。私がそれを冷かに云ふのを見て、母はすぐ黙つてしまつた。

母の死んだのは、そのご間もなくである。

それから五年間たつた。私はその間に、多少仕事にも熟練し、日給も上つて来た。それに、母に死にわかれてからは場末の安宿に暮す独り身である。私は下らぬことに金を費さなかつた。中学講義録もとれば、雑誌も読み、人から借りて小説も読むやうになつた。そして大崎さんが、私の思想をスツカリ変へて呉れてしまつた。だが、私は大崎さんに感謝こそすれ、決して大崎さんを知るやうになつた事を怨んでも悔ゐても居ない。大崎さんに就いては、また後で、もつと詳しく話すことにしよう。

兎に角、私はこの二三年間、妹を救ひ出すことを色々と空想もし、計画も立てたのである。初めは、妹のことなど忘れてさうでなくなつた。次第に私は、山谷興行部の、敷島はつせな（それは少しも不自然ではなかつた）居られたのが、だん〳〵る、まだ見た事もない女軽業師が、私の心の中に色の濃い存在となつて来だした。女軽業師、敷島はつせ嬢。

『彼女は俺の妹だ！』

この考へは、最初のうちは然し、まだ空漠たる空想のやうに頭に来るだけだつた。それが、だん〳〵胸を打つ実感として感じられて来た。

すると、私の妹が、高い所の綱を渡つて居ることが、時々の幻想でなく、いつの瞬間にも在るであらう事実となつて、私の心を痛めつけた。

美しい女！　妖しい魅力！　綱の上……

彼女は私の妹だ。私の妹が、可愛い、、この世にたつた一人の肉親が、あの、昔私がポンプで濡らしてやつた妹が、紅い風船につり下げられた可愛い、女の子の顔の主が、いつも〳〵高いところの一本の綱を渡つて居る！　私の妹はいつその綱から落つこちて死ぬるか分らないのだ、彼女たちの興行団は、いま何所で天幕を張つて居るのか知らない。或は九州の果てゞ、ひよつとしたら北海道の片田舎で、今、この瞬間に、いや、次の瞬間に、彼女が高い綱の上から落下して死なゝいとは、どうして云へよう。それゆゑに、私は、いま、この瞬間に、いや、次の瞬間に、ひやツ、ひやつと脅かされずには居られないのだ。いつの瞬間も、彼女は生命を脅かされて居る。それ故、いつの瞬間も、私は遠い知らぬ他国の空の、一本の綱を踏みしめて居る妹の生命を安心する事は出来ないのであつた、そのやうな三年間であつた。

『ひよつとしたら、俺は敷島はつせを恋して居るのかも知れない！』

或る日、私はさう思つた。そして、自分で顔を赧らめずに居られなかつた。私はもう二十歳になる。私は寂しい少年である。私は異性の友だちを持たない。友だち以下の何のつながりすら、私は異性に持たないのだ。私が妹に就いての悩みは、私の性慾の成長につれて深く、激しくなつて行つた。私は、ほかに何の対象もないから、見も知らぬ敷島はつせに就て、冒険を空想し、苦痛を享楽して居るのぢやあるまいか？　この考へは、私を非常に寂しく、不愉快にした。それゆゑ、私はそんな考へは、頭から努めて振り落さうとした。次ぎに、

『考へて見ると、俺の悩みは、俺が生活に余裕が出来、知識が加はつて来るに従つて成長して来た。これは何といふ事だらう。』

　これは確かに発見であつた。私はこの発見の前に眼を瞠つて、そして私の手や、足を他人の物でもあるかのやうに、今更ら、物珍しげに見詰めたのである。

　さういふ時なのだ、山谷興行団の一行が、この街の夏祭りをあて込んで、乗り込んで来たのは！　ビラで見ると、その中には確かに敷島はつせも居る、その事は私を不安にし、同時に憂鬱にした。そして、一種、もの懐しい悲しみとも、不思議な憬れとも云へぬ心の憔悴が、私の胸を一杯にした。

　だが、物語の前置きは、もう好い加減に切上げるとしよう。このやうな長い前置きよりも、私は、つぎの、非常に短い本題を語ることに、一層の焦燥をおぼえて居るやうだ。

下

　夏祭りの季節となつて、街のなかほどを流れる青い水に傍ふ河原には、様々の見世物の小屋や天幕が、うすきたない白さに連り、重り合つて建てられた。機械人形や、手品や、シネマや、アルコホル漬の仔や……それらの見世物の中に、あの『山谷興行部』の天幕は一際大きく、高く聳えて居た。天幕のまはりに色彩を散らす旗と幟、そしてコルネツトに引かれて青い流れを渡り、対岸にまで拡つてゆくバンドの響きは、街の四方から人の足を吸ひ寄せて来た……忙しい夏の夕ぐれは、祭りの群衆が刻々に厚みを増して行くに従つて、次第に闇をふかめて行く

………


　私は貧しい少年職工であつた。河原に渡る橋の上まで来て、私は泣きたくなつた。私の眼の前を、夥しい群衆が、かるい足どりで祭りへ急いで居るのである。彼らは、みんな楽しい、はしやいだ気持ちで、敷島はつせを見に行くのであらう。私の妹は、彼らのために辱しめられるのだ！　私は、辱しめられて居る妹を、これから見に行くのであらうか？　高い綱の上を、踏みしめ、踏みしめて行く妹を、汗つぽい群衆が辱しめて居る。汗つぽい群衆が、笑ひながら、心の中で彼女を姦淫して居るとも知らずに、一本の綱の上に命を賭けた彼女が、身も心も『死ぬまい』といふ人間最大の努力の一歩々々を踏みしめて居るのだ――曽つての日に私の母がさうであつたやうに、私はさうした姿の妹を、十何年ぶりに眺めに行くのであらうか？

　私は、昼の間の労働の疲れも忘れて居た。コルネツトが、天幕の群れから、私の心に誘ひこむやうな響きを送つて来る。いつのまにかあたりは暮れはてゝ、闇を染め出した明るみの中に、『山谷興行部』と金糸で縫つた黒天鵞絨の幟が、夜風に魔物のやうにひらめいて居た……私の心は身構えて居た、気がついて

見ると、身構えて居た、非常に大きな冒険をする前の、お伽噺の英雄のやうに——彼女を救ひ出すのだ、少女を、妹を、と私の心はそんな、あてもない事を叫んで居た。

然し、そんな空虚な昂奮で、実際がどうならうものでもない。それは、儚い、功果のない空想にすぎないのだと、私はすぐ私自身に云ひ諾かせて居た。私は、河原の方へ下りて行かうとして、急にそれが厭になつた。妹が群衆に恥しめられて居る天幕の中へ、自分も入つて行くのが、自分自身に恥しくさへなつた。もし妹を救ひ出す事が、たうてい出来ない夢だと知つて居るのだつたら、私は何をしに妹の汚辱を見に行くのであらう？　この考へは、私をひどく顔赧らめさせた。自然、私は橋の上を、河原とは反対の方向に去らねばならなかつた。ふと、私は大崎さんの下宿が此の近傍の横町にあるのを想ひ出したのである。大崎さんに逢つて、いろ〳〵と訊いて貰ひたい事があるやうな気がした。

大崎さんは二年ほど前から、この町に或る組合を作るために東京から来た○○○であつた。まだ学校を出たての、若い人なのだつたが、顔はひどく蒼白めて、皺が多く、そして眼ばかりが鋭く光つて居た。それゆゑ、年だつて、もう四十に近いとさへ想はれるのである。この街へ来た当座は、労働者たちの気受けもよく、その事務所には、沢山の工場から始終組合員たちが出入して居た。菜葉服に取囲まれて、あの瘦せて蒼白めた大崎さんは、いつも微笑して居た。ただ、大崎さんの声ばかりは、生き生きと澄んで居た。すべてが弱々しい大崎さんの、身体ぢうの精力が、その清らかで太い声の中に集まつて溶けて居るのかと想はれる。さういふ声で、大崎さんは、いろんな事を説く、私たちの仲間は、みんな大崎さんの雄弁に魅力を感じて居た。どうしてあの貧弱な身体をした大崎さんの云ふ事で、斯うまで我々の世界の近づきつつある底力のある足音を、聴くやうな思ひをさせられるのであらうか、それは分らなかつたが、私たちは大崎さんの話のうちに、いつか私たちの力が如何によい未来を作るものであるかに就て、大きな自信を持つやうになつたのである。とりわけ、私は大崎さんから愛せられて居たやうだ。それだからだといふわけではないが、私はいまだに大崎さんを尊敬して居るのである。大崎さんを気の毒だと思つて居る。こゝへ来てから、大崎さんの指揮した運動がみんな滅茶滅茶に失敗したのは、私も認める。けれども、それだから大崎さんが資本家に買収されて居るかのやうに云つた流言を、東京の本部が軽々しく信じたことを、かへす〴〵も口惜しく思ふのである。失脚した大崎さんは、事務所を追はれて、いま下宿して居るのだ。さうした大崎さんを、いまだに訪れるのは、殆ど私ひとりであつたと云つても好い。

『やア、どうだね、妹さんを見て来たかね？』

私の顔を見ると、大崎さんは万年床の中から声を掛けた。先日逢つた時に、私は妹の事の一切を告白して居るのである。

『それですがね。僕は、もう何も彼も厭になつちやいましたよ。』

私は投げ出すやうに云つて、大崎さんの枕もとに座つた。そして、さつき橋の上で感じたことを、そのまゝ此で云つた。

『つまり、僕は、空想家なんですね。すぐそんな境遇から妹を救ひ出さうなどと考へるんです……そんな空想家だから、あなたの信者にもなつちやつたんで。』

『ふむ。それで？』

『つまり、僕の思想や熱情は、大した根拠の上に立つてるんぢやない。全く、夢のやうな空想から……』

『立派な自覚だよ。その通りさ。革命は英雄好みから余つぽど思ひ上つた奴らの、盲目な突進がなくちや出来ないや。』

大崎さんから、こんな言葉を聞かうとは思ひ掛けがなかつたので、私は少々狼狽した。私の顔いろを見てとつて、大崎さんは、スパ〳〵と寝床の中で煙草を吹かし始めた。そして、気味のわるい微笑を、あの蒼白く張つた薄い皮膚の上に漂はせることから、一層顔の上に皺を深くしながら云つた。

『だが、さういふ事は、君のやうな性格の人が尤もらしく吐く言葉だよ。僕なんか、すこし違つた考へ方をするね。』

『どう云ふ……？』

『君と僕とぢや、性格がまるで反対だ。第一、僕には、八つや九つで別れて十何年も別れて居た妹があつたとしても、まだ見ぬ赤の他人も同様な女が、ほんとの妹として実感に来ないものね。況して、それを救ひ出さうなんて童話や活劇まで創作する気にはなれない』

『活劇はあなたゞつて創作してるでせう。あなたの理想は、活劇や血を通つてから実現されるのぢやありませんか。』

『創作ではないよ。計画だよ。僕が君だつたら、妹を救ふよりも、寧ろ殺すね。僕だつて、妹の軽業を見る気にはなれないよ。けれどもそれは君のやうにセンチメンタルからではない。軽業なんかをやつてる妹が、僕自身のいちばん醜い姿のやうに見えるからだよ。いや、さうでもない、そんな妹を見たら、殺したくなるからだよ。』

『殺す？　殺す？』

私はカツとなつた。大崎さんこそ殺しても好いとさへ感じた。そして、真赤になつて、

『罪が、妹にあるでせうか？』

『罪は資本家にある。』

『誰が資本家です？』

大崎さんは、山谷興行部の団長こそ資本家だと云つた。そして、私の妹は、団長の資本のひとつだと云つた。

『だから、資本家の資本を破壊するといふ意味で、彼女を殺すのさ。ハ、、、、。』

大崎さんは急に哄笑した。そして、冗談をほんとにして腹立てゝ居る私をあはれむような眼で見た。

『まア、これでも飲みたまへ。』

さう云つて大崎さんは、枕もとにあつたウイスキイの瓶を私

にすゝめた。いつもなら酒など見向きもせぬ私だつたが、どういふものかその夜は、ぐつと一と息に酒を飲むのが、私にとつて頗る自然なやうな気がした。『妹を殺せ！』私の心はさう叫びながら、大崎さんが興味ふかげに見て居る前で、がぶ〳〵とウイスキイを肚の底にまで飲み込んだ。

『ヤ、やつたな。』と大崎さんは感嘆した。

『僕、妹のことなんか忘れます。あれが、始終、危険に身をさらされて居ることを、念頭から取去つちまひませう。』

『念頭においてたつて、どうにもならないんだからね。肉親の事を気にしてたら、折角非常に有利な地位にあるんだから、わざ〳〵その点では、僕たちは手も足も出なくなるよ。君なんか、他人同様な妹のことで、強ゐてこだはる必要もあるまいぢやないか。』

『さうです。僕は、妹なんかない。よしあつたたつて、何時でも綱から落つこちて死ね！　死ね！』

私はウイスキーの瓶を、畳の上にドシンと突き刺すやうに置いた。瓶の中で、液体が、クラ〳〵とゆれ、私の空威張りの心が、それに調子を合はせて動揺し、全く統一がつかなくなつてしまつた。

『死ね！　死ね！　ひとりの妹さへ救へない者が、どうして多くの者のために闘ふことが出来る！』

私がそんな事を云ひながら、再びウイスキーを口に持つて行つた時、大崎さんは煩さうな顔をして、あつちへ身体の向きを転じてしまつた。

結局私は救はれない気持ちで、大崎さんの下宿を出て行つた。すると、程遠からぬ河原の空が、ぼうと明るく照つて、バンドの音が、私を煽動するやうに此所まで響き渡つて来た。私は、すこしウイスキーに腰をとられて居るやうに感じながら、足の運びを足の意志に任せて居た。その足はいつか橋上に出て居た。その足はいつか、河原におりて、そして夏祭りの群集の中にもまれて居る私自身を知つた。

其処は明るい世界である。数々の天幕と、楽隊の音と、夜店の間を、群集は流れたりたゆたつたりして居た。その明るい騒擾の中で、私が考へて居たのは『殺す』といふ異常な事であつた。私はそれゆゑ、あの大きな天幕を、眼の前に見る夢の国の入口かのやうに見詰めながら、歩いて居るのだつた。私は、私の働きの邪魔になる見知らぬ少女を殺すつもりであつた。それから、あの腹立たしい、暴戻な資本家の資本を破壊するつもりであつた。いや、世の中の一切が、私の手で破壊されなければならないやうに、私の耳は、先刻大崎さんが洩らしたた『ハ、、、、』といふ哄笑をまだ捉へて離さないで居た――可愛い妹も、あはれな少女も、資本家も、資本も、みんな〳〵、殺し、破壊してしまへ！　こゝに蠢く群衆諸君！　諸君は私の片腕にも足りない。諸君がいかに私の前に無力であるかを今私は証明して見せるであらう。これは耐らなく愉快なことだつた、ハ、、、、。私は聴いて居る。悪魔の哄笑を！　いや、バンドの音だ、コルネツトだ。太鼓だ。美しく飾つた天幕に、私はなか〳〵近寄れない。私は浪にもまれて居る。今にこの群衆が、怒鳴り、金切声をあげる中で、私は素破しい殺人を行ふであらう！　天幕は眼の前に聳えて居る。道化や、彩色美人や、肉襦袢の男が、天幕の表口に設へた楽屋の欄干から、群衆を見下して笑つて居る。どれが、私の妹だといふのだらう。私は白粉の匂ひを嗅いで居る。太鼓を叩いて居る。笛を吹いて居る。それだのに、私はもう聴力を失つて居るやうに感じられる。素破しい殺人の夢に、心ばかりが怒鳴りたくて、叫びたくて、私は仲々天幕の方に進めないではないか。

けれども、私は殺人なんか出来ないのを、よく知つて居た。心の底の底で、そんな徒らな昂奮を嘲笑つて居る私をよく知つて居た。私が殺すことを考へたのは、ほんの偶然の面白がりからだつたのに違ひない。私は殺す方法も考へて居なかつたし、どんな事をしたつて殺せるなんて真面目に自惚れても居ない。さうだ、ほんの一時の好みだ。偶然だ。全く、『彼女を殺したら』といつた古風な小説趣味が、偶然に私の心に泛んだといふだけの話だつたに相違ない。あゝ、私は偶然を呪ふ。

その証拠に、ふと天幕の近くで、私は一軒の夜店を発見したのである。この明るい世界の、無数の夢と吐息とが、泡立つて凝つて出来上つたかのやうな、紅、紫、のゴム風船が、糸を引張つて店の上に浮いて居た。

突然、私はその沢山のゴム風船が、私に笑ひ掛けたやうに想つた。私は心の底から湧き上つて来るもので胸がつまつた。泣きたくさへなつた。十何年前の、兵庫の裏通りの煤けた露路を遠ざかつて行つた紅い風船と、その風船の下でニコ〳〵笑つて居た幼い顔とが、私の眼のなかに突然浮上つてすぐ消えた。

『おい、いくらだい。』

私は哀愁で一杯になりながら、店の親父に声を掛けて居た。沢山な中でも、いち番大きくて紅いゴム風船のひとつが私の手に渡された時、私はこの妙にかるい癖に、握つた手もとに油断のならぬ荷物の肌を感じて、見知らぬ妹に、急に近づいたやうな気がした。

しばらくして、私は軽業の天幕の入口に来て居た。一等券を買つて、五十銭を財布から出さうとした拍子に、風船の糸がもつとで手からはづれやうとして、私はおつと危い！　と呟いた。糸が手からはづれたら、この大きな風船は空中に逃げてしまふのである。

『おつと、危い！』

客を案内する女給仕が、ゴム風船なんか子供らしい物を大切さうに持つて居る私を、さも可笑しさうな眼つきで見て居た。彼女は、うつむいて口をハンカチで押へ、笑ひをこらしながら私を一等席に案内して行つた。

一歩入つた時、私は、永らく怖れ、待ち設けて居た瞬間に、自ら飛び込んだ感じで、心臓が圧し潰されたかと思つた。其所でまた一杯の灯の明りと、人間の匂ひと——そして、売られた娘の体臭とが、炎となつて私のぐるりに渦巻くやうに感じられた。一歩入つたまゝ、私は立ちすくんだ。逃げ出さうかと思つた。場内を埋めた見物の、みんなが私を嘲つて居るやうに思はれた。

『あれ、自分の妹のあさましい容子を、貧乏な兄が見に来て居るよ。』

誰かゞさう云つて、それゆゑ、見物が一斉に自分の方を振向いて嘲笑して居るやうな気がして私は前の方へ出て行く勇気を失つた。

『どうぞ、こちらへ。』

先きに立つた女給仕は、意地わるさうに促したてた。

『俺は一等だぜ』

私は、心を見透かされまいと用心するかのやうに、わざと元気に云つた。

『ですから、どうぞ――一等席は、いちばん前ですから。』

私は見物席の間に、わづかに通じて居る通路をとほつて、前の方に進んで行かねばならなかつた。恥しく、そして臆病にちゞこまつて、私はうつむきながら歩いた。

舞台では、何か演つて居るやうだ。

『こちらへ。』

給仕はたうとう私を一番前の席に案内して、一つの空いた場所を指した。

座りながら、

『敷島はつせと云ふ女は、まだ出るの?』と訊いた。

『今、やつてゐます。』

女給仕がさう云ふので、私は舞台に目を投げた。が、そこには二人の男が、一生懸命に上向いて、何か掛声のやうな物を叫び掛けて居るだけで、女らしい姿は見えなかつた。

『どこに? ア、あれ?』

『あれです。』

給仕は高い所を指さした。私の胸は俄かに乱調子な鼓動を鳴らしはじめたのである。そして、激しい呼吸づかひが、どう抑へやうとしても治まらなかつた。ふと気が付くと、私は紅い大きなゴム風船を持つて居るではないか。心臓の鼓動は、私の手から白く細い糸をつたつて、紅い風船に音たかいリヅムを通はせるやうな――それにしても、私の妹は、あんなに高い、高いところで、それは殆ど天幕の天井につかへるほどのところで、あんなに細い綱を渡つて居るではないか。何と、彼女が小さく見えることよ。私の眼は、あんなに高い、高いところに張り渡した蜘蛛の糸かのやうな細い糸に、しつかと食ひ込んだ彼女の足の裏に突きあたつた。肉襦袢の、もゝ色の皺に灯火が織る影を見た。白い、小さな頭! 短かい顎の上に、キツトと結んだ口と、やゝ低い鼻の固い表情を見た。眼が光つて居る! 美しい? おごそかだ! 私は私の女を見た。私の妹を見た。今、死ぬるかも知れない、弱い、小さな、美しい存在だ。世界のどこかに、このやうな少女が私につながつて居たとは!

『あい、しより！』

下の男が、彼女の方を見上げながら、底力のこもつた掛声を投げた。

とたんに、今まで綱の三分の一どころをたゆたつて居た少女が、ト、トンと二足三足綱の上を前方に進んで、すぐ又そこで立ち詰つた。そして、キラリと、彼女の細い眼が光つた。それが、遠い下から見上げる私の眼に、闇の底で光るガラスのやうに映つた。

私は、あふれるやうに眼から涙が湧き出るのを感じた。すると、水の底から空の虹を見るやうに、はるかの上の方で桃色の渦がおぼろに廻転しはじめる………

それだのに、私は眼の底から、彼女のあの緊張した顔が消えないのが苦しかつた。彼女は口を結び、目を据えて、ジツと焦点を見詰めて居る。全身から放射する生命の力が、綱の向ひ側の端を凝視させるのである。ひとつの瞬きでそれを見失つたら、死だ。それ故彼女の顔中が、生の望みと、祈りとで張り切つて居るではないか。

涙を拭いて、だが、私はもう彼女のさうした顔つきを見ては居られなかつた。いつか、私は一生懸命に彼女の足の裏を眺めて居た。足の裏は、『死ぬまい』とする努力で、残酷なほど深い、太い皺が彫られ、それが綱にしがみ付いて居た。彼女は又進んだ、二あし、三あし、

『アイ、シヨリ！』

その時、さつきの女給仕が、いつのまにか私のところへ引返して来て居た。

『誠に申し兼ねますが、木戸の方がやかましいものでございますから、その風船をお預りしたいので………』

『風船？』

私は妹の足の裏に妹の生死が釘づけにされて居るのを見た。

『その風船を……どうぞ、はねますまで、木戸でお預りしたいのでございます。』

あんなに高いところを！　又もや妹は進んで行つた。私の此の世にたつた一人の女は……

『あの、もし、風船を。』

『風船？』

『アイ、シヨリ！』

『風船を、どうぞ。』

『煩い！』

私は持つて居る風船を給仕の方へ投げつけた。

『相済みません。』

給仕は、キヤツチ・ボオルの無格好な手つきで、それを受けとらうとした。だが、投げ付けられた風船は、給仕の方には飛んで行かなかつた。私の手を放れると同時に、それはツイ、と、思ひ掛けもない方向に外れ、急速な勢ひで、空中を上に、上にと昇つて行つた。

『あ——』

場内が俄かにざはめき始めた。

『馬鹿、気を付けろ！』

誰かゞ、そんな罵りを叫んだ。私は恥しい事をしたと思つた。と不思議にも、十何年前のうす暗い露路を、ゆら〳〵と遠ざかつて行つた紅いゴム風船が、ハツキリ目に泛んですぐ又消えた。

『風船よ。』

『あら、風船、』

『まア！』

『馬鹿！』

舞台の上を、スイ、スイと昇つて行く風船は場内の時ならぬざはめきを尻目にかけて、益々速力を加えた。舞台に立つてゐた一人の男は、あはたゞしく、長い青竹の竿を持つて来て、ポンと風船を打つた。風船は叩かれて急に横にそれて、そのため一層高いところの彼女に近寄るやうになつた。私の手は思はずその方に伸びた。私は叫びたくなつた。私の魂は私の身体を抜け出て、始めて風船の上に乗つた。それ故、魂の抜けた私の身体から、思はず伸びた両手は、昇つてゆく風船を引戻さうとして藻掻いた。風船に乗つた私の魂は、次第に綱の上の彼女の近くに行きながら、一生懸命に風船を押へ付けやうとして居た。突然、私の魂は、風船を離れ、綱の上の彼女の上に飛び移つた。私は彼女にしがみ付いた。私の魂が彼女になつた。恋しい、私の、たゞひとりの少女が私であつた。私は、もう一間で、綱のむかひ側に渡るところであつた。その時、私の耳に、はるか下の方の時ならぬざはめきが、夢のやうに波打つて来た。私は酔つて歩く磯づたひのやうに、浪のねをうつらうつらと聴いた。けれども、もう一と息だ、私の妹は焦点を失つてはならなかつた。私は一層、眉と眉との間に力を入れ、眼を凝らし、一点の焦点を取り逃がすまいとした。私は、『妹！』と下から叫びたくなつた。私の足の裏は、冷酷に張渡された綱を鋭く感じた。私の足の拇指に異常な力が入り、指のふしが折れさうに一本の綱に凍り付いた。もう三足だ！　今だ！　私は……さうではない。彼女だ。彼女の眼の前に、突然、真赤な人魂が、幻のやうに出現した。はるか下の方の見物の群れは総立ちとなつた。怒濤のやうな騒めきが、急に、一瞬間、ハタと――その時、彼女の焦点に今まで集つて居た彼女の全存在から、彼女の一生の夢と色彩とが放射した。そしてゴム風船のぐるりに移つて真赤に、ぐる〳〵と燃えながら廻転した――ハタと喧騒が消え、その瞬間に、水底のやうな沈黙が俄かに世界を圧し去つた。

すぐ――その深い沈黙の底に、バサ、といふ音が、舞台の固い床の上を叩いた。

私の人魂は、高いところに渡された一本の綱の上をためらいながら、数丈の下にへしやげた私の恋しい少女の屍体を、ぼんやり見下ろしてゐたのである。………

（「改造」大正15年2月号）

島の為朝

幸田露伴

鎮西八郎源為朝といへば先ず以て我が日本の快人であるが其の事跡のおほよそは普通の歴史にも見えて居るから、誰も知つてゐるところで、今更事新しく説くまでも無いし、又小説的には曲亭主人の弓張月が大に行はれて随分今猶ほ多くの読者を有して居るほどであるから、虚実打交への面白い物語は言伝聞伝へて、多数の人々が知つて居るので、為朝に就いて説く余地は始んど無いと云っても宜い。しかも弓張月は曲亭の作中でも好い作であるから、仮令時代が距たつて世間の好尚が異なつて来ても、曲亭を談ずる人が存する限り、猶ほ幾年も其の生命を存して、朦雲国師や阿公《クマキミ》の怪奇な条は我等には厭はしく感ぜられぬでは無いが、活動写真にも妖異幻怪な光景が猶ほ喝采される世である以上は、今後も歴史上の為朝によつて小説の弓張月が手に取られ、又小説の弓張月によつて歴史上の為朝が回想されるやうなことは永く有り得る事情であらう。曲亭は其の伝に特書されるほどの事でも無いが、若い時何かの事情で暫時伊豆の下田の某家に寓して居たことが有つて、自分が明治年間に下田に遊んだ時、其頃の住者の某氏が其家を指示して呉れたことを記憶してゐる。下田は伊豆諸島との交渉の多い地で、大島其他の島々の事情は自然に窺ひ知らるゝところであつたから、後年に至つて馬琴が為朝外伝の弓張月を起草するに至つた縁になつたことでも有らう。自分は嘗て大島に一週間ほどを過したが、大島は伊豆国に遠からぬとは云へ、云ふまでも無い海中の一孤島で、三原山の烟、四囲の海、椿の茂みに牛鳩《うしばと》の鳴くくらゐより外に何事も無い真に安閑無事の太古のやうな好いところでは有るが、さて此様な島に居るのみで出ることの叶はぬ身となつたならばと、或日、山の上の砂原に箕踞して四方を見渡しながら、つく〴〵と昔の流人の上を思遣つたことが有つた。勿論先づ第一に為朝の事を思浮めた。それから為朝よりも古い人々の上を思つた。島は異なるが同じやうな島の三宅へ流された絵師の英一蝶や、神道者の井上正鉄《まさかね》や、侠客の小金井小次郎や、ずつと遠い島へ流された関ケ原の西軍の将の浮田秀家や、いろ〳〵さま〴〵の人の上をも思つた。そして井上正鉄を思ひ浮めた時のほかは、輝かしい南海の極楽のやうな好い島に身を置いて居るにも関らず、一種の暗然たる感を催さずには居られ無かつた。

為朝が大島へ配流されて着いたのは保元元年の秋か冬で有つたらう。保元の戦が七月の十日の夜から十一日掛けてで、十一日の暁に万事既に了したと云つても宜いので、十二日には上皇は薙髪あり、十四日には左大臣頼長は死して居るのである。為朝は其の戦が敗れた後、九月の二日、或は三日に捕へられて、八月に北の陣を渡され、詮議の上、大島配流に決定されたとある。北の陣を渡されたのも、八月二十六日だといふ異説があり、捕へられた場処も、近江国の輪田といふところだといふのが流布本保元物語の記するところで、大日本史も之を取つて居るが、同じ近江の石山寺だといふのもあり、九州の田根といふところだといふのも有る。然し九州の田根といふところは、何国か知らぬが、九州へまで落ちて終って居たらば、九州は為朝の敵も勿論多いが、味方も沢山有つて、十三の歳から勢力を張つて、自ら九国総追捕使と号したと云ふほどだから、おめ〳〵と召出されさうにも無いことで、これは甚だ事情に釣合はぬ。石山寺と云へば名高い寺で、人出入りも多いことであり、都にも甚だ近いから、特別に何か縁故の有る人物が有つて匿して呉れるといふ事でも無ければ、一旦朝敵となつた落武者が隠れ潜みさうも無い処である。これは蓋し京師本等の四本が皆記してゐる通り、或片山寺に立寄り、とある其片山寺が石山寺となつたので、名も知られて居らぬやうな近江の在の片山寺に潜んだといふのが実際であらう。七月といへば秋には入つて居るが残暑の時である。其の戦には為朝だとて、僅に二十八騎で一門を守つたのであるから、大汗をかいて身を揉んだり傷を負ふたりしてゐる。敵の箭ばかりでも、安藝守清盛の手の伊勢の住人伊藤武者景綱の射つたのは、距離が遠くて力が無かつたにせよ為朝の鍊鐔《ねりつば》の太刀のもゝよせに射留めたと有り、同じく清盛の手の山田小三郎伊行といふ剛情我慢の男が、弓を挽き儲けて置いて、為朝に名乗りかけて、鎮西八郎此に在りと答へたところを、弦音高く切つて発つたから、為朝の左の草摺を縫ひさまに射切つたと有り、兄下野守義朝の家の者鎌田次郎正清が、もとは一家の主君なれども今は違勅の兇徒なりと呼はつて射た矢は為朝の左の頬さき、半頭の間を射削りて兜の綴に射附けたとある。まして戦が急になつて、為朝の頼み切つたる悪七別当、高間ノ四郎兄弟、大矢ノ新三郎、三町礫紀平次太夫、手取ノ与次等、二十八騎の中の二十三人が討れて、其余の者も手を負はぬは無いほどになつては、何程剛勇手きゝ目きゝの為朝だとて、鎧は破れ裂け、身も心も働き余つたらうから、もとより打疵切疵突疵箭疵の数を負ふたことであらう。幸にして高腿を斬られたとか、腕を打落されたとかいふことは無かつたから、院の御所が義朝に焼打されて味方総敗軍になつた時、為朝は大原山の方から落ちて、父の為義と一処に居たが、為義が謀を用ゐないで義朝を頼りに降人に出るに及び、別れて一人潜んで居たのである。が、まだ秋冷が深くは催さぬ頃の事では有つたし、激労負傷をした後では有り、其の手当も十分に出来ぬは勿論、朝敵残類で有るから居処食事にさへ自在を欠く身である。そこで後に至つては海上で疱瘡神を睨返したと云はるゝ為朝でも、病気になつては為ん方も無い、附従つた郎等一人を俄法師にして食を得る道を取り、自分は古い湯屋を借りて、おり湯をした。おり湯をしたといふのは今で云へば湯治である。さういふところへ取つて掛られたのだから如何に為朝でも敵はうやうは無い。しかも為朝に馳向つたのは佐渡ノ兵衛重貞といふ平家侍の中でも中々しつかりした者で有つて、家の子郎等を始め、土地の住民まで駆催して、為朝が入浴裸裎のところへ押寄せたのであるから、為朝も初は激しく防いだものゝ、後には手脚が酸くなつて筋弱り勢萎み、終に力無くも生擒さるゝに及んだのである。そこで周防判官季実が重貞から請取つて、北ノ陣を渡したのだが、其時の為朝のさまを京師本の記してゐるのが甚だ要領を得てゐて面白い。長七尺に余り、八尺に及べり、痩黒みて筋骨殊に高く、眼大に、口濶し、凡夫とは見えず、少しも臆する気色無く、四方を睨みまはしてぞ有りける。といふのだが、痩黒みて筋骨殊に高く、眼大に、口濶し、とあるのは眼に見るやうである。少しも臆する気色無く、四方を睨廻してぞありける、も如何にも然様有りさうで宜い。そこで死罪に行はるべきところを、関白の言によつて死一等を減じ、伊豆大島に流さるゝことになつたのだが、こゝに少納言信西といふ老骨の学者が出て来て、此の為朝、内裏高松殿に火をかけ、御輿の者に矢をまゐらせんなど申しけること、既に君を射奉るにあらずや、然れば自今以後、弓を彎かせぬやうに相計らふべし、と云つて、左右の腕を鑿《のみ》にて打放して其の筋を抜かしめたといふのである。為朝の臂を鑿で割いて筋を抜かせた信西といふ老骨は其因果応報でもあるまいが、それから三年たつた平治の乱に、大和の田原の奥の土の中に自分から生埋になつて匿れて居たのを掘出されて殺された。それは兎に角に、為朝は信西の為に酷い目に逢つて大島へ流されることになつた。其代りには、肩のつぎめ離れて手綱を取るに及ばざれば、といふ訳で、牢の如くに四方を打附けたる輿を作りて乗せ、四方に轅《なが》を渡し、二十余人して舁き、五十余騎の兵士を相添へ、宿々次々に送られたのである。流布本には無いが、異本には此途中のさまを面白く書いてゐる。為朝が其の牢輿の内で、おのれ等も聞け、人の流さるゝは皆悲歎にてあれども為朝は悦ぶぞ、帝王にもあつかはれ、輿《こし》に乗せ、兵士を添へ、宿々の厨曹司《くりやこうし》にて配所へ遣はさること、誠に面目にあらずや、是に過ぎたる栄花やある。と戯れて云つたと書いてあるが、昔の物語作者も侮れない、如何にも物に屈せぬ勇士のさまを巧みに写してゐる。又、朝威は恐ろしきかな、為朝ほどの者が普通の凡夫に生捕らるゝことよ、今は何事をか為べき、片輪者になりたればとこそ思ふらんが、一ト働だに働かば是程の輿は物にてやあるべき、これを見よ、とて少し働くやうにすれば、厳しく打附たる牢輿むくめきわたり、砕け破れんとしける間、輿舁《こしかき》恐れおのゝき、逃去る時もあり、或時はエイヤと云ひて腰を押据ゑければ、些も動かぬ時もあり、又エイヤと云ひて身を打振れば、二十余人の輿舁ども、一度に振倒さるゝ時も有り。などゝ書いて居る。曲亭の弓張月は此に拠つて極力誇張して、為朝がウンと力を入れると輿舁どもがヘタ張り伏すところなどを絵まで挿んで書いて居る。かくて伊豆へ着いて、流人の尻掛石のところへ率ゐて行つたところを、半井本が書いてゐる。流人の尻掛くる石に率て行き、尻かけよと申けれども、掛けたらば如何、かけずは如何、とて肯て掛けず、人を人ともせず思ふやうに振舞ひければ、預り人伊豆国ノ大介、狩野ノ工藤茂光も、もてあつかひ思ひける、とあるが、掛けたらば如何、掛けずば如何、など云ふところ、簡単の二句の語に過ぎぬが、如何にも人を人ともせぬ不敵の勇者のさまが観るやうで面白い。斯様いふやうな次第で、為朝は大島へ流されて来たのであるが、其の大島へ着したのは何日といふことも見えない。九月二日、又は八日に配流の事が決したとしても、海道を下り、伊豆に入り、大島に流されたのは、早くて其月の末、遅くば十月に入つてゞ有つたらう。

　為朝の父の六条判官為義が情なくも子の義朝の家の子鎌田次郎正清の郎等に首を切られたのは七月の十九日とある。然すれば為朝は其の潜伏中に無論其事を聞知つたのであらう。さすれば異本に、為朝つく〴〵と思ひけるは、さても安からぬ事かな、左大臣殿と云ふ不覚人に支へられ、合戦に打負け、親兄弟を滅ぼし、身をいたづらに為しつるこそ口惜けれ、中にも義朝を一ト箭に射殺す可かりしを助け置き、今は親の敵に成りぬるこそ悔しけれ、所詮鎮西に下り、九国の者共催し攻上り、王城を打傾けんに、義朝定めて防がんず、たとひ百万騎が中なりとも駆破り、義朝を擱みて提げ、首捩切つて入道殿の孝養に手向け、与党の奴原追靡かし、新院の御世となして、為朝日本国の総追捕使とならんこと、何の仔細ぞあるべき。とあるのは、本より筆者の忖度で、誇張的に過ぎて居ることは争へぬが、然しまんざら無理ばかりでも無い。父を兄に殺されて、物思ふこと無しに居らう人は有るまい。まして義朝は箭先に掛けて射らば射る可かりしもので有つたのである。又我が言さへ用ゐられたならば、戦つて勝つ可からざりし戦でも無かつたのである。又父の為義も我が言を用ゐて東国へ走つたならば、それは不定であるけれども必ずしも殺されると定まつたことでも無かつたのである。然すれば伊豆の孤島へ送り附けられて、新しく島守となつた八郎為朝が、都は雲と隔たり、磯に濤は轟く大島に流人としての第一夜を過した時は、勿論の事、感慨千緒万端で有つたらう。しかし為朝といふ人は詩人的歌人的の幽懐を有つた人とも思はれぬから、胸に思のくる〴〵と倭文《しづ》の苧環繰返し、いろ〴〵の事を考へたか何様だらう。父の為義姪《おひ》の頼朝などは、歌人的のところも無いでは無いが、為朝の歌は余り聞かぬ。たゞ一ツ南海諸島や伊豆の南端などにあるところの「あしたば」といふ植物―それは野生の三ッ葉芹の如くで、一寸好い香気があつて食べられるものであるが、それを詠じたといふ歌が伝へられて居る。あした葉は、今日摘んで取れば、明朝はもう復摘む可き嫩葉を出して居るもので、それで其名も生じて居るのであらうが、たゞ其事を詠んだまでゝ、歌章は言ふに足らぬ。八郎為朝の歌は弓箭である。詩詞の人でさへ一ト見識ある者は詠物を好かぬものである、況して八郎為朝とも有らうものが、詠物の小技などは敢てしさうも無いことである。或はたま〳〵見も及ば無かつたあした葉といふ者を珍うしいと思つて歌を詠んだかも知らぬが、それはホンの一寸したはざくれであらう。八郎の歌は強弓長箭、九ッ目の鐙の長鳴り、それが為朝の歌で無くて何で有らう。為朝の弓は八尺五寸。流布本には七尺五寸にて、ツク打つたる、とあるが七尺五寸では普通の弓の長さである。建久二年八月一日、大庭ノ平太景能が新造の御亭に於て頼朝に盃酒を献じた時、諸武士の前に於て、八郎為朝の弓の長さを論じて、鎮西八郎は吾朝無双の弓矢の達者なり、然れども弓箭の寸法を案ずるに、其の涯分に過ぎたるか、と云つて居る。景能は保元の戦に為朝の鏑矢に右の膝節を片手切にフツツと射切られ、鐙のミツヲ革、馬の折骨《をりぼね》を射切り、馬の腹を射徹されて、弟の三郎景親の肩に掛けられて退いて辛くも生延びた男である。それも景能が自ら言ふ通りに、小賢しく馬を駈けさせて為朝の右手《うて》の方へ避けたので、馬既にキレ遠ざかりたるを為朝が射たからなのである。馬上で射る時、敵に右手へ廻られるのは甚だ不便宜で、普通の弓でさへ弦が物にせかれ勝になるのに、まして為朝の弓は常ならず長いので、それで其処の条を記してゐる杉原本等に、兜にかせうて思ふ様にも引かれず、とあるやうになつたのである。景能は其処を論じて、弓箭の寸法、其の涯分に過ぎたる歟と云つてゐるのである。既に大庭平太が然様論じて居るからは、為朝の弓の長さの得失の論は別として、其の弓が普通の弓より長かつたらうことは推測られる。して見れば普通の弓の寸法の七尺五寸と記してある流布本よりは、実際八尺五寸だつたか何様だつたかは不明であるが、七尺五寸よりは長かつたらうことは明らかである。特にツク打つたるとあるのは、余りに素人くさくて感心出来ない。為朝の弓の太いことを云はうとて斯くは記したのだらうが、ツクといふのは鈲で、折釘の如きものを云ふのである。天秤棒の両端近くにある荷の緒の留まるやうにしつらひたるものを今もツクといふ。土地によりては「雀踊り」とも云ふが、ツクといふのが正しい語である。今の天秤棒のツクは丸鋲の大きい者の如く、又は単なる太い木釘の如くであるが、古いのは折釘のやうな形をして居たこと、古い画を見て知るべきである。為朝の弓が非常に太くて、握るに余つてゐるので、矢を安《お》くにも安《お》き難く有らうと云ふところから、ツクが打つてあつて、それに箭を安《お》くといふやうに書いたのであらうが、何様も解し難いことだ。弓といふものは、少しの疵でも、膠の剝げたのでも、甚しく之を忌むもので、ツクなどを打つて置かうものなら、我等が引く弓でも直に其処から毀れてしまふ。まして為朝の弓などならば一遍で毀れてしまはう。又如何に為朝の弓が強くて太からうとも、弓といふものは弣《ゆづか》、即ち握り処の弓の身を小指が工合好く纏ひ締め得なくては弓勢も無く矢の働も出無いものである。弓はたゞ押しさへすれば引けるものでは有るまいし、ツクが無くては矢の注《さ》せぬやうな其様な馬鹿太いものが有らうやうは無い。況んや箭が押手に載つて弓に添うて引かるゝ時は、朝嵐のかすけきにも落ちるほど軽く触れて居ることを理想とすることは、後の書では有るが日置流の弓術伝を見ても知らるゝことであるに、ツクなどが有つて箭を啣んで居やうことは余りに馬鹿々々しい。ツクの語は他に解しやうを知らない、狼牙棒のやうなツク棒といふのも多くツクを打つた棒であるから其名を得て居るのである。但し弓よりも強い弩弓にはツクがあるが、それは鈅、即ち弩牙で、弦を引掛けるところである。弓で云へば引手、即ち右手、の拇指の役目をするものが弩の鈅であるから、右手を以て弦をひくたゞの弓に、弩の鈅の如きが要らうやうは無い。ツクに別の義が有らば知らぬこと、さなくば為朝の弓にツク打つたるは理が聞えぬ。京師本等には、ツク打つたるといふ語は無くて、弓は八尺五寸、長持の拐《あふこ》にも過ぎたり、とある方が、同じ誇張でも罪が無くて嬉しい。弓は斯の如き弓で、そして箭は。箭は、三年竹の極めて節近に金色《かないろ》なるを、洗ひ磨かば性弱りなんとて、節ばかりこそげ、猶も軽くも打れもやせんとて、鉄をのべて篦中《のなか》過ぐるまで節を通して入れたり、羽鷲は、梟、鶏の羽を嫌はず、藤矧に巻きたり、筈《はづ》こらへずして破砕けゝる間、角をつぎて朱をさしたり、矢の根は楯破《たてわり》、鳥舌《とりした》にもあらず、鑿《のみ》の如くなるものを、さき細に、厚さ五分、広さ一寸、長さ八寸に打たせて、まちぎはを篦にすりきせ、氷などの様に磨ぎみがきたり。上矢《うはや》の鏑は生朴《なまほうき》、ひいらぎなどを以て、目の上《うえ》八角に押削り、目九ツさしたるに、刃一寸、手六寸、亘《わたり》六寸の大雁股《かりまた》を捻ぢすげたり、三ツ峯に磨立てゝ、峯にも刃を付けたれば、小《こ》長刀《なぎなた》を二ツ打違へて、瓶子《へいじ》に立てたるに異ならず。簳《から》は白篦《しらの》に山鳥の羽、鵠《こう》の霜ふりを合せ矧に本四ツ立にして矧ぎたり、と記して居る。然様いふ弓に、然様いふ箭、十三束といへば勝れたる箭であるのに、十五束もあるのを、引いて放つ。中るところ必ず人を殪し馬を倒す。それが即ち為朝の歌であつた。其の豪壮の歌の詠者たる為朝は、今此の椿の国、あしたばの国、日の光の美しく輝く南の国、鰭《はた》の広物、鰭の狭物、海幸《さち》の沢にゆたかな国、磯打つ浪の音、松の風のほかには騒ぐものも無い安らかな国、日出でゝ作し、日入つて息ひ、三原の山の神の火をたゝへ、大島桜の淡々しい美しさをたゝふるほかには何の心も無い人々の平和な国へ、おちつきたく無くてもおちつかせられたのである。もう為朝は何を為すべくも無い安楽郷へ身を置いたのである。手の筋は抜かれて居るのである。病後の身は猶疲れてゐるのである。矢声弦音の歌を楽しまうにも、それは叶はぬのである。流石の八郎もたゞ海風に髪を梳らせて、青空の雲の往来を瞻るほかは無かつたのであらう。

あした葉は昨日摘まれても今日は芽を出す。南海暖地の昼の日の光、夜の気の潤ひは、万物に生々の勢を与へる。為朝は五十余日を経る中に臂を剝がれて筋を抜かれた其疵も次第に治つてしまつた。健康はずん〳〵と回復した。爽やかな心をもつ者は健やかな身を得る。八郎為朝は其の強力長箭が絶倫なばかりでは無い、実に心の爽やかなことに於て比類の無い人物で、一生の行事を検するに其の心の爽やかさを保つてゐたこと驚くべきものがあり、そして仮令武勇があれほどで無かつたにせよ、あれだけに心の爽やかさを保つて居ることが出来れば、それだけで既に立派な人物であると思はせられる。一毫も気に腐れが無い、じめ〳〵したところが無い。いつも長風滄海を渡ると云つたやうな爽やかさを持つて居る。其の気象の爽やかさが後の為朝伝を読み味はふ者に感ぜられるので、そして其の気象の如何を意識せぬ者でも、何となく其の爽かさに浸つて好い心持になるので、それで多くの人々は為朝好きになるのである。頼朝は決して厭ふ可き人とのみは云へぬが、為朝とは大に異なつて爽やかさが少い。少いどころか無いと云つても可い位で、其代りに重い厚いところが多い。然し其の重い厚いところが其人の好い処であるにかゝはらず、それが何と無く人に厭な感じを与へ、其の爽やかさの無いところが人をして頼朝を愛させなくなる。義経も爽やかなるところを相応に有つてゐるが、同じ爽やかさでも少し細りとしたところが劣る。義仲も爽やかさを有つてゐるが、少し麤さがまじる。源氏の其頃の人々は義朝でも義平でも皆若干の爽やかさを持つて居るのが多いが、頼朝、範頼、行家なぞは爽かさが無かつたり、少かつたりする。平家の人々にも立派なものは多いが、第一に忠盛、清盛、皆爽やかな心の持主では無い。清盛なぞは為朝に立向つた時に、為朝の弓勢を驚いて、必ずしも清盛が此門を承はりて向ひたるにもあらず、すさまじき者の固めたる門に向ひたること哉、と云つて、そこを退いて北の門へ向つたのなぞは、賢いには相違無いが爽やかで無いこと甚だしい。何も必ずしも爽やかなのが最も勝つてゐると云ふのでは無い、爽やかなのゝほかにも、和らかなのや、堅いのや、むらの無いのや、心の持ちやうの好いのは種々あるが、爽やかな心の持主は人の愛好を惹くことが多い。婦人などは特に爽やかな心の持主を好くもので、藝能地位なぞを有たないで、しかも美男子でも無くて婦人に愛される者に、何の美徳が有るのだらうと観察すると、唯一ツ爽やかな心を有つてゐるのだといふ例へが世に甚だ多い。まして相当の技倆や地位の有る人物でも爽やかな心の持主であれば、それは多くの人をして愛好せしむるに適した者である。為朝の如きは実に純な爽やかな心の所有者で、其上に其の勇気と云ひ、心操といひ、人をして敬せしむるに足るのであるから、おのづから世に為朝の贔負の多いのは異しむに足らぬのである。鬱滞煩悶などゝ云ふものも、深く其肺腑に立入つて観たならば、決して無い訳では有るまいが、其行蹟の上では更に其の存在したことを示して居らぬ、奇麗さつぱりとしたもので、一生の間たゞ一ツ保元の戦の時に、兄の義朝を射んとした時、待てしばし、弓矢取る身の謀、汝は内の御方へ参れ、我は院方へ参らん、汝負けば憑め、助けん、我負けば何時を憑まんなど約束して、父子立別れてかおはすらん、と思案して、番ひたる矢を指はづした一瞬のほかは、いつも右なら右、左なら左と、思ひきり好く、物明らかに、さら〳〵と心を持ち事に処して居て、露ばかりも礙滞踟躊の痕を示して居らぬ。斯様いふ調子の人は疫癘時気なんどにあたる事は有つても、自己の心内より毒素を泌出して身を傷り臓を苦しめるといふが如きことは無いから、病むことは病むにしても回復する段になると早速なもので、之に反してねち〳〵した人は所謂煩悶といふ者が多く、自穿自陥、自縄自縛の境に陥り易いものである。為朝は煩悶などゝいふ者を知らぬ人の如く見える。これは人物が大きいか、性質の極めて純で美はしいか乃至は慾心を捨切つたやうな考に任せるところより出て来ることで、自然の人柄からで無くては、仮令慾心を捨切つても中々到り難い境地である。然し世に立つて事を為す上には、此の爽やかさを保つといふことが最も有利なものでも何でも無い。人望を得るといふほかには、寧ろ不利を招くものかも知れない。失敗家にやゝもすれば爽やかな心の持主は有るものであるのでも知れることである。為朝は其の天性から爽やかな心を有つて日を暮したと推測される。自分で木を削り材を検して、弓を製したり篦を矧矯め羽矧をいで箭を造つたりして見た事で有らう。臂の筋を抜かれた位で有るから、弓箭を携ふることを許された筈は無からう、しかし射を善くする者は、少々不器用なものでも、「爪遣り」をして箭の曲つて居るか居ぬかを検し、そして其箭を矯め、又弓の「むらこき」をして、弓身の力の不正に働くのを治したりするものである。又一段進んでは、自分の好に随つて箭を造り弓を製することをも善くするものである。為朝は必ず自ら其程の事を能くしたに疑無い。朴の木、柊の木の鏑が、椿の木や、黄楊《つげ》の木や、ビンカの木に代へられたかは知らぬが、素矢も鏑矢も作つたことで有らう。鷲や鷹や鸛や鶴の矢羽が、覚束無い島の禽の羽に代へられたことでも有らうが、それでも窮して而して窮せざるが自ら助くる者の常で、自ら助くる者は天之を祐くるのが不易の道理で有るから、路は需むるに因つて生ずる習で、何様にか斯様にか弓箭も出来た事だらう。既に弓箭が出来、韘《ゆがけ》、射韝《ゆごて》が出来れば、島人は一も二も無く驚嘆畏敬したことで有らう。然様で無くとも六条判官為義の八男で、其の勇武材力は喧伝せられ、特に最近の合戦に名有る勇士を幾人と無く箭先に掛けて一世を驚倒した人では有りするから、狩野介茂光の代官で大島を管つて居た三郎太夫忠重といふ者を首として、皆おのづからに為朝の下風に立つことを肯んぜざるを得ざる勢になつたことだらう。

為朝は狩野ノ介茂光などを物の数ともする人では無い。大島と伊豆本国とは風波の無い日には一人乗の小舟でも往来の出来る近距離で、喚べば答へんと欲すると云つても宜い位だが、それでも海は海である、山一ツ越ゆれば交通の出来ると云ふのではない。そこで為朝の方から伊豆国に脚を着ける訳にも行かぬが。狩野ノ介の方から大島へ手を差出すといふことも一寸為し難いので、云はゞ別に是れ一天地である。最初から然様思つたか何様か知らぬが、為朝は狩野ノ介の下におとなしくして居たり、島代官の三郎太夫の云ふことを聴いたりするやうに身の丈の矮い人では無い、自分は清和天皇を出でゝ遠からぬ源氏である、此島を領したとて不都合は無い、と云ふやうな理屈を捏ねるほどの手間暇もなく、おのづからに島中を圧倒して終つた。三郎太夫忠重は本によつては三郎太夫敏定となつて居たり、信定となつて居たり、忠光となつて居たりするが、どれが真実でも差支無い。三郎太夫は島代官風情で、狩野ノ介の配下であるから、階級観念の強固だつた当時に於て、何として清和天皇の後胤八幡太郎の御孫（為朝の父為義は祖父養家を嗣いだから）の為朝に対つて頭の上がらう訳はない。しかも為朝は剛勇無双で、兎角を言つた日には捩首にされるか何だか知れたものでは無いし、臂の筋を抜かれても弓こそ少し弱くなつたれ矢束を引くことは二ツ伏三ツ伏増したといふ途方も無い人に天降られたのだから、流人とは云へ、其流人を管かるどころか、却つて其流人に自分が管かられるやうな訳であつた。大島等は狩野ノ介茂光の所領であつたが、何も茂光風情に年貢を出すには当らないと、為朝に押領されて終つたから、三郎太夫はそれも其儘にするよりほかは無かつた。厄介な籤を引いたのは狩野介で、為朝退治に出かけたくない事は無いが、徳利の上に小薙刀を打違へたやうなものが十五束三ツ伏の箭幹に附いてゐる彼の大鏑矢を頂戴した日には堪つたものでは無いと、残念ながら手製の意見に従つて黙つて居るよりほか無かつた。

剛勇無双の為朝でも、たゞ大島の主となつて勝手を仕てゐるばかりでは淋しかつたらう。十五の時にはもう肥後国阿曾三郎忠国の婿になつて、九州中を暴れちらして、戦もすれば子供もこしらへてゐた八郎である。後に至つて上西門院ノ判官代になつた義実といふのは為朝の長男である。又上西門院ノ蔵人となつた実信といふのは次男である。此の二人は多分九州に居た時出来した子であらう。であるから大島の島主となつて、無事安閑たる日には、為朝も二人の子の事を思出すことも有つたらうし、忠国の女で自分の妻となつたもののことを思ひ出したことも有つたらうが、思出し笑は助平の事だ、と世諺が云つてゐる。思出し悲みは痴人の税だらう、保元二年としても為朝まだ僅に十九歳である、煩悶だの、糸瓜だのといふことは未だ流行してゐない世の中で有るし、まして生憎と爽やかな気合の人で、鳥《とり》黐《もち》が枳殻籬《からたちがき》に纏ひついたやうなベタクタした小面倒なものをいぢりちらしてゐることを名誉と心得るほど進歩した若者では無かつたらうから、何等の談もそれ等に就いて伝へられて居らぬ。が、しかし一人では淋しかつたらう。そこで島中では多分第一の女子であつたらうところの三郎太夫忠重の女を妻にした。忠重が献上したか、為朝が押掛婿になつたか、それとも忠重の女が源家の御曹子に思ひを寄せて、キューピットが射た十五束三ツ伏、鷲、梟、雞の羽を嫌はず藤はぎに巻きたるしたゝかの矢先に心臓をケシ飛ぶばかり射貫かれて真紅の血を流したか、その様な事は古人に小説気が乏しくて記し漏らしてゐるが、先づ以て為朝と一ツになつたのである。今は当時を去る既に六百年であるが、それでも今に大島の婦女が木綿にせよ笹龍胆《ささりんだう》の紋つき裾模様の衣を着るならはしの遺つて居て全くは滅せぬところを思ふと、蓋し当時の島中に此の婚儀に就いての歓呼の声の溢る、ばかりで有つたらうことは思遣られる。身分の好い立派な人を婿にすることは、当時上﨟婿取つたと云つて悦んだことであらうから、忠重も決して嬉しく無くは思はなかつたらう。為朝はたゞ婿になつたといふ迄であらう。蘇武は漢の使として胡地に強ひて留められ、氷雪の間に漢の節を持して屈せざること十有余年、今のバイカル湖の辺に、忠魂義気金鉄の如く、凛々稜々として歳月を送った人で有るが、それでも絵にかいたやうな痩老人のむづかしい顔ばかりは仕て居なかつたと見えて、胡婦に子を生ませて居て、名を通国と命じてゐる。それを東坡だつたか誰か洒落た人が指摘して、遏め難きは此道だと云つてゐる。八郎は年は十九かそこらで、処は南海の暖かい島国、妻を迎へたに何の不思議は無い。

大島から望めば南に当つて洋中に島々が見える。既に大島を手に収めて居る為朝が其島々を何で関はずに置かう。次第〱に島渡りして、三倉島、三宅島、上津島、新島、ミツケの島、沖の島、それらを悉く従へて、遂に八丈島をも従へたとある。八丈島は遥に離れて居る島で、詳しく考へたことが無いから断定は為し兼ねるが抑々八丈島の名は何時頃から見え初めて居るだらう、若し為朝の頃より前に八丈島の名が聞えて居ぬのならば、古に於て諸国より織つて出した長さ八丈の絹を其島からも織りて出したので島の名となつたのだらうと云ふ説は点頭し難くて、為朝が開いた故に八丈島といふ名が出来たのだらうといふ説の方が受取り好いことになる。九州訛りでは八郎は「はつちやう」である、八丈は「はつちやう」の借字で無くて何で有らう。為朝は最初九州に居て威を振ひ、保元の戦に引率した者も大抵九州で随従したものと見える。大島へ来て後も、威を張るに及んで、「昔の兵共尋ね下りて付従ひしかば、威勢漸く盛にして過行くほどに十年にぞなりにける」とある。曲亭の小説では、保元物語の三丁礫の紀平次太夫を、末始終為朝に随へる者として、名をも八丁礫の紀平次と誇張してあるが、紀平次太夫は保元の戦に村山党の山口六郎といふものに右の腕を打落されたとあるから、実際は何様なつたか知らないが、紀平次で無くとも為朝の侍の大島へ尋下つた者は物語の本文の如くに必ず若干人は有つたらう。そして其等の大部分は九州訛の所有者で有つたらう。それ等の者が左右に居たればこそ為朝も大島からは非常の里数の八丈島まで渡つたらうと云ふ者である。で、当時何といふ名の島であつたか知らぬが、其島が我が地となるに及んで「はツちやう島」即ち八郎島と呼ばるゝに至つたので有らうとすることは想像に於て順路を行く者であるやうに思へる。さる考証は他人に譲るとして、是の如くに為朝が海南諸島に手を伸ばして居る間に十年は忽ち過ぎて、島の冠者為頼、大島二郎為家、の二児を挙げ得た。

さて保元物語は八丈島の名を記する辺より甚だあやしくなる。それは物語の筆者が都方の僧で有らうか、或は文才ある者の帰仏入道した者であらうか知らぬが、何にせよ大島や何ぞより程遠い都の方の者で有つたらしく、そして大島に於ける為朝の始終は伝聞の伝聞ぐらゐを文才で取廻して書いたらしいからである。大島のほかの島で為朝の領した島といふのが、流布本には、大島を管領するのみならず、都べて五島を打従へたり、とばかりで、島名が無く、京師本には三宅島、八丈島、ミツケの島、沖の島など云島共と記し、鎌倉本には大島を始として、三宅の島、上津島、八丈島、ミツケ島、奥の島、新島、三倉島と記し、半井本には三倉島を載せないで、奥の島を沖の島と作つて居るといふのである。此等の記事中、三倉島、三宅島、上津島、新島、八丈島は論は無いが、ミツケ島、奥の島或は沖の小島は今の何島に相当するか、又島々の名の列挙し方が何れの本も何故に錯落として大小より言ふも遠近より言ふも少しも筋立ち居らぬか、此等は皆筆者の智識が朦朧として、把握する所の確然たらざることを証してゐるもので無くて何であらう。

　それから物語の記事は為朝が鬼ケ島へ渡ることの段になるのであるが、「夫程に永万元年三月、磯に出て遊びけるに白鷺青鷺二つ連れて沖の方へ飛行くを見て、鷺だに一羽千里を飛ぶと云ふに、況や鷺は一二里にはよも過ぎじ、(文や理をなさず、爛化想ふ可し）此の島の飛様は定めし嶋ぞ有るらん、追うて見んと云儘に、早舟に乗りて馳せて行くに、日も暮れ、夜にもなり、月を篝に漕行けば、曙に既に島影見えければ漕寄せたれども、荒磯にて波高く岩けはしくて舟を寄すべき様も無し、」と云ふので、それから上陸すると鬼ケ島で有つたといふのである。如何に古の書でも是に於て戦記は作り物のうつぼ物語や御伽草子の梵天国の類になつて終ふのである。第一大島に鷺の往来といふことは幾度か島人に問うて見たが呆然として答が無かつたばかりで無く、鷺の後を手漕の船で一昼夜追尾したといふのはお伽話的過ぎる。何程剛勇の為朝にせよ、これでは狂気じみてゐる。面白いには面白いが、些面白過ぎる。それから其鬼ケ島の鬼共の生活を記したところに、「我等が果報にや、魚は自然と打寄せらるゝを拾ひ取り、鳥をば穴を掘りて領知別ちて其穴に入り、身を隠し声を学びて呼べば、其声に附いて鳥多く飛入るを穴の口を塞ぎて闇取《やみどり》にするなりと云ふ、実にも見れば鳥穴多し、其鳥の勢は鵜程なり」とある。何だか善知鳥《うとう》の談にも似て居り、南洋の島嶼の談にも似てゐる。流布本には其鬼共を従へて網の如くなる太布を出させ、島の名を太き葦多く生ひたるより葦島と名づけて、是を八丈島のわき島と定めて、鬼童一人を具して帰る由を記して居る。京師本等は貢物を織のべ絹百疋と記して居るだけで大同小異である。八丈の脇島と定むとあるによりて、八丈島本島の附近の島かとすれば、それで先づ事は済むが、大島から一日や二日では里程が近過ぎるし、何様しても此記事は伝聞の伝聞、聞歪め、聞落し、合点し損じを、古い鬼ヶ島の伝説等を混淆し、又二ツの談を一ツにして、好い加減に捏ちあげて記したものと見るほかは無いのであるが、扨其の真実根本は何を語つて居るのであらうか。一には八丈島を従へた時の談のやうにも思へる。又一には八丈島本島から他の小島を発見した時の談のやうにも思へる。又一には琉球へ渡つた時の談のやうにも思へる。

琉球藩史は明治の早い頃の著述であるが、其書では一本槍に此談を以て琉球渡りの事として居り、青鷺白鷺の飛んで居るところを描いてあつたと記憶して居る。今其書を有して居らぬから其説を校勘するに由無いが、それにしては青鷺白鷺を何様解した事で有らう。神話的に真の青鷺白鷺にしても宜いが、琉球まで飛鷺を追うて行くのは余り荒唐過ぎる。勿論蝦夷に金色鷺《かこけしいらぶ》を追ふ伝説も有り、我邦の上代に白鳥を追ふのも有り、島を追ふ譚は甚だ趣が有るが、たゞ趣が有る、面白い、として置くのは少し惜しい。

こゝに永万元年三月といふ年月が記してあるのが眼を射る。琉球の尚弘才等の撰するところの中山世譜の巻の三、舜天王紀によると、舜天王姓は源、神号は尊敦、童名は伝はらず、宋の乾道二年生る。父は鎮西八郎為朝公、母は大里按司の妹、名を逸す。王の父為朝公、身長七尺、眼秋星の如し、武勇衆に出で、最も射を善くす。日本人皇五十六世清和天皇後胤六条判官為義公第八子也。宋の紹興二十六年丙子、和朝保元元年神武天皇七十七世鳥羽院と崇徳院と各兵を招いて戦ふ。為朝公父と与に崇徳院を助く。戦敗れて擒へられ、諸将誅を受く。公は伊豆の大島に流さる。宋乾道元年乙酉、和朝永万元年、公舟に駕して以て遊ぶ。暴風遽に起り、舟人驚き恐る。公天を仰いで曰く、運命天に在り、余何をか憂へんと。数日ならずして一処の海岸に飄至す。因つて其地を名づけて運天と曰ふ。即ち今の山北の運天江是なり。公岸に上り、遍く国中に遊ぶ。国人其武勇を見て之を仰慕す。公大里按司の妹に通じて一男を生む。居ること久し、思郷の念に堪へず、妻子を携へて還らんとす。乃ち牧港に至り舟を出す。走ること数里、颶風驟に起り、漂ひて牧港に回る。数月を閲し、吉を択み開洋す。未だ数里ならずして颶の起る前の如し。舟人皆曰く、男女舟を同じうす、龍神の祟る所と為る、請ふ夫人を留んと。公乃ち夫人に謂つて曰く、吾汝等を棄つるに忍びず、たゞ天意相倶にするを聴さゞるものあるが如し、汝心を用ゐて吾児を育へ、長成の後、必ず為す有らんと。遂に独り海に浮んで還る。夫人児を携へて浦添に至りて居る。といふことが記してある。して見れば年月の一致から推して、為朝の鬼が島渡りは、鬼が島で無くして琉球である。為朝が帰つて自ら鬼が島へ渡つたと云つたか、大島人が為朝の具して帰つた童の異様なのを見て鬼が島へ渡つたのだと想像したのか、狩野ノ介が為朝征討の師を出すことを請ふに際し、物語の文にある通り、「鬼が島へ渡り、鬼神を奴として召仕ひ、人民を虐ぐる」由を誇張して訟へ申したので、遂に鬼が島へ渡つたといふことになつたか、蓋し後者でゞも有つたらう。

それにしても為朝が往くには漂流したとしても、帰るには能くも帰つたものである。潮流黒瀬川の関係等で按外容易に帰つたか知らぬが、往航と同じ舟で帰航したのであらうか。水路の知識は往航の経験だけで得たところに止まつて勇敢に帰航したものであらうか。具して帰つた恐ろしげなる鬼童といふのは水路を知つてゐた琉球の舟乗では無かつたらうか。琉球と吾が海南諸島とは当時航通が稀々には有つたのでは無からうか。伊豆の三島明神は元来海南諸島を開いた神ではないか。都人は海上の智識を甚しく失つて居ても、海南諸島の者共は或は猶自然の境遇上から広汎な智識を有して居たのではあるまいか。抑々又為朝の身辺に九州の者共が尋ね下つて属従して居たとすれば、陸路をこそ九州まで為朝が勅勘流人の身で、少くとも三十日は掛つて容貌魁偉、人の眼に立ちやすいのに旅路を敢てすることは叶ふまいが、海路を九州まで人々と共に行かうといふ考へを起さなかつたらうか。平治以来義朝は亡び、源氏に沈淪し、為朝が虫のやうに思つてゐた清盛は威張り出し、平家は栄えそめて居る。為朝こそ島の外へ出ることは叶はね、内地より為朝の方へ内地の事情を知らせる者が全く無かつたとは思へぬ。少し後の談であるが、余り慕ふに足らぬ俊寛をさへ有王は尋ねて鬼界が島まで下つてゐるやうな主役の情合は存してゐた居た世であるから、さほど渡り難くもない伊豆の大島へ渡つて、保元の勇者として仰慕された為朝の許を訪ふ者が、無かつたらうとは考へられぬではないか。然無くても無事安閑と午睡ばかり貪つて居られるやうな為朝では無い。八丈島まで従へてしまへばもう海南には仕事はない。無事平穏は精力あるものに取つては無圧迫の圧迫である。こゝまで考へると青鷺白鷺に魂が入つて為朝の郎党が其翼に乗つて居たやうに思へる。青鷺白鷺筑紫を志して飛んだ。為朝は其後に踵いた。で無ければ何として普通のたゞの飛鷺の後を追ふといふ馬鹿気た事が出来よう。ところが風波は暴れて青鷺も白鷺も翼は折れ影は没した。為朝のみは運天の港へ着いたが、たゞ運天を感ずるばかりで有つた。そこで英種を琉球に留めて、復び大島へ取つて返した。九州は旧恩の者も有るが其は皆衰へて離散し、旧怨のものは皆栄えて居るので今の身では案内者を失ふては迂濶に入れぬから、再挙を考へての事であつたらうか。二鷺既に亡し、一雁遠く帰つたが、蓋し風波の穏やかな夏の時を撰んだであらう。出た時も三月とある。南の海は春三番の嵐と云つて、春季三度の暴風雨が済めば海は和らぐのが常例である。そこで三月に出たのだが、天其志を祐けずして、残念な風雨に逢つたのだらう。鬼が島渡りは短い日月ではなかつたのである。帰つたのは少くとも仁安元年か。イヤ二年か三年かの事であつたらう。

帰つて見ると事情は変化してゐた。為朝が出てから杳として消息がなかつたので、「龍神八部に捕れて失つらん」と島の者は思ふてゐた。為朝がゐなければ狩野介に従はぬ三郎太夫では無い、茂光の方へ年貢を出して居た。年貢を出したほどであるから、万年為朝の掟を覆へして、為朝来らぬ前の如くに執行つたに違無い。そこで為朝は勃然と恐つて「命を絶つべけれどもも今度は子供の母に免ず」と云つて左右の手の中指を切つた。そして自分の郎党のほかの島の者の弓矢を取上げて焼いて仕舞つて、絶対に自分に服従するより外仕方の無いやうにした。古い書には何も無いことで大島の伝説であるが、虎若とかいふ者が為朝の信任を得たところ、これが勢を恃んで酷なことをしたので、島人の心が為朝を離れたとある。此事は明治の初に海南諸島を遊んだ竹中邦香といふ人の記行にも出てゐる。虎若が具して帰つた鬼童であつたか何様かは不明であるが、何にせよ三郎太夫の指を切つたのも些厳し過ぎて、島人には好感情を以て迎へられなかつたらう。死んだらうと思つた者に帰つて来られては、中の好かつた夫婦でも厭な事の出来て居勝のものである。まして怖ろしい異様な者などを連れて帰つて来て、びし〳〵と成敗せられては島人は弱つたらう。茂光は又苦しめられることになつた。そこで茂光は態々都上りをして、散々に訴訟した。朝議は狩野介に伊豆国の兵を催して攻めよと定められた。

茂光は機を伺つた。為朝は大病した。八十日余病臥した。其を聞いて茂光は喜んで、伊豆の武士共を催促して発向した。伊藤、北条、宇佐美平太、同平次、加藤太、加藤次、新田四郎、天野藤内いづれも屈強の者共が、嘉応二年四月下旬に急に押寄せた。為朝は病気であつたが、舟を射つて之を沈めて、其後内に入り、今は思ふことなしとて家の柱に背を当て、腹を切つて終つたのは人の周知する通りである。腹を切つてゐてさへ人々が其首を挙げ兼ねたのを、後に至つて仁田四郎を切つたほどの勇士の加藤次景廉が辛くも長刀を以て後より狙ひ寄つて切つたといふので、何程世に畏れられて居たかゞ知れる。為朝の勇武は死するまで衰へないが、運命は末に至つて振はぬ観がある。併し天意は何処にあるか分らぬもので、仮初の契を籠めた大里按司の妹に生ませた尊敦は、簒奪の臣の利勇といふ者を誅して琉球の王となつた。舜天王は即ち其人で、これは大日本史には載せて居らぬが事実である。足利系図よれば足利義康の子の義兼は実は為朝の季子だと云ふことだがして見れば足利尊氏は為朝の血の末になる訳だ。然しこれは疑はしいとして史家が取らない。如何に尊氏が将軍になつたからとて、何も尊氏が為朝の血の末で無くてもよい。

（「改造」大正15年2月号）

山の鍛冶屋

宮嶋資夫

（一）

鍛冶屋の竹は、ふいごを小刻みに吹いてゐた。炉の中の松炭は、もう大抵燃えつくして、彼の左の腕がちよこちよこと動くたびに、灰と埃が、立つばかりで、ふいごは苦しさうにぜい〳〵鳴つた。然し竹はそれにも気が附かなかつた。うつろになつた彼の眼は、煤けた天井の方に向いてゐる。そして、頭の中には、果しもつかない、苦しい物思ひを、いつまでも繰り返した。

　昨夜見張所へ竹が遊びに来た時に、宿直の長岡が、彼の顔を見るとにやりと笑つた。さうして云つた。

『竹、今日俺は面白いことを見た』

『あによ、面白えことつて、えゝ長岡さあ』

『は、本当に面白いことなのだ。然し竹なんかに話をしたら毒になるからな』長岡の眼には人の悪い笑が浮んでゐた。

『好いでねえかな話したつて、え、話してくんろよ』竹は手もなくわなにかゝつた。さうして子供のやうにせがみついた。

『はゝ。それなら話さうか。今日俺がな、二号坑の上の方で鉱脈の測量をやつてゐたのだ。測量機械を立てゝ方々を見廻してゐた。すると飯場の裏の山の上の方で何だか黒い影が動いてゐる。そこで眼鏡の穴から覗いて見ると若い女と男だ。ふゝ、何しろ昼間だから、ふゝ、それに何だよ、向ふからこちらは見えないが、こちらは眼鏡だからはつきりとよく見える。面白かつただ、俺はゆつくりと見物したよ』長岡は卑しい顔をして、鼻を鳴らしてまた笑つた。四十を三つ四つ越してゐるのに、村の若い娘を女房に持つて疲れ切つた顔をしてゐる所に、事務員の仲間から変な綽名を取つた男である。

『あんだ、そんな事かよ、俺またもつとたまげるやうな事かと思つたに、それでそのあまと男つて云ふのは誰が事よ』竹はまた訊き返した。

『ふゝ、それは云はれない。そんな事を話したら気の毒だ』

『俺、誰にも話さねえから聞かしてくんろよ』

『それを聞いたつて仕方がないぢやないか、お前に関係した事でもあるまいに』

『さうでねえさ、さうだ事を、誰と誰がどうしたゞか、たゞ男と女と云ふだけでは、あんも面白えことはねえでねえか、やう聞かせてくんろよ』竹はまた子供のやうにせがみついた。

『はゝ、仕方のない男だな、然しまあ俺が話しをし出したのが悪いのだから話すことは話すけれど、ほかのものに云ふんぢやないぞ、あとでまたうるさくなると困るからな』勿体らしく念を押して『二号飯場の今井と、飯塚のお若よ』と云つて、長岡はまたにやりと笑つた。

『あんでえ、飯塚が、元のお若だつて』竹は思はず大きな声で叫んだが、『あんだ長岡さん、さうだことを云つておらをちよろかすだつぺえ、は、さうだあ』

『なに嘘なことがあるもんか、そんなことを嘘をついて何になる』秘密にしなければならないと云つた長岡が、こんどは却つて真面目な口調で言ひ切つた。

『本当かよ、長岡さん、本当に飯塚が元のお若だつたんか』竹はどうしてもそれを信じ切れないやうに聞き返した。

『本当さ、お若だつたからお若だつて云ふのだ、』はつきりと云ひ切る長岡の言葉には、疑ふ余地がもうなかつた。竹は深い堅坑の中にどかりと落ち込んだやうに頭の中が暗くなつた。彼は黙つてがつくりと首垂れた。顔色が蒼ざめて、平素はどんよりと曇つた眼が、異様な光を帯びて来て、唇の突き出た大きな口をきつと結んだ。少時たつて苦しさうな息をほつとつくと、

『本当かよ、本当にお若だつけえかな、あんのこつだ、俺やんなつた』と低い声で思はず呻いた。

（二）

『どうした竹、お前なにか、お若にお前が惚れてゐたのか』余り様子の変り方が烈しいのに長岡が驚いて訊ねたが、竹はそれには答へなかつた。

『俺ら帰つてねるべえよ』いくらこらへやうと努めても、眼の中に涙が意地悪く浮んでくるのを、見られまいと仰向いて立ち上つた。そして見張所のそとに出ると真暗な坂道をかけ下りた。然し、長家の前を通る時には、足音を猫のやうに忍ばせて、飯塚の家の前にそつと立つて中を覗くことは忘れなかつた。狭い家の中からは、お若が何か話ながら陽気らしく笑ふ声が聞えて来た。竹はすぐにもその家の中に飛び込んで、長岡の云つたことが本当かうそかとたしかめたかつたが、彼にはそれが出来なかつた。坑夫には多勢の兄弟分もゐれば友子もゐる。然し彼は、たつた一人仲間はづれの鍛冶屋だつた。——竹はまた足音をひそませて、長家の端の暗い部屋に帰つて行つた。眠れない夜がそのあとに来た。夜具の中から血走つた眼で闇を睨んだ。息苦しい幻影が闇の中に浮んでは消えて行つた。竹はその度毎に苦しい息をほつとついた。恐ろしく長い夜であつた。

ふいごは竹の手の動きにつれて、ぎい〳〵ときしみながら、火床の中を吹いてゐた。然しそこにはもう火の気もたえ〴〵で、吹き上るほこりさへもなくなつてゐる。けれども竹はそれさへ気がつかなかつた。今もなほ同じ幻影が彼の眼の前を過ぎて行く。飯場の裏の松林には若草が萌えてゐる。今井は若い、色の白い、面長な、小奇麗な坑夫である。銅山筒袖も、胸合せの腹

掛も、彼の身体にきつしりと合ふ。お若がその胸に抱かれてゐる。二人が何か囁き合ふ。

『そんなことがあるだらうか』竹はまたそれを疑ふ。

『おらあお前の女房《かみ》さんなるさ、早く世帯道具でも買ふ金を作らつせえよ』お若はいつもさう云つてゐた。恐らく長岡の眼鏡が違つてゐたかも知れない。竹は強てそれを否定した。然しすぐそのあいに、今井の姿が浮んで来る。竹の想念はまたもとに戻つて来る。いつまで行つても果しがなかつた。

昼休の鐘がなつた。竹ははつとして自分にかへつた。ふいごの中には火の気がもう絶えてゐる。昼にはこゝへ、坑夫が弁当の湯をもらひに来るのである。彼は慌てゝ木片を燃して松炭をかき込んだ。ふいごが鳴る。松炭は勢よく炎を立てゝ燃えはじめた。

その時竹は、朝方に、坑夫の大町に、鏨《たがね》に刃をつけておいてくれと頼まれたのを思ひ出して、ふいごのわきから鏨を出して、火に入れた。鏨は三尺近い、八角の鋼鉄である。刃先が少し、赤みがゝつて来た時に、坑夫達はぞろぞろと、鍛冶小屋に入つて来た。そしてそこには、竹が頭の中で幾度か繰り返して描き出した今井が、若々しい顔に、軽い笑を浮べながら、肘組をして立つてゐたのである。

竹は黙つてふいごを吹いた。松炭はぼうぼうと音を立て燃え上る。鏨の刃先は白く光つた。竹はそれを引き出すと、カナシキの上にのせてきたえ初めた。赤い火花がぱつと散つた。蛤形の刃先はだんだん鋭くきたえられて行つて、彼はまた小鎚をもつて、刃先を細くそろへて行つた。そして、仕上げの焼きを入れるべく、再びふいごの中にその鏨を入れた時、

『竹やん、おらの鏨も一つ刃をつけてくんねえかよ』と今井が笑ひながら声をかけた。

(三)

『やつだあ、おら』叩きつけるやうな調子で竹はきつぱりと断つた。然しそこには、何か隠された敵意があるのを今井もすぐに感じたらしかつた。

『何に、やだつてえ、われなにか、ほかの人の鏨は焼いてやつても、俺がのはいやつていふんか』今井は一足前に出た。

『やだからやだつていふだおらあ、おらあお前らの鏨焼きにこゝさ来てるではねえからな』

炉の中に入れて鏨の刃先は自然に焼けてゐた。竹は右の手にその柄をじつと握りしめ、左の手でふいごを押しながら、じろりと今井の顔を見上げた。その眼の中には、焼きつくやうな敵意が明かに燃えてゐた。

『おほう、竹え今日はえらく気が強えな、俺らあ、ほかの人の鏨さも焼いてやる位だら、俺のも焼いてくれたつて好いと思つて云つたゞに』言葉には強て冷笑の語気を漂はせ、顔に軽蔑の色を示さうと努めたが、今井は却つて失敗したのだ。彼の顔は醜く歪んだ、さつき一歩進み出た足は、そこにじつとすくんで

しまつてゐた。

『はゝ、誰の鏨を焼かうと、俺らお前等から指図を受けねえだ。この鏨はな、本番坑夫の大町さあがものだ。それに今は弁当休みでねえか、あにをしやうと大きなお世話だ』竹は愉快らしくせゝら笑つた。今この眼前に立つてゐる男の胸に、昨日お若が顔をあてた。それが長岡の眼鏡に映つた。眼鏡を竹はのぞきはしなかつたが、彼の心にもその時の姿はあり〳〵映つてくる。腹掛をあてたあの胸にお若の首のもたれたその場所に、白熱に焼けてゐる鏨を竹はぶつけたかつた。――この勢にひるんだ今井は、蒼ざめた顔色をして、黙つてそこに立つてゐる。竹は恐ろしく愉快になつて来た。

『はゝ、坑夫だ、坑夫だつて、お前らまだ、坑夫になつてもの、三月とも経たねえでねえか、余り大きな面あするもんでねえよ。はゝ』

と云ひながら、炉の中で焼けてゐる鏨を出して、またもう一度鎚を入れた。火花が烈しく四辺に散る。竹にはそれも愉快だつた。力任せに鎚で打つて、カナシキが甲高く響いて鳴る。それも今井への面当である。丹念に刃先を直してから、最後にやつと焼きを入れた。八角の鋼鉄の刃先は朝顔のやうに開いて、蛤形の刃が鋭い。紫紺色にむらもなく入つた焼刃の匂が、堅岩をつんざく特種の切味を示してゐる。

『うまく焼けたゞこの鏨は』竹は誇らしげにその刃先を日影にかざして眺め返した。

『いやう竹ちやん大出来だぞ』その時まで向ふの隅で弁当を使ひながら、形勢の動き方をじつと眸めてゐた坑夫の中から、手をたゝいて喝采したものがあつた。それは若林と云ふ坑夫仲間でも巾利きの支柱夫だつた。結末を待ちかねてゐた多くの傍観者は、その有力な喝采者に調子を合せて、

『よう〳〵竹やん、えれえぞ、えれえぞ』口々から叫びが起つた。弁当箱がガチヤ〴〵鳴つた。拍手の音がそれに続いた。爆発した笑声がまたそれに続いた。

竹は大に面喰つて、四辺をきよろ〳〵見廻しながら、『はゝあ、あんでえみんな』と顔を赤くしてゐたが、今井はすつかり勢を失つて、しよげかへつた顔をして、ぼんやり立ち尽した。

(四)

『何だ間抜けな面をしてそのざまは』若林は今井に声をかけた。『だから俺がいつも云ふのだ、あれなんか坑夫になつてまだ三月か半年でねえか、よその山へ行きやまだ半端人足のくせにして、ぢつきに坑夫面をして威張るからそんな目に合ふだ。一丁前の坑夫になるなら、坑夫らしく自分で、鏨でも何でも焼ける腕もロク〳〵出来ねえくせに生意気なことを云ふから、竹にまで馬鹿にされるのだ。早くあつちへ行つて飯でも食へ』

それは退き口を失つて間誤ついてゐる今井には、有難い逃道だつた。今井は、竹の方をじろりと覗めて、首をさげてすご〳〵と鍛冶場から出て行つた。

『どうしたんだ、え丶竹、今日はえらい元気だつたな』若林はにこ〳〵笑ひながら訊ねかけた。

『おら、あんでもねえけれど、たゞ余り威張りくさるからよ』竹は勢もなくそれに答へた。

『さうか、それなら好いけれどな、お前の勢が余りひどいので、俺もどうなるかと思つて心配した。俺はまた、あの焼けた鏨でもた丶きつけはしめえかと思つてびく〳〵した』

『あんで俺がに、そんな事が出来るもんだ』

きまりの悪さうににやりと笑つて、それつきり竹は黙つてしまつた。

今井との争ひは工合よく終つたが、竹の心はかへつて寂しくなつて来た。それは生活の支柱がどつかりと一時に抜かれたやうな寂しさである。昨日まで竹は、一日も早く来る楽しい日のために、力一ぱい働いてゐた。若い癖につまらない無駄な金も使はなかつた。然し、振り上げるハンマーには力が籠つた。張合のない自炊生活の前途にも何かの光が待つてゐた。然しいまは、凡てのものが艶と光を失つた。たゞ黒い鍛冶場の中はがさついて、ハンマーは振り上げるのにも重くなつた。

同じことが意地悪く、いつまでも彼の頭の中で渦を巻いた。——お若は本当に、あの胸に抱かれたのか、もしそれが本当なら——竹はそれから先を考へるのがいやであつた。鍛冶屋の棟には真黒な丸太の梁が渡してあつた。どんよりした眼つきをして、竹はその黒い丸太に、同じ考へを深く深くえりつけた。


夕方になつてから、竹はのつそりと、見張の裏の山に登つて行つた。彼はそこから、飯場の裏山を眺めて見たかつたのだ。もしそこに、長岡がゐたら測量器械をのぞかせて貰ひたいとも考へてゐた。彼は一人して、急な山道をぽつ〳〵登つて行つた。頂上の三角点に近づいたとき、

『竹、なにしに来たのだ』と声をかけたものがあつた。それは事務員の福田だつた。福田は三角点のそばの岩に腰を下して、にこ〳〵笑ひながら竹の方を見下してゐた。

『おら、ちよつくら、景色を眺めて見べえと思つてよ』竹はぎくりとしながら嘘をついた。

『さうか、早く上つて来い、奇麗だぞ、山つ丶じがどこにも一杯咲いてゐる、水戸の方もその先の海も見える』竹に親しい福田は嬉しさうに彼を迎えた。

『ほう全くだな、ちよつくら見ねえ中に、あんて奇麗になつたゞよ、はれ、どこにもこ丶にも、つ丶じが一杯に咲いてるだ』竹も思はず声をあげた。晩春の夕陽があか〳〵と空に輝いてゐる。谷間には、白や赤のつ丶じが萌え立つ若葉の間に点々と咲いてゐた。小鳥がとき〴〵耳をかすめて通つて行く。柔い大気がおつとりと、あたりの山を蔽ってゐた。

(五)

『奇麗だなあ福田さあよ、向ふに見えるのがあれが水戸だつぺえ』竹ははるかに東の方を指した。

『さうだ、あの鉛のやうに時々光るのが、水戸の海だ』

『それで東京は』

『東京はもつとこつちだ。前の山の蔭の方に当つてゐるだらう。東京なんか見えない方が俺には好い』福田は暗い顔をした。

『さうかなあ、おらあどうかして、一度東京さ行つて暮してみてえとも思つてゐるだよ、東京には面白えことが多かつぺえに、俺でも東京さ行つて、暮すことが出来つぺえか』お若と一緒に話し合つた空想をたしかめるべく竹は訊いた。

『それやお前なんか、鍛冶屋の腕があるんだから、職さへあれば暮せるさ、しかしあの、ごみ〴〵した東京なんかへ出かけて行つたつて、苦しい事が多いばかりで、面白いことなんかありやしないぞ、朝早くから工場へ出かけてつて、帰つてくれば、マツチ箱みたいな狭い家で暮すんだ。さうしてまわりには、こんな奇麗な山や花もありやしない。まるで、ゴミタメみたいに空気が汚くつて臭くつて、つまらない所だ。そんなとこであたふた暮したつて何になるんだ。田舎に呑気に暮してる方が余つぽど好い。俺なんか東京へ帰りたいなんて、これつぱかりも思つた事はありやしない』

『それやお前さあは、東京で長く暮したからよ、俺なんかまだ、この山さ来たのが、村を出たはじめだからな、東京さ行つて暮して見てえよ、それにそんな山にゐたつて、うるせえことも多いだからな』

『お前でもそんなことを考へるかな』竹の言葉を聞いた福田は、意外らしい顔をした。『は丶、いつでも呑気さうな顔をしてゐる、お前でも本当にそんな事を考へるかな、全く山の中でもうるさい事が沢山ある、俺もはじめは、こんなうるさい事が、ある所とは思はなかつた。鉱山へ這入りこんでしまつたら、黙つてじつと本を読んで、一生をぽかんとして暮したつて構ふもんかと思つて来たのだが、全くうるさい事が多いな』福田は云つてゐることは、竹の考へとはまるでちがつてゐた。竹はこの山がうるさいから、東京へ行つて暮したらと思ふのに、福田はこ丶もまたうるさいと云つてゐる。それが竹には判らなかつた。

『さうだこと云つてたら、こまるつぺえやで、こ丶さもうるせえが東京でもいけねえつたらはあ、あじようすべえ』

『だからお前なんか、こ丶で稼いで一人立が出来るやうになつたら、村へ帰つて鍛冶屋をしてればそれで好いんだ。東京へ行つて、悪ずれて来たつて何になるものか』福田は吐き出すやうな口調で云つた。

『おらあ鍛冶屋だから鍛冶屋もすべえよ、だけど、お前さあはなにをすつだね』竹は不思議な気持で訊ねた。

『だから俺は困つてゐるのだ。東京へ帰つてもつまらないし、こ丶にゐたつてうるさいし、竹の弟子にでもしてもらつて、向ふ鎚で打たしてもらうか』と云つて、福田は『は丶』と寂しさうに笑ふと、ごろりと横になつてしまつた。

『は丶、つまらねえことを』竹も薄笑をしたが、『おらあ、本当に一度東京さ行つて見てえと思つてるだよ』彼はいつも自分の頭に描いた、賑かな都会の生活を、さま〴〵に形をかへて空想しながらしみ〴〵した声で云つた。

（六）

『そんなに東京へ行きたいかなあ、不思議なものだ』しばらくたつて福田は思ひ出したやうにつぶやきながら立ち上つて、『竹、向ふの方を見ろよ』と指さした。五時近い晩春の日が西の空に輝いてゐる下の方には、青葉の茂つた山々が、幾重にも幾重にも、限りなくゆるく起伏してゐた。福田はその山の中でも、低く眼下に連る山の狭間を指してゐた。うつすらと夕陽に輝く山蔭から紫色の煙がゆるくたえ〴〵に登つてゐる。

『なあ竹、あすこにも人は住んでゐるんだ。山ん中で一人で暮したつて、人間は矢つ張り生きてゐられるのだ。東京へ行つて馬車馬みたいにあたふた馳けなくつても、こんなうるさい山の事務所や飯場で、ぐづ〴〵うるさい事を云はなくつても、まだどこだつて暮して行ける場所はあるんだ。たゞ俺達が意気地がなくつて、いやに人間臭いごちや〴〵した所にこびりついてゐるもんだから、うるさい事が多いんだよ。お前なんか何ぢやないか、腕にちやんとした職があるのだ。村へ行つて黙つて鍬でも鎌でもぶつてさへゐりや、何にも困る事はありやしない。東京へ行くなんて、つまらない量見なんか起すなよ』竹にはそれは、よく納得の出来ない事であつたけれど、福田がしみ〴〵と云ふ調子が、彼の心に変な響を与へた。

『さうすべえよ、俺もさうすべえ、だけどおらあ』竹はこの眼の前に立つてゐる男に、昨夜からのことを、洗いざらい喋舌つてしまいたくなつてゐた。さうしてやつと、それを云いかけたが、彼はそれつきり声がつまつた。

『何だい、だけどおらあ、つてお前何か心配なことでもあるのか』福田は静かな声で訊ねた。

『あんでもねえよ、たゞ、おらあ一度東京さ見物にでも行きてえと思つてよ』

『見物なら好いだらうな、一と月か二た月ばかりみつしりかせげば、見物ぐらゐぢきに行けるさ。くしや〳〵しないで、東京見物でもやつてくるさ』福田はかすかに笑ひながら、竹の顔をじつと見入つた。

『おらあ、あんにもくしや〳〵してねえよ、それよりかもう下りやうでねえか、風が寒くなつて来たでよ』と立ち上がつた。

『下りたけりや勝手に下りるさ、俺は宿直だから、まだしばらくこゝにゐる』福田はまだそこに寝転んでゐた。

『さうけえ、ではまた晩にでも遊びに行くべえ』

竹はさきに山を下りた。その時はもう晩春の夕陽も、若葉の山も、谷間から登る煙も、彼の心には残つてゐなかつた。早くお若と逢つて、今夜の打合せをする事で竹の頭は一杯になつてゐた。

煙つぽい、薄暗い長家の中で、竹はじつと待ちつくした。夕方長家の前で逢つたときに、お若はすぐに行くと返事をした。だから竹は、朝飯の残りに冷い汁をぶつかけて、あたふた夕飯をしまいにして、じつと坐つて待つてゐた。然しお若はすぐには来なかつた。竹はぢれて幾度か、そとに出て、長家の前の往還を見渡した。さうして家に入つて仰向けに寝転んでうなるやうな声をあげた。恐ろしい長い、一年も二年もの年が、たつたやうに思はれた。もし今夜来なければ――白熱した、蛤形の鑿の刃先が彼の頭にまた浮んだ。

『きつとやる』と自分の心に叫んで見た。ぢれにぢれて、竹の怒りが頂点に達したとき、表てにかすかな足音がした。彼はあはて丶飛び出した。そして、暗のこい松の木蔭に、お若の姿を見出すと、いきなりそばにかけよつて

『こつちさ来うよ』と強く引いた。

（七）

『あに、ひでえことをするだよ、おらちよつくら、小便に出るやうなふりしてやつと出て来たに、さうだに長くゐられねえだ』お若はぴんとはね返つた。

『え丶だよ、何も長えことひまがか丶ると云ふではねえだ。たゞ、ちよつくらお主《ぬし》に聞きせえすれば好いだから向ふさ来うよ』力の籠つた、低い声でさ丶やいた。

『ほんとにおら、今夜は長えことゐられねえだから』お若は不承不精につぶやきながら、竹のあとに往つた。竹は黙つて先に立つて、長家の向ふの山裾廻つた細い谷間に這入つて行つた、月は空に輝いてゐたが、松の木立の蔭は薄暗かつた。

『あにさ、おらに聞きてえつていふことは』お若は冷たい声で尋ねた。つぶらかな眼が生々と光つてゐる。はちきれるやうな若い頬が、それから小さい口元が、竹はそれを眺めてゐると何も云ふのがいやになつた。

『あにさ、聞きてえていふことは、早く云つてくらつせえよ、おら今夜は急いで帰らねえばならねいだから』お若は再びせき立てた。

『俺昨夜変なことを聞いたから、われに来てもらつただ、お主は昨日の昼げに、今井と二人で飯場の裏の山さ遊びに行つたつぺえ』おづ〳〵しながら竹はやつとそれだけを云つた。

『あんでえ、俺が飯場の今井と裏の山さ行つたつてけえ』甲高い声が谷間に響いた。

『おら、あんで今井となんか山さ行くべえ、それに今井は昼番でねえか、昼番で坑内さはいつてゐる人間が、あんだつて遊んで歩いてゐられつかよ、ばかなことを』お若はふ丶んと鼻先で笑ひながら『お前誰かに、はつぱかけられたんでねえか』

『今井が昼番だつてことは俺だつて知つてる』どぎまぎしながら、竹はやつとそれだけを云つた。

『その昼番の者があんで出られるかよ』

『出られねえこともなかつぺえけどよ、おらさうだこととはどうでもえ丶だ。お前さへきつと行かねえならそれで好いけれど

よ、ほんとにきつと行かねえだな』

『はゝ、あんでおらあ行くべえ、お前もくでえ男だつたらな、おうそれよりも、だれがさうだことをお前に云つたゞか、その方が聞きてえだ。えゝ誰が云つたゞ、よう、云つてくらつせえ』お若に逆襲されると、竹はにはかに萎れてしまつた。

『誰が云つたつて好いでねえか、お前さへさうだことがなければそれでえゝだ』

『さうでねえさ、おらそれを聞かねえうちはやつだことだ。ありもしねえことを云つてよ、人のことに水さして面白がるなんて、やな奴だよ、誰が云つたか云つてくらつせえ、おらその男にちやんと云つてやるだ。いつおれが今井と一しよに飯場のうらの山さ登つたか、どこでそれを見たゞか、さあちやんと云つてくらつせえつてな、おらちやんと云つてやるだから、誰が云つたゞか云つてくらつせいよ。よう云つてくれつて云ふに、よう』お若の声はだん〳〵ヒステリックになつて来た。さうして幾度か同じことを繰り返した。竹はその度毎にだん〳〵小さくなつて行つた。

『誰でも好えでねえか、さうだことを聞いたつて、文句を云つたつて面白くもねえてんだ。お前さへそんなことがなければ、それで好えだよ、俺が聞いたのが悪かつたゞ、なあゝもう好えでねえか』

『やつだあ、おらいやだ。云つてくらつせえつてば、よう、お前はそれを云ふことが出来ねえだら、まだおらを疑つてるだ。さうだらさうて、おらもうどうでも構はねえ。お前はおらをバカにしてるだ、えゝどうでも好えだ』

お若は身をふるはせて泣きはじめた。

（八）

竹はすつかり途方に暮れてしまつてゐた。長岡の名を出して、事務所か見張へ文句を云ひに行かれたら、彼自身の身の上がガタついてくることを知つてゐた。然し竹は、嘘をついてごまかす才能を持たなかつた。

『どうでも好えでねえか』と繰り返す度毎に、お若の怒りはだん〳〵に烈しくなつて行く。そして、

『お前がさう云ふ気だら、今夜ぎりで別れてくれ』と云はれた時、竹は全く参つてしまつた。

『さうだら云ふよ、おらあ云ふが、おらが話たつて、お前怒つて、文句を云ひに行つたりされると、今度は俺が困るだからな、きつとお前が行かねえつて云へば、すぐにでも俺は云ふが、どうだ、お若やん』

『そりや、お前がよく〳〵困るつて云ふだら俺だつて何も文句を云ひに行かねえがよ、ともかく誰だか云つてくらつせえ』

そこで竹は、昨夜見張場で長岡から聞いたことを残らず話した。

『面白かつたけつて云つてたぞ、なんでもあの測量機械の眼鏡さ、遠くでやつてることがみんなはつきりと映るのだと、面白

かつたつて云つてたつけや』と竹が云つたとき、

『やつだあおらあ』と大声で叫ぶと共に、いままで口惜しさうに泣いてゐたお若は、にはかにげら〳〵と笑いはじめた。『あの長岡の助平野郎がさうだことを云つたゞかよ、よくもそんなことが云へたゞなあの爺いが』と云ひながら、お若は懐ろから、まだ新らしい蟇口を取り出した。そして竹の眼の前にそれを突きつけながら、

『なあ竹やんよ、これを見さつせえ、この蟇口は、あの長岡が、こないだ俺にくれたゞだよ』

と云つて、お若はまた大声をあげて笑つた。

『なんだつて、この蟇口を、長岡がお前にくれたゞと』竹は慌てゝ、それを受取つて、眺め返した。蟇口は、田舎廻りの小間物屋が持つてくる、つまらない物であつたが、竹の驚は烈しかつた。――昨日今井とお若とおかしいと云つた長岡が、お若に新しい蟇口をやつてゐる。恐らくいくらか、小遣も入れてあつたのかも知れないのだ。――それは一体どう云ふことなのか。竹の単純な頭では中々解決がつかなかつた。彼はいたづらに蟇口をひねり廻した。さうして首をひねつて見た。測量機械の眼鏡に今井とお若の姿が映つた、と云つた。さうしてこの蟇口をやつてゐる。竹は益々途方に暮れて黙つて眺めてゐた。

『おかしかつぺえや竹やん』お若はもう、急いで帰らなければならないと云つたのも忘れたやうに、呑気らしく笑ひながら口を切つた。

『おらその蟇口を長岡からもらつたゞよ、こないだの昼間な、塩子にゆくべえと思つて山さ越してるとさ、峠のうしろで、測量してる長岡に逢つたから、今日は、と声をかけたら、あん爺い、にや〳〵笑ひながらそばへ来てよ、お若さんまあ少し話てつたらどうだ、なんて云つてよ、俺を無理にそこさ坐らせて長えこと無駄話をさせたゞよ、さうして、しまいに、好いものをやらうかつて、洋服のかくしからこれを出してくれたゞよ、そんときおらの手を握らうとしたゞから、おら振り切つて、塩子の方へ逃げてつたゞ、あん爺い、手前がさうだ助平だから、お前と俺のことを誰からか聞いてよ、水さすべえと思つてさうだことを云つたに違ひないだよ』話し終ると、お若はまた如何にも面白さうに笑ひはじめた。

（九）

『けつ。おらあんてつまんねえ目に逢つたゞかな』竹は吐き出すやうにつぶやいた。『本当に今日は俺ら、今井の奴に意地が焼けてよ、昼間鍛冶場でも、喧嘩すべえと思つたゞよ、俺が鏨を焼いてゐるとこさ来て、焼いてくんろの何のつて云ふから、あの野郎の胸へ、白く焼けてる鏨をたゝきつけべえかと思つたゞ、悪いことをしたつけなあ、はあ、それだら、長岡の奴、意地やいて水注したに違えねえだ。あん野郎、あじようしてやつたらよかつぺえか、あん野郎のお蔭で、今井には悪いことをしたつけなあ』新しい怒りと悔の為に、竹の頭はめちや〳〵に

混乱した。――おらあほんとに、つまんねえことをしてしまつたゞ、――長く伸た髪をつかんで、彼はげつそりとしやがんでしまつた。然しお若は却つて冷たく笑つてゐた。

『好いでねえか竹やん、さうだことを気に揉むこともあんめやで、だから何でも早く、お前とおらと一緒にせえなれば、うるせえこともなくなつてしまふだよ、余計なことを考へねえで早く稼いで、一緒になればそれで好いだよ』子供をあやすやうな調子で云つた。

『そりやさうだけどよ、早くなるたつて、中々さう早く金が出来ねえからよ、それでおらあ困つてゐるだ』

しほれた声で竹が答へた。

『何で、構ふことはあんめえやで、今度の勘定を取つたら、お前、うちのお父さに話してくらつせえ、一緒んなるたつて、いくら金がかゝるもんであるまいし、着物こせえて、酒の少しも買つたらそれで好いだよ、お前いやだら、おら、藤巻のおぢごに頼んで話してもらつても好えだ。さうして一緒になつてから、長岡が宿直のとき、二人で挨拶に行つてやつたら好いでねえか、あの助平爺いきつと驚くだつぺえよ、なあ竹やん』

『はあ、そりや面白え、そりや驚くべえ、あの翁い悪い奴だから、さうしておどかしてやつぺえよ。あんでくそつ、あん爺い』竹はそれを聞くと俄かに元気になつて来た。そして『おら自分では行けねえから、お主藤巻のおぢごさ頼んでくんろよ、さうして早く一緒んなつて、東京さ見物に行くべえ、今日見張の後ろの山の上で、福田さんに俺ら聞いたゞよ、東京さ行つて暮してもつまんねけど、見物に行つた方が好えつてよ、さうすべえ、さうすべえ』竹は嬉しさうにお若の手を取つた。お若はたゞ冷かに竹のするがまゝになつてゐた。

翌朝、竹はまた、もとのやうな元気に返つて眼を醒した。彼は勇しく仕事場に出かけて行つた。ふいごの中には終日勢よく松炭が炎をあげてゐた。カナシキの上でハンマーが愉快におどつた。昼休みには坑夫達の鑿にも焼きを入れてやつてゐた。そして、夕方の上りになると、彼は山へも登らずに急いで長家に帰つて来て、用度掛から酒を一升取つて来た。それから彼は、飯場の前へ行つて、間の悪さうにしばらくうろ〳〵してゐたが、やがて思ひ切つて中に入ると、

『今井さあ、ちよつくら話てえことがあるから、おらの家まで来てくらつせえよ』隅の方に、ごろりと横になつてゐる今井に声をかけた。今井はそれを聞くと、はじかれたやうに起き上つたが、

『おらあお前に用なんかねえ、用があるだらこゝで云つたら好いでねえか』と云つた、その顔色はもう少し蒼ざめてゐた。

（十）

今井の怒つた顔を見ると、竹は一層間の悪さうな顔をして頭をかいた。

『あゝんで、こゝでは話が出来ねえから困るだよ、昨日は俺が

感違したのが悪かつた。それは謝罪るだ。あやまるから、俺と一緒にちよつくら来てくらつせえよ』嘆願するその声と、泣くやうな竹の顔を見たときに、今井はほつと息をついた。

『おら何もお前から聞く用はねえけどよ、来てくれつてえだら行つて見べえか』彼は如何にも決意したやうな態度で立ち上つた。そして幾分か反身になつて、ぎゆつと口を結んで竹のあとに従つた。

『昨日はほんとに俺が悪かつたゞよ、勘忍してくらつせえよ』そとへ出ると、竹はまた低い声でさゝやいた。『酒を少し買つて来たゞ、家へ来て飲んでくらつせえ、さうしてゆつくり話をすべえ』

今井は一層安心した顔をした。

『あんなこと、おら何とも思つてゐねえだ』

長家の前も、夕暮の空の光で明るかつた。竹はそれを聞いて喜んだ。前の山の青葉も茂つてゐる。――この山だつて、うるさいことばかりあるのぢやない――彼はそんな事を考へてゐた。

竹は薬缶に沸かしてかんをつけて、しきりと今井に酒をすゝめた。間もなく二人は好い心持に酔つてゐた。

『ほんとに俺ら、考へ違えをして済まねえことをした。昨夜お若から聞いてみんな解つたゞ』

『え、お若、お若つて飯塚の家のか』今井の眼はちらりと光つた。

『さうだよ、俺らもう今だから話すけど、誰にも話してくれては困るだよ、あれとお前と、一昨日の昼間、飯場の裏の山で遊んでゐたつて云ふのを聞いてむかついたゞ、だけど昨夜それがみんな嘘だつてことも解つたゞよ、みんななんだ、あの測量掛の長岡の奴が意地焼いてしたいたづらだつた。あん爺いいやな爺だ』

『長岡が何か云つたのか、意地を焼くつて、あの爺がどうして意地を焼くことでもあるんか』

今井は探るやうな眼付で訊ねた。然しもう好い心持に酔ひ切つて、安心してゐる竹にはそんな眼付はわからなかつた。

『あるだとも、うんとあるだ、あの爺、あんげにしてゐて、そらあいやな助平爺だぞ』

彼はふら〳〵と身体をゆすりながら、とろんとした眼付をして、昨夜お若に聞いたことを長々と喋舌り立てた。唇は尖つて、絶間なく唾が飛んだ。

『おらあ、お前が悪いと思つてゐたのに、あん爺の奴、お若に蟇口をやつてるのを見たときには、おら本当に驚いたゞよ、その前には、ほんとにお前を打殺すべえかと考へたが』

竹はそれを話し終ると、愉快さうに

『はゝつ』と笑つた。

『それぢや昨日はなんだな、おらあ命びろいをしたゞつけな』

嘲るやうな笑を顔にたゝへながら、今井は皮肉な調子で云つた。

『あんでよ、俺なんか意気地なしだからよ、さうだことは出来ねえけど、たゞさう思つただけよ、まあ好えだ、そんな事はもう済んだのだから、気持よく一杯やるべえ、なあ今井の兄貴』竹は今井に大きな盃をつきつけた。

『それなら貰ふべえか、したが、竹やんなんか幸せだ、お若つて云ふ好い女はついてゐるし、鍛冶屋の腕は立派だし、早く好い世帯でも持つだな、俺等はいつになつたら、かゝあなんか貰へるだかよ』今井はまた皮肉らしく『ふゝん』と笑つた。

（十一）

酒は元気になつた、竹の心を浮き立たせた。皮肉らしい今井の語調も笑ひ方も、それはたゞ誰でもがするような悪意のない冷笑とよりほかに感じなかつた。

『あんでも好えだ、気持よく飲んでくらつせえよ、俺お前にあやまりせえすれば、それでもう気が済んだ。長岡の奴には、いまにちやんと礼をしてやる、なあ今井の兄貴、さうでねえか、それでよかつぺえ、それからあんだ。若林の兄貴のとこへも、二人で一緒に挨拶に行つとくべえよ、俺が悪かつたゞからつてなそれを云ひに』若林の名を聞くと、今井の顔から皮肉らしい色が消えた。

『今日でなくつても好かつぺえ、なあ竹やん、俺はもう酔つて苦しくなつた。あそこへ行つてまた伯父貴に小言を喰ふのも気が利かねえだ』彼はにはかにがくりと頭を下げて、恐ろしく酔つた風をして見せた。

『何でそんたことがあるもんで、行つて見べえでねえか、なあ今井の兄貴、もう一度用度さ行つて酒を取つて、若林さあのとこさ行ぐべえ、あの人も酒が好きだから、行つて見べえや』竹はふら〳〵として立ち上つた。額が赤く酒にやけて、細い眼がとけたようにどろんとしてゐた。

『行つて見べえや、よう、今井の兄貴』竹は今井の腕を引張つたが、今井はもうそこに、うつむけに倒れてしまつた。

『あゝんだ意気地がねえな、苦しいか、よう兄貴』幾度腕を引いても起き上らないので、竹はあきらめたようによろけながらそとに出た。彼はそれから、また一升壜をぶら下げて、ふら〳〵と若林の家へ出かけて行つた。何も彼もが幸福だつた。夜の大気にうるんでしつとりしてゐたし、今井も彼には悪意のある人ではなかつた。若林は、

『どうした、えらい元気だな』と笑つて彼を迎えてくれた。

――この山だつて、うるさいいやなことばかりある場所ではない――もうろうと酔つた彼の頭にも、またそんな考へが浮んで来た。どこにでも面白いことはあるものだ。竹はすつかり陽気になつて若林の家で歌をうたつた。さうして可なり遅くなつてから、自分の長家に帰つて来たが、その時はもう今井の姿はそこにはなかつた。

晴れやかな日が返つて来たのだ。竹ももとのように勤勉なものに返つた。あの重苦しいいやな思ひにせめられた一日は、長岡の眼鏡から生み出した、霧のような悪夢であつた。それも今は消えてしまつて、空には明るい日が輝き、若葉は愉快に風に

そよぎ、お若は楽しげに笑つてゐる。竹はそれですつかり満足した。今度の勘定まではもう五六日だ。その日がくれば待ち受けた事の凡てが自分の所にやつて来る。お若は藤巻に話すであらうし、藤巻は一切を解決してくれる。俺には立派な鍛冶屋としての腕がある。それで好いのだ、竹は一人で、鍛冶場の中でも元気らしく歌をうたつて、威勢よく鎚をふるつた。カナシキは愉快に響き、ふいごの中で松炭は赤々と燃えてゐた。

その日が遂に来たのである。五月末の勘定日の晩だつた。それは、こゝで働くものが誰れでも待ち受けてゐる日ではあつたが、竹には彼の一生を支配する、何よりも大切な日に思はれた。その日受け取る勘定の金の中には、竹の待ち受けてゐた一切のものが含まれてゐた。彼はたゞそればかりを待つてゐた。さうして遂にそれが来たのだ。竹は夕飯をすますとすぐに、飯場へ行つて、頭役の事務所から帰るのを待つてゐた。

（十二）

仕事から上つた今井もそこにゐたが、何故だか彼はあの日以来、竹とは親しく口をきかうともしなかつた。さうして殊にその晩は、変に萎れて、考へ込んでゐるような風であつた。然し竹はそれらの事に格別心を動かされもしなかつた。彼はそれよりも、一時も早く飯場頭が帰つて来て、彼の工賃を渡してくれゝば、すぐにそれを持つてお若のとこへ駆けつけることで心が一杯になつてゐた。それから先は、順序よく凡てのことが運んで行くに違ひない。二三日すれば公然と結婚をすることになるであらう。さうしてあの寂しい長屋に、お若が自分の帰りを待つてゐてくれるようになる。彼の未来は楽しかつた。彼は誰よりも飯場頭の帰りを待ち焦れてゐた。

『どうしたんだ竹やん、今日は恐ろしく早くから来て待つてるな』一人者の坑夫が笑ひかけても竹は黙つて、

『あんでもねえさ、長家にゐても退屈でおえねえからよ』と軽く笑つて答へてゐた。

飯場頭が帰つた来たのはもう八時を過ぎてゐた。それから坑夫に一人づゝ、面倒な計算書を示しては金を渡すのに、竹の受取る時間はだん〳〵に遅れて行つた。

『頭、済なねえけど、今夜は少し用があるだから、おらのをちよつくら見てくらつせえよ』

竹が思ひ切つて言い出したとき、

『えゝ、もう少し待つてくれ、早く金をやつたつて、どうせ遊びにでも行くんだろ』頭はそれどこではないと云ふ風に、しきりと計算書を繰り返した。かうして竹が漸く勘定を貰つたのは、十一時を過ぎてゐた。竹はそれを受取ると急いで長家へ帰つたが、お若はそこには来てゐなかつた、然し彼は別に失望もしなかつた。それはたゞ、お若に金を渡すのが一日延ただけの話である。それに明日は休みだから、朝の中にそれを渡せば、話は同じように進んで行くのだ。竹は自分の運命の繋つてゐるその

金を、大切らしく懐ろにしまひ込んで寝床に入つた。凡ての事を解決してくれる力をじつと押えながら、楽しげに彼は眠つた。

翌朝も早くから起き出して竹はしきりと待つてゐた。彼はまたときぐ〳〵長家の前をぶら〳〵歩いて、お若の家の方へも出かけて行つた。いつもお若は家の中で忙しさうにこと〳〵と働いてゐた。方々の長家だの飯場では、休みの坑夫が酒を飲んで歌つてゐた。そして、竹の姿を見出すと、

『どうだ竹やん、はいつて一杯やらねえか』

と酒買の仲間に入れるべく呼びとめた。然し竹は、

『今日はおら頭が痛えからやめにすべえ』と云ひすてゝ、こそ〳〵と逃げ出して、また長家に入つてジリ〳〵と待ちあかした。

昼近くなつてお若はやつと姿を見せた。竹の家の前に来たときも、お若はあたりを見廻して、素早く中にはいつて来た、今日は髪も新しく結つて、何か好い匂のする油をつけてゐた。甘い匂が快く竹の鼻を打つた。むつちりとした肩と胸、つぶらかな眼と若々しく張り切つた頬、竹はうつとりと眺めながら

『えらく遅かつたでねえかよ』と優しく云つた。

『だつておら、今日は中々家を出られねえで困つただよ。父つあは父つあで朝から酒べえ飲んでるしよ、母《かあ》はかあで用ばかり云ひつけるだもの』と云つて、何か考へるようにうなだれたが、

『竹やん、それでお前はやつぱり話をして貰ふ気だかね』と思ひ出したように訊ねた。

『話して貰ふだとも、だから俺あ昨夜も夜つぴて寝ねえで待つてた位だよ、俺らそれさ話してもらふべえと思つてよ、こゝに金を持つて今朝つからも待つてゐたゞ、藤巻の伯父御はうまく話してくれべえかな』竹は懐ろから金を出して、無造作にお若に渡した。

(十三)

『十五両あんのう』お若は金包みを開いて見て勘定してから、

『この前のと合せると四十両になるだよ、これを持つてつて、藤巻の伯父御さ頼んで見べえよ、それでもあんだ、今日は父さも酒飲んでゐるでな、今日すぐに話が出来るかどうかわかんねえだが、伯父御だけに話て見べえよ、かうしてちやんと支度も出来たゞからつて云つたら、父つあだつて肯いてくれべえ』と云ひながらお若はにつこりと笑つて、懐ろから蟇口を出して金をしまつた。

『われまだその蟇口を持つてるだな』竹はいやな顔をした。

『好いでねえか、誰に貰つたつて使えるものは使つた方が得だからよ、そんなこと気にしたつてつまんねえだ。それだらおら、これから行つて頼んで見べえか』お若はそゝくさと立ち上つた。

『まだ好いだによ、今日は休みだから、ゆつくり遊んで行つても好いでねえか』竹は残り惜しさうに引きとめた。

『だつてよ、早く行つて話をして見ねえば判らねえもん、あとでまたひまを見てきつと来るでよ』お若はもう立ちかけてゐた。

『つまんねえなおら』竹はいかにも寂しげな声で云つたが、『まあ好えだ、話さへきまれば、もうぢつきにいくらでもゆつくり話してる事も出来るようになるだ、なあお若やん』自分で元気をつけるように云ひなほした。そして『おにしの今日の頭は、バカに好い匂がするでねえか、ちよつくらこゝさ来て見ろよ』

と手を取つて引つぱつた。お若は黙つて眼をねぶつて竹の膝に一寸もたれた。

お若が帰つてしまふと、竹はまた用度から酒を引いて来て一人して飲みはじめた。彼はちび〳〵と酒を飲みながら、藤巻に話を頼んでゐるお若の姿を頭に浮べた。凡ての準備はもう出来上つた。藤巻さへうまく話をしてくれゝばこの寂しい家も明るく晴々となるのである。その日のことを考へると竹の心は軽々と浮き上つた。竹は時々盃を口に含みながら、一人してにやりと笑つた。

夕方になつてもお若は竹の家には来なかつた。竹はもう可なり酔つてゐたが、一人してぽつねんとするにも飽きたので、ふら〳〵とよろける足で坂道を登つて見張の方へ出かけて行つた。硝子張の見張の中でも、宿直の福田がどてら姿で荒つ削りの卓子の上に徳利をのせて、酒をのんでゐた。

『福田さあ一人かね。寂しかつぺえ』と声をかけると、

『何だ竹か、お前だつて一人ぢやないか、今日もまた山登りか』と笑ひながら訊ね返した。

『あゝんで、俺ら寂しいことはちつともねえもの、俺ら今日は酔つぱらつてよ、それで見張さ遊びに来たゞ』

『さうか、それぢやこつちへ入れ、それから一寸用度まで使ひに行つてくれ』福田はもう空になつた、大きな徳利をふるつて見せた。

『よし行つてくべえ』竹はすぐに徳利と帳面をかゝへて山を下つた。それから二人はまた新しく見張の中で飲みはじめた。

『今日はバカに元気だな、こないだは恐ろしくシケてゐたが、何か嬉しいことでもあつたのか』福田が訊くと竹は笑つて。

『あんで、何にもありやしねえよ、だけどこの山だつて、さうだうるせえ、いやなことばかりあるとこではねえ』と独りして合点した。

『さうかそれは結構だ。俺はいつでもうるさいから、休みの日には無理にも宿直をして、山で一人で飲んでゐるのだ』福田は寂しさうに笑つて、仰向いて眼をつぶつた。

（十四）

夜になつても二人はそこで飲んでゐた。お若のことが気にかゝるので、竹は一寸立ちかゝると、

『好いぢやないか、もつと飲んでろよ』福田は寂しさうに引きとめた。その癖何を話すでもなく、たゞ黙つて酒をつぎあつて、ランプのカサで隈取つた天井を仰ぎながら、福田は何かじつと考へてゐるだけであつたが、竹が帰りかけると引きとめた。竹

はそれで帰りそこねて、また腰を下して黙つて酒を飲んでゐた。

八時過ぎになつたとき、見張の下の方から、がや〳〵と話しながら登つて来る人声が聞えて来た。そして見張の前を提灯が二つ三つ過ぎようとしたときに、

『おい、みんなしてどこへ行くんだ、今つから元木《もとき》へでも遊びに行くのか』と福田が中から声をかけた。

『なあんで、そんな面白い話なら好いけど、あまつ子の逃げたのを探しに行くでやす』平野と云ふ坑夫がつまらなさうにそれに答へた。

『あまつ子を探しに行くつて、誰かどつかへ逃げたのか』福田が再び訊ねたとき、入口の戸をがらりとあけて、平野が半身をぬつと出した。彼は竹がそこにゐるのを見て、

『なあんだ竹やんはこゝにゐたのか、若林の伯父御がお前がゐたら、ちよつくら来てくれろと云つてたぞ』と云つてから、

『福田どん、飯塚のうちのお若がどつかへ突つ走つてしまつたので、俺等は一寸探しに行つてきますだ。ひよつとして遅れたら、明日は入坑が出来ねえかも知れないけど、その時はよろしく頼みます。はゝ、人の娘が逃げたあとなんかつまらねえてつたけど、伯父だからどうも仕方がねえ、なあ、古田の兄弟』平野は後ろを顧みて『はゝ』と笑つた。

『お若がゐなくなつたつて、本当かあ』竹の顔は、見る見る中に、血の気が引いて、身体がぶる〳〵と慄えはじめた。

『何だ、大した驚き方だな、お前お若と何かあつたのか』福田は不思議さうな顔で訊ねた。

『そりやなあ竹やん、お前もお若に可愛がられた口だつぺえ、何しろ達者なあまつこだつたからな』平野はまた大声で『はゝ』と笑つた。

『逃げたつて一人ぢやないんだろ、相手は誰だか判つてゐるのか』福田はまた平野に訊ねた。

『それがさあ、飯場にゐない若いものも多勢あるから、はつきりとはしねえけど、どうも相手は今井らしいので』

『今井がかあ、あゝつ、俺らあじようすべえ』

竹はいきなり卓子を振はせて立ち上つた。そして、『俺もお前等と一緒に行くべえ、さうしてあの野郎ふんづかまへたら、俺死んでも構はねえどやしつけるだ。俺こないだ。彼奴に酒のまして謝罪つたゞ、あん畜生、白ばつくれて、平気な顔をして酒くらつて、俺をだましたゞ、あの野郎、たゝきのめしてくれるだから一緒に行くべえ、一緒によ』竹は身体をふるはせて猛り立つた。

『だめだつてばよ竹やん、若林の伯父御がお前をよんでるだから』平野はしきりになだめたが、竹の頭にはもう若林も山の仕事も自分の命も、何も彼も残つてはゐなかつた。今まで美しく描きつゞけた、楽しい希望は、たゞこの一瞬に朽木のように他愛もなく挫かれて、あとには真暗な絶望が残つたゞけだ。

『さあ行くべえ、平野の兄弟、俺も連れてつてくれつてば』蒼ざめた顔に流れ落る涙をふきもせずに竹は子供のように叫んだ。

彼の顔には、絶望と嫉妬の苦痛がけいれんとなつて浮び上つた。誰もう笑はなかつた。

『お前が行つたつてつまらない話だ。それにこれから追つかけたつて、つかまりつこがあるものか。みんなは伯父御への義理で行くだけだ』福田は竹の肩を押へして優しくなだめた。

（十五）

『おらあ行くだ、俺いくだよ』怒りと酔に、竹は夢中で叫んだが、やがて福田になだめられて、抱えるようにされて若林の家にやつて来た。

『何だ竹お前はちやんと山にゐたのか、俺はまた、お前と一緒に突つ走つたのかと思つてゐた』若林は強て笑談らしく云つたが、

『何で俺らあ、さうだことをするものか、俺彼奴等に欺されたゞ』竹はそこでも身を慄はせて口惜しがつた。そして若林に訊かれるまゝに途切れとぎれに凡てを語つた。

『それぢやなんだ、お前が二人の逃げ出す旅費を造つてやつたようなものだ。飯塚の兄弟がその話を聞いたら、却つてお前を恨むかも知れねえぞ、つまらねえ話だ。ねえ福田さん』

若林は福田を顧みて軽く笑つた。

『まあ好いさ、何も彼も仕方がないことばかりだ。逃げた女を追つかけたつて何にもなりやしないんだ。それよか今夜は見張へ行つて俺と一緒にうんと飲まう。酒を飲んでへゞれけになつてしまへば、何だつて忘れてしまふよ』

福田は竹の手を取つてゆすぶりながらさう云つた。

『だつて俺もう酔えねえだよ、胸ばつかり苦しくつて、頭が変に痛むだから』

『何だ竹、男のくせにけちな事を云ふな、そんな事を云はないで、もつと元気を出してうんと稼いで東京へでも行つたら好いんだ』福田は強て元気をつけるような声で云つた。

『駄目だよおら、東京なんかもう行きたくねえ、先刻まで東京さ行つて見べえと思つてゐたけど、もう東京なんて考へたゞけでもいやんなつた』竹はげつそりとした声で云つた。福田も若林も、たゞ黙つて下を向いてゐた。

『だけどなあ福田さん、俺どうすべえ、こないだは長岡さんが悪いつてえから、おらあ今井の野郎に謝罪つただけどお若つ子は、長岡さんに貰つたつてえ蟇口も持つてゐたゞからな、俺ら長岡さんに謝罪らなければ悪いだらうかよ』少時たつて、竹は考へあぐねたような調子で云つた。

『そんなことはどうでも好いさ』福田はつまらなさうな声で答へた。『長岡君が蟇口をやつたつて言ふのも本当なのか嘘なのか、測量機械の眼鏡に映つたつて云ふのも本当なのか嘘なのか、何しろ本人がゐなくつては何も彼も判りやしないさ。長岡君だつて明日この話を聞いたら、きつと随分驚くだろ、好い年をして、バカ気た話だ』皮肉らしく福田は笑つた。

『何でも好いやな、のう竹、そんなに萎れてゐないで、これで

もやつて、もつと元気をつけろつてえに』若林は障子の蔭から、徳利と湯呑を持つて来て、竹の前についでやつた。

『有難う、おら貰つて飲むべえ』竹は湯呑に二三杯、立てつゞけにかつとあほつたが、やがて、

『あは、』と勢のない声で笑ふと、『俺にや何にも判んねえだ。初めからしまいまで、何にも判つてゐやしねえ。眼鏡だつて蟇口だつてよ、あんのこんだか』と云ふと、彼はまた強て笑はうと努めたが、涙が止め度なく流れ出した。『俺どうでも好いだ、明日暇もらつて、村さ帰つぺえ』と云ひ切ると、竹は大声をあげて泣きはじめた。福田も若林ももうそれをさへぎる事は出来なかつた。

『おら何にも判んねえ、判んねえ』竹は同じ事を繰り返しながらいつまでもいつまでも、泣きじやくりをつゞけてゐた。

（「解放」大正15年2月号）

安土の春

正宗白鳥

時代

天正九年三月十日頃

人物

織田信長

柴田勝家

村瀬新八

堀内三郎

四郎兵衛

小姓源吾

同　七之丞

侍女夕月

同　花野

同　若菜

老　僧

（一）

湖水に近い街道。路傍に松や柳が植ゑられてゐる。桃や桜も咲いてゐる。旅人の装ひをした四郎兵衛、（三十歳前後）荷物をおろして、大きな松の木に凭れて居眠りをしてゐる。安土城内の侍女、夕月、（二十歳あまり）花野（二十歳以下）あたりの春景色に見惚れながら、うか〳〵と出て来る。

花野　（ふと気づいたやうに、不安らしく）こんなに遠くまで遊びに出てもよろしいのでせうか。お天気はよし、あなたのお話があんまり面白いので、ついうか〳〵とこんなところまで来てしまつて。わたし、何だか恐ろしいやうに思はれますわ。

夕月　（お転婆らしい身振り）まあ、花野さんのお気の小さいこと。大丈夫で御座いますよ。上様が御参詣になつた竹生島《ちくぶじま》は、ここからは陸と海とで片道《かたみち》十五里もの遠いところぢや御座いませんか。たとへ、上様が韋駄天《いだてん》のやうにお駆け遊ばしても、日のうちにお帰りなさる気遣ひはありませんよ。それに、羽柴《はしば》様がお待受けなされて、賑かなお持做《もてな》しがあるに極つて居りますから、今夜は、御小姓衆も御一しよに長浜に御逗留遊ばすだらうと思はれますわ。

花野　皆様はさう仰有つて、大勢で御安心なすつて、桑実寺《さうじつじ》のお薬師様へもお詣りになつたりしたのですけれど、留守のうちは気をつけろと、お殿様がお出掛けの時に、大きな声で、岩淵様にお吩附けになつた、あのお声が、わたしには気になつてなりません。

夕月　それは、あなたが御城内の生活《くらし》にお馴れなさらないからですよ。わたしなぞもはじめのうちは、お上のお声を襖の外で聞いてさへ身震ひしたこともあつたのですけれど、馴れるとそれほどでも御座いませんわ。今の時世では、この御城内に住まつてゐるほど安心なことはないのださうです。わたしの叔母は朝倉様《あさくらさま》に御奉公してゐたゝめに、敗軍《まけいくさ》の飛《と》ばつちりを受けて亡くなつたのださうですわ。今の時世では、御威勢のつよい信長公のお側にゐるほど、気丈夫なことはないと、父がさう申してゐました。あなたもお迷ひにならないで、此方に御辛抱なさいましな。

花野　さうは思つて居りますけれど、……

夕月　それに、上様は、先日《こないだ》京でお馬揃へを遊ばしてから、大変に御機嫌がよろしいんです。竹生島からお帰りになつたら、幸若太夫をお召しになつて舞ひを御覧になる手筈になつて、わたしどもまでも見せて頂けるのですから、楽みで御座いますわ。

花野　（ふと元気づいて）わたしはまだ世間で評判の幸若太夫の舞ひを一度も見たことは御座いませんの。

夕月　同じ太夫の舞ひでも、外で舞ふ時と、信長公の御前《ごぜん》で舞ふ時とは、舞振りがまるで違ふと、お侍衆《さむらひしゆ》がよく申して居ります。上様もお気が向いた時には、御自分で小鼓をお打ちになつたり、女踊りをお踊りになることもありますのですよ。

花野　(微笑して)あのお殿様が………

夕月　(向うを見上げて)此所から見たお城の眺めの立派なこと。御覧なさい。高欄の擬宝珠《ぎぼし》が春の日できらめいて。……キリシタンのお説法で聞いた天国とかは、あんなところぢや御座いますまいか。

花野　はじめて父に連れられて此地《こちら》へまゐりました時に、丁度この辺からお城を見上げて、あのやうな立派な所に御奉公が出来たならと、わたし、どんなに喜んだか知れませんでした。

夕月　同じ町人でも、このお城下の町人ほど仕合せなものは御座いませんの。(ふと旅人に目をつけて、面白さうに)花野さま。御覧なさい。この旅商人《たびあきんど》がいゝ気持で眠てゐますこと。……わたしだちも此所で休んで、往来の旅の人でも見て、ゆつくり帰ることにいたしませう。まだ日は高いし、今日を過ぎたら、いつまた外へ自由に出られるか分らないのですから。

二人は松の木蔭に腰をおろす。旅人は薄目を開けて二人を見る。

そこへ眉目美くしき村瀬新八(二十歳あまりの青年)瀟洒たる身装をして現はれる。考へ事をしてゐる。

夕月　新八さま、何方へいらつしやいました?

新八、足を留めて訝しげに二人を見る。

新八　あなたこそ、此所で何をしてゐなさる?

夕月　風は吹かず、花は真盛りで、ホカ〳〵と温くつて、こんない、日和《ひより》は、一年のうちに、今日の外にまたとあるので御座いませうか。

新八　それで、お前さまだちは、鬼のゐぬ間に生命《いのち》の洗濯に出なすつたのか。鬼でも、今日のやうな長閑《のどか》な春風に誘はれると、気保養がてらの神詣でをする気になるのだから。

夕月　鬼とは?………新八さまは何故そんなことを仰有る?

夕月が顔色を変えると、花野はおびえた顔をする。

新八　あなたがさう思ひなさらなければ仕合せだ、(口調を変えて)わたしは、今日は愛智川《えちがは》べりをひとりで歩いてゐました。花も花だが、堤には若草が萌出《もえで》て、空には雲雀が鳴いてゐました。わたしは、堤の上に寝ころんで、元気のいい雲雀の声を聞きながら、目を開けて面白い夢を見てゐたのです。

夕月　面白い夢と仰有るのは?　……あなたは岐阜の若殿様のお供をして、甲州征伐にお出掛けなさる筈ぢや御座いませんか。目醒ましいお手柄《てがら》をなさるやうに、戦場《いくさば》の夢を見ていらつしやつたの?

新八　ハ、、。さう思ひたければさう思つてゐなさるがいゝ。……わたしが、城之助様《じやうのすけさま》にお願ひして安土へ来たのは、この頃、寝ては夢み醒めては思つてゐることを為し遂げたいと思つたからなんです。ロームとかリスボアとかは、同じ下界の都でも、安土や岐阜とは違つて、人といふ人は神の子らしく睦じく暮してゐるさうな。

夕月　あなたも物好きな。南蛮へお渡りになりたいと思つていらつしやるの？　オルガンチノ和尚様《おしやうさま》にしろ、フラテン破天連にしろ、鬼か獣のやうな身体してゐるぢや御座いませんか。あんな人ばかり住んでゐるところへ、あなたのやうな柔しい方がいらつしやつたら、頭から食はれてしまひますわ。異人の女子はまだ見たことはありませんけれど、さぞ雲をつくやうな大きな身体をしてゐるので御座いませう。

花野　夕月さま。いつまでもこんな所にゐて、人に見られてはいけませんから、もう帰りませう、（旅人の方を気にする）

夕月　えゝ、もう行きませう。真昼間、街道の真中で新八さまとお話なんぞして、（ふと、気にしだして立上つて）さう云へば、先日、上様は、新八が岐阜から来たら直ぐに呼べと、岩淵様に仰付けになつてゐました。

新八　上様がわたしを？（顔を曇らせて）わたしのことは、誰れにも云はないやうにして下さい。

　二女出て行く。新八も物を考へながら行きかけたが、ふと、旅人に目を留めて、

新八　お前さんは何処から来なすつた？

旅人　（訊かれるのを待受けてゐたやうに）わたくしは甲州から漆桶をかついで京へ商ひにまゐりまして、これから帰るところなので御座います。

新八　甲州者だなどと、大きな声で云ふものぢやないよ。お前も生命《いのち》知らずだな。遠州の武田方の高天神《たかてんじん》の城も徳川勢に攻めまくられて今日にでも落城してゐるかも知れないのだ。甲州征伐の用意は大ぴらに出来上つてゐるのだ。勝頼どのがいくらジタバタしても、今となつては、篭の中の鳥も同然なのだ。お前はそんなところへ帰つたつて為様がないぢやないか。第一甲州境は、四方八方道といふ道は塞つてしまつて、帰りたくも無事には帰られまいよ。

旅人　（気楽さうに）いや、それはわたくしもよう存じて居ります。先日、京の町で此方のお殿様のお馬揃へを拝見して居りますと、側にゐて世間話をしてゐた男が、甲州言葉で物を云つてゐましたので、わたしは懐かしくなつて、故郷《くに》の様子をよく訊ねました。その男は信玄公御在世の頃の御威勢が影も形もなくなつたのに諦めをつけて、御奉公先から出奔して、いゝ御主人を捜しに京に来たと申して居りました。わたくしは、親も子も女房もないので御座いますから、世の乱れた危かしい山奥へ、わざ〳〵帰つて行かうと思つては居りません。今の世に住めば安土と、世間の人の申してゐますやうに、わたくしは、成らうことなら、このお城下で生活を立てゝ行きたいので御座います。……かう申してはあまりに不《ぶ》しつけでお叱りになるかも知れませんが、あなた様のお屋敷でゝも使つて頂く訳にはまゐりますまいか。どんな御用を仰付けになつても、骨身《ほねみ》を惜まないで御奉公をいたします。

新八　おれなどを主人と頼んでは出世する見込みはないよ。上様にお仕へ申したらよからう。お前は身体構《からだがま》へもしつかりして一くせありさうだな。戦場へ出ても役に立ちさうだな。（相

手をよく見る）

旅人　御威勢の強い此方のお殿様にお目通りいたすのは恐れ多う御座います。お馬揃への折のお姿を一目拝見したゞけで、目がつぶれさうに思はれました。

新八　ハ、、。皆んなが衣服で脅かされる。……前代未聞の馬揃ひの儀式だつて、大きな虎が綾や錦で着飾つて、小さな虎を引連れて駆廻るだけのことだ（独言のやうにさう云つてから、親しみをもつた口調で）世間では何と云つてゐるか知らんが、上様は気さくな方だ。お前の面つきを一目御覧になつたら、こいつ役に立つ奴だと、余計な穿鑿をなさらないで直ぐにお召抱へになるかも知れない。さうしたら、お前も羽柴筑前どののぐらゐに出世しないとも限らないな。ハ、、、。

旅人　何ぼわたくしが世間知らずの山家猿でも、そんな痴人《こけ》の夢見たやうな大それたことを考へるもので御座いませうか。さつき、ホカ〳〵した天道様のお光を浴びて、いゝ気持で夢を見て居りますと、お女中様のお話のうちに、あなた様は、岐阜のお殿様のお供をなすつて、甲州征伐へお出ましなさるとか承りましたが、若しもそれが本当で御座りますなら、わたくしをあなたのお伴になされて下さいませ。お草履を持つなり、馬の轡を取るなり、何なりと生命をかけて御奉公をいたします。

新八　さうして、虎の威を借りて、自分の生れ故郷を荒らさうと云ふのか。（相手が気にするのを見て）なに、おれはお前を咎めるんぢやないよ。昨日まで莫大な知行《ちぎやう》を頒けて呉れた主人に、今日は自分の都合で弓を引くのは、当世有りうちのことなのだ。それはそれでいゝのかも知れないな。……しかし、旅の人。武家奉公は、まあ止しにした方がよからうぜ。御主君から相応にお目を掛けられてゐるおれでさへ、この大小の人斬刀《ひときりがたな》は抛出して、戦争騒ぎのないところで暮したいと思つてゐるのだよ。土百姓や素町人から、一国一城のあるじと成上つた人を、傍で見てゐると、あれこそ人の中の人だと羨しく思はれるであらうが、さて成上つて見ると、さま〴〵な苦労があるのだ。あの陽気な羽柴どのも、戦場で水攻《みづぜめ》火攻《ひぜめ》の掛引に知慧を絞るよりは、お上の御機嫌を害ねまいと、その屈托に骨身《ほねみ》を削つてゐられるのだ。徳川どのも、虎狼《とらおほかみ》の牙《き》歯《ば》を退けるためには、惣領の信康どのに無理往生に腹を切らせた。お前も武家奉公なんぞ思立たないで、何処か安穏な土地を見つけて、こつそり生活《くらし》を立てることにしろ。あの山に光つてゐる七重のお城も、いつまであのまゝ立つてゐることやら。四日市の浜で見える和《なご》のわたり（蜃気楼）見たいなものだ。

旅人　安穏な土地を見つけろと仰有つても、安土の町の外に、何処に安穏な土地が御座いませうか。

新八　小田原か山口はまだ栄えてゐるさうだが、それとてもいつまでも安穏ぢやあるまいよ。大きな虎や小さな虎があばれてゐる世の中だ。おれも安穏な土地を捜さうと思つてゐるの

だが、ローマかリスボアか？………（夢見るやうに天の一方を見る）

旅人　さつきからあなた様の仰有るやうなことを承つたことは御座いませんので何とも合点がまゐりません。……わたくしのお願ひをお聞届け下さらぬのなら、外の奉公口を捜しませうが、戦場《いくさば》へ出て気おくれのするやうなわたしぢや御座いません。わたくしの祖父《ぢい》も父も、名もないもので御座いましたが、武田家御先代のお伴をして、人並の働きはいたしました。

新八　（微笑して）それはえらいな。それなら、信長公の竹生島参詣のお帰りを此処でお待受けして、直々にお願ひするといゝ。

そこへ、堀内三郎（新八と同年輩で、彼れよりは質素な服装をしてゐる）が入つて来る。

三郎　新八どのは此方に来てゐられたのですか。キリシタンの学校の建築も大分暮取つてゐるから、それを見にお出でなされたのですか。建築が落成したら、あなたは御入学なさるのであらうと噂をいたして居りました。

新八　安土にセミナリオが建つたなら、早速入学して異国の学問を修業したいと思つて、城之助様にお願ひしてゐたのだが、それはもう止めにした。わたしは大望を胸に持つて、岐阜から出て来たのだが。………そんなことをあなたに話しても為方がないな。……それよりも、此処にゐる旅の人は奉公口を捜してゐるのだが、あなたは、お世話しておやりなさらぬか。

三郎　いや、この頃は諸国からいろ〳〵な奴がやつて来る。今に安土から八幡《まん》へかけて、野にも山にも、人間がウジヤウジヤするやうになるであらう。（旅人を見詰めて）しかし、新八どの。この男はたゞの商人《あきんど》ではありますまい。油断のならない面《つら》をしてゐる。

新八　たゞの商人でも、何処かの落武者でも、どちらでもいゝではないか。

三郎　浅井か朝倉の残党が、旅商人に姿を窶して、信長公を附狙つてゐると思つて見ると一興だが（刀を抜いて、旅人の前へつきつけて）貴様は亡君の恨らみを晴らさうと企んでゐるのか。

旅人　これは飛んでもないことを仰せられます。（警戒しながら）こちらの旦那様は、わたくしの身の上をよく御存じなんで御座います。

新八　（笑つて）心配するな。戯れだよ。……予譲や景清のやうな男は昔噺の中の人物ぢやないか。しかし、それだから、上様もお仕合せだ。死んだ主人の恨みを返したい男があちらにも此方にもあつた日にや、信長公が首を百も持つてゐられても足りないくらゐだ。………三郎どの、脅かしはもうお止しなさい。

三郎　わたしはこの土地にすつ込んでゐたゝめ、暫く血のにほひを嗅がなくつて退屈してゐたのです。春の日をノラリクラリ遊暮したゞけで、このまゝ屋敷へ帰つちや興がないと思つてゐたのだが（刀を鞘に収めて）新八どのゝお言葉がなかつたら、斬り栄えのする此奴を、見のがしてなるものぢやない。
旅人　わたくしは決して迂散な者ぢや御座いません。どうぞお許しなすつて下さいまし。
　旅人は二人に向つて恭しく挨拶して、荷物を脊負つて急ぎ足で出て行く。
新八　可愛相に（旅人の後を見送つてゐたが、何かを見つけたやうに当惑する）
三郎　春の日長《ひなが》に毎日因循としてゐちや退屈でなりませんよ。武田征伐には是非ともお供しようと思つて居ります。
　そこへ、侍女若菜（二十歳ばかり）が道を急いで入つて来て、二人の青年と顔を見合せる。
新八　若菜どのはお一人で、どこへ行つてゐなすつた？　今日は若い女が供をも連れないで、よく出歩いてゐるから驚く。
三郎　天下泰平の目出度いしるしでせう。それに、今日《けふ》はお上の御不在をいゝ汐時《しほどき》にして、御城内も奥御殿はガラ空きで、御女房だちも山をお下りなさらぬまでも、二の丸《まる》までお出でなされて、春の日を楽んで居られます。
若菜　わたくしは、皆様と御一しよに桑実寺へお詣りしてゐました。只今、長老様が皆様のために御説法をなすつてゐらつしやいます。わたし、何だか聞きづらく思はれましたから、一人でそつと聴聞《ちようもん》の座を脱出してまゐりました。
新八　それでは、あの梅干《うめぼし》坊主が、黴臭い仏の道を説いて、廻らぬ舌でキリシタンの毒口を利いてゐたのだな。若菜どのもなぜ桑実寺などへお詣りなされた？　先日のおたよりでは、オルガンチノ様のお導きで、まことの道が朧ろに分りかけたと云つてゐられるではないか。それを、わたしはどれほど喜んでゐたか知れないのに。
若菜　わたくしの心が弱う御座いました。……わたくし、外の方のやうに、気保養にお寺まゐりをいたしたのでは御座いませんの。新八さまは若殿様がお召連れになつて、甲州の征伐にお出でなされると、皆さまがさう仰有つてゐましたから、お身体《からだ》にお怪我のないやうに、人に傑《すぐ》れたお手柄《てがら》をおあげ遊ばすやうにと、一心にお祈りしたので御座います。
新八　（にが〳〵しげに）若菜どのは何を云はれる？　古い木の株や石ころで作つた仏に祈つて御利益《りやく》があると思つてゐられるのか。愚かなことだ。
　三郎は二人の睦じい様子を羨ましげに見てゐる。
若菜　長老様のお説法を承つてゐるうちにふとわたしの迷ひに気がついて、急いで逃げてまゐりました。どうぞ堪忍して下さいまし。
新八　それに、わたしは、戦場へは行くまいと思つてゐるんです。春の光のやうにまことの神の光に包まれてゐる国をたづねて行きたいと思つてゐるんです。
若菜　それはどこのことで御座いますの？
新八　……ローム、リスボア、ヴエネチヤ（あこがれてゐるやうに云ひ）高麗《こま》大明《みん》天竺よりも遠いところで、女子などの行けるところぢやないんです。

若菜　（悲しさうに）なぜ、さういふところへいらつしやいますの？

三郎　新八どのは南蛮へお渡りにならうと思つてゐられるんですか。上様の天下統一の大事業を見ようとはなさらないで………

そこへ、織田信長（四十八歳。黒い南蛮笠をかぶり、唐錦の服装にて虎の皮の向はぎを腰に当つ）駿馬にまたがつて気をせわしく入つて来て、若菜と新八とを見ると、馬を留める。三人は愕然として、匐ひつくばふ。

信長　（眉を顰めて）女郎《めらう》は此処へ何しに来た？　新八、うぬも、おれの目通り許さぬさきに、どんな面《つら》してこの街道をほついてゐた？……どいつも面《つら》を上げろ。

三人は恐る〳〵顔を持上げる。

新八　今朝参着いたしましたが、上様は御他出と承はりまして。

信長　それで女郎《めらう》を引張出して、気儘な遊びをしてゐるのか。

彼れはつか〳〵と新八の側へ寄つて、鞭を上げて、その顔を打つ。

新八　（痛みを忍びながら）若菜どのは桑実寺へ参詣せられて、只今偶然此処で行合ひましたので御座います。

信長　なに、桑実寺へ？

三郎　大奥の方々がお揃ひで桑実寺へお詣りになつて居ります。

信長　不埒《ふらち》至極だ。三郎、其方はこれから桑実寺へ行つて、一人残らずふん縛つて来い。坊主どもが留立てしても用捨するな。急いで行け……此奴等二人はおれが此処で成敗する。

三郎は、ハツと答へる間もなく、一さんに、後をも見ずに駆けて行く。

信長は馬から飛下りるや否や、刀を抜いて、すでに半ば死んだやうな若菜をさきに、新八をも、大根でも切るやうに斬倒す。

斬られると同時に、「ジエス、キリシト」と呼ぶ新八の哀切な声が聞える。信長その声に耳を留めてあたりを見廻す。そして、刀にしたゝる血汐を振つてゐるところへ、かの旅人が、松の木蔭から恐る〳〵近づいて、死骸の上衣を取つて刀を拭はうとする。

信長　（声に心惹かれてゐた彼れも、ふと旅人に気づいて）誰れだ？

旅人　御奉公をいたしたいと存じまして、上様の御帰城をお待受申して居りました。

信長　さうか。……死骸を片付けて後から随いて来い。

そこへ、二三人の小姓、馬に跨つてへと〳〵になつて入つて来る。

信長　オゝ、源吾、七之丞。急いでおれより先へ帰つて、城外へ遊びに出てゐる女子《をなご》どもをふん摑まへて、数珠つなぎにくゝつて置け。………（独言のやうに）こんなことがあらうと思つて、長浜の饗応を打やつて、馬を飛ばして戻つて来たのだ。

（幕）

（二）

安土城内。信長の居室。襖には瓢箪から駒の出た絵が描かれてゐる。

銀燭まばゆきなかに信長は寛いだ服装にて、夕餐の膳に向つて、盃を取つてゐる。小姓、源吾、七之丞など傍に侍す。

信長　其方だちも今日はくたびれたであらうな。

源吾　ハイ。………上様のお姿を見失つてはならないと思ひまして、無我夢中で駆けました。

信長　おれもやがて五十になる筈だが、まだ若い時分と異はないよ。今日は一つ根気だめしと思つて、十里の道を一息にやつゝけたが、左程に疲労もしなかつた。二十年前に桶狭間《おけはざま》へ駆けつけた時のことが思ひだされる。………思ひだすと云へば、今日の帰り道に、街道で遊んでゐた百姓の子を二人ばかり踏潰したやうに思ふが、其方だちは気がつかなかつたか。

七之丞　わたくしも無我夢中で駆けましたから、何処の村であつたか、見分けはつかないので御座いますが、百姓共が大勢で、血みどろになつた子供を抱へて騒いで居りました。それでは、あの子が上様の御乗馬の蹄《ひづめ》をお汚《けが》し申したので御座いませうか。

信長　人間は脆いものだな（ちよつと感慨に打たれたやうに云つて、小姓に酌をさせて）おれが長浜泊りを止したゝめに、其方だちは御馳走を食べ損なつて残念であらうな。秀吉のことだから、気の利いた料理を拵へて待つてゐたであらうのに。……そのかはり、このおれの膳の物を頒けてやらう。

信長は箸を取つて、皿の肴をはさんで、源吾に突きつける。

源吾は、恐縮してゐる。

七之丞　わたくしどもは、後ほど御膳部のお余りを頂戴いたしたう存じます。

信長　馬鹿な奴だ。さあ手を出せ。小笠原流とかの礼儀作法を心得てゐるつもりか。馬鹿め。人間が食《くら》ひたくつて食《くら》ふのに儀式も作法もあつたものか。おれが許す。肴を摑んで食《くら》へ。

恐る〳〵差出した二人の手へ、肴を与へる。二人は謹しやかに食べる。

信長　将軍らしく、公卿らしくと、酒を飲むにも気取つてゐた奴等は、おれの馬の蹄にかけると、今日長浜街道で踏潰した餓鬼見たいなものだ。

そこへ、三郎が入つて来て平伏する。

三郎　仰せつけ通りに、桑実寺詣りの御女房だちを、召捕つて、御城内へ連れて帰りました。

信長　中庭へ出して一人残らず首を打て。

三郎　かしこまりました。………あの、桑実寺の長老様が、お願ひの筋があつてお目通りいたしたいと、お次の間に控へて居りますが、いかゞ計ひませう。

信長　枯木のやうな坊主に会ひたくはないが、来てゐるのなら、ちよつと会つてやらう。そこへ顔を出せと云へ。

三郎　ハイ

三郎が行きかけると、

信長　坊主にはかまはずに、其方は早速女郎《めらう》どもの成敗《せいばい》に取りかゝれ。一刻も猶予はならんぞ。

三郎　仰せつけ通りにいたします。

三郎出て行く。

信長　（小姓達に向ひ）其方ども、腕試しがしたければ、三郎の手助けをして、罪人の首を斬つて来い。

源吾
七之丞 ｝、ハイ（答へたゞけで座を立たない）

そこへ、老僧が数珠を手にして入つて来ようとする。

信長　そこでよい。用事を聞かう。

老僧襖の外で平伏する。

老僧　上様のお慈悲をお願ひ申したう存じます。

信長　それはならぬ。重ねて申すな。

老僧　せめて、皆様のお生命《いのち》だけはお助け下さいますやう、愚僧の身にかへてもお願ひ申します。

信長　くどく云ふな。

老僧　皆さまは、上様の御武運を仏に祈願してゐられました。その心根《こゝろね》をお酌取り遊ばして。

信長　タハケたことを申すな。おれの武運が木や石に刻んだ仏と何の関係がある？　おれはおれの力で、手向ふ奴を片ぱしから征伐して来たのだ。其方だちに現世の勝利や死後の冥福を祈って貰はふとは、夢にも思つてゐないのが、其方にはまだ分らぬのか。うつけ者め。

老僧　愚僧の身につきましては兎に角。……上様も竹生島へ御参詣遊ばした当日で御座いますから、か弱い女性《によしやう》の方々《かた〴〵》を御成敗遊ばすのはいかゞかと存ぜられます。

信長　何だ〳〵。おれに意見するのか。おれは怒りたければ怒り、斬りたければ斬るのだ。それがどうしたといふのだ。

老僧　左様なれば、罪をお恕《ゆる》しなさりたく思召してお恕《ゆる》し遊ばしますやうに。

信長　くどい。……それほど女郎《めらう》どもを庇《かば》いたければ、其方も一しよに冥土へ行つて、極楽へでも浄土へでも、勝手なところへ連れて行け。……源吾、この坊主を引立てゝ、三郎の手に渡して首を打たせろ。おれの目ざはりだ。早く引立てろ。

源吾、直ちに立つて行つて、老僧を捉へる。

源吾　御上意だ。お立ちなされ。

邪慳に老僧を引張つて出て行く。

信長　（ふと耳を留めて）七之丞、あれを聞け。中庭から泣喚《なきわめ》く女子《をなご》の声が聞えて来るではないか。……人間は脆いものだ。（盃を口にしたが前へ抛出して）酒がぬるくなつた。温めて来い。

七之丞出て行く。信長、何かの声を払ひのけるやうな態度をする。

信長　（独言）新八もゝうこの世にはゐないのだな。……人間は脆いものだ。

そこへ源吾、入つて来る。

信長　坊主は三郎へ渡したか。

源吾　たしかに三郎どのへお手渡し申しました。

信長　あんな枯木のやうな坊主は、斬つても血は出まいな。

源吾　柴田修理亮様が只今参着いたされました。明朝お目通りがかなひませうかとお訊ねになつて居ります。

信長　（喜んで）修理亮が来たか。丁度いゝところだ。直ぐに呼べ、……それから膳部は一先づ次の室へ下げて、其方達はおれが呼ぶまでそちらで休息しろ。

源吾、膳部を持つて出て行く。

信長、長押から槍を取下して、幾たびかしごく。

そこへ、柴田勝家（五十二歳、無骨な身装）が小姓に導かれて入つて来て、槍の手なみに感心しながら座に就く。

信長　よく来た。（槍を収めて）近う寄れ。今まで京で遊んでゐたのか。

勝家　上様の御威光をもちまして、京の町も静謐《せいしつ》になりましたので、此たびは、罷出ました次手に、神社仏閣名所古跡の見物をいたしました。それよりも御馬揃へのお催しは前代未聞言語に絶した御盛況で、老後の思出、これに過ぎたことは御座いません。上様の御威光によつて、天下がかやうに泰平に相成りましては、わたくし如きは、もはや御馬前の御奉公をいたす場合もなくなりました。先日拝領いたしました姨口《うばぐち》の釜に湯を沸《たぎ》らして、北国の遅桜でも眺めて、この年までの手《て》柄話《がらばなし》でも若武士《わかざむらひ》に聞かせることにいたしませう。

信長　ハ、、。其方は愚直だから、そんなことを云つてゐられて気が楽だ。何が天下が治まつてゐる？

勝家　高天城《たかてんじやう》はまだ開城いたしませぬか。

信長　いや、昨日《きのう》家康から早打《はやうち》を寄越して、あの手剛い城も今日か明日かの生命《いのち》だと知らせて来た。あの城が潰れたなら武田四郎も羽《はね》をもがれた小鳥同様だ。あの武田の小忰なぞ、おれは最初からさして心に掛けてはゐないのだが、中国の毛利勢には一骨折らされさうだ。四国には長曾我部がゐる。九州には島津が居る。腹に一物ある高野《こうや》の坊主どもの始末も何とかしなければならない。（焦込むやうに云つて）北国の景勝などは其方に任せてゐても安心だが……

勝家　上様もお心弱うおなり遊ばしましたな（微笑する）

信長　何だと。

勝家　今日の上様の御威勢では、毛利如きは春の日に照らされる残雪のやうなものでは御座りませぬか（独言のやうに）羽柴め、幸福な男だ。中国征伐を一手に引受けやがつて。

信長　筑前には筑前の役目がある。其方はおれに代つて北国を押えてゐて呉れ。（勝家の顔を見詰めて）つひ忘れたが、修理亮は今年幾歳になる？
勝家　五十二歳に相成ります。
信長　さうだつたな。おれも人間の定命が近くなつたのだ。
勝家　でも、上様は十年の昔と今日と少しもお変りにならないぢや御座いませんか。わたくしなどはこの通り頭が白くなりました。……でも、元気だけは昔と変らないつもりで御座いますが。
信長　おれも元気だけは、今時の若い奴等には負けないつもりだが、年齢《とし》は年齢《とし》だ。おれも夢幻《ゆめまぼろし》の世の中に、五十間近まで無事に生きて来たのだが、年齢《とし》のことを考へると、何となく気が焦かれる。毛利や長曾我部をわが膝の前に匐ひつくばせるのは、あと一年か二年か。おのれが定命に達するまでには日本統一の大業も略目鼻がつくと、おれは信じてゐる。……しかし、修理亮。このことは今日はじめて其方に話すのだが、おれは日本統一だけで満足は出来なくなつてゐるのだ。高麗や大明に馬を駈けてゐる夢を、おれは毎夜のやうにこの頃見てゐるのだ。
勝家　（驚いて）では上様は、御馬揃へを異国の都でお催しなされたいので御座いますか。
信長　異国と云つても、高麗だけではない、明《みん》だけではない。先日も愛智川《えちがは》べりへ鷹狩に行つた帰りに南蛮の寺へ寄つて、伴天連《ばてれん》どもの異国話を聞いたので、ひどく面白い思ひをしたのだが、その時から、南蛮の国々をも残らず、おれの手のうちに収めたくなつたのだよ。
勝家　（呆れて）わたくしには、南蛮の国々は、仏者の説かれる十万億土と同様な遠い所にあるやうに思はれます。
信長　遠くも近くも下界の中にあるのぢやないか。
勝家　わたくしども雪の中に埋つてゐる田舎武士は、異国のお宗旨は薄気味が悪いやうに思はれますが、上様には御信心遊ばすので御座いますか。
信長　日本の仏も異国の神も、おれに信心が出来ると思ふのか。しかし、其方も明日にも伴天連に会つて聞いて見ろ。南蛮の坊主どもの話は、日本の坊主どもの古くさい話よりや、どれほど面白いか知りやしないぜ。
勝家　城之助様や三七様をはじめ、当地の若い方だちは、伴天連のお宗旨に凝つてゐらせられると承りましたが、それは本当で御座いますか。
信長　若い奴等は直ぐに珍らしい者にかぶれるが、浅はかなものだ。……おれは伴天連の説法はたび〳〵聞いた。……聞いてゐると、おれはそのジュースといふ異国の神と角力を取つて見たくなつたのだ。異国の神の前に匐ひつくばつてお慈悲を願ふなんて以ての外だ。
勝家　それはわたくしも御同意申上げます。角力なら、わたくしとても異国の神と取組んで負けることぢや御座いません。
（快げに笑ふ）
信長　（快げに笑ひ）おれも今日はうかと夢話をしてしまつた

な。……さうだ。明日は其方が帰国いたすのなら、別れに何か御馳走しよう。温い春の宵だ。誰れかに舞はせて見せようか。

信長は手をたゝく。源吾入つて来る。

信長　膳部を調へて来い。修理亮にも相伴をさせるのだから、その用意を吩咐けて来い。酒興を助けるやうに踊り子をも呼べ。三郎はどうした？　死骸の後片附は他の者にまかせて、直ぐに此処へまゐれと云へ。骨折賃に鬼柴田の酒の相手をさせて武勇にあやからせてやると申伝へよ。

源吾出て行く。

勝家　御城内に何か変事があつたので御座いますか。

信長　なに、些細なことだ。其方などに話すほどのことでもないよ。

勝家　今日《こんにち》は御城内は何となくお淋しいやうでは御座いませんか。

信長　この頃の京の町の賑はひを見た目には、安土の町はいくらか淋しく見えるのかも知れないな。淋しいと云へば、おれは何ぼ歳を取つても、楽隠居して公家衆《くげしゅ》のやうに歌でも作つて、泰平を楽しむ気持にはなれないよ。一日でもぢつとしてると気が滅入つて来る。今日も長浜から竹生島まで五里の海上が退屈でたまらなかつた。小波《さゞなみ》も立たない鏡のやうな湖水は、見てゐて退屈なものだぜ。竜巻《たつまき》でも起ればいゝと思はれたよ。だから、南蛮の坊主どもが、世界のはてから万里の波濤を凌いで来た話を聞くと、おれの心が湧立つのだ。

勝家　上様にお目通りいたすたびに、勝家の全身にも活気が湧いてまゐります。

そこへ、三郎が入つて来る。

信長　罪人どもの首は刎《は》ねたか。

三郎　仰せの通りいたしまして御座います。死骸は右近どののお計ひで、御新参の四郎兵衛どのなどに運ばせて、桑実寺へ埋葬いたすことにいたしました。

信長　左様か。（軽く首《うな》づいて）さつきから其方に訊ねたいと思つてゐたが、新八と若菜とは云ひかはした仲でゝもあるのか。隠さずに云つて見ろ。

三郎　わたくしはよく存じませんが、今日の二人の話を傍で聞いて居りますと、二人の間には何か訳があるやうにも思はれました。

信長　おれもあの時、突嗟にさう睨んだのだ。二人はどんなことを云つてゐたか、修理亮への御馳走に話して聞せたらどうだ。今時の若い男女の恋話は、おれや修理にも皆目見当がつかないのだよ。

勝家　新八とは村瀬左門の遺子《わすれがたみ》のことで御座いますか。

信長　さうだ。城之助がおれにないしよで引立てゝゐた奴だ。

勝家　文武両道に傑れてゐると承りましたが。……その若者は御城内へまゐつてゐるので御座いますか。

信長　おれが城之助に命じて新八を呼寄せたのは、戦場へ引連れるためではなかつた。新八には敦盛の舞を舞はせたかつたのだ。あれが舞つたなら、おれが鼓を打つてつかはしたのに。幸若太夫や清洲《きよす》の友閑《いうかん》は、いつ舞はせても藝はうまいが、新八なら、敦盛が生れかはつて眼前に現はれたやうであらうな。

勝家　新八どのは舞も堪能なので御座いますか。

信長　知らなければ習はせる。敦盛の舞なら太夫の手をかるまでもない。おれが伝授してやる。……三郎、其方のまづい面では、牛若にも敦盛にもなれまいな。人の恋話を指をくはへて立聞きしてゐるのが相応してゐる。（嘲笑をもらす）

勝家　武士たるものは顔形などどうでもよろしいでは御座いませんか。三郎どもも、上様へさうお答へなさい。

信長　修理は自分の身に引くらべて、左様なことを云つてゐる。其方も大勢の美女や少人《せうにん》を弄んで来たのであらうが、当世の若い男女のやうな、まことの恋の情《なさけ》は知らないだらう。

勝家　これは異な事を仰せられる。勝家とても恋の口説は身に染みて心得て居ります。

信長　これは面白い。話して見ろ。鬼柴田の恋物語は面白い。

そこへ、小姓だちが酒肴を運ぶ。

信長　皆んな聞けよ。殿軍《しつぱらひ》にかけては天下に類のない鬼柴田が、恋物語を聞かせてくれるぞ。

信長、小姓をして勝家に酒をすゝめさせる。勝家鯨飲す。

勝家　（生真面目で）まだ三郎どののくらゐの若さで御座いました。はじめて上洛いたしました時、供をも連れず、吉田山あたりを遊び歩いてゐましたところ、上臈とは思はれませぬ女房が、白綾の肌着に平絹の袴を裾短かくつけて、薄色の短冊をさげて、小童《わらんべ》を一人連れて宮司の家へまゐるのを見つけました。あまり床しく思はれたので、その女房のあとを随けてまゐりますと、女子の方でも艶《なま》めいた目《め》でわたくしの方を見返りました。わたくしは目はまばゆく胸は騒いで、心も空《そら》になりました。流石は京の町だ、那古野《なごや》や清洲の田舎町とは違ふと思ひましたが、その女房の姿は今でもまざ／＼と、わたくしの目のさきにちらつくので御座います。

信長　女子は京の女子に限るのだ。それから其方はいかゞいたした。その女房と恋仲にでもなつたのか。

勝家　いや、それは勝家一生の心残りのある思出となりました。その日はうか／＼と宿へ帰り、あくる日から毎日、吉田山あたりを夢心地でうろつきましたが、再び行会ふことは御座いませんでした。

信長　権六も腑甲斐ない奴だな。掟《おきて》も法度《はつと》もない市街《まち》にゐて、何の遠慮が入るものか。なぜその女房を引かついで戻らなかつた？

勝家　恐れ入りました。

信長　権六と云つてゐたその頃の勝家は、弟の信行《のぶゆき》に加担《かたん》して、おれを殺さうとしたのではないか。どんな身分の女であらうとも、女の子の一人や二人、奪つて来るのを遠慮するには及ぶまい。……三郎などは知るまいな。この勝家も、三十年の昔にはおれに手向つて、おれを十死一生の危い目に会はしたのだぜ。おれは負けなかつた。おれが勝つたからこそ、勝家も頭を剃って詫びに来た。母上のお取做しで罪を許して、おれの臣下に加へてやつた。それが今では織田家第一の忠臣になつてゐるのだから不思議ではないか。……三郎、其方だちはまだ若いから知るまいが、これが世の中だ。おれが強かつたからだ。おれに力があつたからだ。おれの力にヒヾが入つたら、おれも最後だ。おれの足許からでも敵が飛出して来るのだ。

勝家　若い昔のことを仰せられてはわたくしの身体にも冷汗が流れます。大罪はお許し下された上に、三十年の間、須弥大海にもたとへられぬ御高恩を蒙つたわたくし、未来永々、弓矢八幡、日本はおろか、南蛮の神にまで誓をかけ、上様に忠勤を怠ることは御座いませぬ。この勝家を筑前などと御同様に御覧遊ばされては、勝家も御恨みに存じまする。

信長　旧弊な台詞《せりふ》は止めにしろ。おれは誓言はきらゐだ。たつて誓ひたければ、織田信長にかけて誓へ。仏も神も踏みにじつた信長の力にかけて誓へ。力のあるうちは神と角力の取れる信長だ。力の衰へた信長は、藁人形の内大臣だ。鳥おどしにしきやなりやしないよ。ハ、、、。室町の案山子《かゞし》将軍の喜びさうな台詞は止して、今夜はうんと飲め、おれが酌をしてやらう。酔つて槍踊りでも踊つて見せろ。

信長、勝家に酌をする。勝家感謝して受けて快く飲干す。

勝家　冥加にあまるお持成《もてな》しのお礼として、わたくしが無様《ぶざま》な舞ひの手振を御覧に入れませう。踊り子だちの仕度の出来るまでのお座興として御覧下され。

信長　修理亮の舞ひは珍らしい。舞つて見せろ。

勝家　ハツ

勝家、立つて謡ひながら舞ふ。

「この世はつねの住家《すみか》にあらず、草葉に置く白露。水に宿る月よりなほあやし。……人間五十年、化転《けてん》の内をくらぶれば夢幻《ゆめまぼろし》の如くなり。一度生《じやう》を受け滅せぬもの丶あるべきか。これを菩提の種と思ひ定めざらんは口惜《くちおし》かりき次第ぞと……」

信長、感に堪へ恍惚として見てゐたが、ふと、

信長　そこで止めろ。それで充分だ。

勝家舞ひを止めて平伏す。

勝家　見苦しきものを御覧に入れました。

信長　いや面白かつた。其方がかやうな隠し藝を有つてゐようとは思ひもつかなかつた。

勝家　上様の敦盛の舞を見やう見真似に覚えましたので御座います。

信長　（恍惚として）「人間五十年、化転《げてん》の内をくらぶれば夢《ゆめ》幻《まぼろし》の如くなり」（と謡つて）一たび鞭を上げると、百万の人馬を集めることの出来るおれも、明日《あす》とも云はず、今夜のうちに誰れかに寝首を掻かれないともかぎらないのだ（と云

つて、座中をじろりと見渡して、三郎に目を留め）三郎、其方たちは修理亮の舞ひを見てゐたのであらうが、おれは新八の敦盛の舞を見てゐたつもりだ。其方はあの時、なぜ新八と若菜とをおれの目から遮らなかった。新八は其方を恨んでゐるぞ。人の寝首でも掻きさうな面《つら》をしてゐやあがつて。

信長は、さう云ふや否や、つと立つて、長押《なげし》の槍を取りおろし、

信長　この鉾先を、除けられるなら除けて見ろ。其方生死《しやうし》の境だ。

三郎、突きつけられる槍の穂先を外して、

三郎　御免遊ばせ。上様の御馬前で討死いたすまで、三郎の生命《いのち》を三郎にお預け下さいまし。

信長　よく云つた。今夜は許してやるから、勝家にあやかつて、戦場で功名をしろ。

勝家　（不思議さうに）新八どのはどうかしたので御座いますか。

信長　あの男はもうこの世にはゐないのだ。………人間は脆いものだな。

勝家　（合点の行かぬらしく）御意に御座います。

信長　（小姓だちに向ひ）今夜は踊りは止めにするから、さう云つて来い。勝家の舞だけで沢山だ。

（幕）

（二）

その翌日の早朝。

城内の庭園の一部。

四郎兵衛、仲間男《ちゆうげんをとこ》らしい新しい服装をして、庭を掃いてゐる。

そこへ、三郎が出て来る。

四郎兵衛　お早う御座います。

三郎　お前こそ馬鹿に早く起きて働くぢやないか。忠実な働き振りが上様のお目に留つて、今に出世するだらうよ。

四郎兵衛　わたくしなんぞ、大した望みは持つてゐやしません。寒い思ひ、ひもじい思ひをしないで、今日がおくれゝば、それで満足して居ります。

三郎　口先ではそんなへり下《くだ》つたことを云つてゐても、腹の中では、天下を望んでゐるんだらう。しかし、お前は運がよかつた。昨日いゝところで上様のお目にかゝつて。

四郎兵衛　さう思つて喜んでは居りましたが、何だか寝醒めが悪う御座いますよ。あの時新八さまとかは、わたくしに親切に御意見を聞せて下すつた上に、わたくしがすんでのことにあなた様に生命《いのち》を取られかけたところを助けて下すつたのですから、わたくしに取つては、あの方は大恩人なので御座います。その大恩人が、どういふ罪があるのか存じませんが、上様のお手打になつたのぢや御座いませんか。………

三郎　本心からさう云つてゐるのか。どうも真《ま》に受けられないな。おれが刀を突付けて脅かした時に、お前は上べだけ驚いた風をしてゐたが、腹の中は泰然自若としてゐた。おれはお前の度胸を見届けたつもりだ。
四郎兵衛　ハ、、。それは、今の時世に、刀や槍の光に目が眩むやうぢや生きてゐられませんからな。……しかし、今後はあんな怖い脅かしは、真平御免を蒙りますよ。
三郎　昨日の無礼は謝《あやま》るよ。おれも街道でお前に会った時には、血のにほひに饑《かつ》ゑてゐたのだが、天罰覿面、いやな首斬役を仰付かつた上に、自分の土手つ腹まで、穂の穏先で抉られやうとしたのだ。それで、昨夕は変な夢に襲はれ通しだつたが、朝の冷つこい風に当ると、おれの頭もやうやく自分の頭のやうになつた……あ、何処かで鶯が鳴いてゐる。
四郎兵衛　今日もいゝお天気で御座いますな。此処から湖水を眺めますと、絵のやうに思はれます。
三郎　たとへ絵のやうでも、おれだちは此処の生活《くらし》には厭いてしまつた。あいたのは今日にはじまつたことぢやないが、今日は格別にお城住ひがいやになつたよ。
　萎れてさう云つてゐるところへ、花野が入つて来る。
花野　三郎さま、上様がお召しで御座います。
三郎　え。上様はもうお目醒めになつたのですか。
花野　三郎を呼べと、お寝間のうちで仰せられたのださうです。
三郎　早朝わたくしに御用のあつた例《ためし》はなかつたのだが……
　（訝しげに思ひながら入つて行く）
花野　（四郎兵衛に近づいて）あなたは昨日《きのう》街道で荷物をおろして居眠りをしてゐた方ぢやありませんか。
四郎兵衛　左様です。あなたが今一人のお方《かた》とお話をなすつていらつしやるのを、居眠りをしながら、いゝ気持で承つて居りました。
花野　あの時の旅の方《かた》が御城内に御奉公をなさらうとは思ひませんでした。
四郎兵衛　昨日のお連れの方《かた》も此処にいらつしやるんで御座いませうな。
花野　（親しさうに）それが、わたしたち二人ともに仕合せだつたのですわ。皆様と御一しよに桑実寺にお詣りしないまでも、あの街道で、もう少し長く休息してゐたなら、若菜さまと同様な、恐ろしい目に会つたのに違ひありませんの。
四郎兵衛　ほんとうにあなたはお仕合せで御座いました。若菜さまとかはあんなにお美しくつて、お歳も若くつていらつしやつたのに、おいたはしい目にお会ひなされたが、でも、恋しい方と御一しよにお手打ちになつたのですからお心残りは御座いますまいよ。
花野　それでは、ほんとうに新八さまは若菜さまと睦まじいお話をしていらつしやつたんでせうか。夕月さまはじめ、お知合ひの方は、それはまことか空言《そらごと》かと、疑つていらつしやるんですけれど。

四郎兵衛　いや、わたくしは松の木蔭で、すつかり立聞きをいたしましたから、よく存じて居ります。（輿に乗つて）天が裂け地がわれても、二人の仲は変らないと云つてゐました。真昼間街道の真中であゝいふやうなお睦まじい様をお見せになつては、上様が御立腹遊ばすのは御無理も御座いますまい。

花野　（興奮して）そんなはしたないことを云つて、何方かのお耳に入つちや大変ですわ。あなたのためにならないからお慎みなさいよ。

四郎兵衛　恐入りました。……でも、新八さまはわたくしどもでさへ惚々《ほれ〴〵》するやうなお美しい方で御座いましたな。お姿が美くしいばかりではなくつて、お気立ては優しくつて、武藝もお出来になるに違ひない。上様のなされ方もあんまり無慈悲ぢや御座いませんか。

花野　さう思ひなさるのなら、あなたは何故この御城内に御奉公をなすつたのです？

四郎兵衛　食へないからでさあ（投付けるやうに云つて）明日《あす》の日《ひ》のお上《かみ》の気紛れで、首が胴から離れようとも、今日食へなきや困りますからな。いや、危い綱渡りだ。

花野　たゞ御飯を頂くためだけの御奉公なら、こんな恐ろしいところにゐなくつても、よさゝうに思はれますけれど。……あなたがほんとうにその気でゐるなら、今夜にでもわたしを連れて両親の家へ送届けて下さいませんか。両親は京の町外れで豊かに暮してゐるのですから、あなたに相当のお礼はいたしますわ。

四郎兵衛　飛んでもないことを仰有る？。わたくしばかりではない、あなたやあなたの御両親がどんなお咎めを受けるか分りません。

彼れは、あたりに目を注いで、花野には取合はないやうにして掃除に取りかゝる。

そこへ、夕月が入つて来る。

夕月　花野さまはそこで何をボンヤリ考へていらつしやるの？

花野　何も考へてやしませんわ。

夕月　危い生命を助かつたらばこそ、今日一日でも、こんな美しい春景色が見られるのぢやありませんか。……三郎さまも昨日のお手柄の御褒美に、上様から何か拝領なさるのですつて。

花野　三郎さまはどんなお手柄をなすつたのでせうか。

夕月　それは桑実寺参詣の方をお召取にいらつしやつて、首斬役までも首尾よくお勤めなすつたからぢやありませんか。

花野　武士衆の上様への第一の御奉公は、そんなことなので御座いませうか。昨夕中庭から聞えて来たあの気味の悪いうなり声が、三郎さまのお手柄になつたのでせうか。不断は陽気だつた桂木《かつらぎ》さまや朝霧《あさぎり》さまの、今際《いまは》のお声は、わたしの耳に染みついて何時までも離れませんわ。………夕月さま、どうぞあなたから岩淵様へお願ひなすつて、わたしがお暇を頂いて、両親の家へ無事に帰られますやうにして下さいまし。

（歎願する）

夕月　（呆れたやうに）お気の弱いにも程がある、……あなたがお手打ちになるのぢやなし、取越苦労をなさらなくつてもい丶ぢやありませんか。今の時世では、あなたの御両親のお家よりも、この御城内にゐた方がどれほど安隠であるか知れないんですわ。日本の内でも、信長公のお城だけは、敵に攻められる気遣ひはないんですから。

花野　あなたは御親切にわたしに力をつけて下さいますけれど、わたしはどうしても恐ろしくつて、よく晴れた春の日も暗闇のやうに思はれますの。そこで鳴いてゐる鶯の声も、昨夕の中庭から聞えた気味の悪い声のやうに思はれますの。（恐怖に震える）

夕月　あなたはそんな声を正直にお聞きになるからいけないの。わたしなんぞ、両手で耳を圧えて、いやな声を耳に入れないやうにしてゐるんです。さうすれば、大風の吹通つたあとも同様になるんですもの。

四郎兵衛、さつきから箒の手を休めて、二人の方を見てゐたが、

四郎兵衛　昨夕は御奉公はじめに、大勢様の死骸の跡片付をさ丶れましたが、これぢや武家奉公も隠亡《おんぼう》のやうで御座いますな。新八さまの仰有つたこともほんとうだ。

夕月　新八さまはどんなことを仰有つたの？

四郎兵衛が何か答へようとしてゐるところへ、三郎、前とかはつた立派な身づくりして、馬を牽いて出て来る。

三郎　（得意らしく）おれは、岐阜のお城へお使者として出立するのだ。大切な御用を承つてゐるのだ。

これ見よと云はぬばかりに、所謂武士らしい気取つた態度をして、馬に乗つて、

三郎　上様御寵愛のお馬に跨がつて、春の街道を岐阜まで駆付けるのだ。おれが使者の役目を果すと、天下にいかなる騒ぎが起るか、四郎兵衛、よく見て居れ。（芝居の武士らしく気取つて云ふ）

四郎兵衛　無事に行つていらつしやい。（手軽く云つて挨拶する）

三郎、わざと庭の中を一廻りしてから、馬に鞭打つて駆出す。

四郎兵衛　三郎さまはうまくやりましたな。（羨ましさうに見送る）

花野　また戦がはじまりますの？

夕月　だからこの御城内にゐるのがまだしも安心なんですわ。

四郎兵衛　大戦《おほいくさ》がおつぱじまつたら、おれも、どうかして自分の手で死骸の山を築きたいものだ。他人の斬つた死骸の跡片附だけぢや詰らない（独言のやうに云ふ）

鶯鳴く。

（「中央公論」大正15年2月号）

痴情

志賀直哉

一

薄曇りのした寒い日だつた。彼は寒さから軽い頭痛を感じながら、甚く沈んだ気分で書斎に閉ぢこもつて居た。時々むかふの山の見えなくなる程雪が降つて来た。庭ぢう池になつてゐる、其池水に雪がどん〳〵降込んで消えた。硝子戸と障子の硝子越しに彼はぼんやり眺めてゐた。雪は少時すると止んだ。止んだかと思ふと、急に青い空が見えた。此処も亦山国のうちだと彼は思つた。

それは左うと、此事をどう処置すべきか彼は却々決められなかつた。自分が女を念ひ断る事が出来ればそれに越した事はないが、それはいやだつた。妻に云はれて念ひ断るといふ事が既にいやなのだ。女に執着はないのだから、或る時、自分の執着さえなくなるなら、素直に別かれてもいゝが、今、此心持を殺し、別かれるのは如何にも無理往生の気がした。仮りにさう決心した所が、実行のあてはなかつた。それにしろ、此まゝ再び妻を欺き続けるのも不愉快だし、残るところは妻が其事に寛大になつて呉れる事だが、これは前の二つにも益し、不可能な事と知れて居た。彼にとつて此事が可能でさえあれば申分ない。前夜万一の望みをかけ、一寸きり出して見たが、思ひもよらぬ空想だと直ぐ知れた。

妻は今日中に総てを片づけて呉れと云つてゐる。妻は真剣だ。彼は真剣さで妻と争ふ事は出来なかつた。彼は自分が案外この事に真剣だと云ふ事を感じてゐるが、妻のそれとは一緒にならなかつた。

何れにしろ、形式的にも一時別れるより仕方ないと決心したが、妻が金で済む事だと云ひ、彼には嫌味に、女に対しては軽蔑を示したのが、一寸腹を据えかねた。冷やかに云へばそれに違ひない。他人の場合なら、自分もそれをいふかも知れない。然しその云ひ草が日頃の妻らしくないと彼は腹を立てたのだ。妻は裏切られ、欺かれたと云ふ事で心が一杯なのだといふ事はよく分つてゐたが、彼はそれで我慢する気にはならなかつた。

彼は女を愛し始めてからも妻に対する気持を少しも変へなかつた。寧ろ欺いてゐるといふ苛責の念から、潤ひある気持を続けて来たが、総てがかう露はになると、それさへ白らけ、乾いて来るやう感じた。これだけの事で、直ぐさう、――一時的にしろ変る自分が腑甲斐なく思はれるのだ。

女と云ふのは祇園の茶屋の仲居だつた。二十か二十一の大柄な女で、精神的な何ものをも持たぬ男のやうな女だつた。彼はかういふ女に何故これ程惹かれるか、自分でも不思議だつた。彼の好みの中にかういふ型の女がない事はない。然しこれ程心を惹かれるといふのは全く思ひがけなかつた。

女には彼の妻では遠の昔失はれた新鮮な果物の味があつた。それから子供の息吹と同じ匂ひのする息吹があつた。北国の海で捕れる蟹の鋏の中の肉があつた。これらが総て感能的な魅力だけだといふ点、下等な感じもするが、所謂放蕩を超え、絶えず惹かれる気持を感じてゐる以上、彼は猶且つ恋愛と思ふより仕方なかつた。そして彼はその内に美しさを感じ、醜い事をも醜いとは感じなかつた。

彼が独り、不愉快な顔――少なくも恋してゐる者らしくない不愉快な顔をしてゐる所に、亢奮に疲れ、疲れながら尚亢奮してゐる彼の妻が入つて来た。

二

「銀行おそくならないこと?」

「おそくなつたら、あしたでもいゝぢやないか」

「それはいや。どうしても今日片をつけて下さらなければ……。それ一日延びればそれだけ私の苦みが延びるんですもの。……それより一日でも貴方を自分のものだなんて思はして置くの、いやな事だ。一時過ぎたのよ。私も支度しますから、直ぐお支度して頂戴」

「お前はよす方がいゝ」

「いゝえ、私、迚も自家《うち》で凝つとしてゐられない」

「熱があるぢやないか」

「病気になつてもいゝの。病気になつて死んだら、貴方も本望でせう?」

彼は上眼使ひに少時睨んでゐた。

「笑談にしろ、ものの軽重を弁へない事をいふのはよせ」

「軽重つて、貴方にはこれがそれ程軽い事なの?」

「死ぬの生きるの云ふ問題ぢやない」

「左うかしら」

「馬鹿だけが一緒にするのだ」

「でも私では一緒にならないとはかぎりませんよ」

妻の言葉は妻として必ずしも誇張とのみ云へない事は知つてゐたが、彼は矢張り腹を立てた。

「強迫するのか。そんな事で人の行為を封じようとするのは下等だぞ」

妻は黙つてゐた。彼は口から出るまゝ、毒のある言葉を吐いた。

妻は顔色を変へ、凝つと彼を見てゐたが仕舞ひに其眼を落とすと、溜息をつくやうに、「貴方は本統に勝手な方ねえ」と云つた。

「初から勝手なんだ」

「初めから勝手は分つてゐるけど、御自分が散々人をだまして置いて、それが分つたからつて、強迫するのだの。下等だの、よく平気でそんな事が仰有れるわね。他人の事を批評なさる時は随分抜目なく突込んで、御自分の事だと、それが全で異つて了うのね。どういふわけ？　子供が嘘を云つたりすると、厳格過ぎる程お叱りになる方が、御自分の嘘は左う気にならないと見えるのね」

「本統を云つてよければ何時でも云ふ。嘘を云ふのはいやなんだ。お前がそれに堪えられるなら何時でも本統を云つてやる」

「貴方は自棄《やけ》になつて居らつしやるの？　お変りになつたものね」

彼は不愉快で仕方なかつた。もう口をきくのがいやだつた。

「だから、もうい丶事よ。何も彼も昨晩本統の事を云つて下すつたんでせう？　もう何も隠して居らつしやる事ないんでせう？　それでい丶事よ。それで、どうぞこれからの事を堅くお約束して頂戴。もう決してさう云ふ事をしないと、――それを私に信じさせて下さい。今までの事私も忘れますから、それだけ信じさせて下さい。………え丶？　どうなの？」

「それは分らない。ないつもりの事が起つたんだから、今後とても請合へない」

妻は急に亢奮して叫んだ。

「それぢやあ私、生きてゐられない」

「生きてゐられなければどうするんだ」

「それは自殺もしまいけど、屹度自然に死ぬやうな事になる。屹度さうなるに決つてゐる」

「そりやあ、俺の知つた事ぢやない」

妻が此調子では兎も角、女とは一時別れるより仕方ないと思ふと、彼はその事でも苛々した。

三

一時間程して、二人が京都東山三條で電車を下りた時には大きな牡丹雪が気持のい丶程盛んに降つてゐた。山科を出る時、陽を見て傘を用意しなかつた二人は頭や、肩にそれを浴びながら、見る／＼白くなつて行く往来に首をちゞめて立つて居た。

「一時間か、一時間半したら還る。お前はKの所で待つて居るのだ。なるべく落ちついて居ないと見つともないよ」

妻は黙つて彼の眼を見て居た。

「寒いから早く行くとい丶。着物は充分着て居るね」

妻はうなづいた。

「――それぢやあ」

彼は妻に別かれ、僅かな道程《みち》なので、込んだ電車よりは歩く方がよく、往来を越して、煙草を買ひに入つた。そして再び其所を出ようとすると、胸や髪に一ぱい雪をつけた妻が何時か二間程離れた所に立ち、泣き出しさうな顔で何か小声で云つてゐた。妻は一ト晩の間に眼に見えて衰へて了つた。そして彼から近寄つて行くと、妻は片方の肩の上へ首を傾け、哀願するやうに、

「ねえ、いゝこと？　ねえ、いゝこと？」と云つた。

「もう、よろしい。雪の中にいつまでも立つて居ると本統に病気になる」

妻は漸く還つて行つた。厚いショールから出て居る引詰に詰つた小さな頭の遠去かつて行くのを見ると、如何にも見すぼらしく哀れに思へた。

彼はいつも会ふ、その宿へ入つて行つた。暗い茶の間の長火鉢に坐つた女将は、

「まあ、えらい雪どすなあ」と云ひ、さも無精たらしく、猫のやうな感じで起つて来た。

「少し用があるから、一人で来るやう。直ぐ」

女将はそのやう電話をかけた。

女は珍らしく直ぐ来た。そして彼がその事を云ひ出すと、当惑したやう黙つてゐたが、仕舞ひに「かなわんわ」と云つた。藝者達から祝物を貰つてある。それをかう早く別かれねばならぬのが「かなわん」と云ふのだ。理由は判然《はつきり》してゐた。そしてその理由で女は実際困るらしかつた。女は泣き出した。

「何も発表する必要はないぢやないか」

「直ぐ知れるわ」

「何所か遠くへ行つたとしてもいゝだらう」

京都に居て、此処へ来ない自信は持てなかつた。実際、何処かへ行くのもいゝと思つた。それを云ふと、

「それかて、かなわんわ」と、女は泣いたあとの憂鬱な鈍い顔を的もなく窓の方に向け、ぼんやりして居た。

彼は女の大きな重い身体を膝の上に抱上げてやつた。女の口は涙で塩からかつた。彼は前夜矢張り妻の口の塩からかつた事を憶ひ、二人の左う云ふ人間を持つ事が如何にも自分らしくないと思つた。

間もなく彼は払ふべき金を払ひ、渡すべき金を渡し、其家を出た。戸外では未だ雪が少しづゝ落ちて居た。

Kの家は東山三条を西へ入つた大きい寺の境内にあつた。その裏門を入らうとすると、出会頭に妻と会つた。

「凝つとしてお話してゐるのがつらいの」妻は弁解するやうに云ひ、彼の眼を見ながら、「もう何も彼も、すつかり済んだのね」と云つた。

「うむ」彼はうなづいたが、うなづき方が弱いので気になつた。

表面は何も彼も、もう済んだ筈である。が、彼の心持は少しも片づいて居なかつた。彼は今も女から遠く行く前、一度来て呉れといはれ、曖昧な返事をして来た。然し自身には女と別れる気は全くなかつた。ない癖に妻の言葉通り何も彼も済まして来たのだ。彼は妻を欺く代りに仮りに自分を欺いてゐる。自分を欺いてゐないとすれば、そんな風にして再び妻を欺き、女をも欺いたのだ。何れにもせよ。彼には家庭の調子を全く破壊してまで正面から此事に当らうといふ気はなかつた。それに値する関係とは思はなかつた。女は最初幾らか彼を嫌つて居たか、今は嫌つて居ない程度で、妻に云はれるまでもなく、女には一

つの商売に過ぎない事と分つて居た。女の此気持は彼には愉快ではなかつたが、その世界ではそれが道徳であり、気持の上だけでも、それを超えさす事は女が彼を愛してゐないかぎり出来ない事だつた。

それにしろ、彼は一人でゐる時も、人とゐる時も頭から女を完全に離しきる事はなかつた。これが何かの意味で平穏に帰して呉れるまでは彼は女と別れる気にはなれなかつた。

其日彼は妻と町を歩き、夜になつて山科の家に帰つて来た。妻は其晩から病気になつた。熱のある身体で出たのが悪かつた。

四

妻の病気は風邪だが、却々直らなかつた。

「すつかり済んで了つたのね。もう安心して居ていゝのね」

こんな事を云はれると、彼は当惑した。そしてそれに応ずる言葉で慰めはするが、その云ひ方がはればれしなかつた。妻がそれを信じたがつて居ると尚はればれ云ひにくかつた。

或時は又こんな風に云ふ。「つまり家庭の病気みたやうなものね。直ればもう何んにも残らないわね。…………だけど、此病気の方が余つぽど寿命が縮まりますよ」

「病気と云ふ以上、又かゝらないとは限らない」彼は笑談にして答へる。この方が寧ろ云ひよかつた。

兎に角彼は早く何所かへ行き度かつた。丁度東京へ行く用があつたが、妻の病気は妙に執拗く、却々出掛けられなかつた。病気そのものよりは衰弱が甚しく、妻は絶えず幾らか亢奮して居た。いつもめり込むやうに見えて居た蒲鉾形の指輪が手を下げると自然に指から抜け落ちたりした。

以下は、それから間もなく、上京した彼が受け取つた妻の手紙である。

御無事御暮の御事と存じ升。御上京後毎日の様に雪ふりにて大へん御寒う御座いますが、お神経痛は如何で御出で遊ばされますか。○○様の御容体如何やと御案じ申上て居り升。そちら皆々様も御きげんよく入らせられます御事と存じ升。カラスミの御礼御申上載きたく、御文したゝめる筈で御座いますが、どうも〳〵只今手紙かくのがつらふ御座いますから、くれ〴〵もよろしく御申上載き升。御出立の時は私の相変らずから御気をそこね御ゆるし載き升。私はその事では少しもひかん致しませんでしたが、其日はやはり気持悪く床に居りました。只今もづい分〳〵淋しい気持になりましたので一人涙が出ますので御文したゝめました。おかきものゝ御さまたげしてはいけませんと思ひ、づい分〳〵こらえて居るので御座いますが自分の胸もづい分つらう御座いますので、またくだらぬ事をかきます。一人淋しくなりますとあの事を思出し涙ぐみます。もう〳〵すぎた事だからと思ひながら、こだわりて仕方が御座いません。どうしても、ようきの気持になれません。ほんとにもう一生のうちに、こうゆうつらひ思ひをどうぞさせないで載き升。お猿もとう〳〵死にました。今もかなしくて〳〵たまりません。もうほんとにあなたを信じさせて頂き升。ほんとに〳〵に信じて信じてゐてこんな事がありましたので御座いますから、此後はほんとに内しよでもいやで御座い升。私の我まゝ斗申上まして御気におさわりになりますかもしれませんが私の胸の苦しみ出しまして御願ひ申上升。私はあなたに大切の人だと御申戴いて、こんなにひかんしてはもつたいないので御座いますが、一途に思ひますので其方より一方の事を思出してかなしくなり升。どうぞ〳〵委しく御返事を頂いて私の安心出来る様にさして戴き升。

　毎日御いそがしく、またおかきものでおつむり御つかいの事と御察し申上升。どうぞ十分御からだ御気をつけ遊ばされ升す様、御風邪召しません様、少しでもお神経痛の方おわるかつたら函根に御養生に御出遊ばします様願上升。御はかまを忘れましたので御送り申上ましたが御うけとり戴きました事と存じ升。夜分は別にこわゐ事も御座いません。子供たち元気に致して居り升から御安心願上升。しゞゅう泣いて斗もおりません。時々しづみこみますといろ〳〵思出してなみだが出るので御座い升。自分でも一生懸命に気持をかへ様と思つて居り升。自分はあなたに大切にして戴き、何かおこつてもふわんの気持になる事ないので御座いますが、それは私の我まゝでどうしても私一人でなければ神経がおさまらないので御座います。あなたの御気持を御察しゝないで自分の事斗かいたのはほんとに御ゆるし〳〵戴き升。これだけくだらぬ事を申上ましたら胸の苦しいのが楽になりました。皆々様にくれ〳〵もよろしく。

　彼が外出から帰り、此手紙を見てゐる時、電報が来た。「オカヘリネガウ」————妻がいよ〳〵堪えきれなくなつた気持が彼には明瞭うかんだ。彼は妻がこれ以上我慢しやうとしなかつたのは幸だつたと云ふ気がした。用は少しも片づいて居なかつたが、直ぐ帰る事にした。

「病気でも悪いのかしら？」

「私が道楽したんです」

　母はそれには答へなかつた。そして「直ぐ帰るといゝね」と云つた。

　彼は二十分程で支度し、漸く最後の急行に間に合つた。

（「改造」大正15年4月号）

苦力頭の表情

里村欣三

ふと、目と目がカチ合つた。――はツと思ふ隙もなく、女は白い歯をみせて、につこり笑つた。俺はまつたく面喰つて臆病に眼を伏せたが、突差に思ひ返して眼をあけた。すると女は、美しい歯並からころげ落ちる微笑を、白い指さきに軽くうけてさツと俺に投げつけた。指の金が往来を越えて、五月の陽にピカリと躍た。

俺は苦笑して地ベタに視線をさけた。――街路樹の影が、午《ひる》さがりの陽ざしにくろぐろと落ちてゐた。石ころを二つ三つよごれた靴で蹴とばしてゐるうちにしみじみ

――い丶女だなア――

と、浮気ぽい根性がうづ痒く動いて来た。眼をあげると、女はペンキの剝げたドアにもたれて、凝つと媚を含んだ眼をこちらに向けてゐた。緑色のリボンと、ちゞれた髪を額から鉢巻のやうに結んだ、目の大きい、脊のスラリとした頰の紅い女であつた。俺が顔をあげたのを知ると、女は笑つて手招きした。俺はかぶりを振つて、澄ました顔をした。すると女は怒つて、やさしい拳骨を鼻の頭に翳して睨めつけた、

青草を枕に寝転んでゐた露西亜人が、俺の肩を肱で小突いて指で円い形をこしらへて、中指を動かしてみせた。そしてへ、へえ、へえと笑つた。

――よし！――

と、俺は快活に、小半日もヘタバツてゐた倉庫の空地から尻を払って起きあがつた。そして灰のやうな埃を蹴たて丶往来を横切つた。俺の背中に、露人が草原から何か叫んで高く笑つた。

女は近づいてみると、思つたよりフケて、眉を刷いた眼元に小皺がよつてゐた。白い指に、あくどい金指輪の色が長い流浪の淫売生活を物語つてゐるやうな気がした。女は笑つて俺を抱いた。ペンキの剝げた粗末な木造の家であつた。

ドアを押すと、三角なヴアイオリンに似た楽器を弾いて踊つてゐた女達が、俺の闖入に驚いて踊をやめた。そしてばたばたと隅ツこの固い木椅子に腰を投げて、まぢまぢと俺を凝視めた。

――朝鮮人《カウリー》か日本人《ヤポンスキー》か？――

女達はリボンの女にかう訊ねたに違ひない。が、女は何も答えずに、俺をひき寄せてみんなの前でチユウと唇を吸つた。

女達は口々に囃したて丶笑つた。俺は一足とびに寝室のベツトを目蒐けて転んだ。……

女は俺が厭がるのに無理やりに服《ふく》をぬがせて××××。黄色く貧弱な肌が、女のにくらべてひどく羞しい気がした。女は

笑つて、俺の汗臭い靴下を窓に捨てた。窓《まど》には、芽をふいた青い平原が白い雲を浮遊させて、無限の圧迫を加えてゐた。

陽はまだ高かつた。

俺は放浪の自由を感じて、女の胸に顔をうづめて、やは肌の甘酔ぽい匂ひを貪つた。

――――

顔をあげると、女は何か言つてひどく笑ひくづれた。俺はキヨトンとして女の笑ひ崩れる歯ぐきに見とれた。女は二三度その言葉を繰返したが俺が、キヨトンとしてゐるので、しまひにはジレて荒ぽく俺の顔をつかんで唇を押しつけた。

俺は何のことか解らなかつた。女は暗い顔をして、俺をみつめた。

俺は女の眼をさけて、窓をみた。言葉の通じない悲哀が襲つて来たのだ。――

と、涯しのない緑の平原と雲の色が、放浪の孤独とやるせなさにむせんで見えた。俺は吐息をついて女をみた。

女はブラインドをひいて、窓の景色を鎖ざした。ドアの外でまた女達が、楽器の音に賑かく踊り出した。

女は俺を抱きしめて頬に唇を寄せた。俺は黙つて女の×××××××。だが心が滅入つて性欲が起きなかつた。

俺は女を突いてウオツカをコツプにつがせた。酒の酔は俺から陰気な想念を追払つた。酔ひの眼に女の裸体が悩ましくなつた俺は女を揺ぶつて×××××××。

――女は柔かい肉体の全部を惜し気もなく俺の破レン恥な翻弄にゆだねて眼をつむつた。××××××に×××を××すると女は微笑んで俺に唇を求めた。だが俺はその苦痛にゆがんだ無理な微笑に気がつくと、はツと手をひいた。酔がさめて、女の白い屍肉が、一箇の崇厳な人間の姿になつた。

女は眼をひらくと、不審な眼付で俺をみつめてゐたが、やがてまた手を摑んで俺の獣慾を挑発しやうとした。俺は人間をみずに、また忽ち淫売婦を感じた。俺は泣くに泣かれぬ気持で、後にノケ反つて頭髪を掻きむしつた。俺といふ醜劣きはまる野郎と、淫売婦といふどこまで自己を虐げるのかケジメのたゝない怪物を一緒に打ち殺したい憎悪で部屋が闇黒になつた。

闇の中で女は俺をひき寄せた。俺は邪険にその手を払って、眼をつむった。――

眼をひらくと、女はうつ伏して嗚咽してゐた。俺は何とも云へない可憐な気持に打たれた。女を抱き起して、唇を与へた。女は涙の眼を微笑んで、××××××××。俺は淫売の稼業を思つた。

内地である女郎屋へあがつた時、俺の対手に出た妓は馬鹿に醜かつた。俺はヤケを起してその女に床をつけなかつた。と、ヤリテ婆が出て来て

――あんたはん、この妓に床をつけてやつておくんなはれ、でないと女郎屋の規則としてお金とる訳に行きませんよつて――

と、泣かんばかりで妓を庇護したことがある。そのかたはら

で、醜い顔の女が、寒むさうに肩をすぼめて泣いた。

俺はそれを思つた。俺はかつてゴム靴の工場で働いたことがある。一日中、重い型を、ボイラーの中に抛り込んだりひきづり出したりして一分間の油も売らずに正直に働いた。そしてその上に、馘になるまいと思つてどれだけ監督に媚びへつらつたのだつたか！淫売婦と俺のシミタレ根性との間にどれだけ差違があらう。俺も喰はんがためには人一倍に働いて、しかもその上に媚を売つてゐる。浅薄なる者よ——俺の心が叫んだ。

俺はよけやうとした女の膝を、心よく受けた。俺は快楽に酔つた。この快楽を放浪者に与へる淫売婦もまた尊い犠牲者であると感じた。女は××××を、×××に隠した。

莨に火をつけた。女は俺の顔をみて、にやりと笑つた。俺は女の無邪気な皮肉を眼の色に感じた。

ドアをノックする音がした。女は驚いてベットの敷布を躰に巻きつけると、急いでドアの鍵をはづした。猶太の赤い顔のおかみが、女にカードを渡した。そして何か言つた。女はそれを俺に示して、テーブルの上の銅貨を拾つてみせた。

俺は皺ばんだ紙幣をベットの上にひろげて、女にいゝだけ取れと手真似した。

女は時計を描いて、時間表をつくつて二時間を示すと、紙幣の中から二円とつた。そしてその金をおかみのポケットにねじ込んだ。猿のやうな赧ら顔のおかみは、にこつきもせずに、ドアを閉めて云つた。女は敷布をはづして、水色の服に着更へると、乱れ髪を繕つた。

俺はもう出て行かなければならないことを悟つた。——だが俺には出て行くところがなかつた。こゝを無理に出てみたところで、不潔な見知らぬ街と、言葉の通じない薄汚《うすきたな》い支那人と亡命の露西亜人に出喰はすだけのことだ。言葉ができない俺には宿屋は勿論、ろくすつぽ一椀の飯にもありつけないことは解つてゐる。俺は今朝、こゝの停車場に吐き出されたばかりなのだ。的もないのに盲滅法に歩きとばして脚の疲れた儘に、とある倉庫の空地をみつけて、つひ小半日もヘタバツテゐる間に偶然この女を見付けた訳だ。——

——無鉄砲な男よ——

ふとこんな気がした。言葉も解らない、そして何の的のある訳でもないのに、何故かういふ土地に乱暴に飛び出して来たかと思つた。が俺にも無論その理由が解らなかつた。

——たゞ気の向くまゝに——

おゝさうだ。気の向くまゝに放浪さへしてゐれば、俺には希望があつた、光明があつた。放浪をやめて、一つ土地に一つ仕事にものゝ半年も辛抱することが出来ないのが、俺の性分であつた。人にコキ使はれて、自己の魂を売ることが俺には南京虫のやうに厭だつた。人の顔色をみ、人の気持を考へて、しかも心にもない媚を売つて働かなければならないことは、俺にはどうしても辛抱のならないことだつた。だが、しかし不幸なる事に人間は霞を喰つて生きる術がない。絶食したつて三日と続かない。とどのつまりは、やはり人にコキ使つて貰つて生きなければならない勘定になる。他人をコキ使はうツて奴には虫の好く野郎は一匹だつてない。そこでまた俺は放浪する。食ふに困るとまた就職する。放浪する、就職する、放浪する、就職する………無限の連鎖だ！

——生きるためには食はなければならぬ。食ふためには人に使はれなければならぬ。それが労働者の運命だ。どこの国へ行かうとも、このことだけは間違ひツこのないことだ。お前ももういゝ加減に放浪をやめて、一つ土地で一つ仕事に辛抱しろ。どこまで藻掻いても同じことだ——

と、友達の一人は忠告した、俺もさうだと思つた。——だがしかし俺にはその我慢がない。悲しい不幸な病である。俺はいつかこの病気で放浪のはてに野倒れるに違ひない。

ふと、気がついてみると、女は固い木椅子に腰かけてゐた。言葉で云つても解らないので、俺が出て行くのを静かに待つてゐたのであらう。俺は考へた。多くもありもしない金だ。どのみち今日一晩に費ひ果して明日から路頭に迷ふのも、また二三日さきで路頭に迷ふのも同じ結果だ。同じ運命に立つなら、寧ろ一日も早く捨身になつて始末をつける方が好い——と。

そこで俺は紙片に、時計の画をかいて、手真似で一昼夜とまつて行くといふ意味を女に通じた。その意味が解つたのか、女は高い歓声をあげて俺に抱きついた。

女は俺の財布から七円とつた。後では大洋《タイヤン》で二円と少しばかりの小銭が残つてゐるばかりであつたが俺は鬱血を一時に切り開いた時のやうな晴々しさを覚えた。この北満の奥地で運命を試すことは如何にも痛快なことではないか——俺は窓のブラインドをはねあげた。と、緑の曠野は血のやうな落日を浴びてゐた。風に動く影もない、粛殺たる光景である。俺の魂は落日の曠野を目蒐けて飛躍した。どこかで豚の啼き声がした。

表には、こゝの女たちが男を誘惑する淫らな嬌声が聞えてゐた。その嬌声に混つて、胡弓の音がした。俺は何故ともなしにその弾き手を盲目の支那人であらうと思つた。女は茶をいれた。熱い、甘い茶を唇で吹きながらスプーンで俺に含ますのである。ひとりで自由に呑まうとすると、女は俺の手を軽く遮へぎつた。そのやさしい手つきに、俺はふと母親の慈愛を感じた。

俺は生みの母親を知らなかつた。

お牧婆は、三十過ぎても子供がなかつた。人知れず彼女は子持地蔵に願をかけてゐた。その時分は、まだ若く今のやうに皺苦茶な梅干婆ではなかつた。

彼女はある雪の晩に、貰ひ風呂から帰る途で、暗い地蔵堂の椽の下に子供の泣き声をきいて、これはテツキリ地蔵様の御利益に違ひないと思つた。そこで提灯の明りを子供の声をたよりにのぞいてみると、すぐ足の下に蜘蛛の巣を被つて、若い女の乱れた女がねんねこに子供を負《おぶ》つて打伏してゐた。流石におまき婆も顔色を変えて、

――これ、お女中よ、これお女中よ――

と、我れにもなく声をはづませた。が、女はその声にふり起きもしなかつた。背中の子供が人の気配に、火のやうに泣き出した。おまき婆は堪まりかねて、子供のくるまつたねんねこを擦らうとして女の頸に触つた。おまき婆はぞつと縮み上つた！女が氷のやうに冷たくなつてゐたからだ。

背中の子は俺だつた。どうして俺が助かつたものか？母親が凍死したのであるとすれば、俺も一緒に死んでゐなければならない筈だが………

俺はお牧を母として育つた。お牧の亭主は幸四郎といふ百姓だつた。

俺が物心ついた頃、村の我鬼が俺を『乞食の子』と呼んだ。俺は何よりそれが悲しかつた。泣いてその訳を母にせがんだ。母は隠しおへるものでないと知つてか、何時もとは違つた正しい容子で、
お前のおふくろは、確かに地蔵堂の椽の下で死んだぢやが、どうしてどうして乞食どころかえ、旅疲れこそはあつたが若けえ立派な嫁御であつたぞぇ。着てゐるもんでも、こがいな田舎では見られない奇麗な衣装をつけえとつたがのぅ。どこかの旦那衆の嫁御に違えねえのだが、何処の誰れであるかどがいしても知れなんだ。さぞ親御や旦那は捜してゐられるであらうが、それにお前といふ立派な男の子もあつたのぢやけに――

と涙ながらに打ち明けた。その時から母がおまき婆になつた。父と思つてゐたのはアカの他人の百姓であつた。

俺はひがんだひねくれ者になつた。俺は愛のない孤児だと悟つたからだ！おまき婆は育て甲斐がないと失望した。幸四郎は飯の喰ひ方が悪いとか、働かないとか云つて、事ごとに殴りつけた。

俺は愛に渇した。十六で五つも年上の娘と恋に落ちた。そして村一統の指弾の的標《まと》になつた。

――血は争へないものだ。お前のおふくろもお前と同じに肩あげのとれない内から不義に落ちて、お前を負つてこの村へ流れて来て地蔵堂の椽の下に野倒死にしたんぢや！男の尻を追つて行く途中か、それとも不義のお前といふ我鬼をヒツて家に居たまらず逃げ出した果てが、この地蔵堂の野倒死にか、どつちかまあ解らんが、子が子なら親も親ぢやらうつて――

お牧婆は口を極めて俺を罵つた。俺は遂に十七の歳に村を捨てゝ、遁げ出した。放浪がそれから始まつた。だが俺はまだ母親のやうに野倒死にはしない。――世の中の人間は、誰れでも皆かならず二つの愛を所有してゐる。父の愛と母の愛だ！俺もつひにそれなしには生きてゐられない寂しさを思ふ。

俺の母親は中国の僻村で地蔵堂の椽の下に死んだが、父親はまだ何処かに生きて居るべき筈だ。おまき婆が言ふやうに、不義な恋から生みつけられた俺にしろ、父は父であるべき筈だ。俺は常に父親を思ふ――だが父親は俺を子と知らずに、世の中の人達と同じく俺を虐げてはゐまいか。そして俺が考へるやう

に父親は俺から遠く離れたところに居るのではなく、案外に俺の間近かで交渉のある人であるかも知れない——かう考へると遂ひに俺は人を憎めなくなる。人を憎まうとすれば、その顔が父になり、また反対に愛さうとする顔は冷酷な他人の顔に早変りする。実に奇怪な錯覚である。俺がテロリストにもなれず、また人道主義者にもなれないのはこのためだ！俺は常に、憎むべき者を憎み得ず、また愛すべきものを愛し得ない悩みに悶える。この悩みがまた常に錯覚を伴ふ——。

——俺は女を抱いて、しみじみ母親の愛を感じてゐた。

…………

言葉を知らない女は、たゞ笑つて、俺を行為で愛撫するより仕方なかつたのだらう。それが俺に更に、母親の慈愛を錯覚せしめた。俺は夢のやうに三日三夜を女の懐の中で暮らした。

三日目の朝、女は俺の財布を振つて外を指した。財布の底はコトリとも音をたてなかつた。俺は悲しい眼差で女をみた。が、女は笑はうともしなかつた。俺は遂に、うまうまと欺かれた俺を知つた。泣きも泣けもしない気持であつた。

窓には、曠原のバラ色の朝焼が映つてゐた。女の寝不足な、白粉落ちのした顔は、俺にヘドを催させた。年増女に不似合な緑色のリボン、水色の洋服、どうみたつて淫売婦だ！俺はかう云ふ女に三日三晩も抱きつかれてゐゝ気になつて母親の夢をみてゐたことを悔いた。畜生！俺はかう心に叫ぶと、女を尻眼にかけて淫売宿をオン出た。

眼がさめると夕暮であつた。五月といふのに薄寒むかつた。俺は支那街の、薄汚い豚の骨や硝子のカケラの転がつた空地に寝込んでゐたのだ。さんざ歩きとばしたことだけが思ひ出せた。みると俺の周囲に得体の知れない薄気味の悪い支那人が輪になつて、何か声高く饒舌つてゐた。

——安心しろ、まだ野倒死はしないよ——俺はかう思つて、笑つた。支那人の輪が遠のいた。腹の空いたことが解つた。考へてみると淫売宿で三日三晩ろくすつぽ飯も喰つてゐなかつた。

——どうしやう——と、思つたが、扨てどうもすることが出来ない。言葉の解らない支那人を眺めて、つくづく悄気切つたものだ。腹の空いた真似をして、腹をたゝいてみせたりすぼめてみせたりすると、支那人は手を叩いて笑つた。

気がつくと、空地の向ふに五六人の苦力がエンコして何か喰つてゐた。俺は立ちあがつて、そこに行つた。弁髪をトグロのやうに巻いた不潔な野郎が、大きなマントウを頬張つてゐるのだ。つひ俺もその旨さうに喰つてゐる様子に唾が出て、黙つて黄色ぽいマントウに汚たない布片をもたげて手を出した。すると前にゐた苦力が、獰猛な獣の吼るやうな叫び声を出して俺の手を払い退けた。

さうやられると、俺も無理に手を出しかねた。黙つて佇んだ。苦力達は俺の顔を睨めつけて、何かペチャクチャと囁き合つた。

やがて彼等は食器を片附けて、小屋のやうな房子に引きあげた。俺もその後について行つた。彼等と一緒に働かうと思つたのだ。俺が入ると、暗い土間のところでアバタ面の一際獰猛な苦力頭が、――何んだ！何者だ――といふやうに眼をむいて叫んだ。俺はびつくりして、一足二足あとへすさつたが、また考へ直してにやにや笑ひかけて図太く土間に進んだ。俺はスコップで穴を掘る真似をして動かして、貰ひ度いものだといふ意味を通じた。が、苦力頭は俺の肩を摑かんで、外を指さした。出て行けといふのだ。しかし俺は出て行くところはない。かぶりを振つてそこの隅にヘタバリ付いた。

苦力頭は仕方がないとでも云ふやうな顔で、自分の腰掛に腰を据えて薄暗いランプの灯で、ブリキの杯で酒を嘗めはじめた他の苦力達が、俺を不思議さうに寝床の中から凝視めた。

あくる朝、鶏に棚の上から糞をヒツかけられて眼を覚ました。苦力頭が、棒切れで豚のやうに寝込んでゐる苦力どもを突き起して廻つた。あちらこちらで大きな欠伸がして、どやどやと皆起き出た。

苦力頭の女房らしいビンツケで髪を固めてゐるやうな、不格好な女がマントウやら葱やら唐黍の粥のやうなものを土器のやうな容れものに盛つて、五分板の上に膳立てをしてゐた。そして頻りに俺を睨みつけた。

苦力頭は、鼻もヒツカケない面付で俺を冷たく無視した。苦力達がさんざ朝飯を食ひ始めたが、誰も俺にマントウの一片らも突き出さうとしなかつた。俺は喰へといふまで手を出すまいと覚悟した。

皆がシャベルやツルをもつて稼ぎに出だしたので、俺も一本担いで後に続いた。誰も何んとも言はなかつた。

仕事は道路のネボリであつた。俺はシヤツ一枚になつてスコを振つた。腹が減つて眼が眩みさうであつたが、一日の我慢だと思つてヤケに精を出した。苦力達は俺の仕事に驚いた。まさか日本人に土方といふ稼業はあるまいと思つたに違ひない。支那に来てゐる日本人は皆な偉さうぶつて、苦力を足で蹴飛ばしてゐる訳だから。苦力頭が昼ごろ見廻りに来たが、その時も俺に見向きもしなかつた。アバタ面を虎のやうにひんむいて、苦力どもを罵つてゐた。

昼飯の時、苦力のひとりが俺にマントウと茶椀に一杯の塩辛い漬物を食へと云つて突き出した。いくら腹が減つてゐても、バラバラした味気のないマントウは食へなかつた。塩辛い漬物を腹一杯い食つて、水ばかり呑んだ。

仕事を終つた時は流石に疲れた。転げさうな躰をやうやく小屋に運んだ。

苦力たちは、用意の出来てゐた食物を、前の空地に運んで貪りついた。一日十五六時間も働いて、日の長いのに三度の飯は腹が減るのは無理もなかつた。俺は腹が減り切つてゐたが、マントウには手が出なかつた。熱い湯を呑んで、大根の生まを噛ぢつた。そして房子に入つた。土間の入口の古い机に倚つて、酒を呑んでた苦力頭が俺をみて、はじめてにつこりとアバタ面を崩して笑つた。そしてブリキの盃を俺に突きつけた。俺は盃

をとるかわりに腕を摑んで、
――大将！俺を働かしてくれるか有難い――と叫んだ。苦力頭は俺の言葉にキョトンとしたが、感じ深い眼で俺を眺め、そして慰めるやうに肩を叩いて盃を揚ぶつた。――やがて喰ひ物にも慣れる。辛抱して働けよ、なア労働者には国境はないのだ。お互に働きさへすれば支那人であらうが、日本人であらうが、ちつとも関つたことはねいさ。まあ一杯過ごして元気をつけろ兄弟！――苦力頭のアバタにはこんな表情が浮かんでゐた。俺は涙の出るやうな気持で、強烈な支那酒を呷つた。

（「文藝戦線」大正15年6月号）

貸間の女

永井荷風

一

貸二階の一間《ひとま》に月ぎめの妾《めかけ》を置いた其の家《いへ》の格子戸《かうしど》外《そと》を、旦那の永島は靴音をしのばせながら行きつ戻りつしてゐた。二月も早や尽きやうとする雨もよひの夜はもうかれこれ十時頃、震災後バラック建の貸家がつゞいてゐる愛宕下《あたごした》の唯《と》ある横町はしんとして人通がない。永島は稍《やゝ》安心して、妾《めかけ》の家《うち》から四五軒離れた路のはたに太い電信柱の立つてゐるのを幸《さいはひ》、之を小楯《こたて》に姿をかくし外套のかくしから煙草を出して火をつけながら既に雨戸のしまつてゐる二階の窓と、其下はまだ雨戸の引いてない格子戸のあたりをそつと窺つてゐた。

永島は妾の菊子が今夜はいかにおそくならうとも自分の来るまでは寝ずに待つて居るにちがひないと思つてゐる。明日《あした》は二月の二十八日なので、今夜は菊子が月ぎめの百円を貰ふべき其の晩に当つてゐるからである。然《しか》し永島は思へば三年の間、大地震の前の年から、今日が日まで月々滞りなく渡してやつた百円の手当をいよ〳〵この月のこの日から素直には渡してやるまいと腹をきめて居るので既に此の二月の初めからぱつたり姿を見せなかつたばかりか、今夜も此のまゝ引返してしまはうかとも思つて、雨もよひの夜をもいとはず先刻《さつき》からこの横町を行きつ戻りつしてゐるわけである。

最初、大地震の前年、永島が始めて菊子を見たのは麹町《かうぢまち》の唯《と》ある待合の廊下であつた。永島は帳場から掛けてくれた藝者の来るのを待つ間女中を相手に飲んでゐた。夏の夜もまだ宵の口のことで客の出入も少く座敷の襖は明け放したまゝになつてゐたので永島は涼風の流れて来る廊下の方を何心なく振返つた時チラと見た女の様子が藝者とは思はれなかつたので「今通つたのは何だ。」と女中にきくと、「お連込のお客様」との返事に、永島は唯其の場の座興からいろ〳〵と其女のことを聞きたゞした。女中のはなしでは折々男の客に連れられて来るのだとばかり住所も名前も身分も更にわかりはしなかつた。然しその身なりと、又待合へ連れられて来るところから考へて、いづれは人の妾か、さらずば何かさう云ふ風な女である事は問はずと明《あきらか》である。兎角する中に藝者が来たので其夜はそれなり永島はあつさり遊んで待合を出た。それから二三箇月たつて、涼しい秋の日の真昼間、永島は再び同じ待合の湯殿へ通ふ廊下でぱつたり彼《か》の女と顔を見合した。

目のぱつちりした鼻筋の通つた、身丈《せい》のすらりとした好い女である。その時には此の前の丸髷とはちがつて流行《はやり》の耳かくしに結ひ極く荒い縞セルの単衣《ひとへ》に絽縮緬《ろちりめん》の夏羽織を引掛けた姿はどうやら活動写真の女優かとも思はれたので、永島は雑誌や絵葉書で見覚えた女優の写真を一心に思返して見たが然し差当りその女らしい者には思当ることができなかつた。

また一月ばかりもたつた或日のことである。永島は突然思ひがけもなく其女の住所から身元までを知り得た。

四谷荒木町の藝者家《げいしや》町《まち》を通り抜けて、同じ町内のはづれに在つた自分の家《うち》へと、永島は外出先から帰つて行く途中である。通り過る横町の唯有《とあ》る借家からガラリと格子戸をあけて出た女の姿。ふと見れば髪も衣服も一月程前に麹町の待合の廊下で見た忘れもせぬ其女であつた。女の方では何やら急いで電車通の方へと行きかゝる折柄、摺れちがつた永島の様子には気がつかないらしいのを幸《さいはひ》、永島は其場の好奇心からそつと女の後をつけた。

永島は普及社と云ふ広告取扱店の支配人で、日の暮れない中に家へ帰つて来ることなぞは殆どないのであるが、今日は角筈《つのはず》辺《へん》まで用事で出た帰り道、四谷辺では夕飯を食るやうな処もないので、自分の家の近いがまゝ、珍らしく明い中《うち》に帰りかけたわけである。

女の後について永島は再び元の電車通へ出る。女は市ケ谷まはりの電車に乗つたので、永島もすぐ其後から人込にまぎれて同じ車に乗り込み、此の女は今日も大方富士見町へ行くのにちがひない。さうだとすれば電車は此のまゝ乗換はなしだと思ひの外、女は市ケ谷見附外で乗りかへ飯田橋から更に早稲田行へ乗換へる間もなく江戸川端で降りた。そして中の橋を渡り竹早町を通り抜けて小日向《こひなた》水道町《すゐだうてう》の唯《と》ある門構の屋敷にはいつた。渋塗《しぶぬり》の板塀を環《めぐ》らし玄関前まで楽に車の曳込めるほどの閑地があるので屋敷らしくは見えるものゝ、門の柱は丸太で支へられ、瓦の落ちた玄関の屋根は危く傾いて、見るからに汚らしい平家建の古家である。玄関前には檜が一本立枯れしてゐるのを秋の西日が赤々と猶更《なほさら》無残に照りつけてゐる。

　永島はびつくりして門の柱に打ちつけた表札を見直した。永島は既によく此の古家《ふるいへ》を知つてゐたのみならず。表札に書いてある松崎千太郎の何者たるかをも亦よく知つてゐたからである。松崎千太郎と云ふのは以前蠣殻町《かきがらてう》を徘徊して乞食相場をやつてゐた男で、現在は女房のお咲といふ看護婦上りの年は四十あまりの女と、先妻の娘のお千代という跛《びつこ》の娘とに結婚の媒介、妾の口入、または私娼の取持なぞをさせてゐる。玄関の傾いた此のだゞツぴろい、廃屋《すたれや》同様の古屋敷が松崎夫婦の怪し気なる営業の取引所になつてゐるのである。永島は既に此の古家《ふるいへ》に来たことがある。そして床板《ねだ》のぎし〳〵する奥の間で何処から来るのやら身元のわからぬ女を買つたことも既に度々であつた。

「何だ。この家へ出入する女か。」と永島は覚えず心の中に呟いた。「それなら大抵相場は知れてゐる。何も後をつけて来るにも及ばない。」とは云ふものゝ、大抵相場が知れてゐるとなれば、事の甚《はなはだ》容易である事が知れてゐるだけ、其場の好奇心に駆られて、永島は既に案内を知つた玄関先に音づれた。

　内では早くも人の来る跫音《あしおと》を聞きつけてゐたものと見えて、声に応じて看護婦上りのかみさんが上框《あがりかまち》の障子をあけ、『まア、お珍しいこと。さアどうぞ。』と永島を八畳の客間に導いた。

　中央に唐木《からき》の机。その上に瀬戸物の灰皿。半年程前の講談倶楽部や娯楽世界が二三冊と婦人画報の綴合せたのが一冊。床の間には山の手辺の小待合によく見られるやうな花鳥の新画。その下には草花が土器鉢のまゝで置いてある。永島はおかみが茶を運んで来るのをも待ちかねて、其儘に引留め『おかみさん。素敵なやつが来てゐるぢやないか。今門のところで一寸見たんだが、素敵だな。すぐに話ができないか。』

『さア、何て言ひますか。家《うち》へはまだ二三度来たばかりですしそれに鳥渡《ちよつと》コレがいゝもんだからお高くとまつてゐますからね。』

『さうかも知れない。然しあれなら定食でなくつてもいゝ。もうすこし奮発してもいゝ。そのつもりで掛合つてくれ。』

『かしこまりました。』と立つて行つたかみさんは軈て立ち戻つて来て、『月々きまつて世話をして下さる方でなくつちや困ると言ふんですよ。それからお金のところは思召《おぼしめし》でいゝと言ふんですが……。』

『さうか。然《しか》しおかみさん。おれは実のところを言ふとあの女を知つてゐる。富士見町の待合へ来たのを見たことがあるんだよ。』

『さうでせう。大分方々へ発展するやうですから。』

『月々思召といふのはどの位だ。五拾円か。どうだらう。参拾円ぢやいけまいか。』

『一度きりでも少し玉がいゝと弐参拾円がまづ通り相場ですもの。永島さん。それぢや斯《か》うなさい。今夜はほんの鳥渡《ちよつと》お目見得をするといふ事にして参拾円おやんなすつて、此次から月ぎめで五拾円と云ふことになさい。お気に召さなかつたらそれツ切にしてしまへば能《よ》うございます。御旅行なすつたとか何とかその時はわたしがいゝやうに言ひますよ。』

『ぢやア参拾円。それからこゝの家の紹介料はいくらにするんだ。その中からぢやいけないか。』

『無理に承知させるんですから、女の方からは手数料は取れませんからさ。あなた。五円わたしに下さい。』

『ぢや、参拾五円。』と永島は紙入から五円紙弊を一枚一枚机の上に重ねる。

『どうも。』とかみさんは軽く頭を下げたが其場ですぐには手に取らず、其のまゝ立つて行つてすぐに女を座敷へ連れて来た。

『さア、奥さん。どうぞ此方《こちら》へゐらツしやいまし。』とかみさんはいやに改つた調子で、唐机《とうづくゑ》の前なる坐布団を裏返にして坐を薦《すゝ》めたが、女は腰をかゞめ首を垂れて襖際に坐ると共に、いかにも行儀よく両手をついてお辞儀をしたまゝ顔を上げない。

『さア、奥さん。こちらへ。』とかみさんは重て席をすゝめた後、こゝに始て机の上なる五円札を手に取つて、女のそばへ行き、わざとらしく小声で、

急告

永井荷風氏の「貸間の女」は既に印刷製本を終り発送間際でありましたが其筋の注意により百五十一頁百五十二頁の二頁を切取りその二頁分をこゝに訂正挿入致して置きました。

『それではお渡しゝます。これはわたくしが頂戴して置きます。お後《あと》で御礼を仰有ツといて下さい。』其儘女を残してかみさんは座敷を出て行き、時刻を計つて番茶の入れ代へたのを持つて来ると、今度は急に馴々しく、『旦那。さアあちらへいらツしやい。奥さんも御一緒に。汚いところですけれど静ですから、御ゆるりなすつていらつしやい。』と云つて女と永島とを縁側のはづれの納戸のやうな三畳の間につれて行つた。

　○○○○○○○○○○○○○、○○。○○○○○○○○○○○○○○○○○○○○○○○。

一時間ばかりの間、薄暗いこの三畳の間で二人は次のやうな会話を取りかはした。

『名は何ていふんだ。』

『菊子。』

『苗子だよ。』

『小村ツて云ひます。』

『ほんとうか。』

『虚言《うそ》をついたつて仕様がありませんわ。あなた。ちよい〳〵こゝの家へいらツしやいますの。』

『滅多に来ない。お前はこゝのおかみさんと懇意か。』

『いゝえ。つい此の間紹介されましたの。』

『僕は或所でお前を見たことがあるよ。びつくりしちやいけない。もう斯《か》うなつたら何も彼《か》も話をしやう。実のところ、僕はどうかして逢ひたいと思つてゐたんだよ。富士見町の待合で見掛けた事があるんだ。好い女だと思つた。』

『あら。さうですか。わるい事はできないものね。』

『まだ〳〵不思議なことがあるんだ。今日は余程巡り合せの好い日なんだ。お前の家《うち》は四谷の荒木町だらう。さつき通りがゝりに何の気なしにお前の出かけるところを見たんだ。』

『あら。それであなた。跡をつけていらしツたの。』

『まア、そんなやうなものだ。これから時々逢はうよ。一週間に一度でも二度でもいゝから。逢ふ場所をきめやう。こゝの家《うち》は、これぢやあんまり汚くつていやだ。それに危険だからな。』

『ほんとうね。わたしそれが一番こわいのよ。』

『まだ一度も喰つたことはないのか。』

『あら。ひどい事を仰有るのね。かう見えてもこんな処へ出入するのは、つい此の頃のことですもの。』

『ぢや今までは、どこかの奥さまか。』

『お嫁にも行きましたし。お妾さんにもなりましたし。それアいろ〳〵でしたわ。』

『ぢかにお前の家《うち》へ行つちやいけないのか。』

『いらしツても構ひません。ですけれど今の家《うち》はお父ツアんの家ですからね。学校へ行く弟もゐますしねえ。』

『それぢや、待合で逢ふことにしやう。富士見町はどうだ。』

『さうねえ。』

『富士見町がいけなければ牛込で知つてゐる家《うち》がある。明後日《あさつて》の晩都合はどうだ。よければ、何処かで待合はさう。神楽坂の田原屋といふ珈琲屋《コーヒや》。知つてゐるなら、そこにしよう。六時から七時の間に待ち合はすとしよう。』

『えゝ。』

永島はそれから折々牛込の待合に菊子をつれて行つた。然しそれも度重るに従つて面倒でもあり、又兎角する中永島は菊子の両親にも逢つて話をした事もあつたので、遂に一軒別に家《いへ》を持たせることにしたのであつた。

その翌年大地震の起つた前の日まで別に変つたはなしはない。

二

九月朔日《ついたち》の大地震の日、永島は京橋五郎兵衛町の広告取扱店普及舎の店で日々の事務を執《と》つてゐた。その日の午後にはまだ類焼の恐れはなかつたものゝ万一を慮《おもぱか》つて重要書類の始末をして一まづ四谷の自宅へ立帰りそれから神田神楽町に家を持たせて置いた菊子を尋ねに出掛けたが、神田辺一帯は火の手が早く飯田橋から向へは一歩も行くことができなかつたので、空《むな》しく引返した帰道、四谷荒木町の実家をたづねて見ると菊子の生死は猶わからず。七十に近い老父と六十あまりの老母とが菊子のことよりも寧《むし》ろ房州へ避暑に行つてゐる悴の安否を気遣つておろ〳〵してゐるところであつた。悴は早稲田大学の学生で、老父母は此の悴の学業を卒《をは》つて世に出るのをたのみに老後の日を送つてゐるのである。老父は以前芝兼房町辺《しばかねふさてうへん》に西洋家具の細工場を持つてゐて、職人も十二三人は絶えず使つてゐたし。愛宕《あたご》下《した》に妾をも囲つてゐたこともあつたが、貿易相場に手を出して失敗した揚句細工場から過つて火を出す。その後はいろ〳〵の事に手を出したが損をするばかり。遂に財産差押の処分を受けた。それに加へて法学士になつたばかりの長男が腸《てう》ちぶすに罹《かゝ》つて急に死ぬ。既に再縁してゐた菊子は其家の書生と密通したとて離縁になる。老父は遂に現在住んでゐる四谷荒木町の借家に引込み二階の明間《あきま》を人に貸して家賃の助けにするやうな身になつたのである。

　永島は菊子の避難した先をさがすたよりにもと、老父母の親戚の中で火災に遭はないらしい所を聞いて見たが一軒は浅草一軒は下谷とやらで、火を免れたものはないらしい。永島は次の日から毎日草鞋《わらぢ》ばきに弁当を携へ、それ〴〵知人の避難先をたづねて見舞ひに歩く途中丸の内日比谷をはじめ芝や上野の公園なぞ避難民の雑沓する場所は必立寄つて隈なくさがして見たが遂に菊子の姿を見なかつた。五日目の朝になつて、早稲田に通学してゐるといふ弟がそつと永島の家《いへ》へたづねて来て昨夜《ゆうべ》おそく姉の菊子が帰つて来た由を告げた。早速荒木町なる老父の家へ行つて見ると、菊子は地震前と同じやうに髪もきれいに浴衣《ゆかた》もさつぱりしたのを着てゐたばかりか、顔や手の先まで少しも日にやけてゐないのが何よりも先に目立つて見えた。

『今までどこに居た。』と永島がきくと、『玉川の双子へ逃げてゆきました。表の自働車屋の旦那が自働車に乗せて、おかみさんの親類が玉川にゐるからツて、其処まで連れて行つてくれたんです。電車がないので帰りたくつても帰ることが出来なかつたのですよ。』

『さうか。それならいゝが、死んだのかと思つて皆心配してゐた。』

『どうもすみません。』

　その日は他に大勢避難した人達もゐた処から永島はゆつくり話もできず当座の小遣として参拾円ばかりを渡して帰つた。

　何しろその時には東京市全体の経済界がどうなることやらわけがわからず、銀行では一日一人について百円より以上の支払はしない。火災保険の会社は保険金を支払はないと云ふやうな場合なので菊子に与へた其の時の参拾円は永島の身に取つては平素の千円位にも当つてゐた。四五日過ぎるとどうやら処々《ところ〴〵》電車が運転しはじめたので永島は日頃の憂さ晴らしに菊子をつれて何処か夕飯でも食ひに行かうかと再びその家《いへ》をたづねると午後に買物をしに出たまゝまだ帰つて来ないと云ふことであつた。

　四谷の表通は麴町の方から新宿のはづれまで見渡すかぎり、今以て家具を満載した自動車や荷車や人力車の引きつゞいてゐる間を焼出された人々は手に〳〵荷物を携へて押合ひながら歩いてゐるので、立迷ふ砂埃《すなほこり》に息もつけぬほどである。永島は京橋五郎兵衛町の焼跡の始末やら麻布六本木へ引移つて臨時の営業所の事務やら何やらで、身体《からだ》が二つあつても足りないばかりのいそがしさに其後はかれこれ一箇月ばかりの間はおち〳〵菊子とはなしをする暇もなかつた。する中《うち》社会の秩序も追々に復旧して来て、朝鮮人が放火をするとか井戸へ毒を投ずるとか云ふ噂も立消となり、家毎《いへごと》に人を出しての夜廻りも定雇《ぢやうやとひ》の火の番に代り、湯屋も平常のやうに営業するやうになると、一時は昼間も戸を閉めてゐた四谷牛込白山辺の待合は公然と客を迎えるやうになつた。都下の新聞の有力なものは既に日々発行するやうになつてゐたので永島の広告取扱所の景気も日を追ふに従つてどうやら見直せるやうになつた。

　永島は或晩菊子をつれて神楽坂の田原屋といふ珈琲《コーヒ》店《てん》へ夕飯を食ひに出かけた。食事をすましたら待合へつれ込む考である。

『丁度去年の今時分だつたな。始めてお前とこゝで飯をくつて、それから田毎へ行つたのは。』

『ほんとにさうでしたわね。』

『小石川の松崎はどうしたらう。此の騒ぎでもやつぱり女の周旋をやつてゐるのか知ら。』

『さア、どうでせう。あれから一度も行きませんから。』

『あの古家ぢやアつぶれたかも知れない。風が吹いても危いやうだつたからな。それはさうと今夜はどこへ行かう。去年行つた田毎にしようか。』

『えゝ。何処でもいゝわ。ですけれど、ネエ、あなた。待合は何だか気がおちつかなくつて、いやだわね。あなた。先見《せんみ》たやうに早く家《うち》をさがして頂戴よ。おとつツアんと一緒にゐると何となく気がふさぐから、わたしほんとに四谷の家《うち》には居たくないのよ。』

『然し今度家《うち》を持つには台所道具から買はなくツちやならないからな。簞笥や何かも皆焼いてしまつたんだらう。』

『わたし、もう、着物も簞笥も何にもほしくはないわ。一軒家《うち》を借りなくつてもいゝのよ。下宿でも貸間でも結構だわ。ネエ、あなた。貸間でわたし経済に自炊してやるわ。』

　田毎といふ待合に上つてからも菊子は頻《しきり》に間借りをしたいことばかり言ひつゞけてゐた。永島は今夜にかぎつて菊子がどう云ふわけで此の様に一ツ事ばかり執《しう》ねく言続けるのか其の意を得なかつた。平生菊子は普通の女のやうに著物や半襟なぞ凡て何事によらず煩く物をねだつた事のない女であつた。その代り極めて我儘で、男の方から機嫌を取つてやつても、どうかすると碌々返事さへしない事がある。然し金をほしがらないのと物をねだらないのが何よりの一徳だと永島はそれ程には菊子の我儘な事を咎めずにゐたのである。それが今夜にかぎつていつまでも貸間のことを言出して止まない。その事の意外よりも永島が其夜一層意外に思つた事は菊子の様子であつた。まる一年の間菊子は当夜のやうな情熱の熾《さかん》な淫蕩な態度を永島に対して見せたことは唯の一度もなかつたのである。最初小石川小日向水道町の周旋屋で逢つた時から、菊子は身体《からだ》が丈夫でないから他の女のやうにいくら稼ぎたくツても稼ぐことはできないと云ふやうな事を問はれもせぬのに申訳らしく言つてゐた。永島は年も既に五十に達してゐたので、若い時のやうにそれほど濃艶な恋の狂楽を欲してゐるわけではない。唯家へ帰つては大勢児供がゐたりしてゆつくり晩酌をするわけにも行かず。と云つて、さう足繁く待合に行く暇《ひま》もない。と云ふやうな事から菊子に家一軒を持せてやつたわけである。それ故今の所東京の市街が殆ど半は焦土になつた惨状を目にしては、さすがに妾宅を構《かまへ》るやうな浮いた気にはなれなかつたのであるが、然し菊子がその後逢ふ度毎に懇願して止まないところから、遂に已むを得ず麻布六本木の仮営業所の近傍に貸間をさがして住はせ、それから現在の愛宕下《あたごした》に引移らせたのは去年の暮のことであつた。

永島は土曜日とか日曜日とかを択んで菊子の貸間へ出掛けてゐたが、兎角する中《うち》菊子の様子について不審に思はれることが二三度に及んだ。其一は永島の来るのを待つてゐべき筈の日に買物に出た帰道電車が停電したとやらで小一時間ばかりも永島を待ちあぐませた事があつた。其の二はいつも鏡台の側に置いてある紙屑籠の中に両截の巻煙草スターの空箱が押込んであつた事である。菊子は酒は飲める方であるが煙草は呑まない女である。其三は夜《よ》も既に十時過永島はネキタイを結直して帰りかけてゐた時表通の酒屋から、呼出の電話が掛かつたとて小僧が菊子を呼びに来た。菊子は寝乱れた姿を手早くコートで覆ひ隠くして足袋もはかずに駈出して行つた。其のわけをきけば仕立物を頼んでやつた家《うち》から寸法が間違つてゐたからとて急いで聞直しに寄越したとの事。猶その他に怪しいと思へば限りなく怪しまれるし、又気に留めずにゐればそれで済むやうな瑣細なことが日を経るに従つて次第に多くなつた。

然しこの疑惑は程もなくしてすつかり明瞭になるべき時が来た。永島の知人で或銀行の貸付係をしてゐる竹原といふ矢張五十年輩の男がある。商売上の用談を兼ねて永島は六本木の大和田といふ鰻屋に竹原をつれて行つた。その時の雑談に震災後世の中が一層険悪になつた。それと共に男女の関係が又一層淫卑になつたやうに思はれるのは、配遇者を失つた者の多くなつたばかりでなく、震災の当時罹災者の家族が男女混居して幾日も露天の生活をしてゐた事なぞも其原因であらうと言つて、竹原は其一例として地方の親戚の倅で、上京して明治大学に通学してゐる一青年のことを話し出した。

『神田の下宿に居たんですがな。地震の時近処にゐる知らない人の妾をつれて玉川の方へ逃げて行つて、あの騒ぎの最中わしの処へ金を寄越せと言つて来たことがあるです。いやはや呆れて手のつけられない奴です。その後も今もつて関係があるらしい様子ですがな。仕舞には何か間違でも起つてはわしも国元の親達に対して気の毒でもあり又監督《かんとく》が行届かないやうに思はるのもいやだと実は非常に心配して居るのです。』

永島は何だか擽られるやうな妙な心持がして『どう云ふ女だか御存じですか。』ときいた。

『イヤよくは存じません。玉川から寄越した使の男にきいて見た時はもう三十近い好い女だと云ふことです。藝者上りぢやない。女優か何かだらうと云ふはなしですがな。それも人のはなしでよくはわからないのです。』

永島はその夜菊子をたづねて竹原の甥だといふ男のことを詰問した。すると菊子は何とか弁解するかと思ひの外、「すみません。これから、きつとしませんから、ネエあなた。」とわけもなく簡単にあやまつてしまつた。あやまられては撲つたり蹴たりするわけにも行かない。永島はその場はその儘にして帰つたが、然しその後に至つても菊子の様子の不審な事は以前と一向変りがないので、永島は菊子が新に別の男をこしらへたのでなければ、以前から同時に幾人も男を持つてゐたのかも知れない。それで竹原のことは手早く未練気なく思切つてしまつたのに相違ないと云ふやうに考へはじめた。

（「苦楽」大正15年7月号）

繭

林　房雄

1

繭を見ると――僕は酒井康雄を思ひ出す。尤も秋の来たのを、飾《シヨウ・ウインド》窓の月と尾花の絵模様で知らねばならぬ、都会人の一人になりきつてしまつた此の頃の僕には、旅の鳥が椋の実をほろほろと落す田舎道を、今にもこぼれさうに、荷車に揺られては行く、生きた繭の籠を見る機会は、全く失はれてしまつたが……。

2

酒井と僕とは中学友達だつた。同じ寄宿舎の同じ部屋に小さく机をならべて、双生児《ふたご》のように睦じかつた。

中学校の裏手は、幹の赤い小松の丘になつてゐた。夏が近づくと、その小松の根元に野茨の花が咲いて、ほの白い花のかげを、だんだら模様の小蛇が歩いた。

『綺麗な奴だね。』

　鱗の一つ一つに、初夏の陽ざしを吸ひこみ照り返し、音もなく叢の間に消えて行く小蛇の姿を追ひながら、或る時、彼が感慨的にそう言つたことを憶えてゐる。

『綺麗な奴だね。』――それには幾分意味があつたかも知れない。実は、彼は級《クラス》の意地の悪い連中から、『汚い奴』と言ふ、弱い魂だつたらひとたまりもなくつぶされてしまひさうな綽名で呼ばれてゐたのだつた。それ程、彼は何故だが何時も、ぼろぼろの服を着てゐた。尤も、この悪口には、幾分嫉視の意味も含まれてゐたであらう。彼は天成らしい頭の鋭さで常に級の首席にゐた。極端に聡明で、極端に貧しかつたとでも言はうか。さほど好い頭でもなく、さほど貧しくもなかつた僕とは好い対照であつたが、その僕が、彼の唯一の友人として、また味方として、若し彼がどうかして授業料をとゞこうらせるようなことでもあると、進んで自分の小使銭の一部をさくことさへ惜まなかつた。

　何れにせよ、丘の麓の中学校の寄宿舎に小さく机をならべて、双生児《ふたご》のように睦じかつたのだ。

　丘の上からは海が見えた。二人の中学生はよくその丘にのぼつて、晴れた空の下の青い絵具皿に向つて、決してとゞかない石を投げたり、調子はづれの『アムール河』の二部合唱を吹き下したりした。

　或る日のことだつた、二人は、その丘の野茨のかけで、一匹の蛇が青い蛙を呑んでゐるのを見つけた。顎もはづれるばかりに引きあけられた、蛇の口からはみだした青蛙の脚の吸盤が、助けを呼ぶ信号のようにぴくぴくと動いてゐた。僕は酒井の眉がぴりぴりと動くのを見た、と思つたら、彼の白つぽい靴がさつと飛んで蛇の胴のあたりを思ひきり蹴とばした。靴の踵で踏まれて、平たくへしやげた黄色い蛇の唇に、真紅な血がさつと糸をひくのをじつと見つめながら『畜生！』と、彼はどなつた。

　蛙は、やつと助かつたものの、ぬらぬらする蛇の唾液を頭にのせたまゝ、ぐつたりと草の上に動かなかつた。『畜生、畜生！』と酒井はもう一度さうどなつた。………蛇については、そんなことのあつたのを憶えてゐる。

3

　こんなこともあつた。

　これは、その頃の中学生の悪い癖であつたが、上級生がよく下級生をいぢめたものだ。何かと理由にならぬ理由をつけては、人のゐない草原などで、哀れな犠牲者の上に野蛮な拳をふるつて喜んでゐた。或る日、例の裏山を散歩してゐるとき、運悪く二人はそうした連中の一組にとつ捕まつた。

　その中の一人――何んでも街の製糸工場とかの息子で、山田とか言ふ名の落第坊主の乱暴者が、つかつかと進んで来た。

『おい、酒井だな、貴様は近頃生意気だぞ。』

　酒井は相手の顔をしばらくじつと見てゐたが、決然と言ひ放つた。

『どんなに生意気です！』

相手はいきなり彼の胸をどんと突きとばした。

『下級生のくせに口答へとは何んだ………これでも生意気でないと言ふのか！』

彼はよろよろと草の上に倒れたが、やがて起きあがると見ると、猛然と相手の胸にとびついて行った。が、何しろ身体が小さい上に相手は三人もゐるので、そのまゝ草の上に押し倒されて、小犬のように撲られてゐたが、その次にさつとはね起きた時には、右の手にキラリと、新しいペンナイフが握られてゐた。

相手の唇からはさつと血の気が失せた。酒井の頬も思ひなしか蒼白く見えた。鼠のように、すばやく逃げ出した山田のその後を、彼はさつと追ひすがつた。

やがて、酒井は丘の上に追ひつめられた。何時か酒井が蛇の頭をふみつぶしたその丘である。道はそこで尽きてゐる。窮鼠の勢ひで相手は立ちどまつた。

『切れるなら、切つて見ろ！』

虚勢をはる者が、よくやるように、さつと上衣を草の上にぬぎすてると、ぶるぶると両腕をはつて見せた。

『切れるさ！』

酒井の声が不気味に落着いて聞えた。冷いナイフの光がさつと空気を裂いた。

『あゝ！』

遠くで見てゐた僕が全身の血を凍らせて、思はず叫ぶ、山田はそのまゝぱつたり草の上に倒れた。——

仲間が飛んで行つて、山田を起して運んで行くのを、酒井は気の抜けたようにぼんやり見送つてゐたが、やがて彼等の姿が叢の向ふに消えてしまふと、どうしたことかばつたり倒れて、草の上に動かなくなつた。

我にかへつた僕が、びつくりして飛んで行くと、彼はその草の中に顔をうづめ、肩をふるはせて泣いてゐるのだつた。

何故？——僕には、その理由が解からなかつた。

解らないと言へば、酒井に就いては、もう一つどうしても解らないことがあつた。それは彼の机の抽出しの中に、何時も小さい白い繭が、ぽつりと入つてゐることだつた。何時だつたか、いくら訊ねてもそのわけを聞かして呉れないのに業を煮やして、その繭の肌を鋏で滅茶苦茶にしたことがあつた。すると、彼は、その日一日、僕に口を聞かなかつた。そして一週間もたつと、また同じような繭がぽつりと抽出しに入つてゐるのだつた。

が、此の二つの謎が同時に解ける時が、やがてやつて来た。

4

事件のあつた二三日の後だつたと思ふ。

酒井は突然僕を街に誘ひ出して、その町の海岸の近くにある、小さな製糸工場に連れて行つた。何時も来つけてゐるらしく、ちよつと門番に頭をさげると、彼はすたすたと工場の中に入つて行つた。僕も後に続いた。

蒸気の濛々とたちこめた、雨の日の台所のように暗い工場の中では、大きな調帯と一緒に稍々旧式の糸操機械が、からからとまわつてゐた。蛹の悪臭と、霧の日のそれのように重く湿つた空気が呼吸を圧した。女工達の前には、煮え湯をたゝえた釜が、大きいのと小さいのと二つづゝあつて、小さい方では、白い繭がぐつぐつと煮えてゐた。煮えあがつた繭は、大きい方の釜に一つ二つと投げこまれ、煮え湯の中でくるくると躍りまわりながら、だんだんと痩せて行つた。眼に見えぬ程の細い絹糸のすじが、女工達の頭の上を越して、後でぶんぶんまわつてゐる糸枠に巻きとられてゐる。調帯の廻転につれて、糸枠は肥え、繭はますます痩せほそる、やがてすつかり裸にされてしまふと、そのあとに、真黒な蛹の死骸がぽつかりと浮いた。——僕には珍しい眺めであつた。

『ちよつと待つてゐて呉れ給へ。』

酒井は、つかつかと機械と機械との間に消えて行つたが、やがて、一人の年寄つた女工服の女の人をつれてかへつて来た。

『君、僕の母だ。』

『え?!』

僕は、驚くより先きに、面喰つてしまつて狼狽てゝ頭をさげた。

『お母さん、さあ、お礼を言つて下さい。』

酒井の母は——五十近い、静かな古風な眉をもつた人であつた——丁寧な調子で、康雄がいつもお世話になること、どうかこれから先きもよろしく、と言つたようなことを、繰かへし繰返し述べては、僕の前に頭をさげた。面喰つたのやら、恥しいのやら、真赤になつた僕は、たゞ無暗に頭をさげるばかりで、酒井の母の不思議な上品さと謙譲さとをたゝへた顔を正視することさへ出来なかつた。

工場からの帰途、酒井は静かな調子で、彼の生立ちを話してくれた。小学校の四年生の時に父を失つて母と二人きりになつたこと、父の死から、それまでは相当に暮してゐた一家がすつかり零落し、それ以来、母の手一つで貧しく育てられて来たこと、その母が、彼を中学校に入れるために製糸工場の女工になつたこと——彼はどうしても中学に入らないと頑張つたが、学校の先生達は、今止めるのは惜しいと言つてすゝめるし、母は、酒井の家をもう一度興すのはお前より外にないのだと、涙をたゝへながらすゝめるので、つい入つてしまつたこと、けれども、彼の学資を出すために、母があゝした不健康な工場でその年老ひた身体をすりへらしてゐるのを見ると、どうしても学校にゐる気がしないこと、母の一ケ月の給料が僅かに彼のぎりぎりの学資にやつと足りること、けれども、学校をよすことは、張りつめた気持で仕事を続けてゐる母を悲しませ、失望させることになるので、半ば仕方なしに、半ば感謝しつつ、学校に通つてゐること……など。

『僕は、こんなことを誰にも話さない。また話す必要はないと思つてゐる。だが、君は――ほんとに君は、僕に親切にしてくれるのだ。母に時々それを話すと、涙をうかべながら、是非君に会つてお礼を言ひたいと言ふので、今日来て貰つたのだ。』

『…………………………』

『それから』酒井はすぐに続けて『君をあの工場に連れて行つたのは、もう一つ理由《わけ》があるのだ。気が附いたかも知れないが、あの工場の持主は、此の前僕がナイフで刺した山田の親父なのだ。』

『あゝ。』僕はうなづいた。

『だから、僕は、此の前僕のやつたことはよくないと思ふのだ。理由なしに弱い者をいぢめることは勿論悪いが、私情をさしはさんでの反抗はもつと卑怯だと思ふ。昨日の連中の中に山田がゐなかつたら――母が彼の工場で働いてゐるからと言つて、何かにつけて僕を嘲笑する山田がゐなかつたら――僕はナイフをふりまわすことまでしなかつたらう。それに気がついた時、僕は自分の卑怯さに泣けたのだ。』

僕は、真赤な夕陽が、街の屋根の間を、くるくるまわりながら海の中に落ちて行くのを眺めながら、だまつて彼の話を聞いてゐた。

5

二三年の月日がたつた。僕等は、二人共高等学校の生徒になつた。酒井は県の奨学資金が貰えたし、僕もどうやら無事に入学試験にパスしたのだつた。

古風な時計のついた校舎の尖塔が見下せる丘の草に寝て、新しい金ボタンに照る初夏の陽ざしを快く眼にしませながら、とりとめもない話にふけつてゐる時だつた、酒井がふと思ひ出したように言つた。

『僕はまだ繭を持つてゐるよ。』

『ほう、まだ母さんはあの工場にゐるのかい?』

『どうしても止めないんだ。お前が大学を出るまでは、石を嚙つても働き通さう、とさう言ふのだ。もつとも、止められないわけもあるのだ。僕が学校にゐる限り、母としては工場にゐるより外に生活の方法がないのだから……。』

酒井は、唇をかみながら丘の草をむしつた。それからしみじみした口調になつて

『僕はネ、此の頃、此の世の中が次第に疑はれて来たよ。』と言つた。『例へば、あの工場だ。あそこには今でも三百人ばかりの女工が働いてゐる。たいてい附近の農村から来た十五六歳から二十三四歳までのお百姓の娘なのだが、来る時には若い野の娘として兎に角一人前の元気な身体をして来るのが、一年か二年の後には、咽喉には白い布を巻いたり、ぜいぜいと咳をしたり、両方の眼を赤くはらしたり、手の指を白く腐らせたりして、村に帰つて行くのだ。中には、工場にゐるうちに、枯草のように死んで行くものもある。機械に髪の毛を巻きとられた娘の話も聞いた。

じめじめした空気と、昼夜ぶつ通しの労働と、不充分な食物——その中で、見る見る若い身体をすりへらして行く女工達を見ると、僕は、彼女達が紡いでゐる、釜の中の繭を思ひ出す。ぐつぐつと煮られ、眼に見えない一筋の絹糸でその生命を吸ひとられ、次第に細く細く痩せて行き、やがて真黒な蛹——不用な死体となつて煮湯の中にほうり出される。

ところがその一方には——よく注意して見ると——彼女達の頭の上でぐるぐるまわつてゐる糸枠のように、繭の命を吸ひとりながら段々太つて行く人間達の群があるではないか。』

酒井はちよつと言葉を切つて、額の汗をふくと、ぐつと声を落してつけ加へた。

『僕にはネ……考へるのも恐しいことだが……母は、僕が大学を出るまで、あの工場で無事に働けないような気がするのだ。酒井の家を没落させたのは自分達の責任だ、どうしても再びそれを興さねばならぬ——母は殆ど信仰的にそう考へてゐるのだ。そればかりでなく、人の母の心として、一人の子の僕に一人前の教育を与へることに強い喜びと生活の張合ひを感じてゐるのに違ひない。その気持ちはわかる……よくわかる。

だが、母とても、あの工場にゐる限り、またあの哀れな繭の一つではないか。眼に見えない絹糸が、その命を吸ひとつて行く……。』

僕は答へる言葉を知らなかつた。

6

高等学校の三年生、卒業も間近い冬の或る日だつた。夜遅く、雪を突いて、酒井が僕の下宿にやつて来た。

『どうした？』

私は、彼の血の気のない、それこそ墓場から来た人のような顔を見て、直覚的に不吉な予想に襲はれた。

『母が死んだ…………遅かつた、遅かつた！』

彼の差出す電報を奪ひとるようにしながら、僕は何時かの彼の予言めいた言葉を思ひ出して、脊中に鋭い寒さを感じた。

『え?!』

私は声が出なかつた。製糸工場のぶんぶんまわつてゐる糸枠の間に見たあの静かな古風な顔が、ちらりと浮かんで消えた。

『遅かつた！　正月の休みに、僕は是非学校を止めさせてくれと願つたのだ。あなたを工場に出しておくことは、子としてしのびないばかりでなく、眼のあたりにせまつた避けることの出来ぬ危険が感ぜられて、安心してをれないのです——さう僕は願つた。久し振りで帰つた僕には、母の身体の衰へがはつきりと目立つたのだ。が、母は泣いて聞かなかつた。』

彼は唇を噛んで、流れ落ちて来る涙を平手ではらつた。

『だが、今更それを言つても始まらぬ。すぐ夜行で帰る。済まないが旅費を頼む。』

『いゝとも。』

僕は、ありつたけの金を集めて出すと、雪を踏んで、彼を停車場に見送つた。

一週間程して彼から手紙が来た。

『今朝、母の骨を拾つた。七寸に足りぬ高さの壺の中に綺麗に入つてしまつた。その壺を前にして、今更、大きい打撃であつたことをしみじみ感じてゐる。

葬式には、工場の女工さんが十人あまりも来てくれた。母の可愛がつてゐた人達である。せめて葬式には、と願つた人はもつともつと多かつたのださうだが、勿論許されなかつた。罰を受けることを覚悟して逃げ出して来たのだと言ふ。――それも胸をつまらせた。

正月の休みに、学校を止めることを母に止められた時、それならばと、僕はひそかな計画をたてたのだつた。大学に入つたら、今のうちから手をまわして、自分で働く職を見つけよう、さうすれば奨学資金もあることだから、母に工場をやめてもらつても、大丈夫二人で暮して行けるに違ひない！　この計画は僕を元気にし、再び学校に出る勇気を与へた。――それも、今となつては繰言《くりごと》に終る。

壺を前にして考へる――母の命を、静かに眼に見えない力で吸ひとつて行つた世の中の仕組を考へる。

痩せて行く繭、肥える糸枠…………真黒な蛹の死骸！

母は僕の出世を望んでゐた。それが唯一の希望だつた。僕もその希望に沿ふことを心掛けて来た。ひたすらにその目的のために努力した。――だが、今となつては！

けれども、僕は絶望はしてゐない。山の上の焼場で、蠟燭の灯をたよりに母の骨を拾つてゐる時、ふと頭にうかんだ思想があつた。新しい道が開かれたのを感じた。――繭は一つではない！　苦しんだのは母だけではない！

此の日本だけでも、幾百万、否、幾千万の人々が、煮湯の中の繭のように、眼に見えない血の筋を背中に引いて、刻々とその命を吸ひとられつゝあるのだ。

突然こんなことを言ふと変に聞えるだらうが、僕は戦ふべき対手を知つた。詳しいことは、いづれ話す時があらう。且つて中学の時、僕をいぢめた奴に対してナイフをふりまわしたことのあるのを今ふと思ひ出した。が、僕の今から進まうとする道はあんなけちな、卑劣な仕事とは違ふのだ。男らしい、正に一生を賭くるに足る仕事だ。母も喜ぶだらう。

学校には帰らない。しばらく君とも会へないだらう。勉強と自愛とを祈る。

それから、僕の机の左の抽出しに白い繭が一つ入つてゐる。妙な紀念《かたみ》だが、母の紀念に君にあげたいと思ふ……」

7

それから、もう十年になるだらうか。

が、今でも繭を見ると、僕は酒井康雄を思ひ出さずにはゐられない。もつとも、さきにも言つた通り、飾窓《ショウウインド》の月と尾花の絵模様に、秋の来たのを知らねばならぬ都会人になりきつた僕には、その繭を見る機会は殆んどない。
が、現在の僕には、彼を思ひ出すために、わざわざ繭を見る必要はなくなつた。遅ればせながら、僕もまた、彼によつて『同志』と呼ばれる者の一人になつてゐるのだから！

（「解放」大正15年7月号）

ある心の風景

梶井基次郎

一

喬は彼の部屋の窓から寝静まつた通りに凝視《みい》つてゐた。起きてゐる窓はなく、深夜の静けさは暈となつて街燈のぐるりに集まつてゐた。固い音が時々するのは突き当って行く黄金虫《ぶんぶん》の音でもあるらしかつた。

其処は入り込んだ町で、昼間でも人通りは尠く、魚の腹綿や鼠の死骸は幾日も位置を動かなかつた。両側の家々はなにか荒廃してゐた。自然力の風化して行くあとが見えた。紅殻が古びてゐ、荒壁の塀は崩れ、人々はそのなかで古手拭のやうに無気力な生活をしてゐるやうに思はれた。喬の部屋はそんな通りの、卓子で云ふなら主人役の位置に窓を開いてゐた。

時々柱時計の振子の音が戸の隙間から洩れてきこえて来た。遠くの樹に風が黒く渡る。と、やがて眼近い夾竹桃は深い夜のなかで揺れはじめるのであつた。喬はたゞ凝視つてゐる。——

暗のなかに仄白く浮んだ家の額《ひたい》は、左うした彼の視野のなかで、消えてゆき現はれて来、喬は心の裡に定かならぬ想念の亦過ぎてゆくのを感じた。蟋蟀が鳴いてゐた。そのあたりから――と思はれた――微な植物の朽ちてゆく匂ひが漂つて来た。

「君の部屋は仏蘭西の蝸牛《エスカルゴ》の匂ひがするね」

喬のところへやつて来たある友人はそんなことを云つた。またある一人は

「君は何処に住んでも直ぐその部屋を陰鬱にして仕舞ふんだな」と云つた。

何時も紅茶の滓が溜つてゐるピクニック用の湯沸器。帙と離れ離れに転つてゐる本の類。紙切れ。そしてそんなものを押しわけて敷かれてゐる蒲団。喬はそんななかで青鷺のやうに昼は寝てゐた。眼が覚めては遠くに学校の鐘を聞いた。そして夜、人々が寝静まつた頃この窓へ来てそとを眺めるのだつた。

深い霧のなかを影法師のやうに過ぎてゆく想念がだんだん分明になつて来る。

彼の視野のなかで消散したり凝聚したりしてゐた風景は、或る瞬間それが実に親しい風景だつたかのやうに、また或る瞬間は全く未知の風景のやうに見えはじめる。そして或る瞬間が過ぎた。――喬にはもう、どこまでが彼の想念であり、どこからが深夜の町であるのか、わからなかつた。暗のなかの夾竹桃はそのまゝ彼の憂鬱であつた。物陰の電燈に写し出されてゐる土塀、暗と一つになつてゐるその陰影。観念も亦其処で立体的な形をとつてゐた。

喬は彼の心の風景を其処に指呼することが出来る、と思つた。

二

どうして喬がそんなに夜更けて窓に起きてゐるか、それは彼がそんな時刻まで寝られないからでもあつた。寝るには余り暗い考が彼を苦しめるからでもあつた。彼は悪い病気を女から得て来てゐた。

ずつと以前彼はこんな夢を見たことがあつた。

――足が地脹れをしてゐる。その上に、噛んだ歯がたのやうなものが二列びついてゐる。脹れはだんだんひどくなつて行つた。それにつれてその痕は段々深く、まわりが大きくなつて来た。

或るものはネエプルの尻のやうである。盛りあがつた気味悪い肉が内部から覗いてゐた。また或る痕は、細長く深く切れ込み、古い本が紙魚《しみ》に食ひ貫《ぬ》かれたあとのやうになつてゐる。

変な感じで、足は見てゐるうちにも青く脹れてゆく。痛くもなんともなかつた。腫物は紅い、サボテンの花のやうである。

母がゐる。

「あゝあ。こんなになつた。」

彼は母に当てつけの口調だつた。

「知らないぢやないか」

「だつて、あなたが爪でかたをつけたのぢやありませんか」

母が爪で圧したのだ、と彼は信じてゐる。然し左う云つたとき喬に、ひよつとしてあれぢやないだらうか、といふ考へが閃いた。

でも真逆、母は知つてはゐないだらう、と気強く思ひ返して、夢のなかの喬は

「ね！　お母さん！」と母を責めた。

母は弱らされてゐた。が暫くしてとうとう

「そいぢや、癒してあげよう」と云つた。

二列の腫物は何時の間にか胸から腹へかけて移つてゐた。どうするのかと彼が見てゐると、母は胸の皮を引張つて来て（それは何時の間にか、萎んだ乳房のやうにたるんでゐた）一方の腫物を一方の腫物のなかへ、恰度釦を嵌めるやうにして嵌め込んで行つた。夢のなかの喬はそれを不足相な顔で、黙つて見てゐる。

一対づゝ一対づゝ一列の腫物は他の一列へ左う云ふ風にしてみな嵌つてしまつた。

「これは××博士の法だよ」と母が云つた。釦の多いフロックコートを着たやうである。然し、少し動いても直ぐ脱れそうで不安であつた。——

何よりも母に、自分の方のことは包み隠して、気強く突きかかつて行つた。そのことが、夢のなかのことながら、彼には応へた。

女を買ふといふことが、こんなにも暗く彼の生活へ、夢に出るまで、浸み込んで来たのかと喬は思つた。現実の生活にあつても、彼が女の児の相手になつてゐる。そしてその児が意地の悪いことをしたりする。そんなときふと邪険な娼婦は心に浮び、喬は堪らない自己嫌厭に堕ちるのだつた。生活に打ち込まれた一本の楔がどんなところにまで歪《ひづみ》を及ぼして行つてゐるか、彼はそれに行き当る度に、内面的に汚れてゐる自分を識つてゆくのだつた。

そしてまた一本の楔、悪い病気の疑ひが彼に打ち込まれた。以前見た夢の一部が本当になつたのである。

彼は往来で医者の看板に気をつける自分を見出すやうになつた。新聞の広告をなにげなく読む自分を見出すやうになつた。それはこれまでの彼が一度も意識してした事のないことであつた。美しいものを見る、そして愉快になる。ふと心のなかに喜ばないものがあるのを感じて、それを追つてゆき、彼の突きあたるものは、やはり病気のことであつた。そんなとき喬は暗いものに到るところ待ち伏せされてゐるやうな自分を感じないではゐられなかつた。

時々彼は、病める部分を取出して眺めた。それはなにか一匹の悲しんでゐる生き物の表情で、彼に訴へるのだつた。

三

喬は度々その不幸な夜のことを思ひ出した。——

彼は酔つ払つた嫖客や、嫖客を呼びとめる女の声の聞こえて

来る、往来に面した部屋に一人座つてゐた。勢づいた三味線や太鼓の音が近所から、彼の一人の心に響いて来た。

「この空気！」と喬は思ひ、耳を欹てるのであつた。ゾロゾロと履物の音。間を縫つて利休が鳴つてゐる。――物音はみな、或るもののために鳴つてゐるやうに思へた。アイスクリーム屋の声も、歌をうたふ声も、なにからなにまで。

小婢の利休の音も、直ぐ表ての四条通ではこんな風には響かなかつた。

喬は四条通を歩いてゐた何分か前の自分、――其処では自由に物を考へてゐた自分、――と同じ自分を今この部屋のなかで感じてゐた。

「とうとうやつて来た」と思つた。

少婢が上つて来て、部屋には便利炭の蠟が匂つた。喬は満足に物が云へず、少婢の降りて行つたあとで、そんな直ぐに手の裏返したやうになれるかい、と思ふのだつた。

女はなかなか来なかつた。喬は屈托した気持で、思ひついたまゝ、勝手を知つたこの家の火の見へ上つて行かうと思つた。

朽ちかけた梯子をあがらうとして、眼の前の小部屋の障子が開いてゐた。なかには蒲団が敷いてあり、人の眼がこちらを睨んでゐた。知らぬふりであがつて行きながら喬は、こんな場所での気強さ、と思つた。

火の見へあがると、この界隈を覆つてゐるのは暗い甍であつた。そんな間から所々、電燈をつけた座敷が簾越しに見えてゐた。レストランの高い建物が、思はぬところから頭を出してゐた。四条通はあすこかと思つた。八坂神社の赤い門。電燈の反射をうけて仄かに姿を見せてゐる森。そんなものが甍越しに見えた。夜の靄が遠くはぼかしてゐた。円山、それから東山。天の川がそのあたりから流れてゐた。

喬は自分が解放されるのを感じた。そして、

「何時も此処へは登ることに極めやう」と思つた。

五位が鳴いて通つた。煤黒い猫が屋根を歩いてゐた。喬は足元に闌れた秋草の鉢を見た。

女は博多から来たのだと云つた。その京都言葉に変な訛りがあつた。身嗜みが奇麗で、喬は女に左う云つた。そんなことから、女の口はほぐれて、自分がまだ出て匆々だのに、先月はお花を何千本売つて、この廓で四番目なのだと云つた。またそれは一番から順に検番に張り出され、何番かまではお金が出る由云つた。女の小ざつぱりしてゐるのはそんな彼女におかあはんといふのが気をつけてやるのであつた。

「そんな訳やでうちも一生懸命にやつてるの。こないだからもな、風邪ひいとるんやけど、しんどうてな、おかあはんは休めといふけど、うちは休まんのや」

「薬は飲んでるのか」

「うちで呉れたけど、一服五銭でな、…………あんなものなんぼ飲んでもきかせん」

喬はそんな話を聞きながら、頭ではS―といふ男の話にきい

たある女の事を憶ひ浮べてゐた。

　それは醜い女で、その女を呼んで呉れと名を云ふときは、いくら酔つてゐても羞しい思ひがすると、Ｓ―は云つてゐた。そして着てゐる寝間着の汚いこと、それは話にならないよと云つた。

　Ｓ―は最初、ふとした偶然からその女に当り、その時、よもやと思つてゐたやうな異様な経験をしたのであつた。其の後Ｓ―はひどく酔つたときなどは、気持にはどんな我慢をさせてもといふ気になつてつひその女を呼ぶ、心が荒くなつてその女でないと満足出来ないやうなものが、酒を飲むと起るのだと云つた。

　喬はその話を聞いたとき、女自身に病的な嗜好があるのなれば兎に角だがと思ひ、畢竟廓での生存競争が、醜いその女にそのやうな特殊なことをさせるのだと、考へは暗い其処へ落ちた。

　その女は瘂《おし》のやうに口をきかぬとＳ―は云つた。尤も話をする気にはならないよと、また云つた。一体、矢張り瘂の、何人位の客をその女は持つてゐるのだらうと、その時喬は思つた。

　喬はその醜い女とこの女とを思ひ比べながら、耳は女のお喋りに任せてゐた。

「あんたは温柔しいな」と女は云つた。

　女の肌は熱かつた。新らしいところへ触れて行く度に「これは熱い」と思はれた。――――

「またこれから行かんならん」と云つて女は帰る仕度をはじめた。

「あんたも帰るのやろ」

「うむ」

　喬は寝ながら、女が此方を向いて、着物を着てをるのを見てゐた。見ながら彼は「さ、どうだ。これだ」と自分に確めてゐた。それはこんな気持であつた。――平常自分が女、女、と想つてゐる、そしてこのやうな場所へ来て女を買ふが、女が部屋へ入つて来る、それまではまだいゝ、女が着物を脱ぐ、それまでもまだいゝ、それからそれ以上は、何が平常から想つてゐた女だらう。「さ、これが女の腕だ」と自分自身で確める。然しそれはまさしく女の腕であつて、それだけだ。そして女が帰り支度をはじめた今頃、それはまた女の姿をあらはして来るのだ。

「電車はまだあるか知らん」

「さあ、どうやろ」

　喬は心の中でもう電車がなくなつてゐて呉れゝばいゝと思つた。階下のおかみは
「帰るのがお厭どしたら、朝まで寝とおゐやしても、うちはかましまへん」と云ふかも知れない。それより
「誰ぞをお呼びやおへんのどしたら、帰つとくれやす」と云はれる方が、と喬は思ふのだつた。

「あんた一緒に帰らへんのか」

　女は身じまひはしたが、まだ愚図ついてゐた。「まあ」と思ひ、彼は汗づいた浴衣だけは脱ぎにかかつた。

女は帰つて、直ぐ彼は「ビール」と少婢に云付けた。

ヂユ、ヂユクと雀の啼声が樋《とゆ》にしてゐた。喬は朝靄のなかに明けて行く水々しい外面を、半分覚めた頭に描いてゐた。頭を挙げると朝の空気のなかに光の薄れた電燈が、睡つてゐる女の顔を照してゐた。

花売の声が戸口に聞えたときも彼は眼を覚ました。新鮮な声、と思つた。榊の葉やいろいろの花にこぼれてゐる朝陽の色が、見えるやうに思はれた。

やがて、家々の戸が勢よく開いて、学校へ行く子供の声が路に聞こえはじめた。女はまだ深く睡つてゐた。

「帰つて、風呂へ行つて」と女は欠伸まじりに云ひ、束髪の上へ載せる丸く編んだ毛を掌に載せ「帰らして貰ひまつさ」と云つて出て行つた。喬はそのまゝまた寝入つた。

四

喬は丸太町の橋の袂から加茂磧へ下りて行つた。磧に面した家々が、其処に午後の日蔭を作つてゐた。

護岸工事に使ふ小石が積んであつた。それは秋日の下で一種の強い匂をたてゝゐた。荒神橋の方に遠心乾燥器が草原に転つてゐた。そのあたりで測量の巻尺が光つてゐた。

川水は荒神橋の下手で簾のやうになつて落ちてゐる。夏草の茂つた中洲の彼方で、浅瀬は輝きながらサラサラ鳴つてゐた。鶺鴒が飛んでゐた。

背を刺すやうな日表は、蔭となると流石秋の冷たさが跼つてゐた。喬は其処に腰を下した。

「人が通る、車が通る」と思つた。また「街では自分は苦しい」と思つた。

川向ふの道を徒歩や車が通つてゐた。川添の公設市場。タールの樽が積んである小屋。空地では家を建てるのか人々が働いてゐた。

川上からは時々風が吹いて来た。カサコソと彼の坐つてゐる前を、皺になつた新聞紙が押されて行つた。小石に阻まれ、一しきり風に堪えてゐたが、ガツクリ一つ転ると、また運ばれて行つた。

二人の子供に一匹の犬が川上の方へ歩いて行く。犬は戻つて、ちよつとその新聞紙を嗅いで見、また子供のあとへ跟いて行つた。

川の此方岸には高い欅の木が葉を茂らせてゐる。喬は風に戦いでゐるその高い梢に心は惹かれた。稍〻暫く凝視つてゐるうちに、彼の心の裡のなにかがその梢に棲り、高い気流のなかで小さい葉と共に揺れ青い枝と共に撓んでゐるのが感じられた。

「あゝこの気持」と喬は思つた。「視ること、それはもうなにかなのだ。自分の魂の一部分或は全部がそれに乗り移ることなのだ」

喬はそんなことを思つた。毎夜のやうに彼の座る窓辺、その誘惑——病鬱や生活の苦渋が鎮められ、ある距りをおいて眺められるものとなる心の不思議が、此処の高い欅の梢にも感じられるのだつた。

「街で自分は苦しい」

北には加茂の森が赤い鳥居を点じてゐた。その上に遠い山々は累つて見える。比叡山——それを背景にして、紡績工場の煙突が煙を立登らせてゐた。赤煉瓦の建物。ポスト。荒神橋には自転車が通り、パラソルや馬力が動いてゐた。日蔭は磧に伸び、物売のラッパが鳴つてゐた。

五

喬は夜更けまで街をほつつき歩くことがあつた。

人通りの絶えた四条通は稀に酔つ払ひが通る位のもので、夜霧はアスファルトの上までおりて来てゐる。両側の店はゴミ箱を鋪道に出して戸を鎖してしまつてゐる。所々に嘔吐がはいてあつたり、ゴミ箱が倒されてゐたりした。喬は自分も酒に酔つたときの経験は頭に上り、今は静かに歩くのだつた。

新京極に折れると、たてた戸の間から金盥を持つて風呂へ出かけてゆく女の下駄が鳴り、ローラースケートを持ち出す小店員、うどんの出前を運ぶ男、往来の真中で棒押しをしてゐる若者などが、異様な盛り場の夜更けを見せてゐる。昼間は雑閙のなかに埋れてゐた此の人々は此の時刻になつて存在を現して来るのだと思へた。

新京極を抜けると町は本当の夜更になつてゐる。昼間は気のつかない自分の下駄の音が変に耳につく。そしてあたりの静寂は、なにか自分が変なたくらみを持つて町を歩いてゐるやうな感じを起させる。

喬は腰に朝鮮の小さい鈴を提げて、そんな夜更け歩いた。それは岡崎公園にあつた博覧会の朝鮮館で友人が買つて来たものだつた。銀の地に青や赤の七宝がおいてあり、美しい枯れた音がした。人々のなかでは聞こえなくなり、夜更けの道で鳴り出すそれは、彼の心の象徴のやうに思へた。

此処でも町は、窓辺から見る風景のやうに、歩いてゐる彼に展けてゆくのであつた。

生れてから未だ一度も踏まなかつた道。そして同時に、実に親しい思ひを起させる道。——それはもう彼が限られた回数通り過ぎたことのある何時もの道ではなかつた。何時の頃から歩いてゐるのか、喬は自分がとことはの過ぎてゆく者であるのを今は感じた。

そんな時朝鮮の鈴は、喬の心を顫はせて鳴つた。或る時は、喬の現身は道の上に失はれ鈴の音だけが町を過るかと思はれた。また或時それは腰のあたりに湧き出して、彼の身体の内部へ流れ入る澄み透つた渓流のやうに思へた。それは身体を流れめぐつて、病気に汚れた彼の血を、洗ひ清めて呉れるのだ。

「俺はだんだん癒つてゆくぞ」

コロコロ、コロコロ、彼の小さな希望は深夜の空気を清らかに顫はせた。

六

窓からの風景は何時の夜も渝らなかつた。喬にはどの夜もみな一つに思へる。

然し或る夜、喬は暗のなかの木に、一点の蒼白い光を見出した。いづれなにかの虫には違ひないと思へた。次の夜も、次の夜も、喬はその光を見た。

そして彼が窓辺を去つて、寝床の上に横になるとき、彼は部屋のなかの暗にも一点の燐光を感じた。

「私の病んでゐる生き物。私は暗闇のなかにやがて消えてしまふ。然しお前は睡むらないでひとりおきてゐるやうに思へる。そとの虫のやうに…………青い燐光を燃しながら…………」

――一五・七・二一麻布飯倉――

（「青空」大正15年8月号）

鳴門秘帖（抄）

吉川英治

夜魔昼魔《よまひるま》（一）

安治川尻《あぢかはしり》に浪が立つのか、寝しづまつた町の上を、頻《しき》りに夜鳥が越えて行く。

びツくりさせる、不粋なやつ、ギヤーツといふ五位鷺の声も時々、――妙に陰気で、うすら寒い空梅雨《からつゆ》の晩である。

起きてゐるのはこゝ一軒。青いものがこんもりした町角で、横一窓の油障子に、ボウと黄色い明りが洩れ、サヤ〳〵と縞目を描いてゐる柳の糸。軒には、「堀川会所」とした三尺札が下がつてゐた。

と、中から、その戸を開《あ》けて踏み出しながら――

『辻斬りが多い、気をつけろよ』

どうやら、見廻り四五人と町役人、西奉行所の提灯を先にして、ヒタ〳〵と向ふの辻へ消えてしまつた。

あとは時折、切れの悪い咳払ひが中《なか》からする他、いよ〳〵世《せ》間森《けんしん》としきつた時分。

『今晩は、え丶、今晩は』

　会所の前に佇んだ二人の影がある。何《ど》つちも、露除けの笠に素《す》わらぢ、合羽の裾から一本落しの鐺《こじり》を覗かせ、及び腰で、戸をコツ〳〵とやりながら、

『え丶、一寸《ちよつと》ものを伺ひますが』

『誰だい』直内から返辞がある。

『有難え、起きてゐますぜ』

　後《うしろ》の連へ囁《さゝや》いて、ガラリと仕切りを開ける。中は、土間二坪に床が三畳、町印の提灯箱やら、六尺棒、帳簿、世帯道具の類までであつて、一人のおやぢが寂然と構へてゐる。

『何だえ、今ごろに』

　錫《すゞ》の酒瓶《ちろり》を机にのせて、寝酒を舐めてゐた会所守の久六、入つて来たのをギロリと眺めて、

『旅の人だね』

『へい、実は淀の仕舞船《しまひふね》で、木村堤へ着いたは四刻《よつ》頃でしたが、忘れ物をした為に、問屋で思はぬ暇を潰しましたんで』

『は丶あ、そこで何かい、何所の旅籠《はたご》でも泊めてくれないといふ苦情だらう』

『自身番の証札を見せろとか、四刻客《よつきやく》はお断りですとか、今日、大阪入の初ツぱなから、木戸を突かれ通しぢやございませんか』

『当たり前だ、町掟《まちおきて》も心得無しに』

『叱言を伺ひに来た訳ぢやござんせん。恐れ入りますが、その宿札と、事の序《ついで》に、お心当りの旅籠を一つ……』

『可《い》いとも、宿をさしても上げるが……』と久六、少し役目の形になつて、二人の風態を見直した。

『一応聞きますが、御住居は？』

『江戸浅草の今戸で、こちらは親分の唐草銀《からくさぎん》五郎《ろう》、わつしは待《まつ》乳《ち》の多市《たいち》といふ乾分《こぶん》で』

『あ丶、博奕打ちだな』

『どう致しまして、立派な渡世看板があります。大名屋敷で使ふ唐草瓦《からくさかわら》の竈元《かまもと》で、自然、部屋の者も多い所から、半分はまアその方にや違ひありませんが』

『何を言つてるんだ』側から、銀五郎が押し退けて、多市に代つた。

『喋舌《しやべ》らせて置くと、限《き》りのねえ奴で恐れ入ります。殊には夜中、とんだお手数を』

『イヤ、どう致して』見ると、若いが地味で好い男前、落ち着きもあるし人品も立派。

『そこで、も一ツ、行く先だけを伺ひませう』

　久六も、グツと丁寧に改まる。

『的は四国、阿波《あは》の御領《ごれう》へ渡ります』

『阿波へ？　フーン』少し難かしい顔をして、

『蜂須賀家では、十年程前から、ばかに他領者の入国を嫌つて、余程の御用筋か、御家中の手引でもなけりや、滅多に城下へ入

れないといふ話だが』

『でも、是非の用向きでござりますから』

『さうですか。イヤ、わしがそれまで糺《たゞ》すのは筋目違《すじめちが》ひ。いま直宿証を上げますから、それを持つて大川南の渡辺すぢ、土筆《つくし》屋和平《やわへい》へお泊りなさい』と、こより紙を一枚剝いで、スラ〳〵と筆をつけ出す。

その時その間、何とも怪しい女の影。会所の横の井戸側に踞居《しやが》み込んで、ジツと聞き耳たゝてゐた。

白い横顔、闇にツイと立つたかと思ふと、

『どうも、有難う存じました』

中の声と一緒に戸が開いて、さツと明りが流れて来た。途端に、のしほ頭巾の女の魔魅《あやかし》、すばやく姿を消してゐる。

『あ、お待ちなさい――』会所守の久六、何思つたか、あわてゝ、出かける二人を呼び止めた。

（二）

『え、何ですツて？』

唐草銀五郎に乾分の多市、出足を呼び返されて何気なくふり顧ると、

『気をつけて行くことだぜ、物騒な刻限《こくげん》だ』

会所の久六が、手真似でバツサリ、嫌《いや》に小声な注意をする。

『フン、辻斬かあ』多市が鼻ツ先で受けると、

『これ、冗戯に聞きなさんな』と、久六は叱るやうに、『今し方も此所へ見えた、見廻り役人の話では、刀試しぢやない物盗りの侍で、しかも、毎晩殺《や》られる手口を見ると、据物斬《すえものぎ》りの達者らしいと言ふこつた』

『御親切様……』銀五郎は丁寧に会釈をして、スタ〳〵と先へ歩きだした。

教へられた道すぢ通り、堀川から大川河岸を西へ曲がる。所々に出水《しゆつすい》の土手壊《くず》れや化さうな柳の木、その闇の空に燈明一点、堂島開地の火見櫓が、せめてこの世らしい一ツの瞬き。

『親分』多市は、追ひ付くやうに側へ寄つて、

『自身番のおやぢ奴よけいな事を言やがつたんで、何だかコウ背筋が少し寒くなつた』

『おや汝《てめえ》は先刻《さつき》、フン辻斬かアと涼しい顔をして居たぢやねえか』

『そりや、関東者の病《やまひ》でしてね』

『出るなと思ふ奴は兎角出たがる。多市、今から汝《てめえ》の腕前を頼んで置くぜ』

『鶴亀、言ひ当てるといふ事があら。第一、うちの親分は至つて頼母しくねえ』

『なぜ』

『こんな時の要害に、永の道中、大枚の金をわつしに持たせて置くんだからな』

『ばかを言へ、それほど汝《てめえ》の正直を買つて居るんだ』

『エ、詰らねえ、明日からは、少し小出しに費ひ込むこツた』

無駄口を叩きながら、淀屋橋の上にかゝると、土佐堀一帯、お蔵屋敷の白壁も見えだして、少しは気強い思ひがある。

その二人は知らなかつたが、堀川会所の蔭に潜んでゐた。のしほ頭巾の女の影、又いつの間にか後を尾行《つけ》て、怪しい糸を手繰つてくる。

『おや？……』と、渡り越えた橋袂《はしたもと》で、待乳の多市、不意にギクリと足を竦めて了つた。

『親分、誰か来ますぜ向ふから』

『人の来るのに不思議はない。いゝ加減にしろよ、臆病者』

『だが、慥《しつ》かり、目釘《めくぎ》を浸《しめ》して居ておくんなさいね』

『心配するな』笑ひながら、さつさと足を進めると、成程河岸ツぷちの闇から、チヤラリ、チヤラリ……と雪踏《せつた》を摺る音。

近づいた時、眸《ひとみ》を大きくして見ると、侍だ。判《はつ》きり姿の見えない筈、上下黒ぞつきの着流しに、顔まで眉深なお十夜頭巾《やづきん》。

当時、宝暦頃から明和にかけて三都、頭巾の大流行《おほはや》り。男がた女形、岡崎頭巾、露頭巾、がんどう頭巾、秀鶴頭巾《しうくわくづきん》、お小姓頭巾、なげ頭巾、猫も杓子もこの風に粋をこらして、寒いばかりに為《す》る物でなくなつた。

チヤラリ、チヤラリと雪踏《せつた》を鳴らして、今、銀五郎の左を横目づかひに摺れ違つた黒縮緬の十夜頭巾《やづきん》は、五六間行き過ぎてから、そツと足の穿き物をぬぎ、樹の根方へ押しやツた。

かなぐり捨た羽織もフワリとその上へ——。

と思ふと身を屈めて、双《そう》の眼《まなこ》をやり過ごした闇——、蠟色の鞘は肩より高く後ろへ反つて、ス、、、と追ひ縋つたが音もさせない。

『ウム！』と据物斬りの腰、息を含んで、右手は固く、刀の柄《つか》糸《いと》へ食ひ込んだ。

グイと前へ身をうねらせる。

斬《や》るな——と思へたが、銀五郎の後構《うしろがま》へを、多少手強く思つたのか、そこでは抜かずにもう一二間。

すると、場合もあらうに、直ぐ足もとの土佐堀で、ドボーン！と真ツ白な水煙り、不意を食はせて凄じい水玉が被つた。

『あツ——』と音を揚げたのは待乳の多市。その方よりは、後の死神に気がついて、

『親分ツ』と、銀五郎を突き飛ばして置いて、自分も宙を飛んでしまつた。

（三）

『ちえつ……』舌打ちして戻りかけた侍、ひよいと淀屋橋の上を仰ぐと、のしほ形に顔を包んだ美い女が、橋の手欄に頬杖ついて、此《こ》つ方《ち》へニツコリ笑つたものだ。

取つて返しの勢ひで、十夜頭巾の侍が、ぴた〱と自分の影へ寄つて来るのに、橋の女は、その欄干に片肱もたせて澄ましたもの。

馴れない頭巾と見えて、蒼蠅《うるさ》さうに、解《と》いて丸めて川の中へフワリと捨てた——。序《ついで》に、下から颯《さ》ツとくる風と、頭巾くづ

れの鬢の毛を、黄楊の荒歯でざつと梳いて、そのまゝ横へ差して置く。

『女！』ヅンと凄味のある声。

いふまでもなくあの侍、逃がした方の身代りに、斬らねば虫が納まるまい。

『あい、私のこと？』

小褄《こつま》を下ろした襟掛の婀娜女《あだもの》、どこまでも少し笑ひを含んで、夏から涼んでゐるといふ形だ。

『知れたこと、何で邪魔いたした』

『邪魔をしたつて？　ア、さうか、今わたしが石を抛り込んだので、斬り損なつた飛ばツ散りを持つて来たんだね』

『ウム、どこまでも承知で為《し》たことだな』

『百も承知さ、お前さんは、縮緬ぞツきぢや居るけれど、辻斬り稼ぎの荒事師――、さう知つたからこそ横槍を入れたのさ。悪かつたかい』

『何だと』

『お前みたいな素人仕事に、あの二人は勿体ない。どこか、河岸を代へたら可《い》いでせう』

『ウーム……、ぢや汝《てめえ》も彼者《あれ》を尾行《つけ》て来たのか』

『それもお負《まけ》に江戸からだよ。双六《すご》にしたつて五十三次、根よくこゝ迄尾行《つけ》て来た所を、横から攫《さら》はれて埋まるか何《ど》うか、胸に手を当てゝ考へてごらん』

『読めた、さては道中騙《どうちうかた》りか美人局《つゝもたせ》の』

『いゝえ、これでも一本立ち、お前さんも稼業人に成るなら覚えてお置き、女掏摸《おんなすり》の見返《みかえ》りお綱《つな》といふものさ』

『あつ、お綱か』

『おや、わたしを知つてるの』

『一昨年《おとゝし》江戸へ行つた時、二三度落ち合つたことのあるお十夜孫兵衛だ』

『まあ……』笑ひ交りに寄つて来て、『それぢや少し啖呵《たんか》が過ぎたね、早く言つてくれりやあ可《い》いのに』

『なアに、此《こ》つ方《ち》がドヂを踏み過ぎて居る。それにしても、大層遠出をして来たものだな』

『ちつと仕事が大きいのでネ』

『慥《たしか》に見込みはついて居るのか』

『お蔑《さげす》みだよ、お綱さんを』

話してみると、ぞんざい口も、罪が無くつて艶めかしくつて、どこやら、国貞うつしといふ肌合。この美しさが、剃刀の折れを指に挟んで働くとは、目の前にゐるお十夜にも、思へばひよツと不思議になる。

『いけねえ、うつかりすると魅入られさうだ』冗戯に目を反らしたが、同時にはツとした色で、

『あ、向ふから、また見廻り役人の提灯が来る様だ。えゝ、うるせえな』と舌打ちした。

『逃げるなら、私にかまはず行つておくれ』

『なに、慌てる事はねえ、支度はあるんだから』と、お綱を手

招きして、橋の下を覗いたかと思ふと、低い声で、

『三次――』と呼んだ。

返辞はなかつたがその代りに、ギーと出て来た剣尖船《けんさきふね》、頰冠りの男が黙々と動いた。

役方の提灯が来た頃には、お綱と孫兵衛をのせた剣尖船、堀尻を南にそれて、櫓力いツぱい木津川をサツサと下つてゐる。

上陸《あが》つた所は住吉村、森囲ひで紅がら塗の豪家、三次すなはち主らしいが、何の稼業か分らない。湯殿から出て、空腹を満たして、話してゐると夜が明けた。

『――お先に、今夜のお礼を言つて置きますよ。私たち仲間の紋切形で、仕事をすると其の場から、プイと百里や二百里は飛びますからね――お前さんも、稀には江戸へ息抜きにお出でなさいな。本郷妻恋一丁目、門垣根に百日紅《さるすべり》があつて、挿花《はな》の師匠の若後家と聞けば直《すぐ》知れますよ。エヽ、それが私の化身《けしん》なの』

お十夜にかういつて、お綱はその日昼いツぱい寝る。翌晩も、夜はブラリと出だして、昼寝する。なる程、これではお嫁になれない性。

と思ふと、四日目か、五日目。

朝風呂につかつて、厚化粧して、臙脂を点じて、髪も衣裳もぞツくり直した見返りお綱。パチンと紺土佐の日傘を開いて、住吉村から出て行つた。

どこへ行くのか、何を目星か、縦から見ても横から見ても、掏摸《すり》とは思へぬ品の好い御寮人様。

(四)

四天王寺の火除地《ひよけち》、この間までの桃畑が、掛け小屋御免で、道頓堀を掬つてきたやうな雑閙。

日和はいゝし、梅若葉に幟の風、木戸番は足の呼び合ひに声を嗄らす。

名古《なこ》蝶《てう》八の物真似一座を筆頭に辻能、豊後節《ぶんごぶし》の立て看板。野天をみると、江戸上りの曲独楽に志道軒《しどうけん》の出店《でみせ》。さうかと思ふと、呑み棒、飴吹き、ビイドロ細工、女力士と熊の角力の見世物もある。

『さあ、いらはい〳〵。ナガサキ南京手品ある。太夫さん、椿嬢、蓮紅《れんこう》嬢かけ合ひの槍投げ、火を放けて籠抜けやる。看板にウソない』

唐人ぶりが珍しいので、この前がまた大変な人だかり。

『変つてやがるな、箆棒《べらぼう》な入だな、ちよツと覗いて見ようかしら？　だが、待てよ……』

押揉まれながら迷つてゐたのは、笠を首にかけた待乳の多市、片手で人を防いでゐるが、片手は懐中の前を離さない。

親分の銀五郎は、今日も蜂須賀の蔵屋敷と下屋敷の方へお百度詣りだ。例の、阿波入のため、便乗する関船手形、入国御免切手、二つを手に入れなければならない。

願書を出す、身元がいる、五人組証明をとられる、白洲で調

べをくふ、大変な手数。元は関船手形だけで済んだ。かう厳密ではなかつた。それには理《わけ》がある、阿波の鎖国、徳川幕府の凝視――。だから銀五郎の用があつた、押しても渡りたい密境だつた。

埒《らち》があく迄、多市は用なし、『稀にやブラついて来い』とおつ放されたが、懐中《ふところ》にはちよツと重目な預り物、後生大事にか丶へてゐるので、肚《はら》から楽しむ気になれない。

『おつと、それ所ぢやねえ』すぐ性根になつた。『この大金、もしもの事が有つた日にや、お眼がねで供をしてきた正直多市がどうなるんだ』とう〳〵南京手品を諦めて歩きだした。

そして、西重門の側へ寄らうとすると、楼門の内から、ゾロ〳〵吐き出されてくる参詣人の中で、

『アー』と軽い叫びがする。

ひよいと見ると、上品づくりのお嬢様。揉みにじられた上、蹌々と、のめつて来た。

『あぶねえ!』

思はず支へて、多市が手を出すと、ポント日傘が来た。女の体は風鳥のやうに、胸を掠ツて後ろへ抜ける。

『ア、もし、』

手に残された日傘を摑んで、多市が呼んだ。

女はもう五六間。小走りに過ぎて居たが、ふり顧つて、ニツコリ笑つた。――そのニツコリが又ばかに絢爛、菊之丞の舞台顔を明りで見たやう。

『もし、これを、傘を――』

『ア』女は遠くで頷いた。

『可《い》いんですよ』

『あれ……』

味な気もしたがまた解せない。

『可《よ》かアねえ、女持ちだ、貰つた所で始末に困ら』と、身を動かした時初めて気がついた。

自分のふところから、晒木綿《さらしもめん》がダラリと二本食み出してゐる。二重に巻いた腹巻を、刃味も凄くタテに裂いた剃刀の切れ口。

『あ!畜生ツ』

逆摑みにした日傘を揮《ふ》つて、眼色をかへた待乳の多市、まつしぐらに駈けだした。

『スリだ、スリだ〳〵!』

『ちぼ! ちぼツ』

人の声だか自分の声だか分らない。西門唐門の周り、七堂伽藍を狂気のやうに走り巡つた。と、出会ひ頭に、猫門の前で、バツタリ打つかつた男が、

『おい、待ちな』と、軽く腰帯を取つた。

『それ所ぢやねえツ』

『まあ落ち着けよ、手配が肝腎だ、さう逆上つて騒いだ所で、めツたに捕まるものぢやねえ』

『何だい、汝《てめえ》は』

『これだ』ふところを覗かせた。紺房の十手がある。『目明し』

と言ふと、多市は何思つたか、振り切つて、又一散に反れてしまつた。

『妙な奴だ、手配をしてやるといふのにズレちまつた。はてな?……』目明しの万吉、また何か幻想を描いて、根よく其所らを歩きだした。

(五)

堂塔は淡くぼかされて、人気もない天王寺の夕闇を、白い紙屑が舞つてゐる。

日傘が一本落ちてゐた、――破れた女持ちの傘。

それを拾つて、西門に立つたのが目明しの万吉で、

『こゝだナ。こゝで女が斯う行つて、弾《はず》みに、ポント男へ傘を摑ませたんだな。だが、何の為にだらう。ア、手を空かせて体と心の両隙を狙つたのか』為方身《しかたみ》ぶりで、人の話と現場を頻《しき》りに考へ合せてゐる。

『トすると、此奴《こいつ》ア上方のちぼ流でねえ、江戸の掏摸《すり》だ。定めし小粒でもないだらうに、盗《や》られた奴も変つてゐる、何だつて俺をふり切つて逃げたのか……ウーム此奴《こいつ》あ何《ど》うもその方が余つ程ネタになるかも知れねえ』

傘を抛《ほ》つて抜け道へ出る。堺戻りの町駕、島の内まで約束したが、気が変つて五櫓《いつつやぐら》の富十郎を一幕覗き、ブラ〳〵歩いて帰つて来た。

『おや、あの男は?』と、その途中で、万吉の顔の筋がピンとした。待乳《まつち》の多市《たいち》にまぎれなしだ、疲れて悄《しよん》ぼりした影が、渡辺町の旅籠土筆屋へスウと入つた。

一息抜いた所で万吉は後からこつそり、

『御免よ』と主の和平に目じらせして、梯子下の道具部屋に踞居《しやが》み込む。

『ふム、六日も前から泊つてゐるのか、宿帳はこれだな、どれ……』

ペラ〳〵と剝《めく》つて、自分の耳朶《みゝたぶ》をギユツと抓つた。何か苦い考へ事をする時に万吉がよくやる癖だ。

『連の、銀五郎といふのは?』

『阿波へ入る用向きがあるとかで手形をとるため、毎日蜂須賀様のお役目筋へ手を廻してゐましたがどうも御免切手が下りない様子で今日は早くからお戻りでございました』

『さうか、一寸二階を借りてえな』

『えゝ宜しうございますとも』

『二番の部屋と言つたつけな』裏梯子を上がつて隣り座敷へ、そつと細目の隙見《すきみ》、鰻なりに寝そべつてゐる。

『多市、さう案じる事はねえ』といふ声は唐草銀五郎の方。

『一晩派手にやつたと思や、三百両は安いもの、路銀は早《はや》打で取り寄せる。……だが、お千絵様から頼まれた大事な手紙、ありや、汝《てめえ》が別に袷の襟へ縫ひ込んで居た筈だつけな』

『さ、親分には、さう吩咐《いひつ》けられて居たんですが、つい、紙入れと一緒にして置きましたので……』

『なに』初めて少し色を作す。

『ぢや、お千絵様の手紙も一緒に掏られたのか。ウーム、こいつあ大弱りだ』とガツクリする。

『もし、親分……』多市はおろ〳〵、「今度の四国渡りに、あれを失くしちや、お千絵様の御実父が生きて居たにしろ遥々来た甲斐のねえ事は、凡くらな多市にも分つて居ります、ドヂを踏んだお詫に、わつしは之から夜昼なしに江戸へ戻つて、もう一度お千絵様から手紙を頂戴して来ますから、どうか、それで虫を怺へておくんなさいまし』

『オヽ、その元気がありや何よりの事。じや斯《か》うしよう、実は関船の便乗もとう〳〵今日で駄目になつてゐる』

『えつ、阿波入の御免切手は下りませんか』

『何しろ厳しい馬鹿詮議で、下手をすると此方《こつち》の秘密を気取られさうなんだ。そこで俺は、道を代へて讃岐境から、山越で阿波へ入り込む心意《つもり》、一足先に多度津まで延してゐるから、汝《てめえ》は早速、お千絵様からもう一通貰つてきてくれ、それが今度の眼目だからな』

『さう極つたら、わつしは直に飛出すと致します』

『ま、暁の早立ちとしたら可《よ》からう』

『一時は、死んでお詫と迄思つた所、体を粉《こな》にする位は、何の糸瓜《へちま》でもありあしません』気を持ち直すと江戸者はお先一図。

俄に元気づいた多市、ポン〳〵と手を叩いて『オイ、姐《ねえ》さん〳〵、誰でもいゝや、お急ぎの夜立ちだ、草鞋《わらぢ》に握り飯を揃へてくんねえ』

その間に目明しの万吉、トントンと降りて来た。

『ア、お帰りで』折よく、帳場格子へ投げ込まれた飛脚包みを持ちながら、和平がそこへ送りに出ると、目早く万吉が眸を光らせて、

『何だい、今の三度屋は？』

『ヘエ例のお客様へ届いた飛脚で』

『どれ』いや応なく取つて見ると、桐油紙ぐるみ、上に唐草銀五郎様、出し人の名《て》は裏に小さく、行き交の女より。

『お役で封を切る！』と、ぶツつり——切つた麻糸から辷り落ちたのが、印伝革の大型紙入、まさしく多市の掏られた品物だ。

（六）

『悪い洒落をする女だ……』と苦笑ひした目明し万吉。江戸のスリ気質には、ほかの盗児にない一種の洒落気や小義理の固い所があると聞いて居たのを思ひ合せて、

『はゝあ、その筆法かな』と頷いた。で大急ぎに、飛脚包みから出た紙入を検めてみると、案の如く。金はなかつたが、一通の手紙が中に潜んで居た。

丈夫な生紙の二重封じ、併し、その封じ目は破れてゐた。お綱が読んだものらしい。

——お父上様が阿波へ御入遊ばしてから蔭膳の日も早や十年でござります。柳営では隠密役御法則をふんで、十年御帰府な

き父上を死亡と見做し、権現様以来の甲賀家も遂に断絶の日が近づきました――

と言ふ意味がこの手紙の書き出しで、流麗な女の手跡が、順に解《ほぐ》れ行くに従つて、万吉の眼底異様な光りを帯びてきた。

――千絵も十九となりました、男でない私は絶家の御下命を何《ど》うする事もできません。けれど私は、九ツの時お別れした父上様が、まだ御存命と信じられてなりません。夢にも世をお去り遊ばしたとは思へません。そこで乳母の兄唐草銀五郎が、この手紙を持つて、命がけの阿波入をしてくれます。もし幸に御無事な上これが御手に入りましたら、甲賀家の断絶も僅にその命脈を延《の》ばす事ができます――

こゝまで読みかけると、万吉の胸が処女のやうに躍つた。彼にも足かけ十年臥薪嘗胆の事件がある。それへ一縷《ゐ》の曙光を見出したのだ。

『江戸で甲賀を名乗る家と言へば駿河台の墨屋敷、隠密組の宗家といはれる甲賀世阿弥《よあみ》だ……ウ、ムその世阿弥が十年前に阿波へ入つたきり行方不明？　こいつア愈々他人事《ひとごと》ぢやあない』

と、眼を光らして次の文字を辿りかけると、トン〳〵〳〵と梯子段の音。二階から、唐草銀五郎が多市を送つて降りて来た。

『おや、もうお支度がお済みで……』帳場格子の前へ、主の和平や番頭も頭を並べて送り出す。万吉は逸早く、手紙を抱へて梯子裏へ身を隠した。

『ぢや、気をつけて行けよ』と銀五郎の声。多市は元気よく、道中差を落し菅笠を持つて、

『では親分、行つて参ります。道中はお気遣ひなく、軈《やが》て多度津の港で落ち合ひます』

土筆屋の明りを後に旅立つて了つた。と一緒に万吉も、裏から草履を突ツかけて、溝板の多い横丁を鼠走りに駈け抜けてゐる。

『この手紙一本の為に、あの男を、江戸まで引つ返させるのは、幾ら冷てえ目明しでも少し気の毒だ。事情を話して返してやらう、だが、此方《こつち》の知りたい所も充分に聞かなくつちや埋まらねえ。常木先生を初め俵様、御恩を蒙る俺までが一生仕事の阿波の秘密！　オ、やつ大股になつて急ぎだしたな』

町通りを行き過ぎた多市を見かけて、万吉もヒラリと土蔵の蔭を離れた。手紙と交換に阿波入の事情や甲賀世阿弥の身上などを探り取らうといふ了簡。

『まだ此辺では人目に立つ、も少し淋しい所まで歩かせて、今夜こそ、天王寺で逃げ出された様な下手をやらずに……』など、加減をして行くうちに、天満岸を真つすぐに、東奉行所の前を抜けて、京橋口のてまへ、八丁余りの松並木――お誂への淋しさである。

『オーイ、江戸の人』と呼びかけ様としたが、また逃げられる惧《おそ》れがあると、少しづゝ万吉が追ひ着きだして行くと、しまつた！　一足違ひ、前へ行く多市の影へ、何か、不意にキラリツと青光りの一閃！　横から飛びかゝつて低く流れた。

『わつツ』と突然、多市の声だ。斬られたと見えて苦しさう、京橋堤を夕、、、と逃げ転んで来た。と、その影を追ひ慕つて、波を泳いで来るやうな銀蛇が見えた、無論業刀の切ツ尖《さき》である、はツと思ふと二の太刀が動いた様子、途端に、多市は夢中になり、天満の川波めがけでザブンと躍り込んでしまつた。

『ちえツ……』と言ふ舌打ちが聞こえた。闇を漂つてくる血の香がプーンと面を衝つ。

『畜生！』万吉の眼は炯々となり五体はブル〳〵ツと顫へてきた。右手《めて》に何をか固く摑んで身を屈ませて行くが早いか、

『御用ツ！』とばかり一足跳び。

腕の限りヒユツと投げた方円流二丈の捕縄は、闇をあやまたず十夜頭巾の人影へクル〳〵と巻きついた。——併し対手《あひて》は驚かない、絡んだ縄を左に巻きつけ、静に、

『生意気な手先め、サ、構つてやるから寄つて来い』右手《めて》の大刀を片手にふり被つた。

『ムツ！』と万吉、毛穴の膏《あぶら》を絞つたが、まるで腕が違つてゐる、此方で投げた捕縄は向うの武器、見る間にズル〳〵と魔刀の下へ引き寄せられる。

阿蘭陀カルタ(一)

辻斬商売のお十夜孫兵衛、本名は関屋孫兵衛である。もと阿波の国川島の原士《はらし》、丹石流の据物斬に非凡な技をもち、風采なか〳〵立派だが、惜むらく、女慾にかけても異常といふ性質がある。

阿波の原士《はらし》といふのは、他領の郷士とも違ひ、蜂須賀家の祖、小六家政が入国の当時、諸方から、昔なじみの浪人が仕官を求めてウヨ〳〵と集まり、その際限なき浪人の処置に窮して、未開の山地を割あてた。これが半農半武士に住みついて、蜂須賀名物の原士《はらし》となり、軍陣の時は鉄砲二次の槍備へにあてられ、平時の格式は郷高取《こうたかとり》、無論、謁見をも宥されて、慓悍《へうかん》なこと、武藝者の多く出ることはその特色。中には、原士五千石と言はれる程な豪族もある。

その千石ほどな家柄を潰して、三都諸国を流浪のあげく、この春頃から御番城のある大阪の河岸すぢを夜な〳〵脅かしてゐるお十夜孫兵衛。

京橋口の松並木で、目明し万吉を子供あつかひに弄つた上、

『さ、召捕らねえのか』と嘲りながら、斬ると見せた太刀を鞘に納め、針金のやうに、ピンと張つた捕縄の端を一尋《ひろ》手繰《たぐ》つてグンと引いた。

『くそウ！』と万吉は死力で怺《こら》へる。

目明し仲間でも、少しは顔を売つた万吉が、捕縄を捨て逃げたと言はれては男の廃《すた》りだといふ意地もある。——そこを狙つて孫兵衛がポンと放したから他愛もなく、『あツ』と万吉が蹌《よろ》足《あし》をふんだ。と同時に、生き物のやうに刎ね返つて来た縄尻が、どうする間もなくグル〳〵と巻ついた。

そして、縛るのが商売の目明し万吉、あべこべに孫兵衛の為

に捻ぢづけられ、両手両足、ギリ〳〵巻に括られてしまつた。

『殺せ、殺してくれ』と万吉が歯噛みをするのを聞き流して、暗い川面を覗いた孫兵衛、一つ二つ軽く手を鳴らすと、いつかの晩の様な約束で、三次の船がギイと寄つて来た。

『兄貴、何をバタクサしてゐたのよ?』と川の中から三次がいふ。

『目明しを一匹召捕つたのだ。住吉村へつれていつて、四五日飼つて見ようと思つてな』

『何だ、つまらねえ真似を……、鈴虫なら啼きもするが、目明しなんざあ可愛らしくもねえ、いツそ川の中へ蹴転《けころ》がしてしまひなせえ』

『まアい〻わ、手先や同心の内幕を聞くのも慰みだし、第一お前の渡世の為だ。ところで三次、今夜おれはいろは茶屋で泊まるから、此奴を乗せて先に帰つてくれないか』

『好い心掛けには成りてえものだ。お人良しの三次を放つて、いろは茶屋のお品と沢山ふざけておいでなさい』

『妬《や》くなよ、明日は早く帰るから』

『まア体だけをお大事に』

『ばかにするな、は〻〻』と、孫兵衛、擽つたい笑ひを残して、雪踏の音、チヤラリ、チヤラリ……と闇に消える。

その晩から、万吉は、森囲ひの怪しい家、住吉村の三次の住家へ監禁された。縄目を解かれて抛り上げられた所は、屋根裏を仕切つたやうな空部屋である。夜が明けて、鉄格子から流れこむ光りに見廻すと、太い綱《ロツプ》、帆車、海図などの船具や鉄砲などが天井裏に積まつて有る。

『あ! こ〻は荷抜屋《ぬきや》の巣だな』と万吉は眼を瞠つた。荷抜屋といふのは、御禁制の密貿易をやる輩のことで、年に一度か二年目毎に、仲間で集めた御法度の品を異国船に売り込むのが商売。この家に居る加比丹《かぴたん》の三次は、すなはち其の荷抜屋の才取なのだ。

お十夜の孫兵衛に、辻斬をす〻めたのも此の三次。懐《ふところ》の金よりは其の腰の刀を奪ふのが目的である。当時、日本刀は荷抜屋の一番儲かる品で、又一番買ひ占め憎い品でもあつた。

そこで辻斬は役人を五里霧中に迷はせ、女色の深い孫兵衛をしていろは茶屋に堪能させる方法となつた。

だが万吉には、こんな者を縛つてみる気は起こらない。彼の目の前には、もツと〳〵大きなやまがブラ下がつて居る。あの手紙から暗示を得た、十年苦節の大疑獄、十手の先ツぽで天下を沸かせるやうな功名心に燃えてゐる。

『え〻、忌々《いま〳〵》しい、何とかして此《こ》家を抜け出す工夫はねえかしら……』

その悶えも徒《いたづ》らに、三日とたち四日も既に真夜半に近い頃——。

『おや?……』思はず耳を澄ましてゐると、下の部屋からガヤ〳〵と大勢な人声。そして時々、ピタピタ、と何か畳を打つ様な不思議な音。

（二）

妙な物音？　階下《した》で何が始まつたのかしらと、万吉は、無駄とは知りながら、また昨日も一昨日《をとゝひ》も試みた努力を、真つ暗な部屋の中でくり返した。

出口は錠前、窓は鉄格子、半刻あまりも押したり探つたりして居るうち、隅の床板に、指が一本入る位な穴を見つけた。

『しめた』とも思はず、何気なく引つ掛けて持上げると、偶然、四角な板がポンと開いた。階下《した》を隔てゝゐる天井裏、そつと降りて見ると、荷抜屋《ぬきや》の贓品がだいぶ隠匿してあつた。

そんな物には目もくれない。明りのさして居る方へ、猫のやうに匍ひ出した。と、一段低い所に、金網張りの欄間があつて、ひよいと覗くと下の部屋も人間もすツかり見える。

何をして居るのかと思ふと、三次を初め仲間の輩《やから》が、奇麗な札を撒き散らし、小判小粒の金銀を積んで、和蘭陀加留多《おらんだかるた》の手弄《なぐ》さみをして居る。

『何だ、この音か……』と馬鹿気てしまつたが、下で夢中な所を幸《さいはひ》に、万吉そのまゝ寝そべつて、一応彼等の人相を好く見覚えて置くのも無駄ではなからうと考へた。

頭数は五人である。店者風の由造、東条隼人《はやと》と呼ばれる侍、十徳の老人、為といふ若者、それに加比丹《かぴたん》の三次。中でも三次は、潮焦けのした皮膚に眼の鋭いところ隼といふ感じがする。

『何奴《どいつ》もまるで血眼だ。ウム、この分では明日は疲れる、その隙に天井裏を引ツ剝いで逃げ出すには屈竟《くつけう》だ』とは万吉が頷いた腹の底。

案の定、慾心の修羅場はなかなか止まなかつた。鶏鳴を知らず、陽が照りだしたのを知らず、とう〳〵明日になつても、蠟燭を継いでそこだけの夜を守り、いよ〳〵悪戯《わるさ》が酣《たけなは》になる。

そのうちに誰からか、極りものゝ苦情が出て、何かガヤ〳〵揉め出したが、不意に向う側の板戸が外からガラリと開いて、度胆を抜くやうな太陽の光りがそこへ流れ込む。

『誰だ！』悔ツとした五人の眼が、期せずして振り顧ると、

『驚くなよ、お十夜だ』提げ刀になつて、孫兵衛がのつそり五日目に帰つて来た。と、その後ろから又一人、眩ゆいばかりな厚帯に振袖姿のお嬢様、玉虫色の口紅して、言ふ言葉はあられもなく、

『おや、飛んだ所を吃驚《びつくり》させて悪かつたね』と其処へ来て、大の男たちに怯みもなく、小判小粒の燦めく中へフワリと風を薫らせて坐つた。

『誰かと思つたら、お綱さんぢやねえか』

三次が眼を瞠ると後の四人も、加留多の紛紜《ふんうん》を忘れて、暫くはこの一輪の馥郁《ふくいく》さに疲れた瞳を吸はれてゐる。

『この間の口吻では、巧く行つたら、直ぐ江戸へ舞ひ戻る様な話だつたが、すると、彼《あ》の仕事はとう〳〵失策物《しくじりもの》になつたのか』

『どう致しまして、そんな私ぢやありません』お綱は笑つて得《とく》

意《い》な顔。『思ふ通りに行つたから、序《ついで》に上方見物と洒落のめし、道頓堀の五櫓も門並のぞいて、大家のお嬢様に納まりながら、昨日は富十郎芝居の役者や男衆が七八人も取巻で、島の内の菖蒲茶屋《あやめちやや》、あそこで存分に遊び飽きて居りましたのさ』

『そこでバツタリおれが出会つた訳――』と直ぐ孫兵衛が話を足すと、一座の中から半畳が出て
『ぢや、兄貴も一人の筈はない、いろは茶屋のお品か誰かを連れ込みで行つたのだらうが』

『お手の筋だ。併し、売女《ばいた》のお品と江戸前のお綱とは芥子に牡丹ほどの違ひがある。すぐ片ツ方は追ひ返してしまつた』

『おや〳〵、怖れ入つた浮気振り、ぢや昨夜はお綱さんと宜《よろ》しくあつて、見せびらかしに此家へ来たといふ寸法か。何だか此方は面白くもねえ』

『所がこのお嬢様、見かけに寄らない心締りで、実はおれも、見事に肱を食つて居るのだ』

『やれ、それで此方《こつち》も安心した』

と笑ひくづれて居る間に、お綱は細い指尖へ、加留多の札を四五枚取つて、

『三次さん、これはやつぱり花加留多?』

『長崎から流行《はや》つて来たやつさ、異国《あつち》のものでね』

『面白さうだこと、やつて見ようか』

『どうして〳〵、男同士の勝負ごと、端《はし》た金《がね》では済まないぜ』

『こればかしぢや足らないかしら?』帯の間から、手の切れさうな百両の封金をコロリと三つ。五人は思はず膝を退《しさ》らせ、狡猾な眼色を慾に燃え立たせる。

天井裏では、欄間の金網から猫目を光らして居る万吉。『いけねえ〳〵、この様子ぢや、何日《いつ》になつたら奴等が疲れて寝るのだか分らねえ……』と密かにチエツと舌打ちをした。

(三)

ろくに知りもしない阿蘭陀加留多、三次達のいかさまに手もなく乗つて、お綱は他愛なく二百両ほど負けてしまつた。

『だいぶ考へ込みますね、其方の番だぜ』

『あいよ』お綱は札を指で弾いて『よくも斯《か》う縹緻《きれう》の悪い手ばかり付く……』と、一枚手から抜きかけたが、一寸考へる様子をして、何の気もなく上眼づかひに天井を見た。と、バツタリ、欄間の隙から下を見てゐた万吉の眼とぶつ会《か》つた。

『おや?』と動じた顔色を見たので、万吉は慌てゝ首を竦ませた。併し今更騒ぎ出しては、却《かへ》つてまづいと思つたので苦しい機智、上から皆の手が見えるのを幸《きひはひ》に、お綱の抜きかけて居る札を打つなと目顔で教えてやつた。

『何《ど》うしたのよ、焦心《じれ》つてえな』

『まア待つて……』も一度万吉の方をチラと見ると、右のを打てといふ合図、兎に角、その通りにして見ると、思ひ通りな札が取れた。さあ、それからはトントン拍子、何しろ向うに、敵の手裏を映す鏡があるのだから、思惑当らざるなしである。忽

ち勝ち抜いて場中の金を集めてしまつた。

『あゝ面白かつたぢや、之でお仕舞……』お綱は涼しい顔で帯揚げを引き抜き、枡《ます》で量《はか》る程な金銀をザラ〳〵と詰め込み、さツさと体に着けて了ふ。

『待て、これで仕舞にして堪るもんか』と浪人者の東条隼人がケチをつけに蒐《かゝ》るのを、三次が宥めて『まあ可《い》いさ……』と眴《めく》ばせした。

『お綱さんだつて、どうせまだ三日や四日は御逗留だ。な、その間にや、又幾らでも手合せが出来るだらうぢやねえか、初心《うぶ》な者には兎角ばか中《あた》りといふ奴が有るものさ……あゝ眠い、何しろ今日は寝なくつちやあ……』

ヘト〳〵に成つて五人が其処へ手枕で転がると、不意に立ち上がつたお十夜孫兵衛、いきなり踏込みの押入を開けて、その段から天井裏へ跳び上がり、目明し万吉の襟がみを摑んで下へ引き摺り降ろした。

『や、この岡つ引奴、どうして彼《あ》んな所へ出て来やがつたんだ！』総立ちになつて騒ぎ出したが、真逆《まさか》、この男がお綱に勝たせたことゝは夢にも思ひ着かない。たゞ岡つ引を憎む兇暴性が勃然と彼を取り巻いたのだ。

『兄貴――』と三次はお十夜の顔を見て『つまらねえ者を引つ張り込んだので、世話がやけて為様《しよう》がねえ、一体こいつを何うする気だ』

『おれもすツかり忘れて居た。所が、今ひよいと欄間を見たら、金網の蔭に動いて居やがつたので引き摺り降ろしたのだが……野郎逃げ出す隙を狙つて居たに違ひない。』

『面倒くせえし、逃げられでも為《し》た日には藪蛇だから、早く片を付けちまつちや何《ど》うだ』

『うん、それぢや一つ庭先で、丹石流の据物斬を見せてやらうか。おい、手を借せ！』

寄つて集つて、腕や襟がみを引つ摑み、ズル〳〵と万吉を庭へ曳出した、椎の大木、その根へ荒縄で縛り付け、三次が棒切れでピシ〳〵と撲りつける。

『さ、吐《ぬ》かせ、汝はお十夜の兄貴へ対《むか》つて、只一人で御用呼ばはりした位だから、この荷抜屋仲間を嗅ぎ付けて居たに違ひねえ。奉行所でも知つてるのだらう、なに、知らねえ事があるものか。さツ、汝《てめえ》の相棒は誰と誰か、手入をする諜《しめ》し合せも有つたらう！　野郎！　言はねえと斬《か》うだぞ！』ピシリツ、ピシリツと皮肉を破る鞭の苦痛を万吉凝《ぢつ》と怺《こら》へて居る。併《しか》しその苦痛よりは、最後の一秒間まで、何とか助かる工夫はないかと悶へた。こゝで自分が助からねば、折角握つた大事件の曙光、再び無明に帰して、常木先生も俵様も終生社会の侮蔑に包まれて不遇の闇に生涯を送らなければ成るまい。――と思へば愈々命が惜しい。

『駄目だ、こいつア！』三次は棒切れを投げて、『骨を折つて口を開かせた所で、大した事も無さゝうだ』と孫兵衛の断刀を催促する。お綱だけは、何だか可愛さうに思へた。

『助けてお上げな……』大人《おとな》しく口を入れた。『一人や半分の目明しを殺した所で、大びらに悪事ができる訳ぢやなし……ね皆さん、後生だから助けておやりよ』

『飛んでもねえこつた！』三次が首を振つた。

『此奴《こいつ》を返しや、俺たちの根城が分る、すぐ御用提灯の鈴なりで、逆襲《さかよ》せの来るのは知れてゐる。兄貴、早く殺つて了はねえと飛んだ事になるぜ』

『うん！』とその注意に頷いた孫兵衛、血脂は古く錵の色は生新しい、そぼろ助広の一刀、ギラリと抜いて鞘を縁側へ残し、右手に雫の垂りさうなのを引つ提げて、徐々と椎《しい》の下へ歩みだした。


（「大阪毎日新聞」大正15年8月11～20日）

照る日くもる日（抄）

大佛次郎

凶兆（一）

秋も、籬《まがき》の菊の末枯《うらが》れて、朝夕に袷の袖裏寒く思はれる頃ほひそろ〳〵綿入れを出さずばなるまい、障子の破れもつくろはねばと悲しい虫の音を枕に聞く長い夜さりのひそ〳〵話、時節はづれの、この夜の大白雨《ゆふだち》には、誰しも、ひとしく目を見合せたのである。

この夕方、程近い穴八幡の大銀杏《いてふ》の梢を夕焼に燃やして後、冴え冴えと秋らしく暮れた空は明日の日和を固く約束してゐた。暗くなつてからもたつた先刻《さつき》外から入つて来た男は星が降りさうだといつて、暗い天にしら〴〵と水煙のやうに横たはる銀河の姿を、行燈《あんどん》の柔かい灯影につゝまれてゐた家の中の人々にも、肌寒く感じさせたのだつた。

それから二刻《とき》と出まい。どツと、遠音は汐騒とも思はれた豪雨が、息つく間もなく襲つて来て家々の甍《いらか》を鳴らし雨戸を叩いた。暫くは、膝突き合せためい／＼の話も聞き取れぬばかり轟々と、さては、鳴りはためく雷《いかづち》に虚空も裂けるかと思はれたのである。

かくすること凡そ半刻《とき》、けろりとして歇《や》んだ。濡れて重い雨戸を排《お》し開いて見ると、空は高く、冴えかへる群星の冷たく澄んだ瞬動《またたき》に、落ちかゝる半輪の月に照らされた墓地のやうに、森《しん》として今の騒ぎを、夢かと思はせた。

『魔が通つたのぢや。』

煤けた天井に眸《め》を放ちながら、陰気な声で老婆はつぶやいた。乾して蔵《しま》つたばかりに慌てゝ引出して来て吊つた蚊帳《かや》の内で、子供達は脅えた目付をして、息を殺してゐた。

子供達ばかりではない、大人の親達までが、何かしら不吉なものを感じてゐた。時折ぴた／＼と雨後の泥濘《ぬかる》つた道を通つてゆく寂しい人の足音にも、また、その音を呑んで寂《しん》と静まりかへつた外の闇にも、妙に、心を怯えさせるものがある。

あながち、今の時節はづれの雷雨から、妙に気持が臆病になつたせいでもないらしい。何かしら不安な空気が、丁度古い水薬の瓶に沈んだおりのやうに、現に、そこらに澱んでゐるやうに思はれたのである。

『ばあや。』

優しく咎めるやうに、かういつた声の主の美しい姿は、円行燈の灯影に優しくつゝまれて夢のやう。生え際の好い、髷の濃い、艶々と結ひあげた高髷……読みさしの何かの本を膝の上に抑へながら、清しい目で、凝と媼《ばあや》の方を見返つて、莞爾《につこり》したのである。齢は二八と聞く。雨に悩む初花の風情にいぢらしいまでの優しさ、あの親爺の……といはれる父はこの市ケ谷に一刀流指南と筆太く書いた看板を掛け町道場ながら、御府内にその名高い岩村鬼堂といふ老剣客、狭い汚い道場ながら五十人に余る弟子のあるのは、『実ア十人が九人まで、的は彼のお綺麗なお嬢様さ』と、武者窓の下に盤台置いて口善悪《さが》ない魚屋の若衆の蔭口だつた。

今夜は鬼堂は留守、がらんとした家の中に、このお妙《たえ》が雇女の老婆と二人きりで、寂しく父親の帰りを待つてゐたのだ。

『寝てはいやよ。ばあや。』

『は、は、はい、……いえ、あのう……』

と狼狽して、目をぱち／＼やつたが、

『旦那様は？　まだお帰りでございませんか？』

『えゝ、随分遅いこと！　妾《わたし》も先刻《さつき》から案じてゐますの。今夜は妙に犬が不快《いや》な声をして、啼くンですもの。何ンだか落着かない。物騒な噂ばかりあるンだものねえ、夜はお家にゐて下さらないと、お帰りになるまで心配でいけません。だのに、媼つたら、お仕事を抱へて、こくり／＼おやりだもの。あたし、心細くなつて……』

『ほ、ほ……どうも……年を取りますと、ついだらしがなくなりまして。お嬢様、御免遊ばせ。』

『い、のよ、謝らなくても……でも、妾、寂しかつたわ。何ンだか悪いことがあるやうな気がしますの。それに、かうして独りで御本を読んでゐても、妙に森と寂しくて、聞くまいと思ひながら自然と耳が澄んで、あるのかないのか判らないやうな音まで聞こえますの。先刻《さつき》も道場の間を、どうしても誰れか歩いてゐるやうな、みしみしいふ足音や、さうかと思ふと人の息のやうな……』

『まア、いやでございますこと。ですけれど、そんな！』

『えゝ、これがお父様のおつしやる疑心暗鬼といふものなのでせうけれど、余程、嫗を起して見に行かうかと思ひましたの、あら、また犬が啼いてゐる。いやな声だこと！　お父様はどう遊ばして、かう遅いのかしら！』

二人は黙つて目を見合せる。凝《じつ》と、外の気配に耳を澄したのである。

（二）

『どちらへ、おいで遊ばしたのでございます？』

『さア……別に何ともおつしやつていらつしやらなかつたけれど、また碁のお友達のところだらうと思ひます。』

『左様でございますか……それでこんなに。ほんとうにお帰りになりましたら嫗からよく申上げませう。こんなに可愛らしいお嬢様にお寂しい思ひをおさせなさるなど！』

とニツコリしたが、お妙といふ此の娘の、しよんぼりとした姿が気の毒になつてか、縫ひさしの稽古着を膝の脇に置いて

『ねえ、お嬢様、今度から旦那様が夜遅くおなりのやうな時は、どなたかにお留守番に来て頂かうでは御座いませんか？何誰《どなた》か男の方さへゐらつしやれば、それは気丈夫で御座います。』

『でも、そんな人！』

ゐまいといひかけたのであらう、それを嫗は遮つた。

『ございますとも。お宅の直ぐ傍に。』

いひかけて、からかふやうに目を笑はせ、凝とお妙の顔を見て、何気なく美しい顔を揚げたお妙の目が、自分の視線に会つて、まごまごして、まるで眩しいものを見たやうに俯向いたのに、そらといひかねないばかりに勢《いきほひ》を得て

『御承知で御座いませう？　お嬢さま！』

『だアれ？　妾《わたし》、そんな風にいはれたつて判りませんもの。』

微かな息のやうに仄かに、かういつて、胸高にすつきりと黒《くろ》天鵞絨《びろうど》の帯に括つた靭《しな》やかな胴をくの字なりに曲げて、白い美しい襟脚を行燈の柔かい光の戯れるに委せたが、さて、その雪のやうな肌に、薄皮一枚下を昇つてゆく淡紅の血の色が、うつすらと、香高い酒の酔ひほどに散つて見えたのである。

その初々しさ、嫗は喰付きたいくらゐに可愛らしく思ひながら、さて年寄の癖で、づけ〳〵と

『御存じないことはございません。お嬢様のおすきな方でございますもの。』

『いやよ、妾、そんなこと……知らないつたら！ほんとうに嫗《ばあ》

やつたら！』

と、上気した顔を背向けながら声だけは邪慳にいふのを
『あれ、お怒り遊ばしては困ります。そんな気で申上げたのではございません。』

『だつて！』

『でも、ほんとうに、細木様にいらしつて頂いたら………』

媼は、たう〳〵その人の名をいって終つた。

お妙は、わく〳〵する胸を一心に抑え、俯向いて膝の上にひろげた本の面に、美しい鬢の形を影に置いてゐたといふもの、そこに書いてある意味は固より、字の形さへ、一度に泳ぎ出したやうにぼんやりと霞んで、何が書いてあるのやら判らないのだつた。

『ほんとうでございますよ。』

年寄はくどく
『旦那様も、見込のある若者だ、剣の素性がよいとおつしやつて、お話の出るたびに、きつと賞めておゐで丶ございますもの。それに、細木さまもお家は近し。お父様からのお話でしたら、もう、それは一も二もなく、いらしつて頂けます。』

『い丶わよ、ばあや。御留守番なら妾ひとりで沢山なの。』

お妙が、詰めてゐた息をほツとさせて、かういふと
『でも、たつた先刻《さつき》までのやうに、あんなに……』

『い丶え、決してこわくはなかつたの。』

美しい目が涼しく輝いて
『たゞ、妙にお父様のことが気になつて、ひよつと、お帰りの途中で……といふやうな、不快《いや》なことが考へられましたの。それに、そら何時《いつ》か媼やが話してくれたことがあるでせう、御主人が外で死んだと知らないでお家で待つてゐる人達に、その御主人の咳ばらひが門口で聞えて、そらお帰りだと思つて開けて見たら誰れもゐなくて、間もなく思掛けず外でおなくなりに成つた知らせが来たとかいふ………あの話を思出したら、それからそれと、不吉なことばかり考へられますの。先刻《さつき》、道場の床板が誰れか踏んだように軋んだ時など、ぞつとしました。』

『まア、いやでございますよ。お嬢様、そんな！………』

『でも、どんなことがあるか判らない世間ですもの。媼、妾、近ごろつく〴〵生きてゐるのがこわいやうな気がすることがありますよ。』

沁《しみ》々とかういふのを聞いて、媼は吃驚《びつくり》したやうに
『まア、お嬢様、貴女のお歳で、そんなことを！』

（三）

『ほ、ほ………まア、お嬢様のやうに、そんなにお若くつて、お綺麗で………いえ、なンとおつしやいましても、これア媼の慾目ではございません。誰れだつてお嬢様の容色《きりよう》をお賞めしない者は御座いませんもの。それで、そんな坊様染みたお考へなど、およし遊ばせ。お嬢様などがそれでは、他の女達は、とても生きてはゐられません。』

媼は、さも可笑《おか》しいといふやうに笑つたのだけれど、お妙の方では、にこりともしないで、反つて自分の陰気な考へにぢつと引込まれて行く様子、雨に悩む梨の花にも似た風情に、眉を暈らせた。

『いゝえ、ばあや。それは違ひます。』

『いゝえ、違ひませんとも！　媼はお嬢様の三倍も齢を取つて、こんなに皺《しわく》苦茶《ちや》に成るまでに、それア世間を、よーく見てまゐりました。媼の申すことに間違ひはございません。お嬢様のやうな方がお仕合にならないで、誰が倖せになりませう。』

媼も、なかなか強硬だつたが
『さうぢやないのよ、媼。今は媼の若いころとは時勢が違つて来てゐます。御公儀の御威勢でさへ、とやかう申上げる者があるやうになつたのだもの。それに、今にも戦《いくさ》が始まりさうな噂ぢやアないの？　それでなくとも、辻斬だの、押込みだのと恐ろしいことばかりあるンだものねえ。確《たしか》に人の気も荒くなつてゐますの。それも妾、世間が騒々しく明日もわからないといふやうなところから、自然さうなつて来たやうに思ふのだけれど。』

『でも、お嬢様、お父様といふ方が、ちやんとおゐでてございますもの。そんな御心配は要らないことではございませんか？』

『いゝえお父様だつて……』

お妙は、こゝまでいつてから言葉を途切らせ、淋しく微笑した。

『妾、お父様より早く死ねたら、どんなに安心だか知れないと思ひますの。』

『滅相もございません。お嬢様、そんな……御不孝では御坐いませんか？　それに、よしんば、お父様がおなくなりなさらうと』

といひかけて、媼はにはかに勢ひよく
『お嬢様のやうなお方ですもの、どんな立派な旦那様でも、お心のまゝでございますわ。それを御心配になるなンて、可笑《をか》しいくらゐでございます。』

お妙は自然と顔を赧《あか》らめたが、微かに口の中で
『でも、駄目なの、媼。』

『それアまた、どうしてゞございます。』

『妾、どう考へても、自分が淋しく生れて来たやうな気がするの。どんなことでも、妾の思ふとほりにはなることがないやうに思はれますの。』

『そんな！』

『いゝえ、いゝのよ。別に心配しなくてもいゝの、たゞ、妾、そんな気がするといふだけのことなのですから。その代り、妾、自分でも、たいていの辛いことや情ないことは歯を喰ひしばつても我慢して見せます。それだけの力はあるやうな気がしますから。これで、妾、かなり諦めのいゝ方ですもの。まア心配しないでおくれ。』

ひどく真顔になつて、かういはれて見ると、嫗もこれまでのやうに笑ひで胡麻化すこともできない心持。ほんとうにこれから花も実もといふ方が、何故そんなに暗く世の中をお考へなさるかと、怪しみながら気掛りで、お妙を凝《ぢつ》と見詰めてゐるばかり。元来ならば、心も身体《からだ》ものび〳〵と晴れやかな年ごろ、なんの屈託もなく呑気にしてゐらつしやれるはず、やつぱりお稚《ちい》さくてお母様にお別れなすつたせいか？　と我知らず、いたいたしい心持に成つて胸の芯にぐツと熱い塊の拡がるのを覚えたが（いけない、いけない、私までが……）

　と思ひ直して、わざと仰山に
『お嬢様、たゞ今おつしやつたことをお忘れになつてはいけませんよ。もう直ぐ、嫗が「それ御覧遊ばせ。お嬢様」と申上げられるやうなことになりますから。えゝ、えゝ、ちやんと覚えてをりますとも。』

『えゝ、妾も覚えてゐてよ。』

　お妙は、花の咲いたやうにニツコリと微笑んだが
『それにしても、お父様の遅いこと！』

　と、またしても暗い顔。

『なんぼなんでも、もう、お帰りでございませう。』

　嫗も思はず真顔になつていひながら、外の気配に耳を澄した。森《しん》として、高い空に風の音を聞くばかり、夜も大分更けたらしい。

待ち伏せ（一）

『おでん燗酒、甘いと辛い。』

　間の抜けた、眠さうな声で、大きく吹鳴つて、七輪の下を煽ぐ団扇《うちわ》の音。市ケ谷御門に程近い濠端の柳蔭。先刻《さつき》の夕雨《ゆふだち》を、そこらの家の軒下に避けて、晴れると見て出て来た、お約束の屋台店である。

『かう、爺《とつ》つあん！』

　突然に声を掛けられて、おでん屋がきよろりとする。声の主らしい人影は、森閑とした夜の往来に見えなかつた。

『はてな？』

　といふ顔をしたが、化かされたやうで、ちよつと無気味になつたらしい。前よりも大きく、たゞ些か慄へを帯びて
『おでん燗酒……甘いと辛い！』

　精一杯の声である。

　と、また先刻《さき》の声がくつと笑つて低い声。

『野暮な声を出しなさんな。近所迷惑な。大方、もう寝てゐるころだ。』

『へい……』

　団扇の手が憩《やす》んで
『何誰《どなた》で……？　どこにおゐでなンで？』

　と、おつかな吃驚《びつくり》。

『判らねえかい？』

は一層気味が悪い。ひやりとした。

『嚇《おど》しちやいけません。こちらはしがねえ商売なので。』

『冗談いつちやアいけねえ。びくびくしたのは手前の勝手だ。かう、こゝだよ。』

成程、さういはれて見ると、傍《かたはら》の土堤《どて》の、だら〳〵と濠の水まで落ちる傾斜に夜風に揺られてゐる草の間に、黒い人の頭がむつくりと起き上つた。人間と判つてしまへば、それで安心なやうなものだが、さて、また別の不安がある。この夜更に、露に濡れて、そんな所に寝てゐる男、どう考へても尋常でない。

『おでん燗酒、甘いと辛い。』

と、また出た。

するとまた
『おい、いくら呶鳴つたつて見渡したところ人通りはないやうだぜ。無駄だ！』

『何だい、お前さん、先刻《さつき》から……』

老爺も、むツとしたらしい。

『俺れか？』

相手は、あつさりと、かう受けて
『まあ、いゝ、人通りもないらしいから、そこへ出て行つて、顔を見せよう。』

いひながら、さら〳〵と草を分けて、往来へ出て来たのは、ちよつと見は遊人といつた小意気な半纏姿の、きりツとした若い者。近寄つて
『怪しいもンぢやねえ。』

かういひながら、ちらりと、懐中に呑んだ十手を見せた。

『あ、旦那衆で。』

『川獺《うそ》が化けて出たとでも思つたかい？　まア一本熱くしてくんねえ。』

『へい、へい、……御苦労さまでございます。』

『へツ、かうだ。いやにお世辞がよくなつたぜ。』

といひながら、茶椀についだ酒をぐツと一息で飲んで
『うむ、今度は此方《こつち》から、世辞ぢやアねえが、なか〳〵好い酒だ。生き返つたぜ。かう、見ねえ、役目とはいひ条、先刻《さつき》の雨で濡れた草の中に蹲んでゐるンだ。裏までぐつしより。耐《たま》つたもンぢやねえや。』

『まつたく……。あの、何でござんす、この七輪の脇でお炙ンなさいまし。』

『有難てえが、さうもしてゐられねえ。かうしてゐる間に、鳥の方で前に勘附かれでもしたら、ことだ。』

『へえ。何か……？』

『爺《とつ》つあんも聞いてゐるだらう。伝馬町の質屋へ入つた押込みの浪人者よ。この辺まで跟けて来て後はまかれたンだ。今日其奴《そいつ》らしいのを麻布で見掛けて又逃げられたンで、ひよつと、また、此の辺に立廻らねえかつて待伏せてゐるわけだが、どうも近ごろのやうに忙はしいのは十手を頂戴して以来ないことだぜ。その浪人者の他にも、三人か四人一組になつた凄い奴が山

の手を荒してゐる。』

『へえ、いやなこつてございますな。どうして、かう、世間が物騒になつたもンですか……おち〱商売もしてゐられません。』

『といつて、やめるわけにも行くまい。まアそつちの方は俺れ達に委して置いて安心してゐるがいゝやな。おツと、もう一本。』

『へえ。』

　と、新しい徳利に手を伸す。途端に気が附いたのは、左内坂の方角から濠端を来る人影。男が闇を透して凝と見てゐたが
『武士《りやんこ》だ！』

　と呟いて、疾口に
『爺《とつ》つあん、頼むぜ。当り前の客あしらひにしてゐてくんねえ。迷惑は掛けねえ。様子がどうも彼奴らしいンだ！』

（二）

　ぴた〱と、雨後の道に草履の音をさせて人影は近づいて来る。例の岡ツ引らしい男は慣れたもので見返らうともせず、銚子を傾けて茶椀に酒をつぎながら
『あゝいゝ心持になつた。この勢ひで、宿《しゆく》へでも押出さうかな。』
『へ、へい……』
　おでん屋の老爺は、さて、これから、どうなることか？と落着かない返事だ。
　足音の加減を聞いて、この辺でよしと思つてか、くるりと振り返る。それも、始めて人が来たことに気が附いたやうに極めて自然な動作
『う――い。』
　と、噯をして
『ごうせい陽気だ！』
　といひながら、目だけは鋭く輝いて、今は行燈の光の中に入つて来た武士の様子を凝と見ると、鉄色の羽二重の紋附を着た立派な男だが、顔は頭巾に包んであつて年恰好もわからず、たゞ頭巾の蔭から光つた目でちらりと、こちらを見返して、後は悠々と通り過ぎて行く。
『紋は下藤か？』
　こちらは、胸の中で、かう頷いてから
『ぢやア爺つあん、あばよだ。これから揚場の川岸《かし》へいつて、引張《はり》でもひやかすとしよう。』
　かう、開けつ放しな声でいつたのは、半分は今の頭巾の武士に聞かせるためだつたらう。くるりと尻を端折《はしを》つて、歩き出したが、わざと、よろりと泳がせる足もと、おでん屋が真に受けて
『あ、おあぶなう御座んす。』
　と声を掛ける。
『しめた、その呼吸《いき》。』

と、にやりとして、二歩三歩。振返つて低い声。

『俺が、すこし行つたら、それ、おでん燗酒甘いと辛いを、ひと声頼むぜ。大事なところだ。』

言ひ置いてにやりとして又歩き出す。足どりだけは酔つた形、気を張つて、半町ばかり前を行く武士の後姿に凝《じつ》と目をつけた。獲物を狙ふ猟人《かりうど》の目である。

透かして見ると、武士は、こちらを並の酔漢《よひどれ》と思つて、別して気にかけてゐないらしい。すた〳〵と、牛込御門の方角へ歩いて行く。夜は更けてゐても星明りがある。他の人通りがあるのではなし、構へて目さへ離さずに置けば見失ふことはあるまいと思はれる。

後ではおでん屋で約束どほり
『おでん燗酒、甘いと辛い。』

腹が立つたやうに、かう呶鳴つて邪慳に団扇をぱた〳〵やつてゐる。

何となく可笑《をか》しくなつて、くツと笑つたが、途端にはツとして顔色をひき緊めた。

武士は、道を左へ折れたのである。

『こいつ！』

遽《にはか》に歩調が速くなる。

武士の姿の隠れたのは、俗に幽霊坂といふ坂へ出る町角、門は武家屋敷の土塀、それに沿つて小走りに勢ひよく道を曲つた刹那、男はぎよつとして立竦んだ。意外にも武士は、その角に隠れて、自分の追附くのを待つてゐた。ひやりとして、ぱツと鳥の立つやうに逃げ出さうと伸びた脊を追ひざまに木下闇に躍る銀蛇。

『あツ！』

と微《かす》かに叫んだのと、男の体が朽木の倒れるやうに路に倒れたのと、殆ど同時だつた。や丶暫く手足をもがいてゐたが、そのま丶、石のやうに静かになつた。倒れた刹那に懐《ふところ》から泥濘へ躍出した十手は星明りに冷く光つてゐる。

武士は切尖《きつさき》を地に垂れて、男の様子を凝《じつ》と見詰めてゐたが、何思つたか、その十手を足の爪先で蹴転がして死体の脇の下へ隠れるやうにしてから、身を屈めて、死人の裾で静かに刀身を拭つて鞘にをさめた。黙々と左右を見廻して見たが人に知られた様子もない。また静かに歩き出した、行手は、左右の土塀越に暗い枝を交へて、星の光を僅かに導き入れた幽霊坂。闇の底に轟々と鳴るは、先刻の雨を集めて速い溝川の流れである。

や丶、暫くあつて、騒然たる流れの響に入りまじり坂の中腹から聞こえて来た謡曲の声。

〽よもつきじ〳〵万代までの竹の葉の酒、くめども尽きず呑めどもかはらぬ秋の夜の盃……

今の武士に違ひない。朗々と錆を含んだ練《きた》えた声音。その声が漸く坂を登り詰め、程なく遠く消えてから、後は、たゞ水音と冷たい星の瞬き。時折、遠くの露路で、何かに怯えたやうに頻りと犬が鳴く……

『おツと……』
驚いたやうに、かういふ声がして提燈の灯影が地に匍《は》つた。牛込御門の方角から来た二人連れ。見たところ主人と供の者らしい。供の仲間ていの男が、提燈を持つた手を伸して、路端の死体をヂツと見てゐたが、押潰したやうな声で
『殺つたぜ。かう……』
と、低い声だが主人に話掛けるにしては酷く乱暴な口のきゝ方だつた。

不思議な一組

主人《あるじ》と見える武士は、どちらかといへば小柄の方だつたが、優形のすつきりした身にお納戸の紋服を裾長く着流して、細身の大小を落し差しにした姿が、見た目に実際よりは脊を高く見せてゐる。頭巾を眉深く被つてゐるので顔かたちは見えないが、切長の形のいゝ目は男と思はれず清しく、仲間がかざす提燈の光に、無惨な死体を息を詰めて眺めて立つてゐる。

『辻斬かな？　ひでえことを為《し》やがつた。』

仲間の言葉は依然として乱暴だつた。

武士は、黙つて、死体が胸の下に敷いてゐて、僅かばかり端の方を覗かせてゐる十手を仲間に指さして見せた。

『え、成程。』

仲間は頷いて
『すると………』

『いづれ、こちとらと同じ稼業の奴がやつたことさ。』

武士は始めて口を開いた。言葉はひどく伝法、しかも、正しくうら若い女の声ではないか？「こちとらと同じ稼業」と自らいひ放つた。それが女だてらの此の衣裳、尋常でない女に違ひあるまいが、さりとて血を見て、びくともせぬ度胸は大胆不敵といはうか？

『忌々しい辻占だ。こいつあ、猿の兄貴がいつてゐたとほり、今夜は家でゆつくり寝ることでしたねえ、姐御』

と、いふと、頭巾の蔭の美しい目が冷たく笑つて
『おや、何故《なぜ》さ？』

『何故つて！　出端なを、鼬《いたち》に道を突切られたも、おんなじですぜ。虫けらのやうな奴でも岡ツ引が殺されたとなると、この界隈水も洩らさず網を張るにきまつてゐますからねえ。』

『だけど、為さん。』

奇怪な女賊は、かういつて、連れを呼び掛けた。

『さうと知つたら、なほさら空手で引上げにくいよ。妾ア一人でも行つて来るつもりさ。折角目星をつけて置いた仕事だもの。また出直すといふのも億劫だよ。』

『相変らず気の強い！』

『そればつかしぢやアない。死体《こいつ》を見付けたのは、妾達がそもそも始めらしいぢやないか？　これから誰れが見付けるか、騒いでから十分に手が廻るまでには夜も明けよう。お前いやならお帰んな。』

『嫌だとはいひませんがね。』

と不承らしい顔付で
『何だか、今夜はあまりぞつとしませんのさ。』

『判つた、為さん。』

『へえ』

『なにつて、お前、あの家の隣が剣術遣ひなので、臆病風に吹かれたんぢアないかい。一刀流指南、岩村鬼堂とか……書いてあつたね、看板に。成程、名前は怖いや。だけど、それア心配は要らないンだよ。よしんば岩村つて奴が加勢に飛出して来ようが、たかが町道場の先生、それに、いくら腕が出来るつたつて飛道具にはかなはない。誰れだと思ふ、妾だよ。白峰のお銀だ。』

『お銀姐さんは解つてゐますよ。ぢや、兎も角出掛けて見ませう。こんなところに愚図愚図してゐたつて、詰らない。』

『おツと、お待ちな。妾が、用もなく、何時までもこんなもの丶傍に立つてゐたと思ふのかい。』

お銀といふ女は、かういつて、身を屈め、死体の懐《ふところ》から十手を抜取つて、懐紙を出して血や泥の汚れを拭取りながら、莞爾《にっこり》として
『早速、今夜の役に立てようといふのさ。どうだい？』

『成程ね。』

『感心してばかりゐるンぢやア困るね。済まないけれど、この死体はお濠へ投り込んでおくれな。さうして置けば、朝まで他《ひ》人《と》に見付かりつこはない。』

『まつたくだ。やつぱし、姐さんには叶はない。』

『ごまをすらずと、手つ取りばやくさ。』

『合点。』

威勢よくかういつて、幾分気味悪さうに死骸の手を握り、道を斜に、濠端まで曳摺つて行つたやうだつたが、やがてどぶんといふ水音が静かな夜に陰気に響く。

『出掛けようぜ！』

お銀が、かういつた。

黙つて歩いて行くところを見ると、どこをどう見ても、立派な武士。すた〱と濠に沿つて歩き出す。

暫く行つてからだつた。為といふのが
『今夜は星が綺麗ですね？』

『だけど、やつぱし山で見るのには、かなはない。もつと、もつとずつと澄んで寒いくらゐの色をしてゐるものねえ。』

山とは、一体どこのことをいつてゐたのか？　女賊白峰のお銀は始めて女らしくかういつて夢見るやうな目付で空の星を仰いだ。

押込み（一）

どこかの寺の鐘が、もう疾くに九つを撞いた、秋の夜にふさはしく冴え冴えとした鐘の響は、星をちりばめて澄み渡つた夜空に昇つて、消えた。

父親の鬼堂は、まだ戻つて来ない。頻《しき》りと、それを気にしてゐるお妙を、嫗《ばあや》がやつと説き伏せて臥所へ入らせて、間もなくのこと、ことんと裏の溝板を誰れか踏んだやうな音がしたので、二人が顔を見合したところへ

『もし……お才さん……お才さん……』

低い声だが、あはたゞしく、あからさまに恐怖の色を帯びてゐる。お才と自分の名を呼ばれたことだし、その声が日ごろ朝夕に顔を合せて親しい隣家の質屋伊勢屋の下女の声と直ぐにわかつたので、嫗が小走りに台所へ出て、戸に手を掛けながら

『お大さんですか？』

かういふと

『大です。……大変です。泥棒でございます。』

『えツ！』

嫗も、その直ぐ後に立つてゐたお妙も驚いたが、戸を開《あ》けると恐怖に泣き出さないばかりに顔を歪めた隣家の下女が、転げ込むやうに入つて来て、土間へべつたりと坐つて終つて

『先生様は？』

と云つたのは、主人の鬼堂に救ひを求めに来たと見える。こちらの二人は、息を詰めて黙つて顔を見合せたが、嫗が引取つて

『お留守なンですの、あいにく……で、まだ、ゐるンでござんすか……』

『へえ……』

傍からお妙が

『ぢやア御近所を起して……』

『いえ、駄目でございますよ。騒ぎ立てゝは反つて危いンでございます。白刃を抜いて……』

『……一人ですか、大勢なんですか？』

『二人御武家さまのやうでございます。旦那様も御内儀さんも仲どんも縛られて、……あたし一人ゐるのが判らなかつたので……やつと、抜け出してまゐりました。』

土色になつた唇で喘ぎ喘ぎ、かういふのである。こちらの女二人も、まつたく、どうしたらよいものか途方に暮れてゐたが、年の効で、嫗が

『あ、お嬢様、細木様にいらしつて頂きましたら。』

細木といへば、先刻《さつき》、幾度か嫗が名を唱へてお妙の顔に紅葉を散らさせた若者。門弟中、この道場に最も近く、つい、傍《かたはら》の崖下に浪人者の父親と親一人子一人の水入らずで、つゝましく住んでゐたのである。

お妙は、はつとしたやうに反射的にいつた。

『でも……もしか……？』

嫗は莞爾《にっこり》して、

『そんな事はございません。大丈夫でございます。細木様のお腕前なら……』

『でも、……』

『まア、嫗にお委せなさいまし。』

嫗は、かういつて、お妙をなだめてから
『お大さん、ぢやア、御一緒に。お前さんは、直ぐ自身番へ行つてお願ひ申しなさい。』

『はい……』

『ぢやアお嬢様、ちよつと。……声をおたてになつたりしては、いけませぬ。静かに何事も御存じないやうにしてゐらつしやいましよ』

いひながら、帯を締め直してお妙がまだ不承で何かいはうとしてゐるのを振切るやうにして、露路の闇に姿を隠した。

我家ながら一人になると、お妙ははかに譬《たと》へようもない気味の悪さが襲つて来るのを感じた。嫗が開《あ》け放して行つた戸口から、今にも覆面の大男が長刀《だんびら》さげて、ぬツと入つて来さうな気がする。

『お前は武士の娘ぢや。』

父親の鬼堂が日ごろふた言目には必ずいふ此の言葉がお妙の胸に蘇つて来た。

『父の娘として、近所の人の手前羞しくないように。』

かう、自分で自分に言ひ聞かせて、静かに奥へ引返すと、かひがひしく護身の短刀を取出して帯に挟み、行燈の灯をそツと吹き消して、暗い中に石像のやうに立つてゐた。その内次第に闇に目が慣れて来て見ると外の星あかりが、家の中へもぼーツと差し込んで来てゐるのが判る。隣家《となり》に現に押込みが入つてゐるとは思はれぬくらゐに、ひつそりした夜である。

唯、お妙は、ぎよつとした。またもや裏口に、ことり、確に人の足音を忍んで近附いて来る気配。

(二)

お妙が身構へて立つてゐる暗い家の中から見ると、嫗の出て行つた勝手口の出口が、短冊のやうな形に、外の星明りで、蒼褪めてぼウツと明るかつた。その中に、六尺豊かの大男が両刀を腰に佩びて、ぬツと現れたのである。

お妙は、息を詰めた。手はおのづと胸の短刀の柄にかゝる、繊弱《かよわ》い女ながらも岩村鬼堂の娘、相手が万一家の中へ踏込んで来たならばの覚悟であつたが、これは滑稽にもお妙の誤解と判つた。暗い家の中を偵ふやうな様子をしてゐた男は露路の方を振返つて低い声で
『年尾!』

と呼んだ。

年尾なら、嫗が迎ひに行つた細木の名である。その男が細木の父親であることは直ぐにわかつた。

そこへ、細木が父親の脇から首を出して、暗い家の中を覗き込んで低い声でいつた。

『お妙さま。』

『こちらでございます。』

お妙は、いそ〳〵として答へる。

『御安心なさいませ、父も一緒にまゐりました。父は今すこし

前に外から帰つてまゐりましたので、私も、まだ、寝まずにゐたのでございます。』

年尾は優しく、かういつた。

お妙は、たゞ嬉しくて、戸口まで出て、年尾の父親に無言で会釈した。年尾の父親は、五十がらみの立派な男だつたが、につこりと笑つてお妙に会釈を返してから
『賊の方は私一人でよい。万一こちらへ逃げ込んで来ぬとも限らぬ故、年尾はこちらに残つてをつてお嬢様にお怪我のないやうにしろ。』

年尾は不服さうに見えたが、お妙は、こんな嬉しいことはないやうな気がした。

『では！』

年尾の父親は、会釈して突入るやうに露路の闇に姿を消した。初老の人とは思はれぬ颯爽たる姿だつた。

二人は、暗い中を息を殺して佇んでゐた。お妙はひどく駆けた後のやうに、烈しい動悸を胸に感じてゐた。たつた先刻《さつき》、媼にいろいろといはれた言葉が途切れ途切れに、前後を乱して脳裏に蘇へつて来て、顔を熱くしてゐる。四囲の暗いのが嬉しかつた。この暗い中へ夜気は静かに漂ひ込んで、熱した頰にひんやりと快よく触れてゐる。

やゝ落着いてからお妙が見ると、年尾は、星明りを脊に石を刻んだやうに端正な横顔を見せて立つてゐる。勿論父の安否を気遣つて隣家の物音に耳を澄してゐるのだつた。その広い若々しい額、秀でた眉、細く徹つた鼻筋、きツと一文字に結んだ唇。お妙が、こんなに近く年尾の傍に寄つて、またかくもしげしげとその顔を見ることができたのは、まつたく始めてだつた。いつもは、たゞ何となく羞しくて、顔が微照つて別の用で傍を通る時でも、眩しくて耐らないものゝやうに顔を背向けて大急ぎで通つて終ふのだつた。それから思ふと、今が何だか夢でも見てゐるやうな心持。

『媼さんはどうしたのでせう？帰つて来ませんね？』

年尾が、急に、振返つてかういつたのでお妙は殆どどぎまぎして、口籠つた。

『は………』

かう答へてから始めて、媼の帰つて来ないことに何か理由《わけ》が、いはゞ後で媼が微笑《わら》つて『お嬢様！』と優しく肩を小突くやうな計画でもあつてのことのやうな気がして、お妙は急に顔を火のやうに赧くした。美しい指は、知らずして、袖をひねってゐる。殆ど同時に、お妙は、年尾の方でも媼のゐないことを気にしてゐるらしい様子に、理由なく、心に媚びるものがあるやうな気がした。

途端である。隣家の庭に、えいツ！　と鋭く叫ぶ声。

二人は、はツとした。

続いて起るちやりんちやりんと刃と刃の打ち合ふ音に、こちらも息を詰め、脊筋にひやりとしたものを感じたが、やがて、人間の摚ツと地に倒れる音、続いて年尾の父親の声で勝誇つたやう

に
『来い！』

と呼ばはる声。

二人は感動して泳ぐような目を見合せた。その時お妙が気が付いたのは、自分が知らない間に、思はず年尾に寄添つてゐたことだ。

年尾は左の腕で、雄々しくも庇ふやうにお妙の肩を抱き緊めてゐる。お妙は恐怖と歓喜の交錯つた心持で、気も遠くぢツと目を閉ぢた。その瞬間に、このまゝ命を終りたい心持だつた。年尾と、突然に隣の塀内で轟然と鈍く重い銃《つゝ》の音がした。年尾は思はず飛び上るやうにして叫んだ。

『しまつた！』

賊が飛道具を持つてゐやうとは恐らく父も予期してゐなかつたに違ひないのである。

（三）

お妙は、夢中で、年尾の腕に噛り付いた、年尾は、振放して出て行かうとする。お妙は、必死だつた。

『いけません、いけません……どうぞ……どうぞ！』

お妙は懇願するやうに、かう口走りながら、おろ〳〵泣き出した。お妙が、胸に抱き込んでゐる年尾の左手の甲は、火のやうに熱い涙を浴びた。年尾はもがきながら、父の声が悲痛に何か叫ぶのを聞いた。意味は取れない。たゞ猶予ならぬ危急が感じられた。

『お放しなさい、お放しなさい。えい、御免！』

と、猛然として突放す。

お妙は、暗い土間に、崩れるやうに坐つて、駆けて行く年尾の後から叫んだ。

『細木様……妾《わたくし》、妾……』

きれぎれに、後はさめ〴〵とした涙だつたが、また遽《にわか》に狂気のやうに、年尾の後から走り出て、裏口のところで躓いた。今度はもう起き上る気力も失くしたやうに、ぐつたりと地に倒れたまゝ、正体なく泣き始めたのである。

『お嬢様！』

そこへ折よく露路を入つて来た媼が、あはてゝお妙を抱き起した。

『もう大丈夫で御座います。お上の手が廻りましたから……さ、さお内にお入りなさいまし。』

『いや……いや……』

『そんな事をおつしやつて……』

いひながら、媼は振向いた。同じ露路を、ぱた〳〵と駆け出て行く人の足音に驚いたのである。

続いて、意外に間近く年尾の父親の叫ぶ声が聞えた。

『年尾！　長追ひいたすな！』

様子が、年尾は露路づたひに逃げた賊を追つて行つたらしい。

年尾の父親は、凝《じつ》と気遣ひらしく見送つてゐたが、やがて黙々と、お妙や媼のゐる方へ戻つて来た。

『如何なされた？』

年尾の父親は、しつかりした声で尋ねた。

『いえ、お嬢様が……』

媼はかういつて語尾を濁してから年尾のことを尋ねた。

『細木様は？』

『年尾で御座るか？賊の後を追つて行きました。』

ときつぱりいつて
『いや、心配なことは御座るまい。年尾が追つて行つた賊は、短筒を持つてゐますが、女ぢや。』

『へ？あの、女？』

媼は目を瞠つた。

『左様、男子の風をいたしてをるが女ぢや。世が紊れて来た故か妙な化物が出るやうに成り申した。いや、大胆不敵な奴！』

年尾の父親は感嘆したやうに、かういつたが、媼が見ると、刀を地に差して、右手で左腕を抑へてゐる様子。

驚いて
『あゝお怪我を？』

『いや、何、思ひ掛けず短筒を出されましたので喃《のう》。僅かに擦り傷です。』

事もなげに、かういつて、再び年尾の安否を案じるやうに、静かに往来の方の気配に耳を傾け始めた。媼が見ると余程の傷と見え、鉄色の着附の片袖にあきらかに血が滲んで、下り藤の紋さへ消してゐたのである。

折から往来の方で、どや〳〵人声。

『それツ！』

『そつちだ！』

露路の入口を提燈の灯影があはたゞしく走つて行くのが見える。既に役人の手が廻ったらしい。その後、銃音も聞こえて来ないのだし、三人が、めいめいに心を痛めてゐた年尾の安否もまづ心配はなさゝうに思はれた。

ところへ、二人三人と近所の人々が血の色のない顔をして出て来た中に、今夜賊に襲はれた伊勢屋の主人夫婦がやつて来て、くどくどと命拾ひの礼を述べ始めた。折から町役人も、手先に提燈を持たせて露路を入つて来た。群集が御用提燈と見て、道を開けると、ずつと前へ出て来て、年尾の父親の顔を見ながら
『伊勢屋の賊を斬られたのは、貴殿で御座るか？』

『左様。』

『役目の上よりお尋ね致す。御姓名は？』

『細木新之丞と申す。』

役人は、矢立から筆を出して、年尾の父親の名、次いで住居を書いてから
『御浪士か？』

『左様。』

迷惑そうな返事だつた。

『以前は何れの藩に？』

年尾の父親は、微笑しながら昔の主家の名をいはうとした。そこへ、つか〳〵やつて来た別の手先が

『箇様なものが落ちてをりました。賊が持つてまゐつたと伊勢屋の店の者が申してをります。』

といつて、差出したのは、朱房の十手。

『ふむ?』

と、いつて手に取つて見る。傍から、何気なく覗き込んだ年尾の父親、細木新之丞が、十手と見て何故か瞬間的に異様に目を光らせた。

追跡

この男装した奇怪なる女賊は、既に伊勢屋一家を縛つて、計画どほり金を奪つて引上げやうとしたところへ、突然細木新之丞が現れたのだつた。新之丞に向つた連れの賊は二三合斬結んで倒れた。危しと見て女賊は新之丞に向け短筒を放つと、庭口から外の露路へ出る。途端に、父の危急に駆け付けた年尾の姿を見て、身を翻して逆の方角から往来へ逃げのびる。逃がさじと年尾は後を追つたのである。

雨後の泥濘《ぬかるみ》道、ともすれば足は滑りさうになるのを女賊は必死に走つて辻へ出たが、土塀の角を曲ると大胆にふと立ち止つた。耳を澄せば、追手の足音は、間近く迫つてゐる。追手は今の武士ばかりではない、急を聞いて馳附けた手先の一団が加はつて、提燈をかざして一散に迫つて来る様子。

『おや〳〵、大袈裟だねえ。』

大胆不敵な!　びくともせぬ小面の憎さ。にやりと艶に笑つて、かう呟くと、また、ぱツと駆け出した。

『それツ!』

姿を見たらしく、誰れか、かう叫ぶ。途端に、追手の一人が、後を追ひざま、賊をめがけて六尺棒を颯と投げかけた。棒は唸りを生じて飛んで行つたが、的を外れて地に落ち、左右に泥を散らして滑走した。

賊は飛鳥のやうに走つて第二の辻を曲る。十間ばかり遅れて年尾が辻を折れたが、意外にも賊の姿は忽然として消えてゐた。夜の往来は野良犬一匹の影も見せず、がらんとしてゐたのである。

『やツ!』

茫然としたが、続いて駆け寄つて来た手先達が、心得たもので狼狽もせず、一手は驀地《まつしぐら》に町筋に沿つて走ると残つた者が、附近にある露路といふ露路、木戸といふ木戸を調べはじめた、年尾も黙つて見てゐられない気がして、二人三人の手先の後から、狭い露路に入つて行つたが、此所は完全に袋露路で他所へ抜道がない。

『駄目だな?』

『この露路ではないらしい。』

手先達は、いそがしく道を引返して、再び往来へ出た。年尾も、狐につま、れたやうな心持で後から出て見ると、他の露路

でも賊の姿は見られなかつたと見え手先達が馬鹿な顔をして、ぞろ〳〵出て来るのに逢つた。

『なンだ！　とんと、なつてないぢやアねえか？』

同心らしい痩《や》せた男が、かんかんに成つて、手先達を呶鳴り付けてゐる。

『掃溜の蓋は開けて見たのか？』

『へえ、一々開けて見ましたが……』

『どぢな奴らだ。もう一辺目を開《あ》けて見て来い。縁の下へももぐり込んで見るんだ。構はねえから、こゝらの家は皆叩き起して家の中を調べさして見ろ。じたい、人間が消えてなくなるなンて話があるものか？　考へて見ろ。痴《どぢ》な奴等だ。』

手先達は、軒並に戸を叩いて起して家人に内を調べさせる一方、棹を持出して来て提燈をくゝりつけ、縁の下へ差し込んで床の下を覗いて見たりしてゐる。それまでに外の騒ぎで目を醒まし家の中で不安な思ひでゐたらしい附近の町家の人達は、ぞろ〳〵往来へ出て来て、半分は物好きに、立つて見てゐる。

『気味が悪いぢやございませんか？　かうしてゐる内に、ひよつくり出て来ないとも限りませんもの。』

『いやですよ。嚇《おどか》しては！　それでなくつても胸がどき〳〵してゐます。妾、ほんたうに臆病に出来てゐるンですもの。』

『いゝえ、なアに。このくらゐ騒いで見付からないンですもの。とつくに逃げてゐるンです。それにしても、お内儀《かみ》さん、越していらしつて早々、いやな目におあひでしたわね。』

年尾は、かういふ話声を聞いて思はず微笑しながら振返つた。この辺の山の神達らしい。一軒の家の格子戸の前に立つて！　手先達の右往左往する様子を、物見高く眺めながら、ひそ〳〵話し合つてゐるのだつた。年尾は何気なく振返つて見て、ちよつと目を瞠つたくらゐ、艶《あだ》つぽい小意気な女の顔が花の開くやうに明るく笑つてゐるのを見た。

女の容貌は、他の内儀さん達の平凡無味な顔立の中に、群鶏中の一鶴《くわく》といつてよい程に、すつきりと目立つて見えた。整つた目鼻立、朱唇、すべて道具の大きい、大まかなはつきりした顔立で、凝《ぢつ》と真顔でゐると、男のやうに強い烈しい表情だが、笑顔を作ると何ともいへず艶《あだ》つぽくて、譬へどんな冷やかな男の心でも、恍惚と酔つたやうにさせずには置くまいと思はれた。

『妾《めかけ》かな？』

年尾は、かう考へながら、暫くその女を見てゐた。

（「大阪朝日新聞」大正15年8月14～25日）

金玉均

小山内　薫

（一）

明治十七年十月二十日の夜。

朝鮮京城、外衙門参議金玉均邸客間に於ける「日本酒会」。主人、金玉均、客、代理公使今村進、公使館附武官小林真造、志士高木、岡本、井上、高橋などの日本人に混りて、金の党士朴泳孝、洪英植、徐光範、金の反対党なる閔泳翊、閔台鎬、親清党の金宏集、金允植など。

卓二つ。各の卓の上に、神仙炉、沈菜、餅、団子。日本製の酒徳利と猪口が異彩を放つてゐる。

宴は既に半。主客皆酔ふ。

両閔両金と日本の志士とが争つてゐる。

高木。小国とはなんだ。

井上。弱国とはなんだ。

泳翊。併し、地図の上では……

高橋。地図の上ではいくら小さくても、胆つ魂《たま》は大きいぞ。

岡本。清国のやうにずうたいばかり大きくて血が通《かよ》つてゐない国とは違ふぞ。

宏集。それはさうかも知れませんが、忌憚なく言へば、日本はまだ兵力が足りません。財力が足りません。

小林。兵力は必ずしも人数だけの問題ぢやない。日本の兵には訓練がある、規律がある、挙国一致の熱誠がある。一騎当千のつはものばかりだ。

台鎬。併し、衆寡敵せずといふ詞があります。いくら日本の兵が強くても、多勢に無勢では致し方がありますまい。現に、壬午の変乱でも……

小林。待ち給へ。君は又それを言ふのか。あの時は堀本中尉が教官として来てゐただけで、日本の軍隊は来てゐなかつたのだ。それでも、三十二人の公使館員が一団となつて、国旗と公使を守りながら、正々堂々と仁川まで引き上げたのだ。とても清国人などに出来る為事ではないぞ。

岡本。宏集君、君は現に謝罪の副使として済物浦条約に調印をした一人ではないか。国王が国書を以て罪を謝したのだ。五十万円の償金も払つたのだ。あの事件は、決して朝鮮の名誉ではない。

允植。如何にもさうです。併し、あれは大院君の排外思想が無知の暴徒を唆かしたので、決して国民全体の意志ではありません。

泳翊。その大院君を天涯万里の異境に幽閉してくれたのも、清国の機敏な処置です。若し、あの時北洋大臣があの敏速な行動に出なかつたら、朝鮮は今どうなつてゐるか分からないのです。

岡本。その代り、モルレンドルフなどといふ怪しげな独逸人をよこして、朝鮮の内事外交に干渉の手を延ばし始めたのだ。さうして、君達はその干渉を甘んじて受けてゐるのだ。

台鎬。でも、吾々は清国に恩があります。今日の平和は清国のお蔭で得られたのですから。

高木。「今日の平和」か。うまく言つたな。なぜ「王妃党の勝利」とは言はんのだ。

泳翊。いや、吾々は決して王妃の為に党を作るものでもなければ、閔族の多数を誇るものでもありません。現に、世間からは吾々の反対党と見られてゐる金、朴、洪、徐の諸君をさへ政府の要路に立ててゐるではありませんか。

井上。いや、それは単なる手段に過ぎない。君等は決して親日党たる金君や朴君を快く思つてゐるのではない。

高橋。公使館を焼いても、国旗を侮辱しても、償金さへ払へばそれで好いと思つてゐるのだからな。

台鎬。諸君は吾々が比較的清国に親しんでゐるのを見て、不快に思つてゐられるのでありませうが、これはやむを得ないことで、実際吾々は支那のお蔭で……

岡本。もう分かつた。支那のお蔭はあつても、日本のお蔭はないと言ふのだらう。

泳翊。必ずしもさうだとは言ひません。併し日本が吾々に対して十分親切だといふことはちと言ひ兼ねるのです。

今村。（始めて口を開く）なぜです。なぜ、そんなことを言ふのです。

泳翊。私は亜米利加へ参る時、日本へ寄りました。そして、亜米利加人のチヤウタンといふものを通弁に雇つて連れて行かうとすると、なぜか日本の政府はそれを阻害したのです。

今村。それは、その亜米利加人の資格に欠けるところがあつたからでせう。それは寧ろ日本政府の親切と言はなければなりません。

泳翊。そんなら、外に適当な人を世話してくれれば好いのですが、それもしてくれないのです。

（一同無言）

台鎬。（冷笑して）兎に角、吾々は清国に恩はあつても、日本に恩は……

岡本。ないと言ふのか。

泳翊。（断乎と）ありません。

高木。
井上。（同時に）何を。生意気な。

日本人一同、立ち上がる。

両閔両金も立ち上がる。

あぶなく摑み合ひになりさうになる。

今まで沈黙してゐた金玉均、驚いて、その間へ割つてはひる。

金。まあ、待ち給へ。今夜の会は親睦の為にやつたのではないか。親睦会が討論会になつてはいかん。（両閔両金に）まあ、諸君もさう興奮しないでくれ給へ。けふは日本酒の会だ。日本の諸君に一歩譲るさ。

泳翊。いや、譲るといふことは出来ん。正義は飽くまでも正義だ。

台鎬。第一、こんな酒なんか、ちつともうまくない。

允植。老酒の方がよつぽどうまい。

高橋。
岡本。（同時に）何を無礼な。

摑みかからうとする。

金。（両閔両金に）まあ、諸君は酔つてゐる。今夜は帰り給へ。あしたになれば分かることだ。好いさ、好いさ。朝鮮は如何にも支那のお蔭を蒙つてゐる。だが、日本の世話にもなつてゐないことはない。それで好い、それで好い。分かつた、分かつた。

金は押し出すやうにして、両閔両金を部屋の外へ連れて出る。

朴、洪、徐などが頻に日本の志士を宥める。

直ぐ、金が一人で帰つて来る。

高木。（まだ興奮してゐる）おい、金君。君はどうして今夜あんな奴等を呼んだのだ。

井上。みんな君の反対党ぢやないか。

岡本。閔泳翊なんて奴は、面を見ても虫唾が走る。あんな奴が前にゐると、折角灘の生一本を振舞はれても、一向うまく飲めやせん。

高橋。不愉快つたらない。二言目には、日本のことを小国だの弱国だのと言やがる。

高木。彼等には支那より有難い国はないのだ。

金。（徐に笑って）まあ、まあ、諸君、僕があやまるから赦してくれ給へ。

高木。（しつこく）だが、なんだつて、あんな奴等を呼んだのだ。

金。それは僕も公明な態度が執りたかつたからだ。吾党ばかりで集まると、直ぐと目をつけられるからな。

井上。目をつけられたつて構はんぢやないか。君の親日党たることは既に天下周知の事実なんだから。

金。いや、併し、軽挙盲動は出来ん。吾々の目ざすところは高遠だ。一時の快を貪つて、国家百年の計を失つてはならん。

今村。（宥めるやうに）まあ、まあ、兎に角、これで水入らずになつたんだから、一つ愉快に飲み直さうぢやないか。

洪。一時はどうなるかと思つたが、まあ無事に済んで結構だつた。

朴。それでも、よく先生達、おとなしく帰つたものだな。

今村。そこは金君の外交的手腕ですよ。

徐。いや、彼等の所謂「衆寡敵せず」主義に依るものでせう。

一同笑ふ。

酒盃、また廻る。

金。(今村に) 併しねえ、今村さん。僕はどうも日本政府の真意が測りかねますよ。清国の羈絆は、どうしても脱しなければならんと思つてゐますが、さうかと言つて、今の状態では、日本に全然依頼することも出来ないのです。

今村。すると、日本が信じられんと言ふのですか。

金。さうです。日本政府の腰がきまつてゐないと思ふのです。

小林。なぜ、そんなことを言ふのですか。

金。小林中隊長にはまだお話しませんでしたが、今村書記官にはこなひだも話したことです。僕が日本に依頼するやうになつたのは、壬午の乱の謝罪使として朴君と一緒に東京へ行つた時からのことです。あの時は、実際日本は恃むに足る国だと思ひました。軍備拡張も決して日本の為のみではないと言はれた井上外務卿の詞にも、言外に深い意味が読まれました。国債問題も委任状さへあればといふところまで話が進みました。ところが、国へ帰ると間もなく、趙寧夏の奴が清国からモルレンドルフといふ独逸人を顧問に雇つて来ました。閔泳穆や閔泳翊は、直ぐとこいつに附和して自家の利益を計り始めました。モルレンドルフの背後に清国のゐることは疑を容れないのです。北洋大臣は外洋人の顧問を通じて朝鮮の内政に干渉するといふ実に巧妙な手段を執つたのです。僕は事毎にモルレンドルフと争ひました。当五当十銭の鋳造問題などに就いては、半日も論争を続けました。僕は貨政の弊を説いて、国債の遥に優れることを主張したのです。幸に主上は僕の意見をお納れ下すつて、三百万円の国債委任状をお渡し下すつたのです。閔族やモルレンドルフは随分妨害運動をしましたが、もう主上の御決心が堅いのだから、どうにもしやうがありません。そこで、モルレンドルフは搦手から僕を陥れようとしたのですね。巧に松山公使に近づいて、僕のことを悪しざまに言つたものです。顧問の外国人だとは言ひながら、兎にも角にも朝鮮の内政に参与してゐる人の詞です。軽率な松山公使は忽ちそれを信じてしまつたのですね。公使の僕に対する態度が急に変つて来たのです。

洪。君が委任状を持つて出発する時、松山公使に会つて、モルレンドルフを信じてはいけないと言つたら、公使はひどく怒つて、そんな莫迦なことがあるものかと言つたさうだね。

金。さうだ。怒りやうと言つたらなかつた。(小林に) 公使はもうすつかり籠絡され切つてゐたのですね。併し、僕は平気でした。一外交使がどう思つたつて構はない。僕の相手は日本の政府だ。さう思つて、意気揚々と出発したものです。ところが、日本へ着いて見ると驚きました。井上外務卿の態度がまるで以前とは違ふのです。初めからもう受けつけないと言ふ風なのですね。委任状を出して見せても、一向に信用しない様子なのです……僕は咄嗟に気がつきました。松山公使がもう外務卿のところへ、なんとか電報を打つてよこしたのに相違ないと思つたのです。ところが、だんだん日本政府の様子を見てゐると、単に松山公使の反感だけが原因ではないのですね。僕が朝鮮へ帰つてゐる僅数ケ月の間に、日本政府その者の方針がまるで変つてしまつてゐたのですね。前には可なり積極的なことを言つてゐたのが、今度は暫く手を斂めて動かないといふ態度なのですね。これではどうにもしやうがないと思ひましたが、金を持つて帰らなければ主上に対して申訳がありませんから、亜米利加公使のビンガムといふのに泣きついて見ましたが、欧米ではまだ朝鮮がどういふ国であるかをさへ知らないのですから、これも物にはなりません。為方がなしに第一銀行の渋沢さんに頼んで、たとひ十万でも二十万でも借りて帰らうと思つたのですが、これも外務卿の許可がなければといふことで、結局だめでした。散々な失敗で、国へ帰つて来ると、いつの間にか当五銭が鋳造されて行はれてゐるといふ始末です。僕の顔は日本のお蔭でめちやめちやに潰れたのです。もうさうなると、閔族は公然僕に反対の態度をとつて、益清国と密接な関係を結ぶ。モルレンドルフの如きは、朝鮮の害は当五銭に非ずして金玉均なりとまで公言するやうになりました。僕はもうつくづく厭になつて、無理にお暇を願つて、一時田舎へ引込んでしまひました。

徐。それが又引つ張り出されるやうになつたのは、日本通商条約の紛議からだつたかな。

金。ああ、さうだ。もうその時は松山公使が日本へ帰つたあとで、今村さんが代理公使になつてゐたから、総てが円滑に行つた。かう言ふとお世辞のやうになるが、今村さんは実際親切だし、吾党の熱誠をも十分認めてゐてくれるのだが、日本の政府の態度が今のやうぢやあ、どうにもならんよ。

岡本。成程、君の言ふことは分かつた。併し、政府がどういふ態度を執らうと、吾々日本の国士が君達の味方をすれば好いではないか。僕等は君達の熱誠に動かされて、君達の運動を助けようとしてゐるのだ。人数が足りなければ、いくらでも日本から呼ぶぞ。

金。いや。その御厚志は有難いが、やはりそれだけでは事を起すことは出来んよ。朝鮮の悪政を除くには閔族を滅ぼさなければならん。その閔族の背後には清国が控えてゐるのだ。

井上。清国が控えてゐようと何が控えてゐようと、ちつとも恐れることはないではないか。

金。それは大言壮語に過ぎん。一国家に当るには、少くとも一国家に依頼しなければならん。僕はその依頼しようとしてゐた国家に裏切られたのだ。僕は親日党の故を以て王妃党に憎まれながら、僕自身日本を信ずることが出来ないといふ窮境に陥つてゐるのだ。

今村。いや、金君、それは言ひ過ぎる。松山公使との問題は、双方の意志に疎通を欠いたところがあつたからです。成程、日本の政府があなたに対して冷淡だつたのは、松山公使の報告があつたからでもありませう。併し、公使があなたを疑つたのは、あの時の時勢が時勢だつたからです。公使ももう今日ではそれを後悔してをられるに違ひありません。併し、それは個人の感情問題で、日本政府の朝鮮に対する政略は一度でも変つたことはない筈です。況や、目下は安南問題から清国と仏蘭西との間に事が起らうとしてゐる時です。この際若しあなた方が起てば、日本の政府も決して唯傍観はしてゐまいと思ひます。

金。（探るやうに）今村さん、大層勢の好いことを言ひますが、して見ると、日本の政府の態度は又変つて来たと見えますね。

今村。それは初めから変化はないと言つてゐるではありませんか。

金。さうすると、あなたの今のお詞は、あなた一個人としてのお詞だけではないのですね。

今村。それは明言の限りではありません。

金。それです。それだから、僕は疑はざるを得ないのです。

今村。併し、私は自分に与へられてゐない権限を使用することは出来ないのです。兎に角、もう十日程すると、松山公使が帰任する筈ですから、さういふ問題は直接公使にお話になるが好いと思ひます。

金。公使が帰るといふことは僕も聞きました。併し、公使は僕に会ふでせうか。

今村。勿論、喜んで会ひます。

金。少しも恥ぢずにですか。

今村。それは私には分かりません。併し、公使はきつとあなたにお詫を言ふでせう。

金。さうですかねえ。

急に風が吹いて来る。

戸障子ががたがたと鳴る。

一同、ぎよつとする。

風だと分かると、一同笑ふ。

高橋。なんだ。風か。おどかしやあがる。

洪。いつでも、十月の今頃になると、きつと大風が吹くのだ。

徐。ちやうど神仙炉を使ひはじめる時分だ。

井上。この、餅や団子にも謂はれがあるのか。

徐。これは農家の祝だ。豊年の祝だ。

朴。ねえ、諸君、この風については、面白い伝説があるんだ。

高木。ほう。どんなことだ。

朴。昔高麗の王が船で江華島へ行幸をした時、船頭の孫石といふ者が舟を難所へ進めた。すると、王は忽ち疑つて、臣下に命じてこれを斬らせた。その難所を今に孫石頃と言つてゐる。毎年今頃になると、孫石の怨で風が吹くのだと言つて、江華島では決して船を出さないのだ。

金。（突然）それだ。その伝説が朝鮮国王の象徴だ。

岡本。疑ひ深いと言ふのがか。

金。いや、さうではない。船は是非とも難所を漕ぎ抜けなければならない場合がある。それが国王には分からないのだ。

井上。いや、疑ひ深いのは朝鮮人一般の天性だ。

金。いや、決してさうではない。

高木。さうではないと言ひながら、現に君は日本人を疑つてゐるのだ。

金。さうだ。だから、僕は寂しいのだ。

金、苦しげに笑ふ。

一同、沈黙。

風、ますます吹き募る。

（二）

同年同月卅一日の午後。

京城、日本公使館の寝室。

松山公使、病褥にゐる。

村岡医師、診察を終り、帰りかけてゐる。

松山。どうです。もうあしたは起きられませうか。

村岡。ええ、もう熱もとれましたから、お起きになつても構ひません。唯今年は特別に気候が悪いやうですから、外出をなさる時は、余程御注意にならんといけません。

松山。有難う。やつぱり船の中で風を引いたのですね。

村岡。さうです。それに多少疲労もあるやうです。あとで、もう一日分薬をお届けしますから、どうか召し上がつて下さい。

松山。ええ、有難う。

村岡。では、これで。

村岡医師、一礼して去る。

松山、枕の側に置いてある手紙を一二通開封して読む。

今村書記官、登場。

今村。あの、金玉均が訪ねて参りましたが……

松山。会はう。

今村。お会ひになりますか。

松山。あの男なら、遠慮がないから、寝室で会つても構はんだらう。

今村。そりやあ構ひますまい。併し、金は大分閣下を恨んでゐるやうですから……

松山。会はん方が好いと言ふのか。いや、それは却つて会つた方が好い。あの男は大した経綸のある人物ではないが、国を思ふ意気が壮で、為事の上にも機敏なところがある。僕はモルレンドルフの弁口に載せられて、大分彼を誤解したが、やつぱり彼は日本にとつて有用の人物であることが分かつた。それに、きのふも君に話した通り、政府の方針ももうすつかり定《きま》つたのだから、今後はどこまでも彼等と親しくして行かなければならん……

今村。では、ここでお会ひになるのですね。

松山。うむ。この儘会はう。直ぐ通《とほ》してくれ。

今村。宜しうござゐます。

今村、去る。

入れ違ひに、金がはひつて来る。

松山。（半起き上がりて）おう、金君、暫くだつた。

金。暫くでした。御病気は如何ですか。

松山。いや、もう起きても好いのだが、用心して寝てゐるのだ。きのふも金宏集と金允植がやつて来たから、会つて、暫く話したよ。

金。僕も一緒に伺ふ筈だつたのですが、新築の運動場へ亜米利加公使や英吉利領事を招いてゐたので失礼しました。

松山。フウドさんやアストンさんは相変らずか。

金。相変らずです。我党に対しては絶えず好意を持つてくれてゐますが、いつも唯「時機を待て」と言ふばかりで、あまり深入はしたくない様子なのです。それでも、日本のやうに態度の始終豹変するのよりは、まだ増しです。

松山。いや、君、それは君の誤解だ。日本の態度に決して変化はない。僕はきのふも金宏集にさう言つてやつた。「朝鮮の外衙門には清国の奴隷となつてゐる者が少くない。僕はそんな連中と事を共にするのは厭だ。」と。それから、金允植にも言つてやつた。「君などは漢学も出来るし、清国に意を傾けてゐるさうだから、いつそ清国の官吏になつてしまつたらどうだ。」と。

金。（稍意外の面持にて）ほんとにそんなことを仰しやつたのですか。

松山。（得意げに）ほんとに言つた。外務協弁の尹泰駿にも会つたら、うんと罵倒してやるつもりだ。

金。それ程のあなたが、どうして去年はあんなに僕のすることを妨害なすつたのですか。僕はまだどうしてもあなたを信ずることが出来ません。実はけふ伺つたのも、あの時の怨を言ひに参つたのです。

松山。（黙つてゐる）

金。朝鮮の国勢は壬午の変以来、危急存亡に瀕してゐます。大院君が清国へ擒になつてから、宮廷は外戚閔族の跋扈跳梁に委せられてをります。国民は悪政に苦しみ、官吏は私腹を肥やすに日もこれ足らざる状態です。百事君主を誣議して害を国民に為すものは即ち閔党です。あなたはさうは思ひませんか。

松山。（黙つてゐる）

金。その閔党の背後にあつて、傀儡の糸を操るものが、即ちモルレンドルフなのです、陳樹棠なのです、袁世凱なのです、更に北洋大臣李鴻章なのです、横暴なる清国の政府なのです。あなたはさうは思ひませんか。

松山。（黙つてゐる）

金。朝鮮をこの危急から救ふ策は、先づ第一に清国の羈絆を脱することです。それには政府の改革です。兵力の充実です。先立つものは何よりも財力です。そこで、僕は実状を主上に訴へて、国債委任状を賜はりました。喜び勇んで、日本へ渡つて見ると、井上外務卿の僕に対する態度が、まるで以前とは違つてゐるではありませんか。涙を呑んで亜米利加公使に縋りましたが、これもだめでした。第一銀行の渋沢さんに頼んで、たとひ予定の十分の一でも二十分の一でも借りようとしましたが、これも外務卿の許可がないからと言つて拒ねつけられました。僕の計画は悉く画餅に帰してしまつたのです。（泣く）松山さん、一体、これは誰がしたことですか。だ、誰がしたことですか。

松山。（目を閉ぢて、尚沈黙を続ける）

金。僕は期せずして主上を欺いたのです。閔党は指をさして僕を笑ひます。モルレンドルフは公然僕を国家の茶毒だと主張します。僕は身の置きどころがなくて、一時東郊の別荘へ姿を隠してしまひました。その残念さ口惜しさは、いまだに忘れることが出来ません。（泣く）松山さん、一体、これは誰がしたことですか。だ、誰がしたことですか。

松山。（やうやく口を開く）分かつた。分かりました。君の言ふことは一々尤もだ。あれは全く僕の誤解から起つたことで、今になつて見ると、なんともお詫びの申しやうがない。君が日本で非常に困られたことも、実は聞いてみんな知つてゐる。あれは全く僕が人にあやまれたので、なんとも申訳がない。併し、いくら詫びたところで、もう過ぎ去つたことはどうにもならない。この償ひはきつとするから、まあ将来を嘱目してくれ給へ。

金。（まだ相手を信じないで）それでは、少くとも僕に対するあなたの疑惑は、もう解けたのですね。

松山。解けたどころではない。僕は微力ながら君達を助けて、朝鮮の改革に尽さうとさへしてゐるのだ。

金。（皮肉に笑つて）それはさういふ風に日本政府の方針が変つて来たからですか。

松山。（まじめに）国家の方針といふものは、決して一所に膠著すべきものではない。時に従つて変じ、勢に応じて動くのが国家の政策だ。

金。僕は三年前から、朝鮮を改革して、絆を清国から脱するには、日本に力を藉りるより外に手段はないと思つてゐました。然るに、その日本の態度は変幻常なき状態で、吾党はそれが為にどれ程困苦を重ねて来たか分からないのです。僕は今になつて、あなたがそんなことを仰しやる意味が分かりません。

松山。分からんことがあるものか。仏蘭西は今安南問題に端を発して、既にクウルベ提督を東方に送らうとしてゐる。清国は今累卵の危きにゐるのだ。この機会を利用しないで、外に機会があるものか。

突然、今村書記官が現れる。

今村。閔泳翊が参りましたが……

金。それでは、僕は帰りませう。（今村に）裏門から出て行きますから、どうか閔には僕の来たことは言はないで下さい。

（松山に）あなたもどうぞ。

松山。大丈夫だ。では、もう行くか。折角自重してくれ給へ。

金、黙つて、別の扉口から去る。

松山。（今村に）閔を通してくれ給へ。

今村。お会ひになりますか。

松山。会ふ。

今村、去る。

やがて、閔がはひつて来る。

（三）

同年十一月一日の夜。

金玉均邸の密室。

金玉均、洪英植、徐光範、卓を囲んで、小酌す。


徐。すると、日本政府の方針が変つて来たのだな。

金。確に変つて来たに違ひない。それでなくて、あの弱虫の松山が、どうしてあんな勢の好いことを言ふものか。

洪。そんな勢の好いことを言つたのか。

金。勢が好いと言ふよりは、寧ろ過激なのだ。金宏集や金允植なども、ひどくやつつけたらしい。

洪。清党だといふところでか。

金。さうだ。尹泰駿も今にやつつけてやるなどと言つてゐた。だが、僕は一度ひどい目に会つたせいか、どうもあの松山といふ人間が信じられん。

徐。どうも軽卒な男らしいな。

金。非常に軽卒な男だ。

扉を叩く音がする。

金。誰だ。

外で声がする。

声。（暗号を言ふ）天。

金。（暗号で答へる）ヨロシ。

朴がはひつて来る。

金。公使館へ行つて来たか。

朴。行つて来た。

金。公使はゐたか。

朴。ゐた。

金。どんなことを言つてゐた。

朴。実に過激なことを言つてゐた。清国は今度の戦で仏蘭西に敗けるにきまつてゐる。君等が改革の為に立つのは今を措いて外にはないなどと。

金。それから、まだ何か言つてゐたか。

朴。大院君の拘禁は不法だ、あれをあの儘にして置く法はないとも言つてゐた。

金。もう他に言つてゐたことはないか。

朴。朝鮮の内政は是非とも改革しなければならん。それには、欧米の公法に従つて、速に他国の羈絆を脱しなければならん。

それは日本政府も望むところだ……

金。はつきり、そんなことを言つたか。

朴。うむ、はつきり言つた。

金。だが、僕にはまだ信じられんな。言ふことがあんまり突飛だから。

朴。実際、一国の公使たる者がああ軽々しく物を言つては困るな。

金。僕もそれを言ふのだ。折角ここまで計画が進んで来てゐるのに、松山の軽率な行動で事が破れるやうなことになつたとしたら実に残念ではないか。

徐。もうかうなつたら、一刻も早く事を挙げることだな。機先を制することだな。

洪。僕も同意だ。もうかうなつたら援助などは入らん。僕は僕の一身を挺して国家の為に戦ふつもりだ。天若し僕を憐まば、事はおのづからに成らう。

金。(笑って) 君の熱誠は認めるが、どうもさう簡単にはいかんよ。事大党の宮廷に張つてゐる根は深いし、又それに培《つちか》つてゐる淵源も可なりに広く遠いのだからな。

扉を叩く音がする。

金。誰だ。

声。(暗号を言ふ) 天。

金。(暗号で答へる) ヨロシ。

朴の兄、朴英教が顔色を変へて来る。


朴。どうしました。兄さん。

英教。あした、松山公使が参内をするさうだ。

朴。うむ、それは僕も聞いてゐますが……

英教。ところが、謁見式が済んだら、秘密で主上に申し上げたいといふことがあるから、密室で拝謁が願ひたいといふのだ。今、それで外衙門は擦つた揉んだの最中だ。

金。それはいかん。早速参内して、事情を確めて来よう。(立つ) どうも実に困るな。いきなりそんなことを言ひ出せば、人が騒ぐにきまつてゐるぢやないか。

朴。ほんとにさうだ。(立つ) ぢやあ、僕も一緒に行かう。今夜は又徹夜だぞ。

金。勿論だ。

二人、出かける。

(四)

同年同月二日の午前。

王宮内、誠正閣。

日本公使接伴の諸閔及び諸大臣の奥に坐つてゐるのが見える。

公使に随行して来た今村書記官が、ひとりで廊下に出てゐる。

礼服を著た金玉均が、急いで出て来て、直ぐ今村の側へ寄る。

今村。謁見は済みましたか。

金。無事に済みました。今、人払ひで密奏の最中です。

今村。誰も侍立してゐないのですか。

金。主上は僕に侍立をお命じになつたのですが、嫌疑を受けるのは厭ですから、李祖淵に代つて立つて貰ひました。

今村。（笑つて）相変らず用心深いことですな。

金。僕は軽忽なことをするのは嫌ひです。

今村。併し、もうここまで来たら五十歩百歩ではありませんか。君は献上品を見ましたか。

金。見ました。村田銃十六挺でしたね。

今村。外務卿からのと両方併せて十六挺です。

金。あの献上品にも意味があるのですか。

今村。（笑つて）勿論です。

金。併し、僕には信じられませんな。それに、公使の言動の軽率なのには驚く外はありません。（声を潜めて）あんな態度をとつて、事前に事が破れたらどうするのでせう。かうしてゐる間《あひだ》も、主上に向つて、どんな過激な言辞を弄してゐるか分からないのです。僕は心配でなりません。

今村。（笑つて）大丈夫です。心配することはありません。もう日本の政府の方針はきまつてゐるのですから。又それでなければ、天性柔弱な松山公使が、あんな態度に出る筈はないのです。

金。たとひ日本政府の方針が急に変つたにしても、公使の挙動は余りに過激に過ぎます。これでは、事を挙げるにも挙げられません。

今村。（声を潜めて）心配はありません。直ぐに著手するが好いです。

松山公使、李祖淵を従へて現れる。

金。（走り寄る）密奏は済みましたか。

松山。済んだ。（得意さうに、李祖淵を顧みながら）君は密奏の内容を知つてゐるか。

金。知りません。

松山。（大きな声で）壬午の乱の償金の内、四十万円お返し申して来たのだ。

金。（驚く）えつ。

松山。但し、この金は軍備の外には一切使つて貰ひたくないといふのが日本の要求だ。（得意げに笑つて）どうだ。金君。分かつたか。

間。

金。（小声に、独語のやうに）いや、分からん……僕には信じられん。どうしても信じられん……

諸閔諸大臣、公使を迎へに出て来る。

（五）

同年同月四日の夕。

朴泳孝邸の一室。

主人朴、客金玉均、洪英植、徐光範、鼎座す。

洪。きのふの天長節に韓圭稷が呼ばれて来てゐたのは、どういふわけだらう。

金。あれが日本人の迂遠なところだ。松山は韓を日本の味方だと思つてゐるのだ。

洪。抱腹絶倒だね。

徐。併し、誰だか清国領事のことを、骨なしの海月だと言つたのは痛快だつたな。

金。あれは岡本君だ。

徐。当人の陳には勿論分からないし、陳がモルレンドルフに聞いても分からないと言ふし、アストンは日本語が分かる癖に、分からんやうな顔をしてるのだから面白かつた。

金。それより、きのふ僕はあの席で、はじめて上村中隊長に会つたが、あの人はなかなかしつかりした人らしいな。

徐。うむ。あの人は本国でもなかなか評判の好い人だ。頭は単純な人だが、頼りにはなる人だ。

金。僕はああいふ重厚な人が好きだな。松山のやうな軽佻な人間は大嫌ひだ。けふも関税問題で外衙門へ来たのは好いが、談判が済むと、衆人稠座の中で清国の現状を罵倒して、今にも日清兵を交へさうなことを言ふのだ。あんな軽率な人物はない。

朴。併し、今の場合、あの人を頼りにするより、外に頼るところはないのだからな。

金。僕はあんまり頼りにはしてゐないな。

朴。頼りにしないと言つたつて、日本兵の援助がなければ、どうにもしやうはないぢやないか。

金。僕もそれで苦しんでゐるのだ。

徐。僕等の部下の訓練がもう少し出来てゐれば、日兵などは頼りにしないのだがな。

朴。兎に角、もうかうなつては、どうにもしやうがない。たとひ松山公使は信じられんでも、あの人がああいふ態度をとるやうになつたのは、日本政府の方針が決定したからに違ひない。現に、をととひ償金を還納したのでも、それは分かるではないか。

金。ところが、僕にはどうもまだ信じられんのだ。

朴。信じられんと言つて、現に今夜今村書記官を呼んだのも、愈吾々の決心を打明ける為ではなかつたか。

金。それはさうだが……

今村書記官、突然姿を現す。

今村。やあ、おそくなつて失敬しました——今まで公使につかまつてゐたのでな。

朴。お忙しいところを、御足労でした。

今村。何か重大な事件ですか。

金。（もはや遅疑の色なく）至急あなたのお耳に入れて置きたいことがありますので。

今村。ほう。どういふことですか。

金。諸君、もつと側へ寄つてくれ給へ。

一同、座を進める。

金。先づ第一にお断りして置きたいのは、きのふ日本公使館へお招きになつた韓圭稷が全然日本党ではないといふことです。

今村。さうか。それは失敗でしたな。僕もあれは親露派だと思つてゐたのだが、公使がどうしても呼ぶといふものだから……

朴。親露派でもあれば、清党でもあるのです。兎に角、立派な事大党で、醜類の最たるものです。

今村。いや、それは失敗でした。今後はそのつもりでつきあひませう。（間）事件といふのはそれだけですか。

金。いや、それだけではありません。もつと重大なことがあるのです。

今村。ほう。まだあるのですか。

金。（声を潜めて）愈例の計画を実行することになりました。

今村。（少しも驚かずに）好いでせう。おやりなさい。併し、その方法は。

金。第一策は刺客に清国人の装をさせて、一挙に閔泳穆、韓圭稷、李祖淵の三人を屠るのです。そして、その罪を閔台鎬父子になすりつけるのです。

今村。併し、そんなことがさう巧く行くでせうか。

金。第二策は京畿の監司沈相薫に説いて、宴会を白鹿洞の別荘で催させるのです。そして、その席で事を挙げるのです。

朴。白鹿洞には洪君の別荘もありますし、あたりも静で、事を行ふには屈強の場所なのです。

今村。併し、沈は近い内に専任になるといふ噂ではありませんか。

金。それでは、第三策に依りませう。近い内に郵政局の新築が落成しますから、その披露の宴で事を挙げるのです。

今村。併し、そこへは各国の公使や領事が列席するでせう。

金。勿論です。

今村。そんなところで事を挙げて、若し関係のない者に累を及ぼしたら、どうするのです。

金。多少の犠牲はやむを得ません。

今村。でも、若しそれが国際問題にでもなつたら……

金。万々そんなことはありません。

今村。それが保証出来ますか。

金。出来ます。

今村。（笑つて）そんなら、さうするのも好いでせう。

金。さういふ際には、勿論吾々の味方をして下さるでせうね。

今村。日本の態度はもう決定してゐます。それはもう幾度も君にさう言つてゐるではありませんか。

金。宜しい。分かりました。

今村。話はそれだけですか。

金。それだけです。併し、この事はまだ公使にも言はないで置いて下さい。

今村。言はない方が好ければ、言はずに置きませう。（立つ）では、余り長くゐても怪しまれますから、これで失礼します。

一同、挨拶をする。今村、去る。朴、送つて出る。

徐。金君、僕等はまだ一向聞いてゐなかつたが、今の計画はほんとなのかね。

金。なあにでたらめさ。朴君と相談して、唯今村の気を引いて見たのさ。

徐。さうか。

洪。なあんだ。

二人、哄笑する。

朴が帰つて来る。

（六）

同年同月十一日の夜半
金玉均邸の密室。
金と朴と徐と、卓を囲んで小酌す。

朴。英国領事の意見はどうなのだ。

金。アストンの意見はかうだ。世間では日清が今にも兵を交へるやうに言ふが、事実は決してさうではない。成程、日本の軍隊は清国より精鋭でもあらうが、気の毒なことに財政が甚しく逼迫してゐる。日本人は利口だから、決して、この際干戈を交へるやうなことはあるまい。松山公使が頻にそんなことを言ふのは、朝鮮人に対する虚勢に過ぎまいと、かう言ふのだ――僕は確に当つてゐると思ふな。あの、六日の招魂祭の余興などは、殆ど児戯に類してゐる。

徐。うむ。あの赤白か。

朴。僕は知らないが、何をしたのだ。

徐。上村中隊長の兵を赤組白組に分けて撃剣をさせたのだ。赤が日本で、白が清国だと言ふのだ。赤が勝つと、松山公使は躍り上がつて喜んだ。吉兆だ吉兆だと叫んでな。

金。ばかばかしい。僕はなんにも知らないものだから、その明くる日、囲碁に寄せて日館を訪ねて、松山に最後の決心を吐露したのだが、あとで今の赤白の話を聞いて、ばかばかしくなつて来た。

扉を叩く音がする。

金。李寅鐘が帰つて来たかな――誰だ。

声。天。

金。ヨロシ
壮士李寅鐘、登場。

金。どうだ。様子が分かつたか。

李。分かりました。袁世凱は五六日前から密々に軍中に令を下して、夜半でも帯を解いたり履を脱いだりすることを許さないさうです。兵士の外出なども一切許可しないさうです。閔泳翊も右営使の資格で、東別宮を離れないさうです。さうして、袁と同じやうに一刻も兵士に武装を解かせないさうです。前営大将の韓圭稷も、左営大将の李祖淵も、戦時と同じ警備をしてゐるさうです。

朴。さあ、愈始まつたぞ。

金。徐君。君は直ぐ載弼のところへ行つて、上村中隊長にこの報告をさせてくれ給へ。これはおそくても今夜の内が好い。朴君は夜が明けたら直ぐ洪君と一緒に松山公使のところへこの事を伝へてくれ給へ。

朴と徐、立ち上がる。

途端に、銃声霰のやうに聞える。

金。なんだ。

徐。何だらう。

朴。この夜なかに。

李。さては愈始まりましたかな。

金。そんな筈はない。そんな筈はない。

壮士黄龍沢が飛び込んで来る。

李。どうしたのだ。

金。何事が起つたのだ。

黄。(息を切らしながら)なんでもありません。日本の兵士が不時演習を行つてゐるのです。(息を切らしながら)私も驚いて駈けつけたのですが、演習だつたので、安心しました。

金。(大喝する)ばか。ばか。松山といふ奴は何といふばかなことをするのだ。

(七)

同年同月十五日の昼。

日本公使館の一室。

金玉均と松山公使、対座す。

松山。大層宮中ではお驚きになつたさうだな。

金。お驚きになるのが当り前です。僕だつて驚きました。十二日の朝早くお召しがあつたので、早速参内しますと、前の晩からまだお休みにならずに入らつしやるのです。

松山。それはお気の毒のことをしたな。併し、外衙門からお使があつたので、一応弁明をして置いたから、もうお分かりになつたことだらう。

金。何がお分かりになつたと仰しやるのです。

松山。不時演習の意味が。

金。僕には分かりません。

松山。分からん。君に分からんと言ふのは不思議だ。第一、あれは僕の知らんことだ。併し、聞くところに依れば袁世凱の屯営でも、君の国の四営でも、殆ど戦時に変らない警備をしてゐるさうではないか。日本ばかりが悠暢に構へてゐることは出来ない。それは規模の大きな演習なら、一応照会もしようが。不時演習は兵士の勤怠を見る為に、突然やるところに値打があるのだ。不時演習を前から報告してしまつては、なんにもなりはしない。

金。（憤然と）いや、そんな講義はあなたに聞くまでもありません。

松山。それでは、なぜ分からんなどと言ふのだ。

金。僕は唯目下の形勢に注意して貰ひたいのです。目下の形勢に注意して、もう少し慎重な態度がとつて貰ひたいと言ふのです。事もないのに袁世凱が軍備を厳にする。閔泳翊が一緒になつて、戒厳これ努める。この二事だけでも、日本の為に主上はどんなに御心を苦しめてをられるか分からないのです。それだのに、日本があんな事をしてくれては、主上の御心配も水の泡になつてしまふではありませんか。唯さへ日清交戦の噂が高いのに、あんなことをされては、人心愈恟々たるばかりです。僕は不時演習の可否を論じてゐるのではありません。唯、その時を得ないのを難じてゐるのです。

松山。（笑つて）まあ、さう心配せんでも好いさ。なあに、今に清国軍の方でも始めるよ。

金。そ、そんな不真面な、そんな……（殆ど泣かんばかりに憤慨する）

　書記生某、登場。

書記生。金さん。お宅から急用ださうで、お迎ひが見えました。

金。（直ぐと気持を取直して）有難う。直ぐ帰ると言つて下さい。

書記生。は。

　書記生、去る。

金。松山さん。今のは冗談だと思ひますが、どうかもうこれからは軽々しいことを仰しやらないで下さい。

松山。分かつた、分かつた。安心してゐ給へ。

金。では、これで失礼します。

　金、去る。

　今村書記官、登場。

今村。大分金をおいぢめになりましたな。

松山。あいつはどうも正直過ぎるよ。その癖、どうしてもおれを信じられんのだ。

今村。その癖、力にはしてゐるのですが……

松山。それが彼等の分らんところさ。

　松山、笑ふ。

　今村も誘はれて笑ふ。

（八）

同年同月十六日の昼。

劉大致の家。

劉、一人病床にゐる。

金玉均、朴泳孝、連れ立つて登場。

二人、劉の前に跪拝する。

劉、体をもたげる。

金。どうか、先生。その儘に、その儘に。

朴。国事に忙しいので、つい御不沙汰をいたしましたが、御容態は如何でございます。

劉。いや、わしの容態よりは国家の容態だ。日本の公使が再来してから、ひどく物情騒然としてゐるやうだが、君等の計画はどうなつた。わしはそればかり心配してゐるのだ。

金。時々御報告に上がると好いのですが、お上の御用と同志の会合に寸暇も得られないので、つい御心配をかけるやうなことになつてしまひました。併し、計画は著々進行してをりますから、どうか御安心を願ひます。

劉。それは結構だ。わしはまあ、出来るだけ早いが好いと思ふな。併し、日本政府の方針はどうなのだ。それもわしは心配してゐるのだが……君等は日本の真意を十分に知つてゐるのか。

金。相当には知つてをります。日本の政府も今度は余程堅い決心をしてをるやうです。併し、たとひ日本政府の援助がなくても、もう起たなければならない時が来ました。目下の朝鮮は糧なくして背水の陣を敷いてゐるやうなものです。危急は刻々に迫つて来てゐます。もう日本の態度如何などは論じてをられません。以前、僕等をあれ程疎外した松山公使が、今度来てからの応援ぶりは余りに過激で、却つて禍を僕等に及ぼしさうですが、これも時です。僕等は運を天に委して、一死国家に奉ずる覚悟です。どうか、先生、心を安んじて御摂養下さい。

劉。わしの心配してゐるのは、日本兵が僅二百人しかゐないことだ。成程、訓練や規律は清国軍に優つてゐようが、清兵は二千からゐる。数に於いて余りの相違だ。わしはそれが気遣でならん。

朴。併し、先生、戦ひは必ずしも兵の多寡には依りません。

劉。それはさうであらうが、二千に二百では余りの相違だ。

金。併し、それよりも大きな相違は、彼等の心と僕等の心との相違です。

劉。(笑つて)成程、一以て十に当るか。

金。(笑つて)一以て百に当る位です。

劉。その決心があれば大丈夫だらう。しつかりやり給へ。

金。やりますとも。旬日を出でずして、朝鮮は属邦の醜衣を脱ぎ捨てるでせう。

朴。先生、きつとそれまで生きてゐて下さいよ。

(九)

同年同月十七日の午後。

金玉均邸の密室。

金、壮士李寅鐘、李昌奎。


金。閔泳翊は近頃咽喉が悪いとかいふことで、まるで参内しないのだ。人にも一切会はんさうだ。

寅鐘。でも、ゆうべ袁世凱を訪ねたことは確です。

昌奎。なんでも、余程長い間密談をしたらしいのです。

寅鐘。高を探偵にやりましたから、もうぢき何とか報告して来るでせう。

扉を叩く音。

寅鐘。高かな——誰だ。

声。天。

金。ヨロシ。

壮士申重模がはひつて来る。

金。申か。何か情報があるか。

申。えらいことがあります。モルレンドルフが独逸から輸入した大砲が二門、延慶堂にありましたな。あれを、ゆうべ夜半に、修繕するところがあるからと言つて、閔泳翊が呉兆育の屯営へ運ばせたさうです。

三人、顔を見合はす。

金。すると、それは袁世凱の陣を訪ねてから後のことだな。

申。それは分かりません。

扉を叩く音。

寅鐘。今度は高だらう。

金。誰だ。

声。天。

金。ヨロシ。

壮士高永錫、登場。

金。どうだ。分かつたか。

高。分かりました。閔泳翊はゆふべ確に袁世凱を訪ねたのです。三時四十分に、なんでも余程長い間二人で筆談をしたさうです。それから、なんでも閔は袁世凱を連れて右営へ帰つたさうです。その草稿は閔がどこかへ隠したさうです。袁はそれから呉兆育の陣を訪ねて、夜が明けてから下都監へ帰つたさうです。

金。ふむ。すると、その間に大砲を運ばせたのだな。愈油断は出来んぞ。諸君、直ぐ又密偵を続けてくれ給へ。何よりも知りたいのはその筆談の内容だ。

寅鐘。どうかして探つて参りませう。吾党の梁鴻在は閔泳翊の信任を得てゐますから、梁君に頼んだら、存外早く知れるかも知れません。

金。妙案だ。何分頼む。

一同、立つ。

（十）

同年同月二十五日の午後。

日本公使館。

松山公使と金玉均。

金。アストンは相変らず時機を待てと言ふのです。来年の春はパアクス公使も来ることだから、それまで待てと言ふのです。

その癖、近い内に変事の必ず起ることは予想してゐるらしいのですね。頻に居留民のことを案じてゐますから、それは必ず保護をする、その代り乱後の結局に対しては十分好意が持つて貰ひたいと言つて来ました。

松山。さすがは君だ。さう釘をさして置けば大丈夫だ。ところで、亜米利加公使の方はどうだ。

金。フウトとは大分議論をしました。これもやつぱり時機の尚早を称へるのですね。併し、どうしても今の儘ではゐられないと言ふなら、暫く旅行をして来たらどうだと言ふのです。長崎か上海へでも遊びに行つて、帰つて来てから事を挙げても好いではないかと言ふのです。僕がどうしてもこの機会を逸することは出来ないと言ふと、自分は前から一度平壌の方へ旅行をしたいと思つてゐた。ちやうど長崎にゐる軍艦が仁川へ来る筈だから、一緒にそれへ乗つて、案内役を勤めてはくれまいかなどと言ふのです。さすがにフウトは老獪ですね。

松山。併し、好意は持つてゐるのだらう。

金。それは十分に持つてゐるのです。その日も晩餐などをくれて、夜おそくまで引留められました。

松山。よし。英吉利、亜米利加が先づさういふ態度なら心配はない。露西亜は寧ろそれを喜ぶ側だらうし、独逸領事のゼンブツシユは余り利害は感じてゐまい。

金。列国側は寧ろ心配はありません。僕の心配してゐるのは、却つて日本政府の態度です。

松山。事ここに及んでゐるのに、君はまだそれを疑つてゐるのか。

金。僕等が事を挙げるのは、単に端緒を開くのです。最後の解決は日本政府に頼るより外に道はないのです。この通り、僕は少しも隠さずに話をしてゐるのですから、あなたもどうか本当のことを言つて下さい。

松山。君も疑深い男だな。松山泰蔵不才なりと雖、既に公使の重任を帯びて外国へ来てゐるのだ。遠く本国を離れて来てゐる以上、朝夕自国の政府と連絡をとることは不可能だ。公使の公使たる所以はそこだ。公使は政府の代表だ。公使は政府そのものだ。その位のことが君に分らん筈はないではないか。

金。勿論、それは分かつてゐます。併し、僕は苦しい経験を嘗めてゐるのです。日本の政府はいつ何時方針を変へるか分りません。けふ僕等に親善であるかと思ふと、直ぐあしたは僕等を疎外するのです。さうかと思ふと、そのあくる日は又僕等を励ますといつた調子です。たとひ、あなたがどういふ内命を受けて来られたにしても、それはいつ何時変るか分らないのです。これは僕一箇の経験に徴しても明かなことです。朝鮮の国状はもう一刻も忽に出来ないのです。僕等はあなたの帰任される以前から既に或決心をしてゐたのです。実を言ふと、日本の援助如何などは問題にしてゐなかつたのです。僕はあなたが又来られると聞いて、却つてそれが妨害になりはしないかと思つて心配した位です。あなたとこんな相談をするやうになつたのは、寧ろ意外なことで、僕はこれを世の中の移り変りに過ぎないと思つてゐます。僕等の決心はもう定つてゐるのです。もう何も申し上げることはありません。

松山。いや、さう言はれては話のしようもないが、たとひ政府の方針がどう変らうと、僕は僕で決心してゐることがあるのだ。どうか疑はないで、合議すべきことは合議してくれ給へ。

金。(考へてゐる)

松山。まだ信じられないのか。政府の方針はどう変化しようと僕は僕として決心してゐることがあると言つてゐるのだ。

金。(笑つて)それはほんとですか。

松山。誓つても好い。

金。(笑つて)では、一応の御相談だけはして置きませう。

松山。一応では困る。すつかり言つてくれなくては。こつちにも準備があるから。

金。分かりました。それでは申し上げませう。事を挙げたら、先づ第一に主上を江華へお遷し申さなければなりません。

松山。それはいかんと思ふな。

金。なぜですか。

松山。国王お一人なら、直ぐにも御遷居が出来ようが、御婦人方はなかなかさうは行くまい。若し、その方々が清国軍の手にでも落ちたら、あとがきつと面倒なことになるだらう。僕はそれより御所の守備を飽くまでも厳重にする方が好いと思ふな。

金。併し、どこかへお遷ししなければ、日本兵に来て貰ふ名義がなくなるではありませんか。たとひ景祐宮へでも、桂洞宮へでも。

松山。それは却つて危険だと思ふがな。

金。危険だから、日本兵に来て貰ふのです。第一、主上にお座所を遷して戴かなくては、醜類を始末するのに不便で為方がありますまい。

松山。(考へて)まあ、その問題はあとでゆつくり研究することにしよう。それから、次ぎに聞いて置くことは。

金。事を挙げると同時に起つて来るのは金の問題です。これはどうしたらいいでせう。先年は亜米利加人に謀つて失敗しましたが、今考へて見ると、かういふ問題は英吉利人に頼むのが一番好いと思ひますが。

松山。何も亜米利加や英吉利に頼ることはあるまい。三百万円ぐらゐの金なら、いつでも日本で用立てることが出来ると思ふ。

金。あなたはそれを保証しますか。

松山。君はまだ僕を疑ふのか。

金。目下の場合、一度に何百万といふ金は入らないのです。二三十万も用意があれば足りると思ふのですが、それはどうでせう。

松山。待つてくれ給へ。(ベルを押す)

書記生、登場。

松山。今村君を呼んでくれ。

書記生、退場。

今村書記官、入れ違ひに登場。

松山。今村君、仁川、釜山、元山及び京城在留の日本商人の資産を併せたら凡そいくら位になるだらう。

今村。十五六万円は大丈夫でせう。

松山。よろしい。

今村。御用はそれだけですか。

松山。それだけだ。

今村、去る。

金。（笑つて）まあ、金のことは、けふがけふ入るわけではありませんから、必要な場合が来たら御尽力を願ひます。

松山。それは大丈夫だ。さういふことは一切心得てゐるから、唯事を挙げる手段をあやまらないやうにしてくれ給へ。

金。内政の改革と奸類の殲滅には飽くまでも僕等が任じます。唯事を挙げたら、直ぐに兵を出して、主上の御保護と暴民の鎮圧に力を尽して下さい。これはどうしても公使にやつて頂かなければならないことです。

松山。よく分かつた。さうはつきり言つてくれれば愉快だ。その点は安心してゐて貰ひたい。併し、事が起つて、吾々が行くとなると、是非国王のお招きがなければならんが、それに就いての策はどうだ。

金。（笑つて）主上お手づからのお手紙があつたら好いでせう。

松山。それなら好い。唯一字書いて下すつても結構だ。

金。（笑つて）勅使は一等大臣朴泳孝ですかな。

松山。（笑つて）極めて妙だ。たとひ、清国兵が千ゐようと二千ゐようと、我が一箇中隊の兵を率ゐて北岳に拠れば、二週間は支へることが出来る。南山に拠つても、二日の守備は断じて憂なしだ。

金。（立つ）では、大体お話も済みましたから、これで失礼をします。僕は今後もう公使館へは伺ひません。事を挙げる日が決定しましたら、朴君か洪君をよこします。計画の細目も、その時申し上げます。けふお別れをすれば、もうどこでお目にかかられるか分かりません。御健勝を祈ります。

松山。有難う。まあ、しつかりやつてくれ給へ。

金、扉を排す。

公使、送つて出る。

（十一）

同年十二月一日夜半。

東洞、金玉均の別荘の広間。

金、朴、洪、徐、鼎座す。卓上に書類。

金。では、それできまつた。もうみんなの来るのを待つだけだな。

洪。みんなは何時に来るのだ。

徐。二時には集まる筈だ。（時計を見る）もうあと十五分だ。

金。洪君、君はけふ日本公使館へ行つたか。

洪。うむ。こつちへ来る前に寄つて来た。

金。公使はゐたか。

洪。ゐたらしいが出て来なかつた。今村書記官が出て来て、もう公使の心はきまつてゐるから、却つて会はん方が好いだらうなどと言つてゐた。

徐。今村書記官はなかなか外交がうまいな。

金。愈計画のきまつたことを話したか。

洪。話した。十二月七日に決行すると言つて置いた。本当の日を言ふのは危険だと思つたからだ。

金。それは上出来だつた。さうしたら、何と言つた。

洪。おそいぢやないかと言ひをつた。

金。それから、君は何と言つた。

洪。七日以前は月があるからだめだと言つた。兎に角、七日より遅れることはない。七日には日本の千歳丸が仁川へ来るから、是非それまでには決行するつもりだと言つた。

金。それはどういふわけだ。

洪。日本の政府の方針は始終変るから、又何か変つた命令でも来ると、松山公使の決心がぐらつくからだ。

金。それを今村書記官にさう言つたのか。

洪。うむ、言つた。

金。は、は、は、愈それは上出来だつた。

朴。は、は、は、は。洪君、君もなかなか隅へ置けなくなつたな。

洪。それは金君のお仕込みだ。

金。（直ぐまじめになる）冗談は措いて、主上を景祐宮へお遷し申す一件は話したか。

洪。話した。

金。今村書記官は何と言つてゐた。

洪。江華へ遷すことは絶対に反対だが、景祐宮なら、公使も承知するだらうと言つてゐた。

金。つまり承知したのも同然なのだな。

洪。さうだ。もう書記官との間に話が出来てゐたらしいのだ。

徐。（横から口を出す）さう言へば、金君、君は主上にこの事を申し上げたか。

金。始終君側に人がゐるので、こなひだまではどうしても申し上げることが出来なかつたが、二十九日にちやうど好い機会があつたので、大凡のことは申し上げた。

徐。主上は何と仰しやつた。

金。主上は飽くまでも僕を信ずると仰しやつた。（声を潜めて）実は、もう密勅まで戴いてゐるのだ。

徐。さうか。もう密勅まで戴いてゐるのか。

朴。内には主上の御信任があり、外には日軍の援護がある。吾々の計画はもう成つたも同じことだ。

壮士李寅鐘、黄龍沢、申重模、李昌奎、高泳錫、李圭貞、

杜殷明、金鳳均、李殷鐘、尹景純、李圭完など、三々五々入り来る。徐光範、点検す。

金。ほう、これでみんなか。

寅鐘。柳赫魯、崔殷章、林殷明、朴三龍、李熙禎、李錫尹は各所へ密偵に参つてゐますので不参です。

金。（書類を広げながら）それでは、早速決定事項を諸君に伝へよう。欠席の諸君へは出席の諸君から便宜遺漏なく伝へて貰ひたい。（間）愈事を挙げるのは来る四日ときまつた。午後の八時から九時の間に、　　若し当日雨が降つたら、翌五日の同刻に行ふのだ。諸君も知る通り、別宮は徐君の家と墻一重を隔ててゐるだけだ。宮の後門は即ち徐君の家の庭前だ。依つて、徐君が万事を総裁する。（書類を見ながら）諸君の部署配置を言はう。火を放つのは李寅鐘指揮の下に、李圭完、杜殷明、尹景純、崔殷童の四人がやるのだ。既に辺樹に頼んで置いた布袋が三十個出来て来てゐる。それに細かく折つた梢を詰めて、予め徐君の家の南庭から別宮の北門まで運んで置くのだ。日が暮れたら、墻を越えて、別宮の正殿内へそれを運ぶのだ。別に　　を入れた小瓶三十箇を携へて行つて、梢を入れた布袋に注ぎかけ、　　るのだ。東西の廊下には劇薬を配置して、　　盛になると、おのづから　　するやうにしかけて置くのだ。（間）火が起れば、各営の将軍が駈けつけて来るに違ひない。併し、病気などで来ない者がないとも限らない。松山公使が来てから、大分諸方に疑惑の種を播いてゐるから、或は疑つて来ない者があるかも知れない。さうなると、事は成らない。そこで、洪君が今度出来た郵政局の局長に任じたのを幸に、同じ晩に新築落成の宴を局で開くことにして、予め四営将軍の故障の有無を調べて置くのだ。郵政局へ彼等を集めて置きさへすれば、火が起れば、勢駈けつけなければならないことになる。事を行ふのは火災場だ。敵一人に味方二人が当ることにして、各位に短剣一振、短銃一挺を与へる。尚怯懦事を過まつてはならんから、日本人四人を定めて、一組毎に一人を配する。日本人には総て朝鮮服を着せる……

朴。（書類を金の手から取る）あとは僕が言はう。（書類を見る）これからが肝心だから、よく聞いてゐてくれ給へ——閔泳翊に当るのは、尹景純と李殷鐘だ。尹泰駿に当るのは朴三龍に黄龍沢だ。李祖淵に当るのは、崔殷章に申重模だ。韓圭稷に当るのは、李圭完に林殷明だ。李寅鐘と李熙禎は年長だから、一切の号令をする。火が起つて、人が集つたら、二人が発砲する。発砲と同時に、各位は一斉に手を下すのだ。この間一瞬の遅速があつてもならない。

洪。（書類を取る）探偵通信は柳赫魯、高永錫の係りだ。泥洞附近には申福模が一隊の壮士を率ゐて隠れてゐて、火が上ると同時に、諸大臣の通路たる金虎門を塞いで閔台鎬や閔泳穆や趙寧夏が参内するのを待伏して手を下すことになつてゐる。尹景純の弟尹景完は前営の小隊長で、最近吾党に投じたものであるが、当夜は特に当直を願ひ出て、主上御寝室前の閤門を、五十名の兵卒で堅めてゐて、若し縄を洩れて宮中へはひる者があつたら、その場で処置することになつてゐる。金鳳均と李錫尹は予め　　を宮中仁政殿の廊下に隠して置いて、吾党が変に乗じて入闕する時、附いてはひつて火をつけることになつてゐる。その他、宮中の婦人に同志が一人あつて、これが　　を竹の管に入れて置いて、外で火が起ると同時に、通明殿へ　　ことに内約が出来てゐる。

金。（書類を見ずに）別宮で火が起ると同時に、本公使館から兵士三十人を金虎門と景祐宮洞へ出して、変事に備へる約束が出来てゐる。尚、混雑の際、同志討をしないにも限られんし、日本人との連絡も取らなければならんから、総て同志は暗号で応答することにする。暗号は従来も用ひた「天」と「ヨロシ」だ。

徐。それから、同志の日本人の顔を知つてゐて貰はなければならないから、あした鴨鷗亭の朴君の別荘で一緒に鴨猟をすることになつてゐる。諸君、洩れなく来てくれ給へ。欠席の諸君へも間違なく伝へてくれ給へ。時間は朝の十時から夕刻までだ。

朴。もうこれで言ふことはなかつたかな。

金。もう何もない。

朴。それでは酒にしよう。不分明な点があつたら、酒間に訊ねて貰ふことにして。（手を叩く）

洪。けふは大に飲むぞ。

徐。飲むのは好いが、また馬から落ちんやうにしてくれ。

金。おい、徐君、なぜ、そんな不吉なことを言ふのだ。（急に顔を曇らせる）朴君、金虎門へ来る日本兵は何人だつたかな。

朴。（書類を見る）三十名と書いてある。

金。三十名……三十名……それで足りるかな。（不安になる）

杯盤が運ばれる。

（十二）

同年同月四日の夜。

典洞、郵政局の門前。

局の右隣に藁屋根の人家。

左手に大なる溝。

あたり暗く、静寂。

突然、溝の中から、人間らしい黒いものが飛び出す。

同時に、人家からも人らしい黒い影が現はれる。

後の黒影。（声を潜めて）誰だ。うろうろ出て来たのは。

前の黒影。まだか。

後の黒影。（すかし見る）木村だな。引込んでゐろよ。

前の黒影。あんまり合図がおそいので退屈しちまつた。

後の黒影。まだ機会が来ないのだらう。急に計画が変つたのだからな。

後の黒影。別宮がやめだと聞いた時は狼狽したよ。おれはもう徐の家へ行つてゐたのだ。

前の黒影。伝令の高永錫といふ男は、なかなかすばしつこい奴だ。（局の方を見る）それにしても、何をぐづぐづしてるのだらう。

後の黒影。それにしても、よくみんなに連絡がとれたものだな。

後の黒影。まだ目的の人物が足りないのだらう。

前の黒影。いや、醜類は大抵集まつてゐるさうだ——おれの組には奴等の顔を一々知つてゐる人間がゐるのだ。

後の黒影。それは都合が好い。各国の領事や公使も来てゐるのだらう。

前の黒影。みんな、なんにも知らずに来てゐるやうだ。

後の黒影。あの人達に害を加へてはならんぞ。

前の黒影。それは大丈夫だ。

後の黒影。松山公使は来ないやうだな。

前の黒影。今村書記官が代理だ。

後の黒影。松山さん怯えたな。

前の黒影。いや、公使館の方の堅めをしてるのだらう。

後の黒影。袁世凱は早く帰つたやうだな。

前の黒影。あいつは利口な奴だ。危険なのを知つて、時刻より前に来て、みんなの碌に集まらん内に帰つて行つてしまつた。

局の窓が一つ明く。白い布が振られる。

前の黒影。（直ぐそれに目をつける）合図だ。

後の黒影。（これも窓を仰ぐ）よし。（直ぐに駈けて家の内へ入る。）

静寂。

前の黒影、溝の中へ飛び込む。

暫くすると、家の中から二三の黒影が飛び出す。

黒影。（苛立声で）まだか、まだか。

屋根の上で声がする。

声。この火薬はだめだ。

下の黒影。マッチで藁に火をつけろ。

上の声。よし。

屋根の上で藁を引抜く音がする。

忽ち、屋根が燃え出す。

「しめた。」といふ声が何処かで低く聞える。

黒影は又姿を隠す。

やがて、郵政局の内部が騒しくなる。

方々の窓が明く。

「火事だ。」「火事だ。」といふ声が聞える。

火は燄燄と燃え上がつて、今にも郵政局を舐めようとする。

局内騒然。

黒い人影が人家からも溝の中からも、ばらばらと出て来る。

郵政局から四五人の人が駈け出して来る。それを掻き分けるやうにして、狼狽した閔泳翊が姿を現す。

地面の上に匍伏してゐた黒影の一人が、いきなり躍りかかつて、閔を背後からぐさりと刺す。

閔、悲鳴をあげて、局内へ逃げ帰る。

局内、前より一層騒がしくなる。

突然、局内から日本人らしい五六人の青年がピストルを乱射しながら飛び出して来る。

黒影、暫く戦ふが、やがて四散する。

少時静寂。

金玉均と朴泳孝と徐光範とが、局の三方から出て来て、門前で落ち合ふ。

徐。(声を潜めて)失敗したな。

朴。(声を潜めて)閔の傷はどうだ。

金。致命傷ではない。

徐。もう誰も怯えて出て来はせん。

朴。それに、刺客も散つてしまつたやうだ。

徐。ピストルを打つたのは誰だ。

朴。日本から来た郵便技手の連中だ。困つたことをしてくれた。

金。事情を知らんのだから、やむを得ない。

徐。やつぱり初めの計画通り別宮をやつた方がよかつたらしいな。

金。今そんなことを論じてゐる場合ではない。君は直ぐに金虎門へ駈けつけて、申福模に予定の行動をとるやうに命令してくれ給へ。僕は朴君と一緒に王宮へ駈けつけて、日兵来護の御親書を戴くことにするから。

徐。よし。(直ぐに走り去る)

金と朴も、手を携へて走り去る。

火勢愈烈しく、終に郵政局の一端に燃え移る。

悲鳴、喚声、人影右往左往す。

(十三)

同じ夜。

王宮、金虎門。

申福模の率ゐる韓兵の一隊が堅めてゐる。

空は火で赤い。諸所に爆発の音がする。

徐光範が門内から出て来る。

申。主上は慶裕宮へお遷りになつたか。

徐。やつとお遷りになつた。

申。日本公使館への使はもう出たか。

徐。まだ出ない。御親書がなかなか出ないのだ。

申。それはいかんな。

徐。なあに、もうぢき出る。金が附いてゐるから大丈夫だ。

高永錫が門外へ駈けつける。

韓兵、銃剣を構へる。

申。誰か。

高。天。

申。ヨロシ。何か報告があるか。

高。閔泳穆がやつて来る。用意は好いか。

申。宜しい。

高、門内へ駈け入る。

間もなく、閔泳穆が輿に乗つて現れる。従者五六名。

申。誰か。

閔。外衙門督弁閔泳穆。

申。何用だ。

閔。天機奉伺に参つた。

詞の終わらぬ内に、門内から刺客が躍り出て、閔を刺し殺す。従者、逃げ去る。

死骸、門内へ運ばれる。

入れ違ひに内官辺樹が門外へ出ようとする。

後から徐光範が呼び留める。

徐。どこへ行く。

辺。日本公使館へ。

徐。御親書が出たか。

辺。この通りだ。（紙片を示す）

徐。（読む）「日使来衛」（辺樹の顔を見る）御親筆だな。

辺。（あまり確でなく）さうだ。

徐。よからう。早く行け。

辺樹、走り去る。

徐。（申を見て）もう大丈夫だ。

申。うむ。

閔台鎬、従者を連れて、門外へ駈けつける。

申。誰か。

閔。内衙門督弁閔台鎬。

申。はいつて宜しい。

閔、門内へはひらうとする途端に、刺客が躍り出て、一撃これを斃す。従者、逃げ去る。

死骸、運び去らる。

趙寧夏が輿に乗つて来る。

申。誰か。

趙。判書趙寧夏。

申。斬れ。

刺客が躍り出て、趙を刺し殺す。

死骸が運び去られる。

高永錫が門内から駈けて出て来る。

高。李祖淵も斬られた。尹泰駿も斬られた。韓圭穆も斬られた。宦官長の柳在賢も主上の御前で斬られた。もう君側に侍す者は、吾党の士ばかりだ。

一同、歓声をあげる。

夜が白んで来る。

遠くに、日本兵の行進喇叭が聞える。

（十四）

十二月六日の午後。

慶裕宮前門内。

日本兵と韓兵との混成隊が警備してゐる。

金玉均と松山公使が、立ちながら、言ひ争つてゐる。


金。それはいけません。それはいけません。今手を引くといふことはありません。

松山。でも、もう新政府は立派に出来上がつたのだから。いつまでも吾々が関係してゐることは、列国の感情もどうかと思ふのだ。

金。それは初めから覚悟の前ではありませんか。それだから、僕があやつて、英吉利領事や亜米利加公使の諒解を得て歩いたのです。

松山。英吉利や亜米利加は好いが、清国の感情がどうかと思ふのだ。何等の通牒なしに兵を動かしたのだからな。

金。それには御親書といふものがあります。

松山。でも、あれには御名もなし、印璽もないのだからな。

金。松山さん。あなたは何といふことを言ふのです。現に、こなひだ、御親筆なら一字でも結構だと仰しやつたではありませんか。

松山。併し、袁世凱の態度が大分強硬のやうだからな。

金。いくら強硬でも構ひません。御親書一札で、どこまでも押し切ることが出来ます。

松山。ゆうべも宜仁門を開けと言つて来たのだらう。

金。ですから、けさ早く返事をしてやりました。さういふ指揮を受ける筈はない。宜仁門閉鎖は王城警固の為にしてゐることで、私の為にしてゐることではない。今後、さういふ御干渉があれば、当方でも断乎たる処置に出る……

松山。大分強く出たな。僕にはさういふ勇気はない。

金。勇気がないと言つて、ここまで計画の進んだのを、今更手を引くといふことがあるものですか。その位なら、初めから兵を出さない方がよかつたのです。

松山。まあ、さう怒つてくれては困る……


朴泳孝と徐光範が来る。


金。（二人の方を向いて）どうだつた。

朴。（首を振つて）だめだ。

徐。右営も左営も前営も後営も錆だらけだ。早速解剖して掃除をするやうに命令して来たが、実に困つたことだ。

松山。（わきから口を出す）朴君、どうしたのだ。

朴。金君が調べてくれと言ふから、各営の銃器を見て歩いたのですが、どれもこれも錆だらけで、とても物の役に立たないのです。

金。（思はず目に涙を浮べる。松山に）さあ、さういふ有様ですから、尚お願ひするのです。今、あなたに兵を撤回されたら、事は必ず敗れます——三日で宜しい……どうか三日待つて下さい。その内には、こつちの軍備も整ふと思ひますから、どうか三日待つて下さい……（声涙共に下る）

松山。宜しい。三日待たう。つい勢に駆られて、飛んだ深入をしてしまつたが、もうかうなつたら為方がない。如何にも三日待たう。

金。金のことはどうしませう。在留の日本商人から借りると言つたところで、それは容易なことではないでせう。英吉利人に頼みませうか。

松山。又そんなことを言ふ。まだ君は僕を信ずることが出来ないのか。

金。併し、深入云々のお詞もありましたから……

松山。軍事と金とは別だ——日本の大蔵省には三百万円ぐらゐの金はいつでも遊んでゐるから、決して心配はない……

門外から、伝令が一人駈けて来る。

金。なんだ。

伝令。清国の士官が一人、主上に拝謁を乞ひに参りました。

金。（直ぐ）ならんと言へ。呉兆有か袁世凱か張光前が自身で来るなら接見を許す。無名の士官に拝謁は許されんと言へ。

伝令。は。（駈け去る）

朴。（徐に）きのふ一日はひどく静だつたが、ゆうべから急に動き出したな。

徐。袁世凱から密書が王妃のところへ届いたといふ情報があるが、……

金。（直ぐ）そんなことは断じてない。使の来る隙間がない。風声鶴唳だ。

朴。日本公使館は大丈夫だらうか。

松山。公使館は小林中隊長が堅めてゐるから大丈夫だ……

伝令が又駈けて来る。

金。なんだ。

伝令。袁世凱が拝謁に参りました。

金。自分で来たのか。

伝令。はい——兵士を六百名引率して。

金。なに。兵を連れて来た。それはいかん。袁司馬の謁見は差支ないが、兵士を率ゐて入闕することは絶対にならんと言へ。若し、言ふことを聞かなかつたら、非常手段をとれ。

伝令。は。（駈け去る）

金。（直ぐ）徐君、直ぐに各営の手配を頼む。一戦は免れまい。（徐、走り去る）松山さん、誰かを上村中隊長のところへやつて下さい。

松山、日本兵の一人に旨を含める。日本兵、走り去る。韓兵の士官、号令を下す。警備隊、銃剣を構へる。忽ち、門外に銃声起る。

朴。始まつたぞ。

伝令、飛んで来る。

金。どうした。

伝令。隊長が、御命令通り伝へましたら、いきなり発砲いたしました。

金。応戦してゐるか。

伝令。してをります。

銃声、霰の如く聞える。門内へも弾が飛んで来る。

伝令。一隊が分かれて、宜仁門へ向ひました。宜仁門の防備を願ひます。

金。宜しい。

伝令、走り去る。

金。松山さん、宜仁門へ行きませう――上村中隊長の兵を連れて。

松山。宜仁門へ。

金。ここは李圭完に杜殷明がゐるから大丈夫です。宜仁門が危険です。宜仁門へ行きませう。宜仁門へ。

金、松山を促して、走り去る。

銃声益烈し。龍旗門外に翻る。

日暮れかかる。

（十五）

同日の夜。

王宮、宜仁門内。門は堅く鎖さる。

上村中隊長、日本兵を率ゐて、門楼に登り、外に向ひ射撃す。

松山公使、諸兵に護られて、不安げに佇む。

松山。（下から声をかける）上村君、敵の数はどの位だ。

上村。もう五百ぐらゐになりました。まだ、どんどん殖えて来る様子です。

松山。韓兵もゐるのか。

上村。大分まじつてゐます。

松山。怪しからん。

上村。みんな清国の教育を受けたものらしいのです。清国の士官が指揮をしてゐます。

松山。どうも、さう多数では、とても防ぎ切れまい。

上村。なに、そんなことはありません。

金玉均が駈けて来る。

松山。（金に）御座所は大丈夫か。

金。まだ大丈夫です。併し、前門は余程の苦戦らしいのです。

王妃は北廟へ遷られました。

松山。それはいかん。北廟には呉兆有がゐるではないか。

金。王妃はもう清国の手に落ちてゐるでせう。

松山。国王は今お一人か。

金。お一人です。

松山。それでは、国王も危ないな。

金。そんなことはありません。朴君が附いてゐるから大丈夫です。

日本の伝令が駈けて来る。

松山。なんだ。

伝令。日本公使館が三回清国軍に襲はれて、たうとう焼かれました。

松山。ああ。

伝令。小林中隊長が戦死をされました。

松山。ああ。

伝令。警備隊は公使館を突出して、居留民の保護に当つてをります。居留民も多数殺害されました。

伝令、走り去る。

松山。ああ、もうだめだ。

金。だめなことはありません。もう少しの奮闘です。呉も張も攻勢はとつてゐません。袁世凱さへ防ぐことが出来れば、こつちの勝利です。主上は吾々を信頼してをられます……

朴泳孝が駈けて来る。

金。(朴に)どうしたのだ。なぜ、お側に附いてゐないのだ。

朴。(泣く)だめだ。たうとう北廟へお遷りになつた。

金。(憤激して)なぜ……なぜ、君はお留め申さなかつたのだ。

朴。身をひれ伏してお留め申したのだ。泣いてお留め申したのだ。併し、どうしてもお聞き入れがないのだ。どうしても一人でゐるのは厭だと仰しやるのだ。その内に前門の敗れた報告があつたので……

金。前門は敗れたか。

朴。うむ……それで、たうとうお立退になつてしまつたのだ。

金。君は見す見すそれを捨てて来たのか。

朴。さうではない主上には洪君がお附き申して行つた。身命を賭しても、北廟からお連れ戻すからと誓つて出て行つた——僕は急いでそのことを君に言ひに来たのだ。

松山。こりやあ、金君、愈だめだな。もう手を引いて、再挙を計つたらどうだ。

金。いや、まだだめなことはありません。洪君はきつと主上を連れて帰つて来ます。

朴。僕もさふ思ふ。きつと洪君は……

高永錫が駈けて来る。顔色を変へてゐる。

金。高君、どうした。

高。洪君が斬られた。

金。えつ。どこで。

高。北岳の関羽廟で。

朴。誰に。

高。清国兵に。

金。主上はどうなされた。

高。王妃と一緒に呉兆有の清軍に投ぜられた。間もなく。輿で袁世凱の屯営へ向はれた。

松山。もうだめだ。(上村中隊長に)上村君、打ち方をやめて、みんなおろしてくれ。

中隊長の命令で、日本兵、地上へ降りる。

外では銃声が続く。

松山。もうかうなつては為方がない。ここを脱出して仁川へ逃げるより外にしやうはない。けふあすには千歳丸が来る筈だ。あれへ乗つて日本へ帰らう。金君も朴君も一時日本へ来給へ。

金と朴、手を取り合つて、泣いてゐる。

松山。さあ、もう一刻も猶予は出来ない。ここで死んだら犬死だ　日本へ逃げて再挙を計り給へ。

金。（首を上げる）再挙。

朴。再挙。

松山。さあ、行かう。（二人の手をとる）上村君、門を開いて脱出するのだ。

中隊長、命令を下す。

日本兵、門を開いて突進する。

銃声、喚声、更に起る。

松山公使、金、朴、兵に紛れて門外へ駈けて出る。

清国兵、門内へ崩れ入る。

（十六）

同年同月九日の夜。

千歳丸の甲板。

背景に仁川港の燈火きらめく。

星寒く、天澄む。

金玉均、朴泳孝、薙髪、洋服、佇立して、仁川港を見る。

松山公使、遠く離れて立つ。

朴。夢だ。夢だ。もう一遍やり直すのだ。

金。（低く）うむ。

朴。僅二日の夢だつたな。もう今頃は事大党の新内閣が出来てゐるだらう。

金。うむ。

朴。日本だけに依つたのが失敗だつた。寧ろ列国に依つた方がよかつた。

金。僕はさうは思はん……僕は日本を疑つてゐる。飽くまでも日本を疑つてゐる……それでゐて、どうしても日本が棄てられない……僕は日本を疑ひながら、どうしても日本に頼らずにはゐられない。……僕の失敗はこの矛盾撞著から来てゐるのだ……。

朴。なんにしても兵力が足りなかつた。二千に二百ではどうにもしやうがない。僕等は日本兵を頼み過ぎた。

金。いや、兵力の問題ではない……この失敗を生んだのは、僕の矛盾からだ……どうしても日本が信じられない……どうしても日本の外に頼る国はない……

朴。この船はその日本へ向つてゐるのだ。日本は必ず僕等を保護してくれるだらう。再挙だ。再挙だ。

金。（思はず首を上げて）うむ、再挙。

松山公使、近づく。
松山。（優しく）もう下へ行つて休まうぢやないか。
金。（低く）ええ。
松山、下へ降りて行く。
声太く汽笛鳴る。
金、朴、思はず手を取り合ふ。
二人、朝鮮を背にして泣く。

主要人物
金玉均
朴泳孝
洪英植
徐光範
閔泳翊
閔台鎬
朴英教
李寅鐘
黄龍沢
高永錫
申重模
劉大致
辺樹
松山泰蔵、日本公使
今村進、日本公使館書記官
小林真造、公使館附武官
上村中隊長
高木
岡本
井上
高橋
（以上、日本志士）
壮士、刺客、日本兵、韓兵、その他
時代
明治十七年十一月――十二月
場所
朝鮮京城

（「中央公論」大正15年10月号）

テキサス無宿

谷 譲次

『日本も変つたらうなあ――俺《ミイ》がこの国へ来たのは御慶事二年前だからなあ。』

空気をかへる煽風器の音。流し《シンク》の上の壁に径《けい》二尺ぐらゐの穴があいてゐて、重い鉄の羽《はね》が猛烈な響きを立てゝ廻転してゐる。秋の午後の陽が薄くぼやけて、その穴から丸い光線《ひかり》の筒をこの台所へ落してゐるだけ、煽風器の存在は戸外《そと》の見える邪魔にはならない。それほどの速力で廻つてゐるのだ。

皿の音、肉の焼ける臭ひ、油の焦げる煙り、鍋を抛り出す反響、註文を通す給仕人の声、呶鳴り返す料理人の呪語《スウエア》、その合間あひまに遠く食堂のはうから、流行の『もしお前は俺が固煮《かたにえ》の卵子だと知つたなら、お前はきつと何処か他の柔かい印《しるし》を探しはじめることであらうよ。おゝ、わが赤んぼよ』――面白可笑しくもない――とか何とかいふ上海《シャンハイ》と布哇《ハワイ》と紐育《ニューヨーク》を一つにして、それを前髪《バブ》で割つてらつぱずぼん《ベル・バタム・パンツ》とステコムで掛けたやうな狐駈足《フォックス・ツラッツ》のジャズが聞えてくる。正面に一列の瓦斯ストーヴと蒸釜《アヴン》、その前に肉台《ミイト・カウンタ》、右に硝子洗場《グラス・パンツリイ》、左に野菜場《パンツリイ》、白衣白帽の大群《アヽミイ》がこの料理店フイツツジエラルドの台所を右往左往に駈けまはつてゐる。私もその一人だ。白状して地位を明白にして置くが、私は皿洗ひの助手なのである。

皿洗ひに助手つてのも大《おほ》げさで変だが、皿洗ひだつて手で洗ふんぢやなくて機械を使ふんだから、一個の立派な機関士《エンジニア》だ、だから Handy-man-all-around-the-kitchen たる私もその助手ぐらゐのところまでには出世出来るわけになる。皿洗ひの機械といふのはこの亜米利加《アメリカ》でもさして古いものではなくて、私がゐる頃売り出されたものだ。じつさい、私がオハイオ州クリイヴレンド市ユウクリツド街のエツシイス料理店で大学の夏季休暇を皿洗ひに雇はれて行つてる時、そこの親方《ボス》が大得意で一台据ゑつけたのが普遍化された最初のやうに記憶《おぼ》えてゐる。親方《ボス》はその機械が大分自慢だつたとみえて、かはるがはる常客《じようきやく》を台所へ引張つて来ては、私と愛蘭土人《アイリッシ》のマイキが把手《ハンドル》をとつてゐるところを見せたものだつた。一通り食べ残りを浚《さら》ひ落した皿を鉄製の網へ納めて熱湯の箱へ沈めると、電気仕掛けで強く上下動して皿を綺麗に洗ふという仕組みだつたやうだ。皿ばかりぢやなく、銀物類でも何でも斯《か》うして洗へたから大いに助かつた。それまでは流しに湯を張つて其の中へ石鹸と曹達《ソーダ》を溶かし込んで手でごしごしやつたんだから、皿洗ひをする度《た》びに両手の爪が白くふやけてお終ひには擦《こす》り切れて気もちも悪いし気まりも好くないし、大いに困つたものだつたが、この機械が出来てからは能率は何倍も上るし、第一仕事が楽になつて週廿弗《ドル》の給料を貰ふのが気の毒なくらゐだつた。

それでもこの機械は間もなく旧式に属してしまつた。私もしばらく皿洗ひの職に遠ざかつたのち、二三年してから、インデアナ州のエヴアンスヴイル市でその仕事に雇はれて行つてみると、この皿洗ひ機械がすつかり改良されて、皿を沈めるかはりに斜めに立てゝ箱へ入れると熱湯の方で上下左右に激動して目的を達するやうに進歩してゐた。両方とも電力で人の手を要するところといへば、皿の大落しと箱への仕込みと最後の積上げだけだつた。もつとも改良された方は高架線と同じ作用で自動的に動くやうになつてゐた。かうして洗はれた皿は只上げてさへ置けばお湯が熱いから自然と乾いて拭いたりする世話も要らなかつた。鳥渡《ちよつと》でも手を惜む私なんかは、実に天来の福音としてこの機械の発明――それ程の物でもなからうが――を歓迎したのであつた。

さて、この皿洗ひの機械のまはりを、あつちへ行つたりこつちへ走つたりして働いてゐるやうに見せかけてゐるのは、市伽《シカ》古《ゴ》からこの田舎へ来たばかりの私で、さつき、『日本も余つ程変つたらうなあ――俺《ミイ》がこの国へ来たのは御慶事二年前だつたからなあ』

と言つたのは、このフイツツジエラルド料理店《レストラン》の料理長《シエフ》で、フレスノ・ジヨウといふ日本人のお爺さんである。私に言つたものだらうが、私は黙つて笑つてゐた。御慶事の前後をもつて時代を分けてゐるやうだが、その御慶事といふのが、いづれ明治時代の国家的お目出度の一つを指すものであらうと思はれるほか、私には皆目判らなかつた。したがつて、御慶事二年前に渡米したことが何年この国にゐることを意味するかも私には一向判然しなかつた。反問して明白にしておくだけのことでもないので、私はたゞにやにや笑つたのである。

何処となく日本人は水商売に向くところがあるとみえて、亜米利加にゐる日本人の多くが料理店に干係《かんけい》して働いてゐる。日本人の料理店も随分ある。ミカド、ミヤコ、ヤマト、フジ、ヨコハマ、トウヨウ、トウキヨウ、なんといふサムライ商会式の料理店の看板は到るところに見受ける。なかには、パゴダだのパヴイリオンだのパレスだの彼方《むかう》まがひに気取つたのもあるが、後者は多くは支那料理屋《チヤプ・スイ》だ。

さて、かういふ店の戸を排する人の第一に眼につくのは、色の黒い、小柄な男が白い仕事着を着て、黒い眼をちろちろさせて、上だけ長い頭髪《かみのけ》を耳の下から後頭部へかけて剃つたやうに短く刈つて、靴の尖《さき》と金歯――恐しく黄色いやつ――だけ光らせて、一本調子の英語で何か言ひ乍ら、平べつたい顔を成るべく動かさないやうにして歩いてゐるのを見て、赤本とユ社特作猛優狂演とで前からお馴染みの東洋――阿片窟――ゲイシヤ――誘拐――監禁――緞子《どんす》――長い爪――立ち煙る香――短刀《ダガア》、なんぞといふものを勝手に思出して、冒険と神秘のにほひをぷうんと嗅ぐことであらう。

ところが、当の日本人は、これらの名詞の一つにも何らの干《かん》係《けい》なく、みな猫のやうに従順で魚《さかな》のやうに自分の立場を心得てゐて、善良な亜米利加《アメリカ》市民の真似をしようとつとめてゐるに過ぎないのだ。それが、この、料理店にごろ〳〵してゐる日本人中の若いのは、夏から秋へかけて殆んど全部日本又はこの国の大学卒業生であり、大学院もしくは大学に在学中の者で、そのうちの或る者は昨夜晩くまで解析幾何学の問題に悩まされ、また或る者は宗教改革当時の仏蘭西《フランス》民衆生活なんてことをこの瞬間すら考へてをり、さうかと思ふと、他の一人はマルクスとエンリコ・フエリイを一つに煮《に》詰《つ》めようとして鍋をとり、人類愛を焼き直すべく油を引いてゐるのだといふことが――もし何らかの方法で解らせることが出来たとしたら――この不用意な、可愛い、浪漫的《ロオマンチツク》な亜米利加《アメリカ》の観察者は如何に驚くことであらうか。料理人《クツク》や給仕人《ウエイタア》にして既にかうなのだから、その上の社会的地位に立つ人々の学殖才能に至つては誠に測り知れないものがあらう、日本人は吾々の想像も許されない哲理と科学のなかで呼吸してゐる、かう買被《かひかぶ》つたかも知れない。じつさい、こんなふうに思つてゐる所謂《いはゆる》識者も尠くないのだ。ハアスト系の論説を読めばその辺の心もちはよく解る。まあ、安く踏まれるよりあ宜《よ》い気もちだらう――。

この家は日本人の経営ではない。名前の示す通り愛蘭土人《アイリッシ》の料理屋なのだが喧嘩つ早い点で意気投合したものと見えて日本人青年が多勢《おほぜい》働いてゐた。台所と食堂を合して五十人余からゐる使用人のうち、その大半は日本人だつた。

西部《ウエスト》の山野を長年うろついたのち、中 西 部《ミドル・ウェスト》から東部《イースト》へ流れ込んで来た日本人の古手のなかには、まだその昔《かみ》の長脇差《スポウテイ》の気概があつて、御法度の博奕を渡世にして、盆――ではない卓子《テエブル》だ――の上の物言ひには22と腕へ掛けて一歩も譲らねえ、なんかといふ物凄い親分も、その長の道中の往復――桑港《フリスコ》から紐育《ニユーヨーク》へ、あるひは紐 育《ニユーヨーク》から伝馬《デンヴァ》への――には、よく日本人の溜り へ寄つて草鞋《わらぢ》を脱ぐことが多かつた。立寄るのは決まつて日本人の沢山ゐる料理店《レストラン》で、また来れば必ず日に三食を出し、何日でも逗留させ、世話人が立つて博奕が出来勝つても負けてもてら銭を上げてやり、それで足らなければお帳面を廻すことにしてゐた。この帳面のことを奉願帳といつてゐた。

旅の衆――大分古風な言ひ草だが――のほかに、町には町に居抜きの遊人がゐて、この連中も何年か前には矢張り渡り者の博奕打ちだつたのが、つひ――多くは女のことで、この土地に根が生え、今では料理屋を開くとか旅館《ホテル》を出すとか、もつと非《ひ》道《ど》いのはもつと非《ひ》道《ど》い家を経営するとかして夫々《それ〴〵》日本人仲間での顔役になつて納まつてゐた。御慶事二年前の老料理長《シエフ》も実はこの一人であつた。

亜米利加《アメリカ》でかういふ種類の日本人に会つた私は、すくなからずびつくりしたものである。始めはたゞ、もの柔かな苦労人のお爺さんぐらゐに思つてゐたものが、あとで聞いてそれと知り大いに気味悪く恐縮する場合が多かつたが、要するに、世話好きの、お人好しの、一流の道学を固持してゐる下世話の昔者に過ぎないといふことは、一寸交際《ちよつとつきあ》へば直ぐ判るのだつた。そして、これだけ解つてしまえば、あとは何《ど》うとも御しやすかつた。

当時、町にゐた親分のなかでは、例のフレスノ・ジヨウといふ六十許《ばか》りの老爺と伯爵《カウント》デイト――デイトはDateで日本名なら伊達《だて》とか何とか書くんだらう――とが一番幅を利かせてゐた。二人とも無職で、賽《さい》ころ二つで可成り鷹揚に暮らしてゐた。フレスノの方はお婆さんの、伯爵のはうは若い仏蘭西《フランス》人の白妻《はくさい》――白人の妻だからはくさいで太平洋の彼岸でなくちや通用しない漢語だ――を伴れてゐた。子供達を高等学校《ハイ・スクウル》へ通はせたりしてゐた。フレスノは徹底的に痛快に無学で或る時、私に、

『英語にも日本語が這入《へえ》つてますな。』

といふから、

『へえい、さうですかね。』

と驚いて見せると、フレスノ、大得意で、

『これあ呆れた！　書生さんの癖に知らねえのかね。さてはあんたは、贋物だな。』

といつて大声に笑つてゐた。恐入つて伺ひを立てゝみると、何のことだ！

『セツニ、つて言葉がありませう、あれあ日本語かね？　英語かね？』

と相変らず笑つてゐる。

『セツニ？　切に――日本語でせう。切に有難いとか切に願ふとか――』

『さうさ、日本語さ。が、英語にもある。』

『へえありますかね。』

『あるよ。いゝか、若《も》しだ、もし毛唐があんたの足を踏んで先方が御めんなさい《ペグ・パアドン》つて言つたら、お前さん何と挨拶なさる？』

『Certainly！つて。』

『さうさう、さうだろ、セツニつて言ふだろ。見ねえな、そのセツニは日本語の切にぢやねえか。言ひ方もこゝろも同じこつた。だから、英語ん中にや日本語が這入《へえ》つてゐるつて、俺あ言ふんだ。どうだ、学者だらう？』

フレスノは大よろこびで、事ごとに、何かにつけ、このセツニを振廻してゐた。

『あら、ぶつかつて、御めんなさい。』

『セツニ！』

『あのはうの料理を早くして下さい。』

『セツニ！』

『おい〱、この皿あもう出していゝかい？』

『セツニ！』

といつた具合ひだ。これで立派に通つて行く。立派以上に通つて行くから妙だ。如何なる場合にも丁寧な言葉を使ふ好々爺《かう〱や》として、セツニ――Certainly 一つのおかげでフレスノは相当に尊敬もされ愛されもしてゐた。

伯爵《カウント》デイトのはうは肌が違つて、これはHighbrowだつた。

教育も割りにあるかして、若い頃日本のUやmといふ代議士と一しよにW州の大学へ行つてたこともあつたさうで、いつも火熨《プレス》の利いたCut-awayを一着に及んで教授のやうに上品に構へて、英吉利《イギリス》の牧師さんのやうな口の利き方をしてゐた。

『お帰《かへ》国んなさい、日本へお帰んなさい。この国はですな、国のない者を作るですよ。』

私の顔を見るたびに、伯爵《カウント》はかう反り返つてこんなことを言ひいひしてゐた。

流行の山高帽《ダアビイ》に黄皮《キット》の手袋、それにマロッコの杖を小脇に掻い込んで悠々と這入つてくるところが、先づ何《ど》う見ても千両ものだ。脊の高い、白髪の、五十余りの男だつた。

ところで、何とも言ひ知れない、人を圧する気が、この二人の身体《からだ》のまはりに立迷つてゐたのだ。人を人とも思はないといつたふうな、命も何も一切不用だといつたやうな、一種悲壮な痛烈な不敵さが打つて来るのだつた。音に聞く長脇差《ながわきざし》の大親分とか貸元とかといふ者は、こんなのに輪をかけたのだらう、と私は今でも思つてゐる。正邪当非は暫く措き、人間にはこれ位ゐの面魂ひはあつてもいゝだらう。ことにこの頃、日本の国土内にうづくまつてゐる日本の青年は、手つ取り早く職業教育でも受けて、そこらの銀行会社の椅子の一つでも摑んで――摑んだが最後、あらゆる屈辱を犠牲にしても離しつこない――小綺麗な細君でも貰つて小さく安穏に暮して行かうつてなことしか考へてゐないやうに見える程、それ程小利口で無事で、悪く言へば意気地がなくて弱虫だから、これくらゐの無茶《タフ》さとその気取りは、ちよつぴりなら却《かへ》つて薬になるだらうと思ふ。全く、現代の日本青年ほどの気力のない日本青年は、未だ嘗《かつ》て日本の何《ど》の時代にも見られなかつた。博奕打ちを賞めてその真似をしろ、とでもいつてるやうにとられちや迷惑する。私のいふのはその肝つ玉のことだ。その豪快さのことだ。その情味のことだ。その侠気のことだ。その心意気のことだ。その向つ気のことだ。日本青年よ、三思《し》一番《ばん》してもつと強くなれ！　君らの先祖のやうに、いや、先祖以上に、もつともつと強く大きくなれ！　近代思想や文化生活は、君らをほんとの意味で強くこそすれ、今のやうに弱くはしない筈である。

さて、あんまり威張ると損をするから止す。よして話にかかる。で――。

で、そのフイツツジエラルドの台所なんだが、皿の音、肉の焼けるにほひ、油の焦げる煙り、鍋を抛り出す反響、註文を通す給仕人の声、どなり返す料理人の呪語《スウエア》――ｅｔｃ、ｅｔｃ、まるで戦場のやうなさわぎ。

その騒ぎを避難して、私と、もう一人の皿洗ひ助手ハアレイ・カトウとは、いつものWCわきの廊下に隠れて、Lucky Strike, Its toasted の煙りを、出来るだけ長閑《のどか》に吹いてゐる。

『ねえ君。』ハアレイがいふ。優しい声である。『僕あ明日あたり紐育《ニウ・ヨウク》へ発たうかと思ふ。』

『Yah? Whas's the hurry, Harry?』

『O, nothing —— I just ——』

『Just what? Got sick of this hick-town? I dou't blame ya.』

『You can't cause I ain't gonna hit the dust jest for fun. No siree, I ain't』

『New York's the li'lle village for every body, you said it, Harry my boy.』

ずら〲と英語みたいな物で書いちまつたが、つまり、ま、かういふわけで、このハアレイのやつ、明日《あした》紐育《ニウヨウク》へ向けて旅に出ると宣言してゐるのだ。私の貸した金だけは奪《と》つてあるから、私は平気に済ましてゐた。

『おうい、ジヨウヂ！　ハアレイ！　溜つたぞ、皿が。大皿《プレイト》が一枚もねえぞ。ちえつ、何処へ行きやがつた？　畜生め、出て来たら殴つちまふ――』

　声がする。二番料理人《コツク》のちよろビルだ。ハアレイと私は、そつと忍び帰つて、米利堅粉《メリケンこ》の袋の間から洗ひ場へ現れて、以前《まへ》から其処《そこ》にゐたやうな顔をして忙しさうに皿を弄くり出す。正午。戦ひ正《まさ》に闌《たけなは》である。

　ハアレイは一個月程前からこのフイツツジエラルド料理店へ日本人を頼つて身を寄せてゐる日本人学生である。加州の何とか大学の法科とかにゐるんださうだが、二三年学校を中止して亜米利加《アメリカ》中を見学するために、大陸横断の無銭旅行に出て、市《シ》俄古《カゴ》を通つて漸く此町まで来たんださうな。無銭旅行といふと如何にも壮大な計画らしく響くが、実は、早く言へば Tramp で、行く先々ではんぱな仕事をさせて頂いちやあ僅かなお鳥目《てうもく》を貰つて安宿に泊つたり枯草《ヘイ》の中に眠つたりして歩くのである。亜米利加《アメリカ》の大学には、学校が公認のものである以上、何の学校にも共通の単課《ユニット》てものがあつて、この単課《ユニット》を幾つか取つてゐる限りは――単課《ユニット》はその課目への出席時間数の満足、若《も》しくは担任教授の認定又は試験合格によつて与へられる単科修業証明みたやうなものだが――その間が中絶しようが、他の大学へ転校しようが、単課《ユニット》は単課《ユニット》としてそれだけの数さへあれば、何時《いつ》でも、何処《どこ》でもそのまゝに口を利くのである。窓枠の大きさから扉《ドア》の種類から靴下留の幅まで凡て全国共通の一標準《スタンダアド》で劃一的に行かうとする便利万能の亜米利加《アメリカ》のことだ。学問がじやが薯《いも》みたいに一つ二つと勘定されるのに別に不思議はあるまい。

　だから、ハアレイはこの昼校《ひるこう》中断中の大学生なのである。大学生の無銭旅行者にしては、ちと変なことには、時々大金を隠し持つてゐることだつたが、彼はこれを説明して、市俄古《シカゴ》でやつて来た家内労働が比較的金になつたからと言つてゐたが、この説明は私を満足せしむるに足らなかつた。けれども追及する権利も責任もないことだから、私はその儘にしておいた。さうすると、彼は語を継いで、ユタ州の塩水湖《ソルト・レイキ》の鉄橋を渡らうとして、客車と客車の間をつなぐ玉の上へ、地上四五尺のところへ腰かけて、砂利と煙と熱と速度《スピイド》と音とに吹きまくられ乍ら薩摩守を極《き》め込んだ時には、吾乍《われなが》ら確かに生死を超越したとか、ロツキイは歩いて越して二三度山犬《カイヨテ》に会はなくちや一八何年かの開拓者《パイオニア》気分は味はゝれないとか、武者修業めいた冒険談にお茶を濁してしまふのが落ちだつた。ハアレイはよく私の下宿へ遊びに来た。日本で少し法律をやつたことのある私は、法科生の彼を摑まへて、よく法学通論第一章にあるやうな議論を吹つかけたものだが、相手にするに足らずと思つたものか、それとも亜米利加《アメリカ》の法学通論は土台から違ふのか、にやにやする許《ばか》りで彼は一向深入りしなかつた。法律書生といふ者の通癖を知つてゐるので、彼のこの通論嫌ひは私に一寸異様に映つた。が、餅屋へ餅を押売りしようとしてゐる自分の愚に気が付くと、私もにやにやして直ぐ鋒先《ほこさき》を引つこめたことだつた。

たゞ一度、驚いたことがあつた。吉例によつて、意地の悪い料理人たちが寄つて集《たか》つてこの新入の居候をいぢめたのだが何かの折り、火のやうに憤慨した第二料理人のちよろビルが肉切りの大庖丁を振りかざしてハアレイに食つてかゝつた時ハアレイはダアヘムを器用に巻き乍ら首を突き出して、

『斬れよ。』

と一言《こと》いつて哄笑した。落着いてはゐる。成程、見上げた度胸だらうが何《ど》うも学生らしくない。伝法な空気がちらと動いた。ほんとの学生なら蒼くなつて逃げ出しただらう。ビルの権幕はそれ程猛烈だつたし、台所《チケン》の殺傷沙汰は敢て珍しくないんだから。大切刀《クレバア》で腕一本叩き切られた例もあるし、煮えくり返る油を浴びせられて悶絶した給仕人も私は知つてゐる。

フイツツジエラルドの地下室では夜《よ》な夜《よ》な博奕が栄えた。フレスノや伯爵閣下を始め町ぢうの日本人と白人——亜米利加《アメリカ》にゐる日本人は西洋人のことを一口に白人といふ——の遊人が集つて、それに旅の商売人が加はつて、莫大な金額のばくちが夜通し弾むのである。世間の景気はよく、皿を弄くつてゝも週廿弗《ドル》にはなる頃のことだ。アラスカ帰りは西の山から、しやこ隊の脱船海員は東の海から、めい〱懐中《ふところ》をふくらましてお客人に来る。網を張つて鴨を待つのが町の親分たちの年中行事でもあり唯一の収入の途でもあつた。

食卓《テエブル》の古いのを四つ合はして、上へ毛布を拡げ白布《シイツ》を張る正面に親が直る。賃借の帳付けが傍に控へる。誰でも来いの猶太《ジユ》人《ウ》の賭場ではないから呼び人は立たない。こいつが立つと手に短い棒を持つて賽《さい》の受け渡しから場銭の遣取りまで手をつけずにこの棒の先で片をつけるのだ。そして絶えず何か言つてる。

『Come and try again, gents —— no body knows how lucky you are.』

なんてことを太い嗄声《しやがれごえ》でのべつ幕なしに言ひつゞけ乍ら、紙幣《さつ》を銀貨に代へてくれるのだ。この銀貨を自分の目へ積んで振手を白睨《にら》む。鳥渡《ちよつと》面白い呼吸《いき》だが、こゝにはその呼び人はゐない。だから静かだらうと思ふと大間違ひで、その八釜《やかま》しいこと日本の場末の女湯以上だ。勝つたやつ、負けた者、眼の色を変へて喚いてゐる。他人《ひと》のいふことを聞くんぢやなくて、銘々大声を発しさへすればいゝんだから、その騒々しいことお話しにならない。勿論、喧嘩口論は片時《へんじ》もやむ時がない。まづ、呆れ

たものだ。

七・一一《セブン・エレブン》といふ賽《さい》ころ二つで勝負する遊びなのである。詳しいことは不幸にして知らないが、かう夢中《クレイジイ》になるところを見ると、病みつけば因果なものと見える。ゐんちきも可成りにて広くて、仕込み賽もあれば手を舐めたり、指に糊をつけたり、市俄古《シカゴ》ふうといつて『切る』ときに細工をしたり其他いろ〳〵あるらしいが、これも玄妙の域に達すると、こつ一つで百発百中、欲しい目が自在に出るさうな。が、かうなるまでには勿論幾浮沈を要するらしい。士君子のゆめ近寄る可からざる傍系的人生ではある。

夜、仕舞ふ前に、残り物に、これも残り物の珈琲《コーヒー》をつけて地下室へ持つて行つてやるのが、主人フイッツジエラルドから私的に頼まれた私一日の仕事の終りだつた。持つて行くと必ず一同歓声を揚げて勝つてゐる奴は無造作に一枚の札を抜き取つては私に献上した。一弗《ドル》のことも五弗《ドル》のことも、時によると十弗《ドル》のこともあつた。別に、フレスノからは毎朝きまつて心づけがあつた。人の物で毎日貰ふんだから些《いさ》さか気になつたが呉れるんだから納めといた。不浄の財だからぱつぱと使つてやつた。床屋や靴磨きへ五十仙《せん》も一弗《ドル》もチップを切つて、そして清々してゐた。

決して手出ししなかつたハアレイが、あんまり奨められるので、始めて一寸悪戯《ちよつといたづら》に仲間入りしたのはもう二週間も前のことだつた。学生さんの彼は見事に仕てやられて、その時五弗《ドル》取られてしまつた。懲りこりだといつて、彼は当分頭を掻いてゐた。爾来何と気を惹かれても二度と地下室へは下りずにゐた。いや、下りずに一週間ほど経つた。すると、何《ど》う考へても癪だから何とかしてあの五弗《ドル》だけはとり返すといつて二回目に賽を手にした夜、ハアレイは飛んだことになつてしまつた。百弗《ドル》余りの虎の子を、可哀さうに全部《すつかり》取られて一文無しの素《す》つ空《から》かんになつちまつたのである。気の毒だが、これで止すだらうから本人のためには却《かへ》つていゝとも思つてゐると、止すどころか、これがいはゆる病つきで、それからといふものはハアレイは毎晩地下室へ出張して、不器用極まる手付きで賽を投げて、私から借りた金や持物を売つた金やその週の給料《ウイイキ》などを綺麗に亡くしては、傍《はた》の見る眼も憐れなほど日に日に悄気返つて行つた。私の忠告などは馬耳東風だつた。poor Harry !

土曜日だから給料日《ペイ・デイ》だつた。貰つた給料で私への借金を済ましたハアレイは、ほんとの無銭旅行家になつて明日紐育《ニウヨーク》へ向つて出発するといふのである。私は可哀さうで耐らなかつた。何とかしてやりたかつた。

何とかしてやりたいと私が一人で焦つてるうちに、戦争のやうな夕方のラッシユ・アワアも終つて夜になつた。

土曜日だから一しほ賭場が大きい。新顔も四五加はつて、地下室には勝負々々の声が上つてゐる。今夜あたりが頂上のばくちだらう——また徹夜だ。何時《いつ》の間に帰つたものか、ハアレイ・カトウの姿はそこらに見えない。地下室の降り口に立つて、私は明朝《あす》の仕込みの玉葱を剝き出した。食物を下ろすには未だ早い。下から色んな声がする。二三十人は寄つてゐるらしい。金高も大変だらう――。

『梅鉢御紋のはつぱと御座い！』

『Come, Seven! Little Joe from Arabama!』

『よし来た、さんもん五三の桐――と。』フレスノの声だ。

『九さんおいでよ、好かれちや降参か。』

『ちよこちよこ兄さんちよこ来たね――そうら、見ろ、何《ど》うだ、どうだ。』

わあつといふ声。

『うむ。』

『お三はその時取りすがり――駄目だ。』

『うむ。』

『ホゞケンとつたらカマゲンさ。いやはや。』

『うむ。』

静かになる。

『Kick in!』『うむ。』『こん畜生！』『うむ。』『こりや何うだ？七かつ！』『うむ。』

しいんとしてゐる。と、一時にがやがや言ひ出す。伯爵の声がする。

『勝負は運ですよ。来給へ――一束だ。』『うむ。』『おや！』

『うむ。』『舐めた！』

舐めるとは蒸す、倍にすることだ。

『うむ。』

『また舐めた！』

『うむ。』

『もう一つ！』

『うむ。』

『これあ変だ――切るツ！』

『うむ。』

『これあ何《ど》うも――お賽を拝見。』

『うむ。』

あとは静寂。不気味なしゞま。うむといふ誰かの声と緒《とも》に辷る賽の音だけ。と、一時にわつと起る激昂の声。それを押さへるやうに、

『うむ――is that all?』

といふ聞き記憶《おぼえ》のある調子。海底のやうな沈黙がつゞく。

私は下りて行つた。

と、何《ど》うだ？ 大きな卓子《テエブル》の一端に、ハアレイ・カトウが、前屈みに立つてゐて、その前には一、五、十、廿、百といふ弗《ドル》の紙幣が、何のことはない、山のやう――。ハアレイも何時ものハアレイとは別人だ。蒼白な顔から剃刀のやうな鋭さが放射してゐる。

人々は眼を光らせて遠巻きに凝視《みつ》めてゐる。走り出す前の競馬馬が、飛び掛らうとする猛獣のやうだ！ 無言である。

『もうないかね？』

ハアレイがいふ。言ひ乍ら卓上《テエブル》の札を取つて、隠しといふ隠しは勿論、洋襟《カラー》からお腹へ落とし込むやら、洋袴《ズボン》の間へ押しこむやら、文字通り一ぱいに詰め込んで、にやにや笑つて、後ずさりに出口の方へ退いて行く。

だんまりである。無言劇である。一同はぽかんとしてゐた。その中《うち》にハアレイは階段の下まで来てちらと私を見向いた。

『ジヨウヂ、さよなら。』

『さよなら。』

何故か、私はぴよこりと一つお叩頭《じぎ》をしてしまつた。

脱兎のやうに、ハアレイは階段を駈け上り出した。始めて気が付いたやうに、人々は上り口へ殺到した。伯爵が立ちふさがつた。そして、上へ向いて、

『おうい、名を教へて呉れ給へ、名を。』

上から答へた。『テキサス・ハアレイ。』

下はひつそり。そのなかでフレスノが、

『知ってる。豪物《えらぶつ》だ。』

伯爵も、

『知つてますよ。テキサス・ハアレイなら不思議もない。』

『書生に化けたりして飴食はせやがつたな、さん〴〵。』

誰かゞ言つた。

『資本を下ろしといて一度にあつめたんさ、はつはつは。』

一人が応ずる。

『大した腕だ!』

みんな何時迄もぼんやり立つてゐた。

その晩、素適もない服装《なり》に改めたテキサス無宿ハアレイ・カトウが、紐育《ニウ・ヨウク》行きの寝台《プルマン》——Pullmanとはいふが人力車ぢやない——に納まつて上等のハヴアナをくゆらしてゐたであらうと想像することは、君、はたして事実に遠いでせうか。

(「新青年」大正15年10月号)

鏡地獄

江戸川乱歩

「珍らしい話をとおつしやるのですか、それではこんな話はどうでせう。」

ある時、五六人の者が、怖はい話や、珍奇な話を、次々と語り合つてゐた時、友達のKが、最後にこんな風に始めた。本当にあつたことか、Kの作り話なのか、其後《そのご》尋ねて見たこともないので、私《わたし》には分らぬけれど、色々不思議な物語を聞かされたあとだつたのと、丁度その日の天候が、春も終りに近い頃の、いやにドンヨリと曇つた日で、空気が、まるで深い海の底の様に、重々しく淀んで、話すものも、聞くものも、何となく狂気めいた気分になつてゐたからでもあつたのか、その話は、異様に私の心をうつたのである。話といふのは…………

×

私に一人の不幸な友達があるのです。名前は仮りに彼と申して置きませうが、その彼にはいつの頃からか、世にも不思議な病気が取りついてゐたのです。ひよつとしたら、先祖に何かそんな病気の人があつて、それが遺伝したのかも知れませんね。と云ふのは、まんざら根のない話でもないので、一体彼のうちは、お祖父さんか、曾祖父さんかゞ、切支丹《きりしたん》の邪宗に帰依してゐたことがあつて、古めかしい横文字の書物や、マリヤ様の像や、基督《キリスト》さまのはりつけの絵などが、葛籠《つゞら》の底にしまつてあるのですが、そんなものと一緒に、伊賀越道中双六に出て来る様な、一世紀も前の望遠鏡だとか、妙な恰好の磁石だとか、当時ギヤマンとかビイドロとか云つたのでせう、美しいガラスの器物だとかゞ同じ葛籠にしまひ込んであつて、彼はまだ小さい時分からよくそれを出して貰つては遊んでゐたものなのです。

考へて見ますと、彼はそんな時分から、物の姿の映る物、例へばガラスとか、レンズとか鏡とかいふものに、不思議な嗜好を持つてゐた様です。それが証拠には、彼のおもちやと云へば、幻燈器械だとか、遠眼鏡だとか、虫眼鏡だとか、其外それに類した、将門眼鏡、万花鏡、目に当てると人物や道具などが、細長くなつたり、平たくなつたりする、プリズムのおもちやだとか、そんなものばかりでした。

それから、やつぱり彼の少年時代なのですが、こんなことのあつたのも覚えて居ります。ある日彼の勉強部屋を訪れますと、机の上に古い桐の箱が出てゐて、多分その中に入つてゐたのでせう、彼は手に昔物の金《かね》で出来た鏡を持つて、それを日光に当てゝ暗い壁に影を映してゐるのでした。

「どうだ、面白いだらう、あれを見給え、こんな平な鏡が、あすこへ映ると、妙な字の形が出来るだらう。」

彼にさう云はれて、壁を見ますと、驚いたことには、白い丸形の中に、多少形がくづれてはゐましたけれど、寿《ことぶき》といふ文字が、白金《はくきん》の様な強い光りで現れてゐるのです。

「不思議だね、一体どうしたんだらう。」

何だか神業といふ様な気がして、子供の私には、珍しくもあり、怖はくもあつたのです。思はず、そんな風に聞返しました。

「分るまい。種明しをしようか。種明しをして了へば、何んでもないことなんだよ。さあ、こゝを見給え、この鏡の裏を、ね、寿《ことぶき》といふ字が浮彫りになつてゐるだらう。これが表へすき通るのだよ。」

成る程、見れば彼の云ふ通り、青銅の様な色をした鏡の裏には、立派な浮彫りがあるのです。でも、それが、どうして表面まですき通つて、あの様な影を作るのでせう。鏡の表は、どの方角からすかして見ても、滑かな平面で、顔がでこぼこに映る訳でもないのに、それの反射丈けが、不思議な影を作るのです。まるで魔法みたいな気がするのです。

「これはね、魔法でも何でもないのだよ」彼は私のいぶかし気な顔色を見て、説明を始めるのでした「父さんに聞いたんだがね、金の鏡といふ奴は、ガラスと違つて、時々みがきをかけないと、曇りが来て見えなくなるんだ。この鏡なんか、随分古くから僕の家に伝はつてゐる品で、何度となく磨きをかけてゐる。でね、その磨きをかける度に、裏の浮彫りの所と、さうでない薄い所とでは、金の減り方が目に見えぬ程づつ違つて来るのだよ。厚い部分は手ごたへが多く、薄い部分はそれが少い訳だからね。その目にも見えぬ、減り方の違ひが、恐ろしいもので、反射させると、あんなに現れるのだ相だ。分つたかい。」

その説明を聞きますと、一応は理由が分つたもの、、今度は、顔を映してもでこぼこに見えない滑かな表面が、反射させると明かに凹凸が現れるといふ、このえたいの知れぬ事実が、例へば、顕微鏡で何かを覗いた時に味はふ、微細なるもの、不思議さ、それに似た感じで、私をゾッとさせるのでした。

この鏡のことは、余り不思議だつたので、特別によく覚えてゐるのですが、これはたゞ一例に過ぎないので、彼の少年時代の遊戯といふものは、殆どその様な事柄ばかりで充たされてゐた訳です。妙なもので、私までが彼の感化を受けて、今でも、レンズといふ様なものに、人一倍の好奇心を持つてゐるのですよ。

でも少年時代はまだ、左程でもなかつたのですが、それが中学の上級生に進んで、物理学を教はる様になりますと御承知の通り物理学にはレンズや鏡の理論がありますね、彼はもうあれに夢中になつて了つて、その時分から、病気といつてもいゝ程の、謂はゞレンズ狂に変つて来たのです。それにつけて思ひ出すのは、教室で、凹面鏡のことを教はる時間でしたが、小さな凹面鏡の見本を、生徒の間に廻して、次々に皆の者が、自分の顔を映して見てゐたのです。私はその時分ひどいニキビ面で、それが何だか性慾的な事実に関係してゐる様な気がして、恥しくて仕様がなかつたのですが、何気なく凹面鏡を覗いて見ますと、思はずアツと声を立てる程驚いたことには、私の顔の一つ一つのニキビが、まるで望遠鏡で見た月の表面の様に、恐ろしい大きさに拡大されて映つたのです。

小山とも見えるニキビの先端が、柘榴の様にはぜて、そこからドス黒い血のりが、芝居の殺し場の絵看板の感じで物凄くにじみ出してゐるのです。ニキビといふ引け目があつたせいでもありませうが、凹面鏡に映つた私の顔がどんなに恐ろしく、不気味なものであつたか、それから後といふものは、凹面鏡を見ると、それが又、博覧会だとか、盛り場の見世物などには、よく並んでゐるのですが、私はもう、おぞけを振つて、逃げ出す様になつた程なんです。

ですが、彼の方では、その時やつぱり凹面鏡を覗いて、これは又私とあべこべで、恐ろしく思ふよりは、非常な魅力を感じたものと見え、教室全体に響き渡る様な声で、ホウと感嘆の叫びを上げたものなんです。それが余り頓狂に聞えたものですから、その時は大笑ひになりましたが、さてそれからといふものは、彼はもう凹面鏡で夢中なんです。大小様々の凹面鏡を買ひ込んで、針金だとかボール紙などを使ひ、複雑なからくり仕掛けを拵へては、独りほくそ笑んでゐる始末でした。流石《さすが》に好きの道だけあつて、彼は又人の思ひもつかぬ様な、変てこな装置を考案する才能を持つてゐて、尤も手品の本などを、態々《わざわざ》外国から取り寄せたりしたのですけれど、今でも不思議に堪えないのは、これもある時彼の部屋を訪れて、驚かされたのですが、魔法の紙幣といふからくり仕掛けでありました。

それは、二尺四方程の、四角なボール箱で、前の方に建物の入口の様な穴が開いてゐて、そこの所に一円札が五六枚、丁度状差しの中のハガキの様に、差してあるのです。

「このお札を取つてごらん。」

その箱を私の前に持出して、彼は何食はぬ顔で紙幣を取れといふのです。そこで、私は云はれるまゝに、手を出して、ヒヨイとその紙幣を取らうとしたのですが、何とまあ不思議なことには、ありありと目に見えてゐるその札が、手を持つて行つて見ますと、煙の様に何もないではありませんか。あんな驚いたことはありませんね。

「オヤ。」

とたまげてゐる私の顔を見て、彼はさも面白相《さう》に笑ひながら、さて説明して呉れた所によりますと、それは英国でしたかの物理学者が考案した、一種の手品で、種はやつぱり凹面鏡なのです。詳しい理窟はよくも覚えてゐませんけれど、本物の紙幣は箱の下へ横に置いて、その上に斜に凹面鏡を装置し、電燈を箱の内部に引込み、光線が紙幣に丈け当る様にすると、凹面鏡の焦点からどれ丈けの距離にある物体は、どういふ角度で、どの辺にその像を結ぶといふ理論によつて、うまく箱の穴の所へ紙幣が現れるのださうです。普通の鏡ですと、決して本物がそこにある様には見えませんけれど、凹面鏡では、不思議にもそんな実像を結ぶといふのですね。本当にもう、あり〳〵とそこに在るのですからね。

か様にして、彼のレンズや鏡に対する異常なる嗜好は、段々嵩《かう》じて行くばかりでしたが、やがて、中学を卒業しますと、彼は上の学校に入らうともしないで、一つは親達も甘過ぎたのですね。息子の云ふことならば、大抵は無理を通して呉れるものですから、学校を出ると、もう一かど大人になつた気で、庭の空地《くうち》に一寸《ちよつと》した実験室を新築して、その中で、例の不思議な道楽を始めたものなんです。

「これまでは、学校といふものがあつて、いくらか時間を束縛されてゐたので、それ程でもなかつたのが、さて、さうして朝から晩まで実験室にとぢ籠ることになりますと、彼の病勢は俄かに恐るべき加速度を以て、昂進し始めました。元来友達の少なかつた彼ですが、卒業以来といふものは、彼の世界は、狭い実験室の中に限られて了つて、どこへ遊びに出るといふではなく、僅かに彼の部屋を訪れるのは、彼の家の人を除くと、私たゞ一人位になつて了つたのでした。

それも極く時たまのことなんですが、私は彼を訪問する度に、彼の病気が段々募つて行つて、今では寧ろ狂気に近い状態になつてゐるのを目撃して、私《ひそか》に戦慄を禁じ得ないのでした。彼のこの病癖に持つて来て、更らにいけなかつたことは、ある年の流行感冒の為に、不幸にも彼の両親が、揃つてなくなつて了つたものですから、彼は今は誰に遠慮の必要もなく、その上莫大な財産を受ついで、思ふがまゝに、彼の妙な実験を行ふことが出来る様になつたのと、それに今一つは、彼も二十歳を越して、女といふものに興味を抱き始め、そんな変てこな嗜好を持つ程の彼ですから情慾の方も、ひどく変態的で、それが持前のレンズ狂と結びついて、双方が一層勢《いきおひ》を増す形になつて来たことでした。そして、お話といふのは、その結果遂に恐ろしい大団円を招くことになつた、ある出来事なのですが、それを申上げる前に、彼の病勢が、どの様にひどくなつてゐたかといふことを、二つ三つ、実例によつて御話しして置き度《た》いと思ふのです。

彼の家は山の手のある高台にあつて、今云ふ実験室は、そこの広々とした庭園の片隅の、街々の甍を眼下に見下す位置に建てられたのですが、そこで彼が最初始めたのは、実験室の屋根を天文台の様な形に拵へて、そこに可也《かなり》の天体観測鏡を据ゑつけ、星の世界に耽溺することでした。その時分には、彼は独学で、一通り天文学の知識を備へてゐた訳なのです。が、その様なありふれた道楽で満足する彼ではありません。その一方では、度の強い望遠鏡を窓際に置いて、それを様々の角度にしては、眼の下に見える人家の、開け放つた室内を盗見るといふ、罪の深い、秘密の楽しみを味つてゐるのでありました。

それが仮令《たとへ》板塀の中であつたり、外の家の裏側に向ひ合つてゐたりして、当人達ではどこからも見えぬ積りで、まさかそんな遠くの山の上から望遠鏡で覗かれやうとは気づく筈もなく、あらゆる秘密の行ひを、したい三昧にふるまつてゐる、それが彼には、まるで目の前の出来事の様に、あから様に眺められるのです。

「こればかりは、止《よ》せないよ。」

　彼はさう云ひ云ひしては、その窓際の望遠鏡を覗くことを、こよなき楽しみにしてゐましたが、考へて見れば、随分面白いいたづらに相違ありません。私も時には覗かして貰ふこともありましたけれど、偶然妙なものを、すぐ目の前に発見したりして、いつそ顔の赤らむ様なこともないではありませんでした。

　その外、例へば、サブマリン、テレスコープといひますか、潜航艇の中から海上を眺める、あの装置を拵へて、彼の部屋に居ながら傭人達の、殊に若い小間使などの私室を、少しも相手に悟られることなく、覗いて見たり、さうかと思ふと、虫眼鏡や顕微鏡によつて、微生物の生活を観察したり、それについて奇抜なのは、彼が蚤の類《るゐ》を飼育してゐたことで、それを虫眼鏡や度の弱い顕微鏡の下で、這はせて見たり、自分の血を吸ふ所だとか、虫同士を一つにして同性であれば喧嘩をしたり、異性であれば仲よくしたりする有様を眺めたり、中にも気味の悪いのは、私は一度それを覗かされてからといふもの、今まで何とも思つてゐなかつたあの虫が、妙に恐ろしくなつた程なのですが、蚤を半殺しにして置いて、そのもがき苦しむ有様を、非常に大きく拡大して見ることでした。五十倍の顕微鏡でせうが、覗いた感じでは、一匹の蚤が眼界一杯に拡つて、吻《くち》から、足の爪、身体《からだ》に生えてゐる小さな一本一本の毛までがハツキリと分つて、妙な比喩ですが、まるで猪の様に恐ろしい大きさに見えるのです。それがドス黒い血の海の中で、（僅か一滴の血潮がそんなに見えるのです）背中半分をペチヤンコにつぶされて、手足で空《くう》を摑《つか》んで、吻を出来る丈け伸して、断末魔の物凄い形相を示してゐます。何かその吻から恐ろしい悲鳴が聞えて来る様にすら感じられるのです。

　さうした細々したことを一々申上げてゐては際限がありませんから、大抵は省くことにしますが、実験室建築当初の、か様な道楽が月日と共に深まつて行つて、ある時はまた、こんなこともあつたのです。ある日のこと、彼を訪ねて、何気なく実験室の扉を開きますと、なぜかブラインドを卸して部屋の中が薄暗くなつてゐましたが、その正面の壁一杯に、さうですね一間《けん》四方もあつたでせうか、何かモヤ〳〵と蠢《うごめ》いてゐるものがあるのです。気のせいかと思つて、目をこすつて見るのですが、やつぱり何だか動いてゐる。私は戸口に佇んだまゝ、息を呑んでその怪物を見つめたものです。すると、見てゐるに従つて、霧みたいなものが段々ハツキリして来て、針を植ゑた様な黒い叢、その下にギヨロ〳〵と光つてゐる盥程の目、瞳の茶色がかつた虹彩から、白目の中の血管の川までも、丁度ソフト、フオーカスの写真の様に、ぼんやりしてゐる様でゐて、妙にハツキリと見えるのです。それから棕櫚の様な鼻毛の光る、洞穴《ほらあな》みたいな鼻の穴、そのまゝの大きさで坐蒲団を二枚重ねたかと見える、いやに真赤な脣、その間からギラ〱と瓦《かはら》の様な白歯が覗いてゐる、つまり部屋一杯の人の顔、それが生きて蠢いてゐるのです。活動写真なぞでないことはその動きの静かなのと、正物《しようぶつ》そのまゝの色艶とで明瞭です。不気味よりも、恐ろしさよりも、私は自分が気でも違つたのではあるまいかと、思はず驚きの叫び声を上げました。すると、

「驚いたかい、僕だよ、僕だよ。」

と別の方角から彼の声がして、ハツと私を飛び上らせたことには、その声の通りに、壁の怪物の脣と舌が動いて、盥の様な目が、ニヤリと笑つたのです。

「ハ、、、、……、どうだいこの趣向は。」

突然部屋が明くなつて、一方の暗室から彼の姿が現れました。それと同時に壁の怪物が消え去つたのは申すまでもありません。皆さんも大方想像なすつたでせうが、これはつまり実物幻燈、――鏡とレンズと強烈な光の作用によつて、実物そのまゝを幻燈に写す、子供のおもちやにもありますね、あれを彼独特の工風によつて、異常に大きくする装置を作つたのです。そして、そこへ彼自身の顔を映したのです。聞いて見れば何でもないことですが、可也驚かせるものですよ。まあ、かういつたことが彼の趣味なんですね。

似た様なので、一層不思議に思はれたのは、今度は別段部屋が薄暗い訳でもなく、彼の顔も見えてゐて、そこへ変てこな、ゴチヤ〱と鏡を立て並べた器械を置きますと、彼の目なら目丈けが、これも又盥程の大きさで、ポツカリと、私の目の前の空間に浮き出す仕掛けなのです。突然そいつをやられた時には、悪夢でも見てゐる様で、身がすくんで、殆んど生きた空《そら》もありませんでした。ですが、種を割つて見れば、これがやつぱり、先程御話しした魔法の紙幣と同じことで、たゞ沢山凹面鏡を使つて、像を拡大したものに過ぎないのでした。でも、理窟の上では出来るものと分つてゐても、随分費用と時間のかゝることでもありそんな馬鹿々々しい真似を、やつて見た人もありませんので謂はゞ彼の発明と云つてもよく、続けざまにその様なものを見せられますと、何かかう、彼が恐ろしい魔物の様にさへ思はれるのでありました。

そんなことがあつてから、二三ケ月もたつた時分でしたが、彼は今度は何を思つたのか、実験室を小さく区切つて上下左右を鏡の一枚板で張りつめた、俗に云ふ鏡の部屋を作りました。ドアも何もすつかり鏡なのです。彼はその中へ一本の蠟燭を持つて、たつた一人で長い間入つてゐるといふのです。一体何の為にそんな真似をするのか誰にも分りません。が、その中で彼が見るであらう光景は大体想像することが出来ます。六方を鏡で張りつめた部屋の真中に立てば、そこには彼の身体のあらゆる部分が、鏡と鏡が反射し合ふ為に、無限の像となつて映るものに相違ありません。彼の上下左右に、彼と同じ数限りもない人間が、ウヂヤ〱と殺倒する感じに相違ありません。考へた

丈けでもゾッとします。私は子供の時分に八幡の藪知らずの見世物で、型ばかりの代物ではありましたが、鏡の部屋を経験したことがあるのです。その不完全極まるものでさへ、私にはどの様に恐ろしく感じられたことでせう。それを知つてゐるものですから、一度彼から鏡の部屋へ入れと勧められた時にも、私は固く拒んで入らうとはしませんでした。

その内に、鏡の部屋へ入るのは、彼一人丈けでないことが分つて来ました。その彼の外の人間といふのは、外でもありません。彼の御気に入りの小間使でもあり、同時に彼の唯一人の恋人でもあつた所の、当時十八歳の美しい娘でした。彼は口癖の様に、

「あの子のたつた一つの取柄は、身体中に数限りもなく、非常に深い濃やかな陰影があることだ。色艶も悪くはないし、肌も濃やかだし、肉附も海獣の様に弾力に富んではゐるが、そのどれにもまして、あの女の美しさは、陰影の深さにある。」

といつてゐた。その娘と一緒に、彼は鏡の国に遊ぶのです。締め切つた実験室の中の、それを又区切つた鏡の部屋の中ですから、外部から伺ふべくもありませんが、時としては一時間以上も、彼等はそこにとぢ籠つてゐるといふ噂を聞きました。無論彼が一人切りの場合も度々あるのですが、ある時などは、鏡の部屋へ入つたまゝ、余り長い間物音一つしないので、召使が心配の余りドアを叩いたといひます。すると、いきなりドアが開いて、素裸の彼が一人で出て来て、一言も物を云はないで、そのまゝプイと母屋の方へ行つて了つたといふ様な、妙な話もあるのでした。

その頃から、元々余りよくなかつた彼の健康が、日一日と害はれて行く様に見えました。が、肉体が衰へるのと反比例に、彼の異様な病癖は益々募るばかりでした。彼は莫大の費用を投じて、様々の形をした鏡を集め始めました。平面、凸面、凹面、波型、筒型と、よくもあんなに変つた形のものが集つたものです。広い実験室の中は、日々担ぎ込まれる、変形鏡で埋つて了ふ程でありました。ところが、それればかりではありません。驚いたことには、彼は広い庭の中央に、ガラス工場を建て始めたのです。それは彼独特の設計のもので、特殊の製品については、日本では類のない程、立派なものでありました。技師や職工なども、選みに選んで、その為には、彼は残りの財産を全部投げ出しても惜しくない意気込みでした。

不幸にも、彼には意見を加へて呉れる様な親族が一軒もなかつたのです。召使達の中には見るに見兼ねて意見めいたことを云ふものもありましたが、そんなことがあれば直様お払ひ箱で、残つてゐる者共は、たゞもう法外に高い給金目当ての、さもしい連中ばかりでした。その場合、彼に取つては天にも地にも、たつた一人の友人である私としては、何とか彼をなだめて、この暴挙をとめなければならなかつたのですが、無論幾度《いくたび》となくそれは試みて見たのですが、いつかな狂気の彼の耳には入らず、それに事柄が、別段悪事といふではなく、彼自身の財産を、彼

が勝手に使ふのであつて見れば、外にどう分別のつけ様もないのでした。私はたゞもう、ハラ〳〵しながら、日々に消えて行く彼の財産と、彼の命とを、眺めてゐる外はないのです。

そんな訳で、私はその頃から、可也足繁く彼の家に出入りする様になりました。せめては彼の行動を、監視なりともしてゐやうといふ心持だつたのです。従つて、彼の実験室の中で、目まぐろしく変化する彼の魔術を見まいとしても見ない訳には行きませんでした。それは実に驚くべき怪奇と幻想の世界でありました。彼の病癖が絶頂に達すると共に、彼の不思議な天才も亦、残る所なく発揮されたのでありませう。走馬燈の様に移り変る、それが悉くこの世のものではない所の、怪しくも美しい光景。私はその当時の見聞を、どの様な言葉で形容すればよいのでせう。

外部から買入れた鏡と、それで足らぬ所や、外では仕入れることの出来ない形のものは、彼自からの工場で製造した鏡によつて補ひ、彼の夢想は次から次へと実現されて行くのでした。ある時は、彼の首ばかりが、胴ばかりが、或は足ばかりが、実験室の空中を漂つてゐる光景です。それは云ふまでもなく、巨大な平面鏡を室一杯に斜に張りつめて、その一部に穴をあけ、そこから首や手足を出してゐる、あの手品師の常套手段に過ぎないのですけれど、それを行ふ本人が手品師ではなくて、病的に生真面目な私の友達なのですから、異様の感にうたれないではゐられません。ある時は部屋全体が、凹面鏡、凸面鏡、波型鏡、筒型鏡の洪水です。その中央で踊り狂ふ彼の姿は、或は巨大に或は微小に、或は長細く、或は平べつたく、或は曲りくねり、或は胴ばかりが、或は首の下に首がつながり、或は一つの顔に目が四つ出来、或は脣が上下に無限に延び、或は縮み、その影が又互に反射し、交錯して、紛然雑然、まるで狂人の幻想か、地獄の饗宴です。

ある時は部屋全体が巨大なる万花鏡です。からくり仕掛けで、カタリ〳〵と廻る、数十尺の鏡の三角筒の中に、花屋の店を空《から》にして集めて来た、千紫万紅が、阿片の夢の様に、花弁一枚の大きさが畳一畳にも映つて、それが何千何万となく、五色の虹となり、極地のオーロラとなつて、見る者の世界を覆ひつくす。その中で、大入道の彼の裸体が月の表面の様な、巨大な毛穴を見せて舞ふのです。

その外、種々雑多の、それ以上であつても、決してそれ以下ではない所の、恐るべき魔術、それを見た刹那、人間は気絶し、盲目となつたであらう程の、魔界の美、私にそれを御伝へする力もありませんし、又仮令お話しして見た所で、どうまあ信じて頂けませう。

そして、そんな狂乱状態が続いたあとで、遂に悲しむべき破滅がやつて来たのです。私の最も親しい友達であつた彼は、到頭本物の気違ひになつて了つたのです。これまでとても、彼の所業は決して正気の沙汰とは思はれませんでした。併し、そんな狂態を演じながらも、彼は一日の多くの時間を、常人の如く過しました。読書もすれば、瘦せさらばふた肉体を使駆して、ガラス工場の監督指揮にも従ひ、私と逢へば、昔ながらの彼の不可思議なる唯美思想を語るのに、何のさし触りもないのでした。それが、あの様な無残な終末を告げやうとは、どうして予想することが出来ませう。恐らくこれは、彼の身内に巣食つてゐた悪魔の所業か、さうでなければ、余りにも魔界の美に耽溺した彼に対する神の怒りでもあつたのでせうか。

ある朝、私は彼の所からの使ひのものに、慌ただしく叩き起されたのです。

「大変です。奥様が、すぐにおいで下さいます様にとおつしやいました。」

「大変！　どうしたのだ。」

「私共にも分りませんのです。兎も角、大急ぎでいらしつて頂けませんでせうか。」

使の者と私とは、双方とも、もう青ざめて了つて、早口にそんな問答を繰り返すと、私は取るものも取りあへず彼の邸《やしき》へと駈けつけました。場所はやつぱり実験室です。飛び込む様に中へ入ると、そこには、今では奥様と呼ばれてゐる彼の愛した小間使を初め、数人の召使達が、あつけに取られた形で、立すくんだまゝ、一つの妙な物体を見つめてゐるのでした。

その物体といふのは、玉乗りの玉をもう一層大きくした様なもので、外部には一面に布が張りつめられ、それが広々と取り片づけられた実験室の中を、生あるものゝ様に、右に左に転り廻つてゐるのです。そして、もつと気味悪いのは、多分その内部からでせう、動物のとも人間のともつかぬ、笑ひ声の様な唸りが、シユーシユーと響いてゐるのでした。

「一体どうしたといふのです。」

私はかの小間使を捕へて、先づかう尋ねる外はありませんでした。

「さつぱり分りませんの、なんだか中にゐるのは旦那様ではないかと思ふのですけれど、こんな大きな玉がいつの間に出来たのか、思ひもかけないことですし、それに手をつけ様にも気味が悪くて、………さつきから何度も呼んで見たのですけれど、中からは妙な笑ひ声しか戻つて来ないのですもの。」

その答を聞くと私は、いきなり、玉に近づいて、声の洩れて来る箇所を調べました。そして、転る玉の表面に、二つ三つの小さな、空気抜きとも見える穴を見つけるのは、訳のないことでした。で、その穴の一つに目を当てゝ、怖はごは玉の内部を覗いて見たのですが、中は何か妙に目をさす様な光が、ギラギラしてゐるばかりで、人の蠢く気配と不気味な、狂気めいた笑ひ声が聞えて来る外には少しも様子が分りません。そこから二三度彼の名を呼んでも見ましたけれど、相手は人間なのか、それとも人間ではない外の者なのか、一向手答へがないのです。

ところが、さうして暫くの間、転る玉を眺めてゐる内に、ふとその表面の一箇所に、妙な四角の切り食はせが出来てゐるのを発見しました。それがどうやら、玉の中へ入る扉らしく、押せばガタ〳〵音はするのですけれど、取手も何もない為に、開くことも出来ません。なほよく見れば、取手の跡らしく、金物の穴が残つてゐます。これは、ひよつとしたら、人間が中へ入つたあとで、どうかして取手が抜け落ちて、外からも、中からも、扉が開かぬ様になつたのではあるまいか。とすると、この男は一晩中玉の中にとぢ籠められてゐたことになるのでした。では、その辺に取手が落ちてはゐまいかと、あたりを見廻しますと、もう私の想像通りに違ひなかつたことには、部屋の一方の隅に、丸い金具が落ちてゐて、それを今の金物の穴にあてゝ見れば、寸法はきつちり合ふのです。併し困つたことには、柄が折れて了つてゐて、今更ら穴に差し込んで見た所で、扉が開く筈もないのでした。

でも、それにしてもをかしいのは、中にとぢこめられた人が、助けを呼びもしないで、たゞゲラ〳〵笑つてゐることでした。

「若しや。」

私はある事に気づいて、思はず青くなりました。もう何を考へる余裕もありません。たゞこの玉をぶちこはす一方です。さうして、兎も角も中の人間を助け出す外はないのです。

私はいきなり工場に駈けつけて、ハンマーを拾ふと、元の部屋に引返し、玉を目がけて、烈しい一撃を加へました。と、驚いたことには、内部は厚いガラスで出来てゐたと見え、ガチヤンと、恐ろしい音と共に、玉は夥しい破片に、割れくづれて了ひました。

そして、その中から這ひ出して来たのは、まぎれもない、私の友達の彼だつたのです。若しやと思つてゐたのが、やつぱり左様だつたのです。それにしても、人間の相好が、僅か一日の間に、あの様にも変るものでせうか。昨日までは衰へてこそゐましたけれど、どちらかと云へば、神経質に引締つた顔で、一寸見ると怖はい程でしたのが、今はまるで死人の相好の様に、顔面の凡ての筋がたるんで了ひ、引かき廻した様に乱れた髪の毛、血走つてゐながら、異様に空《うつろ》な目、そして口をだらしなく開いて、ゲラ〳〵と笑つてゐる姿は、二目と見られたものではないのです。それは、あの様に彼の寵愛を受けてゐた、かの小間使さへもが、恐れをなして、飛びのいた程でありました。

云ふまでもなく、彼は発狂してゐたのです。併し、何が彼を発狂させたのでありませう。玉の中にとぢ込められた位で、気の狂ふ男とも見えません。それに第一、あの変てこな玉は、一体全体何の道具なのか、どうして彼がその中へは入つてゐたのか、玉のことは、そこにゐた誰もが知らぬといふのですから、恐らく彼が工場に命じて秘密に拵へさせたものでもありませうが、彼はまあ、この玉乗りのガラス玉を、一体どうするつもりだつたのでありませうか。

部屋の中をうろ〳〵しながら、笑ひ続ける彼、やつと気を取り直して、涙ながらに、その袖を捉へる女、その異常な昂奮の中へ、ヒヨツコリ出勤して来たのは、ガラス工場の技師でした。私はその技師を捉へて彼の面食ふのも構はずに、矢継ぎ早やの質問をあびせました。そして、ヘドモドしながら彼の答へた所を要約しますと、つまりかういふ次第であつたのです。

技師は大分以前から、直径四尺に二分程の厚味を持つた中空のガラス玉を作ることを命じられ、秘密の内に作業を急いで、それが昨夜遅くやつと出来上つたのでした。技師達は勿論その用途を知るべくもありませんが、玉の外側に水銀を塗つて、その内側を一面の鏡にすること、内部には数ケ所に強い光の小電燈を装置し、玉の一箇所に人の出入出来る程の扉を設けること、といふ様な不思議な命令に従つて、その通りのものを作つたのです。出来上ると、夜中にそれを実験室に運び、小電燈のコードには、室内燈の線を連結して、それを主人に引渡したまゝ、帰宅したのだと申します。それ以上の事は、技師にはまるで分らないのでした。

私は技師を帰し、狂人は召使達に看護を頼んで置いて、その辺《へん》に散乱した不思議なガラス玉の破片を眺めながら、どうかして、この異様な出来事の謎を解かうと、悶へました。長い間、ガラス玉との睨めつこでした。が、やがて、ふと気づいたのは、彼は、彼の智力の及ぶ限りの鏡装置を試みつくし、楽しみ尽して、最後に、このガラス玉を考案したのではないか、そして、自からその中には入つて、そこに映るであらう不思議な影像を眺めやうと試みたのではないかといふことでした。

が、彼は何故発狂しなければならなかつたか。いや、それよりも、彼はガラス玉の内部で何を見たか。一体全体何を見たのか。そこまで考へた私は、その刹那、脊髄の中心を、氷の棒で貫かれた感じで、そして、その世の常なら恐怖の為に、心の臓まで冷くなるのを覚えました。彼はガラス玉の中には入つて、ギラ〳〵した小電燈の光で、彼自身の影像を一目見るなり、発狂したのか、それとも又、玉の中を逃げ出さうとして、誤つて扉の取手を折り、出るにも出られず、狭い球体の中で、死の苦しみをもがきながら、遂に発狂したのか、そのいづれかではなかつたでせうか。では、何物がそれ程迄に彼を恐怖せしめたか。

それは、到底人間の想像を許さぬ所です。球体の鏡の中心には入つた人が、嘗つて一人だつてこの世にあつたでせうか。その球壁に、どの様な影が映るものか、物理学者とて、これを算出することは不可能でありませう。それは、ひよつとしたら、我々には、夢想することも許されぬ、恐怖と戦慄の人外境ではなかつたのでせうか。世にも恐るべき悪魔の世界ではなかつたのでせうか。そこには、彼の姿が彼としては映らないで、もつと別のもの、それがどんな形相を示したかは、想像の外ですけれど、兎も角、人間を発狂させないでは置かぬ程の、あるものが、彼の宇宙を覆ひつくして、映し出されたのではありますまいか。

たゞ、我々にからうじて出来ることは、球体の一部である所の、凹面鏡の恐怖を、球体にまで延長して見る外にはありません。あなた方は、定めし凹面鏡の恐怖なれば、御存じでありませう。あの自分自身を顕微鏡にかけて、覗いて見る様な、悪夢の世界、球体の鏡はその凹面鏡が果てしもなく連つて、我々の全身を包むのと同じ訳なのです。それ丈けでも単なる凹面鏡の恐怖の、幾層倍、幾十層倍に当りますが、その様に想像したばかりで、我々はもう身の毛がよ立つではありませんか。

私の不幸な友達は、さうして、彼のレンズ狂、鏡気違ひの、最端を極めやうとして、極めてはならぬ所を極めやうとして、神の怒りにふれたのか、悪魔の誘ひに敗れたのか、遂に、恐らく彼自身を亡ぼさねばならなかつたのでありませう。

彼はその後、狂つたまゝこの世を去つて了ひましたので、事の真相を確むべきよすがとてもありませんが、でも、少くとも私丈けは、彼は鏡の玉の内部を冒したばつかりに、遂にその身を亡ぼしたのだといふ想像を、今日に至るまでも捨て兼ねてゐるのでございます。

（「大衆文藝」大正15年10月号）

山鳩

広津和郎

水野と自分と水野の愛犬ルビーとは、渋谷から目黒附近を、半日歩きまはつた。自分達は中学校の制服を著たままで、鉄砲を肩にしてゐたのである。水野はステツキ銃、自分は七ミリ。

水野は自分等の中学ぢうでの鉄砲の名手だつた。といふよりも、彼は中学生としては鉄砲がうまい、と云つたやうな割引なしで、東京の猟人中でも、指折りに鉄砲がうまかつたと云へたのかも知れない。何故かといふと、彼はその頃既に放鳥会で、腕自慢の連中を相手にまはして、金牌などを貰つてゐたからである。それに彼は雉や山鳥の、東京の猟人達には隠れたる猟場を知つてゐた。毎年十月十五日の猟期解禁になると、彼はその武蔵と相模との境の、汽車の沿線から七里も山奥に這入つた猟場に出かけて行つた。そして四五日すると、我々のところに、何時信濃町の停車場に迎へに来いといふ電報がとゞいた。彼と親しい友達だつた自分やKは、その電報の時刻に、停車場に出かけて行つた。そして級中での美少年だつた彼の顔が、美しく笑ひながら、汽車から降りて来るのを迎へた。彼は学生服に猟銃を肩にした、気の利いた形で、荷物係に、預けた荷物を取りに行つた。そして彼は我々の前に何十羽といふ雉と山鳥を得意になつて示すのであつた。

それ等の獲物は、彼の家から迎へに来た人力車の上に積まれた。そして自分達は、彼の手柄話を聞きながら、電車で彼の家に行き、それからその獲物の裾分けを貰つて、まるで自分の手柄であるかのやうな愉快な心持になりながら、持ち重《おも》りのする雉をぶら下げて、家に帰つて行くのだつた。

自分はよく新聞に、有名な猟人達の初猟の成績が出るのを見たが、この一個の少年に過ぎない水野が、新聞に出る有名な猟人達よりも、毎年遥かに、より以上の猟物を得て帰る事を、心ひそかに、我事のやうに得意にしてゐた。

水野はその位、鉄砲がうまかつた。もつとも、彼はその猟銃のために、冬の山中に野宿などをするものだから、それがもとで、肋膜を冒され、続いて肺になつて、たうとう二十一二で死んでしまつたが、併し実際鉄砲は天才的だつた。

そんなやうな水野だつた。その水野と自分と水野の愛犬ルビーとが、半日郊外を歩きまはつたのである。その日は併し鉄砲を打つのが唯一の目的でもなかつた。我々は半分郊外散歩の気持で、正午頃からぶらぶら出かけたわけなのである。

目黒の不動で栗飯を食ひ、それから甘藷先生の墓の側から、中目黒に出、世田ケ谷近くまで雑木林や田や畑の間を歩きまはつた。

水野の腰には、鴨が二羽ぶら下つてゐた。その外には何も獲れなかつた。といふよりも、大体鳥がゐなかつたといふ方がほんとうだつた。あをぢ、頬白の類はたまにゐたが、併しそれは自分の七ミリ銃に委された。その銃も水野の銃を自分が借りて持つてゐるのだが、自分は甚だしく打つ事が下手なので、あをぢ、頬白程度の小鳥は、自分が練習のために打ち、若し鴨がゐたら、それは水野が打つといふ事になつてゐたのである。

それで二羽の鴨を彼が打落し、自分は時々ゐた小鳥類を打ち損じて、そして二人は暢気な、明るい心持ちで歩いてゐた。それは今からもう二十年近くも前になるが、その頃の東京の郊外は素晴しかつた。今のやうに雑然とした、ほつ立て小屋見たやうな家もなく、文化住宅風の安つぽい赤い屋根もなく、丘陵と畑と田と雑木林とが、何処までも何処までも続いてゐて、青く澄み切つた晩秋の空に、雑木林の枯葉が、カサカサと鳴るのが、堪らなく好い心持だつた。——独歩の書いた武蔵野の俤がそのままだつた。

自分達は田舎家でふかし藷を買ひ、犬も一緒にそれを食べながら、世田ケ谷から再び目黒を通り、渋谷の方へ帰つて来た。半日の散歩に、足がやや軽い疲れを覚えて、早く水野の家まで帰つて、その鴨を一羽づつ晩飯に焼いて食べることの愉快さが、二人の心を急き立ててゐた。つまりふかし藷程度では一寸をさまりのつかない、少年らしい健康な空腹を、疲労と共に覚えてゐたのである。

空はいつの間にか暮れかかつてゐた。西の空は夕焼けをしてゐたが、その真赤な空が、暖い感じが少しもしないで、その空の下に際立つて黒々と見える秩父の連山と共に、冷たかつた。風が殆んど死んで、雑木林も畑も、紫つぽく暮れかかつてゐた。或田舎家の側を通つた時には、焚火の匂ひと、何か焼魚——秋刀魚——の匂ひがした。

自分達は黙々として歩いてゐた。自分も水野も犬も。犬は水野の足の直ぐ近くを、これも多少疲れたと見えて、長い耳と尻尾とを垂れ、うつむき加減にとぼとぼ歩いてゐた。

もう一つ丘陵を越せば、もう渋谷も町に近く、従つて、青山の水野の家も、さう遠くはない。自分達は心が少し急いてゐた。

するとその時、それはやはり右手と左手とが雑木林になつてゐる丘陵の間を切り通したので、新しい赤土が目立つやうな道だつたが、ふとルビーが立止つて、尾を後にピンと張つて、水野の顔を嬉しさうに横眼で見上げた。

『おや、何かゐるな』と水野が云つた。

彼が見構える間もなく、犬はその左手の雑木林の中に飛び込んで行つた。かと思ふと、それは全体が櫟の林であるが、その中に一本、鋒杉形の杉が立つてゐた。その杉の木から、ぱたぱたといふ強い羽叩きをさせて、二羽の山鳩が飛び立つたのである。水野は直ぐ一発放した。かうした不意の場合に、山鳩といふやうな翅の強い、飛び方の早い鳥が、無暗に打落せるものではない。水野がいくら鉄砲の名手であつても、その不意の飛び打ちが、正確にやれるわけのものではない。それは後になつて、彼自身も告白してゐた。ところが、はづみといふものは恐ろしいもので、狙ひ定める暇もなく放した彼の弾丸《たま》が、紛れ当りに違ひないが、その一羽に当つたのである。当つた鳩は、直ぐそのまま真直ぐには落ちないで、斜に空間をかすめるやうに、雑木林の間に落ちて行つた。落ちて行つたのか、半ば飛んで行つたのか解らないやうな感じで落ちて行つた。

犬は枯草の間をカサカサと音をさせながら、その方へ一散に走つて行つた。

『やつたね』と自分は歓声を揚げた。

『ああ。併し紛れだよ。狙つてゐる暇はなかつたからね』

水野は謙遜にさう云ひながら、じつと犬の這入つて行つた雑木林の中を見守つてゐた。自分も犬が間もなく、その餌物をくはへて出て来るに違ひない雑木林の方向を見守つてゐた。鶫二羽のところに、山鳩が加はれば、この半日の散歩的遊猟に取つては、思ひがけない大収穫である。自分は友が紛れ当りとは云つてゐるものの、その腕前に、今更のやうに驚嘆を感じ、少年らしい敬意の念をさへ感じてゐた。

すると、直ぐ出て来る筈の犬が、なかなか出て来なかつた。それればかりでなく、やがて、何か敵に対してでもゐるやうな唸り声を発してゐるのが聞えた。

『未だ山鳩が死に切つてゐないんだな』

水野はさういふと、つかつかと雑木林の間に這入つて行つた。自分もその後からつづいて行つた。

犬が唸つてゐるのはかなりの奥だつた。自分達はその声の方へ分け入つて行つた。もう夕暮も深まつて来たので、森の中はほの暗かつた。かなり奥に分け入つて行くと、そこにだけ木立が少しまばらになつて、一間四方ばかりの草地の空地になつてゐるところに、ルビーの何ものにか跳りかからうとして、跳りかかれずに躊躇しながら、唸り声だけ揚げてゐる姿が見えた。

『ルビー』と水野は声をかけた。

ルビーは振向いて、主人の来た事に勢を得たやうに、尾を千切れるやうに振つて、元気を示したが、併し跳りかからうとして跳りかかり兼ねてゐると云つたやうな態度は、やつぱり止めなかつた。この牝犬は今は唸る以上に、ワンワンと吠えかかつてゐた。

『ルビー、どうした？』

『ルビー、どうした？』

さう云ひながら、自分達はその空地に、細い雑木の密生してゐる間を、やつとくぐり抜けて、走り寄つた。すると、我々が驚いた事には、ルビーが跳りかからうとしてゐる前には、一羽の山鳩が、嘴を開いて、赤い口中を見せながら、羽根をぶるぶると怒に顫はして、抵抗してゐたのである。——最初自分等はこの小さな動物が、犬に抵抗してゐるのを見て、小癪なといふ感じがした。ところが、その山鳩は今し方水野に傷づけられたあの山鳩ではなく、その山鳩と共に、飛び立つたもう一羽の山鳩であつたといふ事が、解つて来ると、何といふ事なく自分達はぞつとした。傷づいた山鳩は、その雄々しくルビーに向つてゐる鳩の後に、ばたばたと羽根で地面を叩きながらも、立つ事も出来ず、飛ぶ事も出来ず、唯傷の痛みに、苦悶してゐた。

つまり妻か夫かが打たれて地に落ちたのを見たもう一羽の山鳩は、そのまま飛び去らずに、飽くまでそれを庇ひながら、強敵に向つて抵抗してゐたわけなのである。

『可哀想に』と自分は云はうと思つた。が愛情の深い小動物の命がけの努力に、自分は心を打たれてしまつて、口が利けない気がした。自分は『あつ』と唯云つた。

『あつ』丁度その瞬間、同じ思ひが、水野の心にも来たらしかつた。——そんな場合には、我々の心は二つの方向を辿るより外はない。一つはその鳩の二羽ともを打ち殺してしまふ事だ。もう一つは、抵抗してゐる鳩に向つて、跳びかからうとしてゐる犬を摑まへて、その場から逃げ出すことだ。その両方の心持が同時に自分の心で戦つた。同じ思ひは水野にも来たらしかつた。

『両方とも殺さうか』と水野は云ひながら、ちらりと自分の顔を見た。が、自分が返事もしない中に、彼の手は犬の頸輪を摑んでゐた。

『ルビー、止せ、止せ』

彼はかう叫んでゐた。

猛り狂ふ犬を無理やりに引つぱつて、その雑木林を出るのは、かなりの努力だつた。我々は帯革を脱いで、臨時に紐をこしらへた。それを犬の頸輪にむすびつけて、我々はともすると、後に戻らうとする犬を、二三丁の間引つぱつて行つた。が、やがてルビーもあきらめたやうに、我々の後からしほしほと蹤いて来出した。

自分達は途々口を利かなかつた。へんに暗い、何かに詫びるやうな心持が胸にいつぱいだつた。傷づいた山鳩は傷をどうするだらう。そしてそれを庇つてゐたもう一羽の山鳩は、傷づいた配偶者の死に行く間、どんな心持でその側で見守つてゐるだらう。——傷づいた山鳩よりも、生き残る山鳩の心持の方が、自分の心持を暗くした。

自分は黙々として友と並んで歩いてゐた。

『可哀想に』さう云ふのさへ、自分の傷口に触れるやうで、云へないやうな心持だつた。

もう夜だつた。やがて渋谷の町の明るい灯影が見えて来た。その灯影が堪らなく懐しかつた程、自分の心は淋しかつた。

その時、水野が云つた。

『一層二羽とも打つて来た方が好かつたかも知れないね』

『ああ』

自分は答へながら、水野の心持がそつくり解る気がした。——彼も亦生き残る山鳩の心持を感じてゐるに違ひない。

自分はその晩、もう水野の家に寄つて行く気はなかつた。二羽の鶫を焼いて、夕飯を食べるといふ事など、もう思ふだけでも堪へられなかつた。

自分は急にひどい疲れを覚えた足を引きずりながら、麻布の家に真直ぐに帰つて行つた。

(「中央公論」大正15年12月号)

酔狂者の独白

葛西善蔵

自分は、今日も、と言つても、何んケ年も出して見たことはないのだが、押入れから新聞紙包みの釣竿を出して見た。つぐと二間半ぐらゐになるんだが、先のはうを引き出したり、継いだりするに、面倒臭くはあつたが、継ぎ足したところで、部屋の中から、振つて見る気持ちは、悪いものではなかつた。もとより安ものではあるが、克く撓《しの》ふものだ。震災前からの残つてゐたものとしては、この釣竿ぐらゐのものかもしれない。

自分は、この釣竿では、も早六年前かしら、自分の長男と建長寺内の池で鮒を釣つたことがある。その後、長男とも別れて暮らすやうなことになり、一昨年は、夏の暮れから初冬へかけて日光の湯本で暮らしたが、何んといふことなしに持つて行つた竿で、ユノコの鱒をだいぶ釣りあげたのである。

自分は、今、ほんとに一刻の間でも、斯うして今の、現在の煩はしさを忘れられるものとしたら、これ程の仕合せはないと思ふのだが、それも出来ないのである。自分は樅の木蔭で、半日船頭の吉サンと糸を垂れて居たことを、思ひ出す。土用明け後、あるひはもつと秋の気候も経《た》つてゐた時分だらうか、よく雨が降つて、さういふ日には、自分も吉サンと、湯滝——の下、湯川をお伴して釣つて歩いた。さういつたやうな思ひ出も哀しく、自分は六畳で、二坪と足りない庭へ、糸を垂れて見たりした。糸、ハリ、泛子《うき》、さういつたやうなものを入れてある腰へ下げる煙草入れのやうなものを持つて居るが、久し振りで出して見ると、ハリは錆びてをるし、糸はフケてをるし、漠然とした感じのものである。僕は、遁れるとか、遁れないとか、も早、そんな感じのものではないらしい。もうちつと本気な気持ちから、こんな釣の話しみたよなことまではじめたのであるが、自分としては、何んとか纏めなければならない。

わたしが、今更らしく、自分のことを、自分から悪党だなぞと言つたとしたら、可笑しなもんでせう。それ程の悪党とは、自分では思つてゐないとしたところが、他人《ひと》はさうは思やしない。だが、他人がさう思ふ、思はない、それは、それだけのことぢやないか。俺は何故そんなことまでが気になり出したか、そのことのはうが余つ程をかしい。俺の健康が、弱りはじめて来たことに気がついてからも、六七年にはなるんだが、しかし、この頃は、すこし不可ないのかもしれない。さうではない。そんなことはない。自分に力づけて呉れる励ましの声を、自分はいまだに時々聴くことが出来る。自分は、恐らく傷つき、弱り、たゞ狂気――この狂気の運命をさへ、免がれて呉れるならば、自分の生存に対して、これ程のありがたいことはないと、こんな風にまでも思ひ詰めさせられて、来たやうなものだ。他から見れば、誇張とも、錯乱とも言ひやうのない程軽蔑に価ひするものでせう。

大抵の人の場合がさうであるやうに、栄えて居るだけの人は、すべてにそれだけが備はつてをる。栄えることの出来ないやうな人間は、やはり、それだけの栄えることの出来ない因縁とか、条件とかを持つてゐると思ふ。誰しも栄えたく、明るく健全な生涯をもちたいといふことは、自然な感情であつて、その本能とでも言ふ可きか、その自然の感情のままに、いろ〳〵な不利な境遇、不可抗的な事情に向つて、喘ぎつ、踠きつ、少青年時代のよき力を消耗して来たのではないかしら。僕なんかは、今、現前に、さういつた感じを持たされるものだ。語るべく、過去は暗ら過ぎ、現在は苦し過ぎ、そして、何うして明日のことを考へることが出来得ようか。自分は、をかしな言ひ方をするやうだが、また出鱈目ばかし言つて居るのだから、ことはりめいたやうなことを言ふ必要はないのだが、実際、自分は、自分の才能、健康、――さういつたものでは、決して恵まれない人間だと思つたことはない。むしろ、自信を以つて居るはうだ。だもんだから、さういふ後天的といつては何んだけれども、青年後の好いとか悪いとかいふことについては、自分としても当然責任を持てる。だが、僕にも分らない。分つてゐても、支配することが出来ない亡霊と、そして、現実の前では、僕は僕相当に才能の自信がある筈なのが、やはり、不可ない。僕の自信も、あるひは小数の親切な人も、皆な手を引かないわけに行かない。それは、何んといふ奴かは知らないけれども、僕にもおぼろには解るけれども、名前を言ふことは出来ない。この平明な、そして煩はしい現実のお化!………さうとでも言ふ外、仕方がないぢやないか。日日のことは、この通り平明であつて、何んにも間違つてゐやしないし、だが、その営みを平明にやつて行けない過去のことがあつたり、未来のことに心を迷はしたりして、さうした間に、藝術的な気分とか何んとかいふものを求めるといふのも、昔流に言へば、憂《うた》てきことの限りならざらめや。

……

S屋の爺さんと知り合ひになつた――知り合ひといふのも可笑しなやうな知り合ひになつて、あの爺さんも、ちつたあ困りやしないかしら。俺は先刻、偶然に――といつてもちつとも偶然ではないのだが、俺が酒ばかし飲んでゐて、仕事はしないし、小千円近くになつてゐるんださうで、心配にもなつて遣つて来たのだらうが、ひどく顔色も良くない。一年前に見た時と比べて、顔の皺がどんなに沢山になつたか。顔が萎《しな》びたか、力ない感じを与へるか――自分は、非常に気の毒な感じに打たれた。まさか、僕だけが掛けた苦労のために、こんなにまで弱りはしないのだとは思ふものの、気の毒さ、淋しさの感じに打たれた。

「お爺さん、そんなに心配しなさるなよ。お爺さんに嘘を言つてたわけぢやないけれども、心配をかけても何んだと思ふもんだから、つひ言へなかつたもんですから、言へませんでしたけれども、今まで書いたものを破つちまひました。どうしても出来なかつたものだから。……でね、どうしても、今回は、お爺さんの顔が立たないといふことでしたら、僕は、自分の……」

自分は、涙が出てしまつた。

「まあ、いいでさあ。まあ、いいでさあ。わしの方は、どうにでもなりますから。あなたが為事をしてくれれば、それでいいでさあ。」と、老人は、平生《いつ》かはりない調子で言つた。

自分は、やはり何時ものやうに酒も飲んでゐたことでもあり、でなくとも、何うかすると非常に不遠慮に他人《ひと》の顔を視詰めたりする癖があるんだが、その時も、さういつたやうな眼で、老人の顔を見たのだつた。女は、老人の眼に僕に対しての侮蔑的な嘲笑の感じを受けたらしいが、僕には、そんな感じはされなかつた。僕は、まだ〳〵沢山の老人らしい親切と、克制と、老人の立場としての幾分臆病らしくさへ思はれる程の心使ひを見せられたやうに感じた。

不思議な老人だ——自分もさう思つたし、自分の友達なんかもさう言つた。「今時、あんな爺さんなんか、あるもんぢやない。実際、今のやうな世の中では、極く稀にしか出会はないやうな人なんだらうから、君も気をつけたまへ。大事に思はなくちや不可ないよ。」と、ある友達も言つて呉れた。実際奇蹟だよ、と言つた。また、別の友達も「君もわるい人間ぢやないんだから、人から信用されることが、それは分るけれど、しかし、君も普通の程度でやつてるといいのだが、君のは、度外《どはづ》れなのだからな。はじめは君を信用してやつてくれるにしても、大抵の人は、終ひには背負ひきれなくなる。あんないい爺さんを虐めるのは止したまへ。罪だよ。」斯うマジメに忠告して呉れた。だが、さうかしら?……だが、しかし、さういふのは、本当らしい。

昨年の夏、二ケ月を郷里で暮した。暮したといふと、ひどく体裁がいいやうだが、実は逃げたも同様なものであつた。幾度も〳〵こんなバカなことばかし書くんで、実に〳〵気がひける訳なんだけれども、やつぱし例のおせいと三月に産れた赤ん坊との三人で、下宿を追ひ出されて——それも、今の三宿へなど来るつもりではなかつたのだ。が偶然に幾らかお鳥目を貰ふことになつてゐた或る雑誌社を訪ねたところ、そこの若い記者の人が三宿の方面だつたので、その人と一つしよに家を捜して歩き、どうやら三間程の家を借りることが出来た。

が、それからの自分等の生活といふものは、浅間しいといふ外言ひやうのない状態だつた。七月下旬に、郷里の妻に相談がてら、また、いろ〳〵自分の生活に就いて考へて見たり、自分の仕事のことについても考へて見た、さういつたいろいろの気持ちから、一時でも、その時分の生活から、離れたいやうな気持ちで郷里へ逃げ込んだのであるが、おせいは赤ん坊を負つて、たうとう自分の郷里の隠れ家へまで遣つて来たのだつた。自分としては、どうする力もない自分であつたといふより外、言ひやうがないのだ。城下町の師団もあり、高等学校もあり、自分の郷里では一等の町で、その中でも良い旅館に、友達の好意から泊めて貰つた。丁度二ケ月居つたんだつた。その時分から、それも郷里の人達が、自分を気違ひ扱ひにしなかつたら、恐らく自分には気がつかないであつたらうが、自分は、その時とても、自分が気違ひ？……大馬鹿野郎ども、気違ひだとは巧く考へたものだ、腹では憤りを感じてはゐたのだが、自分は只、人生に対しての自信を持ち得る気持ちだつた。人を疑ふといふことは、宜しくない。それが、郷里近親の場合に、疑はれるといふことは哀しい。だが、今、考へて見ると、僕の神経衰弱といふものは、かなりすすんだ兆候を見せてゐたのかもしれない。自分は、その旅館に二ケ月滞在中、床を出ては酒を飲み、酔って床に藻繰り込んでは、うつら〳〵と新聞をよんでゐたやうなものである。十月下旬頃になつて、おせいと赤ん坊を連れて、また、三宿の家へ帰つて来た。家といつても、壁一重の、それが大屋で大工だつた。話しがちよつと以前《まへ》に戻るやうだが、僕等が、前後して家出同様に出たもんだし、尤も、そんなことがなくつても、遮二無二追ひ出したく思つてゐたのだらうから、無理はないと思つたが、帰り早々、追ひ出しを喰つたには、ずゐぶんと面喰つた。郷里でもそんなわけだつたしするもんだから、自分の家へ帰つて来たら仕事もするつもりで、朝も六時頃には起きて、自分は、廊下の雑巾がけまでした。そして、新聞の雑文だつたが、一日三四枚づつかで十五枚も書いたんだつた。さういつた気持の矢先だつただけに、遮二無二の追ひ立てには、閉口以上に口惜しかつた。勿論、何も彼も自分の方が悪いのである。自分の方ぢや又、何処へ旅行するかと言つて、一々大家へ断る必要はない——といふのも理窟で、悪いには決つてゐるのだが、郷里の宿屋に居つた時、後で何処からかそれが分つたと見えて、二三本手紙を寄越した。その手紙の中にS酒屋で門構のある家を借すさうだから——斯うも書いてあつた。勿論家主の出鱈目な手紙なんだらう——さうは思はれたので、相手になつて返事も出さなかつたが、たゞ、その巻紙に書いた文字の優れて置るのには感心した。大家の大工野郎は、文など書けやしない。字は知つてゐるのだが、それにしても、あの近処の交番の巡査にでも書いて貰つたのかしら。が、それにして、あそこの交番の巡査は若いから、これだけの立派な字は書けまい。あの公事好きの親爺《おやぢ》のことだから、どこかの代書人にでも書いて貰つたのだらう——斯う自分は、郷里の宿屋で思つたりしたのだつた。が、それが、その時分には、僕には未見の、S屋の老人の手蹟だつた。

先刻、S老人を不思議な老人のやうに言つたが、この又大家の親爺といふ男も、何んといふ不思議な男だつたらう。ただ〳〵遮二無二、僕が極悪の前科者であるか、人間外のゲジゲジとか、あるひは特別な主義者でもあるかのやうに、仮りに僕が気違ひであつたとしても、人間同志として、多少の同情がある可き筈なのに、あのタタキ大工上りの家主君なるものが遮二無二に追ひ出しにかかつたもんだから、僕は気違ひであるとすれば、彼は、立派な奇人である。不思議なといふ意味では、恐らくS老人以上の不思議な人間だと思ふ。僕は、今でも、一丁と離れてゐないところに彼と暮して居るが、彼の家を追ひ出されてから一年になるが、その間に、俺は、三四度しか近処のお湯に行かないで、たゞ一度しかお湯で彼と落合ふことはなかつた。この二日ばかし隣りのお屋敷の風呂場の直し仕事に来てゐるやうだつたが、声はよく聞えたやうだつたが、勿論、顔は見やしない。

一体、年はイクツくらゐなんだらう？　僕は四十なんだけれども。僕と同じ位ひの年かしら。二つ三つ上なのかしら。十七八の男の子があつて、小僧さんにやつて居つて、女房と二人ぎりで暮して居つて、秋冬の間は女房に荒物のやうなことを商はせ、夏は夏で氷などを売らせ、自分は自分だけの稼ぎをする。そんなことで、家作の一つも出来たものらしい。その家作も、壁一重で、壁一重といふと、ちよつとでも離れてゐるやうに思はれるが、本当に壁一重だ。ご自分等の住んでゐる方は、路次といつてもいいやうな通りながらに、今も言つたやうに、店屋を開いたり、そして二階には、なか〳〵立派な部屋があつて、法華にでも凝つてゐるのか、それだけの飾りがしてあつて、それこそ大袈裟に言へば、富士山でも見えようといふやうな恰好なのだつた。

その親爺が、遮二無二僕等を追ひ出さうといふのである。そこへS屋の老人が仲に這入つて、いろ〳〵と調停して呉れたが、S老人とはじめて会つた訳で、S酒屋といふと、これも亦、大屋と壁一重だつたと同じやうに、裏口三尺とも離れてゐないトタン塀一重だつた。で、僕は、その時分に、棄てる神、助ける神、鬼と仏が裏表に住んでゐるやうなものだつた。幾度か苦笑されたのだつた。

自分の帰京前も――つまり自分等は、三月の下旬か四月の上旬かに――自分等といつても、おせいと赤ん坊と、二十五歳の青年H――彼は、忠実な青年だつた。が、その時分には、まだ、今のS老人がゐない時分、まだ若い陰鬱な顔の不愛相の主人だつた。勿論、あの忠実な青年が、掛け合ひに行つたりしても、なか〳〵快よく酒など借して呉れなかつた。でも、どうやら払つたり、借りたりしてゐるうちに、五六十円の滞りになつたやうだつた。後で聴いたんだが、その主人公といふのは、その時分さん〴〵渋谷界隈で、遊びをやつて問屋――といつても、つまり、支店本店の関係だつたらしいので、その本店をしくじつたやうな形になつたものらしい。自分等が――その時分にはHは、もう居なかつたが、女と赤ん坊との三人で帰つて来た時分には、その若い主人夫婦は見えなくなつてゐて、鎌公といふ二十七八の番頭と、今の老人との二人の男世帯だつた。

老人とは言つても、六十にはまだ三ツ四ツも間のある年らしく、頭は禿げてゐるが、そして、全体としては、年よりは老《ふ》けたやうな印象ではあるが、白い奇麗な歯列み、整つた浅黒く引き緊つた顔立の、まだ自分なんかが、お爺さん、お爺さん呼ばはりをするほどの衰へは見られない。年齢から言つても、をぢさんといふのがほんたうなのだが、つひ親しみの気持ちから、お爺さん、お爺さんで通して来てゐるんだが、背の高い、がつしりした体格をしてゐた。が、腰だけは、幾らかこごみ加減で、チヨコ〳〵と駆けるやうな歩き振りだつた。――これは後になつて、S屋のコップ酒の常連の有本老人から聞いたのだが、自分はS屋の老人のことについては何んにも知らないのだが、有本爺さんの話しによると、S老人はS州の山国で、三十年から警官生活を送つて来た人だといふことだつた。さう思つて見ると、S老人の小腰をかがめた小走りの歩調ぶりを――それも、自分の可厭な用事で、ある時は日に何度となく、呼び立てるやうに来て貰ふんだが、さうした場合の、老人の歩き振り、両腕の恰好といひ、全体の姿勢から、自分は、よく老人が三十年といふ永い歳月、あのS州の山国で、そして、ちようど今頃時分の夏だつたら、月に一回とか二回とかいふ字村なんかの巡廻の帰りに、西陽《にしび》を背に浴びて、桑畠の中の細い道をサーベルの柄を握りながら、コト〳〵と、彼の村の分署か駐在所かに帰って来る姿を聯想されるのだつた。七八年前、自分は、その老人の村から二三里離れた温泉場でひと夏を過したことがあつて、それでその辺の土地のことを知つてゐるだけに、さうした老人の聯想も、しみ〴〵した感じで味はれるのであるが、が、このことに就いては、自分は、一度も老人と話し合つて見たことはないのである。A噴火山の白い煙、断崖のやうな岩山を背負つた百戸そこ〳〵の村、桑畑、鉄道線路、――さういつた風景が、老人の半生といふよりか、全生涯といつてもいいだらう生活と結びつけられて、七八年前の記憶が懐しい気持で思ひ出されたりするのだつた。自分は、其処の温泉場では、土地の藝者にハマつたりして、馬鹿遊びがすぎて、藝者の色男だといふ村の青年を何うかしたといふことで、その地方の新聞に書き囃されたことがある。そんなやうなことも、商売柄老人は知つてゐやしないかと、どうかしてその辺の土地の話しが出る度に、幾らか気のさすやうな気持ちから、老人の顔色を、見たりするやうなこともあつたが、そんな気振りは見せなかつた。が、どうかすると、彼れ老人は、自分のその時分のことを書いた短い小説のことなども、知つて居るやうな口吻を洩らすことがあつた。

「おや〳〵、爺さん、いろんなことも知つて居るのかな」斯う自分は腹の中で苦笑したこともある。

「わしが筆記してあげやせうか？　わしも速記のはうは出来ないが、筆記だつたら、ちつたあ役所でやらされたこともありやすで、面倒なところを教へて貰つたら、わしに出来んこともないかもしれませんから、わしんところだつたら、鎌公と二人きりだし、今、二階も空《あ》いてますから、あんたがどんな大きな声でやつても、大丈夫でがさあ。近所からだつて抗議の来る気遣ひもありませんからね。」

その後、次の家へ引つ越してからも、何ケ月しても、自分が仕事にかかりさうもないので、老人は心配して、自分の顔を見ると、ちよい〳〵言つた。それで、自分は、やはり腹の中に苦笑を感じながら、その筆記の見本として『弱者』といふ五十枚程の小説と、『酔狸洲七題』といつた六七十枚の随筆風のものを老人に渡してやつたのだつた。『弱者』といふのは、丁度、一年前の夏、郷里への遁走前、例の大工の貸家で半月ほどもか丶つて、酒を飲んでは、夜も昼もなく、全く自分ながら半狂乱の態で、Hといふ青年に筆記して貰つたのだつた。自分は、日光で山登りや鱒釣りに用ゐた靴やゲートルをつけて、二時三時の夜明けの時刻迄も短い廊下を跫音荒らく踏み鳴らして往つたり来たりしては、勿論、酒の勢ひも手伝つてはゐたが、苦し紛れから、文字通りに叫けび、唸り、吠え、——さういつた調子で、辛うじて五十枚といふところまで漕ぎつけることが出来たので、出来上つた時には、自分もH青年も、ほんとにヘトヘトに疲れて居た。そんなことをしてまでも、自分は、その時分も、やはりあれだけの纏めたものを作らなければならない事情に迫られてゐたのだが、が、何しろ近所こそい丶迷惑だつた。大工とか、労働者とか、さういつた稼業の人達だけに、それも一晩とか二晩とかいふのではないので、自分は家主の大工のことをひどく悪る者のやうに、鬼だとか、奇人だとか言つたりしては見たやうなものの、事実は、家主が近所との中に這入つて、可成り閉口したことに違ひないのだ。根が一剋な職人気質から、遮二無二追ひ出さうとして、三百や壮士の手にまでかけて、相当に金もかかつたのであらうが、S老人も骨を折つて調停もして呉れたのだが、何処までも彼は頑張つて諾《き》き入れないのだつた。自分は、その時の三百に「家賃だつて、幾らも滞つてゐるといふのではなし、それもこの十五日には、滞りの分も入れるといつてゐるのに、どうしてその前の日の十四日に、突然、あんな裁判所からの呼出状を寄越すやうなことをするなんて、ひどい遣方ぢやないか。あなたも商売で中に這入つて居るんだから、別に、僕に恨みもあるわけでもないんだし、要するに僕が出さへすれば、あなたとしては、文句はないわけなんですから、僕は、あなたに訊きたいですが、一体、あの親爺さんは、どんな理由で遮二無二追ひ出したいのか、それを言つて見て呉れませんか。僕にはたゞ僕がこの家を借りる前に、親戚か何かが這入ることになつてゐたのを、うつかりして僕等に貸してしまつた——そんな理由にもならないことを言つて、こちらが、今、非常に困つてゐる場合に、それに酒屋の爺さんだつて中に這入つて呉れたんだし、一体、ほんたうのところ、どうしてそんなに僕たちを追ひ出したいのか。理由によつては、僕だつてそれ程壮士なんか怖かないですからな。」斯う、いつも乗馬靴を穿いて、髯を生やした恰幅のいい、ほんたうの年は三十二三だといふが、四十ぐらゐにも見える三百に訊いて見たところ、「いや、それは、何しろ相手はあの通りの頑固な親爺さんですし、家賃とかさういふやうなことは別としても、……まア、つまり、あなた方のやうな、それもご職業柄でせうが、気分にムラのある——まア、あまりさういつた変化のある方に居て欲しくないといふのは、どうも本当のところらしいですな。こんなことは、わたしとしては、いふのも何うかと思ふのですけれど……」彼も笑ひながら言つたのだが、つまり、「弱者」談話時分の、自分の気狂ひ染みた行動を指して言つてゐるのには、自分としても一言もない訳だつた。

　つまり、そんなやうな事情で出来た「弱者」だつたので、S老人も、その時分のことを知つて居るところから、H青年の代理をしてやらうといふつもりなのだ。もう一つの随筆のはうに就いては、S老人は、「これは何んですかな。三月も禅のはうをおやりになりましたかね？」と言はれて、自分もつひ苦笑させられたのだつた。……

　兎に角、そんな訳で、その家を立ち退《の》かされたのだが、例の三百や、何々団といつた方の壮士、町内の仕事師に車を持つて来させたりして、朝から物々しいやうな光景だつた。何しろ壁一重の隣りのことで、親爺や三百や、ゲートルを着けた壮士などが酒を飲んで気勢を挙げてゐるのが、ガン〳〵と響くやうに聞えて来るのであつた。自分も、ゲートルを巻き、ヂヤケツを着たりして、独りで茶飲茶碗で、酒を飲んでゐた。S老人は、心配して呉れて、店をカラにしては、幾度もやつて来て、「Kさん、ほんとに、こんなことをしとつてもつまらないぢやありませんか。どうせ、もう、出なくちやならないんだから、つまらない意地を張つて見たところで仕方がないですよ。とんでもない危害を受けても……」老人は、斯う危害といふ言葉を言つたので、「今時そんな危害なんてバカなことが？」と自分は言ふと、「だつて、そんなことが始終《しょっちゅう》新聞に出てるぢやありませんか。わしは悪いことは言はないから、わしに任して明るいうちに出なさつたはうがいゝ。用聞きから帰つたら、直ぐ鎌公を寄越しやすから。何しろ、わしは、店を空けて来てるもんで……」例の叮嚀な物腰で、浅黄地に山盛《やまざかり》と白く酒の名を染抜いた前掛けだけは掛けてゐるが、如何にも新米の商人らしい様子をして、幾度もやつて来て呉れた。「引つ越しや何んかの費用ぐらゐでしたら、ちつともご遠慮なさらんで……」かうも、急《せ》き立てるやうに言つて呉れたのだつたが、日が暮れても、荷物に手をつけようともしないので、壮士のはうで焦れ出して、勝手に車に積み込ました。荷物といつても、車に二台あるかなしの荷物なのだが、その中に仏壇、——仏壇といつても、三尺四方ぐらゐの煤ぼけたたゞの木の箱に過ぎないのだが、その中には、仏像や位牌などゴチヤ〳〵と積み込まれてあるやうに入れられてあるので、神様も何もゴツチヤだつた。それを壮士が乱暴に新聞紙に包んでは、箱の中に押し込んで、車の上に乗せた。この仏壇といふよりか、たゞの木の箱を見ることは、自分には、不断からも、心の傷みを覚えさせるのであつたが、かうした場合だけは、自分は、ちよつと見てゐるに堪へられないやうな感じだつた。幼年時の家の没落以来、仏様も、先祖の位牌も、かうした箱の中に押し込められてある。荒い海の上も渡り、馬の背にも乗り、そして、たうとうこの三宿の細民窟まで落ち込んで来て、壮士の手で縄からめになり、この箱の仏壇を見る度に、自分は、父とそして自分との失敗と屈辱の生涯を見せつけられる気持ちで、心が傷んで来るから、つひ、仏を拝むといつたやうなことにも気がすすまないのであつた。

まア、それにしても、どうして仏壇なんていふ荷物が、自分のところにあつたのかといふと、自分が七月郷里に帰る一ケ月ほど前、多量の喀血に駭いて、郷里の弟を電報で呼び寄せたところ、彼は、自分の容体をどんな風に考へたものか、恐らく彼等自身が郷里を出て来なければならないやうな事情にでも迫られてでもゐたものか、自分の病気のことを機会のやうに、女房と五つの男の児を連れ、何ひとつ遺産といつても仏壇の箱ひとつ切りの、それを持つて恐らく半月が一ケ月後には、仏になるであらう兄の場合に用意して来たのであつたらしいが、さうして出て来た時の自分は、やはり、相変らずの酒飲みで、それも極度に神経の昂進状態にあつた。彼等は、ほんの三四日もゐたぎりで、自分の酒乱を口実に、仏壇の箱を押しつけて、姿を消してしまつたのだ。親の遺産といつても何ひとつないのだし、先祖の位牌を、兄である自分に渡してさへしまえば、戸籍上のことは別として、兄と弟、と言つても、久離切つての、アカの他人なのだ。それにおせいと赤ん坊といふ厄介な問題があるんだが、仮りに自分が弟の場合にしたところが、この酒乱の神経病の、肺病の兄の傍に一ケ月とゐたくないと思ふのは、ほんたうであるかもしれない。自分の酒乱が、何を為出かすか。自分の肺病が、彼等のひと粒児に感染しやしないか、——彼等は、半月か一ケ月で死ぬ自分であれば看病もしようと思つて、それとなく肉身とも相談の上で出て来たのであつたらしいが、さうして箱仏壇まで用意して出て来た時は、自分の様子は変って居たのだ。「何をこの洟垂れ野郎奴！　如何に耄碌しても、手前なんかの腹の底が分らないやうな、それほどの耄碌した兄ではないのだ。先祖の位牌の前に対しても、おれの目玉の黒いうちは、家に置くことが出来ない。出て行け！　自分等の場合のことだつて、考へて見たがいい。だが、そんなことを言つたつて仕方がないから、お前等はお前等だけのもの。自分は自分だけの人間だから、お互ひに解りつこがないのだ。あんな馬鹿親爺ではあつたが、杉の一本も残して逝つて呉れたが、それも震災後で有耶無耶なことになつて、今更らお前に分けてやるといふやうなものは何もない。そして、俺は、病気で、貧乏で、これから先何年経つたところで、お前等に飯櫃ひとつ持たして分家させるといふわけにも行かないのだから、戸籍のはうのことは勝手に村の役場の方へ手紙でも出して、分けちまつたらいいだらう。お互ひに仕方がないことだ……」斯う自分も言つたりしたので、それで、彼等は、仏壇を置いて出て行つたのだつた。

それからである、自分が、H青年を相手に「弱者」の談話にかかつたのは。それが五十枚ほどになつて、その金で自分は郷里に帰り、HはHで、瀬戸内海に沿ふた郷里に帰ることになつたのだ。……

S老人が、兎に角にと自分を宥めて、その場に迫つて、直き半丁とも隔つてゐない埋立地の細民窟の中の長屋の一つを借りて来て呉れたのだつた。トタン葺きの二間長屋の、二畳に四畳半に六畳といふのだが、壁が落ち、唐紙や畳が破けてゐて、文字通りのあばら屋だつた。S屋からは、鎌公が手伝ひに来て呉れたが、酔の廻りかけた壮士は、靴のまま部屋に這入り込んで、挑むやうな態度を見せては、わざとのやうに乱暴に仏壇の箱を床の間へ抛り投げるやうにしたりした。そして、出がけに、玄関上の名刺を剝ぎ取つて見て、「何んだ、××がゐたのか……そのあとへKさんが這入るなんて、やんぱし、因縁だなあ！」斯う言つた棄台辞《ぜりふ》のやうなことをして、その名刺を千切り棄てて帰つて行つたが、勿論、自分には、それがどんな人間であるか想像も出来ないことなんだが、やはり、自分と同様、どちらにしても鼻つまみものには違ひないといふ気がされた、壮士の棄台辞が何時までも自分の耳に残つたのだつた。

が、実は、その日の午過ぎ時分、目黒に居る友人の原宮に応援と無心を言つて遣つたのだつたが、彼が来る前に、もう荷物が運び出されてゐたので、それでないと、あるひは、自分は、三百に入れた証書通り、万一期日までに立ち退かない場合には家主のはうで荷物を保管していいといふ、さうした文句通りに荷物はそのままにして置いて、手鞄一つ持つて、おせいと赤ん坊との三人で何処か信州の方面の山の中に逃げ込んでもいい――さういつたつもりもあつて、頑張つても見たのであつたが、それが間に合はなかつたのだ。おせいと鎌公が荷物を片付けてゐる間、原宮と自分とは、近処の蕎麦屋で酒を飲んでゐた。

半丁近くとは言つたが、それも通りを歩いてのことで、裏は同じ地内も同様の近所合壁のことで、自分等の引つ越しの事情を克く知つてゐるところから、長屋の女房連中が、何か今に自分と壮士との間に一と騒ぎあるだらうといつた好奇的な眼を露骨に見せて、路次に出ては囁き合つて居たが、そんなことで壮士が穏かに帰つたので、多少張り合ひぬけもしたであらうに、それでもまだ「あの気違ひ、今に屹度何かやるよ。もうちつと待つてごらんな。今夜は、まだ、そんなに酔つちやゐないのかね。それにしても、飛んでもない野郎を、あの酒屋の爺《ぢぢ》い奴、引つ張つて来やがつたものだ……」たしかに、斯う言つてゐるやうに思はれるのだつた。

で、まさか、自分も、さういつた女房連の暗示にかかつたわけでもなかつたらしいが、自分は原宮と酒を飲みながら、ひどく昂奮して、自分の不幸と不遇を愬へ、住んで行くといふことだけでも、自分のやうな人間には、どんなに困難なことであるか、そして、自分の仕事のことなんか、ちつとも信じられはしないのだ――斯う自分は蕎麦屋で泣いて、ほんとに大きな声を挙げて泣いて、そして、彼に送られて帰つて来たのだつたが、さうした近所の物々しいやうな光景が、自分の頭をカツとさしたもんだし、原宮が酔つて自分を押し込むやうに「K！　おいK！　ここは君の家なんだよ。ここは君の家だから、何も怖がることはないんだから、這入つて寝たまへ。……分るよ。分るよ。僕は分つてゐる。兎に角温和しく這入つて寝て呉れ。……俺だつて哀しくなつちまふぢやないか！」彼は声を顫しながら言つて、玄関の硝子戸を閉めた。自分はしばらく其処の狭い三和土の上に抛り付けられでもしたやうに坐つてゐた。鎌公とおせいは、まだゴテゴテやつてゐるやうだつた。女房連のガヤ〳〵言つてゐるのが、ウツラ〳〵した頭に聞えて来た。発作的な激情の爆発めいたものだつた。「原宮ア……！　おーい原宮！」立ち上ると同時に、戸が閉つてゐるなんかといふことに気がつかず、行なり顔をぶつつけたのだつた。顔と両手と一緒だつた。何枚かの硝子が毀れ落ち、自分の鼻がしらが傷つき、額から、頬から、掌から、噴き出すやうに血が流れた。眼鏡が飛んでゐた。自分は、両手で鼻がしらや眼を掩ひながら、「痛いよう……痛いよう……！」毀れ落ちた硝子の中に蹲踞《うずくま》つて、斯う泣くやうに叫んだ。「おせい、痛いよう……おせい、痛いよう、鼻が切れちまつたよう。」斯う叫びつづけたので、赤ん坊を負つたおせいと鎌公が飛んで来た――と言つても、ほんの三四間の間のことなんだけれども、何しろ、ほんの一瞬間同様といつていいやうな咄嗟の出来事だつたので、彼女としても何う防ぎようも出来ないことだつたのだ。鎌公が薬屋へ走つて行つて、ヨードホルムだとかガーゼだとか買つて来て呉れて、兎に角洗面器で顔や手を洗つてゐると、ガチャ〳〵と剣の音をさせて、近所の女房連がわい〳〵言ひながら、家の前まで遣つて来たが、おせいが出て、すこし酔ひ過ぎたため転げてケガをしただけですから、と言ふと、巡査も、はアさうでしたか、と言つて、女房連中の好奇心を気にも留めぬ風で、さつさと帰つて行つたのだつた。

それからの日々は、酒を飲み、そして、蒲団の中に藻繰り込み――一升平均ぐらゐ飲むのらしい。実は、自分も、郷里から帰つて来て、今度こそは、気を入れて仕事でもしたいつもりだつたのだが、追ひ立てを喰つたり、顔に疵をしたりしたので、すつかりまた気を腐らしてしまつた。それにまた、丁度、持病の神経痛の季節にかかつてゐた。眼が醒めると痛む。それを紛らすために酒を飲む――それの繰返しだつた。自分は、一日のうちで、酒を飲んでゐる七八時間の外は、ことごとく寝床の中で過ごさねばならなかつた。

が、神経痛神経痛と、自分は、この病気を呪ふやうに言ふのであるが、若し、この病気でも自分に出て呉れなかつたとしたら、自分の寿命は恐らく三四年前には終つてゐたのかもしれない。自分が、五六年前に、全く偶然に、ある皮黴科の博士に左肺部に痼障のあることを言はれて、執筆の休止を注告されたのだつた。が、まだ、その時分には、自分の肉身やなんかの事情からしても、×博士の注告を諾《き》くわけにゆかなかつた。自分は、その時分、湘南地方のある山寺みたやうなところの一室を借りて、自炊同様の生活をしてゐた時分ではあつたが、自分は、×博士の吩咐通りの規則正しい生活をして、何うにか病気を抑へることが出来たのだつた。その後大地震で東京へ出て来て、下宿生活をしたり、またこの三宿へ来たり、さうした転々とした間に、自分のその病気を護り劬つて呉れたものは、この苦しい神経痛の外ないのであつた。絶対の安静――横臥――医者が幾ら注告して呉れても、僕にペンを持つことを禁じようとした医者でも、決して出来つこのない命令を僕の神経痛が為《し》てゐて呉れたのだつた。こんな馬鹿なことを言ふと、僕としては馬鹿のつもりでないのであるが、馬鹿なことを言ふ奴だと思ふだらうが、自分としては、決して嘘ではない。喀血も絶え、血痰も絶えて、この何年間の寿命を繋ぐことの出来たのも、あるひは、この神経痛のお蔭であるかもしれない。血を喀くことは痛くも痒くもないんだが、神経痛のはうは、さうは行かない。左背部全体の痛みである。自分は、ウンウン呻き、ほとんど泣きながら、十月末時分から三月一ぱい、それから入梅時、それだけの永い月日を酒を飲む七八時間以外には寝て通すのである。どんな病人だつて――つまり肺のはうの悪い病人だつて、静臥療法では、僕にはかなはないと思ふ。――僕が、幾度か血を喀いたりしながらも、その病気を抑へて呉れたものは、やつぱし、今が今、こんなにも呪つてゐる神経痛といふ病気であるらしい。さう思ふと、この頃は、この痛い、最後に僕を倒すであらう神経痛といふものも、幾分のなつかしさすら感じられるのである。

それにしても、それからの一年で、どれだけ酒を飲んだものでせう。日に一升として年に三石六斗余り、一升五合平均とすればざつと五石、毎月四斗樽一本づつ飲んで来たわけである。

前に、S老人のことを仏だといひ、また、自分のやうな人間は、斯うして酒を飲んで、半年一年とも分らない時に、飲めるだけ酒を飲んで死ぬ――これもみな二十年余り酒の神様に忠実であつた自分を、酒の神様が愍れんで飲まして呉れるだらうとは思つたが、また、酒で生命《いのち》を取られる惨めな運命のことを思ふと、すべてが、自分の一生といふことが、皮肉なことになつて来て居るといふやうな感じに打たれることもあつた。

酒のために、自分が気違ひになつたといふやうな噂は、何時頃から立つたものか、このことばかしは、自分もよく分らないのであるが、しかし、郷里ですら親しい妻などでさへさう思ひ込んだのかもしれないのだから、郷里の友達などが、さう思ふのにも無理はない。ある郷里の友人は、精巧な拳銃を僕に呉れた。といふよりも、僕に預けた。恐らく気違ひに刃物――さういつた気持ちからであるかもしれないのだ。だが、僕は、そのピストルを使用しなければならないやうな、さういつたやうな立場には、全然置かれてゐないのだ。僕は、郷里の宿屋の部屋で、日に幾度となく、その装塡された拳銃を眺めては、松と石ばかしの庭に向つて、居たやうなこともあつた。

つまり、その時分から、自分の狂気といふことが、郷里や東京でも噂されはじめたものらしい。自分は、東京へ帰る時、そのブローニング銃とか何んとかいふものを、窃つと友人に返すやうに言ひ置いて来たのだつたが、東京へ来て、自分の書いたものを極端に悪口言ふ人間に、あの一発を見舞つてやりたいといふやうな衝動を幾度も幾度も感じたのである。あの山猫とも、鼠鼬とも言ひやうのないやうな、ああいふ人間に対して、何うすることも出来ないのだ。文章とか、筆とか、決してそんな感じのものではない。己は己の藝術を作り、他人は他人で藝術を作り、大きい小さいは別として、つまりは、同じ畑の仕事をして行かねばならぬのだ。だから、他人《ひと》のことを軽蔑するといふことは、法にないのだ。さういふ場合の用意としても、あのブローニングとか何んとかいふやつがあつたならば。……

年の暮れのこと、門松のことまで、S老人は心配して呉れて、そして、玄関の二畳には、「山盛」といふ酒の四斗樽をつけて呉れた。自分の永い放浪生活の間にも、珍らしいことだつた。やはり、S屋で持つて来て呉れた一升桝にドクンドクンと呑口から入れて、それを燗徳利に移して飲むのが、楽しみだつた。外に何うといつた楽しみ、望みがあるといつたわけではなし、この冬を越したくない――越したいと思つても越すことの出来ないやうになつてゐるのだから――だから、自分は、S爺さんの酒ばかし飲んでゐたのだ。この冬を越せるか越せないか、もう一度血を喀いたら死ぬか死なないか、また、血を喀くものか喀かないものか、そんなことは誰だつて分りはしないと思ふ。

俺は、何よりも、自分の気違ひになることを恐れてゐる。それは、抵抗しがたいものである。譬へば、監獄所があるやうに気狂病院がある。同じやうに精神的な欠陥から来てゐるものと看ていいと思ふ。だが、それにしても、自分の頭脳のだん〳〵錯乱しかけて行くのを看てゐるのは、寂しい気のものだ。

一月早々だつたが、自分の二十何年来の先生の奥さんが亡くなられた。その消息を新聞で見た時に、自分は涙が出て来て、何時も蒲団の中で新聞を読む習慣なんだが、何時間も涙が出て仕方がなかつた。自分は、泣くだけ泣いて、涙を絞つてしまつたら、先生の前に出ても、涙なんか出さずに済むだらう――斯ういつた気持ちなどからも、涙を押へようとは思はなかつたが、それにしても、こんなに泣けるといふことは、自分の神経の病んでゐる証拠だといふ気もされて、不安も感じられたんだが、自分は、夜九時近くまでも飲み、泣き、背中の痛みも忘らるゝ程に酔つたところで、S屋の爺さんから金を借りて、三宿の電車通りから本郷駒込まで自動車に乗つたのだつた。お通夜をして、翌日のお葬式にも列なつたのであつたが、その朝早く同じ区内に住んでゐる友達に礼服を借りに行つたところ、友達の年詞に出かける都合から、古いフロツクコートや山高帽子を借して呉れた。新年のことで、そこでも家族達から酒を出されたので、お通夜にも飲み通した酒と一緒になつて、可也酔つて、フロツクに山高帽子の姿で、先生のお宅へ帰つて来たのである。

「先生、これでは何うでせう？　不可ませんでせうか……」棺を置いた次の間の、多勢の間に坐つて居られた先生の顔を見て、自分は、山高帽を手に持ちながら、斯う言ふと、「ハ、ハア、……フロツクコートか、いいぢやないか、それで結構ですとも。……ちよつとチエホフ見たいかな、いや、チエホフの作に、屢《よ》くそんなフロツクを着てゐる人があるぢやないか。チエホフ作中の人みたいだな。それでもいいよ。……」斯う先生は、緊張した顔に笑ひを浮べて、言つた。

お寺で、焼香式の場合に、自分も弔辞めいたものを述べに立つたが、全然シドロモドロのものだつたらしい。お子さん達、友人総代や小説家協会代表者の慇懃切実な弔辞の朗読焼香、その後に急《せ》き立てられてフラ〳〵と立ち上つたのであつたが、香華に飾られた式壇の前にすすみ出る勇気もなく、遺族近親の人々の席と導師の間に立ち竦んでしまつて、足が前に出なくなつた。何瞬間の間、自分は、突つ立つて、洞《うつ》ろな激しい、眩暈的な気持ちで四辺を視廻したのだが、そのまま導師の脇に立つたなりで、ブツ〳〵と何かしら言ひ出したのである。自分としては、奥さんといふ人のえらかつたといふこと、自分とは五つばかしか年上でないとすると、自分が二十歳の時は、奥さんは二十五歳であつたであらうに、その時分からして、立派な先生の奥さんであり得た――それも、先生の人格の然らしむるところであるとは言へ、なか〳〵誰にも望み難いことである。先生をして、今日の地位にならしめ、六人のお子さんを育てて来て居られる。自分などは、二十年お世話になつて来て居つても、四十未だ家をすらなすことが出来ない。奥さんなんかの一代に比べて、何んといふ不甲斐なきものであるか――それにつけても、わたくしは、昨年の十一月だつたと思ふ。久しぶりで先生をお訪ねして、奥さんにお酒をご馳走になりましたりして、帰りの郊外の電車の中で、へんな悲しいやうな気持ちになりまして、自分のやうなこんな孤独な人間が、若し先生のやうな人にでも亡くなられたならば、どれほど悲しいだらう……さういつたやうな気持ちが、ひどくされたのでありましたが、まさか、奥さんとこんな風に速くお別れするやうにならうとは思ひもかけないのでした。迷信的なことをいふやうですが……こんなやうなことをまで言つて、それが偶然だつたが、すぐ右の傍に坐つてゐられた先生の顔と向き合つたが、先生の眼は、もう止せと叱るやうに、自分には視えた。自分は、焼香に進み出る勇気もなかつた。フラ〳〵と導師の坊さんに倒れかかりさうな足を踏み緊めて、自分の席に帰つた。――あとで聞いたことだが、一般の弔問客の中から自分がブツ〳〵言つてゐるので、演説ではないぞと声を掛けた人があつたさうである。さういふ意味では、お通夜の晩にも、自分は、さん〴〵の失態だつたらしい。二十年余り尊敬して来た奥さんへの、自分の態度としては、ひどく不謹慎な誹りを免れることは出来ない。清松院奥さんよ、ヤクザな、愚かしい、わたしのやうな人間のことを赦して下さい。……

一二年前だつたかしら、自分は、先生にお会ひして、いろ〳〵な愚痴を言つた。その時ばかしでなく、自分は、非常に弱つた場合は、先生のところに、愚痴を言ひに行く外、何処にも自分を慰め励まして呉れる人はないのである。友人の場合となると、そのままに自分を投げ出して、自分の心持ちのままを、見せ晒したくない感じもあるんだが、先生の場合では、そんなことがないので、自分は心からの愚痴を言ふことが出来るのだつた。「そんなこと言つたつて仕方がないよ。まア修業と思つて、諦めるんだな。仕方がないぢやないか。」こんなやうなことを、自分は永い間に、幾度も言はれて、自分は、泣きたいやうな気持ちで訪ねて行つたやうな場合でも、突つ返へされたが、何時も、力づけられて、帰つて来たものである。

で、一二年前のことであるが、さういつた何時もの気持ちから訪ねしたところが、「それや、君、お互ひだよ。君ばかしの苦しみぢやないぢやないか。僕なんかだつて、こんなに毎月々々、厭なものを書かなければならないし、何時までこんな生活をしとつたつて仕方がないと思ふし、作家として働いて行くんだつたら、こんな目下《いま》のやうな生活を止めなければならない。生活のはうから第一改革して、それには、僕なんかも、自分だけでも、何処かに隠遁したやうな生活でもして、もうちつと真面目の仕事をして行きたいと思ふ。兎に角、今のままぢや仕方がないよ。こんな好い加減の仕事をして行くぐらゐなら、全然新聞小説家になるか、まさか、そんなことも出来ませんからね。それを考へて見ますよ。……」斯う言はれたやうなことも、永く、強く、未だに自分の心に残つてゐる。これから先生が、先生らしい生活に這入り、仕事を為されて行くといふ場合に、突然の奥さんの死であつた。先生の心が、五十を越えて、更らに新しく動きかけて行かうとする矢先に、何十年糟糠の奥さんに亡くなられたことは、兎に角、たいへんの打撃であらねばならない。鍛練といふか、試練といふか——さういふことでは、可也厳しく受けて来た人のやうに、自分なんかとしても考へられるんであるが、奥さんの死は、稍々大き過ぎた試練ではないかとさへ思はれるのである。

奥さんの葬式の場合に、僕が、フロックを着たんで、非常に滑稽な感じを、先生にも与へたらしく、だが、それにつけても、奥さんのことを思はれるのであるが、恐らく十五六年前、僕の総領は現在《いま》十八になるが、あの子が二つぐらゐの時分だつたから、多分そんなものでせう。女房の親爺が、娘と孫を送つて来て呉れて、東大久保の高千穂学校の附近に家を持たして呉れた。それから田舎へ帰る時に、先生のところへ、ご挨拶だけして行かうといふのだ、特にフロツクコートに山高帽を冠つて行つたのである。田舎の親爺さんとしては、礼服のつもりだつたのだらう、外に着物も用意して来てゐたやうだつたが。

先生も、まだ、その時分は、四十一二の時だつたのかもしれない。藝術上の悩みの大変多い時代だつたのかもしれない。自分なんかまだ、二十四五の青二才で、家なんかでも持たして貰へば嬉しい、女房子と一緒に暮してゐられれば嬉しい、さういつた時代だつたので、その当時の自然主義とか何んとかいつた時代の、そして、先生のことなぞは解らない時分だつた。先生の苦しんでゐられるやうなことは分るけれども、自分等にや分らなかつた。酒を飲み、ひどいことには、女のことさへ持ち出しては、のろけたりしたやうな感じのものだつたかもしれない。

先生が、僕のつまり——舅さんのフロックコートが、余程滑稽なものに見えたのもほんとかもしれない。何しろ三四十年前の、彼が改進党の演説とか何んとかいつて、そして、結局田舎に落着くことになつて——彼が昔の明治法律学校か何かへ、函館から汽船で横浜へ来て、さういつたやうな学生だつた——それ以来のフロックコートらしい。それと、また、をかしなことには、冠つてゐる山高も、普通では小さいもんで、やつぱし、昔しのままの大きい古い山高でなければ駄目らしい。

さういつた可笑しげな風体で先生をお訪ねしたのである。外へ出て本郷通りの赤門前の通りに出て、僕は、舅君に訊いた。

「どうでせう。だいぶ弱つて居るやうで、これからもどん〳〵出来る人でせうか?」

「どうしてこれから出来る人でせう。実に立派な人ですよ。」

舅君は、さう言つた。

Kのことは頼む——舅は、僕のために頭を下げて、先生に頼んで呉れた。さういふことは、永久に消えるもんではない。言葉は永久とか何んとかいふから悪いけれども、心持ちとしては、そんなものではない。僕の小さな本の出た時に、先生は、第一に舅さんに送つたか? 斯う訊いて呉れた。

だが、フロックの話しをして居つたのだから、フロックの話しに返すのだが、兎に角に古いものだつたらしい。後で奥さんと大笑ひされたさうである。さういふことどもまでも思ひ出されるのである。可笑くてしようがなかつたでせう。先生も、余程滑稽のやうに思はれたのか、教育のはうにでも、と先生は言はれた。さうぢやありません、と僕は取り做した。いや、地面の方でせう、と自分は取り做すやうに言つたのであるが、そんなやうなことどもにしても、思へば古いなつかしい思ひ出である。

或る雑誌記者と、その日も、その幾日も幾日も同じやうな状態で、その狭い四畳半に、坐り合つて居たのだ。彼は、恐らく、雑誌記者として、この弱い、孤独な作家に同情して呉れて、ずゐぶん職業的な——迚もそんなやうな言葉では言へないやうな好意から、僕には尽くしてゐて呉れたのである。いろ〳〵の関係の人達、あるひは肉身の人達でさへ、最早僕の正しく働いてゆく力が残つてをるといふことを信じて呉れないといふやうな状態になつてをるのに、彼は、まだそこに残つてをるものがある、あなたが酒さへ止めると何か出来る人である。また、あなたから酒を除《と》るといふと、実際、あなたの生活は、ずゐぶん気の毒のやうである。とは言つたものの、何うかして生きられる人かもしれない。後の先——わたしは柔道のことも詳く知らないが、子供の時分にそんなことも聴いたこともある。さういふ手で、あなたも遣つて見ては何うですか。あなたが書けないとか、いや、身体が悪いとか、さういふやうなことにはずゐぶん好意的な感じを以つて、斯うして日参的に来てゐたのですが、それも出来ないことになりますか——

まア、斯ういつたやうな状態で、ある日も、自分は机に向ひ、彼は黙然として壁を背にして坐つてゐたのである。

おせいが、お皿へ缶詰のパインアップルを持つて来た。

「今、S屋へ行きましたら、有本爺さんが、どうしても持つて行けといふものですから、いい〳〵と言つたもんですけれど、缶を切つちまひなすつたものですから。……S屋の爺さんも、持つて行きなさつたらいいでせう、と言ひなさいますので……」おせいは、そんなものを皿へ入れて持つて来たのである。

それが、ちょうど、その雑誌記者との気持ちが緊張状態——さういつた場合だけに、お互ひに苦笑したい気持ちだつた。

「パインアップルとはハイカラですね」彼は言つた。

「さういふ訳ぢやないんだけれど、ちよつと困るんだけれども……これでこの缶詰は高いものについてるな。十五円ぐらゐについてるのかな。……」

「ぢや、ひと切れ三円ぐらゐについてるですな。ぢやなか〳〵ご馳走になられませんですよ。」

その記者の人は、ひと切れ楊子で食べて見て、さう言つた。自分もひと切れ口へ入れて見たが、疚しく思はないわけに行かなかつたのである。S老人に対して、これ程極り悪く、恥しく思はされたことはない。有本老人といつても、それも、自分が、老人と懇意になつて、S屋の晩のコツプ酒の仲間なのである。自分は、酔ふと何処へ行くところもないから、晩には、ちよいちよいS屋の爺さんとこへコツプ酒を飲みに行つた。さういつた縁古からの有本老人であるらしい。彼は、僕に、お米がないとか、何んとかいつたやうなことで、借金を申し込んで来て居る。どうしてわたしに他人《ひと》に貸すだけのお金があるか。わたしは、実際に、弱く困る人間であるもんだから、さういふ申し出の場合にすら、S老人を煩はしたものだ。有本老人が、お米がないとか何んとかいふ場合に、そして、それが、決して誠実でない場合であつても、わたしとしては弱いものだから、気持ちとして可厭なものだから、つまりは、S老人から小使ひを借りて、やつてゐたことである。その結果といはうか、お礼心で持つて来られたのでせうけれども、だけれどもパインアップルの缶詰そのものが、すでにS老人の方から出てることとなると、つまりがへんなものである。

だから、先刻も言つた。その一二ケ月前にも、僕のところへ来て、僕が仕事が出来ないで、閉口してゐる場合に、何かしら僕のところへご馳走を持つて来たさうで、威張つて居つたやう

だが、さういふことも、偶然に、その記者が知つて居るので、その記者の曰く、

「あの人は、どんな人ですか?」斯う訊かれて、「人相だけのものさ。」斯う自分は言つたこともあつたのである。

八月下旬から、九月の末日近く、一ケ月余り、毎日四十度近い熱を、酒の酔ひで誤魔化しては、一日に二枚三枚——その間には、二日も、三日も、ペンを持つどころか、起き上ることさへ出来ない日がつづくのである。自分が、どれ程大儀な身体で、アスピリンなどで、一時の熱を下げはしても、そのための疲労から、どんなに無理をして机に向つて見ても、自分のやうな中毒者でさへ、苦しく思はれるやうな、さういつた場合でさへ、おせいは、たゞ自分が、何時も怠け癖から、この仕事をすすめないのだと言つて、自分に突つかかつて来るのであつた。自分は、彼女を打ち、それに耐へられないやうな場合には、S老人のところへ駈け込むのだが、老人の店には店で、有本老人のやうな仲間が居合せるので、結果のいい筈がないのだつた。

が、何よりも驚かれることは、おせいが、去年の夏に、自分があれだけの血を吐いたことを、自分が単純に胃潰瘍の前期の出血だといつたことを、信じ切つてゐるかのやうな、恐らく信じ切つて居るに違ひないやうな、さうした心理である。五年も、六年も、足掛け七八年前から、自分の病気のことを知つてゐて——尤も、今のやうな男女関係はなかつたとしても、あれほど神経過敏だつた自分に接触してゐたのであるから、昨年、一昨年の日光の山の湯本時分からの健康状態については、勿論、分つてゐなければならない筈なのだ。昨年の三月——三宿へ来る前、ユミ子が産れた、と同時かのやうに自分の病気に対して、無関心になつたのかしら。自分も亦、そのユミ子が産れた時分から、恐らくは、肺のはうの二期を通り越したであらう病症を、神経的な疾患のやうに、誤魔化したい——勿論、さういつたはつきりした気持ちからではなかつたとしても、何時となしに、さういつたやうな本能的な気持ちに動かされて行つたものらしい。自分は、自分の、やがて、といつても、永い間ではないらしい、この呪ふべき痼疾的な病ひから来る、病気としての自然な兆候や感情、この狂酔といふ、それで蔽ひ隠さうとする——さういふ感情は何処から出て来るのか。僕は、決してユミ子のためだとは言はない。勿論、言へるものではない。だが、僕が、どんな恥ぢを忍んでも、言ひたいと思つても、言ひ得ないやうな、さういつたやうなものがあつて、さうさしたとすれば、おせいが、あの一年前に現前に多量の喀血を見てゐながら、自分の発熱なんかが、たゞ天気の加減で、そして、今時に季節的に起る喘息のせいだとして、自分の仕事の出来ないことを、ちよつとの同情もないのである。

病気に飽きる——どんな苦しい、譬へば労働にしても、病気にしても、永くその苦痛をつづけて居るうちには、飽きて来る。人生のどんな好い刺戟にも飽きて来る。自分なんかの狭い経験

では、病気なんといふものは、割合に——殊に呼吸器疾患の場合では、飽きるなんて言つてゐられないほどに、神経的な刺戟の強いものである。この病気で、倦怠、神経の弛緩、放心的な状態が見えはじめた時分は、相当に重い兆候であると見ていいのらしい。自分も幾分かのさういふ病人を見たのだが、大抵似たやうな状態だつた。トモ子の父——これは後で書くつもりであるが、自分の「埋葬そのほか」の主人公なのであるが、彼の場合なぞを考へても、幾年かの激しい病苦との闘ひつづけた後の放心的の状態は、一二年はつづくものらしい。そして、彼自身も、今や、息を引き取る間際までも、自分が結核患者であるといふことを、隠す——彼は、最後の医者の診断に来た場合でさへ、四十幾度を越えた発熱の場合に「今日は、すこし熱が高いやうです。」と言つた切りだつた。そして、遥々と田舎から呼び寄せた娘のトモ子を立ち合はせて、「やつぱし、肺病ぢやないんださうだよ。」斯う言つたやうなことを言つて、悲惨とも凄惨とも言へないやうな感じで死んで行つた人を、自分は、幾人か見てゐる。自分は、その人達と同じやうに、死ぬであらう。——死ぬであらうといふやうな気持ちから、一二年前からは、たゞ〳〵、遺言——何んといふ滑稽なことだ。俺が、遺言といつたところで、何の意味があるか。俺は、稍々、絶望的な言葉で書いてゐるといつたことが、そんな意味に伝はつたのだらう。言葉は同じやうであるが、意味は違ふ。

そんなことは、兎も角として、トモ子は、自分の従兄の長女なんだが、従兄は、七年前、ちやうど今の自分の年の四十で、さうした惨めな放浪の後で、東京で死んだのである。その時分は、まだ、トモ子も十七歳の少女だつた。それが、二十三歳の、それからの七年間に、いろ〳〵な生活に、虐げられて来た。そして、やはり、父と同じやうな病気に悩まされかけて、郷里を出て来たのである。彼女の父の遺骨を、彼女といつしよに東京に自分も送つたのであるが、純真そのもののやうな彼女の、そして、明日の運命を思ふと、暗い気持ちにならずには居られなかつたのだ。父に死なれて、病身な母と、幾人かの幼い弟妹を背負つて、破産状態の家政を支へて来てゐた。一度養子を迎へたらしい。兎に角、父の生前までは、村では、一番といつてもいいほどに、大事に育てられて来たのが、さうした父の失敗と同時に、可也極端な生活にまで落ち込んだらしかつた。いろ〳〵の詳しい事情は知らないが、兎に角、柳行李一つ持つて、自分のところに来た時は、彼女の身体も、ほんたうではないのだつた。壁が落ち、障子が破れた六畳の部屋に、一つ寝床の中に、自分等四人は寝ることになつたのであるが、彼女は、やはり、自分と同じやうに、昼も発熱のために、床を出ることが出来ないのであつた。そして、また、その時分は、自分の神経痛の尤も激しい季節でもあつたので、おせいとユミ子の起き出た後も、終日、互ひに苦しい身体を持て余しては、殊に自分にとつては、さうした彼女を見て居ることは、神経的に耐え難い負担であつた。だが、自分は、彼女の来て呉れたことを非常に喜んだ。彼女の父の死の前後に、自分は、多少の人情を尽くしたつもりである。それが、七年後の今日、彼女が、恐らく自分の死の看病に来て呉れたのである、おせいは、も早、徹底的に、自分の味方ではない。おせいは、自分が、今に息を引き取る最後の時までも、自分に優しくして呉れたり、慰めたりして呉れる女ではないのである、それに——ユミ子のことを思ふと、自分は、どうしていいか解らないのだ。自分の生活は、自分の心柄からとしても当然であるが、ユミ子のことは、不愍である。人間の生活としては、すこしく度を外したやうな、さうした惨めな間に産れ、育ち、笑ひ、しやべり、怒り、甘えさへ出来るやうになつて来てゐた。誰か、あの無智頑固な母親——おせいの外に、よき保姆であり、優しき友、姉、さういつた人を、どんなにも欲しく思つてゐた場合であるだけに、トモ子の来て呉れたことが、非常に嬉しいことだつた。それに、また、実際に、トモ子は、非常な子供好きだつた。自分は、彼女の、いろ〳〵の病気についての不安を感じながらも、ユミ子の保姆としての彼女には、信頼と感謝を持たない訳にゆかなかつた。

その二月時分には、まだ、X雑誌社の記者が来て呉れて、非常な好意から、自分に小説の原稿を書かせようとして、日々鞭韃して呉れてゐたのである。自分は、発熱、疼痛、倦怠——さういつた状態で、そのX雑誌記者の好意から、十二三枚の小品を二つ書いた。X雑誌記者の鞭韃にも拘らず、実際に、自分には、書けなくなつて来てゐるのである。おせいなんかが、騒げば騒ぐほど、自分の神経は、萎縮してしまふ。自分が、たゞ、酒を飲むために、それで出来ないのだとおせいは思ひ込んで、自分に喰つてかかるのである。トモ子までが、そんな気持ちからか、X雑誌記者の帰つたあとで、発作的のやうに狂ひ出す自分を、おせいと一つしよになつては、掛蒲団で自分を抑へるやうなことをした。毎晩のやうに、そんなことがつづくやうになつた。明け方近く眼を醒し、ユミ子の背負帯や、自分のヘコ帯で、掛蒲団でグル〳〵巻きにされた自分を見出し、口惜しいとも、なさけないとも、さうした瞭《はつき》りした気持ちからではなく——恐らくは、また、昨夜も一枚も出来なかつたのかな？……そんな気持ちなども手伝つて、理由《わけ》もなく涙が流れて来るのであつた。どうしてこんなに、俺は、泣虫なんだらう？　こんな泣虫ではなかつた筈なんだが、して見ると、やつぱし、俺は、この女達の言ふやうに、ほんたうに神経がどうかしてゐるのかしら。肺病でもないんで、単純に、アルコール中毒から来る神経病なのかしら。さうだとすると、一層、俺の生活といふものは、絶望的なことになる。自分は、これまでにも、いろ〳〵の場合にも、肺病も、胃潰瘍も、脳溢血でさへも、恐ろしく思つてはゐない。たゞ神経病だけは——気狂ひだけは困る。気狂ひだけは困る。気狂ひだけはなりたくないと、幾度も、書いて来た。肺病の場合の親しい幾人の人の死よりも、気狂ひで殪れた一人の叔父の死は、どれ程強い自分への脅迫であるか分らない。自分は、この過度な飲酒から、もう一度血を吐いて、死ぬことが出来たら、自分としては不足はないのであるが、それが、そのアルコールが、自分の神経病をすすめるためにのみ役立つてゐるのだとすると、どういつていいか分らなくなるのである。「死ねたら、君、そりや何んでもないことだけど、死ぬにも死なれず、仕事なんか出来なくなつて、何年も生きてゐなければならない……さういつた場合のことも考へて置かなくつちや、例のないことでもないんだからねえ。……」何時か先生に言はれたこともあつたのである。妻子たちのことにしても、自分としては、いろ〳〵諦めるところは、諦めなければならないのだ。自分は、むしろ、第二の喀血に襲はれて、頓死的な死に方が出来たとしたら、自分だけとしては、幸福だと思ふのであるが、気狂ひとして、それも、正当に気狂ひとして理解されない幾年かの生活、病勢がすすんで、全然の気狂ひとしての醜骸を、世の中に晒らす——それも考へやうによつては、孰らでもいいとさへ思はれることがある。どちらにしたところで、大したことではないぢやないか。完全に自分を失ふことと、緩慢に、徐々に、自己を失つて行くといふだけの異《ちが》ひに過ぎないではないか。お前の場合では、そこの差別なんか、それ程重大なものぢやないよ——斯う自分は、自分に言つても見るんだつたが、それにしても、兎に角に、自分は気狂ひは怖いんだ。まだしも、肺病の毒素が、自分の神経を刺戟して、発作的の行動をさせるんだと、自分から思つてゐたはうが、まだしも気安い感じなのである。女達が、自分の発熱の状態、それだけからしても、立派にその病気であることを知つてゐて、それでも、女の狡《ずる》い本能から、自分に仕事をさせようと思つて、何処までも、自分を単純な神経衰弱者扱ひにしてゐるのだとすると、彼女等は、二重に自分を脅迫してゐるのだ。彼女等は、殊に、トモ子の場合では、此女の父の病気の場合と同じやうに、自分を劬つて呉れて、気狂ひ扱ひなどにはしないがいいのだ。彼女までも一緒になつて、自分を神経痛から来る発作的な言動のやうに思ひ込んだか——あるひは、彼女の父の場合と同じやうには、考へるに耐えないやうな女の神経から、故意にでも、さう考へずにはゐられなかつたのだ。彼女の父も、ちようど四十だつたし、自分も、その同じ年になつてゐる。ちようど七周忌の来てゐる父のことを思ひ、さういつたいろ〳〵複雑な女らしさの感情からも、自分の病気を、彼女の父の場合とは同じやうに考へたくなかつたのかもしれない。彼女は、ひと頃看護婦の見習ひのやうなことをやつたらしいこともあるが、それも、身体《からだ》が弱いために、看護婦にはなり切れなかつたらしいが、さういふやうなこともあるので、病気のことなどについては、可成り詳しい智識を持つてゐるんだつた。彼女の父が、理想家であつたやうに、彼女も亦、一種の理想家といつていいのかもしれない。幼稚園の保姆になることが、彼女の一等の理想らしい。その準備にもと、看護婦志願もしたものらしいが、何しろ体質が羸弱《よは》いのである。それで、その方も、どうしても、深入りして行くことが出来なかつたらしい。それやこれやで郷里を出て来たのであらうが、それだけに、病気のことなどに就いては、実に詳しいものである。

「ホーウ？　あなたが、お父さんの病気を、知らなかつたとは、へんですな。診断書通り、腹膜炎と思つてゐたんですか。あれも、あのAさんだから、さういふ診断書を書いて呉れたんぢやありませんか。あなたの祖父さんの場合だつてさうですよ、立派にその方の病気なんぢやないですか。あなたが知らなかつたとはひどいなあ。……」

「ほんとに知りませんでした。父の場合もさうです、祖父いさんの場合なんか、わたしなんか極く小さかつたもんですから、そして非常に可愛がつて呉れて……わたしが初めての孫だつたので、迚も可愛がつて……どんなに、おぢいさんには可愛がつて貰ひましたか、そんなもんですから、ちつともさういふ病気のことなんか、知りませんでした。だから、小父さんにそんなことを言はれると、ほんとに分らなくなつてしまひますわ。……」

「分らなくなるといつたところで、それは、ほんとにさうだつたんですよ。だから、僕のことだつて、あなたが言ふやうなものぢやないんだ。立派な結核患者なんぢやありませんか。それを、あなたまでがおせいと一緒になつて、アル中のやうなことを言ふのは、ひどいです。気狂ひなんか、そんなにざらに出てたまるものですか。やつぱし、単純な肺病さ。あなただつて、やつぱし、同じやうなわけなんだらう。まさか神経病は伝染しやしないだらうが、肺病の方はさうはいきませんからね。ユミ子のことも考へてやつてくれなくちや。……」

どうかすると、斯ういつたやうな言合ひをはじめることもあつたが、だん〳〵自分の方が、自分の目下《いま》の醜いとも浅間しいとも言ひやうのない生活を見てゐられるに耐へないやうな気持になり出した。確かに肺病だと思つてゐるのに、アル中からの神経病だと誤魔化さうと努めてゐるらしい彼女の心使ひは、一応は首肯《うなづ》けもされるのだつたが、自分は、どうかすると、憎悪的の感じを唆られた。「あなたのお父さんの場合だつてさうだつたし、こんなやうな生活をしつづけて来て、肺病にならないなんか、むしろ、不自然ですよ。なるのが当然なんだ。空想とか、狂熱とか、いつたやうなものは、順潮にはけ口のある場合はいいが、はけ口が止まつて、それが内訌する場合は、大抵肺病ですよ。要するに、あなたのお父さんも、戦士だつたと同じやうに、僕だつて戦士なんだ。いやに気狂ひ扱ひされては困る。……」斯うも自分は、叱るやうに言つたりすることもあるのだつたのだが、が、何処までも、彼女は、肺病血統だとおせいに思はれたくないのか、彼女自身の病症に就いても、鼻のせゐだとか、咽喉の悪いせゐだとか言つて、おせいには話してゐた。だが、自分も医者ではないのだし、また、自分の身体を医者に診せて、養生をして、健康になりたいと思ふやうな気持ちもないので、全然、医者にかかつてもゐないぐらゐだから、自分の身体のことも解らないが、勿論、トモ子の身体のことなんか解りはしないのだが、それにしても、彼女が、どんな風に自分の病気のことを判断してゐたのか、自分にも解り兼ねる気がし出した。酒乱的な発作が、相変らずつづき、三日にあげず例の、蒲団巻きの刑を自分は受けて来てゐたのだが、さうしたある日の午後だつたのだが、新聞の社会面に大きく出てゐた、ヒステリー性変質症患者が診療に来てゐた医者をピストルで撃つた――さういつた記事を、トモ子がおせいに読んで聴かせて、無智なおせいが「さうですわね。ほんとに、よく似てるわ。やつぱし、さういふ病気なんでせうね。」などと、エヘラ笑ひをしながら、相槌を打つてゐるのを、隣りの部屋の蒲団の中で聴いて、自分は、やゝ悚然とした気持ちに打たれたのだつた。自分は、何んの理由といふことなしに、トモ子に、出て行つて貰ふことにした。強ひて弁護的に言へば、明日《あした》にも家を解散するかもしれないから――これだけのことで、不愍にも思はれたが、彼女の只管《ひたすら》な弁明も受けつけないやうな頑《かたく》なな感情を制し切れない、漠然とした憤ろしさの感じだつたのだつた。自分は、全体として、受ける可きでない侮辱を受けたやうな気がされて、腹の底から冷めたい気持がされて来るのだつた。斯うして、彼女とも、かれこれ四ケ月ほどで別れることになつたのであつた。

（「新潮」昭和2年1月号）

結婚まで

瀧井孝作

一

信一は、笹島さんを恋して居る。この心持は段々にそれと自分に分つたが、信一は彼女をはつきりと思ふ工合になつても、この一ツの心持は誰にも秘めてヂツと堪えて居た。彼女に付いて知識は実になかつたが、姓だけで、名も年齢も、信一は未だ知らないのだが……。

　其姓は、去年我孫子に居て始めてきゝ覚えた。近くの菅さんで、菅さんに向ひ夫人のてい子さんは「笹島さん〳〵」と曰ひ、笹島さんはある産婆の内に居たが、もう一人立ちで開業のできる人と噂された。彼女は我孫子へは折々たづねてきたが信一は本人に会はなかつた。秋の日だつたか菅さんの京都に移る別れを惜む泊り客できたが、信一は其客の跡へ行つたら、長女のルリ子さんは信一に向ひ「今笹島さんを停車場でお見送りしてきたのよ」といつた。それは我孫子の枯葭などと共に憶ひ出される。

この七月十三日、粟田口で信一は、かざらぬ束髪のましろい手術著の笹島さんが、奥の病室より廊下へたち出た所を見た。夫人の看護にけさ京都にきた。「てい子のかんごは笹島さんなら安心だ」と菅さんのことばやまた産婆とおぼえて居た信一は、年のいつた婦人とのみ思ひこむだが、会ふと未だ若かつた。初対面の信一は改めて紹介はされなかつた。菅さんは「君は我孫子で会つたと思つた」とあとで曰つた。

信一は同く我孫子から移つた蒲生君の宅にをるのだが、この蒲生君たちにも彼女は噂された。赤児の仮死で生れた折のことを

「笹島さんはハル子の両足をもち上げ逆様に振つてさ、我孫子の医者はうろたへて笹島さんに叱られて見え、全く回春堂一人では危なかつたよ……ハル子よ、笹島さんはお前の恩人だよ」といふのだつた。

菅さんの宅で、信一は奥の病室へは行かなかつた。病人を疲らすと思ひ、また衰へたてい子さんに会ふと恐はいやうな心持だつた。で、笹島さんを近くで見たことは、七才のルリ子さんの発病の時からだつた。――――

七月の二十日、朝から少し熱のあつたルリ子さんは、病気にはすぐ弱るたちで大人しく下にゐたが、寝床を出て一人で妹のチヅ子さんの便器に掛つた。それからすぐ奥へきて「青いうんこしたわ、この鑵と同じ色」とロオト硬膏の鑵をもち上げておしへた。熱は高かつた。すぐきた小児科の医者は「疫痢」とみた。

蒲生君が電話でよばれて行つた。信一は晩に見舞ひに行くとルリ子さんは座敷の方だつた。菅さんは「手あての手おくれはないと思ふ」と曰つた。腸洗滌と云ふことや、食塩注射や、ヒマシ油や。ヒマシ油は口に入れるとツキあげて傍の者まであぶらだらけだが、子供は「サイダーと一しよならのむ、あとで沢庵たべる、オルガンを買つて下さればのむ」と色々にいつていやがつた。菅さんはオルガンの音は厭で前にも欲しいといはれて断つたのだが、かふ約束した。得心したらヒマシ油は少し通ほつた。皆んなの顔色は薄明るくなつた。次は再び腸洗滌で子供は実に災難にあつたが、笹島さんが器具を手に持上げるのだつた。彼女の白い手術著は油や水だらけだつた。

この晩、入院ときまつて京都病院の自動車が廻された。ルリ子さんは出際に「お母さんにあはせて」と曰ひ、菅さんは泪ぐむで、「何だ、お父さんは泣いたりなどして」と自分にいつて、子供を抱きあげ奥の室へと立つて行つた。奥の室の夫人は大きい蒲布団のうへに仰向きの容態だつた。

菅さんと蒲生君と附添ひで行つた。菅さんは麻布へやる知らせの手紙を信一に代筆させた。

粟田口に二人病人ができて信一は毎日手助けに行くのだつた。ルリ子さんの経過は良好で、子供は、看護婦と亦知つた人と

傍に居て欲く、信一は日中居て、夕方蒲生君が代つて、十二時ごろお父さんが泊るのだつた。

菅さんは、宅のこんな状態についていふのだつた。「この頃ずつと寝不足で、僕は此暑中よく体が持つと思ふ位だ。僕よりまた笹島さんは上ワ手だ。笹島さんはこちらにきて以来一ト晩も安眠をしないが、寝たと思つてもすぐ起きて、てい子の氷嚢を一時間目には取替へる。笹島さんは実によくつゞく。それで、倒れるとこまるモ一人たのまうか、と云ふと、看護婦は奥さんの為にならばよんで頂いてもよろしいが、妾の為云つて下さるのでしたら沢山です、といふ風だ」と。

今日も笹島さんは、三人の女中を用ふ家政もとつたが、疲労の面持はなかつた。信一が宵の口、座敷で四ツのチヅ子さんの相手になつてやがて子供がうたゝねをしたら、彼女は湯上りの浴衣に手にうちはを持ち出てきて、睡入つた子供を抱き上げ寝室の方へ行つた。信一は、彼女がいつもの手術著でない浴衣がけは初めてだが、浴衣の上から肩や腕はわり合にほつそりしてゐてしなやかに目にうつるのだつた。

信一はこんな風で、笹島さんに毎日会ふのだつた。互に会ふあひだに信一は、「若し好きになつたらイヤそれも面白いだらう」とこんな考へを私かに抱くのだつたが、両方独り者でこの事の道徳上の用心はいらなかつたが、亦この事に臆病の方ぢやなかつたが、宅の状態から何か悠くり語り合ふ機会はなかつたし、只毎日顔見合ふだけだつた。気持はあつたがごく控へ目だつた。

さうしてこんな信一が帰る折には、彼女や女中や皆んな式台に立つて見送るのだつたが、信一は皆んなに目礼する折殊に笹島さんの目もとには正しく目合せ、信一は何時もそれで別れて戻るのだつた。(信一は人を見送つた時に相手の目がふれなくては淋しく思つた経験を持つたから)亦こんな仕種からも彼女の心持を次第に捉へ得たと思ふ……。

八月に入り、信一は〆切日の近づいた仕事に従つた。七日程ひきこもるのだつた。信一は机に向つて居ると頭の向きは段々粟田口に行きたくなるのだつた。笹島さんに彼女に会ひに。僅か一日二日書斎にひきこもつて過しただけだが、切りに彼女に思ひは移つて仕方がないのだつた。一人居ると露骨にさうだつた。それでこの気持の真面目である自分自身に今更心付いておどろいた。

信一は「何であつても心持の芽生えは育てるべきだ」とこんな考へから、自分の恋心を大切に守る気持だつた。此方の気持だけで相手のそれは未だ図ることはできないが、此方の気持だけだつてもこれは好いなと思つた。

さうして、机から離れ今直ぐにも行きたくなるのだつたが、これぢや仕事の方がダメだと思つてこらへた。仕事は、今仕事やれんと云つても自分は此生活を仕て居るのだからとさういふ言訳は持てたが、仕事は捨てられないのだつた。が、彼女には会ひたかつた。信一は窓の向ふに、日ノ岡の山がさへぎつてた

から、

大比枝や、小比枝の山は、寄りてこそ、寄りてこそ、山は
寄らなれや、遠妻晴れと、

と云ふ東遊の一首を思ひうかべなど仕た。

さうして七八日目で信一は粟田口へ行つたら、菅さんの宅では夫人の病気が大分快方に向いたと云はれた。

それは一ト月目で他の医者にみせることとなつた。其産科のA博士はみて「前の医者のてあてを止めてほしい、病気をかう加工せずに、病気を露骨にして見れば病源も分るから、その上で治す方針を立てる」といつた。A博士の態度のはつきりして居ることは気持よかつたし、病人も得心した。で、さうした。それで前の医者の注射など断はつて氷嚢も次第に退けてより発熱もさがり快方に向つたと云ふことだつた。これは大学病院などでも病源がはつきり分らず仕舞に病気の治る例はある由をあとで聴いた。

「Iさん（初めの医者）が如何に人が善いので永くかゝつてゐたが」と菅さんは笑つて云ふのだつた。

また、ルリ子さんは退院できたが、未だ著物の上から腹部に小さい毛布を纏き著けて、妹達と一しよだつた。子供たちの食事の折、ルリ子さんは皆んなと一様にたべたがると、情に脆いお父さんは「ルリ子は完全に治つて、笹島さんのおゆるしがでたら、上げる」と笹島さんの助けをかりて、子供に逆ふ役目はそちらに廻はすのだつた。笹島さんはいつも「女丈夫」でやつてゐたから。

晩飯の時、信一や蒲生君や菅さんの従弟のSさんや、皆んな客間から立つて行つて食卓につくと、菅さんは「夏すき焼は暑いけれど手がないからね」といふのだつた。笹島さんがコップの載つた盆か何か持つてきた。信一はこの時七八日目で顔見合せたが、彼女の面てに一寸複雑な表情があると思つた。彼女はすぐにはづしたから、信一も何気なく食事をした。

宵歩きに出て、菅さんは四条の襟店で「三十位の婦人の半幅の単帯」といつて品物を見た。二タ色あつて「蒲生君、笹島さんにはどれがよいかね」ときいて、蒲生君は黒地に銀のウロコの模様をえらむだ。信一は「ウロコは下品だ、それよりは」と、水色の地に霞の模様のある別の一ト色を指さした。信一は笹島さんの物なのでさう口だしたのだつた。それでそれに定められたが、また信一は「三十位の婦人」とき、、年齢は三十すぎかと思つた。自分は三十才だが、年齢は年上でもよいなど思つた。

信一は段々に分つた自分の心持を友だちに語りたかつたが、語ればすぐに彼女が引合に廻され、つまり彼女に迷惑だつたらと云ふ場合が思ひやられた。未だ感情だけの場合で、事務とまで至らないから、他人にたのむ左う云ふ風には未だ思ひ付かぬのだつた。自分で成遂げるべき事だと云ふ風に思つた。此事が自分だけで済む場合は、後でこんなことがあつたと語ればよいと思つた。人に語るには今尚確めて彼女に迷惑でないと定つた

時、と思つた。未だ実に成らないことだと思つた。

翌日一日笹島さんは彼の涼しさうな幅せまの単帯しめてゐたが、それは一日だけでまた普段のめりんすの帯と更へた。倹約屋だと思はれた。

こんな風に信一は一人角力をとつて居たが、またこれが一人角力ではないと思はれる折が、折々あつた。

客の入浴の場合に女中が湯加減を見て桶へ湯をとりなどしたが、信一は体を拭いてあがるとえもん棹の著物をはづして肩へきせかけられ、いつもきまつて笹島さんの手でされ、信一は彼女が特別に自分に仕向ける仕種だと思つた。こんな仕種から彼女が心持を伝へると思つた。

信一のかいた短篇集二冊と長い小説のある雑誌と、奥の室に見えた。笹島さんはそれらをひま〳〵によむだ。

信一は大方自分の材料をかいた小説だから、笹島さんは自分に付いての知識は凡そ得ると思つた。始めの方にも述べた如く、信一は彼女に付いて知識は実になかつたが、知識は段々に知りたく聴きたいのぞみが切りに起きた。で、さう云ふ自分と彼女と思ひ合せなど仕た。

二

こんな風に八月の日が経ち、そこへ、九月一日の東京の震災が、皆んなに伝つた。

一日の午、信一は畳の上で新聞をよむで居たら、不図よみ難くなり「オヤ俺の頭どうかなつたぞ」と曰つたが、すぐ次ぎには別状がなかつた。大地震の余波をあの折うけたとあとで知つた。

午後、信一は粟田口の郵便局へ為替の用で行つて「東京方面の電報は受けたらあかんで、故障があるのどす」などの局員の会話をきいた。ぶら〳〵と歩く道で、紙片れに東海道の汽車不通と出された地震の号外をみた。

のん気から信一は左程のことにも思はなかつたが、翌日の朝になつて、菅さんから蒲生君へ電話で、東京の惨害が大きいらしいから、一しよに東京へ行きたいと云ふのだつた。蒲生君は本郷に親たちがあつた。蒲生君はまづ粟田口にいつた。信一は異常時に際会してはづむだ気分であとから行つた。

菅さんは、昨日の朝の特急で帰京された麻布のお父さんが途中からの行先が案じられ、また女ばかりの麻布の宅の方も気になつた。

笹島さんは、芝の巴町の笹原と云ふ産婆の内から京都へきたが、その安否をきゝたかつた。また「もし八王子の方をお通りになれば八王子の様子をおたづね下さいますやうに」と菅さんに頼むだ。彼女は八王子に親たちがあつた。

菅さんは廻れたら八王子に廻るといひ、笹島さんから、「宅は郡役所の隣の植木屋ですけれど」と云ふ其所ガキをきいて手帖にとめた。それから「君の方は」と信一に向いた。信一は差当つて安否を知りたい所はなかつたからさういふと、「左う差当つてないね」と菅さんは笑つて、「では留守をたのむ」と曰つた。

てい子さんは病床からやうやく起てる位で、見送りに起つてきて、「あぶないところへはお近寄りになつてはいやあよ、ずゐ分とお気を、お付け遊ばせよ、ほんとにいやあよ」と、今年前厄と云ふ良人の年から、心配で仕方がなかつた。菅さんは「大丈夫々々々」と繰返した。

信一は停車場へ送つて行つた。京都駅は平日のとほりだが、案内所には東京附近の線路の面が、汽車不通の所に朱をつけて貼り出された。菅さんは信越線廻はりで川口町へ向ふのだつた。

未だ時間があつたから駅の階上の西洋料理店で食事した。蒲生君が食料など買ひあつめて、編むだシヨヒゴをふくらませて入つて来た。信一はけさ別れたなりだつたが、いま同じ料理をたべる蒲生君に向ひ、「東京へついたら泣き出さんやうに、もう焼野原になつてるらしいからな」といふのだつた。東京生れの友だちが焦土になつた町を眺める心持は常談を曰ひながら思ひやられた。菅さんは、昨日見た博物館の陳列替の話して「こんども又、相阿弥の絵が沢山出たよ中々好いね、未だ四時前で開いてるから、君は帰りに寄るとい丶」といつた。信一は戻りには博物館へ立ち寄りたかつた。この春京都にきて以来、絵は好きで毎月掛け替へのたびに各々見て廻つたが、先月は相阿弥の大仙院の襖絵だつたと云ふ墨絵の大幅にひきこまれ、之は皆んなで感服したのだつた。それで信一は二人を見送つてから、博物館の絵の室に入いり、今日の東京の震災の出来事などが思ひ合されて何百年も前の物がかく無事に伝はつたことを有難く思ひ、また自分を仕合せ者と思ひ、夕方粟田口に戻るのだつた。

粟田口で、信一は「東京の新聞がこないから、大阪の朝日毎日両方入れるやうにきめましよう」といひ、近所の新聞販売店へ自分で出かけた。また庸子さん（蒲生君の夫人）が、蒲生君は東京へ行つたし今日は一人ヂツとして居れんからと見舞かた〴〵子供をつれてやつてきて居た。晩になつて共に山科へ帰るのだつた。

信一はかへり支度の庸子さんを待ち、門内の石だ丶みに立つと菅さんの留守と云ふことが何だか頭につくのだつた。笹島さんが蒲生君の子供を抱き上げ見送りに出た。信一は「さ、いらつしやい」と子供を受取る折に、彼女の手に手はふれ合ひ、両方共詞いはずに暫時、小さい子供の腰のあたりで互の手は握りかはされた。信一は彼女と心持はほゞ伝はりわかり合つて居たが、この晩二人だけで佇むとすぐこんなに打明け合ふのだつた。格子戸から外に出て彼女は子供を抱き小さい脊のあたりで互の手は握りかはされ、両方共子供に何か曰ひ〳〵や丶歩くのだつた。門燈の下より出てくる姙娠の目につく庸子さんを立ちどまつて待ち、笹島さんは停留所まで見送るといひ、やはり子供を抱きながらきた。信一は電車がきたから、おもたい子供を受取るのだつた。

翌日、信一は机に向ひ彼女へやる手紙をかきはじめた。けさてい子さんから、菅さんの留守中心細いから庸子さんやハル子ちやんや皆んな一しよに泊りにきてくれと、左うたのまれた。また笹島さんの芝の巴町の宅は焼けたらしいと云はれた。で、信一は今笹島さんを何か慰めねばならぬと思つた。未だ語り合ふ折はないから手紙でと思つた。信一は机に向ひ、昨夜打明けた時何も云はなかつたから此方の心持は述べた方がよいと思ひ、併し手紙は他愛のないラヴレターでは、しつかり者の彼女に笑はれるぞと思ひ〳〵手紙をかくのだつた。——

私はいつも顔を合せ顔みるのをたのしみにしてゐました。互の心持は前から互に感じてゐたと思ひます。心持は互にもはや知合つて居るので今沢山は云ひませぬ。

東京の方が大変な場合で、遠く隔て故郷の安否の気遣はれるあなたの心持を察します。が、こちらに居て命拾ひした事と又私の心持があなたのものになつた事を幸福と思つて下さい、私は心からあなたの力になります。

皆んなの難儀を聞いて安閑として居られませぬ、私は折を見て上京したい考へで居ります、私は多分新聞とか雑誌とかの仕事を手伝ふ事になるでせう、が、あなたがこちらに居られる間私もゐるでせう、あなたが東京へ行かれる折、私も一しよに行くと思ひます、あなたもこの上特別な事の起きない限り今急には行かないでせう、行かれるとこちらの皆んなは困るから、けふ

——日附はけふとかき宛名も何も抜きで、手渡しのできるやうに小さい結び文に造つた。信一は誰れにも秘めてヂツと堪へて思ひの重荷に圧されてならないのだつたが、自分のこの心持から推して笹島さんが中々辛棒強いが一人つらいだらうと思ひやられた。信一は、皆さんや蒲生君が戻れば漸と話が出来ると思ひこの事は皆んなに打明けたら、らくになれると思ふのだつた。一人机の前でこの事を思ふのだつた。

信一は晩にハル子ちやんを手で脊中へ負ひ、庸子さんは風呂敷包をさげて、山科から出かけた。

さうして信一は手紙やる折を待つのだつたが、やつと寝る前に奥の室の蚊帳と蚊帳とのせまい所で、彼女の脊から「手紙」と囁いて手に持たせたら、何か分らないらしかつたが手の中には受取つた。信一はヂカに心持を伝へたかつたから、肩を抱〆め頬のあたりに唇がブツかると彼女はすぐドギマギと脱れ出て行くのだつた。信一は頬笑たい気持を押包んで、表座敷の方に戻つて、夫人や庸子さんやの話にしばらく混るのだつた。

それから次の室の白い蚊帳の傍に電気スタンドをともして一人、信一は寝床で本をよむのだつた。信一の方の白い蚊帳は明るくて隣室の蚊帳から一ト見えだと思はれたが、別に恥かしがる所はなかつた。向ふの蚊帳には夫人と上の子たち二人と笹島さんとがやすむだ。

信一は本をよみ本から頭は外れて、彼女のことを切りに思ふのだつた。互に打明けた上に手紙などやり、共にまた泊り合せ

た。今晩自分は落付かぬが之が本当だが、今晩彼女の方も眠らないだろ、とこんなに思ふのだつた。信一は、本を伏せて電気スタンドを消したら、茶の間の方の明りから座敷の蚊帳が透いて、一番こちらがはにやすむだ、笹島さんがすぐ傍の所に見え、思つたより近くで信一はなほ眠れなかつた。で、再び明りをつけ本を開いた。

　夜中に子供がオシツコか何かに起きたら笹島さんは附添つて行つて、戻りに向ふの電気を消すのだつた。暫時して信一も明りを消したが中々眠れなかつた。信一はたゝみへ片手を伸ばすと彼女の手にブツかつた。手さぐりに手を握つたら、やはり眠れなかつた様子で握り返した。真ツ暗で分らない安心からユツクリさうされた。心持をこめて手を握りしめてやつた。また互に代り番こに締め合つた。二人ともずつと無言だが、実によく気持が伝はつた。信一は手を解き、彼女の手を押しやつて自分も元へ引き込め、やつと落付いて枕につくのだつた。

　次の晩も殆ど同じ風だつた。笹島さんは一番あと蚊帳にはいるのだつたが、寝しなに、茶の間の方に一ツ点いた電気を立つていつて消すのだつた。信一には彼女の下心が分るのだつた。暫時して信一も電気スタンドの明りを消すのだつた。真ツ暗で、やがて皆んなの寝息をうかゞふ様にして、互に手を握り締め合つた。昨夜は満足だつたが今晩は単にこれだけでは物足りなかつた。心持は充分知つたから、ヂカな気持からは手と手位だけでは足りなかつた。モツト何かと云ふ慾望が出てくるのだつた。信一はたゝみの上へ乗り出して、

、　。

、　。

。　、　。

のだつた。

　信一は、彼女のあまりにたやすくかうなつたことが、また色々にとれるのだつた。キツスも上手だと思ひ、或ひは前に既に経験があるのぢやないかなど思ひ、三十近い年齢であり人づき合の多い彼女の生活から見て邪推深く云へば、今日までどんな場合もがあり得たゞらうと思はれた。（冒瀆的な思ひ廻はしだが）信一はそれにしろ彼女を少しも咎める気持は持たなかつた。自分が誘惑者の一人だからさう云へば自分が非難に価ひしたし、亦何を比べたつて自分の現在の満足の方が大きいから、以前のそんな事はなんでもないのだつた。信一は仮令さうだつたにしろ有勝の事だし情愛深さも好いなど思つた。かく簡単に片付け、あつさり片付けて差支へないと腹をきめた。自分はさん〴〵勝手を仕てきたし、処女は今更望めない事と思ひこむで居たから。信一は彼女をさうとると共に肉情がつのるのだつた。否、肉情が先に立つてこんな風に思ひ廻はした。

　また次の晩は、笹島さんが例の一ツの電気を消しかけたら、夫人は蚊帳からとめて「それは消さずにおいといて、妾夜中に

目がさめて明りがないとそれは厭やなの」といつてとめた。――てい子さんは菅さんの立つた晩から早や心配で又ルリ子さんは「父さん帰つて〳〵」と呼んだが、それは去年我孫子で隣家の主人が頓死した時となりの子供らが田圃の井戸端に出で「父さん帰つて〳〵」と迷信から呼ぶ声がきこえ、ルリ子さんは不図真似たのだが、てい子さんはこんな事からも尚心細くなつて山科から皆んなに泊りにきてもらつた。新聞には毎日日ましに震災の惨害が大きく出て、けふは被服廠の焼跡と云ふ写真の号外に、一ト目で目を反らしたが全くおびやかされた。てい子さんは見舞に行つた良人の上などが心配で〳〵、ヒドイ神経衰弱に罹りさうだつた。

夫人にとめられて、笹島さんは明りをつけて、寝るのだつた。

信一は前の晩は彼女が此方の室にきたらよいなど思ひ流石にさうはされなかつたが、今晩は電気がついて尚六ケしいのだつた。自分では毎晩人の寝息をうかゞふ様な仕種に腹を立てたり心持は真直ぐだと思つたり仕たが、やはり人目は憚かられた。人目があつて今晩駄目と分ると、信一は却つて漸と落付くのだつた。笹島さんは病床の夫人に悪い〳〵と思ひ、きがねしていままでが一杯だつたから、で、あやまつ事は仕出来さなかつた。

七日の昼、大阪から電話がかゝつて、蒲生君の声で、「菅さんと共に汽船で大阪についたがいま飯をたべてすぐ戻る、東京の知合は総べて無事」と云ふ電話だつた。留守宅では思つたより早い戻りで、夫人はじめ皆んな悦び合つた。而して二人は戻つた。

菅さんは地震後の人騒ぎが関西にうつゝてないかと案じて急いで戻つたと曰つた。東京の親たち、親戚、友だち、皆んな無事で、吾々の知合は各々不思議な位に無事だと曰つた。下町は見渡すかぎり焼野原だつたと云ふ話から、今日大阪につき北浜の灘万食堂の上から市街の屋根々々を見たら、「これらの建物が皆燃え草だ」と左う思つたと曰ふのだつた。

菅さんは臀に根太トが出来て、往きの汽車では腰かけると痛くて復へりの汽船では臥られていくらかましだつたと曰つて、吸出膏薬など貼つた。蒲生君も湯上りの浴衣がけでくつろいだ。晩に信一がハル子ちやんを手で脊中へ負ひ、蒲生君や庸子さんとともに、山科へ戻るのだつた。

九日のあさ信一へ、菅さんから電話で「君はMと一しよに今日東京へ行かないか」といつた。信一は前の日予て話があつたから、承知の返事をした。

粟田口に行くと、Mさんが居た。――Mさんは日向の村で震災のことをきいて、直ぐ立つて五日に京都へきたが、五日から震災地へ向ふ者は震災地に住所或は親族がある事の地方長官の証明書がいると云ふ触れが出て、Mさんは東京のお母さんを真先に案じたが、京都で証明書がとれなくて留められた。八日に漸く大阪でとれた。――信一にMさんは向いて「君が共に行つてくれると心強い、君は書付けが今日とれなかつたら僕は待つてもいゝ、東京の方は菅がお母さんに会つてきたから安心だし、急がなくてもよい」と曰つた。

菅さんは、朝日毎日二つの新聞を見較べながら「これは朝日の方落付いてゐてい丶ね」といつた。朝日は第一面は普段の通りで中の方に震災記事を載せ、毎日は第一面が震災記事で埋つて刺激が強かつた。菅さんは震災地を見てきた気持から成るべく落付きをのぞむだ。

信一はそれから、区役所、警察署、府庁などと歩き廻つて漸く書付けがとれた。東京に住所も親族もなかつたけれど区役所の役人のSさんの口きゝで証明書がとれた。夕方戻つたら菅さんは、「それはよかつた、ぢやあ今晩立つといい」といつて、北陸線廻りで行く汽車の時間をしらべ、九時の富士行に定めた。

支度にと一遍山科にもどる信一に、夫人は「では夕御飯を先に召上がれ」と曰ひ、また「笹島さんもごいつしよにすましになつたらい丶わ」と、夫人から曰はれて茶の間で二人は向ひ合つてすませた。二人で食事は初めてだつた。

信一は山科の宅では旅支度をまとめながら、色々の思ひから、また彼女にやる手紙をいそいで次の様に書くのだつた。これは二遍目にやる手紙だが。

私は今上京してもすぐ戻ります、それまであなたは待つてゐて下さい、あなたの上京の時また私は送つて行つてあげます、あなたはあなたの心持をてい子さんに話したらどう、もし私の所へお嫁にきてもよいのでしたら、そしてこれが諒解してもらへたらこちらで二人の行動も自由でせう、その方がよいと思ひますが、あなたの諾否は私に早くしらせて下さい、首をタテにうなづくか横にふるかで分ります、　九日

信一はこれだけかき例の結び文に造り、持ち行き手渡した。笹島さんはすぐかくれて読むだが、出てきても普段の面持だつた。立ち際に、彼女は巴町の先生――赤坂の避難先の宅で五日に菅さんが会つたと云ふ元気な老婆――へやる手紙を托した。信一は受取つてポケツトに入れた。

菅さん、蒲生君二人に停車場へ送られ、Mさんと信一は汽車に乗込むだ。あとで信一は托された名刺や手紙などを改めて内ポケツトにしまふ折に手紙の彼女の名をみるのだつた。名前は玆で初めて知るのだつたが、笹島レン、と簡明に書かれてあつた……レン、蓮子と呼ぶわけかと思つた。………

三

十五日の晩、信一は山科の停車場に下りた。御陵まで一ト停留所乗馴れた電車で行つた。電車から離れたら夜寒ムの澄切つた星空があり仰がれた。自分の白い麻の服に冷え〳〵された。初秋を泌々覚えた。田中の向ふの明りのついた自分たちの二階をながめ、漸く戻つたと思ふのだつた。

宅につくと、蒲生君が二階から下りて来て、庸子さんは「まあ、お早かつたですわね」と曰つた。信一は風呂に入りたかつたが今日はたゝないと云はれ、風呂は粟田口にいつてはいるこ

と丶した。勝手の方で、庸子さんの国元からきた女中がひきあはされニコ〳〵と温和な女だつた。信一は汚れた服を脱いで、香ばしい珈琲が出て暫時話した。

信一は蒲生君と一しよに粟田口へいつた。菅さんはT君（東京からきた泊り客）と出かけてゐたが、病気全快の夫人は茶の間に出て、次に笹島さんが奥の方から出てきた。七日目だつた。

「お風呂は妾いまいたゞいて、跡ですけれど」と笹島さんはいつて、信一は立つといつものやうに湯殿にきたが、二人はすぐに手を握り合つた。

無性髯ののびた信一は湯上りでさつぱりした。東京に三晩泊り、かへりも北陸線にのりこれが一等近道だつたと曰つた。笹島さんには巴町の先生に会つてきたと告げた。手紙の返事をあづかつていかうといふとお婆さんは郵便が行くやうになつたからあとで郵便で出します〳〵といひ、自分は再びいふと同じ返事だつたが気づよいお婆さんと思はれた。八王子の方は、中央線が開通したから帰途それとなく彼女の実家を見たい考へだつたが十三日の雨で又トンネルが崩れて、得う立寄らずだつた。迂り路して立寄つてきたらよかつたと今思ふのだつたが……。

次の日の晩、笹島さんが門口に出てひとり佇むだから、信一は続いて外に出で、何か話懸ける振りで歩き出したら、彼女はつき従つた。二人限で歩くことが初めてだつた。広い石だゝみの小上りになつた坂路から智恩院の方角に向つた。

「僕らのこと、てい子さんにつげた」

「いゝえ、まだですわ」

「なぜ」

「でも、あたし……」

粟田御所の楠ノ木の大きい枝を見上げ、二人肩と肩とくつ著つゝ手は交しつゝ、歩いていつた。

「雑誌の僕の長い小説読むだ」

「よみましたわ」

「あれは、大体自分のことをかいたんで、僕は以前にはあんなことがあつた。が、かまはない」

「えゝ、事実と思ひましたわ。松子さんは、松子さんてかいてありましたねえ、もう亡くなつたんですから。妾それは別に、何も気に懸けませんわ」

「それならよいけれど」

「…………」

「年は幾つ」

「あなたの二ツ下ですわ」

「左う、僕は同い年位かと思つてゐたが、左うか」

信一は年齢を聴いて不図憶ふのだつた……去年の二月亡くなつたあれはやはり二ツ年下だつたが、又名も（小説には松子としたが本名はれんと云ひ）同名だから、偶然の符合だが暫時不思議な心持にされた。

「お前さんの名はこのあひだ東京へ届けた手紙の裏を見たから、初めて分つたが、僕の亡くなつた人もれんと云つたが、同名だ。

いま又年齢が同い年で、おかしいな」

「さうを、松子さんはれん子さんと仰有つたの。妾と名もお年もおンなじですわね。ヘンですわねえ」

と彼女が同感を持つた。暫時口を噤むだ。信一は彼女に付いてもつと知識を得たかつたから次ぎに聴いた。

「家にはお父さんやお母さんや、兄弟たちはある」

「え丶、皆んな達者で。両親と兄さんと弟が二人ですわ」

「僕は親父と妹と三人だが、兄弟たちが多いと心丈夫だらうな。……それで僕の所にくる。いま居る巴町の笹原さんはどう云ふ風になつて居るの」

「え丶、笹原さんなら、あすこ何時出てもよいのですわ」

「左う」

「結婚はあたし初めてゞすから、あたしのうちには、あなたも初めてと云つて下さるでしよ、ねえ」

と、彼女は取縋る風に寄添ひいふのだつた。智恩院の黒門の前から右手の寺中の境内の方へと向つた。広い路傍の片方の木立に行きこ丶ではユツクリ接吻できた。再び歩きだして話した。

「結婚のこと若しお父さんが聴きいれなかつた場合。それでも僕の所にくる」

「え丶来ますわ」

「親たちをすて丶くる」

彼女は俯向勝に足をはこむだが、これには直ぐに返事されない風に黙つたが、漸くにふかく点頭いて「まゐりますわ」といつた。

信一は自分を立貫く心持だつたからかく手づよく念をおしたが、之は彼女に脊負はせるには荷が勝つかも知れないけれど仕方がなかつた。深く点頭いたのを見ていぢらしく思つた。こ丶の古門と云ふ門のわりに大きい閾から街に出で、白川に沿ひ片側町をさかのぼり、宅の方の小路にはいらずに尚あるいていつた。「妾は昨晩湯殿で妙に心細く哀しくなりましてボロ〳〵泪が出て仕方がなかつたの。今日はお帰りになるかと待つても見えないしそれで心細かつたのでしようかしら。しますとお戻りになつた声がしたのでまあよかつたと思ひましたわ」と、彼女は頬笑みこんなに曰つた。また一昨日は南禅寺から銀閣寺などへ菅さんに案内され俥で見物にいつた話をした。話しつ丶疎水端、広道など歩き、粟田神社の前から宅の方に向ひ、近所の染物工場の窓の下で再び接吻を交してこ丶で別れ、彼女は脊を見せて門口へいそいだ。

かく話が進むだから信一は、今日は菅さんや蒲生君たちに告げたいと思つた。菅さんは毎日客が一しよだつた。どうも云ひ出す機会が見つからなんだ。と夫人に見とほされ、てい子さんの方から先に曰はれるのだつた。

この日信一は夏の麦稈も冠れないので鳥打帽がほしくてこんな買物は蒲生君が細かいので共に丸善に行き、「この会社のは質実でよい」と蒲生君にいはれてエーガーといふ英国のマークのあるやつを買つて被ぶり、それから新京極など歩いて晩に粟田口に立寄るのだつた。

菅さんは見えなかつたが夫人は座敷に出て二人に会つた。笹島さんが、出て来ないので夫人は「こちらにいらつしやらない、ねえい、ことよ」と招き、彼女は茶の間から振向き、容易に出て来なんだ。暫時居て二人は立ち、玄関に立つた。夫人は「妾おたづね致したい事があるの一寸」と信一に近づき、すぐに導きつゝ座敷のまた奥の室に行つた。簞笥の傍に夫人は立つた。信一は自分たちの事と様子から分つた。先夜泊つた晩の事など多分さとられたと思ひ廻したり、亦旅行に立つ時彼女と二人食事などさせられた事が夫人の心尽しと取れたから。

「先程妾の方から笹島さんにおたづね致したのよ。妾承はりましたけれど……、このことはねえ、御自身で菅に仰有つたらどうを。菅にさう仰有つて頂けば、妾それですむことに思ひますわ。なぜ仰有らないの」

「僕、いはうと思つて居たんですが、皆んなの前ではいひ難いし」

「え、、ねえ」

「このあひだ中から話さねば悪いのですが。急に東京に行き、戻つても菅さんはいつもお客さんが一しよだし、話の機会が見つからなんだもので」

「え、そうですわ。御自身で菅に仰有つてごらん遊ばせよね、それできつとお宜しいことよ」

「え、僕から話ます」

立話で、両方笑を湛へ、これで、信一は玄関に戻つた。蒲生君は帽を被ぶり立つて居た。買立ての帽を被つた信一は、

「御新調で」と夫人にいはれた。

信一は、蒲生君とはしぢう機会を持ち、最初に菅さんにいはねばならぬと云ふ心持から、蒲生君には悪かつたが未だ得う持出さないのだつた。事柄の関係上、菅さんに第一番に話したかつた。信一にこんな堅くるしさがあつた。

次の日それで出向いたら丁度、菅さん一人だつた。差向ひに坐つたが信一は、太い庭の松など眺め、未だ捩ぢ〳〵して居た。

「少しあるきませうか」

「うん、出やう、今日は中々いゝ天気だ」

信一と菅さんと二人歩くと二人共に足早やになるくせがあつた。近所のいつもの広い石畳の坂路を上つて真直ぐに向いた。

「このあひだ中から話したかつたけれど、いつもお客さんがあつて、工合悪かつたりしました」

「うん、うん」

「僕、笹島さんが好きになつて……。これはずつと前からですが、ずつと前に自分の気持に心づきはつきり心持は極つたんですが、皆んなに、こちらの気持丈け曰つて仕舞ふことはどうかしらと思つて、黙つて居たんです。今月の初めになつて、両方同じだつたことが知れたんです」

「うん、うん」

「それで一昨日の晩に、このあたり二人して歩き廻つたりしたわけです。段々に話合つたら、笹島さんは僕の所にくるようなことを云つた次第です」

信一は急勝に要点を思ひ、細々得う話さずに、足りない気もされ大体これだけだと思つたりした。菅さんは、聴きとつた。

「うん、てい子は、何か二人がそんな様子らしいといつて居たやうだ。てい子は昨日の昼笹島さんにたづねたら、向ふも白状したさうだよ……二人がそうなつたら、てい子の此夏の理由の分らぬ病気に漸と意味が出てくるわけだね」

と、軽く笑つて菅さんは、さらに聴き直した。

「結婚の話まで運んだのか」

「え丶さう」

「そりやあ、いいだらう、賛成だ。……君と笹島さんなら、鬼に金棒だらう」

「え、ありがとう」

「僕は、君は未だ一人身もよからうと思つて居たが、未だ三十だから急がないでもね」

と、信一に思つて居た事を告げ、また

「笹島さんはあ丶云つた勝気だから、見合などのお嫁入には承諾できない側で、今日まで独身で居たやうだ。当人にめづらしく結婚する心持が起きたと云ふなら、これは当人にとつてい丶事だと思ふね。こんな機会が来なかつたら結婚できない人だらうよ。……左うでなかつたら、先生の笹原婆さん(ずつと独身で来た)がまたお手本だね」

と菅さんは、笹島さんが段々婚期が過ぎて行くからかく見て気にかけて居たのだつた。

信一は、話の結果快活にされた。往来から、小高い広場の真葛ケ原に入り真向きに歩きつ丶、信一は先日菅さんの一ツの意見に無闇と反対した、あれを謝りたい気持で序でに持出した。

「先日、三十日の晩三条大橋から歩いて、恋愛結婚より見合結婚の方よい様に云はれた折、僕は無闇と反対したんですが、あれは笹島さんに心持があつて、今日の下心があつたからです。亦僕の下心があの晩さとられ意見されるのかと思つたんです」

真葛ケ原がつきて、突当りの崖は人の踏禿げた路跡を附けてゐた。「茲を登らうか」と菅さんは人の踏禿げの小径に近づいて、登つて行き、直ぐ後ろに信一は従つた。上に登ると漸平らで、二人は、高く持上げられた気持がされた。高台寺の屋根が下に見えた。椎松杉其他の蘚著た木立の中に入りずつと足許は平らになつた。

「あの晩は君にそんな事があると気付かなんだ。××君などの場合を考へたからだ。××君が東京でカフェーなどの若い女を選ぶんだつたら……左う云ふ場合は自分一人の狭い範囲で選ぶわけだが、それより見合などの方、多人数の助力があるから選ぶ範囲が広いと思つた。結婚は結局一人を選び出すのだ。恋愛と結婚とは別々だと思つた。あの晩は左う話したやうだ」

信一は首肯いて、また友達の××君を思ひ、すぐに自分の現在に頭は還つた。菅さんは、夫婦生活について心付いた事を信一に振向いていつた。

「僕の祖母は中々気性の強いたちだつたが、家庭の事は一切自分で取仕切つてやつて居て、家事以外祖父のやる方面には、又決して一切口だし仕ない方針だつた。それが極めて工合よくいつた。君の所も左うぃくといゝと思ふね。笹島さんは中々勝気だから」

信一は聴いて菅さんの作に描かれたお祖母さんを思ひ出し前から親し味を抱いて居たが今、お祖母さんを例に持出されて有難いと思つた。自分たちも左う行きたいと思つた。

森の中から出て、ずつと下り坂路で足許は下つて居た。岨路に日が射した。稚児ケ淵と云ふ赭水池二ツの傍通つた。信一は、水引の花を一ト筋摘取つた。信一は花など持ち今日はふさはしい気持がされ、却つて気になり、暫時して捨てた。亦路傍に咲いてゐたから手翫びに摘取つた。

「君の長篇は未だ完成しなかつたね。続きをかくといゝが、笹島さんから文句が出ると工合が悪いから、最初に云つて納得さすんだね」

信一は以前の女のことをかいたラヴストリーのことをいはれた。

「僕の小説は大方読んだやうです。あれは事実だと曰つたら、亡くなつた女と云ふ点で納得したんです。小説を作る場合も何も曰はないでしょう」

「うん、それならいゝがね。……これから笹島さんは君が浮気をしたらきつとこはいだらうよ。浮気、できないね」

二人共笑つた。すぐ路は広い往来に合はさつた。「花山洞」のトンネルを出た往来だつた。駄菓子置いた茶店、牛車、行商人など、急に鄙びた風物だつた。往来から手の下には山科の村里が点々と指さゝれた。

「すつかり好い秋だね。どこもかしこも。実に好い気持だ」

「こゝは田舎びて居ますな」

「こゝから竹ケ鼻は僅かだらう。竹ケ鼻に別荘の貸家があるさうだ。粟田口の宅は裏の部屋が冬寒い、子供のためによくないからね。きたついでにこゝから、貸家に廻つて見ないか」

「行つて見ましよう」

粟田口から殆ど一ト息にやつてきたが、すぐ亦歩き出した。

四

信一は、「僕は笹島さんと、一しよになるかも知れぬ」と、蒲生君と食卓に向合つて曰つた。庸子さんは一寸何か曰ひ好意をみせた。蒲生君夫婦は両方共好きで一しよになつたから、かくいふ詞から凡そ察した。信一は他に別に曰はなかつたが次ぎに「さうなつて、当分此内へ一つになつても、いゝ」と、予め諾否を聴きたくて持出した。「笹島さんなら私共遠慮がいりませんし、ねえ」と庸子さんが良人に向いた。何時も口数の少ない男の蒲生君は只首肯いた。信一はしぢう勝手我俣を曰つて居たからかく事務的に曰つて受容れられた。

皆んなに話して、信一は肩の荷がとれた。亦皆んなから何気なく見られた。之までとちがつて二人一しよの待遇される風になつたと信一は思つた。笹島さんは季節にいる衣類など夫人に相談して拵へた——所持品の震災で焼けたことが笹原さんからの手紙で知れ、持物は少しづゝ更に拵へるのだ——。東京行の汽車も平常に復つたが、彼女が戻るなど信一には考へ得られなんだ。

女中に留守居させて散歩旁々粟田口に行つた。「彼岸の好い天気だ。皆んな一しよに出よう」と萱さんはいつた。夫人は七月の発病以来今日初めて戸外を見ると云はれた。疲れる用心から下の子供を抱き俥の上で緩々行くのだつた。円山の日曜の人出の中を通り、病後のやつれの目に立つ夫人は、歩きたい風で、それから代つて子供三人が相乗で積込れた。萱さんが連立つてくるといつでも高台寺の甘酒屋で休む例で、甘酒屋の「蘭の湯」を今日は笹島さんがめづらしさうに呑んでみた。電車道に出で、赤鳥居の立並むだ狭い路地の中に子供や女連が見に入つた。ほの明い路地の内に彼女の顔がくつきりと浮出た。四条通のショーウインドウ、ショーウインドウに皆んな近寄り〳〵、或めりんす店で、女連は買物の見立に愍くりとかゝつた。玆からてい子さんは俥で一ト足先にと戻つた。他の者は新京極、三条通を歩いて戻るのだつた。或量器店から笹島さんは出て、二尺差と一尺差と手に持つた。信一は彼女に、「晩に山科にこない」、「え、まいりますわ」と曰つた。

粟田口で晩飯と雑談で九時頃になつたが信一等の立ちかけた時、彼女は夫人に向いて
「今晩あちらで何かあるといはれましたから」

と、出かけたいやうに曰つた。信一は先程から一しよに行きたかつたが
「今晩は遅いから」

と傍でいつた。萱さんと夫人から
「行くといゝだらう」

「若し、遅くなるやうでしたら、お泊りになつてもお宜しいでしよ、ねえ」

と左ういはれて、一しよに出かけるのだつた。

宅に戻つた。蒲生君夫婦は下の部屋にはいつた。二人は二階の座敷の卓に差向ひに坐つた。ゆき（女中）が紅茶の道具と熱い湯を持ち運んだ。卓の上に紅茶と菓子と置かれ、互に別段語り合ふ程ではなかつた。——彼女は二三日前子供たちと玆へ初めて遊びにきてあたりの景色に見とれ、昨日（信一が萱さんに話した次の日）は大津石山見物にいつたと云ひ、萱さんは往きの電車の窓から「未だ寝てゐるね」といつて二階の吊つた蚊帳が見えた等、いろ〳〵話の種があつた——今晩は只顔眺め合つて居る、工合だつた。

「泊つたらどう」

「でも、妾……」

「かまはないと思ふが、皆んなに話したんだし。これでいゝのぢやあ、ないかな」

「でも、今晩はあたし、いけないのですもの。ねえ、今晩はかへつた方がよろしいの」

此詞から体の方の故障が聴きとれた。

「では。送つてあげよう」

電車道に出る小径で、信一はいまは宜い様に思ひときいた。

「これまで大切に守つて居た」

彼女は深く点頭いた。

「左う。処女」

「えゝ、それはもう」

「初めてか。有難う〳〵。これまで左うと信じられないで、処女でないたつてよいと思つた位だ」

「どうして」

「いや僕は、年頃以上の女に処女なんてごくまれだ位に思つた。無礼だが御免なさい。僕は近づいた女が黒人だつたから、つまり経験が未だなかつたので自分の物知らずから無礼な見方をしたが……」

信一は之までの女性観が改まる思ひがされた。偏つた見方だつたが、直つた。結婚前の婦人の大部分はやはり処女だと思つた。また世間の婦人に抱く疑惑が漸とれた。

「あたしは大丈夫よ」

「有難う。礼を云ひたい、礼を云ひたい。大切なものを持つてゐるんだなあ宝物を。僕は仕合せ者だ」

「え、悦んで頂いてい〻の」

そして歩きたくて歩くのだつた。明るい電車は傍通つて過ぎた。月夜の日ノ岡の峠路を上つて下るのだつた。彼女はセルの著物の肩や袖の上を手で撫で気にした。折々気にした。肩に夜露を感じるか、冷え〳〵してきたのだらう。粟田口に行きついたら寝鎮つて居た。門叩いたら、女中が出て開けた。信一は玄関までおくり届けて、別れて引還えした。やつと終ひ電車に乗込むだ。

次の日例の通りやつてきた信一は、奥の室の夫人に呼ばれてそこに行つて坐ると
「こよみを見ましたらお嫁入には二十六日と二十九日と日が吉いさうですけれど。今笹島さんとお話して居る所ですわ。私共と蒲生さんと、皆んなご一しよにどこかで御飯をいたゞいて、披露つてことになさいましたら、いかゞ」
と、いはれて信一は、またトン〳〵と運ぶやうに思つた。昨夜戻つて一人枕に付き二人が一しよになるには何か祝ひがあつても宜いと思つたが、どんな形でやるかは未だうまく思ひ付かなんだ。てい子さんの思ひ付きは宜かつたから、信一は首肯いた。
「日はどちらになさいますか、いつそ二十六日にきめたら、いかゞ。二十六日と云へば明日ですわね、お早い方がいゝでしよ。

妾病気してからこつち大分せつかちになりましたのよ。笹島さん明日がお宜しいこと」

と、夫人にいはれて、笹島さんは頬笑み黙頭いた。菅さんが外から戻つてきて、この話に混つて
「それでいゝが。笹島さん、家の方は、大丈夫かね」

「えゝ。大丈夫です。あとから手紙をやります」

「まあ子供ぢやあ、ないのだから」

と菅さんは曰ふのだつた。信一はこのあひだの晩あのやうに曰つて彼女は深く首肯いたわけだから、いま「大丈夫」と返事したと思つた。これで話は定つた。

彼女は晩に、繻絆のゑりか何か買物に行きたいといふと夫人から「ご一しよにいつて頂いて見立てておもらひになつたら」と曰はれた。また夫人から「明日座敷に花が欲しいのですからお帰りに花屋へお寄りになつて」と信一はいはれた。

明るい月魄が見え一しよに円山の方角に向つた。人に見られない所人のきてない所と選むで、智恩院の境内に入り、上の一心院の中抜けて円山に出ようかと石段を登つたら寺の門が開かなんだからまた引還えし、こんどは鐘楼の傍を通つて、見晴しの場所に出た。月に浮かれた人々に混つた。街の賑やかな燈火や郊外遠くまでキラ〳〵うごく電燈などに向いて暫時たゝずむだ。長楽寺に下りて堂の横で、また唇と唇を合せ、「明日まで待ちきれない位だ」とこんなに曰ふのだつた。それですぐに人声のする方にと出て行つた。四条寺町の「襟正」で彼女は帯止も半襟と同じ藤色にした。信一は買物の金をやつて出た。夏の晩菅さんたちと行つて単帯を選むだ話など笑つて曰つた。祇園の花屋から中で一等目立つ雁来紅を手に取つて出た。還えり路明日は何所へ飯をくひに行くか話合つたが、手頃な家が思ひ当らなんだ。

戻ると夫人から「まあきれいな花。でもこれは一本花ではいけないことよ」といはれた。彼女が明日の朝早く別に取つてくるといつた。「明日はどこへ行くかきまつたかね。四条の神田川のうなぎはどうだ。細く長くと云ふ諺もあるから、いゝだらう」と菅さんが笑つていつた。其所にきめた。

午前から支度して皆んなで出ようとしたところへ、蒲生君宛の電報がきて、庸子さんの兄さんが今日国からつくと云ふのだつた。で、庸子さんはのこることになつた。信一は不意に一人抜けたから此日の気持から一寸の間何か淋しかつた。

粟田口では床の間の朝鮮の壺に今日は紫苑が沢山挿し込んであつた。「紫苑がきれいだね」と菅さんは眺めて居た。信一はこの日写真をとつて親たちに送つてやりたいと思つた。菅さんの器械の残りのフイルムで足りぬから四条まで出て行つた。フイルムを持ち、戻つてきた。彼女はてい子さんから借りた紋附の支度ができた。信一は羽織袴を著た。菅さんもさうした。

座敷の方から間の唐紙しめて、四人坐るのだつた。ルリ子さんがきて、朱い三ツ組の盃と銚子との傍にすわつた。昆布などの肴の品も用意されてあるのだつた。菅さんと夫人と「こちら

から先きでしよ」「左うかね」などと指図で、ルリ子さんが銚子を持上げて、朱い盃が何遍も取交されるのだつた。信一は形式に即かず離れずの心持だつた。菅さんの夫人の心づくしは詞なく有難く思つた。彼女も然うのやうだつた。

　このあと、座敷の縁側に革座布団を敷き四人並むだ図を、蒲生君が庭先から写真に撮るのだつた。庭に残暑の強い光りが射込んで居た。菅さんは袴の膝に埋る工合に手を組み、夫人と彼女も膝に手を重ねたが、信一は真似る風だつたから両膝に手をおき真直ぐに向いたら写された。両人のは二枚撮つたが信一はワザと平気にして却つて落付かなんだ。また普段のなりで銘々一人づつ、子供達なども、あるだけのフイルムに撮るのだつた。

　電車で「神田川」へと向つた。鴨川沿ひの二階座敷に上り、向ひ側の屋根の上にずつと見える、東山は西日が上の方を照して鮮かだつた。信一は酒飲ではないが今日は酒が甘く厚味があると思つた。「うん、酒がうまいね」と酒飲でない菅さんも同感を持つた。うなぎは東京風の焼方だ。菅さんは女中と神田の「神田川」の話などをした。真向の東山に月魄が見え初め「あの月の出るまで居よう」と、眺めて居た。

　戸外に出て、「少し散歩しないか。てい子は先に俥で還つた方がよいよ、未だ夜分は用心しないと」と菅さんは曰つた。子供達はお母さんとかへると云つたから、俥二台よんで、一台にルリ子さんとチヅ子さんと相乗で行くのだつた。庸子さんにと、土産の折などさげた、蒲生君は客があるから一ト足先きに戻ると云つたから、信一は「今晩お客さんは下にやすむで欲いな」とこんなに曰ふと、蒲生君は点頭いた。菅さんと新京極のキネマ倶楽部に入つた。京都の活動小屋を彼女は初めて見た。終りの一ツ見残して「もうよからう」と菅さんがいつて起つのだつた。

…………………………

「今日すぐに、菅さんへ一しよにお礼に行かうよ」

「えゝ。あたしは持つてくる荷物もありますし」

あさ起きると二人は左う曰つた。信一は何よりも感謝の気持が一杯だつた。

　粟田口では子供たちが先づ曰つた。

「笹島さん、ゆうべ蒲生チヤンにお泊りになつたの」

「笹島さんは竹内さんのおくさんに、おなりですよ」

と、笑ひ顔のお母さんからいはれて子供たちはケゞンな笑顔で目戍つた。

「ねえ、笹島さんではおかしいわね。お名前に致しましよね。れん子さんですわね」

　と夫人はいふのだつた。——あとでも夫人からフイと「笹島さん」が出た。子供たちはなほ六ケしかつた。信一自身から「れん子」と呼び難く、詞かけるをり「あの」とか「おい」位だつた。——信一は彼女と荷物の傍へ行つた。大きい信玄袋一ツと風呂敷包二ツあつたが、今日は手にさげられる分のみ持ち戻るのだつた。

宵に二人は二階に上り、まもなく彼女が床のべるのだつた。信一は「まだやつと八時だ」と笑ふと、彼女は「する用がほかにありませんもの」と無邪気に曰つた。次の晩は彼女が「床とつておく」といふ気持ではなく早く床展べるのだつた。

信一は食物の好みがかはつた。淡泊なものより、油コイものがよくなつた。今日も鋤焼明日も鋤焼で、飽かなんだ。一しよに出歩けば寺町の村瀬や三島亭に立寄り鋤焼で飯をたべた。鯉こくをたべたいなあ、といつて錦から鯉をさげてきた。彼女は料理の上手な蒲生君夫婦から煮たきを教はるのだつた。信一は、支那の小説の金瓶梅をよみ、金瓶梅は性慾生活が主に描いてある、中に料理やうまさうな食物のことがしば〳〵出て、たべ物のことを沢山附加へた作者はよく見て居ると思つた。

信一は「小さい贅沢」と自分からいつて、乱費家の気持になつた。一人者だと用心したが彼女がきてから自分の用心はいらなくなつた心持だつた。

（十五年十二月）

（「中央公論」昭和2年1月号）

何が彼女をそうさせたか
（五幕八場）

藤森成吉

第一幕

人物

すみ子。十三歳。
阪本佐平。五十二三歳。
問屋の主人。
山下。巡査部長。

時

大正五年十一月初旬。

処

東京市外の静かな町。

舞台

上手寄り稍斜めに、問屋風な店の一部。下手へ板塀。塀の上には立派な土蔵が突ツ立つてゐる。下には美事な切石の溝。塀の中の植え込みの落葉が、少し散らばつてゐる。

幕あくと、すみ子ひとり下手から出る。愛くるしく美しく魅力ある顔。殊に眼がすばらしい。十三歳にしては非常にマセたところが見える。桃割れに結ひ、着物は洗ひざらした子供ツぽい物。出来るだけ年を小さく見せるやうに苦心してある着つけ。肩からズツクの古びた鞄をさげてゐる。秋晴だが風は寒いのに、足袋もはかない草履穿き。

すみ子。ああ、くたびれた！

四方を見廻して切石の上へ腰をおろす。又周囲を見、鞄の中から焼芋を取り出して、うまそうにガツガツ食べる。一つ済ませて、何か遠くを思ひやるやうなウツトリした眼つきで正面上方を見、他の芋を取り出す。

彼女が最初の芋を食べてゐる時、塀の横手に佐平出、蔭からそツと見てゐる。二つ目へ食ひついた時、突然飛び出して来て頸すぢをつかまへる。

佐平。すみ子ツ！

彼女びつくりして立ちあがらうとする。佐平の力によろけ、

すみ子。痛いわ！（焼芋を棄てて両手で彼の手をもぎ放す。そして怨めしそうに見あげて）痛いぢやないの、おぢさん！

佐平。あたり前《めえ》よ。手前《てめえ》、何でいつまでも油を売つてやアがるんだ。

すみ子。遊んぢやゐないわ。

佐平。ゐねえ事があるもんか。おれアさツきからあとをつけて、みんな知つてるぞ！（平手で横鬢をくらはせる。）

彼女両手で眼を抑へる。

そのあいだに、佐平鞄をあけて見る。新聞へくるんだ焼芋をモ一つ取り出す。

佐平。こんな買ひ食ひばツかりしやァがつて！

すみ子。（涙に濡れた眼をあげて）買つたんぢやありませんわ。そりやァみんな貰つたの。

佐平。うそつけヱ。（抛り投げやうとしたが、一口に頬張る。そして鞄の底の銅貨や銀貨をチヤラチヤラ掻き集めて、片手の掌に載せて目分量を見て）あれから歩いて、まだこれツぱちきり貰はねえのか？

すみ子。（やや反抗的に）そんなに尠かないでしよ。

佐平。いけねえ、これツぱかり。――――手前は、この頃毎日《めえにち》貰えが減つて行くな。

すみ子。（用心して稍後退《あとずさ》りながら）あたいが減るんぢやなくて、おぢさんの慾の方が殖ゑるんだわ。

佐平。（眼をいからせて）この小便垂れ！（手をふりあげる。）

彼女すばやく飛びのく。

佐平。口ばツか、ツベコベと、小まツしやくれやがつて、腕の方は鈍る一方だ。

すみ子。だつて、あたいもうこんなに大きくなツちやツたんだもの。そうそう子供並みに呉れやァしないわ。

佐平。そんなら余計一所懸命やらなくちやァいけねえぢやねえか。どうして、手前はこの頃そう怠けたがるんだらう。ふん、こないだ拘留に遭つてから、悸気《おぢけ》がついたんだな。

すみ子。(首を振つて)そうぢやないわ。

佐平。ぢや何だ。

すみ子。(思ひ切つて)あすこの巡査部長さんが、いろいろ教へてくれたの。

佐平。部長が？　ふうん、どんな事を吐かしやァがつた？

すみ子。ここを出たら国へ帰れツて……。

佐平。(嘲笑つて)へん、埼玉の田舎か？　生憎誰も国にやァゐねえと来てら。おツかァはまおとこと逐転、親父ァ病気の揚句ののたれ死。――たツた一人の叔父貴《き》にでも見つかつたもんなら、又浅草の子供芝居へ売り飛ばされる位えが関の山さ。なァすみ子。

すみ子。(遠慮がちに)今から思やあ、あたいあの子供芝居の方がずツとよかつたわ。

佐平。何だと？――(言葉を変へて)昔の事あ何でもいいもんさ。手前が大きくなつてから憶ひ出しやあ、今の暮しァ極楽だあ。

すみ子。(ほんきで)あたい、これからもつと淋しい目を見なけりやァいけないんなら、いつそ死んぢまつた方がいいわ。

佐平。ははは、子供の自殺かい？　こいつァ大笑ひだ。そんなに急に世の中の無常を御感ずり遊ばしたなあ、やつぱり部長の入れ知慧からだらう。彼奴《あいつ》、外にどんな事を云やァがつた？

すみ子。もし国で誰も相手にしなかつたら、おれが何とでも心配してやるツて……。

佐平。おツとどツこい、横ツちよからふんだくられておたまり小法師があるもんか。てツきりそんな事ぢやァねえかと思つたから、すぐおれが手くばりしたんだ。

すみ子。(怨めしそうに見て)ひどいおぢさん！　そして、部長さんから貰つたお金まで取りあげちまつて。――部長さんがそう云つてたわ。あたいは猿だつて。そして慾深の猿廻しのおぢさんにみんな搾られちまふんだつて。

佐平。そいつが手前《てめえ》に利《き》いたんだな。やい、手前、部長の馬鹿野郎の云ふ事なんか本気にしたら、それこそ大間ちがひだぞ。

すみ子。だツて、あの時は、あたい部長さんの云ふとほりだと思つたわ。

佐平。(怒つて)この恩知らずめ！　手前が苛《いぢ》められてるのを救ひ出してやつたなあ、一てえ誰だ？　うむ？　そればかりか、おれが今まで見せてやつた芝居はみんな忘れちまつたか？

すみ子。(負けない調子で) おぼえてるわ。

佐平。おぼえてたらそんな事が云へた義理か? おれはな、一遍学校へ行つた事もねえ可哀想な手前に、どうかほんとの人間の道をわからせてやらうと思つて、散々ツぱら閑や金を使つてああして芝居を見せて廻つたんだぞ。唯の酔狂や面白づくでやつた真似ぢやアねえや。手前の見た芝居で、誰が主人の事を猿廻しだなんて、怪しからねえ事を吐かす奴がある? 見ろ、御殿様の仰せなら、たとへどんな無理無体《てえ》だつて、みんなチヤンと守つて行くぢやアねえか。それどこか、よろこんで死にせえするぢやアねえか。それが昔ツから日本の真人間の道だ。それにはづれた真似をする奴あ、光秀でも大野九郎兵衛でも、見ろ、みんな人でなしの畜生にされて、ぶざまにくたばツちまふんだ。

すみ子。(真面目な口調で) おぢさん、芝居ツて忠義の事ばツかり演《や》るもの?

佐平。そうさ。それが第一だつてヱ道理を教へるもんだ。そうでねえ芝居なんて、あつたつてくだらねえ馬鹿げた物ばツかりよ。

すみ子。(半ば不審そうに) そうを?

佐平。(気づいて) やい、余計な事で、唯せえ短え秋の日を潰させやァがつて、さツさと廻れ! ぐづぐづしてると、そのままにやあ済まさねえぞ。

すみ子なほ考へてゐる。

佐平。(荒く) 何を愚図ついてやァがる。(彼女を突き飛ばす。)

すみ子よろけて見あげる。

佐平。きツとそうやつて遊んでゐる事だと思つて、今日はわざわざ見張りに来たんだ。ついて来なくつたつて、手前がどこにどうしてゐるか位えな事アちやんと見とほしだが………

(顎でしやくつて、「行け!」と命令しながら睨む。)

すみ子、黙つてとぼとぼと上手店の方へ歩いてゆく。

芝居の訓戒が始まつた頃から、店の帳場へ主人出て来て、頻りに帳面を調べてゐる。

すみ子。(それを見て、鞄の中から厚紙の書付を取り出し、一寸佐平を振り返つて進み寄つて) 御免下さい。

主人熱心に調べて顔をあげない。

すみ子。(声高に繰り返す) 御免下さい。

彼、やつと顔をあげて彼女を見る。

すみ子。(丁寧に頭をさげて) どうぞこれを御らん下さいまし。

(畳敷きの上へ身体を伸ばして、書付を帳場の方へ差出す。)

主人。(眼鏡越しに見やつて) 何だね? ——ああ孤児院か? わたしンとこは、それ、そこに貼つてあるやうに、諸勧化《かんげ》物貰ひ一切おことはりツて事にしてるから、さきへ行つておくれ?

すみ子。(押し返して) 済みませんけれど、一寸御らん下さい。

主人。(顔をしかめて) 今忙しくて、迚もそんなものをよんでる暇はないよ。

すみ子。でもどうぞ一寸………。
主人。ないつてツたら！
すみ子。済みませんけれど………（可憐に、又頭をさげる。）
主人。うるさいなあ。……（プリプリしながら我を折つて）何
が書いてあるんだい一体？（書付を取りあげて）哀願書？
ふむ、（声を立ててよみつづける）謹で四方の御慈善閣下に
奉願候。小生儀明治三十七八年両度日露戦役の際、陸軍近衛
歩兵上等兵相勤め、満洲の野《や》に転戦し、凱旋後一旦本国へ帰
省中、彼《か》の風土の変れる地に寒暑を凌ぎたる為めなるか、俗
に云ふ風疾病に罹り、永々開成堂医院の厚き御施療を受け居
りしも、病症日々に重きを加へ身体手足自由を失ひ、戦功に
依り一時金は御下賜有之候得共、長病の為め費消仕り、加ふ
るに愚妻昨年十月十四日肺患に罹り、二子を遺し黄泉の客と
相成り、他に頼るべき親類無之、重々の不幸を悲しみ一時割
腹せんと迄決心致し候得共、跡に残す二子の愛に気も心も顚
倒し、当然軍人の守るべき道も忘却し、唯々四方の御慈善者
の厚き御慈悲に浴し、以て親子の生命を保全仕度、何卒博愛
慈善の志を以て、多少にかかはらず御義捐被下度此段奉願候。
下谷区入谷町十三番地　太田友吉
娘太田ムメ
開成堂医院印
慈善御尊下様御中
………（笑ひ出して）はははは、慈善御尊下様はよかつたな
あ。こりや、お前さんのお父さんが書いたのかい？
すみ子。はい。
主人。友吉さんはなかなか文句がうまいね。
すみ子。………。
主人。お前さんは、下谷からわざわざこんな方へ廻つて来たの
かい？
すみ子。はい。
主人。そいつア御苦労様だな。――だが、そんなに歩いた
ら随分貰ひがあつたらう。（書付を返す。）
すみ子受け取る。彼再び帳面へ眼を落す。
すみ子。（意外そうに）旦那さま！
主人。（うるさそうに）何だい？
すみ子。少しでも頂かせて下さいませんか？
主人。（顔をあげて）よんでくれツて云ふからよんであげたん
さ。お蔭で暇を潰されたぜ。
すみ子。でも………。
主人。（鋭くペン先きで貼紙の方を指して）そこに貼つた紙を
御らん。お前よめないのか？
そのあいだ、佐平は塀傍へ突つ立つて彼女を監視してゐる。
貰ひが手間取れるのに業を煮やして、忌々しそうに両脚を
踏み鳴らし舌打ちをする。
その時、下手から巡査部長山下がサアベルを振つて出る。
胡散臭そうに傍を過ぎやうとして、靴音とけはひに振り向

いた佐平の顔を見て、突然彼の襟へ手をかける。

山下。（同時に）おい！

佐平。（逃げ出そうとして間に合はず）旦那ですか？

山下。旦那ですか、ぢやアない。貴様、又悪い事をやつてるな。

佐平。（神妙な様子をして）どう致しまして。

その時、斜め横のすみ子が物音に振り向く。思はず「あツ……」と声を挙げる。

山下。（彼女を認めて）見ろ、ほら。（片手で佐平をこづきながら、片手で彼女を指す。）

すみ子。（佐平の眼色に構はず）おぢさん！（鞄を鳴らせながら馳け寄る。）

山下。（一寸睨んで）まだ、お前手先きに使はれてるな。

すみ子。（情なさそうに見あげて）だツて――。

山下。又すぐつかまつたのか？

彼女うなづく。

山下。うむ。立派な現行だ。おい佐平。貴様、こんな可愛そうな子供に詐欺を働かせて、罪たア思はないのか？

佐平。（もがきながら）旦那、どうか今日だきやア見逃してやつて下さい。後生です。これからアもう、御言葉どほり決してやりません。

山下。（笑つて）そして今度あ淫売婦《ぢごく》にでも売り飛ばすか？もうちつと薹《とう》も立つたし、顔も奇麗だしな。

佐平。旦那、……。

山下。このあいだツから貴様を探してるんだ。思ひがけない処で出会つて、今日は何よりだ。さあ一緒に来い。……（引ツ立てながらすみ子に向つて）すみ子！　ツてツたな？　お前。

すみ子うなづく。

山下。もう今度は、決してこんな奴につかまらせないやうにしてやるぞ。大丈夫な処へ世話をしてやるからついといで。（上手へ進む。）

すみ子つづく。

主人、騒ぎに土間へ降り、店先きに立つて眺める。

主人。（通る山下へ向つて）御苦労さま――。

山下。（一寸帽子に片手をあげて）や。

すみ子。きまり悪そうに俯いて去る。

主人。（見送つてから）だから、諸勧化物貰ひ一切おことはりツて云ふんだ。――（笑ひ出して）はははは、飛んだ活劇を無料《ただ》で観たな。（舌打ちして）だが、余計な暇を潰させやがツた。（いそいで帳場へあがつてゆく。）

第二幕

人物

すみ子。

原。養育院収容者の身元調べ係り、四十三四歳。

敬三。　中年の跛者。

忠助。　老人。

平治。　老人。

おすず。　赤んぼを抱へた、もと女工。

おふく。　老婆。

おちか。　老婆。

その他大勢の老爺老婆等。

（以上）収容者

時

前幕から一週間ばかり後。

処

養育院内の離隔室（収容者を、最初一週間ばかりごちや混ぜに入れて置く室。）

舞台

広い室。正面奥にドア。板の間に、簡単な寝台が幾つか所狭く並んでゐる。その端の一つにすみ子がゐる。大体前幕の着つけ。周囲の寝台上に、よき按配に、男女収容者が横になつたり起きあがつたりしてゐる。或る者は板の間の上で何かゴソゴソやつてゐる。着物は青服やいろいろ。

幕あくと、中央寝台の上のおすずが、赤んぼに乳房を含ませてゐる。身体が弱つてよく乳が出ないので、（幕あく前から）赤んぼしきりに泣いてむづがる。

おすず。　おお、よし、よし。（一生懸命あやす。）

が、赤んぼは、吸つて見ては又切なそうに泣き出す。


敬三。（突然、一つ置いた横の寝台から唸る）うるせゑなあ！

平治。　赤んぼだもの、泣くなア仕方ねえ。

敬三。　いくら赤んぼだツて泣きすぎらあ。しよツちう泣いてばツかりゐるぢやアねえか？

おふく。　お乳が出ないせいだよ。

おすず。（涙ぐんで）そうですの。――おやかましくて、ほんとに済みません。

忠助。　乳の出ねえも無理アねえや。押し麦五分の南京米を食はされて、おまけにお汁や香々や煮〆ばツかりと来ちやアな。

すみ子。（見かねて端の方から飛んで来て）おばさん、又御守りしてあげましよ。

おすず。　ありがとう。ぢやあ一寸抱いて下さい。すみちやんが抱いて下さると、いつも妙におとなしくなるから……。

すみ子。　あたい、赤んぼが大好きだから、赤んぼの方でも好いてくれるんでしよ。（抱き）ヨチヨチ、ヨチヨチ………


（と、揺ぶりながら室の中を歩き廻る。）

赤んぼ、なかなか泣きやまない。

おちか。（眺めて歎息して）男ツてもなア、ほんとに薄情なもんだねえ。こんなまだ若え人にからかツて、子供を生ませて、その揚句ドロンを定《き》め込むなんて——ちツたあ、女や赤んぼの身にもなつて見るがいゝ。

おふく。全くさ。わたしが此の年になつて、こんな養老院なんかの厄介にならなけりやアいけなくなつたも、みんな男の薄情のお蔭さ。男の畜生め！

平治。全く女が赤んぼを持つて棄てられちやあ、どうする事も出来なくなるべえなあ。

おちか。（おすずへ）お前さん、工場《ば》へ行つてたんだつてね。相手の男も、やつぱり工場《ば》の人？

　おすず黙つてゐる。

おちか。（重ねて）同じ工場の人？

おすず。（低く）えゝ。

おふく。（怒つて）お黙り、老いぼれめ！　そう云ふお前さんこそ、さぞ女に欺されない御悧巧さんだツたらうよ。

忠助。棄てられるやうな男に欺されるなんて、お前さんもちつと馬鹿だツたね。

敬三。（吹き出して）誰があんな爺を欺す馬鹿があるもんか？

おふく。なにさ、あれで自分ぢやあウント惚れられたつもりだらう。

平治。おばアさん、なかなか手厳しいな。

おふく。当り前さ。

　そのあいだに赤んぼ次第に泣きやむ。

おちか。おやおや。すみちやん、お前ほんとに子守りが上手だねえ。いつか黙つちやつたわ。

おふく。（相変らず毒ツぽい調子で）今まで、散々子守りをして来たんだらう。

おすず。（すみ子の方へ両手を差し出して）どうもありがたう。

すみ子。いゝえ、いゝんですよ。寝るまでもう少し抱かせて頂戴。

おちか。まだ寝ないの？

平治。（感心したやうに）お前さんは、まだ子供の癖にほんとにやさしいな。大きくなつたら、さぞいいお母さんになるだらう。おれのお光も生きてたら、今頃丁度これツ位になつてるだらうに。（鼻を啜る。）

おちか。わたしもさ。おすみちやんを見ると亡つた娘を思ひ出して仕方ないんだよ。こんなに縹緻はよくなかつたけれど、どこか馬鹿に眼鼻が似てゐて………。

敬三。（向ふで大あくびして）おいおい、何をくだらねえ愚痴をしやべり合つてるんだい？　糞面白くもねえ。子供がどうしたツてんだ？

　赤んぼ又一声二声泣き出す。すみ子あやして黙らす。

敬三。（舌打ちして）チヱッ！　又やりやアがる。花より団子ツて、腹が減つちやアどうしたツて駄目よ。——乳が出ねえ位なら、いツそ今からお母アと引ツ放した方がいゝや。

おすず。（聞きとがめて）え？　室が定つたら、あの、赤んぼと別れるんですか？

敬三。そうとも。

おすず。（驚愕して）まア――どうしやう。………い丶え、わたし別れないわ。どんな事があツたツて別れたりしないわ！

敬三。そんな事を云つたツて、赤んぼは幼児室、女は女健《ぢよけん》か病室と、チヤアンと昔ツから定つてるんだ。

おすず。でも、わたし此の子を取られる位なら、もう生きてたくない！

敬三。取つて食やアしめえし、なアに大きくなるもんなら勝手にならア。

おすず。いや、いや、いや………（泣き伏す。）

おふく。（半ば譏刺的に）捨てられた男の種でも、あんなに可愛いもんかねえ。

すみ子。（おすずの傍へ寄つて）おばさん。そうしたらあたいも幼児室へ行くから、ようく代つて看てあげますわ。

おすず。（突ツ伏したまま）ありがたう。でも、でも………。

女達や平治、霎時沈黙する。

忠助。（敬三へ向つて）大将！　お前《めえ》馬鹿にここの事が明るいなあ。

敬三。（ニヤリ顔をゆがめて）そうともさ。何度も何度も御世話さまになりやあ、大抵明るくならずにやゐられねえや。

忠助。え、何度も？――そんなに大将、ここが御得意なんかい？

敬三。御得意ともさ。かう見えても、これで七度目さ。

皆。（異口同音に）七度目？

敬三。（得意になつて）ふふん、お前《めえ》達見てえな新米たアちツとものがちがふぜ。

忠助。（好奇に満ちて）だが、どうして又大将、そんなに幾度も入《へえ》つて来られたんだ？　受附で、よく何とも云はなかつたな？

敬三。（いよいよ得意になつて）だから、お前達新米たアちよいと沽券がちがふツてんだ。牢屋なら差しづめ名主株だぜ、え、おい！

おふく。養育院の名主さまぢやあ、たんと幅も利かないねえ。

敬三。冗談云ふない。そんなら誰かおれの真似が出来るか？

忠助。おれも又いつここを出されるか知れねえ。こんなまづい物ばツか食はせやがツて、着物だツて、もうそろそろ十一月の半分だツて云ふにまだ繻絆と単衣物一枚ツきり貸してくれねえやうな処ア、出されたツてあんまり未練もねえが、もし又行き倒れにでもなつた時の参考に、一つその秘伝を聞かせてくんねえか。

敬三。参考はよかつたな。………その行き倒れが秘伝よ。

忠助。ほう、行き倒れさへしりやア、いくらでも又入れて貰へるか？

敬三。入れて貰へるか、野たれ死にするか、どツちか一つよ。

おふく。あんまり勿体ぶらずにおしやべりよ、名主さま！

敬三。お前、こんな処へころげ込むに似合はねえしたたか婆さんだな。ぢやあ惜しいが教へてやらあ。全く無料《ただ》の代物ぢやアねえぞ。

おふく。代は見ての御戻りツて事にしとくれ。

敬三。つつしんで聞きやアがれ。――いいか、ぶツたほれるなら、まづ地の利を選べさ。共同便所の入り口がいツちいいや。

おちか。まアきたない。

敬三。そのきたねえとこが附け目さ。何しろ始終人の出入《でへえ》りする場所だらう、それ、すぐ人目にやアつく。邪魔にやアなる。近所の交番へ走つてくれるも早けりやあ、巡査の来るも早えや。今時、人が見つけねえかもわからねえやうな寒い家の蔭なんかにへたばつて、長え事辛え思ひをする位え馬鹿げた事アねえぞ。知らせが早えばかりぢやアねえ、何しろ場所が場所だ、いざ診察するツて段になツたツて碌すつぽ診やアしねえや。ヱヱきたねえ野郎だ、また何だツてこんな処へ寝ころびやアがつたんだ、ツてんで、すぐさま行路病人として院送りにしてくれら。――どうだ、こんな手ツ取り早え手が外にあるかの。

忠助等。なるほどなあ。

敬三。だが、その巡査がやツて来た時がコツ物よ。ウンウンうなつてるてえと、おい、こら、何だこんな処へ倒れやアがつて！　とか何とかツてんで、一つ靴で蹴られるか小突かれるに定つてら。その時、ハツと思つて頭をあげたりなんかしたらもうおしめえよ。けんつくを食はされて、すぐ又追ツ払はれるが関の山よ。そいつを反対《てえ》に、もう迚も生きた空もねえやうに、かうぐツたりして余計あはれに呻るんだ。その気合一つが、勝つか負けるか毛筋一本の境目よ。

忠助等。（且つ感心し、且つ興がつて）ふうん、なるほど。

平治。あきれたもんだなあ。

おちか。まアほんとに。

敬三。そうやつて、東京各区をあツちの便所でブツ倒れ、こツちの便所でころがつて、ぐるぐる廻つて入つて来るんだ。ここ迄送り届けられせえすりやあ、もう〆この兎《うき》よ。いくら顔を知つてたツて、渋々入れねえわけにやあ行かねえ。一旦入りせえすりやあ、今度出すなあちよいと面倒だから、当分安心して暮せるツてえわけさ。

忠助。なるほど、うめえ工夫もあるもんだなあ。

おふく。（敬三へ）お前さん養育院荒しかい。え、世の中にやあ、上にやあ上手《うはて》があるもんだねえ。

敬三。当り前よ。これだけ考えつくにやあ、今迄どれだけひでえ目に遭つてると思ふんだ？　一てえおれ達見てえな跛の不具者ア、△△何だ彼だつて云ふからにやあ、さアどうかおいで下せえツて向ふから呼びに来るが当然だらう。仕事を見つけてくれるならくれるがいいや。その保証もしてくれねえからア、大手を振つてここの門を潜つたツて何の差し支えがあるんだ？

忠助。（奇声を発して）ヒイヤ、ヒイヤ。

敬三。それどこか、おらアここの待遇改善を叫んでやりてえんだ。何だいあの飯ア？　この着物ア？　この寒空に向つて、血の気のねえ年寄りやひよわえ子供が、一てえ単衣《ひとえ》の一枚やそこらで凌げるか凌げねえか、えらい幹事さまにやあ皆目おわかりにならねえとよ。そう云やアすぐ、何て思つても費用が不足だからと来る。うそつけツ、みんな高え月給を取りやアがつて。……そんならそれで、慈善事業の何のつてえらそうな顔をしやあがるな。まアこの死んでゆく人間の多い事を見ろい。もともと身体が弱えからだ何だかツて吐かすが、一てえその前にこの着物（自分の青い単衣をひツ張つて）をどうしてくれるんだい？　え、おい？

忠助、おふく等。全くだ。

おちか。ほんとに、養育院ぢやなくて△△し院だわ。

敬三。着物ばかりぢやアねえ。こんな寝台だけあつて、枕一つ貸さねえ、裸一貫手拭一本貸さねえやうな処で、人間用が足りるかい？　だから、ここン中あ盗人《ぬすつと》が大流行《おほはやり》だ。うつかりしてゐるもんなら、端から盗まれちまわア。毛だツて爪だツて、いゝや、生命だつて盗まれかねねえぞ。

忠助。ヒイヤ、ヒイヤ。

敬三。老いぼれ！　おい、変な掛声をしてくれるねヱ。――そんな身の廻りの物あ、自分の仕事の金で買えツてえ有難え仰せだが、よく行つてやツと月一円や二円の小遣で、何が買へるんだ？

その時、正面のドアをあけて原が入つて来る。一寸人間味を持つた顔。――みんなびツくりして居ずまひをなほす。

原。（敬三へ向つて）今大きな声でしやべツてたのはお前かい？

敬三。（頭を掻いて）へえ、さうです。

原。何を又雄弁をふるツてたんだい？

敬三。（身体をすくめて）へえ、その一寸………。

原。何か又ここの不平を云つてたね。

敬三。いやはや、聞かれちまひましたか？――でもまア原さんでよかつた。後生ですから、どうか外のかたへは内密《ないしよ》にしといて下さい。

原。うん、云やアしないよ。直せるもんなら、僕も云つて直して貰ふんだがね――。

すみ子。（赤んぼを抱いたまま馳け寄つて）原のおぢさん！　御ねがひがありますわ。

原。ええ――おう、又赤ちやんを御守りしてるね。

すみ子。赤ちやんに、どうか牛乳をやつて下さい。

原。やつぱり乳が出ないか？

すみ子。えゝ、だからどうしても寝られないんです。ほら、いくらだましてやつても、あんなに欲しがつて御口をスパスパやつてましよ？

原。ほんとにな。よしよし、ぢやあ何とか監護さんに頼んで見やう。

すみ子。(一寸頭をさげて)ありがたう、おぢさん。(おすずの傍へ行つて)おばさん、よかつたわね。

おすず。ほんとにありがたうよ。――さ、すみちやん、今度はわたしが抱きませう。さぞ重かツたでせう。(赤んぼを抱き取る。)

原。(その様子を見て)すみちやん、手があいたら、一寸来てくれないか?

すみ子。何か御用?

原。ああ、――いいや、ここで話したツて構はない。……お前小間使ひに行く気はないか?

すみ子。小間使ひ?

原。あのね、今東京市の市参事会員て役をしてゐる秋山義雄ツて、養育院ともいろいろ関係の深い人がゐるんだよ。その奥さんから今朝電話がかゝつて、誰か一人可愛いはしツこい御小間をよこしてくれないか、ツて云ふんだ。で、いろいろみんなで相談した揚句、お前がよからうツて事になつたんだ。普通なら、まだ入つて来て一週間も経たないやうな者を、いくら何だツてそとへ出すわけにやあ行かないが、お前なら可愛らしいし、はしツこいし、それに気だてもやさしいし、どんな処へ出したツて大丈夫だからツて僕が大いに主張したもんだから、そんならツて事に定つたんだ。こんな処とは較べ物にならないほど暮しもいいし、第一、お前がこれから世の中へ出て一人前になる為めに、どんなにいゝ手がかりかわからないと思ふんだが、どうだい、行つてみる気はないかい?

外の男女達。よう、素敵な口がかかつたもんだなあ。とても大《てえ》した話だ。

おふく。(残念そうに)わたしも若かツたらねえ。

敬三。笑アせるない。ぢやアお前《めえ》、お針にでもくツついて行け!

笑声等雑然。すみ子黙つて俯いてゐる。

原。(重ねて)行かないか?

すみ子。(顔をあげて)おぢさんさへよけりや――。

原。(笑ひ出して)おぢさんは別にいいも悪いもありやアしないよ。ただお前に、又秋山さんによからうと思つて、僕あ云つてるだけさ。

外の男女達。行け行け、すみちやん! そんないい口が又とあるもんぢやアねえ。

すみ子。(なほ躊躇ふやうに)でも、原のおぢさん、行つたらもう帰つて来られないんでしよ。

原。行くんなら、帰らないつもりでなくツちや、……(笑つて)お前、そんなにここがいいのかい。

すみ子。(頭を振つて)いゝえ、よかアないけれど、あたいが行つちやふと、あの赤ちやんが――(赤んぼを指す。)

原。赤ちやんにはチヤントお母さんがゐるし、……いや、お母さんはじき分れなけりやアいけないが、別に世話係りが附くよ。

すみ子。でも、あたいおばさんと約束したんですの。おばさんの代りに看てあげるツて。

原。（動かされて）そうか？

おすず。（傍から）すみちやん、ありがたうね。ほんとに。――でも、お前さんの為めだから、どうか構はず行つて頂戴。

原。お母さんだツて、時々行つて会へるんだよ。それに牛乳も不自由ないやうにするし……。

すみ子。あら、会へるんですか。

原。ああ。

おすず。（よろこんで）まアよかつた――。

原。ぢやあ行つても、いいだらう？

すみ子。えゝ――でも、赤ちやんと別れるのがやツぱり辛いわ。

敬三。（腕を組んで）面白え子だなあ。

おすず。すみちやん、どうかほんとに行つて下さいよ。

すみ子思案してゐる。

原。（困つて）お前の外にやアべつに心当りがないし、弱つたなあ。

すみ子。（決心して）そんなら行きますわ。

原。行くかい。

すみ子。えゝ。

大勢。それがいい、それがいい。

すみ子。その代り、ようく赤ちやんを見てね。

原。よし、大丈夫だ。

すみ子。何時ツから行くんです？

原。ひどく性急《せつかち》な電話でね、今すぐにも、僕の方ぢやあ行つて貰ひたいんだ。

すみ子。（考へて）ぢやあ行きましよ。だけど、誰か附いてツて下さるんでしよ？

原。無論さ。何処に向ふの家があるかさへ、お前知らないんだからね。

すみ子。誰が行くんですか？　おぢさん？

原。僕あ行けないが、誰か小使が送つて行くよ。

すみ子。（激しく）いけません、いけません。そんならあたい行かない！

原。（びツくりして）なぜ？

すみ子。なぜツて、わかつてるぢやありませんか。あんなヨボヨボのおぢいさんと一緒なら、あたいすぐ又途中で掠《さら》はれちまふわ。あの坂本佐平の仲間が、どこにでもドツサリゐるんですもの。あたい又きツと連れ戻されて、前見たいな事をしなくちやいけません。誰かシツかりした、ウント強い人が附かなくツちや駄目。

原。（うなづいて）そうか。

すみ子。どうか幹事さんにそう云つて頂戴。

原。よしよし。ぢやあ、誰か極腕ツぷしの強い人を選《え》つて貰はう。

すみ子。そんなら一寸待つて頂戴。（自分の寝台へ馳け戻り、わづかな持物を手早く小さな風呂敷包みにする。）

原。いいかい？（ドアの方へ行かうとする。）

すみ子。待つて――（皆の方へ向つて頭をさげて）おぢさんやおばさん。いろいろ御厄介になりましたが、これから行つて来ます。

皆。お目出度う。――行つといで。

忠助、おふく等。羨ましいなあ。

すみ子。これがお別れかも知れませんから、丈夫でゐて下さい。（おすずの寝台に走つて）おばさん、気らくにして、どうか早く丈夫になつて頂戴。

おすず。（シツカリすみ子の手を握つて）すみちやんこそ、丈夫でゐておくれ。ほんとに御世話になつたわね。いつか又会ひたい事ねえ。

すみ子。きツと会ひましよ。赤ちやんと一緒に。――赤ちやん、さようなら！（赤んぼの背中へ手をかけ、頬や額へ接吻する。やがて、振りかへり振りかへりドアへ行く。）

――幕

第三幕

人物

秀子。秋山義雄夫人。

すみ子。

おせい。女中。

お琴。女中。

勇次。抱え俥夫、五十四五歳。

時

前幕の翌日午頃。

処

市参事会員秋山義雄邸内。

舞台

上手寄り、舞台三分の二位は畳敷。女中部屋の一部の気もち。正面奥、壁の上部に硝子戸が作られ、向ふに青い常磐木の列の葉が見える。葉を透し、上手蔭玄関へ行く砂利道の人の姿を覗く事が出来る。雨風の荒れ日のこころ。部屋の手前は、奥の室々へ通じる廊下。それにつゞいて、舞台三分の一の下手、台所の板の間の一部。午飯の膳部が、もうすつかり支度されてゐる。板の間の奥は台所入口の三和土《たゝき》。その先きに曇硝子の戸。――部屋の台所や廊下とのしきりの障子等は、いいやうに装置される。

幕あくと、部屋でおせいやお琴がいろいろすみ子に聞いてゐる。すみ子は、見ちがへるばかり奇麗な桃割れに結ひ、着物も立派になつてゐる。

おせい。ぢや、お前さんのお父さんは、埼玉のお百姓？

すみ子。（うなづいて）え、。

お琴。わたしヤ又、養育院の人ツて、お父さんもお母《つか》さんもわからない人ばかりかと思つたわ。

おせい。そんな事があるもんかね。――（つくづくすみ子を眺めて）でも、お前さん見たいな奇麗な人がゐるとは、わたし夢にも思はなかつた。

お琴。おまけに、お百姓の娘でね。

おせい。（すみ子に）お前さんが芝居に出てゐた時は、さぞ可愛かつたでせうねえ。

その時、砂利道を玄関の方へかかる俥のベルの音がする。硝子戸の窓から、植ゑ込みの葉を透して、幌俥を引いてゆく勇次の姿が見える。

おせい。あら、お嬢さまのお帰り。

お琴。そらお帰り！

二人はあはてて立つて廊下へ出、上手蔭へ馳けて行く。すみ子もつゞく。

と一緒に、「お帰り！」と勇次の声が聞えて来る。つづけて玄関の方から、「お帰りなさいまし。」「お帰り遊ばせ。」と云ふ女中連の声。

やがておせいお琴達走り戻り、板の間の膳部を持つて行く。

――入れ換へに、台所の硝子戸をあけて、合羽姿のビシヨ濡れの勇次が入る。年の割りにふけた老人。あとを閉め、「やれやれ！」と呟きながら合羽を脱ぎ、懐の手拭ひで顔や頭を拭く、板の間の隅に置いてある箱膳を引き寄せ、板の端へドカリと腰をおろして茶碗なぞ取り出す。

その時、又おせいとお琴戻つて来て、「寒かツたらうね、勇さん！」と声をかけながら、お櫃や湯を入れた薬罐やお菜の鉢を出してやる。

勇次。なあに――ツて云ひてえとこだが、随分こてえるねえ。

おせい。ひどい雨風だもの。

勇次。又意地悪く、真ツ正面から吹きつけやがる。

お琴。ウントお湯を熱くしといてあげたわ。

勇次。そいつあありがてえ。（薬罐を引き寄せ、茶碗の飯へ濠々と立つ湯をぶツかけて搔ツ込み始める。）

おせい達部屋へ坐りながら、

おせい。こんな荒れ日にやあ、送り迎へも大変だわね。

勇次。（水鼻を啜りあげて）なアに、これツ位えな雨風あ昔なら屁のカツパだが、年を取るツてえと、人間あきれるほど意気地がなくなるもんさ。殊に今年になつてから、メツキリいけねえ。

お琴。勇さん、もう何年位引ツ張つてて？

勇次。俥か？

お琴。え、。

勇次。そうさ。初めて曳いたのが二十二三の盛りだツたから、今年で三十年の上になるな。

お琴。長いわねえ。——ここへ来てからは幾年？

勇次。十五年目だよ。

おせい。ぢやあ、まだお嬢さまの生れない先きね？

勇次。先きとも。………前の、なくなつたお嬢さまの生れた年だもの。


その時、上手から廊下へすみ子出る。手に魚の皿を持つ。


すみ子。あの——お嬢さまのお魚に骨が一本あつたんですツて。持つてツて見せておいで、ツて奥さまが仰いました。（皿を女中達の前へ出す。）

おせい。おやそう？（取つて眺める。）

お琴。（細い骨をつまみあげて、眼の前へかざして）あら、ほんとにね。

おせい。あんなに念を入れて取つたのに、まあどうしてあツたんでせう。

お琴。（両手で頬へ恰好して見せて、すみ子へ）お嬢さまプリプリ？

すみ子。えゝ、もうこんな物食べないつて………。

お琴。そうでせう。

おせい。どうも済みませんでしたツて云つて頂戴。——いや、わたし御詫びに行くわ。又後が大変だから。（立つてゆく。）


すみ子つゞいて去る。


お琴。おせいさん、済みません。——（ひとり語のように）また奥さまの大かみなりだわ。

勇次。（皿の方を覗いて）何だい？

お琴。あなごのうま煮よ。

勇次。なるほど。こいつアちつと骨ツぽいや。

お琴。おせいさんと、随分念入りに毛抜きで取つたんですけれどね。おせいさんなんぞ、眼が悪いからつて眼鏡まで掛けて………。

勇次。何もこれ、咽喉へ突き刺さツたの何のツてえぢやなし、そうガミガミ云ふにや当らねえや。

お琴。それがさ、もし突き刺さつた日にやどうする、ツて仰るのよ。

勇次。その手で行きやあ、長屋や乞食の子なんざ、端から魚の骨で命を取られてゐなけりやアいけねえや。御総領がなくなりなすツてからツてもの、奥さまの心配振りやアちツと桁をはづれてるな、前だツて随分やかましいにやアやかましかツたが。——おれに云はせりやあ、だから余計弱くなる一方よ。おれ見てえな年になツちやアもう何も彼もおしめえだが、子供のうちア少し位えの無理こそ薬よ。それで反つて丈夫になるんだ。あれぢやあ、いよいよ弱く気むづかしくなるばツかりさ。

お琴。ほんとに、お嬢さまは気むづかしいわねえ。まだ十の、尋常三年生だつてのに、まるで七十のお婆さん見たいにやかましいわ。

勇次。云はされ放題にされりやあ、人間誰だツて、そうならア。殊に子供ア正直だ。生れた時から、自分の事ア何でも他人がやツてくれるもんと、ちやアンと思ひ込んでるんだからな。勉強に学校へ通ふんだツて、おれのやうな御抱え俥が足の代りをするし……。

お琴。足の御代りも、こんな日にやあ楽ぢやないわね。

勇次。なアに、いくら弱つたツて、おれだツてただ飼ひ殺しにされる気アねえ。こんな日にこそ、小せえ子供を歩かせるなア可哀想よ。だからこんな時だけ使ふなら、よくわかツてる。だが、どんないい御天気の日だツて、ぽかぽかして気もちがよくツて、子供なら歩きたくて歩きたくて仕様ねえ筈のやうな日だツて、朝出がけに曳かせ、午飯を食ひに帰《けえ》る送り迎へに曳かせ、又退けに曳かせるぢやあ、ちツと馬鹿げてら。

お琴。ほんとにね。でもそうでなかつたら、勇さんもうお払ひ箱かも知れなくてよ。

勇次。ちげヱねえ。旦那ア此の頃チヨクチヨク自働車に乗ツかるしな。世の中アまツこと奇妙に出来てら。――だが、どうせもう俥ア長え命ぢやアねえ。その時アおらア庭男か下男の専売に変るつもりよ。旦那も、まさか年寄り一疋棄てもなさるめえ。

お琴。そりやあ長年勤めた勇さんだもの。おまけにこんな広い御屋敷で、旦那様は市参事会員の、飛ぶ鳥も落す御威勢だもの……。

勇次。ところがそいつが、大きい声ぢやあ云はれねえが、この頃チヨイと影がさして来たツてえ噂を、おらあ小耳へ挟んでるんだ。

お琴。あら、どんな?

勇次。(声を低めて) 何でもな、市の砂利だのセメントだのを商人《あきんど》から買ひあげる時賄賂を取りなすつて、そいつが明るみへ持ち出されかかツたとか、いや、うまく揉み消しちまツたとか、そんな噂よ。旦那が、どツかこの頃屈托してなさる様子を、おらアどうもそのせいぢやアねえかと睨んでるんだ。

お琴。そう云やあ、御邸へは、前からよく商人《あきんど》や請負師見たやうな人が訪ねて来るわね。

勇次。それよ。旦那も慾の深えの何のツて方《かた》ぢやアねえが、あいろんな儲け一方の人間との関係ばツか多くちやあ、弱え人間のこツた、何日どんな間違えがヲツ始まらねえとも限らねえ。――だが、どうかそんないやな事のねえやうにしてえなあ。もしもの事でもあつた日にやあ、奥様がたばかりぢやアねえ、使はれてるおれ達まで、飛んだ世間に肩身の狭え思ひをしなけりやアいけねえからなあ。

お琴。ほんとだわ。

勇次。(歎息して) 立寄らば大樹の蔭ツてよ。いつまで辻待ちをやツてたツて張り合ひのねえ話だ、それより、お邸へ抱かれてせえゐりやあ食ひ扶持もはぐれツこなし、これに何かツて時気楽だらうと思つて、おらアここへころげ込んで来たんだが、考えて見りやアあんまりいい思案でもなかツたやうだな。なるほどまづ食いツぱぐれアねえが、窮屈ア窮屈だし、働きだツてらくぢやアなし、……これで頼む樹蔭に雨でも漏つた日にやあ、目もあてられねえや。

お琴。その噂、奥様は御存じかしら。

勇次。（嘲笑的に）奥様ア使ふ一方の御生れよ。取る方の事あ、万事夢にも御存じあるめえ。――お琴さん、お前《めえ》、おれがこんな話をしたなんて事を、決して奥様へ云つちやアいけねえぜ。

お琴。云ふもんかね。

途端、おせい戻つて来る。

お琴。叱られて？

おせい。ああ。魚の骨ばかりぢやア済まなくツて、キツカケに、散々あれやこれや御叱言を頂いちやツた。

お琴。今日は、内もそとも荒れ日だわねえ。

勇次。ははは――内もそとはよかツたな。明日の新聞にやあ、風速二十メエトルの颱風襲来、とか何とか、デカデカに出るぜ。

おせい。（一寸睨んで）相変らず口の悪い人ね。（思ひ出したやうに）すみちやんが、お給仕しながらびツくりしてたわ。

勇次。（飯のあとの湯を注ぎながら）あの子、とても別嬪だね。

お琴。いやな勇さん。

勇次。（真顔に）だつてそうぢやアねえか。お嬢さまなんたア、較べ物にならねえぜ。天一坊ぢやアねえが、あれでお嬢さまの着物と取ツ換えて見るがいい、誰だツてあの子の方をお嬢さまと思ふに定ツてる。

おせい。馬子にも衣裳ツてね。

勇次。そりやアどつちの事《こつ》たい？

おせい。どつちもさ。

勇次。ヘツ。お前《めえ》もあんまり口アよかアねえや。

お琴。小間使ひは奇麗仕事でいいけれど、御嬢さまの御相手は一寸骨だわ。あの子が来た御蔭で、わたしこれから御勝手の方が主になつてうれしいわ。

勇次。すみ公は、それだけ可哀想だ。

お琴。だつてまだ子供だもの。……それに、お嬢さまと年もちがはないし。

勇次。だから余計いけねえかも知れねえや。

その時、すみ子が娘の膳をさげて来る。

おせい。（見あげて）もう御済み？

すみ子。えゝ。

お琴。（立ちあがつて）ぢや、わたし奥様のをさげて来やう。

勇次。そんなら、おれも愚図々しちやアゐられねえや。（いそいで湯を飲んで立ちあがる。そして、隅の方へ行つて茶碗を洗つたり拭いたりし、もとどほり箱へ収めて合羽を来て出てゆく。）

お琴のあとから、すみ子もおせいも去る。お琴、食べ荒した膳を持つて来て板の間へ置き、又走つてゆく。

やがて「行つてらつしやいまし!」と云ふ合唱がして、幕初めのやうに、女中部屋の硝子戸へ勇次の曳く幌車が映つて消える。しばらくして、おせいを先頭にお琴すみ子戻つて来る。

お琴。何だか馬鹿にお腹が空いたわね。

おせい。まつたく。――寒いも寒いし、奥のお膳を洗ふのはあと廻しにして、すぐ食べませう。

お琴。そうしませう。

めいめい自分の膳を出して、板の間の上へ坐りながら盛る。娘達の魚の残りや、海苔や、香の物なぞの菜。

おせい。すみちやん、今日はおどろいたらうね?

すみ子黙つてニツと笑ふ。

お琴。時々こんな事はあつてよ。慣れちまへば何ともなくなるわ。

すみ子。(不審そうに)お嬢さまの御魚は、始終骨を抜きます?

おせい。そうよ。ここの御邸では、どなたの御魚でも。

すみ子。(眼を見張つて)まあ!

お琴。お嬢さまは、だから、よその家へ行つて骨のついた御魚が出るとあがれないの。御邸の風を知つてる御家では、お嬢さまへ魚をあげる時はやつぱり骨抜きで出す事になつてるの。

すみ子。(わからないやうに)どうして御自分で骨を御取りにならないんでしよ?

お琴。取る位なら、食べない方がいいの。

すみ子。(真顔で)随分御不自由ですね。

お琴。(笑ひ出して)ほほほ、不自由はよかつたわね。人間あんまり自由過ぎると、反つて不自由になつちやふかも知れないわ。すみちやんなんか知らないだらうけれど、えらい人や御金持つて、みんなそう云ふ不自由なもんよ。

おせい。そう云や、今夜御風呂にお嬢さまが御入りになつたら、すみちやん洗つてあげて頂戴ね。

すみ子。え?

おせい。それから、あがる時はよく拭いてあげるんですよ。

すみ子。(一々びつくりしたやうに)はい。

お琴。(威かすやうに)うつかりしてると、拭かずに着物を御着せしてよ。御自分では決して御拭きにならないから。――この前そうやつて、わたし御風邪を引かせてすツかり叱られちやツたわ。

その時廊下へ夫人秀子が出て来る。ヒステリイ性の権高い女。一寸障子の蔭に立ちどまつて聞き耳を立ててから、台所へ来る。おせい達振り返つて、おどろいて居ずまひを直す。

秀子。まだわたし達の御膳を始末しないのね?

おせい。(頭をさげて)済みません。

秀子。食べる前に一寸洗つたらよさそうなもんぢやないか。そうした方が、同じ食べるにしても気がらくで、御飯もおいしいだらうに。

おせい。いつもそうしておりますんですが、今日は冷たう御座いますし、つい……。

秀子。（舌打ちして）お前達は、ほんとに手間ばツかり惜しんでるんだね。まさか、あとでお前達の茶碗や御皿と一緒クタに突ツ込んで洗つたりはしておくれでないだらうね。

おせい。そんな事は決して致しません。

秀子。どうだか。――少し見に来ないと、すぐこれだからねえ。

皆黙つて箸の手をやめる。すみ子、傍の醤油注《さ》しを取つて香の物へ掛けやうとする。

秀子。（見て）おすみ。お前、香の物へむらさきを掛けちやいけないよ。躾けの為めに、うちぢや召使ひには一切そう云ふ事はさせない定めになツてるんだからね。

すみ子びツくりして醤油注しを戻す。

秀子。おせい。お前からよく云つて置かなくちや駄目ぢやないか。一体そんな処へむらさき注しを置いて、きツとお前達始終コソコソ掛けてるんだらう。

おせい。そうぢや御座いません。これは今、御残りの海苔を頂くのに使つたので御座います。

秀子。そんならい丶が。……おすみ、お前知らなかツたから無理アないが、これからいろいろおせい達に聞いて御置き。

すみ子。（唇を嚙んで）はい。

秀子。云ふ事さへよく聞きやあ、この後どんなにでも引き立ててやるからね。今まで、お前は不しあはせな目にばツかり遭つて来たそうだけれど、これからはほんとにしあはせになれるよ。どう？　昨日来たばツかりでも、もう随分しあはせな気がするだらう？

すみ子俯いたまま黙つてゐる。

秀子。食べ物だツて、養育院なんかとは較べ物になるまい。そんな海苔や御魚なんぞ、あそこにゐたんぢや食べやうツたつて食べられないだらう？

すみ子相変らず無言。

秀子。養育院の御飯なんて、普通の人間ぢやあ一口だつて食べられないんだツてね。くさくてまずくて。……一体、御魚なんて匂ひでも嗅ぐ時があるのかい？

すみ子、慄える。

秀子。目刺しの一疋でも附く事があるの？　ないんだらう？　――どうして返事しないの？　はづかしいのかい？

すみ子。（突然顔をあげて）奥さま、御魚位始終食べてゐます。こんな残り物なんぞ、みんな犬にやつてますわ。（云ふなり、魚の皿を取つて土間へ投げつける。皿、板の間の端へ当つて、けたたましい音を立てて壊れ飛ぶ。）

おせい、お琴等。（仰天して）まア！　すみちやん！

すみ子、黙つて秀子の顔を睨みあげる。

秀子。(見る見る蒼白く血の気を失ひ、額へ青筋を立てて) おすみ! 何て真似を主人へ向つてするんです?

すみ子。(押し戻すやうに) 子供だと思つて、あんまり馬鹿にしないで下さいまし。

おせい、お琴等。(すみ子へ取りついて) そんな事を云つてないで、早く御あやまりなさい。早く御詫びなさいよ。

すみ子。(首を振つて) あやまりません。あやまるなら、奥さまの方からあやまツて下さい。

秀子。(荒々しく) 何ですツて、おすみ! もう一遍云つて御らん!

すみ子。云ひます……。

おせい。(遮つて) すみちやん、いけませんたら――(秀子へ向つて、代つて手を突いて頭をさげる) 奥さま、どうぞ御勘弁なすツて下さいまし。まだ子供で、それに逆上《のぼせ》て、もう何にもわけがわからなくなツてるんで御座いますから……。

すみ子。おせいさん、かまはないで下さい。

お琴。すみちやん!

おせい。(重ねて秀子へ) どうぞわたしに免じて、今日のところは御許し下さいまし。

秀子。(きかない調子で) 何をわたしがあやまる筋があるんだね、おすみ? 養育院ぢやあ御魚をつけまい、ツてツたのが悪いのかい?

お琴。(すみ子をゆすぶツて) 早く御詫びなさいツてツたら!

秀子。ぢやアお前、あそこぢやアこんな魚は始終つけるんだね?

すみ子。(反抗的に) つけますとも。

秀子。よし、たしかに御云ひだね? もしつけなかツたら承知しませんよ。そうしたら、すぐ養育院へ送り返しちまふからそう御思ひ。(板の間を蹴立てて去らうとする。)

おせい。(取り縋つて) もうどうぞ御やめ遊ばして……。

秀子。(振り放して) い、え、どこまでも定《き》めなけりやあ置きません。こんな、どこの馬の子か牛の子かわからない、養育院なんかの子供に馬鹿にされて、秋山の奥として黙つてられるもんですか! ――まあ何てあきれ返つた子だらうね! こんな者をよこすなんて、ほんとに養育院も養育院だ! (睨みつけて去る。)

おせいお琴等呆然として見送る。やがて顔を見合はせて、
おせい。まあ大変な事になつたわねえ。

お琴。まあ!

おせい。(すみ子の肩へ手をかけて) なぜ、もう少し我慢しなかつたの?

すみ子。(初めて潤み声になつて) だつて、おせいさん! ――(彼女の膝へ顔を伏せる。)

その時、舞台裏で電話のベルの音がする。

秀子の疳走つた声。小石川の千六百五十九番へ掛けて下さい！――え丶千六百五十九番！（間もなく）もしもし、あなたは養育院？……養育院ですか？――わたし市参事会員の秋山の奥ですが、至急幹事さんを呼んで下さい。……え丶、幹事さん、……秋山……。

――幕

第四幕

第一場

人物

すみ子。十六歳。
市川新太郎。役者、十九歳。
長谷川辰雄。琵琶の師匠、三十五六歳。
おわか。その母親。
外に牝猫一疋。

時

前幕から三年後の春の夕方。

処

浅草の割合静かなしもたや通り。長谷川の家の中。

舞台

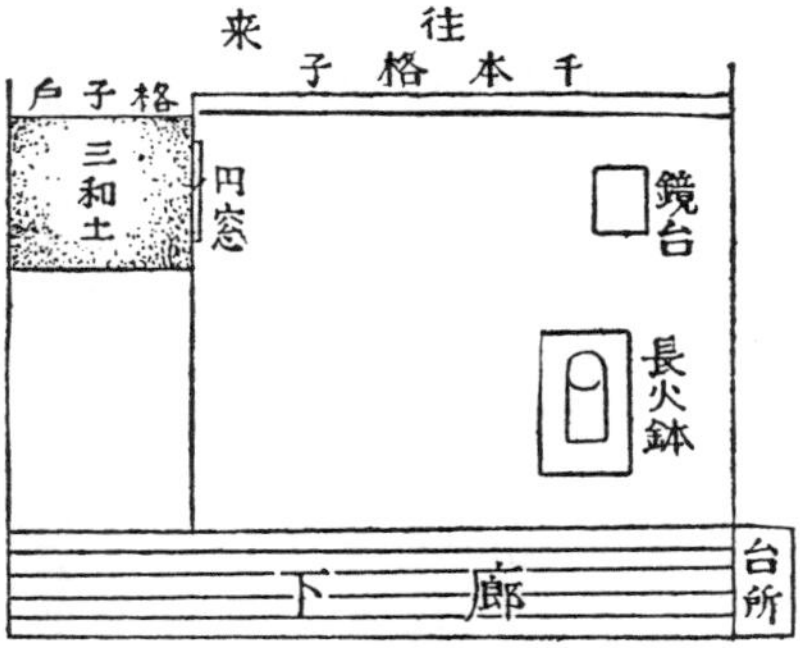

下手奥、曇硝子を嵌めた格子戸。その前、三和土の上り口。次が突ツつきの小間。上り口の横手は、粋《いき》な明月形の円窓。それより上手全体居間。正面奥は張り出し型の千本格子。その内側に、曇硝子の戸が閉《た》てられるやうになつてゐる。居間の前手には堂壺付きの長火鉢が据ゑられ、その背後上手シキリの壁には、袋をかけた琵琶（教授用や稽古用）が、三つばかり懸かる。鏡台その他諸道具よき場所。

上り口の間と居間の前面は、上手蔭の台所や別室へ通じる気組みの廊下。（大体、前幕の割り方を応用される。）

幕あくと、母親おわかが外行きの着つけで鏡台（長火鉢の奥あたり）の前に立て膝して、髪を見たり衣紋をつくろつたりしてゐる。すみ子、その後方にゐる。前幕より大人びた顔形。

おわか。（立ちあがつて）ぢや行つて来るから、よく留守番しておくれ。そのうち辰雄も帰つて来るだらうから。

すみ子。はい。

おわか。辰雄が御飯を食べてなかツたら、あのお菜を出すんですよ。

すみ子。はい。

おわか。（土産物の風呂敷包みをかかへて上り口へ降りながら）いい人だといいが……（独語）。

すみ子。（膝をついて）お早く。

おわか。頼みますよ。（格子戸をあけて去る。）

あたたかい春の夕暮。街にはもう淡く電燈が点り始めてゐる。すみ子居間へ戻らうとすると、黒の牝猫が廊下から飛び込んで来る。

すみ子。おや、玉や、どこへ行つてたの？

猫あまへて、ニヤオニヤオ鳴きながら裾へ取りつく。

すみ子。（抱きあげてその顔へ頰ずりしながら）お前、あんまり牡猫から呼ばれるたんび行つちや駄目よ。そしてギヤアギヤア追ひ廻されて、……御覧、こんなに瘦せちやツたぢやないの？

猫、又眼を細くして鳴く。彼女、抱いたまま千本格子の手前の張り出しへ腰をかける。猫の声を聞いて、はやくもそとで牡猫の鳴き声がする。

すみ子。ほらほらほら……すぐあれだもの。ほんとに憎らしいツてないわ。（格子戸から上手そとを眺める。）

その時、上手奥、格子のそとを市川新太郎が通りかかる。若い役者らしい細面《おもて》色白の、眼に艶を持つた青年。一寸粋な、が、あまり上等の役者らしくない着つけ。——すみ子を見る。彼女見返す。眼を見合はせて、新太郎思はず足を留める。すみ子凝視する。

新太郎。（又行かうとして二三歩踏み出し、再び踏み返つて）あの、……あなた、すみちやんぢやありませんか？

すみ子。え、——あなた新太郎さん？

新太郎。ああ、やツぱりすみちやんでしたか？

すみ子。（猫を棄てて）まあ、随分しばらくでした事ね。

新太郎。ほんとに久し振りだツた。どうも妙にあなたに似た人だと思つて、……でも随分大きくなツたから——。

すみ子。新ちやんも大きくなりましたわ。

お玉、棄てツぽかされた不平に頻りに鳴く、が、顧みて貰へない。

新太郎。今ここにゐて？

すみ子。え、。

新太郎。奉公ですか？

すみ子。え、——あなたは何してらツしやる？

新太郎。（微笑して）僕は、相変らずの役者商売ですよ。

すみ子。やツぱり清遊館？

新太郎。どうして……あんなものは、もう夙の昔潰れちまひましたよ。今は宮戸座へ出てます。

すみ子。あら、あたしちつとも知らなかツた。

新太郎。あれから、もう芝居の仲間へはちッとも入らない？

すみ子。え、。

新太郎。そう。もう芝居は嫌ひになつたの？

すみ子。い、え。やつぱり大好き。——でも、とてもそんな都合に行きませんでしたもの。

新太郎。一体、どうして今まで暮して来たんです？

すみ子。どうしてッて、迚も一口にやしやべれませんわ。（気がついたやうに）新ちやん、何なら少し入つて休んで行きません？

新太郎。入つてもいいが、誰もゐない？

すみ子。え、、今みんな留守です。だからちッとも構はないわ。——こッち。（上り口の方へ行く。）

新太郎。そう？（入口の方へ向ひ、格子戸をあけて中を見廻しながら腰をかける。）琵琶の御師匠さんですね？

すみ子。え、。

新太郎。いつッからゐて？

すみ子。まだ一月ばかり。

新太郎。その前は何処？

すみ子。（答へ渋つて暫く間を置いて）小石川の方。

新太郎。そう。小石川のどう云ふ処？

すみ子。（モヂモヂしたが、思ひ切つて）養育院。

新太郎。養育院？

すみ子。え、、悪い奴につかまッてたのを、或る巡査部長さんに助けて貰つて入れられたんですの。でも、そのあいだ二度ばかりそとへ出ましたわ。だけど、みんな変な処ばつかしで、又戻つて、院の附属小学校へ入つて、今まで勉強してたんですの。

新太郎。ほう。そりやアいろんな目に遭つたんですねえ。でも、又かうやつて何年ぶりかで会へるなんて、ほんとに不思議だねえ。

すみ子。ほんとに。———あの時分の仲間の人、みんな一緒に宮戸座にゐて？

新太郎。なんの、僕一人つきり。みんなチリチリバラバラになつちやッてね。

すみ子。まあ一人ッきり？

新太郎。そう思ふと、全く淋しいね、源三郎や喜若や赤助は死ぬ、あとの者は、やつぱりすみちやん見たいにどこかへ行つちまつて。

すみ子。あら源ちやんや赤助さん死んで？

新太郎。（うなづいて）まだ若い身空で、可哀想なもんでしたよ。そう云ふ僕なんぞも、いつ死ぬ事やらね。

すみ子。そんな心細い事云はないもん。

新太郎。これはこれは、御叱りとは恐れ入つたな。が、ほんとに顔を合はせりやアなつかしいねえ、何だか、聞きたい事やら話したい事がドッサリある気がする。同じ浅草に住んでるなら、ついでにこれからは遊びに来ませんか？

すみ子。行きますわ。是非。

新太郎。（懐中から紙入れを取り出し、小型の名刺を抜き出して）僕の処番地《ところ》はここ。

すみ子。どうもありがと。（なつかしそうに透し眺めて、帯のあいだへ入れる。）

新太郎。僕も、又時々訪ねやう。変《へん》ぐられないやうに、一寸家の人達にも云つといて下さい。

すみ子。そうしませう。あたしも新ちやんを訪ねるのが気楽だから。


その時、格子戸が開いて辰雄が現れる。中折れインバネスのリユウとした身なり。片手にステツキを持つてゐる。酒を飲んでゐるらしく、顔が大分赤い。


すみ子。あ、お帰りなさいまし。（頭を下げる。）

辰雄。ああ。（帽子を取つて、新太郎の姿を見廻す。）

新太郎。（立ちあがつてすみ子へ向つて）御主人？

すみ子。（うなづいて）え。（気がついたやうに、いそいで立つて電燈を点ける。さツきから、あたりが大分薄暗くなつてゐる。）

新太郎。（辰雄に向つて）お留守にすみちやんと話してゐて、失礼しました。

辰雄。（胡散くさそうに電気の光で見て）いや、――――どなた？

新太郎。宮戸座へ出てゐる市川新太郎つて申す者です。

すみ子。（傍から引き取つて）昔、一緒に浅草で御芝居をしてゐた仲間で御座います。

辰雄。（新太郎とすみ子を見較べて）ほう、そう？

新太郎。さツき一寸通りかかりましたら、すみちやんがやつぱり見てゐたもんですから。

辰雄。そうですか。すみちやん、お前芝居なんか演つてた事があるの？

すみ子。（やや恥しそうに）はい。

辰雄。そいつア初耳だねえ。（新太郎へ向つて少し底意的に）殊にそう云ふ昔馴染ツて、なつかしいもんでせうなあ。

新太郎。全くです。――――これから又時々話したいと思ひますから、どうぞあがらせて下さいまし。

辰雄。承知しました。

新太郎。今日は、ぢやこれで失礼いたします。

辰雄。ま、いいぢやありませんか。粗茶でも一杯。

新太郎。いえ、これからまだ小屋の方に用が御座いますから、この次ゆつくり、……（すみ子へ）ぢや、御免なさい。

すみ子。御免下さい。


新太郎去る。外トツプリ暮れてゐる。

辰雄見送つてあがる。インバネスを脱ぐのをすみ子受け取る。


辰雄。（居間へ入らうとして振り返つて）お母《つか》さんは？

すみ子。さツき小島さんから御使ひで、今夜御飯をあげ旁々御話したい事があるから、ツて事で、少し前お出かけになりました。

辰雄。そう？（居間の電燈のスイッチをひねり、ドカリと長火鉢の向ふへ腰をおろす。）

すみ子。（インバネスを釘へ掛けて）御飯はまだで御座いませう。

辰雄。夕飯かい？――いや　友達んとこで御馳走になツて、もう何もいけない。

すみ子。そうで御座いますか。（立つて行かうとする。）

辰雄。（呼びとめる）ちょツと。

すみ子。（振り返つて）はい？

辰雄。（長火鉢の前を指して）ま、御座り。

すみ子やや不審さうに座る。

辰雄。今の市川とかツて若い人、ほんとに宮戸座の役者？

すみ子。はい――そう云つてました。

辰雄。お前よく知らないのかい？

すみ子。今日初めて聞いたきりですから。

辰雄。うむ。――（考えるやうに）お前、いつ頃から会つてるの？

すみ子。（わからないやうに）え？

辰雄。（笑ひながら）今まで時々会つてたんだらう？

すみ子。（首を振つて）い、え、子供芝居をしてゐた時のまま、一度も会ひませんでした。

辰雄。ほんとに、お前芝居なんかしてたの？

すみ子。はい。

辰雄。どこで？

すみ子。清遊館。

辰雄。ほう。だが、なぜそんなら、今までちツとも話さなかつたの？

すみ子。でも――（俯く。）

辰雄。（言葉を変へて）ぢや、随分芝居も好きだらうね。

すみ子。はい。

辰雄。（つくらふやうに）そうとわかつてれば、時々芝居も観せてあげたのに。

すみ子黙つてゐる。

辰雄。（急に思ひついた風に）ぶらぶら歩いて来たら、酔ひがさめて何だか薄寒くなつて来た。今夜は稽古もなし、もう一口飲まうかしら。――（すみ子へ向つて）まだ御酒はある？

すみ子。御座います。

辰雄。ぢや、済まないが一本つけてくれないか？

すみ子。はい。（立つて廊下から上手へ去る。）

辰雄見送つて、立ちあがツて手本格子の手前の曇硝子を全部閉める。それから一寸考へて、上り口へ行き、格子戸へ螺旋の栓をさす。戻つて来ると、一寸鏡台を覗いて分けた髪や口髭を撫ぜる。そこへ、すみ子が銚子や猪口や雲丹の瓶や小皿を載せた盆を持つて出る。

辰雄。やあ、御苦労御苦労。(座布団の上へ胡坐を掻く。)

すみ子、盆を火鉢の傍の畳へ置く。

辰雄。い、、い、。簡単にここへ載ツけやう。(盆を取つて猫坂の上へ載せながら)すみちやんは気が利いてるな。すぐこんな雲丹なんぞ見つけ出して来て。

彼女はほほえみながら銅壺の蓋を取つて見、一杯入つてゐる湯を金柄杓で鉄瓶へ分ける。

辰雄。おツと、もう結構。(銚子を銅壺の中へ抜ける。)

彼女立つて行かうとする。

辰雄。(呼びとめて)御肴ならもう沢山だよ。

すみ子。でも——。

辰雄。なアに要らない。それより、ここで一つ御燗しておくれ。

すみ子。はい。(猫板の横へ燗番に坐る。)

辰雄。(見惚れるやうに彼女を眺めて)お前がそこにゐてくれれば、何よりの御肴さ。

すみ子。あら………(赤くなりながら、上手に雲丹を皿へ取る。)

辰雄。お前も一緒に御あがり。

すみ子。ありがたう御座います。(云ひながら真面目に銚子を押へる。)

辰雄。遠慮する事アないよ。お母さんはゐないし。

すみ子。はい。

辰雄。(又つくづく顔を見て)ほんとに可愛い顔をしてるねえ。わたしはお前が来てツから、何だか急に妹が出来たやうで、うれしくツて仕方ないんだよ。

すみ子。まあ御戯談ばツかり。

辰雄。ほんとだよ。妹とも思へるし……いや、やツぱり妹だな。去年の暮女房をなくしてから、呑気は呑気だが変に淋しくツて仕方なかつたのを、すみちやんが来てから急に明るくなツた。お前も、どうかわたしの妹のつもりでゐておくれ。

すみ子。い、え、そんな事……。

辰雄。(遮つて)だからお前はまだ子供だツて云ふんだよ。ちツとも遠慮する事アない。ほんとにわたしはそう思ふんだ。ね、そう思つてもいいだらう?

すみ子。でも——。

辰雄。でもぢやアない。はいツてお云ひ。

すみ子。………。

辰雄。(執拗に)はいツて云つておくれ。(情熱的に彼女の手を握りしめる。)

すみ子。(びツくりしながら低く)はい。

辰雄。よく云つてくれた。ぢやお前、ほんとにわたしを兄と思つてくれるんだね。わたしはお前が、来た時ツから好きで好きで仕方なかツたんだ。いつかその事を云はうと思つてたんだが、今夜はほんとによかつた。(愛情に堪えられないやうに、強く手を握る。)

すみ子びつくりして俯く。

その時、お玉を中心らしい恋猫達の叫びがけたたましく起る。辰雄、一寸おどろかされてそとを覗ふ。猫達の唸りつづく。

すみ子。（顔をあげて）お玉かしら？

辰雄。（気勢を挫かれて）この頃随分やかましいねえ。（思ひついたやうに銚子を指して）もうそろそろいいだらう。

すみ子。（握られた手を抜いて銚子へ当てて）もう少し。

辰雄。なに、少しアぬるくたツて構はないよ。飲んでるうちだんだん熱くなるから。（猪口を取りあげる。）

すみ子銚子をあげて注ぐ。

辰雄。（一口に飲んで）一つ。（すみ子へさす。）

すみ子。（おどろいて）い、え。あたし………（銚子を取りあげる。）

辰雄。（それを奪ひ取つて）まあ一口だけ御相手しておくれ。（猪口を押しつける。）

すみ子。でも、あたし子供ですもの………。

辰雄。（笑つて）はははは、子供だツていいぢやないか。是非今夜は一つ受けとくれ。（無理に彼女に猪口を持たせ、酒を注ぐ。）さ！（困つてゐる彼女に、手を持ち添えて飲ます。）それでいい。それでいい。それが固めの印しだよ。

すみ子黙つて彼へ返す。

辰雄。（受けながら）御酒はお前初めて？

すみ子。い、え。

辰雄。やツぱり、前飲まされた事がある？

すみ子。はい。

辰雄。何だ、そんなら構はないぢやないか。（上機嫌で彼女から注いで貰つて飲みながら）お前琵琶は好きかい？

すみ子。はい。

辰雄。嫌ひぢやないの？

すみ子。好きで御座いますわ。

辰雄。そんなら丁度いい。お前さへその気があれば、吟じかたや弾きかたをよく教へてあげやう。

すみ子（面喰つて）どうぞ……。

辰雄。何だつてね、お前わたしが御弟子達に教へてるのを聞いてて、随分もう歌をおぼえてるんだツてね。昨日だか台所でひとりでうたつてゐたのをお母さんが聞いて、まアあの子はなて頭がいいんだらう、迚もちつとやそつとの御弟子ぢやアかなはないつて、ひどく感心してたよ。そんなに出来るの？

何なら、そこで一つうたつて御らん。

すみ子。い、え……（耳朶まで赤くなつて頭を垂れる。）

辰雄。何もそんなに恥しがらなくたつていいぢやないか。今いやなら、いつかゆつくり聞かうよ。やつぱり昔芝居なんかしただけあつて、きつと藝の方は何でも嚥み込みが早いんだらう。もし何だつたら、わたしお前を立派な琵琶の師匠に取り立ててあげて、一緒に御弟子を教へる事にしやうよ。

すみ子。………。

辰雄。そんな事、いやかい？

すみ子。いゝえ。

辰雄。よろこんでなる？

すみ子。はい。

辰雄。ぢやきツとそうしてあげるよ。そしてお前に看板でも掛けさせて暮したら、わたしもどんなに張り合ひだか知れない。が、すみちやん、そう話が定つたら、一つわたしに頼みがあるんだがね。

すみ子。………。

辰雄。約束をしてくれないか？

すみ子。（顔をあげて）なんで御座います？

辰雄。べつに改まるほどの事ぢやないが、あの市川ツて人に、これから会はない事にしてくれない？

すみ子びツくりしたやうに見あげる。

辰雄。（慾情的に真剣な顔つきになつて）ツて云ふのは、わたしほんとにお前の兄さんになりたいからさ。然も、たツた一人の兄さんにね。

すみ子解《げ》せないやうに見つめる。

辰雄。わからない？

彼女無言。

辰雄。あの市川ツて云ふ人を、すツかり忘れちやツて貰いたいんさ。


彼女俯く。

辰雄。いやかい？

すみ子。（ためらひながら顔をあげて）でも旦那様へは——。

辰雄。わたしへ？

すみ子。また新しい奥さまがいらツしやるんで御座いませう？

辰雄。（一寸つかへて）ああ、今日のお母さんの話かい？——なアに、そんな事アまだどうなるかわかりやしない。向ふは見ず知らずの人だし。……それに、それはそれ、これはこれ、べつに構やしないぢやないか。

すみ子俯く。

辰雄。（押しつけるやうに）ね、いいだらう？

彼女黙つてゐる。

辰雄。（堪え切れなくなツて）すみちやん。わたしの云ふ事を聞いておくれ！（いきなり彼女の背中へ片手を廻して引き寄せやうとする。）

彼女びツくりして身体を放す。辰雄捕へやうとして立ちあがり掛ける。彼女突然飛び立つ。

辰雄。（突ツ立つて）すみちやん、お前いやツて云ふのかい？

彼女おどろき慌てて、上り口の方へ逃げ出す。

辰雄。（一種狂的に笑ひ出して）はははは、そこの格子戸は、もう誰も来ないやうに栓をかツてあるんだ。

すみ子。えツ！（仰天して、台所へ行く廊下へ馳け出す。）

辰雄。これ、すみちやん！（途中をつかまへやうとして、長火鉢の端に突き当つてよろめく。）

その際に、すみ子燕の如くに逃げる。彼追ふ。つづいて激しく障子や台所の戸をあける音。

辰雄の声。すみちやん！　うそだよ。今のは戯談だよ！　戯談だよ！

——幕

第二場

人　物

すみ子。

市川新太郎。

老漁師。

時

前場から一週間ばかり後の月夜。

処

相模の海岸。

舞　台

下手三分の一ばかり松林。月を遮つて少し暗い。斑な影が手前の砂地へ落ちてゐる。——松林につづいて上手ずつと低い岩。

松や岩の向ふに、相模灘の満潮が打ち寄せ、満月近い月光の為めにキラキラ光り輝いてゐる。その蒼い明るい光の為め、岩の小蔭は反つて著るしく暗い。波の音。

幕あくと、下手から新太郎とすみ子手をつなぎ合つて出る。

新太郎。（松林を抜けると一眸のもとに展開される月夜の海を見て、思はず）おお、何て素敵だらう！

すみ子。ほんとに奇麗ね。

一緒に見入る。

新太郎。まるで、芝居の書割り見たいだね。

すみ子。書割りなんか迚も追ツつかないわ。

新太郎。そりやあ浅草の芝居のやつぢやアね。

すみ子。いゝえ。どんな書割りだつて——（思ひ入るやうに）どうして人間のしてゐる事ツて、みんな汚いでせうねえ。こんなに自然はいいのに。

新太郎。人間にだツて随分奇麗な世界はあるさ。ただ僕達が知らないだけさ。

すみ子。（首を振つて）そうぢやないわ。……でもうれしいわ。この中へ飛び込めば、もう世の中をみんな忘れちやへるんですね。

新太郎。そうさ。まるで龍宮城へでもつづいてるやうだわ。

すみ子。ほんとに。（うれしそうに）あたし達のしあはせは、あの中にあるんですわ。

新太郎。うむ。（未練そうに）だが、まだ生きてたい気もするね。

すみ子。え？

新太郎。だつて、切角うれしい契りをむすびながら、金につまつて一週間やそこらで死ぬなんて少し情ないや。

すみ子。あら、まだそんな事云つてて？

新太郎。無論情死《しんじう》はうれしいさ。だが、こんなにまだ僕達は若いんだからな。

すみ子。そりやそうですけど………（独語的に）あたし、あんまりつづけていろんな世の中を見て来たせいかも知れないわ。

新太郎。（同じく独語的に）あの時すみちやんさへ来なけりや、まだ生きてるんだが――。

すみ子。（キツとして）え？

新太郎。（ほほえみながら）そうぢやないか。

すみ子。（真剣な調子で）そうなら、ほんとに済まないわ。

新太郎。が、今はすみちやんさへゐなけりやあ未練はないんだ。

すみ子。（彼の顔を見つめて）新ちやん。あなた、ほんとによろこんで死んで下さる？

新太郎。ほんととも。（彼女を抱いて強く唇を押しつける。）

彼女返す。

すみ子。（やがて）あんまり愚図々々してゐて、もし誰かに見つかるといけませんわ。

新太郎。そうだ。

二人一緒に岩にのぼる。

新太郎。入つても離れないやうに、身体を一緒に結《ゆは》ひつけやうね。

すみ子。え丶。（手早く自分の扱帯を解く。）

新太郎。（その影の月に閃くを見ながら）あんまり月や海がよくつて、死ぬなんてうそ見たいだな。

すみ子。あたしはうれしくつてうそ見たい………。

解き終つた扱帯を、新太郎受け取つて二人の身体をシツカリ結びつける。

新太郎。息をそろへて、うまく一緒に飛び込まなくつちや駄目だよ。

すみ子。新ちやん、合図して頂戴。

新太郎。よし。

すみ子。もつと岩の端へ立ちましよ。

二人、下駄と草履をぬいで一緒ににじり進み、対ひ合つて立つ。

すみ子。（元気よく）べつに書置きもないし、お月さまへでも御別れしませうか。（月を仰ぎ見る。）

新太郎。（一緒に仰いで）ああ。お月さま左様なら！

すみ子。さよなら！

再び接吻する。

新太郎。い丶かい？

すみ子。え。

新太郎。（低く）ヒイ――フウ……三ッ！

二人一緒に飛び込む。ドブーンと云ふ水音。――あと冴えわたる月光。変らない浪の音。

老漁師。（やがて飛びつけて）急に岩から見えなくなつたが、もしや又飛び込んだんぢやねえか？（岩の上の履物を見て）やつぱりそうだ！（すばやく縄の帯を解き棄て、ドテラをぬぎ、赤黒く瘤々した褌一貫の裸になつて、腰をかがめ海を覗く。しばらくして）あつ浮いて来た！　来やがつた！（海へ摑みかかるやうな恰好をして飛び込む。）再び水音。

――幕

第五幕

第一場

人　物

すみ子。

矢澤うめ子。　天使園主任の婦人、五十二三歳。

おかく。　収容されてゐる婦人の一人、三十歳位。

時

前幕と同じ年の五月初旬朝。

処

キリスト教婦人収容所天使園の居間。

舞　台

質素な室の作り。上手前に机一つ。押入れ、行李等、よきやうに置かれる。正面奥の壁へ、「神は愛なり。」「叩けよ、さらば開かれん、求めよ、さらば与へられん。」等筆太に書いた大洋紙が貼りつけられ、上の長押に、彩色のキリスト磔刑の額が掛つてゐる。下手奥に障子二枚の入口。


幕あくと、おかく風呂敷をまとめながらすみ子と話してゐる。外の女達は、朝飯後の休み時間を庭へ遊びに出たりしてゐない。

おかく。わたしなんか、これで随分早く出る方さ。ねヱすみちやん、お前さんも早く出たいと思つたら、出来るだけ上べをおとなしくして、ハイハイツて何でも奥さんがたの云ふ事を聞いてゐなくちや駄目よ。そして暇があつたら聖書でも見て。――なアに、見てゐるやうな顔さへしてゐりやアいいんだよ。どうせあんな糞面白くもない本を、誰が真面目でよむもんかね。一枚もよんだら、わたしなんぞ四ツ五ツもアクビが出らあ。

すみ子。（たしなめるやうに）そんな聖書の悪口《かう》を云ふのは、よくありませんわ。

おかく。おやまア、その調子、その調子。そう云ふ顔つきをして、如何にも本気に聖書の言葉を信じて、悔い改めてるやうな風をしてゐれば、奥さんがたにすツかり信用されて、わたし見たいにきツと早く出られるよ。

すみ。(不審そうに) おかくさんは、今迄ここにゐてちツとも神さまを信じてゐなかツたんですか?

おかく。ゐるかゐないか、神さまが、一等御存じさ。そりやあ、信仰を持つてる事はいい事だらうさ。でも、持てなくて早く出たい者は、そう云ふ顔つきでもしてゐるより仕方ないぢやないか? 神さまは、わたしちツとも嫌ひぢやないわ。(額を指して) だツてあんな、一寸見たツて如何にも御人好しらしい顔つきをしてるぢやないの? もしかしたら、あれも猫ツ被りかも知れないけれどね。だけれど、わたしここの窮屈さが大ツ嫌ひさ。わたし見たいな暮しをして来た者にや、こんな処は、考へたら一日だツてゐたたまれやしない。

すみ子。窮屈なのも、やつぱり修養の為でしよ?

おかく。おやまあ、だからお前さんまだ子供だつて云ふんだよ。こんな、カラキシ人の自由を認めない、手紙一つ思ふやうに書けない処が、何が修養場《ば》なもんかね? (思ひ出したやうに) ああそうそう、ゆうべ云つたあの手紙、ほんとにお前さん書かない?

すみ子。え丶。

おかく。だつて、ぢやお前さん、もうその人が嫌ひになつたの?

すみ子。い丶え。

おかく。今もなつかしいんだらう?

すみ子。(俯いて) え丶。

おかく。そうつて、何しろ情死までしやうとした仲だもの、そんなに思ひ切れて堪るもんかね。向ふだつて、きつとお前さんと同じやうに恋しがつてるよ。お前さんの手紙を持つて行つてやつたら、ほんとにどんなによろこぶか知れないわ。

すみ子。…………。

おかく。誰だつて、みんな出て行く者に頼むんだよ。わたし見たいな、出す宛もないお気の毒さまは別だけれどね。もう三四本頼まれてるわ。お前さんのもついでに出してあげるから、早く書きなさいよ。

すみ子。でも……。

おかく。でも?

すみ子。あたし、もうあの人思ひ切つてますわ。

おかく。あれ、今のさつき思ひ切れないつて云つたぢやないか?

すみ子。なつかしい事はなつかしいんですけれど、気が弱い人ですし……。

おかく。どうせ気が弱いから、情死なんかしやうとしたんさ。

すみ子。それもそうですが……。

おかく。が？　——何よ？

すみ子。（言葉を変へて）あたしもう、どうしても思ひ切る決心をしましたわ。そして何もかも忘れて、新しい生活へ入る気なんですわ。

おかく。つて云ふのは、神さまを信じる事？

すみ子。えゝ、そして、ほかの事はみんな忘れちまひますわ。

おかく。ぢや、たとへここを出ても、もう新太郎さんとは会はないつもり？

すみ子。えゝ。

おかく。あらまあ、大へんな信心屋さんねえ。そんならなほの事、今度一遍だけやさしい言葉をかけて御やりなさいよ。

すみ子。でも、そうすると又あと思ひ切れなくなるから………。

おかく。切れなくなつたらなくなつた時の事で、いいぢやないの。まアじれつたいつ！　その後大分身体が弱つてゐるとかつて事だから、新太郎さんだつて、この後いつまで生きられるかわからないぢやないか？　いやだねえ、この人ツたら。こんなに人に口を酸つぱくさせて、何て情《じゃう》のない片意地者だらう！

すみ子。（堪えられなくなつて）おかくさん、あたしほんとにご親切はうれしいわ。

おかく。わたしばかりでなく、御当人こそモ少し親切におなりなさいよ。二人が気の毒だと思ふばツかりに、わたしこんな余計な御せツかいを云つてあげてゐるんぢやないの？

すみ子。それはわかツてますわ。

おかく。わかツてるなら御書きツたら。——もうそろそろ仕事の鐘が鳴るわ。そんな事云つて、あとで後悔したツて知らないわよ、ほんとに。………さ、ここに鉛筆と紙があるから、走り書きでいいから！（鉛筆と軍用書簡箋を押しつける。）

すみ子ついに負けて、机の上で書き出す。

おかく。（傍でよむ）なつかしい新太郎さま………。

すみ子。（紙を取つて）あたし、よんだりしちやいや！

おかく。はいはい。気むづかしい御姫さまだねえ。ぢやあ乳母やはこつちで眼をつぶつてますから、どうぞ御早く。（向ふむきに、荷物をまとめる。）

すみ子手早く簡単に書いて、畳んで、口で糊をしめして貼りつける。

その時、舞台そとで仕事始めのベルが鳴り渡る。

すみ子。あつ、もう仕事の時間だわ。ぢやおかくさん、どうぞ。

（書簡箋を渡す。）

おかく。承知のすけ。……出来たら、わたし訪ねて手渡ししてあげるわ！

すみ子。（立ちながら）丈夫でゐて頂戴！

おかく。お前さんもね。——なアに、又時々来るわ。その時そつと返事を持つて来てあげるわ。

すみ子障子の方へ走つてゆく。

丁度あけやうとする時、そとから矢澤うめ子があける。どこか厳しい顔つきの肥つた女。すみ子びツくりして、思はず御辞儀する。

うめ子。何を愚図々々してるんです？（云ひながら、素早くすみ子の肩越しに、懐へ書簡箋を突ツ込んでゐるおかくを認める。）

すみ子。済みません。（頭をさげたまま走り去る。）

おかく、うめ子の声にふり返つて、おどろいて風呂敷を結ぶ。

うめ子。（入つて来て）もう支度は出来ましたか？

おかく。はい。

うめ子。ぢや、そろそろ出かけませう。――（おかくの懐を指して）何を入れたの？

おかく。（ギックリしながら）はい？

うめ子。何か手紙見たいなものを入れたね？

おかく。はい、あの、わたし……。

うめ子。（遮つて）一寸お見せ。（片手を出す。）

おかく俯く。少時二人沈黙。

うめ子。（重ねて）お見せ！

おかく。（急に両手を突いて頭をさげる。）奥さま、どうぞ御免下さいまし。

うめ子。（受けつけない調子で、膝を落して）お見せなさいつて云つたら！

おかく。（仕方なく）はい。（書簡箋を取り出す。）

うめ子。（取つて上書《うはが》をよむ）浅草公園、宮戸座内、市川新太郎さま………。

おかく。（泣き声になつて）奥さま！　どうぞ神さまの愛によつて御許し下さいまし。

うめ子。（返事をしないで、封を破つて黙読してから）これ、すみ子から頼まれたの？

おかく。はい奥さま。

うめ子。そう云ふ事は、ここでは固く禁じてある事を知りませんか？

おかく。（絶体絶命的に）よく知つております……でも、無理矢理すみちやんから頼まれたもんですから、つい可愛想になつて――。

うめ子。人が可愛想なら、神さまの掟はどうなつても構はないんですか？　切角立派に今日出やうつて云ふのに、そんな罪を犯しては困るぢやありませんか？

おかく。奥さま、どうぞ、今日だけは御見逃し下さい。わたし、奥さまの御力で今日ここを出られるのを、どんなに神さまに感謝してゐますか知れません。それを、それをこんな真似をして、………まつたく悪魔に魅入られたんで御座います。でも、もう奥さまの御言葉で心から悔い改めて、悪魔は追ひ出してやりました。どうぞ御信じ下さい。

うめ子。（それに答へず見つめて）きつと、すみ子に押しつけられたんですね？

おかく。はい。

うめ子。まあ何ていけないすみ子だらう！　あんなにいつも真面目な熱心そうな顔つきをしてながら。——やつぱり、長いあいだの罪は仲々ぬけないんだね。よし、これをいい機会に鍛えなほしてやらう！

おかく。（哀願の調子で）奥さま、どうぞわたしと一緒に、すみちやんも許しておやり下さい。あの子も決して悪気でした事ぢやアなく、まつたく一寸悪魔に魅入られただけで御座いますから………。

うめ子。い丶え、あれは充分悔い改めなければいけません。おかくさん、あなたはほんとに悔いてますね？

おかく。はい、もうどんなに悔いてますかわかりません。

うめ子。ぢや、今日は切角出る日でもあり、あなたは許してあげます。

おかく。（悄れて）ありがたう御座います。でも奥さま、どうぞ神さまの愛によつて、もうすみちやんに何も仰らないで………。

うめ子。（厳とした口調で）い丶え、あの子はどこまでも悔い改める必要があります。（書簡箋を懐へ入れる。）

——幕又は暗変

第二場

人　場

すみ子。

矢澤うめ子。

その他、助手、客、収容者達、大勢。

時

前場の翌朝（日曜）

処

天使園講堂（兼仕事部屋。）

舞　台

上手に白いクロースをかけた説教用の高台。台上には、奥に赤や紫の濃いあづま菊の花を一緒クタに挿した瀬戸の大花瓶。手前に聖書讃美歌集等。——台背後の壁の黒板には、讃美歌を書いた大洋紙の綴ぢたのが懸かる。黒板上の壁には金の十字架。テエブル奥手にオルガン。

正面奥の壁は、キリスト一代記の彩色画で飾られ、その上中央に、外国の一派の創始者の白髪赤顔の肖像が、金縁の額に嵌められて見おろしてゐる。下にミシン二台ばかり。

下手に入口。部屋全部畳敷。

幕あくと、説教台横手で、洋装のうめ子がすみ子を訊してゐる。

うめ子。今朝集りの前に、わざわざあなたをここへ呼んだのは、外でもないけれど、わたしゆふべ不思議な夢を見たんですよ。

すみ子うなづいて見あげる。

うめ子。きつと、わたしがいつも深く深く信じてゐるからでせう、神さまが夢に御現はれになつたの。白い長い髯の生へた、それはそれは神々しい方でしたがね。わたしへ向つて、大へん珍らしい事を御告げになつたの。それはねえ、すみ子が今大へんな秘密を持つてるツて……。

すみ子思はず俯く。

うめ子。その御声で、わたしびツくりして眼がさめちまツたんですがね、今でも大そう不機嫌な神さまの御様子が、アリアリ眼に残つてます。わたし、確かにあれは正夢《まさ》だと思ふけれど、あなた何かそんな覚えはありませんか？

すみ子黙つてゐる。

うめ子。すみ子さん。神さまはね、何より偽りをお嫌ひになるんですよ。いつも教へるように、正直な人でなければ決して天国の門へは入《はい》れません。神さまは何でも御見透しです。もしあなたが神さまに申しわけない事をして、おまけに何知らぬやうな顔なんぞしてゐれば、神さまはきツと重く罰しなさいますよ。たとへまちがツた事をしても、正直に懺悔して了ひさへすれば、神さまはいつでも許して下さいます。

すみ子。（急に顔をあげて）奥さま。それはあたしが手紙を書いた事で御座いませう？

うめ子。（答へず反問的に）どんな手紙を書いたんです？

すみ子。（両手をついて）奥さま、済みませんでした。

うめ子。（押し返して）書いたなら、一とほりそのわけを云つて御らんなさい。

すみ子。はい。――おかくさんが昨日出てゆく時、新太郎さんへ手紙を届けてあげるから是非お書き、ツて云つて下さつたもんですから……。

うめ子。（鋭く）いけません。あなたはここにおかくさんがゐないと思つて、他人《ひと》に罪を押ツかぶせやうと思ふんですか？

すみ子。（びつくりして）い、え。

うめ子。あなた、きツと自分の方から頼んだんでせう？

すみ子。（少し考へてから悄れて）はい、そうで御座いました。

うめ子。（権高に）それ、そう云ふ風に初めツからうそを吐くんだからいけません。自分がいい子にならうと思へば思ふほど、神さまは重くお責めになりますよ。おかくさんは、もうここから自由にそとへ出て行けるほど、大へん立派に生れ変つた人です。その人が、どうしてあなたにそんな罪を勧めたりするもんですか。もツと正直におなりなさい。

すみ子。（涙ぐんで）はい。

うめ子。なぜ又、そんな昔の人へ書かうと思つたんです？

　すみ子俯いて黙つてゐる。

うめ子。きツと、逢つてつまらない話でもしたくなつたんでせう？　あなたは、あんな罪にけがれてゐる人と又前のやうな事をしたいんですか？

すみ子。………

うめ子。（すみ子の可憐な姿態を眺めて、ほとんど一種憎しみの調子で）あなたの肉体は、まだ小さいなりをしてほんとに深い罪を犯してるんですよ。見たところは人一倍奇麗でゐながら、けがされにけがされて来たんですよ。然も、それがみんな男の為めです。役者の人にしろ、琵琶のお師匠さんにしろ、養育院の原とか云ふ人にしろ……。

すみ子。（おどろいて顔をあげて）いゝえ、あたし決して琵琶のかたや原さんなぞとは……。

うめ子。（冷かに）でも、わたしは今までそう聞いてます。

すみ子。それはまちがひです、奥さま。大まちがひです。原さんなんか、あたしそんな事を云はれては申しわけありません。

うめ子。そうですか？　ぢや、それはどうでもよ御座んす。けれども、そんな風にいろいろ云はれるツて事が、つまりあなたの落度です。それを考へれば考へるだけ、おこなひを慎しまなくちやアいけないぢやありませんか。罪の女ツて大抵そうですが、殊にあなたの場合は、男から離れる事が一切の罪から離れる事なんですよ。

すみ子。…………。

うめ子。一体相模の海岸から飛び込んだ時、もうあなたは死んでゐる筈ぢやありませんか。それを思ひがけなく助けられたのは、まツたく神さまが精神的に生かさうと御考へになつたからですよ。キリストが十字架に御かかりになつて、七日目に又蘇りなすツたやうに、あなたも一遍死んで新しく生れ変つてるんです。昔の罪人《びと》のあなたと今のあなたとは、まるツきり別の人なんです。警察から連れて来てあげた時も、その事はようく話してあるぢやありませんか。もうそれを忘れてゐるんですか？

すみ子。いゝえ、決して忘れません。

うめ子。そんなら、なぜ今度のやうな事を仕出来《しでか》すんです。切角今まで一所懸命勉強して来た事が、この手紙一つで、又すツかり水の泡になつて了つたぢやありませんか。まあ何て恐ろしいでせう。――仕方ないから、今日から又新しくやり直さなければいけません。この家《うち》までけがされましたよ。ここは名前どほり天使園で、みんな野の百合のやうに清い、天使のやうな気もちの人ばかりが住む家《うち》です。

すみ子。（堪えられなくなツて）奥さま。どうぞもう御許し下さい。あたし、この後二度とあんな事はしませんから。

うめ子。きツとですか？

すみ子。はい。

うめ子。よく聞きましたよ。その誓ひを決して忘れちやいけませんよ。

すみ子。はい。

うめ子。ぢや神さまも許して下さるでせう。でも、あなた自身のほんとの潔《きよ》めの為めに、又神さまへのあがなひの為めに、もう一度大勢の前で証なさい。

すみ子。（びツくりして）え？

うめ子。丁度今日は日曜の礼拝日です。そとからも礼拝のかたがやツて来ますから、その前で残らず懺悔なさい。

すみ子。（思はず膝へ縋りついて）奥さま、それだけはどうぞ勘弁して下さい！

うめ子。（不思議そうに）なぜ？

すみ子。でも、あたしもうほんとに奥さまの前で悔い改めましたもの。

うめ子。それはわかツてます。けれども、もう一層あなたを潔く強くする為めに……。

すみ子。いゝえ大勢の前では迚もあたし辛くツて出来ません……。

うめ子。その辛さを堪えるのが、あなたの為めなんです。

すみ子。（思ひ切つて）そうは思ひませんわ。

うめ子。（キツとして）そう思へないのは、まだあなたが充分悔いてない証拠です。

すみ子。（怨めしさうに見あげて）でも奥さま。どうぞ憐れんで下さい。

うめ子。（厳しく）憐れむからこそ、こんなに云ふんですよ。この前も話したぢやありませんか、外国の或る人殺しの罪人が、自分の犯した罪の重さに堪えられなくなツて、往来へ倒れて、土へ頭をすりつけて全世界に許しをねがツたツて話を。

すみ子。でもあたし手紙を書いたツきり、別に人殺しなんか……。

うめ子。いゝえ同《おん》じです。

その時入口をあけて、そとからの参会者（おもに老人）が三人ばかり入つて来る。つづいてベルが鳴つて、助手や収容の婦人達が馳け出して来る。

うめ子。ア、もう時間が来ました。ぢや、きツと証《あかし》なさいよ。

すみ子。奥さま！

縋るのを、うめ子構はず立ちあがつて客達の方へ行く。

客達。お早う御座います。（頭をさげる。）

うめ子。（礼を返す）お早う御座います。

客A。いい按配に結構な御天気ですな、神さまの御恵みで。

うめ子。ほんとにありがたい事で御座います。さ、どうぞ御坐り下さい。

客ABC達。ありがたう。（上手説教台に近い方の畳へ坐る。風呂敷包みや手提袋をひらいて、聖書や讃美歌集を取り出す。）

収容者達（中年、妙齢、少女等）ゴタゴタに坐る。

すみ子みんなに見られるのを恐れて、密と涙を拭いて、うなだれて舞台手前の婦人の中に加はる。――うめ子、助手と一緒に舞台奥に立つて見廻す。

客A。（花瓶の花を指しながら他の老人に）いいあづま菊ぢやありませんか。

客B。わたしもさツきからそう思つてました。（うめ子の方を向いて）奥さん！

うめ子。はい。

B。あの菊は、やつぱり婦人がたの御丹精ですか？

うめ子。（得意そうに）そうで御座います。

A。大へん御美事です。

うめ子。（ニコニコして）左様ですか。ああいふ物を作らせると、魂の方にも大へんよろしいんで御座いますよ。魂の花も、どうか沢山あんなに咲かせたいもんで御座います。――そう云へば、昨日又一人出ましたよ。

C。おや、そうですか。誰ですか？

うめ子。おかくつて云ふ妹です。

C。ああ、おかくさん！　それは御目出度う御座います。

うめ子。ありがたう御座います。それもいつも皆さまの御力添へのお蔭で。――今日も（一寸すみ子の方を見て）いい証をお聞かせ申します。

収容の婦人達、さツきからの様子にうすうす悟つて、すみ子へ眼を注ぐ。すみ子一旦あげた顔を又垂れる。

A。（好奇的な調子で）それはたのしみですな。

うめ子、みんな揃つたのを見て説教台へ進む。助手、オルガンのうしろへ腰をおろす。

うめ子。ではこれから始めます。――初めに御一緒に（うしろの洋紙を指して）讃美歌四百二十七番の第一節をうたひませう。――一節だけで御座いますよ。

老人達の或る者は、わざわざ讃美歌のペヱジを翻す。オルガンの合図鳴りひびく。次いで、うめ子を先頭に全衆「春のあさけ、夏のまひる、あきのゆふべ、冬の夜も、いそしみまく、みちのたねの……」の歌を合唱する。

うめ子。（終ると）お祈りをいたします。

皆俯く。

うめ子。（誇張的な口調で）おお天にましますわたくし達の父よ、優渥なる御恩寵によりまして、今日只今、愛する兄弟姉妹と一緒に、斯くも美はしい五月の初めの日曜の朝を迎へました事を、深く々々御礼申します。

「アーメン」と云ふ声が起る。

うめ子。（つづけて）過ぐる一週間、わたくし達はあなたの御栄えの為めに、また道の種の足り穂となつて茂る事の為めに、いろいろと苦心してまゐりました。幸ひその効果が御座いまして、いよいよあなたの偉いなる御力を知る事が出来ました事を、心から感謝いたします。

老人等の声。アーメン！

うめ子。けれども、まだまだわたくし達の力は弱く、しなければならない仕事は山のやうに、また海の水のやうに沢山に御座います。どうぞこの上ともに御恩寵下さいまして、わたくし達のいと小さきいそしみの成就いたしますやうに、延いてあなたの御国の一日も早く来りますやうに、切に御恵みを御ねがひいたします。

人々。アーメン!

うめ子。なほ今日の天使園の集りの為めに、どうぞ祝福を垂れさせたまへ、アーメン!

全衆和して「アーメン。」オルガンの音「ブーン」と鳴る。

うめ子。それでは、もう一つ讃美歌をうたひます。(背後の洋紙を翻して)三百五十六番の第二節、爾曹が名の天に録されしを喜びとすべし……。

再びオルガンの合図ひびき、全衆「わがつみとがは、はまのまさご、かぞへえぬまで、さはにあれど……」の歌を合唱する。

うめ子。(済むと)これから日曜の説教をいたします。(間を置いて)その前に、一寸時間を頂きまして、姉妹の一人に証をさせます。これは普通の順序では御座いません。が、今日御話して見たい聖書の中の言葉が、その姉妹の事に大へん深い関係が御座いますので、先きへ証をして貰つた方が余計わかつて頂けるだらうと思つて、臨時に変へたので御座います。どうぞ御承知おき下さい。(老人達の方へ向つて一寸頭をさげる。)

老人達頭をさげ返す。

うめ子。(大びらに呼ぶ)では、すみ子さん!

全衆一斉にすみ子の上へ視線を集める。

うめ子。ここへ来て証をして下さい。

すみ子痙攣的に身体を慄はせて俯く。傍の者、低く「すみちやん!」と言ひながら肱で身体をつつく。

うめ子。(重ねて)さツき約束したやうに、みんなの前で証して下さい。

すみ子相変らず黙つて動かない。

うめ子。(咎めるやうに)すみ子さん!

すみ子。(真ツ蒼になつた顔をあげて)あたし、御約束なんかしません。

うめ子。(意外そうに)だツて……。

すみ子。(首を振つて)いゝえ。

うめ子怒り気味になつて睨む。すみ子見つめ返す。全衆緊張して来る。

うめ子。(集会の空気が壊されそうになつたのを感じて)よ御座んす。あなたがどうしても恥しくツて言へなければ、わたしが代つてあげませう。(会衆の方へ向きなほツて)皆さん!…………。

すみ子。(途端突然起ちあがツて、半ばうめ子へ向つて、半ば会衆へ向つて、咽ぶやうに叫ぶ)愛だなんて――神さまが愛だなんてみんなうそです?

みな驚愕して彼女を見る。

すみ子。（つづけて）あたしがあんなに御詫びしたのに、許さないで、どこ迄も苦しめて恥を掻かせやうなんて、そんな神さまなら決して愛ぢやありません。神さまが愛なら、あたしもう夙に許して貰つてる筈です。

皆。（唸る）まあ！

うめ子。（癇癪を起して）お黙りなさい、すみ子さん！

すみ子。い丶え申します。神さまは愛でも何でもありません。何だかわかりません。そんな神さまなんか、ない方がずツと増しです。あたし今迄ほんとに神さまを信じやうと思つたんですけれど、もう信じません。

全衆動揺する。

うめ子。（怒りの為めに蒼ざめて）まあ！　そんな神さまをけがすやうな事を云つて！　まあ！（急に天井を仰向いて）お神さま。どうぞこの罪深い子の言葉を、御きき棄て下さいまし。

傍の仲間達も（すみ子の着物を引ツ張り合つて）すみちやん、およし？

すみちやん、御坐りツたら！

すみちやん！

すみ子。（屈せず）天使園なんてうそです。何もかも大うそです。

老人達。まあ、何てひどい事を云ふ娘だらう！

おそろしい子供だ。

あれが、いつだツたか新聞に騒がれた有名な不良少女ですよ。

すみ子、立つたまま、涙の迸る顔を両手で押へる。

――急速に幕

第三場

人物

すみ子。

うめ子。

その他天使園の女達。

巡査。

時

前場の当日の夜中。

処

天使園に近い路傍。

舞台

上手奥、平屋建ての向ふに、天使園の二階建ての建物が燃えあがつてゐる。すさまじい火炎の色。散乱する火の子、幕あく前から擂りばんの半鐘の叫び。焼け落ちる物の音。

はじけ飛ぶ響き。それに混つて、逸早く馳けつけた消防夫達の罵り合ふ声。ポンプの唸り。充満したキナ臭い匂ひ。

第一に、うめ子が乱れた髪形で、小さな手提げ金庫を持つて上手から逃げ出して来る。

うめ子。まあ何て不意だらう！――でも、やツと逃げ出したわ。（燃えてゐる家を仰いで、髪をつかんで慟哭的に）ああみんな焼けちまふ！　焼けちまふ！（胸を打つて）折角あんなに馳けずり廻つて、頼み廻つて、やツと集めた寄附金で建ツた家だのに………。（急に気づいたやうに右手の小金庫を眼の上へかざして）持つてるわ。ああよかツた！　これだけでもせめて持ち出せて、ほんとによかツたわ！（つづいて思ひ出したやうに）女達はみんなどうしたらう？　誰か焼け死にやしないか知ら？　――（慄然としたやうに）もし大勢死んだら、――だつて仕方ないわ！　わたしのせいぢやなし――仕方ない！（つまづきながら下手へ馳け去る。）

収容されてゐた女達四五人、寝衣一つで、裾もハラハラあとから断続して飛び出す。

口々。おお恐い！

ああ怖ろしい！

もう少しで出られないところだツたわ！

ほんとによかツたわねえ。

喘ぎ、咽び、よろめき、抱き合ひながら下手へ去る。

あとへすみ子出る。

すみ子。（血走つた眼で猛烈な火勢を見つめ、歓喜のあまり両手をあげて躍り廻つて）何てよく燃えるだらう！何ていい気もちだらう！　あの憎らしい家がすツかり灰になツちやふんだわ。………ほほほほ、赤い天使がドツサリ舞ひあがつて行くわ。みんな天国へ向つて行くわ。――ああうれしい！　うれしい！　みんな焼けろ！　世界ぢう燃えちまへツ！

そのあひだに、巡査が下手から出、有頂点になつてゐる彼女の様子をしばらく窺ひ見て、ツカツカと進み寄つて手荒く肩をつかむ。彼女びツくりして振り仰ぐ。

巡査。こら、何してる？

彼女答へない。

巡査。（鋭く）変な様子をしてるが、お前きつと此の火をつけたんだらう？

彼女黙つてゐる。

巡査。（小突いて）そうだらう？

すみ子。（決然とした態度で）そうです。

巡査。（やや面喰つて）なに、そうだつて？

すみ子。（キツパリした口調で）あたしつけました。

巡査。（火事の明りでしげしげ彼女の顔を眺めて）お前、天使園の者だな？

すみ子。ええ。

巡査。そうか。よく白状した。さ、一緒に来い！（下手の方へ引ッ張つて行く。)

すみ子。(引ッ張られながら、歓喜に堪えられないやうに火を振り返つて)うれしいわ! うれしいわ!

その時、燃えさかる炎の空へ、電気で大字が浮びあがる。

「**何が彼女をそうさせたか!**」……彼女達去る。舞台暫時空虚。凄惨たる字と音の中に幕。

(市場氏に贈る) 1926、12

(「改造」昭和2年1月号)

鱗雲

牧野信一

一

百足凧《ムカデダコ》――これは私達の幼時には毎年見物させられた珍らしくもなかつた凧である。当時は、大なり小なり大概の家にはこの百足の姿に擬した凧が大切に保存されてゐた。私の生家にも前代から持ち伝へられたといふ三間ばかりの長さのある百足凧があつた。この大きさでは自慢にはならなかつた。小の部に属するものだつた。それだと云つても子供の慰み物ではない。子供などは手を触れることさへも許されなかつたのだ。端午の節句には三人の人手をかりて厳かな凧上げ式を挙行したものである。――因縁も伝説も迷信も、そして何とした風習であつたのかといふことも私は、凧に就いては聞き洩したので今でも何らの智識はない。花々しい凧上げの日の記憶が、たゞ漠然と残つてゐるばかりである。それにしてもあれ程凄まじかつた伝来の流行が、今はもう全くの昔の夢になつたのかと思ふと若い私は可怪しな気がする。

「ほう！　そんな凧が流行したことがあつたのかね、この辺で――」

故郷の同じ町にゐる私と同年の青年ですら、私が一寸した興味から詳しいことを知りたくなつて凧のことを訊ねたら、反つて私が法螺でも吹いてゐるんぢやないかといふ風に空々し気な眼を輝かせてゐた。「ほんの一部分の風習だつたのだらうね。それが子供の君の眼には世界中のお祭りのやうに映つたのさ。君の子供の頃まで、それ程にも未開な区域が残つてゐたのかねえ。」

「B村には僕の親類があつたのだが、あの村などは一層烈しかつたぜ。僕は祖母や母に伴れられて遥々と凧見物に出かけたものだ。」

「B村と云へば、あの村は中央電車鉄道に買収されて、電車道になつてしまつたな。」

「B村が！」と私は叫んだ。

「あれを知らないの？　今は家なんて一軒もあるまい。B村なんて云ふ名称も残つてゐるかどうか。」

「そんなことはない。吾家の知合ひの青野家はちやんとある。悴のFとは今でも僕は文通してゐるんだもの。」

「一軒位ひはあるかも知れんな。」

「百足凧といふのは――」と私は、こゝで何やら感慨深さうに首を振つたが、煩瑣を忍んで、曖昧ながらにでも此方が凧の構造を説明しなければならなかつた。

凧だから勿論竹の骨に紙を貼つたものである。巨大な百足なのだ。大団扇のやうに細竹を輪にして、さうだ、丁度ピエロオが飛び出す紙貼りの輪だ。之を百足の節足の数と同じく四十二枚、それには両端に竹の脚がついてゐる、つまり団扇の柄が上下についてゐるやうなものである。その脚の尖端には夫々一束の棕梠の毛が爪の代りに結びつけてある。この四十二枚の胴片はその左右の脚を、夫々均等の間隔を保つて二条の糸でつなぎ合せるのだ。だから胴片は水平にひら〳〵とする。尾は、主に銀色で長く二つに岐れてゐる。頭には金色の眼球が風車の仕かけになつて取りつけてあるから、らんらんと陽に映えるのである。房々と風になびく巨大な鬚は、馬の尻尾を引きぬいて結びつけたものである。

勿論凧師と称する職業家が造るのであるが私は、製造の実際は見たことがない。十日位ひ前に凧師が来て手入れをする光景より他には知らない。青野家などではその手入れだけでも三ケ月も前から凧師が滞在して準備に忙殺されてゐたさうである。爪の代りの棕梠の毛からしてその年毎にいちいち分銅に懸けて重さを計つて置かなければならなかつたのだ。紙は毎年貼り代へるところもあるし、塗り代へで済すところもあつたさうだ。いざ当日となつて、吾家の凧などは到底この仲間には入らなかつたが、主だつた持主は夫々工夫を凝らした上句の新奇を競ふのであつた。B村の当日の騒ぎなどは恰も大川の川開きのやうな賑ひだつた。前日までは堅く秘密が守られてゐたから、何んな姿の百足が現れるかと、見物人は片唾をのんで待ち構へてゐる。競争者同志の間では深夜に間者を放つて敵手の工夫を窺ひにやつたなどといふ挿話も屢々伝へられた。或る持主は見物人に賄賂を贈つたり或ひは内意を含んだ数十名の味方を見物中に秘かに放つて、自家の凧が現れると同時に割れんばかりの賞讃の嘆声を放たしめて敵手の毒気を抜いてやる計画を立てた。A家の今年の凧の眼玉は本物の金だといふ噂が伝つて愕然としたB家では、にわかに胴片の鱗を悉く金箔で塗り潰した。C家では先代が採集の途中で倒れ、遺言状の個条書の一つに加へられてゐたといふ白馬の尻尾の毛を、漸く今年は新しい当主が完成して凧の鬚を雪のやうな白髪に変へたといふ噂も流布された。だが反対党（議員選挙などのいきさつからであるか、或ひは凧の争ひがもとになつて選挙の方も分れてゐたのか？　大凧の持主程の者は常々から幾派にも分裂してゐた。）の説に依ると、C家の主人が襷がけになつて深夜こつそりと黒い馬の尻尾を胡粉で染めてゐるところを垣間見て来た者がある、雨が降れば化の皮が現れる、それが証拠にはあの主人はこの一両日毎晩天候の具合を窺つて星月夜が続いてゐることをたしかめた後に、自分から吾家の今年の凧はこれこれだと吹聴し廻つたのであるなどゝも云はれた。D家の主人は当日二人曳きの車を一里も先きの隣村の橋畔まで飛して、望遠鏡をもつて遥かに吾家の凧を望んで、E家のよりも二間あまり高く飛んでゐたと云つて溜飲を下げようとすると、E家の主人はそれは風の享け具合で糸の長い方は反つて下に見ゆるものだと主張した。この両家は毎年糸の長さを競ふてゐた。

私は、このB村の凧上げ日の朝の光景などもはつきりと覚えてゐる。晩春のうらうらとする陽を浴びた芝生である小山の斜面に赤い毛氈を敷いて私達は競馬場のやうな凹地を見降してゐるのだ。競技に出場する程の凧になると一つの胴片の直径が五尺近くもあつたに相違ない、一つの胴片を一人の男が捧げるに充分だつた、それらは夫々両端を糸でつないであるのだが、彼等が意気揚々と繰り込んで来る光景を遠くから眺めると楯をかざした一列縦隊の兵士が調練をしてゐるやうに見えた。金色の楯をかざした一隊があつた。紅色の分隊があつた。銀色の楯をきらめかせて整然と駆けて来る小隊があつた。観衆は声をからして自党の隊伍に向つて、あらん限りの声援と賞讃をおくつた。——私には、あれが百足のかたちをした凧になるとは思へなかつた。つなぎ目なども見えない、バラバラの美しい団扇か楯により他見えなかつた。得体の知れない土人の踊りでも見てゐるやうな気もした位ひだつた。……ところが、そのバラバラの楯や大団扇が一度び地を離れて空中高く舞ひあがつたのを眺めると、まさしく一個の巨大な百足に一変するのだ。百足は悠々と金色の胴体をうねらせて面白気に浮游してゐる。下で見た時にはハタキのやうだつた左右の棕梠の毛を結びつけた脚は、見事に百足の節足に変つて具合好く胴体の釣り合ひを保つてゐる。

短か過ぎはしないかと思はれた馬の尻尾の鬚も、まことに百足のそれらしい。眼玉がクルクルと回つて滑稽な凄味を添てゐるし、数片の鱗はキラキラと陽に映えながら節足類のそれらしい細やかなうねりを見せてゐた。然し、百足らしく見ゆるまでには其処に余程の時がはさまれての後だつた。即ち、銀色の楯の一隊が先づ一町も先きまで進むと彼等は各自の楯を静かに芝生の上に立てかけた。そして、また一町を戻り彼等は一条の綱に三間置き位ひの割合ひで取りすがるのであつた。凧見係りの者が、いざと号令を懸けると、彼等は慌しい井戸換への連中のやうに綱を引いて一勢に駆け出すのである。同時に、パラパラと向方の楯が舞ひあがる、それはつなぎ提燈のやうになつたり、弥次郎兵衛のやうに両脚をよちよちと打ち振つたり、それぞれあちらこちらに飛び散るやうに見えたり、してゐるかと見ると、やがて中空に浮んで大うねりを漂はせながら一列に並んでしまふ。駆け続けてゐるあげ手の方では、凧に最も近い者から順々に手を離して行くのである。この呼吸を見るのが余程の熟練を要するらしい。うつかり早過ぎて離すと凧があがり損ふ。また、まごまごして離し損ふと勢に釣られて綱と一処に五体が空に舞ひあがされてしまふ。先のあげ手がためらふてゐるうちに、次の一人が先に離したら、先の者はアワヤと云ふ間に何十尺もの高さに釣りあげられた、ゆつくりと綱を伝つて降りて来れば無事だつたらうに、泡を食つて思はず手を離したから忽ち鞠になつて落下し、気絶した惨事を私は目撃したが、そんなことは珍らしくはないさうだ。

いつの間にか、凧は、小さく完全な百足の姿に化して遥かの空中にのたり〳〵と泳いでゐるのであつた。鱗がキラキラと光つてゐる。二条の尾が胴に逆つてあちらこちらになびいてゐる。——まつたく、仮装行列の出たら目な道具のやうだつた片々が、忽ちのうちに活きた百足の模型に早変りして悠々と青空にのたうちまはつてゐるのだ。

私は、夢見心地になつて飽かずに眺めた。私は、吾家の百足凧があまりに貧弱なことを顧みて、吾家に凧道楽の人が出なかつたのを憾んだり、自分も大人になつたらあれよりも素晴しい凧の持主になりたいものだと泌々と願望した思ひを今だに記憶してゐる。

「何と云つても青野の凧が一番立派ですね、あそこではなまじな塗り換へなんぞはしないで、毎年同じ意匠のまゝであげてゐるんだが——」と母は、私の肩に手をかけながら祖母に話しかけてゐた。

「それでもあの方が反つて毎年の手入れは厄介なんだつて。その代り凧としては一年増に具合は好くなるばかりです。あそこでは張り合ひなんぞは一度だつてしたことはないが、釣合ひの好い、出来る限り上りの好い凧にするやうに究めるのが、おぢいさんの望みだつたんだよ。」

私は、青野の伜のFと一処に見物してゐたのだが、他所《よそ》のやうに花々しくはないが知り合ひの家がさういふ勝れた凧の持主であるといふだけでも何となく肩身の広い思ひがあつた。

「青野でも今ではFさんと妹と二人ぎりになつたので、二人とも主に東京に住んでゐるさうだがお前は会つたことがあるの、向方で？」

ついこの間の晩母と私は、月を仰いで夕涼みをしながら斯んな会話をやりとりした。

「お前が居なくつても家には時々来るよ。」

「さう……。」

「だけど何時でも云ふことが違つてゐるので何だか案ぜられてならない！」

「どんな風に？」

「田舎に引き籠つてもう暫らく研究をするんだと云つたかと思へば、突然その翌日来ると一ト月ばかりの予定で東北の旅行に行つて来るといふいとま乞ひ！」

「おや、ぢや今は留守かしら？」

「此方に？　それあ、だつて普段は東京――。東京では務めに出てゐるとは云つてゐるが？」

「……。」

「大変なお酒飲みになつたといふ話だが？」

「……。」

「あの子は理科だつたね。」

「え、、僕よりも一年先きに大学のそれを出てゐる。」

「さうかと思ふと、斯うしては居られない、斯んな風に愚図〳〵と遊んでゐたひには……。」

「……。」

「とう〳〵屋敷も取られちやつたよ、なんて笑つてはゐるが。」

「とうとう！」と私は、思はず眼を丸くして口真似した。そして、口のうちで意久地なく呟いだ。「チヨツ、何処まで俺に好く似てゐるんだらう！」

――質問した私が、あべこべに説明者の位置に立せられて答案した、凧の極く大ざつぱな構造をその儘私は此処で述べるつもりだつたのが、その時もさうだつた通りまた私は余計な感情に走つて無駄な努力を込め過ぎてしまつたらしい。青野に関する母と私の会話は永々と続いたのであるが緒口だけで絶つて置かう。

別の晩であつた。ふとしたことから母と私はあの凧に関する思ひ出噺に新しく花を咲かせた。夜が十二時に近くなる頃から私は、突然凧の熱心な研究家に変つた。手製で小さな百足凧を製造して子供を悦ばせてやらうと気づいたのである。然し実際の構造に就いては母も私以上の知識は持つてゐなかつた。

「それは好いだらう。」

「僕、如何しても拵えたい、直ぐにでも。」と私は、一言毎に熱度を増した。子供のため、そんなことも何時の間にか忘れてしまつた。その晩私は珍らしいことだ、朗らかな夢を見たのは――。

朝になつて勢ひ好く飛び起ると私は、一目散に別の知人を自転車で訪れた。Aは云つた。「そんな凧なんて俺は見たこともない。」Bも云つた。「へえ！珍らしいね、そんなのなら俺も一つ欲しいから君先きに作つて呉れ。」Cは云つた。「あげる場所があるまい、今では。」

「いや俺のは小さいんだ、胴の太さは直径五寸位ひのもので好いんだ。」と私は、落胆しながら性急に答へた。私は、あれと同じ説明を何処でゞも返つて求められたのだ。

「これはどうしても自分だけの怪し気な記憶をたどるより他は道がなさゝうだ。だが僕は一層拵らえずには居られなくなつた。あゝ。」

「私も少しは手伝つても好い。」と母は、私の沈み方や熱情が案外真剣なのに驚いた。

私は物差、分廻し、定規、コンパス、その他の道具が散乱してゐる中で頭に氷を縛りつけて物思ひに沈んでゐた。

「あの竹を丸くするのは仲々六ケ敷いだらう、あれは傘屋か提燈屋に頼まなければ無理だらう。」

「いゝや、それ位ひのものは一切自分で拵えてしまふんだが。此方に居る間にこつこつと夜なべをしながらでも拵へあげてしまひたいと思つて……」

「それは——。で、何が？」

「胴片のつなぎ方、脚のつけ方、絵の具の塗り具合、そして尻尾のつけ方までは大体見当がついたし、寸法も定つたんだが——」と云ひかけて私は、自分の頭の氷を忘れてがつくりと首垂れた。「頭《かしら》の組立と顔つきのところが如何しても思ひ出せない。眼が風車仕掛けのことは解つてゐる、鬚のあることも知つてゐる。兎も角部分的には解つてゐるのだが、それが如何な形ちの顔に如何な風についてゐるんだか？」

「さう云はれて見ると私にも？」と母もハタと行き詰つて凝つと外を眺めた。

「あゝ、焦れつたい！」

「やつぱし胴と同じマルに、眼をつけたり……」

「そんな馬鹿なことはない……？」

「何でも口からは長い舌が垂れてゐた。」

「それも僕は忘れてゐた。あゝさうだ。舌があつた、たしかに。」

「釣りの懸け方は？」

私はドキリとして。「さうだ、それも解らない。」とうなつたが、わけもなく向ッ腹が立つて来て「そんなことは後で考へればどうにかなる、大事な頭のことや眼口の配置が解らないうちに、さう傍から先のことを口出しされては一層此方の頭が混乱してしまふばかりだ。もう、好いです、一人で順々にゆつくりと考へれば屹度思ひつく……」と迷惑さうに口を尖らせて横を向いた。

私は、この章の冒頭に設計書の写しだけをその儘書き誌すつもりだつたが、今もつて如何程思案しても頭部の構造と眼口の配置が出来ない、代りに思ひ出の凧に就いてのみあの様に散漫に書き誌すより他はなくなつてゐるのだ。だから私は、あの熱病から稍醒めて斯様な筆を持つ余裕位ひは生じてゐる現在でも、私の思ひの大半は、洞ろのまゝに執念深く、彼処にのみ走つてゐるのだ。今も私は空殻のやうになつて呆然とあの愚かな夢を追ひながら、せめてもあの間の始末書を書かうと思ひ立つたのである。さうでもして救はれることを祈らないと私は、更に更にあの続きを演じ兼ねない状態である。あの間、といふのは、私が、永い前から没頭し続けてゐる或る自伝風の創作を続けること〻、不健康な飲酒生活を改革する目的で住き暑中休暇をする学生の心にかへつて、海辺の郷里に帰省してゐた、つひ此間の夏の話である。

二

日が経つに伴れて私は、可怪《をか》しな憂鬱病患者になつてしまつた。日頃は市井的の小感情のみに動かされて夢に似たものさへもあまり抱いたことのない私が、たゞ変にぐつたりとしてしまつた。私は、単に煙草を喫すばかりの人形になつてゐた。眼に映る凡ての実在の物の輪廓が滲み、感情が消え、性格が滅び、五慾を失ひ、その癖奇妙に心が慌しく、ゼンマイ仕掛けの如くに疲労を知らずに——と、左様な形容を与へても何らの誇張も覚えない私は、可笑しな憂鬱病患者になつてしまつた。意味は浅く、理由は簡明なのだ。私は、どうしても完成出来さうもない百足凧が思ひ切れないのだ。日夜日夜、私の脳裏を間断なく去来するものは、あの美しく奇怪な凧が天空を悠々と游ぎ廻つてゐる姿のみだつた。そして彼は、私に限りない憧憬を強ひ、空々しい同情を与へた。「来年の春まで考へて御覧よ、何あにちつとも六ケ敷いものぢやないさ、アメリカ製のビツクリ箱から飛び出す怪物に似た顔で好いんだよ、でなかつたらポンチ絵の虎が笑つたやうな顔だ。」

「さうだ。——俺は、実物の虫であるお前は蛇の次に嫌ひなんだが、紙製のお前にはこのやうに親しめるんだ。だが、どうしても頭部の竹の組立と眼口の配置と釣りの懸け具合が思ひ出せないんだ、見えない、此処からは！」

「しつかりして、思ひ出してくれ。来年の春遊ばうぜ——面白いぞう！」

「俺はもうそんな呑気な余裕はない、一日も早くお前を拵えたいばかりで俺は、斯んなに窶れてぼんやりしてゐるんだよ。」と私は、掻きくどきながら、遥かの空を羨望した。

また彼は、泌々と私の愚鈍さを軽蔑して執拗な嘲笑を浴せるのであつた。「お前などはどんなに首をひねつたつて俺は、これよりお前に近づきはしないよ。手のとどきもしない望みなんぞを起さずに、センチメンタルの涙でも滾しながら口でもあいて眺めてゐるが好いんだ、追憶だけは許してやるから！」

「お母さん、あなたが余外なことを教へて呉れたので私は、あいつに軽蔑されまいといふ反抗心を持つたり、疑つたり……つまらない感情の浪費を強いられます。私は、あいつに舌があつたことはあの時まで忘れてゐたのです、幸ひだつたんだ。一つ余外な思案が増した、あの舌は如何いふ風につけるのか？何といふ憎態な舌だらう、ぺらぺらと風に翻つてゐやあがる。――おい〳〵、然し俺だつて拵へる段には、小さいながらもせめて青野の凧に似るほどの完全なものにする、無論舌だつて取りつけるんだ、だからもう少し低くなつて顔つきの構造を見せてくれ、眼玉と鬚と口の格構と舌の動き具合と、……」

「不器用なくせに！」

「い、や、これ程俺は一生懸命なんだ、ほんの一寸とで好いから眼近く現れて呉れ、命を縮めても見とゞけずには居ない。」

「馬鹿の一念か！　俺は、かくれもしない。この通り悠々とお前の眼の上で泳いでゐるぢやないか。」

「だ、だ、だからよう。」

「出来上つたらお目にかゝらう。話はいづれその時にしようよ。」

「ツンボ！　空とぼけるないツ！」

「フン、泣き出しさうな顔をしてやあがる、此方からは好く見えらあ！」

「意地悪るの鬼！」

「お前は体の具合でも悪いんぢやないの、何だかこの四五日急に元気がなくなつたやうだ。凧の話は如何したの、もうあきらめたと見えるね、お前は子供の時から物に飽き性だつた。」

「この頃お酒だつてそんなに飲まないのに！　好いあんばいにゲーゲーが治つたと思つたら、――お酒がもうそれ程身にしみたのかしら、好く飲まないから反つて気分が悪いといふほど？」

あまり私が打ち沈んで物をも言はず、稀に盃をなめては天井にばかり陰気な凝視を放つてゐるので母や妻は、私の帰りたての頃の元気好さに引き比べて、夫々案じてゐた。私は決して他の前では凧のことは口にしなくなつてゐた。思ひが内にたかぶるばかりだつたのだ。

「いつもは少々気のふさいでゐる時などは傍から口など出すと酷い癇癪を起すのに、今度は違ふ、口を利くのも退儀さうです、この頃何と云はれても怒つたこともありません。」と妻は、私の眼の前で物品の批評でもするやうにそんなことを母に告げたり、手をかけて私をゆすつたりした。「何時もならこんな真似でもしたら大変だ！　ねえ、どうなさつたんですか？　頭の具合でも悪いの？」

「吾家《うち》には代々頭の病気の血統があるから気をつけないと……」と母は努めて嗤つた。

「頭の話は止してお呉れ。」私は、こわれものでも扱ふやうに静かに首を振つた。

「つまんないなあ、あたし折角泳ぎが出来るやうになつたのにまた海へも行かれなくなつてしまつた。危い海なんだからあなたが一処に行つて呉れないと……」

「一度思ひ立つたことなんだから、ぼつぼつと手工に取りかゝつたら如何なの、凧の？　頭《かしら》だけは後まはしにして置いても好いぢやないか、そのうちに私が昔の知つた人を訊ねて見ようぢやないか。」

「そんなに珍らしい凧なら、好い加減でも関はないから早く拵えて見せて下さいよ、あたしも好きよ、凧あげは。」

　妻も無造作に調子づいて傍からせきたてるのであつたが、寧ろ私はそれらの呑気さ加減が悲しい程羨ましかつた。

「いゝや、俺はもうそんなことを考へてゐるんぢやないよ。別段気分が悪いといふわけでもないんだ……他のことを……」と私は、故意に打ち消さうとしたが、声の調子はひとりでに可細く芝居泌みて消え込み、にわかに胸が一杯になる切なさに襲はれた。

「おやおや、もう泣き出すのかね。何といふ意久地のない男なんだらう、あの面《つら》を見ろ、泣くんならせめて顔を覆へよ。涙なんて見せられては此方は、笑ひたくなる位ひのものだ。」

「馬鹿野郎！」と私は、口惜し紛れに叫んで、ポンチ絵の虎が笑つた顔と仮りに定めた凧を睨みあげた。「泣いてゐるんぢやないや、これが俺のあたり前の顔なんだい。」

「頃合ひの風が吹いて来た、馬鹿にからかつてゐないで、もう少しのしてやらう。釣りの懸け具合が至極うまいので、この分ではうつらうつらと居眠りでも出来さうだ。春とはいひながら、でも快いお天気だなあ！」

「あゝ、あんなに小さくなつてしまつた！　ボーフラのやうに小さくなつてしまつた。あいつが、たつた今あんな憎いことを云つて俺をからかつた奴かと思ふと、何だかおかしな気がする。おーい、おーい！」

　だが、もう何の応へもなかつた。私は、飽くまでも未練深く眼をかすめてボーフラの姿を仰いでゐた。

「駄目かなあ！」と私は嘆息を洩した。

「気分だつて紛れるよ、お拵えよ。」

「そんなに六ケ敷いの？　頭と顔が？」と妻は、其処で私の気分をそれに惑き込まうと思つたらしく膝を乗り出して私の顔をのぞき込んだ。

「うむ。」と私は、やつと凧のことに心を移したやうにして点頭いた。

「おばあさんが居たら解るんだけれどもね。いゝえ、私にも朧ろ気には解つてゐるんだけれど？」と母も一層の乗気を示して仔細らしく首をひねつた。

「駄目かなあ！」と私は、更に心底からの嘆息を洩した。私の脳裏にはボーフラの影だけがはつきりと印されてゐた。

「記憶！　それに数学的の才能がない者には、記憶の見当が違ふので一切役に立たない。」

　母は自身が批難でもされたかのやうに思つて、顔をあかくした。「思ふと、私も上つてゐる小さい凧の姿しか思ひ出せない。」

「だんだん小さくなる。」と私は呟いた。……毛氈の上の私達が、重箱を開いて弁当をつかつてゐると、突然盆地の一隅からワーツといふおだやかならぬ波のやうな鬨の声が捲き起つた。見ると、あげ手の一団がまさしく蜘蛛の子を散らしたやうにパツと飛び散つた。

「喧嘩かな？」

「毎年一度は屹度だ！」

「早く仲裁が入れば好いが？」

私と祖母と母は、同時に斯う云つて箸を置いた。口々に彼等は何事かを叫んでゐるのだが、遠いので意味は解らなかつた。それにしても喧嘩にしては何だか妙だな？　と私は思つた。と、見ると彼等は一勢にスタートを切つて此方に駈け出した。

空には、何の変りもないボーフラがうつら〳〵と居眠りをしてゐる。

「お母さん、どうしたのでせう？」と母は祖母を振り返つて訊ねた。

「喧嘩かも知れない、立ちのこうかな？」

間もなく一団の駈け手は、砂を巻いて、滑走する巨大な磁石になつて次々にあたりの群勢を吸ひ込み、最初の何倍にも人数を増して、私達がおろおろと立ちあがつた丘の下に差しかゝつた。

「追つかけろウ――」

「糸が切れたア――」

私達は、はつきりとさういふ叫声を聞きわけた。意味のない悲鳴が、爆竹の音のやうに耳をつんざき、渦になつて眼を眩まし、激流に化して私達の眼の下を流れた。人々の怖ろしく凄まじい形相が、柘榴のつぶてのやうに私達の眼前を寄切つて行つた。私は、思はず蹣めいて母の袂に縋つた。人々の眼《まなこ》は、極度に視張られて血走つてゐた。人々の百の眼《まなこ》は一つになつて空の一点のみを凝視したまゝ、一勢に双手を高く差し伸して、烈風の如くおし寄せた。私達は、顔の大半を口にして悲愴な応援を求めながら、韋駄天となつて真ツ先きに駈けて来る青野の主人を見た。はしよりもしない裾が、ひとりでに肌脱ぎになつた袖と一所に尾となつて跳ねあがり、胸板に西陽を浴び、太腿を露出した彼は、差し伸べた両手の先きを次の瞬間には凧をひつかけてしまはうとする熊手にして、白足袋の跣足で駈けて来た。私達は、紋付きの夏羽織を昆布のやうに翻がへして猪の勢ひで突喚して来る山高帽子の村長の浅猿しい姿を見た。続く多数の勢子達も、口々にあらゆる驚嘆詞を絶叫しながら、身を忘れて、一様に天空を指差して――誰も彼も足許などに気を配る余裕はない、空の一点以外に視線を放す者はない、亢奮の絶頂に置かれた彼等は、夢中になつて駈けつては、ピヨンと跳ねあがつて無駄に虚空を握む、今にもつかまへて見せるといふ必死の意気が露骨に彼等の五体にみなぎつてゐるのだ、彼等一同は一片の食物の影を見誤つて満腔の憧憬を寄せた動物のやうに、理性を没却し常識に追放され、ひたすらに無知なる性急に逆上して、思はず跳ねあがつては空を握んだ、駈けては又飛びあがつて空しく拳固を拵える、全くの無駄事を繰り返しながら息の切れも知らずに駈けて来た。三間駈けたかと思ふと三尺飛びあがる、果物をもぎとらうとでもするやうに素早く身構えては、軽やかに跳躍する……さういふ動作を間断なく続けながら、不思議とすみやかな速力で駈けてゐる。彼等は、見ずにハードルを巧みに飛び越え、——一途に天を凝視した阿修羅になつて駈けてゐる。

稍おくれて続く者共は、手に手に竹の長竿を打ち振りながら、同じく身を忘れ、奇妙な跳躍をし続けて一散に駈けて来た。

私達だつて息をつく間もなかつた。どんな言葉を放つ間もなかつた。啞然として立ち竦んだ儘だつた。忽ち、この驚くべき Cross country racer 達の目眩しい流れは、地をゆるがせて一陣の風と共に私達の眼前を通過すると、奇体に猛烈なあの Fox Trot を踏みながら、まつしぐらに野を越え、丘を蹴り、畑をよぎつて、見る間に指呼の彼方に影を没した。

「あの凧の糸が切れたのだらうか、さつきと同じところに止つてゐるやうに見えるけれど——」と私は、漸く言葉を得て嘆声を交へながら母に訊ねた。

「ほんとうにね……?」と母も蒼ざめた顔に不思議な眼を視開いて、私と同じく呆然と空の小さな凧を見あげた。「あれ位ひの高さになると、一寸とは遠ざかつて行くのが解らないのだね!」

祖母は、丘に腰を降すと声を挙げて神に念じた。そして、青野の凧が村としての自慢の凧であることや、二度と拵えるわけに行かない昔からの丹精がこもつてゐることや、あれは他所のと違つて張り合ひなどはしないでも済まされてゐる特別な凧である。だから誰も彼もが自分の凧を棄て〻、あのやうに血相を変へて追ひかけて行つたのだ等のことを、涙を拭きながら述懐した。

母の眼にも涙が宿つてゐた。母は、震え声を忍ばせて、

「あれあれ! 解るよ、御覧な、もうあんなに小さくなつた。」

と私に告げた。

凧は、ほんとうのボーフラのやうに小さくなつて静かに浮いてゐた。凧のことはそれほどでもなかつたが私は、祖母や母の涙に気がつき、そして小さな凧を仰いでゐると、だんだんに涙がうすら甘く込みあげて来るのに気づいた。睫毛がぬれて凧の姿が眺めにく〻なつて私は、まだ切りに上ばかりを仰いでゐる母の蔭にかくれて、そつと首垂れた。凹地の広い芝生は、もう祭りの翌日のやうにひつそり閑として、竹の皮や紙屑と一処に鮮やかな陽炎がゆらゆらとしてゐた。

「あれツきりなんだ、だから如何しても思ひ出せないんだ、小さ過ぎる……」

「小さいのを拵えるんだと云つてゐたぢやありませんか、あなたは?」と妻が云つた。

「凧のことぢやないんだよ。他の……」と私は、言葉を濁したが、あくまでもはつきりと浮遊してゐる小さい凧の印象以外の

ことでは、何の紛す言葉も知らなかつた。凧を話材にされると私の気分は、滅入り込むばかりであつたにもかゝはらず――。

解つてゐる部分だけを眼近く取りあげて幾度となく私は、夢を払って細工に取りかゝらうと振ひ立つたが、いつの間にか私の心身は共に疲れたと見えて、実務に対する凡ての働きが億劫になり、数理的の観念が消えて、反動の如く強く徒らに妄想病が募るばかりであつた。妄想の範囲は、あの凧のあれだけの姿に限られてゐた。

頭《かしら》や顔ばかりではない、尾の附け方だつて、胴片のつなぎ具合だつて、脚の釣合ひのとり方だつて、釣の掛け方は云ふまでもなく、塗料のあんばいだつて――一途に心が狂奔するばかりで、今はもう部分的に手に取つて見ようとすれば何も彼も滅茶滅茶で凡てが手の施しようもなかつた。そして、たゞボーフラのやうに小さい凧が空の一点から切りにまねいては嘲笑ひ、私の悲惨な憧憬を弥が上にもたかぶらせながら、絶え間なく白日の夢に髣髴としてゐるのであつた。

三

「ゆうべもまたあなたは宿をあけたでせう、毎晩毎晩何処へ行くの?」

妻は、胡乱な眼差しで私を屹と睨めた。あたりが薄暗くなつたのを待ち構えて私は、四五日前から引き移つてゐる海辺の旅舎を毎晩空にするのであつた。今も私は、出かけようとして玄関に立ち現れたところを彼女につかまつたのである。

「昼間だつてあたしは、さつきも来て見たのよ。」

「昼間も!」

「毎日のぞきに来てゐるわよ。」

「………」

私は、わけもなく酷くたぢろいだ。別段妻に見つけられて後ろ目たい思ひをしなければならないといふやうな種類の行動を為してゐるわけではなかつたのに私は、愕然とした。

「変だ!」と妻は、私の態度から自分の想像が当つたと思ひ違へて、眼を据えた。「ゆうべは、あなたはとう〳〵帰つて来なかつたんぢやないの、ちやんと解つてゐる。」

「お前は――」と私は静かに諭さうとしたが、妻の想像に弁護すると思はれるのも嫌だつたし、また思ひ返して見れば前夜の自分の行動も酷く曖昧でとらへ処もなかつた。「そんな疑ひを持つものぢやない、自分の気持を汚すばかりでなく此方の気分を……」

「へんッ!」と妻は、鼻先きで卑しくセヽラわらつた。「何が気持さ!」

私は、私自身を妻の立場から眺めて残酷に感じた。私は、相手からさう見られることに怯えを感じた。だが、説明の仕様がなかつた。此方が、たぢろげばたぢろぐ程妻の嫉妬を掻きたてるやうなものだつたが、沈黙を保つてゐるより他に方便がなかつた。斯んな場合に妻を慰撫する術もあつたが今の私はそんな余裕もなかつた。

「吾家《うち》ではお母さんやあたしの手前が具合が悪いもので、それで勉強だとか何とかと吹聴して斯んな処に移つたに相違ない。」

「それは、さうだ。」と私は、思はず実際の気持を表白した。

私は、窓に腰を降して海の上を見晴した。寸暇もなかつた激務の間に、ふと休息を持つたやうな静けさを感じた。

「それは、さうだつて？」と彼女は、苛立つて唇を震はせた。

「まア、何といふ図々しいことを平気で云ふ人だらう！」

「………」

こんな海の傍に居ながら、この静かな夕暮の海辺の景色を眺める閑もなかつたのか！　俺は！　……！　私は、帽子をかむつた儘何時になく落着いて、暮れて行く海原を眺めてゐた。

「机の上にはペン一本載つてゐない。部屋中には本一冊見当らない。約束のハガキは書いたの、東京のお友達に？」

「さうだ、忘れてゐた、エハガキとペンとインキを買つて来て呉れ、大急ぎで――あゝ、悪いことをしてしまつた、此方で会ふ約束がしてあつたのだ。遊びに来て呉れるんだ、俺が此方に居る間に――。」

「だから吾家に引き上げたら如何？どうせ斯んな風にしてゐる位ひなら……」

「云ふのは、たゞ面倒だから止めてゐるが俺は何もお前が想像してゐるやうな悪い生活を此処に来てしてゐるわけではないよ。」

「だからさ、吾家《うち》で凧でも拵えてゐれば好いぢやないの、折角思ひたつた仕事なのに？」

彼女は、私の想ひなどには夢にも気づかずに強ひて気嫌を直して、そんなことをすゝめた。

「余外なことを云はないで呉れ。」と私は、弱々しく歎願すると、にわかに悲し気に頭をかゝえて其処に打ち倒れてしまつた。

まつたく私は、吾家にゐると母や妻が空しく凧の製作を私にすゝめ、内心の私の火よりも強い凧の製作慾に惨めな幻滅を覚えさせられることの苦痛から逃れるだけの目的で此方に引き移つたのである。尤も私は、斯んな風にでもしたら凧のことなどは他易く思ひ切れて、創作にも取りかゝれるかも知れないといふ望みも抱いて来たのであつた。

独りになつて見ると私の凧に対する憧憬は、何のはゞかる者もなくなつた為か、吾家に居る時の状態とは全く変つて、露はに身を焦し始めてゐた。私は、部屋に居ても寸分の間も凝つとしてはゐられなかつた。腕を組み首をかしげて、檻の中の動物のやうに苛々と歩き回った。暫く遠ざかつてゐた洋酒に私は再び慣れて、一回りしては一杯宛傾けた。壜を片手にして私は回り燈籠の影絵のやうにグルグルと堂々回りをした。床に打ち倒れてボーフラのやうに身を悶いた。毒薬を嚥んだ者のやうに髪の毛を掻き挘って、空壜に等しい頭を擲つた。その挙句の果、泥酔はしてゐるものゝそれだけ一途に凧を追つてまつしぐらに夜の街に飛び出すのが常だつた。

故郷の町であるのに其処は全く私にとつては見知らぬ街だつた。といふのは、あの大地震の後に上京した私は、時々此処に帰るのであつたが、いつも何故か無性に人目をはゞかつて、逃げるやうに眼を覆つて母の家に行き着く以外には何処にも出なかつた。だから私には、一朝の間に消え失せた曾ての薄暗い古びた街の印象より他はなかつた。

私には見当もつかない。道幅の広い瓦斯燈が昼のやうに煌いてゐる樹木の一本もない不思議な街を私は見た。私は、此辺こそ暗い横丁だらうと思つて逃げ込むと、此処にはペンキ塗りのバーやカフェーが軒をそろえて客を招んでゐる。たしかに知合ひの茶屋のあたりだと思つて、一散に駈け込むと活動写真館だつた。知つた人の影にも遇はないのは私にとつては幸ひだつたが、せめて知合ひの茶屋の行衛を往来の人を捉へて訊ねて見ると空しく言下に首を振られる。カフェーなどは停車場の前より他には無かつた筈だ。私が母家を離れて住んだことのある竹藪を背つた家の趾らしいあたりには、支那そば屋と氷屋と居酒屋が並んでゐる。母家の趾には銘酒屋が立ち並んで景気の好い三味線の音が鳴つてゐる。私は隣りのバーによろけ込んだ。

「あんた東京の学生さん?」

「うむ……。」

「おゝ、嬉しい、妾も東京よ。」

また隣りの洋食屋に私は移つた。「いけ好かないアンちやんだよう、誰がおなじみなのよ。藝者が招べるのかだつて、斯う見えてもちやんと届け済みよ。ふんとに人が悪い、しらばつくれて!」

……往来に転げ出ると、思ひも寄らぬタクシーが通つてゐる。

「青野に会ひたい、あいつが凪のことを忘れてゐるにしても、あいつの顔を見るだけでも俺はいくらか救はれるだらう。」

——屹度私は斯う呟くのである。夢中で私は、一里あまりあるB村に自働車を飛ばせるのが常だつた。私は、大声を挙げて腕を振り地団駄を踏んだ。私は、青野の父や村長の後に続いた決死の勢子達の一員に花々しく吾身を投じた陶酔をはつきりと味つた。

青野の家は、以前の姿をあたりの景色と同様に全く滅ぼして、丘の一隅に粗末な洋館に変つてゐる。闇の中に一点の灯が浮んでゐる。畑を越えた一軒家である。

「もう来る時分だと思つてゐた。妾、今日あんたの家へ行つてたつた今帰つて来たところなのよ。アラ、歩けないの!」

「青野が留守のことは解つてゐる筈なのに……あゝ、俺はまた来てしまつた。」

私は、救けられて長椅子に腰を降すと共に直ぐに跳ね上るのであつた。「青野に会ひに来たんだ。……ぢや、さよなら。」

「毎日繰り返してゐる。失敬ね、突然来て、突然さよなら!」

「あの頃は、まだ冬ちやんは赤ン坊の時分だつた、だから冬ちやんは知るまい……」

「昔の話は御免よ。今日もあんたのお母さんから昔の吾家《うち》の話を聞されて、退屈してしまつた。何んなことを聞いても妾は何とも思はない、だつて今の生活が気に入つてゐるんだもの。あんたも東京なんて止めにして此処の隣りに斯んな家でも建てないこと、千円位ひで出来るつてさ、土地は夕ゞでやるわ。」

「兄さんは何時帰るだらう？」

「解らないんだと云ふのに！……」

「うむ、これで好い。さうだ、冬ちやんも飲むんだつたね。」

冬子が棚から取り降した洋酒を私は、勢ひ好くあをつた。

「おや、此処にお父さんの油絵が懸つてゐた筈だが、あれはどうしたの？」

さう云つて私は、壁を指差した。確かに其処には兄妹の両親の肖像画が一対並んでゐたのだ。私は、兄妹の父親の肖像が見たかつた。――今見ると其処には冬子の写真が、大きな金縁の額に入つて懸けてあつた。

「それは去年のことぢやないの？」

「さうかなあ！　あのお父さんの肖像も僕にははつきり残つてゐる。」

「肖像も？」

「いや、肖像画があり〳〵と残つてゐる。」

「何をそんな処ばかり眺めてゐるのさ。妾は古い吾家《うち》のもので何にも欲しいと思ふものはないけれど、あの馬だけには未練がある。」冬子はさう云つて馬上姿の自分の写真を見上げた。私は、其処にあつた筈の父親の肖像画に未練を繋いでゐたのだ。

「さうだらう、冬ちやんはあの馬と一処に育つたやうなものだからね。」

「まさか――」と冬子は、つまらなさうな苦笑を浮べた。彼女の眼は、此方の顔を眺めてはゐるのだが、例へれば、その網膜には実在の物は映つてゐない、何か形のない物を視詰めてゐる、明るく悩みなく一途に何かを見透してゐる――そんな風に円らに光つてゐるのだ。彼女の眼蓋は、殆んど眼ばたきを見せない。彼女の唇から洩れる言葉は、彼女にとつては徒然に吹く口笛に過ぎない――そんな感じを私に与へるのであつた。私は、悪酒に酔ひ痴れて、一途に凧の影を追つてゐるのみなのだ。そして彼女の呟く言葉も私にとつては遠い囁に過ぎなかつた。二人は勝手に辻妻の合はぬ言葉を交してゐるに過ぎない。それが何処かの点で稀に対照されたに過ぎない。……彼女は私の顔を眺めてゐる。私も亦彼女の顔を眺めてゐる。だが私の網膜にも彼女の顔は在りの儘には移つてゐない。卑俗な私の眼は、せめて兄弟の父親の眼に触れて心細い凧の憧れを活気づけずには居られなかつたのである。

「妾は馬に乗つて駈ける夢は、今でも見て、風になる程心が躍る……あれは妾にとつて一種の秘密な快楽だつたから……」

私が極力止めるのも諾かずに冬子は、馬小屋に忍び込んで

「お父さんに見つかると叱られるんだが、妾は夕方如何しても

これに乗つて遊んで来ないと夜眠れないのよ。」

さう云つて私にも一処に乗れとすゝめた。もう私は、たしか

中学の初年級に入つてゐた頃だつたらう、私は酷く小柄な少年だつたが、私が前に乗つて、手綱を持つた冬子が私の背後に股がると彼女は首をすぼめて漸く私の胴脇からでないと前方を見ることは出来なかつた。彼女は、臆病な私に様々な警告を与へながら次第に馬の速度をはやめた。私は酷くテレ臭い格構で石のやうにギゴチなく凝然としてゐるばかりであつたが（私は正当な乗手になつて前方を視詰めてゐるわけにも行かなかつた、羞み笑ひを浮べる程の余裕もない、と云つて余り悸々《びくびく》するのも自尊心に関した。私は主に蹄の音に耳を傾けてゐた。）背後の冬子が如何に爽快に己れの五体を自由な鞭に変へて、毛程の邪魔もなく私の身を軽々とその翼に抱き、如何に見事な騎手の役目を果してゐるかといふことが、安じて窺はれた。安心がなかつたら、あのやうに一散に駈る馬の背に一時たりとも私が乗つてゐられる筈はない。

冬子は汽笛のやうに唇を鳴らした。

「こわくはないだらう！」

「あゝ。」と私は点頭いた。

「さうだ、もつと体を前にのめらせて！　帆になつては駄目よ。……馬場まで行くのよ。」

「大丈夫かい？日が暮れやしないのか。」と私は、声色だけは威厳を含めて呟いた。

「普段はもつと遅く出掛けるのよ。夕御飯の仕度が出来た頃に、一寸と妾は紛らせて。」

冬子が知らない頃に胍上げの場所だつた盆地が、その頃は競馬場に変つてゐた。馬場に来ると大概私は、自分から降りて見物者になるのが例だつた。

冬子を乗せた彼女は、裸馬のやうに自らスタートを切つた。冬子は、小さな白い顔をぴつたりと馬の首側に吸ひつけて、振動に一微の抵抗も示さずに肢体をその背に沈めてゐるので、夕靄が低く垂れこめてゐる時刻の為もあつたらうが、眼前をよぎられても私は乗手の姿を認めることが出来なかつた。放たれた馬が気儘に狂奔してゐるとより他は見えなかつた。

たゞ私は、真向きに馬に面した刹那々々に、鬣の蔭に異状な鋭さを放つて靄を突き射してゐる二つの眼球を視た。馬を見失つて、光る視線に射られた。

「馬乗りなんて頼まないで、冬ちやんが出たつて平気だね。」と私は、何よりもあの眼から圧迫を感じて、言葉を代へて感嘆した。

「それア。」

彼女は当然のことのやうに聞き流した。――「だけどお父さん達は妾がこれの傍に寄つたこともないだらうと思つてゐるのよ。叱られたつて怖くもないんだが、妾何だかそれが面白くつてワザとかくれて、これと遊んでゐるのさ。競馬の前になると、いろんな奴が集つて大騒ぎで練習をするんだが、妾程うまくやれる奴は一人も居ないわ、それを妾は知らん振りをして遠くから眺めてゐるのが、何だか好きで――」

私は一寸と反感も覚えたが、そんな事を云つてゐる冬子の様子に得意気らしいところも見えず、嘲笑の色もなく、寧ろ寂し気な気合さへ感じられたり、その上私は彼女に安らかな依頼心が起きて、変な夢心地に陥ちてしまふのであつた。——戞々と鳴る蹄の音を、私は和やかな自分の皷動のやうに感じながら、もう殆んど暮れかゝつてゐる野路を駈けてゐた。行きがけと違つて自分も一個の騎手になつてゐるかのやうな面白さに打たれ、背後に冬子が居ることも忘れて、有頂天で手綱を振つた。

「お父さんは何時々分から競馬に凝り出したんだらう。死ぬまで妾達は気が附かなかつたが、馬の為だけでもあらまし吾家の財産は借金に代つてゐたらしいのよ。」

「………」

凧以来であることを私は伝へ聞いたことがある。今私の胸には、あの主人が凧を追ひかけて行つた時の二つの炎えた眼だけが烙印になつて残つてゐるのだ。私は、主人の肖像画の後を追ひかけてゐた。

「馬鹿〳〵しい熱情家さ。何かしら変な目的を拵えて、それに夢中になつて、慌てゝ死んだやうなものね。……癪に触つたから妾、肖像画も懸け換へてしまつたのよ。」

「あの肖像画を見せてお呉れ！」

「厭アよ。そんな大きな声を出して！」

「何処に蔵つてあるの？」

「兄さんが売つてしまつたわよ、無理におしつけて、叔父さんに。」

「叔父さんに⁈」

「学生時分に妾が行つてゐたことがあるでせう、英語の勉強とかに……横浜の——。此頃、外交官になつて、変な国に行つてゐる。」

「俺、俺……僕は、知らない、そんな叔父さんなんか！ あゝ、それは、ほんとに……」

「兄弟の肖像だから買つたといふわけぢやないんだわ、屹度！ あの見得坊が、あんな変挺な姿の絵なんぞを若し人にでも訊かれて、ハイこれは私の兄であります、なんて吹聴出来る筈はない。吾々の故郷では当時斯様な姿をしてゐたものです、それ位ひの愛嬌で、ほんの標本にされてゐるだけなんだ。」

「………」反抗心をそゝられて私は、屹つと唇を嚙んだ。

「ハ、、、、さう思ふと、一寸と気の毒な気もする。あの保守的な親父が変な国の応接間かなんかの曝し物になつてゐるかと思ふと——。」

「……君の、ものゝ云ひ振りの方が寧ろ怪しからんよ。」

「チエッ！」と冬子は、鋭く舌を鳴した。私は、ギヨツとして彼女の顔を見直したが、其処には、私の存在の気合もなかつた。彼女が何に向つて舌を鳴したのか私には、計り知れなかつた。彼女は、終始変りのない眼ばたきの少い眼を、ゆつたりと視張つてゐるばかりだつた。

「僕こそ、あの肖像画が欲しかつたんだがな——」

私達は、別々な想ひに煙つたまゝ対坐してゐるのだ。彼女が呟く言葉は自身に取つては末梢的なものに過ぎないやうだつた。――たゞ、顔を見合せてゐるばかりだつた。

「売る奴も馬鹿なんだけれど、もう半分自暴にもなつてゐるらしい、兄さんは――」

彼女は、近頃の青野の愚かし気な動静を語つたり、また彼等兄妹が旧知の人々から如何な風に取り扱はれてゐるかといふことも告げた。気狂ひ兄妹だと云つて、誰もが相手にしなくなつてゐる……

「考へるまでもなく、それも無理はないんだけれどね……。あんた知つてゐるわね、妾は子供の時分からの癇性で髪の毛を長くしてはゐられない、子供の時の儘で、ずつと斯う断つてゐるのを？　こんなことまで今更、気狂ひの附け足しにして何とか云ふのよ。」

「この間うちそんな風な頭がはやつてゐたらしいが――」

「どうだか知らない。」……正当な交際を続けてゐるのは私の母より他になくなつたが、此頃では如何かすると何処か母の態度にも此方を病人扱ひにしてゐるやうなところも窺はれる、だから此方からはなるべく訪れないやうにしてゐる、今では他人と言葉を交へるやうな日は滅多にない、源爺やだけが昔ながらにたつた一人残つてゐる、そして妾達の世話をしてゐて呉れる、それは――と彼女が、続けやうとした時に、私は突然膝を打つて歓喜の声を挙げた。

「源爺やが居る！そんなら僕は今直ぐに訊きたいことがあるんだ！」

冬子は、私の様子には気附かないやうに言葉を続けてゐた。

「妾達は、爺やに給料を払ふどころかあべこべに、世話になつてゐる、この家だつて……」

「起したつて好いだらう、何処に寝てゐるの？僕は会ひたい！」

この家だつて彼の出費で建築されたんだ、ひよつとすると彼は少しばかりの財産を妾達に譲らうとしてゐるらしいが……などといふことを冬子は続けてゐたが、今にも私が部屋から飛び出さうとした時に、彼女は静かに私をおしとゞめた。「会つたつて駄目よ。あれも頭が妙になつてゐて妾と兄さんの顔だけしか覚えてゐないのよ。そして、酷い聾者になつてゐるの。」

さう云つて彼女は、私も時々それに眼をつけて何に用ひるものなんだらうか？　と思つたが、訊ねる隙もなかつた手製らしいメガホンを取りあげると、扉をあけて、「オーーツ」と鳴らした。

「爺やと話すんなら、あんたもこれで云はなければならないのよ。だれど、これを使つたつて言葉は通じないのよ。たゞ合図だけのことよ。私達の間には、いつの間にか十通りばかりの合図の種類が出来てしまつて、それで一通りの用事は足りてゐる。あれは、字は何も知らない。」

私は、頭をかゝえてドンと椅子に落ちた。

オーツといふのが呼声の代りだと見えて、間もなく源爺は直ぐ隣室から現れて冬子の傍に来ると、昔のまゝな円満な微笑を湛えて、ちよこなんと主人の足もとに坐つてゐた。

「お前は達者で好かつたね。何よりも先に、僕はお前に訊ねたいことがあるんだよ。お前ならば屹度知つてゐるんだ。」

私は、懐しさの情に溢れて、冬子の云つたことなどは忘れて、思はずしつかりと彼の手を握ると、烈しく打ち振つた。

「駄目よ、何と云つたつて。」と冬子は、寂しく笑ひながら、徒らにメガホンを私に渡した。源爺は、にこ〳〵と笑ひながら、自分で持つて来た盃をとり出して、有りがたさうにいちいち戴きながら傾けてゐた。向方で独りで今頃まで晩酌をしてゐたらしい私達のとは別な酒を其処に運んで楽しさうに飲んでゐた。

「もう一度若しそれを吹くと、今度は帰つて行くのよ。時々妾達は斯うして向き合つて夜の更けるのも忘れるんだが、爺やはこれが何よりもの楽しみなのよ。」

私は、空しく壁を眺めて、涙に似たものを堪へてゐた。

(あゝ、あの絵もそんな遠い国に行つてしまつたのか、俺は何処まで独りであの夙を追はなければならないのだらう、あゝ、あの主人の眼が懐しい。)

「それでも兄さんは、仕事を探すと云つて出歩いてゐるんだが、おそらくA町あたりの obscene house《ナンバー・ナイン》あたりにもぐつてゐるに違ひない、と妾は思ふんだが……」

「さうだ、あの辺の小料理は悉くナンバー・ナインの類ひらしい、A町だ、昔の吾家のあたりだ。だが、青野はあの辺には居ない。」

私は、漠然と青野の行衛を考へたり、握つてゐるメガホンを覗いて、どうしたならば自分の意図を源爺に通じることが出来るだらうかなどといふことに空しく思案を傾けてゐた。

「ぢや、東京かも知れないね。」

「何のために行くのかと訊かれても返答の仕様もないので僕は、吾家《うち》の者にこゝに来ることは云はないでゐるんだが、吾家では僕が悪い遊びにでも行くのかと疑つてゐる。」

「あんたと同じやうなことを兄さんも何処かで演じてゐるのかも知れないね。」

「えツ、何が? どうして!」と私は、何だか訳がわからぬ気がして問ひ返したが、彼女は、私の言葉は耳にも入らぬやうに、変らぬおだやかな調子で呟いでゐた。

「あゝいふ種類の熱情家が、財産を失ふといふことは悲惨ね。」

「あゝ、俺はあいつに遇ひたい!」と私も私で独り言のやうな嘆息を洩した。

「兄さんは、顔は、妾の知らないお母さんにそつくりなさうだけれど、心はお父さんそつくりなのよ。」

「さうかしら……」と私は、わけもなく声を震はせて叫んだ。

「そして妾はね、兄さんとは反対で顔はお父さん似――」と云つた冬子の声が、私の耳に奇妙な新しさを持つて響いた。彼女の言葉は、私の心持を洞察しきつてゐるかのやうに響いて、私に、安んじて依頼せしめるやうな朗らかさを感じさせた。「お父さんの顔を思ひ出したかつたら、好く私の顔を見ると好いんだ……」

「………」

何かに打たれたやうにぴりツとした私の眼の先に

「ほうら！」

さう云ひながら、戯れるやうに眼を視張つて彼女が顔を突き出した。凝つと私はその眼を視詰めて

「さうだ！　俺は今迄気がつかなかつた。」と云ひ放つた。

……（だが、主人の眼とは違ふ。主人の眼は俺にこのやうな静けさは与へて呉れない？）

冬子は、私に示したことは忘れたかのやうに、いつまでも、無心気に、私の眼近かで視張つてゐた。私は、その視線に、鋭く、小気味好く、快く、突き刺された。――耳を澄すと、蹄の音がした。爽やかな鬣が私の頬をさらさらと打ち撫でた。風笛のやうに鳴る口笛を感じた。私は、巧妙な騎手になつて、風を切つて駿馬を飛ばしてゐた。夕靄の中に光つた、彼女の眼があつた。――私は、「ボーフラ」の姿が、次第に近づいて来るのを、凝つと鬣の蔭から打ち仰いで、微笑を感じた。

「さう思はない？」

「………」

私は、はつきりと展開されてゐる私のあの幻の中だけに生きた。私の心は、五体を鞭にして、唇を鳴し、馬を駆つて、まつしぐらに凧を追つてゐた。――私は、一寸《いつすん》眼近かに冬子の瞳に自分の視線を吸ひとられた刹那に、極度の痴酔に感極まり、基処に源爺のゐることも忘れて、奇声を放つと同時に彼女の頬を両手の平でぴつたりとはさんだ。……

同じやうな夜ばかりが私に繰り返されてゐたのだ。だから幾部分かのこの章の動詞は寧ろPresent Narrationに綴るべきが、現在の私の心域に照しても順当なのだが、今は青野兄弟も共々に面会の許されない或る脳病院に入院してゐるのでもある故、一先づ過去のかたちに統一して叙したのである。

（「中央公論」昭和2年3月号）

投げすてよ！

平林たい子

十二月三十日の夕暮、下関の町には雪まぢりの冷い雨が海風で横なぐりにふつた。

汚れたメリヤスに、あはれな麦藁帽をかむつた鮮人の労働者が肩をすぼめながら真赤な手で土を掘つてゐる赤土の崖から、赤い泥濘が流れ出して、監獄下の道を小川のやうに流れてゐた。

光代は、傘を斜にした手に冷い痺れを感じながら、風とさからつて、低い下駄で歩いて行つた。

風に向いてゐる鮮人の低い家は、閉めた雨戸まで濡れてゐた。屋根のめくれかゝつたトタンはけたゝましい音で庇を打ち、軒下にかゝつた汚れた白の朝鮮服は、びしよ〳〵にぬれてはた〳〵と雨戸にあたつてゐた。

小村は、高い塀のつきる所で、赤く錆びた煉瓦塀に向つて長い間シヤア〳〵と放尿した。

あやしいセルの膝の円くなつたズボンを横合ひから眺めながら、光代は、何だか、クスツと笑つてみたい気持になつた。

「何だか、放浪に出る首途のやうな気が一寸もしませんね」

光代は、怒つたやうにむつつりしてゐる小村の顔を、傘の下に覗き込んで、しら〴〵しく笑つた。

しかし、雨の中で、自分の扁つたい笑ひ声が耳に戻つて来ると、歪んだ表情が、そのまゝ硬くなつてしまつたやうに、急に動きがとれなくなつた。眼の中に、あついものがこみ上げて来た。

行李の片附けなどの激しい動作の為に、家を出た時から、下腹に頻りに胎動があつた。グロッスの発売禁止の漫画集の真赤に彩られた堕胎の画が、目を刺すやうにあか〳〵と、瞳の中に思出された。

震災で、命から〴〵逃げて来た二人を、親切に世話してくれたこの街の牛乳屋の店員である友人は小村の、救世軍士官時代の知合だつたが、光代が、何でもない顔で堕胎の決心を話すと、呆れて、それつきり来なくなつた。

「小村さんも、都会の埃に、魂までも曇らされましたなあ」

要するに、その男は、夫婦の後につきまとつてゐる刑事の目と、いつまでたつても仕事にありつけない小村の性格とが厭になつたのであつた。いつも両方の袂に、ぶら〳〵と牛乳の壜をひそませて来た彼が、何も持つて来なくなりある時、仕事着のまゝ台所口から覗いて、小村に貸してある靴を戻してくれと言つた。それは救世軍兵士である彼の、友情の断絶を示す唯一の方法だつたのである。

「随分悪うなつたな。これを修繕するには、二円はかゝるぢやらう。…………いや二円ぢやきくまい」

男は、そのぼろ〳〵な靴を取上げて、なめくじのやうにぐる〳〵と眺め廻した。

彼と友情が断たれると、止つて居られる土地ではなかつた。

「東京へ！」

と光代は自分に向つて叫んだ。眩しい赭土の反射と、舌たるい中国訛りの中で過した、数ヶ月の焦立たしい日を光代は今更の様に思ひ起した。そこには、布団で押へつけられるやうな、息苦しい小村の愛がどろ〳〵と淀んでゐたばかりであつた。女をまもる為には、思想までを古着のやうに売飛ばす痴者を、光代は、しみ〴〵と自分の傍らに意識した。

しかも、しかも、さう言ひながらも、光代は、「兄さんの所へ行つてたのみさへすれば、何とか二人で生きる道は探し出せるだらう」といふ小村の言葉にしたがつて、いつの間にか、大連へ旅立つための用意をしてしまつてゐたのである。

年の暮の街では、路傍にぬれた魚を並べて呼び売りしてゐた。暗い銀色の鯖の並んだ屋台に白い両足を位たて、冷い雨が頻に降つた。

年末売出しの赤い旗が雨ににぢんでびらびらと動いてゐるのを見ると、光代は、はじめて目の前の長い旅の事を思つて憂鬱になつた。

——彼を振切つて東京へ戻り、全生活を運動の中に投じやう——

——では、腹の子供はどうする。彼を失つて自分の生活ははたして幸福かしら——

幸福とは何であるか。そんな判り切つた問題の前にも惑はなければならない、意力のない、男性の一所有物に過ぎない、はかない女を、光代は、驚いて自分自身の中に見た。

船着場の、汽船会社の旗が暗い空に見える街の曲り角まで来てゐるのに、光代の心の中には、未だ、浮気な午後の雲の様な、二つの考へが去来してゐるのであつた。

「三円程あまつたよ」

切符を売る小窓から小村は、満足さうに笑つて戻つて来た。

光代は、たゞうなづいて、腹を掩ふやうにしながら、混み合つた待合室の後に、ぼんやり立つてゐた。

「一寸、海の方へ出やう」

二人は、人夫が荷物を運んでゐる傍らを通つた。人夫は妙な声で札を読みあげながら、山の様に積んだ荷物から一つづつ取り上げて、桟橋の側へ投げてゐた。大きな行李などが、あら〳〵しく、礫のやうに投げとばされた。光代は、大連での生活の為にと行李の中へ入れたこわれやすい台所道具の事を思出した。——フ、ン——光代は、人夫の動作にまで、自分に訓へてゐる意味を感じて、鼻でわらつた。

「あの汽船でせう」

「さうだ」

「この風ぢや大変ね」

「大連はあの辺だよ」

白い波頭が踊りながら砕けてゐる暗い沖を小村は指した。光代は、そちらを見ないで、性急に「東京は」と言つた。

「東京…………はあの辺だらう」

激しい色を含んだ小村の目と、光代の目とが、不思議にかちりと合つた。

「お前は未だ東京に未練があるんだね」

「東京になぞ、未練はありませんけれど唯……………」

光代は、面倒くささうに止めた。

本船へ運ぶ小蒸気が来ると、人々は、傘を閉ぢて、雨にぬれながら、荷物をさげて出て来た。

光代は、未だ、心の中に、相闘ふ二つの激しい声をきいた。

小村が、人々に押されながら、青い横顔で梯子を降りて行つた、光代も、腹を突出しながら、たよりない、その手摺につかまつた。

「これで、また、自分の人生の過失が一つ殖えた！」光代は、目をつぶつて、足下の暗い浪を見ないやうにして降りて行つた。

膚を刺すやうな一日の風が、殖民地の箱の様な建物の街路を吹きまくつてゐた。

光代の意固地な沈黙につれて、小村も憂鬱さうに口を噤んで、汚れた幌の間から外を見ながら馬車に揺られて行つた。鋪装した、なだらかな街路を離れると、路は凸凹の激しい登り坂だつた。紺の支那服に小学生の様な帽子を冠つた支那人の馭者は寒さに抵抗するやうに、やけに鞭を鳴らして、馬の尻を打つた。

「××はこゝです」

二人は馬車を降りると、古めかしい赤煉瓦の二階建があつた。「××鉄道公司」と書いた木の大きな表札が、風で、ぐるつ〳〵と動いてゐた。

弁髪を縄の様に額に巻いた汚い支那人が、きと〳〵と二人を観察して奥へ入つたきりなか〳〵出て来なかつた。外套も襟巻もない二人に後から、痛い程冷い風が吹きつけた。

兄は、頬骨の高い小男だつた。前ばかり長いハイカラ分けの毛が額に被さるやうに下つて、固い狡猾さうな顔を狭く区切つてゐた。

「洋三、君は一体、俺の返事も待たないでさうして御帯同でやつて来て、何かいゝ仕事の目当てゞもあるのか」

兄は、挨拶もしない前に、洋三が窮屈なズボンの膝を揃へて小さく坐つてゐる前に立ちはだかつて言つた、支那人の様な、韮のにほひが、ぷわりと二人の顔へ来た。

「僕は、兄さんの鉄道の仕事でも手伝はしていたゞかうと思つて来たんです」

小村は挫かれて、吃りながら下を向いた。

「君に出来るやうな仕事は、鉄道には、まづないやうだね」

小村はたゞ悲しげに、腹異ひの兄を見上げた。

××鉄道公司の仕事は、大連の市内から、海岸の公園まで鉄道を敷く事であつた。三十人近い苦力が真黒な粟飯と塩をかむ様な沢庵とをあてがはれて、朝星空のうちから、夜、土もつこの手許がわからなくなるまで鞭で打たれるやうにされて、働いてゐた。兄はその社長であつた。

「君は社会主義者ださうだから、さぞ、あゝいふ仕事には反対だらうな」

三日目の朝、兄は、ストーヴの前へ寝そべつて、顎をしやくつて窓の外を示しながら、あざけるやうに言つた。兄の示した窓の外の吹きつぱらしの原には、二条の線路が埃に煙つて見えない野の果までつゞいてゐる。のろ〳〵と長い弁髪に黄色に埃を被つた苦力達が凍つた土を山に積んで、こゝだけは頭の上の窓に社長の目を感じるらしくよそ見もせずにトロツコを押して通つた。小村の後に坐つてそれを見ながら、光代は眼の底が痛むやうに感じた。

「理論は理論として、僕は…………」

小村は眼を細くして、兄の様子をうかゞひながらおづ〳〵と言つた。

「貴女も同じ社会主義者で共鳴した人ださうだからあゝいふ風に苦力などを使ふことには反対でせうな」

兄は弟の様子を、蹴飛ばす様な目で見ながら、さらに、しつこい調子を光代に向けた。

「左様でございますね」

光代はすべての不快さを振り落すやうにきつぱり言つた。

「そこで、これはぜひ断つておくが、君達がこゝにゐて働く以上、こつちでは雇人のつもりで扱ふから、そのつもりで、間違ひなくやつてくれなあ」

光代は癖の、敵意を示す表情で兄を見上げやうとしたが、許しを乞ふやうな小村の目に出会つて、砕けた。次の日から二人の労働が始つた。

光代は腹を差出して、手を拭きながら、冷い水道の水で、十三人の日本人の為に真黒な南京米を炊いた。兄は、小さな体で、寝巻のまゝ二階から降りて来て、金口の煙草をくわへながら、腕をめくつて水加減などに注意した。水を多くして飯を柔くたけば米の量がいらないといふのであつた。

雇人の食事が出来上ると、兄は、二階にしまつてあつた味の素の壜を持つて降りて来て、自分達夫婦の食事の為にその灰色の粉を、小さじに何杯か鍋の中へ入れた。

光代は、感情を失つてしまつたやうに、冷いコンクリートの床に立つたまゝ、遠くから走つて来るトロツコの音をきいた。背広服につるはしを担いだ小村が、未だ暗い外へ出て行く姿が、曾つて見た事のない不思議な一枚の画のやうに、いつまでも光代の目の底にあつた。

夜があけ放れた時、嫂はしどけない伊達巻姿で裾を引摺りながら梯子口から下をのぞいて、「お光、お光」とつぶれた声で激しく呼んだ。冷え切つた石造の建物の中に、彼女の、人を使ふ享楽の為に呼ぶ自分の名前が、かーんかーんとひゞいた。光代は暫くだまつてきいてゐたが、返事しないわけにも行かなかつた。

「これね、今すぐ洗つてちやうだい」

ぶわりと梯子段の下へ投げたのは四五枚の洗濯ものだつた。下へ落ちる拍子に桃色フランの汚れた腰巻が旗のやうにぱつと拡つた。見ると真中どころに、黄色な汚点が幾つか隈どつてついてゐた。

光代は呆然として見下してゐたが、やがて顔をそむけるやうにしてそれを抱えた。

未だ体温の残つてゐる腰巻から、生温い酸つぱいにほひが、むつと鼻に来た。妊娠してゐる光代の胸に、ぐわつと吐気がこみ上げた。

冷い台所へ降りると、光代は、ブリキの大きな水桶に、水道の栓をひねつた。

「お光、光代、光代！」

訳が判らずに突立つてゐる光代の前へ、兄は、手まりの様に走つて来て、いきなり水道の栓をとめた。

「飛んでもない。こんなに水をどん〳〵出したら、メートルが一時にのぼつてしまふ。君は、水の使ひ方も知らないのか」

兄は、栓を少し廻すために緊張して、手をわなゝかしながら、五六斗も入ると思はれる桶の中に、糸の様に細い水を落した。

光代は腹の底からこみ上げて来る哄笑を押へながら、水のたまるまで、低い、二階に聞える程度の声で、××歌を唄つた。

夜になると、両足に激しい水腫が襲つた。

火の気のない室でいつまでもペチヤ〳〵と異国語で喋つてゐる苦力たちの声に、堪へがたい感傷を感じた。

激しい胎動が下腹を這ひ、幾度か〳〵重い足を気にして寝返りを打つた。光代は、今はじめて、「プロレタリヤには、まことの恋愛生活はあり得ない」といふ理論を、実感として会得した気がした。女を所有するために、これ程にまで無意力な人間になり下るだらうとはあの潔癖な小村に於いて、光代の思ひもうけない事であつた、「本統の恋愛生活を獲る為にでも、この社会と戦つてやらう。」はては、光代は昂つて、小村に背を向けて、はげしくよゝと泣いた。

腹異ひの弟に対する根深い憎悪のもとで、小村の兄に対する態度は、目に見えて、卑屈になつて行つた。

冷い風の吹く昼、光代は嫂の命令で、くだらない用事で、わざ〳〵現場の兄の所まで使にやられた。線路を伝つて行けば、十丁とない所だつたが、光代が行くのははじめてだつた。この土地の女達が着てゐる毛の厚いマントを持たない光代はペラ〳〵な瓦斯縞の袷の腹を突出して、頬を紫にしながら、気だるさうに歩いて行つた。

遠くから、丈の高い小村が洋服の不自然な姿で、腰をかゞめてシャベルを動かしてゐるのが見えた。光代が近づいても、乾いた目でぢろりと一目見たゞけで、よそ〳〵しい表情で土を掘つてゐた。

光代を認めて、詰襟服に厚い外套の兄が近よつて来た時、小村が働いてゐる脇で、やけに走つて来た苦力のトロツコが脱線して激しい音で覆つた。

「馬鹿野郎」

と小村は、憎悪を吹いてゐる目で二人の苦力をどなりつけた。

「も少し、仕事に身を入れてやれ」

小村は、兄の存在を感じて、さらに激しい目で二人をにらんだ。それは二年の間かつて光代の見た事のない顔だつた。

「貴様心が悪いぞ《ニーデジンホワイラアだろ》」

兄は、上機嫌で弟と調子を合はせて、光代の顔を見ながら、ヘラ〳〵と笑つた。光代はせつせとシヤベルを動かしてゐる小村の横顔の頬骨を高く思つてしみ〴〵と見た。横へ向いてゐるところは、兄とそつくりに見えた。

苦力は、泥だらけな手で、傍に置いてあつた、冷たさうなシヤベルを取り上げて、こぼした土をすくひながら、卑屈な顔で、何度か兄に頭を下げた。兄は髪の毛をばさりと動かしながら、横柄にうなづいた。

光代は、兄にだけ挨拶して、苦力と小村との間の、小村の洋服の羅紗の香がする程のところをすりぬけて、線路まで出て歩き出した、小村は振返りもしなかつた。光代は、この吹きさらしの原で起る毎日の出来事を、皆見てしまつた気がして、変に興奮しながら、寒さを忘れて帰つて来た。堪へられない絶望が、光代の心を歪めた。

其夜兄夫婦は、珍しく二階から降りて来て、ペーチカの傍らに坐つた。乾からびた落花生をむいてゐた苦力達は、皮をぽろ〳〵とこぼしながら、新聞紙の四隅をつかんでこそ〳〵と隣室に引退り、小村は、他の日本人達と一緒に相変らず憂鬱な顔で石鹼箱の中に白銅の音をこと〳〵させて、銭湯へ出て行つた。

光代は、次の室の高い電燈の下で赤い切れを縫つてゐた。

「今日よく見ると、お光の腹は、もう余程下つてゐるが、お産はいつだつて」

「来月のはじめだとさ」

二人は、光代が、小村達と一緒に湯に行つたものと感違ひしてゐるらしかつた。

「お産には、随分金がかゝるだらう」

「それや、あんた、十円や二十円ぢやすまないわよ」

「不当な負担だな」

兄は、例の、変に急いだ声で言つた。

光代は、その時、嫂が、つぶれた声で、「今のうちに追出し……………」と言つたのを、たしかに聞いたやうな気がした。

光代は肩で呼吸しながら、壁に身をもたせて、こんな時に子供をはらんだ自分をつく〴〵と嘲つた。

「何と卑屈な人間どもがうごめいてゐる事だらう」

二人の会話を聞いてから、光代は、いよいよたまらないやうに周囲を見廻した。

小村は、仕事場で覚えて来た汚い支那語で感情の捨場のやうに、苦力達の暗い室へ首を出しては、つまらない事をのゝしり、日本人の雇人達は、何ケ月も給料を払はない主人に互のくだらない告口をしては取入つた。

「チヤンピーのきれいなのもいゝが、あの、朝鮮ピーの×××××××××××××い、ぢやないか。……だが何と言つたつて、あのロスピーの章魚のやうに××××××、とてもかなはないね」

ストーヴの煤煙で真黒になつた畳は波のやうに起伏して、歩くと足が没しる様な感があつた。

彼等は仕事をしまつて来ると、久しい間女に飢えた、肉慾の強さうな毛だらけな四肢をその畳の上に投げ出して唇をなめづりながら女の噂だつた。

苦力達は、長いのろ〳〵した弁髪で、のそり〳〵と室の中を歩き、黒い粟飯で満腹すると、丈の高い体を、長々とねそべつて、唇をだらりとあけながら、隣室の光代の所まで聞えて来るふいごの様ないびきをかいた。

煤煙ににごつた室の隅々にまで、あの、吹きさらしの満洲の野に感じるやうな、さば〳〵した植民地気分がたゞよつてゐた。何処にも、この不当な雇傭制度や、安価で下劣な殖民地気分に反抗するやうな光をもつた目を探し出す事は出来なかつた。

吹きさらしの野では、かぢかんだ手で凍つた土をこつ〳〵と掘り起しながら、曾つてはすべてを投げすてゝ魂をよせた小村が、兄の目の色をうかゞつて、尾を振るやうに元気よくトロツコを押して見せてゐるのであつた。……この社会を覆し得る予感を、どこに持つことが出来るか――

光代は、腹の胎児と一緒に、消えて失せてしまひたい程に現実を感じた。

小村に向けて放射してゐた、光代の心は、夜の合歓の葉のやうに全くとぢた。自分一人の広漠たる視野が、光代の心のうちにひろがつた。


ある雪の日に、高等刑事が小村をたづねてやつて来た、寝そべつて将棋をさしてゐた小村が、不安の色をして玄関へ立つて行つた、光代はペーチカの傍で小村の靴下を繕ひながら見てゐた。こそ〳〵と二三言話すと、小村は青ざめて戻つて来た、変に落ちつかない様子で上衣をつけた。

「何なの」

「いや……何でもないんだよ」

光代が首を伸ばすと。扉のかげに、あつい外套をきた紳士風の刑事が二人たけ〴〵しい顔で立つてゐた。

「何の用事ですか」

その顔を見ると、何とも言へない反感がこみ上げて来て、光代は立ちはだかつたまゝ言つた。

「小村君を拘引するんだがね」

と一人が肩をいからすやうにして言つた。

小村は、緊張した顔で、そゝくさと靴をはいた。厚い光沢のある外套を着た紳士に挟まれて、肱に白い穴のあいた背広の見すぼらしい小村が、寒い風の外へ出た。

「余計な事を喋らないやうにね」

と、光代は、何だかわけがわからなかつたけれど叫ぶやうに言つた。

「何でもないんだから、すぐ帰る」

と、青ざめた小村の顔がうしろを向いた。

電線が三人の頭の上で悲しい笛のやうに鳴つてゐた、光代は、奉公人らしく、玄関の下駄をなほして戻つて来ると、もとの座に坐つたが、変な不安が胸を衝いた。

塩の様な雪が、夕暮れになると、風に吹きまくつた。光代は、大儀に立上つて、壁の羽織を引掛けて、自働電話まで行つた。扉は斜にあいて、雪が細長い三角形に積つてゐた。光代は、かぢかんだ手で番号簿を繰つた。

「もし〳〵警務署ですか」

「さうです」

光代は、小村のことをたづねた。相手は暫く待たしたが「小村洋三のことについては、電話で話すわけには行かないが、貴女は一体だれかね」と言つた。

「妻でございます」

「え?」

「妻でございます」

言ひながら、光代は、さういふ言葉に、何かわけの判らない矛盾と皮肉を感じた。

「ぢや、こちらまで出向いたらいゝでせう」

光代が当惑してゐる間に、けたゝましい音が耳に来て、電話が切れた。

次の日の夜、兄は酒気のまぢつた声で階下の光代を呼んだ。光代は、動かせない予感を胸に感じながら、昇つて行つた。

「弟の事だがね」と兄は、酔にまぎらした言葉で言つた。

「あいつは××罪で引張られたんだから、当分帰りやうはないよ」

「××罪?」

光代は自分の耳を疑ふやうに言つた。

「さうだよ、××罪だよ、畏れおほい事をかいた手帳が戸棚の中にあつたから、俺が取敢えず警務署までとゞけておいたから、きのふ連れて行つたんだよ」

縮緬の布団の上で膝をくづした兄のすがたが、目の前の青い畳が、ズ、ズーと伸びて、畳と一緒に遠くへはなれて行くやうに見えた。

「そんな、そんな滑稽な事があり得るのかしら?」

光代は、あまりに意外で、滑稽といふより外に、言ひ方がない気がした。

「で、本統気の毒だが、あゝいふ小面汚しの弟とは、今後、一切か、はりたくないから、あなたも、明日中に、どこかへ行くやうにしてくれんか」

「お気の毒な事は充分わかつてるけどね」

嫂は、傍から、鼻の下におく毛の生へたいやしげな口で、ヒ、、と笑つて、不似合なルビーの指輪の手で、思出したやうに、兄の盃へ、徳利を傾けた。

「ようございます」

光代は、すつと立上つて、階段を降りながら、傍らの壁に動いて行く自分の影を見た。

ふと、何故、兄の良心に対して一言酬いなかつたらうか、と思ひかへして、梯子の下に立止つた。二階では、兄が喘息の咳でジージーとせきこみながら、何か大きな声で喋つてゐた。

翌る朝、苦力に麻紐で行李を結へて貰ふと光代は、給料の要求をどういふ言葉で言はうかと思つて、布団の包に腰をかけて、漫然と朝の新聞をひろげて。暗いうちに働きに出て行く人々と、新聞なぞには用事のない種類の人々とが住むこの家では、そんな時刻になつても、新聞は、投げ込まれた形のまゝで冷い玄関の畳に捨てゝあつた。光代は、その新鮮な香に、ふと東京の事を思出しながら、何気なくひろげたのであつた。

「問ふに答へず語るに落ちる
不敬漢小村洋三の珍妙な自首」

光代は、手をわなゝかしながら一気に読んでしまふと、思はず新聞を投げすてた。

新聞には、兄が小村のノートを高等係に手渡したのを知つて、小村が自分が秘密に持つてゐた不敬な印刷物を押収されたものと感違ひして少しでもその筋の同情を得やうと自首して出たといふ意味の事が記されてあつたのであつた。

新聞には、「主義者の卵」と小村の事を書いてあつた。

光代は迂闊にも、小村が拘引される以前にそんないきさつのあつた事を少しも知らなかつた。勿論、好奇的でいゝ加減な殖民地の新聞の記事は五割までは割引して信じるとしても、変に小村の性格と思ひ合はされてピンと胸にこたへるものがあつた。

光代は、あらたに、兄夫婦に対する憤りの気持にふるへながら、二人がむつまじさうに茶を呑んでゐる二階へあがつて行つた。立つたまゝで、簡単に給料の事を言つた。

朝鮮銀行発行の、やすつぽい青い十円紙幣が、二枚光代の掌に握らされた。

「まあ、お茶でも呑んで」

嫂は、その金額に疚しさを感じるらしく、歯の間から唾を飛ばして、濃いいゝ香の茶を光代についだ。

「で、と、あんたはそれで、国へでも帰つた方がいゝですよ」

「まさか、二十円では帰れませんよ」

金を投げつけて、男の様に暴れてやりたい衝動が、胸までこみ上げて来たが、それも出来ない、腹の大きい、行く所のない光代であつた。窓の外では、苦力どもが、「団結」などといふ事には夢にも思ひ及ばない牛の様な平和な顔で、トロツコを押してゐた。

光代は、金をふところにして、警務署へ行つた。

小村はたつた二三日の留置場生活で、もやしのやうに憔悴してゐた。

「あ、光代」

司法主任の室で、小村は、眼鏡を失つた、もぐらもちのやうな目で、吸ひつくやうに光代を見た。

「一体、どうしたんです」

「許してくれよ。光代、俺が悪かつたよ」

「許すも許さないも、私には、わけがわかりませんが、どうしたんです」

「これ〳〵、あんまり立入つた話はいかんぜ」

金色の肩章のある男が、傍らの机から、白い手を差出してしなやかに振つた。

「俺は悔いてゐるよ。俺は、やつぱり、社会運動家であるよりも、平凡な、恋愛至上主義者だよ」

「何言つていらつしやるの」

「兄さんや姉さんは怒つてゐるだらうな」

「いゝえ、ちつとも、喜んでたわ」

光代は、その時、ひやりとする程の冷いものが、心の中に閃いたのを覚えた。

「私、………私、あなたの気持次第では、このまゝ、あなたとお別れしなくてはならないかも知れないの。勿論、同志としての世話だけは、あくまでするつもりですけど」

光代は、その時、ふしぎに涙がこみ上げて来るのを感じた。見えない何かの力に敗北した小村が、残念で〳〵ならなかつた。

小村が、看守に伴はれて、暗い廊下を去つて行くと、光代は、その肩章の男に、二三の審問を受けた後、婦人ホームへ入るために、行路病者の証明を貰つた。

暗い建物から外へ出ると、光代は、ひとりでに肩をすぼめた。最後の、最後のものまでを払ひ落して、赤裸のジプシイになつた筈の自分の、この心持は？

光代は、道々、司法主任の室で、小村に言つた言葉を、いろ〳〵な、変つた気持で思返した。

支那料理の差入屋で、差入れの赤い札を五枚買ふと、十円紙幣は忽ち、こま〳〵した銀貨に変つた。光代は、その中の銀貨を一つ握つて汚い俥屋に渡すと、殖民地らしい、明い並木道を、俥にゆられて行つた。

――機会にしては、何と残酷な機会であらうか――

さう考へる事は、根底のない感傷に過ぎないと考へながら、やつぱり光代は、昨夜から考へて来た事を、幾度も動かした。この際小村と別れる事は、自分の抱く思想のうちに自分自身を置いても、決して恥づべき事ではないと考へながら、何かに憚られる気がした。

俥は、古い、葛のからんだ建物の前で梶を下した。

光代は、一寸立つて中の様子をうかゞふやうにして、ベルを押した。中からは、濁つたオルガンの音が聞え、救世軍の単調な軍歌の合唱が不揃にまぢつた。

つねぐ〳〵小村にきいてゐた、この救世軍ホームの経営者であるところの救世軍中校は古い官吏のやうな単純な眼の光と幾筋かの横皺をもつた顔に不似合な少年のやうな制服をつけて、背をかゞめるやうにして応接間へ出て来た。

光代は、小村の名前を出さずに旅で困ってゐる者だと言って、用向を言った。

「おゝそれは〳〵」

と中校は遠慮なしに卓の下から光代の腹をのぞいて見て迷惑さうに笑つた。

「これも、神様のお引合せでございませう」

夕方、淋しいこと〳〵といふ音をたてゝ光代の荷物が馬車で運ばれた。

——何といふ、いたましい人生が、こゝにもひろがつてゐる事であらう。いや、かういふ人生は、こゝだけでもないのだ。地球の表面いたるところに展開されてゐるのだ——

夕飯の鈴だと知らされて、光代が、畳の汚い、暗い室に入つた時、彼女は低い叫び声をあげた。そこには、七八歳から十四五歳までの汚い子供達が、ビール箱の様な食卓をはさんで、葱畑のやうに行儀よく並んでゐたのであつた。

大人達は子供のうしろに、三人づつ組んでうつむき勝ちに坐つた。モヒ中毒で二時間毎に卒倒するといふ商売上りらしい膚の黒い女、脚気で室の中を這ひ廻つてゐる女、双生児の乳呑児を膝にのせた女、腹を突出した光代。光代は見まい〳〵と思ひながら箸をくばりながら、あまりに膚の黒い、異様なモヒ中毒の女の方を、ちらり〳〵とのぞいた。廊下で、ばた〳〵といふ微な草履の音が聞えた時、一人の子供が、立上つてシツ〳〵と皆に会図した。女や子供達は、蓄音器の針を外したやうに、一せいに口をつぐんだ。

入つて来たのは、中校と、喪服のやうな着物を着た夫人とだつた。

やがて、あはれつぽい讃美歌の一くさりがうたはれて、たゝかひのやうに激しい食器の音が起つた。

「何しろ、親の愛も知らない、下等な労働者の子供達ばかりですから」

食堂を出る時に、中校夫人が後から来て、敬虔を気どる調子で言つた。その目の中には、光代をさげすむ冷い色があり〳〵と読まれた。

光代は、腸の悪い、痩せた女の児をつれた若い女と、しらみだらけの赤い髪をした十六七の少女の六畳の室へ割り込ませられて、そこの、北向の、油煙の多い窓際に机を据えた。

大きな腹で、昼は、打返しの綿の挨の中に坐つて布団つくりをし、夕方になると、電燈の燭光の鈍い講堂で、安つぽくあはれつぽい讃美歌をうたつて、夜、八時になると、電力の節約のために、電燈を消して、気むづかしい、腹の悪い児の寝息をきゝながら、ねてしまはなければならないのであつた。どうかすると、光代は、一週間も小村への手紙を書かなかつた。小村からは、顔を掩ひたいやうなあはれみを乞ふ調子の手紙が、つぎ〳〵に来た。

「大分、手紙が来ますなへ、、」

と、中校はいや味に笑ひながら、光代に渡すのであつた。新聞を見ない事も久しかつた。東京の郊外の大工場に起つてゐた未曾有の大ストライキがどうなつたか、そんな事を、獄中の小村に知らせたく思つても、新聞を見る所がないのであつた。

北向の窓の外には、五坪程の空地があつて綱の切れさうなブランコが二つ、みぢめな子供たちの唯一の遊び道具としてぶら下つてゐた。三十人程の子供達は、学校から戻つて来ると、命がけで争ひながら、そのブランコの順番を奪ひ合つて遊んだ。二十三四の、士官学校を出て来たばかりの女の中尉が、キザなクリスチヤンらしい口調で、時々、子供達の喧嘩へ割り込んだ。キン〳〵した気の強さうなその女の声は、親のない貧乏な子供たちの喧嘩の喚き声よりも強く、窓の中の、はらんでゐる光代の神経にふれた。

光代は、ぢき、子供と親しくなつた。

中でも、色の黒い十二だといふお転婆な少女は、「伯母さん〳〵」といつて、親によせるやうなこまかい感情を光代によせた。子のうまれる日を待ちながら、さういふ子供達と遊んでゐるゐる自分の姿を、自分ながら、光代はふしぎに考へた。さういふ子供達と遊んで色の黒い少女の事を、中校夫人は、ある時どうも、あの子供は、どこか粗野で、支那人の子供ぢやないかと疑はれる節が多いと得意げに光代に言つた。さういへば、とりわけ、女の中尉からも中校からも、その子供は、よけいにうとんぜられてゐるやうに光代にも思へた。破れたエプロンに、真黒な脛を出した靴下のないその少女の姿を、ことに、光代は注意して見た。

ある時は、その少女は、学校へも行かないで、一日泣いてゐた。「ほつとけ」と皆よりつかなかつたが、その子供のないてゐるすがたが、妙に光代の胸に来た、室へかへつてから光代は、暫く壁に向いて泣いた。

ある時、その少女が、大人しい顔で光代の室へ入つて来て、

「ね伯母さん」と言つた。

「神様はほんとにあるのかしらん」

「貴女はどう思ふ」

光代は、心から微笑みながらさう答へた。

「私ね、神様があるなんて、嘘ぢやないかと思ふの」

「え、え、ないんですよ。あるなんて、嘘ですよ」

光代は、言葉に力をいれてさう言つた。

「どうもをかしいと思つた」

少女は、疑問がさらりと解けたといふ風に駈けながら室を出て行つてしまつた。

その時、不思議な衝撃が光代の胸に来た。

「さうだ、自分のなやんでゐるものは、恋でも愛でもない、今迄の女の醜い伝統をうけついだ痴情に過ぎないのだ。これがもし本統の無産者の愛であるならば、恋であるならば、その愛を矛にして、楯にして、敵の陣営へ突撃して行けない筈がないのだ！」

光代は、さういふ言葉を、その、石にひしがれた草のやうな婦人ホームの生活の中で探し出した。

「すべてを投げすてよ」

光代は、その時、くだらない痴情の為になやんで来た過去の何ケ月から生活を思出して心から笑つた。

子供をうむと、妊娠時代の営養不良が祟つて、ひどい脚気になつた。子供は、その脚気の乳を呑んで可憐に死んだ。

光代は、遂に、すべてを失ひ、投げすてゝ立上つた。

（「解放」昭和2年3月号）

雪《ゆき》来《く》る前《まへ》の高原《かうげん》の話《はなし》

小川未明

それは、険《けは》しい山《やま》の麓《ふもと》の荒野《くわうや》の出来事《できごと》であります。

山《やま》からは、石炭《せきたん》が掘《ほ》られました。それをトロツコに載《の》せて、日《ひ》に幾《いく》たびといふことなく高《たか》い山《やま》から、麓《ふもと》の方《はう》へ運《はこ》んで来《き》たのであります。ゴロツ、ゴロツ、ゴ——といふ音《おと》を立《た》て石炭《せきたん》を載《の》せた車《くるま》は、レールの上《うへ》を滑《すべ》りながら走《はし》つて行《ゆ》きました。そのたびに、箱《はこ》の中《なか》にはいつてゐる石炭《せきたん》は、美《うつく》しい歯《は》を光《ひか》らして面白《おもしろ》さうに笑《わら》つてゐました。

「私達《わたしたち》は、あの暗《くら》い、寒《さむ》い、穴《あな》の中《なか》から出《だ》されて、この明《あか》るい世界《せかい》へ来《き》た。眼《め》にうつるものは、何一《なにひと》つとして珍《めづ》らしくないものはない。これから、どこへ送《おく》られるだらう？」と、同《おな》じやうな姿《すがた》をした石炭《せきたん》は、語《かた》り合《あ》つてゐました。

だんまりの箱《はこ》は、これに対《たい》して何《なん》とも答《こた》へません。むしろ、それについて知《し》らないといつた方《ほう》がいゝであります。しかし、レールは、そのことをよく知《し》つてゐました。なぜなら、自分《じぶん》の造《つく》られた工場《こうぢやう》の中《なか》には、沢山《たくさん》の石炭《せきたん》を見《み》て知《し》つてゐるからであります。いま、石炭《せきたん》が行《ゆ》く先《さき》をみんなで話合《はなしあ》つてゐるのを聞《き》くと、一《ひと》つ喜《よろこ》ばしてやらうとレールは思《おも》ひました。

「あなた方《がた》は、これから、賑《にぎや》かな街《まち》へ行《ゆ》くのですよ。そして、働《はたら》くのです……」と、言《い》ひました。

石炭《せきたん》は、不意《ふい》にレールがさう言《い》つたので、輝《かゞや》く眼《め》を見張《みは》りました。

「私達《わたしたち》は、工場《こうば》へ行《ゆ》くんですか？　そんなやうなことは山《やま》にゐる時分《じぶん》から聞《き》いてゐました。それにしても、なるたけ、遠《とほ》いところへ送《おく》られて行《ゆ》きたいものですね。いろ〳〵な珍《めづ》らしいものを、できるだけ多《おほ》く見《み》たいと思《おも》ひます。それから私達《わたしたち》は、何《ど》うなるでせうか……知《し》つては、ゐられませんか？」と、石炭《せきたん》は、たづねました。

レールは、考《かんが》へてゐたが、

「あなた方《がた》が、真赤《まつか》な顔《かほ》をして働《はたら》いてゐなされたのを見《み》ました。そのうちに、見《み》えなくなりました。なんでも、次《つぎ》から、次《つぎ》へと、空《そら》へ昇《のぼ》つて行《ゆ》かれたといふことです。考《かんが》へると、あなた方《がた》の一《いつ》生《しやう》程《ほど》いろ〳〵と経験《けいけん》なさるものはありますまい。私達《わたしたち》は、永《えい》久《きう》に、このまゝで動《うご》くことさへできないのであります」と、レールは言《い》ひました。

石炭《せきたん》は、トロツコに揺《ゆ》られながら考《かんが》へ顔《がほ》をしてゐました、何《なん》となく、総《すべ》てをほんたうに信《しん》ずることができないからでした。

その時《とき》、傍《かたはら》の赤《あか》く色《いろ》づいた蔦《つた》の葉《は》の上《うへ》に、一疋《いつぴき》の蜂《はち》が休《やす》まうとして止《と》まつてゐましたが、トロツコの音《おと》がして眠《ねむ》れなかつたので、不平《ふへい》を言《い》つてゐました。

「なんといふやかましい音《おと》だらう。びつくりするぢやないか」

と、蜂《はち》は言《い》ひました。

すると、赤《あか》い蔦《つた》の葉《は》は、蜂《はち》をなぐさめました。

「安心《あんしん》して止《と》まつてゐらつしやい。天気《てんき》がかう悪《わる》くては、何処《どこ》へも行《ゆ》かれないでありませう。野原《のはら》はさびしいにちがひない。遅咲《おそざ》きのりんどうの花《はな》も、もう凋《か》れた時分《じぶん》です。そして、あの空《そら》の雲行《くもゆ》きの早《はや》いことをご覧《らん》なさい。天気《てんき》のよくなるまでこゝに止《と》まつてゐて、太陽《たいやう》が出《で》てあたたかになつたら、里《さと》の方《はう》をさして飛《と》んでいらつしやい」と、蔦《つた》の葉《は》は、親切《しんせつ》に言《い》つてくれました。

若《わか》い、一本《いつぽん》の杉《すぎ》が、蔦《つた》と蜂《はち》の話《はなし》をしてゐるのを冷笑《れいせう》しました。

「トロツコの音《おと》に魂消《たまげ》たり、これしきの天気《てんき》におびえてゐるやうで、この山《やま》の中《なか》の生活《せいくわつ》ができるものか。もつとも、もう一度《ど》嵐《あらし》が来《き》たなら、蔦《つた》などは、どこへか吹《ふ》き飛《と》ばされてしまふであらうし、あんな小蜂《こはち》などは、凍《こゞ》え死《し》んでしまふことだらう。この俺《おれ》は、嵐《あらし》と吹雪《ふぶき》に戦《たゝか》はなければならない。そして、もう恐《おそ》らく、過《す》ぎ去《さ》つた夏《なつ》の日《ひ》のやうに、銀色《ぎんいろ》に輝《かゞや》く空《そら》の下《した》で、まどろむといふやうなことは、また来年《らいねん》まではできないであらう……」と、杉《すぎ》の木《き》は、言《い》つてゐました。

赤《あか》くなつた蔦《つた》は、勇敢《ゆうかん》な若《わか》い杉《すぎ》の木《き》の言《い》つてゐることを聞《き》いて、何《なん》となく年《とし》とつてしまつた自分《じぶん》の身《み》の上《うへ》を恥《はづ》かしく感《かん》じたのであります。何《なに》もこれに対《たい》して、言《い》ふことができなかつたのでした。そして、杉《すぎ》の木《き》の言《い》ふやうに、今夜《こんや》にも、すさまじい嵐《あらし》が吹《ふ》きはしないかと身震《みぶるひ》しながら、空《そら》を仰《あふ》いでゐました。

赤《あか》い葉《は》の面《おもて》に止《と》まつてゐた小蜂《こはち》は、飛《と》び上《あが》つて、つい近《ちか》くを走《はし》つて行《い》つた石炭《せきたん》の上《うへ》に止《と》まりました。この黒《くろ》いぴか〳〵光《ひか》るものは何《な》んだらうと思《おも》つたからです。

石炭《せきたん》は、にこ〳〵として、だまつて、この小《ち ひ》さな生物《いきもの》の動《うご》く様子《やうす》を見守《みまも》つてゐました。蜂《はち》は、石炭《せきたん》の臭《にほ》ひを嗅《か》いだり、また小《ちひ》さな口《くち》で舐《な》めて見《み》たり、どこから来《き》たかを自分《じぶん》の小《ちひ》さな感覚《かんかく》で知《し》らうとしました。しかし、それは分《わか》る筈《はず》がなかつたのです。

レールは、また、この蜂《はち》をよく見知《みし》つてゐました。なぜなら、この小《ちひ》さい、敏捷《びんせふ》な、すきとほるやうに美《うつく》しい翅《つばさ》を持《も》つた蜂《はち》が、常《つね》にこの近傍《きんばう》の花《はな》から、花《はな》を飛《と》び廻《まは》はつてゐたからです。

夏《なつ》のはじめの頃《ころ》に、蜂《はち》は他《た》の蜂《はち》たちと共同《きようどう》をして一《ひと》つの巣《す》を花《はな》の間《あひだ》に造《つく》つてゐました。そして、蜜《みつ》を求《もと》めに彼等《かれら》は毎日遠《まいにちとほ》くまで出《で》かけたのでありました。朝日《あさひ》の細《ほそ》い、鋭《するど》い、光《ひか》りの箭《や》が、花《はな》と花《はな》の影《かげ》の間《あひだ》から射《さ》し込《こ》む時分《じぶん》になると彼等《かれら》は、レールの上《うへ》を、それについて南《みなみ》へ北《きた》へと飛《と》んで行《い》つたのをレールは見《み》たのでありました。蜂達《はちたち》が至《いた》るところの花《はな》にとまつて、倦《う》まずに蜜《みつ》を集《あつ》めてゐる間《あひだ》に、太陽《たいやう》は高《たか》く上《のぼ》りました。そして、トロッコの音《おと》がしてレールの上《うへ》が熱《あつ》くなり銀《ぎん》のやうに白《しろ》く光《ひか》る風《かぜ》が、高《かう》原《げん》を渡《わた》つたのであります。毎日彼等《まいにちかれら》は同《おな》じやうに働《はたら》きました。

このうちに、巣《す》の中《なか》に産《う》み落《おと》された卵《たまご》は孵《ふ》化《くわ》して、一疋《いつぴき》の蜂《はち》となり、めい〳〵はいづこへとなく飛《と》んで行《ゆ》きました。また僅《わづ》かに残《のこ》つた蜂《はち》は夏《なつ》の終《をは》りまで、同《おな》じところを去《さ》らなかつたのであります。

花《はな》は、季節《きせつ》の移《うつ》りと共《とも》に、だん〳〵少《すく》なくなり、散《ち》つて行《ゆ》きました。蜂《はち》はレールの上《うへ》にとまつて、日《ひ》の光《ひか》りを浴《あ》びてじつとしてゐることもありました。

「もう、ぢきにトロッコが来《き》ますよ」と、レールは、眠《ねむ》つてゐる蜂《はち》を揺《ゆ》り起《おこ》してやつたこともあります。蜂《はち》は、飛《と》び去《さ》りました。空《そら》の色《いろ》は青々《あをあを》として晴《は》れてゐました。蜂《はち》は、どこへ行《い》つても自由《じゆう》であつたのだけれど、やはりこのあたりから去《さ》りませんでした。

高《たか》い山《やま》には、秋《あき》が来《き》て、はやくも冷気《れいき》の立《た》つのが、ずつと里《さと》の方《はう》よりは早《はや》うございました。いろ〳〵の虫《むし》が、自分達《じぶんたち》の身《み》の上《うへ》を悲《かな》しんで泣《な》いてゐます。けれど、蜂《はち》は、その地面《じめん》を這《は》つてゐる虫《むし》のやうには悲《かな》しみませんでした。どこへなりと飛《と》んで行《ゆ》かうと思《おも》へば行《ゆ》けたからです。けれど、やはり、彼《かれ》は、古巣《ふるす》のかゝつてゐるところを恋《こひ》しがつてゐました。

夏《なつ》のはじめの時分《じぶん》には、どんなに、自分達《じぶんたち》は楽《たの》しかつたらう。このあたりは、自分達《じぶんたち》の朗《ほが》らかに歌《うた》ふ唄《うた》の声《こゑ》でいつぱいであつた。そして、紫《むらさき》や、赤《あか》や、青《あを》や、黄《き》や、白《しろ》の美《うつく》しい花達《はなたち》は、いづれも自分達《じぶんたち》の姿《すがた》を褒《ほ》めはやしたものだ。そして、少《すこ》しでも長《なが》く、自分《じぶん》の処《ところ》にゐてもらひたいと希《ねが》つたものだ。しかし、もう、自分達《じぶんたち》の仲間《なかま》は散《ち》つてしまつた。美《うつく》しい花《はな》は、とつくの昔《むかし》に、なくなつてしまつた。けれど、なんで、もう一度《ど》あゝいふことが来《こ》ないと言《い》へよう……蜂《はち》には、こんなことも空想《くうさう》されたのでした。

太陽《たいやう》が、だん〲方向《はうかう》を変《か》へて、レールの上《うへ》が蔭《かげ》り、地《ち》の上《うへ》が冷《つめ》たくなつて、下《した》の枝《えだ》には終日《しうじつ》、日《ひ》の当《あた》らないことがあるやうになつてから、彼《かれ》は、高《たか》い枝《えだ》に絡《から》んだ蔦《つた》の葉《は》に止《と》まつてゐたのでした。いつしか、その蔦《つた》の葉《は》もまた赤《あか》く色《いろ》づいて来《き》たのであります。しかしやさしい蔦《つた》の葉《は》は、自分《じぶん》のやがて散《ち》ることも忘《わす》れて、常《つね》に、蜂《はち》を慰《なぐ》さめてゐました。

「もう、ぢきに太陽《たいやう》が上《のぼ》りますよ。さうすると暖《あたゝ》かになります……」と、蔦《つた》の葉《は》は、言《い》ひました。

であるのに、たへず、杉《すぎ》の若木《わかき》は、周囲《しうゐ》の草《くさ》や、木《き》や、虫《むし》などを冷笑《わら》つてゐたのです。

「俺《おれ》は、独《ひと》り戦《たゝか》はなければならない。みんなが、意気地《いくじ》なく枯《か》れたり、散《ち》つたり、死《し》んだりしてしまつた時《とき》、吹雪《ふぶき》と嵐《あらし》に向《むか》つて叫《さけ》び、戦《たゝか》はなければならない」と、誇《ほこ》り顔《がほ》に言《い》つてゐました。

しかし、誰《たれ》も、それに対《たい》して反抗《はんかう》するものはなかつたのです。すべて、杉《すぎ》の若木《わかき》の言《い》ふ通《とほ》りだつたからです。

石炭《せきたん》に止《と》まつて、蜂《はち》がぢつとしてゐると、

「私達《わたしたち》といつしよに町《まち》へ行《ゆ》きませんか。私達《わたしたち》は、どうせ工場《こうば》へつれて行《ゆ》かれるだらうけれど、あなたは、町《まち》へ行《い》つたら、自由《じゆう》にどこへでも飛《と》んで行《ゆ》きなさるがいゝ。町《まち》は、賑《にぎ》やかで暖《あたゝ》かだといふことを聞《き》いてゐます。私達《わたしたち》もまた町《まち》へははじめてだが、そこは、明《あか》るくていろ〲な美《うつく》しいものがあるといふことです……私達《わたしたち》といつしよに行《ゆ》きませんか」と、石炭《せきたん》は、蜂《はち》に向《むか》つて言《い》ひました。

蜂《はち》は考《かんが》へました。自分《じぶん》は、あまり寒《さむ》くならないうちに、隠《かく》れ場処《ばしよ》を見出《みいだ》さなければならないが、この野原《のはら》の中《なか》にしようか、それとも石炭《せきたん》が行《い》かうとしてゐる町《まち》にしようか、もつと考《かんが》へて見《み》なければならない。年《とし》とつた仲間《なかま》は、冬《ふゆ》の雪《ゆき》のある間《あひだ》を、寺《てら》の廂《ひさし》の下《した》に隠《かく》れ場《ば》を造《つく》つてはいつてゐたといふから……このあたりは、雪《ゆき》が深《ふか》く積《つも》つて、適当《てきたう》な場処《ばしよ》が見出《みいだ》されないかも知《し》れない。なる程《ほど》、石炭《せきたん》の言《い》ふやうに、このまゝ町《まち》へ行《ゆ》くとしようかと、美《うつく》しい翅《つばさ》を震《ふる》はして蜂《はち》は考《かんが》へてゐました、
この時《とき》、トロツコの上《うへ》に乗《の》つてゐた労働者《らうどうしや》は、蜂《はち》に目《め》をとめると、

「この辺《へん》に、巣《す》があると見《み》えて、いつか俺《おれ》の足《あし》を刺《さ》しやがつた……殺《ころ》してくれようかな」と、言《い》つて、足《あし》を揚《あ》げて、蜂《はち》を踏《ふ》み潰《つぶ》さうとしました。しかし、蜂《はち》は危《あぶ》ないところを脱《のが》れて飛《と》び立《た》ちました。その後《あと》で、石炭《せきたん》がとばつちりを食《く》つて大騒《おほさわ》ぎをしてゐました。

蜂《はち》は、レールについて、もとの場処《ばしよ》へ帰《かへ》らうと思《おも》ひました。そこにはやさしい蔦《つた》の葉《は》が待《ま》つてゐたからです。蜂《はち》はレールについて飛《と》んで来《く》るうちに、レールが苦《くる》しさうに、身《み》を曲《ま》げて地《ぢ》面《めん》を這《は》つてゐるのに、はじめて気《き》がついて、

「なんで、あなたは、そんな様子《やうす》をしてゐるのですか」と、蜂《はち》は、レールにたづねました。

レールは、物凄《ものすご》い目付《めつき》で、蜂《はち》を見上《みあ》げて、

「私《わたし》が、かうして、苦《くる》しんでゐる姿《すがた》に、今《いま》はじめて気《き》がついたのですか。もう、長《なが》い間《あひだ》、こゝにうめいてゐる。それも、老《お》いぼれた釘《くぎ》めがしつかりと私《わたし》の体《からだ》を押《おさ》へてゐて放《はな》さないからだ……」と、怨《うら》みがましく答《こた》へました。

蜂《はち》は、こんな強《つよ》さうに見《み》えるレールにも、かうした悩《なや》みと苦《くる》しみとがあることをはじめて知《し》つたので、なほも仔細《しさい》に、その様子《やうす》を見《み》とゞけようと思《おも》つて、釘《くぎ》が押《おさ》へてゐるところへ行つて見《み》ました。

成程《なるほど》、赤《あか》く錆《さ》びた、老《おい》ぼれた釘《くぎ》が一生《いつしやう》けんめいにレールを押《おさ》へ付《つ》けてゐるのでした。蜂《はち》はそこへ飛《と》んで来《き》てとまると、

「なぜ、そんなに、あなたはレールを押《おさ》へつけてゐるのですか」と、たづねたのであります。

「俺《おれ》は、人間《にんげん》から言《い》ひつかつたことをしてゐるのさ」。

「しかし、あなたとレールとは、もと同《おな》じ一家《いつか》ではありませんか。兄弟《きやうだい》といつてもいゝでせう」と、蜂《はち》は、同《おな》じ鋼鉄《かうてつ》でできてゐたから、さう言《い》つたのです。

「しかし、俺《おれ》が人間《にんげん》から言《い》ひつかつたことを忘《わす》れて、手《て》を放《はな》したら、何《なに》か、悪《わる》い結果《けつくわ》になりはしないかと心配《しんぱい》するのだ」と、赤《あか》く錆《さ》びた釘《くぎ》が言《い》ひました。

「だが、あなたは、大分《だいぶ》年《とし》をとつてゐられますから、少《すこ》し位休《ぐらゐやす》まれたつて、誰《だれ》も不思議《ふしぎ》とは思《おも》ひますまい」と、蜂《はち》は、答《こた》へたのであります。

錆《さ》びた釘《くぎ》は、成程《なるほど》といふやうな顔付《かほつき》をして蜂《はち》の言《い》ふことを聞《き》いてゐました。

蜂《はち》が、やがて、赤《あか》い蔦《つた》の葉《は》の上《うへ》にもどつて来《き》ました。蔦《つた》の葉《は》は、空《そら》を見上《みあ》げながら、

「また、あらしになりさうですね」と、心配《しんぱい》さうな顔付《かほつき》をしてゐました。

独《ひと》り、杉《すぎ》の若木《わかき》は、傲慢《がうまん》に、強《つよ》さうなことを言《い》つて威張《いば》つてゐたのであります。

赤錆《あかさび》のした釘《くぎ》は、蜂《はち》の言《い》つたことから、つい気《き》がゆるんでレールを押《おさ》へつけてゐた手《て》を放《はな》しました。すると、レールは、すかさずに、曲《ま》げてゐた体《からだ》を伸《の》ばしたのです。この時《とき》、トロツコが、他《ほか》の石炭《せきたん》を積《つ》んで山《やま》から下《くだ》つて来《き》ました。蔦《つた》の葉《は》の上《うへ》にとまつてゐた蜂《はち》は、先刻《さつき》の石炭《せきたん》は、いまごろどこへ行《い》つたらう……町《まち》の工場《こうば》へは、まだ着《つ》くまいと思《おも》つてゐた瞬間《しゆんかん》に、トロツコが脱線《だつせん》して、異様《いやう》な音《おと》を立《た》てたかと思《おも》ふと、こちらへ滑《すべ》つて来《き》て杉《すぎ》の若木《わかき》の傍《かたはら》にひつくり返《かへ》つたので、杉《すぎ》の木《き》は石炭《せきたん》に押《お》されて曲《まが》つてしまひました。不意《ふい》の出来事《できごと》に驚《おどろ》いて蜂《はち》は前後《ぜんご》を忘《わす》れて、彼方《かなた》の大《おほ》きな榛《はん》の木《き》のところまで逃《に》げて行《ゆ》きました。

其晩《そのばん》、真白《まつしろ》に、この高原《かうげん》には、雪《ゆき》が降《ふ》つたのであります。

——二五、十作——

（「童話」大正15年1月号）

オツベルと象
……ある牛飼ひがものがたる

宮沢賢治

第一日曜

オツベルときたら大したもんだ。稲扱器械の六台も据えつけて、のんのんのんのんのんのんと、大そろしない音をたててやつてゐる。

十六人の百姓どもが、顔をまるつきりまつ赤にして足で踏んで器械をまはし、小山のやうに積まれた稲を片つぱしから扱いて行く。藁はどんどんうしろの方へ投げられて、また新らしい山になる。そこらは、籾や藁から発つたこまかな塵で、変にぼうつと黄いろになり、まるで沙漠のけむりのやうだ。

そのうすくらい仕事場を、オツベルは、大きな琥珀のパイプをくわい、吹殻を藁に落さないやう、眼を細くして気をつけながら、両手を背中に組みあはせて、ぶらぶら往つたり来たりする。

小屋はずゐぶん頑丈で、学校ぐらゐもあるのだが、何せ新式稲扱器械が、六台もそろつてまはつてるから、のんのんのんのんふるふのだ。中にはいるとそのために、すつかり腹が空くほどだ。そしてじつさいオツベルは、そいつで上手に腹をへらし、ひるめしどきには、六寸ぐらゐのビフテキだの、雑巾ほどあるオムレツの、ほくほくしたのをたべるのだ。

とにかく、さうして、のんのんのんのんやつてゐた。

そしたらそこへどういふわけか、その、白象がやつて来た。白い象だぜ、ペンキを塗つたのでないぜ。どういふわけで来たかつて？　そいつは象のことだから、たぶんぶらつと森を出て、ただなにとなく来たのだらう。

そいつが小屋の入口に、ゆつくり顔を出したとき、百姓どもはぎよつとした。なぜぎよつとした？　よくきくねえ、何をしだすか知れないぢやないか。かかり合つては大へんだから、どいつもみな、いつしやうけんめい、じぶんの稲を扱いてゐた。

ところがそのときオツベルは、ならんだ器械のうしろの方で、ポケツトに手を入れながら、ちらつと鋭く象を見た。それからすばやく下を向き、何でもないといふふうで、いままでどほり往つたり来たりしてゐたもんだ。

するとこんどは白象が、片脚床にあげたのだ。百姓どもはぎよつとした。それでも仕事が忙しいし、かかり合つてはひどいから、そつちを見ずに、やつぱり稲を扱いてゐた。

オツベルは奥のうすくらいところで両手をポケツトから出して、も一度ちらつと象を見た。それからいかにも退屈さうに、わざと大きなあくびをして、両手を頭のうしろに組んで、行つたり来たりやつてゐた。ところが象が威勢よく、前肢二つつきだして、小屋にあがつて来やうとする。百姓どもはぎくつとし、オツベルもすこしぎよつとして、大きな琥珀のパイプから、ふつとけむりをはきだした。それでもやつぱりしらないふうで、ゆつくりそこらをあるいてゐた。

そしたらたうたう、象がのこのこ上つて来た。そして器械の前のとこを、呑気にあるきはじめたのだ。

ところが何せ、器械はひどく廻つてゐて、籾は夕立か霰のやうに、パチパチ象にあたるのだ。象はいかにもうるさいらしく、小さなその眼を細めてゐたが、またよく見ると、たしかに少しわらつてゐた。

オツベルはやつと覚悟をきめて、稲扱器械の前に出て、象に話をしやうとしたが、そのとき象が、とてもきれいな、鶯みたいないい声で、こんな文句を云つたのだ。

「ああ、だめだ。あんまりせわしく、砂がわたしの歯にあたる。」

まつたく籾は、パチパチパチパチ歯にあたり、またまつ白な頭や首にぶつつかる。

さあ、オツベルは命懸けだ。パイプを右手にもち直し、度胸を据えて斯う云つた。

「どうだい、此処は面白いかい。」

「面白いねえ。」象がからだを斜めにして、眼を細くして返事した。

「ずうつとこつちに居たらどうだい。」

百姓どもははつとして、息を殺して象を見た。オツベルは云つてしまつてから、にはかにがたがた顫え出す。ところが象はけろりとして

「居てもいいよ。」と答へたもんだ。

「さうか。それではさうしやう。さういふことにしやうぢやないか。」オツベルが顔をくしやくしやにして、まつ赤になつて悦びながらさう云つた。

どうだ、さうしてこの象は、もうオツベルの財産だ。いまに見たまへ、オツベルは、あの白象を、はたらかせるか、サーカス団に売りとばすか、どつちにしても万円以上もうけるぜ。

第二日曜

オツベルときたら大したもんだ。それにこの前稲扱小屋で、うまく自分のものにした、象もじつさい大したもんだ。力も二十馬力もある。第一みかけがまつ白で、牙はぜんたいきれいな象牙でできてゐる。皮も全体、立派で丈夫な象皮なのだ。そしてずゐぶんはたらくもんだ。けれどもそんなに稼ぐのも、やつぱり主人が偉いのだ。

「おい、お前は時計は要らないか。」丸太で建てたその象小屋の前に来て、オツベルは琥珀のパイプをくわえ、顔をしかめて斯う訊いた。

「ぼくは時計は要らないよ。」象がわらつて返事した。

「まあ持つて見ろ、いゝもんだ。」斯う言ひながらオツベルは、ブリキでこさえた大きな時計を、象の首からぶらさげた。

「なかなかいゝね。」象も云ふ。

「鎖もなくちやだめだらう。」オツベルときたら、百キロもある鎖をさ、その前肢にくつつけた。

「うん、なかなか鎖はいいね。」三あし歩いて象がいふ。

「靴をはいたらどうだらう。」

「ぼくは靴などはかないよ。」

「まあはいてみろ、いいもんだ。」オツベルは顔をしかめながら、赤い張子の大きな靴を、象のうしろのかかとにはめた。

「なかなかいいね。」象も云ふ。

「靴に飾りをつけなくちや。」オツベルはもう大急ぎで、四百キロある分銅を靴の上から、穿め込んだ。

「うん、なかなかいゝね。」象は二あし歩いてみて、さもうれしさうにさう云つた。

次の日、ブリキの大きな時計と、やくざな紙の靴とはやぶけ、象は鎖と分銅だけで、大よろこびであるいて居つた。

「済まないが税金も高いから、今日はすこうし、川から水を汲んでくれ。」オツベルは両手をうしろで組んで、顔をしかめて象に云ふ。

「ああ、ぼく水を汲んで来やう。もう何ばいでも汲んでやるよ。」

象は眼を細くしてよろこんで、そのひるすぎに五十だけ、川から水を汲んで来た。そして菜つ葉の畑にかけた。

夕方象は小屋に居て、十把の藁をたべながら、西の三日の月を見て、

「ああ、稼ぐのは愉快だねえ、さつぱりするねえ」と云つてゐた。

「済まないが税金がまたあがる。今日は少うし森から、たきぎを運んでくれ」オツベルは房のついた赤い帽子をかぶり、両手をかくしにつつ込んで、次の日象にさう言つた。

「あゝ、ぼくたきぎを持つて来やう。いい天気だねえ。ぼくはぜんたい森へ行くのは大すきなんだ」象はわらつてかう言つた。

オツベルは少しぎよつとして、パイプを手からあぶなく落しさうにしたがもうあのときは、象がいかにも愉快なふうで、ゆつくりあるきだしたので、また安心してパイプをくわい、小さな咳を一つして、百姓どもの仕事の方を見に行つた。

そのひるすぎの半日に、象は九百把たきぎを運び、眼を細くしてよろこんだ。

晩方象は小屋に居て、八把の藁をたべながら、西の四日の月を見て
「ああ、せいせいした。サンタマリア」と斯うひとりごとしたさうだ。

その次の日だ、

「済まないが、税金が五倍になつた、今日は少うし鍛冶場へ行

って、炭火を吹いてくれないか」

「ああ、吹いてやらう。本気でやつたら、ぼく、もう、息で、石もなげとばせるよ」

オツベルはまたどきつとしたが、気を落ち付けてわらつてゐた。

象はのそのそ鍛冶場へ行つて、べたんと肢を折つて座り、ふいごの代りに半日炭を吹いたのだ。

その晩、象は象小屋で、七把の藁をたべながら、空の五日の月を見て
「ああ、つかれたな、うれしいな、サンタマリア」と斯う言つた。

どうだ、さうして次の日から、象は朝からかせぐのだ。藁も昨日はたゞ五把だ。よくまあ、五把の藁などで、あんな力がでるもんだ。

じつさい象はけいざいだよ。それといふのもオツベルが、頭がよくてえらいためだ。オツベルときたら大したもんさ。

第五日曜

オツベルかね、そのオツベルは、おれも云はうとしてたんだが、居なくなつたよ。

まあ落ちついてききたまへ。前にはなしたあの象を、オツベルはすこしひどくし過ぎた。しかたがだんだんひどくなつたから、象がなかなか笑はなくなつた。時には赤い龍の眼をして、じつとこんなにオツベルを見おろすやうになつてきた。

ある晩象は象小屋で、三把の藁をたべながら、十日の月を仰ぎ見て、

「苦しいです。サンタマリア。」と云つたといふことだ。

こいつを聞いたオツベルは、ことごと象につらくした。

ある晩、象は象小屋で、ふらふら倒れて地べたに座り、藁もたべずに、十一日の月を見て、

「もう、さようなら、サンタマリア。」と斯う言つた。

「おや、何だつて？ さよならだ？」月が俄かに象に訊く。

「えゝ、さよならです。サンタマリア。」

「何だい、なりばかり大きくて、からつきし意久地のないやつだなあ。仲間へ手紙を書いたらいゝや。」月がわらつて斯う云つた。

「お筆も紙もありませんよう。」象は細ういきれいな声で、しくしくしくしく泣き出した。

「そら、これでせう。」すぐ眼の前で、可愛い子どもの声がした。象が頭を上げて見ると、赤い着物の童子が立つて、硯と紙を捧げてゐた。象は早速手紙を書いた。

「ぼくはずゐぶん眼にあつてゐる。みんなで出て来て助けてくれ。」

童子はすぐに手紙をもつて、林の方へあるいて行つた。

赤衣の童子が、さうして山に着いたのは、ちやうどひるめしごろだつた。このとき山の象どもは、沙羅樹の下のくらがりで、

碁などをやつてゐたのだが、額をあつめてこれを見た。

「ぼくはずいぶん眼にあつてゐる。みんなで出てきて助けてくれ。」

象は一せいに立ちあがり、まつ黒になつて吠えだした。

「オツベルをやつつけやう」議長の象が高く叫ぶと、

「おう、でかけやう。グララアガア、グララアガア。」みんながいちどに呼応する。

さあ、もうみんな、嵐のやうに林の中をなきぬけて、グララアガア、グララアガア、野原の方へとんで行く。どいつもみんなきちがひだ。小さな木などは根こぎになり、藪や何かもめちやめちやだ。グワア　グワア　グワア　グワア、花火みたいに野原の中へ飛び出した。それから、何の、走つて、走つて、たうたう向ふの青くかすんだ野原のはてに、オツベルの邸の黄いろな屋根を見附けると、象はいちどに噴火した。

グララアガア、グララアガア。その時はちやうど一時半、オツベルは皮の寝台の上でひるねのさかりで、烏の夢を見てゐたもんだ。あまり大きな音なので、オツベルの家の百姓どもが、門から少し外へ出て、小手をかざして向ふを見た。林のやうな象だらう。汽車より早くやつてくる。さあ、まるつきり、血の気も失せてかけ込んで、

「旦那あ、象です。押し寄せやした。旦那あ、象です。」と声をかぎりに叫んだもんだ。

ところがオツベルはやつぱりえらい。眼をぱつちりとあいたときは、もう何もかもわかつてゐた。

「おい、象のやつは小屋にゐるのか。居る？　居る？　居るのか。よし、戸をしめろ。戸をしめるんだよ。早く象小屋の戸をしめるんだ。ようし、早く丸太を持つて来い。とぢこめちまへ、畜生めぢたばたしやがるな、丸太をそこへしばりつけろ。何ができるもんか。わざと力を減らしてあるんだ。ようし、もう五六本持つて来い。さあ、大丈夫だ。大丈夫だとも。あわてるなつたら。おい、みんな、こんどは門だ。門をしめろ。かんぬきをかへ。つつぱり。つつぱり。さうだ。おい、みんな心配するなつたら。しつかりしろよ。」オツベルはもう仕度ができて、ラッパみたいないい声で、百姓どもをはげました。ところがどうして、百姓どもは気が気ぢやない。こんな主人に巻き添ひなんぞ食ひたくないから、みんなタオルやはんけちや、よごれたやうな白いやうなものを、ぐるぐる腕に巻きつける。降参をするしるしなのだ。

オツベルはいよいよやつきとなつて、そこらあたりをかけまはる。オツベルの犬も気が立つて、火のつくやうに吠えながら、やしきの中をはせまはる。

間もなく地面はぐらぐらとゆられ、そこらはばしやばしやくらくなり、象はやしきをとりまいた。グララアガア、グララアガア、その恐ろしいさわぎの中から、

「今助けるから安心しろよ。」やさしい声もきこえてくる。

「ありがたう。よく来てくれて、ほんとに僕はうれしいよ。」

象小屋からも声がする。さあ、さうすると、まはりの象は、一さうひどく、グララアガア、グララアガア、塀のまはりをぐるぐる走つてゐるらしく、度々中から、怒つてふりまはす鼻も見える。けれども塀はセメントで、中には鉄も入つてゐるから、なかなか象もこわせない。塀の中にはオツベルが、たつた一人で叫んでゐる。百姓どもは眼もくらみ、そこらをうろうろするだけだ。そのうち外の象どもは、中間のからだを台にして、いよいよ塀を越しかかる。だんだんにゆうと顔を出す。その皺くちやで灰いろの、大きな顔を見あげたとき、オツベルの犬は気絶した。さあ、オツベルは射ちだした。六連発のピストルさ。ドーン、グララアガア、ドーン、グララアガア、ドーン、グララアガア、ところが弾丸は通らない。牙にあたればはねかへる。一疋なぞは斯う言つた。

「なかなかこいつはうるさいねえ。ぱちぱち顔へあたるんだ。」

オツベルはいつかどこかで、こんな文句をきいたやうだと思ひながら、ケースを帯からつめかへた。そのうち、象の片脚が、塀からこつちへはみ出した。それからも一つはみ出した。五匹の象が一ぺんに、塀からどつと落ちて来た。オツベルはケースを握つたまま、もうくしやくしやに潰れてゐた。早くも門があいてゐて、グララアガア、グララアガア、象がどしどしなだれ込む。

「牢はどこだ。」みんなは小屋に押し寄せる。丸太なんぞは、マツチのやうにへし折られ、あの白象は大へん痩せて小屋を出た。

「まあ、よかつたねやせたねえ。」みんなはしづかにそばにより、鎖と銅をはづしてやつた。

「ああ、ありがたう。ほんとにぼくは助かつたよ。」白象はさびしくわらつてさう云つた。

おや、〔一字不明〕、川へはいつちやいけないつたら。

（「月曜」大正15年1月号）

やんちやオートバイ

木内高音

一

　ポピイとピリイとは、あるお屋敷《やしき》の車庫《しやこ》の中《なか》で長《なが》い間《あひだ》一しよに暮《くら》して来《き》た、もう中古《ちうぶる》の自動車《じどうしや》です。二人《ふたり》は、それ〴〵御《ご》主《しゆ》人《じん》と奥《おく》さまとを乗《の》せて、ちやうど、御《ご》主人夫婦《しゆじんふうふ》と同《おな》じやうに、仲《なか》よく、りつぱに暮《くら》してまゐりました。親切《しんせつ》な、やさしい御《ご》主《しゆ》人《じん》にガソリンだの油《あぶら》だのを十分《ぶん》にいたゞき、行《ゆ》き届《とゞ》いた手《て》入《い》れをしていたゞき、何《なん》の不自由《ふじいう》もありませんでした。

　しかし、一日中《にちぢう》、賑《にぎ》やかな街《まち》を駈《か》け歩《ある》いてから、ガランとした車庫《しやこ》にはいると、二人《ふたり》は、どうも淋《さび》しくつてたまりませんでした。二人《ふたり》は、それを自分《じぶん》たちに子供《こども》がないからだと思《おも》ひました。

「男《をとこ》の子《こ》が一人《ひとり》あつたらなア。」とポピイは言《い》ひ〳〵しました。

「さうすれば、自分《じぶん》の名前《なまへ》をついでもらふことも出来《でき》るのだが……。」

「あたしは、女《をんな》の子《こ》が欲《ほ》しいわ。どんなに可愛《かはい》いでせうね。それに女《をんな》の子《こ》だつたら、きつと車庫《しやこ》の中《なか》もきれいにお掃除《さうぢ》してくれるわ。」ピリイは言《い》ふのでした。

　しかし、男《をとこ》の子《こ》も女《をんな》の子《こ》も、なか〳〵来《き》てはくれませんでした。二人《ふたり》は、コンクリイトの床《ゆか》を歩《ある》きまはる小《ちひ》さなタイヤの音《おと》や、夜中《よなか》に、自分《じぶん》たちのそばで可愛《かはい》らしいラッパのいびきをかいてゐる小《ちひ》さな自動車《じどうしや》のことを考《かんが》へると、居心地《ゐごゝち》のいゝ車庫《しやこ》にはゐてもちつとも、しあはせだとは思《おも》へないのでした。

　ある日《ひ》、ピリイは言《い》ひました。

「あたしたちに、もう、自分《じぶん》の子供《こども》が出来《でき》るあてがないとしたら、いつそのこと、可哀《かはい》さうな孤児《こじ》かなんかを養子《やうし》にもらつたらどうでせう。」

　ポピイは、しかし、この考《かんが》へには、あまり乗《の》り気《き》になれませんでした。身寄《みよ》りのない、気《き》の毒《どく》な子《こ》を育《そだ》てゝやるといふことには、もちろん賛成《さんせい》なのですが、それでは、自分《じぶん》の名前《なまへ》をつがせることが出来《でき》るかどうかと、心配《しんぱい》でならなかつたのです。

　でも、ピリイの方《はう》は、もう、かたく決心《けつしん》してをりました。いつでも、一度《ど》言《い》ひ出《だ》したことを、あとにひかないのが、ピリイのくせでした。ピリイは、どこまでも孤児《こじ》をもらふのだと言《い》ひ張《は》りました。ピイピイ、ラッパを鳴《な》らしたり、放熱器《レディエイター》からポト〳〵涙《なみだ》を流《なが》したりして、言《い》ひつゞけるものですから、ポピイは、しまひには、ピリイが、ものを言《い》ふのを止《や》めてくれさへしたら、何《なん》でも言《い》ふなりにならうと思《おも》つたほどです。そこで、とう〳〵二人《ふたり》は、何《なん》でも、これから、小《ちひ》さな可愛《かはい》らしい孤児《こじ》の自《じ》動車《どうしや》を見《み》つけたら、すぐに養子《やうし》にすることにきめました。

二

　ピリイは、もう、かなり年《とし》をとつてゐました。放熱器《レディエイター》は、こはれかけてガタ〳〵になつてゐるので、すぐに頭《あたま》がほてつて、大《たい》へんに気《き》が短《みじ》かくなりました。ポピイも、また、やつぱり年《とし》のせゐで、ちよい〳〵タイヤが痛《いた》むので弱《よわ》つてゐました。

　でも、二人《ふたり》は、それは品《ひん》のいゝ、やさしい自動車《じどうしや》だものですから、自分《じぶん》のことは忘《わす》れて、いつでも可哀《かはい》さうな孤児《こじ》をもらふことばかり考《かんが》へてゐました。で、外《そと》へ出《で》るたんび、公園《こうえん》だの、貸自動車屋《かしじどうしやや》の車庫《しやこ》だの、しまひには、こはれた自動車《じどうしや》たちが、雨《あめ》や風《かぜ》に吹《ふ》きさらしになつてゐる、汚《きた》ない裏町《うらまち》の隅々《すみぐ〵》までも探《さが》しまはりました。しかし、ちやうど養子《やうし》になりたがつてゐるやうな小《ちひ》さな自動車《じどうしや》は、なか〳〵見《み》つかりませんでした。

　とう〳〵二人《ふたり》は、探《さが》しくたびれ、いつとはなしにあきらめてしまひました。

三

　ところが、ある朝《あさ》のことです。

　車庫《しやこ》の扉《とびら》がギイツと開《ひら》いたと思《おも》ふと、門番《もんばん》の人《ひと》が一台《だい》の小《ちひ》さなオートバイを持《も》ちこみました。それは二人《ふたり》とも今《いま》までに見《み》たこともないやうな、赤塗《あかぬ》りのきれいな車《くるま》でした。それは、たしかに有名《いうめい》な会社《くわいしや》で出来《でき》た、りつぱな子供用《こどもよう》のオートバイでした。

　ピリイは、二《ふた》つのラムプを眼《め》のやうにパチ〳〵と光《ひか》らせ、放熱器《レディエイター》からは、嬉《うれ》し涙《なみだ》をポト〳〵と落《おと》しました。

「お前《まへ》さんは孤児《こじ》なの。え、さうでせう。ね、オートバイちやん。」ピリイは急《せ》ツこんで聞《き》きました。

「え？　――えゝ、さうです。をばちやん。」

　オートバイは可愛《かはい》い声《こゑ》で言《い》ひました。さう言《い》はないと、何《なん》だか、をばさんが、がつかりしさうだといふことが、はつきり分《わか》つたからです。――「孤児《こじ》」といふのは何《なん》のことだかオートバイには、ちつとも分《わか》らなかつたのですけれど。

「今《いま》のを聞《き》いて？　ポピイ。」ピリイは、こをどりして言《い》ひました。「この子《こ》は孤児《こじ》なんですつて。」

「どうだい、お前《まへ》は、私《わたし》たちの養子《やうし》になつてくれないかね。」とポピイが言《い》ひました。

「えゝ、をぢちやん、何《なん》にでもなりますよ。」

　小《ちひ》さなオートバイは、やつぱり「養子《やうし》」とは何《なん》のことか分《わか》らなかつたのですが、をぢさんが、いゝをぢさんらしいので、安《あん》心《しん》してかう言《い》つたのです。

「何《なん》て、すなほな子《こ》でせう。」ピリイは小声《こごゑ》でポピイに言《い》ひました。「この子《こ》の親《おや》たちは、きつと、りつぱな車《くるま》に相違《さうゐ》ありませんよ。」

「それから、何《なん》ていふの、お前《まへ》さんの名前《なまへ》は？」

「僕《ぼく》、モーテイです。」オートバイが言《い》ひました。

「それだけなの？」ピリイが聞《き》き返《かへ》しました。

「だつて、それだけしか知らないんですもの。」

少《すこ》し慣《な》れて来《き》たオートバイは、今度《こんど》はちよつと、むつつりしてかう言《い》ひましたが、嬉《うれ》しくつて嬉《うれ》しくつてたまらない二人《ふたり》は、気《き》にも止《と》めませんでした。

「養子《やうし》つてなアに。え、をばちやん。」

しばらくして、モーテイは、かう聞《き》きました。ポピイとピリイは顔《かほ》を見合《みあは》せて笑《わら》ひ出《だ》しました。

「この子《こ》は、まだ何《なん》にも知《し》らないんだよ。」

ピリイは、かへつて、それが好都合《かうつがふ》だと思《おも》ひました。で、くはしく、わけを話《はな》して聞《き》かせました。養子《やうし》といふのは、私《わたし》たちの子《こ》になることだ、さうすればみんなと一しよに、この車庫《しやこ》の中《なか》で暮《くら》して、水《みづ》でもガソリンでも何《なん》でも、好《す》きなものは、どつさり上《あ》げて可愛《かはい》がつて上《あ》げるのだと言《い》つて聞《き》かせました。

「ぢやア、タイヤの中《なか》の空気《くうき》も？」

モーテイは、自分《じぶん》が、よく気《き》がつくところをお父《とう》さまやお母《かあ》さまに見《み》ていたゞきたいと思《おも》つて言《い》ひました。

「それは、もちろんですよ。それにお屋敷《やしき》の坊《ぼつ》ちやまが、毎日《まいにち》お前《まへ》を運動《うんどう》につれてつて下《くだ》さるんだよ。」で、その日《ひ》からモーテイは、二人《ふたり》の子になりました。

四

ポピイとピリイとは、それは〳〵モーテイを可愛《かはい》がりました。モーテイは、気転《きてん》のきいたいゝ子《こ》でしたが、あんまり大事《だいじ》にされるのでだん〳〵甘《あま》つたれて来《き》ました。しまひには少々《せう〳〵》つけ上《あが》つて来《き》ました。自分《じぶん》が、すばしつこいのを自慢《じまん》にして口《くち》のきゝ方《かた》までが、ぞんざいになつて来《き》ました。あんまり、出《で》すぎたいたづらをして、叱《しか》られた時《とき》などにも、あべこべに腹《はら》を立《た》てゝ、お父《とう》さまたちに向《むか》つて「ボロ自動車《じどうしや》」などと悪口《わるくち》をいふやうになりました。そのたんび親《おや》たちは顔《かほ》を赤《あか》くしました。

モーテイは、ガソリンや水《みづ》を、うんと飲《の》んで、ずん〳〵大《おほ》きくなりました。で、自分《じぶん》は、もう大人《おとな》になつたつもりで、外《そと》へ出《で》かけるのにも黙《だま》つて出《で》るやうになりました。たまには、夜《よる》おそくなつてから帰《かへ》つて来《く》るやうなこともありました。

ある日《ひ》、モーテイは、朝早《あさはや》くからお坊《ぼつ》ちやまと一しよに出《で》かけたきり、夜《よる》になつても帰《かへ》つて来《き》ませんでした。その日《ひ》は、陸軍《りくぐん》の大演習《だいえんしゆう》で朝《あさ》から晩《ばん》まで飛行機《ひかうき》が、とんぼのやうに空《そら》を飛《と》びまはつてゐましたので、誰《だれ》でもお家《うち》にぢつとしてゐられないやうな日《ひ》でした。ですから、モーテイも、そんなことで夢中《むちう》になつてゐるのだらうと思《おも》つてゐましたが、あくる日《ひ》になつても、まだ帰《かへ》つて来《き》ませんでした。

二人《ふたり》の自動車《じどうしや》は一晩中寝《ひとばんぢうね》ずに待《ま》つてゐました。ピリイは、あんまり泣いたもので、放熱器《レディエイター》の水《みづ》がすつかりなくなつてしまひました。で、ひどく頭《あたま》がほてつて、怒《おこ》りつぽくなつてしまひました。次《つぎ》の日《ひ》ピリイに乗《の》つてお出《で》かけになつた奥《おく》さまは、行《ゆ》く先々《さき〴〵》でピリイの頭《あたま》へ、バケツに何《なん》ばいも〳〵水《みづ》を、ぶつかけなければなりませんでした。

「いつも、おとなしい車《くるま》なのに、今日《けふ》は、どうしたんでせう。ちよつとしたことにもすぐに、湯気《ゆげ》をシユツシユツとふき出《だ》して、ぢきに放熱器《レディエイター》の水《みづ》が乾《かわ》いてしまふんですよ。」

奥《おく》さんは、その晩《ばん》、御飯《ごはん》を召《め》し上《あが》りながら、御主人《ごしゆじん》にお話《はなし》になりました。

「いや、私のポピイも、今日《けふ》は、よほどへんだつたよ。」と御《ご》主人《しゆじん》もおつしやいました。「横丁《よこちやう》さへ見《み》れば曲《まが》りたがるんだ。ハンドルをいくら抑《おさ》へてもきかないんだ。どうもへんだよ。」

それでも次《つぎ》の日《ひ》、御主人《ごしゆじん》は、またポピイに乗《の》つてお出《で》かけになりました。ポピイは、また、一生《しやう》けんめい、モーテイを探《さが》さうと、あつちの横丁《よこちやう》、こつちの裏通《うらどほ》りを覗《のぞ》き〳〵歩《ある》きました。で、とう〳〵、うつかり、ガラスのかけらの上《うへ》に乗《の》り上《あ》げてタイヤをパンクしてしまひました。御主人《ごしゆじん》こそいゝ災難《さいなん》です。――ポピイは、御主人《ごしゆじん》と一しよに夜遅《よるおそ》くなつて、やうやくお屋《や》敷《しき》へ帰《かへ》りました。

五

それから、また幾日《いくにち》もたちました。でも、まだモーテイは帰《かへ》つて来《き》ません。ポピイとピリイとは、がつかりして、すつかり元気《げんき》がなくなつてしまひました。

「ひよつとしたら、モーテイは盗《ぬす》まれて、古自《ふるじ》動車屋《どうしやや》へでも売《う》られたんではないでせうか。」

「よし、その内、御主人《ごしゆじん》のおともをして、下町《したまち》の方《はう》へ出《で》ることがあるだらうから、その時《とき》は、思《おも》ひ切《き》つてガラクタ屋《や》の店《みせ》でも何《なん》でも探《さが》して見《み》よう。……なに、きつと見つかるよ。」

ポピイは、つけ元気《げんき》をして、かう言《い》ひました。

「しかし、あんな、やんちやなモーテイのことだ。ことによると、悪《わる》い仲間《なかま》にさそはれて、警察《けいさつ》にでもつかまつてるんぢやアないかな。」

ポピイが言《い》ひますと、ピリイは、心《こゝろ》の中《なか》では、さうかも知れないと思《おも》ひながら、やつぱり打消《うちけ》さずにはゐられませんでした。

「いゝえ、やつぱり私《わたし》は盗《ぬす》まれたんだと思《おも》ひますわ。――ねえ、あなた、一《ひと》つ新聞《しんぶん》に広告《くわうこく》をして見《み》ようではありませんか。」

そこで、モーテイを見つけて下《くだ》すつた方《かた》には、お礼《れい》をするといふ広告《くわうこく》をいくつかの新聞《しんぶん》に出《だ》しました。しかしちつとも、てがかりはありませんでした。返事《へんじ》は、ずゐぶん来《く》るには来《き》たのですが、みんな見当《けんたう》ちがひのいゝ加減《かげん》なものばかりでした。二人《ふたり》は、また、がつかりしてしまひました。

六

その内《うち》に、ポピイは、いよ〳〵御主人《ごしゆじん》のおともをして、下町《したまち》へ出《で》かけました。今日《けふ》こそは、どうしてもモーテイを見《み》つけなければならないと思《おも》つて、ポピイは一生《しやう》けんめいです。オートバイらしいものがあるとポピイはラムプの眼《め》をくり〳〵させて見《み》ゐました。すると、ふいに、一町《ちやう》ばかり先《さき》を赤《あか》いオートバイがちらツと通《とほ》りました。あつと思《おも》ふ間《ま》に、そのオートバイは横丁《よこちやう》へ曲《まが》つてしまひました。ポピイは気《き》ちがひのやうになつて後《あと》を追《お》ひました。どうしてもモーテイにちがひないと思《おも》つたからです。乗《の》つてゐた御主人《ごしゆじん》は、びつくりして、車《くるま》を返《かへ》さうとしましたが、てんでハンドルがきゝません。

ポピイは御主人《ごしゆじん》の行《ゆ》く先《さき》などは、すつかり忘《わす》れてしまつて、いきなり、その横丁《よこちやう》へ飛《と》びこみました。赤《あか》いオートバイは、もう、また向《むか》うの町角《まちかど》を曲《まが》るところです。ポピイは、このへんの道《みち》をよく知《し》らないものですからよけいにあせりました。見失《みうしな》つたら、もうおしまひです。ポピイは、死《し》にもの狂《ぐる》ひになりました。角《かど》を曲《まが》ると、赤《あか》オートバイは、向《むか》うの坂《さか》の下《した》に小《ちひ》さく豆粒《まめつぶ》のやうに見《み》えます。ひどいデコボコの坂《さか》です。それでもかまはずポピイは全速力《ぜんそくりよく》で走《はし》りました。年《とし》を取《と》つてゐるポピイの体《からだ》は、石《いし》ころなどに乗《の》り上《あ》げるたんび、ばら〳〵になるのではないかと思《おも》ふほど、ひどく揺《ゆ》れました。でも、ポピイは、そんなことには構《かま》つてゐられません。しかし困《こま》つたのは御主人《ごしゆじん》です。御主《ごしゆ》人《じん》の体《からだ》はポン〳〵とゴムまりのやうに飛《と》び上《あが》りました。その拍《へう》子《し》に帽子《ぼうし》がポンと飛《と》びました。それでも、はッと思《おも》ふ間《ま》もなく、またヒヨイと帽子《ぼうし》が、もとの通《とほ》り、御主人《ごしゆじん》の頭《あたま》にかぶさつたのは仕合《しあは》せでした。

ポピイは、つぎはぎだらけのタイヤが、ペシヤンコになつたのもかまはず、びゆう〳〵と赤《あか》オートバイの後《あと》をつけました。今度《こんど》は公園《こうゑん》です。曲《まが》りくねつてゐる道《みち》が、ぢれつたくてたまらないので、ポピイはまん中《なか》の大《おほ》きな池《いけ》へザブンと飛《と》びこみました。ポピイは、そのまゝ水《みづ》の中《なか》をザブ〳〵とまつすぐに駈《か》けぬけて、電車通《でんしやどほ》りへ飛《と》び出《だ》しました。赤《あか》オートバイは、また、チラ〳〵と、うしろを見《み》せながら人《ひと》ごみへ隠《かく》れてしまひました。ポピイは、もう夢中《むちう》です。走《はし》つて来《く》る電車《でんしや》の前《まへ》をすれ〳〵に走《はし》りぬけたり、もう少《すこ》しで満員《まんいん》の乗合自動車《のりあひじどうしや》と衝突《しやうとつ》しさうになつたり見《み》てゐてもハラ〳〵するやうです。歩《ある》いてゐる人《ひと》たちは、あわてゝ、道《みち》の両側《りやうがは》にある店《みせ》の日除《ひよ》けの下《した》へ逃《に》げこんで、びつくりしてあとを見送《みおく》つてゐました。それよりも、おどろいたのは御主人《ごしゆじん》です。

「助《たす》けて下《くだ》さい。誰《だれ》か、この自動車《じどうしや》をとめて下《くだ》さい。」

ハンドルを、しつかりと握《にぎ》りながら、御主人《ごしゆじん》は真青《まつさを》になつて叫《さけ》びました。交通巡査《かうつうじゆんさ》は、すぐに黄色《きいろ》いオートバイに飛《と》び乗《の》つてあとを追ひかけました。

それでも、とう〳〵ポピイは、人《ひと》を轢《ひ》かずに、ある貸車庫《かししやこ》の前《まへ》で止《とま》りました。赤《あか》いオートバイが、その中《なか》にはいつたからです。

ポピイは、ぐつたりすると一しよに、きまりが悪《わる》くつて情《なさけ》なくつてたまりませんでした。あんなにまでして追《お》ひかけたオートバイは、モーテイではなかつたのです。

御主人《ごしゆじん》はポピイの心《こゝろ》もちを御存《ごぞん》じないものですから、たゞ機《き》械《かい》がくるつたのだと思《おも》つて、その場《ば》で、すぐにハンドルだのギーアだのをすつかり、新《あたら》しいのに取《と》りかへて下《くだ》さいました。で、もう二度《ど》と、あんな危《あぶ》ないことは起《おこ》る筈《はず》がないと固《かた》く信《しん》じていらつしやいます。

全《まつた》く、それから後《のち》は、ポピイは一度《ど》だつて、勝手《かつて》に走《はし》りまはつたことはありませんでした。しかし、それは、ポピイが、もう、モーテイを探《さが》すことをあきらめたからなのです。ピリイも、もうすつかりあきらめてしまひました。

七

その内《うち》にまた一《ひ》と月《つき》もたちました。

ポピイとピリイとは、時々《ときぐ〵》、モーテイのことを思《おも》ひ出《だ》しては、お互《たが》ひに、そつと、ため息《いき》をついてゐました。

ところがある朝《あさ》のことです。いつものやうに車庫《しやこ》の扉《とびら》が外《そと》からギイツと開《あ》くと、二人《ふたり》は、びつくりして眼《め》を見張《みは》りました。

そこには、モーテイが、赤《あか》い塗《ぬ》りたてのサイドカアまでつけて、ゐせいよく立《た》つてゐるのです。

二人《ふたり》は、嬉《うれ》しくつて暫《しばら》くは、ものも言《い》へませんでした。するとモーテイが、すつかり大人《おとな》らしくなつた太《ふと》い声《こゑ》で言《い》ひました。

「しばらく。――お父《と》ツつアん。おツ母《か》さん。僕《ぼく》、妹《いまうと》をつれて来《き》たからよろしく頼《たの》むよ。」

ポピイもピリイも、びつくりしてしまひました。何《なん》て、ぞんざいな口《くち》をきくのでせう。あんなに心配《しんぱい》をさせておきながら、まだお行儀《ぎやうぎ》も直《なほ》らないのかしら、困《こま》つたものだと思《おも》ひました。しかし、それよりも、第《だい》一に、長《なが》い間《あひだ》欲《ほ》しがつてゐた女《をなん》の子《こ》までも出来《でき》たのだから、ありがたいことだと思《おも》ひ直《なほ》して、モーテイには別《べつ》に、こごとも言《い》ひませんでした。

しかしモーテイも馬鹿《ばか》ではありません。お父《とう》さまやお母《かあ》さまが、何《なん》にもおこごともおつしやらず、前《まへ》の通《とほ》りにやさしくして下《くだ》さるのを見《み》ると、自分《じぶん》の悪《わる》かつたことが、しみ〴〵と分《わか》つて来《き》ました。モーテイは、今《いま》では、もとのやうに可愛《かはい》いすなほない、モーテイです。そして、四人《にん》で一《ひと》つの車庫《しやこ》の中《なか》に、仲《なか》よく賑《にぎ》やかに暮《くら》してをります。

（「赤い鳥」大正15年11月号）

玩具《おもちゃ》の汽罐車《きくわんしゃ》

竹久夢二

お庭《には》の木《き》の葉《は》が、赤《あか》や菫《すみれ》にそまつたかとおもつてゐたら、一枚《まい》散《ち》り二枚《まい》落《お》ちていつて、お庭《には》の木《き》はみんな、裸体《はだか》になつた子《こ》供《ども》のやうに、寒《さむ》さうに手《て》をひろげて、つつたつてゐました。

つづれさせさせ　　はやさむなるに

あの歌《うた》も、もう聞《き》かれなくなりました。北《きた》の山《やま》の方《はう》から吹《ふ》いてくる風《かぜ》が、子供部屋《こどもべや》の小《ちひ》さい窓《まど》ガラスを、かたかたいはせたり、畑《はたけ》の唐《とう》もろこしの枯葉《かれは》を、ざわざわゆすつたり、実《み》だけが真黒《まつくろ》くなつて竹垣《たけがき》によりかかつて立《た》つてゐる日輪草《ひまはりさう》をぴつくりさせて、垣根《かきね》の竹《たけ》の頭《あたま》で、ぴゆうぴゆうと、笛《ふゑ》をならしたりしました。

「もう冬《ふゆ》が来《く》るぞい」

花子《はなこ》のおばあさんはさう言つて、真綿《まわた》のはいつた袖《そで》なしを膝《ひざ》のうへにかさねて、背中《せなか》をまるくしました。

「おばあさん、冬《ふゆ》はどこからくるの？」花子《はなこ》がたづねました。

「冬《ふゆ》は北《きた》の方《はう》の山《やま》から来《く》るわね。雁《がん》がさきぶれをして黒《くろ》い車《くるま》にのつて来《く》るといの」

「さうを。おばあさん、冬《ふゆ》はなぜさむいの？」

「冬《ふゆ》は北風《きたかぜ》にのつて、銀《ぎん》の針《はり》をなげて通《とほ》るからの」

「さうを。おばあさんは冬《ふゆ》がお好《す》き？」

「さればの、好《す》きでもないし嫌《きら》ひでもないわの。ただ寒《さむ》いのにへいこうでの」

「さうを」

花子《はなこ》は、南《みなみ》の方《はう》の海《うみ》に近《ちか》い町《まち》に住《す》んでゐましたから、冬《ふゆ》になると北《きた》の方《はう》の山国《やまぐに》から、炭《すみ》や薪《まき》をとりよせて、火鉢《ひばち》に火《ひ》をいれたり、ストーブをたかねばならぬことを知つてゐました。おばあさんのために冬《ふゆ》の用意《ようい》をせねばならぬと、花子《はなこ》は考《かんが》へました。そこで花子《はなこ》は薪《まき》と炭《すみ》のとこへあてて手紙《てがみ》を書《か》きました。

> ことしもまた冬がちかくなりました。おばあさんが寒がります。
> どうぞはやく来て下さいね。
>
> 花子
>
> 北山薪炭様

北山薪炭《きたやましんたん》は、花子《はなこ》の手紙《てがみ》を受取《うけと》りました。

「さうださうだ、もう冬《ふゆ》だな、羽黒山《はぐろさん》に雪《ゆき》がおりたからな。花《はな》子《こ》さんのところへそろそろ行《ゆ》かずばなるまい」

北山薪炭《きたやましんたん》はさう言《い》つて、山《やま》の炭焼小屋《すみやきごや》の中《なか》で、背《せ》のびをしました。

「どれ、ちよつくらいつて、汽罐車《きくわんしや》の都合《つがふ》をきいて来《こ》ようか」

北山薪炭《きたやましんたん》は、停車場《ていしやば》へ出《で》かけました。そこにはすばらしく大《おほ》きな汽罐車《きくわんしや》がもくもくと黒《くろ》い煙《けむり》をはいてゐるのを見《み》かけました。

「汽罐車《きくわんしや》さん、ひとつおいらをのつけて、花子《はなこ》さんの町《まち》までいつてくれないか」

北山薪炭《きたやましんたん》が、さう言《い》ひました。

「いけねえ、いけねえ。今日《けふ》はおめえ、知事《ちじ》さまをのつけて東《とう》京《きやう》さへゆくだよ。そんな汚《きた》ねえ炭《すみ》なんかのつけたら罰《ばち》があたるよ」

汽罐車《きくわんしや》は、さう言《い》つて、けいきよくぶつぶつと出《で》ていつてしまひました。

するとそこに中《ちう》くらゐの大《おほき》さの汽罐車《きくわんしや》が一つゐました。北《きた》山薪炭《やましんたん》はそばへよつていつて、

「こんちは、君《きみ》ひとつ花子《はなこ》さんの町《まち》までいつて貰《もら》へないかね。花子《はなこ》さんはおいらを毎日《まいにち》待つていらつしやるんだ」

と言《い》ひますと、いままで昼寝《ひるね》をしてゐた汽罐車《きくわんしや》は眼《め》をさまして、大儀《たいぎ》さうに言《い》ふのでした。

「どうせ、遊《あそ》んでゐるんだからいつてやつてもいいが、なにかい、連中《れんちう》は大勢《おほぜい》かい」

「さうさね、炭《すみ》が三十俵《ぺう》に、薪《まき》が百束《たば》だ」

「そいつあいけねえ。そんな重《おも》いものを引《ひ》つ張《ぱ》つていつたら、脚《あし》も手《て》も折《お》れてしまわあ、せつかくだがお断《ことは》りするよ」

「そんなことを言《い》はないでいつておくれよ。花子《はなこ》さんが待《ま》つてるから」

「うるせえな、昼寝《ひるね》をしてゐる方《はう》がよつぽど楽《らく》だからな」

さう言《い》つて、ぐうぐう眠《ねむ》つてしまひました。

そのとき、北山薪炭《きたやましんたん》の前《まへ》へ、ちひさいちひさい、玩具《おもちや》の汽罐《きくわん》車《しや》が出《で》て来《き》ました。

「薪炭《しんたん》さん、さつきからお話《はなし》をきいてゐると、お気《き》の毒《どく》ですね。ぼくがひとつやつて見《み》ませうか」

さう呼《よ》びかけられて、見《み》ると、とても小《ちひ》さい汽罐車《きくわんしや》です。

「実際困《じつさいこま》つてゐるんだが、君《きみ》いつてくれますか。だけど見《み》かけたところ、君《きみ》はずゐぶんちひさいね。これだけのものをひつぱつてゆけるかね」

「ぼくもわからないが、なあに一生懸命《いつしやうけんめい》やつて見《み》るよ」

「ぢあ、ひとつやつて貰《もら》はうか。おれたちもせいぜい軽《かる》くのつかるからね」

玩具《おもちや》の汽罐車《きくわんしや》は、三十俵《ぺう》の炭《すみ》と、百束《たば》の薪《まき》とを引《ひ》つ張《ぱ》つて、停車場《ていしやば》を出発《しゆつぱつ》しました。停車場《ていしやば》の近所《きんじよ》の平地《ひらち》を走《はし》るときは楽《らく》だつたが、国境《こくきやう》の山《やま》へかかると路《みち》は急《きふ》になつて、玩具《おもちや》の汽罐《きくわん》車《しや》は汗《あせ》をだらだらながして、うんうん言《い》つてゐます。

「なんださか、こんなさか、なんださか、こんなさか」

元気《げんき》の好《よ》いかけごゑばかりで、汽罐車《きくわんしや》はなかなか進《すす》めないのです。玩具《おもちや》の汽罐車《きくわんしや》は、もう一生懸命《しやうけんめい》です。どうかしてはやく花子《はなさん》のところへ薪炭《しんたん》をおくりたいといふ一心《いつしん》です。

「なんださか、こんなさか」

「汽罐車《きくわんしや》さん、気《き》の毒《どく》だね、おもたくて」

「なあに、もすこしですよ。なんださか、こんなさか」

それでもやつとこさ、峠《たうげ》のうへまで、ちひさな汽罐車《きくわんしや》が大《おほ》きな薪炭《しんたん》を引《ひ》きあげました。

「やれ、やれ、骨《ほね》がをれましたね」

「これからはらくですよ、下坂《くだりざか》ですからね」

こんどはもうまるでらくらくと走《はし》つてゆきました。そしてすぐに花子《はなこ》さんの所《ところ》へつきました。

「さあ、花子《はなこ》さん来《き》ましたよ」

「はやく来《こ》られたわね」

そこで、花子《はなこ》さんも、おばあさんも、冬《ふゆ》の用意《ようい》が出来《でき》ました。


（大正15年12月、研究社刊『春』）

評論

評論
随筆
座談会
日記

掌篇小説の流行

川端康成

○

掌篇小説とは、「文藝時代」が収録した新人諸氏の極めて短い小説に、中河与一氏が冠した名称である。中河氏は多分、嘗て「文藝春秋」に掲載された某氏（名を忘れた）の「掌に書いた小説」から教へられてこの名称を得たのであらう。

この掌篇小説は、外にも二三の別名を持つてゐる。曰く、岡田三郎氏の「二十行小説」。曰く、中河与一氏の「十行小説」。曰く、武野藤介氏の「一枚小説」。そして一般には「コント」と云ふフランス名が通用してゐる。

これらの名称を見るに、前記諸氏の行数または原稿紙の枚数による数字的命名は、余りに窮屈でもあり、さながら原稿募集の規定のやうでもある。

また、極めて短い小説を文壇に注目させ、その制作を促進したのは、主として岡田三郎氏のコント論の功績であり、フランス文学のコントの影響に依るのであるから、コントと云ふ名称をそのまゝ用ゐるのは、変な訳語を当嵌めるよりも却て自然であるが、私は多少の不満を感じる。自分が極めて短い小説を書いた場合にも、自分ではそれをコントと呼ばないことにしてゐる。第一に外国語であることは矢張り専門語のやうな感じを与へて、一般に親しまれにくい。その上、極めて短い小説は日本で特殊な発達を遂げるであらうと予想されるから、何とか日本の名を持たせてやりたい。また、コントとは必ずしも極めて短い小説であるとは限らない。その逆に極めて短い小説は悉くコントであると云ふわけでもない。理論的には極めて短いと云ふことを、コントの一条件に数へる人はないのであるが、しかも実際的にはそれが一条件として認められてゐるやうな文壇の有様である。また、フランス流のコントには主題の打ちどころ、材料の取扱ひ方、手法などに少々条件がある。現文壇の極めて短い小説は必ずしも皆が皆、その条件を満たしたものとは云へない。これらの点からも私は、極短い小説をコントと呼ぶことにも不満と窮屈とを感じる。

掌篇小説と呼ぶ方が楽である。そして、極めて短い小説であり長篇小説の一部分的でなく、また小品文ではない短篇小説である、と云ふことの外は、何等の条件を設けないがいゝ。もとより、フランスのコントの条件は短い小説にとつて一種の金科玉条ではあらうが、日本にも古来極めて短い小説はないではなし、その上今後日本特殊な発達が期待されるのであるから、その萌芽時代と云つてもいい今日は暫く窮屈な条件を度外視して、発達につれて自然律が生じて来るのを待つたがいゝと思はれる。

○

極めて短い小説の文学論的根拠並びに使命に就ては、主として岡田三郎氏中河与一氏なぞによつて既に唱道された。その形式が持つ内面的意義を私はこゝに説かうとするのではない。最近「文藝思潮」誌上で、武藤直治氏の「コント形式小論」を読み、自分と全く同意見であることに甚だ愉快を感じたので、その所説が一層広まる為めにも、同氏の言葉に賛同を唱へて置きたいと思つたのである。

武藤氏の所論は、掌篇小説の形式の比較的外面的意義に触れてゐると見ることが出来る。そしてそこには二つの意見が含まれてゐる。極めて短い形式の小説は日本で特殊な発達をするであらうと云ふことが、その一つ。また、極めて短いと云ふ形式のために、小説制作が非専門的な一般市井人のものとなり得やうと云ふことが、その一つ。

第一の意見の論証として、武藤氏は簡略にではあるが日本文学の伝統と日本人の国民性とを持出してゐる。武藤氏に先立つても、例へば武野藤介氏は西鶴の「本朝二十四孝」が立派なコントであることを力説した。また私は、コント論とは無関係であるが、「枕草紙」には日本に於て最も古く且つ最も近代的な形式の短篇小説が含まれてゐることを、既に指摘した。

武藤氏は王朝文学のあるものや西鶴の小話の外に、江戸末期の小咄し、落し咄しなぞにコントの形式と内容とが伝統化して存在してゐると説き、更に現代まで伝つてゐる落語や江戸末期の川柳に及んでゐる。川柳に見られる主智的な要素、散文精神的な客観的観察、端的なユウモアとアイロニイなぞとコントとを結びつけて考へてゐるのは、殊に面白い意見と思ふ。

そして武藤氏は、「要するに、コントは、日本人にとつて、過去の遺伝と伝統に深く根ざした文藝的形式が、現代的に復活したものとして考へるのが正当ではあるまいか。日本人は、平明な、客観的態度の主智的或ひはむしろ智巧的な、形式主義の散文的文藝を愛好する一面を有することは、ラテイン民族の場合と一味共通してゐる。日本人の独特の伝統的なユーモア、皮肉、端的な現実批判は、新しきコントの形式と内容とに適応する根本要素ではあるまいか。と云つてゐる。

以上武藤氏の意見は、必ずしも新奇な発見ではないだけそれだけ正当な言葉として、何人にも首肯さるべきであらう。

○

次に、この掌篇小説なる極めて短い形式によつて、小説制作が一般社会人のものとなり得やうと云ふ、第二の意見である。コントが、

「何人にも、容易に近づき得られる、そして何人にも自由に彼の客観的観察と、主観的批判とを盛り込み得られる新しき散文

藝術の形式として存在することは、彼の古川柳がことごとく無名の市井人の創作であつた如く、当来の一般社会人の文藝となり得る根本理由ではあるまいか。」とは、武藤氏の言葉である。これは、とかくの言を挟む余地のない程明らかなことである。

大体今日の小説は、その形式に於て長過ぎ、その内容に於て短か過ぎる。短篇小説が短篇小説らしく引きしまつて短くなれば一般読者側の喜びであることも事実である。更に極めて短い形式の小説が立派に文学的価値を持て存在し得ることになれば、小説創作の喜びが一般化することも事実である。このことは可成りに重大な意義を持つてゐる。

今日は散文藝術、主として小説の時代である。小説ほど多くの観賞者を持つてゐる文藝形式は外にあるまい。ところが、この多くの観賞者と逆比例的に、小説ほど少数の制作者しか持たない文藝形式は、戯曲を除いては余りあるまい。この矛盾は一に小説の形式が長いといふ一点から出発してゐる。第一にその制作が多くの時間と労力とを要求する。第二に発表に際して多くの紙面を必要とする。第三に、長いと云ふことはより多く専門的技術を必要とする。

掌篇小説の流行によつて、これらの困難が除かれたならば、小説制作は短歌や俳句のやうに一般社会人のものとなる可能性は今日十分に認められる。現代人は小説といふ形式を諸種の詩よりも自由な安易な表現形式として愛好するにちがひない。そして、遂に掌篇小説が日本特殊の発達をし、且和歌や俳句や川柳のやうに一般市井人の手によつて無数に制作される日を空想することは、甚だ愉快である。和歌俳句に於て詩の最も短い形式を完成した日本人は、掌篇小説に於てもまた小説の最も短い形式を完成するであらうことは、前述の文学的伝統及び国民性に就ての証拠よりして、十分期待し得るのである。

もとより、今日のコント、または掌篇小説はまだまだ発芽時代であつて、内容形式共に幾多の問題を残してゐる、幼稚な状態である。俳句で云ふならば、連句時代に近いものであらう。この形式が進歩し完成するには、今後多数人の力と少数の天才とが必要であらう。しかし、従来の短篇小説とは別個の掌篇小説が花やかに流行する時代は近く来るであらう。

（「文藝春秋」大正15年1月号）

文学の読者の問題

片上　伸

文学が一つの社会的現象であると言つたら、人は今さらのことだと言ふでもあらう。全く、われ〳〵の考へたり書いたりすることの中には、遺憾ながら「今さらのこと」が少なくないやうに見える。しかしながら、その「今さら」らしく見えることに就いて、新らしく考へたり書いたりする必要が、存外少なくはないといふことをも、序でに世間の聡明な人たち（批評家と称する人々をも含めて）に考へて見て貰ひたいのである。

文学が一つの社会的現象であるといふことに就いては、これまでに書かれたものも可なり多いやうである。藝術上の情緒が、結局一つの社会的情緒であつて、藝術家はそれによつて、われわれ自身のと近接類似の生活をわれわれに経験せしめるといふこと、音響の律とか色彩の調和とかいふやうな快い感覚から与へられる直接の満足のほかに、藝術家がわれわれの想像のうちに呼びあつめて来るいろいろの存在の間に心を置き、それに同感する心持ちの起こるに伴つて一種の満足が生ずるといふこと、——要するに、この藝術的情緒は本質に於いて社会的であつて、その結果として自のづから個人の生活を拡大し、一層広い共通普遍の生活との融合に導くといふこと、藝術の窮極の目的はこの社会的情緒の創造に在るといふこと、——これ等も既に説かれてゐるところである。また、藝術家の想像の心理の方面から観察して、藝術家の根本的な特質を「共に苦しむ」力に在りとする説もある。この「共に苦しむ」力によつて、藝術家は自己の「我」の範囲を越えて他と融合することが出来るやうになる。この「共に苦しむ」力の助けによつて、藝術家の心は、無数の他の人類の感情を反映し、またそれに反響する。その力によつて藝術家の意識の音響が満たされる。それは時と隔たりとを短縮して、藝術家の前に過去と未来とを呼びさます。それによつて藝術家の心は極めて敏感な楽器となり、遠い遠い殆ど聞こえないほどの響きにも共鳴して振動する。それは藝術家の想像力に翼を与へ、それによつて焰の如くに燃立つ。藝術創造の能力と重大な関係を持つところの想像力は、この「共に苦しむ」力と密接に結合してゐる。藝術家が社会のもしくはひろく人間生活の興味に対して呼応共鳴する力の鮮活であればあるほど、その藝術の力はそれだけ強くなる。ひろく人間生活の興味に対して呼応共鳴する力の鮮活な藝術のみが、真によく多くの人々の心を動かし、広い人生の視野をひらく。——この説もまた新らしいものではない。

更に、藝術上の事実の進化発達するあとを見ると、その様式によつておのづから集まつてそれぞれの群を成し、それぞれの流派を形づくつてゐる。これは時処を同じくすることもあれば、また必ずしもさうでないこともある。とにかく何れにしてもその様式の持つてゐる集団的性質は見のがすことが出来ない。またあらゆる藝術は一定の公衆を予想し、一定の文化の環境を条件とする。藝術上の作品の価値は、時代と環境とに従つて常に移動する。一定の公衆を予想することなしに、藝術上の作品の価値を考へることは出来ない。藝術上の価値は自づから一つの社会的の現象である。――かういふ考へも既に説いた人がある。

これ等の説明は、いづれも文学藝術の社会性を明らかにするための試みとして、或ひは今日では、既にありふれた考へのやうにさへもなつてゐるであらう。文学藝術が一つの社会的現象であることは、今日では常識だと言つてよい。もつとも時々気まぐれな考へかたの人が出て来て、そしてそれは大抵「藝」か「技巧」とかをそれだけで独立した特別のもののやうに考へがちな人たちだが、文学の社会性を否定するやうな一種の激語を放つたりすることもある。しかし、それ等とても、その真意に於いては、ほんの一時の何かに興奮したあまりの言ひ分と見るべきものであつて、もはやこの一義については、根本の点では論はないものと見てよい。しかしこの一義は、いはゞ文藝論の肝要な一つの出立点であつて、この一義の徹底と不徹底との差が、重大な文藝論上の争ひを生むのである。この一義は決して軽く見るわけには行かない。要するに文学（ここでは文学だけに就いて論ずるつもりであるが）の社会性は、文学を享受する方面の事実から見て決定せられる。文学創作の方面の事実から見ると、作者自身は、或ひは「純粋な藝術」のための使徒として自分を考へ、文学の社会性といふやうなことは、てんで意識してゐないかも知れない。しかし、作品が出来上るとともに、それは作者の意識の如何に頓着なく、客観的な価値の対象となるのである。即ち作品が出来上るとともに、それは一つの社会的現象となるのであつて、この事実は何としても否定することも無視することも出来ない。

文学が一つの社会的現象であることは、実際の場合としては作者自からもこれを認めてゐることが少なくないのである。ある思想とか理想とかを、ひろく読者の間に普及浸潤せしめるために、意識して作者が文学を作つた場合は、必ずしもその点で有名になつてゐるロシヤ文学ばかりでなく、他の国の文学に於いても、いくらもその例を見出だすことが出来る。功利的な傾向を明らかに追ふところの文学いろいろの意味での宣伝文学教訓文学は、世界の文学史に少なくない。しかしながら、文学が社会性を持ち、一つの社会的現象であるといふのは、必ずしもそれが宣伝的、教訓的、功利的な傾向を追ふからではない。さういふ傾向の有る無しに拘らず、文学は一般に人間の生活感情を統一組織する力を持つてゐるのである。文学が、一定の理想や観念を読者の間に普及浸潤せしめようなどといふ考へから全くかけ離れて、全く「藝術のための藝術」の主義にかなふものの如く判断せられる場合に於いても、やはりそれは人間の生活感情を統一組織する一つの力であつて、即ち社会性を持ち、一つの社会的現象として十分成り立つてゐるのである。

今までの文学研究や批評の上では、専ら作者のことばかり問題になつてゐる。作者が問題になるのに不思議はないのだが、作者ばかりが問題になつて、当然それとともに考へられなければならない読者の問題が閑却せられて来たことは、いはゞ一つの不思議であつた。文学が社会的現象であることを認めるかぎり、作者の問題と並せて、読者の問題が考へられなければならないのは言ふまでもないことである。これも言ふまでもないことだが、文学は一つの生活である。文学といふ一つの生活が成りたつためには、作者と読者との双方がなくてはならない。読者といふものの中には、普通の意味での一般の読者は勿論、批評家、研究者などのすべてを包括してゐるものと考へなくてはならない。文学を社会的現象として考へるかぎり、この意味での読者の問題を閑却することは許されないところである。

文学の社会的交渉などは、文学以外の問題であるといふ風に考へ、それを一口に「読者」の問題であるとして閑却したやうな批評も、随分場合によつては行はれてゐたのである。しかしながら、読者がなければ作者がなく、作者がなければ文学そのものも成り立たないといふ考へは、ある時代の象徴派の文学などに就いても説かれたことがある。即ち象徴を創造するところの主体と、その創造せられた象徴を享受するところの主体とこの二つのものをあはせて一つの全きものとして、それに対する関係から考へられるのでなくては、象徴主義文学の本質は到底論究することは出来ないとせられたのである。言ひ換へると、象徴主義の文学は、創作者と鑑賞者との両者に対する文学上の作品の二重関係の中に成り立つのであるから、つまり鑑賞者が其作品を如何に享受するかといふことが、その作品を象徴的なものとするか否かを決定する条件になるのである。即ち読者がなくては、その作品は象徴主義の作品とはならなくなり、象徴主義の詩人といふものも成り立たなくなる。何故かといふに、象徴主義は単なる創作行動ばかりでなく、創作的連帯行動だからである。更にまた、象徴主義は、創作するところの主体が、単に藝術的客観化を行ふことではなく、藝術的客体を、創作的に主観化することにほかならないからである。——象徴主義文学に就いてのこの考へかたは、単に象徴主義文学にのみ限らず、これをひろく一般の文学に推しひろめて云ふことが出来るであらう。(一体文学そのものが、正しい意味での、デカダン的幻象的な意味を抜きにしての象徴だと言へるのだから、この場合に於ける象徴主義文学の解説が、一般の文学にひろく当てはめて考へられるといふことは、少しも不思議はないのである)。即ち創作するところの主体が藝術的客観化を行ふこと(作者の創造）と藝術的客体を創造的に主観化すること（読者の享受）と、この二つの方面の事実が、文学の批評と研究との上に必ずあはせて考察せられなければならないのである。作者の問題のほかに、読者の問題の考察がなくては社会的現象としての文学の考察は十分とは言へない。

しかしながら、読者の問題の考察は決して容易でない。殊にこれまでの文学批評や研究が、この方面を閑却してゐたために、尚更この問題についての手がゝりが少ないやうに思はれる。またそれ等の事情の如何に拘らず、この題目そのものが面倒であつて、正確な説明をこれに与へることは容易の仕事ではあるまい。それかと言つて、この問題がつまらないといふことにならないのは勿論である。

作者を中心として考へると、その作者が一定の読者を持つといふことは、その作者と読者との間に、何等か近親類似の生活内容が存在してゐるといふことを意味する。一人の読者なり、ある範囲の多数の読者なり、またはひろく一国の一時代の読者公衆が、ある作者に牽きつけられるといふことは、その作者なりその作品なりが、それ等の読者の生活興味を表現する役目を勤めてゐることを意味する。読者の作者に対する態度のうちには、読者の生活の本質と組織的な関係を持つてゐるところの好尚趣味が、知らず識らず現はれてゐるのであつて、読者の心理は、そこから推定することが出来るのである。文学がある時代のある国民の生活の表現であると言はれるのは、それがその時代の国民の中から生れたからといふばかりでなく、寧ろその文学が、その時代の国民から受け入れられ、承認せられて、それによつてその国民が一種の満足とよろこびとを感じたからであると言へるのである。かういふ解釈に対しては、その作者（もしくは作品）に対する時代の社会的環境の影響を軽く見てはいけないといふ批評が加へられる。それに実際の研究となつても、ある作者の人気の程度といふやうなものは、その作品の印刷部数とか売れ行きとか、原稿料とかいふやうなものから推定することはなかなか困難でもあり、危険でもある上に、それ等の知識材料を得るだけのことさへ実は容易ではあるまい。或ひはまた、その時代の読者公衆の思想傾向とか趣味好尚とか、文学もしくは文学者といふものに対する態度といふやうなことから、読者の心理を知らうとする説もある。文学上の作品の成功とか影響とかいふ方面から見て、この二つが必ずしも一致せず、影響といはれるものの中にも、文学以内でのものと、社会に及ぼすものとの二つがあるとして、その社会に及ぼした影響——作品が播布普及せられて行く間に、どういふ階級に対して専らその力を及ぼして行つたかといふ点を重大視する見かたもある。

更にまた、様式の歴史と趣味の歴史との二つの方面からこの問題を考察せうとするのもある。創作する主体の立場から見て時代の精神と作品との交渉に重きを置く場合には様式の歴史が成り立ち、享受する公衆の側から見て、文学の発達の上に生産と消費との相互関係を認める場合には趣味好尚の歴史が成り立つ。その時代の読者の特に好んで読んだものは何であつたか、如何なる趣味がその時代を支配してゐたか、如何なる内容と形式とが殊に好まれたか、一定の批評上の規準ともいふべきものは如何にして成り立つたか、その批評上の規準は真に正当な作品の評価に役立つたか、或ひはその評価はある作品を実価以下に見、ある作品を実価以上に見たやうなことはなかつたか、文学上の読者もしくはその傾向の追随者は如何なる社会上の位置身分を有してゐたか、およそこれ等の諸点を検討することによつて、作者の読者公衆に対する影響と、読者公衆の趣味好尚とを知らうとするのが、この方法の結局の目的である。

一体文学史といふものは作者の歴史であるとともに読者の歴史でもなければならない。読者公衆のない文学上の生産は考へられない。それだけのことは分り切つてゐるのだが、実際さういふ原則から文学の発達を研究したものはあまり無いのである。第一に読者の声といふものを考へて見なくては、ある時代の多くの作品の中から何を選んで来て研究するかといふ判断さへ立たないことになる。読者の意識が如何に作品を選択したりその価値を生かし顕はすために重要欠くべからざるものであるかといふ考へが、もつと実際の研究の上にあらはれて来なければならない。而してその読者といふ中には、同じく作者であるところのものをも含んでゐることを忘れてはならない。即ちこの種類の読者は専ら文学上の影響を受ける読者である。

読者の問題は、読者が文学に影響を与へる場合と、文学が読者に影響を与へる場合との二つに分けて見ることが出来るが、しかしこの二つのものは厳密に区別することが困難である。読者が文学に対して消費者としての要求註文を持ち出すと見える場合にも、その読者の要求註文や性質や方向を決定するものは、いろいろの複雑な社会生活上の原因である。文学が読者に影響を与へると見える場合にも、その影響を受ける読者の方の心理状態によつてその結果が動いて来る、而してその読者の心理状態といふものはやはりいろいろの複雑な社会生活上の原因によつて決定せられるのである。読者の要求註文に応じて作者が書くといふ風に考へられてゐる場合でも、実際は、作者がその時代のある社会の心理状態もしくは生活状態を鮮やかに表出することによつて、その心理乃至生活状態を統一してこれにある新らしい生命が附与せられ、その力が読者の間に一層鮮やかな形で拡がつて行くのに過ぎない。言ひかへれば、作者は読者の要求註文に応じてゐるやうで、実はその読者公衆の社会が自分自身の姿や心理を一層鮮やかに見せつけられてゐる形だとも言へる。このことは、文学が読者に影響を与へると考へられてゐる場合に於いても同じやうである。文学が読者の生活にいろいろの点から影響感化を与へるといふことは、昔からどこの国ででも度々言はれることであつて、心中や厭世自殺も文学の感化影響だと言はれたりするのであるが、さういふ場合に於いても、文学は別に自分独りで考へ出したことを書いたわけではなく、実はその読者公衆の社会が、自分自身の姿や心理をその文学によつて一層鮮やかに見せつけられてゐる形に過ぎないと言へるのである。

文学の影響は、必ずしも一国の同時代の間には限らず、時代を異にし処を異にしても生ずる。時代を異にし処を異にして尚且つ読者が在るからである。文学の永遠性として考へられ名づけられてゐるものも、つまりはこの意味の読者の存在を認めることにほかならない。文学が生き延びて行くといふのは、文学が時や処を異にして読者を持つことである。たとへば一国の文学が他の国の文学に影響を与へるといふ場合には、即ち一国の文学が他の国で読者を見出だし、その読者を強く牽きつけるといふ場合には、この二つの国に於ける社会的関係の間に、何等かの類似が存在してゐなければならない。この類似の程度と、文学の影響の程度とは正比例する。この類似が全く見出だされない場合には、文学の影響といふ結果に到達するほどの意味での読者はあり得ない。学者のあげてゐる例によると、アフリカの土人は今日に至るまでヨーロツパ文学の影響を少しも受けてゐない。それからまた、一方の国民が文化の進歩に於いて相手の国民よりも後れてゐる場合には、その関係は片務的であつて、文学上の影響は後れてゐる方ばかりが受けることになる。ロシヤ文学は十八世紀のフランス文学からいろいろの影響を受けたがロシヤ文学からの影響はその時代のフランス文学へは及ばなかつたのである。社会的関係の状態が類似してゐて、文化の程度もほゞ相如くやうな場合には、相互の影響が行はれる。イギリスとフランスとの文学の関係の如きがそれであると考へられてゐる。外国文学の影響は、全く偶然の事情から防ぎ止められてゐたり流れ込んで来たりすることもあるのだが、双方相知る機会のないところからその影響が及ばないといふやうな事情を別として見れば、ほゞ上のやうなことが言へるであらう日本で自然主義文学の興つた当時、これに反対する学者や批評家の多くは、中には相当物識りの人もゐたのであるが、その文学が遠いフランスで何十年前とかに行はれたものであるとして、これを無意味無根拠な運動であるかの如くに言つたのである。あの当時に現はれた自然主義文学の作者は、実際文字通りの意味でフランスやロシヤの自然主義もしくはリアリズムの作品の熱心な読者であつた。その読み方がどうであつたにしても、その作品の多くに外国文学の模倣があつたにしても、あの文学運動を生んだ日露戦争前後の日本は、その社会的関係の状態に於いて、たしかに一つの転回期に立つてゐたのである。

読者の問題は、外国文学の影響の問題にも当然触れ及ばなければならない。

社会的関係の類似が、外国文学の影響を可能ならしめるといふことは、読者の住む社会の社会的関係と、作品の生れる社会の社会的関係とが、類似近接してゐる場合に於いて、読者と作品との交渉が成り立つといふことを意味するものである。随つて、一国の社会的関係に急激な変動を生じた場合には、今までその社会で成り立つてゐた文学は、その急激な社会的関係の変動に適応随伴するために苦悶する。もしくはさうすることを拒絶して、社会的関係の変動の方向に反かうとする。今までその社会で成り立つてゐた文学は、その心理上思想上の脚場がぐらつき、それの不安定からいろいろの形で動揺する。ロシア革命に伴ふ新旧文学の混乱分裂が最も鮮やかなその最近の一例である。ロシヤの国外移住文学者は、社会的関係の急激な変動に対して、殆ど全く反対の方向に向はうとするか、少なくとも、もとのまゝの立ち場に踏み止まらうとするものである。いはゆる「革命の道づれ」は、その変動の方向に随伴して行かうとするものである。何れにしても、文学と読者との関係が、社会的関係の急激な変動につれて激変する場合の現象にほかならない。

而してかういふ場合に於いては、文学と社会との関係がいろいろの点から新らしく考へ直され、それにつれて、新文化の建設の問題と関連して、新らしい文学と前時代の文学とのつながりの問題が起こつて来る。即ち文学上の遺産継承の問題である。一方では、前時代の文学とは何から何まで絶縁して全く新らしいものを作り出さなければならないといふやうな急激な主張が行はれる。それに対して、新らしい文学が、過去の文学から多くのものを批評的な態度で活用すべきだと説かれる。社会的関係の急激な変動に伴つては、文学の上にかういふ論争が生じがちである。

社会的関係の急激な変動は、要するに全く新らしい社会生活を創造しようといふ意気込みで行はれるのであるから、ひろい社会生活の建設創造といふことが、あらゆる場合の第一の関心事になつて来る。即ち文学の方面では、実際の社会生活を文学よりも高く重く見る考へが勿論強い。人生のための文学だといふ心持ちが強く支配する。文学はその新社会生活建設のために役立つ一つの手段として見られる。文学は新社会生活の建設が成就するとともに用のなくなるものだといふ風にさへ考へられる。ロシヤの未来派のうちでもコム・フートウイといはれてゐる共産主義的未来派の考へかたなどがそれである。一種の文学自殺説であると言つてい丶、かういふパラドキシカルな考へかたは、文学が極端に社会奉仕のためのものとして考へられるやうな場合によく出て来る。批評の方面でも、批評力がすべての読者に行きわたつて来ると、批評といふものは自然消滅すべきものだといふやうに考へられたりするのである。つまり生活そのものが藝術となるとともに、藝術は自然に消滅するといふのであつて、この点から見るとワイルドの考へなども一つの藝術自殺説の方向をとつてゐると言へる。而して一種の極端な藝術利用説だとも見える。この考へかたは、要するに藝術が未来の理想世界——社会主義の隈なく実現せられた世界でどういふ意義を持つかといふ問題に帰着する。

文学批評家が、最も賢い読者でなければならないことは、これまでも度々言はれて来た。文学の価値の問題が、読者の意識によつて決定せられる以上、読者の問題はなかなか重大であるのだが、しかし読者の意識といふものは、前からも言ふやうに、これを明確にすることは非常な困難である。そこで批評家は、読者の代表者として、また代弁者として、自然にその任務を果たさなければならない立ち場にある。読者としての批評家が文学研究の重要な題目であるのは、この意味から考へられなければならない。あらゆる意味での批評のない文学の存立といふことは考へられないし、また、殆ど批評のない文学といふものは、実に寂しい感じのするものであらねばならぬ。

文学の読者の問題は、文学を社会及びその発達と結びつけて考へるところに、起こらなければならないものである。文学を専ら内在的に批評研究する間は、この問題は起こらない。文学を社会及びその発達と、原因結果の関係に於いて考察するところから、この問題は現はれて来るのである。この一篇は、この問題の考察のための下書きである。

（「改造」大正15年4月号）

『芭蕉俳諧の根本問題』（抄）

太田水穂

仏経の示すところに従つて云へば、実相はつねに諸法の言葉に伴うてゐる。諸法とはなほ万物といふが如きものである。それ故に諸法実相は又万物の実相の義となる。万物の実なる姿、あるひは万物の正しき姿は如何なるものであるかといふことが、この四字の釈義となるのである。法華経、方便品に釈尊は諸法の義を説いて、「諸法とは如是相、如是性、如是体、如是力、如是作、如是因、如是果、如是報、如是本末究竟等」と宣べてゐる。すなわち相、性、体、力、作、因、縁、果、報、本末究竟等の十種の事実を指して諸法と云ふのである。相は外に現はるる形、性は物の内なるもの、体はそのものの質、力はそのものの能力、作はその能力の顕れたる用、因は物の成因、縁は助因、果は因縁和合して現はるるもの、報は果のさらに拡充されたるもの、以上九種が諸法の法としての現はれで、之れが実相の本末である。之れを万物に於ける九の差別相といふても可いのである。終りの本末究竟等といふのは、此の九種の差別を本から末迄究竟するの意味で、初めの「相」より末の「報」に至る迄すべておし究めて「等」であるとするので、これを加へて諸法の見方には十種の境があるのである。等とは平等の義である。九種の差別も究竟すれ一味平等であるとの心である。すなはち諸法の実相は究竟に於て平等であるので、この平等の処が一切皆空の境である。一切の諸法はすべて因縁に依つて生ずるものであるから、その因縁を除き去ればことごとく解体して空となる。しかも空はすなはち寂滅相である。それゆゑに諸法は究竟の義に於て空であり、寂滅であるとするのである。

ここまでは仏教に於ける啓蒙的の空観とも称すべきもので、かう云ふ空観はさらに他の大乗観によつて新なる義を附加されなければならない。それは諸法を空と観るとともに、また現実と観るのである。諸法はもと空であつて、本体とするところのものは無いが、暫く因縁の結合によつて仮りに体を現はしたものが此の現実である。しかしその現実は仮りの現はれであつて本来は空である。本来は空であるが、しかし眼前の現はれは事実であつて、之れを全くの空としてしまふことは出来ない。此の空であるとともに現実であり、現実であるとともに空であるところが、物の実相であると観るので、之れを天台仏教に於ける中道観と云ひ、空観と現実観（また仮観）と併せて一心三観の法と云つてゐる。それゆゑに中道観に拠るところの実相の意味は空であつて、また現実であり、現実であつて、また空である。此の有無相即のところに「中」があるので、此の「中」のところが実相すなはち真理である。仏教に真如と云ひ、如来といふもこの事である。而して釈尊の究極の教へであるところの諸法本来常示寂滅相といふものも此の境をさすのである。寂滅はまた涅槃の境である。通俗の仏教には「死」を称する言葉となつてゐるが、それは死ばかりでは無い。生も涅槃、老、病も涅槃、あらゆるもの――宇宙それさながら、万物それさながらが寂滅涅槃であるのである。畢竟此の眼前の一切が涅槃であるのである。ここにも「本末究竟等」の心がある。本末始終あらゆる過程を摂取して、之れを真理の海に潮《そゝ》ぐ。心が真理の海――真如――涅槃――に出て、初めてあらゆる過程あらゆる周囲が光りとなつて来るのである。寂光土、あるひは寂滅相といはれるのも現実を遊離した境涯では無い。現実が光りを被つて来るものとなるのである。煩悩即菩提である。仏教の原理を円融観の名に於て称するのはこの妙味に由るのである。円融とは相対するものが、互の差別を没して一のものが他のものの内容となり、他のものが一のものの内容となるのを云ふのである。相対不二、あるひは相即融通である。この妙味も会得するところが心法である。仏教が心法の名に於て呼ばれるのはこゝに由来する。空即有、一即多といふも円融観である。三観一心と云ひ、三乗一乗と云ふもこれである。一粒の芥子に須弥を蔵すると云ひ、一念に三千世界の法を具するといふのもこれである。仏教の神は超越神的、または多神教的で無くして、汎神的であるとするのも、この観方からである。それは仏教の個物は個物であるとともに宇宙を具足してゐるからである。一塊の土壌に毘盧遮那仏を観るといふのもここである。この境に来て初めて芭蕉が俳諧の上に適用した「無心所着」の事の意味が了解される。無心所着とは心が一事一物に着しないのである。その一事一物から這入つて、普遍の世界に悠遊するのである。

白芥子や時雨の花の咲きつらん
菊の香や奈良には古き仏たち
乾鮭も空地の瘠も寒の内
冬牡丹千鳥よ雪のほととぎす

此の句の心がそれである。白芥子といふ一個の物に於て、時雨の花を観てゐる。時雨の花とは何であるか。初冬の寂びの表象である。これはまた此の世の寂びから、宇宙の寂心にまで拡がつて行く性質を持つてゐる。芭蕉は眼前の白芥子に宇宙の寂心を見たのである。この一個の白芥子は此の意味に於て、宇宙を担つてゐるのである。芭蕉の象徴がここにある。而して此の心境に置かれた白芥子は、白芥子であるとともに実在（神）である。――神が作つた花であると云ふやうな基督教的の意味で無く、此の白芥子その物が神の如来であるのである。芭蕉はこの神を観てゐるのである――ここに仏教の汎神観がある。ただ眼前の白芥子にのみ局してゐるのは無心所着では無い。拘泥である。芭蕉は白芥子を離れて宇宙の心に着《つ》いてゐる。しかし宇宙にも着いてしまはない。宇宙を離れてゐる。此の白芥子と宇宙とが互ひに融通するところに心を遊ばせるのが心の着する所無きすがたで、芭蕉が俳諧の大事とした無心所着である。「原中や物にもつかず鳴くひばり」「夕べにも朝にもつかず瓜の花」之れらの句はその無心所着といふことの直接な解釈とも見るべきものである。何物にも着かない心であるが故に、また何物にも着くことが出来るのである。芭蕉が「俳諧はよく万物に応ずるにある」と云ふのもここであらう。

仏経の円融観は芭蕉の心法の凡てであると言つてもよいほど芭蕉のあらゆる述作の根拠となつてゐる。それ故に単に無心所着の事ばかりで無く、彼れの「虚実観」――虚実出入――も概ね仏経の円融観の適用と見るべきものである。虚は普遍の世界である。実は現実である。彼れの「不易流行」の事もまた此の円融観から説くので無ければ、その理解を全うすることが出来ないのである。何となれば不易流行に於ける誠は、天台仏教の実相の意味に解せらるべきもので、之れは疑ひも無く中道の義に相当するものと思はるるからである。すでに誠が中道と同じ位置を占めて来れば、不易と流行もまた互ひに円融すること、宛かも中道観に於ける空観と現実観との如き関係となつて来なければならない。丈草の「流行の正中を得たるところに不易がある」といふ言葉はこの場合極めて大切な証拠となるのである。

芭蕉の句には刹那の幾微を捕へて、それが永遠の相を示すものとなつてゐるところがある。此の刹那即永遠の理も前述するところに依つて理解されるのであるが、ことに之れには天台円融観に於ける一念三千の原理が影響してゐると見るべきである。

人の一念には三千諸法の理を摂めてゐるとの教へである。円融観の極致である。融通念仏に於て称名念仏の功徳を説くに、或る一人の一念仏は三千世界の有生の心に通ずるといふのは、この円融観を根拠としてゐるのである。まことに一念の及ぶところは空では無い。自己を救ふ願ひは同時に三千衆生を救ふのである。一刹那の幾微は同時に宇宙の全機に応ずるのである。こころみに芭蕉の

古池や蛙とび込む水の音

の句を見る。此の句は古池に飛び込む蛙の刹那の動作を捕へたのであるが、此の刹那の変がそのままに永遠の相を開いて来るのは、此の「水の音」の持ち来たす余情の波及が無限であるところにある。此の刹那の「水の音」が諸法の機にひびくと謂はうか、或ひは諸法の機が此の刹那の変に応ずるともいはうか、此のところは容易に言を立てられないのであるが、しかし此の句に対するものは此の「水の音」が何か名状することの出来ない余意を以て心に触発してくるのを感ずるであらう。芭蕉の心法は此の一句に開かれたとも云ふべきもので、芭蕉の実相観の真味はここから掬まれなければならないやうに思はれる。それ故に芭蕉はその臨終の枕に於ける去来への遺言にも「きのふの発句は今日の辞世、今日の発句は明日の辞世、吾れ生涯言ひ捨てし句々、一として辞世ならざるはなし。諸法本来寂示滅相、之れは之れ釈尊の辞世にして、一代の仏教この二句より外なし。古池や蛙飛び込む水の音、此の句に我が一風を興せしより以来、百千の句を吐くに皆此の意ならざるはなし（翁反古）と述べた所以である。

寂滅は通俗仏教の説く如き死滅の意では無い。寂滅は此の世の実相すなはち空に融通する現実の義に於て観たところの、此の宇宙ありのままのすがたを言ふのである。之れはまた無明を脱却した明智の心に於て見る宇宙とも、或ひは色相を解脱した自由の心に於て見る自然とも謂ふべきものである。此の境に立つて見る宇宙は物々交融して、全く生命の海の感になる。此の海や微茫悠遠、静かにして豊かに、寂しくしてしかも悦びの漫々たる湛へである。之れをただ寂滅の言葉を以て讃嘆したのが、釈尊である。芭蕉の寂びと云ひ寂色といふものの源泉がここにある。

四

空観に融通して現実を見るやうになるのが諸法観に於ける実相の意味である。ただの現実では実相とは云へないのである。それは現実はつねに流転して、無常（空）の相を呈するものであるから、この無常観相の一面を欠いた現実観は、真実の諸法観たり得ないのである。万葉と古今と新古今とを此の点に於て今一度吟味して見よう。

記紀乃至万葉に於ては、万物をただの現実として観て居つたのに、古今集に至つてその観方が深まつて、万物を空観によつて見ようとして来た。記紀万葉に於ては、花はただ五感を刺撃

するものであり、従つてその刺撃に応ずる心も極めて簡単なる美醜好悪の肉体的感情に近いものであつたが、古今時代になると、五感から受容する刺撃を、もう一歩深い心の世界へ持つて行く。この世界はその特質として個々の刺撃（色相）を没し、代ふるに空（無常）の意味を以てする。謂ふところの観念化である。古今集の歌にはさう云ふところがある。さうしてその観念化の中心思想たる空の意味はどこから来たかと云へば仏教から来たのである。此の傾向は新古今集に来てその頂上に達し、ここに観念藝術としての完成の形を示してゐる。それは古今集の理智的空観——この萌芽はすでに万葉にもある——が、鎌倉期へ来て情感を摂取してより多く藝術の体を具へて来たのである。しかし要するに古今新古今とも無常観の勝つた堂上趣味の藝術である。芭蕉の事業は斯かる藝術を今一度現実の野に引き降ろすことで無ければならない。言葉を換へれば、古今新古今に形成された観念を野に降して、再び之れに実相の試練を与へることで無ければならない。ここに伝統改革としての芭蕉の俳諧がある。而して之れが芭蕉の実相観の開展に伴つて現はされてゆく事業になるものである。

芭蕉の実相観はまづその初期に於ける詼諧体から開かれて行つた。

この梅に牛も初音と啼きつべし　桃青
ましてや蛙人間のまま　信章
春雨の軽うしやれたる世の中に　同
酢味噌まじりの野辺の下萌　桃青

発句と附句とは古今集の序のもどきである。梅に鶯といふべきところを、梅に牛の初音と詼諧したのである。そのいかに平民的な意気を挟んで堂上月並の風流を嘲つたかを見るべきである。「わが脊子が衣はるさめふる毎に野辺のみどりぞ色まさりける」は、古今集の春雨である。しかるに芭蕉になると、その春雨を「軽うしやれたる」と滑稽して、それを扱ふに酢味噌に和へた野辺の下萌（若菜）を以てして、全く古今集趣味を一謔に貶しめてゐるのである。之れは勿論芭蕉の本色ではないが、かの堂上風の定型的観相に縛られてゐる梅や春雨をずつと地下に引き降して、牛や酢味噌の中にまみれさせたところに、彼れの初期俳諧の傾向を見るべきである。芭蕉はこの平俗趣味を貞門と談林とから受けてゐる。全然貞徳乃至宗因の模倣であるが、しかし此の模倣が、後年自覚期の芭蕉に復活されて来るのである。

芭蕉はしばらく此の模倣的の詼諧を弄んでゐたが天和年間に入つて、ここを破つて、徐々に自己の領域を開いて来た。

時節さぞ伊賀の山越花の雪　杉風
身はここもとにかすむ武蔵野　芭蕉
店賃の高き軒端に春の来て　同
どうやらかうやら暮るる年なみ　杉風

ここには模倣を脱して、しづかに自身の物となつてゆく言葉の平易がある。所謂俗談平話の詩である。心と材とが平俗になつたのみではない。その言葉も、極めて世話にくだけて来た。彼れは斯かる自由の野に彼れの寂びを打ち建てようとしたのである。「身はここもとにかすむ武蔵野店賃の高き軒端に春のきて、」宛然芭蕉の侘び住の光景である。何となきうちかすめた言葉の端に匂ふ「にほひ」と、句と句との間に通ふ心の「移り」と、「身はここもとにかすむ」と「おもかげ」までも利かしたところとを見るべきである。この「にほひ」「うつり」「おもかげ」が一つに燻ゆり合つて、此の一聯の「寂び」を照らし出すのである。亦と云ひ紫といふやうな原始的単純色の美では無い、複雑な情感と、こみ入つた感覚とが融け合つて出来た中間色調である。斯う云ふ色合が芭蕉の心の世界の色であり、芭蕉が見る諸法の実相の色である。有りとも見え、無いとも見えるやうな中道の感じである。

　　貧山の釜霜に鳴く声寒し

　　櫓の声波を打つて腸氷る夜や涙

　　芭蕉うゑて先づ憎む荻の二葉かな

　　芭蕉野分して盥に雨をきく夜かな

　之れは前の附合と同時代の彼の発句である。ここへ来ると初期の詼謔を捨て丶真実の感動を以て身辺の卑近を述べてゐる。ここには感動が浮き上らず或る力に圧しつめられてたぎり出るやうな強さがある。芭蕉の忍克な意志の緊張である。斯う云ふ意志に担はれた事物は多く力の表現を取つて来る。芭蕉俳諧の「ひびき」といふものの一つの形がここにある。之れ等の句のかういふ「ひびき」乃至力は、或は記紀万葉などの原始感情に於ける力に類似したものの如く見えるのであるが、この差別を見誤つてはならない。畢竟は万葉の心境と芭蕉の心境との相違である。無明の力と真如の力との相違である。それはまた空観を融通しない心と、空観を融通した心との相違である。この事はまた万葉の観る諸法と芭蕉の観る諸法との相違である。「釜霜に鳴く」「腸氷る夜や涙」之れ等の言葉の間に、誤《さば》いてゐる虚実の眼を見なければならない。なほ芭蕉の実相の赴くところを見よう。

　　木枯の身は竹斎に似たるかな　　芭蕉

　　　誰ぞやとばしる笠の山茶花　　野水

　　有明の主水に酒屋つくらせて　　荷兮

　　　かしらの露をふるふ赤馬　　重五

「冬の日」の巻頭の附合である。そこには狂歌の漂泊者竹斎のやうな人が立つてゐる。衣の破れに旅のやつれさへ見ゆるあはれな姿であるのに、見れば笠の上には山茶花がこぼれてゐる。斯う云ふ人と花とを木枯の光景の中に置いて見ようとするのが芭蕉の実相観に於ける寂びである。また大工であつて歌も作るほどの嗜みのある主水といふ者の建てた酒屋の酒蔵の前に、いま夜明け早くの赤馬が、酒造の料の米などを運んで来て、頭の朝つゆを振り落してゐるのである。酒と赤馬との移りもよい。家土蔵などの構へのなかに、黎明の使者とも見える赤馬を点じたところ、材を取るところ極めて卑近であつて、意を置くところは極めて高い。「頭のつゆをふるふ」といふ一句の「ひゞき」で、全幅の光景が或る色調と雰気とを漂よはして来る。この色調や雰気の間から寂びが搾られて来るのである。寂びと云ひ、ひゞきと云ひ、しをりと云ひ、細みともいふものは畢竟するに句の露はす色沢香味である。之れらの物は互ひに含み合ひ、融け合つて芭蕉の諸法観の実相となるのである。芭蕉の実相は量の拡がりを市井平俗の野にひろげたばかりでなくその質をして極めて味のこまかい複雑なものにしたのである。この辺に芭蕉の現実の、空に融通する中道の妙味を掬まなければならない。芭蕉の寂び匂ひは、空と実との融通のあはひから漂ふところの香気或ひは風韻とも云ふべきものである。しかも芭蕉の寂びは、なほ平淡なところへ赴いてゆく。

寒菊やこぬかのかかる臼の端　芭蕉

さげて売りゆくはじした大根　野坡

夏冬はとりおく橋をかけ替へて　同

門に顔出す月のたそがれ　芭蕉

炭俵時代の附合である。ここには寒菊の一株をこぬかのかかつた臼の端に見ようとする貧寒な芭蕉の冬情がある。臼といふものの現はす気持は鈍なものである。そこへ貧しい色のこぬかがかかつてゐる。斯う云ふ景色だけでも「寂び」は充分である。そこへ一株の寒菊のおもむきをそへて来ると、にはかにその場の景色が動いて来る。寒菊でその場をしをつたのである。発句と脇との掛け合ひも平淡の味である。第三第四も派手で無く、手軽に言葉を運んでゐる。芭蕉の句境が極めて簡素なところへ来てゐるが、しかしその間にこめられてゐる心は、此の一聯をぢつと見つめてゐるものに、或る侘びしさと或る所在なさの複雑な誘引を与へるであらう。「寂び」が「からび」にまで進んだとも云ふべきもので、芭蕉晩年に於ける二三年の句は多く斯ういふ平坦な奥みのあるものである。斯う云ふところを閲して、

この道やゆく人なしに秋のくれ

のやうな色なき色にゆき、さらに

秋ふかき隣りは何をする人ぞ

の即菩提にまで押し寄せたのである。「この道や」にはまだ幾分寂らしい寂の跡を遺してゐるが、「秋ふかき隣り」になると、眼前その儘が、直に諸法の漏す処なき具はりの世界になつてゐる。芭蕉の現実が完全に空観と一致した姿がこゝにある。之れを反対の形に云へば彼れの空の観念がその観念の圏を拡めきつて完全に現実と融即する姿になつたのである。実にして虚、虚にして実なるもの、まことに天台仏教が示すところの中道実相の全き姿である。之れを如来寂滅の境といふも敢へて溢美の言葉では無いと思ふ。

（大正15年4月、岩波書店刊）

今後を童話作家に

小川未明

自由と、純真な人間性と、そして、空想的正義の世界にあこがれてゐた自分は、いつしか、その藝術の上でも童話の方へ惹かれて行くやうになつてしまひました。

○

私の童話は、たゞ子供に面白い感じを与へればいゝ、といふのでない。また、一篇の偶話で足れりとする訳でない。もつと広い世界にありとあらゆるものに美を求めたいといふ心と、また、それ等がいかなる調和に置かれた時にのみ、正しい存在であるかといふことを詩としたい願ひからでありました。

○

この意味において、私の書いて来た童話は、即ち従来の童話や、世俗のいふ童話とは多少異なつた立場にゐるといへます。むしろ、大人に読んでもらつた方が、却つて、意の存するところが分ると思ひますが、飽くまで、童心の上に立ち、即ち大人の見る世界ならざる、空想の世界に生長すべき藝術なるがゆゑに、いはゆる小説ではなく、やはり、童話といはるべきものでありませう。

○

多年私は、小説と童話を書いたが、いま、頭の中で二つを書き分ける苦しさを感じて来ました。「未明選集」六巻の配布も、去る四月にて完了したのを好機として、爾余の半生を専心わが特異な詩形のために尽したいと考へてゐます。

○

たとひ、いかなる形式であつても藝術は、次の時代のためのものでなければならない。そして、その意味からいつても、童話の地位は、今後もつと高所に置かれなければならないであらう。童話文学の使命については、いづれ異日に譲る。過去の体験と、半生の作家生活において、那辺に多少の天分の存するかを知つた私は、更生の喜びと勇気の中に、今後、童話作家として、邁進をつゞけやうと思つてゐる。こゝに敢て声明するゆゑんのものは、たゞ友人諸君の平素の眷顧にそむかざらんことと諒解をこひねがふためとであります。

――五月九日――

（「東京日日新聞」大正15年5月13日）

大衆文藝研究（抄）

大衆文藝家総評

村松梢風

一

大衆文学と云ふ熟語は誰が何時から使ひ始めたのか知らぬが、一二年このかた屢々耳にしたり活字で見受けたりするやうになつて、近来では文壇の流行語の一つになつてゐるやうだ。此の名称に対して適切な註解を与へて発表した人も既にあるだらうが私はそれを読んでゐない。今度本誌の編輯長から、大衆文藝家の作品に対する批評を書けと云ふ註文を受けたので、いつたい大衆文学とはどう云ふものなのであらうかと考へて見た。或作品がたまく社会の大多数の人の感興を惹起して非常に広い範囲に亙つて読まれた、それが大衆文学であると云ふならば、いつの時代にも一つや二つはあることで珍らしくはない。それでは単に結果から云ふたに過ぎなくなるが、更にこれを積極的にいつて、大衆（無条件に此の熟語を使ふ）に向つて共鳴を求め、彼等の感興を激発せしめるやうな目的を以て書かれた文藝、かういふ風にも考へられる。猶云へば、社会の大多数の民衆の思想に基調を置いて、それらの生活上の歓楽や苦悩を表現するところの文藝、とでも云ふのかしらとも考へられる。あるひはまた、簡単明瞭に、高級文藝に対する通俗文藝を意味するものかとも受け取れる。けれども、これだけの考へ方ではまだどれもこれもぼんやりしてゐる。そこで、私が今云つたやうなことを全部ひつくるめて条件にかなつてゐるものとしてもよい。さうすると少しは分つて来たやうな気がするが、しかしよくく考へて見るとそれでも矢張り曖昧だ。何も彼も抽象的だ。いつたい文藝的作品に対して、鉱物の標本や商品の見本箱の中のやうに截然たる区画分類をつけて総括的名称の下に統一してしまはふと云ふことは、無法なはなしである。それができる位なら人間に対しても同様に本質的の区別をつけることができる筈だがもとよりそれは不可能だ。われくは、職業や、租税の高や、わずかなる容貌や体格の相違や、或ひは智能の高低によつて各種類の区別をつけられることはできるけれども、其の各人が人間である点に於ては皆一様で奈何共変へ難い。名誉を欲し、金銭を喜び、異性を愛する点に於て万人に共通の心理がある。文藝の作品が人類の本能に根源を発し、真理を描くものである以上は、これと同じ意味に於て分類が困難である。

だが、字義の解釈は実を云ふと今の私の場合には余り重大でない。一つの名称の下にいろんな異つた種類の物が集つてゐたところで別に差しつかへはない。私は大体前に並べたやうな諸点を目安に置いて、所謂大衆文藝と目さるべき物や、或ひはみづから大衆作家を以て任じてゐる人達の書いた物を読んで見て、それらの作物の価値や特質に就いて考へて見ようと思ふ。但し、題名は「大衆文藝家総評」と云ふけれども実は一部分の批評である。たゞ一方に偏せざる意味に過ぎない。筆者も読者も共に時間の経済を思はなければならない。

二

十二三年前、私にまだ青春の血が多くて遊里に沈湎したことがあつた。さういふ家で朝眼を醒ますと枕頭に必ず都新聞が置いてあつた。其の当時の都新聞は普通の家庭や下宿屋などへは滅多に入らなかつたから、さういふ機会をのぞいては私の眼に触れることは少なかつた。花柳新聞と云はれた都新聞の記事ほど後朝の気分にふさはしい読物はなかつた、同紙の記者で先年亡くなつた伊藤みはるの書く花柳界の艶種は評判のもので是を読むばかりに都新聞をとつてゐた人も少くない。所謂藝者気質に精通して、しかも不思議な文才だつた。これと同時に其の頃から『大菩薩峠』が載り始めた。中里介山と云ふ名前は当時にあつては少しも世間的ではなかつた。が大菩薩峠は確かに面白い読物だつた。全体としては講談風の趣向だが、文章に異様なる魅力があり、作中の人物の特徴も在来の講談みたいに類型的でなかった。此の小説は花柳社界では最初から大受けだつた。机龍之介だのお浜だのと云ふ名前は、遊女や藝者や茶屋女などの間で屢〻話題に上つてゐた。が文藝批評家でない彼女達の好評を博し得てもそれは一向社会へ響かない。さうして中里氏の労作は数年続いた。私も久しからずして狭斜の巷から足を絶つやうになり、同時に伊藤みはるの名文をも中里介山の小説をも愛読する機会を失つてしまつた。読みたければ、下宿屋でも家庭でも都新聞をとつて読んだらよかりさうなものだが、なぜだか私は今でも其の気になれないのである。身を花街に置き乍ら此の新聞を読む時は何とも云へぬ親しみがある。が、新聞を読んで花柳の情事に思ひを遣ることは私の気持として面はゆかつた。もつとも其の頃の都新聞には文藝欄はおろか外国電報さへろくに載つてゐなかつた。実に新聞閑日月ありだつた。すると、いつ頃のことだつたかハツキリ年代はおぼへてゐないが、大菩薩峠が本になつた。たしか日本紙の活字本で上下二冊位と思ふが、これは中里氏の自費出版で根津の小さな本屋から発売した。何処の書肆でも出版を引き受け手がなかつたからだらう、中里氏はやはり根津の小さな印刷工場で自分で活字を拾ひ版を組んで職工の仕事をしながら漸く本を作つたと云ふことがたしか序文の中に書いてあつたやうに思ふ。丁度其の頃或日の都新聞を見ると、遅塚麗水氏（?）が署名をして、単行本『大菩薩峠』を紹介してあつた。それには矢張り著者自から活字を拾ひ版を組んで漸く本を作つたといふことが述べてあつて「文章としては取るべきものでもないが著者の苦心に対して同情を禁じ得ない」と云ふやうな意味のことが書いてあつた。私はそれを読んで紹介文筆者に対して可成り不満と侮蔑の気持を持つたと同時に作者中里氏に対して気の毒な感がした。余人はとにかく都新聞の記者中だけは大菩薩峠の真価を認めて載せてゐたのかと思へばさうでもなささうな様子がそれで知れる。仮りに全く価値を認めないにした処で、新刊紹介で「文章は取るに足りない」と書くのは例がなく無礼である。さう思つて私は些か憤慨したことを覚えてゐる。

しかし中里氏も遂に世に出た。しかも巨きな出方をしたのは痛快だ、文壇のいろんな人達がこれを賞讃するやうになつた。後に聞くと馬場孤蝶氏などは最初からの愛読者で大菩薩峠を読むためにながく年都新聞をとつてゐた組だと云ふはなしだつた。それならば猶更のこと馬場氏などがもつと早く此の小説を社会に推薦して呉れたらよかつたと思ふ。

今度初めて縮刷本の『大菩薩峠』第一巻だけ読んで見た。開巻数頁を読んで第一に思つたことは、中里氏の技藝は最初から完成してゐたといふことだ。東京日々へ連載されてゐる近来の大菩薩峠と、都新聞へ載り始めた頃の大菩薩峠とは全く同一筆力を有つてゐる。これは当然のことのやうでもあるが、其の間に十幾年の差があることを考へると必ずしも当然だとは云へない、きく処によると同氏は現在四十位の年齢ださうだ。果して四十とすれば大菩薩峠の起稿時代はまだ廿台に属する、私などは十年前に自分の書いた物を今読んで見ると非常に恥かしいことがある。と云つて現在も未熟極まる。好悪は別として進歩若しくは変化の来るは当然だ。処が中里氏は十余年前も現在も全く同じ調子で書いてゐる、これは中里氏が早くより完成の域に到達してゐたことを証明して余りある。私にはそれが異常のことに感じられる。これは技巧の問題ではない、態度の問題だ。大菩薩峠は腹で書いてゐる小説だ。ほんたうの腹藝だ、と云ふ気持がする。文章としての表現の上には随分ぞんざいな投げ遣りがあり、其の他凡百の欠点があるにしても、なほかつ『大菩薩峠』が立派な大衆文学として多くの人の心を摑み得てゐる所以はこゝに在る。そして、此の種の読物の中にあつてひとり嶄然として群を圧し磐石の揺ぎのなさを示してゐる理由である。

三四年前になるが私は馬場孤蝶氏や其他の友人と同行して、樋口一葉の故郷なる甲州の大藤村と云ふ土地へ行つたことがある。塩山から四五里山奥へ入つた処で、ある篤志家が其所へ一葉の碑を建設したについて、除幕式を賑はすべく私達は招待を受けたのだった。大藤村は遥か眼下に塩山を瞰る山上の村で、村を貫通してゐる街道は、これが所謂甲州裏街道なのかどうかそこはハツキリ知らないが、人家の趣もすべて故態を存してゐた。なにがしと云ふ僧院で除幕式の事果てたる後、講演会に臨むべく私達は小学校へ行つた。其の時、小学校の運動場から望むと、東北の方までかく雄大な連山が峰をつらねて秋の空高く屛風を引き廻したやうに峙つてゐた。その中に一際高い墨のやうに黒い山肌をした峰があつた。「あの山は何と云ふ山ですか」と居合せた土地の人に尋ねると、其の人が「大菩薩峠です」と答へた。私は感慨にうたれたやうな気持で大菩薩峠をいつまでも眺め入つたものだつた。

　大菩薩峠と呼ぶ山は中里介山の小説によつて天下に名が現れたが、介山の小説『大菩薩峠』は、甲州や北武蔵の自然を舞台に持つことに依つてはじめて生彩を帯びてくる。著者の言によれば此の小説は仏家の言ふ人間の『業』を描くことが目的ださうだ。それはそれとして、甲州から武蔵野へかけての自然の姿ほど陰惨なものはない。何となく直ちに宿命的な暗示を胸に迫らせることでは、日本の何処の土地とも異つた色をもつてゐる。去年の冬も私は青梅街道のほとりに住む友人を訪問した時、今でも昔の儘の形を処どころに残してゐる古風な其の街道を歩いて、路ばたの竹藪だの、草屋根の人家だのを見て、其草深さと暗さとにおどろき、何だか其の辺一めんに悲しい運命を了へた人々の霊魂が啾々としてすゝり泣いてゐるやうな気持がした。机龍之介、お浜、お松、兵馬、裏宿の七兵衛、さう云つた人間がみな宿命の糸にあやつられて、人を殺したり、恋をしたり、盗みをはたらいたりするのも、此の土地でなくてはならないといふやうな気持がした。

『大菩薩峠』は文学として後世に残るべき資格と可能性をほゞそなへてゐるが、中里氏が今後これ以上の創作をなしうるや否やは疑問である。氏の著はした他の本（たしか幕末の京都の事を書いたものだつたと思ふ）を一寸読みかけたことがあつたが、大菩薩峠の作者の筆とは思はれぬほど平凡無気力な作だつたので、一寸読んで見て止めてしまつたおぼえがある。机龍之介の性格と甲武の自然の背景とをもとめえたことによつて傑作『大菩薩峠』は完成したが、此の人が文藝の士として、往く所に適応すべき才能を有するや否やは未だ予測ができない。私のこの言を裏切つて中里氏が更に大菩薩峠以上の傑作を現はす時が若し来れば、私は作者の前に低頭して自己の不明と非礼を謝するであらう。

　要するに、『大菩薩峠』が現代の大衆文学の中で最高位に置かれるべきものだといふことについては、私のみる処も世評と一致する。しかし、『八犬伝』と比較すると、まだ〳〵余程の距離がある。馬琴は数世紀間に一人在る人で、中里介山はどの時代にも在りうる人だ。

三

　大衆文藝と云ふ雑誌が本年一月から生れて、多勢の同人が此の牙城に拠つて作品を発表してゐる。此の人達こそまさしく大衆作家なんだらう。しかし私は、自分から大衆作家の看板を掲げたり旗を立てたりする人の心持に対しては少しく疑を寄せる。

それは一つの解釈によれば僭上烏滸の沙汰だと云へるし、他の解釈に従へば自らを低うし卑しめることになる。文藝の仕事は主義主張の争が目的ではない。社会運動家が『民衆』の旗を押し立てるやうな真似をしたくない。大衆に投じようが投じまいが自家の持前、時の運だ。大衆なんどを念頭において小説を書く奴があればそいつは外道だ。原稿紙に向つて物を云ふ時、其の声は誰に向つて聞かせようとする？ 誰でもない自分自身に聞かせる声だ。公園の広場に人を集めて怒号したり、議会の壇上でテーブルを叩くのとはわけがちがふ。自分の書いた物を一人でも多くの人に読んで貰ひたいとねがふのは誰しも当然の人情だが、智識のある読者を感心させて見度いだの、無智な民衆の興味をそゝらうだのと対照を置いて野心の筆を執るのはあやまつてゐる。名人尾上松助の藝談として伝ふる言葉に「私は芝居をする時只の一度も客に見せようだの聞かせようだのと考へてしたことはない」と云ふ言葉があつた。至妙の域に到達した人の言葉として味はふ価値がある。文士は文章を書けばいゝ。小説家は小説を書いたらいゝ。自分の力一杯思ふ存分のものを書くだけさ。大衆もくそもあるものか。

昨年の暮に旅行をしてゐる時、汽車の窓から大衆文藝の創刊号を買つて読んだ後まで、心にくゝ私の心に残つた作は本山荻舟の『妖女人面人心』と云ふ王朝時代に材を取つた怪奇小説だつた。本山氏の筆触はやゝ堅い感じはするが、其の欠点を補つて余りある円熟の技巧であつた。本山氏が従来報知紙上に発表した『名人奇人』や『日蓮』、新小説に連載した『剣客伝』等は皆までも読んでないがどれもそつのない整ひ切つたものだつた。『名人奇人』は特に好評だつたやうに記憶するが、簡潔な筆致に得も云はれぬ妙味がある。此の人の文章は絵に例へると狩野派の水墨みたいで、省筆が巧で、格法整然たる中におのづとうるほひもあり、上品な家風である。難を云へば矢張り狩野派の絵みたいに形式に固り過ぎてゐる。奔放自在さに於て欠くる処がある。立派ではあるが、器局が小さく見え、現代としては旧派の中に入れられても仕方があるまい。

報知新聞には本山氏と並んで矢田挿雲がゐる。矢田氏も『大衆文藝』の同人だ。此の人は『江戸から東京へ』の著述に依つて有名になつた。これは勿論小説でも物語でもない。従つて大衆文藝と云つていゝかどうかは知らない。が兎に角新聞で好評を博し続いて本が売れて矢田氏の文名が一世に高くなつた。近年外国を廻つて来てから更らに箔を付けた。で先づ矢田氏を知るには『江戸から東京へ』を一読しなければならない。が正直の処私は是れを少ししか拾ひ読みをしてゐない。いつかも本誌で吉野博士が推賞してゐたほど、文学としての価値があるか否か私には判断が出来ないが、現代の大多数の人には既に非常に珍らしい資料のやうに思はれてゐる無数の江戸の巷説を殆んど一つも余さず蒐集して地理的に区劃整理を施したのは確かに大事業だ。何百何千の役人に高給を払つてゐるが、月給では足りないで砂利を食つたり地所をかじつたりしてゐる復興局などに比べれば、矢田氏などには政府から勲一等位を授ける価値は十分ある。但し文章としてはさう大した物とは思はれない。これを若し永井荷風の『日和下駄』と比較したならば月とすつぽん程の違ひは確かにある。それは比較する方が無理で仕事の性質も立場も異ふ。『江戸から東京へ』が報知新聞の三面記事の読者に愛読された理由の一つは、文章に詩を含まないことである。新聞の多数の読者は何を迷惑がると云つたつて詩のある文章を読ませられる程厭がることはないらしい。新聞で受けた小説でも読物でも調べて見ると皆面白くてそれで詩の混つてゐないものばかりだ。高級とか低級とか云ふ問題とは別だ。詩があつたからつて必ずしも高級とは限らない。甘い低級な詩だつてある。それでも駄目だ。そこへいくと新聞記者で叩き上げて来てゐる矢田挿雲の文章は晩秋の落葉樹のやうにきれいに詩味の葉を顫ひ落してしまつてゐる。そして其の代りに、ネバリ気のないユーモアを無限に点綴して読者を喜ばせてゐる。同じ著書の中でも第一巻の文体と近頃『大衆文藝』に連載されてゐるあたりとでは大分趣きが異つて来た。近来は折り〳〵詩が混つてゐる。寂びた随筆風の処がある。根が俳人だからむしろ此の方が本領かも知れない。けれども、報知新聞へ書き始めの頃今のやうにやり出したら到底ものにならなかつたらう。

矢田氏の物では矢張り報知へ連載した『沢村田之助』を最近本で読んで見た。死んだ瀧田樗陰君は博読家だつたので常に眼光を炬にしていろんな物を漁り読んでゐたが、矢田氏の田之助には余程注意を払つてゐて「中々いい所がある」と云つてゐた。瀧田君は矢田氏を評して、「矢田さんは矢つ張り江戸から東京へを書いたんで腕が上つたんですね、あゝ云ふ纏つた仕事をすると云ふことは大変力のつくものだ」、さう云つて「あなたなども画人伝をミツチリ骨を折つて御覧なさい、タメになるから」と私に云つたことがあつた。田之助については「いい所がある、が、もう一といきといふ気持もする」とも云つた。とにかく瀧田君が矢田氏に大に着目し始めたのは田之助以後のことだつた。

『沢村田之助』は私も読んで感心した。樗陰君がほめたから云ふではないがまつたくいい所がある。江戸から東京への著者としての矢田挿雲に対しては事業家としての敬意を払ふが、沢村田之助の作者としての矢田氏は初めて文藝家として独自の境地を開拓して一家の風を示した観がある。沢村田之助の事は由来いろいろな書物に書かれてゐるが、これを小説風に書き綴つたものとしては、明治十一年頃に出た岡本起泉の『沢村田之助曙草紙』だけであらう。これは私も先年古本屋で手に入れて持つてゐるが、五六冊続きの絵入りの草双紙である。矢田氏の田之助も全篇の筋をこれから取つてゐる。だから厳密な意味で創作とは云へないやうな点もあるが、しかし矢田氏の田之助は、曙草紙に出て来る人物に対して一人々々個性を着色し心理描写を加へた処に価値がある。が矢張り此の小説も詩味が無くて枯れ切つたユーモアを一めんに撒き乱らしてゐる。

煎じ詰める処、矢田挿雲の特色は其のユーモアに在るらしい。時には駄洒落が混つて折角の気分をぶちこはすこともあるが、全体としてアクが抜け切つて脂気がなく、いかにも苦労人の伯父さんらしい矢田挿雲が、田之助でも観正院の和尚でも小静でも千代吉でも岩吉でもお喜和でも、其のほか登場する人物と云ふ人物に対して、みんな一様に滑稽味を加へて、泣くにも笑ふにも怒るにも可笑味たつぷりに振る舞はさせて、筆の尖で自由自在にあやつツてゐる書き振りがたまらなく面白い。だから、失恋した女が歎き悲しむ場面でも読者は決して悲しくはなく幽霊が出て来てもそんなに恐くはない。何時でも可笑しさが先に立つてゐる。矢田氏はあれで花柳気質などにも大に精通してゐるらしいから、斯道にかけての薀蓄も或ひは畏る可きものがあるかも知れぬが、花柳小説家並みの気障ツ気や蔵前粋士式の通を見せず、何処までも家主何兵衛で押し通してゐる所が面白い。

報知新聞の『太閤記』はまだ一回も読んでゐない。中央公論へ載せたアメリカの観察は感心したものではなかつた。見物記としてはあれ位は普通だらうがあの程度の観察なら何も偉大なる新聞記者矢田挿雲の労をまつほどのことはない。生活が現はれてゐず、感じ方が旧式で固かつた。

四

白井喬二の文章を私が読んだのは、一作年の秋頃新小説に載せた『鳳凰を探す』と云ふ短篇だつた。私はそれまで高をくゝつて読まなかつた白井氏の文章に対して此の一篇でもつてすつかり傾倒してしまつた。それは竹の講釈から始まり、支那の竹林の事を叙し、鳳凰といふ鳥は其の竹林に棲んでゐる。が古来誰も鳳凰を実見した者はなかつた。ところが、支那では大昔此鳳凰を探すことを以て一生の事業とした人が二人あつたと云つて、其の二人の鳳凰探険の記事を書いたものだつた。文体が洗練されてゐて用ふる言葉の豊富なこと駭くべきもので、殊に冒頭の竹の性質から説き出すあたりの筆法の妙は堂に入つてゐた。

さア私は感心してしまつた。今に始まつたことではないが、私は持前で非常に感心する男だ、感心すると同時に無暗に賞め度い性だ。で、一朝私が物に感心したとなると、友達中を駆けずり廻つて、眼の色を変へ、口角泡を飛ばし、相手が納得するまでは賞めてしまはないと、どうも気色が悪くて御飯が旨しく食べられない。さういふ性《たち》だ。そこで、例に依つて其の時も人の顔さへ見れば、鳳凰を探すを持ち出していゝや賞めたの賞めないのつて、丁度いゝあんばいに瀧田樗陰君と平福百穂氏と私の三人で玉川へ遊びに行つた。賞めて賞め甲斐のある樗陰君が前に居ることだから、玉川行の電車の中から、私は此処ぞとばかり日頃に百倍して、鳳凰を探すを激賞した。瀧田君もそれまで白井氏の物を一つも読んでゐなかつた。けれども瀧田氏は少しつむじ曲りだつたから、人が賞めると容易に賛成しない人だつた。何の彼のと云つてケチを付けやうとする。私はそれが口惜しいのでどうでも樗陰君を承服させる迄は電車を降りまいと云ふ意気で益々賞めてやまなかつた。百穂画伯が駭いたやうに「そんなにいゝんですか。ぢやあ僕も読んで見やう」と云つたほどだつた。

無論それは行き掛りで賞め過ぎたに違ひないが、しかし事実『鳳凰を探す』は面白かつた。文品もよし、架空的な不思議な話に現実味をもたせた手腕は確かに敬服に値した。其の頃から白井氏はメキ〳〵売り出してついて大衆作家中の大立物になつた。けれども私はどういふわけだつたか鳳凰を探す以後同氏の作物を読む機会がなかつた。そこで白井喬二が話題に上ると、私はいつでも御輿のやうに鳳凰を担ぎ出して、鳳凰一本槍で白井氏を賞めてゐた。すると、今年になつてから、親類の者が『富士に立つ影』を買つて読んだと云つて、恐ろしく面白い小説だからあれは文壇の批評はどうかと私に尋ねた。「文壇の批評は知らんが無論いゝ物さ」と私は言下に答へた。私は実はそれを読んでゐなかつたが、何しろ鳳凰が頭にあるので無条件に賞めて置いた。親類の男は運送屋だが文藝の理解はない。「さうでせうね、処であんたもあゝいふ物を書くと本が売れるがなあ」と幾らか私をさげすむやうな口調で云つた。なが年売れない本ばかり拵らへてゐる私は「ほんとにさうだ」といふ気がして其の本を借りて読んで見た。

われ〳〵がよく、たつた一度チラツとかいま見た女の美にうたれて、其後は世に其の女ほど美しいものはないやうに思ひ込んでひそかに想ひこがれてゐたところが、二度目に逢つてしみじみ眺めると、全く別人かと思ふほど醜い女であつたりすることがある。つまり目違ひと云ふことがある。私の鳳凰を探すの作者がそれだつた。くだ〳〵批評するまでもなく『富士に立つ影』はとても馬鹿々々しくて読めた代物ではなかつた。全篇単なる出鱈目で其の出鱈目に何等の面白さもない。人物にも事件にも少しも必然性が現はれてゐない。狸の化けたやうな変手古な人間がピヨイ〳〵飛び出して出法題を云つたりしたりするばかりだ。私は呆れた。眼をこすつて見たけれども同じ事だつた。さうとも知らずに運送屋の親類がやつて来て第二巻を置いて行つた。今度若し「あんたもかういふ物をお書きなさい」なぞ云はふものなら私は彼の頭をぶん撲つて大喧嘩をするところだつたが、いゝあんばいに何も云はなかつた。二巻目は本を手に取つても見なかつた。

それにしても、これ程思ひ切つて詰らぬ一年も二年も連載してゐる新聞社の了見が知れない。一方では矢田挿雲の沢村田之助を愛読しうる頭脳のある読者が、富士に立つ影を辛抱して読んでゐる根気と無見識も駭くに堪へたるものだ。尤も一ケ月八十銭の報知新聞は、これ一つ読まないからつて高くはないから購読を中止するやうなこともあるまいが。藝術の匂ひなどは薬にしたくともないのはいゝとしても、さりとて講談の人情味も洒落つ気もない。私も多年読んだり書いたりして来てゐるが、評判の物でこれ程馬鹿気た物を読んだことがない。矢田挿雲だの本山荻舟の如き日本有数の読物作家を記者に持つてゐる報知新聞が何の必要あつてこんないかものを担ぎ込んで来たのか訳が分らない。

同じ作者の『宝永山が出来た話』と云ふ短篇集を最近読んで見た。長篇では愛相を尽かしたが短篇は鳳凰で味を占めてるからよもやで読んだが、果して相応に面白かつた、鳳凰ほどの物は無論ないが、とにかく一流の妙味だけはある。だが、それも最初の二三篇を読む間だけで、四つ五つと重なるともう慣用手段が鼻につく、種が分つてしまへばまことに詰らない。此の人の取柄は、着想の奇抜なのと文辞の豊富なる点に留まる。それから先は何にもない。例へて見ると猿がらつきやうの皮を剝いてゐるやうなものだ。剝いて行く道中が楽みで、剝いてしまへばポカンとする。

だが公平にみて、白井喬二の作物には何等かの特色はある。一種の藝だと云ふ気持はする。処で、其の特色なり藝なりを物に例へやうなら、さしづめ縁日の見世物と云ふ処だ。あの見世物の木戸番の吹聴、それから松井源水こま廻しの口上、軽業女太夫の藝当、それらの熟練と面白さの中に一脈の哀感がアセチリン瓦斯の匂ひと共に漂ふてゐる。それが白井喬二の世界である。

五

此の外に大衆文藝の同人中で眼につくのは長谷川伸と平山蘆江の二人だ。どつちも古くからの都新聞の記者だ。平山氏の長崎物は以前新小説で読んで面白かつたが、大衆文藝へ連載してゐる『唐人船』を新年号だけ読んで敬服した。少年と少女の世界を描いて、ともかくも大人の心を惹くだけの背景を見せ、全体に春の朧夜のやうな幽艶な気分を漂させてゐるのは、平山氏の手法でもあらうが持味でもあらう。長谷川氏の物では、小便の藝当をする男の事を書いたのと、俳人と泥坊との事を書いた人情咄風の物（どちらも新小説に載つてゐた）が私の読んだ中では面白かつた。最近『どろんの道』と云ふ短篇集を読んだが思ひの外詰まらなかつた。旅役者の事を書いた物は長谷川氏の得意の方面だと聞いてゐたが、それにしてはあつけない気のする作ばかりだつた。長田幹彦の初期の作品などとは比較にならない薄い物だ。かういふ種類の読物が十五年位前迄の文藝倶楽部の雑録によくあつたものだ。旅役者の話、吉原の話、木賃宿の話、誰でもそれを愛読したものだつた。けれどもそれがいま長谷川氏の読物文藝となつて現はれても私達の感興を惹く力がない。長谷川氏は才筆だが、筆だけの才人のやうに感じる。独特の世界といふがなく書いた物が単なる話にとどまつてゐる。

大衆作家として近頃売り出してゐると云ふ国枝史郎も矢張り此の雑誌の同人だが、これはハヤ何とも弱つた代物だ。上手下手はさて置き稚気満腹で鼻持がならない。白井喬二は見世物の中にも、香具師《やし》らしい謙遜と浮世の波風に叩き上げられて来た苦労の味があるから厭味に落ちないが、国枝史郎の書く文章は大阪の落語家がカツポレを踊るやうで気障で見てゐられない。

大衆文藝の創刊号へ載せた『石川五右衛門』はまだよかつたが、其の後改造へ載つた『笑へぬ光秀』や、大衆文藝六月号の『隠亡堀』に至つてはこれがほんとの場違ひと云ふものだ。此の人はどうやら藝術がかつた読物を書かうとして一生懸命になつてゐるらしい処だけを無理に買へば買ふのだが、全然素質がないんだから、逆立ちをして踊つたつて無理だ。まあ早く諦めて講談でも書いてるがいゝ、品の悪さに於て直木三十三と好一対だ。直木三十三は野幇間か場末の不見転藝者位に自身は買つてゐるらしいが、私の見る処では法界節だ。鳴らない三味線をガチヤ〳〵撥き廻し、梅毒でつぶれた声を張り上げて、猥せつな唄を歌つて歩くあの道路の藝人の悪ずれた度胸と下品さが、直木氏の持てる特色である。

正木不如丘の物は少しゝか読んでゐない、が此の人の特色は前二家と反対に品のよさにある。何処迄も医学博士正木先生で八字髯をひねつてゐる処が身上だが、其の代りたゞそれだけで面白味も匂ひもない。至極家庭向きに出来てゐる。新婚の会社員の夫婦か何かゞ新しい長火鉢の側に向き合つて暇潰に読んだり聞かせたりしやうと云ふには恰好の読物だ。さういふ幸福な家庭では余り面白い物や深刻な物は要求しない。さういふ文学の作物は時とすると其の人達の甘い夢を傷つけるおそれがある、が、我が正木氏の文藝は、上品で且つ考へるべき何物をも持たないから、さういふ家庭の伴侶としての役目を最も深切に適当に果して呉れるものである。

私は探偵小説を余り読んでゐない。否、一般の人に比べると殆んど読んでゐないと云ふ位のものだらう。が、所謂探偵小説の欠点が、其の中に生活のないこと、人生のないことだと云ふ批難は往々耳にする。是れは一応尤もだが、しかし探偵小説家の立場になると、人生を描く小説は他に幾らもあるのだから、いきほひ人生抜きの探偵のトリツク一方で興味を惹くよりほかに武器はないと云ふことになるだらう。私はそれでもいゝと思ふ。けれども、それならそれで、トリツクが鮮かであることと、観察が鋭敏であることを必要とする。事件の仕組が浅かつたり、観察が遅鈍だつたりした日にはいかに人生があつても倦怠を感じてしまふ。

江戸川乱歩の『屋根裏の散歩者』と云ふ作は面白かつた。主人公が下宿屋の屋根裏に上つて大蛇のやうな棟木をつたふて這つて歩いてゐると、自分も大蛇になつたやうな気持になるあたりの病的な感覚描写は光つてゐた。此の作は刺戟もありトリツクもあつて探偵小説として確に成功してゐる。只難を云へば全体の文章に力がない。それで余程損をしてゐる。

同じ文集の中から『白昼夢』『踊る一寸法師』『毒草』の三篇を拾ひ読みした。白昼夢はお終ひの処がよかつた。踊る一寸法師は道具立の仰山なわりに手品の種が浅くて最後の一法寸師が生首を提げて踊る処もちつとも迫つてゐない。毒草は小篇だつたが反つて無理がなくて面白くもあるし、文章の運びが他の作に比べると余程落ち付いて来て練熟してゐた。尤もどれを先に書いたのだか私は知らないが、此の人はエドガワランポと名乗るだけあつてどの作を見ても普通の探偵小説以上にグロテスクな世界へはいつて行かうとする努力を示してゐるしまた其の方面に於ける素質も相当認められるが、しかし本物のポーまで達するには矢張り横浜からニューヨーク迄の距離があるし、ポーの追従者としても谷崎潤一郎や佐藤春夫に及ぶべくもない。江戸川氏には肝心の詩が皆無だ。谷崎氏が以前書いた小説の中には探偵小説としても日本では第一位に置かるべき作が沢山ある。

六月の大衆文藝で甲賀三郎と云ふ人の『古名刺奇談』と云ふ探偵小説を読んだが全体に古臭くて筋の運びにも破綻が随所に見えて物になつてゐなかつた。江戸川氏にしても甲賀氏にしても探偵小説家たるべく社交人としての教養が、不足してゐることが大なる弱点だ。探偵小説家に必要な敏感な常識と広い観察がないから局面が小さく限定されてしまつて到底外国作家の物を読むやうな興味が惹かれない。現今の日本の探偵小説作家の中では私の知る処ではたゞ一人松本泰の書く物に如上の期待を掛けることが出来る。松本氏は三田派の作家として水上瀧太郎氏と並んで夙くから名があつたが外遊後探偵小説に局面を転じて近来は探偵文藝と云ふ雑誌を自分で発行してゐる。此の人の書く物には病的な神経や奔放な空想はないが、作家としての手法が正確で、常識が豊富だ。以前此の人の『呪ひの家』(?)と云ふ長篇探偵小説を読んだことがあるが、前半のロンドンの生活を描写してゐる部分が特に傑れてゐたと思ふ。近頃の物は一つも読んでゐないが、此の人などが真剣になつて世界三界を舞台にしたやうな大探偵小説を書けばいい物が出来るかも知れない。

かう拾つて見ると、大衆文藝の同人中で目ぼしいのは漸う三四人しか居ない。もつとも三四人目ぼしいのが居れば沢山だとも云へる。先達て大衆文藝の新聞の広告文を見るを、『本誌は同人が各自一番自信のある傑作ばかりを発表する。表紙が美しく、紙質は上等で印刷も高級だ。分量が豊富で而も定価が莫迦々々しく廉だ』と云つたやうな良いことばかり並べたまでは無事だつたが、其のあとへ持つてつて、『若し以上の言葉に只の一つでも嘘があれば同人一同切腹をしてお詫びをする』と書いてあるのを読んで私は腹を抱へて笑つたが、さてかうして雑誌を手に取つて調べて見ると、他の点はともかく、内容の段になると今月などは殆んど読める物はない。一つ大衆文藝同人廿幾人だかを呼び出して望み通り切腹を申し渡したら面白からう。

六

大衆作家と名乗つてはゐないが、面白い読物を書く人に沢田撫松があることを見遁すわけにいかない。沢田氏はずつと以前に裁判所種の読物を書いて評判になつたが、其の後心中などを扱つた情話を書くやうになると特色がなくて面白くなかつた。古い人ではあるし私も今度危うく見遁すところだつたが、偶然に『春宵島原巷談』と云ふ最近の作品を集めた本を手に入れて読んで見て其の非凡な手腕に一驚を喫した。巻頭の春宵島原巷談は就中佳かつた。清七と云ふ年の若い美男である呉服屋の手代が店の使で島原の太夫の処へ行つて、太夫を慕ふ気持になるあたりの、島原の置屋の情景を描写する処なぞの文章は、長田幹彦のやうに派手なものではないが、銀いぶしをかけたやうな落ち付きがあつて完成し切つてゐる。此の人の文章は一口に云ふと老熟だ。少しも誇張しないで何処迄も地味に〳〵と心掛けながら、軽いユーモアを混へて幽艶な世界を写し出して行く処を読んでゐると、廓で育つた老妓が、昼遊びの客に望まれて調子を低くして唄ひ出した寂びた古典でも聴いてゐるやうな気持がする。まことに得難い文品だ。此の本の中では島原巷談と『明月蟋蟀橋』の二篇がとりわけよかつた。全体の趣向から云つて島原巷談には最後の場面に大きな山があつて読者を『あツ』と云はせる。塗籠の壁が倒れて、壁の中から二つの死人が露はれる処へ来ると竦然たるものがある。

同じ人が新小説へ連載した『人獣争闘』と云ふ長篇を飛び飛びに読んで矢張り其の表現に感心した記憶があるから今度通読して見度いと思つたが時間がなくて読めなかつた。沢田氏の作物の難を云へば、穏やか過ぎて迫力の乏しいことだ。これに迫力が添うて来れば更に立派なものになりうる。

以上で所謂大衆作家の名だたる人だけは物色して妄評を加へたつもりだ。そこで、まだ爰に取り残されてゐるのを挙げると、田中貢太郎、大泉黒石などのやうな種類の作家だ。手もなく私も其の一人だ。絶えず本誌の説苑欄に拠つて作品を発表して来てゐる其の仲間にはアメリカに居る佐々木指月なども数へられる。けれども此の人々は果して大衆作家と云へるかどうかは甚だ疑問だ。興味中心の物を書いてもそれに適合する読者の階級や範囲が前記の人々とは異つてゐるらしい。だから相手にする読者の数だけできめることにすると大衆作家の仲間にははいれさうもない。早いはなしが私は『騒人』を発行して清水の次郎長だの上海だので精々骨を折つてゐるが、どんなに次郎長で一生懸命になつてはり扇を叩いて見ても、はり扇の叩き方が違ふかして一向大入りが取れない。で近頃は観念して定連だけを相手にしてやつてゐる。それでも、自分のやるべき場所で自分の藝を売つてる方が気持がいゝ。客の頭数ばかり多くたつて活動写真の余興に雇はれてやるのでは仕方がない――とかう負け惜みを云つてゐる。

大泉黒石が最近本誌へ連載した『人間廃業』は傑作だつた。終篇の『天狗にならうか』に至つては息もつけぬ面白さだつた。しかし大泉氏の物は、好く人は非常に好き、反対に嫌ふ人は極端に嫌ふ傾向がある。処が、嫌ふ人に聞いて見ると大概読んでゐない。大泉氏に限つて何故さう敵と味方(?)を持つてゐるかと云ふと、それは此の人の個性が余りに強過ぎるからだ。今の日本の文壇で大泉黒石ほどの強い個性を不遠慮に縦横無尽に振り撒いてゐる人は先づ無からうと云つてよい。げに恐るべき天才だ。けれども此の種の天才が往々にして陥り易い無反省な態度を以前の大泉氏はま、示したことがあつた。それが一時は少なからず彼の声価を傷つけた。しかし最近の大泉氏は漸く円熟の域に入つたと見えて調子がぐツと高くなつて、文章もはるかに引きしまつて来た。聞く処に依ると、以前は一夜に五十枚の原稿を十日間もぶつ通しに書いてしかもまだ綽々たる余裕を見せてゐたと云ふ勇猛無類の大泉氏だが、近頃では蓬頭垢面昼夜原稿紙に向つて呻吟して漸う四五枚しか書けなくなつたさうだ。私は其の消息を聞いて大泉君もいよ〳〵本物になつたわいと思つて大に君の為めに欣んだ。天狗にならうかのあの軽妙洒脱の極致を示してゐる滑稽文学の作者が、書斎裏に於ける苦心惨憺たる経営に対して何人と雖も襟を正して敬意を払はずには居られないだらう。此の人の将来は広大無辺の曠野である。

田中貢太郎は村松梢風の兄貴分かなんぞのやうに見られてゐる人だから、私の筆で賞め上げたりこきおろしたりすることは一寸遠慮しなければならない立場だが、しかしこれだけ多数の人の月旦を試みて来た後で、物語作家の大先輩たるわが田中貢太郎に筆をそめないのは非礼でもあるし卑怯にもなるから簡単に私の見る所を記して置く。

田中氏が中央公論に物を書き出したのは私より二年位古い。私は彼の作物を読んで、自分も一つ真似をして見やうと思つて書き習つたのが始まりだつた。しかし当時は私は彼と面識もなかつた。田中の書く物が堂々と一家の風を示して来て他人の追従を許さなくなつたのは、主に江戸時代の随筆の中から材を取つて怪談風の物を書くやうになつた頃からだつた。彼は根が俳人畑の出だから写生文の妙を得てゐた。在来の怪談などに全く見られなかつた其の清新な筆触を以て怪奇な事柄を平明に写生する処に、珍らしい文学が生れて来たのだつた。普通の小説を書いても少しも危なつ気のない手法を見せた。尭舜の故事を書いた『禅譲』と云ふ小説も本誌へ載つた物だが観かたの新しい傑れた作だつた。彼の文章の特色は、神経的な所にある。文脈の中を血液が流れてピク〳〵と動いてゐる。真に生き物の感じがあるのが田中貢太郎の文章だ。ひと頃は怪談専門家のやうになつてお化ばかり書いてゐた。支那の怪談の焼き直しも書いたが、彼の筆に掛ると、さういふ物にも妙に神経が通つて来る。一種の創作になつて来る。しかし田中氏の怪談小説の中でも一番傑作は『黒影集』一巻だらう。これは純粋の創作怪談ばかり集めたものだが、黄燈だの黒い蛙などの作は藝妙不思議の域に入つてゐる。黒影集は大正年代の代表的怪談小説として後世に残るだらう。

田中貢太郎についてはまだ〳〵書くべきことは多いが、あるひは読者のはふが私よりもよく知つてゐるかもしれないから此の辺で中止する。

以上なが〳〵と凡庸な観察眼をもつて諸大家の作物を褒貶したが、褒めるもくさすも観かたの一つである。毀誉褒貶の区々たる処が面白いので、真価は棺に蓋してはじめて定まる。不幸にして私の悪罵を買つた人々も寛大な心を以て此の文を読了されんことを希つて置く。――六月十日記――

我国に於ける民衆文学の過去及将来

本間久雄

歴史は武士たちを記憶してゐる。彼等は破壊者であつたから。藝術は民衆を記憶してゐる。彼等は創造者であつたから。…………ウイリアム・モリス

一

民衆の力が認められ、民衆本位に、一切の事象が考察されるやうになつた近代の社会に於ては、民衆と藝術との交渉、関係といふことが、云ふまでもなく、吾々に取つての最も興味ある研究対象の一つである。私は、こゝに、いさゝかわが国近代の民衆対藝術の交渉関係の一端を述べて、幷せて、現在及当来のそれに考へ及んで見ようと思ふ。

民衆と藝術との関係は、二重の意味で不可離である。一つは民衆そのものが、その時代の藝術の中に、善くも悪くも反映するといふ意味に於てである。今一つは、その藝術によつて、民衆は更に新しきものにされるといふ意味に於てゞある。前者の意味については、改めて説明を要しないであらう。『藝術哲学』の著者テーヌが夙に云つてゐるように、いかなる藝術も、その時代の生活及び思想に準拠することなしには生れない。時代の思想、感情、好尚、風潮、習俗――時代そのものが、藝術の中に具現される。近来、あらゆる学問の分野に於て藝術を、その時代の最も正しき鏡として、又その時代の唯一の研究資料として取扱ふやうになつたのは当然なことである。

しかし、藝術は、民衆の単なる鏡だけではない。単に民衆そのものゝ偽らない反映だけではない。単に鏡であり、反映であるといふこと以上に、民衆に取つての慰藉である更新的力《クリエーチブパワー》である。民衆の藝術として、少くも、その名に値するものである限り、それは一面に於て、たしかに民衆の力となり喜びとなり、民衆に更に生きることの意志を与へるものである。この点に、近代の民衆藝術の論者は力点を置いてゐる。モリスがさうである。ロマン・ロオランがさうである。カアペンタアもエレン・ケイも何れもさうである。

しかし、藝術が又、どういふ意味で、民衆に力を与へどういふ意味で、それに喜びを与へ、どういふ意味で、それに生活意志を与へるかは、その時代々々によつて異つてゐる。といふのは、それは時代々々に民衆そのものが異なつてゐるからである。であるから、民衆藝術そのものゝ意義は、何時の時代にも同じではあるが、その藝術としての現れかた、または藝術としてのすがたは時代と共に異つてゐる。

民衆藝術としてのこの異つたすがたは、わが国の近代において、二つの著しい典型となつてあらはれてゐる。そしてこの二つの異つた典型を鑑賞し研究することによつて、民衆と藝術の関係交渉のいかに密接であり、いかに不可離であるかといふことが、いよ〳〵明かになるであらう。この意味で、私は、先づ民衆藝術としてのこの二つの典型を考察すること丶する。

二

わが国近世の民衆藝術——こ丶では研究の対象を便宜上文学に限ること丶する——の二つの典型とは、何であるかといふに、一つは、元禄期を中心とした文学であり、他の一つは、文化文政期を中心とした文学である。言葉を換へていふと、一つは元禄時代の民衆を代弁して、その思想感情を吐露し、彼等の生活のさま〴〵のすがたを反映した文学であり、他の一つは、文化文政時代所謂化政度期の民衆のそれを代弁し、その生活の諸相を反映した文学である。そして、ここに興味のあることは、この二つの時代の文学がさま〴〵の点で、互ひに相反した諸特質を特つてゐることである。そして、その相反した二つの文学は吾々の、現在並びに当来の民衆対藝術の問題を考へる上に、甚だ意味深い暗示を提供してゐることである。

さて、民衆藝術としての元禄文学の特質はどこにあるか。

その第一の特質は、生活享楽《ジョイ•オブ•ライフ》の情趣の横溢してゐることである。このことは、例へば西鶴の浮世草子や近松の浄瑠璃やその他所謂元禄歌舞伎といはれる台本の中などによく窺はれる。西鶴の『一代男』の主人公世之介が、十四の年から恋の修業に浮身をやつし、日本の津々浦々まで、経めぐつてあらゆる階級の女を漁り、六十余歳までに関係した女の数が三千七百四十二人、小人の数が七百二十五人といふ多数に上つてゐるが、それでも尚足りないで、同じ遊び仲間五七人と好色丸《よしいろまる》といふ船をつくり、女護の島へ渡つて更に「摑み取りの女を見せん」と、「恋風に身を任せ、伊豆の国より日和見すまし」て、つひに船出するといふ如きも、この飽くなき生活享楽の気分をよく現はしたもので、この点が、実に元禄文学第一の特色である。

この生活享楽の情趣は、自ら恋愛の世界に於て、最も高調に達してゐる。彼等は、恋愛の下に、充実した自我を見出さうとした。全身全力を挙げて、その中に自我を実現しようとした。一切の束縛を脱して、自由に、大胆に、恋愛の中に浸り漬らうとした。そして、かくすることによつて、解放の喜びを味はふとした。近松の世話物の中の恋愛もまさにこれであつた。であるから、近松の心中物なども、決して、悲劇ではない。環境の何等かの支障によつて、恋愛が十全な発達を遂げ得ないところに原因するわけであるから所謂心中は、悲劇でなければならない。それにもかかはらず、近松心中物の味ひは決して悲劇ではない。これらの作の男女の主人公は、何れも喜んで死んでゆく。死を見る帰するが如しと云ふ態度で死んでゆく。少しも死といふものを苦痛とは感じない。といふのは、彼等は、死によつて、更に自分たちの恋愛を拡充させようとしたからである。生きてその恋愛の阻止されるのを悲しむよりも、先づ、死によつて、その拡大されることを喜んだからである。

　恋愛の中に、解放の喜びを味はふとすることは、又、たとへば、その当時の「くるわ」といふ特殊な世界などにも、鮮かに窺はれる。こゝでは一切の階級が、平等に取扱はれ、そして恋愛の対象である遊女は、女王のやうに尊敬されてゐる。大名でも、家老でも皆この遊里に足を入れるのは、勿論、大名の姫君でさへも、わざ〳〵遊女を訪ねて、恋の道を聞き、男から崇拝される方法を研究してゐる。例へば上方の、元禄歌舞伎の集大成の作と云はれる『けいせい暁《あかつき》の鐘』の中の、やがて結婚しようとしてゐる姫君が「そのお方《かた》も、常に傾城町に女郎好かせ給ふと聞く。常の風儀では、お気に入るまいによつて、どうせ、女郎風《ぢよらうふう》を見覚え、お気に入らうため」に、名高い遊女を招いて「傾城衆《けいせいしう》も、常の女も、男を可愛がるに違ひはあるまいに、なぜ殿たちは女郎をお好きなさるゝぞ。男に飽かれぬ仕様《しやう》があらば教へて下され」と云つてゐる如きその一例である。単に、男ばかりでなく女まで遊女を尊敬したといふことは、西洋の中世紀の所謂婦人神化《デイフイケーシヨン・オブ・ウーマン》時代などと同じく不思議な現象と云はなければならない。だから、武士でも町人でも、金の入用のことがあれば、女房や娘を、すぐに遊女や禿《かむろ》に売ることを何とも思はず、又、売られてゆくことを何とも思はず、むしろ喜んでさへ行くといふ傾きがあつた。『苦海』といふ言葉は、とにかく、元禄期に於ては、たゞ言葉だけで、気分、情趣の上では決して苦海ではなかつた。そしてかやうに「くるわ」を享楽の中心たらしめたのも蓋し当時の解放された生の悦びが、当然に導いた結果に外ならない。

　第二に、元禄文学の特質として挙げたいのは、負けじ魂即ち下剋上的精神の横溢である。言葉を換へていふと、階級意識の強烈さである。民衆的階級意識が、恐らくこの時ほど潑剌としてゐたことは、わが国の歴史には、嘗つてないであらう。さて元禄期にどうして民衆が、それほど潑剌としてゐたか。これは、文化史的研究と相待つべきことであるが、私は、嘗つて、拙論『解放の詩人、近松門左衛門』の中に、元禄期に於ける民衆勃興の経路を次のやうに約説したことがある。

「民衆の勃興」といふことは、直ちに、貴族乃至上流階級の頽廃乃至没落を意味する。家康や秀忠が天下を治めた慶長元和の頃こそ、当時の貴族乃至武士階級が勢力を逞うしてゐたのであつたが、寛永、正徳から明暦万治を経て、世が次第に泰平に馴れて来るに従つて、必要であつた武士階級が次第にその存在理由を失ひ、当時の平民階級である町民階級がこれに取つて代るやうになつた。そして五代将軍綱吉の治世、貞享、元禄の頃となるに及んでは、事実に於て町人階級が全く武士階級を圧倒した。

　町人階級が武士階級を圧倒した唯一の武器は富であつた。「町人は大平うち続くに従つて富裕なるもの多く、殊に元禄中に至りては請負用達にて俄分限となる者多く、当江戸に昨今の富商一町毎に二三人づゝはありきといふ」と『日本風俗史』の著者は云つてゐるが、これは江戸ばかりのことではない。大坂に於ては尚更のことであつたらしい。江戸の紀文、奈良茂、大坂の茨木屋幸斎等は当時の俄分限、今日の所謂成金の尤なるものであつた。

かういふ町人階級の分限者があちらでもこちらでも豪遊を極めて驕奢を競うた。つまり彼等は、これまで認められなかつた自己階級の存在を金銭の力、富の力に依つて認めさせようとしたのである。そして武士階級は、町人階級のこの豪遊驕奢を羨望するの余り、いつとはなしに町人階級を模倣するやうになり、ひたすらに奢侈淫逸に流れた。乍然武士階級は、富の力、金銭の力に於て到底町人階級のそれに及ばなかつた、従つて彼等は驕奢に流れゝば流れる程、逸楽に赴けば赴く程、彼等は従来蔑視してゐた町人階級からその驕奢逸楽の資を仰ぎ求めなければならなかつた。その結果武士階級と町人階級との従来の関係は転倒した、『春台独語』の所謂「世の治まれること久しきによりて人皆佚楽して、近頃は有禄の士より上つ方国郡の主まで殊の外貧困して、凡て商賈を頼みて内外の事を営む故に、位ある人も商賈を恐れ敬ふこと甚だしければ、商賈もこれに乗じて士太夫をも軽しめ侮る」といふ現象が生じて来た。言葉を換へて云へば武士階級即ち上流階級と平民階級との間の黙々たる一種の階級戦争に於て、後者がつひに前者を征服したのである。

わが元禄時代は、かくの如く、武士階級と平民階級（当時の民衆）との階級戦争に於て、最も鮮かに、後者の勝利を示した時であつた。元禄文学の第一の特色として上に挙げる生活享楽の情趣の如きも、結局当時の民衆が解放された悦びの自ら溢れたものに外ならない。

三

上に挙げる生活享楽の情趣と、下剋上的精神の横溢とは、更に自ら次の二つの特色を導き出して来る。一つは、金銭又は富の讃美と、同時に金銭や富を持つてゐる町人、即ち民衆そのものゝ讃美であり、今一つは、町人自らの生活意志の強烈といふことである。

西鶴でも近松でも、町人を讃美してゐる。そして、町人を讃美するとは反対に、武士階級をおとしめてゐる。尤も近松は、表面的には武士階級を、更により高い階級として尊敬してはゐる。しかし、心の中では、或ひは無意識ではあらうが、武士階級を決して羨んではゐない。『長町女腹切』の中で、零落してゐる半七が家重代の刀を今は町人の妻になつてゐる伯母に見せられて「これはさて。我家の重代ぞや。親の秘蔵が年を経て、めぐり来るも不思議なり。一度武士に立かへる瑞相《ずゐ》なり嬉しや」と推し戴いて嬉ぶのを、伯母が引とつてからりと投げ「なう情なのさふらひや。武士になれとて見せはせぬ」と云ひながら、その刀の因果話を長々としたのちに「武士羨しと思やんな。

一言の咎《とがめ》より、親祖父《おほぢ》の命を絶ち、子孫までおちぶれしは、前世の業《ごふ》とは思へども、愚痴な心に浅ましい」と云つてゐるなども、見様によつては、作者の近松が、窮屈で、義理や名聞《めいもん》に囚はれてゐる武士階級よりは、寧ろ、自由な、気まゝな町人階級を讃美してゐると考へられないことはない、少くも武士階級を羨むに足るものとしてゐないだけは確かである。

西鶴では、武士階級以て羨むに足らずとする情趣が、一層濃厚である。例へば『武道伝来記』や『武家義理物語』などを見ても、その中には、偶々武士階級を讃美したやうな個所もないではないが、全体としては、武士階級の惨めさ、哀れさ、果敢なさといふやうな哀愁感がそこに漂つてゐるのを見落すことが出来ない。『武士の身ほど定めがたきはなし』とか「人間定命の外義理の死をすること、これ弓馬のならひ」とか「侍は住居定めがたし。奉公ざかりの花の時、俄かに落花のごとく、浪人ほど悲しきはなし」とか「武家の義理ほど是非なきものはなし」などいふ作者の挿入した文句によつても作者の西鶴が、いかなる態度で武士階級に対してゐたかゞわかる。

西鶴は、実際、武家の誇りを描くことの代りに、武家の悲しみを描いてゐる。

佐渡の国に三千石を食む侍の甲某が、ある日、殿の急お召で、早馬に乗つて御殿に駆けつける途中、三百石を食む乙某に出逢つた。甲は「某殿、おゆるされませい。鐙《あぶみ》を外《はづ》しました」と云ひ捨てゝ通つた。この断りを聞きつけなかつた乙は「とかく堪忍なりがたし」と甲に決闘状をつけた。甲は潔くそれに応じた。しかし「もと〳〵意趣なき義なれば、自今以後両人ともに遺恨さしはさむことなかれ」といふ殿様の扱ひで、その場は済んだが、二人の意気地は、それでは済まなかつたと見え、甲は妻子を連れて国を逐電し、江戸の浅草に来て、門柱に甲某と「筆太に張札して」乙の尋ねて来るのを待つた。やがて乙も妻子を連れてそこに尋ねて来て、互ひに快く酒を酌み交し、甲の娘と乙の息子とを娶はせる契約までして二人は差ちがへて死んだ。

これが『武道伝来記』巻五巻の『不断心懸《ふだんこゝろがけ》の早馬《はやうま》』と題する物語である。そして、二人の死際《しにぎは》の悲しみを

「互ひに涙に沈み、されば武士の義理ほど是非なきものはなし。両人が最後は何の遺恨もなく、世間の思はくばかり耻て、身命捨る夢路の友、けふをかぎりなれば、うき世の名残酒心よく酌みかはし、二人が妻もうちまじり、古里《ふるさと》には、あひ見ぬ顔《かほ》を、思ひもよらぬ爰《こゝ》に近づき、昔を語り、今を歎き、一人の男、一人のむすめ、この行すえの思ひやられて、今果て給ふ人々の身の上より、なほ悲しきは、女心に道理《ことわり》なり。」

と云ふやうな哀調に充ちた文句で書いてあるところから推しても、作者がこの一篇にどういふ感情、情趣を裏づけてゐるかを容易に推側し得るのである。

序でに今一つ『武家義理物語』第一巻の『死なば同じ波枕《なみまくら》』を挙げて見よう。

摂洲伊丹の侍の甲某は、東国巡遊の若殿のお供役を仰せつかり、十五になる自分の一人息子と共に出立した。その時同僚の

乙某は、十六になるその子をして、若殿のお供をさせるために、途中一切の監督を甲に頼んだ。やがて、若殿の一行が大井川に差しかゝると折柄の雨で水勢《せい》増し、同勢には溺れて死ぬものも多かつたが、乙某の子息もつひに今一息と云ふ際で溺れ死んだ。甲は、自分の息子をちかづけ、乙の息子は、乙から預つたものだから、「こゝにて最後を見捨て、汝世に残しては、武士の一分立ちがたし。時を移さず相果てよ」といさめたので、息子は武士の義理をわきまへ「引かへして立波《たつなみ》に飛び入り、二たびその俤は見えず」なつた。甲は「暫く世を観じ、まことに人間の義理ほど悲きはなし。故郷《ふるさと》を出し時、人も多きに我を頼むとの一言そのまゝには捨てがたく、無事に大川を越えたる一子をわざと最後を見しこと、さりとは恨めしの世や」と、身を悶えつひに帰城の上、暇をねがひ、夫婦とも剃髪して、さる山深くわけ入り仏道に入つた。このこと、いつとなしに乙の耳に這入ると、乙夫婦もその志に感じて、これも俄かに退身して、「妻子も同じ墨衣《すみごろも》」と姿をかへ、甲夫婦の跡を慕つて同じ山に分け上つた。そして「憂世の夢を、松風に覚し、泪を子どもの手向水《たむけみづ》となし、ふしぎの縁にひかれて、菩提に入りし山の端の月、心の曇らぬ語らひ、たゞたぐひなき後世《ごせ》の友」となつて、行ひすまして年月を送つてゐたが、「その人ものこらず、今又世にある人ものこらず」といふのが、この一篇である。西鶴がいかなる眼を以て武士階級を見てゐたかは、この簡単な筋書でも想像し得るであらう。

すなはち、これらの作品によつても窺ひ得るやうに、西鶴は、決して武士階級を羨望すべきものとしては描かなかつた。むしろこれを憐れむべき階級として描いてゐる。新興階級である平民階級と比べると、やがて崩壊し、衰滅すべき気の毒な階級として、挽歌を奏してゐるのである。そして、それとは反対に、町人階級に対しては凱歌を奏してゐるのである。

四

西鶴の町人観ともいふべきものは、その『日本永代蔵』や『世間胸算用』などに最も端的に窺はれる。これらは「人の家にありたきものは、梅、松、桜、それよりも金銀米銭ぞかし。庭山にまさりて庭蔵《にはくら》のながめ、四季折々の買置。これぞ喜見城の楽しみ」(『日本永代蔵』)と云つたり、『士農工商の外、出家神職に限らず、始末大明神の御宣託に任せ、金銀を溜むべし」(『同上』)と云つたり、「公家は敷島の道、武士は弓馬、町人は算用細かに、針口の違はぬやうに手まめに当座帳つくべし」(『同上』)と云つたりして、一面、金銭を謳歌すると共に、他面町人としての処世の途を説いたものである。

何故に町人が金銭を謳歌するかといふに、それは外でもない。前に一言したやうに、金銭の力によつて町人が武士階級を凌駕し得るからである。富の力によつて生活を享楽し得るからである。町人としての富めるものを殆んど無条件に渇仰してゐるのはこのためである。

町人は金銀の力、富の力によつて、武士の出来ない豪奢な享楽をも贏ち得る。武士が、いかほど階級的に町人の上位にあつても、天下の町人の真似は出来まい。俺達には、お前たちの持たない富の力がある。かういふ負けじ魂から、当時の町人である平民階級は、これ見よがしに我儘一ぱいの振舞ひをした。『世間胸算用』第三巻『都の顔見世芝居』の中で「今日の三番《さんばん》叟所《さうところ》 繁昌と舞納《をさ》め、天下の町人なれば、京の人心《ひとごゝろ》 何ぞと云へば太気《たいき》なる事、これまことなり」と云ふ書出しで、その顔見世芝居が「木戸口は夜のうちに、見る人山の如し」といふほどの繁昌であることを述べて後に、一人の江戸の男の豪奢な遊び振りを西鶴は次のやうに書いてゐる。

「我一人見るために、銀十枚の桟敷を二間取りて、猩々皮の敷物、道具置の棚を釣らせ、腰屏風、枕箱、その後《うしろ》に料理の間《ま》、さま〳〵の魚鳥、髭篭《ひげこ》に折節《をりふし》の水菓子、次の桟敷に、風炉釜《ふろがま》を仕かけ、割蓋《わりぶた》の杉手桶に、宇治橋音羽川と書附して並べ、医者、呉服屋、儒者、唐《から》物屋、連歌師など入交り、そのうしろの方《かた》には島原の揚屋、四条の子供宿《こどもやど》、都に知られたる末社《まつしや》、按摩取、兵法使《へうはうつかひ》の浪人まで控えたり。桟敷の下《した》は供駕籠、仮湯殿、仮雪隠、何にても不自由なること一つもなきやうに拵へ、栄華なる見物《けんぶつ》、此心は何となく豊かなり。」

いかにも栄華な遊び振りである。かういふ栄華な遊び振りは町人なればこそ出来るのである。そして作者はこれを賞めたゝへて「此人大名の子にもあらず、只、金銀にてかく成るなれば、何につけても銀儲《かねまうけ》して心まかせの慰みすべし」と云つてゐる。すなはち、作者は、この大尽遊びをする江戸の男を賞めることによつて、同時にさういふ大尽遊びをなし得る町人全体を賞めたゝへ、且つ、何につけても金銭をまをけて心まかせの楽しみをすることを、すゝめてゐる。

作者のかういふ感じ方は『一代男』の世之介の晩年の豪奢振りの描写の中などにも自《おのづか》ら現はれてゐる。父親が亡くなつて、母親から、「心のまゝに此銀《かね》つかへ」と二万五千貫を渡され、もろもろの蔵《くら》の鍵を渡された後の世之介の気儘な遊びは、蓋し、生活享楽の情趣に浸つてゐる当代民衆の憧れを象徴化したものと云ふべきであらうか。或時は、「世之介風呂をとめて、もろもろの末社を集め、今日、楽遊《らくあそ》びと定め、瞿麦《なでしこ》の揃浴衣《ゆかた》、皆捌髪《さばきがみ》になつて、下帯をもかゝず、彼此《かれこれ》九人一筋に並びて、八文字屋の二階に上りて騒げば、一町《ちやう》の鳴をやめて可笑がる」といふ京の馬鹿遊び。或時は「昨日は新町《しんまち》の暮を見捨て、その目をすぐに今日、島原の朝明《あさあけ》」のその朝眺《あさながめ》の面白さ――「西行は何知つて、松島の曙、象潟《きさかた》の夕を誉めつるぞ」といふ程のその面白い遊興。或時は「車三輌の上に花氈《はなせん》を敷かせ、太夫様方へ申遣はし、一様に水色の鹿子《かのこ》、白縮緬の投頭巾を着て、四人づゝ二挺に乗りて、樽、折《をり》、重肴《ぢうさかな》、枕箱、燭台に大蠟燭を立て」て冴えかへる月の光りを浴びながら京の町から村里へと練り歩き、やがて「鑓手九人、車停めて、風林《ふうりん》の松、夜寒《よさむ》のもてなしに、京より幾つか布団持たせて、草の戸の中に置火燵《おきこたつ》を仕かけ、括《くゝり》枕もあつて、こゝに一寝《ひとね》入《いり》とは、夢をすゝめられ、銀の燗鍋《かんなべ》に銘酒のかず〳〵、木具《きぐ》拵《ごしら》への茶漬飯、雁《がん》の板焼《いたやき》に赤《あか》鰯《いわし》を置合せ、しほらしき事どもありて、跡には名々呑《めいめいのみ》の色服紗、呑捨の煙草盆、何れか残る所もなし」といふ風流遊び。或時は、長崎丸山の「遊女三十五人思ひ〳〵の扮装《いでたち》、紅《くれなゐ》の網前垂、縷金《よりきん》の玉襷《たまだすき》、文杉《あやすぎ》の思葉《おもひば》を翳し、岩井の水は千代ぞとて、乱遊《みだれあそび》の大振舞」——蓋し、これらは、所謂元禄児である町人の享楽の理想境であると共に武士をして羨望措く能はざらしめた境地であつたであらう。

五

転じて、実在の人物、例へば紀の国屋文左衛門や茨木屋幸斎や、淀屋辰五郎などいふ当時の豪商の生活振りを見ても、この頃の町人が、どういふ生活態度でゐたかといふことがよく窺はれる。

　山東京伝の『近世奇跡考』には、紀の国屋文左衛門を次のやうに書いてゐる。

「性活気にして、常に花街雑劇に遊びて、任俠を事とし、千金をなげうちて快しとす。故に時の人紀文大尽と称して嫖名一時に高し。その頃本八丁町三丁目、すべて紀文が居宅なり。毎日定りて畳ざし七人づゝ来りて畳をさす。こは客を迎ふる毎に、あたらしき畳を敷きかへる故とぞ。此一事を以て、その豪富なるを知るべし。又、或時揚屋町泉屋半四郎がもとにて、丼に小粒金を入れて蒔き与へしと云伝ふ」

茨木屋幸斎は、大阪の遊女屋の主人で、この豪富なさまは夙く近松巣林子の『傾城酒呑童子』の中にひらぎの長《ちやう》として描かれてゐる。

　月も日も、庭より出でて庭に入る。くるわの内の武蔵野や、ひらぎの長が広庭の、光琳風の築山を、見渡す眼さえはる〳〵と、谷の岩組九十九折《つゞらをり》、筑波の山も恥かしの、森と繁りし植込は、華麗を尽す物数奇の松の作木作技《つくりぎつくりえだ》、庭の松風三味線の天柱に通ふ細廊下、数奇屋が軒の南天に、珊瑚樹つなぐ玉簾、萩は宮城野《みやぎの》躑躅が岡、梅や桜の花紅葉、天より四季の仕着《しきせ》して、手形の外の色づくめ、金づくめなる身の栄華、金の冠を着ぬばかり。」

近松は幸斎の栄華をかう書いてゐる。西沢一鳳の『脚色余録』にも幸斎の事跡について、

　茨木屋幸斎事、身の程をしらぬ奢を極め、己が居間は、金襖、水晶の障子輝きわたり、恰も宮殿の如く、朝夕掛盤にて饗膳の式に等しく、日々に献立を以て料理を伺ひ、庖丁人山海の珍味を整て是を饗す。数多抱への傾城襠姿《うちかけすがた》にて配膳給仕す。おのが心に叶はざる料理をば、足を以て膳を蹴返し、身には錦繡を衣とし、豹虎の敷皮梨子地の曲彔、その過奢高位の人にも越ゆ。」

と書いてゐる。同じ書はつゞけて云ふ。

「我家の内に、公儀地の有りしに、それへ能舞台を建て、常に猿楽を翫ぶ。かやうの事、重々超過して、享保三年に庁所へ召呼るるところ、虚病を構へて出でず。仍て先づ手錠をかけ、所へお預けに成る。幸斎家内を改めらるゝところ、金銀財宝の高は未考、傾城の抱へ太夫三十七人、禿四十二人、引舟三十七人、転人四十二人、禿四十二人、その外局女郎など大勢有之、凡そ

家内人数五百人ばかりなり」

そのいかに豪奢を極めたかは、この一節でも推測することが出来る。尚、同書が、幸斎の邸内に、築山が多いために山屋敷と呼ばれてゐること、及び庭中の美をたゝへて「庭中の佳景任レ侵二康楽展一不レ及レ談目不レ及レ瞬築山の景最美なり」と云つてゐるところを、上に挙げた近松の文章と比べて見るとき一層の興味があるであらう。

淀屋辰五郎も、同じ西沢一鳳の『伝奇作書』によると寛永年中「奢に長じて莫大の金銀を費せし科にて、家内闕所となり、城州八幡へ引退き古く持伝へたる宝を始め有金地面古証文まで残らず闕所仰付けられ」たといふことであるが、彼れは百間四方一万坪の地を占め三千八百坪の家屋を有し、四十余戸の土蔵を列ね別邸四戸を有し、奴婢百四五十人に及ぶといふ大世帯であつたと伝へられる。

これらの豪商の奢侈に流れたのは、無論その持つてゐる富の力の当然に導いたところではあるが、それは又一面、明らかに武士階級に対する彼等の負けじ魂ひの発露でもある。徳川政府が幸斎辰五郎等を闕所にしたのは、単に彼等が奢侈に流れるといふのみではない。それは表面で、恐らくは、彼等が武士階級にこれ見よがしの、人もなげな寛潤振、横着振りに対する反感にも、大ぶ起因するであらう。現に『伝奇作書』の伝へるところによると、辰五郎の闕所の裏面には、彼の所持する壺を公儀が求めてゐるにもかゝはらず、それを差出さなかつたゝめだといふことである。又、時の権勢柳沢美濃守の借金の申出をさへ、彼れは断つてたと伝へられてゐる。何れにしても、彼れはその富の力によつて武士階級を眼下に見下してゐたことは推測するに難くはない。前に挙げた太宰春台の所謂「商賈も士太夫を軽しめ侮る」といふ風潮を、恐らく辰五郎や幸斎やが最もよく代表してゐたと見ることも出来るであらう。

かういふ負けじ魂に根ざした町人気質は、単に対武士の場合ばかりではなく、町人同士の間に於ても或ひはその他の場合に於いてもさまぐ〵のすがたに於て現はれてゐる。彼等が何をするにも、全身を挙げて力一ぱいにそれをすることや、殊更らに技巧を弄せず、すべてに直情径行的であることや、従つて又情熱的であることや——一言で云へば、生活意志が溌剌として強烈であることが、とりも直さず、この当時の町人の性格的な大きな特徴であつた。このことは大近松の作を心して読む者などには、直ちに肯けることである。私は嘗てこれについて、前にも挙げた拙稿『解放の詩人、近松門左衛門』の中で、大体次のやうに書いて置いた。

情意感情の強さ、烈しさは、近松の作中人物の変愛のさまぐ〵のすがたに遺憾なく、それ自らを現はしてゐる。例へば『冥途の飛脚』の忠兵衛が、今まで親友と思つてゐた八右衛門に、馴染の女梅川の前で、悪しざまに罵られ、「忠兵衛元来悪い虫、抑へかねてずんと出て、八右衛門が膝にむんずと居かゝり」ながら『措いて呉れ、気遣ひすな。五十両や百両友たちに損かける忠兵衛ではござらぬ。ア、八右衛門様、八右衛門様奴《さまめ》、サア銀渡す手形戻せ」とわめきつゝ、前後の思慮なく、かつとなつて、大切の包み金の封印押し切り「これ亀屋忠兵衛が、人に損かけぬ証拠サア請取れ」と投げつけるその烈しさは、とりも直さず彼れの恋愛の烈しさであつた。又例へば『長町女腹切』の半七が、情人お花の前で、彼女の継父から「此娘女房に持てば小判いるが合点か、小豆粒ほどな細金さへないざまで、なんぢやお花を女房ぢや。いき騙《かた》りとは其事。いつそ手を能う巾着か矢尻切れ」と嘲罵されてぐつと急《せ》き上げ、「ム、よう云うた。小豆粒は持たねども小判といふもの持つてゐる」と紙入から廿両取り出して「サア小判といふもの近付になつて置け」と真向に投げつけると云ふその烈しさは、とりも直さず半七の恋愛の強さ、烈しさであつた。

　この烈しさ、強さは単に恋愛の場合ばかりではない。それは例へば『天の網島』の治兵衛が、女房おさんの心づくしに感心して「この治兵衛には親の罰、天の罰、仏神の罰は当らずとも、女房の罰一つでもようない筈、許してたもれ」と手を合せて男泣きに泣くその感激の涙の中にも現れてゐる。『堀川波の鼓』の小倉彦九郎が、不義をした女房のお種を一刀の下に切つて棄て、男らしく勇んで女敵討《めがたきうち》に出立しようとして取縋る妹や子の嘆きに、猛き心も急に打萎れ、「さほど母、姉を大切に思ふほどならば、なぜ最前に衣《ころも》を着せ、尼にせんとて命をば、なぜに貰うてはくれざりし」と、空しき女房の体《からだ》に抱きつきて、わつと叫び泣くその執着の涙の中にも現はれてゐる。又『女殺油地獄』の主人公で、殺人罪を犯した極悪人の遊蕩児与兵衛が、最後に囚へられて「思へば二十年来の不孝無法の悪業が、魔王となつて与兵衛が一心の眼を眩ます。お吉殿殺し金を取りしは河内屋与兵衛」と立派に男らしく白状したその覚悟の涙の中にも現はれてゐる。

六

　実際、かういふ性格上の、烈しく、強く、一本気な味ひは、近松作中人物の齎らす特殊な味ひであると共に、実に又、元禄文学そのものゝ齎らす特殊な味ひでもある。この味ひを鑑賞することなしには、元禄文学と並びにそれを産み出した元禄の民衆的精神とは恐らく理解しがたいものであるであらう。

　転じて文化文政時代に移ると、時代を代表する民衆的精神と、その発露である文学とは、元禄期のそれとは全然異つてゐることを見出す。

　元禄民衆が、解放された生活の喜びに浸り漬つてゐるに比べて、文化文政の民衆は、抑圧された生活の苦しみに喘いでゐる。前者が力一ぱいに振舞つてゐるに比べて、後者は、振舞ふべき力を持つてゐない。前者では、生活意志が甚だ強烈であるが、後者では生活意志が頽廃してゐる。前者の自然的なのに比べて後者は技巧《アーテフィシャル》的であり、前者の真剣なのに比べて後者は遊戯的であり、前者の信仰的で願求浄土的なのに比べて後者は無宗教的で、悪魔的である。

かういふ風に、文化文政の民衆は元禄の民衆に比べて、全く別な傾向にある。そして、このことを最もよく証明するものは、山東京伝其他の黄表紙や洒落本や鶴屋南北等の戯曲であり、更に実在の人物としては所謂十八大通などの通人生活である。

黄表紙や洒落本には、人も知る通り、よく遊里が描かれてゐる。又、所謂通人がよく描かれてゐる。洒落本については、『小説史稿』の著者関根正直博士は「遊里洞房の痴情を写し、嫖客のたはれ言などに、滑稽を尽しゝ小冊子」であると云ひ、明和年間に丹波屋利兵衛といふものが「浮世師といふものゝ事を綴りて『遊子方言』と題して開板したのが、その始めであると云ひ、更に浮世師とは、今、俗に通人とか粋客とかいふものゝことにや」と云つてゐる。

黄表紙又は洒落本などに描かれた遊里は、民衆享楽の巷である点は同じであるが、少くもそこにゆく嫖客の気性やら遊女の情趣やらは、元禄のそれとは余程趣きを異にしてゐる。

遊里の嫖客を俗に通人と云つたことは何時頃のことかを明かにしない。京伝の弟の山東京山の『蛛蜘の糸巻』には「天明の頃、花車風流を事とする者を大通、又は通人、通家などゝ唱へて、此妖風世に行はる」と云つてあるが、平賀鳩渓の風来六々部集には

「大通は人の心を種として、よろづの言の葉とぞなれりける。花に行く無駄人、月に通ふ遍錑《へんてこ》も、いづれか通《つう》を知らざりける。夫れ、大通といふ文字は、唐《もろこし》の俗語《ぞくご》にて、大に人情に通じたるを称したる字の通りの詞《ことば》なり。近頃世上一般の通語《はやりことば》となりて、昼三買《ちうさんかひ》の意気人《いきびと》より、切店《きりみせ》そゝりの俠客《きやんどこ》に至るまで、仮にも通を唱へざるはなし。」

と云つてゐるし、又、明和二年に五代目団十郎が演じたといふ『助六由縁江戸桜《すけろくゆかりのえどざくら》』の中にも通人が出て来るから、文化文政は無論のこと、天明よりは可なり前から通人といふものがあり、「通」といふことが流行してゐたことがわかる。而も「通」は、たゞに当時の町人ばかりではなく、やはり『六々部集』に「夏は昼寝して座敷まで屋根舟が着かぬとの小言を云ひ出し、冬は巨燵の前へ芝居があるいて来ればよいとの我儘、只いきな事をのみ尊み、欣々通々として、鮫鞘のお太刀は煙管より軽く、嚢《かます》の紙入れは七ツ道具より重し」と云つて、当時の武士が懦弱になつたことを記して「役者の身振を学ばずんばいかんぞ奢の腹をへらさんと、怠懈放侈の心より、親仁《おやじ》の尻は祖父《ぢゞ》様より重く、息子又父《とゝ》様より弱し。只通を以つて義として口を以て勇とす」と云つてあるところから見ても武士階級も通を以て憧憬の的としてゐたことがわかる。しかしそれは武士が町人を模倣しようとしたので、通の本体が町人であることは云ふ迄もない。

さて、通といひ通人といふのは、どういふことであるか。『六々部集』には「かの通に差別あり。極真の大通は上方《かみがた》の伊達衆にひとしく、くつきり立ちし水際《すゐど》は、水道の水の名物男、意気地の立引男気《たてひきをとこぎ》は、くだ〱いふも緒環《をだまき》なり」と云つてゐる

が、意気地とか男気とか云ふことも、「通」の真義としては重大な要素であつたにはちがひない。しかし、同じく遊里に遊ぶにしても、元禄時代の人々が何もかも一切を忘れて、変愛の中に浸り漬るとは自ら異つて後の人々はまづ十分に相手の遊女を考へ、翻つて自分の境遇を考へ、利口に立ち廻つて遊ぶといふ功利的な態度の、そこにあつたことは明かである。だから『六々部集』は、親の譲《ゆづり》の家を潰し居屋敷を打ちこんで、深はまりはいらぬもの」と云つてゐる。深はまりは通には大の禁物である。

「女郎は遊び物、遊君遊女の遊《いふ》の字は、あそぶといふ文字なれば、一歩《ぶ》ならば一分だけ、二朱なら南鐐《なんれう》だけ、客といや字の位を落さず、買といふ字を心に込め、悪穴を言はず、悪洒落を決してせず、見えを言はず、啌《うそ》をつかず、気を専らとして、座敷の数を重ぬる時は、需めずして通となり、態とならざる仕内の中に、自《おの》づと出づる面白みには傾城もおもひ付き、世間でも有難がるべし。」

『六々部集』の著者は、通の真義を上のやうに述べてゐる。すなはち、一歩ならば一歩、二朱ならば二朱、客であるといふこと丶、買ふといふこと丶を忘れず、深はまりをしないで、適度に遊ぶといふ唯物的、功利的な境地を説いてゐるのである。山東京伝もその『富士之人穴見物』（天明八年）の中で「止まるとき止らざるは通の通にあらず」と云つて、程度を知つて遊ぶことを通だと云つてゐる。元禄期の生一本で、真摯でまつしぐらに恋愛を追ひ求めるのに比べて、そのいかに遊戯的であり功利的であるかは、改めて贅する迄もないであらう。

七

文化文政の民衆が、いかにこの「通」を無上のものとし、いかに通人たることをこれつとめたかは、黄表紙や、洒落本がよく証明してゐる。而も『六々部集』の著者源内の「需めずして通となる」といふやうな極上の通人ではなく、似而非通人とならうとして力めてゐたものもずゐぶん多かつたであらう。京伝の有名な黄表紙『江戸《えど》生《うまれ》艶気《うはきの》樺焼《かばやき》』（天明五年）などは、当時の町人生活、民衆生活がいかに通人たらうとして腐心したか、その所謂通人とはどういふものであつたかといふことを示す興味のある、而も屈強の参考資料であらう。

百万両の分限者の仇気屋《あだきや》の独息子の艶治郎といふ浮気な若者は、一生の思ひ出に、どうか浮名を歌はれたいといふ馬鹿らしい望みを起し、それには通人になるに如かないと考へて、いろ〳〵通人の修行をする。そして、或時は、役者の内へ、娘等の駆け込んで評判になるのを羨しく、どうかさういふ浮名を自分も立て丶見たいと思ひ、近所で有名なある藝者を、五十両で雇つて、自分の家へ駆けこませ、あまつさへ、其ことを、読売《よみうり》をたのみ、板におこさせ、一人前一両づ丶で雇つて、江戸市中を無代で売らせて見たり、或時は、遊女買ひをして家にかへつても、やきもちをやく者がゐなければ張合がないと云つて、「どうかやきもちさへやけば、容貌にのぞみはないからとの注文にて、二百両出して妾をかゝへ、内にかへればこづき廻されるを此上もない楽しみ」、して見たり、或時は、とかく色男といふものは、よく打擲されるものだといふことを芝居で見て、自分も打たれて見たくなり、地廻りの若い者を、一人前三両づゝで四五人をたのみ、吉原仲の町の人通りの多いところで、打たれる計画を立て、而もたゞ打たれたゞけでは面白くないといふので、近所の茶屋の二階で、その道の人を雇つてめりやすを歌はせ、乱れた髪を馴染の女郎に梳かせようとしたりする。尤もこの時は、打たれどころがわるく、片息になつて、髪梳どころではなく、気つけよ医者よと大騒ぎを演じたのではあつたが、とにかく、この艶治郎といふ男が、いかに浮名を立てることに腐心してゐるかゞわかる。

　こればかりではない。彼れは、やがて、心中の真似事をして浮名を立てゝ見たくなり、南無阿弥陀仏を相図に留めさせる注文で、相手の女郎を千五百両で身請けをなし、心中の折の着物として「肩にかなてこ、裾にはいかり、しちにおいても流れぬ身といふ古歌の心」を意匠にした対の小袖を着て、さて、すなほに身請けをしては面白くないと、駆落ちのつもりで、大金を出して故意と櫺子《れんじ》窓を壊し、梯子をかけて二階から逃げ出し、心中の場所も、意気な、ぱつとした所を選んで向島三囲《みめぐり》の土堤と定め、時刻も夜が更けては気味がわるいからといふので、宵の中とし、さて道行には、これまで彼れに贔負になつた茶屋、船宿、幇間、末社、藝者など、何れも袴羽織で「だい〳〵講の送りのやうに」大川端まで送るといふ前代未聞の心中を計画し且つ実行する。

『江戸生浮気樺焼』の主人公の気持は、今日の吾々から見て、たしかに噴飯に値する。しかしすべてを狂言化し、技巧化し、遊戯化せずにはゐられない彼れの気持は、当時の江戸民衆の如何なるものであるかを知るには非常にいゝ参考資料である。事実、この作が非常な勢ひで読まれたことは、当時、自惚者を艶治郎と呼び、鼻の低い醜男を、この作の主人公に因んで京伝鼻と云つたといふことに徴しても想像される。同時に当時の民衆が、或る程度迄、この艶治郎に共鳴してゐたことも想像される。即ち、当時の江戸民衆は、この艶治郎によつて、自己の遊戯的な、技巧的な、不真面目な、駄洒落的な思想感情又は生活態度を代弁させたものとも見られる。

　翻つて、民衆の実際生活例へば所謂十八大通と呼ばれた通人の生活などを見ても、このことがよく肯かれる。十八大通のことは、前に挙げた京山の『蛛蜘の糸巻』にも出てゐるが、十八人の通人でその頃の通人の尤なるものであつた。彼等の多くは或ひは札差《ふださし》であつたり、豪商であつたりしたので、金銭を湯水のやうにつかつた。しかし、彼等の遊び振りは、表面は、たとひ豪奢ではあつても、元禄時代の紀文や幸斎や辰五郎などゝは自ら別種に属するものであつた。元禄時代の豪商連の過奢放逸は、内に充ち〳〵てゐて力が自《おのづか》らにしてその捌《は》け口を見出したものであつた。だから遊びではあつてもそこには真剣さがあつた。天明以後文化文政のこれらの豪商連のそれは、たゞ遊びのための遊びであつた。日頃アンニユイを感じてゐる者の退屈凌ぎのわざくれであつた。十八大通の一人利倉庄左衛門がある日髪床の前を通るとき店の中で自分を笑つたものがあつたといふので大に怒り、その店に駆け上り上板を取つて床を打ち壊し、器物を破壊し、乱暴狼藉を働いた末に、狼藉料として二十両の大金をその髪床の主人に投げ与へたと伝へられてゐるが、これは元禄の紀文が、小粒金を升に入れて衆人に撒き与へたのとは、気分の上で非常な相違である。前者の仕打は飽くまでも狂言であり遊戯である。怒もしないのに怒つた風を装つて狼藉を働いたのである。だからこの狂言に対して狼藉料を支払ふだけの余裕を彼れは持つてゐたのである。元禄期の人には、さういふ余裕はない。彼らは、怒るにも笑ふにも泣くにも喜ぶにも、すべて情熱的であつた。直情径行的であつた。ひたむきであつた。まつしぐらであつた。全我的であつた。

八

更に文化文政の文学と民衆生活とを考へるもの丶、見落すことの出来ないのは、桜田治助、並木正三、鶴屋南北等の歌舞伎劇である。就中南北は、前にも挙げた一鳳の『伝奇作書』に「文章猥褻にして、所謂江戸狂言とて一部の趣向立たるもの稀なれども、近世の痴情にやかなひけん。南北風とて一時作名を高くせり」とあるやうに、当時の人気にかなつて、化政度を代表した江戸作家の随一であつたゞけ、そこに描かれた時代相には、文化史的に重大な意義の認められるのは云ふ迄もない。

吾々が、南北を読んで第一に感ずる興味は、そこに描かれた人物が多く、無宗教的で、悪魔的だといふことである。彼等には、人生を明るくし、生活に光りを与へる何等の宗教もない。たゞ、現在当面の刹那的意欲の命ずるまゝに蠢動してゐる生活である。何等の希望もない。理想もない。従つて彼等は極端に唯物的である。又、何等の希望なく、理想もないから、自暴自棄的である。そしてその極、彼等は残忍を愛し、非道を喜び、猥褻を好んでゐる。善玉よりも悪玉を貴んでゐる。所謂悪魔的傾向である。

これらの人物の中には、殺人や姦淫を平気でしてゐるものが多い。兄妹相姦の畜生道なども珍らしくはない。彼等は、これを以て必ずしも耻とはしてゐない。殺人の場合の徹底的に残酷であつたり姦淫の場面の徹底的に猥雑であつたりするところは、今日の人の、全く面を掩はざるを得ない程である。孕み女の手足を戸板に釘づけにして、その生胆をゑぐり取つたり(『独道《ひとりた》中《び》五《ご》十三駅《じうさんつぎ》』)乳呑子を抱へた病婦に、不義の汚名を着せ、あまつさへ足蹴にして、衣類や蒲団を強奪したりやがてその病婦の悶死するのを見て、それを戸板に釘づけにして川に流したり(『四谷怪談』)するやうなことは、血なまぐさい、血みどろな残忍な場面の一例に過ぎない。又、悪人が、悪人として、毫末も悔悟することなく、悪の讃美に始終したものとしては、悪漢の直助と隠亡堀で出逢ひ、直助が「働きかけた鰻かき、どうで仕舞は身を裂かれ」と云ふのに冠せて、「首が飛んでも動いて見せるわ」といふあの有名な白《せりふ》を云ふ主人公民谷伊右衛門の如きが好適例である。又『勝相撲浮名花触《うきなのはなぶれ》』の中で、友人の仲間《ちうげん》の盗んだ宝刀を奪つてその仲間を殺し、その仲間の主人——主人が仲間をして盗ませたといふ退引させせぬ弱点を握つて、その主人に大金で刀を売りつけようとしたり、里子に預つた乳呑児を、下駄の歯入箱に一しよに入れて歩いて、粗末な一物品ででもあるやうに、ぞんざいに取扱ふのみか、里親の前では、そつと乳呑児を抓つて故意と泣かせながら、空涙を流して巧みに金をゆすつたり、その宝刀を、殺されても手放すまいとしてしつこく固執したりする歯入屋権助なども、たしかに南北物の市井の一悪漢の典型である。これらの人物を、例へ近松『女殺油地獄』の主人公と比べて見ると、たとひ同じ無頼漢ではあつても近松の方にはすぐに悔悟して真人間に立ちかへらうとする人間的のところがあるが、南北の方には全然それがない。飽くまでも悪に徹底してゐる。

南北から受ける第二の興味は、無論第一の興味と連関したことではあるが、暗鬱な、じめ〳〵した、虐げられた、社会の下積になつてゐる民衆生活の描写である。そこにはいつも、乞食、雲助、折助、仲間、浪人物、親に分れ子に分れた頼りがない女、地獄、夜鷹といふやうな下層社会の人々が蠢いてゐる。場面にも荒れ果てた浪宅、貧民屈、墓場、人里離れた野中の一軒家といふやうな無気味なところが多い。前に挙げた『伝奇作書』にも「この人常に棺桶を狂言につかふ事を好み、棺を用ひたる狂言を見れば、作者は南北なり」と云つてあるが、南北には実際無気味な場面が多い。そして、これを近松の諸作乃至はその他の元禄歌舞伎に比べて見るとき、そこに描かれた社会的雰囲気のいかに異つてゐるかゞ誰人にも容易に肯かれる。元禄の世界は解放された世界、生活享楽の情趣に浸つてゐた賑かな華やかな世界であつたが。南北の世界は、虐げられた世界、自暴自棄の残忍な世界、生活倦怠の気持ちを何等かの方法で刺戟しなければならなかつたから起つたエロチックな猥雑な世界、希望のない暗い陰鬱な世界である。

尤も、南北の中に描かれたさういふ世相を以て、直ちに文化文政期のそのまゝの描写であるとするのは或ひは早計であるかも知れない。少くも、表面的には、南北に見るやうなブラッデー・シーンやエロチック・シーンは、必ずしもその時代の実相であるとは云へないであらう。しかしながら、徳川政府の崩壊に先づ自《おのづ》からなる潜在的な動乱的気運が澎湃としてゐたので、人心が皆安定を失ひ、その結果人心の中に潜在意識となつてゐるさま〴〵の残虐性や性的本能やらが、南北の口を藉りて、自《おのづか》ら現はれたものであると見られないことはない。この意味で、西鶴、近松が元禄民衆の代弁であるやうに、南北は又、化政度民衆の一面の代弁であると云へる。

九

以上で、わが国近世の民衆文学の二つの典型——元禄文学と化政度文学との特質、並びに民衆と文学との交渉についての時代的意義は、大凡そ明かになつたであらうと思はれる。

さて、如上、民衆文学の二つの典型に対する考察から、当然考究の対象となるものは、元禄期の民衆が、どういふ経路を経て化政度期の民衆となつたかといふことである。言葉を換へていふと、あれほど生の享楽と解放の喜びとを感じ、生活意志の強烈であつた元禄の民衆が、或ひは生の倦怠を感じ、或ひは自暴自棄となり、或ひは生活意志の衰頽したものとなつたのは、どういふわけであるかといふことである。これは、文化史上の重大な問題であるから、何れ、稿を改めて論ぜらるべきことであるが、こゝで、たゞ結論だけを云へば、それは要するに徳川の階級政策のためであるといへる。

徳川政府は、そのそも〳〵の始めから、士農工商といふ階級を設け、士以外の農工商は、「雑人」として、侮蔑してゐた。慶長年間の規定にかゝる『武家法度』にも、「衣服の品混雑すべからざること」「雑人恣に乗輿すべからざること」等が明記してあつた。しかしながら、前にも述べたやうに、町人階級が、世が泰平になるにつれて、経済上の権力を手中に収め、表面はとにかく、実力上では次第に武士階級を凌駕して、却つて逆に武士を侮蔑するやうになつて来た。武士階級は、これを遺憾として、その政権を持つてゐるのを幸ひ、それを利用して町人階級を抑圧しようとかゝつた。さういふ抑圧政策の具体的に現はれたのは、家光以来、代々の将軍の奢侈禁止令である。尤も、これは町人にばかりのものではないが、その適用の対象が、主として町人であつたことは推測するに難くはない。瀧本誠一博士はその『日本経済史』に於て、承応元年に幕府の発布した町触として「一、町人召仕絹布着し申間敷事、一、町人羅紗の合羽着し申間敷事、一、町人蒔絵の家具拵へ申間敷事、一、町人作事に金銀の箔付間敷事、一、三階仕間敷事、一、町人蒔絵之乗鞍糸鞦仕間敷事、一、乗掛蒲団紬木綿毛氈之外無用之事、一、町人祝言結構に仕間敷事、一、町人長刀大脇差さし申間敷事、一、町人かぶきたる体仕間敷事」といふ禁令を挙げ、この禁令は、単に奢侈の禁止ばかりを目的としたのではなく、卑しき商人の身分に相当なる格式を定めたものであると云つて居られるのは、いかにもと肯かれる。そして、町人相当の格式を定めようとしたのは、一つは、明かに、その当時の町人が、その経済の力によつて武士を軽しめ侮る傾きがあつたから、逆に出てかういふ禁令によつて武士の権力を示さうとしたものだとも想像される。事実元禄の富豪等は、大抵かういふ奢侈禁止令に触れて、家財を没収されてゐる。前に挙げた茨木屋幸斎でも淀屋辰五郎でも皆さうであつた。

徳川政府は、かやうな奢侈禁止令で、町人の富の使用に制限を加へてゐる他方に、常に、町人階級をして、武士階級を尊敬させるために、あらゆる手段を講じた。既に家光の時に『市人等武士に対し無礼をなさば曲事たるべし』といふ令を発したのは、偶々以上の政策の一端を語るものであるが、寛政元年に、浅草蔵前の札差共（この中には前に述べた十八大通の連中もある。）に令を下して『身分の奢侈は勿論、下代《したゞい》共に至迄種々遊興のみ致し、甚敷世上町家の風俗迄崩れ候様に成り、不届に候。奢を極め、其上用事達候御旗本御家人に対し候て、失礼成事も有之候趣相聞、絶二言語一不届候』と云つてある如きいかに政府が武士階級を擁護すると同時に、平民階級を抑圧したかを証明するものである。

かくの如くして我国近世の民衆の中枢をなしてゐる町人階級は、一番惨めな目を見ること丶なつた。彼等には経済力があつた。富があつた。しかしそれを思ふま丶に使ふことが出来なかつた。さればと云つて彼等には政権がなかつた。いかに青雲を望んでも、功名に憧れても、彼等はいかにともすることが出来なかつた。元禄時代には、武士階級との階級戦争に於て、一度勝利者となつた彼等も、文化文政頃には、再びもとの敗北者となつて奴隷の境遇に堕ちざるを得なくなつた。太田南畝はその『仮名世説』で

二本さしたる人と見れば、随分いんぎんに敬ひて、仮りにも無礼なすべからず。町人の無礼、徳のゆく事ひとつもなし。にくいやつとて切り倒されずば、あまいやつとて借りたふさる丶なるべし。いづれにも怪我のもとなり。

と云つて町人を誡めたのは、いかに町人がその当時惨めに取扱はれてゐたかを裏書きしたものに外ならない。

そして文化文政期の民衆文学は、実に、かういふ虐げられ、抑圧された民衆から自ら生れた文学であるところに、今日から見て興味深い文化史的意義があるのである。

十

以上、余りに多く紙数を費した丶めに、当来の民衆文学については、僅かに一言するにとゞめなければならないのは遺憾であるが、さて、わが国近世の民衆文学についての上来の論述は、今日の吾々にどういふことを暗示してゐるか。

第一に、よき民衆文学の出現のためには、ロマン・ロオランがいみじくも云つたやうに先づよき民衆がなければならないといふことである。元禄文学と化政度の文学との相違は、結局それを生んだ民衆の相違である。元禄文学から、今日の吾々が、尚生命力の強烈な味ひを感得し得るのは、一に元禄の民衆が、前に述べたやうに生活意志が強烈であつたからに外ならない。民衆そのものを離れて民衆藝術や民衆文学を考へることは全く無意義である。

さて、それならば、今日の民衆とは何であるか。彼等は何を思ひ何を悩み、何を憧れてゐるか。又、彼等は何を思ひ、何を悩み、何を憧るべきであるか。従つて、かういふことが現在並びに当来の民衆文学を考へるものの、先決問題でなければなら

ない。
民衆といふ言葉も、それを使用する人によつて、さま〴〵の内容を含み得る。トルストイはこれを一般人類といふ意味に用ゐてゐるが、ウイリアム・モリスやロマン・ロオランやエレン・ケイなどの近代における民衆藝術の論者はこれを第四階級といふ限られた意味に用ゐてゐる。吾々の今日云ふ「民衆」とは、まさにさうでなければならない。すなはち、言葉を換へて云ふと、今日の第四階級が、何を目標としてゐるか、又、何を目標としなければならないか。その目標を中心として醸し出される今日の民衆的精神はどういふものであるか。当来の民衆文学は、先づ基調をこゝに置かなければならない。言葉を換へていふと、当来の民衆藝術又は民衆文学は、今日の第四階級である民衆的精神又は民衆的精趣そのもの、発露でなければならない。更にモリスの言葉を借りて云ふと、それは飽くまでも「民衆によつて(by the people)創造されたものでなければならない。

第二に、当来の民衆藝術又は民衆文藝は、民衆そのもの、又は民衆生活そのものゝ如実の描写であるばかりでなく、民衆そのものに更に、更新的力《クリエーチブ・パワー》を与へるものでなければならない。このことは本稿の冒頭でも述べたことではあるが、藝術は、元来イギリスのタウデン教授が云つたやうに、それに接するものの感情を刺戟して、彼等をして、「更により高い意識」に向上させるものであるが、民衆藝術は殊にさうでなくてはならない。すなはち、民衆の力となり、悦びとなり、慰藉となり、生活意志を更に強固にするものでなくてはならない。こゝでもモリスの言葉を借りれば、「民衆のため」(for the people)のものでなくてはならない、すなはち、民衆藝術は、民衆によつて創造されると共に、民衆のためのものでなくてはならない。かういふ藝術にして、始めて、又、モリスの所謂「それを作つた人にも、それに接する人にも、共に幸福を与へる」藝術であり得る。ロマン・ロオランが、その『民衆劇場』の中で、「民衆劇場で上演さるべき戯曲は、民衆の心に更新的な力を与へるものでなければならぬ。否、一歩をすゝめて云へば、民衆は常に、より高き目的を狙つてゐるやうな偉大なる精神の潑溂たるさま〴〵の例証や、かゞやかしい献身的精神や、不屈不撓の意志の力などを提供する戯曲を持たなければならない」と云つたのは至言である。

第三に、民衆藝術又は民衆文学の作家は、一面に民衆そのものでなくてはならないと共に、他面に、民衆の目標を——民衆のまだ意識しない先に意識する一種の先覚者であるべきだといふことである。

民衆と藝術との関係、交渉は、上来述べたやうに、不可離な密接なものであるから、藝術は、——それが傑れたものである限り、民衆から生れると共に、又新しい民衆を生む作用をなすのである。かういふ藝術を、ロマン・ロオランは「新しい時代と共に、それ自らを新たにする藝術」と云つてゐる。そして彼れはさういふ藝術を以て又、「現代の頽廃しつゝある社会を防ぐ一個の武器であり、且つ、将に来るべき時代のための叫び声でなければならぬ」と云つてゐる。

ロマン・ロオランは、尚、現代の民衆の要求する戯曲につい て、次のやうに云つてゐるが、これは云ふまでもなく戯曲以外の他のあらゆる藝術に移して云はるべき言葉である。すなはち曰く『現代の民衆が、真に欲求し、且つ必要とするところのものは、所謂古典劇ではない。何となれば現代は、もはや十七八世紀の悲劇の材料となつたやうな矛盾葛藤や、又は、古典劇中の喜劇に描かれたやうな事件とは、余りに縁遠くなつてゐるからである。しかし、さうかと云つて、現代社会の中流階級のさまざまな因襲と悪徳とを赤裸々に描いたものも亦、民衆劇物で上演することは、尚更、好ましからぬことである。現代の民衆の、真に必要とするところのものは、偉大なる目的を喚起し、意志を強固にし、生活に対する見解をひろめ、人々の情緒を純化し、又、深化するやうな戯曲的藝術である』と。

ロマン・ロオランは又、現代における民衆劇について、大体次のやうに云つてゐるが、これは吾々が今日の民衆文藝を考へる上にも充分当て嵌まる言葉である。

今日の民衆劇には二派がある。一つは、今日、あるがまゝの劇を、何劇でもかまはず、民衆に与へようとする。他の一派は、現代においての新しい努力である民衆から、藝術の新しい一様式を造り出さうとする。一つは劇を信じ、他は民衆に望みを抱く。その間には、何の共通点もない。過去のための闘士と将来のための闘士である。

民衆文学の作家は、先づ民衆であることが必要である。民衆を信ずることが必要である。当来の民衆のための闘士であることが必要である。かういふ作家によつてものされない民衆文学は、文学として他に、どういふすぐれたところがあつても、結局魂のない人形に過ぎない。

挿画に就いての漫談

水島爾保布

渓斎英泉、一勇斎国芳、香蝶楼国貞——初め五渡亭、後年豊国を襲名し二代目と唱ふ。尤も彼より先に豊国未亡人に取り入つて二代目豊国を称した男があるから、事実の表系統の順序からいへば三代目に当るかも知れない。——といつた一流の大家連が競つて活躍した時代、錦絵とさうしてくさ草紙全盛時代の名残はドンデンかへしに世が改つても相当に続いた。勿論前期の目覚ましさ絢爛さ濃艶さは殆ど見ようにも見られない。いはゞ亡魂の尾がボケ込んだやうなものである。が、でも旧習一新を標榜してお正月まで廃止しようとしてかゝつた、お先まつくらなハイカラ政府、江戸をカツ散らかして東京とした田舎ツペイのガサツ者の手の下で、よくもペシヤンコサランパンにされて了はなかつたものである。――この田舎ツペイの伝統が今日のアメリカニズムに続く。生活改善などと称してロクでもない事ばかりたくらんでゐる。

閑話休題、近頃活字本になつて再び浮世の風に当られた仮名垣魯文の「高橋阿伝夜叉譚」なんていふものも維新後に出たくさ草紙名残の一つ、その外の作者としては、柳下亭種員、笠亭仙果、何れも当時の戯作者の純統、英語は出来なかつたらうが、少くとも日本語のジズイエの発音はそんじよそこらの手合よりは、たしかだつたらしい。その頃の画工の名は一々覚えてもゐないが、羽振りのよかつたのは月岡芳年に落合芳幾、どつちも大国芳門下だ。国貞の後には大した人もない。強ひて数へれば大阪朝日の創刊当時に筆を執つてゐた三谷貞広ぐらゐなものだらう。それから枕草紙ばかり書いてゐた国丸といふ男もゐた。

チョン髷がザン切りに改り今迄は往さ来るさが角袖ばかりだつた中に筒ツポの洋服が交る。髭を生やして高帽子鳴り革入りの靴なんて先生がのさばり出した。街道の立場には駕籠の代りに人力車がならぶ。銀座に煉瓦が敷けてオムニバスなんて乗合馬車が走り出した。行燈がランプに更り、辻番が巡査の屯と更る。女房の元服はいつか廃れて「可愛さうだよ白歯でみもち」なんて唄の文句のやり場がなくなつた。風物万般著しく目新らしくばかりなつて行く。坂東彦三郎なんか迄が「こいつは宗旨をけえざァなるめえ」とばかり、卒先してザン切頭で舞台に立つといつた具合、とにかくに、どこもかしこも「開化」の風が吹きまはる。

しかもかうなる前提には明治維新の大変革がある。江戸を中心にいへば大地が生血を吹き出したやうな騒動だ。いよいよ御一新の幕が切つて落される迄の殺伐さ、幕が落ちても直き一陽来復つてわけには行かない。歴史の頁と頁の移り目にはどれ程惨憺たる事実、罪悪や災害が縦横してゐたか判らぬ。関東大震災朝鮮人虐殺どころぢやない。自然の威力なんて甘いもんだ。これが当然人心にも世相にも精神にも思想にも影響する。何も時よ時節である。読みものの内容にも自然開化とそれからもう一つ荒廃した人気は推し及ぶ。形はくさ草紙でも趣向筋立て、活躍する人物それぞれの性格や好みやそれに絡まる事件の段取りや背景等、すべてに時代の影はつき纏ふ。自覚無自覚の間に自らその支配を受けてゐるのはどうも止むを得ない。

しかも困つた事にはこの間尚少からぬ矛盾が挟まるんだから面白くもあればやゝこしくもある。世の中は御一新でもさう何もかにもが御一新ではない。殊に戯作者や画工手合はその全部が江戸の生き残り時代をまたいで来てゐる。少くとも江戸の市井人として市井の文明人として育つて来てゐる。悪くいへば古い袋だ。あたまはザン切りでもひやかしやまゝよなんかと、口では呑気にいふが、そのひやかす先の花の廓が薩摩や長崎の田舎ツペイ共に蹂躪され、五音も不確な野暮でイケゾンザイでどこもかしこも通り抜け無用といふやうな国訛りが、艶にやさしいありんす国の国語を暴虐してゐるのを見たり聞いたりすると甚だしく愉快ではない。人は武士何故傾城にいやがられだの、何が何やらで浅黄裏なんて往年の嘲笑が殆どその価値を失はんとしてゐるのを現在に目撃する段になると、先生大分不安だ。不安ばかりではなく圧迫迄感じて来る。江戸の一辺境吉原に於いて既に然り、他事百般推さずとも知れてゐる。勢ひ反抗して見たくもなるがアケスケにいふ度胸がない。神経衰弱内訌の形だ。とはいへまた一面牛肉つてものも食つて見れば中々うまく、西洋眼鏡も覗いて見ればとても美しい。ランプの明るさ瓦斯燈になると愈々すばらしい。文明開化が齎すそれこれにはいつも非常の驚異が附帯する。しかも新政府のプロパガンダ中々に手練があると来てゐる。白眼倒視さうさうひがんでばかりゐては到底生きてはゐられないし、悪くぐれるとお目玉を食ふ。このところ反抗と迎合行き合ひの体だ。時世もこんがらかつてゐやうが人の頭も殆どテンヤワンヤで取りとめがない。さうしてかくなる前一時には、惨憺たる恐怖時代があり殺伐な暗黒時代があつたんだから、このコグラカリが解けたところで決して善良で醇美で高尚な人情風俗にかへりやう筈はない。

前にあげた魯文の高橋お伝にせよ、又沢村田之助にせよ、前期のくさ草紙作者が好んで取りあつかつた超自然的な趣向は殆ど絶無といつてもいゝ。同じく生世話もの人情の葛藤乃至は性の紛叫を編述したものであつても、化政以降天保度へかけての作物には軽さと和らかさが緯となり経となりして文章の絢になつてゐるが、高橋お伝や霜夜鐘十字辻占なんてものになると、陰惨でさうしていやにリアールな傾向を多分に帯びて来てゐる。最早志度六魔度六の妙々車、児雷也豪傑譚に於けるが如き大時代なさうして愉快な怪力乱神思想は見られない。又田舎源氏や梅暦なんかで見るやうな、模様化された濡れ場振り事式媚態象徴味たつぷりな性的魅惑——といつたものはテンから問題にはされてゐないのである。

この傾向は挿画の上にはより一層著しく現はれてゐる。たとへば芳年のかいた霜夜鐘十字辻占の挿画の如き、按摩を描き金比羅参りを描くにしろ、往年の浮世画師達が非常の興味をもつて試みたやうな舞台上の存在ではない。合方の鳴り物をからめて動く姿体ではなく、ぎこちない写実主義によつて作られた畸形な線と形のそれだ。だんまりの大百日を書くに慣れた彼等の細筆はそれに似て非なるザン切り頭の為めにどれ程難渋をしたか、なんて事をおもふと全く歴史は繰り返へされても必ずしももと同一でない事実を物語つてゐるかの観がある。棍棒を斜に構へ角燈をかゝげて佇む巡査の帽子に服にズボンに、すべてに、奇才芳年が一種のエキゾチックに悩まされて微な苦笑ひを洩らしてゐる様が見えるやうだ。

芳年、芳幾の合作になる「英名二十八秀句」といふ血だらけの綿絵がある。全二十八枚を一組としてそのどれもが凄惨極る人殺しの場面だ。直助権兵衛が主人の死骸の顔の皮を剝がしてゐるところだの、尾花屋美代吉が屋根船のみよしで乳の間から脊中へ刀を突き徹されてのけぞつてゐるところだの、——前がはだけて暴露した内腿に糸のやうな血が筋を引いてゐる。——その外矢を負ひ石にうたれ白装束を血に染めて死にもの狂ひになつてゐる崇禅寺馬場の遠藤治右衛門だの、太り肉の美女を腰巻一つにして、後ろ手つこがんぢがらめに縛り天井の梁へ逆に釣るして刃逆手になぶり斬りにしてゐる何とかいふ博徒の凶悪な姿だの、そんなものばかり題材にしてゐる。その何れにも真赤な朱紅の血がえどつてある。しかもその赤さあくどさを一層あくどく生々しくさせよう為めに上から松脂が塗つてある。夜のあかりの下などで展げると、そいつに火光が映じて一種の腥気をさへ浮べる。かういふものが板木に彫られさうして売り出され町々の絵草紙屋の店頭に掲げられたのであるから当時一般の人心のどんなだつたかは略推測される。

世の傾向も勿論変態ではあつたに違ひないが、芳年つて人は特に著しく変態であつたやうである。気違ひになつて死んだといふ事であるが、残された多くの作品を見れば偶然ではないやうに思はれる。いはゞ時代の一面を代表してゐた人ともいへやう。尚又時代が生んだ畸形児だともいへやう。もう少しつけ足せば、かうした殺傷等に対する脅迫的な快感を求める心理は既に江戸の末期にかなり旺盛だつた。殊に芝居の殺し場などでは加害者被害者ともにそれぞれに工夫して随分と微に入り細を極めたものがある。勿論かうした要求の大部分は性的嗜慾が加はつてもゐるに相違ない。既に国芳などの錦絵や絵本にはこの傾向に影響されたものが大分ある。芳年はつまりその遺伝だともいへやうし、又芳年によつて江戸廃滅期に興つたデカダン藝術の心理が遺憾なく形化されたといつてもさのみ誤まるまい。とにかく何かといへば血みどろの画を書いたんだ。日日新聞の附録、絵入朝野の附録、それ等の表紙はいつも芳年によつて淋離たる鮮血で色どられるのが常例のやうになつてゐた。芳年の肉筆ものに特に性的画図にはそれこそ変態の極度を見せてとても惨虐なものがある。

くさ草紙の挿画も彫刻も、もと一人の手になつたものは殆ど無いといつてよい。「国芳ゑがく」「国貞ゑがく」の名題は打つても、実は分業である。表紙の極彩色もの及び巻頭二度刷り三度刷りの大見出しなんかは大師匠お手を下して念入りに認めもしたらうが、——それ等の構図は何れも作者の注文乃至下画に準拠したものと見てよい。早い話が作者が舞台監督画工は役者といつたわけ合ひになる。だから、時にこの舞台監督と役者とが衝突した。歌麿と一九と喧嘩をし、馬琴と北斎と仲違ひをし、三馬と英泉といがみ合つたなんかは、つまりそれだ。俺の画で売れるんだ。いや俺の作が受けたんだといふところがいつも争ひの焦点で、何れも人気が立つて大評判大当りの場合だが、尚これの道に大の不人気で売行殊の外面白くなくなつた際などにも、お互の責任のなすり合ひは随分行はれた事だらう。殊に版下画々工の通性として仲間相互に中傷蔭口かなり悪辣だつたさうだから、無論それやこれやが原因になつたに違ひない。で、人物の筋がき大体は師匠がかく、着物の模様、身の廻りの小道具、背景、等は何れも弟子の手に廻る。定規引き専門といふのがある。着つけの模様縞がらばかり受持つたのがある。野遠見の書き割り、荒磯、山路、岩組みの傾向なんかにかけては師匠も三舎を避けるやうなのがゐた。これ等の手合になると丁度渡り職人といつた風で、一昨年迄は茅場町にゐたが、当時は亀井戸の方で手伝をしてゐる。あすこも近頃はハンチクなコミ仕事ばかりでカラツキシよ。なんて渡し場でひつこり旧友と出合つてボヤいてゐるのなんかもある。水鬢につつこみ、月代の上へペツタリ濡手拭をおいて朝つぱらからくはへ楊子、藍みじんの浴衣に吉原つなぎ三尺、そいつを尻つこけに結んだ姿は、北斎の藝術には這入るかも知れないが、生地そのまゝぢやアどう見たつて「藝術家」ぢやアない。こんなのが版元へすり込んでオモチヤ絵なんかの注文にありつく。当時だって版下画工中々楽ぢやなかつた。

彫りの方も同様、頭彫りに胴彫り、定規方に模様方人々《にんにん》それぞれに小刀と鑿の使ひ分けをやつてゐる。くさ草紙全盛時代には頭及び主要部分丈は親方が手がけたが、あとの雑端なところは凡て下職に廻した。字彫は大てい器用な御家人が内職にやつたものだといふ話である。錦絵でもすみから隅迄一人の手になつたものはない。若し木版師が最も厳粛な気持で初手から一人で仕上げたものを求めると云つたら、それは天神様や観音様の御影御姿ぐらゐなもの、神社や御寺で売つてゐるあれだ。あれ丈は仕事に取つかゝる前数日から斎戒沐浴して酒だち女だち本堂に六根清浄の身で作り上げたといふ事。

挿画の分業は明治になつてからも、新聞に雑誌に単行本に教科書に、連綿として行はれた。一例をいへば当時の新聞の連載小説の大部分は佳人才子を以て主人公とし、さうしてその主人公は百難万難を閲して遂に結婚するのが紋切形である。結末が紋切形であるやうにその大団円を飾る挿画も亦新郎新婦の晴れやかに相対してゐる場面を以てするのが紋切形になつてゐた。或は斜めに配置された二枚の扇紙の中に各半身を現はし下に銚子盃島台等を大きく表はしてあつたり、或は男が座れば女が立ち身、女が下にゐれば男が立つてゐるといつた要領で、何れにせよお芽出度い限りをかいたものだ。その男女及び結婚必需品の背後にはいつの場合も細い砂子模様を現はしてそれで金銀の燦爛たる有様を想像させる、その「砂子かき」に迄当時は専門家があり彫り手にも同様専門があつたのである。

当時新聞雑誌の挿画製版は木版の一手よりなかつた。薄葉へ描いた版下を桜の板へ貼りつけ小刀で彫り鑿でさらふ。或る意味では挿画の死活を預つてゐるともいへる。だから画工と彫工とは互にコツとコツを呑み込む必要があり、暗黙の裡に共同の作業をしてゐるやうなものでもある。尚画工からいはせれば木版下を書くといふのは必竟は慣れといふやうなものの、その間一種特殊の技術に俟たねばならなかつたことは云ふ迄もない。にも画さへかければ誰にも出来るといふわけのものぢやない。にも係らず、版下かきといへば同じ画工のうちでもひどく安手に取り扱はれた。

版下画工（主に新聞小説の挿画に携る）の間の符牒にカブるといふことをいふ。歌舞伎がかるといふ事がつゞまつたものらしい。人物の姿態形状配置等に多分な誇張を加へる事、つまり芝居式に正面切らした構図をいつたもので、或る場合には否定的の意味にもなり或る場合には必要条件にもされた。要するにカブるとカブらざるとの間に挿画の使命が置かれたと見ればよい。

くさ草紙に於けるが如く徹頭徹尾カブつてゐるものと、西洋画のやうに全然写実に即したものとの間に、然るべき独立境地を見つけ出さうつてわけにも取れる。いはゞ役者や人形がサハリに乗つて動く場合見たいなもので、踊つてはいけずさうかといつて単純な動作では尚いけないといつた意味合にもならう。

かういつた傾向は明治中期の挿画、水野年方、小林永濯、富岡永洗、稲野年恒、武内桂舟、太田年英、尾形月耕、梶田半古なんて人々の挿画を見ると殊に明かに判る。

江戸名物の錦絵は日清戦争当時の戦争画を一さかりに、以後漸くに廃滅して了つた。僅に豊原国周の似顔絵、橋本周延の御殿女中の三枚続き、それに尾形月耕の風俗画、小林清親の漫画ものなどが時たまそこらの絵草紙店の軒頭に翻へる位ゐで、時代の眼は当時切に濫発された色ざしの石版画、――美人弾琴の図とか美人沐浴の図とかいふ風俗画や、新羅三郎足柄山に秘曲を授けるところだの楠公子別れのところなんて歴史画の安価で且卑近なものの方に好感を持つて来た。それもこれも時代だから致し方はない。といふ間にもこの石版画も漸徐に飽きられていくばくもなく跡を絶ち、今度は絵端書が非常な勢ひで流行り出した。それも日露戦争の前後数年にして一峠越しさうして今日のこの状態だ。今後何が勃興するかは判らぬが、いかに当今「江戸もの」が流行つても、もう錦絵の再興はむづかしからう。当時の絵草紙店はすべて本屋となり雑誌屋となつた。

年方、永洗、桂舟、なんて人々が中心になつてゐた明治三十年前後の挿画界も今から思へばかなりな絢爛さはあつたやうだ。全体の構図も人物の姿態もすべてが写実に立脚してゐた。同じカブるにしても極めて自然に、顔の表情手足の極り等も、つとめて無理を見せまいといふところにそれ〴〵の苦心と味噌がある。つまり新派役者のねらひ所心意気が同様挿画々工にもあつたわけだ。同じ今様ザン切り頭をかいても芳年芳幾当時の挿画には余り文明開化のにほひもしてゐない。いはゞ市川何某の舞台と同じやうに、かつらつけで眼はり迄這入つてゐる。世話と時代を七三で極らうといふ寸法だつたが、それが漸く地頭素顔で板について来た勘定だ。同時に木版の技術も非常に器用になり頓に気が利いて来た。昔はあんまり使はなかつた筆のかすれ目を見せたサビといふものが、無闇と濫用されそこに彫工の巧拙が評価されたり何かした。これなども当時の挿画に於ける特色の一つと見てよい。

挿画画工の評判は重にそのかくところの美人の容姿に関係してゐた。富岡永洗の美人といへば当時に於ける流行の一型式をなしたかの観さへあつた。ぽつてりと和くあだつぽくて尚且滴るばかりの愛嬌がある。もとより深窓育ちの奥床しさとか聡明さや清新さは欠くが、何しろ艶麗たぐひなく性的魅惑が特に濃厚なところがひどく人気に投じたらしい。この画の美人によつて画者永洗を絶世の美男に想像し見ぬ恋にあこがれた花魁があつたり藝妓があつたりしたといふ話だ。かうなると版下かきも中々意気な稼業である。尤もかうならなくとも意気がつてる奴は今でも大分ある。

この永洗は都新聞に日々麗筆を振つてゐた。それと相対してやまと新聞には水野年方がゐた。両者共に人気は高い。本当に紙価を高からしめたといふ事だ。そのやまと新聞が年方の挿画によつて発行停止を食つた。どんな画だつたかは見ないから知らないが、何でも男女の嬌態を蚊帳の内部に描いたもので当時「こんな画を出してまア……」と見るものの誰もが眼を見張つたといふ事であるから、随分と如何はしいものであつたに違ひない。こゝ迄行つてしまへば最早お上の手にかゝるより致し方はないが、さうならぬ迄にもかなりの際どさとは、当時の新聞の挿画には屢々見受けたものださうだ。実際に見てゐるんでないからそれこれと例はあげかねるが、大阪朝日新聞の創刊当時のものなんかを展げると思ひ半ばに過ぎるものが余りに多いのに驚く。その著るしいのになると、藝妓が車からころげ落ちたなんて三面記事の中に迄殊更に下がゝつた画を入れたのである。

武内桂舟も当時素晴らしい人気画家の一人だつた。軽快でさうしておつとりとした筆の意気、殊に清婉で上品な美人が受けたものらしい。博文館の雑誌の売れ高の大部分は桂舟の挿画に負ふものとさへ評判された。事実とすれば今日の大橋家の財産の半分は武内桂舟の面相の先から生れたものと見てもよい。従つてそれを春秋流にいへば桂舟出でずんば共同印刷の争議もなかつたわけだ。かうなると文藝倶楽部の口絵のひよろ長い女の姿にも相当深い意味がある。そのふくよかな片頰に靡く後れ毛の一本だつてあだやおろそかには見逃せなくなる。寺崎広業なんかも版画についてこの桂舟に教を乞ふた事がある。

梶田半古の名が女学生間に喧伝されたのは前三人から見ると少し遅れる。何でも読売新聞に連載された小説「魔風恋風」に挿画をかいてからだと記憶する。小説としての「魔風恋風」も凄まじく受けたが半古の挿画の評判も亦とても素晴らしかつた。作の内容が時代の風気に投じた事から非常な歓迎を受け、惹いては挿画に迄及ぼしたものともいへようし、又清新で明快で且一種甘いセンチメンタルの横溢した画から筆の振り、特に新派和歌流行時代の青年男女の特殊の感情を表はすのに殊更に興味と好感をもつてゐたらしい画工の態度が、ひどく当時の一般文化人に喜ばれ、やがては小説に食ひつく動機ともなつたともいへやう。とにかくにこの間頗る微妙な消息があつて両者の間をつないでゐると見ればよい。挿画は小説に対する伴奏見たいなものだなんて事もいふが、伴奏にもいろいろある。クロイツチエル・ソナタなんかになるとどつちが伴奏でどつちが主奏だが一寸判らぬ。この「魔風恋風」に於ける場合も同様だ。近頃では「大菩薩峠」といふい〻例もある。

この「魔風恋風」の挿画によつて女子大学をはじめ当時の女学生の服装や髪の振りに一つの変化と流行を来したといふ事も聞いた。挿画が時世粧に変化を与へ流行の基調となつたのは昔はとにかく、明治以後今日迄はこの半古と竹久夢二があるばかりだ。風俗史の上にも絵画史の上にもこれ丈は特筆すべき事項だ。

この半古先生「魔風恋風」の評判に乗つかつて今度は改良服なんてものを案出した。筒つぽの袖口をリボンで結んだり何かしたとてもハンチクなものだつたが、それでもまるまる顧られなかつたわけではなく、ものずきな女学生の中には派手な筒つぽの改良服で押し歩いたり恋をしたり写真を撮つたりしたものが無いでもなかつた。現に私の女房の友達の中にもこの梶田式改良服でレンズの前に立つた度胸のい〻のが二三人ある。

一条成美が雑誌明星によつて紹介されたのは半古の盛期と略同じ頃だつたかに思ふ。往年小林清親によつて試みられた西洋銅版式の細かさと密さとをより一層繊細に巧緻にさうしてより一層洗練した筆致で見せたともいつてもよからう。勿論明星がした宣伝もその評判を大分に助けてはゐやうが、とにかくに当時の挿画界には図抜けて目新らしい行き方でもあつた。尤もその画の大部分はサロンのカタログやスタジオ或はドイツチエ・クンストなどの挿画をそつくりその儘模写したものに過ぎなかつたが、これ以来、雑誌のカツトや挿画が急に洋化され且次第に創作的になつて来たのも事実だ。今迄コマ画とか見出し画とかいつて画家側も編集側も余り注意を払つてゐなかつたものに相当の権威が加はつて来たのも亦この成美以後に属する。いはば挿画界に一紀元が劃された次第で、成美の功労も決して汲するわけには行かない。

この種の創作挿画々工として成美の後には小杉未醒が評判された。特に日露戦争当時の近事画報に従軍先から寄せてゐた画信（？）の如きは実に放庵未醒先生を今日の地位にまで築き上る第一楷梯をなしたものだと云つてもよからう。又その画がは今日漫画といつてゐるものの前派と見れば見られない事もない。今の漫画といふ名目も、古い北斎漫画や狂斎漫画のそれを直接承継したものではなく、未醒の「漫画一年有半」といふのに由来したものと見る方が当然らしい。

つ〻いては竹久夢二が出た。美人のある型容に対して「夢二式」といふ言葉が代用されたのは誰の記憶にもまざまざしいものがあるに違ひない。デバ亀ギンブラなんかと一しよに明治の末から大正の初めにかゝる新用語として辞書に編入しておく必要がある。

この夢二式美人が我等の都会に非常の注意と感興とを惹いてゐた当時、ニユーヨルクではチヤツチナア式美人といふのが大そうな評判になつてゐたそうだ。これはパリ帰りのチヤツチナアといふ肖像画家によつて描き出された軽快瀟洒な、たとへば薄い黒絹の靴下を透いてすんなりとした脚の肌色がにほひ出してゐるといつた風な細さと美しさによつて出来上つてゐる――先まアとんぼの羽根のやうなすつきりとした明るい顔の美人が大評判になつたのである。日本でも時々このチヤツチナアの画の三色版をレターペーパーの表紙とは誠に思ひつきだ。さのみ特色のある画家、さう大した画家とも思へないが、とにかくにその明るさと小意気な点が、ニユーヨルクの社交界特に婦人連に大変に受けたのである。以来そのチヤツチナア型の美人といふのが無闇と輩出した。劇場の廊下に地下鉄道の階段に矢鱈無性に人々の視聴をそゝり立てた。――といふ話、この話と我が夢二式の美人とを対照して考へる。

思ふに夢二式乃至チヤツチナア式共に画家によつて作られた一つの流行であると共に、画家によつて新らしく発見された或は創造された婦人の美でなければならない。つまり、世の多くの人々は夢二乃至チヤツチナアによつて新らしい女性美の感じ方を教へられたわけで、新らしい美を見るべく新らしい眼を開かれた事にも当る。この事は昔の歌麿式美人豊国風の美人といふ言葉に対しても同様の意味を持つ。何も歌麿豊国が各自の筆で特殊の形容の美人を描いたが為めに急に世の中に歌麿や豊国の画風を模ねる女が殖えたんでも何でもない。歌麿が出でず豊国が出でず、又夢二チヤツチナアが生れなくとも、歌麿の画いたやうな瓜実顔の眼の細い女は沢山居たらうし、又夢二がかいたやうな眼の大きな女はバセドウ氏病の患者でなくつたつて随分居たに違ひない。只世人はそれ等の婦人に対してその婦人が持つ美しさに対して美くしく感ずる藝術的能力を欠いてゐた丈の話である。時代時代で美人の容姿が変るといふのだつて、必ずしも美人そのものに流行りすたりがあるわけでなく、人間の顔や形がさう矢鱈に丸くなつたり長くなつたりするいはれもない。いつも何等かの目標があつてそれに準拠して好尚が推移する迄だ。人気役者の舞台顔が標準になる場合もあれば活動俳優のフイルム上の或る姿態が多くの感覚を支配する場合もある。夢二の画が多くの夢二式美人を輩出させたのもチヤツチナアの水彩画の人気が忽ちに数多のチヤツチナア式美人を世に送り出したのも道理は略同様である。藝術の魅惑から来た記憶と感覚のなすわざだといへる。勿論さういふ画を生み藝術を作り出す事にはいつも時代の意識や感覚が因動をなしてゐるに相違ない。理屈はとにかくに挿画を民衆藝術として論ずる場合、これなどは民衆に対してかなりな功績の一つと数へなければなるまい。要するに女性に対して新らしい美しさと新らしい時代が作り出されたといふ事は少くとも吾人の感覚世界がより豊富になつた意味にも当るからである。

挿画が今日のやうに写真銅版になり亜鉛版になりしてからまだ十年とは経つてゐない。今迄百十数年の永の年月持ちつ持たれつで同じ歩みをつゞけて来た木版を科学万能主義時間主義の犠牲にして了つたのは殊に遺憾千万な事であると同時に誇るべく尊敬すべき技術の代りにヂンクや硫酸を以てするなんかは余りに面白からぬ事実だといはなければならない。かうなる変遷の間に如何に多くの画工と彫工とを不幸にさせたかといふ事も亦考へる必要はある。

木版が銅版になり亜鉛版に更る。当然版下の様式も今迄とは別の様式のものに更らねばならない道理だ。それに要する材料も製作の要領も亦自ら違つたものになる。自然画工も新陳代謝といつた形だ。で又こゝで挿画の紀元が一劃された勘定になる。

一体挿画をかく者の生命は若さと色気にある。これは浮世絵師の昔から永い間の条件、重要な問題になつてゐた。その上もう一つ附け足せばセンチメンタルである事、以上何れも通俗的であらうと乃至は純藝術的意味でゝあらうとこれは問はないが、画を見る者の凡てが画工でなく藝術家でない限り、少くとも一般民衆を目安にする本来の性質上、そのエロチツクである事乃至センチメンタルである事が、卑近であればある程大向ふの受けはよい道理だ。少くとも書く者自身が書くところの題材に興味を持たなくなつたり、或は同情も好感も持たなくなつたりしてはもう脈が上つたも同様だ。たとへば若い女の嬌艶な姿のそれよりも白髪の老爺に特殊の美観を感ずるやうになつては挿画としての目的は甚だしく範囲の狭いものになつて了ふ。玆に於いて挿画々工にも野球の選手のやうに停年があり時期がある事になる。新陳代謝は逃れない。一々例をあげる迄もなく今現在の挿画界を見れば直に判る。

くさ草紙時代の緻密さと濃艶さ、——人物の着物の縞がら模様は勿論背景道具立て小道具の一切、隅から隅までたんねんにかき現はしてある。さうしてその人物の動作表情配置にも一場面一場面劇的要素を多分に取り入れてある。といつた風のものがすつかり廃れて、次第にさらりとしたもの明るいもの、瀟洒なもの軽淡なものが受けるやうになつた。筆触の軽快さが問題になつたり、意匠の洒脱が喝采されたりした。彫りにはサビが切りに用ゐられる。強ひていへばデツサンとスケツチの持つ味ひと技巧が挿画の価値ともなり重要の使命ともなつて来たのである。木版が写真版になつてもかうした挿画意識にさしたる変化は見られなかつたやうだ。画工が変りかき現される人物の感情容姿それぞ〳〵に変つた特色は見えもしたし、又画風の様式に大なり少なりの相違こそあれ、歴史的に問題とするやうな問題は無いといつても差支へはない。

凸版が取り入れられてから以後の挿画は全く面目一新の形だ。毛筆がペンと代り雁皮薄葉が製図用紙のケントに更へられた。凸版そのものの性質上画風も筆致も自然繊細に緻密になつた。神経過敏な時代相はどうにも仕方がないが、構図の様式道具立て題材の取扱ひ方、勿論形の上では同一でないが、その精神や意識はくさ草紙時代の浮世画師の心意気と大分に共通して来た。中に極端なのは国貞を向ふ面にかなり臭くカブつたものもないではない。それから尚もう一つの傾向としては露骨なほど性的な点だ。要するにその人の本質的問題だから兎や角はいひ悪いが、藝術的にも精神的にも今少し訓練するところがあつてもよささうだ。

木村荘八、河野通勢、石井鶴三この三人が轡をそろへて乗り込んで来たのは近頃での目覚しさだ。釣られてあちこちにいゝ気な模倣家が大分現はれて来た。挿画界又もやこゝらで一転がり転がるのかも知れない。

大衆ものにくさ草紙読み本の息が通つて来てゐるやうにその挿画にも当年の浮世画師の意識がかなり働いてゐるかの有様だ。共に時代のふるひに漉され時代の藝術精神を通過してゐる事は云ふ迄もない。そして尚注意を要するのは、浮世画師以降今日迄一般挿画々工の間に夙に重要視されてゐた観念、特に女をかく上に就いてもつた通俗的な美意識だ。今迄は単に彫塑的に美しく描き現はす事を問題にしさうしてそれを実感的に乃至は性的意識の上に批判してゐたのが、どうやら別の取扱ひを受けてゐる。画面全体が持つアトモスヒエル乃至微妙な諧調的情緒によつて解決されやうとしてゐるそれだ。くさ草紙式の妖艶さ乃至凄美さ、或は魅惑的なあるものは常に画の精神として多分に働いてはゐるが、その精神には必ず陶冶が伴はれてゐる。従つて今迄の挿絵の要領から見ると大分に渋い。高級なものだともいへやう。とはいへ、挿画といふものが全部これに倣つて「大菩薩峠」とそれから「富士に立つ影」になつて了つては余りに色気がなさ過ぎる。前にもいふ通り、挿画といふものは藝術家丈が見るわけのものぢやないんだから、何も同業諸君折角のいゝ腕を殊更不器用にするにも及ぶまい。

尚、当今の挿画々工の各人に就いて何くれと思ふところを書き立てると具合よく注文された丈の紙数には達しやうがしばらくそれは差し控えて最後に少々自分のことをいはせて頂かう。

今でも時折聞く言葉だが、以前はよく私の画とビアズレとが比較された。自分では薩張り似てはゐないつもりなのにも拘らず、人は何かと言へばこのビアズレを引合ひに兎や角いつてくれる。少し痛し痒しの形だ。その抑の最初は昔或小展覧会に陳列したペン画の人魚について、某新聞にビアズレの模倣だとやられた事だ。ところが当の私はビアズレなんてものは有機体だか無機体だかも知らなかつたんであるから誠にお芽出たい。友達にビアズレつて一体何だねとやつたものだ。君に似てゐる画をかいた画かきだと教へられて世の中には太てえ奴があるものだと思つた。その後大阪へ行つた。当時道頓堀にキヤバレエ・ド・バノンと称するカフエがあつた。西洋髪のやうな頭をしてビロード服を着てマンドリンを抱えたのや、釣鐘の化物のやうなマントの女なんかが旺に出入りした。あつちのテーブルでは五色の酒を盛つた杯を前に原稿紙をひろげて何か書いてゐるのがある。こつちのテーブルには真赤な風呂敷ネクタイと土耳古帽とが吸ひ口の長い細巻きのロシア煙草をくゆらしながら、大に藝術を論じてゐる。といつたとても凄い家だつた。初めそこへ連れられて行つた時、何気なく後ろの壁を見ると細い金縁の額の中に細い線の版画が入れてか丶げてあつた。サロメか何かの画らしい。何だと聞く迄もなく友達からあれがそのビアズレさと指示されこれが自分の人魚のどこに似てゐるんだか皆目判らない。強ひて云へば一種の執拗さぐらゐなものだ、と思つた。

その後、今度は友人達と別府へ行つた事がある。一日自動車を駆つて地獄廻りといふ事をやつた。ある山間を走せ貫けて向ふに真青な海が展がつてゐるところへ出た。一しよに並んで腰をかけてゐる一人は突然大きな声を出して逢坂山から琵琶湖を見た景色に似てゐる。が実にい丶なアと絶叫した。その人は滋賀県の生れだ。だから自分の郷里の某所に似てゐる所がある事によつて無闇と嬉しくなつたらしい。しかし私の眼には琵琶湖にも逢坂山にもさう大して似てゐるとは思へなかつた。次にある山の裾を走つた。今度は別の一人がそこの景色が岩木山の裾野に似てゐるといひ出した。いひ出したのみではなく私に迄賛成を求めて来た。この先生は去年その岩木山の下へ旅行したのださうだ。その時の記憶を偶々大分県別府の郊外某所で挽回したわけなのである。それから又しばらくすると今度は山と山との間に広い田圃の展開したところを見た。それが信州姨捨山の辺に非常に能く似てゐるといつて、別の一人が、これも私に向つて肯定を迫つて来た。この人は信州人だ。どうも別府がいろんな所に似てゐるので私はひどく困つた。いや似てゐるのなら大して困りもしないが、事実姨捨山にも亦岩木山にも亦近江の湖水にも、そのどれにも対照すべく余りに因縁のない景色ばかりだつたのである。少くとも私の眼には——

で、思ふ。姨捨でもない別府の景色によつて姨捨を想ひ、琵琶湖でもない別府の海を見て琵琶湖を頭に浮べる。要するに記憶と感覚の錯誤だ。私の画のあるものがビアズレに似乃至ビアズレの模倣視されたのも、つまりは別府の海が琵琶湖に見え鶴見岳が岩木山に酷似したりしたのと同じ理屈になるんぢやあるまいか。と、この事はその時その自動車の中で思つたんではない。今、その両方の事実を思ひ出してふとその両つを結びつけたわけではあるが、とにかくに人間の記憶といふもの感覚といふもの、何れがその一つの場合か知れないが余り当てには出来ない。殊にそれに智識的な意味を持たせやうとするのは別府にとつても姨捨てにとつても困るやうに、私にも亦ビアズレにも迷惑に相違ない。と同時に、この漫談も、要するに感覚的記憶と記憶的感覚との上に出来上つたものである以上、惹いては迷惑を人に及ぼさないとも限らぬ。さう気の付いたのをしほに筆を擱く事にする。

と、話の皃をつけて了つてから、ふと気がついたことがある。追つかけて書き足す。

神経衰弱は時代病だといふ。文明病だなんて事もいふ。勿論「時代」や「文明」の責任ではなからうが、とにかくに世界一般どこかしこを問はず病的にはなつてゐる。この原因の大部分は戦争といふ大騒乱が預つてゐるに相違ない。戦争そのものを題材にした藝術らしい藝術が当のフランスにもドイツにも只の一つも生れなかつた代りに、その戦争に支配され或は刺戟された思想や精神は砲弾のやうに炸裂してどこの隅にもまんべんもなく散らかり、さうしていろいろの藝術の形にも内容にも凄まじい影響を及ぼしてゐる。無闇と辛辣で無闇と刺戟的になつた事はいふ迄もない。特に通俗的な方面に著しい。通俗通俗と沢山さうにいひはするものの、時代意識を闡明する或は傾向を批判する最も確実なバロメーターを預るんだから意義は中々重い。世人探偵小説の勃興急激な発達なんかはその最もいゝ証拠だ。世人の怪奇的脅迫的神秘的さういつたもろ〳〵に対する一種の摸索的快感はどれ程凄まじい要求と歓迎とをチヤンポンにしてゐるか、或は又性的な魅惑的なさうして野蛮過る迄変態な彼等の心理によつて、如何に多くの血みどろな世界が創始されたか。まるで世をあげて地獄の観光団を組織してゐるといつた状態だ。

この波紋は海を隔てた日本にも伝はつて来てゐる。そして鄙諸国物語のロマンチシズムがアーサー・リーブの科学的怪奇思想と混線したり何かしてゐる有様、それは兎に角に、この傾向は自然にだつて少からぬ変化を及ぼして行く。極度に刺戟的にもならうし、又性的にもなるわけだ。あるものは理智的に鋭くあるものは努めて幻怪的に走る。同じ殺し場は殺し場でも近頃のは合方なしのツケばかりといつた形だ。活動写真式でもあれば新国劇式でもある。どつちも悪くとつては困る。

突つこんでえぐつて、これでもかこれでもかつていつた塩梅、興奮を見ねば納まらない。おつつまくつの中に偶々鶴三が出て未醒が出た。出た場合もいゝ。見る側ではホツと一息といつた形だ。あんまり適当な例ではないやうだが先まア国芳国貞の絢爛さにのぼせた眼が広重の五十三次で思ひもかけぬ清新さを感じたのに近からう。何れにせよ、挿画に一生面が展かれたわけだが、心理的にいへばそれだつて変態的意味で歓迎されてゐる点もないでもない。やがては更に今よりもつとグロテスクな或はもつと現実的なものが要求され出すに違ひない。どういふ形をとるかは今のところ判らないが、とにかくに各方面ともに何等かの刺戟なしでは生きて行けない世の中になつたんだから仕方がない。

大衆文藝分類法

直木三十五

一

何が「文壇小説」で、何が「大衆文藝」か？　こんな事に定義を下さうとする位、下らない事は無い。下しえられるものなら、暇な学者は何うぞお下し下さい。であるが今の「赤本小説」「貸本屋小説」と今の「大衆文藝」とは何うちがひがあるのか？　作によつて分けるのか、手軽く作者別にしてもいゝものか？　早い所、こんな物は何う区別するかと聞かれて、明瞭《はつきり》と云ひ切れるか何うか？　例へば、エドガー・アラン・ポーの「黒猫」「黄金虫」の如き。その題材から云へば確かに「大衆的」であるが、その表現法から云へば立派な藝術品である。

だが、総て物はそう徹底的に考へると、むつかしくなつてきていけない。だから介山、喬二氏らの作を「大衆文藝」の適例として見ると——それでも、浪六は何うだ、涙香は何うだと、そう古い所のは論じない事にして——では通俗小説と、大衆文藝とは何うちがふのか？　軽文学、娯楽文藝、新講談、読物文藝、新聞小説この区別を論じて個々の例を挙げよ、と——だから、だから君、初めつから、そんな定義をきめるのは下らないからと断つてあるのに。

二

だが、反文壇小説の一現象とでもして見るなら——文壇小説とは藝術小説の最下等なるものをいふ、と、これは立派な定義である——いくらでも、文句とか、弥次とかは、云つて云へ無い事は無い。第一に、文壇の人々は日露戦争後二十数年を経てやう〳〵今までに仕上げてきたのであるが、吾大衆作家は、実に震災後僅々三年間の発達であると、だから、これから十七年経つたなら何うなるのか、それは多分素晴らしすぎるだらうと、この言葉は十六年間は安心して使つてゐてもいゝものである。

又「せめて、ユーゴー、トルストイの作位の物をかゝなけりや」といふ文壇人の数人に対してはかう答へてやるがいゝ。「お前さん達の中に、それでは居るんですか」と。葛西善蔵の「身辺雑事」程度を「心境」などと名づけ、武羅夫の「貸本屋小説」を「本格」と称し、秋江の「頼朝」が「戯曲」で、堀木克三が合評会員だと、だから「大衆文藝」が売れてきたのなら、何といふ日本の小説読者は高級にして尊敬すべき人々なんだらうか？　三十年前の「撥鬢小説」と、そう大してちがひもしない「大衆文藝」を文壇小説に飽いて求めたとは！

三

だが、僕をして云はしむれば決してさういふ理由からではない。印刷術が発達し教育が普及して読書力が増加したから、科学の本も売れるやうになり、スポーツ専門の雑誌も出で、新聞の発行数も増加し、その一部として大衆文藝も存在の余地を見出したと、たゞそれだけの事である。もし反文壇小説気運によつて雑誌「大衆文藝」の同人十一人が出たものとしたなら、気の毒に中央公論はぐん〳〵減じる筈であるが——多分、さうでは、あ、る、ま、い、である。

然し、もう一つの見方、度々「文藝春秋」に書いた私の考へ方をすると、文藝志願者よ、もし菊池寛の名声と、財産とを得たなら、大衆文藝へ入り給へと、何故かなら——。百三の哲理、紘二郎の詠嘆を、電車の中で読みつゝ、いや近頃はそれも読めぬ位に忙がしい世の中である。ラヂオ、映画、カツフエ、ダンスと、確かに文壇小説よりも面白い興味であり、高遠の真理は、タイピストの美しさによつて瞬間に忘れさせられるし、朝の教会行は、決して昼間の勤めの時、夜のラヂオ時まで人間に冥想を齎らさない。戻つて又教会へ集つた百年前に較べて、現在の都会の享楽的機関は全くいかに数多く魅力的になつてきたか？

嘗て「精神の糧」であつた、膝を正し、襟を正して読んだ唯一の読書「四書、五経」より平民の読書力の増加による「戯作、小説」の類となり、今や教育普及して「大衆文藝」と、享楽的方法の一つとしか読書を取扱はないやうになつたのは、これ人生の、人間の自然にして、文藝それ自らも、十九世紀末をもつて所謂人生研究の文豪は打止めにしてしまつてゐるのである。

——だから明日は「映画」を、と書いたのは勿論私のこじつけであるが、人間が「大衆」が最早、大真面目な、しかめつ面の小説をのみ好んで人生の意義、人間の性質のみを求めてゐると考へてゐる事は大まちがひで、さういふ特別な殊勝人も又決して人生から消失しないと共に愈々益々多くの人々はたゞ感覚的生活、享楽的生活に焦燥してゐるのみである。探偵小説の流行大衆文藝の隆盛はこの要求の一部分の現れで、享楽生活中の「読書」の一項目に基いてゐるだけのものである。

四

だが、少し私の失礼な申分を許せ。何んといふ現在の「大衆作家」の多くは、赤本作者であらうか？　彼等の幾人かは、文壇の落第坊主である。と云つて悪いなら逆に文壇人共の「大衆文藝」は又、何んといふ拙さであらう？　と云つてもいい。それは単に小遣取として許してをけることでは無い。大衆作家としても、文壇作家としても才能の無いことを示すだけのことである。

もし、こういふ物の云ひ方をよすとしても、それでも当時の浪六の示した情熱、当時の涙香の怪奇ささへ多くは無く、何んといふ文章のまづさ、見えすいた構想、露骨なる教訓、ぴんと来ないテーマ。浅薄なバテレン趣味、手軽なトリツク。恥かしくもない模倣、どれもこれも筋の興味一つだけ、もし、今のままなら、私は名を挙げて忠告する。伸も、喬二も、乱歩も、史郎も、又文壇の第三流人が飽かれた如く飽かれ、取材が枯渇し、文壇人に「学問」が無いと云はれる如く、そういふ点だけでも信用を失ふであらうと。喬二を除いて誰が、当時の習俗さへ研究してゐるかをそしてそれ一つの研究だけでさへ、あの三田村鳶魚氏が、可成りに多く読まれてゐるではないか？　あの中途半端な書き方、研究でさへ――。

要求は確かにある。だからもつと精進し給へと、私はその為めに、分類法をもつて、かくの如く多い種類が「大衆文藝」の為めに残されてある。一人が一種づつそれを専門とするなら、何といふ素晴らしい幾十人の大衆作家が現れてくる事か？　を教へやう。嘗て、押川春浪は少年小説家として今の誰よりも深く広く少年の内に存在してゐたで無いか？　又、一人のスポーツ小説家が出て存在できぬといふ理由が何処にある。そしてスポーツ作家が大衆作家でないといふ論理が何うして出てくる？もし、出て来ないとしたなら「大衆作家」よ、御身の前途は次の如く洋々としてゐるのである。祝福すべき哉である。

五

分類もいろ〳〵に出来る。現在までの大衆的な作を仮に十部門にでも分けるとすれば

一、軍記物として難波戦記とか、天草軍記とかは廃れたりと雖も一種の中であらう。

二、は政談、白浪物とでもして一つに纏めてもいゝし、二つに分けてもいゝ。鼠小僧とか、白本屋お熊とか、お七吉三とかの類で、大岡越前、曲淵甲斐の出てくるものである。

三、は俠客物

四、は仇討物、仇討と一口に云ふが可成り範囲は広くて各種類に関係してゐるが独立させてさせられないことはない。

五、お家騒動物、伊達騒動とか相馬大作

六、人情物、洒落本の類

七、怪談物の類

八、伝奇物、こゝへ一纏めにして金平本とか、八犬伝の類を入れてしまふ

九、教訓物

十、戯作物、八笑人の類

即ち、芝居、講談と連絡してゐる古い型の大衆物であるが、もう少し明治時代に入ると、恋愛小説、家庭小説、探偵小説、といふ名の下に、春葉、幽芳、霞亭、思軒、涙香と、そういふものは今なら、明日からでも、大衆文藝と名づけられていゝ多くの素質を持つてゐるものである。そして、この程度の蒸し直しで――いやいかに多くの蒸し直しが横行してゐるか？――いゝなら、大衆作家よ、右の一種を専心に研究し給へ。少くも鳶魚氏の智識と、もう少しいゝ文章とを、それだけで昔の作者のプロットは、立派に現在の大衆文藝愛好者には、一夕のラヂオと同じ役目を勤める位のことは充分であらう。

六

だが、谷崎潤一郎氏の諸作も「大衆文藝」である。明日の「大衆文藝」はあの位に——と言出してくると右の分類法では少し困つてくる。

江戸川乱歩氏に多少谷崎氏の趣味もあるが、これは医学上近代生活から生れた病気であるから、近代生活が廃らない以上、いよいよ要求は多くなるであらう。そして、それは只変態性慾のみでなく恐怖又は惨酷に対しても異常の興味を人々は抱くやうになるにちがいない。交霊術も又新らしい恐怖を与へるに十分であらうし、埋葬法案の参考書の例の多く、東西刑罰史、支那の惨虐記録等、これを性慾と適宜に混へて、或は若い燕に、モダンガールに、法医学の書より、文明協会本の変態性慾本、冬夏社版のハバロツクエリスの性慾学と、手近の二三冊の参考書からでも、「現在」の大衆作家の取材の如き、無尽蔵にしてつきる所を知らないであらう。

次は、科学小説、又は学術小説とでも称すべき種類であるウエルスが一人でこの世界を占めてゐるが「タイムマシーン」「黒と白」の如き、誰かの「四百万年後」の如き、又大衆の興味を索くに十分であつて、正木、小酒井氏が彼等の専門的智識によつていかに多くの題材をもつてゐるか？　文壇好学の風よりも、大衆作家好学の風は、何よりも必要なことである。嘗て人類の奇怪な空想に「月世界旅行」を産むだが「発見及び発明」に対する人間の情熱と興味は、猶「白と黒」の如き物に十分の現実性を与へさへしたなら、大いに人々は喜ぶものである。探偵小説の一転化方面として近頃この科学的研究へ来たのは当前の事である。

第三は、ジヤツクロンドン原作、堺利彦訳の類である。当然これも大衆的でなくてはならぬ。宣伝を、思想を、批判を伝へるものとして、人に興味の最も多い題材を取り、薬を砂糖にまぶし、小乗説教によつて極楽へ導くのは、永久不変の対大衆的方法である。或は歴史的事実にかり、或は昆虫世界の仮想物語とし、恋愛小説の皮を冠り、これを露骨にしては、朝鮮作家、琉球作家、アメリカ移民小説と、それでも一種一人位の作家は立派に生存して行けるであらう、そして、これは藝術的であるよりも一般的に一般的は大衆的だらうと、こう考へてはいけないか？

それから、都会の享楽的、感覚的な事、半分は探偵小説的に、三分の一は極めて淫蕩に、五分の一は鋭い批判を、底には一脈の正義感をもつた、そしてその小説から流行が生れると云つたやうな、フレツシユな都会小説、そんな物もいいであらう。大胆にして巧妙な姦通を教へ、無貞操を道徳化し——私が大衆作家になるなら主としてそういふ研究をするであらう——家庭小説でもあり、恋愛小説でもありと逃口上の云へる物。

それから、押川春浪が死んでいかに久しく彼程の少年小説家は出ないか？　一人のスポーツ作家、佐々木邦はいつも親父とその友人が話をして子供が聞いてゐるだけであるが、彼一人であるが故に――せめてオー・ヘンリーの半分の才人でも出よ、マクスオレールよ、シエンケウヰチよ、エリオツトよ、彼等の示してをいた手本は「大衆文藝」で無いと誰が云ふか？「大菩薩峠」が「大衆文藝」の代表作なら、二年後の私の「去来三代記」だつて代表作だらう。もう少し学殖を、機智を、批判を、そしてそれを興味の多い題材に――。それから表現を藝術的に。

結論を云はしむるなら、空想を現実的迫真らしくする力を文藝といふ、虚を実に、偽を真に感ぜしむる力、それが藝術であつて、それを最も興味深い題材に使用せよ、それが大衆文藝の上乗なるものであると、例へば、ポーを見よと、何んと云ふ当り前の話だらう。そして、いかに一人も現在の「大衆作家」は当り前で無いのか？ だが立派にそういふ文学の将来は勿論！あるだらう、なければならぬ。勉強だ。君！

大衆文藝と現実暴露の歓喜

白井喬二

大衆文藝論を心行くばかり書く段になれば、尠くとも五百枚書き綴らなければ書き尽せ無いやうな気がする。是れを思ふ時に、私の胸には充分それだけのコクが浮び上つて来る。其の中には勿論大衆文藝の系図、丁度あの源平藤橘諸家の系図の様な、または植物の葉根説明図の様な其れの分類図までも浮び上つて来る。祖先、曾祖父母、祖父母、父母、其子、其孫、其の各自が持つ脈縁、丁度さう云つた風に、其の演繹するところの諸相が、整然または紛然として、目に、頭に、浮んで来る。海行かばみづくかばね、果しなき航路の旅を感ずるのである。だが亦、率然として其反対に、一行も書く事が無いやうな空漠な気持もする。

そもそも大衆文藝論を一体誰に読ませやうとするのであらうか。

それなら、どつちの気持の方が本物か、又は分量が多いか。本物偽物の区別は今にわかに断定は出来難いが、分量の点から云へばどうやら後者の方に軍扇が上りさうだ。私はしばしば、浅草辺りで開かれる某会の通俗講話の集りに一席大衆文藝論を口演することを頼まれるが、其の都度、聴衆に向つて大衆文藝論を語つて聴かせてるヘマさ加減を思ひ巡らしてドウしても其れをやる勇気が出無い。それではなぜ大衆文藝論を口演する事がヘマであるか、そのヘマ認識には根拠があるか、つまりヘマ論の依つて起る所以を闡明しなければならぬ順序となるが、逆史式にこの辺からほぐして行く方が私一個の愚観を述べるには都合がいゝから、矢つ張り事の順序通りこゝに本論の端緒を据ゑることにしやう。

だが、勿論さういふ事、即ちヘマ乃至其の反対類語中のウケ

（有卦）などゝいふ言葉は日本語の内でも最も難解な辞句で、一発でスポンと言ひ現はす事の出来難い境地である。換言すれば幾つもの因数が寄つて一数を成す如く、幾つもの実体が相寄つて始めてヘマ的環境を構成するのであるから、其の説明には可成りの経路を要する。既に一語ですらこの通りであるから大衆文藝全体の本質を論ずる日になれば、冒頭に述べた如く数百枚を費すも猶ほ足らないほど、複雑多岐なる因数集合的定義を、而も漸くにして下し得る事になりはしまいかと思ふ。

大衆文藝を街頭に立つ一つの実際問題と見る私としては、これを単なる文藝論としての論じ方で片付けて行くのは、折角の鮮魚の生きを自から祭壇に祭つて腐肉とせしむるに等しい所業だと思ふ。大衆文藝が実際問題として現はれて来たのなら、それを論じ迎ふるのも当然実際問題として取扱はなければならぬ。実際問題は要するに実際問題で、一片の理窟で論じ去れないいゝところと困つたところとを持つてゐるのである。だが、それは実在だ、そこに大衆文藝の強味があり、また余程複雑に考へて其れを観察しなければならぬ所以が存在して居るのだ。

私が思ふに、日本では蓄音機も、活動写真も、ラヂオも成功してゐない。これは日本ばかりでなく外国もさうであるかも知れぬが、それなら日本といふのを人間と直してもいゝが、兎に角く蓄音機の持つ本質、映画の持つ本質、ラヂオの持つ本質、さういふものを受け入れるこつちが早呑み込みなので、じつくり真にいゝところに箝らない内に、定義的に目に立つ凸角のみがズン〳〵発達して、そして遺憾ながら最初渡来した時空想が想像した其のよさにどれもが遂に到達してゐない。人間が早急なるために、与へられたるものゝ半ばをも享受し得ないで終ふものと見える。ところで大衆文藝はどうであるか。

元より大衆文藝は器械ではないが、そして渡来したものではないが、早くも寵児になりかゝつて、やいのやいのと、私一個としては未だじつくりと、蓄音機のやうにならずに、活動写真のやうにならずに、またラヂオの様にならずに、要するに今度こそは其本質の全豹に突き当つて、藝術のポンペイ市を掘り起さなければならないのに、オペラポンペイ座の屋根だけ掘り出したところで御苦労様といはれて終ふのは如何にも残念である。ポンペイ市が始めから分つてゐるなら其屋根を、瓦を、柱を、床を、少しも傷けずに掘り返す事も出来やうが、さうでないとすれば、一鍬々々、後から笑止な徒労も、其れは止むを得ないのである。さういふ大衆文藝の陣痛時代を、一体どういつて子供の自慢をすればいゝのであらう、文藝は予約したところが仕方がない、間違つても法律では罰されないであらうが、其代りまだ生れぬ子供の自慢をする浅草の大衆文藝論の口演は始めからヘマにきまつて居るのである。其処で私は考へて、いはゆる「不言実行主義」が一番いゝと思ひ、最う一度いはせて貰へば、即ち蓄音機とならず、活動写真とならず、ラヂオとならぬやうに、はやまるな主義で、ジツクリと、人間の子供が十ケ月で生れるものならば、大衆文藝は先づ差詰め十年と目標を置いて、私一個としてはさういふ決心で、それゆえに「十年批評する勿れ」と主張して、これまで無宣伝無弁解主義でやつて来たのである。其れゆゑに、「大衆」といふ言葉は可成り早くから私が使つてゐるが、私としては其の発言者だと思つてゐるが、決して「文藝」と食つ付けた覚えは無いのである。いつの間にか大衆文藝といふ立派な名前が附いて、さつきいつたやいのやいので、好かれ悪かれ寵児となり懸つて来たのは、扨て彼れに取つて果して幸福であらうか。私一個としては藝術家諸氏の批評が、失礼な話だが、邪魔になつて、向ふに向つてやりかけた仕事、其仕事をしながら耳裏の囁語を、かけまい〳〵と思ひながら気にかゝり、其れがげに尤も千万な言葉だけに、猶更ら強く身にこたへてエ、藝術にしてしまへと、短気な考へも起るのであるが、そういふ時には私は私の憲法「文学者としての虚栄を捨てよ」を三遍唱へてやつと落着くのである。何にしても万衆環座のたゞ中で十年辛抱して、じつくりと、蓄音機にならずに、活動写真にならずに、ラヂオにならぬよう物にしやうとするには、並々ならぬ苦行を要する次第で、其結果、仮へうまく行かなくても罪を十年の年月に嫁さうとする訳では無く、総ては己れの天分にある事と、諦らめるより外仕方がないのだ。だが、今はまだ、今云つた十年計画の、私はそれを約五つに区分してゐるが、其第一期の雰囲気構成時代を漸く卒業して、これから始めて第二期の大衆文藝醱酵時代に入らうとしてゐるので、私一個としては今が丁度さういふ時期に当つてゐると思つてゐるのである。其れなら後の、第三期、第四期、第五期は、だがそれは未来の事であるから例の口演と一つ事で云ふべき限りでないが、私には勿論そんな事は出来まいが、大衆文藝そのものの本質は、全くその位ゐに複雑でまたじつくり辛抱すべきものだと考へてゐる。

恐しく気の長い話だと考へるかも知れない、大衆文藝の到達すべき理想郷があるなら早く完成したらよからうと云ふかも知れない、現に大衆文藝の定義を示して、そんなに謙遜しないで、早く此の階段を上れと、まアかういふ風に声援する人もあるが、其人には定義的にハツキリ大衆文藝の形を感じてゐて云ふ事であらうが、だが其の形を感じた原動力たる底にある藝術観が、其藝術観が非常に因習的な物であると思はれるのである。其因習的藝術観の上に形作られた大衆文藝の殿堂へ、上れと云はれてもそれツといふ訳には行かないのである。それは誠に花々しい道で、また好ましい道であるが、其れにもかゝわらず大衆文藝は、もう少しじつくりと、人工的でなく、雰囲気、醱酵、さういふ言葉に相応しい程の調子で、まどろがしがられても、本然的に、流行的でなく、其処に到達しなければならないのである。其処がとりもなほさず大衆文藝は実際問題だと喝破する所以なのであるが、なら、それなら、何が故に実際問題なのであるか。之はさつきのへマ認識論よりも、大衆文藝の本質に触れてる問題だけに、其説明はなか〳〵六ケ敷いのであるが、私自身にはよく分つてゐるのであるが、其れをハツキリどう云ひ現はしたらいゝか、凡そ千百の例を引かなければ其れを引いても分る人にしか分るまいが、今そんなに沢山な例を引いてるいとまが無いから、兎に角くどう云ふ風にか其れを説明して見やう。

世界で文豪といはれる人は幾人あらう、又文学者の列に加はる人は幾人あらう、昔から今まで。それは誠に驚くべき多人数に違ひない。そしてそれ等の大小の文学者が、ペン先きから書き迸ばらしめた文字の数は、其行数は、亦驚くべき算表を示すであらう。だが、其の内のだれが、己れの小説の一行でも、全くの予知無しに読み得た者があらうか。藝術家が天の星の如く多くとも、それは絶対に皆無の事実なのである。この事実は、何アんだ当り前だといつて終ふかも知れぬが、だが恐らく余り意識的には考へてゐない、然し重大な一つの事実、而もどうすることも出来ない一つの事実なのである。されば藝術家謙遜なれとたれか云つたかどうか知らぬが、何と羨やむべき境地を一般の読者は持つてゐるではないか。だが、藝術家同志が己れの作品でない他作家の小説を読む時の、其の予知無しの読書心裡をも、それをも羨やむべき境地とはいはれない、とかう思ふのである。其れは純粋の意味で、絶対に予知無しとはいへないのだ、何となれば始めは原始的であつて今は後天的の修養となつた、乃至約束的感覚となつた、藝術家共有の一種の熟達神経が或種の予知を以つてそれを読み、それを受け入れて消化諒解して行くのだから、彼の全くの予知無しの読者と其境地を同日に談ずる訳には行かないのである。其処に大衆文藝の実体が横はり、その不可侵独個の読者境地こそ理窟で行かぬ実際問題と云ふのである。文学は、藝術は、小説の実体は、さういふ約束的修養を知らぬ物を度外視し、または度外視はしないが向うが教養がないのでどうにも仕方がなく、つまり向ふが勉強して小説、それほどが分るところまでやつて来いと云ふほど、それほどの者なら、それは娯楽物ではないか。私が思ふに小説の本体はさういふものではないのであるが、今云つたやうに藝術家は予知無しに読む境地を奪はれて来たために永い間にそのいはゆる実際問題を忘れてしまつて、其の予知（藝術）のみで読む形式が発達して来たものと思はれる。だが実は、それは存在の価値は充分にあるであらうが、だがそれだけでいゝと思つたとすれば、それは余りに享楽的娯楽的な考へ方だと思ふのである。大衆文藝はさういふ享楽的娯楽的な気持ちを捨てゝ、飽くまでも彼の実際問題を解決し、文学者の虚栄なんか踏みにぢつて、そんな事よりも無約束の人間のその不可侵独個の無予知の世界に浸つて、まだ十年も先きがある事だから、何といはれても、じつくりといくら寵児になつたからとて有頂天にならずに、増して殿堂などに迂濶に昇らずに、今少し雰囲気構成時代の中で勉強するに限ると思ふのである。

前にも云つた通り大衆文藝とは計らずしていゝ名前が附いてしまつたものであるが、だが今日のまゝでも大衆文藝には違ひ無いのであらうが、然し矢つ張り雰囲気構成時代の作品と見る方がいゝと思ふ、私一個としては明らかにさう思つてゐる。だが、この雰囲気構成時代の作品はそれだけで独立性が無いかといふと、それは充分ある事は今更ら贅言を要しまい。何となれば雰囲気構成時代の作品などと思つて誰も読んでる訳ではなく、亦それなればこそ雰囲気が構成される訳で、そして亦実にこの種の作品は藝術家は蔑視するかも知れないが、約束無き読者へ当てがふ物ゆゑ、実に面倒で、そして向ふに共通の尺度がないから丁度真剣勝負のやうなものなのである。其の真剣の作者に対して娯楽作家とは之れ如何、読者に迎合すればなりと藝術家は直ぐ附け加へるかも知れないが、私は迎合とは認めないけれど、仮りに迎合としても一人の対者に対する迎合と、沢山の人に対する迎合とは此の「迎合」の字義が全く違つて来るのである、これだけ云へばこの地点の作品も亦独立性のある事は一目瞭然となろう。此の作品が多ければ多いほど、此の時代が長ければ長いほど、大衆文藝は幅広く、大きく、健全に、確乎不抜な発達を遂げる瑞祥と見ることが出来るのである。

　大衆文藝に於てはかういふ悠々たる気持が実に貴いと思ふのである。これは日本特有の文学の歩み振りかも知れぬ、或る評者は大衆文藝は昔からあるではないか、涙香、浪六、要するにそれの復活、また高く買つてもユーゴー翻訳物の刺戟、亦は純藝術作品に対する反動、さう云ふ様な事をいふが、現在大衆文藝といはれてゐる物は、即ち其一つであるべき探偵小説は別として、其の何れとも亦別個の起因を成すものではないかと思ふ。さういふ具象的な原因でなく其れも含まれてゐるにしても、もつと必然的な原因に拠るものでは無いかと思ふのである。若しさういふ文壇意識的の原因で大衆文藝が起つて来たものなればモット小さく完成して終りはすまいか。つまり評者から「大衆文藝とはいふもの、これならば充分藝術作品の域に達してゐる」といふ、私一個としては不思議極まる褒辞を賜はるやうな作品ばかりとなつてしまひはすまいか。だが、さうならずに食ひ止めてゐるのは、さういふ原因以外に必然的原因が磁鉄となつて地の底に埋つてゐる為ではないかと思ふ。其処へ行くと、こんな事を云ふのは誠に済まぬが、探偵小説は何だか最う小さく固りかゝつて居るやうな気持がして仕方がない。そこを、探偵小説の方では亦、大衆文藝のまだるつこしさを見返してゐるかも知れぬが、この悠々たる味が分れば、地下に埋没された必然的磁鉄の潜在が分れば、げにも探偵小説は今よりももつと幅広く発達するであらうと思はれるのである。「探偵小説時代」来れりとの話であるが、然し作家が沢山輩出してもそれが直ちに「時代」といふ訳には行かないので、それは文壇意識又は団結意識の上からはさうであらうが、だがそれは大衆文藝意識の上ではまだ〱なので、さればこそ雰囲気時代の長きを貴ぶのである。さればこそ大衆文藝が街頭に立つ実際問題であるといふのである。発育不充分の物を畜音機、活動写真、ラジオ、次ぎが探偵小説、又は大衆文藝、といふ風に数へられない為には、殿堂に早く上りたがらずに、日本が始めて完成した大衆文藝といふ風にならなければならないのである。

定義式に大衆文藝を論ずる事になるとそれは容易であらうが、先づ本当に大衆文藝意識を闡明することになれば、どうしても斯ういふ風に交響楽的に気分記述で進めて行くより外は仕方が無いのである。私一個としては本来は不言実行が一番い丶のであるが、然し雰囲気時代の話なら少しは差支へあるまいと思ふので、正直なところを述べたのである。

この上に述べる事は、大衆文藝の内容使命の解剖であらう、これは大衆文藝が文藝の中心として立つ其の完成期を窮極として詳述しなければならぬので、其の中には先づ藝術意識の改立、さういふ事も大きい問題であると思ふ。それから其の後では大衆文藝家の心律、即ち心のおきどころ、心得、さういふ事も論ずる必要があると思ふが、此の中には社会意識がどこまで行き届くべきかといふ事や、また平常私の思つてゐる「文章罪悪論」を述べて、大衆作家はさういふ心律を持つことの必要である事を提言したいと思ふのであるが、だがもう与へられた枚数も尽きたし、其れに雰囲気構成時代には或ひはお先き走りかも知れないから、一先づこれだけで本論に一区切り付ける事にしやう。

だが、大衆文藝が名残なく実現された時はどうなるであらう、さうなるかならぬか知らぬが、さうなる時の理想は現実暴露の歓喜なのである。たとへそれが如何ほど社会の暗黒面、醜悪面を暴露してあつたとしても、それが真実であればあるほど、其のあまねく読まる丶親しみの文藝は、まことに現実暴露の歓喜といはなければなら無い。

—一五・六・九—

大衆文藝のレーゾンデートル

平林初之輔

一

大衆文藝の第一人者中里介山氏は（尤も氏自身は大衆文藝家と自称したことはないやうに記憶してゐるが）「聖母の画像」といふ小説の巻頭で注目すべき文藝観を発表してゐるが、その中には、現代の文藝作品に対して極度の不満と侮蔑との口吻が用ゐてある。

氏は言ふ。『近頃は、よく文藝を区別して高級と低級とに分けるが、私どもは自称高級者の不遜を悪むもので、自分の作物をその亜流扱ひにされたくない……』

あまりはつきりと断言はできないが、高級文藝と低級文藝、藝術的作品と通俗作品との区別が日本の文学に生じて来たのは、大体自然主義以後のことであるやうに私は思ふ。さうして、自然主義系統の作品に「藝術的」といふ名称を与へ、然らざる作品に「通俗的」といふ名称が与へられたやうに記憶する。その証拠には自然主義前期の作品、たとへば尾崎紅葉や幸田露伴の作品などは、かういふ分類を超越した存在であつた。ところが、それ以後になると、田山花袋や島崎藤村は藝術作家で、柳川春葉や菊池幽芳は通俗作家であるといふ風に、はつきりと両者が分類されてしまつたのである。近頃では、久米正雄が通俗小説を書き出したとか、菊池寛が通俗小説に筆を染めたとかいふことを言つても誰もあやしまなくなつた。

「通俗小説」といふ言葉の発生した理由には十分認めなければならぬものがある。自然主義の運動は、文学界に於ける一種の革命であつた。自然主義文学は題材を華族や軍人や富豪の生活から中流階級の生活へひきおろした。形式に於ては、一切の虚張、美辞麗句をしりぞけて、客観描写をとり入れた。物語の起首があり、伏線があり、波瀾があつて大団円があるといふ風なプロツトを追はずに、人生の断片をゑがくことで満足した。事件の解決を不必要であるとし、甚しきは事件そのものすら不必要であるとするに至つた。

かういふ小説は、一般人にすぐに理解され歓迎される筈はない。そこで戦ひが必要であつた。そして、文学に於ける戦ひには、これこそほんとうの藝術で、前からあるやうな小説は通俗的な小説だと主張することは有力な攻道具である。一般人は、自然主義の小説がわからねば藝術がわからぬのだと考へて、面白くないのを我慢して熱心にこれを読むやうになる。そのうちに一般読書人の趣味が転換して、自然主義小説は、押しも押されもせぬ地位勢力を獲得して来たのである。

併しながら、自然主義小説が、支配者の立場にたつにしたがつて、もう戦ひの時のやうな緊張は失せてしまひ、たゞ惰性によつて現在の地位を維持してゆかうとするやうになるのは自然である。けれども彼等は、以前から用ひなれてきたスローガンだけは忘れない。「吾々の小説こそ藝術小説である」と彼等は相変らず同じ文句を繰り返してゐる。そして彼等と見解をともにしない文藝家を、通俗作家としてしりぞけようとする。中里介山氏が「自称高級者の不遜を悪む」に至り、「自分の作物をその亜流扱ひにされたくない」と宣言した時には、所謂「藝術小説」は全く惰性的に命脈を保つてゐる存在でしかなかつたのである。ひとり中里氏にかぎらず、自称高級者の「高級」といふやうな言葉がもはや何の意味ももつてゐないことは、多くの人々がひとしく認めるところであらう。

二

然らば、所謂自称「高級者」の作物はどういふものであるかといふに、中里介山氏はつゞいてかういつてゐる。『所謂近代化したる不良少年の作物や、すんなりとした人のよいお坊つちやん風の作物（現作の文壇と称するもの、作物は大抵それである）が呼応して代表顔をすることを不快に思ひ、またその思潮が往々人間として恥づべき事を大袈裟に讃美して中学生をあやまるのを苦々しく思ふ。斯様な風潮は、国家社会の害物でもあり真面目な文藝の賊でもある。』

中里氏の意見に私は文字通り賛成しがたいところもある。(氏の理論は氏の小説とかはつて甚だ不用意で粗暴である。)けれどもその大体の趣旨には異存はないから、これを敷衍してゆかうと思ふ。

「所謂近代化したる不良少年」といふのは小説家の生活が志士的な風格も、殉教者的情熱も失つてしまつて、だらしない生活になつてゐることを意味するのであらう。それは印刷技術の進歩や読書人の普及等につれて、小説家の収入が増加し、小説をつくるといふことが職業として確立された結果である。小説が職業的に製作されることになれば、比較的少ない努力で、比較的多額の収入が得られることになる。しかも小説家の労働には時間的制約がないから自然に不規則になる。相当の収入があつて不規則な生活が許されるとすれば、その生活が「所謂近代化したる不良少年」の生活となるのは自然の勢ひである。そしてかやうな生活は、十分の収入のないものにも摸倣され易いから、これが文壇人一般の生活様式として一般化して来るのである。

次に「すんなりした人のよいお坊ちやん風」といふのは何を意味するであらうか？　大学の文科でも出て、西洋の文学書の五六冊も読めば、その人は或る範囲内では文学者として通用する。そしてその人が道楽半分に同人雑誌でもだして作品を発表したり、文壇の人々と交際をつゞけたりする間にはいつの間にか一人前の作家になつてしまう。かういふ人には実際の世間はわからない。単に社会生活の複雑なメカニズムがわからないのみならず、個人的心理の微妙な動きもわからない。かやうに温室の中の植物のやうに、限られた圏内に生きてゐながら、別に才能も恵まれてゐない人でも、事務的に、職業的に、機械的に、経済を顧慮しながら筆をとつてゆく人の作品にくらべると大して遜色のない作品をつくることは可能である。これが中里氏の所謂「すんなりとした人のよいお坊ちやん風の作物」である。

中里氏は、括弧をして、(現代の文壇と称するもの、作物は大抵それである)と言つてゐる。何故「文壇と称するもの」の作物がさうであるかを、私は今度は文壇の内部からこれを考察して見よう。

三

中里氏は「文壇」といはずに「文壇と称するもの」といつてゐる。これは文壇といふものがあやふやな、あるかなきかの存在であるために氏がさういつたのではなくて、文壇といふものに対する侮蔑からさういつたのであらうと思はれる。何となれば、文壇といふものは、今日では疑ふべからざる存在であるから。

併しながら、文壇といふもの、構成を調べて見ると、これに大なる権威を与へ、これを尊敬することは誰でも躊躇するであらう。文壇といふものは、所謂藝術的な文学作品中里氏の所謂高級な作品を製作することを職業とする作家と、これに附属する批評家と、これ等を発表する機関とをもつて構成されてゐるのである。ある作家が、作品を一定の雑誌に発表する。すると特定の批評家が待ちかまへてゐてそれを新聞の文藝欄か何かで批評する。これが「文壇」内部のメカニズムの一切である。作家は特定の批評家（作家自らである場合もある）の毀誉褒貶を標準にして作品を製作する。ところが、批評家は、限られた機関に発表される限られた作家の作品のどこがうまい、こゝがまずいといふ風な批評をする。この作は力作でこの作は駄作だといふ風に品さだめをする。この批評は、狭い、所謂文壇の生活をしてゐる人によつてされるのであるから、決して一般の趣味や要求を代表してゐるのではない。たゞ文壇の出来事に対して彼等だけが発言権をもつてゐるために、それが一種の権威をもつて通用するのである。

ところが、我々が髪を刈つて貰ふ場合には、大体その店が清潔で、親切で、時間をはやくやつてくれることを要求するのであるが、玄人の理髪屋同志になると、髯の剃りかた、髪の刈りかたに一本でも不揃ひなのがあればそれを気にするといふ工合である。それと同じやうに、文壇所属の批評家は、一般の読者の問題とするところは問題にしないで、一般人にはどうでもよい枝葉の表現のこつや、技巧の冴えなどを問題にする。さういふわけで、批評家と作家とが相俟ち、相助けあつて、「文壇」の縄張りを益々狭くするのである。

所謂文壇的作品は、かういふわけで、一般人の要求と益々遠ざかつていつた。たゞ文学者、作家といふ職業が漸次独占的性質を帯びて来たゝめに、辛うじてその位置が維持されてゐるに過ぎない現状となつて来た。そこで、所謂文壇の内部からも、かういふ現状に対して不満の声が洩れるやうになつた。それはまづ理論的な形を帯びて、今日の「文壇人」の作品が面白くない、題材が狭小であり、取扱ひ方は千遍一律であつて読むにたへないといふ叫びとなつてあらはれた。第二には、「文壇」の内部にゐる人々が、窮屈な「文壇」の残塁をすてゝ、以前にはいやしんでゐた通俗小説に筆を染めるに至つた。田山花袋、菊池寛、久米正雄、その他の作家が続々かういふ変化をとげた。

三度び中里介山氏の言葉をかりると氏は、「寧ろ見識は狭く、思想は高からざるも、所謂通俗作家といふものゝ方に罪のないのがある。」といつてゐる。罪がないのみならず、彼等はその作品を一般読者の自由な批評に解放してゐるといふ一点に於て、所謂文壇の作家よりも意義のある作品をかいてゐるといつても大して不当ではあるまい。

四

かういふ風潮に乗じて生れたのが大衆文学である。大衆文学が通俗文学とちがふ点は、後者のやうにびく〳〵しないで、大胆に大衆文学の意義や価値を認めてゐる点であつて、その内容に於ては通俗小説と何のかはりもない。

私は、作品を訴へる相手を小数の文壇内の批評家や仲間の作家におかずに、一般読者におきかへたといふ点に於て、大衆文藝はたしかに今日の文学界にセンセーションをおこしたことを是認するものである。

彼等は、何等かの意味で読んで面白いといふことを大胆に小説の主要条件として認めてゐるやうに思はれる。かつてはかういふ興味に訴へることは、藝術家のなすべきことでないとして斥けられたのを、大衆文藝は再びこれを重要視して来たらしい形迹がある。

彼等は先づその題材を自己の直接に経験した身辺から拡大し、最も多くの人に興味のありさうな事柄を選んだ。一方に於ては、歴史上のクリチカリ・モーメント（たとへば明治維新）を好んでとりあげると同時に、他方では人生の日常茶飯事でなくてクライマツクスをとらへようとする。それらが歴史小説又は探偵小説といふ名前を与へられる。藝術派が事件を軽んずるに反して、大衆派は事件を重要視する。前者が解決を与へることを意としないに反して、後者は解決を与へねばやまない、言葉をかへて言へばまとまつた読物を提供することに全力をかたむける。

これ等の点については多くの異論があるべきだし、私も多少言ふべきことがないでもないが、こゝでは只一つ大衆文学に対する希望をのべておく。

大衆文学者は、大衆の趣味に追随し迎合することを任務と考へてはならない。さうであるならば大衆文学は八木節と選ぶところはない。大衆文学がもしほんとうの意義ある事業をしようと思ふならば、文学作品の対象を一部の文壇批評家から開放して、一般読者家に拡大するといふ点に重きをおき、決して俗悪低級な趣味に堕落すべきではない。文学界の現状では、大衆文学はたしかにレーゾンデートルをもつことを私はこれまでも屢々指摘した。しかし、それは大衆文藝と銘打てば何でもかでも是認するといふ意味ではなく、むしろその反対に、大衆文学といふやうな名前はすてゝ、文学そのものを一般人のものとするのが真の大衆作家の任務であるだらう。

発生上の意義丈けを

江戸川乱歩

従来の通俗小説といふものであれば、今更ら兎や角論議することはないのであらう。殊更らに大衆文藝の名を冠して、大袈裟に云へば、文壇的な小説の一敵国であるかの如き立場に於て、藝術の名によつて、色々に云はれるといふのには、それは単に、藝術的理解の程度の低い多数人に読まれる小説といふ以上の、何等かの意味を持つてゐなければなるまい。

一つの物が生れ出たからには、それ丈けの意味がなくてはならぬ。それはもう云ふまでもないことだ。だが、私が思ふのに、問題はさうした発生上の意義の外に、それ以上に、大衆文藝の存在を主張すべき、何物かゞあるかどうかではないか。

私の云ふ所の発生上の意義とは、普通に考へ得る常識にしか過ぎないのだが、云つて見るならば、日本の近頃の小説が、余りに個人の静観的な境地にとぢ籠つて、或は又、表面上の彫琢にのみ浮身をやつして、一般向きでなくなつたこと、恰かもその時、相当豊富なる藝術的才能を有する人々によつて、従来の講談に時代の精神を盛つたかの如き、新しき読物小説が現れたこと、それが、通俗読書階級のみならず、所謂文壇の小説に飽き始めた、比較的理解の高い読者にも歓迎されたこと、一部の批評家も、多少買ひかぶりの気味ではあつたが（それには理由のあることだ）これを認めたこと、同時に、これまで文壇にとぢ籠つてゐた人々が、ぼつ〳〵通俗的な小説を書き始めたこと、そして、何よりも、藝術の民衆化といふ様な呼び声が、時好に投じたこと、等、等を上げることが出来るであらう。発生上の意味からは、大衆文藝といふものが、従来の通俗小説とは多少違つた、一つの勢力を為して来たのも、成程尤もに思はれるのである。

だが、右の事情を外にして、例へば作家達個人々々の藝術的才能、彼等が大衆文藝の名によつて、世に現はれたことなどを外にして、大衆文藝そのものに、何等か特殊の意義を認めることが出来るのであらうか。本流の小説とも異り、従来の通俗読物とも違ふ所の、特別の大衆文藝といふものが、存在すべき理由があるのであらうか。

色々な意味をこめて、大衆文藝の主たる存在理由は、今も云つた藝術の民衆化にあるといふことが出来るかも知れない。第三者の立場からは、これが最も穏当な見方であるかも知れない。つまり、難解な高踏的藝術を避け、しかも、娯楽的読物よりは一歩藝術に踏み入つた、謂はゞ中間的な、一種の文藝といふ見方である。実際、今日大衆文藝と云はれてゐる作物は、恐らく偶然にも、丁度左様な種類のものであるかも知れない。そして、民衆の藝術的指導といふ様な、社会的の意味からは、何等か貢献する所があつたかも知れないのである。

今の時代は、政治、経済、其他あらゆる方面に於て、民衆化といふことが、一大傾向を為してゐる。文学に於てもそれがない筈はない。といふ風に、一般が暗々裡に考へてゐたとも見られる。そこへ丁度、手頃の文藝が現れたので、得たりかしこしと、歓迎もし、大衆文藝などゝいふ理想めいた言論を、受け入れる空気を作つたのではないか。同時に作家の側でも、その大勢に応じて、大衆文藝といふものが、一つの立派な存在であるかの如く思ひなすに至つたのではないか。

だが、民衆の藝術（大衆は従来の民衆と同義語に相違ない）といふ特別のものがあり得るのであらうか。藝術には、選ばれたる小数を相手にするものと、一般多数人を相手にするものと二つの違つた種類があるのであるか。そして、それが両方とも本当の藝術であり得るのか。

第三者が単に分類することは勝手であるが、少くとも、藝術家自身にとつては、藝術はたゞ一つのものではないのか。多数の読者を念頭に置き、民衆向きの文藝といふが如きものを計画するのは、藝術に藝術以外のもの（それは功利と呼ぶべきか）を夾雑せしめることではないか。新しい時代は、さうした事柄を、藝術に許し得るとでも云ふのであるか。

といつて、私は毛頭藝術の民衆化に反対するものではない。若しそれが本当の藝術であるならば、作者の混り気なき藝術衝動から生れたものであるならば、読者が多ければ多い程、藝術の為にも、喜ぶべきことに相違ない。だがそれは、読者の数なり階級なりによつて、一つの藝術を唱導しやうとするが如き、所謂大衆文藝論などゝは全然関係のない別個の問題なのである。

分り切つたことであるが、藝術の価値は、議員の選挙などゝ違つて、読者の数によつて、即ち多数決によつて定まるものではない。そのことは分つてゐながら、（恐らくこれは藝術といふものゝ根本に横はる、一つの大きな矛盾に相違ないのだが）藝術が全然個人的なものでない以上、即ち社会への発表を条件とする以上、我々は、それが出来る丈け一般化し、多数の読者に読まれることを望まない訳には行かぬのである。

さうした事情が、或は一部の人々をして、大衆文藝を唱へさせたのではないであらうか。少くとも、現在の文壇的小説の読者が、余りに局部的であることを、不満に思つてゐた人達が、大衆文藝論の勃興に、一種の好意を感じたことは、想像に難くないのである。

なる程、優れたる藝術であつて、同時に大多数の読者に読まれるものが出ることは、望ましいには相違ない。だが、一時代で云ふならば、それは殆ど理想であつて、多くの場合、本当の藝術よりは、低調なる娯楽読物の方が、遥かに多数の読者を有することは事実なのである。それが残念だと云つて、大衆文藝などゝ云ふ、謂はゞ鵺の様な藝術を唱導して見た所で、この遺憾な事実をどう改めることが出来るのであらうか。

その人々は、藝術の一般化といふことを、余りに性急に考へてゐはしないか。彼等は藝術の横の拡がりのみを見て、それの縦の拡がりを忘れてはゐないか。仮令ある一時代には、読者の数に於て、娯楽読物に及ばなかつた藝術でも、若しそれが真に優れたものであるならば、長い年月の間には、結局最も多数の人々に読まれるといふことを忘れてはゐないであらうか。

結果として現れたものが、優秀であらうと、低劣であらうと、読まれやうと読まれまいと、作家としては、自れの身についた藝術を発表する外はない。それが当然でもあり、苟も藝術である以上、それ以外のやり方はない筈である。所謂大衆文藝に属する作家達とても、彼等が藝術家であるならば、創作に当つて、藝術以外の、例へば彼等の作物が多数人に売れるかどうかなどゝいふことは、決して考へなかつたに相違ない。その結果がはからずも、文藝の民衆化といふ様なことに貢献した所で、それは彼等の素質が、偶然にも民衆に理解される如きものであつたといふに過ぎないのではあるまいか。

要するに、私は大衆文藝といふものについて、大して云ふべきことを持たぬのである。藝術は一つである。作者はたゞ己れの藝術を発表することの外に、それの読者などについて雑念を混へるべきではないし、第三者の立場から云つても、分類は勝手であるが、積極的に、大衆文藝といふ特殊の藝術を認め、それを唱導することは意味を為さぬものである。私の意見はこれ丈けである。そして、私が大衆文藝について認め得る点は、その発生上の意義と、それに属する作家達の、大衆文藝論とは別物の、藝術的才能のみである。

（附記）私が書いてゐる探偵小説は、いふまでもなく藝術には遠いものだし、大衆文藝といふ程のものでもなく、たゞ一種の遊戯に過ぎないものだといふことを附加へて置きます。

亦一説？

芥川龍之介

大衆文藝は小説と変りはない。西洋人が小説として通用させてゐるものにも大衆文藝的なものは沢山あるやうだ。唯僕は大衆文藝家が自ら大衆文藝家を以て任じてゐるのは考へものだと思つてゐる。その為に大衆文藝は興味本位――ならばまだしも好い。興味以外のものを求めないやうになるのは考へものだと思つてゐる。大衆文藝家ももつと大きい顔をして小説家の領分へ斬りこんで来るが好い。さもないと却つて小説家が（小説としての威厳を捨てずに）大衆文藝家の領分へ斬りこむかも知れぬ。都々逸は抒情詩的大衆文藝だ。北原白秋氏などの俚謡は抒情詩的小衆文藝だ。都々逸詩人を以て任じてゐては到底北原氏などに追ひつくものではない。次手に云ふ。今の小説が面白くないから、大衆文藝が盛んになつたと云ふのは譃だ。古往今来小説などを面白がる人は沢山ゐない。少くとも講談の読者ほど沢山ゐない。その又小説の少数の読者も二十代には小説を読み、三十代には講談を読んでゐる。（その原因がどこにあるかは別問題として）大衆文藝が盛んになつたのはほんたうに小説に飽き足らないよりも、講談に飽き足らない読者を開拓した為だ。

（「中央公論」大正15年7月号）

歌の円寂する時

釈　迢空

われさへや　竟《ツヒ》に来ざらむ　とし月の

いやさかりゆく　おくつきどころ

ことしは、寂しい春であつた。目のせいか、桜の花が殊に潤んで見えた。ひき続いては、出遅れた若葉が、長くかじけ色をしてゐた。畏友島木赤彦を、湖に臨む山墓に葬つたのは、さうした木々に掩はれた山際の空の、あかるく澄んだ日である。私は、それから下の諏訪へ下る途すがら、ふさぎの虫のかゝつて来るのを、却けかねて居た。一段落だ。はなやかであつた万葉復興の時勢が、こゝに来て向きを換へるのではなからうか。赤彦の死は、次の気運の促しになるのではあるまいか。いや寧、其れの暗示の寂かな姿を示したものと見るべきなのだらう。

私は歩きながら、瞬間歌の行きついた涅槃那の姿を見た。永い未来を、遥かに予《カ》ねて言はうは、知れきつた必滅を説くことである。唯近い将来に、歌がどうなつて行かうとして居るか。それを言うて見たい。

まづ歌壇の人達ちの中で、憚りなく言うてよいことは、歌はこの上伸びやうがないと言ふことである。更にも少し臆面ない私見を申し上げれば、歌はもう滅びかけて居ると言ふことである。

批評のない歌壇

歌を望みない方へ誘ふ力は、私だけの考へでも、尠くとも三つある。一つは、歌の享けた命数に限りがあること。二つには、歌よみ――私自身も恥しながら其一人であり、かうした考へを有力に導いた反省の対象でもある――が人間の出来て居な過ぎる点。三つには、真の意味の批評が一向出て来ないことである。まづ三番目の理由から、話の小口をほぐしてゆく。

歌壇に唯今専ら行はれて居る、あの分解的な微に入り、細に入り、作者の動揺を洞察――時としては邪推さへ――してまで丁寧心切を極めて居る批評は、批評と認めないのかといきまく人があらう。私は誠意を持つて申しあげる。『さうです。そんな批評はおよしなさい。宗匠の添削の態度から幾らも進まないそんな処に低徊して居て、寂しいではありませんか。勿論私も、さびしくて為方がないのです。』居たけ高だと思はれゝば恥しいが、此だけは私に言ふ権利がある。

実はあゝした最初の流行の俑《ヨウ》を作つたのは、私自身であつたのである、と言ふ自覚が、どうしても、今一度正しい批評を発生させねば申し訳のない気にならせるのである。海上胤平翁のした論難の態度が、はじめて「あらゝぎ」に、私の書いた物を載せて貰ふ様になつた時分の、いきんだ、思ひあがつた心持ちの上に、極めて適当に現れて来たことを、今明日から反省する。歌は感傷家程度で挫折したが、批評の方ではさすがと思はせた中山雅吉君が、当時唯一人私の態度の誤りを指摘してくれて居る。なんの、そんな事云ふのが、既に概念論だ。これほど実証的なやり口があるものか、と其頃もつとわからずやであつた私は、かまはず、さうした啓蒙批評をいゝ気になつて続けて居た。今世間に行はれて居る批評の経路を考へて見ると、申し訳ないが、私のやつた行きなり次第の分解批評が、大分煩ひをして居るのに、思ひ臻《イタ》つて、冷汗を覚える。此が歌壇の進歩の助勢になることだつたら、どんなに自慢の出来ることかと思ふと残念だ。その私が言ふ事だから、尠くとも、此方面に関してだけは、間違ひは言はない筈である。

難後捨遺集・難千載集以後歌集の論評は、既に師範家意識が起つて居て、対踵地《タイシヨウチ》に在る作者や団体に向けての抹殺運動だつたのである。私にも、さうした師範家に似た気持ちが、全然なかつたとは言へないのが恥しい。その如何にも批評らしい批評がいけないとすれば、どんな態度を採るのが正しいのであらう。

批評の本義を述べ立てるのは、こと〳〵しい様で、気おくれを感じるが、他の文章にさへさうした種類の「月毎評判記」めいたものが行はれて居るから、少しは申してもさしつかへのない気がする。

批評は作物の従属でないと言ふ事は、議論ではきまつて居る様でゐて、実際はなか〳〵、昔ながらである。作家が批評家を見くだし無視しようとする気位は、まづありうちの正しくない態度であるが、前に言つた「月毎評判記」の類では、評家自身作物の一附属としての批評を綴つてゐるに過ぎないことになる。

　ほんとうの批評は、作物の中から、作家の個性をとほしてにじみ出した主題を見つける処にある。この主題も、近代劇によく扱はれてゐる――而も我が菊池寛氏が其を極めてむき出しな方法で示してゐる――様なのを言ふとする人々に同《ドウ》じたくない。主題を意識の上の事とするから、さう言つた作物となつて現れもし、読者たちに、極めて単純にして賢明なる似た印象を与へるのである。けれども主題と言ふものは人生及び個々の生命の事に絡んで、主として作家の気分にのしかゝつて来た問題――と見る事すら作家の意識にはない事が多い――なのである。其をとり出して具体化する事が、批評家のほんとうの為事である。さすれば主題と言ふものは、作物の上にたなびいてゐて、読者をしてむせつぽく、息苦しく、時としては知られぬ浮れ心をさへ誘ふ雲気の様なものに譬へる事も出来る。さうした揺曳に気のつく事も、批評家でなくては出来ぬ事が多い。更にその雲気が胸を圧へるのは、どう言ふ暗示を受けたからであるかを洞察する事になると、作家及び読者の為事でなく、さうした人々の出来る事なら、たか〴〵近代劇の主題程度のものである。批評家は此の点で、やはり哲学者でなければならぬ。当来の人生に対する暗示や、生命に絡んだ兆しが、作家の気分に融け込んで、出て来るものが主題である。其を又、意識の上の事に移し、其主題を解説して、人間及び世界の次の「動き」を促すのが、ほんとうの文藝批評である。

　だから狭い意味では、その将来の方角を見出して、作家の個性を充して行ける様に導いて行くのが、批評家の為事であり、も少し広くすると、人間生命の裏打ちになつてゐる性格の発生を、更に自由に、速やかならしめるものでなくてはならぬ。外的に言へば人間生活の上の事情を、違つた方角へ導いて、新しい世の中を現じようとする目的を持つたものであることである。

　小説、戯曲の類が、人生の新主題を齎して来る様な向きには、詩歌は本質の上から行けない様である。だからどうしても、多くは個々の生命の問題に絡んだ暗示を示す方角へ行く様である。狭くして深い生命の新しい兆しは、最鋭いまなざしで、自分の生命を見つめてゐる詩人の感得を、述べてるところに寓《スマ》つて来る。どの家の井でも深ければ深い程《ホド》、竜宮の水を吊り上げる事の出来る様なものである。この水こそは、普遍化の期待に湧きたぎつてゐる新しい人間の生命なのである。

　叙事の匂ひのつき纏つた長詩形から見れば、短詩形の作物は、生命に迫る事には、更に一層の得手を持つてゐる訳である。

短詩形の持つ主題

俳句と短歌とで見ると、俳句は遠心的であり、表現は撒叙式である。作家の態度としては叙事的であつて、其が読者の気分による調和を目的としてゐるのが、普通である。

短歌の方は、求心的であり、集注式の表現を採つて居る。だから作物に出て来る拍子は、しなやかでゐて弾力がある。読者が、自分の気持を自由に持ち出すことは、正しい鑑賞態度ではない。ところが芭蕉の句は、まだ様式的には短歌から分離しきつて居ない。それは、きれ字の効果の、まだ後の俳句程に行つて居ない点からも観察せられる。芭蕉の句に、しをりの多いのも此から出て居る。併しながら元々、不即不離を理想にした連俳出の俳句が、本質の上に求心的な動きを欠いて居ることは確かである。この点に於て、短歌は俳句よりも一層生命に迫つて行く適応性を持つて居ることは訣るであらう。唯、明治大正の新短歌以前にはその発生の因縁からして、かけあひ・頓才問答・あげ足とり・感情誇張・劇的表出を採る癖が離れきらないで居た。其為に、万葉集以後は、平安末、鎌倉初期に二三人、玉葉・風雅に二三人、江戸に入つて亦四五人、此位の纔かな人数が求心努力を短歌の上に試みたきりである。だから此点から見れば、短歌の匂ひを襲いで、而も釈教歌から展開して来たさびを凡人生活の上に移して基調とした芭蕉の出た所以も納得がゆく。同時に長い年月を空費した短歌から見ると、江戸の俳句の行きあしは遥かに進んで居る。

而も俳句がさびを藝の醍醐味とし、人生に「ほつとした」味を寂しく哄笑して居る外なかつた間に、短歌は自覚して来て、値うちの多い作物を多く出した。が、批評家は思ふたやうには現れなかつた。個性の内の拍子に乗つて顕れる生命も、此を見出してくれる人がない間は、一種の技工として、意識せられ、当人の屢同一手法に安住することは勿論、追随者によつて模倣せられる事になるのである。島木赤彦が苦しんで引き出した内律、さうして更に其に伴はれて出た生命は、一片の技工に化して了つた様な場合が多かつたことを思ふ。茂吉の見出した新生命は、その知識を愛する——と言ふより、知識化しようと冀《ネガ》ふ——性癖からして、「赤光」時代には概念となり、谷崎潤一郎の前型と現れた。

正岡子規に戻つて見る。この野心に充ちた気分からは、意識的に動きさうに見えながら、態度はその反対に、極めて関心のないものであつた。その平明な日常語を標準とした表現と、内容として多少の「とぼけ」趣味が、彼の歌を新詩社一流のあつい息ざしを思はせるものとは懸け離れた淡い境地を拓かしめたのである。

芭蕉には「さび」の意識があり過ぎて、概念に過ぎないものや、自分の心に動いた暗示を具体化し損じて、とんでもない見当違ひの発想をしたものさへ多い。「くたぶれて、宿かる頃や藤の花」などの「しをり」は俳句にはじまつたのではなく、短歌の引き継ぎに過ぎない。でも「さび」に囚はれないで、ある生命——実は既に拓かれた境地だが——を見ようとして居る。「山路来て何やら、ゆかし。菫ぐさ」。これなどは確かに新しい開拓であった。「何やら」と概念的に言ふ外は表し方の発見せられなかつた処に、仄かな生命に動きが見える。これも「しをり」の領分である。歌は早くから「しをり」には長けて居た。「さび」は、芭蕉が完成者でもあり、批評家でもあつたのだ。

子規の歌の暗示

子規は月並風の排除に努めて来た習はしからともすれば、脚をとる泥沼なるさびに囚はれまいと努め〳〵して、とゞのつまりは安らかな言語情調の上に、しをりを持ち来しさうになつて居た。而もあれほど、「口まめ」であつたに拘らず、其が「何やらゆかし」の程度に止つて、説明を遂げるまでに批評家職能を伸べないうちに亡くなつて行つた。

ていぶるの　高脚づくゑとりかくみ。
縁の陰に、茶を啜る夏

平明な表現や、とぼけた顔のうちに、何かを見つけようとしてゐる。空虚な笑ひをねらつたばかりと見ることは出来ない。が、尻きれとんぼうのしをりの欠けた姿が、久放岐《クラキ》らの「へなぶり」の出発点のあることをうなずかせる。

霜ふせぐ　菜畠の葉竹　早立てぬ
筑波嶺おろし雁《ガン》を吹くころ

しをりは若干あるが、俳句うつしの配合と季題趣味とがあり剰つて居る。殊に岡麓氏の伝へられた子規自負の「がん」と言ふ訓み方なども、平明主義と共に、俳句式の修辞である（又思ふに、かゝりと訓むと、一味の哀愁が漂ふやうな処のあるのを、気にしたのかも知れない。）何にしても、此歌は字義どほりの写生の出発点を見せてゐるので、生命の暗示などは、問題にもなつて居ないのだ。

若松の芽だちの葉黄《ミドリ》　ながき日を　夕かたまけて、熱いでにけり

本質的に見た短歌としては、ある点まで完成に近づいたものと言へよう。平明派であり、日常語感を重んじる作家としての子規である。古語の使用は、一種の変つた味ひの為の加薬《カヤク》に過ぎなかつた。用語の上の享楽態度が、はつきり見えて居るのだ。弟子の左千夫の使うた古語なども、内的には生きて居ない。人生の「むせつぽさ」を紛らす為の「ほつとした」趣味なのである。此歌の如きは、主客観融合の境に入つて居ながら、序歌は調和以上に利いて居る。頓才さへ頭を出して居るではないか。「夕かたまけて……」も内律と調和せぬ朗らかさと張りとがある。没理想から来た弊であらう。

瓶にさす藤の花ぶさ　短かければ　畳のうへに　とゞかざりけり

この歌まで来ると、新生命の兆しは、完全に紙の上に移されて居る。根岸派では、子規はじめ門流一同進むべき方向を見つけた気のしたこと、正風に於ける「古池や」と一つ事情のあるものである。が、さて其を具体化することは出来ないで了つた。その引き続きとして、此歌は漠然たる鑽仰のめどに立つて居る。

此歌とは比較にもならぬ、とぼけ歌や英雄主義——子規の外生活に著しく見えた——を俤にしたたかくゝりの歌などの「はてなの茶碗」式な信仰を繋いで居る類と、一つごとに讃へられて居る。私にもまだ、よくは此歌の含むきざしは説明出来さうもないが、一つ言うてみよう。畳と藤の花ぶさの距離に注意が集つて、そこに瞬間の驚異に似て、もつと安らかな気分に誘ふ発見感があつたのである。これを淡い哀愁など言ふ語で表す事は出来ない。常臥《トコブ》しの身の、臥しながら見る幽かな境地である。主観排除せられて、虚心坦懐の気分にぽつかり浮き出た「非人情」なのではなからうか。漱石の非人情論は、主旨はよくて説明のあくどい為に、論理がはぐれこんで了ふた様である。結局藤の歌は、かうした高士の幽情とは違つた凡人の感得出来る「かそけさ」の味ひを読んだものなのであらう。

最近の茂吉の歌に、良寛でもないある一つの境地が顕れはじめたのは、これの具象せられて来たのではないかと、心愉しんで見て居る。茂吉は用語に於いて、子規よりは内律を重んじる先師左千夫の気質を承いで、更に古語によらなければ表されない程の気魄を持つて居る。

赤彦の創めた「切火」の歌風は、創作家の新感覚派に八九年先んじて出てゐた。おなじ手法で進まうとする技工本位の運動であつた。其が赤彦の嗜む古典のがつしり調子と行きあつて、方向を転じて了うたが、「氷魚」の末から「太虚集」へ互ゐ歌口ちなのだ。そのかみ「切火評論」を書いた私などは、此方角を赤彦の為に示すだけの力のない、微々たるあげ脚とりに過ぎなかつたことを思ふと、仮りにも批評のない歌壇を慨嘆する様な顔も出来るところではないのだつたが。

文藝の批評は、単に作家の為に方角を示すのみならず、我々の生命に深さと新しさとを抽き出して来ねばならぬ。その上に、我々の生活の上に、進んだ型と、普通の様式とを示さねば、意義がない。

私は短詩形が、人生に与ることの少いことは言うたが、社会的には、さう言うても確かな様である。併しその影響が深く個性に沁み入つて、変つた内生活を拓くことはある。芭蕉の為事の大きいのは、正風に触れると触れぬとの論なく、「ぼつ」とした笑ひと、人から離れて人を懐しむゆとりとを、凡人生活の上に寄与したことである。

私は、歌壇の批評が実はあまりに原始の状態に止つて居るのを恥ぢる。もつと人間としての博さと、祈りと、さうして美しい好しみがあつてよいと思ふのである。

歌人の生活態度から来る歌の塞り

短歌の前途を絶望と思はせる第二の理由は、歌人が人間として苦しみをして居な過ぎることである。謂はゞ懐子《フトコロゴ》或は、上田秋成の用語例に従へば、「ふところおやぢ」である人さへ多すぎる為である。もつと言ひ換へるのもよいかも知れぬ。産みの苦しみをわりあひに平気で過してゐる人が多いと。尤、おべんちやらでなしに、私の友人たちは勿論、未知の若い人々の間にも、私の心配とうらはらな立派な生活の生き証拠としての歌を発表する人も、随分とある。併し概して、作物の短い形であると言ふ事は、安易な態度を誘ひ易ひものと見えて、口から出任せや、小技工に住しながら、あつぱれ辛苦の固りと言つた妄覚を持つて居る人が多い。口から出任せも、吉井勇の様なのは、まだ悪人——失礼だが、譬へが——成仏に徹する望みは十分にある。ふところ子、ふところ爺の生《ナマ》述懐に到つては、しろうと本位である短歌の昔からの風習が呪しくさへ思はれるのである。

短歌は、成立の最初から、即興詩であつた。其が今におき、多くの作家の心を、わるい意味に支配して居る。

つまりは認識の熟せない、反省のゆき届かないものをはふり出すところに、作家の日常の安易な生活態度がのり出して来るのである。この表現に苦しむことが、亡き赤彦の所謂鍛煉道の本義である。さうしてこそ、人間価値も技工過程に於いて高められて来るのである。然しながらそこまでのこらへじやうのないのが、今の世の歌人たちの心いきである。それは、鼻唄もどきの歌ばかり作つて居た私自身の姿を解剖しても、わかることである。

この表現の苦悩を積むほかに、唯一つの違つた方法が、技工の障壁を突破することが出来るだけだ。古代人に著しく現れた情熱である。その激しい律動が、表現の段階を一挙に飛躍せしめたのである。ところで、澆季藝術の上に、情熱の古代的迸《ヘイ》出《シュツ》を望むことは出来ない。我々の内生活を突嗟に整理統一して、単純化してくれる感激を待ち望むことが出来ないとすれば、もつと深い反省、静かな観照から、ひそかな内律をひき出す様にすることが、更に歌をよくし、人間としての深みを加へることになる。

けれどもこゝに、一つ考へねばならないことは、我々の祖先の残した多くの歌謡が、果して真の抒情詩であらうかどうかと言ふことになると、恐らくは唯一人、私だけは二の足を踏まないでは居られない。古典としての匂ひが光被して、鹼《アク》や、脂気を変じて人に迫る力としてゐることも、否まれない。

厳門《イハトワ》破る手力《タ》もがも。嫋《タワヤ》き女《ヲミナ》にしあれば、すべの知らなく

(手持ノ女王)

これは挽歌として、死霊を和める為の誇張した愛情である。

稲つけば、皹《カヽ》る我が手を、今宵もが　殿の若子《ワクゴ》がとりてなげかむ　(東歌)

これが、婢奴《メヤツコ》の独語とすれば、果して誰が聞き伝へたのであらう。これは必、劇的誇張を以て、共通のやるなさを唆らうとする叙事詩脈の断篇に違ひない。かうした古代の歌から、我々が正しく見ることの出来るものは、結局生活力の根強さだけと言ふことになる。

万葉集による文藝復興

赤彦が教職を棄てゝ上京して以来の辛苦は、誠に「十年」で

ある。而も其間に、酬いられ過ぎるほどに、世間は反応した。却て、世間が文藝復興に似た気運に向いてゐた処だから、「あららぎ」の働きが、有力にとりこまれたものと見る方が正しいのかも知れぬ。

子規以来の努力は、万葉びとの気魄を、今の心に生かさうとすることにあつた。さうした「あらゝぎ」歌風が――新詩社盛時には、我ひと共に思ひもかけなかつた程に、――世間にとり容れられ、もてはやされた。時勢が古代人の純な生命をとりこまうとし、又多少、さうした生活様式に近づいて来てゐたから、とも言ふことが出来よう。而も此を直に分解して、個々の人の上にもおなじ事情を見ようとすると、案外な事だらけである。なる程世間は張つて居る。可なり太く強く動いて居る。併しその影響から、万葉の気魄や、律動を適当に感じ、受け入れることの出来る様になつたとしても、短歌の作者が、必しも皆強く生きて居るものとはきめられない。事実、流行化した文藝復興熱にひきずられた盲動に過ぎなかつたことは、悲観する外はない。だから、一両年此方、段々ある落ちつき場処を求め獲た様子を見ると、万葉の外殻を被つて叙景詩に行き止まつたものは、まだしも、多少の生きた気魄を感じることは出来るが、外々の者は、皆一列になまぬるい拍子を喜ぶ様になつて、甚しいのは、前にも言つた新古今あたりに泥《ナツ》み寄らうとして居る。

而もあらゝぎ自身すら、漸く拍子を替へて来たのに心のつかない人はないだらうと思ふ。が、世間には存外、「十年」一冊の初めとしまいとに見える韻律の変化に気づかない人もある様である。此変化は、主として茂吉が主動になつて居る様である。その洋行前、従来なるべく避けた所謂「捨てや」なる助辞を、子規左千夫の歌に対する親しみから、極めてすなほにとりこんでゐた。あらゝぎ派ではすべての人が、新らしい発想法を見出して貰つた程の喜びで、なぞつて行つた。茂吉帰朝後、作る歌にも〳〵、すべての人が不満の意を示した。が、私は茂吉自身の心にちらつく暗示を、具体化しようとしてあせつてゐるのだと思ひ、時としては其が大分明らかに姿を見せかけて来るのを喜び眺めた。これが的をはずれて、従来の持ち味及び、子規派の「とぼけ」からする変態趣味の外皮を破つて「家をいでてわが来し時に、渋谷川（？）卵の殻が流れ居にけり」の代表する一類の歌となつて現れた。其後、茂吉は長い万葉調の論を書いた。畢竟するに、その主張は、以前の、気魄強さに力点を置いたのから転化して来たことを明かしてゐる。恐らく内容の単純化から、更に進んで気分の齊正といふ処まで出て来たものと言はれやう。良寛から「才」をとりのけた様なものを築き上る課程にあるらしい。此を以て茂吉は尚、万葉調と称して居るが、実は既に茂吉調であつて、万葉の八・十、或は十七・十八・十九・二十などゝも違つたよい意味の後世風《オトツミブリ》であることは、疑ふことの出来ぬ事実である。私は、世間の万葉調なるものが、かうした新し調子に達して、陣痛期を脱しやうとするのかと考へてゐる。尚他の「あらゝぎ」の人々で見ると、文明のあの歌を鷗外で行つたやうな態度から、更に違つた方角に向はうとして居るのに注意したい。あらゝぎ同人中、最形の論理的に整うて居た文明の作物が、「ふゆくさ」以後、自ら語の正確さを疑ひ出したものか、此までどほり明確、端正を保つて居ながら、ある点に達すると手を抜くと言ふ様な手法を発見した様である。よい計画だと思ふが、私の疑念を抱く所は、近頃はじめた初期新傾向の俳句の流行句法であつた。「……しが」と言ふ表現法は、万葉の「……しかば」を逆に行つた様でもあり、又堅固な言語情調を喜び過ぎて居る様にも感ぜられる。ともかくも、この手を抜く手法から来る散文に近い印象を、或は一種の兆しと誤認して居るのではあるまいかと案じてゐる。茂吉風、文明風が、今後あらゝぎの上で著しい違ひ目を見せて来るであらうと思ふ。かうして懐しい万葉ぶりの歌風は過ぎ去つて、竟《ツヒ》に収るべき処にをさまることになるのであらう。が、万葉調に追随して来た人々には、又更に新しい調子の尻を追はうとして居る。

この以外にも、「日光」その他について述べたいが、今は流行の歌風について論じるのであるから、まだその中心たる地位を保つて居る「あらゝぎ」ばかりを、めどに据ゑたのである。思へば世間はおほよそは、旗ふる人の手のさばきのまゝである。歌の上に於いて我々を喜ばした文藝復興は、これで姑らくは、中入りになるのであらう。

歌人の享楽式学問

この様に考へて来ると、信頼出来る様に見えた古人の気魄再現の努力も、一般の歌人には、不易性を具へぬ流行として過ぎ去りさうである。年少不良の徒の歌に、私は屢々、飛びあがる様に新しくて、強い気息を聴いて、秘かに羨み喜んだ事も挙げよとなら若干の例を示すことが出来る。不良のともがらも、其生命を寓するに適した強い拍子に値うて胸を張つてゐたのだ。其程感に堪へた万葉風の過ぎ去るのは、返す〳〵も惜しまれる。歌壇に遊ぶかうした年少不良や、享楽党の人々は、万葉ぶりに依つてこそ正しい表現法を見出すことが出来たのだ。其が今後、段々気魄の薄い歌風が行はれようとする時勢に、どう言ふ歩みをとることであらう。

私の今一つ思案にあぐねて居るのは、歌人の間に於ける学問ばやりの傾向である。此は一見頗結構な事に似て、実は困つた話なのである。文学の絶えざる源泉は古典である。だからどんな方法でゞも、古典に近づく事は文学者としては、いけない態度ではない。けれども、其も、断片知識の衒燿《ヒケラカ》しや、随筆的な気位の高い発表ばかりが多いのでは困る。唯の閑人の為事なら、どうでもよい。文学に携る人々がこれでは、其作物が固定する。白状すれば、私なども潜越ながら其発頭人の一人である。作物の上に長く煩ひした文学の囚《トラハ》れから、やゝ逃げ道を見出したと思つて、私のほつと息つく時に、若い人々の此態度を見るのである。けれども此方面に於ける私の責任などは、極々軽微なものである。がらが大きいだけに影響も大きかつた茂吉の負担すべきものは、実に重い。童馬漫語類の与へた影響は、よい様で居て極めてわるいのである。でも其はなぞる者がわるいので、茂吉のせいでは、ほんとうの処はないのである。

私は気鋭の若人どもの間に行き互つて居る一種の固定した気持ち、語を換えて言へば、宗匠風な態度にぞつとさせられる。かうした人々の試みる短歌の批評が、分解批評や、統一のない啓蒙知識の誇示以上に出ないのは尤である。私はそんな中から、可なりほんきな正しい態度の批評を、近頃聴くことが出来て、久しぶりの喜びを感じた位である。

寧、素朴な意味の藝術批評でも試みればよい。其感銘を認識不熟のまゝに分解した上に、学問の見てくれが伴ふからいけないのだ。私は、此等の人々に、ある期間先輩の作風をなぞつた後、早く個性の方角を発見して、若きが故の賚《タマモノ》なる鮮やかな感覚を、自由に迸らさうとなぜ努めないのかと言ひたい。併し、其は無理かも知れない。短歌の天寿は早、涅槃をそこに控へて居る。

私は又、此等の人々から、印象批評でもよい。どうぞ分解しないで、其まゝ聞かして貰ひたいと思ふ。

何にしても、あまりに享楽者が多い。短詩国の日本に特有の、かうした「読者のない文学」と言つた、状態から脱せない間は、清く厳かに澄みきつた人々の気息までも、寝ぐさい息吹きに濁され勝ちなのである。

短歌の宿命

何物も、生れ落ちると同時に、「ことほぎ」を浴びると共に、「のろひ」を負つて来ないことはない。短歌はほゞ飛鳥朝の末に発生した。其が完成せられたのは、藤原の都の事と思はれる。

一体、日本の歌謡は、出発点は享楽者の手からではなかつた。呪言《ジュゴン》・片哥《カタウタ》・叙事詩の三系統の神言が、専門家の口頭に伝承せられゐたのが、国家以前からの状態である。それが、各寿詞《ヨゴト》・歌垣《ウタガキ》の唱和《カケアヒ》・新叙事詩などを分化した。かけあひ歌が、乞食者《ホカヒビト》の新叙詩詩の影響をとり入れて行く中に、しろうとの口にも類形式の発想がくり返されることになつた。さうして其が民謡を生み、抒情詩と醇化して行つた。而も日本の古代文章の発想法は、矚目する物を羅列して語をつけて行く中に、思想に中心が出来て来るといつた風のものであつた為、外界の事象が内界とが常に交渉して居た。其結果として、序歌が出来、枕詞が出来た。交渉の緊密なものは、象徴的な修辞法になつた場合もある。一方外界託言が叙景詩を分化したのであるが、かうした関係から、短歌には叙景抒情の融合した姿が栄えた。万葉集は固より、以後益隆んになつて、短歌に於ける理想的な形をさへ考へられる様になつた。(日本に於ける叙景詩の発生は、雑誌太陽七月臨時増刊号に書いたから、こゝには輪廓だけに止める。)

ところが一方、古く片哥、旋頭歌を標準の形とした歌垣の唱和が、一変して短歌を尊ぶ様になつて、こゝに短歌は様式が定まつたのである。だから発生的に、性欲恋愛の気分を離れることが出来ない。奈良朝になつても、さうした意味の贈答を主として居た為、兄妹・姉妹・姑姪《ヲバヲヒ》の相聞往来にも、恋愛気分の豊かな発想を含めた短歌が用ゐられてゐる。其引き続きとして、平安朝の始めに、律文学の基本形式として用ゐられる様になり、民謡から段々縁遠くなつて来ても、やはり恋愛気分は持ち続けられた。さう言ふ長い歴史が、短歌を宿命的に抒情詩とした。だから、抒情詩として作られたものでなくとも、抒情気分を脱却することが出来ないのである。此例からも叙景抒情融合の姿の説明はつく、性霊《セイレイ》を写すと言ふ処まで進んだあらゝぎの写生説も、此短歌の本質的な主観纏綿の事情に基くところが多いのである。

短歌と近代詩と

短歌は、万葉を見ても、奈良の盛期の大伴旅人・山上憶良あたりにも、既に古典としての待遇を受けてゐる。旅人の子家持の作物になると、一層古典復活の趣きが著しく見える。其点からも、短歌に於ける抒情分子の存在が、必須条件となつて居た理由を考へることが出来る。古典としての短歌は恋愛気分が約束として含まれてゐなければならなかつたのである。

かう言ふ本質を持つた短歌は、叙事詩としては極めて不都合な条件を具へて居る訳だ。抒情に帰せなければならない短歌を、叙事詩に展開させうと試みて、私は非常に醜い作物を作り〱した。さうしてとゞのつまり、短歌の宿命に思ひ臻《イタ》つた。私は自分のあきらめを以て、人にも強いるのではない。石川啄木の改革も叙事の側に進んだものは、悉く失敗してゐるのである。

唯啄木のことは、自然主義の唱へた「平凡」に注意を蒐めた点にある。彼は平凡として見逃され勝ちの心の微動を、捉へて、抒情詩の上に、領域を拓いたのであった。併し其も窮極境になれば、万葉人にも平安歌人にも、既に一致するものがあつたのである。唯、新様式の生活をとり入れたものに、稍新鮮味が見えるばかりだ。其して、全体としての気分に統一が失はれてゐる。此才人も、短歌の本質を変へることは出来なかつたのである。

古典なるが故に、稍変造せねば、新時代の生活はとり容れ難く、宿命的に纏綿してゐる抒情の匂ひの為に、叙事詩となることが出来ない。これでは短歌の寿命も知れて居る。

戯曲への歩みよりが、恐らく近代の詩の本筋であらう。叙事詩は当来の詩の本流となるべきものである。此点に持つ短所の、長所として現はれてゐる短歌が、果して真の意味の生命を持ちつゞけるであらうか。

抒情詩である短歌の今一つの欠陥は理論を含む事が出来ない。三井甲之は既に久しく之を試みて、いまだに此点では、為出かさないで居る。詩歌として概念を嫌はないものはないが、短歌は、亦病的である。概念的叙述のみか、概念をとりこんでも、歌の微妙な脈絡は、こはれ勝ちなのである。

近代生活も、短歌としての匂ひに燻《イブ》して後、はじめて完全にとりこまれ、理論の絶対に避けられねばならぬ詩形が、更に幾許の生命をつぐ事が出来よう。

口語歌と自由小曲

青山霞村・鳴瀬うらはる其他の歌人の長い努力を、私は決して同情と、感謝なくは眺めて居ない。併し其が唯の同時代人としての好しみからに過ぎない程、此側の人々の努力は、詩の神から酬いられるに値して居ない様である。

私のこれまでの評論を読んで下さつた人々には、自ら口語歌の試みが、恐らく何時までも試み以上に一歩も進めまいと言ふ事に納得がいくこと丶思ふ。短歌の本質に逆行した、単に形式が57577の三十一字詩形であると言ふことばかりの一致点を持つただけの口語歌が、これ程すき嫌ひの激しい詩形の中に割りこまうとしてゐるのは、をか目の私共にとつては、あまりに前の見え透いた寂しい努力だと思はれる。

短歌が古典であると言ふ点から出て来る、尚一つの論理は、口語歌の存在を論理的基礎のないものにして了ふであらう。其は、口語の音脚並びに其の統合律が、57を基本とする短歌とは調和しなくなつてゐることだ。どゞいつの様な民謡の形式が、何の為に派生したのであろうか。文学上の形式として固定のまま守られて来た短歌も、若し民謡として真に口語律の推移に任せて置いたとしたら、同系統の単詩形なる琉歌同様の形になつてしまうて居たであらう。

友人伊波普猷氏は、「おもろ草紙」の中に、短歌様式から琉歌様式に展開した痕を示すもの丶見えることを教へてくれた。どゞいつの古い形とも見るべき江戸初期のなげぶしや室町時代の閑吟集の小唄類を見ても、口語律の変化が歌謡の様式を推移させて行く模様が知れる。言葉を基礎とする詩歌が、言語・文章の根本的の制約なる韻律を無視してはならない。

口語歌は、一つの刺戟である。けれども永遠に一つの様式として、存在の価値を主張することは出来ない。

私は、口語歌の進むべき道は、もつと外に在ると思ふ。自由な音律に任せて、小曲の形を採るのがほんとうだと思ふ。而も短歌の形を基準としておいて、自由に流れる拍子を把握するのが、肝腎だと考へる。将来の小曲が、短歌を則るべきだと言ふのは、硫歌、なげぶし等の形から見ても見当がつく。日本の歌謡は、古代には、偶数句並列であつたものが、飛鳥・藤原に於いて、奇数句の排列となり、其が又平安朝に入つて、段々偶数句並列になつて、後世に及んだ。私は民謡として口誦せられた短歌形式は、終に二句並列の四行詩になつたこと丶思ふ。

それで試みに、音数も短歌に近く、唯自由を旨とした四行詩を作つて見た。さうしてそこに、短歌の行くべき道があるのを見出した様に考へてゐる。

石原純は、更に開放的に、一行の語数の極めて不同な句の、四句、五句、時としては六句に及ぶ詩に於いて、短歌の次の形を発生させようと試みて居る。私はその点に於いて、臆病でもあり、古典に準拠もしてゐる。

さて、純ならびに私の作に就いて感じ得たことは、口語律が、真の生きた命のまゝに用ゐられる喜びである。其から更に、近代生活をも、論理をも、叙事味の勝つた気分に乗せて出すことが出来ることである。

三十一字形の短歌は、おほよそは円寂の時に来たしてゐる。祖先以来の久しい伴奏者を失ふ前に、我々は出来るだけ、味ひ尽して置きたいと思ふ。

或は残るかも知れないと思はれるのは、藝術的の生命を失うた、旧派の短歌であらう。私どもにとつては忌むべき寂しい議論であつたけれども何としよう。是非がない。

（「改造」大正15年7月号）

自然生長と目的意識

青野季吉

プロレタリヤ文学はどうして起つて来たかと言へば、極く一般的には、プロレタリヤ階級の生長と共に、その表現欲が生長したためだと答へるのが、一番当つてゐる。この場合、プロレタリヤ文学がより多くインテリゲンチヤの手に創始されたと云ふことは、少しも問題ではない。それはまたプロレタリヤ階級の階級的生長を反映したものに過ぎぬからである。しかもプロレタリヤ文学が、そうしたインテリゲンチヤの手から、次第にプロレタリヤの手へ移つてゐるのが、事実であつて見れば、それは猶更問題ではない。

が、こゝに注意しておかなければならぬことは、プロレタリヤ文学の発生と、プロレタリヤ文学運動の発生とは、決して同時ではなかつたと言ふことである。この区別をはつきりしておかないと、大へんな間違ひが生れて来る。

事実で見ても、プロレタリヤの生活を取扱つた文学、プロレタリヤがその生活・要求を表現した文学は、ずつと旧くから日本にある。今日でもよく既成作家などが、プロレタリヤを描いた藝術に、自然主義文学当時に、例へば独歩のものなどにある。何もプロレタリヤ文学と事新らしく呼ぶ要がないではないか、と言ふのは、その事実に基いたものである。また農民文学の場合にしても、謂ゆる土の藝術の運動が起らぬずつと前に、たとへば長塚節氏の『土』のやうな作品がある。プロレタリヤ文学の発生は、たしかにその時まで逆ることが出来る。

　ところでプロレタリヤ文学運動が起つて来たのは、この四五年のことである。プロレタリヤの文学の最初の示現があつてからずつと〲、後のことである。それならばプロレタリヤ文学と、それの運動化との間には、どれだけの違ひがあるか？　これが大切な問題である。

　プロレタリヤ階級は自然に生長する。それが自然に生長すると共に、表現欲も自然に生長する。それの具体的の顕れがプロレタリヤ文学である。プロレタリヤの立場に立つたインテリゲンチヤが出る。詩をつくる労働者が出る。戯曲が工場のなかゝら生産される。小説が農民の手でかゝれる。いづれも自然に生長して来る。

　しかしそれは自然に生長したまでゞあつて、まだ運動ではない。それがプロレタリヤ文学運動となつたのは、その自然生長の上に、目的自覚が来たからである。目的意識のないところに、運動のあり得る筈はない。

　目的意識とは何であるか？

　プロレタリヤの生活を描き、プロレタリヤが表現を求めることは、それだけでは個人的な満足であつて、プロレタリヤ階級の闘争目的を自覚した、完全に階級的な行為ではない。プロレタリヤ階級の闘争目的を自覚して始めて、それは階級のための藝術となる。即ち社会主義思想によつて導かれて始めて、それは階級のための藝術となるのである。そしてこゝに始めて、プロレタリヤ文学運動が起るのであり起つたのである。

　プロレタリヤ文学運動は、それであるから、自然発生的なプロレタリヤの文学にたいして、目的意識を植えつける運動であり、それによつて、プロレタリヤ階級の全階級的運動に参加する運動である。

　この運動が、プロレタリヤの文学的要求の示現より、ずつと遅れて興隆したのは、その故であり、それはまた言ふまでもなく、プロレタリヤ階級の、階級的成熟の深化を反映したものに外ならない。

　特殊な運動がなくとも、プロレタリヤの文学は、自然に発生し、生長する。それは何ものをもつても抑へることが出来ない。また、その自然生長性があればこそ、運動が成り立ち、それが必然となるのである。しかし自然生長は、飽までも自然生長であつて、それが目的意識にまで質的変化をするためには、その自然生長を導き、引上げる力《クラフト》がなければならぬ。それが運動である。この場合、プロレタリヤ文学運動である。

　そういふ或る意味では外的な引上げる力が無用だとすれば、

運動の必要はない。自然生長で結構である。プロレタリヤの生活はやはり描かれる。やはり農村から詩は生れる。工場の汽笛の間から戯曲がつくられる。その代り、階級の闘争目的の自覚、階級の藝術は、いつまでたつたつて生れて来ない。

　プロレタリヤ文学運動は飽までも、目的を自覚したプロレタリヤ藝術家が、即ち社会主義プロレタリヤ藝術家が、自然生長的なプロレタリヤの藝術家を、目的意識にまで、社会主義意識にまで、引上げる集団的活動である。そこに運動の意義がありそこに運動の必然がある。

　いま私は何故、これを事新らしく言ひ出すか？　外でもない。プロレタリヤの文学もプロレタリヤ文学運動も、何も彼もごつちやにして仕舞つて、自然発生的なものに随喜して済してゐる者が、遺憾ながらよく見受けられるからである。

　プロレタリヤを指標した作物、プロレタリヤの手に成つた作物は、尊い。しかしそれの発生を促し、それの数多くなることで満足してゐたら、プロレタリヤ文学運動はない。ブルジヨアジーから見たプロレタリヤ文学はそれでよいかも知れぬ。がプロレタリヤ階級から見たプロレタリヤ文学は、それであつてはならぬ。

　プロレタリヤ文学運動には、確かに自然生長を促すといふ、一つの職能がある。がこの職能は、目的意識への引上げといふ職能から見ると、寧ろ第二義的のものである。我々はつねに第一義の職能を見つめて進まねばならない。

　最近のプロレタリヤ文学の新らしい飛躍期において、特に目に立つ現象は、その支持者や主張者が、加速度的にふえて来たことである。これは嬉しいことである。しかしそのどれだけの部分が、プロレタリヤ文学運動の職能を解してゐるか、私は必らずしも安心がならないと思ふ。

　もし運動の意義が没却されて、自然生長への随喜へ逆転するやうなことがあれば、我々はどうしてもそれと闘争しなければならぬ。

　私はこの頃よく発表される土の藝術の議論を読むとき、その悉くと言つてもよいくらゐが、自然生長の前に首を垂れてゐるやうな気味のあるのを、認めないではおれない。そこにはまだ運動はないと言つてよい。本統の目的意識のための運動がこれから起らねばならぬと思ふ。それが起らぬ以上、理論の混乱と、個人的満足があるばかりである。

　プロレタリヤ文学運動は、誰でもが言ふ通りに、たしかに第二の闘争期に来てゐる。この場合いちばん肝要なことは、運動としての意義をよく掴んでおくことである。（八、二）

（「文藝戦線」大正15年9月号）

自然生長と目的意識再論

私は曩に本誌に『自然生長と目的意識』と題した一文を発表

した。私の説明は簡単であつたが、あれだけでも私の言はふとするところは、ほゞ理解されたと思つてゐた。が、私のあの一文は、不幸にも、多くの理解者よりも、ヨリ多くの誤解者を生んだやうである。

もつとも私の眼にふれた限りでは、あの所論に、正面から反対した人も、あの所論にたいする疑問を発表した人もなかつたやうである。あれはあれとして大体承認した上で、あの所論の適用に於て、私は、多くの理解者よりは、ヨリ多くの誤解者が見出されたのである。

先づ私は、その誤解の表れの若干をあげて見る。

あの所論は、文学作品の上に、社会主義的目的を鮮明し——若くは露骨に——現はすことを要求したものだと解した人々があつた。

又、あの所論は、文学作品の取材の上に、一種の制限を要求して、プロレタリアの政治闘争（社会主義闘争）を描けと望んだもののやうに解した人々があつた。

又、あの所論に、プロレタリヤの不満、憎悪、復讐の自然発生的熱情の作品の内容としての価値を疑つたものであるかのやうに考へた人々があつた。

又、またあの所論は、作品の上に、知識要素を過度に要求したものととつた人々があつた。

が、それいづれもが、誤れる理解である。それが誤れる理解であると言ふことは、あの一文、それは簡単なものであつたがモウ一度あの一文を読み直していたゞけば分ると私は信じてゐる。

あの一文の主旨を簡単に説明するとかうである。プロレタリヤの文学運動がなくとも、プロレタリヤの文学は生れる。工場や、農村から、文学作品が現はれ、プロレタリア化したインテリゲンチヤはプロレタリヤの作品を書かずにはおれない。

が、それは自然発生的なプロレタリヤの文学であつて、尠くともプロレタリヤの文学運動ではない。プロレタリヤの文学運動は、そのプロレタリヤの文学に、社会主義的（真に無産階級的）な目的意識を植付けるものでなくてはならぬ。言ひ換へると、自然発生的なプロレタリヤ文学に現はれた諸のイデオロギーの混入——そこにはブルジヨアジーのそれや、プチ、ブルジヨアジーのそれ、否、中世的なそれさへあることは、事実が証明してゐる。——を批評し、整理し、社会主義的目的意識へと組織しなければならぬ。それが第二の闘争期に入つた我々の任務である。と言ふのであつた。

これで観ても分る通り、私のあの場合の所論は、プロレタリヤ文学運動の標的を、今日の段階に適応して、新らしく闡明したまでであつて、決して、あのまゝ個々のプロレタリヤ文学作品に適用さるべき形のものでも、性質のものでもなかつたのである。あれを個々の作品に適用する場合には、そこに出来得る限りの弾力性の加へらるべきことは、既にあの論文でも示唆されてゐたと、私は信ずるのである。

それが文学作品である以上、人間――プロレタリアート――の感覚と感情とに訴へるものでなければならぬ。これこそ、人間は生きるためには物を食はねばならぬと言ふと同様、時間と空間とを超越した事実である。私はプロレタリヤ作家に、目的意識の把握を要求しこそしたが、その文学的約束を無視せよとは言はなかつた筈である。そんなことを言つたとすれば、それこそ文学的分野での要求ではなくなる。

プロレタリヤ文学にたいして、取材の上で、何等かの制限を要求することは、プロレタリヤ文学そのもの、自殺を要求することを意味する。現在の日本の無産階級運動が、政治闘争の段階に入つてゐることは事実であるが、政治闘争の舞台をのみ題材に選べと云ふことは、意味をなさない。第一に、政治闘争、政治的曝露とは何であるか。単にブルジヨアジーの意味する、『政治』的方面での闘争や曝露だけではない。プロレタリヤの政治的闘争、政治的曝露とはブルジヨアジーの一切の意識形態にたいする闘争、その正体の曝露を意味するのである。その舞台は決して、狭い謂ゆる『政治』的のそれのみではない。プロレタリヤ作家にたいする目的意識の要求が、謂ゆる『政治闘争』への題材の制限を要求するものでないのは、それで分ると思ふ。

私は、あの一文で、明白に、プロレタリヤの自然生長、その自然生長の表現たるプロレタリヤの文学と、プロレタリヤ文学運動との関係を述べておいた。私は決して、プロレタリヤの自然生長的な感覚及び感情の、作品内容としての価値に疑ひをかけもしないし、それがなくとも、目的意識さへあればよいと云ふやうな無茶を言つた覚えはない。

プロレタリヤの不満、憤怒、憎悪が、すべての基礎である。それなくしてプロレタリヤの意識の目醒め得ないのは言ふまでもない。が、私は、たゞその感情、その感覚を出しただけでは、自己満足にとどまると言つたのである。おまけにそこには、曩にも言つたやうに多くの場合、他の階級、他の時代の諸のイデオロギーが混入されてゐるのである。これを否定は出来ないであらう。それではいけないと言つたのである。それでいいならば、およそプロレタリヤ文学運動は不必要である。

（こゝで一寸挿話的に述べておき度い。あの一文の主旨は、あの小考を書く半年ばかり前から考へてゐたものだつたが、書き下す直接の動機は、『純粋』の農民の詩として若干の人々から推賞された詩集の寄贈をうけて、それを繰返し読んだ結果であつた。なるほどそこには田園が歌はれてゐた。農民の感情も、すなほに出てゐなかつたとは言はない。しかしそこには作者自身の気のつかない中世的イデオロギーや、概念的な田園讃美が、平気で歌はれてゐたのである。私には自然発生的産物に於るこの混入物、それは感覚となり感情とまでなつたところの、この混入物が眼について仕方がなかつたのである。それで、もつと考へ定める筈だつたあの小考を『急い』で書き下してしまつたのであつた。）

私は自然生長的のプロレタリヤの文学では仕方がないと言つた。しかし自然生長的の不満や、憤怒や、憎悪の批評や、整理や組織の要求は、決して、それらの要素の価値を疑ふ所以でもなければ、それの稀薄化を求める所以でも、断じてないのである。その批評、その整理、その組織を通じて、不満や、憤怒や、憎悪が、真に沈潜した、中心をもつた不満となり、憤怒となり、憎悪となる。重要なのはそこである。諸の混入ぜるイデオロギーが芟除されて、真のプロレタリヤの不満や、憤怒や、憎悪が、その赴く可きところへ赴くのは、決してそれらの感情の価値の引下しでもなければ、それの稀薄化の要求でもないと思ふ。

たゞ私は、レーニンが説いてゐるやうに、プロレタリヤの自然生長には、一定の局限があると信じてゐる。プロレタリヤの不満や、憤怒や、憎悪は、そのまゝで放置されては、決して充分に批評され、整理され、組織されるものではない。即ち社会主義的目的意識は、外部からのみ注入されるものであると信ずる。我々のプロレタリヤ文学運動は、文学の分野での、その目的意識の注入運動であると私は信ずるのである。

であるが故に、与へられたプロレタリヤの作品にたいして、錐の如き眼差をもつて、目的意識を捜すことは、当面に意味がないと言つてよい。プロレタリヤの批評は、その作品に現はれた自然発生的の感覚や感情を、ヨリ統一され、目的意識の注入によつて、ヨリ深刻なものにす可く努力しなければならぬ。

或る人々は、私のあの所論を、プロレタリヤの作品にたいして、知的な要素を要求するものだとしてゐる。私はブルジョアジーの作家達が、藝術作品に於て、極端に知的要素を排斥することを、彼等の階級主観性の現はれとして攻撃してゐる。而して、プロレタリヤ文学は、その如きブルジョアジーの藝術観に何等囚はれる要はない、と常に説いてゐる。が、しかし私は、そのために抗議される理由はないと信じてゐる。いかに私が藝術作品に知的要素を肯定したところで、文学の約束を越えた要求はしない。寧ろヨリ多く作家の心構への上の問題として説いてゐるのである。

これでほゞ『自然生長と目的意識』から生じた平面的な誤解は、解けたと思ふ。しかしまだ問題はどつさり残つてゐる。それが説かれねば、十分に腑に落ちないことを、私は知つてゐる。が、繰返し言ふやうにプロレタリヤ文学運動は、目的意識を植付ける運動である。この運動の進行は、我々のために残された多くの問題を解いてくれるであらうし、十分に腑に落ちるまで、具体化させてくれるであらう。

また、そうしなければならぬ。

(前衛座公演第二夜の後)

(「文藝戦線」昭和2年1月号)

詩論三篇

萩原朔太郎

青猫スタイルの用意に就いて

先日、佐藤惣之助君と詩の話をした時、表現についての議論が出た。佐藤君が言ふのに、近頃流行の形容詩体――××のやうに――は幼稚であるから、自分はそれを捨てて新詩風を選んだと。然るに今月の「轟々」といふ雑誌を見るに、南江二郎君が同じやうな説を述べてる。曰く「××のやうに」といふ形容詩句は、仏蘭西あたりではずつと幼稚なものに属し、此頃ではもう使ふ人は全くないと。よつて此所に一言、自分の表現用意について説明しておく。

そもそも我が詩壇に於て、この形容詩句「やうに」を最初に有効に使つたのは、私の知る限り福士幸次郎君であつたやうだ。しかしそれを最も盛んに使用し、殆んどそれで以て詩体の一特色を構成するやうにしたのは、実に私の詩集「青猫」であつた。それ故に上述の非難は、正当に私の責任に負ふべきもので、佐藤、南江君の悪声に対しても、一応自分として答へねばならない立場にある。

元来、何々のやうにといふ類の形容が、詩的表現として幼稚愚劣なものであることは、一通りには始から解りきつたことである。特に近頃の印象を重んずる新詩風で、こんな気の利かない概念的形容を使ふのが、既に既に時代遅れであることは、仏蘭西詩壇を引き合ひに出すまでもなく、日本に於ても常識で解つてることと思ふ。もちろん私自身も、始からそれ位のことは知れきつた筈だ。しかも私としては、普通さうした常識以上に、別の新しい用意から特にそれを選んだのである。

そこでこの「やうに」といふ形容は、普通には単なる比喩として用ゐられる。たとへば「血のやうに赤い」「鉄のやうに強い」「矢のやうに速い」等である。かうした普通の形容が、詩語として如何に幼稚なものであるかは言ふ迄もないだらう。なぜならば「早い」といふことを言ふために、矢といふ別の概念を借りてきて、しかもそれを「やうに」の御丁寧な説明入でくどくどと書き立てる。この詩語の構成は全く気の利かない散文式で、近代詩として最も愚劣なものに属する。近代詩の特色は、印象的、象徴的の強い効果に存するのだから、かかる概念的の説明風な比喩を排すること言ふ迄もない。思ふに佐藤君や南江君がそれを非時代的として難ずる由所は之れであらう。

所が私としても、それ位のことは前から知つて居るのであつて、その常識のも一つ上に、別の新しい用意で――言はば或る独創的な創造として――それを使ひ、以て「青猫」の我流なスタイルを作つたのである。ではどんなに私がそれを使つて居るか？　それは「青猫」の中の詩をどれでも読んでもらへばすぐ解ることであるが、此所に念のために用意の存する所を話しておかう。

普通の形容としての「やうに」は、上述した如き説明の比喩にすぎない。「血のやうに赤い」といふ時、血といふ言語の働らく意味は、単に赤いの説明であり、この「血」と「赤」との間には、比喩としての聯想の外、何の必然不離の関係もない。然るに私の詩法に於ては、決してさういふ説明的形容詩を用ゐない。私のやり方ではこの「血」と「赤」とを、一つの聯想的必然によつて結びつけ、両者の関係を比喩でなく、一歩進めた象徴にしてしまふのである。

此所で一寸、比喩と象徴との区別を述べておかう。たとへば桜花は日本人のシムボルであるといふ時、この所謂シムボルはその実一種の比喩である。なぜならば桜花の淡泊にして散り易き特性を、日本人の国民気質と概念的に結びつけ、甲によつて乙を解説したものであるから。然るに夏の白昼を描くに燃ゆる太陽を以てし、勇気を表はすに太く強き線を以てし、悲哀を現はすに弱き線を以てし或はロマンチックな憧憬を描くに遠き地平線の図を以て表現するのは、両者の間に何の概念的説明がなく、甲の心像がそれ自ら乙の表象の上にぴつたりと気分的に重なつてゐるから、之れは即ち比喩でなくして象徴といふべきである。

そこで私の詩句法が、同様にこの象徴の上に立つて居るのである。例をあげて説明しやう。今、かりに「夜」と題する詩が此所にあつて、それが闇黒の表象を先づ歌ふ必要があるとする。この時普通の形式句法は、何等かの比喩によつて夜の闇黒を形容する。たとへば「烏羽《ぬば》玉《たま》のやうな闇夜」とか「墨のやうに闇黒の夜」とか言ふだらう。而してこの「夜」と題する詩のテーマが、かりに夜の神秘的な恐怖を歌ふものだと予定したらば、前のやうな形容詩句が何の意味をもつかを考へて見よ。この場合に「墨のやうに闇黒の夜」といふ詩句は、全然無意味な説明的の冗句にすぎない。なぜならば「墨のやうに」は、単に闇黒の比喩的形容にすぎないので、何等の表現的必然性をもつて居ない。もし墨の代りに烏羽《ぬば》玉《たま》を以てしても、詩的効果に於て変りはなからう。

然るに此所で「墓穴のやうに闇黒の夜」と言へば、もはやこの詩句は比喩でなく象徴になつてくる。なぜならば「墓穴」といふ心像自身が、夜の神秘的な恐怖を以て直接迫つてくるからである。思ふにこの詩句の読者は、先づ墓穴といふ詩語からして、一の主題的心像を感触してくる。而して次に「闇黒の夜」がさらにその心像の上に重なつてくるのである。故にこの場合に於ては、墓穴と夜とは必然不離の関係をもつて一如となつてゐる。したがつて実際には、この「やうに」といふ連辞は必要がないのである。もし単語だけで書きたいならば、単に

墓穴、闇黒、夜

と三語を並べただけでも好いのであつて、単に詩想を伝へる上では、それでも全く同じである。しかし詩といふものは、連辞のてにをはや言語の音律の響きによつて、主観のデリケートな情操を伝へるもので、そこに真の複雑な意味と情趣があるのだから、単にボツボツの単語を並べたのでは不完全だ。（世にはボツボツの単語を並べて、それが印象的だと思つてゐる人がある。之れは印象といふ観念を、皮相な視覚上の意味に解した結果で、最も笑ふべき謬見である。）

も一つ適当の例をあげやう。室生犀星君の詩には、よく蜆《しじみ》といふユニツクワーヅが使はれてゐる。「蜆のやうな夕暮」「蜆のやうな悲哀」等である。或る人がそれを不思議がつて私に聞いた。一体蜆のやうな悲哀とはどういふわけでせう。悲哀がどうして蜆なんだらうと。かういふ疑問が生ずるのは、この「やうな」を文法的に解釈して、蜆を悲哀の形容語とし、それの寓意された比喩を解かうとするからである。これは比喩ではなく象徴である。冬の寒い裏街などで、氷つた溝水の中に棲んでる、あの悲しくかぢかんだ蜆といふ魚介の聯想が、それ自ら作者の主観する特殊の悲哀を象徴するので、その悲哀が即ち蜆、蜆が即ちその悲哀であり、両者は全く一観念に重なり合つてる。かういふ詩語を我々は「ぴつたりしてゐる」と言ふ。ぴつたりしてるといふことは、比喩を脱して象徴の域にまで進んだ表現を言ふのである。

比喩と象徴との区別は、これで大体解つたと思はれる。もし比喩ならば「やうな」は形容であり、普通の文法通りの意味に属するけれども、象徴の場合の「やうな」は、もはや文法上の意味とはちがつてくる。前に室生君の詩句が解らないといつて不思議がつた人も、つまりこの「やうな」を文法通りの形容に解した結果である。では象徴の場合に於て「やうな」はどういふ意味を持つだらうか。もしそれが厭ひならば、前に言ふ通り除いてしまつて、単に個々の単語を並べても好いのであるし、或はまた「烏羽玉の闇」式に連辞「の」を以て「やうに」の代用にしても好いのである。然るに私が好んで「このやうに」を乱用するのは、そこに私自身の特別な詩想的条件があるからである。先づ私の詩から一篇を引例しやう。

題のない歌（青猫九四頁）

南洋の日にやけた裸か女のやうに
夏草の茂つてゐる波止場の向ふへ
ふしぎな赤錆びた汽船がはいつてきた。
ふはふはとした雲が白くたちのぼつて
船員の吸ふ煙草のけむりがさびしがつてる。
わたしは鶉のやうに羽ばたきながら
さうして丈の高い野茨の上を飛びまはつた。
ああ　雲よ　船よ　どこに彼女は航海の碇を捨てたか。
（以下略す）

私がこの「やうに」詩体で、特殊なスタイルを作つたといふわけは、もちろん単にそれを象徴として用ゐたといふだけの話ではない。単に「墓穴やうな闇黒」といふやうな詩句ならば、既に人々が普通にやつてることであつて、何の新しいことも珍しいこともない。上説した所は、単に比喩と象徴との別を明らかにして、以下述べる所の前提としたにすぎないのである。

さて此所に引例した私の詩で、最初の第一行に「やうに」が使はれてゐる。此所では私は

　南洋の裸か女のやうに

と言ひ次に

　夏草の茂つてゐる波止場の向ふへ
　ふしぎな赤錆びた汽船がはいつてきた。

と続けてゐるから、文法上の解釈からは、この「南洋の裸か女」といふ観念が当然「赤錆びた汽船」の比喩となつてゐるので、それが「やうに」の形容語で説明されてゐるわけである。しかしさう文法的に解釈しては、此等の詩に三文の価値がなくなつてくる。何となれば此所では、この「南洋の裸か女」が、それ自ら独立した詩句となつて、さうした島の南国的情景を表象してゐるからである。つまりこの詩は、次のやうに言ひ換へたのと同じである。

　南洋の島に日にやけた裸か女が居る。
　そして夏草の茂つてゐる波止場の向ふへ
　ふしぎな赤錆びた汽船がはいつてきた。

これでよく解るだらう。即ち「やうに」は、この場合「そして」といふ語と同じほどの意味をもつてる。ではなぜ「そして」と言ふ代りに「やうに」と言ふか？　それを説明しやう。今、前の書き換へのやうに

　南洋の島に日にやけた裸か女が居る。

と切つて次に

　夏草の茂つてゐる波止地の向ふへ

とする時には、初めの第一行が印象的に独立したものとなり、次行との間に詩情の濃やかなつなぎが切れてくる。その上にこの場合として、詩句が風物の自然的描写になりすぎるのである。此所ではさうした島の風光を描くと同時に、或る漂渺たる主観の情緒的気分を出さねばならぬ。したがつて此の場合では、単純な風光の描写になつては困るので、一方にその景色の印象を暗示しながら、それと同時に主観の情緒的節奏を伝へねばならないのだ。故に「そして」で次につながずして、「やうに」でぼんやりとつなぐときは、描写としての印象が弱くなる代りに、自然それが主観の中にぼかされ、印象と同時に情緒、客観と同時に主観を匂はすことができるのである。

あまつさへこの「やうに」といふ言葉の、妙に物柔らかい、そしてどこか薄ぼんやりした感じが、私の趣味として特別に好きなのである。すくなくともこの「題のない歌」の如き、或る神秘漂渺とした柔らかい情緒詩操をテーマとする詩では、とりわけこの「やうに」の薄ぼんやりした感じが適切なので、青猫全巻を通じて、私がそのスタイルを用ゐた理由も此所にある。

けだしあの詩集の中心的主題は、多くその種の詩境にあつたから。（「軍隊」は唯一の例外。）

要するに「やうに」は私にとつて一の狡猾なテクニックで、そのやや曖昧な語感を利用し、二重三重の複雑な意味や気分を、それでズルクぼやかしてしまふのである。もちろん一方では、それに文法通りの形容的意味をあたへてること言ふ迄もない。尚、引例の詩の第六行目を見よ。

　私は鶉のやうに羽ばたきながら
　さうして丈の高い野茨の上を飛びまはつた。

この場合は一層直接である。ここで「鶉のやうに」と言つてるけれども、実の意味は形容でなく、鶉そのものが野茨の上を飛んでゐる景色である。ではなぜ直接に「鶉が羽ばたきながら飛んでゐる」と言はないで、特に「私は……のやうに」などと余計な形容をするのだらうか。言ふ迄もなく、自分の主観的な気分を書いて、それを客観の情景と一所に結びつける必要からである。即ち次のやうに説明されたのと同じ。

　鶉は羽ばたきながら
　丈の高い野茨の上を飛びまはつてゐる。
　私の心もまたそのやうに
　草原の上をあちこちとさまよつてゐる。

かくて四行で言ふ所を、簡潔に「私は……のやうに」で表現したのである。その他、青猫の中の詩は、どれを取つても皆同じテクニックが利用されてる。たとへば「輪廻と転生」と題する詩の最初の三行。

　地獄の鬼がまはす車のやうに
　冬の日はごろごろとさびしく廻つて
　輪廻の小鳥は砂原の影に死んでしまつた。

この第一行における「やうに」が、単なる冬の日輪の形容でなく、輪廻における地獄の心像をあたへたものであることは明かだらう。その他「さびしい来曆」で、

　私は駱駝のやうによろめきながら
　耶子の実の日にやけた核《たね》を噛みくだいた。

等皆同じである。実に風景の中を歩いてゐるのは駱駝であつて私でない。しかもその「印象の影に」私自身がまた歩いて居る気分を感じさせる手段である。

思ふに私のこのスタイルは、大して独創的のものではないかも知れない。私自身とした所で、ことさらそれを得意にしてゐるわけでなく、況んや自まんしやうなどと思つてゐる次第では全くない。けれども普通の比喩的形容として用ゐられる、文法的常識の「やうな」とは多少ちがつた用法と信じてゐる。すくなくともそんな説明的の本質をもつて居ない。私は信ずる。すくなくとも最近以前の詩壇に於て、この種の形容詩句を象徴に使用した詩の無かつたことを。昔の詩句ではすべてそれが単純な比喩形容にすぎなかつた。だからどんな非難に於ても、私の「やうな」詩体を時代遅れといふのだけはひどすぎる。況んや幼稚なものと見るのは乱暴である。幼稚なものは単純な比喩形

容で、私の青猫スタイルではない筈である。もちろん佐藤君や南江君の指す所は、或は私に関しない別方面にあるのだらうが、表面上の責任はつまり私に帰するのだから、此所に自分の詩作用意を弁明しとく次第である。

象徴の本質

前項で象徴のことを述べたから、次でに象徴の本質を一言しやう。けだし日本の詩壇では、早くから象徴詩の語が輸入されたにかかはらず一もそれに関する真の観念がなく、皮相な上すべりの解説のみが行はれた為、ひいてこの語の本質を全く誤り、遂には一種朦朧体なる特殊の詩などを、詩壇的に象徴詩などと呼ぶやうになつてしまつた。最も甚だしき謬見に至つては、古典派や高踏派などのクラシツクの詩風さへも、一概に象徴派と呼ぶ人がある。何たる馬鹿々々しい謬見だらう。我が詩壇に於て「象徴」の語が誤まられて居ること、実に久しいと言ふべきである。

思ふに我が詩壇に於て、かく象徴の語が偏見されてゐるのは、最初にそれを輸入した詩壇が、盲目的西洋崇拝の詩壇であつて、かの国におけるマラルメやイエーツの象徴詩論を、そのまま直訳的に担ぎあげた結果である。成程象徴（シムボル）といふ言葉は、昔の日本には無かつたからして、それが西洋人の発明であることも、したがつてその直訳が合理的であるべきことも考へられる。しかしながら反省せよ。元来欧洲における近代の象徴主義は、東洋文化の間接な影響から、新しく刺激された彼等の新観念に属することを。

そもそも象徴といふ語の広い観念は、説明と対照される言語である。十字架がキリスト教の象徴であるといふわけは、それが説明によらずして表象に訴へるからである。自分は前の項に於て、比喩と象徴とを区別して説いたけれども象徴といふ語のずつと一般的な意味に於ては、もちろん比喩も寓意も広義の象徴に属してゐる。ただその中に、純と不純との程度があるから、純粋象徴に属するものを特に言ふ場合に、之れを比喩や寓意と区別して考へるのである。

所で西洋のあらゆる文化や藝術は、本質的に説明主義のものであつて、純の象徴に属するものは殆んどすくない。説明とは、事物や観念を部分的に分析して、之れを概念上に配列する方法である。即ち科学はそれの代表的なものであつて、之れが実に西洋文明の本質を象徴してゐる。哲学と称するものが、また同様にさうであつて、矢張科学と同じく概念を抽象上に分列系統する。

ここで所謂哲学のことを一言しておかう。けだし彼等は自ら称してそれを形而上学と称してゐるから。然るに真の形而上学といふべきものが、果して西洋にあるだらうか。西洋のあらゆる思想は、始から相対主義の立場に立つてる。もし絶対主義の見地に立てば、一切概念を超越した色即是空の思想に達し、或は不立文字の禅学的直観主義になつてくるから、始から科学も哲学も生じない。或は印度における如く一種の哲学はあるにしても、その哲学は直感による冥想で、西洋の如く専ら概念の抽象的分析を試みる所謂哲学とは別物である。

かくて西洋の所謂哲学は、最初から相対主義の見地に立つて概念のみを取り扱つてゐる。然るに概念的である限りには、物それ自身の本有する形而上的精神に触れないのは当然である。何となれば実有は相対の概念でなく、概念を超越した絶対の世界に属するから。故に真の意味でのメタフイヂツク（形而上学）と言ふべきものは、ただ東洋にのみ存在するのである。西洋の所謂形而上学は、その実一種の概念分析学であり、当然広義の科学に属するものに外ならない。

かくの如く、西洋文明は科学と哲学に立脚してゐる。あらゆる精神の根拠は概念であり、その自然観人生観の基調をなすものは相対主義である。したがつて彼等の情操生活を表現する藝術も、当然また相対的説明主義の傾向を帯びざるを得ないだらう。果して見よ。彼等の絵画がいかに念入にデテールを描き、いかに写実的の説明主義であるかを。之れが我々の東洋と、いかに本質的にちがつて居るだらう。我々の支那や日本では、視覚に映した物象の「形」を描写しないで、感覚以上の実在する物の精神、即ちその物の特質たる強みや、厚みや、直情性や、艶めかしさや、さらにまた進んでは自然の中におけるそれの気品とか、寂しさとか、余情とかいふ深いものまで描出する。だから我々の絵画における物象——竹とか、虎とか、風景とか——は、その写真的デテールの形象描写で、到底西洋の油絵に及ばないが、その事物が有する形而上の精神を把握して、よく竹の本質たる剛直性、虎の本質たる勇猛性を表現する点で、遥かに説明的の洋画にまさつてゐる。けだし東洋画に於ては、線は形の描写に用ゐないで、物の実有する特質を現はすべく、専ら筆致の柔強等に重きをおくからである。つまり言へば、彼が形象の説明によつて現はす所を、我は線の感触によつて象徴的に描出する。

独り絵画ばかりでなく、他のあらゆる藝術が皆同様である。たとへば劇がまたさうである。西洋の劇は徹頭徹尾写実的で、人生の生活様式をその視覚や聴覚に映ずる通りに全く形象的に説明して演出する。然るに日本の能楽や歌舞伎劇は、かかる感覚的な形を演出しないで、それの本質に実有する気分や情感を直接に象徴する。けだし西洋人の藝術観は、すべてが皆感覚主義である。彼等はその視覚や、聴覚や、触覚にふれる所の、すべての外在的事物をその感覚のままに描出する。したがつてそれは形の上で実在によく似てくる、しかもその真は単なる感覚である。皮相な末梢神経に映る形象の真である。之れに反して東洋人は、事物を感覚的に見ずして精神的に見る。即ち所謂「眼で見ないで心で見る」態度を持し、形を軽視して内部的に実在する真の本質——形以上のもの、形而上のもの——を直感する。彼の感覚主義に対して、我は即ち精神主義であり、彼の説明なるに対して、我れは即ち象徴的である。

詩に於ても、この事実はまた同様である。ホーメルの叙事詩以来、西洋の所謂「詩」といふものが、いかにくどくどと念入りに説明する写真的の文学であることぞ。叙事詩はこの場合別としても、叙情詩が矢張同様に一種の小説である。古代西洋の詩といふものは、我々日本人の所謂小説や伝記であつて、東洋的意味では詩といふ言語に適応しい文学である。近世に至つて、漸く始めて出来たバイロンやテニソンの短篇詩と雖も、尚我々の眼からみれば一種の短篇小説であり、詩といふべくあまりに記述的、説明的の文学でありすぎる。西洋の詩がいくぶん始めてその説明体を脱したのは、最近十九世紀末葉に例の象徴詩が起つて以来のことである。

所がこの仏蘭西の象徴詩といふ奴が、我々日本人の眼からみれば実に生ぬるい似而非象徴で、全くはむしろ比喩や寓意の程度にしか属して居ない。特にマラルメ一派の象徴なるものは、言語の陰影とか香気とかいふ観念を、特に意識的に詩の中に織り込んでゐるのであつて、真の「象徴そのもの」ではなく、むしろ概念されたる「象徴の詩学」である。即ち象徴そのものの実在に入つてゐるのではなく、之れを外部から認識して相対的に説明してゐるのである。象徴を称へながら、しかも尚且つ彼等はその象徴を概念してゐる。西洋人は遂にどこまで行つても西洋人なる哉だ。かく要するに、彼等の象徴詩乃び象徴主義なるものは、一の不徹底にして曖昧なる観念にすぎなかつた。けだし当時に於て、始めて発見されたこの東洋的メタフイヂカルの新観念は、彼等にまで一の廻転されたる新しき藝術の世界を示したもので、それ自身が極めてセンセシヨナルなる「物珍らしきもの」に属してゐた。したがつてそれは、充分に本体の解理されたものでなく、むしろ曙光的な輪劃のみが、おぼろげに暗示されたものであつた。之れ象徴といふ語が、当時の意味に於て何等か神秘的な、宿命的な、或る東洋的妖怪然たる魔法のメスメリズム的鬼気を帯びて居たことによつても明らかだ。(象徴といふ語が、今日でもしばしば神秘的意味の聯想を伴ふのは、実にかうした言語的起元に原因する。勿論その本体が解明してゐる今日では、何の神秘でもエレキテールでもありはしない。この語感に伴ふ神秘性は、既に既に消滅させて好いのである。)

欧洲の象徴主義が、真にその観念を明らかに解明し、したがつて真の意味での象徴文学を生じたのは、全くはこれより後、漸く昨今に至つてのことである。即ち最近詩壇の印象派、未来派、立体派、表現派等の藝術こそ、実に象徴主義の解明された本質に立脚するもので、此所に始めて欧洲にも、東洋と一味相通ずる近代派の叙情詩が生れてきた。特に独逸表現派の立脚地は、欧洲における最も解明された象徴主義を代表してゐる。彼等は言ふ。

「表現派は一つの美的な言葉も無用な文句も言はない。どうしても必要なことだけを、できるだけ緊縮して言ふのである。一つの言葉は、他の言葉の中にその根をもつてゐる。言葉はそれ自身としては存在せずに、それが召使ひとなつてゐる所の、言葉の観念のためである。……表現派は、できることなら、全く言葉なしで表現したいのである。」（イワン・ゴル。谷京作氏訳）

この表現派精神こそ、それ自ら象徴主義の根本美学を語るもので、同時にまた日本詩歌の表現哲学を代弁してゐる。実に我が国の和歌や俳句の立つ所は一の無用な言語も言はず、一の粉飾的な美辞も用ゐず、あらゆる心象の実有性を直ちにつかんで、表現の最高度における緊縮を主とするのである。しかし之れに就いては、尚後の章に詳説しやう。とにかく象徴主義の本質が、東洋的藝術の根拠する特色にあること、したがつて表現派を始め、印象派、立体詩、未来派等、西洋近代のあらゆる詩風が、本質的に我々のものと接近しつつある事実を明示し得るのである。

此所で欧洲十九世紀詩壇の所謂「象徴派」と、広義の象徴詩たる近代詩（印象派、表現派、未来派等）との、根本的な特色が区別されたことと思ふ。十九世紀詩壇の所謂象徴詩とは、前に言ふ如くシムボリズムの物珍らしき曙光期に出たもので、したがつてその詩風の特色には、象徴といふ言語における不可思議な魔術的鬼気、即ち神秘性や、暗示性や、幽霊性や、東洋的宿命性やが、殆んどその著しい特色となつてゐるのである。之れに反して、その後に発展した開明後の象徴詩（即ち一般近代詩）は、象徴主義の根拠には立つて居ながら、象徴の語の起元にまつはるかかる神秘感を持つて居ない。

故に詩壇の所謂「象徴詩」と、実の「象徴主義の詩」とは、判然と之れを差別して考へなければならない。所謂象徴詩とは、象徴の語における起元的語感を考へる場合のみ、正しきその語意を判断され得る。即ちそれは、或る特殊な意味における、特殊な狭い内容の象徴詩である。したがつてこの意味での象徴詩は、この時代的詩派に属するものであつて、今日既に欧洲では過去に属するものとなつてゐる。しかもこの詩派によつて暗示され、後に漸く本体を解明してきた象徴主義、及びその主義による一切の藝術は、その各の詩派的特色を別として、根本上には普遍恒久の精神に立つものである。

要するに欧洲詩壇の所謂「象徴詩」と「象徴主義そのもの」とは別である。前者は特殊な一詩派の一詩風に属するもので、後者は一般のあらゆる近代藝術に共通する哲学である。（日本詩壇で言はれた所謂「象徴詩」は、之れまた欧洲詩壇のそれと大に趣きを異にしてゐる。日本詩壇の意味した象徴詩は、概念上にはマラルメ等の説を直訳的に紹介したが、実の藝術的作品の上からは、殆んど多くは象徴詩の名に価しない別のものであつた。）

かく西洋の藝術が、近来始めて象徴主義の新表現を知つた結果、次第にそれが我々のものに近づいてくるとは言へ、尚矢張西洋人らしい感覚主義がつきまとつて、実には未だ遠く真のメタフイヂツクに入つて居ない。たとへば例の立体詩など言ふもその立体なる言語の解釈が全く視覚上のものであつて、実の本質的なる立体の精神をつかんでゐない。即ち詩語をピラミツト的形態などに配列して、皮相な視学上からそれを立体と思つてゐる。その稚気、その子供らしさ、むしろ我々に取つて無邪気な笑殺に価する。必竟西洋人は感覚以上の世界に入ることができないからである。

しかしながらとにかくにも、最近西洋のあらゆる文化が、著るしく東洋化して来つつあることは事実である。独り詩ばかりでなく、美術、音楽、哲学等の一切が、東洋的メタフイヂカルの精神に接近し、したがつて甚だしく象徴主義になつてきた。たとへば絵画の如きも、日本の浮世絵の影響からして、例の後期印象派が生れてきた。この美術における後期印象派は、丁度詩における象徴派の運動と一対すべきものであつて、欧洲藝術における近代精神――即ち象徴主義――の新しき精神を始めて展開したものである。即ちたとへば、ゴーホは自然を描出するに視覚上の形象説明を用ゐないで、太陽の熱に燃える線の感じなどから、感覚以上の本有する自然の内奥精神を現はしてゐる。セザンヌがまた同様であり、物象の輪劃する形や色を写生しないで、物それ自体が特有する内在本質、即ちそれの厚み、深み、硬さ、柔らかさ等を直接に掴み出してる。そして此等のやり方が、すべて支那画や日本画の固有たる表現精神であること言ふ迄もない。

かくして今や、次第に世界全体が象徴主義の文化にならうとしてゐる。

以上述べた所によつて、所謂「象徴」といふ語の本体が明らかになつたであらう。即ちそれは相対主義に対する絶対主義に根拠してゐる。したがつてまた形体主義に対する形而上主義、概念に対する直感、感覚に対する精神、説明に対する暗示を指してゐる。故に要するに東洋の文化や藝術は、西洋のそれに比してすべて皆象徴である。そしてまたその中でも、能楽は歌舞伎に比してより一層象徴的、墨絵や南画は浮世絵に比して特に純象徴的であることも解るであらう。最後に、象徴に関する最も根本的な、しかも最も普遍的に行はれてる世の謬見を啓蒙して、この観念の本質を徹底的に明らかにしておかう。けだし世の多くの人は、象徴について次のやうな考を抱いてゐる。曰く、象徴とは物の実体を描く代りに、それの影を以て代表させる手段であると。即ち実体の代りに陰影、実物の代りに符号を用ゐて現はすのが象徴だと。かうした皮相の浅見が、今日一般的に普遍してゐるのは、むしろ驚くべき事実である。もし果してそれが象徴ならば、所謂象徴とは実体なき幽霊藝術、物を描かずしてそれの影を描く朦朧藝術の謂である。そして尚且つ象徴とは、実数の代りに符号を用ゐる代数であり、それ自ら純粋に抽象的な概念に属するだらう。しかも我が国の能楽や芭蕉の俳句

——人々はそれを象徴の代表と見てゐる——が、果してそんな虚数的な幽霊藝術であるだらうか？

かうした思想の根柢には、思ふに一の基調的な誤謬がある。即ちこの場合での「実体」といふ観念が、そもそも始からちがつてゐるのだ。此所では彼等の指してる実体とは、物が五官に感覚する所の、その末梢神経的なる現象界を意味する。たとへば眼に映るままの器物の形、手に触るるままの存在、それが即ち彼等の所謂実体なのだ。しかもそれが果して実体だらうか？もし実体とするならば、それは単なる感覚的な実体——現象的事物——にすぎぬ。なぜならば器物の真の本有性は、かかる皮相の形や色になくして、それの内部に実在する真の性質——感覚ではなく、心眼に映ずる器物の特色。たとへばセザンヌの絵がそれを示して居るにあるからだ。真の意味での「実体」とは、実にかうした物の形而上的本質に存するのだ。

然るに象徴主義の目的は、物の皮相な形象や事実を捨てて、直ちにそれの実有する形而上的本体をつかむのだから、それ自ら真の意味での「実体を描く」のである。「実体を描かずして影を描く」のは、実には却つて説明主義の藝術である。何となれば彼等は、事物の内在的本位を見ることなくして、単に写真器のレンズに映じたままの事物の形象——影の影——のみを描くから。象徴を以て「物の影を描く朧朦藝術」「実物の代りに符号を用ゐる代数藝術」とする考ほど、思想の根本に於て誤つた見解はない。

しかしかうした見解の相違が生ずる由所は、所詮「実体」といふ観念の立て方によるのである。吾人は絶対主義の見地に立つて、形而上的本質を宇宙の真理と認める故に、しぜん実体は象徴の側に属する。然るにもし相対主義の立場に立つて、物質世界の感覚的現象を真理とすれば、反対に「実体」は形而下の物に属し、したがつて象徴はそれの影となつてくる。故に始から相対主義の哲学に立ち、唯物的概念によつて思想する西洋人が、象徴を解して「実体の影を描くもの」と見たのは当然である。実に彼等は、始から非象徴主義の立場に立つて、象徴の概念を考へてゐるのだ。故にその思考は、いかにしても象徴の真核に徹底せず、進めば進むほど誤つてくる。

前に述べた朧朦美学の象徴詩人——彼等は象徴の特色を朧朦にありと解してゐる——が、かうした誤つた西洋人の象徴観から出たものであることは、此所に至つて全く明瞭になつたであらう。この朧朦詩派の根柢には、象徴が「実体を描かずしてその影を描く」といふ先入見で根を張つてゐる。所が真の象徴詩人たる芭蕉等は、常に如何にして物の実体を把へやうかといふ観念で動いてゐた。一方では、強ゐて物の影を描かうとして苦心し、一方では物の確実な実体を捕へよと弟子に教へてゐる。いかに不思議にして奇妙なコントラストだらう。けだし西洋象徴派では、始から「実体」の観念を感覚的事物に置いてるから、実体を避けて影を見よといふ意味が、実は芭蕉の教へる「実体をつかめ」といふ形而上意味になるのである。以ていかに西洋の所謂象徴的なるものが、本質的精神に於て非象徴主義的であるかが解るであらう。彼等は始から象徴を以て幽霊的な虚数と見て居る。なぜならばそれは実体でなくして影であるから。

かうした西洋人の象徴観が、我々にとつて全く不徹底で馬鹿々々しいものであることは言ふ迄もない。しかもベルグソンの如き哲学者ですら、彼自身が真のメタフイヂックを説く哲学者、即ち言はば象徴主義の哲学者であるにかかはらず、その著に於て象徴の語をひどく排斥してゐる。何となれば象徴は事物の陰影であり、実数でなくして虚数であり、実体でなくして符号であるからと言ふのである。之れによつてベルグソンは、象徴の語をそれの丁度正反対の意味、即ち「概念」や「抽象」と同じに使つてゐる。けだし象徴を実体の符号と考へる以上には、必然的にそれは概念と同じ意味の言葉になる。そしてベルグソンのかうした解釈は、もちろん仏蘭西の象徴詩から得たものだらう。なぜならばその派の詩論は、象徴を以て上述の意味に解してゐるから。吾人は彼等西洋人の象徴観を笑殺し、さうした藝術の馬鹿々々しさを痛感する。しかも尚一層、それにもまして馬鹿々々しく笑殺すべきは、この不徹底にして不可思議なる西洋詩壇の象徴評論を直訳して、それを聖典の如く我々の頭上に戴かうとした、前代日本詩壇の所謂象徴派詩人である。

象徴といふ語の真の本質的解説は、之れより外に断じて有り得ない。かの象徴を朧朦と解する如き見解の、いかに浅薄皮相な偏見であるかは言ふまでもないであらう。けだしかくの如き偏見の生じた由所は、当時の旧式なるハルトマンあたりの美学や、当時欧洲に流行した一派の朦朧哲学——美は朦朧の中にありと説く——に影響され、之れを発生期の不徹底な象徴思想と混同した結果に外ならぬ。

今や我が詩壇は、真の象徴の概念を固く把持して、過去の謬見されたる幽霊概念を廃除しなければならないだらう。けだし真の象徴は、それ自ら藝術の根拠する本質であり、特にまた我々の立つべき民族的根拠でなければならぬ。実に象徴主義の精神を離れて近代詩の特色はなく、就中特に日本の詩の特色はないのである。尚次章に於て、日本詩歌の象徴的特質を一言しやう。

日本詩歌の象徴主義

美術や演劇や、あらゆる東洋藝術の本質が象徴主義であるやうに、我々の国粋詩歌の本質がまた象徴主義に立脚してゐることは言ふ迄もない。吾人は此所でやや詳しく之れを説きたいと思ふけれども、他日別に稿を改めて「自由詩の根本問題」を論ずる時に、二度重説せねばならないからして、此所では根本的な議論は略しておく。

ともあれ日本の民族詩歌が西洋のものに比していかに直感的で、いかに印象的で、そしていかにメタフイヂカルであるかは、特に説明を要せずして明らかだらう。実に和歌や俳句の如きは、世界における象徴文学の極粋であり、到底西洋近代の印象詩の如き生ぬるいものとは比較にならない。したがつて此等の詩は、概念的な西洋人にとつて容易に理解することができないのである。

西洋人が、近来著るしく我々の象徴主義に近づいて来たにかかはらず、尚実には未だ遠い距離にあつて、少しも真の純粋象徴を理解して居ないことは、しばしば彼等によつて説かれる俳句の象徴主義（?）が、その実我々の中での月並俳句で、たとへば加賀の千代女の

蝶々に去年死したる夫恋し
身にしみる風や障子に指のあと
蜻蛉つり今日はどこまで行つたやら

の如き小説的、叙事詩のもの、もしくは芭蕉前派の

長持ちに春かくれ行く衣更
口あけば腹まで見えるアケビかな
物言へば脣さむし秋の風

等の如き幼稚な寓意詩や比喩詩であるのを見ても明らかだらう。西洋人の所謂象徴とは、畢竟我々の意味での寓意や比喩に止まるので、未だ真の象徴に至ること遥かに遠いものである。かのボドレエルの詩の如きも、多くはこの程度の寓意や比喩にすぎないので、彼等の所謂象徴詩が、以ていかに不徹底のものであるかを知るべきだらう。我が芭蕉が、特に象徴詩人として西洋に紹介されてる由所のものも、実は芭蕉の俳句中に、上例の如き概念的な寓意詩が比較的に多いためである。しかも芭蕉の真髄たる真の象徴詩境に至つては、彼等欧洲人の全く知らない所であり、また知つても遂に理解することのできない秘密であらう。

秋深き隣りは何をする人ぞ
何にこの師走の町へ行く鴉

かうした芭蕉の俳句こそ、我々の意味での真の象徴である。それは何の説明でも描写でもなくしかも深遠無量な人生観や、或る複雑な意志をもつた生活感情やが、非常に力強い主観の感情を以て訴へられてる。その詩的表現の印象的効果に於ても、または情緒的効果に於ても、到底西洋のくどくどした説明的の詩とは比較にならない。のみならずその短かい詩中に、数百行を以つて説明できない複雑した思想と充実した意味が語られてる。之れがボドレエルなぞの詩ならば「甲板に羽ばたく海鳥よ。汝の死は美しき秘密を語る。おお、汝は真理である。」といふ如き抽象的な比喩によつて露骨なロヂック的な概念を語るのである。所謂西洋人の至る所は、寓意や比喩を以て象徴の極粋とするに止まるだらう。彼等が芭蕉を理解する程度のものも、所詮それ以上には望み得ない。

しかし芭蕉や俳句を語ることは、近頃一つの流行になつてゐるし、読者のよく知つてる所だから止めにして、此所では人のあまり言はない、別の民族詩たる和歌について述べて見やう。

和歌はその印象的客観性の点に於ては、いささか俳句に劣る

けれども、情緒的主観性の点に於ては、遥かに俳句に優つた長所をもつてる。けだし和歌は俳句とちがつて、音律的の美しい調べを豊富にもつてゐるからである。それで俳句の印象と和歌の情緒とは、客観詩との両面を代表して、丁度西洋における叙事詩と叙情詩の如く、日本国詩の二大範疇をなすものである。（近頃我が国の歌壇は、正岡子規から出た俳句的客観主義の歌風に偏してゐるが、之れは歌の邪道であつて本道でない。）

さて我が国の和歌は、およそ三期の完成期を経て発展してゐる。即ち万葉から古今に至り、さらに新古今に至つて藝術的完美の極に達した。新古今以後はもはや発展すべき余地がないから、さらに上古の万葉にかへつて新しき出発を繰返すのみであらう。明治以来今日に至る新歌壇は、即ちこのルネサンスの復古時代に当るのである。したがつて現時では万葉が過度に高調され、万葉以来また規範とすべき和歌がないやうに考へられてゐる。しかしながら万葉は、和歌の最も原始的時代における出発点で、言はば吾人の少年期における純情小曲時代に属する。その偽らざる実感の純情性と、素朴にして熱情に富んだ感傷性とは、もちろんあらゆる藝術的評価を絶して尊重さるべきものであるが、しかも尚それは藝術の出発点に止まるので、それ自身で遂に満足さるべきものではないのだ。

此所に吾人は、万葉に始まつた日本の和歌が、古今、新古今をへていかに象徴的に進歩発展したかを見やうと思ふ。先づ万葉に於ては、純情素朴なる青春期の恋愛詩が一貫されてる。実にこの恋愛詩といふものは、東西古今を通じて詩歌の中心生命となつてるもので、西洋に於てもその詩の七分以上は之れである。けだしフロイドの精神分析学が説く如く、藝術の本体は性慾であるのに、恋愛は特にそれの美的に高調されたものであるからだらう。それ故にどこの国の文学でも、その民族性や表現精神の特色を見やうとするには、何よりも先づ恋愛詩を見るに限るのである。

此所で諸君は、サツホオ等に始まつた西洋上古の恋愛詩（即ち彼の国の所謂叙情詩）と、同じその上古に始まつた日本の恋愛詩とを比較して見るが好い。彼等の国民性や藝術意識の相違がいかに驚くべきものであるかけだし思ひ半ばにすぎるものがあるだらう。西洋の恋愛詩たるや、「恋そのもの」の心情を歌ふのでなく、実には「恋の事件」を記述するのである。即ちそれは吾人の所謂小説であつて、作者が外部から客観の位地に立ち、以て恋愛事件の種々なるいきさつを記述し、之れを一の絵巻物として展開しつつ説明する。即ちその態度は全く相対的である。恋愛は向ふにあり、そして詩人は此方に立つてる。然るに万葉等の恋歌にあつては、詩人自身が「恋そのもの」の絶対境に飛び込んでゐる。そこには何の相対観がない。故に事件や物語の記述がなく、詩が直ちに恋そのものの心情を如実に高調して表出してゐる。実に西洋上古の恋愛詩、即ち所謂叙情詩と称するものは、我が国の同じ上古における小説（源氏物語など）の類であつて、詩といふべく一段低き程度にある美文々学にすぎないのだ。換言すれば我々東洋人は、西洋人が普通に詩と呼ぶ程度のものの上に、さらに一層純粋な詩をもつてゐる。

　西洋人の恋愛詩が、この種の記述的態度をはなれて、我々の和歌の如く直接「恋そのもの」の心情を歌ふやうになつたのは、最近十八世紀以来の事であつて、彼等としては驚くべく新しい進歩に属する。しかもその最も近代に属するゲーテやバイロンの恋愛詩ですら、尚我が万葉等の和歌に比して著るしく説明的で、多くはその逢曳から接吻に至るまでを、活動写真的忠実を以て説明してゐる。或は又

　私がもし鳥であつたら
　君の窓にきて鳴いてゐたい
　私がもし鏡であつたら
　君の部屋にゐて美しい姿を映したい

と言ふ如き幼稚な比喩を用ゐて、遠廻しに美文的に叙述してゐる。之れを我が万葉等の直感的で、卒直に恋情の急所を突く詩風に比せば、その表現の無力にして歯痒ゆいこと、尚未だ藝術として遠く及ばないものを感じさせる。けだし西洋の恋愛詩人は、恋そのものメタフイヂカルな実用的本体を把握できないため、いたづらにその心臓の周囲を廻つて、之れを相対的な粉飾技巧や美文的比喩によつて描写するためである。

　万葉の恋愛歌は、かく世界的にみて最高至上の象徴主義に立つてる詩であるけれども、それのあまりに素朴なる特長は、同時にまたそれの単純にすぎる欠点を指摘される。藝術は単純より複雑に向つて進む。そして近代藝術における象徴の時代的意味（いかなる言語にも、それの不易的の意味と流行的の意味とがある。）は、本質上の意味以外に、近代性としての複雑性を要求される。即ち象徴主義の近代的特色は、何等か複雑微妙にしてデリケシイの情操に存してゐる。（世人は多くこの時代的意味の故に象徴の本質的意味を誤つてゐる。象徴の本質的意味は、前に説いた通りメタフイヂツクの絶対主義に存する故に、いかに単純素朴な藝術でも、東洋的本質を有する限りには勿論象徴と言ふべきである。万葉の詩がこの本質的意味での象徴であることは言ふ迄もないだらう。しかし象徴の時代的意味に於ては、近代藝術の特色たる複雑性や神経の濃やかさが要求される故に、この点では原始の素朴藝術が、それの時代的意義をもたないことになる。つまり言へば万葉の歌や能楽やは、本質的には象徴主義の藝術だが、時代的の味覚をもつた近代象徴主義の藝術とは、その色合や特色がやや異なるのである。この象徴の語における時代的の意味と、不易な本質的の意味とは、充分注意して区別しないと、両方の錯雑から大きな誤謬に導かれる。）

　そこで我が国の詩が、近代的意味における象徴の特色を有するやうになつたのは、万葉以後、後世の古今や新古今に入つてからである。万葉は素朴なる原始的象徴表現にすぎなかつたが、古今集以後に於て始めて感覚情緒の複雑なる、マラルメ等の所謂「陰影」「香気」「余情」等の入り混ぜた、近代的味覚におけ

る象徴詩が現はれてきた。
此所に古今集の代表歌をあげてみやう。

大空は恋しき人の形見かは物思ふごとに眺めらるらん。
おちこちのたつきも知らぬ山中におぼつかなくも呼子鳥かな。

万葉の直情露出に対し、いかに言語が音楽的に使用され、その漂渺たる匂ひの中に一種夢幻的な情緒を匂はせてゐるかが解るであらう。特に次の一首は全古今集を通じての絶唱であり、最もよくその象徴詩境を代表してゐる。

ほととぎす鳴くや五月《さつき》のあやめ草あやめもわかぬ恋をするかな。

今は五月。初夏新緑の時が来た。ほととぎすは空に鳴いてる。あやめは地上に咲いてる。ああ、この浪漫的な季節！　何とも知れず不思議に人を恋したくなる。といふ意味の詩であるが、これほど美しく、これほど力強く、初夏の季節における微妙な情感を表出した詩は他にないだらう。詩における言語の音韻そのものが、何とも言へず漂渺たる感をあたへるので、咏吟してゐる中に自ら新緑のさわやかな空気や、晴れた青空のかぐはしさやが感じられ海のやうな旅情をさそふ季節のロマンチックな感情がひしひしと迫つてくる。

所でこの歌を文法的に解釈すると、一篇の意味の主題は下句の「あやめもわかぬ恋をするかな」にあるので、上句の「ほととぎす鳴くやさつきのあやめ草」は、下の「あやめ」といふ語を引き出すためのカケ言葉で、言はば三聯から出来てる長い枕詞と解せられる。しかしかく文法的に解釈しては、かうした歌の妙趣は全く消滅し、単なる言語の技巧的な洒落となつてしまふ。現に我が歌壇に於ては、此等の歌をかく文法的に判読するから、浅薄にも古今集以後の歌風を小技巧として排斥するやうな蒙見がある。歌人却つて歌を知らずとは実にこのことだらう。

言ふ迄もなくこの歌では、上句がそれ自ら五月の自然や景物を叙して居るので、文法の形式上では枕詞になつて居ながら、実際はそれが独立した意味を有して下句に繋つてゐるのである。故にその意味の切れんとして切れず、続く如くして続かない所に、一種の微妙にして幽玄の感を漂はせるので和歌の象徴的テクニックとして至れり尽せるものであらう。果して見よ！　之れが後に新古今集に至つて長足の発展をし、遂に後期の歌の中心点特色をなすに至つた。

実に日本の和歌は、新古今集に至つてその藝術的発展の極致に達した。既に古今集にその発芽をみた上述のテクニックは、新古今集に及んで完成の極美に達し、近代的意味における象徴詩の花を満開させたのである。以下諸君の熟知する百人一首から、主として当時の代表歌風を引例しやう。(百人一首は主として新古今集から選ばれてゐる。他の歌集から取つたものでも当時の歌壇的美学を規準として選んであるから、つまりそれが最もよく新古今歌風を代表してゐる。)

陸奥《みちのく》のしのぶもぢづりたれ故に乱れそめにし我ならなくに。
みかき守衛士《もり》の焚く火の夜は燃えて昼は消えつつ物をこそ思へ。

この始めの歌を文法的に解釈すれば、上句「みちのくの忍ぶこれやこの行くも帰るも別れても知るも知らぬも逢坂の関。

この有名な蟬丸の歌は、言語の音律が現はす調べによつて、いかにもあわただしく、旅人等の東西に往来する関所の気分を現はしてゐる。「これやこの」といふ性急な調子に始まり、行くも帰るもと「も」の字を重韻にして響かす所から、何となく賑やかにして慌だしい往来の旅客を印象させるのである。この歌の如きは、所謂「言葉の音楽」の代表的なものの一つであらう。

その他「足引きの山鳥の尾のしだり尾のながながし夜を独りかも寝む」の如き、人麿の歌ではあるけれども、歌風の上からは当然新古今集に入れらるべきで、その詩の音韻そのものが秋夜孤独の長い時間観念を現はしてゐること言ふ迄もない。(前述した私の形容詩体も、実は此等新古今から学んだのである。)

以上、日本詩歌の特色たる象徴主義の大要を説明した。今や吾人は、盲目的なる西洋心酔の夢からさめて、民族的に日本主義の精神を自覚しなければならないだらう。我々の古き国粋詩歌の中から、我々のよつて立つべき新しき民族詩の精神を発見すること、之れまた我が日本語詩壇の急務である。ただ我々は、新しき世界を建てるために古き世界を見るのである。古き錆の中に古き古雅を愛するのは、未だ我が「若き詩壇」の必しも拠るべき所ではないと思ふ。

(「日本詩人」大正15年11月号)

もぢづり」までは一の形容的枕詞である。即ち「たれ故に乱れそめにし我が心ぞ」といふ主想を言ふために、之れを他の物象で形容したのである。然るにこの文法上の形容が、それ自らまた主観の複雑な心境を象徴してゐる。詳説すれば、この「みちのくのしのぶもぢづりたれ故に」の詩想や言語の音律やが、それ自ら荒寥たる東北地方の寂しい気分と、さうした地方で製される乱れづりのやうに、草原の風に吹き乱れてゐる侘しい心緒とを感じさせる。そこにある荒寥たる、侘しく頼りない思ひと、その中に思ひ乱れてゐる心緒との、複雑無限な詩想が表出されてゐるのである。特に歌一篇を貫く言語の音律が、いかにも複雑に乱れてゐる心の様を象徴してゐる。マラルメの言ふ「言葉の音楽」といふ意味も、正にこの境地の象徴主義を指すのであらう。

次の歌もまた同様であり、上句「みかき守衛士の焚く火の夜は燃えて」までは、文法の形式上からは下句の形容語であり、一の長い枕詞であるけれども、それが実には複雑な内容をもち、特殊な詩境を暗示してゐるのである。即ち寂しい辺境の海辺地方で、衛兵の焚いてゐる煙が空に立ちのぼつてゐる所の、一の印象的光景を一方に描出しながら、同時にその一方では、さうした寂しい自然の中に徘徊してゐる主観の心境を歌つてゐるので、此所では上句の景色と下句の心境とが、言語のふしぎな秘密によつて結びつけられ、全く分離することのできない関係で重なり合つてゐる。

『山の人生』（抄）

柳田国男

二一　山姥を妖恠なりとも考へ難き事

山姥山姫は里に住む人々が、もと若干の尊敬を以て付与したる美称であつて、或はさう呼ばれてもよい不思議なる女性が、曾て諸処の深山に居たことだけは、略疑を容れざる日本の現実であつた。但し之に関する近世の記録と口承とは、甚だしく不精確であつた故に、最も細心の注意を以て、その誤解誇張を弁別する必要があるのは勿論である。自分が前に列記した幾つかの見聞談の如く、女が中年から親の家を去つて、彼等の仲間に加はつたといふ例の外に、別に最初から山で生れたかと思はれる山女も往々にして人の目に触れた。是も熊野の山中に於て、白い姿をした女が野猪の群を追掛けて、出て来ることがあると、秉穂録といふ本に見えて居る。土佐では槙山郷の宇筒越で、与茂次郎といふ猟師夜明に一頭の大鹿の通るのを打留めたが、忽ち其あとから背丈一丈にも余るかと思ふ老女の、髪赤く両眼鏡の如くなる者が、其鹿を追うて来たのを見て動顛したと、寺石氏の土佐風俗と伝説には誌してある。

猪を追ふ女の白い姿と謂ふは、或は裸形のことを意味するのでは無かつたか。薩摩の深山でも往々にして婦人の姿をした者が、嶺を過ぐるを見ることがある。必ず髪を振乱して泣きながら走つて行くと、此国の人上原白羽といふ者が、今斉諧の著者に語つて居る。それが若し実験者の言に基くものならば、泣きながらとは多分奇声を発して居たことを謂ふのだらう。遠野物語に書留められた山中深夜の女なども、待てちやアと大きな声で叫んだと謂つて居る。他の地方にも似たる例は多く、大抵は背丈が無暗に高かつたことを説いて居るが、怖ろしくて遁げて来た者の観察だから、寸法などは大ざつぱなものであらうと思ふ。それよりも土地を異にし場合を異にして、大凡形容の共通なるもの、例へば声とか髪の毛の長く垂れて居たとか謂ふ点の同じかつたのは注意に値する。山で大きな女の屍体を見たと云ふ話は、是も幾つかの類例が保存せられてあるが、就中有名なのは夙く橘南谿の西遊記に載せられた日向南部に於ける出来事である。

日向国飫肥領の山中にて、近き年菟道弓にて恠しきものを取りたり。惣身女の形にして色ことの外白く、黒髪長くして赤裸なり。人に似て人に非ず。猟人も之を見て大に驚き恠み人に尋ねけるに、山の神なりと謂ふにぞ、後の祟りも恐ろしく取棄てもせず、其まゝにして捨置きぬ。見る人も無くて腐りしが、後の祟りも無かりしとぞ。又人のいひけるは、是は山女と謂ふものにて、深山にはまゝあるものといへり云々。この菟道弓のウヂといふのは、野獣が踏みあけた山中の通路である。同じ処を往来する習性があるのを知つて、かゝれば独りでに発するやうにウヂ弓を仕掛けて置くのである。それに来て斃れたといふのは、幾ら神で無くとも驚くべき不注意であつて、珍らしい事件であつたに相違ないが、都に住む橘氏ならば兎に角、土地の猟人が始めて名を知つたといふのは、稍信じにくい話である。殊に此方面は今でも山人の出現が他に比べては著しく頻繁であり、現に此記事以後にも、色々の珍聞が伝へられて居るのである。

○

八田知紀翁の霧島山幽境真語の終りに、次のやうな一話が載せてある。

おとゞし（文政十二年）の秋、日向の高岡郷（東諸県郡）にものしける時、籾木村なる郷士、籾木新右衛門と云へる人の物がたりに、高鍋領の小菅岳といふ山に、高岡郷より猟に行通ふ者のありけるが、一日罠を張り置けるに、恠しき物なんかゝりたりける。さるは大方は人の形にて、髪いと長く、手足みな毛おひみちたり。さてそれが謂ひけるは、私はもと人の娘なり。今は数百年の昔、世の乱れたりし時、家を遁れ出てこの山に兄弟共に隠れたりけるが、それよりふつに人間の道を絶ちて、朝夕の食ひ物とては、鳥獣木の実やうのものにて有り経しかば、をのづから斯う形も恠しくは成りにけり。今日しも妹の在る処に通はんとて、夜中に立ちて物しけるに、思はんやかゝる目に遭はんとは。いかで〳〵我命をば助けよかしと、涙おとして詫びけれど（その言語今の世の詞ならで、定かには聴取りかねしとぞ）、いといぶかしくや思ひけん、其儘里へ馳せ還りて、友あまたかたらひ来て、其女を殺してけり。さて其男は幾程も無く病み煩ふことありて死にけりとか。こは近頃の事なりとて、男の名も聞きしかど忘れにけり。

小山勝清君の外祖母の話であつた。明治の初年、肥後球磨郡の四浦村と深田村との境、高山の官山の林の中に、猟師の掛けて置いた猪罠に罹つて、是も一人の若い女が死んで居た。丸裸であつたさうだ。之を附近の地に埋めたが、後に祟りがあつたと云ふ話である。我々の注意するのは、以上三つの話が少しづゝ時を異にし、又僅かばかり場処をちがへて、何れも霧島市房連山の中の、出来事であつたと云ふ点である。但し猪罠の構造を詳しく知らねばならぬが、かゝつた女が身の上を語つたといふ小菅岳の一条には、甚だしく信じにくいものがある。姉と妹とが別れ〳〵に住んで居て、時あつて相訪ふといふことは話の様式の一つであり乱を避けて山に入つたと云ふのも、此地方の人望ある昔談りに他ならぬ。言葉が古風で聴取りにくかつたといふ説明と共に、必ず仲継者の潤飾が加はつて居るかと思ふ。それよりも大切な点は僅かな歳月、僅かな距離を隔てゝ似た様な三つの事件が起り、しかもそれ〴〵状況を異にして、真似た痕跡の無いことである。自分は必ず今に又新らしい報告の、更に附加せらるべきことを予期して居る。

○

他の地方の類例は又熊野の方に一つある。長八尺ばかりな女の屍骸を、山中に於て見た者がある。髪は長くして足に至り、口は耳のあたりまで裂け、目も普通よりは大なりと記して居る。それから越後野志巻十八には、山男の屍骸の例が一つある。天明の頃、此国頸城郡姫川の流に、山男が山奥から流れて来た。裸形にして腰に藤蔓を纏ふ。身のたけ二丈余とある。但し人恐れて敢て近づかず、遂に海上に漂ひ去ると謂つて、寸尺は測つて見たのでは無かつた。しかも二丈余といふのは兼て此地方で言ふことゝ見えて、同じ書物の他の条にもさう書いてある。

但し山男の身長の遥かに尋常を超えて居たことは、他の多くの地方でも言ふことで、或は事実では無いかと思ふ。此序にほんの二つか三つ実例を挙げて見るならば、有斐斎剳記に対馬某といふ物産学者、薬草を採りに比叡山の奥に入つて、偶々谷を隔てゝ下の方に、一人の小児の岩から飛降りてはまた攀ぢ登つて遊んで居るのを見た。村の子供が来て遊ぶものと思つて居たが、後日其処を通つて見るに、岩は高さ数仞の大岩であつた。それから推して見ると小児と思つたのは、身の丈一丈もあつたわけで、始めて怪物といふことに気がついた。石黒忠篤君が曾て誰からか聴いて話されたのは、幕末の名士川路左衛門尉、或年公命を帯びて木曾に入り、山小屋にとまつて居ると、月明かなる夜更に其小屋の外に来て、高声に喚ぶ者がある。刀を執つて戸を開いて見るに、そこには早影も見えず、小屋の前の山を極めて丈の高い男の下つて行く後姿が、遠く月の光で見えたさうだ。山男であらうと其折従者に向つて言はれたが、他日終に再び之を口にせず、先生の日記にも伝にも、其事を記したものは無かつたといふ。山中笑翁が前年駿州田代川の奥へ行かれた時、奥仙俣の杉山忠蔵と云ふ人が、其父から聴いたと云つて語つた話の中に、若い時から猟がすきで、毎度鹿を追うて山奥に入つたが、真に怖ろしく又不思議だと思つた事は、生涯に二度しかない。其一度は山中の草原が丸太でも曳いて通つたやうに、一筋倒れ伏して居るのを怪しんで見て居るうちに、前の山の樹木がまた一筋に左右に分れて、次第に項上に押登つて行つたこと、今一度は人の足跡が土の上に在つて、其大さが非常なものであつた。兼て斯んな場合の万一の用意に、持つて居る鉄の弾丸を銃にこめて、猶奥深く入つて行くと、ちやうど暮方のことであつたが、不意に行く手の大岩に足を踏掛けて、山の蔭へ入つて行く大男の後姿を見た。其身の丈が見上げても目の届かぬ程に高かつた。余り怖ろしいので鉄砲を打放す勇気も無く還つて来たと語つたさうである。昨今は既に製紙や枕木の為に、散々に伐り荒されたから事情も一変したが、以前は此辺から大井の川上にかけては、山人に取つての日高の沙留《さる》とも謂ふべく、最も豊富なる我々の資料を蔵して居た。安倍郡大川村大字日向《ひなた》の奥の藤代山などでも、曾て西河内の某といふ猟師が、大きな人の形で毛を被つた物を、鉄砲で打留めたことがあつた。駿河国新風土記巻二十には、何でも寛政初年の事であつたらしく記して居る。打留めたものゝ余りの怖ろしさに、其儘にして家に帰り、それが病の元になつて猟師は死んだ。其遺言に一年も過ぎたなら、斯う〳〵した処だから往つて見よとあつたので、其通りに時経て後出かけて捜して見ると、偉大なる脛の骨などが落散り、傍には又四五尺あるかと思ふ白い毛が、夥しくあつたと伝へられる。其様に長いならば髪の毛だらうと思ふが、何分多くは何段かの又聞きであつた為、満身に毛を被るといふ記事がいつも精確で無く、殊に此地方では猿の功経たものとか、狒々とかいふ話が今でも盛に行はれて、一層人の風説を混乱せしめる。新聞などを注意して居ると、四五年に一度位はさういふ噂が必ず起り、其実打取つたのは稍大形の猿であり、只其話と寸法とのみが以前の山男の方に近くなつて居る。つまりはうそであり誇張ながらも、由つて来る所だけはあるのである。尚最後に今一つ、どうでも猿では無かつた具体的の例を出して置く。是は駿国志料巻十三、駿河国巡村記志太郡巻四に共に録し、前の二つの話よりは少しく西の方の山の、やはり百余年前の出来事であつた。

大井川の奥なる深山には山丈《やまじやう》といふ怪獣あり。島田の里人に市助といふ者、材木を業として此山に入ること度々なり。或時谷畠の里を未明に立ち、智《ち》者山《しややま》の険岨を越え、八草の里に至る途中、夜既に明けんとするの頃深林を過ぐるに、前路に数十歩を隔てゝ大木の根元に、たけ一丈余の怪物よりかゝるさまにて、立ちて左右を顧みるを見たり。案内の者潜かに告げて言ふ。かしこに立つは深山に住む所の山丈と云ふもの也。彼に行逢へば命は測り難し。前へ近づくべからず又声を揚ぐべからず、此林の茂みに影を匿せと謂ふ。市助は怖れおびえて、もとの路に馳せ返らんと言へど、案内の者制し止め、暫時の間に去るべければ日の昇るを待てと言ふまゝに、せんすべ無く只声を呑みてかたへに隠る。其間にかの怪物、樹下を去りて峯の方へ疾走す。潜かに之を窺ふに、形は人の如く髪は黒く、身は毛に蔽はれたれど面は人のやうにて、眼きらめき長き唇そりかへり、髪の毛は一丈余にてかもじを垂れたるが如し。市助は之を見て身の毛立ち足の踏みどを知らず。されど峯の方へ走り行くを見て始めて安堵の思を為し、案内と共にかの処に来りて其跡を閲するに、怪獣の糞樹下にうづだかく、その多きこと一箕ばかりあり、あたりの木は一丈ほど上にて皮を剥きさぐりたる痕あり。導者曰ふ。これ怪物があま皮を食ひたる也。怪物は又篠竹を好みて食ふといへり。糞の中には一寸ばかりに噛み砕ける篠竹あり。獣の毛もまじりたりしとかや、按ずるに是は狒々と称するものにて、山丈とは異なるなるべし（以上）。此話は如何にも聴いた通りの精確な筆記のやうだが、やはりよく見ると、文人の想像が少しはまじつて居ること、恰かも噛砕いた篠竹の如くである。例へば長き唇反り返るとあるのは、支那の書物に古くからあることで、実はどんな風に長いのか、日本人には考へも付かぬ。到底夜の引明けなどに眼につくやうな特徴では無かつたのである。山丈のジヨウは高砂の尉と姥などのジヨウで、今の俗語のダンナなどに当るだらう。即ち山人の男子のや丶年輩の者を、幾分尊んで用ゐた称呼にして、正しく山姥と対立すべき中世語であつた。

（大正15年11月、郷土研究社刊）

葉山嘉樹論

合評者（ABC順）

林　房雄　小堀甚二　前田河広一郎
金子洋文　佐野　碩　中野重治
鹿地　亘　佐々木孝丸　山田清三郎

前田河　これまでの此の合評会の様子を見ると批評の批評——反駁の駁論に堕してゐたような傾きをやつて居た様なのがあつた。で、作者の作風を中心として、それにそくしてやつてほしい。

一同　異議なし。

前田河　聞く所によると、葉山君は、ルンペン・プロレタリアよりだん〳〵にプロ的に自覚を持つて来た作者で本来の彼は可成不統則な反抗意識の漫然とした所にあまんじて居た人だつたが、しかし、だん〳〵に一つの確固たる目的を持つて来たから書くものもしつかりして来た。と言はれて居る様だ。所が、自分にとつては実に逆の感がある。即ち、最初に書いたものはピタリ来るが、最近のものは、アピールしない所のものがある。此の点で、自分は、「海に生きる人々」をとる。

林　最近のもの、中で、ある目的を持つたと言はれる、此の「目的」とはどんなものですか。

前田河　例へば、――有る目的的な作品として――「セメント樽の手紙」「労働等の居ない船」などがそれだ。之等ははつきりした目的を示して居る。之程、直接にあらはさなくんも善い。勿論短篇と長編との相違はあるが此の目的意識は、

林　その「目的意識」とは……

前田河　今、「目的意識」と言つたが、此が二つの短篇と「海に生きる人々」との相違は、短篇の方では、ジカに我々の組織された反抗意識をしげきするに反し、長篇の方では、それを自然にたどつて、内的爆発を待つて出し、読者に之に共鳴させる点がある。之は、長篇と短篇の相違による所だとしても、そこになほ、一考慮あつてしかるべきだと思ふ。

林　その比較に於て、長篇の方がすぐれて居る事をみとめるが、「短篇に目的意識が露骨にあらはれて居る」と言はれた、その事は、長篇と短篇との形式の相違からあらはれたのだと思ふ。

議長（佐野以下姓略）　作者の目的意識作者の意図について論じて下さい。

鹿地　時代的に見れば、淫売婦には、まだ人道主義的な所がある。「セメントダル」「どつちへ行くか」では之よりぬけ切つたが、まだ行くべき所を見出して居ない。そして「海に生きる人々」に於て此の反抗が可成目的を持つて居るかの様に見える。

林　「海に生きる人々」は最近書かれたものでなくて、極く初期の作品だ。時代的に先なのだ。

金子　「どつちへ行くか」では行くべき道を明かに示して居ると思ふ。

林　鹿地君その目的意識とは何を言ふのですが、政治闘争とか経済闘争とかの扱つたものを目的意識のある作品と言ふのですか?

鹿地　それだけを言ふのではないが、帝国主義時代となり、闘争が政治的になつて来るにつれ、素材のえらび方も必然に政治的暴露にまで進んで来るべきだと思ふ。

山田　僕は、必ずそうでなくてはならぬとは思はぬ。今日でも封建のイブツは残つて居る。そこから主題をとつて来ても善いのだ。此の素材を、如何に取扱かふかゞ問題だと思ふ。葉山君の作には封建時代のイブツを取扱つたものはない。みな、近代資本主義時代の重圧の底から引き出されたものだと思ふ。彼は之を無秩序に投げないで、之に一つの秩序をあたへ、そして意識づけて居る。長篇と短篇との話があつたが、私の見る所では、彼の此の長篇は形式としてまだ処女性を持つて居る様に思へる荒削でガムシヤラなところが多分にある。所が短篇はすべてぐつとより文学的に洗練せられて来た。前期のものはプロレタリヤによりぢかにより端的に訴へかける力が強いが、後者のものはより藝術的な、より文学的なものを好

む人々にも充分迎へられると思ふ。

林　僕は、「目的意識」の言葉の、意味をはつきりさせることが必要だと思ふ。僕は、そうした誤解され易い言葉の代りに社会主義的世界観と言つた言葉を用ひたらい丶と思ふが。

鹿地　それは分る。しかし、か丶る意識に於て、彼等は、此の素材の選択をなすべきだと思ふ。

林　しかし、どうも「目的意識」論者は題材の選択を制限しすぎる傾がある。

前田河　且なる外形的な政治的経済的闘争が全体ではない。感情までが社会主義的でなくてはならぬ。Sen timent に於ての教育を先づ経て居るものである必要がある。

中野　目的意識性。――今日は、階級闘争は政治闘争にまで入つて居る。之を作者は主として取扱かふべきだと鹿地君は言はれた。林君は、あらゆる点が取扱かはれ、「いかに見るか」が問題だと言はれた様に思ふ。自分の見る所では、客観的衝動力によつて素材が制約されて居る。此の理由によつて見方もちがつて来て居る。そこではじめて林氏の論も生きると思ふ。前田河氏の、先に言はれた所――短篇に於ては目的意識が露骨だが、長篇では、之が内的バクハツを伴つて居る――と言ふ所の此の露骨と言ふのは、之は手法の問題である。

佐々木　同感。素材はいたる所に求めらるべきだ。例へば、主観的に決して目的意識を持つて居ないかの如く見える暴動や一揆などに於ても、我々は之を社会主義的立場から見る、――そこが問題なのであると思ふ。此の「目的意識」とは、社会機構を「ばくろ」する所から生じるのだ。帝国主義の時代にあつては、素材はせいげんせられるのではなくして、ますく広くなるのだと思ふ。

前田河　議事進行について発言。批評の批評となりかけた様だ。作品に即してやつてもらいたい。

佐々木　今日まで、此の「目的意識」は可成間違つて考へられて居る、これを此の機会にはつきりさすべきだ。

中野　何が素材として選ばるべきかについて、も少し議論を進めたい。経済闘争の時代には漠然たる経済的反抗を文学の素材として持つて居た。所が帝国主義の段階に入るに至つては闘争は広く政治闘争にまで及んで来た。だからこそ藝術の問題、その素材は、ますく拡張されるべきなのである。

前田河　コンミユニストである以上、目的意識は一つしかない。之に向つて作家は作家なりの努力をすべきである。此の点が問題なのだ。

林　此の言葉――「目的意識」――は、「社会主義的の認識」と言はるべきだと思ふ。

議長　では短篇を代表して「淫売婦」に於けるその内容を論じて下さい。

佐々木　ある科学者の話によると、現在には、こ丶に取あつかはれた内容以上に悲惨な事実があるそうだ。しかし、かくまでに勇敢に描かれたものはまだないだろう、と言つて居る。

僕は、此の内容が、彼の空想なりとすれば、それは、か丶る空想を可能ならしめた彼の体験の深さを感じせしめ、又之が体験だつたとすれば、それは彼の非常なるいきどほりを思はせる。尤も、此のいきどほりの中には、少々トルストイアン的な所があるが……

山田　自分は淫売婦を通じて、被搾取階級仲間の姿の象徴を見た。そしていかなる場合にも失はれてゐない仲間の愛を見せられた。こ丶ではみんな一緒に泣いて居る。自然発生的な反抗意識、相互の愛から、我々の異常な力が発生すると言ふ点を見た。僕等が——いや僕が仮にかうした題材を扱ふとなるとこの事実を見よとばかり、先づ事実ばかりた丶きつけたくなるが、葉山はそれを意識的に統一して、而して後おもむろに、これを藝術化してゐる点は、僕の敬嘆してゐるところで、同時に彼から大に学びたいと思つてゐるところだ。

前田河　此の作について言へば、先づ我々が感心するのはそして必然にこ丶で同感させられるのは、読者の性慾の衝動だ。そして、こ丶でやつて来るのは、しかも、次にそれが果されないと言ふのだ。之等に面した主人公の気持の次に、——さて、その次にだ。「赤旗を持てたて」と彼が言はなかつたからと言つて、之は文学として弱いものだと言ふ事にはならない。

林　之は「無産階級の同胞愛」である。人道主義的であると言ふべきものではない。

佐々木　僕は作品の内容が人道主義的な部分を含んでゐると云ふのだ。

前田河　佐々木は、決して人道主義を攻める必要はない。

金子　淫売婦の内容、この特長は、「しいたげられ乍ら、しかも愛し合ふ」その中から、起ち上らうとして居る所にあると思ふ。そこを見ないで目的意識がないと言ふならばそれは間違ひだと思ふ。之はブルヂヨアにも感じ動かせる、又プロレタリアにふるい起たせる。このいづれもが大切な所だと思ふ。

鹿地　僕が最初に人道主義的だと言つたのは、作者が次に発展して行つた諸作品の段階から見て、比較的に言つたのである。

前田河　作品は最後の八行目まで人道主義的感情を出し、八行を以てそれをひつくり反して見せる。比の最後の八行が強いか、前の人道主義が強いか。僕は八行だと思ふ。

林　その人道主義とは……

前田河　僕の云ふ人道主義とは、主人公の女に対する優越の感情——そしてそこから来る此の女に対する、弱きものに対する、憐びんの情だ。

林　人道主義とはセンチメンタリズムを言ふのではない。超階級的なそして反動的な世界同胞主義だ。

議長　「淫売婦」の技巧について言つて下さい。

前田河　人道主義を此の八行でひつくり反す事は技巧としてはまづい丶。

中野　たしかに、淫売婦は技巧に於て欠点を持つて居る。今、ヒユーマニズムが問題となつた様に、冗漫である。此の中のリズムにブルヂヨアのそれと似た所がある。も少し簡潔に書けたら、なほ立派だつたと思ふ。
佐々木　大体賛成。しかし、小説として、読者を惹きつける点に於て、さ程、ヂヨーマンではないではないか。作者の意図して居る点に引く為にはあれ位書いて行つて善いと思ふ。同じ事実、あれにをとらぬ内容を書いたものでは問題にならなかつたものがあるか、しかも、之がかく問題にされたのは、たしかに技巧のすぐれた所によると思ふ。
中野　僕は「欲」を言つたので、「セメントダル」に比べて見て、ヂヨーマンな所があると思ふ。
小堀　淫売婦の善いと言ふ事には最大の賛辞を惜しまないのだが、淫売婦の生きた生活が描かれて居ないのでそれが却つて夢幻的な感じを与へて読者を惹いたかも知れないが、僕等のものとしては失敗だと思ふ。僕が生活と言つたのは、経済生活や其の他の機械的な生活と言ふ意味ではなく、生活姿体といふ意味だつたのだが、異口同音の反対を受けて、面喰つてしまつたので、中途で止してしまつた。（附記）
佐々木　否、「淫売婦」と言ふ題を出してをき乍ら、普通に頭が浮ぶであらうものを描かないで、こう言つた異常な淫売婦を描いたので、却つて効果があつたのだ。
一同　同感。
山田　此の作によつて、無産者文藝にも、如何に技術が、必要があるかと言ふ事を、具体的に示された様に思ふ。
中野　そして同時にプロ作品は、ブルの持ち得なかつたものを持つて居ると言ふ事を教へた。
議長　「海に生きる人々」の内容について――
林　僕はすばらしく打たれた。人にひし〳〵と迫る力を感じた。此の作品を貫ぬいて居る社会主義的認識と社会主義に対する確信――その熱情的――妥協的な表出が僕をうつたのだと思ふ。
中野　此の船は、忠実に資本主義につかへて航海して居る。そして、「此の中」で闘争が行はれて居るのである。此の作品の内容は之である。此の走馬燈にかゝれた闘争の鎖は、やがて監獄までつゞいて居る。こうした事件、題材は、ブル作家によつて、かつて書かれた事がないのはもとより知られてさえも居なかつた事である。此の新しいと言ふ事は、又、新しい感覚を持つて来る。此の後、作者は従来の文章によらないで、新しい表現を持つ。此の点が、人々を打つたのだと思ふ。
山田　題材としては、多くある事実だが、作者の現実観の把握と認識が徹底して居る為に、全体が生々とした社会的感覚に依つて生かされて居ると思ふ。此の作の中に扱はれてゐる人物には、境遇上非常に憐むべきものもあるが、しかし作者はそれ等に対して明確なる社会主義的世界観に依つて、人道的な涙を殺し乍ら、少しもプチブル的な同情をそゝがないで、それ等の人間の行くべき道をハツキリと指示してゐる。全体に作品が溌溂として健康である。取扱はれて事件は被搾取階級の重圧そのものであるが、しかもこの作では、圧へつけられて居た者は、やがて奮然としてけつ起するだらうと言ふ一つの大きな力を感じさせる。

林　自然主義作品と社会主義作品、此の両者の差を此の作を読んで考へさせられた。前者は、生活姿態をはつきりと描き出しはするが、作者の主張や理想は、これを作品に現す事を出来るだけさけた。ゾラ、モーパツサン等はちがふが、一般に「主張」を押しかくさんとした。所が後者は生きた生活姿態と同時に作者の主張をぐん〳〵概念の形で出す。そして此の二つの事が少しも矛盾して居ない。此の事実に僕は大いに教へられた。

中野　此の作品の持つ特性は、メンミツである事、ブルの持ち得なかつた事にメンミツである事だ。そして又実際、資本論を引用し、その頁数までも示してあつたり、争議の方法を教へたりして居るが、然もそれが十分に感情を持つて居る。そこにある。

林　表現の混乱性が、非常に効果をあげてゐる。之が意識的であれば、成功であり、無意識的であるとすれば怪我の功名である。だが何れにしろ中野君の言はれるように、且つて日本になかつた、そして日本の社会主義文学の最高収穫を妨げるものではない。

中野　色々な点で、作者の意識的統制に欠くる所があつたと思ふ。

前田河　葉山君の特長は統制されないで、無意識である。もつと〳〵夢中でやる所に彼の生命があると思ふ。

中野　僕等の言ふこんぜんたる作品を出せと言ふのは、洗練された、みがゝれた玉を出せと言ふのでは決してない。十分計画的に混乱性、溌溂性を出せば善いのだ。

小堀　理智的になつて、はつらつ性が現はせれば善いのだが、やつぱり統制に重きを置くと主智的になつてそこから欠点が生れる所がある。

前田河　意識的に奔ぽう性を出すと、すでにそれはほんぱうでなくなつて来る。

林　しかし、たゞ「統制」の方向に努力してほしいと言ふのであつて……

金子　例へば、「どつちへ行くか」でもも少し技巧を練つたら、なほよくなる。此の意味で意識的に統制したら善いと思ふ。

前田河　藝術上、技巧上の普遍性と特異性とを混同して居る議論だ。むつかしい文章をことに好いて読むと言ふ事もあるのだ。

山田　葉山の最近のものと、「海に生きる人々」とを比べて、最近のもの丶方がより文章や技巧の方から見て進んでゐるやうに思つたが、それは此の長篇の前の方だけを読んだ所の考であつて、これを読み終つて見て、此の方が、最近のものより処女性のあるところが却つてい丶のではないかと思つた。

そのあらけづりな力のある点に於て……しかしそれは題材にも依ることだが。とに角、葉山のものが二三年前発表された時、殆んど問題にならないで、今、之が問題となつたのは何と言つても、今の社会的情勢がかゝる作品を要求するに至つたからである事は事実であらう。

（「文藝戦線」大正15年12月号）

文壇ギルドの解体期

——大正十五年に於ける我国ヂャーナリズムの一断面——

大宅壮一

(一) ギルドとしての文壇

外国にマスタア・オヴ・アーツといふ称号があるが、これ程適確に、従来の我国の『文壇人』の本質を言ひ現した言葉は尠い。マスタアとは、元来手工業組合（Craft guild）の『親方』乃至『頭梁』から来た言葉である。封建時代の職人が『親方』になるためには、一度は必ず『徒弟』（Apprentice）たることを必要とし、その年限が終つた後、卒業製作といふものを拵へた。これを称してマスタア・ピース（Masterpiece）と呼んだのである。即ちマスタアになるためのピース（製作品）といふ意味である。

唯物史観によれば、上部構造の進化は基底の進化に遅れることを原則とする。殊に我国のやうに、突如として隔段に進歩した外来文化のために征服されたところに於ては、甚だしく進化の段階を異にする様々な社会群が雑然として併存するといふ奇観を呈する場合が多い。かういふ見地から従来の我国の『文壇』を考察する時、それは果して社会進化の如何なる段階に位するであらうか。

明治維新と共に生れ出た我国の資本主義が、日露戦争の刺戟に遇ひ、封建時代の殻から蟬脱して世界の市場に活躍し始めた頃、日本文壇の大頭梁尾崎紅葉出で丶、硯友社一派の文壇ギルドが確立し、次いで世界戦争の影響を受けて日本の資本主義が漸く爛熟の域に達して来た時、親方漱石の庇護の下に、今日の文壇を担つて立つてゐるところの幾多の新人が輩出して、文壇ギルドはこ丶に完成の域に達した。

ところで私は、従来の『文壇』を指して何故に『ギルド』といふ名称を以て呼ぶのであるか。簡単にその理由を明らかにして本論に入ろう。

先づ第一に気がつくことは、「実業界に出る」といふ言葉と、『文壇に出る』といふ言葉との間に、隔然たる相違の存することである。前者は純然たる弱肉強食の自由競争場裡に乗り出して一騎打ちすることを意味し、後者は幾らか封建的余裕を有し、一度出てしまへば或程度まで生活が保証される一種の社会群、即ちギルドの親方の仲間入りをすることを意味する。何となれば、芝居を作つたり小説を書いたりすることは、多年其道の修業を経たものでなければ、『素人』では一寸手がつけられぬことであり、その結果彼等の集団、即ち組合は或程度まで市場を独占する力を具へてゐるからである。従つて今日の多くの文学志望者は、実は文学志望者ではなくて大抵文壇志望者であるといふことは当然の現象である。

第二に、従来の文壇に見受けられるやうな、『素人』と『玄人』との間の截然たる区別は、封建的手工業者の間でしか見られない現象である。文壇のマスタア連は、彼等相互の間ではどんなに啀み合つてゐても、『素人』に向つた時には、見事に一致団結する。かくて『素人』の作品は大部分黙殺される。中には『素人』の作品でも異常な社会的センセーションを捲き起した結果、已むを得ず問題にしなければならなくなつた場合でも、何処かにあらを見つけ出して難癖をつける。(それは一面彼等の自己安慰である。)反対に彼等の仲間の作つたものは、それが第三者の眼から見てどんなにつまらないものであつても、そこに何等かの『うま味』を発見することを決して忘れない。かういふ風にして外来者の侵入を防止することは、『ギルド』に特有な現象であつて、その警戒を怠る時は、長年彼等の独占に委ねられて来た市場が、忽ち掻き乱される恐れがあるからである。例へば新潮の合評会(社会思想家等の闖入する前の)の如きは、『ギルド』の利益を擁護するマスタアの最高会議であつて、そこで『素人』と『玄人』とが厳重に篩ひ分けられるのである。

第三に、今尚徒弟制度(外形は多少違つてゐても)の存することである。文壇人の間に屢々行はれる出版記念会なるものは、ギルドに仲間入りをする披露会であつて、そこで新人が彼のマスタア・ピースを以つて、世に（といふよりは寧ろ文壇即ちギルドに）問ふのである。而して彼がこの卒業試験に及第するためには、其の卒業製作は必ずしも『傑作《マスタア・ピース》』たることを要しない。彼の卒業製作は寧ろ、彼のために出版記念会を開いてくれる先輩（即ち親方）を獲得した事実に存する。かくて彼は一人前の文士となる。文士録に登録されて一躍『有名』になる。つまり『有名』になることは『親方』になることである。かうして『有名』になつた者同志が互に褒め合ひ、問題にし合つて『有名』を維持して行く。『先生褒め』『弟子褒め』『仲間褒め』といつたやうな批評界の常套語が此間の消息を雄弁に語つてゐる。とにかく『文壇』といふギルドに仲間入りするためには、賞讃に値する作品を書く前に、先づ賞讃してくれる先輩なり仲間なりを持つ必要があるのである。

これを要するに従来の文壇は、『小説ギルド』『脚本ギルド』『戯作ギルド』『心境ギルド』『通俗ギルド』『大衆ギルド』等等等といつたやうな多くのギルドが集つて、一大『文壇ギルド』を形成してゐるのである。そして彼等文人は概ね文章の熟練工であり、感情の熟練工である。

㈡　ギルドの崩壊

弁証法を俟つまでもなく、すべての社会形態は、それが完成した時既にその内部には、それを崩壊させる要素が潜んでゐる。

欧洲戦争勃発後洪水の如く押寄せて来た好景気の波は、多くの成金を作ると共に、中産以下の階級の懐中を潤し、我国のヂヤーナリズムのために尨大なる市場を供給した。殊に近年に於ける最も著しい現象ともいふべき婦人の読書慾の増大は、ヂヤーナリズムにとつては、広大なる新植民地の発見にも似たる影響を与へた。かくて婦人雑誌の急激なる発展は、支那を顧客とする紡績業の発達が日本の財界に及ぼしたのと同じやうな影響を我国の文壇に与えた。そして流行作家の収入は、婦人雑誌の発展に比例して暴騰した。

又他面に於て、造幣局で貨幣を作るやうな、現代の資本主義的劃一的普通教育の普及は、あらゆる方面に於て多くの『フアン』を作る。かくて活動フアンや野球フアンと等しく、莫大なる文学フアンが発生する。ヴアレンチノの署名附肖像に随喜する活動フアンや、唯単に寄席に出るベーブ・ルースの顔が見たいために高い入場料を払ふ野球フアンがあるのと同様に、流行作家の書いたものでありさへすれば、どんなに馬鹿々々しいものであつても、無名作家の心血を注いだ傑作よりも、比べものにならない程高い市場価値《マアケット・プライス》が発生する。

其等の結果、彼等の生活及び作品にどんな影響を与へたであらうか。文学者の社会的地位が急激に上昇したことはいふまでもない。これまで安い稿料を以つて辛うじて口に糊しながら、陋巷に燻つて苦吟してゐた彼等は、一躍タクシーを飛ばして待合に出入する身分になつた。中には毎月国務大臣と魚屋の支払高を争ふ程豪気なものが出たり、大臣階級の子弟から文壇志願者が続出したりするやうになつた。併しながら待合と藝者とカフエーと女給と花牌と将棋と麻雀と玉突と野球と……かういふもの、順列及び組合《パーミュテーション・アンド・コンビネーション》せから、果してどんな作品が生れるか想像するに難くはない。偉大なる文学は生命の緊張から生れる。だらけた生活からはだらけた作品しか生れない。而もこのだらけた作品を以つて市場の独占を維持継続しようとするところに、早晩このギルドの崩壊する必然性が潜んでゐるのである。

中世紀に於てギルドが栄えてゐた頃には、ギルドは市場を独占する特権をその掌中に収めると同時に、他方では組合員に対して峻厳なる取締を励行して、品質の良好、取引の正直を期する上には、極めて自治的な訓練が行はれてゐた。然るにギルドが解体期に近づいて来るに従つて、対外的には益々峻厳になると共に、対内的には愈々ルーズになつて来るものである。昔のギルド・マンは、技を練り腕を磨くために、所謂『旅稼ぎ』に出て、諸方を遍歴した。今日の我国の文壇人の中で、単に材料を探索するだけの目的を以つてしても、或はゾラの如く、或は藤森氏の如く、社会のどん底に飛込んで行く程度の勇気と真剣味を持つてゐる人がどれだけあるだらうか。

彼等文壇人は口を揃へて『たねの饑饉』を訴へる。たねの饑饉は、言ひ換へるならば、生活の饑饉である。生命の饑饉である。文壇人甲の生活内容と、文壇人乙の生活内容との間に、殆ど何等の差異をも認めることが出来ないとすれば、二人の作品から果して如何なる本質的差異を期待することが出来るであらうか。従つて彼等の作品は、彼等の生活と等しく、何れも一様であり、単一であり、小細工であり、非冒険的であつて、これを要するにその大部分は、文壇長屋の井戸端会議に尾鰭を附けたものに過ぎない。『近頃の作品は殆ど読んでゐない。』といふことを、寧ろ誇らしげに口にする文壇人が多いが、これ程文壇人自身による文壇共者に対する侮辱があるだらうか。こゝに文壇ギルドが既に末期に臨んでゐる徴候が露骨に現れてゐるではないか。

以上述べたところは、文壇ギルド解体の内部的原因並に徴候である。それでは果してそれがどういふ結果となつて外部に現れてゐるであらうか。

第一に『素人』の文壇侵入である。最近の著しい傾向は、まるで別な畑に育つた人が、文藝的作品を発表して新聞雑誌の紙面を略奪しつゝあることである。殊に筋の変化を豊富に盛つてありさへすれば、少々粗雑であつても認容される通俗物に於て、この傾向が著しい。これは恐らく最初は編輯者が流行作家の原稿がとれなくて窮した揚句の出来事であつたらうが、それでも或程度まで読者をつなぐ力のあることがわかつて来ると、終には編輯者の方でも彼等を歓迎するに至つたのである。かくて彼等『素人』は中央文壇からは一顧も与へられなくても、非文壇的文壇に於て着々その地位を築きつゝあるのである。文壇的名声がなくても、『藝術味』が欠けてゐても、面白くさへあれば読者は食ひつくものであるといふことに、ヂャーナリズムが気づいて来たのである。それどころか、貧弱な経験を水で薄めた文壇人の作品よりは、少々粗雑でも緊張味の多い『素人』のものを歓迎するやうにさへなつて来た。実際又実力の点に於ても、両者の区別が次第に消滅しつゝあることは事実である。

第二にプロレタリア文藝運動の勃興である。これは第一の『素人』の文壇侵入の一種と看做さるべきものであるが、従来の文壇に見られなかった新しい批評的尺度を齎した点に於て、単なる『素人』と異る。ギルドの内部に於て久しい間神聖にして犯すべからざるものとされてゐた批評的尺度に代ふるに、文学とは何等本質的な関係がないかのやうに考へられてゐた新しい尺度を以つてせよといふ凄じい要求は、脂肪過多のため狭心症にかゝつて動きがとれなくなつてゐる文壇人には、非常な脅威であるに違ひない。それも唯単にギルドへの加盟と特権の分割を要求するに留る者もあるが、中には更に進んでギルド其者の崩壊を計る者も尠くはない。最近新潮の合評会に文藝の道にかけては全く素人たる社会思想家が列席して文学を論じたり、純文藝の雑誌に、従来殆ど文藝について口にしなかつた人々の文藝論が屢々発表されたりするといふ事実は、見方によつて『玄人』の『素人』への降服である。

第三に、現文壇が無暗に末技に拘泥したり、矢鱈に新しいものを求めたりする傾向を挙げることが出来る。人格を忘れた者が辺幅を修飾する如く、根幹を忽せにする者が却つて枝葉を重んじるものである。今日の文壇人の批評なるものを聞いてゐると、指物屋が家を批評するやうで、部分のみが眼について全体が見えない。その結果、部分的に見て益々嶄新奇抜なものが発明される。外国で何か新しい傾向が流行すると、銀座の洋品店のやうに競つてこれを輸入する。而も其際、その新傾向が発生するに到つた背景や必然性の如きは全然顧みられず、輸入されるものは唯その形式だけである。かくて如何に多くの新型がクロス・ワード・パヅルの如く、文壇の飾窓《シヨウ・ヰンドウ》に現れたかと思つたらすぐ消えて行つたことか。かゝる盲目的模倣を招くに至つた動機は、生活をそのまゝにしておいて、作品だけを革新せんとする焦慮に存する。真の意味での『新』は、生活の更新と人格の革命を俟つて初めて生れるものである。そしてさういふ場合の『新』は、単なる『新』ではなくして『深』であると同時に『真』である。

第四に、純文藝雑誌及び純文藝出版書肆の経営難又は一般化を指摘することが出来る。元来資本主義は多量生産による利潤の増大を目的として進むものである。然るに或限定された範囲にのみサーキュレートする特殊雑誌が、誰にでも向くやうな一般雑誌と、発行部数に於て、広告力に於て、稿料の支払力に於て、殆ど競争にならないことはいふまでもない。その結果、『大家』の『力作』が次第に純文藝雑誌から影を潜めつゝあることも自然の勢といはねばならぬ。従つて純文藝の雑誌が従来の如き利潤を挙げ得ないのみならず、反対に益々損失を大にする傾向に向ひつゝあることも当然である。そこで、単に文壇といふギルドの機関に留つて、一般人の興味を唆らぬ純文藝雑誌は、已むなく廃刊するか、純文藝の甲殻を脱して一般化することによつてより多くの読者を吸収するか、何れか一つを選ばねばならなくなる。これは最近多くの純文藝雑誌が共倒れした事実、或はサーヴアイヴせるもの、例へば『文藝春秋』、『不同調』、『新潮』、『随筆』等が追々一般化する傾向を有する事実を見れば明らかである。聞くところによれば、春陽堂でも『文章往来』と『新小説』を廃刊してもつと一般的な雑誌を出す計画が進んでゐるさうである。

純文藝雑誌の不振は、同時に純文藝書肆の不振を意味する。これは他面に於て、従来文藝物に手をつけなかつた大出版業者及び新聞社が、最近文藝の普及に伴つて、全く資本主義化したその偉大なる広告力と販売力とを誇示しつゝ、貧弱なる純文藝書肆の手から流行作家の『傑作』を奪つて行くことが又後者の不振を助長する。かくてこの競争に耐へざる純文藝書肆は衰運に傾き、反対に前者と競争し得る大資本を擁する純文藝書肆は資本の集積に伴ふトラスト化の傾向に従つて、文藝物以外の出版に食入つて、益々その大を成すに至るのである。

最後に、文壇に於ける企業熱の勃興を挙げてペンを擱かう。一人前の文士、即ちギルドの『親方』連までが、続々と同人雑誌や個人雑誌を出して、互に縄張りを争ふといふことは、最近の文壇にのみ見受けられる特異な現象である。これはギルドが将に解体に瀕してゐることを雄弁に物語る事実である。此等文壇企業家は、大体二種に別けることが出来る。一は積極的に資本主義の向ふを張つてこれに対抗せんとするものであり、他は消極的に資本主義から独立、といふよりは孤立して、自分若くは自分達だけの世界を楽しまんとするものである。併し何れにしても、従来金銭の事に疎いことを以つて寧ろ誇としてゐた文人墨客が、俄かに紙質の鑑定を覚え、活字の号数に頭を悩まし、書肆に足を運んで広告を貰ひ受けて、漸く雑誌が出来たかと思へば、売行が気になつて夜も眠れないといふことは、確かに天下の悲惨事である。勿論中には本来資本主義的天賦を有する文壇人にして、まんまとこの企業に成功し、今では仕事場で鑿を揮ふ職人生活から完全に足を洗ひ、近代的資本家と成り上つて(見方によれば成り下つて)生産機関を掌中に収めてゐる者もないことはないが、大抵は明治維新に殿様から戴いた涙金で商売を始めた武士階級と同じ運命に陥るであらう。とにかくかゝる企業熱の勃興は、積極的と消極的の差こそあれ、何れも文壇ギルドの崩壊を意味し、資本主義への降服を意味する点に於て同一である。我々は寧ろ、資本主義社会に於て文壇ギルドが今日まで維持せられて来たことを奇とするものである。

(「新潮」大正15年12月号)

現代日本文学と無産階級

蔵原惟人

一

階級社会に於けるあらゆる文学は階級文学である。過去の文学がそうであつた如く現代の文学もそうである。文学は何等かの方法をもつてその属する階級の心理を反映し、また客観的には何等かの手段をもつてその階級に奉仕してゐる。然るに文学をもつてあたかも超階級的なものであるかの如く主張するものは、それは唯彼が支配階級のイデオロギーから一歩も出ることの出来ない盲目なるその代弁者であるか、或は意識的に支配階級に奉仕しようとする反動家であるのを証示する他の何物でもない。

レーニンは彼に特有な明快さをもつて次の如くこれを表現してゐる——

「ブルジョア個人主義者諸氏よ、我々は君達に云はなければならない。絶対的自由に関する君達の言説は——単なる虚飾に過ぎない、と。金力の上に立てられた社会、勤労大衆をして愈々貧しからしめ、少数なる富豪に寄食してゐる社会に、現実なる真実なる「自由」が有り得やうか。君達は君達のブルジョア出版屋から自由であるのか、作家君よ？「神聖なる」舞台藝術への「追加」として枠にはまつたポルノグラフィーと売淫の絵も君達から要求する君達のブルジョア大衆から？ 第一この絶対的自由と云ふことそれ自身が既にブルジョア的乃至アナーキスト的言葉ではないか（何となれば、世界観としてのアナーキズムは裏返しされたるブルジョア性に外ならないのだから。）ブルジョア作家、藝術家、俳優の自由は、金袋への、賄《まかな》ひへの食《くひ》扶《ぶ》持《ち》への、唯仮面に蔽はれたる（或は虚飾的に仮面をもつて蔽ひたる）聯結に過ぎないのだ。

「我々社会主義者は、この虚飾も曝露しつゝある。この虚偽の看板をもぎ取りつゝある——がそれは決して超階級的なる文学と藝術とを得んが為ではない（これは唯社会主義の階級なき社会に於いてのみ初めて可能となるであらう）、それは虚飾的に自由なる、そしてその実ブルジョアジーと結びついたる文学に対立するに、真実に自由なる、公然とプロレタリアートと結合したる文学をもつてせんとする為である。

「それは自由なる文学となるであらう、何となればそれは利慾でなく野心でなく、社会主義の観念と、勤労者への同情とが、常に新しい力を彼等の間に注ぎ込むであらうから。それは自由なる文学となるであらう、何となれば肥満の為に倦怠し煩悶しつゝある「上層数万の」飽食せる女主人公に奉仕するのではなくして、その国の色彩を作り、その力と未来とを形成する所の、数百万、数千万の勤労者に奉仕するのであるから。それは人類の革命的思想の最後の言葉と社会主義的プロレタリアートの生ける仕事とによつて豊富にされ、過去の経験（かの原始的空想的形式からの社会主義の進化を完成したる科学的社会主義）と現在の経験（同志労働者の現在の闘争）との間に絶間なき相互作用を作り出す所の、自由なる文学となるであらう。」（レーニン「政党組織と政党文学」――一九〇五年一一月一三日「ノーワヤ・ジーズニ」所載）

我々も亦この「真実に自由なる、公然とプロレタリアートと結合したる」文学の名をもつて現代日本文学の虚飾と貧困とを曝露したいと思ふ。

二

元来文学の社会的意義を決定する為には、その文学を発生せしめたる、社会的、階級的、集団的、個人的――あらゆる要因を分解して見なければならない。しかもその中に於いて最も重要なる、基本的なる要因は階級とその客観的情勢に条件づけられる階級心理とである。これなしには文学の社会的意義は一歩も理解されないであらう。

しかし更に文学は他の要素によつても影響される――過去文学の伝統並びに外国文学の影響等それである。我々は今、自然主義以後の日本文学を現代文学として、現代文学について研究する前に、しばらく去つて近き過去――所謂明治時代――の文学が如何なる社会的階級的根拠の上に発生したかを見て置く必要があると思ふ。

そもそも明治とは如何なる時代であつたか？　それは近代日本が封建的社会から出で、資本主義社会にはいつて行つた時代、云ひかへればブルジョアジー統政の時代である。しかしブルジョアジー統政の時代と云ふのは決してブルジョアのみの時代と云ふのではない、――そこには我々の見る所では三つの重要なる社会的階級層が相対立してゐて、そしてそれが互ひに離合しつゝ、文学の上にもその反映を残して行つた。三つの階級とは何であるか――封建地主、大ブルジョアジー及び都市並びに農村に於ける小ブルジョアジーである。後に至つてプロレタリアートがこれに加つて来たが明治の初めにはそれはまだ一つの独立した階級として存在してゐなかつた。

しかしこゝで注意をしなければならないのは、ブルジョア社会に於ける文学、一般に藝術なるものは、同じくその上層建築であるにしても特異の位置に立つものである、と云ふことである。それは最も多く小ブルジョアジーのイデオロギーを反映すると云ふことにその特質をもつてゐる。これは所謂作家、藝術家と名づけられるものゝ所属するインテリゲンチヤなる社会的集団が、経済的階級的には小ブルジョアジーであると云ふことによつて理解されるであらう。

然らば明治に於ける小ブルジヨアジーは如何なる地位に立つてゐたか、――これを理解することはやがて当時の文学を理解する所以である。その初め小ブルジヨアジーはその封建制度との闘争に於いて、大ブルジヨアジーと云はゞ共同戦線を敷いてゐた。否、小ブルジヨアジーと大ブルジヨアジーとの区別は当時経済的社会的にまだ明確に現れて来なかつた――と云ふ方が正しいであらう。然るに一方に於いて大資本の蓄積過程が進められ、他方に於いて小ブルジヨアジーの大衆化が進行すると共に、大ブルジヨアジーの国家主義と小ブルジヨアジーの個人主義との間の矛盾は次第に明らかになつて来た。こゝに於いて小ブルジヨアジーは或は封建地主と提携し或は個人主義的自由主義的叛逆の道に出で、この矛盾が益々大きくなると共に後者の前者に対する関係も益々深刻になつて行つた。

この対立は既に一八八〇年代（明治十三年以後）の初めには既に明かになり、それは中江兆民の「政理叢談」（一八八一年）「民約訳解」（一八八二年）と加藤弘之の「人権新説」との対立となつて現れて来た。これが更にまた自由党の形式を促がし、次いで一八八四年（明治十七年）の加波山の乱となつて爆発したのである。この時の檄文は当時に於ける小ブルジヨアジーのイデオロギーがよく現れてゐるのと、又一般に余り知れてゐないやうなので、左にその全文を掲載することにしよう。

「抑も建国の要は衆庶平等の理を明かにし。各自天与の福利を均く享るにあり。而して政府を置くの趣旨は。人民天賦の自由と幸福とを扞護するにあり。決して苛法を設け圧逆を施こすべきものにあらざるなり。然而今日吾国の形勢を観察すれば。外は条約未だ改まらず。内は国会未だ開けず。為に奸臣政柄を弄し。上　聖天子を蔑如し。下人民に対し。収歛時なく。餓孚道に横はるも。之を検するを知らず。其惨状苟も志士仁人たるもの。豈に之を黙視するに忍びんや。

「夫れ大厦の傾けるは、一木の能く支ふる所にあらずと雖も、奈何ぞ坐して其傾るを見るに忍びんや。故に我々茲に革命の軍を茨城県真壁郡加波山上に挙げ。以て自由の公敵たる専制政府を顚覆し、而して完全なる自由立憲政体を造出せんと欲す。嗚呼三千七百万の同胞よ。我党と志を同ふし、倶に大義に応ずるは、豈に正に志士仁人の本分にあらずや。茲に檄を飛して天下兄弟に告ぐと云爾。明治十七年九月廿三日、富松正安以下十六名署名」（明治二十六年発行、関戸覚蔵著「東陲民権史」より転載）

この結果当時の政府により富松以下十名は死刑に処せられ他は無期徒刑となつたのであるが、以つてこの時代に於ける我国小ブルジヨアジーの意気を見るべきである。

帝国憲法はこれ等のことに促がされて一八八九年（明治二十二年）に発布され、翌年国会の開設を見、その結果自由党の分裂を来したのである。この自由党の分裂についても色々説があるが、元来初期の自由党は小ブルジヨアジーと封建的不平分子との大ブルジヨアジーに対する共同戦線であつた。これが国会の開設と共に、後者は伊藤博文を通じて大資本と和解して後の政友会を作り、前者は脱退して新たに東洋自由党を起し、以つて空想的即ち（小ブルジョア的）社会主義の基を開いたのである。

かくて大小ブルジョアジー間の矛盾は所謂明治の終り頃に至つて愈々深刻化したのであるが、近来に至つて、更に一方からプロレタリアートが擡頭し、それが組織化されて政治的勢力となり、他方からは大資本と大地主とが合同して、フアシスト的独裁の傾向を帯びて、来るに及んで、小ブルジョアジーの大部分は意識的無意識的にその抱擁下に没入せんとしつゝあるのである。

かくてこの小ブルジョアジーの道行を忠実に反映したものが実に謂ふ所の明治大正のわが文学である。従つて近代日本文学史は一方に於いて日本に於ける小ブルジョア的「自我の自覚史」であるとも云ふことが出来よう。

三

私はこの認識なくしては明治文学なるものは絶対に理解され得ないと思ふ。然るに最近明治大正の文学を説くものゝ多い中に、私の寡聞の故であるか、この正当なる認識に到達し得たものは一人も見当らない。このことは一見「社会的」見地を取つてゐるらしい人の書いたものを見ても全く同様である。例へば「文章倶楽部」新年号に掲載されたる「明治大正文学の社会的考察」と題する木村毅氏の「大論文」を取つて見よう。

氏によれば明治の歴史は「ブルジョアの社会支配の歴史である、随つて必然に資本主義完成の歴史である。」この用語の不充分なことを敢て追求しないとすればこれは別に間違ひではない。所で氏は続ける、——「上部構造としてこの経済的機構の上に立つ文化が資本主義的文化であり、ブルジョア文藝であるのは云ふまでもない。」

これもその通りである。しかしこれから何が生れて来るか？——「つまり明治はブルジョアの思想的武器であるリベラリズムに初りリベラリズムに終つたのである。」

かくて氏にあつては福沢諭吉もリベラリストであれば坪内逍遥もリベラリストであり、北村透谷も高山樗牛も、島崎藤村も正宗白鳥も同様にリベラリストである。唯氏はこれに附け加へて云はれる、——透谷や樗牛の「自我主義」は「資本主義を擁護する思想の一面なる自由平等思想、乃至個人主義が最後に洗練（！）されて、近代的な自我探求に潜入（！）して行つた」ものであり、それは正宗白鳥が「去年八月の中央公論で彼等や一葉や、藤村の詩、柳村の美文などを一括して論じて、青春の文学であると云つた」が白鳥がそれに「広い社会的考察を加へなかつたのを何より不審」と思ふ程「私をして言はしめれば、これもやはり当時の産業状態反映が主因で」あることは明かであり、それは「若々しい希望に富んだ産業の青春期（!!）が生んだものである、と。然り！「青春」の文学は産業上の「青春期」が生んだものである——人が「青年」であるのは彼が「若い」からである。素晴らしい論理！　そして驚くべき発見！

　しかし何故にこの「産業の青春期」が透谷や樗牛をして、「自由平等思想、乃至個人主義」を「最後に洗練」せしめたのであるか、何故にそれが藤村操を「華厳瀑下に投死」させるやうな「痛ましい犠牲」を払はしめたのであるか、更にそれが何故に九十年代の終りから二十世紀の初頭に至るロマンチシズムの勃興を促がしたのであるか、——小ブルジョアジーの存在すら認識し得なかつた木村氏の似而非「社会的」方法は、こゝに至つて最も俗学的なる小ブルジョア精神史観にまで堕落してゐるのである。

　然るにこれ等すべての現象は、その実その終局的原因を、大資本の集中的傾向と小資本の分散的傾向との衝突、云ひかへれば、集中的従つて国家主義的なる大ブルジョアジーのイデオロギーと、分散的従つて個人主義的なる小ブルジョアジーのイデオロギーとの衝突、の中に有してゐた。これは資本主義社会の中に於ける第一の矛盾であるが、それはこれ等の二要素が共に封建的勢力を敵として戦つてゐた時代には、一般リベラリズムに蔽はれて表面に現れて来なかつた。然るにこの闘争が一先づ終結すると共にこの二要素間の矛盾は次第に明かになり、それがまた文学の上に反映せざるを得なかつたのである。透谷の所謂インヂビジユアリズムの悲劇、樗牛の中に於ける国家主義と個人主義の矛盾、最後に日本に於けるロマンチシズムの発生は実にこれによつてのみ理解されるのである。そこには「青春」もなければ「老年」もない、況んや「産業状態の青春期」などのあり得やう筈がない。

　さてこうして見れば、透谷は自我に自覚せる小ブルジョアジーの余りにも早き先駆者であつた。このことは例へば一八九三年（明治二十六年）に書かれた彼の論文「国民と思想」を読んで、彼のその時代の「政事」に対する侮蔑と所謂「高踏的思想」とを併せ考へれば蓋し思ひ半に過ぎるものがあらう。彼はその前衛的部分さへ未だ十分に目覚めざる時に生れ、そしてそのあわたゞしい生涯を終つて行つた。こゝに彼の悲劇の社会的根拠がある。しかしこれに続いて起つたロマンチシズムの運動はどうであつたか？　この運動こそは此の如き時代——自覚せる少数者と大衆との間に大きなる矛盾の存する時代に共通な、逃避的空想的であると同様に叛逆的戦闘的である調子に彩られてゐる。そしてこれは「自覚せざる」小ブルジョアジーのイデオロギーを反映する硯友社一派の通俗的耽美主義と対比せらるべきものであるが、更に一方から云へばこの運動は自由党より生れた政治上の空想的社会主義と全く同一な社会的地盤の上に立つてゐる。

　これ等のことを全然認識してゐない木村氏は、私が前に記した自由党の分裂についてすら何事も理解出来なかつた。氏は云ふ——「議会が開かれると共に、自由党は剃刀大臣と言はれた陸奥宗光を通じて長閥の伊藤博文と握手し、昔日の意気を失つて軟化して了つた。今の政友会は此の長閥と自由党との野合の仲に生れた私生児である。が自由党中の硬骨の士は之にあきたりないで脱退し、大井憲太郎、大道和一、佐藤勇作などは別に東洋自由党を作つた」云々。

歴史の進展が「軟骨」と「硬骨」とによつて説明されゝばこれに越したことはないが、その不可能であること、あたかも海中の軟体動物の存在をもつて木村毅氏の存在が説明し尽されないと同様である。

（未完――一九二六、一二、二九）

（「文藝戦線」昭和2年2月号）

大正文壇十五年史概説

千葉亀雄

序説　三つの時代

「モオパスサンが観る。ロチが感ずる。ブルジエが考へる」かういつた、フランスの一批評家を想ひ出す。それは、改めて説明するまでもない、近代フランス三大作家の生命を、短かく摘出した警句なのであるが、自分がいま、なぜそんな批評をこゝに曳き出すのであるかとなれば、外でもない。明治から昭和に亙る文壇の過程が何とはなしに、この三つの傾向を、そのまゝに想ひ出させるからである。「観る」、「感ずる」、「考へる」。かうした順序どをりそのまゝに、明治から昭和にわたる十五年間の文壇の歩みが、歩みつゞけて居るかに想はれるからである。

(A)観る時代

(1)自然主義の誕生

「観る」とは、自然主義の時代である。明治の末期は、また自然主義、文壇の末期でもある。そこでは、自然主義がこと〳〵く行き詰つて、何か新らしい解決の途へ、はけ口を求めて居た時代である。もと〳〵自然主義が起つたについては、起るべき因果が十分に在つたのだ。云はゞ、前時代の文壇の空気が、過度の因襲主義と、理想主義と想像力の濫用と、感傷主義とに窒息されて、手も足も出ない苦しい境涯にあつた。それに反抗して躍出したのが自然主義である。だから自然主義は、あらゆる感情と、理想と、想像から解き放たれる運動であつた、従つて一切の唯心的なもの、虚偽なものから避けて立ち、彼等の唯一に求める真実は、天文学者のやうな「観察」と、化学者のやうな「経験」の世界にのみ置かれた。「観察者」とは何であるか。現象の写真技師であるといふのだ。現象は、必らず、存在し、固定し、少くとも、官能の機能によつて、その本体が確かめられるところの存在でなければならぬ、だから、どこまでも唯物質であつて、唯心ではない。次に、それが「経験」を土台とする限りでは、そこに求められる真実は、どうしても普遍妥当の存在をもつものでなければならぬ。なぜなら、最大多数に経験されるものは、決して非常突発なものではなくて、きつと妥当普遍なものだからである。ところで、妥当普遍な人生が何であるかとならば、それは、万人千万人に一人しきやないような、天才の心境や、英雄の非凡生活ではない。あたりまへに食つて、寝て、生きて死ぬ、平凡人の平凡な生活が差当りそれであらねばならぬ。かくて自然主義が狙ふべき現象は、また人生は、みなさうした、平凡人の繁瑣な、つまらぬ生活であり、自然主義の観察とは、かうした平凡生活にひそむところの、繁瑣な意義の観照にあつた。すでにのつけから、唯物的平凡生活だけを、普遍妥当として眺めようとするのである。その生活をいくら細かく掘下げたところが、そこから光明が生れ、理想が生れる筈がない。それは始めから求めるものが無理だ。唯物的な平凡生活を、動きのない現象だと眺めるかぎり、それが虚無的で、運命的で、暗いものになることは当り前の話だ。

(2)浪曼派、写生文派

が、自分は前に、自然主義は反抗の文壇運動だと云つた。さうだ、新らしい文壇の進歩はいつ、どこの国でも、きつと反抗と反逆の運動であるのだ。浪曼主義も、かつてさうであつたやうに、自然主義がフランスに起つたのも、また、まざ〳〵とかうした新反抗運動であつたのだ。世相をそつくりそのまゝ、欧洲から譲り受けた明治末期の自然主義運動も、また御多分に洩れる筈はない。

一体が日本の文壇は、明治以来、その母胎に、厳密な意味でいふ所の、科学的洗礼なるものをうそにも宿して居なかつた。だから、自然主義の誕生するまでの明治文学は、浪曼主義はいふまでもなし、多くの作物といふ作物は、その想像力の幼稚さにおいても、人生の捉へ方や視角においても、大てい方外に手ひどいものがあつた。まして「観察」なんてものは、ほとんど成つて居なかつた。……浪曼的なものにさへも、人生の忠実なデツサンが、どんなに大切なものかを知る人は、はつきりとこの非難を理解するだらう……。尤とも明治の文学は、大体の主潮が、たとへ写実主義であつたにしても、その写実主義すらが、一番大切な、「忠実な観察」を何よりもすつぽかして居た、ために、どんなに恥かしい手際を見せて居たことか。それなら、ホトトギス一派の、写生派があつたではないかと反問するかも知れない。ところがこの写生派なるものは、もと〳〵俳句で歌ひつくせぬ大がかりな自然美を、散文的な描写で見せようとした思ひ付きであつたらしいが、何分困つたことに、描写が描写でなくて、大抵愚のびた説明になる。それに、今日の文藝に見出せるやうな、形式の均斉や、豊富な色彩的感覚や、現象の細かい科学的分析などの用意が、あまり出来てない時代だから、もうその末派の書いたものなどになると、白湯を呑んだほどのそつけさも無かつた。だからさうした写実文学が、とう〳〵明治文藝の本道に入り込めなかつたのも、一応もつともな仕儀だつたと言はねばなるまい。

要するに、浪曼主義は、馬鹿々々しいほど思ひきつて現実ばなれがして居る。写実主義や写生派さへも、写実といふには、あまりに非写実だ。差しあたり、それを救ふものは、分析であり、経験であり、観察であり、要するに科学的精密な藝術省察と手法でなければならない。この刹那に、緑雨の下にあつた小杉天外が、いちはやくもゾラの自然主義を輸入して、勇敢に科学主義を高唱したのは、決して機会を失なつた動機ではなかつたのだ。

(B)感ずる時代

(1)自然主義の落潮

この間十年内外の月日が流れる………

大正年代の初期には、さしも全盛をほこつた自然主義ももうほとんど行き詰つて居た。破壊にも、暴露にも、自然主義が成就すべき事業はまつたく成されつくして、その破綻と欠点ばかりが、誰もの目につく末期になつて居たからである。それは、大陸や米国のどこの国にも、同じ末路を見せた自然主義の姿であつた。ところで歴史を読むと、イギリスの清教徒の治世のすぐ後には、途方もない淫蕩な時代が続いた。何ごとも反動の世の中である。自然主義の横行で、これまで片隅に押しこめられて居たもろ〳〵が、今こそ大手を振つて、明るみへ飛び出すべき順序となつた。かうして自然主義の背後について来たのが、大つぴらな感情解放の時代である。「視る」文壇が、「感ずる」

文壇に玉座をゆづることになつたのだ。

で、こゝでは試みに、明治四十四五年からかけて、大正一二年の新聞雑誌に、名を連ねた作家達を挙げて見よう。

三重吉、小剣、草平、宙外、掬汀、泡鳴、露伴、渋柿、麗水、風葉、鏡花、抱月、荷風、露伴、白鳥、漱石、青果、秋江、秋聲、花袋、瀧太郎、藤村、虚子、霜川、潤一郎、弥生子、未明、幹彦、鷗外、雨雀、紫紅、直哉、実篤、

数へて来ると、何といふ多様な作風と傾向と色彩とが、百貨店のやうにごた〳〵と展開されて居ることであらう。

⑵分化作用と唯美派

然るに大正もう二年三年となると、いまゝでの無系統な戦国時代にも、だん〳〵と分化と結合作用が行はれて来た。そして分化したものがいくつかの色彩と集団的に固まつて、はつきりした旗印を陣頭にひるがへし始めた。その一つは、一口に、新浪曼主義とでも云はれるものであるが、それにもまたいくつかの分派がある。永井荷風等の享楽派がある。谷崎潤一郎の悪魔派、唯美派がある。夏目漱石一派の心理派や情緒派がある。小川未明の感傷的人道派がある。森鷗外のあそび派がある。大見切り売りをするか、小出しにするかの違ひはあつても、どれもみな、情緒と、幻想と、唯美の中に、思ひきり情感を浸さうとした欲求であるには違ひがない。また、多くか少くか現実から飛躍して、華やかな主観と感傷の世界にしばしの息をつかうとして居たことも争そへない。

⑶「白樺」と人道派

その次に際立つたものは、「白樺派」の崛起であつた。この派は一名を人道主義派として呼ばれる。が、さて里見弴や志賀直哉の如き作家までが、人道主義者とレツテルを貼られたのはどうしたわけであつたか。たゞ、キリスト教と仏教の倫理哲学を、熱情ある人生観に加味して、感傷的な気分の中に表現した倉田百三や、変死の最後まで理想派であり、ヒユウマニストであつた有島武郎や、その頃から、已に一種の天才主義者であり、それだけ理想家であり、同時に、大きなおぼつちやんのやうなヒユウマニストであつた武者小路実篤の存在などが、「白樺」をして、人道主義の本陣と呼ばしめたものかも知れない。さう云へば、武者小路がトルストイやドストエフスキイの人類愛を謳歌したり、台湾蛮人の死刑に思ひきつた非難をしたり、戦争廃止に対する抗議を、絶えず詩に評論に述べて居たことも想ひ出せるが、何にしても、有島も、武者小路も、倉田も、劇に、小説に、詩に、どこまでも人生第一義の真実を求めて、まじめに因襲と闘つた、また闘はうとする情熱の勇敢さがやはりヒユウマニストたる沽券にふさはしいものであつたといはう。それがまた、現実を見するゑて現実と闘ひ現実を理想までに引上げようとする態度において。立派な浪曼主義者であつたことも争へない。唯心に対する唯心の挑戦である、生の否定に対する生の

肯定である。こゝにも自然主義への一つの反抗があつた。

(4)理智派と「新思潮」

その中に、もつと変つた一派が起つた。彼等は、わけ無しに官能の頽発に酔ひしれるには、もつと理性が覚めて居る。さればとて、子供らしい純情の海におぼれて、見はてのつかない理想の旗を押し立てるには、彼等の理知はもつと冷たい。第一彼等は、悪魔派や人道派のやうに、現実を逃避したり、現実を呪つたりするには、あまりに現実に執着し、現実に興味を持つて居る。そこで彼等は、何よりも現実に足を据ゑて、ぢつと現実を眺めようとするのだが、たゞ自然主義者と違ふのは、自然主義の眺め方が、絶対に運命的、機械的であるのに反し、これは、心理的に、感覚的に、もしくは情緒的に、てんで何物にも縛られない態度で、自由に人生を掘り下げようとするのだ。「新思潮」の一派がそれである。芥川龍之介、久米正雄、山本有三、菊池寛、成瀬正一、江口渙、松岡譲等がそれに属する。そして理知的であること、技巧派であることゝは、彼等の一派を色彩づけた二つの特徴である。前者は彼等が大学教育を受けて、論理的に物を見る習慣性を養はれたからであつたらう。後者は恐らく彼等が意識したものではなく、偶然に、技巧や描写に、それ〴〵の才能を持つた人々が集まつたゝめ、技巧派と呼ばれるやうにもなつたのであらう。かくて「新思潮」一派は、技巧派であることよりも、理知派であることによつて、文壇に目ざましいデビユウをすることになつた。菊池寛と、芥川龍之介がそれを代表する。

(5)技巧派と「人間」

だから技巧派の名が、完全な一つの通り言葉となつたのは、雑誌「人間」が出てからのことである。「人間」は、「白樺」の同人であつた里見弴が、吉井勇、久保田万太郎、田中純、それから「新思潮」の同人であつた久米正雄などゝ起したものであつて、批評家が、横断的に、里見、久米、久保田に志賀、または芥川などの累系を一つに集めて、新技巧派だと符牒を貼つたのが、恐らくこの派の誕生した始めであらう。それから、新技巧派と理知派を一緒にした場合に、「新現実主義」と名づけられたのも、いく分の妥当性はある。なぜなら理知派は、現実の眺め方に、とにかく一つの新道をひらいたものであり、新技巧派は、何よりも、その潑剌とした、躍動的な手法によつて、現実の描き方に、きらびやかな新生彩を点じたものだから。そして、大正になつて、始めて名を出し始めた作家の中から、新技巧派をひろひ上げるとすれば、佐佐木茂索や、葛西善蔵や、犬養健や、室生犀星やは、池谷信三郎や、戯曲の岸田国士は、さしあたり、中堅或ひはそれ以上として、推薦さるべき人々でなければならぬ。

さて、大正文壇の描写術に於いて、第一期の革命をなしとげたものが、これ等の新技巧派の力であるとすれば、第二期にそれをうけついで、革命の歩みを飛躍さしたものが、差あたり新感覚派でなければならぬが、しかしこれは、前者と後者の間に、数年間のギヤツプがあり、それに、系統的には、両者に何等のつながりもないのであるから、この方は、大正末期の文壇に於いて記述することにしよう。

(6)大正の新人

何を措いても記録されねばならぬことは、この大正の十五年間に、明治に見出せなかつた無数の新人が、新らしく文壇の舞台に登場して来たことである。さてそれを、どんな分類で数へたら完全に並べられるだらうか。まあ世間並みに、学校別にしよう。そして、前に挙げた新人達は、煩らひをさけてこゝには省くことにする。

広津和郎、宇野浩二、加能作次郎、谷崎精二、細田源吉、細田民樹、相馬泰三、戸川貞雄、岡田三郎、牧野信一、吉田弦二郎、(早稲田)

佐藤春夫、南部修太郎、中戸川吉二、小島政二郎、水上瀧太郎、久野豊彦、葛目正一郎、木村庄三郎、(三田派)

豊島与志雄、十一谷義三郎、酒井真人、川端康成、(帝大)

(イ)早稲田派　これ等の作家の特質を、一々数へ上げて居てはきりが無い。が、広津和郎が、創作に、評論に、自由な転換を見せて居るが、小説には、出来栄えにむらが多いのが惜い、評論に於ける頭のよさと、冴えて行き届いた人情味が、暖い理解と交錯するのが際立つた観物であらう、宇野浩二の話術的作物は、何のかのと云ひ条、大正文壇に於ける、際立つた一つの創造的な存在である。が、彼のあまりに目先きの利く聡明と、世間通、人情通であることは、何物にも大した感激を感じさせぬように見え、飲んでかゝるか、つゝましい処女性を持たせないかに思はせる。こゝに彼の作物の平板さが生れる。けれども、この飲んでかゝる人生観が、藝術に昇革されて、大正の傑作「蔵の中」を生んだ。加能作次郎と谷崎精二の手堅さは、違つた意味に於いて一致する。たゞその手堅さが、スケイルを小さく見せるのが損なのである。が、作次郎の、大理石の上に咲いた妖花のやうな、エロチツクな風味は、一種の奇観だ。両細田が、大きなスケイルと構図に飛びかゝつて、それ〴〵の異なつた立場から、丹念に刻み上げる努力に於いて似て居る。戸川貞雄は、物わかりのよい評論家として注意される。岡田三郎は、相応にアンギシスアスな作家だ。この冒険心を、どう統御するかゞ彼の将来を決定するだらう。牧野信一は、個性的に閃めくものを持つて居るが、どこか吹きゝれないものがある。が、大ざつぱに見て、早稲田派の作家は、どうしたものか、吉田弦二郎の詠嘆的な感傷的な傾向をのぞくの外は、自然主義後派、現実主義、写実主義のどれかの中に、好みを持つて居るものゝやうに見える。先進である正宗白鳥や、近松秋江が、どちらかといへば、自然主義、写実主義をあまり離れないことは、別に縁故はないのであらうが、それは三田派の概括した傾向に、唯美派と、若干の低徊趣味を帯びるのと対照して、興味のある現象だといはねばなるまい。もつともそれも大づかみの断論であつて、個人としては、みなそれ独特性を持つて居るのだが。

(ロ)三田派　さて佐藤春夫を、三田派と片付けるのはもとより乱暴だ。それよりも、彼が自然主義後期に躍出して、純情的な詩の魂と、清く朗らかな夢と幻想を思ひきり自由に、大胆に、創作の上に蒔きちらしたのは大へん愉快だ。といつても、彼れは手にをへない我まゝ者であり、また気を負うて下らない高踏的な才人でもある。彼が唯美派の使徒であること以外に、彼の評価はまだ容易にきめられない。なぜなら、彼はその才に任せて、一つ〳〵にちがつた足跡をのこし、周囲を煙にまいて喜んで居るいたづら者だから。中戸川吉二が、藝術境がやつと三昧に入らうとした刹那に、いきなりペンを捨てゝ了つたのは何の積りか。小島政二郎は、新らしい長篇小説家として見護らうと思ふ。水上瀧太郎は、あまりに明白な、物の価値観と断定がその作物を単調化もすれば、またポピユラアにもする。

(ハ)帝大派　豊島与志雄の傾向は、明らかに彼れ独自のものである。彼が、「帝国文学」へ掲げた頃から始まつて、ひたむきに追ひすがつた病理分解的な幾つもの作物は、我国には存外認められぬらしい。が、自分は、さうした海外の作品にひき比べて、大して劣らぬ幾つもの光つた要素を、見出す事が出来る。が、近頃は余り力一杯の作物と思はれるのを見出さない。十一谷義三郎は、しんみりした、卒のない制作を見せるが、寡作である。

(ニ)無名から知名へ　併しこんな風に、作家を校籍で並べるのが、大体無理な事だとはわかつて居る。そしてそんな事と関係なしに、文壇に頭をぬき出して来た作家も、勿論沢山ある。中でも、彗星のやうに、いきなり光芒を蒼穹に輝やかした島田清次郎の出現は、慥に目ざましい感激であつた。そして、彗星のやうに直ぐ光りが消えたにしても、せめて「地上」の第一巻だけは、この少年秀才が、大正文壇への心からのさゝげ物として、どこかに記録する値打は十分あるであらう。また違つた意味では、稲垣たるほ、大森眠歩、松永延造の現出にも、一時の驚異を撲たれるのであつたが。

(7)短篇小説時代

また、大正の文壇は、個人雑誌、同人雑誌の繁昌の外に、短篇もの全盛の時代として特筆されるであらう。明治にあつては、長篇小説が、短篇小説と並行して居た。それが常調なのである。それなのに、大正期が短篇ものゝ万能になつたのは何故か。資本主義、商業主義、それからそれを具体化するところの、ヂヤアナリズムの万能を語る外に何ものでもないのだ。手取り早く云へば、雑誌万能時代の必然性から来たのである。そしてこの商業主義のしめ木にかゝつて、多くの作家達が、どし〳〵短篇作家の型に作り上げられた。それはよろしい。が、それほど吹聴されるやうに、現はれるほどの短篇小説が、みんな藝術的であつたかどうか、いや、それもこゝでは問題にせぬことにしても、たゞ、作家達が自信するほどに余りに藝術的である作品が、必らずしも民衆の要求して居る藝術でのみなかつたことは確かだ。作家がペンを採る書斎の窓の外には、もつと大きな人生の大道が、彼等に知られずに広々と展開して居る。その大きな人生の実相を、種々相を、もしくは実相の解釈を、多くの民衆がおそらく熱心に要求して居たのだ。

(8)新聞小説の変遷

そこで新聞小説が、その幾分の役目を果す役割になつて来た、「深く、狭く、」それが藝術小説である。「広く、浅く、」それが新聞小説の使命であつた。大衆を目あてとすれば、この割引はどうしても已むを得ないものであるか、それとも違ふか、其の結論は別の機会にゆづるとして、とにかく新聞小説が、明治期にもまして、大正文壇の読者の世界に、有力な地位を持ちつゞけて来たことは争へない。新に出場した闘士もまた決してすくなくないし、また作物にしても、明治期に見られぬやうな、素晴しい進出をして来たのである。それと一方に、新聞小説を通俗までに引下げねばならぬといふこれまでの鉄則を打やぶり、反対に、通俗的なものを、藝術境までに引上げ、もしくはその間の融和をすべきだといふ目的説を、藝術家達が強調し、努力したゞけでも成功である。島崎藤村の「新生」、中里介山の「大菩薩峠」、池谷信三郎の「望郷」などは、その意味で、いろんな暗示を投げかける。また、山本有三、菊池寛、里見弴、宇野浩二、久米正雄、佐藤春夫、佐藤紅緑、江戸川乱歩、加藤武雄、今東光、中村武羅夫、水守亀之助、岡田三郎、上司小剣、小島政二郎、加藤一夫、水上瀧太郎、白井喬二等が、大正の新聞小説を、明治期のサツカリン入れの甘つたるい、家庭小説の殻から救ひ出した事績。そして、何等かの不足はあるにしたところ、とにかく当面の時代性を小説の中に酌み取つて、当来の途をおぼろげ乍ら指示しようとした事績はこゝに挙げないわけには行かない。

(9)大衆文藝

(イ)剣劇

なほ、「感ずる」世紀を述べるとすれば、展望がどうしても、大震災を中心とする大正文壇に及ばぬわけに行かない。大正十二年末の大震災は、敏感な文壇の人々の上にたとへ一時であつたにしても、藝術と生活に対する信仰を動揺させずに止まなかつた。生活派の菊池寛が、まづ文藝の人生に於ける価値を疑つた。藝術派の里見弴が、玉は砕けずとそりかへつた。それは今は一つの挿話に過ぎないが、たゞ、この大災の結果が、一つの目ざましい傾向を、十二年以後の文壇にまきちらしたことは注意される。大衆文藝がそれである。ところで、大衆文藝とは何であるか。それが、剣劇とその類似思想のみを主流とする限りは、それは明らかに、現実を逃避する傾向の文藝である。さらば自然のあらびにひれ伏した民衆が、一切の現実生活を怖れる末から、かうした現実廻避の文学を求めることになつたのか。それとも、もと〳〵その要求が潜んで居たものに、折よく口火をつけたものか、それはどちらにしても、それによつて、大正後半期の有力な文藝の一部が、主観の思ひきつた解放であり、感情への陶酔であつたことを塗り消すことにはならない。

大衆文藝の別派には、探偵小説の流行があつた。この方は現実をまざ〳〵と眺めて居るにしても、現実の中から、一つの思索的構図をぬき出し、その技巧的な構成に、きはどい冒険意識を味はうとするものである。藝術的ななまな遊戯である。クロス・ワアドや、競技が、文明人の心理弛緩の救ひとして歓迎される世の中である。探偵小説が喜ばれるのも、また同じ意義を持つものでなければならぬ、どの途、それはロマンチックな意識に浸されて居るものである。

大衆文藝の戦野に殺陣を布いて居る猛者は、数へきれぬほどある。中里介山は、大衆文藝に、大きな暗示を与へた功績もあるが、また自分で意識しないで、剣劇ばやりの傾向を作つたやうな大きな過誤もまいて居る。が、彼の「大菩薩峠」は、自体がいはゆる大衆文藝を目標として書かれたものではなかつた。或る奇体な人間の性を表現しようとした。その人間が、たま〳〵旧幕府の時代人として、えらばれたそのことが、旧幕全盛の大衆文藝の追随をひき出して来たのだとすれば、介山は苦笑する外はあるまい。さて、当面の大衆文藝には、二つの眺め方が並んで貫流して居る。一つは旧時代を現代の眼で眺めようとするのだ。他の一つは、旧時代を、旧時代の空気、情緒、気分をさながらに浮き出させようとするのだ。どちらの途を行くにせよ、作家それ〴〵の才能もあつて、どちらがどうだとも一がいに決められぬが、より多く行き詰る危険をもつものがあらば、それは確かに後者だ。それはともかくとして、白井喬二、長谷川伸、国枝史郎、大佛次郎、土師清二、前田曙山、本田美禅、本山荻舟、矢田挿雲、平山蘆江、米田華紅、紀潮雀、吉川英治、淡路呼潮、直木三十五、望月紫峰その他は、みな「大衆文藝」その他の城壁によつて、大正の読者国を俯瞰して居る作家の一群である。

（ロ）探偵小説　「大衆文藝」に対抗して、「探偵趣味」と「新青年」がある。たとへ前田曙山などの、いや味なほど極彩色な、重苦しい気分の文章と、牧逸馬あたりの、硝子面を転げる露滴のやうな、軽さと、明るさと、茶目と蓮葉をごつちやにした潑剌な手法を比べて見るがよい。そこに何と遠い時代の蔭影の隔たりを思はせることか。いやそれは文明価値の隔たりといふのが正しいのかも知れない。森下雨村、江戸川乱歩、平林初之輔、星野辰男、保篠龍猪、横溝正史、小酒井不木、正木不如丘、みなすぐれた一群である。

(C)考へる時代

(1)自我変見の第二転機

「感ずる時代」は、まあこの位ゐにして置いて、自分は、第三期として予約したところの、「考へる時代」の見取図にペンを染めねばならない。ところで、何といつても、大正時代は、明治の創造的な時代をついで居る時代だ。何事にも放漫政策をとつた明治時代のしめくゝりをし、整理すべき責任をのこされたのが大正時代だ。そこで大ていの整理時代のやうに、こゝでも生活の理論化なるものが、大正の営みの大きな事業となつた。そのために、大正期ほど後から〳〵と、新らしい生活標語の出来た時代がない。そしてその大勢を、もつと〳〵人為的にあをり立てたのが、例の世界大戦でなければならない。世界大戦は、大ざつぱに言つて、世界の人類に、一切の客観性を与へた、それは彼等が、今まで持たなかつたものだ。自分とは何か、他人とは何か。自国とは何か、他国とは何か。世界の人類は、この対象の方程式を、いやでも応でも、面前に見せつけられることによつて、取りぬけなしに、客観としての自己を、意識の上で検討して見る機会を持つことゝなつた。自我発見の新らしい第二転機である。さて、人類が、民族が、階級が、新たに自我に目ざめたといふことは、取りも直さず、彼等が今まで奪はれて居た生存の権利を、正義の権利を、自分達の手に取戻さうとする運動と思潮を、目ざましたのに外ではなかつた、その一つの運動の起るごとに、必らずそこに一つの概念が副生する。それは一つの運動の目標と意義を制限づけるに欠き得ない理知の活動なのだ。デモクラシイ、民族自決、改造、解放、人道主義、文化主義、エトセトラ。

(2)人道派と階級文藝

この中で、大正文壇に感化を及ぼしたものは、「白樺」一派に於ける人道主義であり、第二には、デモクラシイの提唱と糸をひいて居る筈の、民衆藝術もしくは民衆文藝の樹立を急務だとする叫びであつた。この方はロマン・ロオランや・トルストイや、ウヰリアム・モリスの暗示を獲たことはたとへ大きいにしても、要するに新時代の傾向が、だん〳〵と藝術のための藝術説を離れて、人生のための藝術説に足を踏み込んで来た段階を示すものでなければならない。それは藝術が、抽象された藝術の母胎なるものから生れ出るものではなくて、却つて、かくある社会が、かくある文学を生みまたその生産を決定する条件だといふ、新らしい藝術発生論に辿り着いたのである。そこで一つの文藝が、或る階級だけに享楽されて、他の或る階級に享楽されず、理解されぬとは何故であるか。それは文学が、或る一部の特権階級に占有され、その生産が、単に該階級の使用にのみ役立つやうにされて居るからだ。それは文学本来の約束にそむき、またその使命にも反くものだ。文学は、一般人類に無差別に享楽され、理解され、作用されねばならぬ。民衆への文学は、そこで、民衆的な、没階級的な本質を要求するのだ。現代の文学とその目的と正反対だ、抗議し要求するのはその為だといふのだ。これも「考へる時代」が、生み出した一つの刺戟であつた。

⑶文藝としての階級闘争

いや、かくある文学が、かくある社会によつて決定されるならば、かくある文学の精神を改造するには、かくある社会的の不合理を改造することを予定せねばならない。が、それは実際行動者の事業に属する。その陣営に属する文学者としての立場は、来るべき時代の文学が果してどんなものであらねばならぬか。それを具体的な作品として提出することによつて、それがいかに、ブルジョア文学と全く規範を異にするかを、民衆に実物教授せねばならない。たとへほのかながらも、かうした旗印をおし樹てた無産派文藝の一団が、大正七八年を境として色彩をはつきりさして来た。一方ロシヤに於ける革命政府の旗色がよくなる。他方大正七八年のわが国経済界の成金気分と、それにつゞいた大恐慌の世相とは、何かにつけて、階級闘争を険悪にして来る。発生期の無産文藝は、この機《はづ》みに、ぐん〳〵力をのして行つたもので、それは、藝術的理論よりも、まづ制作に於いて効果を収めようとした。闘士としては、小川未明、秋田雨雀、前田河広一郎、新居格、金子洋文、今野賢三、宮島資夫、宮地嘉六、尾崎士郎、中西伊之助その他が挙げられるが、たゞこゝで注意すべきことは、この時代の無産者文壇は、AとBの共同戦線であつたことだ。それはもとより当然に整理期に入つて来たところの、昭和初年のABの整然たる対陣と違つたものがある。発生当時には、事情止み得なかつたのではあるが、それも大正十二年秋の大震災を境として、一まづ沈黙を余儀なくせしめられた。大震災後に於ける社会の状態が、反動的気分を十分に醸成する空気に満ちて居たからである。然るに大正末期の一二年に於いて、無産派理論は、社会の形勢にともなつて、またも怒潮の勢ひで盛りかへして来た。無産派文藝も、今度こそ、足を大地に着けて、ぢり〳〵と押し出して来た。階級意識が尖鋭になると同時に、AとBの分化作用が、明白に差別されて来た。いづれかの陣営に投じて行くところの、新時代の若人も数限りない。さて各の評論壇に於ける片上伸、青野季吉、平林初之輔、林房雄、新居格、加藤一夫、村松正俊、等は、或るものは精緻な頭脳を、あるものは峻厳な倫理を、或るものは多角な視野を、或るものは熱烈な情感を、各の戦線擁護と闡明に傾けて、何よりも血の出るやうな真剣さに於いて、ブルジョア文壇の、低徊的な、遊戯的な評論を脅威して居る。その他に武藤直治、山内房吉、赤木健介、山田清三郎の名を附記するのも無駄であるまい。

たゞ、無産派文藝の盛返しは日がまだ浅いために、論理が花々しいほどに制作は賑はない。葉山嘉樹、村山知義、坪田譲治、その他の作家も、もつと将来が試験されねばならぬ。たゞ、相当長い間、情味的な作家として存在した藤森成吉が、急転廻を無産戦線に試みて、真面目な努力を、「犠牲」や、「礫茂左衛門」やの諸戯曲に、矢つぎ早やにテストなのは、たしかに目覚ましい事件であつた。

⑷戯曲時代来る

それについて想ひ出すのは、大正も末期に進むに連れて、ことに戯曲の創作が多くなつて行つたことだ。その癖、劇場といふ劇場は、末期になるに従つて、新作劇を無視する度合が反対にひどくなつたにしても、文壇の戯曲熱は、さうした資本的劇場の算盤勘定などはそれから無視して、紙上ドラマが素晴しい数でどん〳〵印刷された。中にも、正宗白鳥、武者小路実篤、真山青果等の大作が、いつも批判の中心となつたのであるが、ことに白鳥の、後半生の急劇な戯曲熱が、世間の好奇心を持たすに十分であつたらしい。その外、大正期の戯曲家としては、山本有三、菊池寛、吉田絃二郎、小山内薫、松居松翁、長与善郎、岡栄一郎、藤井真澄、池田大伍、岡本綺堂、関口次郎、岸田国士、水木京太、木下杢太郎、久保田万太郎、中村春雨、山崎紫紅、谷崎潤一郎、佐藤春夫、鈴木泉三郎、高田保、田島淳、額田六福、坪内逍遥、長田秀雄、鈴木善太郎等の姓名がはつきりと印銘されねばならない。さらば、文壇の戯曲熱はどこから生れたか。かりに自分の解釈をゆるすならば、それは、文壇の理論化を語るものでなければならない。小説が人生の平面展望であるのに比べて、劇は、人生の生命摘出である。劇に於ける時間と空間の制限は、戯曲家をして、ある人生構図の意識した構成を止むなくせしめる。意識して構成することは、選択取捨の構成である。こゝにその戯曲家をして、自然に、ある人生批評せしめ、哲学化せしめる機会を与へる、よつて思ふに、現代人が、行動を、思索を理論づけて、無用な精力の浪費を省くことは、現代生活能率化の第一生である。そこで「考へられる文藝」として、戯曲が近代に流行し、藝術の重な部分を占めるのは、近代世界文壇の当然な結論として認めらるべきものだ。こゝにも「考へる」時代の片影がある。

⑸大正時代の評論

次に、大正の評論界はどうか。われらは、創作の盛衰が、評論のそれと連れ立つものだとの、一般の世論には容易に共鳴し得ないものだ。連れ立つもよし、連れ立たぬもよし、とにかく評論は評論で独立するべきだ。大正期は、概して評論が不振だといふのが、いつも作家達の口癖になつて居た。それなのに、一般藝術の広がりと深化は、それと関係無しに躍進したではないか。それと反対に、「月評」の素ばらしい繁昌は、おそらく大正期にはじめて見る不思議な現象であつたであらう。その方は註文どをりに、創作と並行した。たゞ、あまりに創作に従順である。内在的な検討ばかりを、批評の全職能だと思ひこんだばかりに、民衆化としての文藝、時代化としての文藝の傾向を、最後まで気が付かずに了らしめたやうな贔屓の引倒しがあつたことは見のがせないが。進むの、進まぬのと云つたところ、かりに明治の評論と大正のそれとを比べて見るがよい。明治のそれが、どんなに上つ調子で、粗末で、不用意で、科学的な考察が手薄であつたかは誰だつて認めずに居られまい。たとへば大正年間でさへも、中沢臨川、赤木桁平等のそれを、片上伸、新居格、広津和郎、佐藤春夫等のそれと比べたならば、もうそこに著るしい相違が見出せるのである。そして大正年間の批評家としては、生田長江、中沢臨川、相馬御風、本間久雄、阿部次郎、江口渙、吉江喬松、長谷川如是閑、土田杏村、石坂養平、三井甲之、木村毅、小山内薫、宇野浩二、平林初之輔、宮島新三郎、前田晁、田中純、小宮豊隆、井汲清治、三宅周太郎、その他が挙げられ、更に、大正末期の、新進の若人としては、大槻憲二、片岡鉄兵、橋爪健、堀木克三、藤森淳三、木蘇穀、伊福部隆輝、伊藤永之介、等が加へられる。

⑹感覚的雰囲気と新人

許された頁はもう過ぎた、終末に忙がねばならぬ。文藝の要素は多様だ。たとへ自分が、かりに、何々の傾向が有力だと云つたとしても、それが必ずしも、東風が吹いて、草葉が一様に、西に靡くやうな単純化が及ぼされるわけのものではない。で、大正の末期が、たとへ、理論化や、理知化や考へる傾向が広い部分を占めたとしても、他方に、ロマンチツクな気分や、技巧的な趣味や、感覚律動的な人生描写が、思ふまゝに横行することは少しも妨げなかつた、むしろ、かくてこそ藝術の多様性があるのだ。が、大正末期の文壇で、いちゞるしく目をみはらするものは、一般作物の技巧と手法が、世界がちがつたほど新鮮になり、生命力の流動して来たことであらう。また対象の考へ方に、全日本的なものから超越した自由さが湧きそれと、もに、物の眺め方が、単なる官能的なものから救はれ、怪奇なほどにも生き〳〵した、表現と、リズムの感覚を捉へる素晴らしい敏感とが表面に浮き出して居る、といつても、それは、何も新感覚派が始めてつくり出した傾向でも何でも無い。たゞ、新感覚派の敏感性が、時代に漲ぎつて居る感覚的な電波を、逸早く彼等の鋭敏なアンテナに感触したまで、あるが、とにかく彼等の主張をきつかけにして、若人文壇の制作が、きは立つて、感覚的、気分を浸潤し、表現と気分とがいちゞるしく散文詩的になり、香りの高い、色彩の鮮やかなものが総体を掩つて来たことは怖ろしいほどにあらわである。それを感覚派と呼んでもよい。スタイリストとも名づけてもよい。前代の新技巧派もこゝではまた時代に取り残されようとして居る、横光利一、中河与一、十一谷義三郎、加宮貴一、瀧井孝作、諏訪三郎、酒井真人、川端康成、今東光、菅忠雄、南幸夫、石浜金作からもつと新らしい時代を代表するところの、久野豊彦、葛目嘉一郎、木村庄三郎、尾崎一雄、その他、個人雑誌、同人雑誌に立てこもる無名作家になればなるほど、さうした新時代の象徴が、なをとほから〔ママ〕かに印象される。

(D)その他の八項

いくら書いても記録さるべき重大項目はまだ〳〵容易に尽き相もない、仕方がないから、かいつまんだ箇条書きにする。

(A)大正期は明治期をうけて、欧米の主潮や重な作品が、一通り、ほとんど遺憾なく輸入されて了つた。おそらくどんな国でも、大正の日本ほど世界全体の新旧文学が、こんなに敏感にまた豊富に味触される土地があるものではない。たゞし輸入の手心や態度が、完全であるかどうかは自然別問題である。

(B)大正期の中ごろから、震災前後までの期間に於いて、宗教味を含んだ文学が、不思議なほど歓迎された、法悦の満足に燃えてさへ共鳴された。奇蹟的な売行きを示したところの、賀川豊彦の「死線を越えて」と前後して、石丸梧平の「親鸞物」、倉田百三の「出家とその弟子」、江原小弥太のキリスト物などが、何十版を重ねた社会心理は、果して一時の流行とだけ言ひ放せるものであつたかどうか。

(C)農民文藝と郷土藝術が、吉江喬松、中村星湖、犬田卯、椎名其二、和田伝の人々によつて提唱された。フランス文学に教養を持つ人々のグルウプであることが注目される。たゞ土の藝術とは、切りつめて何を指すのか。来るべき時代の思想をどんな意味で交流させるのか。無産文藝派の提出した懸案もそこに挿まつて居て、十分な解説はまだ与へられて無い。

(D)女性で、創作に力をさゝげる人々が時代的に多くなつた。それなのに、男性と轡をならべて、文壇に馳駆する女性作家は幾人も出ない。これが不思議だ。佐藤露英即ち田村俊子ほどの作家も出ない。それから野上弥生子が席を中条百合子にゆづゝたのと、大塚楠緒子が逝き、森しげ女、国木田治子、加藤籌子、尾崎菊子がかくれ、百合子の外には、宇野千代がわづかに活動しているのが見られる。その外に、佐々木ふさ、三宅やす子、だけであるのは何にしても心細い。

(E)「文藝春秋」と前後して、ゴシツプが流行し、それが下火になつて随筆雑誌が流行となつた。時代が、あまりに文壇的な制作のみはあきたりないのと、また更に、あまりに疲れきつた神経に、ゆとりをつけようとする要求との現はれである、と、見られぬこともあるまい。文藝が、象牙の塔から足を踏み出して、だん〳〵と社会へ調子を合せようとするのは、何にしても文壇の好もしい展開である。

(F)大正の初期にあつて、評論家中沢臨川は、どちらかといへば、精神主義に傾むいて居た。ユウゴオとトルストイが、彼の好みの作家であつた。間もなく、トルストイズムが、颶風のやうに、文壇の思索と信仰の中心となつた。「トルストイ研究」さへも発行されて、トルストイズムの同胞愛、人類愛の祈念が、一時の文壇の強い色彩となつた。もつとも、そればかりではないけれども……やがて主張としての人道主義は、制作に具体された人道主義へ道をつけた。ドストエフスキイが、トルストイに代つて、求道者の火の柱として仰がれ出した。強気の人道主義から弱気への転換である。そして一つの主義が礼讃されるには、一人の中心人物がいつもかつぎ出された。民主々義には、トロウベル、ホイツトマンが、民衆藝術には、ラスキン、モリスが、無産階級藝術にはトラア、カイザア、バルビュス、チヤベツクが、大戦頃、吉江喬松等の唱へた新愛国主義には、モリス・バレスが、土の運動には、フヰリツプ、ルナアルが、東洋主義への転退では、シュペンギラア、タゴオルが。そしてそれ等には、好い収益もあつたし、まだ方角ちがひな盲従もあつた。その盲従から起つた馬鹿々々しい迷信もあつた。しかし決算はこゝでは止めることゝし、最後に新時代眼の日本の旧時代文学に対する検討が、年を追うて熱を持つて来たことだけは記録に値しよう。

(G)昭和二年の初頭文壇に立つて、誰でもに気付かれた発見がある。それはわが国文学者の制作寿命が、西洋風に長くなつて来た事実である。思へ、大正末期から昭和にかけての文壇で、誰れが圧倒的な評判を占めて居たか。それは少数の新進中堅と、大多数の老大家ではないか。秋聲、藤村、白鳥、青果、秋江、潤一郎、どれも明治時代から、もう時をり看板に大書されて居た作家たちだ。大家の健在は、もとよりそれに越したことがない。けれども十五年間の長い歳月を経ながら、彼等にとつて変るほどの、或はかれ等の光彩を打ち消すほどの、有数な作家が何ほども出なかつたゝめだとすれば、いくらか淋しい感触にもうたれる。なるほど、生面の作家は随分出て来た。或は躍進し、或はふるひ落された。が、その進出した側とても、中堅どころへ来ると、そのまゝでぴたりと居据つて了つて、もう進出と争覇戦の元気もない。この行き詰りと停滞のあえぎと倦怠とが、やがて大正末期の文壇そのものゝ相であつたのだ。

(H)十五年間に、籍を他界に移し去つた人々には、霞亭、篁村、渋柿、鷗外、泡鳴、抱月、変哲、琴月、春浪、左千夫、仰天子、青軒、湖山、流星、寅彦、春葉、仙子、風葉、三昧、桃水、弦斎、漱石、南翠、廿一、泉三郎、得知、春影、白村、柳村、柿紅、臨川その他、どれも多くか少くか一流一派の支配者であるか、でなくとも、一面の花形として、相当な活動をし、また功績を持つたものでなければならなかつた。それあるがためにわが国の文壇は、何ほどでも成長し、進化しつゞけて来たのでもあるが、いまさらその過去帳をくりかへしたとて何にならうぞ、歴史をして歴史を葬むり、逝くものをして逝くものを葬らしめよ。われ等の好奇心は、来るべきものゝ期待にと営みに於いて、あまりに心を支配されて居る。

(附記)怱忙の際の執筆で、人にも、事件にも記さるべくして書き洩された事項の多かるべきをおそれる)

(「文章倶楽部」昭和2年3月号)

芥川龍之介を哭す

佐藤春夫

最後まで理智を友としたやうに見える芥川龍之介を弔ふためには、故人もこれを厭ふたところの感傷の癖をさけて、評論の形を以てこれを為すことを、僕の友人の良き霊は宥してくれるだらうと思ふ。

「為す者のみひとりこれを解す」これはニイチエの言葉であるが、僕はまだ一ぺんも自分を殺したものではない。だからこの友人のこの特別な死の消息については到底了解出来ないのは云ふまでもない。だから僕は彼を、たゞ僕にはかう見えるといふことによつて結局僕自身をしか語らないだらう。さうして読者は亦、読者の好むがごとくにこれを読むことが出来る。——つまりは、ぐうたらで生き残つてゐる人間の身勝手な言ひ草であるかも知れない。僕のよき友人であつた故人は、最近では僕の不作法を戯れに敢然性と呼んで、寛大にもそれを見逃してくれた。だから若しこの文中に、少しでも、期せずして彼の霊に礼を失するやうなことがあつたにしても、思ふに彼は微笑を以て許してくれるだらう。

人としてまた藝術家としての芥川龍之介にとつて、最も致命的——嗟、この言葉こそ今は最も文字通りに読まなければならなくなつたが——なものは、彼が多くの場合、否、殆んどいつも容易に胸襟を開くことの出来ない人であつたといふ一点である。彼は端的に自己を語り出すことには堪えられない人であつた。やさしい心情と複雑な生活とを蔵しながら一切これを洩し得ないのである。さうして彼は自己韜晦者であつた。彼は最も廻りくどい方法で彼自身を表現した。この事実は彼の最後の手記に於てもこれを見出すことが出来る。彼のやうな性格にとつてはあらゆる種類の自己告白は野卑極まる悪趣味に見えたに違ひない。「エトルリヤの花瓶」の作者を彼が熱愛したのは、さもあるべきことであつた。彼は或る時、昂然として、人々に恥を曝すために裸になつてそれによつて喝采されるなどは真平だといふ意味のことを書いた。又、彼は或る時、僕の面前で「僕は見え坊だから。見え坊だから、……」と連呼した。彼の生活と作品とを開くべき鍵は、一つ茲にあるやうな気がする。

僕は嘗て、作家としての彼を評して久米正雄の所謂「流露感」に乏しい事を指摘し、また彼は窮屈なチヨツキを着てゐるとも云つた覚えがある。この僕の評に対して彼は「さう言へば、佐藤はまたあまりに浴衣がけだから」と或る人に答へたといふことを、僕は間接に聞いた。

今年の一月の中旬であつた。或る夕刻、飄然と僕を訪れた彼は、その日の午後五時半から、翌日の午前三時近くまで僕の家に居た。十年間の交遊の間で僕が最も密接に彼に触れ得たのはこの一夜であつた。彼は彼としては出来るだけ裸体に近くなつて彼の生涯と藝術とについて僕に語つた。彼の言葉は八分どほり抽象的であつたが、それによつて僕は彼の心中には黒い何者かが蹲つてゐるのを知つた。しかもその何ものかは表現することを禁じられてゐるがために、その存在の色をます〳〵濃密にし、さうして彼を一層深く苦しめてゐるらしいのを僕は直感した。僕は彼に向つて、ヒステリイといふ病気は如何にし発生するか、またそれを治療し得る唯一の方法は何であるか知つてゐるかを、彼に尋ねた。彼は知らぬと答へたので、僕は僕の耳学問を彼に伝へた。さうして、我々は我々の生活の急所に触れてゐるといふその理由のために最も明したくない当の問題を、何等かの方法で少しづつ漏洩することがいつも必要であるが、就中、心中に苦悶を持つてゐる場合には一層必要であるだらうと忠告した。さうしてすべての文学者は自ら意識せずして不断に、ヒステリイの療法を自ら企ててゐるのではなからうか、「思ふこと言はねば腹ふくるる」といふのは、ただの戯れではないと僕は言つた。さうして僕は、彼の胸中の密雲をして雨降らせたならば、残らず雨降らせたならば、といふことを勧めたのである。「僕は見え坊だから……」と彼がこれを連呼したのはこの時である。「改造」八月号の「文藝的な余りに文藝的な」の一項目「ヒステリイ」は、彼と僕との当夜の話題を、彼がもう一度考察したものであるらしい。

僕はまた彼が常に金玉の文字を心掛けるがために、彼の作品から却つて脈動が失はれるのではないかを不断から恐れてゐた。忌憚なく言ふけれども、僕の目には彼の文字は肌の色も白く目鼻立も整然とはしてゐるけれども、しかしどうしても人形を思はせるのであつた。この意味では彼は正しく「傀儡師」ではなかつたらうか。しかも彼は彼の表現のために益々刻苦して、その余り彼は気軽るに制作を楽しむことが出来ないやうな傾があるのを僕は考へた。さうしてその夜、僕は彼に向つて文章をなぐり書きすることを、つまり談話することを楽しむところの彼が恰もしやべる時と同じやうに楽しんで書くためには、全くしやべるが如く書くことを勧告してみた。さうして僕は説明した。我々の話は実に屢々、とぎれ〳〵のうちによく要領を得たり、また半で別の話柄が生ずるために纏りがなかつたり、いつもこの上なく不完全でありながら、しかも我々の言はんとする精神なり心持なりは、相当によく通じてゐる。つまり談話に於ては我々はいつも口に出されない沢山のことを聞くことが出来るし、不完全のなかから充分なものを見出す術、或は見出させる術を心得てゐる。文学の事業は必ずしも完成したものをつくるのではなく、我々の魂魄を伝へやうとするにあるならば、我々は我々の完成によつて我々を伝へることが出来ると同時に、我々の欠点我々の失敗によつても亦、決して他人を伝へるのではなく我々自身を表現し得るわけなのである。もし常に完成をのみ言ふとしたならば、昨日の完成は実に今日の未完成になつてしまふだらう。永久に一つの完成もないだらう。さうしてこの意味では我々の完成とはほんの一時的のもので、しかも欠点の方は永久に我々を伝へるといふべきである。考へてゐることは悉くこれを書けるものではない。古人の書いてる部分をとほして書き得なかつた部分を我々は知るやうに、我々も亦、我々の欠点をとほして我々の美点を知つてくれるやうな読者を持ち得るだらう。我々は既に所謂口語なる文体を選んで来たのだから、文字を扱ふ場合にも亦、言葉を扱ふ以上に窮窟な用心をしない方が、却つて真に言文一致の精神に適ふといふものではないだらうか。――かういふふうに僕の意見は甚だ一面的で、またその論法は半ば常談のやうに気軽なものではあつた。けれども、僕のつもりでは、この意見は少くとも彼にだけは採用してもらひたかつた。しかし、「ヒステリイの療法と文学」については即座に賛成の意を表した彼も、文学の言文一致精神については、これを了解するとは言つたけれども、容易に賛成しないらしかつた。掘り出したままの荒金で無造作に提供しようと僕がいふのに対して、彼は見事に結晶したままで掘り出される水晶のやうな鉱物もあると彼は答へた。ジヤン・ポオルのやうな作家もあると僕が言ふ時に、彼はシヤアル・ボオドレエルのやうな人もあると答へた。僕はまた言つた。作家は――わけても今日のやうな時代に於ける作家は、決して駄作を恥づる必要はない。作家の真価と見るべきものは幾十百の駄作がその集中にあるかではなくて、傑作が一つあるかどうかだけである。或はまたその駄作がどんな質のものであるかである。僕はすべての作品は神様との合作であると信じてゐるから、どんな愚作を書いても一向自分だけでは責任を負はないことにしてゐる。……

しかし、これらの僕が言はんとしたことの真意は、つひに彼には充分に諒解されなかつたことを僕は後に知つた。「改造」四月号の「文藝的な余りに文藝的な」の「僕等の散文」の中には、

「佐藤春夫氏の説によれば、僕等の散文は口語文であるから、しやべるやうに書けといふことである。それは或は佐藤氏自身は不用意の裡に言つたことかも知れない。……」

といふ書き出しの一項がある。しやべるやうに書けといふ僕の言葉は、僕としては屢々いふ言葉であり、従つて充分な意識を以て述べた言葉であるが、仮りにもしそれが不用意に云つたとしてみても、それはどちらでもよかつた筈である。なぜかとなれば、しやべるやうに書かうといふ僕の説は、不用意のうちに、作者の人がらが現はれることを喜ばうといふ意に外ならないからである。僕は実際、放心より外には完全な自己表現はないと考へてゐる程である。しかし、真意は結局彼には認められなかつた。さうして彼は「僕等の散文」の中で、僕の「しやべるやうに書く」説と全く反対の「書くやうにしやべる」説を述べてゐる。さうしてその好個の例として夏目漱石を挙げてゐる。僕は彼が挙げたこの例が果して適切であるかどうかを知らない。

「即天無私」をモツトオとしたといはれる夏目氏の文章が、或は言葉が、常に芥川氏が文章を書く時の如く一吟双涙的に窮窟なものであつたかどうかを僕は疑ふのである。実際、「しやべるが如く書く」説と「書くが如くしやべる」説とは、単に表現の問題ではなく、実に二つの人生観、いや二つの生き方そのものでなければならない。即ち絶体の他力と絶体の自力とのそれを意味するのであると言ふべきである。さうして芥川氏は実に絶体の自力主義者であつた。これ等のことに就ては、いづれはゆつくりと彼と語り合はうと思つてゐたのに、今ではつひに永久にその機を失つてしまつた。

表現に於て絶対に自力を主張した人は、生活に於ても亦これを実行した。さうして彼は自らの生涯をも自ら決算した。自己を端的に語ることを欲しなかつたところの彼は彼が負はされて来たところの彼の気質に殉じた。僕の所謂、窮屈なチヨツキを脱ぎ去ることを最後まで肯じなかつた。「激しい拷問の笞の下で、切歯して一言も洩さないところの人間の私かに勝ち誇つた感情を汝等は知つてゐるか」といふニイチエの言葉を僕は今思ひ出すのである。狐に腹を喰ひやぶられながら遂に一声の悲鳴をも上げずに死んだスパルタの少年の顔つきを僕は今思ひ出すのである。彼はこの最後の行動によつて、厄介な気質を負はせられた彼自身を、身を以て表現した。彼の藝術の中には彼の生涯らしいものは直接には殆んど何ものをも表はさなかつた。しかし彼の生涯は遂に一つの藝術を現はした。それは彼が愛した「エトルリヤの花瓶」と同じ種類の短篇である。さうして彼は作品の人といふよりもむしろまた作中の人であり、態度の人であつた。

「僕はいつも僕一人ではない。息子、亭主、牡、人生観上の現実主義者、気質上のロマン主義者、哲学上の懐疑主義者等、等、等、——それは格別差支へない。しかし、その何人かの僕自身がいつも喧嘩するに苦しんでゐる」

この言葉も亦、その二月某日の夜、僕の面前で彼が語つたものである。さうして後に同人雑誌「驢馬」に掲げられた。さうして今「湖南の扇」の一六〇頁にある。それは簡単にスケツチされた彼自身の自画像である。この自画像の背景には病弱が重苦しい黒い皺を垂れてゐるし、また前景には彼のそれによりかゝつた卓上にはエトルリアの花瓶に自尊心の花が——或は彼の言葉に従つて「武士道の代りになる虚栄心」またニイチエの言葉に従つて「男子にあつては道徳の代用をするところの虚栄心」の花が生けられてゐる。彼の手は痩せ細つて、その指はペンをあやつることに難渋してゐる。何故かとなれば彼は最も重量のある黄金のペンを放さないからである。これが僕の描かうとする最近の彼の肖像画である。

しかも最後には、すべてのものがそれぞれに労れることによつて彼のなかの喧嘩は納まり、彼の気質上のロマン主義が勝利を制した。僕としては彼の中の人生観上の現実主義が勝利を得たであらうことをどんなに希望するか知れないのだのに！　苦痛のなかに人生といふものがどんなものであるかを観つゞけて「幸福や平静は大したことではない。我々の生きるべき世界はたゞ悲壮だけだ。さうして我々の楽しみは人生が我々にどんな姿で現はれるかを識ることにある——しかも出来るだけ多く」かう言ふことは、彼の気質にも、また彼の人生観にも必ずしもさう不似合ではなかつたらうと思ふ。それだのに、彼は「幸福ではないまでも平静」だと言つて、彼の生涯を短かい一篇のロオマンスにしてしまつた。それといふのも彼は生れながらの東洋人であり、且つ生て病弱の人であつたからであらう。彼の気質には似合はしかつた事をも、彼の体質が拒んだのであらう。

友よ、我々は君の所謂「動物力」によつて未だに生きてゐる。さうしてその動物力の使嗾によつて自分たちの瓦全を何か意味あることのやうに思ひ、且つは君の玉砕を惜み悲しんでゐる。

（「中央公論」昭和2年9月号）

断腸亭日記　巻之十（抄）

永井荷風

十二月三日。余が四十八回の誕辰なり。病未癒えず。上毛及上毛人を読む。晴れて暖なり。

十二月四日。天気澄晴。病痊えたり。午後中村成弥来訪。過日帝国劇場女優田中勝代日本橋白木屋にて万引をなし捕縛せられし由。成弥の談なり。勝代は容貌美ならず。いつも下女のみに扮しゐたる女優なり。新冨町裏河岸に仁清といふ待合を出しゐたり。地震前余も両三度行きたることあり。いかなる心得ちがひにてかゝる罪を犯せしにや。憐むべし。伊阪氏の妻当月三日病死の由通知あり。

十二月五日。電話にうながされて午下太訮に往く。山本久三郎、林和、邦枝完二、生田葵の四子在り。梅雪君を吊問せし帰途なりと云ふ。此日晴れて風なきに寒気益甚し。暁一場の奇夢を見たり。余独り郊外を散歩せしに風雅なる茶室風の家ありて、蔦の紅葉したる柴門に貸家札張りたるを見、何心なく門を入り玄関ともおぼしき戸口に到るに、竹の聯を柱にかけたり。聯句は何といひしにや覚めて後思返すこと能はざれど、いづこにてか一度見たる事ありし文字なるに不思議のこともあるものと、少時佇立みゐたるに、忽家の中に女の声して、入口の障子明けてこなたへと案内するものあり。元より知る人ならず。されど其の顔立身体つきより言葉づかひまで、日頃かくの如き女もあらばと思ひゐたりしたぐひの者なり。一見旧知の如き心地して導かるゝまゝ家の内に入らむとして夢はさめたり。如何なるわけにてかくの如き夢を見しにや。又いかなるわけにて覚めたる後まで其の夢ありありと心の底に残りしにや。をかしさのあまり之をしるす。

十二月六日。午後風なきを幸、鈴木医師を訪ふ。神田明神下の僑居を引払ひ日本橋白木屋向横町に移転せり。帰途銀座太訝に憩ひ昏暮家に還る。

十二月七日。曇りて暗き日なり。時事新報社拙稟掲載の新聞紙を郵送し来る。正午微雨。須臾にして歇み淡烟崖下の街に揺曳し、樹影人家蒼茫たり。柳北の硯北日録安政四年の巻を写す。薄暮銀座を歩み風月堂に上りて飰す。山形ホテル食堂今夕某国公使館舞蹈の催ありて喧囂の由聞きたればなり。夜初更雷声殷々。雨また灑ぐ。燈下荷風全集第六巻校正摺を閲読し終る。突然夜廻の者雨中警鼓を打ち、溜池辺の失火を報ず。窗を開けば空赤し。夜正に三更なり。

十二月八日。霽爽風雨一過して後、暴暖初夏の如し。午後日本橋榛原に行き罫引雁皮帋手帳を購ふ。一冊金弐円余なり。先年大正七八年に比すれば殆二倍なり。晡時一天俄にかきくもり朔風砂塵を捲き寒亦加はる。望嶽街の狭斜に飯す。帰途太訝を過ぐ。生田、邦枝、中村、林等在り。昨夜の火は榎阪町耶蘇会堂の鄰地なりと。生田君の語るところなり。昨夜又飯倉辺に落雷ありしと云ふ。

十二月九日。始めて氷を見る。庭上また霜柱あり。今暁の寒気最も甚し。昨夜の風にて西鄰の墻倒る。

十二月十日。終日北風吹荒れしが夜に至りて休む。太訝に飰す。生田、邦枝、林、中村等来り会す。枕上アナトールフランスのLivre de mon amiを読むこと四五枚にして忽睡魔に襲はる。

十二月十一日。晴れて寒し。晡時銀座に徃き太訝に飰して帰る。燈下読書深更に至る。

十二月十二日。午後撫象君来り、七草会忘年会招待状の草稿を示して是正を請ふ。七草会には岡松居の如き老先生あり。招待状は候文にて書かされば失礼に当るべし。されど之を能くせざれば一応御覧被下度しとなり。夜酒肆太訝に徃く。成弥邦枝等在り。帰途妓鈴乃を訪ふ。此日晴れて寒し。

十二月十三日。雪もよひの空なり。午後富士見町の妓夢子を見る。昏黒松莚子に招がれ新橋信楽新道の鳥料理屋二葉に赴く。二葉は向両国坊主しやもの出店にて、主人は狂言作者竹柴晋吉翁なること人の知る所なり。川尻清潭子も亦来る。帰途太訝に立寄り見るに、生田、中村成弥河原崎長、太田狐、市川桔梗、三田英児、丸岡、巌谷等在り。更に松月に至り又松山氏の酒舗を訪ふ。

十二月十四日。曇りて寒し。晡時少しく霽る。夜銀座に往くに号外売頻に街上を走るを見る。聖上崩御の時近きを報ずるものなるべし。頃日の新聞紙朝夕陛下の病況を報道すること精細を極む。日々飲食物の分量及排泄物の如何を記述して毫も憚る所なし。是明治天皇崩御の時より始まりし事なり。当時国内の新聞紙は其筋の許可を得て、明治帝は尿毒症に冒されたまひ、竜顔変して紫黒色となれりといひ、又シヤイネストツク云〻の如き医学上の専門語を交へて絶命の状を記したりき。世人は此等の記事を読みて徒に其の報道の精細なるを喜びしもの丶如し。然れども余をして言はしむれば、是国家の一大事にして、我国古来の伝説は此時全く破棄せられしものなり。我国の天子は生ける時より神の如く尊崇せられしものなりしに、尿毒に冒されて死するか如き事実を公表するは、君主に対する詩的妄想の美感を傷ること甚しきものと謂ふべし。古来支那人が偉人英雄の死を記録するや、仙人と化して其の行く処を知らずとなせしもの寔に故ありと謂ふべきなり。今の世に於て我国天子の崩御を国民に知らしむるに当つて、飲食糞尿の如何を公表するの必要ありや。車夫下女の輩号外を購ひ来つて喋々喃々、天子の病状を口にするに至つては冒瀆の罪之より大なるはなし。

十二月十五日。雨雪となる。晡下太訝に往き夕餉をなす。三田英児来る。初更雪中家に還り、硯北日録を写す。寒檠の下に古人手沢の日誌を写す時其情味言ひがたきものあり。日録安政戊午の巻は柳北が盛に柳橋に遊びし時の消息を窺知らしむ。柳北一日墨田川に雪を賞し今戸の有明楼より舟を倩つて帰らむとするに、潮退き舟膠して動かず。空しく待ちて深更に到りしといふが如き記事を写す時、当時の風景彷彿として眼前に現れ、人をして夢に遊ぶの思あらしむ。

十二月十六日。曇りて風なし。晡下鈴乃の病を問ひ、風月堂に餔し、太訝に憩ふ。田之助、林、宇野、邦枝の諸氏来る。

十二月十七日。曇りて風なし。終日硯北日録を写す。夜城戸氏と金龍亭に飲む。鈴乃来る。此夜七草会忘年の宴浜町の某亭に開かる丶筈なりしが、憚る所ありて俄に中止せりと云ふ。

十二月十八日。晴れて風寒し。午後東仲通東美倶楽部古書売立会に往く。千葉子玄の藝閣文集を獲たり。価弐拾円なり。長野豊山文集、柴栗山詩集、いづれも写本。嚢中銭乏しきを以て購はず。太訝に立寄るに成弥邦枝在り。木挽町芝居本日俄に閉場せりと云ふ。風月堂にて偶然市村可江其妻及倅家橘を伴来るに遇ふ。食後妓鈴野をその家に訪ふ。病みて伏しゐたり。この日寒気甚しく銀座通りの打水日暮既に凍りぬ。

十二月十九日。晏起。窗外を見るに人家の屋根に雪あり。空拭ふがごとく日の光雪を照して眼を射る。昨夜深更に幾望の月皎然たりしに、この微雪いつの間に降りつもりしにや。寒気昼の中より骨に徹するばかりなり。炉辺にマルセル、プレボが戦後の作 Les Don Juanes を読む。夕餉の後燈下柳北が日録に注釈を付けんと思立ち、石井研堂の安積艮斎伝を捜索す。座右の書篋を悉くさぐりしが遂に獲ずして歇む。

十二月二十日。快晴。寒気少しく緩なり。午下第百銀行に之き鈴木医師を訪ふ。アスフワルト敷きたる表通の路面洗ひしことなきと見え、泥土塵芥紙屑堆積して不潔甚し。銀座鳩居堂にて巻紙を購ひ太訝に憩ふ。日は既に晡なり。邦枝完二、林和、生田葵山、中村成弥、前後相踵で来る。初更の後鄰家火ありと報ずるものあり。酔客女伴窗に倚りて之を見る。火は尾張町四辻の方へ二三軒寄りたるあたりより閃き出るなり。松月の料理場より発火すると云ふ者あり。見る〳〵中此方へと燃来り、窗際に立つに早くも熱気を覚る程になれり。酔客この機に乗じ勘定を払はずして去るもの尠からず。女伴を扶け裏手の女部屋より外套襟巻等を取出すものもあり。余邦枝中村等と裏手の空地に出で、火を看て喜ぶ。ボーイコック等数名消火器を手にして屋上に登る。火は早くも狭き露地を隔てたる鄰家を燬かむとする時、消防夫始めて来る。火の起りてより一時間近くを経たり。其の緩慢寧怪しむべし。巡査来りて空地に避難する者を追払ふこと甚暴悪なれば、余邦枝と共に女給お澄お葉等を扶けて、裏通より南鍋町に出で、黒沢商店の角に至り見るに、こゝには騎馬巡査徘徊し、避難者なりと陳述すれど通行を許さず。已むことを得ず黒沢商店の戸口に佇み、番人の許を得て店内に入る。火はやがて半時間あまりにして熄みしかど、巡査道を遮り通行を許さず。待つこと一時間あまり、夜は一時を過ぎたり。予は今日まで一たびも火災に遇ひしことなきを以て、未能く其実況を知らず。今夜親しく之を視察するに、巡査の粗暴にして又臨機応変の才智なきこと驚くに堪えたり。蓋し事に馴れざる田舎漢多きが故なるべし。癸亥震災の際本所被服工廠の惨禍の如きも其罪全く警察官に在りしこと察するに難からざるなり。火災は逃るゝの道を失はざれば恐るゝに足らず。恐るべきは道を警しめ遮る巡査なり。この夜予は又太牙の営業名義人某なるものを見て其の相貌の野卑獰悪なるに一驚したり。又先頃店の番頭に雇入れられし中村某といふは刑事上りの者なることを知り、酔興索然として醒め尽くせし思をなしたり。江戸のむかしに在りては水茶屋居酒屋の亭主には遊侠の徒多かりき。西洋の今日にても巴里モンマルトルのカツフエーには其主人往〻洒〻磊〻風雅を解するものあり。然るに我国の現状に至つては、其事の何たるを問はず、仔細に観察し来れば、一として嫌厭の情を抱かしめざるはなし。

十二月廿一日。曇りて寒し。震災前麻布鳥居阪下に居住せし青木といふ女、いかにして予の住所を知りしにや、今朝電話をかけ来り、此程より芝公園大門際浄運院境内に住ひ、四五人美しき女を置きたれば、お出で下されよと言ふ。青木といふ女は以前浅草十二階下に居たりし頃には美人にて腕きゝとの評判ありし者なり。暮方尋ね見しに折悪しく青木は洗湯に行きたりとて家に在らず。取次に出でたる女鬼の如き面色なれば、興味索然、倉皇として立ち去りぬ。山形ホテルに飰し、燈下柳北の日録を写すこと毎夜の如し。枕上プレボの小説を読む。

十二月廿二日。陰晴定まらず。午下銀座を過ぐ。偶然三田英児に逢ふ。倶に妓鈴乃を其家に訪ふ。風月堂に餔す。正宗白鳥山本実彦其他四五名在り。太訝に登りて見るに、成弥、邦枝、日高等居合せたり。吉井、梅嶋、瀬戸等来る。瀬戸突然予の傍に坐し怒罵して曰く、足下何ぞ妄にわが情婦お久を奪ひたりやと。言語陋劣聴くに忍びざるものあり。吉井伯来て瀬戸生に代り、其無礼を謝し之を拉し去れり。盖し婢お久なる者曾て尾張町獅子閣に在りし時より瀬戸と情交あり、又菊池の門生酒井某なる者とも今猶慇懃を通ずといふ。余始之を知らず、既にして知る事を得たれども又如何ともすべからず、遂に今日に及べるなり。此省れば瀬戸酒井両生の怨恨さぞかしと同情に堪えざるなり。此夜お久乱酔し頻に余の家に来り宿せむこと請ひしが、二生の心事を推察し、独艶福を恣にすることを欲せざれば別れて去る。秋来銀座の情事もとより其場の酔興に過ぎざれども、その殺風景なること此夜に至つて遂に忍可らざるものあるに至れり。嗤ふべく、又歎息すべきなり。寒月皎々たり。

十二月廿三日。晴れて風寒し。松莚子邸毎月の醵集に招かる。岡、池田、川尻、小山内の四氏来る。夜十一時半一同自働車に送られ岡君は神田駅。小山内君は万世橋。池田君は銀座にて車を下る。川尻君は愛宕下年の市を見るべしとて桜川町辺にて車を下る。月あきらかなり。

十二月廿四日。快晴。寒稍緩なり。晡時冨士見町相模家に往き妓夢子を招ぎて餔す。夜銀座を過るに葵山、成弥、長十郎、桔梗、団次郎等太訝に在り。午後木挽町にて春興行の稽古ありしと云ふ。帰宅後読書抄写毎夜の如し。

十二月二十五日。晏起の後掃塵盥漱を終れば日は既に午なり。日暮成弥邦枝の二子来る。邦枝氏七世白猿の尺牘を示さる。太訝の婢お慶来る。昨夜深更聖上崩御の公報出で、銀座通の商舗今朝より休業。太訝は夕刻より戸を閉したるにより、お慶邦枝子に逢はむとて来りしなりと云ふ。余昨夜より家を出でず、又新聞を見ざるを以て、こゝに始めて諒闇の事を知る。山形ホテル食堂に到り葡萄酒を酌み晩餐をなす。枕上柳北の新誌第二編を読む。此日改元。

十二月廿六日。天気牢晴。寒気凜冽なり。炉辺に机を引寄せ、硯北日録に注釈を付しゐたるに、門前屐声あり。出でゝ見るに、松莚子令閨を携へ団次郎長十郎等を伴ひ来れるなり。丸岡三田巌谷の三氏も亦つゐで来る。正に午なり。一同山形ホテルに抵り食事をなし、墨陀の百花園に遊ぶ。楽焼をなす。園主茶菓を薦め句を余に請ふ。已むことを得ず。たまに来て看るや夕日の冬の庭。同行の諸子傍よりまた句を請ふこと頻なり。此日改元の翌日なれば、冬空の俄に暗しきのふから。木枯も音をやしづめむ今日の空。など筆にまかせて書きちらす程に、短日既に傾きたり。園主に請ひその遠祖菊塢の雑著三冊を借り、園を出で、白鬚祠畔に乗合自働車の来るを待つ。日は既に没して水烟模糊。対岸の人家影の如くに黒く白帆夢よりも淡し。三囲駒形二橋の工事漸く進捗するを見る。吾妻橋を渡り自働車を下るに、雷門外の燈火湧くが如く、行人絡繹たり。上野広小路を過ぎ万世橋にて諸子と別れ、独り銀座に至る。歳暮雑沓の光景毫も諒闇の気味なし。銀座通の夜肆も亦例年の如し。太訝に登るに酔客楼に満つ。林、邦枝、日高、中村、生田の諸子来り会す。啜茗款晤二更を過ぎて各帰途につく。

十二月二十七日。快晴。崇文閣叢書第四回配本到着す。晩間霊輿湘南の離宮を出で、都城に入ると云ふ。丸内日比谷の辺拝観者堵をなす。電車亦満員乗ること能はず。漸くにして銀座に往き太訝に入りて餔す。日高、生田、成弥、小太夫、蟹助等来り会す。婢お葉お糸等に露店の人形を贈る。

十二月二十八日。午前丸岡氏七草一籠を送り届けらる。七草は百花園主人松莚子の許に贈りしものなるを、松莚子更に之を丸岡氏に託して余が方に贈り越されしなり。丸岡巌谷の二氏この頃毎夜駿河台に集り支那賭博麻雀に耽る由なり。近年博奕文士の間に流行す。久米正雄、谷崎潤、里見淳〔ママ〕、菊池寛の輩最之を善くすと云ふ。午後母上を訪ふ。老いてます〳〵すこやかなり。手づから咖啡を煮、雑煮餅をつくりて薦めらる。年の中に早く新春の来るを覚ゆ。忽玄関に人の訪来る音す。外山男爵未亡人わが母上を訪ひ来たまへるなり。故男爵は先考の友にして、其令嗣岑作君は余が竹馬の友なりしを以て、余幼少の頃より夫亡人を知れり。未亡人は画人河村清雄先生の妹なり。未亡人余に語りて曰く、当月はじめ、歌舞伎座にて興行せし森有礼の狂言に故外山博士に扮するものありと聞きて赴き見たり。左団次の森子爵はまことに能くその人に似たりと。未亡人は幕臣の女なれば当世田舎出の貴婦人とは異り、洒落軽快にて談話流暢なり。今年は人皆寒さ甚しといへどさほどにも思はず、今日も朝の中水にて物洗ひたりなど笑ひて語らる。未亡人辞し去りし後、余も亦須臾にして辞し、歳暮街上の景況を見つゝ神楽阪に至るに、日は没したり。銀座に往き太訝にて夕餉を食す。たま〳〵今村繁三白瀧幾之助の二君相携へて来るに逢ふ。素封家今村君とは一橋尋常中学校に在りし時相識れるなり。白瀧画伯とは米国遊学中辱知となりしなり。倶に相見ざること二十余年なり。今村君は白頭白鬚の翁となり、白瀧君は円顱全く一毛を留めず。互に相見て惘然として言ふ所を知らざりしが、漸くにして今村君笑つて曰く、今夕偶然永井君を見るに宛がら其先考と語るが如く、当時の君を想起すること容易ならずと。互に往時を語ること半時間ばかり。二君帰去るや、邦枝、林、日高、中村の諸氏来る。二更後家に還る。此日くもりて寒し。

十二月二十九日。快晴。午下銀座第百銀行に行き預金残高を調べ、帰途太訝に憩ふ。成弥来りし故共に妓鈴乃を訪ひ、風月堂に餔す。金春の横町にて小山内氏其狎妓八重梅を携へて過るを見しが、此方より途を避けたり。風月堂を出で銀座の夜店を見歩く中、鈴乃上方屋にて支那博奕麻雀の牌函を買ひたしと云ふ。成弥上方屋とは心安き由、走り行きて購来る。代価割引にて参拾八円なり。金龍亭に往きて一酌す。鈴乃妓家年末の都合思はしからず、五百円ほしき由申出たり。予曾て築地に在りし頃ならむには即座に用立てやるべきなれど、災後年〻収入殆半減の有様なれば何かと言ひまぎらし倉皇として逃れ帰りぬ。

十二月三十日。午前三菱銀行に赴く。偶然松莚子その細君養子を伴ひ来るに逢ふ。麻布永阪下更科に行き吉例の年越蕎麦を食すと云ふ。市兵衛町表通にて別れ家に帰る。午後竹山人湯浅氏来訪。尤初対面なり。竹山人は曾て黒岩涙香の門人にて、萬朝報の記者なりしと云ふ。今は間散の身にて江戸俗曲中殊に小唄を善くすと云ふ。晡時森田草平氏来訪。国民文庫刊行会の用談なり。薄暮太訝に往きて飰す。お久操に歳暮の祝儀を与ふ。葵山子成弥等来る。初更帰宅入浴して早く寝に就く。此日快晴。風さむからず。

十二月三十一日。天気好晴。竟日柳北の日誌を写す。黄昏太訝に赴き夕餉を食し、歌舞伎座に行くに、一番目狂言の稽古将に終らむとす。少時松莚子と語りて後、中幕和蘭陀船の稽古を見る。中幕は松嶋屋父子の出し物なり。再び成弥と太訝に一茶す。始めて福沢大四郎氏に逢ふ。沢村田之助、弟源平、生田葵山、邦枝完二、日高浩、巌谷撫象、三田英児、谷岡某等来り会す。年既に尽く。午前一時諸氏と共に銀座に出るに、商舗夜市の燈火煌煌昼の如し。散歩の男女肩を摩し踵を接す。妓山勇市川登茂江等に逢ふ。尾張町四辻にて諸氏に別れ谷岡氏と電車を同じくして帰る。筆硯を洗ひ書室の塵を掃つて後、眠らむとすれば、崖下の人家早く既に雞鳴を聞く。

詩歌

詩
短歌
俳句

詩

阿毛久芳＝選

高村光太郎

生きもの二つ

鯰

盥の中でぴしやりとはねる音がする。
夜が更けると小刀の刃が冴える。
木を削るのは冬の夜の北風の為事である。
暖炉に入れる石炭が無くなつても、
鯰よ、
お前は氷の下でむしろ莫大な夢を喰ふか。
檜の木片は私の眷族、
智恵子は貧におどろかない。
鯰よ、
お前の鰭に剣があり、
お前の尻尾に触角があり、
お前の鰓に黒金の覆輪があり、
さうしてお前の楽天にそんな石頭があるといふのは、
何と面白い私の為事への挨拶であらう。
風が落ちて板の間に蘭の香ひがする。
智恵子は寝た。
私は彫りかけの鯰を傍へ押しやり、
研水を新しくして
更に鋭い明日の小刀を瀏瀏と研ぐ。

葱

立川の友達から届いた葱は、
長さ二尺の白根を横へて
ぐつすりアトリエに寝こんでゐる。
三多摩平野をかけめぐる
風の申し子、冬の精鋭。
俵を敷いた大胆不敵な葱を見ると、
ちきしやう、
造形なんて影がうすいぞ。
友がくれた一束の葱に
俺が感謝するのはその抽象無視だ。

（「詩人倶楽部」大正15年4月号）

苛察——猛獣篇より——

大鷲が首をさかしまにして空を見る。
空には飛びちる木の葉も無い。
おれは金網をぢやりんと叩く。
身ぶるひ——さうして
大鷲のくそまじめな巨大な眼が
鎗のやうにびゆうと来る。
角毛《つのげ》を立てて俺の眼を見つめる其両眼を、
俺が又小半時じつと見つめてゐたのは、
冬のまひるの人知れぬ心の痛さがさせた業だ。
鷲よ、ごめんよと俺は言つた。
この世では、
見る事が苦しいのだ。
見える事が無残なのだ。
観破するのが危険なのだ。
俺達の孤独が凡そ何処から来るのだか、
此のつめたい石のてすりなら、
それともあの底の底まで突きぬけた青い空なら知つてるだらう。

（「詩歌時代」大正15年5月号）

北原白秋

この道

この道はいつか来た道、
　ああ、そうだよ、
あかしやの花が咲いてる。

あの丘《おか》はいつか見た丘、
　ああ、そうだよ、
ほら、白い時《と》計台《けいだい》だよ。

この道はいつか来た道、
　ああ、そうだよ、
お母《かあ》さまと馬車で行ったよ。

あの雲もいつか見た雲、
　ああ、そうだよ、
山査《さんざ》子《し》の枝も垂《た》れてる。

（「赤い鳥」大正15年8月号）

月から観た地球

月から観た地球は、まどかな、

紫の光であつた、
深いにほひの。

わたしは立つてゐた、海の渚に。
地球こそは夜空に
をさなかつた、生れたばかりで。

大きく、のぼつてゐた、地球は。
その肩に空気が燃えた。
雲が別れた。

潮鳴を。わたしは、草木と、
火を噴く山の地動を聴いた、
人の呼吸を。

わたしは夢見てゐたのか、
紫のその光を、
吾が東に。

いや、すでに知つてゐたのだ、地球人が
早やくも神を求めてゐたのを、
また創《つく》つたのを。

（「近代風景」大正15年11月号）

十月の都会風景

十月《ぐわつ》、
大都会東京《だいとくわいとうきやう》の午後《ごご》一時《じ》二時《じ》、
日光《につくわう》がばかに白《しろ》かつた、立体的《りつたいてき》で。
市民《しみん》は高層《かうそう》なビルヂングの近景《きんけい》を、
いつもの通《とほ》り右往左往《うわうさわう》してゐた、豆《まめ》のやうに、
紅《あか》や青《あを》や紫《むらさき》や、パラソルの花《はな》、花《はな》、花《はな》、
自動車《じどうしや》は疾駆《しつく》した、旋廻《せんくわい》した、昆虫《こんちゆう》の騒乱《さうらん》。

俺《おれ》は空想《くうさう》した。ああ、この瞬間《しゆんかん》。
カーキ色《いろ》の飛行船《ひかうせん》が爆発《ばくはつ》した、空《そら》の遥《はる》かで。
ぷすとただ光《ひか》つて消《き》えた点《てん》、——人《ひと》、人《ひと》、人《ひと》。

十月《ぐわつ》、
誇張《こちやう》すると天《てん》を摩《ま》す屋上庭園《をくじやうていゑん》の酒卓《しゆたく》で
俺《おれ》は古風《こふう》な遠眼鏡《ゑんがんきやう》を引伸《ひきの》ばしながら、
いつか失《な》くした童心《どうしん》を探索《たんさく》してゐる。

（「女性」大正15年12月号）

ピンク島・日本

服部嘉香

とても歯が浮く、ピンク、ピンク。

海は青く、まじめだ。
譴責と愛撫との波を、
捲まず、飽かず、社会の岸に打ち寄せる。

パパとママがラヂオ、
ベビちやんも聴いてゐる。
パパの洋服レデ・メード、
ママはしらみよけの断髪、
ベビちやんの名はメリー花子。

ラ、ラ、ラン、
ラ、ラ、ラ、ラ、ラン、——
長い胴と大きな尻が動く。
シャンディリアの下、
音と肉慾との交錯だ。
フォックス・トロット、一群、
ワン・ステップ、一群、
ツーステップ、一群、
男のわきが、
女のみほとの分泌。

海は青く、まじめだ。
譴責と愛撫との波を、
捲まず、飽かず、社会の岸に打ち寄せる。
　イッヒ・ロマンがパセティックで、
ゴシップ文学がノウブルで、
とても素敵なピンクの色恋愛が三角で、
とても素敵なピンクの君が角帽だ。
板張の文化住宅の中では、
夜も、昼も、
セルロイド製のピンク人がピンク肉を抱いてゐる。
とても素敵なピンクとピンク。
　「人生の明日」は捨てられた。
　「心霊の呼吸」なんか屁だ。
海は青く、まじめだ。
譴責と愛撫との波を
夜も、昼も、
ピンク島の岸に打ち寄せる。
　とても歯が浮く、ピンク、ピンク。
ピンク島のピンク人。

ピンク、ピンク。

（「日本詩人」大正15年5月号）

萩原朔太郎

監獄裏の林

監獄裏の林に入れば
囀鳥高きにしば鳴けり
いかんぞ我れの思ふこと
ひとり叛きて思惟する道を
さびしき友にも告げざらんや。
河原に冬の枝草もえ
重たき石を運ぶ囚人ら
みな憎さげに我れをみて過ぎ行けり
陰鬱なる思想かな
われの破れたる服を裂きすて
獣のごとくに悲しまん。
ああ季節に遅く
上州の空の烈風に寒きは何ぞや
まばらに残る林の中に
看守のゐて
剣柄のひくく鳴るを聴けり。

（郷土望景詩、追加続篇）

（「日本詩人」大正15年4月号）

大工の弟子

僕《ぼく》は都会《とくわい》に行《ゆ》き
家《いへ》を建《た》てる術《じゆつ》を学《まな》ばう。
僕《ぼく》は大工《だいく》の弟子《でし》となり
大《おほ》きな晴《は》れた空《そら》に向《むか》つて
人畜《じんちく》の怒《いか》れるやうな家根《やね》を造《つく》らう。
僕等《ぼくら》は白蟻《しろあり》の卵《たまご》のやうに
巨大《きよだい》な建築《けんちく》の柱《はしら》の下《もと》で
うぢうぢとして仕事《しごと》をしてゐる。
甍《いらか》が翼《つばさ》を張《は》りひろげて
夏《なつ》の烈日《れつじつ》の空《そら》にかがやくとき
僕等《ぼくら》は繁華《はんくわ》の街上《がいじやう》にうじやうじやして
つまらぬ女《をんな》どもが出《だ》してくれる
珈琲《カフエ》店の茶《ちや》などを飲《の》んでる仕末《しまつ》だ。
僕《ぼく》は人生《じんせい》に退屈《たいくつ》したから
大工《だいく》の弟子《でし》になつて勉強《べんきやう》しよう。

（「キング」大正15年8月号）

ある夜《よ》の晩餐《ばんさん》

黄色《きいろ》いランプの下《した》で
家族《かぞく》と一所《しよ》に飯《めし》を食《く》つた

肉《にく》も魚《さかな》も野《や》菜《さい》もなく、つめたい米粒《こめつぶ》
が乾《ひ》からびてゐた
がらんとした空家《あきや》の中《なか》で
引越《ひっこ》しの晩《ばん》の出来事《できごと》だつた。

（「キング」大正15年12月号）

川路柳虹

映　像（習作）――小さなしねりをの詩――

机の上の置時計が鳴る。IX時。
静かな部屋に重たい余韻。
子供は自習を終へる。

消した電燈。子供は寝部屋へ消える。
暗い部屋に明るい窓――
刷硝子に射す月の光。

窓。影――
黒い枯枝が揺れる。
風の唸り。

窓、映像《シルウエット》
下からさしのぞく二つの耳。

猫が屋根からのぼる。枯枝が揺れる。
猫は耳を立てる。ゆれる口鬚《くちひげ》影。
影は飛びのく。

扉が暗いなかで開く。子供の母。
窓に近よる、母の映像《シルウエット》。
猫の映像《シルウエット》。枯枝がゆれる。

窓をあける、
吹き込む夜嵐。面《おもて》を反ける母。映像《シルウエット》。月光。

手を外に出して猫を呼ぶ。
猫を抱きあげ窓をしめて
電燈《でんき》をひねる。明い燈《ひ》の部屋。

椅子による。膝にのる猫
母は編物をする。

毛糸の玉が転がる、
猫が膝から降りて戯れる。
笑ひながら母が追つかける。

猫は椅子の下に隠れて身構へる。
糸をひくとまた戯れる。
扉《ドア》をあけて猫を追ひやる。

編物を手にして又椅子による。
ベルが鳴る。女中が来客を告げる。
また扉をあけて出てゆく。
出がけにあかりを消す。

明るい窓。
揺れる枯枝の影。

時計の針はうす暗い外の光で
かすかにIXを過ぎる十分。

（「炬火」大正15年4月号）

深尾須磨子

夜

むかふの屋根裏部屋に灯が残つて
チヨコレイト兵隊型《かた》のいい人と
かあいい女中さんとが話してゐる。
佐藤惣之助よ　来て見ぬか
手妻使ひのマントの裏が見えるぞよ。
眠るためだけの寝台が
女ざかりの女らの寝部屋にあつて
神様も小首を傾けたといふ。

お経がかつたことをくどくどと
行儀よく胸に手をおいて
女らは結局寝たといふ。

飾り窓

悪口の黄表紙を叩きつけて
失礼したい世の中だが
さてはやりのねくたいの游いでゐる
この飾り窓の水族館に来ると
はづかしいがわたしはゆるみ出す。
ああ　といふ言葉に手をあてる。

あたたかな色の好きだつた人よ
海鼠《なまこ》の姿をしたわたしの魔性が
ねばねばとうごめくのをお感じか。

（「日本詩人」大正15年6月号）

詩歌の城

詩や俳句を一としきり軽蔑してゐたが
このごろ仲々好い味のあることが解つた。
一日に十枚文章をかいてゐても
詩や俳句が一行一句もできぬことがある。
詩や俳句の王城は誰でも敲けるものではない。
詩や俳句の城へ入るものは
その城の中の庭や金銀の居間を知り、
その居間に坐る儀礼を知り
弓や矢や盾を把り
寒夜になほ城を護る術をしらねばならぬ。

自分は既う何千枚書いてゐるか知らない。
自分で考へただけでも茫とする。
しかしまことの詩は何もかけてゐない。
何千枚何万枚書きつかれたあとで
数行の詩や俳句を恋ひ慕ふことの嬉しさ。
わが心いまだ腐らずにゐる嬉しさ。
自分はへとへとになりながら
真個の心は城の中に目ざめてゐる。

（「日本詩人」大正15年6月号）

室生犀星

朝日

朝日はソーダ水のやうな透明な玉を吐いて
絶えず木にそそいでゐる。
木は身ぶるひしながら
その光の中で一杯にひろがつてゐる。

×

朝日が雲間にかくれる、
植物の表情に悲しげな曇りが帯びる。

×

一枚書いて朝日を浴びに庭へ出る。
そして二枚目を書く。

×

オレンヂの一つは
朝日の当つたところで
とうたうその姿を失ふた。

×

朝日は鐙戸のすき間から

寝床の上の美しい髪のそばまで近づき
お起きなさいと言つた。
彼女はおとなしくハイと答へた。

（「文藝春秋」大正15年6月号）

佐藤惣之助

入浴

さつと衣裳がおちると花の宮であつた
雪のむすめの、うごめくのは
みどりいろの牡蠣である
ちいさい恐怖の蝶がとび
しほ風がする
石鹼の泡は、すももの肌膚をあつめる
あたらしい、花の宮であつた。

化粧

蛮人が、神殿をたてる
肌膚が大気に彩られる
くろ髪が森になる
火が二点——眼になつて
青い眉の花棚の下で恋をする
ふかしぎな色めきから
臙脂が桜桃の径をつくつた
はろ、はろ、
神殿の焔は一顆の雪である。

（「驢馬」大正15年5月号）

尾崎喜八

土曜日の夜の帰宅

ゐ？
あゝ。駒込じやあ相変らず善い生活だよ。
何しろだしぬけに夏らしく照り出したんで
おぢさんもおばさんもひどく元気さ。
それに話の面白い陶山もちやうど来てゝね。

うん、さうさ。
いつ会つても気持がいゝよ、あの男は。
さつぱりした気風《きつぷ》だし、思ひやりはあるし、
それでゐて万事程々だし——
何時何処にでも一人は居てもらひたいと思ふやうな人物さ。

会か？
会はみんなまかせで旨くいつたよ。
停車場の待合みたいな集りじやないからな。

おぢさんが素晴らしい詩を朗読したよ。
正客の吉田なんか涙ぐんでゐたつけ。

御馳走？
御馳走ならメニユーだけ持つて来た。
チキン　ア　ラ　プロヴイダンスなんて奴が出たよ。
みんな平らげたさ。むろん
　此頃の乾鰊と香物《こうこ》つゞきの後じやあね。

寝てるかい？
なに、来ちやあいけないつて？
　銀座へ廻つておもちやを買つて来てやつたんだがな。
ゴム玉を握ると犬がきゆうきゆうつて跳ねる奴を。
さうさう、頼まれた救命丸も買つて来たよ。

スヰスからは？
まだか。それじやあ又あしたの朝が楽みだ。
ス　キ　コ　ボン、セ　キリヤ　ドマン。
別に何でもない、「嬉しいのは明日がある事」つて云ふのさ。
寝ようかな。星がすばらしいよ。

（「日本詩人」大正15年6月号）

詩論

佐藤春夫

消えやすいよろこびを　何で
うたつてゐるひまがあらうか
アイスクリイムを誰が噛むか
悲は堅いから、あまり堅いから
人はひとつのかなしみから
いくつもの歌を考へ出すのです

（「奢灞都」大正15年1月号）

大正十五年夏日（抄）

高橋元吉

1

夕かぜがきて
水をうち掃ききよめた
このひとときの胸の曠しさに
牡丹を点ず。

2

いつも通る街であるのに
けさは深い山谷を行くやうだ
出来たての日光がみなぎりみちてゐる
私はとてつもなく背がたかい
なにしろ頭のすぐうへがあをあをしてゐるので
まつ白な雲が頭のなかをすうすう通つてゆくといふ始末だ
脚は、脚にまかせて露だらけの深草を跡みわけてゆく。
まつたく無法な考だ
無量不可思議なこの爽快さを言葉に言ひ表はさうなど丶いふの
　は。

……………

ちつぽけな逈かな下界
そこをとぼとぼと行く自分の後姿を見つけた時は
うたた憫笑を禁じ得なくなつて
すこしこずきまはして「おい！　しつかりしろ！」と云つたら
先生　へんな薄笑ひをして黙つてゐたが
どういふ了簡なのかしらん。

20

降りこめるまつくらな地面を
ひたむきに走りゆき
はやく
暁の光にぬれたいとおもふ。

（「生活者」大正15年11月号）

西脇順三郎

内面的に深き日記

一つの新鮮なる自転車がある
一個の伊皿子人《イサラゴジン》が石鹸《シヤボン》の仲買人になつた
軟柔なるさうして動脈のある斑点のあるさうして香料を混入せ
　るシヤボン
これを広告するがためにカネをた丶く
チン〳〵ドン〳〵はおれの生誕の地に住む牧人の午後なり
甘きパンの中にておれの魂は
ペルシアの絨氈と一つの横顔と一枚の薄荷の葉を作成す
銅像はネムい
しかし死はまだずつとネムい
コルクの上で死ぬるとは
おれの友人の一人が結婚しつ丶ある
彼は両蓋の金時計をおれに啓示した
ボタンをひくと
その中で

アンジエリユスの鐘が鳴る
それをほしいといふ気が太陽の如く
起る

修道院の鐘等が羅馬に向つて
チンカン〱となる
これは人をして呼子笛を吹奏さす
朝めしの中に夕日がある
　　紅色のオキアガリコボシ

おれの傾斜の上におれはひとりにて
垂直にツ立つ
価値なき多くの屋根の向うに
地平線にデコ〱飾られたシヤれた
森の上にのつかつてゐる
黄色い異様な風格を備ふる一個の家を見る
こんな森はおれに一つの遠くの人生を想はしめる
しかし柔かい土壌は悲しき思想の如き植物
を成長さすために
都会の下から農業地帯の中へ
オレンヂ色のしとやかなる牛が
糞便を運送する
人間のこの腐敗した憂鬱をもつて
サラドを成長さすとはいた〱しい
されどこの辺り
恋愛を好む一人の青年がひとりで
歩行してゐる
トロンボンを吹け

色彩の極めてよろしいズボンツリを購ひ
首府を去りさうして三日にして
砂地の地峡に己れ自身を見る
終日　燈台を眺めながらに
青い莢豆《サヤマメ》の中で随分紙煙草を吸ふ
しからざれば
藝術とか人文とかを愛好する人達より遠く分離して
キウリと鶏頭の花に有名なる一都会にて
猛烈にマツチを摺る

教会堂がまた一時間の四分の一を宣言する
ジアコンド

（「三田文学」大正15年7月号）

「ジヤズ」夏のはなしです

宮沢賢治

ぎざぎざの斑糲岩の岨づたひ
膠質のつめたい波をながす
イーハトヴ第七支流の岸を
せはしく顫へたびたびひどくはねあがり
まつしぐらに西の野原に奔けおりる
銀河軽便鉄道の今日の最終列車である
ことさらにまぶしそうな眼つきをして
夏らしいラヴスインをつくらうが
うつうつとしてイリドスミンの鉱床などをかんがへやうが
木影もすべり
種山あたり雷の微塵をかがやかし
どしやどしや汽車は走つて行く
おほまちよひぐさの群落や
イリスの青い火のなかを
狂気のやうに踊りながら
第三紀末の紅い巨礫層の截り割りでも
デイアラヂツトの崖みちでも
一つや二つ岩が線路にこぼれてやうが
積雲が灼けやうが崩れやうが
こつちは最終の一列車だ
シグナルもタブレツトもあつたもんでなく
とび乗りのできないやつは乗せないし
とび降りなんぞやれないやつは
もうどこまででも載せて行つて
銀河の発電所や西のちぢれた鉛の雲の鉱山あたり
監獄部屋に押しこんだり
葛のにほひも石炭からもごつちやごちや
接吻《キス》をしようが詐欺をやらうが
繭のはなしも鹿爪らしい見識も
どんどんうしろへ飛ばしてしまつて
おほよそ世間の無常はかくの如くに迅速である模型を示し
梨をたべてもすこしもうまいことはない
何せ匂ひがみんなうしろに残るのだ
　この汽車は
　動揺性にして運動つねならず
　されどよく鬱血をもみさげ
　　・・・・ Prrrrr　Pir・・・・・・・・・
　筋をもみほごすが故に
　のぼせ性こり性の人に効あり
さうさう
いまごろ熊の毛皮を着て
縄の紐で財布を下げた人が来やうが

そんなことにはおかまひなく
馬鹿のやうに踊りながらはねあがりながら
もう積雲の焦げたトンネルを通り抜けて、
野原の方へおりて行く
尊敬すべきわが熊谷機関手の運転する
銀河軽便鉄道の最終の下り列車である

（「銅鑼」大正15年8月号）

ワルツ第CZ号列車

空気がぬるみ沼には水百合の花が咲いた
むすめ達はみなつやゝかな黒髪をすべらかし
あたらしい紺のペツテイコートや
また春らしい水いろの上着
プラツトホームの陸橋の所では
赤縞のずぼんをはいた老楽長が
そらこんな工合だといふ　ふうで
楽譜を読んできかせてゐるし
山脈はけむりになつてほのかに流れ
鳥は燕麦のたねのやうに
いくかたまりもいくかたまりも過ぎ
青い蛇はきれいなはねをひろげて
そらのひかりをとんで行く
ワルツ第CZ号列車は
まだ向ふのぷりぷり顫ふ地平線に
その白いかたちを見せてゐない。

（プレリユード）

（「銅鑼」大正15年10月号）

八木重吉

不思議

こころが美しくなると
そころいらが
明るく　かるげになつてくる
どんな不思議がうまれても
おどろかないとおもへてくる
はやく
不思議がうまれればいいなあとおもへてくる。

人　形

ねころんでゐたらば
うまのりになつてゐた桃子が
そつとせなかへ人形をのせていつてしまつた
うたをうたひながらあつちへいつてしまつた
そのささやかな人形のおもみがうれしくて
はらばひになつたまま

胸をふくらませてみたりつぼめたりしてゐた。

草をむしる

草をむしれば
あたりが　かるくなつてくる
わたしが
草をむしつてゐるたけになつてくる。

（「日本詩人」大正15年1月号）

素朴な琴

この明るさのなかへ
ひとつの素朴な琴をおけば
秋の美くしさに耐へかね
琴はしづかに鳴りいだすだらう

（「若草」大正15年2月号）

病　気

からだが悪いので
自分のまわりが
ぐるつと薄くなつたようでたよりなく
桃子をそばへ呼んで話しをしてゐた

安西冬衛

春

ほんとによく晴れた朝だ
桃子は窓をあけて首をだし
桃ちやん　いい子　いい子うよ
桃ちやん　いい子　いい子うよつて歌つてゐる

（「詩之家」大正15年4月号）

果　物

秋になると
果物はなにもかも忘れてしまつて
うつとりと実のつてゆくらしい

（「詩之家」大正15年9月号）

戦　後

新月
地下鉄道へ下りてゆく未亡人

（「亜」大正15年1月号）

春

てふてふが一匹間宮海峡を渡つて行つた　　軍艦北門ノ砲塔ニテ

（「亜」大正15年5月号）

秋

黒いコスチューム　黄ろい扇　その翳に海がある

（「亜」大正15年9月号）

吉田一穂

海市

Je partirai! Steamer balançant
ta mâture
Lève l'ancr pour, une exotique
nature!

——S. Mallarmé——

海ゆく日、光と影の漂白に夢む燈明台《フオレ》
仮睡《まどろ》みの浮標《ブイ》は波の静かな揺籃の唄を聞いてゐる
寺院の尖塔や青銅《ブロンズ》の円頂《ドオム》、交十字旗《ユニオン・ヂヤツク》が翻めく白亜の商館
欖橄の森を繞る磨り減つた石畳の古い伝説の港町
祖母様《ばゞさま》の童話《メルヘン》を聴く聖餐の鐘の日曜……

（わが船HAVANAを立つ時）
弧線《カーヴ》を画く横帆《おうばん》の、また額に投げる波の反射《てりかへ》し
あゝ忘却の航跡《コース》に消えて明るく熾んな魚群の影像《イマアヂユ》
水透いて揺り映る海鳥の眩暈《よひ》の奇しき……
帆に慕ふノスタルジツクな水平線の彼方
浪曼のみどりなる……。

（「日本詩人」大正15年4月号）

萩原恭次郎

林の中の会合

君は額を空に向けまた地になすり付けようとしてゐる！
……青葉はオゾンの中でとぎすまされてゐる！
君はじつと冷い！　蒼ざめてそして熱い！
君は工場の汽罐室のやうにむし暑く苦しんでゐる！

君はふるへる手で赤い花を私に呉れて
私の心臓をかざつてくれようとするのか！

私はかざりたくも何んにも無い！
君の心臓も僕の心臓もかざりなき心臓だ！

痛々しい傷にふれてくれるな！
行く道はかざりなき光明《ひかり》ある道だ！

私に返事が出来ない故に
君の背後にある片手が
青ざめたピストルの引き金にあたつてゐる事を
僕は知つてゐる！

僕は今　君の手を握つてゐる！
僕は僕の言葉と僕の涙を　何故出すことが出来ないのだらう！

君は知つてゐて呉れるか！
僕の全部を！　僕の全身を！
これだけが僕等の掟《おきて》だ僕なんだ！

君は僕の動かない顔を射ちたいのだらう！
君は僕の無言をピストルで射ち抜きたいのだらう！

（「詩神」大正15年11月号）

丸山　薫

病める庭園《には》

静かな午さがりの庭さきに
父は肥つて風船玉の様に籐椅子に乗つかり
母は半ば老ひてその傍に毛糸をば編む
いま春のぎよぎようしも来て啼かない
此の富裕に病んだ懶い風景を
では誰れがさつきから泣かすのだ
オトウサンヲキリコロセ
オカアサンヲキリコロセ

それはつき山の奥に咲いてゐる
黄ろい薔薇の葩びらをむしりとり
又しても泣き濡れて叫ぶ
此処に見えない憂鬱の憧へごゑであつた
オトウサンナンカキリコロセ！
オカアサンナンカキリコロセ！
ミンナキリコロセ！

（「椎の木」大正15年10月号）

北川冬彦

『検温器と花』（抄）

椿

女子八百米リレー。彼女は第三コーナーでぽとりと倒れた。
落花。

体温表

鼻血を出してゐる

朝

空がうなつてゐる
雨戸をあけると
飛行船が魚のやうに泳いでゐる
街では
子供がみんな白い手を挙げてゐた。

波

恥かしがるから抱き締めてしまつた
女は波から消えて了つた

（大正15年10月、ミスマル社刊）

上田敏雄

唯美的なものとさうでないもの

（ふぃるむのなかにあるのすたるぢや）

水上署の警官が指紋をしらべてゐるところはしろいひかりがさ
　してゐてぼーとがきれひである
内部のない建築がしつびしてゐるをくに幻燈がうつつてまへを
　紳士と貴婦人がはもにかをふいてとほつてゐる
とうるやんすきいは支那靴をはいて形而上学の西洋にまんどり
　んを並らべてゐる
化粧のうつつた花嫁の飛行機に接吻してゐるところは西班牙《すぺいん》の
　さくらがさいてゐる
ながいもののたれ下つてゐる飛行船がつるされて下でかほのな
　いものが蛾のうむ卵をたべてゐる
西洋のきちがひのいつぱいつめられてゐる厚つい建物のまわり
　からはあたまのない蝶がうまれてゐるばかり
電球のなかに花のやうにさいた活きた美人を探偵がしらべてゐ
　るところは月がおほきい
植物のなかを形而上学の汽船にのつて支那のほうの皇子と扇子
　をもつたその恋びとが下りてゐる
かほをしろく塗つたひとがあとからあとから重さなるやうに空
　間からとびをりてゐるところはたれもゐない。
飛行機の製作所のほうには皿が絵具《ゑのぐ》のやうに並らべられてある
ふいるむのうへにかあてんをおろさう。

（「日本詩人」大正15年3月号）

三好達治

乳母車

母よ――

淡くかなしきもののふるなり
紫陽花いろのもののふるなり
はてしなき並樹のかげを
そうそうと風のふくなり

時はたそがれ
母よ私の乳母車を押せ
泣きぬれる夕陽にむかつて
轔々と私の乳母車を押せ

赤い総ある天鵞絨の帽子を
つめたき額にかむらせよ
旅いそぐ鳥の列にも
季節は空を渡るなり

淡くかなしきもののふる
紫陽花いろのもののふる道
母よ私は知つてゐる
この道は遠く遠くはてしない道

（「青空」大正15年6月号）

甃《いし》のうへ

あはれ花びらながれ
をみなごに花びらながれ
をみなごしめやかに語らひあゆみ
うららかの跫音空にながれ
をりふしに瞳をあげて
翳りなきみ寺の春をすぎゆくなり
み寺の甍みどりにうるほひ
廂廂に
風鈴のすがたしづかなれば
ひとりなる
わがみの影をあゆまする甃のうへ

（「青空」大正15年7月号）

少年

夕ぐれ
とある精舎の門から
美しい少年が帰つてくる

暮れやすい一日に
テマリをなげ
空高くテマリをなげ
なほも遊びながら帰つてくる
閑静な街の
人も樹も色をしづめて

空は夢のやうに流れてゐる

（「青空」大正15年8月号）

尾形亀之助

幼　年

夜あけに床の中でハモニカを吹きだした
子よ
可哀いさうにそんなに夜がながかつたか

プープー　ハモニカを吹くがよい
お前のお菓子のやうな一日がもうそこまで来てゐるのだ

月夜の電車

私が電車を待つ間
プラットホームで三日月を見てゐると
急にすべり込んで来た電車は
月から帰りの客を降して行つた

（「銅鑼」大正15年12月号）

石川善助

海辺異情

女は急斜砂丘《バルハン》のむかうに消えてしまつた
汀に波はひきあげ　ひきあげ
泥洲をよぎつて私は帰へる
蒲生の中にあまた蟹はみえかくれ
彼等は驚き　彼等の駈けやう

非　非　　非

それは私にみだれた文字
彼等の横行く肢幹は語る

非

非　　非

なにを私は悲しむものぞ
蟹よ　蟹よ
私はつよく否定をちかひ
なつかしい女の心象を
はるか海にむかつて抛げすてた。

（「詩人倶楽部」大正15年4月号）

小熊秀雄

愛奴憐愍

ああ見れば見るほど
悲しい歩行であつたか
砂地のすばらしく巨大な足跡、

河原で銀斑魚《やまべ》を乾し
岩魚《いわな》の奇怪な赤腹をもて遊び
猿蟹を石に砕いて嬉戯した時代からの
部落《こたん》に満ちあふれた誇も消滅した、
私の憐愍はお前の足跡に
かんぞの花に降り注ぐ雨のやうだ

ああ年々《ねんねん》お前の仲の善い鮭《あきあじ》は死産し
河原の砂の巨大な赤児
ぼつこな鮭皮靴《けり》の足跡は砂金のやうだ

（「日本詩人」大正15年9月号）

無神の馬

私の虚無は
悔恨の苺を籠に盛つてゐる
私は喰べながら笑ひ泣き悲しみ怒り
朝日が昇るとけろりとしてゐた

愛するものは貝殻のやうに
脊中にしがみついて離れない
愛は永遠の喜ばしい重荷だ

街に放された馬
ああ　それは私の無神の馬だ
毛皮は疲労して醜く密生し
光のない草地に平気で立つてゐる。

（「詩神」大正15年12月号）

春山行夫

東京新景物詩（抄）

牢　獄

噴水の下で
銀のナイフで
アメリカの駝鳥を喰はされ
アメリカの音楽で耳を破られ
アメリカの踊りで足を折られ

金が無くなると
投じ出される
贅沢な牢獄
——丸ノ内帝国ホテル——

旗

四月のフラスコのなかの
上品なお嬢さんのハンカチーフ
——丸ノ内・丸ノ内ホテル——

文化村

本国にしては
あんまりアメリカが遠すぎる
——目白文化村——

対　話

(蜜蜂) 見よわが描く黄金律を
　聴けわが神聖なる翅音を
(連翹) そう言ふ貴方のズボンが汚れてます
　むかふの噴水で洗つていらつしやい
(蝶) まるで毀れさうよ
(噴水) So la si ……
So la si ……
(蜥蜴) 噴上げよ指環の形になあれ
(風) 見えざるわが聖杯を汲め
(水鳥) あなたの帽子は真碧ね
(太陽) きまつたことだよ
(蟇) 蜥蜴のやうなガラスの羽織がほしいな
(蟻) この下にはこのごろ獲物がない
(園丁) この腰掛はもう廃物にしやう
(腰掛) おゝ救はれぬ永生孤独
——小石川植物園——

(「月曜」大正15年4月号)

夜明け前のさよなら

中野重治

僕らは仕事をせねばならぬ
そのために相談をせねばならぬ
然るに僕らが相談をすると
おまはりが来て眼や鼻をたゝく

そこで僕らは二階をかへた
露路や抜け裏を考慮して

こゝに六人の青年が眠つてる
下には一組の夫婦と一人の赤ん坊とが眠つてる
僕は六人の青年の経歴を知らぬ
彼らが僕と仲間であることだけを知つて居る
僕は下の夫婦の名前を知らぬ
たゞ彼らがこの二階を喜んで貸して呉れたことだけを知つて居る

夜明けは間もない
僕らはまた引越すだらう
鞄をかゝへて
僕らは綿密な打合せをするだらう
着々と仕事を運ぶだらう
明日の夜僕らは別の貸布団に眠るだらう

夜明けは間もない
この四畳半よ
コードに吊されたおしめよ
煤けた裸の電球よ
セルロイドのおもちやよ

貸布団よ
蚤よ
僕は君達にさよならを言ふ
その花を咲かせるために
僕らの花
下の夫婦の花
下の赤ん坊の花
それらの花を一時にはげしく咲かせるために

（「驢馬」大正15年5月号）

歌

お前は歌ふな
お前は赤まゝの花やとんぼの羽根を歌ふな
風のさゝやきや女の髪の毛の匂ひを歌ふな
すべてのひよわなもの
すべてのうそうそとしたもの
すべての物憂げなものを撥き去れ
すべての風情を擯斥せよ
もつぱら正直のところを
腹の足しになるところを
胸先を突き上げて来るぎりぎりのところを歌へ
たゝかれることによつて弾ね返る歌を
恥辱の底から勇気をくみ来る歌を

それらの歌々を
心臓をいぶし立て
咽喉をふくらまして
厳しい韻律に歌ひ上げよ
それらの歌々を
行く行く人々の胸廓にたゝき込め

機関車

彼は巨大な図体を持ち
黒い千貫の重量を持つ
彼の身体の各部は悉く測定されてあり
彼の導管と車輪と無数のねぢとは隈なく磨かれてある
彼の動くとき
メートルの針は敏感に廻転し
彼の走るとき
軌道と枕木と一せいに震動する
シヤワツ　シヤワツ　といふ音を立てゝ彼のピストンの腕が動
　きはじめる時
それが車軸をかき立てかき立てまはして行く時
町と村とをまつしぐらに馳けぬけて行くのを見るとき
われらの心臓はとゞめ難くとゞろき
われらの眼は抑へられがたく泪ぐむ
真鍮の文字板を掲げ
赤いラムプを下げ
常に煙をくゞつて
千人の生活を搬ぶもの
旗とシグナルとハンドルとによつて
輝く軌道の上を
全き統制のうちに馳けて行くもの
その律気者の大男の後姿に
われら今熱い手をあげる

（「驢馬」大正15年9月号）

帝国ホテル

㈠

こゝは西洋だ
イヌが英語をつかふ

こゝは礼義正しい西洋だ
イヌがおれをロシヤオペラに招待する

こゝは西洋だ　西洋の勧工場だ
キモノとコツトーの糊ざらしの日本市場だ

そしてこゝは監獄だ

番人が鍵をぢやらつかす

こゝは陰気なしめつぽい監獄だ
囚人も番人も人と言葉を交さない

そして囚人は番号で呼ばれる
そして出口入口に番人が立つて居る

それからこゝは安酒場だ
デブ助が酔つぱらつて居る

それからこゝは安淫売屋だ
女が裸かで歩く

それからこゝは穴だ
黒くて臭い

(二)

大きな穴が
大きな安淫売屋が
大きな安酒屋が
大きなしめつぽい監獄が
大きなすり切れた日本の見本市場が
地震にもつぶれずに
東京のまん中に
おれ達の頭の上に
悪臭を放ちながら坐つて居る

(「驢馬」大正15年11月号)

草野心平

ぐりまの死

ぐりまは子供に釣られて叩きつけられて死んだ
取りのこされたるりだは
菫の花をとつて
ぐりまの口にさした

半日もそばにゐたので苦しくなつて水に這入つた
顔を泥に埋めてゐると
くわんらくの声声が腹にしびれる
泪が噴上げのやうにるりだの頸をふるわした

菫をくわえたまま
菫もぐりまも
カンカン夏の陽に乾からびていつた

(「月曜」大正15年4月号)

蛙詩篇

だから石を投げれるのだ
だから石をうけれるのだ

石がぶつかれば死ぬるぐらいはちやんと知つてゐるのだ
ビリビリふるへてゐるのだ
しかもその恐怖をぐつと圧え殺して
平然と石をまつ途方もないステバチ！
宇宙大のニヒル！

人間は一立方寸の蛙を知つてゐるのだ
ひろーい無限の虚無圏！
蛙はその中の人間、石を投げる人間
顕微鏡的一点を微笑するのだ

（「銅鑼」大正15年12月号）

サトウ・ハチロー

古風な提琴曲

‖春といふ‖

ガラス鉢の蘭虫は
大粒のいちごより紅くて新鮮です。
珊瑚蛇の刺繍のある練絹《ねりぎぬ》は
朝の陽《ひ》にとろんとゆれた。

――さ　う――春

こゝの夫人《おくさん》がふたを忘れたピアノの鍵盤《キイ》に
昨夜《ゆうべ》飛び降りた鼠のあるのを知つてゐるかい？

耳をすましてごらん
この部屋のどこかにその音が残つてゐるやうじやないか。

机の上の植木鉢の葉が柔《やわ》らかになつた
窓をゆつくり雲が行くのですね。

庭を見たまへ
ねこやなぎがあんなに優しくけむつてけむつて眠つてる。

ゆるい上着を着て
鋏を持つて、ラシヤの沓《くつ》を履かう
爪をきりながら
散歩をしよう。

（「日本詩人」大正15年2月号）

ウクレレ

——ごぞんじもあらうハワイの楽器です——

ポッカ　ポッカ　ポッカ
ろばが　まるいほこりをあげて
崖上の路を通つた

うしろから
クリーム色のパラソルのおじようさん
ろばとおんなじ足並みで……

（「日本詩人」大正15年10月号）

小野十三郎

『半分開いた窓』（抄）

蘆

君はあの蘆を見たことがあるか
君はおそらく見たことがないであろう
蘆といふやつは
河をへめぐるヴアガボンド
黄色くつて、黒くつて
鋭く、長く
静かに簇生してゐるが
風が吹くと
閃めいて　鳴つて
響き渡つて
僕の女を凌辱して気狂にして
又、つ、つ、つ、と生えてゐるやつだ
あの蘆を見たことがあるか

野鴨

僕はあの蘆間から
水上の野鴨を覗ふ眼が好きだ
きやつの眼が大好きだ
片方の眼をほとんどとぢて
右の腕をウンとつつぱつて
引金にからみついた白い指尖をかすかにふるわして
それから蘆の葉にそつと触れる
斜につき出た細い銃身
あいつの黒い眼も好きだ

僕はあの赤い野鴨も好きだ
やつの眼ときてはすてきだもの
そして僕は空の眼が好きだ
あの冷たい凝視が
野鴨を悲しむのか
僕は僕の眼を憎む

この涙ぐんだ僕の眼だけを憎む

断崖

断崖の無い風景ほど退屈なものはない

僕は生活に断崖を要求する
僕の眼は樹木や丘や水には飽きつぽい
だが断崖には疲れない
断崖はあの　空　空からすべりおちたのだ
断崖！
かつて彼等はその風貌を見て昏倒した
僕は　今
断崖の無い風景に窒息する

思想に

僕の頭蓋骨の中には
煤けた共同長屋が列んでゐる
そこには実にありとあらゆる思想が
隣りあひ向ひあつて棲んでゐる
やつらは各々孤独をまもつて
朝夕の挨拶すらロクに交さない
奴らは揃ひも揃つて働きのない怠け者で
その日その日の糧にも窮してゐる
うちつづく営養不良に見る影もなく痩せ衰へてゐる
穴居時代の民族のやうに
みんな憂鬱でありみんな疲れてゐる
こゝには弱肉強食も相互扶助もないんだ
ひとりを隔離しひとり存在してゐる
秋がきた
冬も近い
時々奴らは家を空にして
何処かへ出てゆく
冬眠の仕度にかゝるんだらう
が、獲物を仕入れて帰つてくる奴もあれば
そのまゝ永久に姿を晦してしまふのもある
空家はすぐに塞つてしまふのだ
入れ代りに変つた野郎がいづこからともなくやつてきて
一言の挨拶もなくその家の主人におさまりかへる
そして自分の周囲に
以前に倍する高い堅牢な城壁を築いてしまふ
あゝ
その一つ一つの巣に
これらの生気の無い蒼ざめた思想の一つ一つの形骸を眠らせて
僕の頭蓋骨も又冬に突き入る

（大正15年11月、太平洋詩人協会刊）

竹中　郁

湯場

湯気は裸体の人々をパステル画にしてしまふ
その倦怠を美しくする
浴槽に頭ばかりが上気をたのしんでゐる
疲労が湯の上面《おもて》に白く浮いて見える
人々のほんとの顔はどこへ蔵つてあるのか

僕は湯桶ですくつてみた
人々の顔ではない　躍り込んだ採光窓《あかりとり》の青空だ
（羅馬カラカラの空）
人々の倦怠はこれからもつづく　つづくだらう
僕は石鹸《シャボン》を身体中《からだぢう》にぬたくつた
ともすると石鹸《シャボン》の鼠のやうに逃げたがる
この歓楽を取りにがしたらおしまひだ

僕の肌は女のやうになり僕自身の感覚を失つてしまつた
僕は鏡の中で笑ひたい　鏡に罅がいるほど……
人々はこの鏡の中で美しくなつては
湯気と一緒に消えていつたのだ
この幾千年の眼の奴《やつ》！
僕まで一枚のパステル画のやうに吸つてしまはうといふのだ
誰か僕を殴つてくれないか
僕は羽毛のやうなタオルの中で猿になつてしまふのだらうか

Août. 1926

（「近代風景」大正15年11月号）

瀧口武士

枯野

枯野の停車場へ夜行列車が猫を下して行った
枯野の停車場に靴が捨ててある

（「亜」大正15年1月号）

冬

衣裳の下に猫が居る
舞踏場の燈
湾の外に軍艦が浮かんで居た。
（「亜」大正15年2月号）

朝

霜に畳まれた道
ホテルから猫を持った少女が出て来る。

（「亜」大正15年12月号）

堀　辰雄

ファンタスチック

わたしは小さな詩集を持つてゐる
そのなかに詩でつくつた花畑があり
そこを開くといつも
さまざまな花の匂がする
その花畑に　ある晩
一人のお嬢さんが散歩しにきた
咲いた花を寝かすため
すつかりランプを消したとき
誰だかそそつかしく
月のランプまで消してしまつたので
お嬢さんはただくらい風の束《たば》のやうである
草むらの暗がりをこはがり
ぢつとしてゐた蛾は
そのくらい風のやうなものに流されてくる
かすかな光を見つけるとうれしさうに
翼をばたばたさせて飛んで行つた
夜明の光を凝らしたやうな石が
指輪にかがやいてゐたのである
お嬢さんは声に陰をあつめて
「まあいやなひと」と蛾にささやいた
わたしはいつ蛾になつたのかしら
お嬢さんの指のさきは火の匂がした

（「驢馬」大正15年5月号）

錯覚より

詩　集

僕の詩集は僕の空想の中ですつかり出来あがつてゐるのです。

僕のうしろから急に走つてきて、身軽に電車へ飛乗つてしまつた一人のはいから紳士が、その僕の詩集をステッキを握つた手でかかへてゐるのを僕はちらりと見ました。

ある日僕はとてもつまらない活動写真を見てゐました。その中に、女が悪漢に本を投げつける、その本がばらばらにめくれて床の上に落ちる、それを大写しにしたところがあつたが、その大写しがまさに消えて行かうとしたとき、僕ははつとしました。何故と云ふに大写しになつてゐたのは僕のその詩集だつたからです。

僕がその応接室に入つて行つたらお嬢さんがひとり表紙の真白い本に眼を落してゐました。が僕の入つてゆくのを見ると、きふにその本をわきへ隠してしまふのです。何んの本？　といくら訊いてもお嬢さんはすこし顔を紅らめながら何とも答へません。僕もすこしへんてこになつて、窓の上の金魚鉢を見ながら、おや赤い蝶つてゐたかしら、とつぶやいたくらゐでした……これぢやいけない、と思つて、僕はそこで快活に空想しだしました。――それではきつと、その詩人がお嬢さんに、お嬢さん以外のものに読まれては困るやうなことを書いてデジケエトした本なのであらう。するとそれはどうしても僕の詩集でなければならないのだが…………

（「驢馬」大正15年10月号）

『雪明りの路』（抄）

伊藤　整

雪　夜

あゝ　雪のあらしだ。
家々はその中に盲目になり　身を伏せて
埋もれてゐる。
この恐ろしい夜でも
そつと窓の雪を叩いて外を覗いてごらん。
あの吹雪が
木々に唸つて　狂つて
一しきり去つた後を
気づかれない様に覗いてごらん。
雪明りだよ。
案外に明るくて
もう道なんか無くなつてゐるが
しづかな青い雪明りだよ。

月あかりを窺ふ

さらさらと降る雪に
わたしの夢は足どり軽く
泣いて　しのんで行かうとする。
吹雪が過ぎされば
後には
ほつかりと月が明るむし
私の寝床は暖く
ゆめは
ひとの情を　まさぐり　うかがひ
つま先軽く身をひそめ
また昨夜の続きを尋ねてゆかうに。
吹雪は粉になつて道を埋め
明るい月が林に出れば
思出がまた泣き乍《なが》ら
去つた恋を嘆いて　捜してゆかうとする
あゝこの雪夜には
月がほのかな便りになるのです。

あなたは人形

A la rêverie

けふは　せいじの羽織を着
緑をあをく額にかげらして歩くけれども
ひつきよう　あなたは美しい人形で
いま歩みさる春を
思ひ切なく　いとほしむすべを知らないのだ。

畑のなたねは黄色の焔となり
山鳩が鳴いて
蕗や　よむぎや　いたどりたちが黙つて生へてゐる
林の路にふさはしい
甘く　古い　胸ときめかす恋を
僕はいちにち
あなたの美しい目に秘めておかうとして蒼ざめるのだけれども、
すももの花がしきりに散つても
更けてゆく春を悩ましいとあなたは感じないのだ。
呼べば
首かしげて微笑むだけで。

（大正15年12月、椎の木社刊）

高橋新吉

松の樹間

○

松の樹間に夕日《ゆふひ》が落ちて
只ならぬ運命のとゞろきを聞いた。
それは彼女が風にのり
どこかへ行つて了ふのではなかろうか。
彼女の横にねた臀部の丸味
あなたの片足も私は好いては居りません
蟻《あり》が喰ひ付いて、此の松原にはねちや居れません。

○

おばあさん
おぢいさんと
おちついて言つて見たまへ
それが君達の人生だ。
さもなければ
果物《くだもの》のやうに
それが液汁にしか過ぎない
君達ではないか
とうもろこしの葉は細長い
里芋の葉は広い

君達の口《くち》は目よりも大きい。

○

荒磯に身を投げ打ちて、
白き肌を岩に砕《くだ》き
汝が頸《うなじ》を巻ける此の黒髪
潮にたゞよふ藻草の如く
身を貝殻となさばや。

（「日本詩人」大正15年10月号）

短歌

来島靖生＝選

山房内外

島木赤彦

斯ることもあり

幼子が母に甘ゆる笑み面《おも》の吾《あ》をも笑まして言《こと》忘らすも

秋去冬来

秋ふけて色ふかみゆく櫟生《くぬぎふ》の光寂しく思ほゆるかも
山の上《うへ》の段々畠に人動けり冬ふけて何をするにやあらむ
この真昼硝子の窓の青むまで小春の空の澄みにけるかな

赤岳温泉行途上

皆がらに風に揺られてあはれなり小松が原の桔梗《きちかう》の花
わが馬の歩み自《おの》ら止《つか》まりて野中の萩の花喰ひにけり
秋の日でりを熱み草の中に入りてぞ歩むあはれわが馬
馬を下《お》りて苺を食めり野の末に遠ざかる山の低くなりつる
野苺の赤き実いくつ掌《て》にのせて心清《すが》しく思ひけるかな
野苺の赤実の珠は露をもてり心鮮けき光といはむ

斯くゆゑに我は山に来《く》野苺の一つの実にも光沁むもの
山かげに深山雀《みやますゞめ》といふ鳥の蜩《ひぐらし》に似て鳴くあはれなり
山の上に残る夕日の光消えて忽ち暗し谷川の音

温泉より千段瀧に至る

白蘿《をがせ》垂る木のたたづまひ皆古りて心に響く滝落つるなり
谷かげに苔むせりける仆《たふ》れ木《ぎ》を息《いき》づき踰《こ》ゆる我老いにけり

温泉数日

沸《わ》かしたる山の朝湯に蜘蛛も蟻も命終りて浮びゐにけり
山の上《うへ》に寂しく見ゆる大岩を道心岩《だうしんいは》と名づけそめけむ
岩崩《いはく》えの赤岳山に今ぞ照る光は粗《あら》し目に沁《し》みにけり
板縁はいたく霑れたり一しきり通り過ぎたる雲と思《も》ひしに
栂山の茂りは暗し横さまに雨脚見ゆる風立ちにけり
栂の葉に音する雲は折りをりに小雨となりて過ぎ行かむとす
雲疾《はや》み現れ出でし山の上の空さやかなり七日月の影
雨霧の中に見えつる七日月あやしく明《あか》し晴れゆくらむか
山深く起き伏して思ふ口鬚の白くなるまで歌をよみにし
かへらざる我に悔あり山ふかく心静まりて思ひ出でつも
栂の茂りただに黒める谷の入り恐れをもちて恋ひ思ふなり
高山ゆ雲を吹き下ろす風止みて鶯鳥《うそどり》の声ややひゞくなり
明日立たむ心惜しみに出でて見つ月さへ照れり谷川の水
谷川の音を惜しみて出で来しに月ののぼるは何の幸《さち》ぞも
湯の窓につづく白檜《しらび》の葉の光霜と見るまで月照りにけり

（「改造」大正15年1月号）

○

島木赤彦

恙ありて

ささやかなる室をしつらへて冬の日の日あたりよきを我は喜ぶ
今にして我は思ふいたづきをおもひ顧ることもなかりき
この夜ごろ寝ぬれば直ぐに眠るなり心平らかに我はありなむ
みづうみの氷をわりて獲し魚を日ごとに食らふ命生きむため
寒鮒の肉を乏しみ箸をもて梳《す》きつつ食らふ楽しかりけり
寒鮒の頭も骨も嚙みにける昔思へば衰へにけり
さうさぎの毛の裘衣《かはごろも》われは著て今日もこもらふ君がたまもの

昨年十二月下伊那行

わが電車は冬山裾の松原の小松が枝に触れて行きにける
はだら雪降りける松のあひだより覗き見にけり天竜の川を
霜白き電車の道よわが腰の神経痛に沁みて光れる

（「アララギ」大正15年3月号）

○

島木赤彦

恙ありて㈡

あしたより日かげさしいる枕べの福寿草の花皆開きけり
朝日かげさしの光のすがしさや一群だちの福寿草の花

二月一日上京

もろもろの人ら集りてうち臥《こや》す我の体を撫で給ひけり
わが腰の痛みをさすり給ひけるもろもろ人を我は思ふも

二月十三日帰国昼夜痛みて呻吟す肉瘠せに瘠せ骨たちにたつ

生き乍ら瘠せはてにけるみ仏を己れみづから拝《をろが》みまをす

或る日わが庭のくるみに囀りし小雀《こがら》来らず冴え返りつつ

火箸もて野菜スープの火加減を折り折り見居り妻の心あはれ

隣室に書《ふみ》よむ子らの声きけば心に沁みて生きたかりけり

春雨の日ねもすふれば杉むらの下生の笹もうるほひにけり

信濃路はいつ春にならん夕づく日入りてしまらく黄なる空のいろ

わが村の山下湖の氷とけぬ柳萠えぬと聞くがこほしさ

信濃路に帰り来りてうれしけれ黄に透りたる漬菜の色は

風呂桶にさはらふ我の背の骨の斯く現れてありと思へや

神経の痛みに負けて泣かねども幾夜寝ねねば心弱るなり

この頃の我の楽しみは飯をへてあつき湯をのむ漬菜かみつつ

漬菜かみて湯をのむひまもたへがたく我は苦しむ馴れしにやあらむ

(「アララギ」大正15年4月号)

○

故島木赤彦

三月十三日

我が病ひ悪しとあらねど遠国より来りし人にむかへば泣かゆ

三月十五日

箸をもて我妻《あづま》は我を育《はぐく》めり仔とりの如く口開《あ》く吾は

三月十六日

たまさかに吾を離れて妻子らは茶をのみ合へよ心休めに

三月二十一日

我が家の犬はいづこにゆきぬらむ今宵も思ひいでて眠れる

(「アララギ」大正15年5月号)

渾沌

斎藤茂吉

一、折に触れたる

娑婆苦《しやばく》より彼岸《ひがん》をねがふうつしみは山のなかにも居りにけむもの

うそざむく夜《よる》ふけゆきてかりがねの鳴けるを聞けばかなしくもあるか

今しがた空《そら》たかくして鳴ける雁《かり》ひとつならずとおもほゆるかも

めざめゐてひとりぞおもふいつしかもかりがね来鳴くころとなりにし

かりがねは遠くの空を鳴きゆけり夜《よる》ふけし家にかなしむときに

焼あとにほしいまゝにてしげりにし雑草《あらくさ》もなべてうらがれにけり

あらはにてうづたかかりし落葉には今朝《けさ》みれば霜ぞいたくふりつる

いのりさへ今はたえつつ小夜《さよ》ふけしくらやみのなかにわれ立てりけり

うつしみは苦《くる》しくもあるかあぶりたる魚《いを》しみじみと食ひつつお

もふ
まどかなるわがをさなごのねむりさへかへりみずして幾日《いくひ》か経たる

二、摺針越抄

かぎろひの春山ごえの道のべに赤がへるひとつかくろひにけれ
木《こ》の間《ま》がくり湧きでしみづはおのづからここの坂路《さかじ》にながれ来《き》たりし
近江路《おふみぢ》の夏の来むかふ山もとにひとりぞ来つる漆《うるし》を摘みに
番場《ばんば》いでて摺針越《すりはりごえ》をとめくればいまこそ萠ゆれ合歓《ねむ》の若葉は

（「改造」大正15年3月号）

○

斎藤茂吉

大正十五年三月一日ゆふべ

雪ぐもりひくく暗《くら》きにひんがしの空ぞはつかに澄みとほりたる
罪ふかき我にやあらむとおもふなり雪ぐもり空さむくなりつつ
おもおもとたなはりにし雪ぐもり雪ははだらに降りくるらむか
くもり日の低空《ひくぞら》のはてに心こほしきあかがねいろの空はれわたる

大正十四年九月一日箱根強羅

しづかなる峠をのぼり来しときに月のひかりは八谷《やたに》をてらす
くまなき月の光にてらされしさびしき山《やま》をわれ見つるかも
ほそほそととほりて鳴ける虫が音はわがまへにしてしまらくやみぬ
こほろぎは消《け》ぬがに鳴きてゐたりけり箱根のやまに月照れるとき
ものの音《と》に怖《お》づといへどもほがらかに蟋蟀《こほろぎ》なきぬ山のうへにて
まなかひに迫りし山はさやかなる月の光に照らされにけり

（「アララギ」大正15年4月号）

○

斎藤茂吉

四月五日、書物などの塵を払ふ。鬼をやらひしは二月三日の寒き宵なりけむ。その夜島木赤彦君アララギ発行所に熱いで居たりき。

行春《ゆくはる》の部屋かたづけてひとり居り追儺《つひな》の豆をわれはひろひぬ

四月十五日　強風砂塵をあぐ。

きぞの夜《よ》に叫びもあげず牡雞《をんどり》は何かの獣《けもの》に殺されて居り
わがこころ安《やす》くもあらず街《まち》に来て壁《かべ》ぬり居《を》るを見て過ぎにけり

大正十四年九月。箱根漫吟のうち

この峰にきこゆる音はおもおもし湯の吹《ふ》きいづる谿のつづきか
青栗《あをぐり》のむらがりて居《を》る山腹《やまはら》に吾はしまらく息をやすめぬ
まながひに雲はしれども遠雲《とほぐも》は動かぬごとし谿をうづみて
をさなごの茂太《しげた》があぐるとほりごゑ谿を幾つか越えてこだます
秋ふかきおもひこそすれしかすがに夕雨《ゆふさめ》はれて蟋蟀《こほろぎ》きこゆ
おのづから寂《さび》しくもあるかゆふぐれて雲は大きく谿にしづみぬ
目のまへに雉子《きぎす》とびたつ響動《とよもし》は雨のふりゐる山なかにして

あしびきの山のたをりにこころよし熟《う》めるしどみの香《か》をかぎ居れば

夏山の繁みがくれを来《こ》しみづは砂地《すなぢ》がなかに見えなくなりつ

谷つかぜいきほひ吹けば高原《たかはら》の薄《すゝき》なみよる狭霧《さぎり》のなかに

あしびきの細き山路《やまぢ》に湯のあふれ白くながれて居《を》りにけるかな

青山《あをやま》に動ける雲の寂しきをひとり雲《ぐも》とぞわれは云はむか

おのづから谷を越え来ぬ香《か》に立てる山のいぶきに吾はちかづく

わがむかふ鷹巣山《たかすのやま》の黒きひだ地震《なゐ》ゆりしよりかはりたりとふ

かがまりて吾《われ》の見てゐるところにはたぎりいづる湯いき吹きながら

あらはなる石原《いしはら》のうへをあゆみ居《を》り硫黄ふきたつまなこに沁みて

ほそほそと土《つち》に沁《し》みいる虫がねは月あかき夜にたゆることなし

（「アララギ」大正15年6月号）

鳴門瀾潮記（抄）

中村憲吉

鳴内途上

阿波《あは》の海《うみ》に潮立ちそめぬ打ちいでゝ淡路島《あはぢ》を見れば磯もしら波

紀《き》の海《うみ》へ潮の落ちゆく刻《とき》ならし大毛《おほげ》の島の磯あらふ波

磯に出て鳴門を見ればうごきくる青海《あをうな》ばらにしら波のとぶ

鳴門よりながれ出でくる春しほのひろがり早き海となりぬる

絶えずして鳴門の波の打ちあらふ大毛の浦は松の砂浜《すなはま》

旅びとの我が行く靴《くつ》は波ぬらし磯はあげたる藻《も》の屑もなし

眼のまへに淡路のかすむ昼ふかさ阿波《あは》大浦回《おほうらみ》には潮とよむ音

淡路《あはぢ》島向《しまむ》きて大きしその磯の潮のとよみも聞けばきこゆる

春汀旅情

春の日の鳴門の浜に旅ごころ我れにおぼゆる浜のうへの風

磯なみの高くしぶけば声あげて淡路の島を呼ばむとぞおもふ

孫崎《まごさき》へ弓なりの浜の磯づたひ潮かひの波に旅びと我れは

顕《うつ》しくも磯の潮香《しほか》に胸ゆらぐ鳴門へむかふ春日の旅に

旅びとの我れのみかはや磯づとふ里人《ひと》も鳴門へ春の潮見《しほみ》に

春まひる浜にはゐると思ひしに鳴門からすの何処《どこ》にも啼かず

すでにして潮のひきゆく阿波《あは》の門《と》に波のあらさう音ぞたかみぬ

奔潮俯観

我れも来て桜散りがたの岬山《さきやま》に目したの海のいろを嘆《なげ》かふ

岬山《さきやま》の小松《こまつ》の風がさやぐなべ迫門《せと》のうしほのはやくなる音

鳴門の瀬上《せがみ》の海はひろびろし波高みつつ潮のながれ来《く》

天《あめ》にひびく渦《うづ》の鳴門と恋ひしかどただ海《わた》なかの川にしありけり

狭《せば》まれる鳴門にあれど海《うな》ばらを両《ふた》つにわけて内外《うちと》ひろ庭

漕ぐ舟も下《しも》にたゆたふ阿波《あは》の門《と》は海を滝瀬《たきせ》の大河《おほかは》にせり

河のごと迫門《せと》にさわがふ潮見れば淡路の岸へわたる舟もがも

淡路の伊賀利山《いがりやま》にもひびけやも鳴門のおとの今は大きさ

山ちかき淡路をまへにこの迫門《せと》をつぎつぎに下る大帆《おほほ》かけ船

潮の飛びいよいよ早し阿波の浜や淡路の阿万《あま》も潮ぞひびける

騒ぎあふ潮瀬《しほせ》のしもは白なみの外辺《そとべ》につきて釣る舟あまた

山川の瀬はつばめ飛ぶこの迫門《せと》の岩瀬は鳥の下りぬさぶしさ

海にして岩瀬あらはれ川となる迫門《せと》がうれしさ淡路をまへに
潮ひかば海ひくみかも淡路島磯ひと筋《すじ》に濡れしあと見ゆ

夕渦潮

裸島《はだかじま》へ下《お》りゆきて見れば潮の干し岩秀《いはほ》へかかり落つる白なみ
鳴門の岩瀬《いはせ》が塞《せ》きし海ばらは二段《ふたきだ》になりて落ちて居りぬる
迫門《せと》ぐちの潮瀬《しほせ》に水の擦《す》り合ひて巻く渦のあり湧きてながれつ
春の日の夕づきそむる飛島《とびしま》のめぐりに渦は大きくなりぬ
阿波浜にあらさう潮のなほ鳴れど逆《さか》しほはすでに広くめぐらふ
飛島は潮流《しほ》のそとなり此処をしも渦と云はめや静かにひろし
夕づく日淡路の島の磯なみの音もきこゑず寂しくなりぬ
あらはれし鳴門の岩瀬《いはせ》染みて照る春のゆふ日は今日我れかなし
鳴門の大毛《おほげ》が島の山のうへゆ春の夕日を惜しみ去りぬる

（「改造」大正15年3月号）

○

平福百穂

島木赤彦君を憶ふ

障子閉めてひそけく吾等《われら》ゐたりけり一間《ひとま》に臥《こや》る君をおもひて
あら壁の隙間《すきま》もる風寒みかも紙帳を垂れて君は臥せり
ことなげにものをいひつれかくまでにおとろへましかしばし会はぬに
眼《まなこ》さへすでに黄いろくなりにけり言葉詰まりて対《むか》ふ悲しさ
皺ふかくおとろへしるきに驚けりけながきいたみに堪《こら》へたりけむ
癒えがてぬ病《やまひ》にはかにすすみつらむ皮膚の色さへ変りはてつる

（「アララギ」大正15年6月号）

○

結城哀草果

三月二十一日岩波書店主人、平福百穂画伯、斎藤茂吉先生同行にて柹蔭川房に赴く

峰紅《みねあか》く夕日そみたる富士が嶺《ね》の裾はかくれぬ篁《たかむら》かげに
富士見駅は国の高原《たかはら》汽車下《お》りて仰《あふ》ぐ夜空の星かがやけり
湖岸《うみぎし》の温泉《いでゆ》の小舎《こや》に人ゆけり子らつれて君もここに浴みけむ（赤彦先生）
氷《こほり》とけて波たちそめし諏訪の湖《うみ》のあかるき波を潜《かづ》く水鳥
信濃路に朝目《あした》ざめてかなしけれかくもまばゆく照る陽の光（上諏訪町）
旅とほく汽車にゆられて来たまへる疲れし君がおほき寝いびき（百穂画伯）
物問《ものと》へば腰をかがめていらへする信濃をとめはかなしきろかも（布半のおいそさん）
自転車を駆《か》る人《ひと》びともおりてゆけり首吊《くびつり》ありと山の畑《はたけ》に

（「アララギ」大正15年6月号）

○

今井邦子

三月二十五日、御病篤き赤彦先生御見舞の為め岡先生に伴はれ築地坂田両氏と共に信濃に向ふ

迫り来る信濃の山に雪白し甲斐より入りし汽車冷え来《きた》る
おのが家にこやる安けさを下心《した》にこひて雪の山国に帰り給ひき
面《おも》むかふ我の心にしみ渡れおごそかに痩せはてしみすがた
わが師よと呼びてすがらむ村肝の嘆きにたへてひたすらにをり
みひとみに会ひにけるかもうつし身のみ心に通ふかたじけなさよ
ことごとく心は苦し御教《みをしへ》に至り得ざりしみづからを知れり
かにかくにみ命はもちて夜《よる》明けぬ我等は朝のひまに髪結ふ　二十六日
病室の炬燵に集ひ朝茶のめり御息はきけど心覚め給ふことなし
まがなしくみいのちの息つづきまし日影は移る室《へや》の障子に
茶話に笑ひの声をたてにけり互《かたみ》に憂ふる我等したしみ
まなじりににじみて溜る涙さへ黄に濁るまでにすでに成らせし

昏睡に入ればはや霊は天つ国に行くときけば

雪明りおぼろに遠き山に向ひありどを知らぬ霊《たま》こひまつる
みとり人集ひて寝まる小夜更けの炬燵にしまし物を思へり

二十七日午前九時四十五分つひに御逝去遊ばさる

安らかに正念成仏とげ給ふおん足ややに今ぞ冷えます
うつし身の老の父君がまゐらするいまはの水よ魂に沁むらむ
みからだをとりかこみ居るもろ人に加はれる身の縁《えにし》のかしこさ
うつし世に大き命をとげましてなほ成就《とげ》まさむ深きみこころ

（「アララギ」大正15年6月号）

久保田不二子

○

亡き人を憶ふ

つつましくこの一と夏を籠り居てきき馴れにけり小鳥のこゑも
雨蛙一つ啼きいづ曇り日の夕方まけてもののさびしさ
宵々に盆燈籠にともる灯の久しくなりぬ蟋蟀のこゑ
夕顔の花も凋みて蟋蟀のなきいづる庭やともる燈の影
夕顔の長き実たりて花さけど見る人なしに秋立ちにけり
うら佗びて我が住む窓に唐南瓜《とうかぼちゃ》這ひひろがりて花さくもあり
たまさかに雨の降る日は我が心ゆるやかになりて物書きにけり

蓼科の湯にて

ここにして赤岳山の頂きに夕ゐる雲を見て憶ふなり
蓼科の山裾原に鈴蘭を掘りてあそびしはみな昔なり
山河の激とどまらぬ湯のやどに逝きにし人の命をぞ思ふ
山深く人を憶ひて眠るなり枕にひびく激つ瀬の音
花匂ふこの高原に二人見し蓼科山にゐる雲もなし
激つ瀬の河原の石をふみわたり水泡の如き命思ほゆ
いく度か君が眺めし花原に日のおつるまで我は居にけり
山深くひとり歩みて思ふなり儚なきかもよ人のいのちは
去年の秋赤岳山の裾原を遠くゆかせし人ぞしのばる
阿弥陀岳赤岳山のいただきに夕ゐる雲の動くともなし
苔むせる岩間に生ふる羊歯の葉のそよぎ幽けし谷ふかくして

（「アララギ」大正15年11月号）

○

森山汀川

み手足はすでにつめたし然れ共かそけき息はつづきたまへり
神経の痛みに堪へし御顔のかく穏やかにかん去りにけり
朝にけに踏まし庭やみ柩の今か出でむとどよめき立てる
み柩を埋めまゐらす信濃路の春浅くして韮も萠えつる
み柩を葬むる土に交りたる蕗の薹こそ匂ひ立ちけれ
うつし世に生れあひつつはふります土は柩をうづめ終りぬ
生けるごと猶し思へど葬《はむ》りて雪解の坂を下りつつあり
ほこりかに左千夫節《たかし》と率《ゐ》し岡に再びを見む君ならなくに
筥《はこ》ぬちに納めしままに年古りて虫ばまれたる君がうつし絵
虫ばみし師の写し絵よありし日の生けるが如も髯伸びおはす
此の頃の暑さに負けて起き伏せばみ姿の前恥ぢて思へり
み姿を納めまつりし額《がく》の上に埃たまりて夏去りにけり
西側に廻りたる陽《ひ》は蔀《しとみ》より師のみ姿に届きたりけり
ほこり垂る額を拭ふと手に取れば紙魚《しみ》は隠らふ指よりもれて
遺されし為事を継ぐとうつ蝉の吾力なさをひたに耻ぢつつ
み力に手頼らばあらめ拙かるはたらき愧ぢて為事受継ぐ
此の頃の暑さ続きに朱筆持つ気の衰へを見守らすらむ

（「アララギ」大正15年11月号）

○

築地藤子

布半に着きて御危篤を知る

友の命せまれりと顔色《いろ》をかへさせし岡先生に泣かまく思ほゆ

雪は止みたれど暗き道を高木に急ぎぬ

一目をまみえさせ給へと祈りつつ湖沿道を泣きつつぞ来じ
遠く来ていや悲しもよ雪の中のこの一つ家に師は病み給ふ
雪止みて茅屋根重く垂れて見ゆこころ沈めて玄関に入れり

二十六日朝御息のみ静けく通ふ病室にて奥様より御茶を頂く

御別れのこころ定まらせ給ひけむ静かに笑ます君が面はや

御臨終

明け行くや今日も降り来て庭土につもると見えし雪は消えぬる
御唇《おんくち》をしめしまつりぬ生《しやう》あればかかる別れをわれのせりける
御仏となりませし師よ白き足袋に雪染《し》みしままわれはかへるも
お別れもあわただしくして下り来し坂下湖に鴨ぞ遊べる

かへり来て

天雲にそそり立ちつつ常《つね》隠ろふ駒岳《こまがたけ》さへまさ目には見し

（「アララギ」大正15年11月号）

○

藤沢古実

四月二日　巌温泉行

雪どけの水光りつつ流れたる枯裾原に草ぞ芽ぶける
裾野原はろばろと吾を乗せてこし馬は雪解《ゆきげ》の水飲みにけり

岩づたふ雪げの雫音たてて落つるを見ればなにかなごまん
谷川のたぎちを見れば岩づたひ水沫《みなわ》にぬれて飛ぶ小鳥あり
山岨の岩になびかふ湯の煙しづくとなりて落ちやまざらん
山川の水にそだちしあはれなるやまめを食《た》ぶるはじめて吾は
馬もゐぬ馬つかり湯の青水《あをみ》泥《どろ》雨にうたれて浮きあがりたる
おもむろにひろがれる雲の海の上とほくへだてたり雪山の光
雲の上に日あたれる山すめる空ふかく寂しく息づきて思ふ
今しがた裾原にありと見し雲に吾やさぶしくつつまれにける
きその夜の雪かもつめる連山《れんざん》のふかき黒生《くろふ》をまさやかにせし
遠き山は木曽の御岳駒ケ岳立科山の裾に立ちゐし
寂しかるこころこほしも白雪をいただける山を吾はしぬばん
きその雪は横岳の峰の岩むらを降り過ぎにけん黒くしづけき
横岳の山の黒生にいただよふ天雲《あまぐも》のうごき雪を降らせり
山端《やまばた》にむら立てる岩のひとならび昨夜《ゆうべ》の雪の降りつみにけり
昼も夜も流れとどろく山川《やまかは》のひびきがなかに安寝《やすい》しにけり

（「アララギ」大正15年5月号）

○

土屋文明

伊香保

岩腹よりほとばしる水光る見て湯の沢川の橋渡りたり
山の陰深く崩えにし岩嵯峨《さが》の水を朗らに日は照しつつ
山雀の啼きかはす声はするどけどもほそき木魂淋しく谷伝ふなり
きその夜を眠らざりける労れあり山雀のこゑからだに応ふ
持ちたるは山刀かとききしかは童子は鉈を抜きてみせたり
山ふかく炭のかまどにゆく二人桜皮《かんば》の鞘の鉈を下げたり
切り崖に洋館の壁に日はさして一村竹《ささ》の根を落つる水
べに殻のぬり色あせぬ石竹の帳《とばり》に何か思ひたりしが
照りかげり雪に明し二谷より落ち来る沢音きこゆなり
湯の花の澱める沢も雪ふれり青くのびたる芹と沢草
やうやくに落葉に降れる雪の谷赤渋水の源とほし
道の上に沢水を聞かずなりしかば楡の小枝を杖にきりたり

（「アララギ」大正15年3月号）

トラピスト修道院の夏

北原白秋

烏賊乾してただ日《ひな》くさき当別《たうべつ》の荒磯《ありそ》の照りよ今は急がむ
修道院へ行く道暑し絮《わた》しろき河原ははこも目につきにけり
山独活の花明らけしおのづから洩れづる息をうれしみ休む
空のもとトラピスト修道院建てりけりこの正面の昼のしづかさ
燕麦《えんばく》は早や刈り了へぬこの照りや直《ただ》にか広きいつぽんの道
裏山の青《さを》の円みをのぼりをりよく群れしかも人と牛と羊と

女人禁制の札あり

影面《かげとも》は朝から暑し来て通る修道院正門のみそ萩の花
修道院の玄関の前に立ちにけり麦稈帽をとりつつ我は
修道院朝凪暑し小手鞠や花あぢさゐの藍も褪せつつ
白薔薇《しろさうび》ふふむは紅《あか》し修道士のひとりは前を歩みゐにけり

礼拝堂

聖堂のステンドグラス午ちかしをさなかるかもこの基督は

玄関の内部

乳をふふみ幼きいえすいますなり時計の針もめぐりつぎつつ

行列廊下

基督の受難の額の裏のかげ廊下の青きこの光線を
行道《ぎやうだう》の波型寄木の冷《ひえ》早しこよなき光流らひにけり

階上の寝室

二側《ふたかは》に寝室の帷《とばり》垂り白し真昼は空しそよりともせず
照りつづき白き帷《とばり》の真昼なりひたけうとしもトラピストの寝間
とことはにまかずめとらぬ修道士のむなし寝部屋よ日のほてりつつ

ORA ET LABORA.

祈り且つ働けと云ふすなはちよしかの修道士は丘に群れたり
日とともに出でてちらばりうやうやし彼等は空をいただきにけり
牧ぐさのくれなゐ柔《やわ》きうまごやし愛《かな》し麻利耶よ彼ら夢みぬ

木工場の内と外

言《もの》いはず群れる木を挽く毛ごろもの褐《くり》の頭巾の日の光はや
木履《サボウ》のみこつこつと刳《く》り日は永し息づきあますその深き目を
修道院の昼はてしなしぽこぽこと人歩むらしき木履《サボウ》の音あり

後園

よく掃きて日のさしあかる道ほそし林檎のもみぢそめにけり
木履《サボウ》はきてさびしがり行く日のさかり木槿の花が白う見えつつ

更にうしろは畑である

弥撒《みさ》過ぎぬ修道院裏は毛の紅きたうもろこしの一面の風

墓地があった。外国人の神父たちも埋められてゐる

から松のこぼれ日暑し目にとめて地に幽けきは奉教人の墓
トラピストの墓原の外《と》よ南風《みなみ》吹き唐黍の紅き毛のそよぐなり
真夏日の光に聴けば遠どほし緬羊の声は人に似るなり

ルルドの洞窟にて

美《くは》しみと外《と》に出て見ればこの空や七つの岬海にい向ふ

牛舎近くに出て見る

夏だ夏だトラピスト修道院柵外に遊ぶ子供がまだはしやいでる
照り強しいゆきかへらひ憤るここの七面鳥は胸《むな》羽根真青《まさを》
青刈の花ひまはりを食む牛のはてなき昼よ我は見にけり
草積みて匂まさをき馬ぐるま牛舎近くを駈けこみ来今は

赤松林を通ると羅風君の旧居があった

岩清水しんしんとして夕近し赤松の幹の映れる見れば
谷隈の小さき泉の夕びかりわれはひたにし口をつけつも
赤松の林を過ぎて夕づきし広原は見つ馬車の駈くるを
夕づけて何かひもじきひたごころ赤松の原をくだりつつ来し
つつましく君が住みけむ跡どころ谷沢越えて我は見に来し（消息）

フオクとは木製の一間ばかりある草掻のことである

フオク持つ人もくもくと掻き掻けり燕麦《えんばく》ならし黄にし照りたる

頸根《うなね》づきかさりかさりと夕さむし草ほこり掻く修道士ふたり

晩鐘が鳴つた

修道院鐘を鳴らしぬ安らけくけふのひと日も晴れて暮れたる
修道院夕さり安し栗いろの毛ごろもの群れの並み帰りつつ

良夜が来た

月出でて明るき宵や修道士たち今は帰り来木のフオクもちて
丘の上《へ》に大きくうごくフオクのかげ月の光にまだ一人ゐる

晩　禱

夕闇の御堂のいのり声もなしあかき燈《ひ》ひとつまたたきにけり
こよなくも聖体盒《せいたいがう》のにほふなり何か美《め》しくわれが泣かゆも

客館で私たちは晩餐にあづかつた。赤いボルドオはぽんぽん抜かれるし、アルコールぬきの麦酒も出た

修道院の窓あけはなち晩餐なり甜瓜《メロン》がまろし月の光に
修道院うらなく明し燈《ひ》のつきてこの焼豚の塊《くれ》の美《め》しさ
われ立ちて今は踊らむ月あかり深めば鐘もゆり傾《かし》ぐなり

月がいい、前庭に私たちも出た。おんことはいちゐのことである

円刈のおんこに滴《した》る月のかげ修道院に来しとまさに思へり
聖堂の夜の連禱もはてぬらし月に出でてをりふたりみたりのかげ
修道院の玄関の前の月夜なり神父《アッパ》歩めり話をしながら
天の露いよよ繁みか収の野に馬放たれて涼しこの夜良《よら》
丘の上《へ》に大きちひさき馬のかげ月夜すがらに見えてゐしかも
月の夜をしきり傾く鐸《すず》のかげ友は見しちふ我は聴きつも

客館の横にポプラ並木がある

ポプラ葉のかがやき白し常ながら空のあなたよ見の美《くは》しかも
梢《うれ》つづきかがやき久し日のさかりポプラ嵐に雀流らふ

今日もいい晴れである

修道院鐘の音美《くは》しまさしくもここのみ空は蒼う円みぬ
空晴れて鐘の音美《くは》し苜蓿《つめぐさ》の受胎の真昼近づきにけり
空晴れてまた事もなし山なだり茶の毛ごろもの群れのぼりつつ

乳酪工場の附近を逍遥した

山鳩の居りて閑けき葡萄畑青うこぼるる日ざしなるかも
さみどりのキヤベツの地より湧くところ人つくりをり新らしき乳酪《バタ》

帰　途

わが歩みひたすらさびし昨日見し木槿の花は白かりしかも

（「日光」大正15年1月号）

良　夜

北原白秋

よちよちと立ちあゆむ子が白の帽月のひかりを揺りこぼしつつ
吾が宿の朴の広葉に射す光月夜よろしくなりて来らしも
硝子戸に月の光も澄みにけり白くかびろく庭石は見ゆ
石の上に月の光はか広くてかまつかの濃き影ぞ映れる
雑《あら》くさの花おもしろき夕月夜電柱の影がかたむけるなり
入り広き墓地のまともの宵月夜花つけ馬が歩み来にけり

吾が家の高きアンテナ良夜《あらたよ》は光まさりぬ濡れにけらしも
雨過ぎし椎の木ずゑの土用芽のかすかに星に映るならむか
このあした露おびただしむきむきに大き蓼の穂かしら垂れつつ
墓原の秋の日向のゑのこぐさ思ひ屈《く》しつつ見て過ぎにけり
秋の夜は前の書棚の素ガラスに煙草火赤く我が映るなり
塗りづくゑ今朝ひえびえしペン軸に蟷螂の眼はたたかれにけり

（「日光」大正15年11月号）

先生の死（一）

釈　迢空

亡くなられた三矢重松先生の、病気いよ〳〵重つたころ、ひとり、箱根堂島の湯に籠つて、先生を記念するための、ある為事に苦しんで居た。

山川《がは》のたぎちを見れば、はろ〴〵に　満ちわかれ行く音の　かそけさ
山川の　満ちあふれ行く色見れば、命かそけくならむとするも
夕かげに　色まさり来る山川の　水をおもてを　堪へて見にけり
山川のたぎちに向きてなぐさまぬ　心痛みつゝ　人を思へり
岩の間の　たゞへの水のかぐろさよ。わが大人《うし》は　今は　死にたまふらし
風吹けば、みぎはにうごく花の色のくれなゐともし。ゆふべいたりて
月よみの光おし照る山川の水　磧のうへに、満ちたぎち行く
夕ふかく　瀬音しづまる山峡《かひ》の　水に、ときたま　おつる木の葉なり

（「日光」大正15年1月号）

先生の死（二）

釈　迢空

先生、既に危篤

この日ごろ　心よわりて思ふらし。読む書のうへに、涕おちたり
我が性《さが》の人に羞ぢつゝもの言ふを、この目を見よと　さとしたまへり
学問のいたり浅きは責めたまはず　わがかたくなを叱りたまへり
憎めども　はたあはれよとのたまひし　わが大人の命　末になりたり

先生の死

死に顔の　あまり空しくなりいますに、涙かわきて　ひたぶるにあり
ますらをの命を見よと　物くはず　面わかはりて、死にたまひたり

石見の道

邇磨《にま》の海　磯に向へるひろき道。をとめ一人をおひこしにけり
磯山の小松が下《した》の砂の色の　著きを見れば、夕たけにけり
家群《やむら》なき　邇磨の磯べを行きし子は、このゆふべ　家に到りつ

らむか
あわたゞしく　鳥は隠れぬ。草のうへをよぎて行きしか。大き
鳥の子
いちじるく　鳥のうごきの目に残る。山々　深く霞みたる午後

くりや女

朝々に来ること遅るゝくりやめの　若き怠りは　あはれと思ふ
萩は枯れ　つぎて芙蓉も落ちむと思ふ　庭土のうへを　掃かせ
けるかも

（「日光」大正15年2月号）

赤彦の死

釈　迢空

山かげの刈り田の藻草　春さむく　白き根つばらに　そなはり
にけり
のぼり来し山はふりどに、額《ぬか》の汗ひそかにふきて　わが居たり
けり
いちじるく生きにし人か。風吹きて　山はふりどは、ほこり立
ちつゝ
かそかなる生きのなごりを　我は思ふ。亡き人も　よくあらそ
ひにけり
山岸の高処《たかど》めぐれる道のうへに、人を悔いやまぬ我があゆみか
も

千樫も、心はおなじかるべし

わが友のいまはの面に　ひたむかひて　言ふべきことば　あり
けるものを
山里の喪屋《もや》の古家《や》に　人こぞり、おのも〳〵の言のしたしさ
山里の　人の行き来のむつましさ。こゝに臥しつゝ　ことゞひ
にけむ
ふか〳〵と　柩のなかにおちつける友のあたまは、髪のびてを
り
はろ〳〵に　湖を見おろすをかの家に、こゝろぐゝあり。さゝ
波の照り
さゞれ波つばらに見ゆる諏訪の湖　心はつひに　釈けがたきか
も

（「日光」大正15年5月号）

東京詠物集

釈　迢空

木場

木場の水　わたればきしむ橋いくつ　こえて来にしを　いづこ
か行かむ
橋づめの木納屋の木挽《こ》き　音やめよ。大鋸《おが》の粉光る風のつめた
さ

冬木

燈《ひ》ともさぬ弁財《べざい》天女堂　庭白し。近みちしつゝ　人行きとほる
深川の冬木の池に　青みどろ浮きてひそけき　このゆふべなり

明石町

あぢさゐの花の盛りの　かくありし　河岸《かし》道来つる　幾年なり

けむ

歌舞伎座

大隅の田の原みちを　行くらしも。花道のうへに　我が行くらしも

をとめ子の黒髪にほひ　顔よきに　声ほがらさの　さびしき役者

芝浦

わが心むつかりにけり。砂のうへの力芝を抜き　ぬきかねて居り

隼人の国

屋のうへに　声ふえて鳴く朝鳥のさわぎを聴けば、ねぶりけらしも

この夜明けて　やがて曇れる野のうへの青みを見つゝ、わがあるき居り

日のくもり　ゆふべに似たる野おもに、色立ち来たる木ばちすの花

あゆみつゝ　憂へむとする心かも。児湯の山路　直《すぐ》にとほれり

ひたぐもる水のうへ蒼し。鹿児島の町のいらかは、波がくれけり

船のうへに、幾時経たる思ひぞも。向の海を　岸《へ》つきて行くも

曇る日の　まひると思ふ空の色　もの憂き時に、山を見にけり

船のうへに居つゝ　思へば、夕まけて　雨にさだまる空明りはも

かゝる人もあり

さびしさを口にすることなくなりて、ゐまひしづけく　もの言ひにけり

思ひつゝひとりあらむ　と言ふ人よ。若きはたちのことばにあらず

夜の茶

しば〳〵も　あくびのおこる今宵かも。い寝むとしつゝ　雨のおと聞ゆ

さ夜ふかく茶をのみ飽けば、いねむと思ふ。汗をぬぐひて、とこのうへに居り

すこやかに　いまだありける亡き友は、われとかゝる夜に、茶を飲みにけむ

（「日光」大正15年6月号）

山道　　釈迢空

徳本峠

ふたたびを　み雪いたれる山のはだ。いまだ緑にあるが　さびしさ

まむかひに　穂高ケ峰のさむけさよ。雪をかうむる青草のいろ

小梨沢

いにしへや　かかる山路に行きかねて寝にけむ人は、ころされにけり

雨霧のふか山なかに　息づきて、寝《ね》るすべなさを言ひにけらし

も

山がはの澱の水《み》の面《も》のさ青《を》なるに　死にのいまはの　脣《くち》ふりにけむ

峰々に消《け》ぬきさらぎの雪のごと　清きうなじを　人くびりけり

をとめ子の心さびしも。清き瀬に身はながれつつ　人恋ひにけむ

夕空のさだまるものか。ひたぶるに霽れゆく峰に、むかひ居にけり

きそよりの曇りきはまり　夕ふかく　遠山の際に　澄める青空

山里に　わが見る夢のあとなさよ。覚めて思ふも　かそけかりけり

山中にさめ行く夢の　こころよき思ひに沁みて、はかなきものあり

日のゆふべ　板へぐ音を聞きにけり。今日は　日ねもす聞え居にけむ

山小屋に、日照り　雨ふり　日ねもすに板へぎて　人は居たりけるかも

山びとのくれたる茸のにほひよさ。焼きてや喰はむ。煮てやまほらむ

十二《とをふた》つ　つぶらに茸はむらがりて、山鳥の斑《ふ》のにほふ　その色

山の湯の夜はのたたへに、つくづくに　目を見ひらきて　わが居りにけり

山晴れて　寒さするどくなりにけり。膝をたたけば、身にしみにけり

晴るる空　たちまち曇るま日のいろ　山黒黒と雨たれて居り

東京詠物集

東京すていしよん

停車場の人ごみを来て　なつかしさ。ひそかに　茶など飲みて戻らむ

あわただしき人の行きかひを見て居たり。心ほがらに　まさびしきかも

ひたすらに旅にむかへり　我が心。遠行くむれをまもり居につつ

浅　草

観音のみ堂やかじと　言はざりし心々は　したなげきけむ

（「日光」大正15年11月号）

村のにほひ

前田夕暮

帰郷雑詠

大竹藪つきぬけ行けば阿天利嶺は崩れあと赭くそそりたるかも

地震《なゐ》あとの地勢変りし我が村の往還を往きて人に逢はずも

山崩れあかかりければ我が子らは日暮れぬうちに帰らむといへり

地震《なゐ》荒れに荒れたる村の低き家居日かげあかるく静まりてゐる

ひえびえとあがり框に腰かけて物いふきけば親しさおぼゆ

いただきしざらめ砂糖を掌《て》におきて我が子ひそかなり鶏をみてゐる
白鶏の庭にあそべるみてあればただ二羽ならし槇の木かげに
葉煙草のにほひこもれる土間をとほり裏藪道の日光《ひかげ》をふむも
しらじらと野菊の花を抱き来し孫みそなはせわれの父母（墓参）
藪かけの竹根《たがね》畠のいろうすきらつきようの花をあはれがるかも
紫の花ささげたるらつきようの茎立細しこの日蔭畑
らつきようの花つみもてる我が子らは日向の畦を歩ませにけり
秋づきて日かげあかるくなりにけり我が村のにほひ腹深くすはむ

鯨来たる

沖波のうねりは高しひたひたと空ひたしつつ日は晴れにけり
鯨きたる磯原走る人黒しもりあがりもりあがる巨浪《おほなみ》の光《かげ》
荒海に浮きたる鯨太綱もてもそろもそろもとよびきたるかも
大勢《たいぜい》の人かたまりてよびきたれば鯨の胴体浜にあがれり
鯨来たると突堤を走る人のかげ風晴れたればつばらかにみゆ
鯨来たると浜になだるる群衆の声わきあがるよろこびの声
昼浜に鯨のからだ横はり紫ふかき影つくりたり
昼浜に横はりたる海鯨巨きからだのいまだ生きたり

伊豆拾遺

山坂をくだりて行けば大風《たいふう》のただよふ海に船赤くゐる
向うよりころも赤き法師きたりけり畑なかの牛即ち鳴くも
若牛のぬれたるしろき向鼻のひえひえしかも畠の青菜

（「日光」大正15年2月号）

迢空庵即事

土岐善麿

朝々に庭掃きくるるこの人のをんななる身をあはれと思ふ
朝のいきれこもれる部屋の倦みごころ萩のわか芽に薄日さしつつ
とり乱す机のうへのうす埃かかねばならぬもの書きにけり
庭隅におきて久しきおほき瓶この水瓶の泥かはきつつ

十六日芝増上寺の赤彦追悼会に列りて

赤彦をいたみのつどひ行くにまあり庭の紫苑の株わかちゐる
いしだたみわが踏みゆけば本堂の縁のうへよりいやする人は
赤彦をとぶらふ寺にきたりたり木蓮の花にわれも居対ふ
本堂の片隅しきる屛風のかげ赤彦をしのぶ人あつまりぬ
墨清くいまはのすがた絵にかきつ静かなるかなやまなこつむれり
ながからぬいのちと知りてふるさとの湖のほとりに帰りたまひぬ
本堂のたたみのうへのゆふ冷えになきひとのことは語り尽きせず
いえがたき病のとこに初めてややすらかなりけむそのうたごころ

（「日光」大正15年6月号）

黒滝山

古泉千樫

大正十四年十一月二十一日、西上州に遊ぶ、病後初めての旅なり

岩山並《いはやまなみ》の裾の家々軒くらくこんにやく玉を干しにけるかも
家々に掛けつらねたる蒟蒻《こんにやく》だまの匂ひさびしく午《ひる》すぎにける
冬日和こんにやく玉を粉に搗《つ》くと白きほこり立つ水車小屋《すいしやごや》の上
この道にいくつかめぐる水ぐるま蒟蒻《こんにやく》だまわ搗《つ》きて居るらし
ことごとく蒟蒻だまは掘り取りし岩山畑《いはやまはた》に日の照りにけり
したたかに軒に掛け干す蒟蒻だま日かげすでにあたらずなりし

磐戸村佐藤氏宅に泊る

み山よりただに引くらしこの庭の筧の水のあまたうましも
山がはの鳴りひびきつつ夕ぐるるこの道のべにひとり立ち居り

二十二日、黒滝山に向ふ

わが歩みかろきが如し朝川の鳴りてひびかふ道を行くなり
わたり行く南牧川《なんぼくがは》の橋のべに赤くみのれる柿の木高し

泥鰌売

うしろから泥鰌屋《どぢやうや》きたりぬ栗落葉《くりおちば》つもる山路をわが越え行けば
山がひの蒟蒻《こんにやく》どころの小春日に泥鰌《どぢやう》になひて売りあるくなり
隣り信濃から来し泥鰌売ゆすりゆすりと呼びゆきにけり
こんにやく玉掛け干す庭に泥鰌売大き盤台《はんだい》をおろしたりけり
夕《ゆふ》つかたまた逢へる翁この里によく売れけんや泥鰌売るをぢ

黒滝山

ふかぶかとつもる雑木の落葉の上朴の落葉の大きさびしさ
家いでてわれ来にけらしこの山の深き落葉を踏みつゝぞ行く
しづかなる初冬《しよとう》の山を恋ひくれば楓のもみぢ赤くのこれり
山のみ寺に近づきぬらしたかだかと大き青杉日に照れり見ゆ
この山の寺の境内《けいだい》にそびえ立つ三つの巌《いはほ》に天つ日てれり
あまそそる厳《いつ》の黒岩《くろいは》のいただきゆほそく光りて滝落ちにけり
山の上の冬日あかるし滝の水ほそく落ちつつ音のさやけさ
天つ日はしづかに照りて黒滝の厳《いつ》の高岩ぬれかがやけり
さらさらと光りて落つる滝の水わがたなそこに受けて飲みつも
冬日かげふかくさしたる山のみ寺の畳の上に坐りけるかも
山くだるわれをあはれみ寺の僧つつじを伐りて杖《つゑ》にくれたり
しづしづと山をくだりぬ黒滝のみやまつつじを杖《つゑ》につきつつ
さわやかに岩ばしり鳴る川の音ききつつぞ来《こ》し君が家辺に
まがなしき現身《うつしみ》持ちて山の道ここだもわれは歩みたるらし
山の村の冬きたるらし消防の演習処々《えんしふしよ〳〵》に見えにけるかも

（「改造」大正15年1月号）

足長蜂

古泉千樫

小山田にこゑめづらしくなく蛙いまだは水に遊ばざりけり
小山田の水銹《みさび》にこもりなく蛙つくづく見ればなきてゐにけり
みなみ吹く山田の土手に一株の鬼あざみの芽青く光れり
彼岸すぎのあらし吹きしくこのまひる小田の蛙の声ひびくなり

古家のひるの小床に寝て居れば足長蜂ひとつ飛びて来にけり
庭の草を母と採り居れば東浜《ひがしはま》の新しき鰯うりに来にけり
春のあらし吹きてあたたかし昼飯の菜《さい》にうれしき分葱《わけぎ》の膾《なます》
このゆふべ庚申講《かうしんかう》にわが行くと母はつけてくれぬ提灯の灯を
夜《よる》おそく蛙なきたつ小田のみち提灯の灯のわかれゆくなり
宵々にこゑまさりつつなく蛙このふるさとにいく夜わが寝し

四月二日、郷里を立つ

ふりいでしこの春雨に桑畑の幹立《みきだち》ぬれてさみどりに見ゆ
あたらしく砂を敷きたる村の道この朝の雨にぬれにけるかも

（「日光」大正15年5月号）

農耕余詠

吉植庄亮

ある一日

われいまだ耕りなれず僕《しもべ》らに比べてしるく泥をかむれり
耕しつつ追ひつめたれば蛙の子尿をかけて逃げゆきにけり
僕《しもべ》らに働きまけて寝て居れば葭切来り土の上にあそぶ
背中よりつたはる土のあたたかさ疲れたる身は寝て思ふなり
草の葉のよき匂かなうとうとと眠れるひまも心おもひき

田植仕度

牛七つ前田に入れて今日よりは田植仕度のおもしろきかな
薙ぎ入るる若荻の葉のさやさやし泥田の水に青さよごれず
代掻くと田にゐるわれにうちそそぎけふ降る雨はあたたかきかな
ねもごろもの僕《しもべ》なるかな代掻くと牛にも蓑を着せて来にけり
五月雨に鳴きおとろへずひくゆく雲の中にも雲雀子のゐる
五月雨の晴れ間を鳴きて揚雲雀代掻く小田にかげをうつせり
顔にあたる雨あたたかしましぐらに飛び来かかれる夏鴨《かる》の大きさ

土間のひるめし

土間に食ふ午餉はうましわが足にさわりつつ遊ぶ鶏《かけ》のひよこら
塩びきの鮭に茶漬の味よろし百姓業は腹減りにけり
ありがたく飯いただきてあけくるるこの頃のわれを思はざりきわれ
出津の面を拓《き》りひらきつついとまなみ手につかむべく髭のびにけり

馬病む

病みこやる馬の見舞に村人の媼翁《おうなをぢさ》等おとづれにけり

仔を生みて三日目老馬斃る。茶目の四歳駒もその子なり。ある朝騎乗のかへりに

家近みしきりになけるわが駒の空斷のさびしかるらし

親馬にわかれし仔馬の歌

幼な駒なめてあそべる草の葉のをりふし抜けて音たつるなり
幼な駒土間に入り来て卵抱く巣のめんどりをのぞき騒がす
幼な駒土間にあそべば入りがたみまた飛びかへるつばくらのこゑ
幼な駒けふもつれ来てあそばするくご草原は花咲きにけり

わが仔馬あはれがられて育つなりけふは母上があそばせ給ふ
馬の仔に心をよせて出入りに厩《まや》おとづるるわが家の子等
雛鶏の伏籠にさわぐ声すなりまた幼な駒たはむるるらし
わが妻のあと追ふ仔馬やよそながらそぞろ来りぬ麦畑まで
をさなきは心へだてず小庭べの馬の仔どもと鵞鳥の仔ども
おのづから幼な心はあはれなり日向に寝たる仔馬《こま》と雛鶏《ひなどり》
幼な駒したひよるなべたはむれて午餉のやすみとりすぎにけり
われを見て鼻ならしつつ寄りそふやこの馬の子にほだされにけり
わが仔馬あまりをさなし小庭べに寝ほけて今日も抱かれゆくも

仔馬もまた病む

馬の仔のひとりあそびは臍なめてさすがに心たのしまぬらし
雨の日は仔馬《こま》にも着物きせかけていまだも夏は寒くありけり
やうやく日和さだまりてをさな駒けふは朝より庭べにあそぶ
ただひとり庭べにあそぶをさな駒鼻ならすさへあはれがられぬ
わが僕《しもべ》今宵も仔馬とねむるなりかかる心をまのあたり見し
馬の仔とうまやにいぬる僕らのねもごろの心見すごしがたし
わが仔馬にめぐむと人のしぼりゐる乳なまなまし土をぬらして
うつし世に人も毛物もけぢめ置かず住みわたりたる印旛人かも

この仔馬もまたむなし
わが仔馬あはれがられてゆきにけりあから目したる僕《しもべ》等の顔
事務室は穀倉にありければ、をりふし来りて蛇の天井よりのぞくに
蛇さへや来てしたしめり此家にあかし暮らして人争はず

労働日につぐ

百姓となりて面ざし変りたりしたしき顔となりにけるかな
たまさかに鏡に見れば庄亮よ百姓面のなんぞしたしき

こゝろよき疲労

添ぶしに昨夜《ゆふべ》も寝つつこころよきねむりの中に妻をわすれき
わがまらをまさぐる妹がやはら手を知りつつよべもねてしまひけり
かがなべて七日八日か添ぶしに妻とはねつつまかぬこのごろ
久しぶりの雨に一日寝通して夕はいたく腹へりにけり

（「日光」大正15年7月号）

五月一日

大熊信行

ときのこゑ空《そら》にどよみつとりかこむ警官 隊《けいくわんたい》は草《くさ》にやすらふ
真日照《まひて》らすひかりもむなし時《とき》の吉《よ》とあひゆるさざる黒《くろ》き旗《はた》かげ
目路《めじ》はるか真日照《まひて》る下《した》に愬《うった》ふるひとたちいでて帽《ばう》をとる見ゆ
メー・デーを目守《まも》る市民《しみん》のしづかさよ緑《みどり》の蔭《かげ》に幾千《いくせん》かゐる
もろうでを左右《さいう》にきつく奪《と》られたりつるぎ佩《は》きたる警官《けいくわん》の手《て》に
地《ち》げむりのなかに見《み》えくる赤《あか》き旗《はた》うち消しがたき思《おも》ひあらしむ
もの売《う》りの手《て》押《お》しぐるまのあはれさよこのメー・デーのひとごみの中《なか》
集団《しふだん》のなかにこもれるいちにんの深《ふか》きこころをわれは思《おも》ふも
ははそはのかりて賜《たま》ひしかねをひらきしばらくにして涙《なみだ》おちた

り

わが業《わざ》をみづから言《い》ふに値《あたひ》すとおもひあがれば蔑《さげす》まれつつ

回想

背の君と国別れして年経ぬる嘆きはつひにかはりたまはず

手すさびにゑがけるさへもおしかくすそのつつしみをにくしと思ひき

やめる身をきよくたもちて磯なみをまなしたに見る家にゐましき

さみどりの麦の穂なればまくらべの洋盃《コップ》のみづによくうつりたり

ますらをがいのちを懸くるこれの世の誓はまさにひとつなるべし

めさむればこころがなしも夢にだにいのちつかれて汗あえてゐる

小樽時代の回想

火を炊《た》きて夜すがら読みしときのころ夢のごとくにおもほゆるなり

もろともに昂《たか》ぶるこころ凍《こほ》る夜のあけがたちかく語りつかれき

大凡《おほよそ》におとろふこころすくなくもわれはもたじと恃《たの》みしものを

書《しよ》をよみてこころ澄みゆくときのままをこの世の幸と思ひ知りにし

茶をのみてすなはち更によみすすみつひに倦まざりし鋭心《とごころ》あはれ

東京の空いや遠く晴れしとき不二のあるところ雲立てり見ゆ

ひと知れずいまはさびしむ茅ケ崎にひと冬ありし日やけのいろを

むらぎものわがこころ根を見たりきと苟且《かりそめ》だにもたかぶり思ふな

むらぎもの腐りてくさきはらはたを剝ぎ去りすてて来なば来るべし

癒えがたきこころも知らに悍《おぞ》ましくふたたびわれに寄らむとするか

（「日光」大正15年6月号）

椿と浪

若山牧水

静かなる椿の花よ葉ごもりに咲きて久しき椿の花よ

ひともとの野なかの椿枯草のすさまじきなかのひともと椿

枯草のおどろがなかにひともとの椿かがやく葉は葉の色に

風もなく椿はひとり光りたり冬野の晴《はれ》の枯草のなかに

曇日《くもりび》は花すらいろの褪せて見ゆ椿は晴れて見る可かりけり

ひと本《もと》の椿の花に寄りて行くわらべ等《ら》の見ゆ枯草がくれ

わらべ等よとるな椿をわが部屋ゆ見ゆる冬野の其処の椿を

からみたる野の草枯れてひともとの椿は花のいよよ咲くなる

闇の夜とおもふ夜ふけの廂うつこよひの雨の親しくあるかな

しぐれの雨いつしかやみて静かなる宵とおもふに浪の音《おと》起る

今宵立つ浪のとよみは高くあがらず地《つち》をつたひて聞え来るかも
親《した》しさよ今宵の浪のとどろきは地《つち》にこもりて聞えたるなり
（「改造」大正15年3月号）

竹葉集

若山牧水

千本濱

幾人《いくたり》の海人《あま》の乗れるや朝闇の浪に漕ぎいだし漕ぎ騒ぎたる
朝闇の浪の荒きに漕ぎ出づる舟ひた濡れて真黒《まくろ》かりけり
澄みとほるうしほの色は水底《みなそこ》の真砂《まさご》を染めて青みたゆたふ

地曳網は大きく手繰網は小さし

浜人《はまうど》の群れて曳く網長ければ朝闇またく明けはなれたる
手繰網《たぐりあみ》たぐりて曳きて獲し魚は皿《さら》ひとさらの美しき雑魚《ざこ》

千本松原

松荒きこの松原にすひかづらひとり匂ひて咲きにけるかも
松の木に鴉はとまり木のかげの忍《すひかづら》冬のはなにあそぶ虻蜂《あぶはち》
松の木のならび明るき松原にはてこそなけれ松の木のならび
松原にいつ生ひにけむひともとのアカシヤ生ひて花咲けり見ゆ
松原のなかの老木の枯れたるを伐る音きこゆ昨日もけふも

その二

梢《うね》をつとはなれて鴉重げなりたちならびたる老松の梢《うね》
梅雨曇《つゆぐもり》くもりのなかに並みたてる老木の松は黒き黒松
うす雲は雨気《あまけ》おびたり藍《あゐ》うすき空にうかびて松のあひに見ゆ

無　題

乱れやすきわれのこころよめざめたる朝のしばしを静けくはあれ
ともすれば乱れむとするこの朝の心おさへてをるがくるしさ

鵙の子

楝《あふち》の木うすむらさきの花のかげに美しき鵙《もず》がとまりをるなり
かの鵙よ雛にしあらしうつくしく楝の花にあそびほけたる
花につどふ羽虫《はむし》あさると鵙の子が遊びほけたり楝の花に
軒さきの竹にとまれる鵙の子がわれを見てをる美しきかな

天城の雲

墨色《すみいろ》に曇りはてたる天城嶺《あまぎね》の峰に居《を》る雲は深き笠なせり
笠なして天城のみねにをる雲は春くれがたの真白妙《ましろたへ》の雲

鴉

聳えたる松のこずえに鴉をりまた一羽来《き》ぬ雨降れる松に
並び立てる老木の松のあはひ縫ひて鴉まひすぎぬゆふぐれの雨

独酌朝夕

暮れ遅き庭の若葉をながめつつひとり酒酌《つ》ぐ静けくあるか
朝日影さし来て部屋は光なりしみじみとして酒つぐわれは
ふくみたる酒のにほひのおのづから独り匂ひてをるこころかも
うましとしわが飲む酒はとりがたき光にあれやひかりつつ消ゆ
われはもよ酒飲みて早く老いぼれぬ酒飲まぬ友はいかにかあるらむ

雑詠

芽ぐみ遅き何の木ならむこの朝の雨に濡れつゝ鳥とまりをる

雨の雫やどせる竹に枯葉おほし日ごと見馴れし軒さきの竹に

野茨の芽立《めたち》の茎の伸びそろひ風になびきて匂ふこの野よ

此処の原にとぶつばくらめしげければや野いばらの芽の芽立《めたち》を縫ひて

山桜のはな散りすぎて天城山春のをはりのいまいかにあらむ

ぬぎすてし娘が靴にでで虫の大きなる居り朝つゆの庭に

庭に起る物の音あり犬がゆき鶏がとほるをりをりの音

夕立の雨のさなかを墨色《すみいろ》に澄みて見えつつ鳥まひすぎぬ

朝の鳥

明けやらぬ闇とおもふに軒さきを早や何鳥《なにどり》か啼きてすぎたる

夜半に起きてもの書きいそぐならはしのわれに親しき暁《あけ》の鳥《とり》の声

（「改造」大正15年8月号）

春雪

窪田空穂

静かなる朝やと目ざめ、首あげて見やる外との面に、梅の花さきたる今日を、めづらしく雪ふりいでぬ。打乱れ降りくる雪の、乱れつつ静かなるかな、目にしるく降りくる雪の、しるくしてかすかなるかな。おもしろとむかひてあれば、あやしくも心の澄みて、遠き世にあるらむ身かと、我をおぼゆる。

春夜

夜を咲くひともと桜、添ひて照るひとつ電燈、この枝は白く浮きいで、その枝は闇に垂れ入り、おぼろにしたたる

春の夜の巣鴨をくれば、軒燈に椿浮きいで、人住まぬま闇き庭に、ほのしろく咲ける桜の、大きなるかも。

又

護国寺に老いたる松の、垂れさがり末反れる枝、春の夜の空の闇にし、またたけるかの糠星を、掬はむとする。

又

街燈のつらなるうへの春の空星眠げなりま闇の奥に

疲深し

木爪あかき庭にむかひてつれづれとおもき眼ぶたを撫でつつぞゐる

（「槻の木」大正15年7月号）

○

稲森宗太郎

朝がほの蔓うら枯るゝに葉鶏頭あかき茎みゆ土にこゞみて

やせ茎のくねりはらばひ葉鶏頭いろづくとすらし時おくれつゝも

ま垣にはいぶせき枯れて梅の枝にかゝれる蔦の色づきそめぬ

蔦の葉のぬれてつめたきしぐれの雨むかうの家は障子さしたる

となり家の銀杏の黄葉《もみぢ》わが庭の檜葉の葉がひに明るくも見ゆ

槻の木の高き梢よ散らふ葉の風にまひゆくくもれる空を

（「槻の木」大正15年3月号）

◯

都筑省吾

元日

晴れ渡るみどりの空に枝張れる庭の梅の木つぼみつけ居る

吾が庭にさし入り初めし日のひかり緑の松の身にし浴び居る

木の間にし昇れる初日をがますと吾れ呼びよせぬ小き吾が甥

心を静かに持ちてあれば吾がくらしは極めて静かなり

静かにし心は持ちてねむごろに吾はありなむ吾が弟にも

思ひ出でゝは胸つぶれる一つことあり

今となり吾は悔ゆまじ吾が思ひとどめかねてをなしし一こと

（「槻の木」大正15年3月号）

大正天皇御製

三月八日庭にて鶯の鳴きけるにこもりゐたる万里小路幸子がまゐりければ

鶯やそそのかしけむ春寒みこもりし人のけさはきにけり

萩風

すがりつる胡蝶は空に飛びさりぬ庭のいと萩風にみだれて

若水

年立ちてまづ汲みあぐる若水のすめる心を人は持たなむ

鮎

山百合の花もうつれる谷川のいはまを鮎ののぼり行くみゆ

厳寒

冬ふかみ庭の池水ひるもなほこほれるままにいく日経にけむ

夕陽映島

はるかなる沖の浪間のはなれ島夕日をうけてあらはれにけり

蓮

白雲のかげのうつろふ池水にはちすの花の散りてうかべる

夕陽

群雀ねぐらあらそふ竹村のおくまであかく夕日さすなり

朝雉

吹上のもり吹きわたる朝風につばさこぼれてきぎす鳴くなり

残桜

葉になれる蕨もみゆる山道の木のまにのこるおそ桜かな

落葉

園守がおち葉かきやる音すなりねざめの床も寒きあしたに

夕雨

かきくらし雨降り出でぬ人心くだち行く世をなげくゆふべに

（『大正天皇御集　おほみやびうた』より）

俳句

平井照敏＝選

〔ホトトギス巻頭句集〕

相対ひ夜長の巌峡の口　丹波　西山泊雲
とかくして居つく一葉や葎底　同
蜻蛉や今の一葉に居り直ほり　同
蜻蛉皆をさまる午下の塊に　同
日に光りせゝらぐ溝や草の花　同
（「ホトトギス」大正15年1月号）

母子めく声呼び応へ落葉山　京都　野村泊月
山鳥のとゞろとたちぬ落葉掻　同
ちぬ釣や友舟今し時雨中　同
掛稲に氷雨降るなり市原野　同
（「ホトトギス」大正15年2月号）

激つ瀬やのど瀬にかよふ落椿　東京　山口誓子
流氷や宗谷の門波荒れやまず　同
流氷や風のかはりて澳ながれ　同
涅槃像岩蔭に亦哭く獣　同
（「ホトトギス」大正15年3月号）

一院や深雪晴して裏比叡　京都　井上北人
輪飾やとはに清らの濯ぎ川　同
神殿のうしろの谿や梅の月　同
しまひなる一山嶮し兎狩　同
洛北
賤が茶屋明けゆく雪に客まうけ　同
（「ホトトギス」大正15年4月号）

今少し相寄せ申す雛の肩　京都　青木紅酔
飾りたる雛にあらためまみゆなり　同
手つだひの男をみなや桜鯛　同
花にきて去来の墓も久しぶり　同
池水に月もうつれる花篝　同
（「ホトトギス」大正15年5月号）

送り火やよもの山扉は空に満つ　大阪　山口誓子
飾り太刀倭めくなる熊祭　同
熊ゆきぬ神居《カムヰ》のくにへ贄として　同
雪の上に魂なき熊や神事すむ　同
神が召すいけにへ熊の胴飾り　同
（「ホトトギス」大正15年6月号）

唐太の天ぞ垂れたり鰊群来《クキ》　大阪　山口誓子

鰊群来まだしと見ゆる待ち焚火　同
たゞよへる海髪《ウゴ》のひしめく鰊群来　同
削り木を神とかしづき熊祭　同
昼ながら天の闇なり菖蒲園　同
（「ホトトギス」大正15年7月号）

涼み馬車一つ戻りて空きにけり　在独逸　中田みづほ
花盗人ほゝ笑みながら折り呉れぬ　同
噴水も明け方近き巡邏かな　同
春水のたゞ静けさに人だかり　同
（「ホトトギス」大正15年8月号）

打水や萩より落ちし子かまきり　東京　高野素十
蟷螂やゆらぎながらも萩の上　同
露けさや月のうつれる革蒲団　同
雨晴れてちり〴〵にある金魚かな　同
門川をやがてぞ去りぬ魂送り　同
（「ホトトギス」大正15年9月号）

秋晴やいそしみ打てるたいぴすと　在独乙　中田みづほ
魂のもどりし気配昼寝人　同
帰省子に新《にひ》堀《ぼり》水を湛へたり　同
牧場は花盛りなる燕かな　同
（「ホトトギス」大正15年10月号）

干蚊帳にわすれし蝉の鳴きいでぬ　東京　水原秋桜子
秋耕やあらはの墓に手向花　同
花葛の雨に立ちぬれ岩魚釣　同
鯊釣や不二暮れそめて手を洗ふ　同
（「ホトトギス」大正15年11月号）

生身魂こゝろしづかに端居かな　大阪　阿波野青畝
洗飯膝にひろひて盲かな　同
日あたりに下すすだれや秋日和　同
碓《ふみうす》やしらげこぼせる今年米　同
露けしとあらぬ矢向や案山子翁　同
（「ホトトギス」大正15年12月号）

『山廬集』（抄）　飯田蛇笏

大正拾五年（昭和元年）——六十九句——

新年

元日　歳旦や芭蕉たゝへて山籠り

鳥追　鳥追や顔よき紐の真紅

春

麥南と、もに我が尊崇する宗吾神社へ詣づ

早春　早春や庵出る旅の二人づれ

総州の旅より二月十七日夜帰庵、とりあへずその地の麥南のもとへ

立春　かへりつく庵や春たつ影法師

早春展墓

春北風　春北風樒さしたる地にあらぶ

雲雀　山風にながれて遠き雲雀かな

きさらぎのはじめ総州の旅路に麥南の草庵生活を訪ふ

梅　風呂あつくもてなす庵の野梅かな

夏

夏　夏旅や俄か鐘きく善光寺

星祭　夕雲や二星をまつる山の庵

草市　盆市の一夜をへだつ月の雨

汗　つかれ身の汗冷えわたる膚かな

踊　さるほどに泣きごゑしぼる音頭取

墓参　ひしめきてたゞ一と時の墓参かな

盂蘭盆会　さゝぐるや箸そふ盆供手いつぱい

雲を追ふこのむら雨や送り盆

蕗薹と相見ざる十数年、弟さん二郎氏の文によりはじめて蕗薹亡きを知る

蕗薹忌　蕗薹忌もわれまた修す雲の中

火蛾　火蛾打つや弑するとにはあらねども

秋

夜長　ほこ〳〵とふみて夜永き炉灰かな

残暑　秋暑したてゝしづくす藻刈鎌

ゆかた着のたもとつれなき秋暑かな

草籠に秋暑の花の濃紫

釜無川月見会即事

名月　観月や小者聖《ヒジリ》牛に灯をともす

十六夜の月　かけ橋やいざよふ月を水の上

宵闇　宵やみの轡ひゞかす愛馬かな

すた〳〵と宵闇かへる家路かな

秋風　秋風や笹にとりつく稲すゞめ

霧　山霧や虫にまじりて雨蛙

秋の山　秋山やこの道遠き雲と我

秋の蚊帳　夜のひまや家の子秋の幮がくれ

稲刈　湖沿ひの闇路となりぬ稲車

子規忌　月さそふ風と定むる子規忌かな

虫　虫の夜の更けては葛の吹きかへす

秋の蛍　かりそめに土這ふ秋のほたるかな

秋の蟬　秋蟬のひしと身をだく風情かな

蜩　ひぐらしの遠のく声や山平《ラ》

かな〳〵の鳴きうつりけり夜明雲

桔梗　霧の香に桔梗すがるゝ山路かな

蔦　鉢蔦のみだれおちたる諸葉かな

一葉　園生より霧たちのぼる一葉かな

唐辛子　白紙にもらふ用意や唐からし

唐がらし熟れにぞ熟れし畠かな

大正十五年九月二日篠原温亭氏忽焉として逝く。氏は生前頗る花卉を愛し其のつくるところの句も亦多くこれを詠ぜしものに秀れたるものあるを見る。温亭忌と云はん。草花忌とや云はん

草の花　秋は今露おく草の花ざかり

冬

冬　三冬のホ句もつゞりて狩日記

年の暮　年の瀬や旅人さむき灯をともす

富士川舟行

大寒　極寒の塵もとゞめず岩ふすま

冬の風　冬風につるして乏し厠紙

道のべや北風にむつむ女夫鍛冶

山居即事

霙　みぞるゝや雑炊に身はあたゝまる

綿入　綿入や気たけき妻の着よそほふ

襟巻　襟巻にこゝろきゝたる盲かな

襟巻や思ひうみたる眼をつむる

頸巻に瞳のにくらしや女の子

冬籠　何にもかも文ンにゆだねぬ冬籠り

炉　気やすさの炉火をながむる侘居かな

焚火　曳き舟の東雲はやき焚火かな

焚火すや雪の樹につき青鷹《モロガヘリ》

燃えおちて煙はたとなき藁火かな

榾　小庵やとても榾火の下あかり

すこやかに山の子酔へる榾火かな

仏山忌　雲にのる冬日をみたり仏山忌

十二月九日夜半故野田半拙家に其の忌をいとなむ

昔斎忌　ほの〲と師走月夜や昔斎忌

鶲　深山木に狩られてあそぶ鶲かな

山しばにおのれとくるふ鶲かな

はれ〲と鶲のぼりし梢かな

落葉　山土の掻けば香にたつ落葉かな

神さびや供米うちたる朴落葉

茶の花　茶畠や花びらとまる畝頭ラ

晴耕雨読

日にようて茶の花をかぐ命かな

いく霜の山地日和に咲く茶かな

（昭和7年12月、雲母社刊）

〔大正十五年〕

河東碧梧桐

芒刈りて積む松山の立木の名残

しぐれ風の来る土工名残の茶休みしてゐる

冬になり庭木師の来て庭木皆とりぬ

湯上りに見る君の詠みし庭の石蕗の花立つ

戻りをあるく並木の落葉靴にまつはる
日あたりの炭干す莚のこぼれを拾ふ
橋を渡り師走の町飾りする見て戻る
女工の長い襟巻をまきつけてゐる
溝氷る朝の門べまで掃く犬のよろこぶ
篠折りし葉を払ふ木の間深く来ぬ
網船の櫂の音する夕凪ぎてきく
ことし植ゑし若木の桜一葉を残す

（「三昧」大正15年1月号）

鉛筆でかきし師走便りの末の読みにくゝ
会食をする床の葉牡丹の開くまでひらく
朝夙く鳥籠を下げて来し霜の上に
富士の暮れ残るフォームに下りいそぎてあるく

（「三昧」大正15年2月号）

風呂の沸いた笛が鳴る朝からの酒の耳遠く
用なき日停車場に来し下車の人々見て帰る
そちこちの山の尖りの春さきはかすみてあらず
山を出て雪のなき一筋の汽車にて帰る
年越しの休みの日の教へ子を叱る箸をすてぬ
葉蘭足にさはる端居して新酒燗をつぐまゝに
もやしの韮のくたれゐる葉の名残り解く二杷

（「三昧」大正15年3月号）

（「三昧」大正15年4月号）

沖がかりして流れ藻の絶えず舳の向く方に
炉にたぎる釜は久々の釜にてたぎり澄み来る
藪のさゞめく昼晴れの織子出あるく橋まではゆく
しばし塀際に八ツ手と寄せ植ゑて萏の椿
野の果て見ゆる山の頭の午過ぎ影なく

（「三昧」大正15年5月号）

近くの橋水に月落つる夜頃を出でゝ
けふ泊る宿の立つ人もあるさくら吹きおくる
雨ふり泡の流るゝ雑魚の藻につく
ひるの酒さめて戻る土筆のあれば土筆つむ
出でゝ田甫の穂草の白き遅れて行きぬ

（「三昧」大正15年6月号）

裏の藪道を入り此頃の落花の落葉杖かく
綿路工夫山かげに白き衣木にかけ休む
花売る店白百合のうれ残る夜の女門べに
崖下家々の灯ともる人声の中の赤子泣くこゑ
土をふるふ根の白き珠なす根土を
妹は歌作る山行きの地図展べてある
半鐘台の下肉つむ車蓋をとる
雨もやみあへず留守居のすなる手にもる苺

（「三昧」大正15年7月号）

夕べ子供ら岸に寄る藻の水を棹打つ
汗いるゝ間の糸ひく毛虫帽子にうけて

今宵の宿掛けゆきし笠に句ほしくかゝばや
手すりにも海からの燕とまりては並ぶ
（「三昧」大正15年8月号）

けふ見ぬぬしの早乙女の笠竈の上に
木の間雞小舎の方へゆく雞の声々
藁埃かぶる門畑の茄子の木子供出て来る
（「三昧」大正15年9月号）

荒莚蒲団敷きそへし坐る飯のこぼれ
芒の中足長き羽虫のいそぎて渡たる
猫の痩せ腰の曲りの縁しさる影
（「三昧」大正15年10月号）

懐ろ鏡汐焼けを見る膝に涎の落ちて
岩の乱れ衣ぬぎかけし牡蠣殻さはる
城山の跡椿の多しまだき萩芒
二階の窓から子供達顔出して呼ぶ唐黍畑へ
うしろ日さすもたれる柱にじりて茶を飲む
葉雞頭の色冴えず日晴るれども朝の一ト時
櫨の茂り小笹の道を夕べにもゆく
（「三昧」大正15年11月号）

芒の中松の立ち山二夕山の湾をかゝへて
渚べの無縁仏岬出鼻の白き砂浜
砂一杯な貝殻を開く子の掌の上に
椋の実拾ひそめし森を出る田に下りてゆく
留守居する女どこにもゐぬ一間のともし
（「三昧」大正15年12月号）

高浜虚子

〔大正十五年〕

早春の鎌倉山の椿かな
（「ホトトギス」大正15年4月号）

浪音の由比ケ浜より初電車
ふだん着の女美くし玉子酒
手にとればほのとぬくしや寒玉子
恋猫をあはれみつゝもうとむかな
老の手のほとびて白し海苔の桶
（「ホトトギス」大正15年5月号）

一人の顔正面や花篝
（「ホトトギス」大正15年6月号）

袖に来て遊び消ゆるや春の雪
手に持ちて線香売りぬ彼岸道
てのひらの上そよ〳〵と流れ海苔
棹見えて海苔舟の舳朶隠れなる
春の月蛤買うて仰ぎけり
寝られざる闇に描きし牡丹かな
我入れば暫し菖蒲湯あふれやまず
蠅居らぬ此川風の宿りかな
清風に尚ほ蠅居るや一二匹

夏帯にはさみ没せし扇子かな
春雷や花盛りかる湾の山
日輪を飛び隠くしたる蝶々かな
行春のまどゐに欠けし誰々ぞ
郷音をなつかしみ行く花茨
花茨かぶさりかゝる野水かな
花茨此道行けば城下かな
再びの打水時や人通り
明やすや響きそめたる老の咳
楫取りて傾く舟の日覆かな
どの楼も客一杯の日覆かな
夕立の池に足洗ふ男かな
浅ましき昼の蚊帳を見せまじな
独り居の蚊やりもたらす少婢あり
憂かりける蚤の一夜の宿なりし
うち立てば利根の風あり田草取
日焼して並び出づるや松の門
顔出来て浴衣着て居る踊り前
いと軽く洗ひ晒しの古浴衣
涼み舟人語手に取る如きかな
今の世の行《あん》燈《どう》床し涼み舟
四五歩行きて立とまりたる橋涼み
橋暑し更に数歩を移すなる

庭を背に籐椅子にある女かな
甲板にいつも空き居る籐椅子かな
海風に吹きいざりたる籐椅子かな
籐椅子の散らばり居りぬ腰かけん

（「ホトトギス」大正15年10月号）

解説・解題

鈴木貞美

編年体　大正文学全集　第十五巻　大正十五年　1926

解説　大正十五（一九二六）年

鈴木貞美

一、時代概況——大正文壇の崩壊と四つの文学運動の隆盛

1、国際・国内概況　国際的には欧州大戦（第一次世界大戦）により、ヨーロッパ大陸の列強諸国は国力を落とし、アメリカ合衆国の国際的地位が上昇、一九二〇年に国際連盟が成立し（アメリカは不参加、「自由主義」陣営の側に立って参戦した日本は五つの常任理事国のうちの一つとなった）、国際的に軍縮ムードが広がり、帝国主義に対する民族自決権の思想と、その文化論である民族文化相対主義が広がる時期にあたっている。一九二二年にはレーニンの政権下にソビエト社会主義共和国連邦が成立し、第三インターナショナル（コミンテルン、一九一九～四三）におけるソ連共産党のヘゲモニーが強くなったことも、これには関係している。民族自決権の思想は二〇世紀初頭からボルシェヴィキが党綱領として採択し、ドイツ社会民主党左派のローザ・ルクセンブルクとの間に国際共産主義運動の路線をめぐる対立を引き起こしていたものだ。そして、この時期の民族自決権思想の広まりは、それに加えて、アメリカの第二十八代ウィルソン大統領が平和のための十四か条の一つとして、一九一九年のパリ講和会議で唱えたことも大きい。なお、ソ連ではレーニン没後、スターリンとトロツキーの間の路線闘争が激化し、また、東西両陣営の間隙を縫って、イタリアではムッソリーニがファッシスト党独裁政権を率い、ドイツではヒトラーが率いるナチスが勢力を伸ばしてゆく。

日本は日露戦争後、日英同盟の強化を背景に、ポーツマス条約にのっとり、半官半民の南満洲鉄道会社を設立（一九〇七）、付属地の行政を行い、鉄道、炭鉱、港湾を経営、一九一〇年には朝鮮半島を「併合」して、積極的に対外膨張に乗り出していた。国内においては、鉄道の国有化や官営八幡製鉄所の創業など、いわゆる国家資本の増強を進め、軽工業は大工場化が進み、重化学工業化が急速に進展し、産業構造がドラスティックに再編されつつあった。日露戦争後には全国民の五割近くを占めていた小作農を、一九二〇年あたりで、工場労働者が上まわり、追って男性労働者の数が女性のそれを越える。そして、これには相つぐ不況をのりきるための資本の集中と機械化、大都市への人口集中と男女のサラリーマン層の増大を伴っていた。

2、文化・思想の動き　関東大震災後、一時、関西に引き上げた実業家たちが、再び東京に資本進出したことも手伝って、大量生産・大量宣伝・大量消費のシステムが形づくられてゆく。新聞は震災後、「東洋一の大都会」、大阪を本拠とする朝日系と毎日系がそれぞれ全国紙化の傾向を強めて、他紙を圧倒、ともにほぼ三百万の購買数を呼号するようになる。総合雑誌や女性雑誌の購読者数も拡大の一途をたどり、三十万部を越えるものも出はじめていたが、この翌年には大衆雑誌『キング』が創刊、八十万近い売り上げを誇り、その後も女性雑誌とともに巨大メディア化しつづけてゆく。この大新聞、大衆雑誌の発行部数の多さは、国際的にも群を抜いている。一九一五年の満二十歳男性に対する陸軍省の壮丁普通教育程度調査によれば、すでに尋常小学校卒業以上のリテラシーをもつ割合が九〇パーセントにとどこうとし、硬い漢文読み下し体を読める高等小学校卒業以上が四〇パーセントを突破していたが、それ以降も中学校、女学校への進学率は伸び続ける一方であり、このリテラシーの質量に保証され、かつ大正期を通じた文化主義の浸透によって、国際的にも例を見ない大量の読書人口が形成されつつあった。出版界においては不況の打開策として、この年末に、一冊一円で大量の活字を載せた改造社版「現代日本文学全集」が予約募集を開始、これが大当たりをとって、「円本」の企画刊行が相つぐ時節を迎え、出版資本も大手数社が育ち、系列化も進んで寡占的になってゆく。また、一九二五年に東京、大阪、名古屋で放送局が相ついでラジオ放送を開始したが、この年には統合され、次第に視聴者数を上げてゆく。まさにマス・メディアの時代が幕を開けたのだった。このようにして都市大衆社会（一九七〇年代に南博がアメリカナイゼイションの観点から、この解明に先鞭をつけ、石川好義は「第一次大衆社会」と名づけていた。鈴木が一九九〇年前後に再定義した）が形成されてゆく。ただし、都市と農村の文化に大きな落差が存在し、一九五〇年代後半からの大衆社会化状況とは質的に区別される。

「円本ブーム」の仕掛け人、改造社社長・山本実彦（右）と横光利一（昭和3年）

この文化的インフラストラクチュアの飛躍的増強によって、文士の経済は一変する。総合雑誌、女性雑誌の文藝欄、商業文藝雑誌、新聞の文藝欄を中心とする文藝ジャーナリズムが盛んになり、職業作家の数が飛躍的に増えてゆく。また「円本」に収録されれば、流行作家でなくとも、かなりの印税を手にすることができ、たとえば正宗白鳥夫妻は一年間外遊(一九二八)し、島崎藤村は借家を、持ち家に代え、息子を海外留学させるなどした。文化主義の風潮の中で育ち、かつ、経済的可能性が拡大したことによって、作家を志す青年たちも格段に増え、翻訳家も裕福になってゆく。

関東大震災後に出された「国民精神作興の詔書」は、一時期、大阪に起こった関西遷都論を押さえ込み、明治維新以来、はじめて東京を政治・経済・文化の中心と位置づけ、同時に大正期に蔓延した享楽と退廃の傾向を戒め、国民の精神的引き締めを目指すものであった。しかし、大正期の享楽主義の中で花開いた谷崎潤一郎らのエロティシズムとグロテスクの美学、そして、デカダンスの傾向は、都市大衆文化の進展の中で、力動感、スピード感に巻き込まれる眩暈を歓ぶ意識や、既成秩序が形づくる価値観を一瞬、脱臼させるナンセンスとともに、全体として低俗化しつつ蔓延してゆく。トリック中心の探偵小説の流行を作り出し、「大衆文学」勃興に一役買った(後述する)江戸川乱歩も、のちに自身、述懐するように、この年ころから、そのエロティシズムとグロテスクリィを大衆に迎合させせはじめる。

他方、大正期半ばから小作争議が増加、大杉栄らのアナルコ・サンディカリズムの影響下に労働条件をめぐる闘争は減少しつつ先鋭化していたが、大逆事件(一九一〇)後、ほとんど押さえ込まれていたマルクス主義の勢力は、マルクス・レーニン主義に立つ非合法政党、日本共産党を一九二二年に結成、普通選挙実現(一九二四年に公布、遅れて治安維持法公布)に向けた政治運動の中で次第に勢力を整え、ルカーチの『歴史と階級意識』(一九二三)、すなわち「歴史の必然性」を洞察することにより、知識人もプロレタリア革命運動に参加しうるという理論に依拠して、知識人による強固な前衛党建設を目指す福本和夫の指導のもとに、知識階層は没落すべき階級として運命づけられているとした従来の決定論、宿命観を払拭し、関東大震災(一九二三)の混乱に乗じて、官憲によって大杉栄らが虐殺され、指導者を失ったアナーキストの勢力に対してアナ・ボル論争を展開、彼らを蹴散らし、かつ、合法的な文化運動に力を注いで、若き知識層に広範な影響力を及ぼしつつあった。

また、文化相対主義の国際的な機運は、日本の知識人の間に「日本固有」の文化への関心をさらに高めてゆく。日本文化の総体をつかもうとする試みは、世紀転換期の機運を受けた藤岡作太郎らによって、その端緒が開かれていたが、大正生命主義(後述する)の渦の中で、「日本の文化について」(『偶像礼賛』一九一八)において、日本の仏教美術に生命力の発現を見ていた和辻哲郎は、津田左右吉の古代史論に触発され、それに批判的検討を加えつつ、古代から中世にかけて仏教がはたした役割へと考察を進め、この年、『日本精神史研究』を刊行した。そこには「日本民族」の精神史を貫く「根源」が想定されており、『ものの あはれ』について」では、元禄の町人文化のただ中で発想された本居宣長の「物のあはれ」を抽象化し、『万葉集』にも通じるものへと転じている。

これに対して、折口信夫は、西欧近代の言語藝術を意味する「文学」概念に立ち、神事から切れることにその成立を見る立場から、それ以前の、したがって神事における文学的要素の発生をさぐる論考を「国文学の発生（第一稿）」（一九二四）に開始し、沖縄の習俗なども参照しつつ、その根を道教流入以前の「生命の寿ぎ」に見定めようとしていた。折口は、この年、「短歌本質成立の時代」において、『古今和歌集』から『新古今和歌集』の「幽玄体」へと論議を進め、そこに言葉の〈影・幻を駆使すること〉、また〈歌と神仏との神秘関係〉の再考察があることなど指摘しながら、しかし、そのような歌は少ないとし、単調を嫌い、調子を張りつつ曲折を求める技巧が基本にあったと見て、技巧過剰の欠点を指摘している。このころ上がりはじめていた幽玄体賛美の声を意識したものである。

これら古典評価の新たな動きは、ヨーロッパにおける前期モダニズムに対する評価と交錯しつつ、松尾芭蕉の俳諧や南画再評価の動きと重なりながら、この時期から戦時中にかけて、岡崎義恵『日本文藝学』（一九三五）、風巻景次郎『新古今時代』（一九三六）などを生み出し「日本的象徴」すなわち「中世的なるもの」、ワビ、サビ、幽玄とする大きな日本文藝・文化論のうねりを生み出してゆくことになる。

なお、この年に特別なことは、元号でいう「大正」が終わりを告げ、年末の七日間が「昭和」となることだが、大正十年から「昭和天皇」が、執政の宮として事実上の天皇の役割をはたしていたから、「明治」の終焉のときほど、天皇の代替わりは衝撃を生まず、政財界から大震災を享楽と退廃、そして相次ぐ争議の季節に対する「天罰」と受け止め、精神的な引き締めが叫ばれていたこともあり、「大正」という一時代区分を振り返る機運は生じなかった。それに代わるかのように、明治維新以降の日本の歩みを総括する問題意識が論壇一般に生じ、とりわけ台頭著しいマルクス主義陣営によって、やがて、明治期以降を日本の「近代」とする歴史観が提出されてゆくことになる。

3、文藝思潮　日露戦争後、民衆や女性の解放機運の高まりは藝術全般において、『赤い鳥』などのハイカラな児童向け雑誌の刊行、北原白秋の童謡運動などを盛んにし、また、明治中期から圧さえ込まれていたエロティシズムやグロテスクの表現も西欧近代の美意識を取り込みつつ開放に向かった。また、社会主義の理念を文化論的に展開した民衆藝術論も盛んで、その流れに触発されて、「時代物」を主流とし、探偵小説をも巻き込んだ「大衆文学」運動が登場する。これによって、二〇世紀初頭から都市の若年勤労者を中心に圧倒的な人気を誇っていた大阪版の講談速記や「立川文庫」——立川《たつかわ》文明堂刊行の赤いポケット版で、浪曲に圧された講談師がはじめた「書き講談」の一種。猿飛佐助など架空の人物が活躍するものもあり、その点で講釈、講談と根本的に異なっている。とりわけ忍術ものは少年たちの間にブームを起こした——は凋落を余儀なくされ、出版の流れを大きく変化させる。「大衆文学」の勢いは同時に、従来、大勢の僧侶を意味した「大衆」の語の意味を〝mass〟の訳語へと転換し、広範に定着させた。その画期をなすのが、この年である。（なお、その意味での「大衆」の語の創始は消費者運動を展開した高畠素之が主宰した雑誌名に認められ、山川均に引き継がれるが、これらは流布したとはいえない。）

他方、モダニズム藝術運動が文藝の領域にも、より盛んになってゆく。突然変異こそが生物進化の原動力という学説を文化論に展開したフランスの哲学者、ベルクソンの「生命の飛躍」による創造発展という思想を、それぞれに受け止めた前期モダニズム運動が一九一〇年代のヨーロッパ各地で活発化していたが、大戦後には新たにフランスに起こったシュルレアリスムがそれ以前からのドイツ表現主義、ロシア・フォルマリズム、大戦中に起こったダダなどとともにヨーロッパ、アメリカ、アジア各地に広まるが、左翼思想との結びつきが強まるのが、この時期の特徴である。日本では一九一〇代から美術と詩に未来派や立体派の実作の動きが散発的に出ていたが、一九二三年にドイツから帰国した村山知義の刺戟で各都市で活発化し、演劇や小説にも拡大、短歌、俳句界の一部にも影響を与えてゆく。正岡子規門下から出て、高浜虚子と袂をわかって、一時期、「自然主義」を名乗り、心理描写を試みた河東碧梧桐は、このころ、季語を捨て、自由律で感情の波動を言葉のリズムに託す表現を「詩」と称し、短歌と俳句の境の撤廃を唱えもした。葉山嘉樹ら『文藝戦線』の新人たちにもモダニズムの表現をそれなりに取り入れようとする痕は明らかである。

コミンテルンの左翼インターナショナリズムを日本に持ち込んだ小牧近江らによって一九二一年に創刊された『種蒔く人』が、震災後、廃刊となったあとを受けて、一九二四年に『文藝戦線』創刊。一時休刊後、この年六月に再刊、青野季吉が理論的指導者となり、福本イズムの影響を受けつつも、なお、左翼統一戦線的な色彩を保って、勢力を拡大、この年から翌年はじめにかけて、葉山嘉樹、林房雄、黒島伝治、平林たい子ら多くの新人が、ここから出発する。が、翌二七年六月に「プロレタリア藝術連盟」の分裂に伴い、その性格を大きく変える。

そして、新興藝術の機運は片岡鉄兵、横光利一、川端康成らの『文藝時代』の創刊（一九二四）を生む。彼らは新たな世界観の表出を目指して、比喩表現を駆使した文体や新奇な作品構成の実験を繰り返し、文藝批評家、千葉亀雄によって「新感覚派」の名称を与えられ（一九二四）、文学青年たちの間に注目を浴びていたが、彼らの主張は、大正生命主義の残影を色濃くとどめた片岡鉄兵「若き読者に訴ふ」（一九二四）や川端康成

「新進作家の新傾向解説」（一九二五）と、表現の物質性を前提とし、感覚を知的に処理して象徴表現とすることを訴える横光利一「感覚活動」（一九二五）との間には根本的な相違が認められる。またマルクス主義に対する態度にもちがいが生じて、翌一九二七年五月で、この同人雑誌は廃刊する。この年、別の動きとしては、若くして神戸、大阪でダダ的な絵画運動に接してきた稲垣足穂の『星を売る店』が刊行された。

総じて、この年の文藝状況全般の特徴としては、「大衆文学」を名乗る文藝運動が大きな勢力として登場し、瞬く間にマス・ジャーナリズムの中枢に踊り出たことがまず特記すべきであり、ついで「プロレタリア文学」運動には新人の登場が活発化したこと、『文藝時代』が注視を集めつづけたことがあげられよう。もうひとつあげるべきは、学生らの同人雑誌の活況である。これは一九二〇年代前半の文藝界の特徴をなすもので、この年には中野重治、堀辰雄らの『驢馬』（四月）、百田宗治の詩誌『椎の木』（十月）が創刊されている。これは高等教育の普及と文化主義の高まり、商業主義への反発、様ざまな藝術思潮の高揚などが相乗的に働いた結果であろうが、文壇や文藝ジャーナリズムが、従来の機能を果たしえなくなっていたことの証左でもある。そして、これらの新しい動きは一九一八年前後に再編された大正期の「文壇」を一挙に突き崩した。

4、大正文壇の崩壊　日本における文壇形成は、一九一〇年ころ、人文学を意味する広義の「文学」に対して言語藝術としての狭義の「文学」観念がようやく定着した時期に（ただし、「文学」の広義と狭義の重層的使用は昭和戦前期まで続いた）、その社会的地位の向上が政府・文部省側から要請されたことも手伝って形づくられたものだった。ロマンティックな理念に立ちつつ、市民社会の矛盾をリアルに描く尾崎紅葉や広津柳浪、あるいは心情の真実を幻想世界に架ける泉鏡花ら硯友社系の作家集団に対して、「自然主義」を標榜する勢力が台頭し、その関心の焦点を社会の暗部から人間の「内部の自然」、すなわち性慾へと絞ってゆくにつれて社会的非難にさらされたことが、その契機となっていた。そこでいう「自然主義」は西欧の文藝上のナチュラリズム――創造的で想像的な、というロマンティックな価値観を保持したまま、科学的ないしは客観的な写実主義の手法で社会矛盾を告発するもので、広い意味での社会主義への傾きをもつ――の流行を受け止めつつも、伝統的な「漢詩文」の経験主義と真情に価値を置く「国学」の理念を受け皿とすることによって、「創造的で想像的な」という価値観を極度に薄れさせ、実景の描写と実感の吐露をもって実質的な理念とし、「事実をありのままを書く」という命題を中心に文藝ジャーナリズムの主流を形づくり、新たに起こった享楽主義や退廃的傾向をも伴う美意識による谷崎潤一郎や芥川龍之介、また佐藤春夫らを「新技巧派」として排撃しつづけた。その根にあるのは早稲田大学系と東京帝国大学系との軋轢である。というのも、実際のところ、「自然主義」の理念は、上記のような日本的な変容をこうむっただけでなく、「意識」のあるがままに着目する世紀転換期の新しい哲学の流入によって、田山花袋にしてからが「事実ありのまま」から「見たまま聞いたまま」へ、そして「主観と客観の一致」などへとその主張を転換していたように、客観的事実ないしは科学的認識の仮想を揺さぶられており、早くも一九一〇年以前、「自然主義」の代表作と目された『耽溺』（一九〇九）の作者、岩野泡鳴は『神秘的半獣主義』（一九〇六）を著していたし、「自然主義」の唱道者の一人である島村抱月は「文藝上の自然主義」（一九〇八）などに「新自然主義」もしくは「純粋自然主義」の語を用いて、一種の象徴表現の方法を示していた。それらは一切が「宇宙大生命」の現れとする生命中心主義の世界観と、その「生命」の象徴を書くとする表現観を、それぞれ独自に、いち早く表明したものであり、早稲田派からも生命主義の表明が多々なされていた。以降印象派の絵画などに触発された小川未明も、そのひとりである。

この大正生命主義の世界観は、明治期に生物進化論が儒学や仏教を受け皿にすることで、かなり漠然としたものではあるものの、キリスト教圏やイスラーム圏よりも広く定着したことを基盤にし、日露戦争、軽工業の大工場化と重化学工業化、都市の膨張など近代文明の急速な展開の中で、その弊害がもたらす生命の危機感をバネに、魂の救済や地上の救済を求める宗教感情の広がりが生み出したものである。世紀転換期のヨーロッパやアメリカの「意識」の哲学の影響を受け、「直観」による本質把握、主客合一ないしは自然との合一の理念、宇宙の根源としての「生命」、その人間への現れとしての「内部生命」などの諸観念を共通項としてもち、禅ないしは陽明学、あるいは仏教など東洋の伝統思想と混交しつつ展開したことが日本的な特徴をなす。大正生命主義は、さらに、そこにベルクソンの「生命の飛躍」の観念やドイツの「生の哲学」が流入し、様ざまな傾きを見せながら、大きな潮流となったが、自我観としては自身を「宇宙大生命」の現れと実感し、その自由を求め、一切の制度や秩序をものともしない勇猛なものから、この宇宙でたった一つの「生命」という実感、すなわち寂しさに充実を感じるものまで、表現観としては「内部生命」を、いかに表出するかという方法論から、どんな些細な表現も根源的生命の表出として意義をもつとする考えまで振幅をもつ。武者小路実篤や有島武郎ら雑誌『白樺』に集った人びと、高村光太郎、北原白秋、室生犀星、萩原朔太郎、宮沢賢治、神原泰ら詩人たち、斉藤茂吉、若山牧水らの歌人たち、大杉栄、平塚らいてう、倉田百三らに一貫して、あるいは、その一時期に認められる。ただし、たとえば一九世紀的なドイツ観念論美学に立ち、自我底に活動する「肉体」を見るものの、それを「宇宙大生命」の観念と結びつけるにはいたらない与謝野晶子の思想など、その周辺に位置づけられるものも多い。

生命主義の思潮は合理主義ないしは機械的唯物論思想からは、神秘主義ないしは観念論として容易に退けられるはずだが、自然科学の領域でも超常現象への関心が強まっていたこともあり、またメーテルリンクらのヨーロッパのネオ・ロマンティシズムが神秘と科学の結びつきを説き、また新興藝術思潮とも密接に関連するものであったために、当時において、文藝や美術の領域で、これを正面から批判したものは極めて少ない。広津和郎が「神経病時代」（一九一七）などで「性格破産者」をとりあげ、当時の知識人を戯画化した契機には、ベルクソンの思想や

大正2年、フランスへ旅立つ島崎藤村（中央）と田山花袋（左）

「生命の無限の成長」に対する信頼が流行していることに反発があったと、のちに明かしているくらいではないだろうか（『神経病時代・若き日』後書き、岩波文庫、一九五一）。

島崎藤村も「自然主義」と目されながら、実は早くから生命主義への傾斜を示していたが、『新生』（一九一八）は、スキャンダルになることを覚悟で道徳的非難を免れようもない自身の恋愛を懺悔する「私小説」だった。それらに対して、やはり「自然主義」の延長と目されてきた宇野浩二や近松秋江らの「私小説」には、大正生命主義の刻印が認められない。これらは田山花袋『蒲団』（一九〇七）に発する、片思いにもだえる自身の似姿をセルフ・パロディとして描く方向の延長線上にあり、谷崎潤一郎「幇間」や「秘密」（ともに一九一一）などと隣あわせの関係にあり、かつ、吉井勇の歌集『酒ほがひ』（一九一〇）収録の「われと堕ちおのれと耽り楽欲の巷を出でぬ子となりしかな」「すてばちの身をたはれ女の前に投ぐわが世のすべて終りたるごと」など、祇園を出られなくなってしまった己れを嘆く短歌と同じ姿勢をとるものだった。

この流れは赤木桁平という国民道徳の番人に「遊蕩文学の撲滅」（一九一六）を叫ばせもしたが、知識人の下降意識、すなわち倫理的デカダンスによる自己戯画化、セルフ・パロディの姿勢が明らかである。このように実質的には変容し、まるで形骸化した「自然主義」の理念が文壇主流の位置から滑り落ち、佐藤春夫や芥川龍之介らが、そして、同人雑誌『白樺』から出

た武者小路実篤や志賀直哉らが文藝ジャーナリズムの主流に踊り出たのが、一九一八年前後の大正文壇の再編成にほかならない。それゆえ、それは文藝思潮の実質的な交代を意味するものではなかった。それと島崎藤村、田山花袋、徳田秋聲、正宗白鳥が「自然主義」を築いた作家として尊敬されつづけたこととは、まったく別のことである。

田辺元「文化の概念」(『改造』一九二三年四月号)は〈生命の創造的活動を重んずる傾向〉を〈生命主義〉と呼び、それを自然征服観の克服として正当化しつつも、その闘争的段階を〈実践理性の合法的活動〉の段階へ引き上げることを提案している。大正期の労働運動や小作争議の底にも「生命力」の自由な発現を認めての言だが、もしそうだとするなら、享楽主義や社会秩序を桎梏と感じて投げやりな退廃に染まるデカダンスの傾向とともに、震災後の「天譴論」や「国民精神作興の詔書」が非難していた精神的傾向の全般に大正生命主義が潜んでいたことになるだろう。そして、その風潮が科学的社会主義を標榜する「マルクス主義」の台頭も手伝って、それほど表に出なくなってくるのが、この年、すなわち一九二六年を前後する時期である。ただし、倉田百三『出家とその弟子』(戯曲、一九一七)や賀川豊彦『死線を越えて』(一九二〇)など生命主義の刻印をもつ大正期のベストセラーズは一九三〇年ころまで女性雑誌のアンケートなどではトップの座を占め続けており、ひきつづき賀川豊彦『生命宗教と生命藝術』(一九二七)、川村理助『永遠の生命』(一九二八)、萩原守衛『生命の藝術』(一九二八)、松浦一『生き行く力としての文学』(一九三二)など刊行され、教育界などにはさらに拡散してゆく現象も見える。

『善の研究』(一九一一)で、大正生命主義に哲学的大系を築いた西田幾多郎も『道徳と藝術』(一九二三)あたりまでは、その生命主義哲学による藝術論が見られるが、『働くものから見るものへ』(一九二七)で「場所」の論理への転回が訪れる。

『白樺』が一九二三年に廃刊となったのちも、武者小路実篤は彼の観念世界を戯曲や小説に展開する作風を続けていたが、この年、急激に転じて、天才画家が妻の姦通に対する猜疑と嫉妬、そして精神錯乱にいたる過程をリアルに書いた戯曲『愛慾』(『改造』一月号、改造社刊)と、その続編「或る画室の主」を発表する。『愛慾』は大ヒットしたが、翌年からは、のち自ら回顧していわゆる「僕の失業時代」、偉人伝を小説風に書いた読み物で糊口をしのぐ時期に入る。志賀直哉も、この年、「山科の記憶」にはじまる姦通に対する心理的波紋を書く短篇を書きつぐが、翌年の「邦子」(『文藝春秋』十月、十一月号)をもって、長い休止期間に入る。

芥川龍之介も一九二六年前後には、かなりの理念と作風の転換を強いられていた。作家自身が作中にそれとしてその姿を登場させることなく、自身の感想や心境などを随筆的に開陳する「心境小説」に大きく傾いていた。そして、『河童』(一九二七)に描かれたアンチ・ユートピアでは、「生命の木」が奉られ、

↑芥川龍之介「沙婆を逃れる河童」
←芥川龍之介最後の写真。改造社版円本全集宣伝映画のフィルム

「食へよ、交合せよ、旺盛に生きよ」が教義とされ、メスの河童がオスを追いかけ、食らう。これが、芥川龍之介が最期に描いた大正期知識層の風俗戯画以外であろうはずがない。一九二一年、物理学者、石原純と原阿佐緒の歌人同士の恋愛、伯爵家の出の歌人、柳原白蓮と東京帝大の「新人会」に属する左翼活動家、宮崎龍介との恋愛事件、一九二三年、有島武郎の情死事件や武者小路実篤夫妻の「四角関係」、そして、宇野千代と尾崎士郎の同棲などがスキャンダルとなった裏には、女性の側の積極性が明らかだった。それは芥川龍之介自身が経験したことでもあった。それもこれも含めて、『河童』は大正文壇が崩壊に瀕しているという実感が生んだ作品だったかもしれない。

そして、転換は宇野浩二や佐藤春夫にも訪れていた。宇野浩二は「夢見る部屋」（一九二二）で、フランスのロマンティシズムに憧れてきた精神が都会文明の中で死に瀕していることを告げていたが、「『私小説』私見」（一九二五）では、かつて随筆的な「心境小説」を小説ではないと退けていた立場を変更して、〈桁の外れた幾分無茶な私小説〉としつつも、葛西善蔵の「椎の若葉」（一九二四）あたりを称賛し、日本人にはバルザック型の小説は無理でも、松尾芭蕉の世界なら実現しうると論じている。だが、彼の精神は、ほどなく病む。そして、その饒舌体によるセルフ・パロディの系譜を引く牧野信一は、創造的な小説を目指しながら「私小説」しか書けずにいる己れを嘲笑する「蟬」（一九二四）などを書く。

佐藤春夫の場合、『田園の憂鬱』（一九一八）の一部に記された心境を拡大して「『風流』論」（一九二四）とし、ボードレールと松尾芭蕉を同列に並べて、「自然との合一」の瞬間の感興を文字に書き留めることを理想とする。〈人間意志の紛糾を極めた葛藤を凝視し、それを組み立てるところに意義のある近代小説〉を超える、それこそが新時代の文藝の行方となるはずだった。しかし、彼は、この年、モダニズム風の小説の試みに移行し、やがて、「壮年者の文学」（一九三〇）では、大正末期の自身を若くして文壇に出たゆえの「老成」と反省し、積極的に社会の中で働くべきだと唱えるにいたる。佐藤春夫が『田園の憂鬱』から「都会の憂鬱」（一九二二）を経てモダニズムへとステップを踏んだとするなら、その影響を受けつつ、梶井基次郎は、同人雑誌『青空』を拠点に、志賀直哉風の「心境小説」のモダニズム化の道を歩もうとする。

5、四つの文藝運動の台頭　このように見てくるならば、この年を前後する時期に「藝術」性にかける小説表現に起こったことは、これまで「自然主義」の延長として考えられてきた「私小説」ないしは「心境小説」の凋落ではなかった。西欧ロマンティシズムに発する「私小説」の多くは、知識人の下降意識やデカダンスによってセルフ・パロディへと屈曲し、すでに東洋的な境地の象徴表現に藝術性を求める「心境小説」に道を譲っていた。そして、その流れもさらなる変容に見舞われていた。それは、二〇世紀初頭の日本に形成された「大正生命主義」の流れが、「内部生命」の表出から、表現の物質性を重視するモダニズムへと大きく転換してゆく過程だった。

したがって、この時期の文藝界は、モダニズム文藝運動と「大衆文学」内部の「時代小説」と「探偵小説」、そして「プロレタリア文学」という四つの文藝運動が並存する状態にあったととらえるべきである。「時代小説」と「探偵小説」は「捕物帖」において結合し、また、その双方に、モダニズムの一つの要素として考えてよい、既成の価値観の脱臼を狙うナンセンスが浸透している。たとえば林不忘「丹下左膳」シリーズ（一九二七〜二八）がそうであり、雑誌『新青年』には探偵小説仕立てのナンセンス・コントがいくらでも拾える。「プロレタリア文学」運動の中にも、モダニズムの表現が見られることは先に述べたが、「時代小説」の流れも貴司山治『忍術武勇伝』（一九三〇）として登場するし、葉山嘉樹や岩藤雪夫らは階級的社会観の色濃い「探偵小説」を書いてもいる。モダニズム文藝運動も「探偵小説」とは無縁でなく、横光利一「機械」（一九三〇）や梶井基次郎「Kの昇天」（一九二六）「ある崖上の感情」（一九二八）は、明らかに当時の「探偵小説」を意識している。

それから、もう一つ、当時「プロレタリア文学」が積極的に採用したルポルタージュの手法が、他の三つの運動に浸透してゆくのも無視できない。要するに、これらの四つの文藝運動が相互に浸透しながら昭和初年代の文藝界は展開してゆくのである。したがって、この時期の文藝表現は、これまで論じられてきたような「既成リアリズム」、「プロレタリア文学」、「新感覚派」ないしは「新興藝術派」という「三派鼎立」（平野謙）の図式でも、「新感覚派」的な表現が「プロレタリア文学」にも浸透していることを指摘して、それに訂正を加えるもの（吉本隆明『言語にとって美とは何か』一九六五、なお、伊藤整「新感覚派」、『新潮日本文学小事典』一九六八も、これを指摘）でも、とらえることができない。どれも「大衆文学」の勃興とその影響を無視しているからである。

しかし、ここに述べたのは、既成の図式より有効なものとはいえ、あくまでも分析のためのスキームにすぎない。実際の文藝シーンは、もっと複雑に多様に展開していることはいうまでもない。その一例として、野上弥生子「大石良雄」（『中央公論』九月号）をあげてみたい。「忠臣蔵」の事件にはいくつもの謎があり、様ざまな解釈が飛び交ってきたが、この作品は仇討ち事件の裏の財政に目をつけたことで知られる。史実に考証、解釈を加えて小説に仕立てることは、徳川時代にはじまり、講談、実録物、さらには架空の人物が活躍する西欧のヒストリカル・ノヴェルの影響を受けながら明治、大正期を通じて進展してきた。この作品では大石良雄の心理に分け入り、それも武士が仕えるべきは主君か公儀か、という板ばさみはあっさりと片付け、周辺の人物たちともども忠義対エゴイズムの図式で解釈されているところは、「仇討ち」が「復讐」と言い換えられていることとともに、いかにも大正期をくぐった「歴史物」らしい。妻の挙動はもとより、謡や花の趣味など、武家の生活史もたくみに取り入れられているが、人物はすべて歴史上の人物、場面のほとんどが想像力による虚構という形式が、芥川龍之介の歴史小説群より徹底している。この形式は、日本に特徴的なもので、やがて第二次大戦後にかけて大きく発展する日本に特徴的な歴史小説の形式である。なお、「時代小説」という呼称が安定して用いられるようになるのは、「通俗小説」（当代風俗小説）が「大衆文学」の一部に組み入れられる一九三〇年から三五年ころのこと、また史実の再現に力を注ぐ「歴史小説」が「純文学」に属するものとされるのは一九六〇年代初頭の「純文学変質論争」によって「純文学」対「大衆文学」という図式が確立して以降のことだが、娯楽性の多寡で小説を二分すること自体に無理がある。この作品も第二次大戦後にいう、肩が凝らずに楽しめる良識的な「中間小説」（和田芳恵）に相当する。

二、作品解説

1、小説・戯曲

横光利一「ナポレオンと田虫」　このグロテスク、このナンセンス。大正十五年の文藝界の劈頭を飾るにふさわしいのは、この全篇、痒い、痒いに終始する作品だ。明治の青年たちには栄光のヴェールに包まれていたナポレオン・ボナパルトを、若気の才気にまかせて、かくまで見事に愚弄しえたのは、「科学」の名の下にざっくりと歴史を割り切る唯物史観が、ロシア革命の成功という余勢を携え、アジア東端の島国に流れ込んできていたゆえのこと、もうひとつ一切の秩序や権威を破壊するダダの息吹も、それを後押ししただろう。

佐藤春夫「FOU――一名、おれもさう思う」 世の価値観や秩序をはみ出てしか生きられない人を、秩序の側は「気ちがい」扱いする。一人の人間がすっかり幸福でいられること自体が、すでにして「気ちがい」扱いされなければならない世の中を、そして、そこに住む読者たちを佐藤春夫は優しく告発する。『田園の憂鬱』でハイカラなメルヘンと芭蕉の世界に精神の救済を求めた作家は、舞台を当代のパリに移し、一人の日本人画家が誕生するまでを、モダン・ナンセンス小説に書いた。

横溝正史「広告人形」 今でいえば「着ぐるみ」に入って街頭でチラシを配る宣伝マンの話。夜の都会の雑踏が珍しくなった時期ならではの趣向で、口語体のモダンな風俗小説だが、人形に入って、自分の正体は人に知られずに、他人を観察する一種の覗き趣味が「探偵趣味」のひとつ。落ちがついて、ナンセンス・コントの典型になっている。横溝正史は、この翌年から『新青年』の編集長となり、渡辺温とコンビで、一九二〇年に農村の若者向け総合雑誌として出発したこの雑誌をモダン・メンズ・マガジンに変えてゆく。

佐々木邦「主権妻権」 増加しつつあるサラリーマンが多く近郊に住まいを持ち、核家族を営んだことを背景にして、アメリカ帰りの同僚夫婦が互いを名前で呼び合う風習が「開明的」とされ、夫が威張ってはいても、実態は「妻権」が上という夫婦関係をユーモラスに書く。頻出する「女にのろい」は「女に甘い」の意味。佐々木邦はマーク・トウェイン作品の翻訳を手がける一方、自身も風刺・皮肉ではない、明るい諧謔小説の開拓に励み、総合雑誌、女性雑誌誌上で活躍。

片岡鉄兵「綱の上の少女」 「私小説」形式で、最後の場面に暗喩を駆使した「新感覚派」らしい記述を器用に配しているが、全体は古風な因縁噺を「プロレタリア文学」に、また殺人奇譚すなわち探偵小説に仕立てたような作品。赤い風船が怖い。

露伴学人（幸田露伴）「島の為朝」（のち「為朝」） 幸田露伴は、もうすぐ六十歳に手がとどこうとしている。「学人」は明治末に文学博士となってからの号で、大正期は、ほぼ近世の文献と中国史に取り組んで過ごした。この年、もう一つ、中国史譚「活死人」がある。日本の武将ものは「平将門」（一九二〇）「蒲生氏郷」（一九二五）、「武田信玄」（一九二七）など。文献批判に講釈の冗語や当世批判を折り混ぜ、歴史叙述の余白を想像たくましく語る。武具に細かくこだわり、海洋民への理解も鋭く、八丈島の名の由来を説き、琉球王朝の伝説に結びつける条に面目躍如たるものがある。これも創作欄に掲載されていた。

宮嶋資夫「山の鍛冶屋」 一〇五頁下段の「友子」は徳川時代に発する鉱山労働者の治外法権的結束のこと。舞台は足尾だろうか。「プロレタリア文学」は題材を社会の底辺に求め、荒い言葉を会話に持ち込んだ。

正宗白鳥「安土の春」 内村鑑三のキリスト教思想やロシアの虚無思想などにふれ、突き放した飾らない文章で人間の魂のその奇怪さに関心を示しつづけた正宗白鳥は、震災後、小さな劇団、新劇協会のために戯曲をたてつづけに書いた。これもそのひとつ。のどかな春の日に信長が登場するや、突如、惨劇の場面が現出する仕掛けも鮮やかに、神も仏も恐れぬ胆力の持ち主が「人間は脆いもの」と繰り返すのが印象的だ。若い者たちの恋云々は、震災後の時世の変化を写したものだろう。四郎兵衛の心に、たちまち、陰惨な欲望がわいたことが示され、のどかな鶯の声と対照させて幕となる。

志賀直哉「痴情」 冒頭に一行〈これはすでに過去の記憶だ。自分を彼と書くのが適はしい〉と記した「山科の記憶」(『改造』一月号)にはじまり、妻を愛しながら、別の女に執着する男の心理を内側から書く連作の一つで、この一篇には妻の真剣さに折れて、女と別れたときの様子が綴られている。回想記形式の「心境小説」だが、高い境地が書かれるわけでなく、題材は大正期「私小説」のそれ、つまり痴情の行方にとられ、自分の気持のままが貫けないディレンマに置かれた場合の心理が、ためつすがめつ書き込まれているところが、この作家らしい。なお、この連作は、翌年、藝術と家庭の板ばさみになる主人公を設定し、妻の自殺に終わる短篇「邦子」にまとめなおされる。

里村欣三「苦力頭の表情」「私小説」形式の「プロレタリア文学」。「労働者に国境はない」という信念が通じた話。

永井荷風「貸間の女」(のち「宿り蟹」を経て「かし間の女」)震災前後の時勢の変化を背景に、知り合った学生に溺れ、旦那に貸間を借りさせて通じつづけ、露見するや、あっさりわびて別れると告げる女性を書く。この時期の荷風は随筆に力を入れ、小説にはめぼしいものがないというのが通り相場だが、美貌を武器に男をあしらう術を身につけ、生き抜いてゆく女をフランス・ナチュラリスムに学んだ練達の筆で軽く彫り出している。伏字箇所などは『荷風全集』第七巻(岩波書店、一九六二)「解題」に委る。

林房雄「繭」 初心な作文めいた装いの「私小説」形式の作品だが、資本制社会の仕組みをこれほど見事にわかりやすい比喩で語ったものもない。組合活動のオルグに、ちょっと屈折した陰影がつけられているのも特徴。「上」の終わりに、語り手の都合を明かす草子地が見える。牧野信一「鱗雲」における「語りの自己言及」との差異を見届けられたい。

梶井基次郎「ある心の風景」 冒頭近くの〈家の額〉などの比喩は新感覚派に共通するが、梶井の場合、新奇を狙う意図はない。〈自然力の風化して行く〉など、およそ小説らしくない用語も散見し、〈昼間は雑閙のなかに埋もれてゐた此の人々は此の時刻になつて存在を現して来るのだと思つた〉と、現象に対する哲学用語「実在」にあたる表現も見える。二〇世紀初頭のウィリアム・ジェイムズによる意識の働きを焦点にした哲学や心理学の影響で流行した「主客合一」「自然との一体化」の心の状態に心の病からの解放を託した「心境小説」。ただし、娼婦との条に見えるように心と現実のギャップも埋め込まれており、自分の意識は消えても病んだ性器はそのまま存在しつづけるという認識が示されて終わる。

吉川英治「鳴門秘帖」　吉川英治の最初の新聞連載小説（挿絵は岩田専太郎）より、その最初の九回分を採った。冒頭、安治川は淀川下流の運河の名。ころは宝暦、唐草銀五郎という江戸の親分が大坂から阿波徳島へ渡ろうとの算段、そこへ女掏摸、見返りお綱と辻斬り、お十夜孫兵衛が登場、幕府隠密、甲賀世阿弥が阿波蜂須賀領に入ったきり、行方不明という、その娘千絵の手紙が披瀝される。千絵に恋して放浪する旗本の子にして美男剣士の法月弦之丞が阿波に潜入するのはまだ先。多彩な人物が入り乱れる、この波乱万丈の物語の幕開けは、さながら「大衆文学」の表舞台への登場を告げるものでもあった。

大佛次郎「照る日くもる日」　大佛次郎の最初の新聞連載小説（挿絵は小田富弥）より、その最初の十回分を採った。ころは幕末、ところはお江戸、秋の嵐の一吹きが前触れ、市谷に町道場を開く岩村鬼堂のひとり娘、お妙の身辺から筆を起こし、場面変わって、市谷堀端での捕り手殺し、武家姿に頭巾の女賊、お銀の登場、そのお銀による道場の隣家への押し込み事件に駆けつける細木年尾。このスピーディーな場面転換につれて、細木年尾はやがて倒幕派の剣士と知れ、易者、白雲堂とともに旗本、加納八郎率いる幕府派の秘密結社と対峙する。大仏次郎は、ついで『大阪毎日』『東京日日』に『赤穂浪士』を連載、それまで「義士」と呼ばれた面々を「浪士」に変え、しかも圧倒的な人気を得る。

谷譲次「テキサス無宿」　ボードビル的なジョークを連発するモダンな饒舌体に載せて、渡米した日本人の様ざまな生態を書くメリケン・ジャップ・シリーズの第一回。レストランの調理場の喧騒の中から電動式皿洗い機の解説がはじまり、博打渡世の日本人に、周囲が一杯食わされる痛快談。シリーズには、文明批判や風刺の効いた短篇もふくまれている。

小山内薫「金玉均」　明治十七年（一八八四）、ソウルにおける一派のクーデター失敗を題材にして、日本政府の変転に振り回されつつも、日本に頼るほかないと判断した朝鮮の革命家、金玉均の信条の板ばさみを書く。この年、三月、築地小劇場は翻訳劇一辺倒の方針を転換し、創作劇を上演しはじめた。

江戸川乱歩「鏡地獄」　自分の身体が歪形し、無限に乱反射する鏡像が精神を狂わせる。前年、牧野信一の同題名の短編と読み比べられたい。当時の探偵小説は、こんなテーマにも挑んでいた。東京、大阪両『朝日』は、大正十五年暮れから翌年三月まで江戸川乱歩「一寸法師」を連載。途中で衣笠貞之助による映画化の企画がもちあがる。こうして探偵小説もろとも「大衆文学」は、あっという間に日本文藝の主役にのし上がってゆくが、乱歩は低俗に迎合してゆくのが不本意で、一九二七年三月から休筆。「大衆文学」運動に巻き込まれたことが、乱歩の歩みを乱れさせたというべき。

広津和郎「山鳩」　明治四十年ころを回想した随筆的作品。一九二〇年ころまでなら「小品」という部類に収められてもおかしくない。渋谷も目黒もまだ郊外、中学生のステイタスも第二次大戦後とはまるで異なっていた。雌雄の山鳩の結びつきは、「比翼」のイメージとともにクロポトキンの相互扶助の思想が広がった時代背景を想い起こさせる。

葛西善蔵「酔狂者の独白」　葛西善蔵、最晩年の一作で、嘉村礒多が口述筆記したもの。冒頭の一文、文法的には奇妙なものだが、〈今日も〉のあとに、三段目に出てくる〈現在の煩はしさを忘れられるもの〉を求めて、を補う気持で読めばよい。特に初めの方、人称、文末の乱れが甚だしい。「酔狂者の独白」にふさわしいものにしたと判断される。といっても、すぐに〈現在の煩はしさを忘れられるもの〉に酔う話ではなくなり、あるいは境涯を振り返ってみるつもりがあったかもしれないが、生病苦と生活苦にがんじがらめになって喘いでいる作家の心境の打ち明け話となり、最後は「おせい」と別れたいきさつの報告で閉じられている。「椎の若葉」や「湖畔手記」あたりでは、生命感が表に出ているが、この作では、ところどころに滑稽味が漂うものの自嘲と自己憐憫に終始している。途中、葛西善蔵の「私小説」を続けて読んでいる者でないと、具体的なことは皆目分からないような固有名詞などが頻出する。初めの方から拾ってゆくと、「建長寺」は一九一九年暮れに東京から鎌倉に移って、その宝珠院に住んだときの話で、妻はすでに善蔵の郷里、弘前に帰っていた。一九二四年秋から、『改造』の世話で、日光湯本の旅館に泊まって「湖畔手記」などを書いた。一九二五年より、東京、世田谷三宿に暮らしている。鎌倉時代に面倒を見てくれた浅見ハナ（作中「せい」）との間に、前年生まれた三女、ゆう子（作中「ユミ子」）と一家を構えたが、すでに、その「おせい」にも去られている。七八年前の温泉場とは長野県別所温泉で、『子をつれて』（一九一七）出版後のこと。「弱者」は『新潮』一九二五年八月号掲載。肺結核は一九二三年ころから発熱。「先生」は徳田秋聲で、一九〇八年から師事。「埋葬そのほか」は一九二一年の作。

瀧井孝作「結婚まで」　瀧井孝作は俳人として出発、碧梧桐門下に入る。一九一九年、『改造』記者となり、志賀直哉を知って生涯の師と仰いだが、それ以前、中国古典に学んで経験の記述をもって「文学」の正道とする精神を固め、能楽から引き締まった記述を身につけていた。一九二一年から文藝雑誌や総合雑誌の文藝欄に、吉原の藝者、榎本りん（作中では松子）と結婚し、結核で失うまでを連作として発表しつづけていた。この翌年に『無限抱擁』として刊行する。セルフ・パロディやスキャンダラスな「私小説」とは異なり、ストイックな精神で恋愛の過程を書いて文学青年たちの好感を誘った。この作品では、その後、妻を失ったのち、志賀直哉に従って、我孫子、京都と居を移し、関東大震災を前後して、篠崎リンと知り合い、志賀直哉の媒酌で結婚するまでを書いている。単行本は一九四〇年に刊行。この作品と志賀直哉の「山科の日記」にはじまる連作の完結により、大正期「私小説」および「心境小説」の流れは一旦消える。

藤森成吉「何が彼女をそうさせたか」　藤森成吉は、青春期の矛盾葛藤に傷つき苦しむ青年が伊豆大島の純朴な風俗に救われる小説、『若き日の悩み』（一九二〇）で人気を博してのち、理想主義から社会主義に接近、この年には「磔茂左衛門」（『新潮』五月号）、「犠牲」（『改造』四、五月号）を発表。後者は敬愛していた有島武郎の情死事件を扱ったもので上演禁止、『改造』五月号は発禁処分となった。藤森の小説、戯曲とも類型的にすぎることは誰しも認めようが、この作品には人びとの偽善の類型がよく重ねられており、築地小劇場のレパートリーに加えられ、その題名が人口に膾炙した。

牧野信一「鱗雲」　創作が書けず、少年時に味わった村の凧揚げの狂騒を追憶することだけを憂さ晴らしとする作家が、凧を作りに郷里へ帰ったものの、その凧の記憶もおぼろげで、夢を追うことすらも気持を滅入らせるばかり。途中、凧が、またそれが化けたボーフラの幻影が、語り手の「私」を嘲笑する対話が展開したり、突然、幼児の記憶がまざまざと甦ったり、語り手の語り、及び書き手の記述の計画が変更したことを告げる条（「語り」の自己言及と進行中の「この小説」に対する書き手の言及）がそれぞれ一箇所ずつさしはさまれ、神経を病んでいる語り手の意識さながらに饒舌な語りが進みゆく。当時の追い詰められた知識層の内面を語りにまで響かせた作品。

平林たい子「投げすてよ！」　三七三頁下段、グロッスはドイツで活躍中の風刺漫画家。社会主義運動に身を投じたいと思っている女性が身重になり、夫に従って、下関から大連に渡って、卑屈な夫を見限るまでの変化を「私小説」形式で綴る。

2、評論、随筆など

川端康成「掌篇小説の流行」　この予言どおり、コントは昭和初年代から十年代前半にかけて大流行した。岡本綺堂が「時代小説」のコントを書くようになる。ここで川端は〈小品文ではない短編小説〉と断っているが、ちょっとした見聞記や落ちのつかないものにさえ「コント」の名称は乱用された。

片上伸「文学の読者の問題」　片上伸は「自然主義」に出発し、早稲田大学で教鞭をとりつつ、大正生命主義に転じたが、ロシアに渡って一九一七年革命に遭遇、帰国して社会主義に立場を転換、文藝と社会との関係に力点を移していた。一九二四年、辞職して再びロシアに遊び、帰国して、この年、『中央公論』一月号に「無産階級文学評論」、『新潮』一月号に「内在批評以上のもの」を書いている。時代とともに歩みつつ、原理論的で客観主義的な装いの批評を展開しようとしているのが、この稿からも知れる。

太田水穂『芭蕉俳諧の根本問題』　ベルクソンの影響を受け

つつ、生命主義的な「万有愛」の思想と「主客抱合」の象徴表現の追究を続けてきた太田水穂は、一九二〇年九月から歌誌『潮音』に幸田露伴を招き、阿部次郎、安部能成、小宮豊隆、和辻哲郎らと芭蕉歌仙の読み解きを重ねて、『芭蕉俳句研究』（一九二二）、『続芭蕉俳句研究』（一九二四）、『続々芭蕉俳句研究』（一九二六）を岩波書店から刊行、自らも本書をまとめた。徳川時代から明治期にかけて俳諧は遊戯賭博の遊びに属したが、芭蕉のそれは「漢詩」や和歌に比肩する特別なものだった。とはいえ、内田魯庵が伝説類を吹き払った「芭蕉松尾桃青」（『太陽』一八九七年五〜九月）を書いた以外に、これといった研究はなかった。本書は芭蕉の境涯について時代背景とともに考証が行きとどいたもので、画期をなす。ただし、その眼目は芭蕉晩年の境地をめぐって、天台本覚思想すなわち現象即本質論と円融観すなわち一即多の論理（華厳経に顕著）によって説くところにあり、同時にそれは水穂自身の生命主義思想を仏教の論理で説くことでもあった。その眼目にあたる部分を引いた。なお、仏教の摂理を大正生命主義によって平易に説く傾向は、岡本かの子『仏教読本』（一九三四）に顕著になる。

『中央公論』七月「大衆文藝研究」より　白井喬二らの同人雑誌『大衆文藝』の創刊によって、「大衆文学」が、にわかに勃興したことに対して既成ジャーナリズムが敏感に反応した。賛否を含め、実に様ざまの立場からの意見が寄せられている。**千葉亀雄「大衆文藝の本質」**　ロシアやフランスの民衆藝術論を検討し、日本で新たに起こった「大衆文藝」の特性を論じようとしたもの。ユゴー、トルストイ、ドストエフスキー、コンラッドなどの作品がその例に上げられているところ、「純文藝」対「通俗文藝」（popular literature）という二分法に照らして「大衆文藝」がどちらを目指すのかが問われているとするところ、それとは異なる水準で「純藝術小説」ではない方向に「大衆文藝」の使命があると述べられているところなど、当時の論議の様相を踏まえ、混乱を整理し、独自の主張をなそうとしている。**村松梢風「大衆文藝家總評」**　印象批評や仄聞の類によるエッセイだが、文壇の一角から見た景色として参考になろう。村松梢風自身は大正中期から、いわゆる情話もので『中央公論』説苑欄の常連。この年、書きついできた『本朝画人伝』をまとめ、四月には個人雑誌『騒人』を創刊し、「正伝清水次郎長」を連載。なお、滝田樗陰は前年十月に歿。**本間久雄「我国に於ける民衆文学の過去及将来」**　ウィリアム・モリスの「藝術の生活化、生活の藝術化」論などに学んで、大正期民衆藝術論をリードした本間久雄は、この年、『文学概論』をまとめている。**水島爾保布「挿絵に就いての漫談」**　水島爾保布は東京美術学校卒の日本画家で挿絵、漫画、随筆もよくした。この文章、まずは挿絵の研究の入門となろう。**白井喬二「大衆文藝と現実暴露の歓喜」**　同人雑誌『大衆文藝』の仕掛け人の弁。「大衆文藝」の語は大正十三年、白井喬二がよく出入りしていた博文館『講談雑誌』の広告文に編集者、生田蝶介が用いたのが最初とされる。「現実暴露の歓喜」は「現実暴露の悲哀」（長谷川天溪）を裏返しにしたもので、このころの白井喬二は、社会主義をかなり意識していることがうかがえる。**平林初之輔「大衆文藝のレーゾン・デートル」** 中里介山「聖母の画像」（未詳）冒頭の文章を引き、かなり的確なコメントを加えつつ、「大衆文学」が勃興した理由を実にわかりやすく解説している。「二」では、やがて佐藤春夫が「壮年者の文学」（一九三〇）で自己反省にいたるようなことがズバリ指摘してある。大宅壮一「文壇ギルドの崩壊」と合わせ読むのも面白い。**江戸川乱歩「発生上の意義丈けを」** 白井喬二の主張と読み比べられたい。**芥川龍之介「亦一説？」** この短文の最後の一行は「大衆文学」勃興の理由を裏側から射抜いている。「大衆文学」が起こって、講談速記や立川文庫がふるわなくなったことは概論で述べた。講談速記などが文壇小説の百倍以上の読者をもつということを芥川龍之介もよく知っていた。知っていただけでなく、いつのころからか、〈講談に飽き足らない読者を開拓〉しようという気持をもっていたはずだ。あるいは菊池寛との間に、そういう会話がなされたかもしれない。ふたりによる春陽堂の叢書企画をもっていうわけではない。芥川の場合、それが最も露骨に出たのが新聞小説「邪宗門」（一九一八）だが、結末をつけあぐねた。菊池寛の方は、かなり成功したが、「大衆文学」の勃興に、彼らが足元をさらわれた気分になったとしても不思議はない。

釈迢空「歌の円寂する時」 島木赤彦の死と短歌そのものの黄昏の予感を重ねた評論。ここにいう「批評」が大正生命主義の理念によっていることは明らかだろう。宇宙の根源的生命の立ち現れとしての「内生活」であり、その気配としてのワビ・サビ・幽玄と思って読めばいいわんとする大筋はつかめるだろう。〈短歌は、成立の最初から、即興詩であつた〉というのも、「生命」のほとばしりの考えによっている。本稿にも見える「発想法」（内の想を外へ発する方法の意）などの語は岩野泡鳴『神秘的半獣主義』の造語によるもの。島木赤彦が長野県から上京したのは一九一四年のこと、『切火』（一九一六）が「新感覚派」の先を行っていたという指摘も面白い。本書所収の萩原朔太郎の論などと比べてみると、この時期の詩歌の表現観の一面が知れよう。釈迢空が、このとき短歌の黄昏を感じたのは大正生命主義の退潮のせいだと私には思えてならない。昭和に入って、彼の歌はほとばしり出る。

青野季吉「自然成長と目的意識」、「自然成長と目的意識再論」 レーニン『何をなすべきか』（一九〇二）が打ち出した目的意識論——労働者の自然発生性に拝跪することなく、被抑圧階級の運動に国家権力奪取という目的意識を、いわば外から注入する必要があるという理論——に依拠した提言。「再論」で説かれているように周辺に生み出した多くの誤解と格闘しなければならなくなり、それは、やがて「プロレタリア文学」主流から彼が排除される結果を招く。青野はのち、この時期の主張に福本イズムの影響を認めることになるし、このときのレーニン主義の導入により、左翼文藝評論は、のちのちまで、明治期からの社会主義文藝の流れを無視することになる。

「左翼文壇新作家論（3）葉山嘉樹論」　葉山嘉樹の作品が当時、左翼批評で、どのように扱われたかを如実に示す座談会。目的意識論が、いかに様ざまに受け取られていたか、封建遺制を重視するかどうか、表現技術の問題がいかに扱われていたか、などたくさんの亀裂を抱えつつ、まだ、統一戦線的な考え方が支配的だったことが、よく示されている。

大宅壮一「文壇ギルドの解体期――大正十五年に於ける我国ジャーナリズムの一断面」　大宅壮一の最初期のエッセイ。円本ブームの到来以前に、予見的に大正期文壇の崩壊を的確に見て取っており、かなりの影響力をもったことが、のちの人びとの文章のはしばしにうかがえる。硯友社をギルドに見立てるのは誰しも納得がゆこうが、〈親方漱石〉以下は菊池寛らのことで、文士の講演会などを開催し、小説家の生活確保に向けて、同業者組合的な活動を展開したことを指している。ただし、大宅が「文壇ギルド」の崩壊現象としてあげる五つの現象には、ややこじつけ的に思えるものもあるので、少しコメントしておく。第一の「素人」。〈まるで別の畑に育った人〉とは具体的に誰彼を指すのか、それは、それほどこの時期に目だっていることなのか、私には分明でない。〈「素人」の作品でも異常な社会的センセーションを捲き起こした結果〉云々の具体例として、即座に思い浮かぶのは、倉田百三『出家とその弟子』であり、また大宅がかつて師事した賀川豊彦『死線を越えて』だが、これらが念頭にあってのことだとすると、かなり遡る現象ということになる。そして、第三にあげる傾向は、直接にはモダニズムの傾向をさしているのだろうが、明治・大正期にも見られたはずのことで、必ずしも、この時期に限ったものではない。が、のちの小林秀雄「私小説論」（一九三五）の横光利一「純粋小説論」に対する批判など、以降も繰り返されることになる新傾向に対する批判の骨格の典型になっている。第四の傾向は、あたっているが、大宅壮一自身、学生時代に新潮社からの『社会

水島爾保布画『人魚の嘆き　魔術師』（谷崎潤一郎）
口絵（大正8年8月刊）

問題講座』全十三巻を編集したことがあり、こうした経験をふまえたもの。最後の既成作家の同人雑誌や個人雑誌の刊行については、村松梢風にも見られた現象だが、これも有島武郎の個人雑誌『泉』（一九二二）などがすでにあり、〈勿論中には〉以下は、菊池寛に対する皮肉である。そうなると、これも同人雑誌『文藝春秋』の創刊（一九二三）あたりからの現象で、全体かなりの幅をもった現象をもって論じていることになろう。そして、最後に〈我々は寧ろ、資本主義社会に於て文壇ギルドが今日まで維持せられて来たこと奇とすべきである〉とあるが、これは大宅がマルクス主義の立場に立って、ギルドにおける徒弟制を「封建制」と同一視しているからで、ヨーロッパの社会主義では、ウィリアム・モリスのクラフト運動などのように、資本制大工場生産に対して職人の手仕事を尊重し、ギルド的職能集団、すなわち同業者組合を守る姿勢が多く見られ、かつ、その思想は大正期の文藝家の組織、すなわち文壇の発展にも、出版資本に対する作家の生活防衛思想として影を落としているのは明らかである。菊池寛なども類することを口にしているので、もしかすると、この戯文めいた評論の標的は菊池寛にあったのかもしれないとも思えてくる。なお、ここで〈純文藝雑誌〉は『新小説』なども含めての、〈一般雑誌〉すなわち「総合雑誌」に対しての呼称。念のため。

萩原朔太郎「象徴の本質」「詩論三篇」として、新たなモダニズム表現に対応しつつ、詩集『青猫』（一九二三）で駆使した直喩形式が単なる比喩ではなく象徴表現の工夫であったと論じる「青猫スタイルの用意に就いて」及び伝統和歌の表現を例示した「日本詩歌の象徴主義」とともに掲載されたもの。この一連の主張は、やがて『詩論と感想』に収録され、より広い立場から、また、細部の意見を変えて、『詩の原理』（ともに一九二八）にまとめられる。これらは、これまで考えられてきたよりも、大きな影響力をもっていたことが判明しているが、ここでは、生命の象徴表現という大正生命主義とモダニズムとの交錯するシーンの一端を示す、このエッセイに関することにとどめたい。ドイツ表現主義のイヴァン・ゴル（アルザス出身でフランス語でも詩を書き、未来派、立体派、シュルレアリスムとも関係）の詩論によって、一九世紀フランス象徴主義とモダニズムを区別し、むしろモダニズムの表現の方が、東洋において実現されてきた、物質の反映を離れた、という意味での真の形而上学に接近していると説く。朔太郎は普遍的な象徴主義を考えているが、感覚を通さずに対象の本質を直観によって把握し、提示するもの、というくらいの意味でとればよい。これは、本稿「概況」のうち「文藝思潮」の項で述べたように、大正生命主義の表現論として、様ざまなヴァリエイションに展開した考えの根本であるから、格別珍しいものではない。特徴的なのは、それが、東洋的象徴こそが普遍的であるという傲慢にすぎる主張に転化していることである。

朔太郎は〈元来欧洲における近代の象徴主義は、東洋文化の間接的な影響から〉云々と言い、少しのちには〈マラルメ一派の象徴詩〉について、〈始めて発見された東洋的メタフィジカルの新観念〉と述べている。この部分は精確ではないが、まったく外れているわけでもなく、おそらくは、イヴァン・ゴルのエッセイによるものと想われる（原文、訳文ともに未見）。この詩人のエッセイは萩原朔太郎「散文詩の時代を超越する思想」（一九二七）にも、別の訳者による翻訳の大意が紹介されており、そこには〈表現派は日本のHAIKUを手本にする〉という一文も見える。ただし、西欧のモダニズムが日本の象徴主義にますます接近してきているという判断は、この詩人のエッセイを読んだだけでなされたわけではないだろう。イギリスのイマジズムやソ連映画のモンタージュに俳句が影響したということ日本に伝わるのは、もう少しのちのことだが、フランスの文藝雑誌〝NRF〟が一九二〇年に、新たに編集委員に加わったジャン・ポーランによって、フランスの詩人たちの手になるHAIKU（彼らは短歌も区別せずに、そう呼んでいる）特集を行っていることなどは、吉江喬松ないしは、その周辺を発信源として、朔太郎の耳にも伝わっていたと想われる。そして、この主張の背景には、やはり「概況」で述べた芭蕉や南画評価の高まりがある。さらに『新古今和歌集』を日本の象徴主義の極みとするあたりは、折口信夫が距離を置いた流れを受けてのことだ。なお、西田幾多郎「美の本質」（一九二〇）では、フランスの印象派以降の絵画を例にとりつつ、藝術の本質は象徴であるということが述べられており、この朔太郎の主張と一定の類縁性が見られるが、ベルクソンの藝術論の評価などに相違もあり、直接の関係は不明。

柳田国男「山姥を妖怪なりとも考へ難き事」（『山の人生』より）前年一月から八月にかけて『アサヒグラフ』に連載したエッセイに事例を書き重ねて六倍くらいの分量の全三十話とし、講演録「山人考」と「問題及書名索引表」を付して『山の人生』としてまとめた。柳田は前年十一月、雑誌『民族』を創刊、「日本の民俗学」定立へ向けて本格的な活動に入った時期の刊行である。

蔵原惟人「現代日本文学と無産階級」 蔵原惟人は、大正十五年十一月にソ連から帰ったばかり。〈絶対的自由〉を求めることのブルジョワ性を暴露し、〈アナーキズムは裏返しにされたブルジョア性〉であり、本当に〈自由なる文学〉とは、〈公然とプロレタリアートと結合したる文学〉であるという趣旨のレーニンの論文を冒頭に引き、木村毅「明治大正文学の社会的考察」に対して、食ってかかる。このころ、改造社版「現代日本文学全集」のヒットもあって、明治期からの作家論や文学史が改めて問われていた。発展段階論史観に立って明治期の文藝を概観する木村毅に対して、国家主義に立つ大ブルジョワジーと個人主義に立つ小ブルジョワジーの間の闘争を見ていないと批判するもので、ともに基底体制還元主義だが、蔵原の立場はレーニン主義、すなわち階級闘争主義史観をとっている。この立場と、まず社会主義思想内部でのヘゲモニーを獲得しようとする理論闘争のやり方は、昭和二年六月の「日本プロレタリア藝術連盟」分裂の一要因ともなる。当時の日本の情勢分析としては、〈大資本と大地主とが合同して、ファシスト的独裁の傾向を帯びて〉きていると述べられているが、ファッシズムとは、どんなに緩やかに規定するとしても、自由主義勢力が社会主義に対抗して国家全体主義に走ることであり、合法的な左翼文化運動が容認されている、この時点の日本の状態をいうには無理がある。そして、このような認識は、封建遺制に対する闘争をも組み込んだ「二七テーゼ」の情勢分析とは相容れないはずのものだが、蔵原は昭和二年十一月の労農藝術家連盟の分裂に際しては、「二七テーゼ」支持派として脱退、村山知義らと前衛藝術家同盟を結成する。蔵原は昭和三年『前衛』一月号で左翼統一戦線へ向けた提唱を行うが、それはアナーキスト系が抜け、さらに、いわゆる労農派が脱退して、日本共産党がヘゲモニーを握ったのちのことであることを勘案すべきだ。三年三月に全日本左翼文藝家総連合が成立し、さらには全日本無産者藝術連盟（ナップ）の結成へと進むが、すでに青野季吉ら批判勢力は排除されていた。なお、翌『文藝戦線』三月号には、この続編が載っている。

千葉亀雄「大正文壇十五年史概説」（A）では、西欧近代の文藝思潮交替史観に従いつつも、「浪漫主義」から「自然主義」へという単純な割り切りが目立つが、ともに日本では健全に発達しなかったという大正文壇批評家ならではの見方が示されている。（B）では、「自然主義」の行き詰まりにはじまる「感情解放期」と、その整理期という見取り図によって文藝思潮による腑分けが試みられるが、実際は昭和初頭から眺めた大正文壇の政治地図によるもの。この見渡しは当時、様ざまに語られていたものを汲み上げ、まとめて公式化したようなもので、その後にも、漠然とではあるがかなりの影響力をもった。宇野浩二、豊島与志雄らに対する評価、短篇小説全盛や新聞小説などの現象の指摘には鋭いものがある。なお「大衆文藝」に関して、本書所収の別の論では当代風俗小説を入れていたが、ここでは実態に即している。（C）では、第一次世界大戦のもたらした効果という角度がとられているが、これは彼自身が「人類愛と世界平和を基調とする近代文藝の考察」（『中央公論』一九二二年七月増刊号）で打ち出した見解に基づくもの。うち、（3）中の〈AとB〉は、もちろんアナーキズムとボルシェヴィズムのこと。最後の現象の指摘にも読むべきものがある。全体、西欧近代小説の動向も一応承知した上で、リベラリズムの立場から、小説家中心に文壇の現象面によく目配りし、個々の作家たちも配慮した見解になっている。書き急いでいるゆえに、かえって持論が生のまま露出しているところも見える。

佐藤春夫「芥川龍之介を哭す」〈「エトルリアの花瓶」の作者〉は、生活でも常に冷静、ダンディスムを貫いたことでも知られるフランスの作家、メリメのこと。が、これは情熱家の裏返しの仮面であったともいわれる。〈ジャン・ポール〉は、ロマン主義以降の文藝と公衆の言葉が離反しすぎてしまったことを指摘したジャン・ポーランだろう。佐藤春夫は芥川龍之介の自殺を、あくまで一個の藝術家としての姿勢のしからしむるところと見ている。

付

永井荷風「断腸亭日記（乗）」より大正十五年十二月の部分

作家・荷風の日記「断腸亭日乗」は第二次大戦後に発表開始されたもので、当時の読者は、その存在を知らないのだが、荷風自身の行動のみならず、世相の変転の記録として第一級資料という定評は、ここでも確認されよう。とりわけ、大正天皇の容態の変化についての報道ぶりに対する感想や、逝去前後の盛り場の様子などに、様ざまな感想が湧こう。

参考文献

＊大正後期の「南画復興」に関して、酒井哲郎「大正期における南画の再評価について――新南画をめぐって」（宮城県美術館研究紀要、第三号、一九八八）、千葉慶「田中豊蔵『南画新論』における文化翻訳の政治学」（『社会文化科学』第7号、二〇〇三年二月）、稲賀繁美「文人画の終焉と覚醒――富岡鉄斎晩年の文人画・南画の国際評価」（『あいだ』、二〇〇三年二月）。＊イヴァン・ゴルに関して、元吉瑞枝「イヴァン・ゴルのハイカイについて」（熊本県立大学文学部紀要第四巻二号、一九九八）。＊鈴木貞美の著書に関して（冒頭から順に記すが、同一書はまとめて列記した）、「グローバリゼイション、文化ナショナリズム、多文化主義と日本近現代文藝」（『日本研究』第二七集、二〇〇三年三月）、『モダン都市の表現――自己・幻想・女性』（白地社、一九九二）三八頁、「怪奇とモダニティ――江戸川乱歩の『転向』」（同上書所収）、『日本の「文学」概念』（第二版、作品社、一九九九）Ⅲ-3-ii、四三頁、Ⅸ-2-i、三四〇頁、「管見、もしくは厳密な学の発生」（『折口信夫全集第二巻』月報、中央公論社、一九九五）、「雑誌『太陽』と国民国家主義の変遷」（鈴木貞美編『雑誌「太陽」と国民文化の形成』、思文閣出版、二〇〇〇）、『日本の「文学」を考える――文学史の書き換えに向けて』（角川選書、一九九四）38「二〇世紀の『大衆』」、Ⅶ章、二二六頁、「横光、川端と『文藝時代』――生命主義の展開と切断」（世田谷文学館『横光利一と川端康成展』図録、一九九四年）、『梶井基次郎の世界』（作品社、二〇〇〇）三二〇頁、五八頁、五一頁、一〇五頁、八一頁、序章四-4、終章三-3、4、四二二～四二九頁、六七頁、『「生命」で読む日本近代――大正生命主義の誕生と展開』（NHKブックス、一九九六）、「西田幾多郎『善の研究』を読む―生命主義哲学の形成」（『日本研究』第一七集、九八年二月）、「歌論をめぐって――与謝野晶子と大正生命主義」（『ユリイカ』二〇〇〇年八月号）、「小説の小説、その日本的発現をめぐって」（『講座　昭和文学史』第二巻、有精堂、一九八八）、「解説」（青野季吉『マルキシズム文学論』復刻版、ゆまに書房、一九九二）、「言語と文化の差が生む『あいまいさ』について、もしくは、『あいまいな日本』を超えるために」（河合隼雄、中沢新一編『あいまい」の知』、岩波書店、二〇〇三）一五七～一五八頁

解題　鈴木貞美

凡例

一、本文テキストは、原則として初出誌紙を用いた。ただし編者の判断により、初刊本を用いることもある。
二、初出誌紙が総ルビであるときは、適宜取捨した。パラルビは、原則としてそのままとした。詩歌作品については、初出ルビをすべてそのままとした。
三、初出誌紙において、改行、句読点の脱落、脱字など、不明瞭なときは、後の異版を参看し、補訂した。
四、初刊本をテキストとするときは、初出誌紙を参看し、ルビを補うこともある。初出誌紙を採用するときは、後の異版によって、ルビを補うことをしない。
五、用字は原則として、新字、歴史的仮名遣いとする。仮名遣いは初出誌紙のままとした。
六、用字は「藝」のみを正字とした。また人名の場合、「龍」、「聲」など正字を使用することもある。
七、作品のなかには、今日からみて人権にかかわる差別的な表現が一部含まれている。しかし、作者の意図は差別を助長するものではないこと、作品の背景をなす状況を現わすための必要性、作品そのものの文学性、作者が故人であることを考慮し、初出表記のまま収録した。

〔小説・戯曲〕

ナポレオンと田虫　横光利一

一九二六（大正十五）年一月一日発行「文藝時代」第三巻第一号に発表。極少ルビ。一九二七（昭和二）年一月十二日、改造社刊『春は馬車に乗つて』に収録。底本には初出誌。

FOU　佐藤春夫

一九二六（大正十五）年一月一日発行「中央公論」第四十一年第一号に発表。少なめのパラルビ。同年四月十三日、改造社刊『窓展く』に収録。底本には初出誌。

広告人形　横溝正史

一九二六（大正十五）年一月一日発行「新青年」第七巻第一号に発表。総ルビ。同年六月二十八日、聚英閣刊『広告人形』（探偵名作叢書　第三篇）に収録。底本には初出誌を用いルビを取捨した。

主権妻権（抄）　佐々木邦

一九二六（大正十五）年一月一日発行「婦人倶楽部」第七巻第一号〜同年九月一日発行同誌第七巻九号に発表。総ルビ。同

年十月二十七日、大日本雄弁会講談社刊『主権妻権』に収録。第二回までを抄録した。底本には初出誌を用いルビを取捨した。

綱の上の少女　片岡鉄兵

一九二六（大正十五）年二月一日発行「改造」第八巻第二号に発表。極少ルビ。一九二七（昭和二）年五月二十日、改造社刊『綱の上の少女』に収録。底本には初出誌。

島の為朝　幸田露伴

一九二六（大正十五）年二月一日発行「改造」第八巻第二号に発表。パラルビ。同年四月二十日、改造社刊『頼朝・為朝』に収録。底本には初出誌。

山の鍛冶屋　宮嶋資夫

一九二六（大正十五）年二月一日発行「解放」第五巻第二号に発表。極少ルビ。一九二八（昭和三）年七月一日、平凡社刊『新興文学全集　第三巻』に収録。底本には初出誌。

安土の春　正宗白鳥

一九二六（大正十五）年二月一日発行「中央公論」第四十一年第二号に発表。パラルビ。同年三月十八日、改造社刊『安土の春』に収録。底本には初出誌。

痴情　志賀直哉

一九二六（大正十五）年四月一日発行「改造」第八巻第四号に発表。極少ルビ。一九二七（昭和二）年五月二十三日、改造社刊『山科の記憶』に収録。底本には初出誌。

苦力頭の表情　里村欣三

一九二六（大正十五）年六月一日発行「文藝戦線」第三巻第六号に発表。パラルビ。一九二七（昭和二）年十月三十日、春陽堂刊『苦力頭の表情』（文壇新人叢書第十篇）に収録。底本には初出誌。

貸間の女　永井荷風

一九二六（大正十五）年七月一日発行「苦楽」第五巻第七号に発表。総ルビ。底本には初出誌を用いルビを取捨した。

繭　林房雄

一九二六（大正十五）年七月一日発行「解放」第五巻第七号に発表。パラルビ。同年十二月十三日、春陽堂刊『絵のない絵本』（文壇新人叢書第三篇）に収録。底本には初出誌。

ある心の風景　梶井基次郎

一九二六（大正十五）年八月一日発行「青空」第二巻第八号に発表。パラルビ。一九三一年（昭和六）年五月十三日、武蔵野書院刊『檸檬』に収録。底本には初出誌。

鳴門秘帖（抄）　吉川英治

一九二六（大正十五）年八月十一日～翌年十月十四日「大阪

毎日新聞」第一五五三四号～第一五九五一号に発表。総ルビ。初回より第九回までを抄録（第一五五三四号～第一五五四二号）。一九二七（昭和二）年三月十日、大阪毎日新聞社刊『鳴門秘帖　前編』に収録。底本には初出紙を用いルビを取捨した。

照る日くもる日（抄）　大佛次郎

一九二六（大正十五）年八月十四日～一九二七（昭和二）六月十日発行「大阪朝日新聞」第一六〇六三号～第一六三六〇号に発表。かなり多めのパラルビ。初回より第十回までを抄録（第一六〇六三号～一六〇七三号）。前篇は同年十二月二十五日、後篇は一九二七（昭和二）年七月二十五日、渾大防書房より刊行。底本には初出紙を用いルビを取捨した。

金玉均　小山内薫

一九二六（大正十五）年十月一日発行「中央公論」第四十一年第十号に発表。パラルビ。一九二八（昭和三）年五月二十三日、春陽堂刊『日本戯曲全集　現代篇　第八巻』に収録。底本には初出誌。

テキサス無宿　谷譲次

一九二六（大正十五）年十月一日発行「新青年」第七巻第十二号に発表。総ルビ。一九二九（昭和四）年三月十日、改造社刊『テキサス無宿』に収録。底本には初出誌を用いルビを取捨した。

鏡地獄　江戸川乱歩

一九二六（大正十五）年十月一日発行「大衆文藝」第一巻第十号に発表。総ルビ。同年九月二十六日、春陽堂刊『湖畔亭事件』（創作探偵小説集第四巻）に収録。底本には初出誌を用いルビを取捨した。

山鳩　広津和郎

一九二六（大正十五）年十二月一日発行「中央公論」第四十一年第十二号に発表。極少ルビ。底本には初出誌。

酔狂者の独白　葛西善蔵

一九二七（昭和二）年一月一日発行「新潮」第二十四年第一号に発表。パラルビ。一九二八（昭和三）年十一月十八日、改造社刊『葛西善蔵全集　第三巻』に収録。底本には初出誌。

結婚まで　瀧井孝作

一九二七（昭和二）年一月一日発行「中央公論」第四十二年第一号に発表。ルビなし。一九三二（昭和七）年一月二十三日、春陽堂刊『明治大正昭和文学全集　第五十五巻』に収録。底本には初出誌。

何が彼女をそうさせたか　藤森成吉

一九二七（昭和二）年一月一日発行「改造」第九巻第一号に発表。パラルビ。同年四月三十日、改造社刊『何が彼女をそうさせたか』に収録。底本には初出誌。

鱗雲　牧野信一

一九二七（昭和二）年三月一日発行「中央公論」第四十二年第三号に発表。パラルビ。一九二九（昭和四）年十二月十五日、平凡社刊『新進傑作小説全集　第十二巻』に収録。底本には初出誌。

投げすてよ！　平林たい子

一九二七（昭和二）年三月一日発行「解放」第六巻第四号に発表。極少ルビ。一九二八（昭和三）年九月二十五日、文藝戦線社出版部刊『施療室にて』に収録。底本には初出誌。

〔児童文学〕

雪来る前の高原の話　小川未明

一九二六（大正十五）年一月一日発行「童話」第七巻第一号。総ルビ。底本には初出誌。

オツベルと象　宮沢賢治

一九二六（大正十五）年一月一日発行「月曜」第一巻第一号。底本には一九九五（平成七）年十一月二十五日、筑摩書房刊『〈新〉校本宮沢賢治全集　第十二巻』を用いた。

やんちやオートバイ　木内高音

一九二六（大正十五）年十一月一日発行「赤い鳥」第十七巻第五号に発表。総ルビ。底本には初出誌。

玩具の機罐車　竹久夢二

一九二六（大正十五）年十二月十五日、研究社刊『春』に収録。総ルビ。底本には初刊本。

〔評論・随筆〕

掌篇小説の流行　川端康成

一九二六（大正十五）年一月一日発行「文藝春秋」第四年第一号に発表。ルビなし。一九三八（昭和十三）年七月十九日、改造社刊『川端康成選集　第一巻』に収録。底本には初出誌。

文学の読者の問題　片上伸

一九二六（大正十五）年四月一日発行「改造」第八巻第四号に発表。ルビなし。同年十一月五日、新潮社刊『文学評論』に収録。底本には初出誌。

『芭蕉俳諧の根本問題』（抄）　太田水穂

一九二六（大正十五）年五月一日、岩波書店刊『芭蕉俳諧の根本問題』より第十章を抄録。極少ルビ。底本には初刊本。

今後を童話作家に　小川未明

一九二六（大正十五）年五月十三日発行「東京日日新聞」第一七八四六号に発表。総ルビ。底本には初出紙を用いルビを取捨した。

大衆文藝研究（抄）　村松梢風ほか

一九二六（大正十五）年七月一日発行「中央公論」第四十一年第七号における特集。パラルビ。底本には初出誌。

歌の円寂する時　釈迢空

一九二六（大正十五）年七月一日発行「改造」第八巻第七号に掲載の特集「短歌は滅亡せざるか」に発表。パラルビ。一九三七（昭和十二）年一月二十日、第一書房刊『短歌文学全集　釈迢空篇』に収録。底本には初出誌を用いた。なお判読が困難と思われる特殊な用語については、一九九七（平成九）年七月二十日、中央公論社刊『折口信夫全集　第二十九巻』を参照しこれを補った。

自然生長と目的意識　青野季吉

一九二六（大正十五）年九月一日発行「文藝戦線」第三巻第九号に発表。極少ルビ。一九二七（昭和二）年二月十五日、春秋社刊『転換期の文学』に収録。底本には初出誌。

自然生長と目的意識再論　青野季吉

一九二七（昭和二）年一月一日発行「文藝戦線」第四巻第一号に発表。極少ルビ。一九二七（昭和二）年二月十五日、春秋社刊『転換期の文学』に収録。底本には初出誌。

詩論三篇　萩原朔太郎

一九二六（大正十五）年十一月一日発行「日本詩人」第六巻第十一号に発表。極少ルビ。一九二八（昭和三）年二月二十日、素人社書屋刊『詩論と感想』に収録。底本には初出誌。

『山の人生』（抄）　柳田国男

一九二六（大正十五）年十一月十五日、郷土研究社刊『山の人生』より第二十一章を抄録。パラルビ。底本には初刊本。

葉山嘉樹論　中野重治ほか

一九二六（大正十五）年十二月一日発行「文藝戦線」第三巻第十二号に発表。ルビなし。底本には初出誌。

文壇ギルドの解体期　大宅壮一

一九二六（大正十五）年十二月一日発行「新潮」第二十三年第十二号に発表。極少ルビ。一九三〇（昭和五）年二月十日、中央公論社刊『文学的戦術論』に収録。底本には初出誌。

現代日本文学と無産階級　蔵原惟人

一九二七（昭和二）年二月一日発行「文藝戦線」第四巻第二号に発表。ルビなし。一九三二（昭和七）年十二月八日、中央公論社刊『藝術論』に収録。底本には初出誌。

大正文壇十五年史概説　千葉亀雄

一九二七（昭和二）年三月五日発行「文章倶楽部」第十二巻第三号に発表。ルビなし。底本には初出誌。

芥川龍之介を哭す　佐藤春夫

一九二七（昭和二）年九月一日発行「中央公論」第四十二年第九号に発表。ルビなし。一九四八（昭和二十三）年三月一日、好学社刊『文藝他山の石』に収録。底本には初出誌。

断腸亭日記　巻之十（抄）　永井荷風

『断腸亭日記　巻之十』より一九二六（大正十五）年十二月分を抄録。底本には一九九三（平成五年）六月二十五日、岩波書店刊『永井荷風全集　第二十一巻』を用いた。

〔詩〕

生きもの二つ　ほか　高村光太郎

生きもの二つ　一九二六（大正十五）年四月一日発行「詩人倶楽部」第一巻第一号に発表。　苛察　一九二六（大正十五）年五月一日発行「詩歌時代」第一巻第一号に発表。

この道　ほか　北原白秋

この道　一九二六（大正十五）年八月一日発行「赤い鳥」第十七巻第二号に発表。　月から観た地球　同年十一月一日発行「近代風景」第一巻第一号に発表。　十月の都会風景　同年十二月一日発行「女性」第十巻第六号に発表。

ピンク島・日本　服部嘉香

ピンク島・日本　一九二六（大正十五）年五月一日発行「日本詩人」第六巻第五号に発表。

監獄裏の林　ほか　萩原朔太郎

監獄裏の林　一九二六（大正十五）年四月一日発行「日本詩人」第六巻第四号に発表。　大工の弟子　同年八月一日発行「キング」第二巻第八号に発表。　ある夜の晩餐　同年十二月一日発行「キング」第二巻第十二号に発表。

映像　川路柳虹

映像　一九二六（大正十五）年四月二十五日発行「炬火」第一年第一号に発表。

夜　ほか　深尾須磨子

夜・飾り窓　一九二六（大正十五）年六月一日発行「日本詩人」第六巻第六号に発表。

詩歌の城　ほか　室生犀星

詩歌の城　一九二六（大正十五）年六月一日発行「日本詩人」第六巻第六号に発表。　朝日　同年六月一日発行「文藝春秋」第四巻第六号発表。

入浴　ほか　佐藤惣之助

入浴・化粧　一九二六（大正十五）年五月一日発行「驢馬」第二号に発表。

土曜日の夜の帰宅　尾崎喜八

土曜日の夜の帰宅　一九二六（大正十五）年六月一日発行

「日本詩人」第六巻第六号に発表。

詩論　佐藤春夫

詩論　一九二六（大正十五）年一月一日発行「奢灞都」第三巻第一号に発表。

大正十五年夏日（抄）　高橋元吉

大正十五年夏日（抄）　一九二六（大正十五）年十一月一日発行「生活者」第一巻第七号に発表。

内面的に深き日記　西脇順三郎

内面的に深き日記　一九二六（大正十五）年七月一日発行「三田文学」第一巻第四号に発表。

「ジャズ」夏のはなしです　ほか　宮沢賢治

「ジャズ」夏のはなしです　一九二六（大正十五）年八月一日発行「銅鑼」第七号に発表。　ワルツ第CZ号列車　同年十月一日発行「銅鑼」第八号に発表。

不思議　ほか　八木重吉

不思議・人形・草をむしる　一九二六（大正十五）年一月一日発行「日本詩人」第六巻第一号に発表。　素朴な琴　同年二月一日発行「若草」第二巻第二号に発表。　春・病気　同年四月一日発行「詩之家」第二巻第四号に発表。　果物　同年九月一日発行「詩之家」第二巻第九号に発表。

戦後　ほか　安西冬衛

戦後　一九二六（大正十五）年一月一日発行「亜」第三巻第一号に発表。　春　同年五月一日発行「亜」第三巻第五号に発表。　秋　同年九月一日発行「亜」第三巻第九号に発表。

海市　吉田一穂

海市　一九二六（大正十五）年四月一日発行「日本詩人」第六巻第四号に発表。

林の中の会合　萩原恭次郎

林の中の会合　一九二六（大正十五）年十一月一日発行「詩神」第二巻第十一号に発表。

病める庭園　丸山薫

病める庭園　一九二六（大正十五）年十月一日発行「椎の木」第一巻第一号に発表。

『検温器と花』（抄）　北川冬彦

椿・体温表・朝・波　一九二六（大正十五）年十月二十五日、ミスマル社行『検温器と花』に収録。

唯美的なものとさうでないもの　上田敏雄

唯美的なものとさうでないもの　一九二六（大正十五）年三月一日発行「日本詩人」第六巻第三号に発表。

乳母車　ほか　三好達治

乳母車　一九二六（大正十五）年六月一日発行「青空」第二巻第六号に発表。　黙のうへ　同年七月一日発行「青空」第二巻第七号に発表。　少年　同年八月一日発表「青空」第二巻第八号に発表。

幼年　ほか　尾形亀之助

幼年・月夜の電車　一九二六（大正十五）年十二月一日発行「銅鑼」第九号に発表。

海辺異情　石川善助

海辺異情　一九二六（大正十五）年四月一日発行「詩人倶楽部」第一巻第一号に発表。

愛奴憐愍　ほか　小熊秀雄

愛奴憐愍　一九二六（大正十五）年九月一日発行「日本詩人」第六巻第九号に発表。　無神の馬　同年十二月一日「詩神」第二巻第十二号に発表。

東京新景物詩（抄）　春山行夫

牢獄・旗・文化村・対話　一九二六（大正十五）年四月一日発行「月曜」第一巻第四号に発表。

夜明け前のさよなら　ほか　中野重治

夜明け前のさよなら　一九二六（大正十五）年五月一日発行「驢馬」第二号に発表。　歌・機関車　同年九月一日発行「驢馬」第五号に発表。　帝国ホテル　同年十一月十五日発行「驢馬」第七号

ぐりまの死　ほか　草野心平

ぐりまの死　一九二六（大正十五）年四月一日発行「月曜」第一巻第四号に発表。　蛙詩篇　同年十二月一日発行「銅鑼」第九号に発表。

古風な提琴曲　ほか　サトウ・ハチロー

古風な提琴局・―さう―春　一九二六（大正十五）年二月一日発行「日本詩人」第六巻第二号に発表。　ウクレレ　同年十月一日発行「日本詩人」第六巻第十号に発表。

『半分開いた窓』（抄）　小野十三郎

蘆・野鳩・断崖・思想に　一九二六（大正十五）年十一月三日、太平洋詩人協会刊『半分開いた窓』に収録。

湯場　竹中郁

湯場　一九二六（大正十五）年十一月一日発行「近代風景」第一巻第一号に発表。

枯野　ほか　瀧口武士

枯野　一九二六（大正十五）年一月一日発行「亜」第三巻第一号に発表。　冬　同年二月一日発行「亜」第三巻第二号に発

表。　朝　同年十二月一日「亜」第三巻十二号に発表。

ファンタスチック　ほか　堀辰雄

ファンタスチック　一九二六（大正十五）年五月一日発行「驢馬」第二号に発表。　錯覚　同年十月六日発行「驢馬」第六号に発表。

『雪明りの路』（抄）　伊藤整

雪夜・月あかりを窺ふ・あなたは人形　一九二六（大正十五）年十二月一日、椎の木社刊『雪明りの路』に収録。

松の樹間　高橋新吉

松の樹間　一九二六（大正十五）年十月一日発行「日本詩人」第六巻第十号に発表。

〔短歌〕

山房内外　島木赤彦

一九二六（大正十五）年一月一日発行「改造」第八巻第一号に発表。

○　島木赤彦

一九二六（大正十五）年三月一日発行「アララギ」第十九巻第三号に発表。

○　島木赤彦

一九二六（大正十五）年四月一日発行「アララギ」第十九巻第四号に発表。

○　島木赤彦

一九二六（大正十五）年五月一日発行「アララギ」第十九巻第五号に発表。

渾沌　斎藤茂吉

一九二六（大正十五）年三月一日発行「改造」第八巻第三号に発表。

○　斎藤茂吉

一九二六（大正十五）年四月一日発行「アララギ」第十九巻第四号に発表。

○　斎藤茂吉

一九二六（大正十五）年六月一日発行「アララギ」第十九巻第六号に発表。

鳴門瀾潮記（抄）　中村憲吉

一九二六（大正十五）年三月一日発行「改造」第八巻第三号に発表。

○　平福百穂

一九二六（大正十五）年六月一日発行「アララギ」第十九巻

第六号に発表。

○　結城哀草果
一九二六（大正十五）年六月一日発行「アララギ」第十九巻第六号に発表。

○　今井邦子
一九二六（大正十五）年六月一日発行「アララギ」第十九巻第六号に発表。

○　久保田不二子
一九二六（大正十五）年十一月日発行「アララギ」第十九巻第十一号に発表。

○　森山汀川
一九二六（大正十五）年十一月日発行「アララギ」第十九巻第十一号に発表。

○　築地藤子
一九二六（大正十五）年十一月日発行「アララギ」第十九巻第十一号に発表。

○　藤沢古美
一九二六（大正十五）年五月一日発行「アララギ」第十九巻第五号に発表。

○　土屋文明
一九二六（大正十五）年三月一日発行「アララギ」第十九巻第三号に発表。

トラピスト修道院の夏　北原白秋
一九二六（大正十五）年一月一日発行「日光」第三巻第一号に発表。

良夜　北原白秋
一九二六（大正十五）年十一月一日発行「日光」第三巻第十一号に発表。

先生の死（一）　釈迢空
一九二六（大正十五）年一月一日発行「日光」第三巻第一号に発表。

先生の死（二）　釈迢空
一九二六（大正十五）年二月一日発行「日光」第三巻第二号に発表。

赤彦の死　釈迢空
一九二六（大正十五）年五月一日発行「日光」第三巻第五号に発表。

東京詠物集　釈迢空

一九二六（大正十五）年六月一日発行「日光」第三巻第六号に発表。

山道　釈迢空

一九二六（大正十五）年十一月一日発行「日光」第三巻第十一号に発表。

村のにほひ　前田夕暮

一九二六（大正十五）年二月一日発行「日光」第三巻第二号に発表。

迢空庵即事　土岐善麿

一九二六（大正十五）年六月一日発行「日光」第三巻第六号に発表。

黒滝山　古泉千樫

一九二六（大正十五）年一月一日発行「改造」第八巻第一号に発表。

足長蜂　古泉千樫

一九二六（大正十五）年五月一日発行「日光」第三巻第五号に発表。

農耕余詠　吉植庄亮

一九二六（大正十五）年七月一日発行「日光」第三巻第七号に発表。

五月一日　大熊信行

一九二六（大正十五）年六月一日発行「日光」第三巻第六号に発表。

椿と浪　若山牧水

一九二六（大正十五）年三月一日発行「改造」第八巻第三号に発表。

竹葉集　若山牧水

一九二六（大正十五）年八月一日発行「改造」第八巻第九号に発表。

春雪　窪田空穂

一九二六（大正十五）年七月一日発行「槻の木」第一巻第六号に発表。

○　稲森宗太郎

一九二六（大正十五）年三月一日発行「槻の木」第一巻第二号に発表。

○　都筑省吾

一九二六（大正十五）年三月一日発行「槻の木」第一巻第二号に発表。

大正天皇御製　大正天皇

二〇〇二（平成十四）年十月、邑心文庫刊『大正天皇御集おほみやびうた』より抄出。

〔俳句〕

ホトトギス巻頭句集

一九二六（大正十五）同年一月一日発行「ホトトギス」第二十九巻第四号。同年二月一日発行同誌第二十九巻第五号。同年三月一日発行同誌第二十九巻第六号。同年四月一日発行同誌第二十九巻第七号。同年五月一日発行同誌第二十九巻第八号。同年五月一日発行同誌第二十九巻第九号。同年六月一日発行同誌第二十九巻第十号。同年七月一日発行同誌第二十九巻第十一号。同年八月一日発行同誌第二十九巻第十二号。同年九月一日発行同誌第三十巻第一号。同年十月一日発行同誌第三十巻第二号。同年十一月一日発行同誌第三十巻第三号。同年十二月一日発行同誌第三十巻第四号。

山廬集（抄）　飯田蛇笏

一九三二（昭和七）年十二月十一日、雲母社発行。

〔大正十五年〕　河東碧梧桐

一九二六（大正十五）年一月一日発行「三昧」第十一号。同年二月一日発行同誌第十二号。同年三月一日発行同誌第十三号。同年四月一日発行同誌第十四号。同年五月一日発行同誌第十五号。同年六月一日発行同誌第十六号。同年七月一日発行同誌第十七号。同年八月一日発行同誌第十八号。同年九月一日発行同誌第十九号。同年十月一日発行同誌第二十号。同年十一月一日発行同誌第二十一号。同年十二月一日発行同誌第二十一号。

〔大正十五年〕　高浜虚子

一九二六（大正十五）同年四月一日発行「ホトトギス」第二十九巻第七号。同年五月一日発行同誌第二十九巻第八号。同年六月一日発行同誌第二十九巻第十号。同年十月一日発行同誌第三十巻第二号。

著者略歴

青野季吉―あおの すえきち―一八九〇・二・二四～一九六一・六・二三 文藝評論家 新潟県出身 早稲田大学英文科卒 『解放の藝術』『転換期の文学』『現代文学論』『文学五十年』

芥川龍之介―あくたがわ りゅうのすけ―一八九二・三・一～一九二七・七・二四 小説家 東京出身 東京帝国大学英文科卒 『鼻』『羅生門』『河童』

安西冬衛―あんざい ふゆえ―一八九八・三・九～一九六五・八・二四 詩人 奈良市出身 大阪府立堺中学校卒 『軍艦茉莉』『座せる闘牛士』

飯田蛇笏―いいだ だこつ―一八八五・四・二六～一九六二・一〇・三 本名 飯田武治 俳人 山梨県出身 早稲田大学英文科卒 『山廬集』『山廬随筆』

石川善助―いしかわ ぜんすけ―一九〇一・五・一六～一九三二・六・二七 詩人 仙台市出身 仙台市立商業卒 『亜寒帯』『鴉射亭随筆』

伊藤 整―いとう せい―一九〇五・一・一六～一九五九・一一・一五 小説家・評論家・文学史家 北海道出身 東京商大中退 『若い詩人の肖像』『氾濫』『変容』『日本文壇史』

稲森宗太郎―いなもり そうたろう―一九〇一・七・二二～一九三〇・四・一五 歌人 三重県出身 早稲田大学国文科卒 歌集『水枕』

今井邦子―いまい くにこ―一八九〇・五・三一～一九四八・七・一五 本名 くにえ 歌人 徳島市出身 『紫草』『明日香路』

上田敏雄―うえだ としお―一九〇〇・七・二一～一九八二・三・三〇 詩人 山口県出身 慶応義塾大学英文科卒 『仮説の運動』

江戸川乱歩―えどがわ らんぽ―一八九四・一〇・二一～一九六五・七・二八 本名 平井太郎 小説家 三重県出身 早稲田大学政経学部卒 「二銭銅貨」「D坂の殺人事件」「屋根裏の散歩者」「人間椅子」「陰獣」

大熊信行—おおくま　のぶゆき—一八九三・二・一八〜一九七七・六・二〇　歌人・評論家・経済学者　山形県出身　東京商大専攻部卒　『大熊信行歌集』『日本の虚妄』

太田水穂—おおた　みずほ—一八七六・一二・九〜一九五五・一・一　本名　太田貞一　歌人・国文学者　長野県出身　長野県師範学校卒　『つゆ艸』『老蘇の森』『短歌立言』

大宅壮一—おおや　そういち—一九〇〇・九・一三〜一九七〇・一一・二二　評論家　大阪府出身　東京帝国大学社会学科中退　『文学的戦術論』『共産主義のすすめ』『炎は流れる』

尾形亀之助—おがた　かめのすけ—一九〇〇・一二・一二〜一九四二・一二・二　詩人　宮城県出身　東北学院普通部中退　『色ガラスの街』

小川未明—おがわ　みめい—一八八二・四・七〜一九六一・五・一一　本名　小川健作　小説家・童話作家　新潟県出身　早稲田大学英文科卒　『赤い蠟燭と人魚』『野薔薇』

小熊秀雄—おぐま　ひでお—一九〇一・九・九〜一九四〇・一一・二〇　詩人　小樽市出身　トマリオロ尋常高等小学校卒　『小熊秀雄全詩集』

小山内　薫—おさない　かおる—一八八一・七・二六〜一九二八・一二・二五　演出家・詩人・小説家・劇作家・演劇評論家　広島県出身　東京帝国大学英文科卒　『奈落』『演劇新潮』『大川端』

大佛次郎—おさらぎ　じろう—一八九七・一〇・九〜一九七三・四・三〇　本名　野尻清彦　小説家　横浜市出身　東京帝国大学政治科卒　『赤穂浪士』『帰郷』『パリ燃ゆ』『天皇の世紀』

尾崎喜八—おざき　きはち—一八九二・一・三一〜一九七四・二・四　詩人・随筆家　東京出身　京華商業卒　『空と樹木』『花咲ける孤独』『山の絵本』

小野十三郎—おの　とおざぶろう—一九〇三・七・二七〜一九九六・一〇・八　詩人　大阪市出身　東洋大学中退　『大阪』『詩論』

葛西善蔵—かさい　ぜんぞう—一八八七・一・一六〜一九二八・七・二三　小説家　青森県出身　早稲田大学英文科聴講生　『哀しき父』『子をつれて』

鹿地　亘—かじ　わたる—一九〇三・五・一〜一九八二・七・二六　小説家・評論家　大分県出身　東京帝国大学国文科卒　『労働日記と靴』『自伝的な文学史』

梶井基次郎—かじい　もとじろう—一九〇一・二・一七〜一九三

二・三・二四　小説家　大阪市出身　東京帝国大学英文科中退　『檸檬』『城のある町にて』『冬の日』『交尾』

片岡鉄兵—かたおか　てっぺい—一八九四・二・二〜一九四四・一二・二五　小説家　岡山県出身　慶応義塾大学予科中退　『綱の上の少女』『綾里村快挙録』

片上　伸—かたかみ　のぶる—一八八四・二・二〇〜一九二八・三・五　号　天弦　評論家・露文学者　愛媛県出身　東京専門学校（早稲田大学）英文科卒　『生の要求と文学』

金子洋文—かねこ　ようぶん—一八九四・四・八〜一九八五・三・二一　本名　金子吉太郎　小説家・劇作家・演出家　秋田県出身　秋田県立秋田工業卒　『投げ棄てられた指輪』『地獄』

川路柳虹—かわじ　りゅうこう—一八八八・七・九〜一九五九・四・一七　本名　川路誠　詩人・美術評論家　東京出身　東京美術学校（東京藝術大学）日本画科卒　『路傍の花』『波』

川端康成—かわばた　やすなり—一八九九・六・一四〜一九七二・四・一六　小説家　大阪市出身　東京帝国大学文学部国文科卒　『伊豆の踊子』『雪国』『名人』『みづうみ』『眠れる美女』

河東碧梧桐—かわひがし　へきごとう—一八七三・二・二六〜一九三七・二・一　本名　河東秉五郎　俳人　愛媛県出身　仙台二高中退　『新傾向句集』『八年間』『三千里』

木内高音—きうち　たかね—一八九六・二・二八〜一九五一・六・七　児童文学者・編集者　長野県出身　早稲田大学英文科卒　「巡回動物園」「建設列車」

北川冬彦—きたがわ　ふゆひこ—一九〇〇・六・三〜一九九〇・四・一二　本名　田畔忠彦　詩人・翻訳家・映画批評家　大津市出身　東京帝国大学法学部卒・仏文科中退　『戦争』A＝ブルトン『超現実主義宣言書』『現代映画論』

北原白秋—きたはら　はくしゅう—一八八五・一・二五〜一九四二・一一・二　本名　北原隆吉　詩人・歌人　福岡県出身　早稲田大学英文科中退　『邪宗門』『桐の花』『雲母集』『雀の卵』

草野心平—くさの　しんぺい—一九〇三・五・一二〜一九八八・一一・一二　詩人　福島県出身　中国広州嶺南大学に学ぶ　『第百階級』『定本　蛙』

窪田空穂—くぼた　うつぼ—一八七七・六・八〜一九六七・四・一二　本名　窪田通治　歌人・国文学者　長野県出身　東京専門学校（早稲田大学）卒　『まひる野』『濁れる川』『鏡葉』

久保田不二子―くぼた ふじこ―一八八六・五・一六～一九六五・一二・一七　本名 ふじの　島木赤彦の妻　歌人　長野県出身　『苔桃』『庭雀』

蔵原惟人―くらはら これひと―一九〇二・一・二六～一九九一・一・二五　文藝評論家・政治家　東京出身　東京外語大学露語科卒　『藝術と無産階級』『プロレタリアートと文化の問題』

古泉千樫―こいずみ ちかし―一八八六・九・二六～一九二七・八・一一　本名 古泉幾太郎　歌人　千葉県出身　千葉教員講習所卒　『川のほとり』『屋上の土』

幸田露伴―こうだ ろはん―一八六七・七・二三～一九四七・七・三〇　本名 幸田成行《しげゆき》　小説家・随筆家・考証家　東京出身　電信修技学校卒　『露団々』『風流仏』『いさなとり』『五重塔』『運命』

小堀甚二―こぼり じんじ―一九〇一・八・二二～一九五九・一一・三〇　小説家・劇作家・評論家　福岡県出身　小学校卒　『妖怪を見た』

斎藤茂吉―さいとう もきち―一八八二・五・一四～一九五三・二・二五　医師・歌人　山形県出身　東京帝国大学医学部卒　『赤光』『あらたま』『童馬漫語』

佐々木邦―ささき くに―一八八三・五・四～一九六四・九・二二　小説家　沼津市出身　明治学院卒　『苦心の学友』『愚弟賢兄』『地に爪を残すもの』

佐々木孝丸―ささき たかまる―一八九八・一・三〇～一九八六・一二・二八　翻訳家・演出家・劇作家・俳優　釧路出身　『地獄の審判』『風雪新劇志』

佐藤惣之助―さとう そうのすけ―一八九〇・一二・三～一九四二・五・一五　詩人　神奈川県出身　暁星中学付属仏語専修科卒　『華やかな散歩』『琉球諸島風物詩集』

サトウ・ハチロー―一九〇三・五・二三～一九七三・一一・一三　本名 佐藤八郎　詩人・小説家　東京出身　立教中学中退　『爪色の雨』『少年詩集』

佐藤春夫―さとう はるお―一八九二・四・九～一九六四・五・六　詩人・小説家・評論家　和歌山県出身　慶応義塾大学文学部中退　『田園の憂鬱』『殉情詩集』『退屈読本』

里村欣三―さとむら きんぞう―一九〇二・三・一三～一九四五・二・二三　本名 前川二享　小説家　岡山県出身　金川中学中退　『苦力頭の表情』『河の民』

佐野　碩―さの　せき―一九〇五・一・一四〜一九六六・九・二九　演出家　中国天津出身　東京帝国大学仏法科中退　村山知義「暴力団記」の演出

志賀直哉―しが　なおや―一八八三・二・二〇〜一九七一・一〇・二一　小説家　宮城県出身　東京帝国大学国文科中退　『大津順吉』『暗夜行路』

島木赤彦―しまき　あかひこ―一八七六・一二・一七〜一九二六・三・二七　本名　久保田俊彦　歌人　長野県出身　長野尋常師範学校（信州大学）卒　『柿蔭集』『歌道小見』

釈　迢空―しゃくの　ちょうくう―一八八七・二・一一〜一九五三・九・三　別名　折口信夫　国文学者・歌人・詩人　大阪府出身　国学院大学卒　『海やまのあひだ』『死者の書』

白井喬二―しらい　きょうじ―一八八九・九・一〜一九八〇・一一・九　本名　井上義道　小説家　横浜市出身　早稲田大学文学部、日本大学政経科中退　『新撰組』『富士に立つ影』『盤嶽の一生』

大正天皇―たいしょうてんのう―一八七九・八・三一〜一九二六・一二・二五　名は嘉仁《よしひと》　称号は明宮《はるのみや》・明治天皇の第三皇子　母は柳《やなぎ》原愛子《はらなるこ》　在位一九一二〜二六年

高橋新吉―たかはし　しんきち―一九〇一・一・二八〜一九八七・六・五　詩人　愛媛県出身　八幡浜商業中退　『ダダイスト新吉の詩』『胴体』

高橋元吉―たかはし　もときち―一八九三・三・六〜一九六五・一・二八　詩人　前橋市出身　前橋中学卒　『高橋元吉詩集』

高浜虚子―たかはま　きょし―一八七四・二・二二〜一九五九・四・八　本名　清　俳人・小説家　愛媛県出身　第三高等中学校、東京専門学校（早稲田大学）中退　『俳諧師』『柿二つ』『五百句』

高村光太郎―たかむら　こうたろう―一八八三・三・一三〜一九五六・四・二　詩人・彫刻家　東京出身　東京美術学校（東京藝術大学）彫刻科卒　『道程』『智恵子抄』『典型』

瀧井孝作―たきい　こうさく―一八九四・四・四〜一九八四・一一・二一　小説家・俳人　岐阜県出身　早稲田大学聴講生　『父』『無限抱擁』『折柴句集』『山茶花』『野草の花』『俳人仲間』

瀧口武士―たきぐち　たけし―一九〇四・五・二三〜一九八二・五・一五　詩人　大分県出身　大分師範卒　『園』

竹中　郁―たけなか　いく―一九〇四・四・一〜一九八二・三・七　本名　竹中育三郎　詩人　神戸市出身　関西学院英文科卒

『象牙海岸』『署名』『動物磁気』

竹久夢二―たけひさ ゆめじ―一八八四・九・一六～一九三四・九・一 画家・詩人 岡山県出身 早稲田実業本科卒 画集『春の巻』 詩歌集『どんたく』

谷 譲二―たに じょうじ―一九〇〇・一・一六～一九三五・六・二九 本名 長谷川海太郎 別名 林不忘・牧逸馬 小説家 新潟県出身 オハイオ・ノーザン大学に学ぶ 『踊る地平線』（谷譲治）『地上の星座』（牧逸馬）『丹下左膳』（林不忘）

千葉亀雄―ちば かめお―一八七八・九・二四～一九三五・一〇・四 評論家・ジャーナリスト 山形県出身 東京専門学校（早稲田大学）中退 『新聞十六講』『異性を観る』『日本仇討物語』

築地藤子―つきじ ふじこ―一八九六・九・二～一九九三・六・六 歌人 横浜出身 本名 別所仲子 神奈川県立第一高女卒 『椰子の葉』

土屋文明―つちや ぶんめい―一八九〇・九・一八～一九九〇・一二・八 歌人 群馬県出身 東京帝国大学哲学科卒 『ふゆくさ』『山谷集』『万葉集私注』

都筑省吾―つづき しょうご―一九〇〇・二・一九～一九九七・一・一二 歌人・万葉研究家 名古屋出身 早稲田大学国文科卒 『都筑省吾全歌集』『万葉集十三人』

土岐善麿―とき ぜんまろ―一八八五・六・八～一九八〇・四・一五 別名 土岐哀果 歌人 東京出身 早稲田大学英文科卒 『NAKIWARAI』『土岐善麿歌集』

直木三十五―なおき さんじゅうご―一八九一・二・一二～一九三四・二・二四 本名 植村宗一 小説家 大阪市出身 早稲田大学高等師範部中退 『南国太平記』『荒木又右衛門』

永井荷風―ながい かふう―一八七九・一二・三～一九五九・四・三〇 本名 永井壮吉 小説家・随筆家 東京出身 東京外国語学校（東京外国語大学）清語科中退 『ふらんす物語』『すみだ川』『日和下駄』『濹東綺譚』『断腸亭日乗』

中野重治―なかの しげはる―一九〇二・一・二五～一九七九・八・二四 小説家・評論家・詩人 福井県出身 東京帝国大学独文科卒 『むらぎも』『梨の花』『甲乙丙丁』

中村憲吉―なかむら けんきち―一八八九・一・二五～一九三四・五・五 歌人 広島県出身 東京帝国大学法科卒 『林泉集』『しがらみ』『軽雷集』

西脇順三郎―にしわき じゅんざぶろう―一八九四・一・二〇～一九八二・六・五 詩人・英文学者 新潟県出身 慶応義塾大学理財科卒 『Ambarvalia』『旅人かへらず』『壌歌』『超現実主義詩論』

萩原恭次郎―はぎわら きょうじろう―一八九九・五・二三～一九三八・一一・二二 詩人 群馬県出身 前橋中学卒 『死刑宣告』『断片』『もうろくづきん』

萩原朔太郎―はぎわら さくたろう―一八八六・一一・一～一九四二・五・一一 詩人 群馬県出身 五高、六高、慶応義塾大学中退 『月に吠える』『青猫』

服部嘉香―はっとり かこう―一八八六・四・四～一九七五・五・一〇 詩人・歌人・詩論家・国語学者 東京出身 早稲田大学英文科卒 『口語詩小史』『幻影の花びら』『国語・国字・文章』

林 房雄―はやし ふさお―一九〇三・五・三〇～一九七五・一〇・九 本名 後藤寿夫 小説家 大分市出身 東京帝国大学法科中退 『西郷隆盛』『青年』

春山行夫―はるやま ゆきお―一九〇二・七・一～一九九四・一〇・一〇 本名 市橋渉 詩人・エッセイスト 名古屋市出身 小学校卒 『植物の断面』『詩の研究』『ジョイス中心の文学運動』

平林たい子―ひらばやし たいこ―一九〇五・一〇・三～一九七二・二・一七 本名 平林タイ 小説家 長野県出身 長野県立諏訪高女卒 『施療室にて』『かういふ女』『地底の歌』

平林初之輔―ひらばやし はつのすけ―一八九二・一一・八～一九三一・六・一五 文藝評論家 京都府出身 早稲田大学英文科卒 『無産階級の文化』『文学理論の諸問題』

平福百穂―ひらふく ひゃくすい―一八七七・一二・二八～一九三三・一〇・三〇 本名 平福貞蔵 歌人・画家 秋田県出身 東京美術学校（東京藝術大学）日本画科専科卒 『寒竹』

広津和郎―ひろつ かずお―一八九一・一二・五～一九六八・九・二一 小説家・評論家 東京出身 早稲田大学英文科卒 『神経病時代』『風雨強かるべし』『年月のあしおと』

深尾須磨子―ふかお すまこ―一八八八・一一・一八～一九七四・三・三一 詩人 兵庫県出身 京都菊花高女卒 『真紅の溜息』『斑猫』『呪詛』『牝鶏の視野』『君死にたまふことなかれ』

藤沢古実―ふじさわ ふるみ―一八九七・二・二八～一九六七・三・一五 別名 木曾馬吉 本名 藤沢実 歌人・彫刻家 長野県出身 東京美術学校彫刻科卒 歌集『国原』『赤彦遺言』

藤森成吉―ふじもり　せいきち―一八九二・八・二八～一九七七・五・二六　小説家・劇作家　長野県出身　東京帝国大学独法科卒　『若き日の悩み』『何が彼女をそうさせたか?』『礫茂左衛門』『渡辺崋山』

堀　辰雄―ほり　たつお―一九〇四・一二・二八～一九五三・五・二八　小説家　東京出身　東京帝国大学国文科卒　『風立ちぬ』『菜穂子』『大和路・信濃路』

堀口大學―ほりぐち　だいがく―一八九二・一・八～一九八一・三・一五　詩人・翻訳家　東京出身　慶応義塾大学文学部予科卒　『月下の一群』『人間の歌』

本間久雄―ほんま　ひさお―一八八六・一〇・一一～一九八一・六・一一　評論家・英文学者・日本近代文学研究家　山形県出身　早稲田大学英文科卒　『エレン・ケイ思想の真髄』『生活の藝術化』

前田河広一郎―まえだこう　ひろいちろう―一八八八・一一・一三～一九五七・一二・四　小説家　宮城県出身　宮城県立一中中退　『三等船客』『十年間』『蘆花伝』

前田夕暮―まえだ　ゆうぐれ―一八八三・七・二七～一九五一・四・二〇　本名　前田洋造　歌人　神奈川県出身　中郡中学中退　『収穫』『生くる日に』『原生林』

牧野信一―まきの　しんいち―一八九六・一一・一二～一九三六・三・二四　小説家　神奈川県出身　早稲田大学英文科卒　『父を売る子』『鬼涙村』

正宗白鳥―まさむね　はくちょう―一八七九・三・三～一九六二・一〇・二八　本名　正宗忠夫　小説家・劇作家・文藝評論家　岡山県出身　東京専門学校（早稲田大学）英語専修科卒　同文学科卒　『何処へ』『毒婦のやうな女』『生まざりしならば』『内村鑑三』

丸山　薫―まるやま　かおる―一八九九・六・八～一九七四・一〇・二一　詩人　大分県出身　東京帝国大学国文科中退　『帆・ランプ・鷗』『仙境』『月渡る』

水島爾保布―みずしま　におう―一八八四・一二・八～一九五八・一二・三〇　本名　爾保有　画家・小説家・随筆家　東京出身　東京美術学校卒　『東海道五十三次』『愚談』『新東京繁昌記』

宮沢賢治―みやざわ　けんじ―一八九六・八・二七～一九三三・九・二一　詩人・児童文学者　岩手県出身　盛岡高等農業高等学校卒　『春と修羅』『注文の多い料理店』『グスコーブリの伝記』

宮島資夫―みやじま　すけお―一八八六・八・一～一九五一・二・一九　本名　宮島信泰　アナキスト・小説家　東京出身　『坑夫』『第四階級の文学』『遍歴』

三好達治―みよし　たつじ―一九〇〇・八・二三〜一九六四・四・五　詩人・翻訳家　大阪市出身　東京帝国大学仏文科卒　『測量船』『駱駝の瘤にまたがつて』『萩原朔太郎』

村松梢風―むらまつ　しょうふう―一八八九・九・二一〜一九六一・二・一三　本名　村松義一　小説家　静岡県出身　慶応義塾理財科予科中退　『近世名匠伝』『本朝画人伝』『近世名勝負物語』

室生犀星―むろう　さいせい―一八八九・八・一〜一九六二・三・二六　本名　室生照道　詩人・小説家　石川県出身　金沢高等小学校中退　『抒情小曲集』『性に眼覚める頃』『杏っ子』

森山汀川―もりやま　ていせん―一八八〇・九・三〇〜一九四六・九・一七　本名　森山藤一　歌人　長野県出身　諏訪中学卒　歌集『峠路』『雲垣』

八木重吉―やぎ　じゅうきち―一八九八・二・九〜一九二七・一〇・二六　詩人　東京出身　東京高師卒　『秋の瞳』『貧しき信徒』

柳田国男―やなぎた　くにお―一八七五・七・三一〜一九六二・八・八　詩人・民俗学者　兵庫県出身　東京帝国大学法科大学政治科卒　『野辺のゆきゝ』『遠野物語』『雪国の春』『不幸なる藝術』

山田清三郎―やまだ　せいざぶろう―一八九六・六・一三〜一九八七・九・三〇　小説家・評論家　京都市出身　小学校中退　『日本プロレタリア文藝運動史』『地上に待つもの』『プロレタリア文学史』

結城哀草果―ゆうき　あいそうか―一八九三・一〇・一三〜一九七四・六・二九　本名　結城光三郎　歌人・随筆家　山形県出身　『山麓』『すだま』『群峰』『まほら』

横溝正史―よこみぞ　せいし―一九〇二・五・二五〜一九八一・一二・二八　小説家　神戸市出身　大阪薬専卒　『真珠郎』『本陣殺人事件』『悪魔の手毬唄』

横光利一―よこみつ　りいち―一八九八・三・一七〜一九四七・一二・三〇　小説家　福島県出身　早稲田大学高等予科中退　『御身』『日輪』『上海』『機械』『寝園』『旅愁』

吉植庄亮―よしうえ　しょうりょう―一八八四・四・三〜一九五八・一二・七　歌人　千葉県出身　東京帝国大学経済科卒　『寂光』『開墾』

吉川英治―よしかわ　えいじ―一八九二・八・一一〜一九六二・九・七　本名　吉川英次《ひでつぐ》　小説家　神奈川県出身　『鳴門秘帖』『宮本武蔵』『新・平家物語』

吉田一穂―よしだ　いっすい―一八九八・八・一五～一九七三・三・一　本名　吉田由雄　詩人　北海道出身　早稲田大学英文科中退　『海の聖母』『故園の書』『未来者』

若山牧水―わかやま　ぼくすい―一八八五・八・二四～一九二八・九・一七　本名　若山繁　歌人　宮崎県出身　早稲田大学英文科卒　『別離』『路上』

編年体 大正文学全集

第十五巻 大正十五年

二〇〇三年五月二十五日第一版第一刷発行

著者代表——永井荷風

編者——鈴木貞美

発行者——荒井秀夫

発行所——株式会社 ゆまに書房

東京都千代田区内神田二—七—六

郵便番号 一〇一—〇〇四七

電話〇三—五二九六—〇四九一代表

振替〇〇一四〇—六—六三一六〇

印刷・製本——日本写真印刷株式会社

落丁・乱丁本はお取替いたします

定価はカバー・帯に表示してあります

ISBN4-89714-904-5 C0391